温亚军文集

第一卷

地　软

温亚军　著

中国言实出版社

图书在版编目(CIP)数据

温亚军文集.第一卷,地软/温亚军著.--北京：
中国言实出版社,2022.1
ISBN 978-7-5171-3863-1

Ⅰ.①温… Ⅱ.①温… Ⅲ.①中篇小说—小说集—
中国—当代 Ⅳ.①I247

中国版本图书馆CIP数据核字（2021）第189174号

温亚军文集 第一卷 地软

责任编辑：张国旗
责任校对：代青霞

出版发行：中国言实出版社
    地 址：北京市朝阳区北苑路180号加利大厦5号楼105室
    邮 编：100101
    编辑部：北京市海淀区花园路6号院B座6层
    邮 编：100088
    电 话：010-64924853（总编室） 010-64924716（发行部）
    网 址：www.zgyscbs.cn 电子邮箱：zgyscbs@263.net

经 销：新华书店
印 刷：徐州绪权印刷有限公司
版 次：2022年8月第1版 2022年8月第1次印刷
规 格：880毫米×1230毫米 1/32 8.75印张
字 数：175千字

定 价：258.00元（全五卷）
书 号：ISBN 978-7-5171-3863-1

自序

　　选编这套文集时，翻看一篇篇小说，我竟然还能想起当年写它们的情景：从在新疆南疆那个偏远的英吉沙小县城边的一座军营，趴在连队给鸡剁草食的木板上开始，到喀什市那间洒满月光的办公室，到乌鲁木齐冬天那个冰窖似的小阳台，到北京住了十一年的斗室，再到今天终于有了宽敞明亮的书房……无数个双休日、节假日的夜晚，无论是最初的在练习簿、方格稿纸上书写，还是后来怀抱电脑，斜靠在床头敲键盘，为了梦想，我曾经绝望过、焦虑过。当然，有喜悦，有缺憾，也有艰难，五味杂陈。

　　在新疆时，我一直在部队，几乎没有部队之外的生活，可我的大多数作品写的却是新疆农村，凭的是我的想象力和人生经验。我小说里的新疆，是我在文字里构建的另一世界，为避免虚构的人物与现实世界碰到一起产生不必要的麻烦，除了"喀什"这个真实的地名外，两个重要地名"塔尔拉"和"桑那镇"，都是我创造的虚无世界，在这两个世界里，我任意翱翔，自由自在。不敢说自己的想象力有多丰富，但只要放开想象的翅膀，相信每个写作者的空间都是非常大的。

其实，我在新疆时创作的作品数量并不多，像《驮水的日子》、《夏天的羊脂玉》、《游牧部族》、《苦水塔尔拉》和《寻找大舅》等，都是在那时候写的。在新疆的十六年，是我人生最关键的阶段，在成长、生存等一系列问题上，文学对我的精神支撑不言而喻。现实中，我是一个悲观主义者，有许多时候，当我被现实折腾得无可奈何时，写作成了打磨我忍耐力的有力工具。

到了北京，尽管我不善交往，但眼界还是拓展了，思维与在新疆时相比也发生了不小的变化。更重要的是，在小说的器局上相较于以前开阔了许多，创作数量也多了起来，便写下了短篇《硬雪》、《男人的刀子》、《成人礼》、《火墙》，中篇《地软》、《喀什的魅惑》等，无一例外，这些全是写新疆的，但相比于以前的同类作品，这些显得从容自如得多。而随着进入了大都市，我也写出的一大堆都市小说，像《影子的范围》、《手心手背》等，但对于这些作品我常有些许激愤之情。这就说明，生活场景会开拓一个作家的思维，同时，或多或少也会制约一个作家的思想。

真的，我很难说清一篇小说是怎样形成的，有时候完全取决于自己内心的一种状态，而有时候是他人的一句话诱发出一个念头，还是生活中的一丝启发，促使我要写一篇小说的，其实我心里是没多少底的。我只能说，真正动手写起来，是我牵着人物小心翼翼地往前走，还是人物引导我摸索着经过每个岔路口，向一个未知的终点迈进，有时候自己真的掌控不了，像掌控不了自己的人生一样。

但书写离现实较远的另一个世界，是小说的必经之路。对于那些未知的人生、未知的世界，我有足够的好奇心，而且充满了向往。一旦动手写起来，不怎么受其他情绪的影响，内心竟然能够平静下来，下笔也比较从容。在创作状态中我能暂时放下生活中的诸多烦恼，这也是我喜欢写小说的重要原因。

尤其是夜深人静的时候，我的思维跳跃幅度比较大，像《硬雪》、《蚊帐》、《蚯蚓》、《金色》，都是瞬间的一个念头促使我放开思绪，天马行空。无论春夏秋冬，多少个不眠之夜，我一直与小说中的人物相伴到黎明。有时，也有写不下去的时候，难以脱离既定的思维，就像我这个人，中规中矩，放不开。尤其是想有所超越的时候，我会处在难以言说的苦恼和焦虑之中，因为不想太单一，想寻求变化，力图拓展自己的题材领域。比如写《地软》时，刚开始我不知道自己到底要写什么，异常苦闷，写了几个开头，都没法把主人公呼唤出来。推倒重来几次，主要人物终于鲜活出场，写着写着就自然而然呈现出了另一种人的人生状态。可以说，《地软》于我而言是有些难度的中篇，写得比较艰难，却也有一定的追求，写着写着，不时会有飘逸灵动的感觉出现，人物会走出来与我面对，甚至扯着我的思维往前走，神奇地与我一起完成了他们的人生命运。

有好多小说都是偶然所得。《驮水的日子》就是例子，有一年参加会议，听别人讲了个驴驮水的事情，讲者轻描淡写，听者也比较随意，似乎没法成为小说的素材。可我一直没有放弃，琢磨着旁逸斜出，或许能写个有意思的东西。真正写起来，还是比较顺手的，在细节方面，我尽量写得有趣味一些，人物关系处理得也简单、平和一些，使其始终处在生活的状态之中。写完后心里轻松了，那阵子我的心态似乎也平和了许多，不再把自己弄得像现实生活中那么紧张。后来，在小说的细节、语言、节奏，还有情感上，我慢慢地就有了足够的耐心。所以，后来又写下了《成人礼》、《下水》、《硬雪》、《槐花》，还有《麦子》、《天香引》等作品，越写越趋向温情。其实，我这人的性格不太柔和，甚至有点硬，深入骨子里的，但撇开现实生活，只要进入创作状态，我的心会慢慢温润起来，并且还越来越有了点幽默感，比如短篇《少年游》、中篇《问出来的事》等，写的时候没觉得，修改时有些地方会把自己逗笑，深更半夜一个人哈哈大笑，心情挺愉快的。

我更喜欢写短篇小说。我一直觉得中篇、短篇小说不像是一个文体似的。不知别人是怎么想的，反正，我在写一个短篇时，与写一个中篇的心情是不一样的，从什么角度进入，怎么表达，怎么描述，感觉是不一样的。当我有一个感觉时，或者说掌握了一些材料时，能写成什么样的篇幅，心里肯定得有个数的。我一般不把短篇拉扯成中篇，说白了，我也没这个能力。我一直认为，小说不是讲故事那么简单，增加点故事、场景、人物来来回回地多折腾几次，把故事和字数抻长，就有中篇或者长篇的含量了？我这样说，不是说故事对小说就不重要，可人物、语言、叙述、细节、逻辑等同等重要啊。否则，光讲故事，就失去了小说应有的意义。

在我的一百多个短篇小说里，我更喜欢"简单叙事"的这种，比如《划过秋天的声音》、《驮水的日子》、《槐花》、《下水》、《空巢》、《游牧部族》等，每篇小说里都有一些比较独特的东西，虽然不是很壮阔，却有些许神韵。关键在于有区别于他人的灵动感，这对一个写作者来说，就可以感到欣慰了。

盘点三十多年的创作，感慨良多。小说家还是站在作品后面，不要过多解释为好。

温亚军

2022 年 2 月 8 日

目
CONTENTS
录

地　软

一

花菇子的弟弟莫米尔下山去学校的路上，大白天差点叫狼吃了。春天的山上缺少野味，饿狼很猖獗，接二连三拖走过好几只羊，现在竟然盯上了马背上的小孩。

莫米尔的坐骑跑得再快，狭窄的山路上也施展不开它的本事。狼不一样，体积小，腿脚有力，山路对它没什么障碍。何况它又是极其饥饿的状态，扑上去的那一瞬，倾尽所有力气，咬住了老白马的一条后腿。如果不是一匹脾性好有教养的老马，莫米尔准给掀下马背，成为饿狼的口中之物。

老白马忍痛拖着饿狼跑了很长一段山路，最后还是恶狼撑持不住，被老白马甩脱。白马伤了一条后腿，一瘸一拐，忠实地将小主人驮回了莫乎沟。趴在马背上的莫米尔回头望着被老白马甩开的饿狼趴在远处吐出血红的舌头，它眼神里的凶狠劲还在，只是力不从心了。

老白马救了莫米尔的命，但它因流血过多，后腿彻底残废了。

莫乎沟配种站的递递眼点上自己卷的莫合烟，绕着老白马转了三圈，猛抽了一大口烟，把烟屁股往地上一扔，跟脚上去狠劲踩灭烟头，才说，废了，没啥用，趁早宰了吃肉！

递递眼真名叫啥，人们记不住，只知道他养的种马给别人家母马配种时，种马使不上劲，他在一旁帮不上忙，奔前忙后发急，把眼睛挤成两只圆球，恨不得立马成事。有人就给他起了这个外号。

养蜂人老戴听递递眼这么说，不知深浅地说了句，不会吧，只是瘸条后腿……伤好后照样能骑人驮东西！

像着急配种的马成不了事，递递眼一下瞪圆双眼，伸一只手到老戴面前，说，拿钱来，这马卖给你骑好了。

我……老戴语塞了，他望望周围的人，大多像递递眼一样斜眼看着他。老戴闭紧嘴，低下头不再言语。

递递眼收回手，得理不饶人地说，别装慈悲啦，连你这样有钱的养蜂人都不要这个废物，留它没屌用，听我的没错，"咔嚓"了它算屌。

老白马扑闪着一双大眼睛，像听懂了递递眼的话，它的眼睛里慢慢汪出一摊湿意，无辜而悲凉地望着周围的人。

花菇子狠狠瞪着递递眼心想，你又不是兽医，只是配种的，还不是你能配，是你养的种马能，你一点本事都没有，心咋这么狠？是你自己想吃肉了吧！

她不想老白马死，弟弟莫米尔说过，等他上完小学，就带花菇子骑着他的老白马下山，去见识见识外面的世界。花菇子没出过山，结婚时，她渴望到山外走一趟，可就这么个小小心愿，她男人也没满足她。男人只会冲她眯眯笑，任她说什么，只会点头。他对谁都这样，眯眯笑着点头。花菇子的男人脑子坏了，结婚前到山上摘野核桃，从树上掉下来摔坏的。花菇子一直向往山外，但她没自己的坐骑，她甚至连马都不会骑。她知道凭自己的两条腿，恐怕这辈子也别想走到山外。

莫米尔已经十一岁了，上小学三年级，离小学毕业还有三年哩，但花菇子一直耐心地等待着。这是埋在她心底的一个巨大梦想。可是现在，能驮她去山外的老白马残废了，花菇子的梦想似一个肥皂泡，被老白马的残腿戳破了。她看了眼一旁的公公，也就是莫米尔的父亲莫须有，他黑着脸一言不发。在莫须有那儿，就别想看到希望。

花菇子焦灼的目光越过公公，落在莫米尔脸上。惊魂未定的莫米尔感觉到了小嫂子的目光，扭头看了她一眼，无奈地摊摊手。他的脸上似乎看不出多少悲伤来。

其实，莫米尔巴不得出点啥事，他就不用去上学了。他烦死了上学，他的学习成绩一直不好，老师还常点他的名，弄得他在班里很没面子。而且在学校一住就是半个多月，老师不让出校门，唯一能撒野的地方是操场。可放了学，离家近的学生全回了家，操场像山里一样寂静，一点儿意思也没有。可是，莫米尔不愿用这种方式达到不上学的目的，他和老白马的感情还是很深厚的，没了老白马，他在山里也无处可去。再说，这次是老白马救了他的命。

杀老白马时，老戴和小戴父子俩都没来现场，可能觉得太残忍。老戴不知躲到哪儿去了，小戴一个人站在河对岸的窝棚旁，远远地看这边的热闹。

花菇子和莫米尔挤在人堆里，看着莫须有、递递眼和几个男人把老白马牵到沟谷底的吉里格郎河里去洗。水很清，也很凉，是天山深处的雪水。虽然是中午时分，太阳明亮地挂在天空，可热量不足。男人们蹲在河边，掬起冰凉的河水给老白马洗身上的尘垢。河水太凉，刚开始往老白马身上洒水时，冰得它身上的肉一跳一跳的。它摇晃着身子抖动湿漉漉的白毛，水珠子溅到那些男人身上。他们很生气，也失去了耐心，狠狠地往白马身上泼水。老白马想躲，残腿不灵便，缰绳又被递递眼牢牢地攥着。它逃不脱，但很狂躁，不断地喷着响鼻。

水泼多了，老白马渐渐适应了凉水，认命了，慢慢安静下来，任凭他们把它洗得又白又亮。

递递眼把老白马牵上河岸，抽完一支莫合烟。马身上的毛快干了，他们才牵着白马到一个土坎前，冷不防，轰的一声将白马推倒在坎上，扑上去手忙脚乱用绳子捆它的三条好腿。老白马喘着粗气挣扎，却一声都不叫唤。它眼球暴凸，眼泪飞落在光秃秃的土坎上，洇出不少圆圆的湿印子。花菇子不忍看下去，她受不了老白马强烈而沉默的反抗。莫米尔不知从哪里来了勇气，挤出人缝，冲过去从后面狠狠踢了递递眼一脚。递递眼扭头想看是谁踢的，老白马挣扎得更厉害，他不敢松手，没去看袭击他的人。

花菇子给莫米尔投去赞许的一瞥，虽然他们无法挽救老白马的生命，踢一脚宰杀老白马的递递眼，多少也算解点儿恨。

闪着白光的长刀子捅进老白马脖子的瞬间，花菇子捂住了双眼，她不敢看。直到听不见老白马挣扎的声音和粗重的喘息声，她才轻轻挪开一根手指，从指缝里看到莫米尔的小身子一抽一抽无声地哭泣。他还算有点儿良心。老白马已经倒在地上一动不动，那长长的睫毛、汪着泪水的眼睛合上，再也不能温柔地看她花菇子了。花菇子的泪水喷涌而出，但她心里没刚才那么难受了，毕竟，已成事实，再难受老白马也不能站起来了。再说，看到莫米尔能为他的坐骑哭泣，她心里略微有了些安慰。

这样的安慰很快就变得动荡起来。花菇子在公公的逼视下，将马肉煮熟，捞出锅时，莫米尔脸上的泪迹还没擦干呢，他抽抽鼻子，竟然抓一块肉啃起来。花菇子想都没想，一把打掉莫米尔手中的肉，尖叫道，作死呀，这可是老白马的肉！

莫米尔惊奇地望着花菇子，又望望地上沾了尘土的肉，不高兴地说，老白马的肉就不能吃啊。

说着，伸手又抓过一块肉啃起来，一点儿伤感的意思都没了。

花菇子愣怔地看着莫米尔无所顾忌地啃着马肉，竟然啃出一脸的陶醉来，她的心竟比杀老白马时还要难受。随即，鼻子一酸，泪水模糊了她的双眼。

莫须有把老白马的皮钉在山墙上，进到屋子里，看着埋头对付马肉的小儿子，又看了眼默默流泪的儿媳妇，刚放晴的脸又黑下来，冲花菇子斥道，就你尿水多，去，把马鞭切碎给你男人端去吃！

花菇子抹把泪水，要走，莫须有又叫住道，记住，回头捡几块肉给养蜂的父子送过去，虽然不是莫乎沟的人，有肉还是要一块吃的嘛！

二

过了荷苍隘，再往里走，就是莫乎沟。说是沟谷，其实很宽敞，平坦处零零散散地住着一些人家。谷底是条奔腾不息的河，叫吉里格郎河。水自南流向北，不宽不窄，是条小河流。宽阔平坦处水流缓慢，悄无声息，就像有人在这儿平铺了一大块锦缎，缎面光滑平整，唯有风吹来，缎面才微微滚动出波浪，给人视觉上的起伏。且无论有风无风，河面在阳光下永远都闪着细碎的光芒，如镶嵌了无数的钻石；至狭隘陡峭处，流水湍急，还发出轰隆隆的吼声，能传到远处的谷顶。吉里格郎河像个不甘寂寞的人，总要粗着嗓门引起注意，远远看过去，迅疾的水流还有种蛊惑人的气势。往往是，早晨的阳光还没从东边山头露脸呢，吉里格郎河的水流声已经把山上树林里的小鸟闹醒了，它们叽叽喳喳乱叫，像是相互控诉河水声扰乱了它们的美梦。

养蜂人老戴每天起得比小鸟还早，他赶在鸟叫之前，到山顶的树林里走一遭，查看果树的花苞是否绽开，顺便捡两把草地上夜露水喂出来的地软（一种藻类），回来给儿子拌疙瘩汤当早饭。疙瘩汤里搁些地软，煮熟后再放些野葱，能把人香死。

前些天，货郎驮着货物到莫乎沟，中午时蹲在吉里格郎河跟前，边吃干馕边掬河水吞咽。老戴出门在外时间长，看着不忍心，唤货郎到自己的窝棚，盛一碗地软疙瘩汤。货郎喝了一口，连连叫道，香死了，香死了，问汤里的黑片片是山木耳？老戴告诉他是地软，树林草地上长出来的，原来山下也有的，这些年喷洒农药，不见长了。

怪不得呢。货郎年轻，没见过地软，当时就要老戴领着他去找。他说这东西太香了，如果能采摘，他想带到山下去，看能不能当山货贩卖。

老戴想，地软又不是啥金贵东西，不会讨人喜欢的，谁能拿它当回事。但他不好把这种话说给货郎听，免得人家说他小家子气，就领着货郎到山上的树林里去捡，好在这个季节中午的太阳不毒，地软没有被晒死，东找西采捡了几把，货郎欢天喜地带走了。

过后，货郎好久没上山来，也没带回地软是不是能当山货卖的消息，老戴前些天还牵挂着，后来就不往心里去了，能不能当山货，跟他有什么关系？他倒是闲着就上山采几把，儿子小戴喜这口。每次看到儿子抱着大瓷盆喝地软疙瘩汤，像吉里格郎河的水一样欢畅响亮，老戴比喝了蜜还舒坦。儿子是个难得的好男孩，乖巧听话，叫他干啥就干啥，不叫他干的，他绝对不干。老戴的妻子死得早，为了儿子，他没再娶，一个人带着儿子，从小到大，儿子小学、初中、高中上了十二年学，没和别的孩娃打过架、吵过嘴，没给老戴惹过一丁点儿麻烦。只是这孩子乖是乖，学习成绩却一直不太好，高中毕业没考上大学，不愿复读，却要跟他天南地北放蜂。老戴觉得这样其实也好，养蜂也是个艺业，发不了大财，但谋个温饱没问题，并且一辈子不愁喝不到蜜。蜜多甜啊，一辈子都在蜜里生活，不也是个活法！对老戴来说，这已经够好了。儿子要是考取了哪个大学，他还真拿不出学费供儿子去城里上呢！再说，大学毕业了又能怎样，还不得自己想办法谋生？老戴从电视上看到过，有好多大学生毕业了照样寻不到合适的工作。其实，也不是真没工作可干，还是他们眼高手低，看不上这，看不上那，不是嫌这儿工资低，就是嫌那儿管得太严，挑三拣四。人嘛，什么事都合适了，活着还有啥劲！所以，儿子没考上大学，并且心甘情愿跟他出来放蜂，老戴心里还是挺自足舒坦的。

鸟儿叽叽喳喳喧闹起来，把露水浑成一片的空气吵得碎成无数块，有些被鸟儿吞进嗓子，那叽喳声里，就像清晨的空气一样湿漉漉、清冽冽的，极其动听。老戴听惯了鸟儿的叫声，不嫌它们吵闹。其实吵不吵的，全在人的心里，心里开阔，什么样的声音都能容纳进去。老戴担心的，是鸟儿们醒来后吵闹，它们飞来跳去会啄烂地软。吃惯了肉虫的鸟雀儿，其实不食素地软，但它们的嘴不闲着，像孩子似的，只要没事干就难受，喜欢搞点破坏找乐子。春季地气凉，地软长不大，还很稀少，而且这时候的地软也跟刚长出的庄稼似的，最鲜嫩了，叫鸟儿糟蹋了可惜。上年纪的人，睡不了懒觉。其实，老戴并不老，五十才挂个零头，但他的一头白发把人衬老了。他身体强壮着呢，扛蜂箱比儿子能干，饭量也不小，就是瞌睡不如以前，晚上睡得不沉，有点小动静就能惊醒，尤其半夜，一旦睁开眼，睡意全没了，瞪着眼盼天亮。对老戴来说，现在的睡觉就像完成一项任务似的，没了年轻时的香味。

　　天已大亮，树梢上挂满了太阳的金辉，各色鸟雀儿在枝头欢叫、跳跃，它们闹得疯狂，把一些不牢靠的花苞都踩碎了。老戴心疼那些未开的花蕾，没能叫蜜蜂采过就夭折了可惜，像是个羞答答的小女孩，还在遮遮掩掩中，以为待到绽放便是惊世的美丽，结果却在含苞的时候就毁了，实在让人心疼。老戴是养蜂人，他喜欢花蕾清秀淡定的样子，但他更喜欢花蕾绽放的样子，这时候的花粉最丰富，蜜汁最纯香，能叫蜜蜂采到这样的花蜜是他最大的快乐。他不能眼看自己的快乐被鸟儿们轻易破坏掉。老戴捡起去年落下的干瘪果子打鸟雀，扔了几个干果没投中，鸟雀受了惊，飞起又落下去。在这个大林子里，鸟儿们野蛮惯了，一点儿都不怕人，落到另一棵树上继续吵闹。山里的树不似城里的一年四季有人精心打理，修枝剪杈，谁也不会给老山林里的树修剪的。偶尔有砍柴的人，砍倒一些树棵子，辟出条条小道来，但大多地方枝蔓缠绕，灌木丛生。跟灌木相得益彰的是干枯的蒿草和正在发青的野花野草，它们把林子里的空隙几乎塞满，让人根本没处下脚。当初，听人说莫乎沟野果树多，有稠李子树、山杏树、毛桃树，最多的还是野苹果树。离莫乎沟最近的几个山头，漫山遍野全是野苹果树，当地人叫野果子。也就是这些漫山遍野的野果子，吸引来外商，他们到山里转悠了一回，满脸兴奋，说山林里的果子是一笔巨大的财富，他们要开发野果，把它们制成天然饮料。如今做饮料的水果蔬菜大多是化肥农药催出来的，现在人们讲究天然和营养，把这些野生的果子制成饮料正符合现代人对绿色饮品的需求。所以，他们出资往山上修了一条能走拖拉机的山石道。以前，山上只有一条能容人马通过的山路，什么东西全靠马驮人背。这下好了，老戴雇拖拉机把蜂箱运到了山上。

在山上放蜂，比山下好得多。老戴早就打听过，山上各种野果子的花期刚过，漫山遍野的杞子红、一串黄、马香兰、白槐花、酸枣花、山菊花、马刺蓟、酥油花等等，开起来一层一层的，没完没了，一直能开到第一场雪落下来。这样，养蜂人的蜜月就能延长到深秋。老戴和儿子就是奔着花期长，才雇拖拉机把蜂箱运上来的，他想多采点好蜜，换下钱将来给儿子娶一房媳妇。儿子从没开口问他要过媳妇，但他听到儿子每夜在床上翻来滚去睡不着，不是想女人能是啥？做老子的心里明白，儿子到想女人的时候了，可娶谁家的丫头，不得两三万块钱？

就是把他的这些箱蜂家底全卖了，也抵不上这个价，何况卖了，父子俩今后喝西北风啊？！

一想到这儿，老戴自足的心态就淡了，像霜打过的桃花，耷拉下了头。阳光从树缝里漏下许多细碎的光斑，落在老戴身上温温柔柔的，很舒服，但老戴无心这样的舒服，他的心里有了一丝飘过的乌云。他奈何不了鸟雀，也懒得跟它们较劲，由它们闹去好了。老戴到树林间的宽敞处踩着露水在草窝里捡地软。这个时节地软不多，夜里地气又凉，地软也长不大，指甲盖大小，黑乎乎的，像草地上开放的狼毒花，贴着地皮藏在草根下，如果不耐着性子寻找，是捡不到多少的。

老戴有这个耐心，多年的放蜂生涯使他的性子一点儿都急不起来。养蜂像钓鱼一样，磨人的性子。再说了，老戴喜欢手摸地软的感觉，非常喜欢。黑乎乎的地软又软又滑溜，像丫头的皮肤。所以，他捡地软不爱用筐子之类的器物装，喜欢用手攥着，充分享受女人皮肤的美妙感觉。这是老戴对地软手感的评价。当然，这只在他心里，老戴没给别人讲过，他从没摸过别的女人，自己的女人活着时皮肤是不是像地软一样，老戴已经记不清了。

不一会儿，老戴攥着两把地软，从林子里钻出来，沿着缓坡慢慢往山下走。这时，庄子醒了，人咳嗽、羊叫、牛哞、马嘶声在炊烟里此起彼伏。说是庄子，其实没多少人家，还像羊拉的粪球，在坡谷里稍平坦点儿的地方，这儿一颗，那儿一颗，全是分散的石板屋。较集中点儿的，属河边的大谷底，那儿是老户人家，房子虽然也是石板屋，但高大结实，是历经祖辈好几代人创下的基业，屋后都有树枝搭就的大牲畜棚，里面能容纳上百头牛马羊，离很远就能闻到一股浓烈的牲畜味。

老戴披着一身阳光，踏着烟火气息下到谷底。他的蜂箱排列在沟谷的西坡上，蜜蜂喜阳，需要温暖。那里是一片平坦的阶地，他的窝棚搭在最宽敞的阶台上，蜂箱围着窝棚向四边延伸开，很有层次感。

儿子还在窝棚里熟睡，老戴轻手轻脚取出菜盆，端着小半盆地软到谷底河边去洗。早晨的河水很凉，往骨缝里钻，老戴硬撑着把地软洗净，又掬些河水抹把脸，两手交叉夹在腋窝下暖着，眼睛却盯着河对面出神。

慢慢地，老戴看到一个小人儿沿对面缓坡的小道走下来，到河边来提水。这个人是花菇子。老戴早就注意到这个小丫头，她穿一身黑色衣裳，在泛着青和白的板房映衬下格外显眼，而她那张小小的脸蛋几乎被淹没在黑色的衣服里，远远地，根本看不出她脸的轮廓。

刚到莫乎沟那天，蜂箱还没摆放好，大人孩子围了一大堆看稀奇，唯有花菇子默默地提个大铁桶，从河里灌满水，一边慢慢地往坡上走，一边回头望河这边的稀奇。她个子小，桶又高又大，碰到坡地上，水溢出来，她没注意到，脚下一滑，差点儿摔倒，铁桶趁机脱手，发出很大的响声，滚到谷底的河里。

要不是老戴反应得快，冲过去抓住桶，桶肯定叫水冲走了。

花菇子显然吓坏了，一身黑衣衬得她的脸更红，她瞪大眼惊恐地尖叫一声，一直看着桶被老戴抓住，眼睛还没恢复正常。

老戴心里嘀咕，谁家大人真狠心，叫这么小的丫头提个大桶打水。他从河里重新灌满水，爬上坡顶到花菇子跟前说，告诉我，你家在哪儿，我把水送过去。

花菇子呆呆地望着老戴，不吭声，突然伸手抓自己的桶。

老戴晃身闪开，说，谁家的小丫头，大人这么忍心，万一连人一起摔下沟谷咋办？

围观的人听到老戴这么说，轰的一声笑了。

有人笑着叫道，养蜂的一头白发，真是老眼昏花，她花菇子是啥小丫头，早就是莫家过门一年的老媳妇了。

怪不得呢，如果是没结婚的丫头，父母怎么忍心叫她穿身黑衣裳！就是小媳妇，也不能穿这么黑呀，像个乌鸦似的，把女人味全穿没了。

老戴这样想着，在众人的哄笑声中很难为情，面红耳赤，但他记住了"花菇子"这个小媳妇的名字。花菇子也是满脸通红，两只手绞在一起不知所措。老戴的心里怜惜花菇子一脸的孩子气，他还是帮她把水送上缓坡顶，才将桶还给她。花菇子低声说了声谢谢，声音弱得跟空气中的风似的。老戴凭着感觉听到这两个字，他笑了笑。

后来几次，老戴看到花菇子来河边提水，如果他闲着，会跑过木桥去帮花菇子把水提到缓坡上。刚开始，花菇子死活不让，把桶紧紧抱在怀里。老戴笑笑说，你这丫头真是的，怕我抢了你的桶啊。花菇子一声不吭，一双大眼睛静静地望着人高马大的老戴。老戴又笑笑，在花菇子迟疑间，一把抓过桶，提上就走。花菇子在后面紧追几步，追不上，便站住不动。老戴把水提到坡坎上停下，回头等着花菇子，见她不上来，知道她的心思，便放下水桶说，剩下的是平路，你自己提回家吧。说完，自顾自跑下去，经过花菇子身边时没有停步，直接过河回他的窝棚准备早饭。

三

莫须有给别人分马肉时，提出大家联合起来对付恶狼。各家都有牛马羊，或多或少都受过恶狼的袭击，这些年公家管得紧，没收了打狼的土铳，只能下套子，可莫乎沟的狼都成精了，几年来没套住过一只狼。有人怪递递眼打制的套夹子不中用，递递眼急了，抓过一个套夹子硬要在说话的人腿上试试。那人怎肯试，与递递眼撕扯起来。

莫须有拉开两人，站在他们中间说，行啦，别闹了，有这闲劲还是想想法子吧。

递递眼丢开那人，卷上一支莫合烟抽了一大口，嘴和鼻子像着了火冒出一大股烟后，才慢腾腾地说，法子倒是有一个，就是不知大家伙儿愿意不？

说说看。

递递眼卖起关子道，就怕有些人家不愿意。

人们你望望我，我望望你，用期待的目光看定递递眼。

递递眼这才一脸满足地说道，很简单，每家出一个壮劳力，每天晚上轮换着去野狼出没的树林子里守夜！

原来就这个呀，算啥法子！去一伙人，狼不傻，早跑了，还有你抓的。

这倒不见得。递递眼瞪着他的小眯缝眼不满地说，我的话还没说完呢，谁叫人去了？当然是得去人，可不是一般的人，咱们披上羊皮，装扮成羊，埋伏在林子里，引狼上钩……

这法子好！莫须有拍掌赞成道，狼每次都是到圈里来偷袭，防不胜防。咱们装成羊送到林子里去，主动出击，肯定能抓到狼。

都吃了莫须有的马肉，不好反对，没人吭声了。

递递眼却说，有句话得说在前头，打狼是为大家伙儿，可不能亏了每天守夜的大老爷们儿，春寒要人命哩，别坏了咱们的身子骨。

莫须有说，那就每家轮流出壶烧酒，给守夜的人驱寒。记住，得是货郎从山下驮来的粮食烧酒，不能拿自家酿的果子酒顶数。

货郎每个月头上莫乎沟一趟，骑着驮有针头线脑的黑马，身后还牵一匹驮酒、盐、茶的骆驼。他知道山上人需要什么，骆驼背上更多的是塑料桶装的粮食烧酒。

当然得是粮食烧酒了，果子酒哪儿能算酒，喝上一大缸，肚子里也热不起来。递递眼显然把什么都打算好了，他说，舍不得孩子打不住狼，都知道羊肉性热，能驱寒，那么每家得轮流出只羊，我负责宰杀，搭上自家盐巴，煮熟侍候各位爷们儿。

得了吧，递递眼，你说的比唱的好听，谁不知道在自家宰羊，能落下一大堆羊下水。有人反对。

大家在心里盘算着，你看看我，我看看你，最后把目光落到莫须有脸上，看他是什么打算。

莫须有知道大家目光里的意思，这事是他挑的头，该他拍板。可是，递递眼也太会算计了，到时，他会不会拿积攒的羊下水顶只羊，自己家不出羊呢？莫须有挠挠头，吭哧道，这个法子行是行，可到时轮到谁家，不出羊咋办？

递递眼一听，明白莫须有话里的意思，便说道，大家伙儿放心，我只负责宰杀、煮熟。至于羊下水，如果能吃完就吃，吃不了的，是谁的就带回去给老婆孩子吃，我绝不贪这小便宜。还有，轮到我出羊时，你们到我家羊圈里去捞，捞到哪只算哪只，我绝不挑瘦小的老羊顶数。也不看看这是啥事情，养羊为啥啊，不就是给人吃的吗？吃掉总比喂狼强啊！

这就好。大家心里这下踏实了，只要递递眼不糊弄人，其他人都好说。事情就这么定下，当天晚上实施行动。

半下午时，莫须有率先从自家圈里抓了一只大肥羊，作为第一个出羊户，用绳子拴着羊脖子牵到递递眼家前面。

递递眼在西斜的阳光下，眯着眼迎上来，翻起肥羊的尾巴瞧瞧，点点头，说，须有哥可真舍得，这只公羊身架大，留下能做种羊呢。

莫须有说，留下给狼叼跑了，啥都没啦！

一帮看热闹的孩娃围过来，揭开羊尾巴要看羊是怎么分公母的。他们看来看去，也看不出所以然，便问递递眼。

递递眼把眼眯成一条缝，没好气地说，回家看你娘的裤裆去，一看就知道了。

孩娃们一脸茫然。

莫须有瞪递递眼，嫌他说话不分大人孩娃。递递眼要回应，发现孩娃堆里多了个莫米尔，才记起这个崽娃子被狼惊吓后，就再没去上学。递递眼望着莫须有嘿嘿干笑了两声，却对莫米尔说，崽娃子，刚才叔说漏了嘴，其实分清公母很简单，去看看你的小嫂子就成……

递递眼！莫须有恼了，大声喝住递递眼，并且叫的是他外号。递递眼听着刺耳，但还是住嘴了。

莫须有很不高兴地说，你越说越不着调了，一群崽娃子，干啥呢？对崽娃子就不能教好一点的！真是！

递递眼嫌莫须有没在孩娃们跟前给他面子，叫了他的外号，心里有气，回应了一句，好！我不说了还不行吗？你就好好跟崽娃们说吧！说完，赌气地抱起肥羊，噔噔噔几步冲到谷底河边，扑通一声将羊扔进吉里格郎河里。水花溅湿了河岸，同时，也溅了递递眼一身，他也不管身上的湿水，只看着水中的羊尖细地叫唤着，扑腾开了。

莫乎沟的人有个讲究，要把羊洗干净才宰杀，这是对牲畜尊重，送它们洁净地上路。

莫须有看出递递眼闹情绪，但他又不好说什么。

这段河流较为平缓，水不深，羊在水里挣扎着往岸上爬。

递递眼上前去，也不打羊。莫乎沟的人从不动手打牲畜的，递递眼也不例外，他挥动双臂虚张声势地又把羊赶回河里。羊见这面上不去，便要涉水到对岸。看热闹的孩娃们见莫须有和递递眼都看着不管，担心羊逃跑，大喊大叫起来。

正在给蜂箱喷洒糖水的老戴父子俩，端着糖水盆子跑到河边，帮着将羊赶回河里。整天在河边看，他们对莫乎沟宰杀牲畜的风俗已经弄得一清二楚。小戴放下糖水盆，挽起袖子抓住羊帮着洗起来。午后的阳光有了热度，河水不像早晨那么冰凉，可还有些许寒意，小戴感觉不到，手指像梳子似的，细细地给羊梳洗。

老戴在一旁看小戴洗羊，突然，他发现伸向河中的树梢上有一挂蜘蛛网，上面粘着一只正在挣扎的小蜜蜂，他伸手去够，却够不着，左右也找不到树枝，便脱鞋下河，涉水走到蜘蛛网跟前，轻轻摘下那只蜜蜂，放在一根硬朗的树枝上。蜜蜂扇动几下翅膀，呼的一声飞走了。

小戴看到父亲的举动，心里涌满了暖流，竟然忘记手中的活儿，正在洗的羊突然从他手中挣脱，向岸上冲来。

孩娃们从不远处的木桥跑到河这边，大呼小叫地帮小戴把羊轰进河，继续洗起来。

对面缓坡顶上出现了一个黑影子，远远地看着河这边的热闹。

老戴注意到了花菇子，便扯着喉咙，对河那边的莫须有和递递眼大声说道，守夜抓狼也算上我老戴一个。

莫须有说，你又没养羊，还怕狼叼走蜂箱！

递递眼跟上说，他是眼馋大锅里的羊肉呢。

老戴一点儿也不介意，又说道，我没羊，可以出份力啊。

递递眼说，你又不是莫乎沟的人！

老戴说，这不就是了嘛，说不定，我留在这儿不走了呢！

洗羊的小戴听着父亲的话心里明白，父亲其实是和莫乎沟的人套近乎呢，他们来到人家的地盘放蜂，不与当地人搞好关系不行，虽然这山、这野果树、这花儿不归谁家所有，谁都可以在这里生存，可他们总归是山外面来的，心里不踏实。跟着父亲走过几个地方，小戴明白这个道理。小戴还记得，他们刚到莫乎沟时，蜂箱还没摆放好，父亲就带着他到对面的坡坎上挨家挨户送去年的陈蜜，对人家微笑着，请多关照。你说蜜蜂采蜜，人关照得上吗？小戴认为父亲多此一举，可老戴自有他这样做的道理：蜜蜂采蜜人是关照不上，可咱得在人家的地盘上摆蜂箱，人家哪天不高兴了，叫你把蜂箱搬走，这花季刚开始，蜂都放出去了，采不采蜜不重要，重要的是连蜜蜂都收不回来，老本儿就搭进去了。

四

阳光很好，亮晃晃地照在绿油油的草坡上，叫不上名字的小野花开了，黄的、红的、蓝的、紫的，把草坡装点得像块色彩斑斓的碎花布，使人不忍踩上去。

蜜蜂们开始忙碌了，在花丛间飞来飞去地劳作着。

小戴头戴纱帽，在飞进飞出的蜜蜂群里清理蜂巢，也就是清理死去的蜜蜂，每个蜂箱能清理出一小堆。要知道，一只蜜蜂大约得采集一千朵花，才能装满自己的嗉囊，飞回蜂箱卸下花粉，再去采集，每天要飞十几个来回，大多数蜜蜂只存活三五个月，就活活累死了。小戴把死蜜蜂往一起归拢时，心情很沉重。周围除了蜜蜂的嗡嗡声，小戴听不到别的声音。父亲和一帮男人晚上又去山上的树林子蹲守抓狼，凌晨才回来躺下，此刻睡得正香，小戴不愿扰了父亲的瞌睡，一个人默默地清理蜂箱。一般情况下，蜂箱十天半月清理一次。其实，离上次清理还不到十天，父亲没叫小戴清理，可他不想什么事都要父亲说了才干，那多没劲，他一个大小伙子，总不会什么事都不能独立完成！还有，他觉得很无聊，必须找点活儿打发时间，要不，漫长的上午很难熬过去。

　　春天的暖阳下容易犯困。小戴还没清理完几个蜂箱，就接连打了十几个哈欠。他的脑子已经有些犯晕，手里的活儿干得机械，一点儿也不像刚开始清理时那么有劲。小戴一直硬撑着，因为刚才他抬头，看到那个叫花菇子的，蹲在河边安静地洗衣服。她把已经洗好的衣服摊在身后的草坡上晾晒，其中就有她经常穿的那身深黑色衣裤，在绿油油的草地上灼人眼目。她身上穿的依然是一身黑衣黑裤，透过帽纱，小戴看不清花菇子的脸。小戴不明白花菇子一个丫头，怎么总穿一身黑衣服。一个人的穿着老是一成不变，就跟冬天一个颜色一样，晦暗，沉重，让人难以接受，也不适应。可那黑色又总是那么安静，一团乌云似的，不动声色地移过来，又悄没声息地飘过去，像是刻意要用这种凝滞的颜色掩盖自己。但在这青山绿水中，偏偏与众不同地吸引着他人的目光。小戴不时往河那边瞅，花菇子身边那堆要洗的脏衣服很显眼，估计不到晌午，她根本洗不完。小戴不好意思早早收工，人家一个丫头，不，小媳妇，都不歇息，在干着活儿呢，自己一个大小伙子，还没清理出几个蜂箱就收工，有点说不过去。小戴努力使自己打起精神。

沟谷里安静极了，晚上到林子里蹲守的男人们都在睡眠之中。也许是怕吵着这些男人吧，女人们说话的声音不似往日那么大，孩娃们也不知跑到哪儿玩了，那些吵吵嚷嚷的声音全没了。偶尔会听到一两声狗吠，蓄意要制造出一点儿动静似的，却使得庄子越发显得空荡。并不是多么空旷的谷地，不宽的河水如同一条白练抖着微微的波浪，在阳光下，闪着一层一层的银光。不知谁家这么早就生火做午饭了，庄子的上空被升起的炊烟软软地缠绕着，有一搭没一搭，一副无精打采的样子。

小戴没能使自己坚持多久，瞌睡使他心不在焉，有一刻他差点合上眼站着睡过去。他努力睁开眼瞅瞅河对岸，花菇子还在埋头洗着，草坡上晾的衣服越摊越多，她身边的那堆衣服似乎没少下去。小戴长长地打了个呵欠，准备清理完手头这箱就收工，他不想迷迷糊糊干下去。清理蜂箱是个细活儿，不能有丁点儿马虎，父亲说过，稍一疏忽，就清理不出蜡螟，这可是蜜蜂的克星，不治死它，会坏掉不少蜜蜂的性命。

小戴回头看一眼窝棚那边，门帘还好好地吊着呢。看来父亲今天不睡到中午又起不了床。中午吃点啥饭呢，原来都是父亲做什么，小戴吃什么，他没有自己做饭的经历，这几天父亲蹲夜回来倒头就睡，不到中午起不来，他就没现成饭吃了。有时候，实在等不到父亲起床，他饿得慌，就自己动手煮挂面吃。煮挂面简单，煮熟捞出来拌点盐醋就可以吃。但他煮的面没有父亲煮的好吃，不知道是啥原因，他想问父亲，每次话到嘴边又咽了回去，问也是白问。他知道父亲一下两下也给他说不清楚。

现在，小戴的肚子不是太饿，但胃一直不舒服，早晨吃了父亲给他带回来的羊肠，懒得生火加热，凉吃了，一上午肚子都难受。他想吃点热乎的暖暖胃。春天的阳光是热乎的，能把人的瞌睡晒出来，够厉害吧，他却吃不到嘴里。他停下手里的活儿，想不出一时半会儿自己还能干点儿什么，只好眯着眼望河水里闪闪的阳光发呆。

河边的花菇子突然发出一声惊叫，接着像被蜜蜂蜇了一般大喊大叫。她尖锐的声调把小戴吓了一跳，他抬头看到花菇子像踩了弹簧似的，人一下子蹿出去好远。蜂蜇了也不会这样呀！

阳光下的草坡、河边，一时不见人影，小戴本不想过去，看花菇子的样子不像被蜂蜇，那就跟他没啥关系。可这河岸两边，只有他和花菇子两人，他不去看看就显得不是男人。小戴双手捏着沾满小蜜蜂的蜜脾，不敢随手扔下，只能小心地插回原处。他脱了纱帽才能过去，这就耽搁了丁点儿时间，待小戴往河边跑时，老戴已经被花菇子的惊叫声惊醒，从床上一跃而起，冲出窝棚，跑到了小戴前边，边跑边往身上套衣服。

小戴跟着父亲跑到河对岸，看到惊恐不安的花菇子并没受到伤害。花菇子看着跑过来的戴家父子，惊恐地指着摊在草坡的黑衣服，紧张得一句话都说不出来。小戴和父亲随花菇子的手指望过去，黑衣服上盘着一条菜花蛇，有锄把粗。这蛇真会找地方，如果不仔细看，还以为黑色的衣服上，绣着一大朵色彩纷呈的花呢。

蛇显然被花菇子的惊叫吓着了，但它贪恋阳光下衣服上的舒适，不想就此离开，非常傲慢地仰起头，盘起来的身子正在散开，慢慢蠕动着与花菇子对峙。小戴看清这条在阳光下显得异常美丽的蛇，胃里的凉气顿时涌遍全身。他畏缩不敢往前，心想这莫乎沟到底是个什么样的地方啊，蛇这么大胆，见了人居然这么傲慢，不赶紧溜走。

老戴挡在花菇子前面，把她置于保护之中，双眼紧张地盯着那条慢慢蠕动的蛇，却不知所措。老戴摊开手，做出一副要飞翔的姿势，左右两手一抓一放，除过温暖的阳光和空气，他啥也抓不着。他想找个打蛇的工具，可草坡上除了草，连根树枝都没有。不远处的河边倒有柳树，可远水解不了近渴，他不能丢下吓呆的花菇子去河边折柳枝。小戴看出了父亲的意图，蹩身就往河边柳树那儿跑。

正在这时，递递眼举着一根树棍从斜坡跑下来，边跑边喊道，别赶走蛇，留给我对付它！

还是莫乎沟的人有经验，听到动静就知道发生了什么事。递递眼有备而来。

老戴明显舒出一口气。他的额头涌满了细密的汗珠。

递递眼没有将蛇打死，他伸出棍子拦腰轻轻挑起菜花蛇，小心翼翼地往坡上走。几次，蛇从棍子上滑落，它大概已经明白自己的处境，放下了傲慢的架子，迅速游动着做逃跑状，却被递递眼一次又一次地挑起来。

闻讯赶来的几个大人小孩，咋咋呼呼，和老戴父子、花菇子一起跟着递递眼，上到他家屋前的坡坎，来到他家畜圈前。

小戴不知道递递眼要干啥。他问旁边的人，人家顾不上跟他解释，急急地说，自己看，自己看，马上就会看到。竟然一脸的诡谲。小戴想问父亲，老戴像个忠实的保镖，一直陪伴在花菇子左右，他脸上除了对花菇子的关切，好像对递递眼的行为不太在意，估计他也不知道递递眼抓蛇做啥。小戴跟在大家身后，想看个究竟。

早有一个男人拔来一捧青草，一个孩娃钻进递递眼家畜圈，牵出他家的大种马来。

递递眼在几个大人的帮助下，用青草将菜花蛇裹紧，小心地送到种马嘴边。种马瞪着一双无辜的大眼睛，信任地看了看主人，伸出大舌头一卷，就把那捧草和蛇卷进了嘴里。菜花蛇的尾巴穿透青草的包裹，露在马嘴外边，使劲摇摆着。种马浑然不觉，急不可待地大嚼起来。

突然，种马停止咀嚼，怔了一下。它可能咬到蛇了，颇感意外。但是，只停了七八秒钟，它又恢复咀嚼。这次，种马嚼得有滋有味。

小戴眼看着露在马嘴外边的蛇尾越来越短，到最后完全进入马嘴里。他的心一直颤颤地在嗓子眼儿跳呢。直到马吃完蛇，用大大的眸子温情而满足地看着递递眼。递递眼也温情地望着他的种马，竟然一脸的陶醉。

见马吃完了菜花蛇，周围看热闹的大人小孩发出一片惊呼，递递眼冲着孩娃们挥挥手，去去去，看完了一边玩儿去。孩娃们一哄而散。

小戴这时慢慢缓过劲来，他按着胸口问身旁一个男人，为啥把蛇喂给马吃。他知道马是素食动物。

男人看了一眼小戴，说，小孩子家别多问，等你娶了媳妇就知道为啥了。

递递眼却得意地说，蛇壮阳，能帮种马给母马配种。

有个男人对递递眼说，刚才的青草可是我拔来的，咱说好了，今年得先给我家母马配头一茬。

递递眼嘿嘿一笑道，就先给你配！

五

莫须有带几个青壮男人，傍晚在递递眼家吃完一只羊，喝完三塑料壶烧酒后，每人披一张羊皮，上山钻进夜色笼罩下的树林，像羊似的蹲守着，等狼上钩。

却没看到狼的影子。

他们心里纳闷，难道狼真的成精了，知道是披着羊皮的人，来算计它们的。山林里的夜静得有些吓人，晚风吹来，凉飕飕的，清冽冽的月光下，他们顶着寒气蹲守了十几个漫长的夜晚，连个狼毛都没瞅见。

其实，他们忽略了一个问题：狼是具有灵性的。狼比狗更有生存的本能，除了凶残，还有机敏，不然，在荒郊野外它们又怎能作为强者生存。狼的嗅觉远远超过莫乎沟人的想象，人披羊皮装的羊散发不出特有的浓烈膻味，他们吃羊肉又喝了烧酒，酒的味道穿透力极强，远远压过了羊皮本身的膻味，狼远远就能闻到。再饥饿的狼也明白，哪有喝烧酒的羊！

它们可没这么傻。

春天的夜晚地气寒，再热的羊肉和再好的烧酒，也驱不走大地的寒气，蹲守的男人们装的是羊，却不能像羊那样四处乱跑，靠活动来御寒，他们在羊皮下冻得瑟瑟发抖。十几天下来，好几个人冻病了，傍晚吃羊肉喝烧酒时，人员不见少，但去山上蹲守的人却见天减少。到最后，只剩下莫须有和养蜂的老戴两人了。其实，老戴这些天感冒了，身体也不舒服，可他却是蹲守的这些人中最不好退却的，他没有羊提供给大家，每天却吃着别人家的羊肉，若是不去，有点说不过去。再说，当初是自己主动提出参加，只要还有人上山，他就不能退下来，不然，就应了递递眼当初说的，他老戴是奔着羊肉去的。这可不是他愿意承受的。他是外来的，像其他人吃完羊肉抹抹嘴就回家，老戴做不出来，身体不适的话他也说不出口。老戴只好硬撑着，熬过一晚算一晚。

这晚吃过羊肉临上山前，递递眼对莫须有说，须有哥，蹲完今晚就算了吧。

莫须有心生奇怪，问道，为啥？狼毛都没抓着呢。

递递眼瞅了一眼老戴，心说还要问为什么，人都没了，捉啥狼呀。说出来的话临时却变了，狼可能知道信儿了，这都半月过去了，咋就连狼毛都不见一根呢？

再蹲蹲吧，说不定狼这几天就来，它们饿得够狠了。

这下，递递眼生硬地说，还是算了吧，莫乎沟十来户人家，除过养蜂的老戴，每家都轮流出过一回羊啦，再出一只羊，难了。须有哥，你是真没听到吧，大家伙都有意见了，说你是为自己的儿子报仇，吃掉了十五六只羊，却没见抓根狼毛回来。可不能再出羊了，这几年被恶狼叼走糟蹋的羊，也就七八只，可抓狼的人半个来月却吃掉了十五六只羊，这损失可比狼……

别说啦！莫须有把披在身的羊皮扯下，往地上一扔，怒道，今晚就不去了！这狼就不抓了！

说完，莫须有径自走了，留下一张羊皮躺在地上，松松垮垮的，在月光下越发惨白。

老戴有些尴尬，看着递递眼，不知怎么办才好。

递递眼生气地冲老戴道，看我做啥，那些话又不是我说的，我只不过替大伙儿做回传声筒。老戴你也是，不好好养你的蜂，跟上瞎搅和啥？大家伙对你也有意见呢，说你跟着白吃羊肉白喝烧酒，不能便宜了你，等摇下第一茬蜂蜜，你得送大家伙儿尝个新鲜。

他还记着刚上山时，老戴送给他们的那罐是陈蜜呢。

六

狼没打住，老白马被杀掉吃肉了，莫米尔不用到山下上学，他也不像其他孩娃，得去远处的山坡放羊，他家的羊由花菇子放着。有花菇子在，莫米尔很清闲，他啥心都不用操。这个季节野果子树才开花，还没果子摘。自受了恶狼惊吓，他一个人也不敢往山里去了。面前的吉里格郎河水太凉，不能跳下去摸虾，莫米尔很无聊，每天睡到日上三竿，爬起来吃点花菇子留的早饭，就走出家门，四处转悠，没找见能和他一起玩耍的孩娃，他一个人站在坡坎上往上看一会儿，又往下看一会儿。山上坡下不是果树花就是各种颜色的野草野花，满山遍野都被花填满了，连明亮的太阳光都染上了花的色彩，散发着花的芬芳。

花丛中飞来飞去的金黄色蜜蜂，吸引了莫米尔的好奇心。以前，莫乎沟的花丛中也有蜜蜂飞来飞去，可那都是野蜂，不知采不采蜜。现在的这些，肯定是河对岸戴家养的蜂，忙忙碌碌专门采蜜。不知蜜蜂是怎样把花粉变成蜜汁的。莫米尔跑下缓坡，越过吉里格郎河上的木桥，到蜂箱跟前要看蜂蜜是咋变出来的。

老戴到山上树林里采地软去了。前几天，那个年轻货郎来送货时，带来一个大喜讯：地软在山下城里大受欢迎。货郎托人找专家问过，说地软的营养比木耳更丰富，现在的木耳大都是人工培育出来的，自然失去了野生木耳的新鲜，其营养价值也大打折扣。地软则不同了，味道鲜美，源自山野，本色纯正自然，是真正的绿色食品。货郎动了贩卖的心思，他叫莫乎沟人去山上采，既然地软像木耳，那就采回来晒干，他上山来收，有多少要多少，并且价格不菲。

莫乎沟又多了一条挣钱的路子，大多数人利用放牧时，到山上林子里去采地软。这事是老戴最先干的，他当然不甘人后，除过照料蜜蜂，其他时间全去山上采地软。养蜂比较清闲，蜜要蜂去采，忙碌的是蜜蜂，不是人。只要按时给蜜蜂喷洒糖水，十天半月清理一次蜂箱，防止一些小爬虫钻进蜂箱祸害蜜蜂，剩下的就等着摇蜜。春天的蜜蜂幼虫多，采蜜量不大，所以，十天半月才摇一次蜜，有得是闲时间，老戴刚好去采地软。

采地软是磨人的活儿，浪费时间，还采不了多少，但积少成多，额外能挣几个钱算几个吧。这样一来，采地软竟成了老戴的主要工作，蜂箱基本由儿子照看。

小戴每天早晨照样睡懒觉，老戴上山前已经打开蜂箱的门，蜜蜂们该进的进，该出的出，有秩有序，不用小戴操心，更不用担心有人来捣乱。谁不怕蜂蜇！

偏偏这天上午，莫米尔叫蜜蜂给蜇了。莫米尔其实很怕蜂蜇，可上学时老师说，蜜蜂一般轻易不蜇人，它屁股上的刺连接着肠子，蜇人会把肠子带出来。也就是说，蜜蜂蜇人会搭上它的性命。莫米尔想，他只不过想看看蜜蜂是怎么酿蜜的，不想伤害它们，蜜蜂那么聪明，不能看不出他没歹意吧，更不会轻易牺牲自己的性命来蜇他。互相伤害，没必要嘛。

莫米尔很坦然地来到蜂箱跟前，蹲在那儿，盯着窄窄的蜂箱口密密一层爬进爬出的蜜蜂。它们忙忙碌碌，根本顾不上搭理莫米尔这个闲人。莫米尔看了一会儿，没看出啥名堂，像一个站在屋外的人，怎么也看不清屋内的情形。想到老师说的蜜蜂不主动攻击人，他的胆子增加了一分。前些日子，莫米尔远远看见小戴打开蜂箱清理蜂巢，那些蜜蜂都兀自忙着，根本不理会小戴。莫米尔的胆子又大了一些，毫不犹豫地打开一个蜂箱盖子，他要看看蜂蜜究竟是怎么叫这些小蜜蜂酿造出来的。

轰的一声，莫米尔刚把蜂箱揭开一半，没来得及看清蜂巢是啥样子，一群工蜂黑压压地冲出来把他包围住。紧接着，他的脸、手，凡是没被衣服遮挡的地方，全被蜜蜂袭击了。

莫米尔发出尖锐的惨叫声。

窝棚里的小戴听到惊叫声，跳起来光着脚跳到门口往外一看，心说糟糕，赶紧趿上鞋子，几步冲到莫米尔跟前，将他扑倒在草地上，把自己的外衣脱下来在头顶挥动，赶开蜜蜂。

正像老师说的，蜜蜂不会轻易蜇人。莫米尔脸上手上只蜇了七八个蜂刺，不算多，要是一箱蜂全刺一下，他早就没命了。

就这，莫米尔的脸和手像发起的面，迅速肿胀起来，他疼得大哭大叫。闻讯赶来的人们七嘴八舌，出各种主意的都有，说在肿胀处找到蜂刺，挑刺挤出毒液；还有人建议拧点清鼻涕抹上，说可以止疼。以前，莫乎沟也有人被野蜂蜇过，但具体是咋止疼消肿的，没人说得清楚。

小戴刚养蜂不久，还没经历过被蜂蜇成这样的，慌了手脚，取来清凉油给莫米尔涂抹。清凉油刺激性大，一时没止住疼，却将莫米尔的眼睛熏得睁不开，他哭得更厉害，挨了刀子似的。

莫须有跑来了，他差点没认出宝贝儿子来，要不是莫米尔边哭边喊他爹，他真不敢相信，儿子被蜜蜂蜇得这么惨。

有了爹这个支撑，莫米尔底气更足，哭得越发凶。

莫须有束手无策，儿子身上哪儿都不能碰，一碰他就锐利地尖叫，他只好把气撒在小戴身上，怪他没看好蜂，蜇了莫家的命根子。这怎么得了，莫米尔可是他莫家唯一的全乎人了，全靠他给莫家传宗接代呢。莫须有大发雷霆。

小戴有口难辩，气得呼哧呼哧喘粗气，还想与莫须有理论，可他哪儿是莫须有的对手。幸亏老戴采地软回来，把儿子扯到一边，忙给莫须有赔不是。

老戴话越软，莫须有心越硬，他不好当面对赔不是的老戴下手，气没处撒，竟然一脚踢翻了跟前的蜂箱，差点把蜂箱摔破。真要是蜂箱破了，蜜蜂不是好惹的，周围的人都得挨蜇。

老戴没想到莫须有会这么过分，他愣怔了，也不问问蜜蜂蜇莫米尔的原因，就将蜂箱踢翻，太过分了。老戴瞪圆双眼，看着怒气冲冲的莫须有，心想自己从到莫乎沟的那天起，说话做事小心翼翼，你莫须有要打狼，我陪你去受罪，并且陪到最后只剩下一人，难道你一点脸面都不给？老戴气得胸部一鼓一鼓的。可是，他咬紧牙还是把火气压住了。说啥也是自己的蜂把人家的孩娃蜇成这样，再有理由，也是人家孩娃受了疼痛，真要吵起来，他恐怕占不了上风，反而会把莫乎沟的人都得罪尽。

老戴尽量语气平和地说，看这事弄的，没想到嘛。别的事咱先不追究，还是赶快想法弄点儿尿泥给孩娃涂上，尿能解毒……

莫须有吼叫道，扯淡，尿泥多肮脏，能涂在脸上！

老戴说，那就……弄点儿奶给孩娃涂上，奶也能止疼消肿，只是没尿泥来得快，牛奶、羊奶都成，当然，人奶最好……

花菇子放牧归来，闻讯赶来，从人缝钻进去，一把扯住哭叫的莫米尔就走。莫米尔跺着脚不愿走。花菇子说，快走，带你去涂羊奶！

莫米尔这才哭哭啼啼地被花菇子扯走了。莫须有嘴里骂骂咧咧地也跟着走了。大家一看，没戏看了，三三两两地散去。

老戴望着走远的莫须有背影，听着他越来越微小的骂声，一个人在蜂箱前站了很久。

对面坡坎人家的屋顶上，中午的炊烟升起、落下。慢慢地，有人骑马赶着羊牛从山坡上放牧回来了。

老戴感觉腿脚麻木，头顶的日头不是春天的，倒像是夏天，烫得他头皮灼疼。他这才转身，走向窝棚。

小戴一直愣怔地望着父亲，等待着一场斥责。他发现父亲的眼里起了大雾，像一层苍老的浮云，将父亲慢慢地淹没了。

突然，父亲打了个冷战，猛然转身，没瞅儿子一眼，也没丢下一句责怪的话，径自走进窝棚。小戴抬头看看天，太阳的光芒白晃晃地刺他的眼目，他觉得眼前白花花一片，一瞬间，变成一片闪耀着星星的黑幕。

七

花菇子一直想买些花布，给自己做身花衣裳存放着，一旦哪天莫米尔带她下山，她就把身上这该死的黑衣服脱掉，换上花衣服。公公莫须有把她装扮成一个黑寡妇样，还说她男人的病不能穿别的颜色，会冲掉治愈的念想。她还年轻，路还很长，不想一辈子都裹在黑衣服里，没有一点鲜艳的色彩。

花菇子恨死了这身黑衣服，它像桎梏，紧紧地锁住了她的欢笑和梦想。看着自己的男人在家像道鬼影似的晃动，花菇子心里忍不住悲哀，自己的命怎么就这么苦呢，嫁了个死人一样的男人！男人两年前踩断树枝摔下来时，看着没受啥大伤，笑起来眼睛还眯眯、甜甜的，不说话不做事一点都看不出有问题。可他却是个活死人。花菇子嫁到莫家是为给她哥哥换亲，她的婚姻完全掌控在父母手里。相亲时，花菇子觉得这个男人长得端庄，心里当时还是很满意的。她娘家在莫乎沟更深的山里，从来不知道山外是什么样子的。花菇子从有了心事开始，唯一的心愿就是走出大山，看看外面的世界，她想知道山外到底是什么样子的。他们那里有人到山外去过，花菇子没有，父母不让她出去，说一个姑娘家，懂得做家务就行了，别的，不需要知道太多。她的很多信息都是靠货郎传递的，再有，就是到山外去过的人回来说的，他们说山外的人长得好光鲜，穿的衣服漂亮极了。花菇子跟父母闹过，她要跟别人出去长见识，可是父母坚决不同意，她只能想，以后结婚了，她一定要让自己的男人带她下山见识外面的世界。莫米尔的哥哥来相亲时，一句话都没说，只是笑，笑得花菇子的心乱了，更重要的其实还是当时媒人说的一句话，说莫乎沟离山下近，日子不苦。离山下近，这对花菇子太有诱惑力了，所以她没有推却就出嫁了。谁知嫁过来才知道，男人不光脑子摔坏了，还是个废物。花菇子这才知道上当，她哭过闹过，跑回娘家，母亲流着泪对她说，这就是你的命，谁也代替不了，只有你自己去受。

花菇子在早晨和傍晚投下的影子，都超出了她每日走动的范围，这是她的命，她受着，在她内心里，却时时刻刻都想着改变这个命呢。可她抗不过命，一次又一次地被父母送回婆家，甚至不让她回娘家。花菇子流过的泪水差点把她淹死，要不是弟弟莫米尔的一句话，使她看到希望，她连死的心都有了。花菇子一直被莫米尔答应她的话支撑着，不然，漫长得没有色彩的日子，怎么熬得过来呢。后来，莫米尔的老白马受伤被宰杀叫大家伙儿分吃，莫米尔因为没有马骑，连学暂时都不去上，花菇子觉得自己的希望要熄灭了，没了老白马，她这辈子岂不是无法看到山外的世界了？她正在绝望时，莫须有又给小儿子驯一匹新坐骑。这次是匹枣红色的儿马，年轻气盛，可年富力强，恶狼绝对追不上它，但是，怕莫米尔驾驭不了，得驯服一阵子才能骑。所以，花菇子的心里又重燃起了希望，莫米尔给她许下的诺言还是会实现的。花菇子心里埋下的种子又重新发芽。

可是，花菇子没钱买花衣服，在公公家，她没有挣钱的机会。但她从来没抛弃自己的梦想。

货郎收购地软的消息，给了花菇子一个实现梦想的机会。莫乎沟最高兴的就是花菇子了，她觉得天大了，沟谷开阔了，吉里格郎河的水流得欢了，山上林子里的野果子花也开得艳了。

花菇子趁放羊时，到林子里去捡地软。她不用担心羊跑丢，羊是最温顺最听话，也最软弱的动物，像她花菇子一样，是命中注定任人宰割的，并且，它们不会为自己的命运抗争什么。

捡地软需要极大的耐心。地软是水分很大的藻类，喜欢潮湿阴暗，没有了露水的滋养，强烈的太阳一照，会收缩起来躲进草丛里，不好寻找。

花菇子对自己的婚姻认命，可捡地软时，花菇子却没有认命的淡定，显得很急躁，一伸手就想捡一大堆，一捡就是一大筐。然后，拿到只有她一人知道的深山里，找个人难爬上去的大崖石摊开晾晒。她知道崖石上没有地软，不会有人上去。等地软晒干后，再用花呀草呀盖上偷偷弄回家藏起来，等货郎来收。

可是，一切都没像花菇子期望的那样。地软很不好捡。有时一上午只能捡到一小把。快到中午时，找不到地软，花菇子坐在开满鲜花的野果子树下，花香浓郁，有很多蜜蜂飞来飞去，在花的香气中急匆匆地采蜜，它们顾不上树下常常发呆的小女人。羊们散落在花菇子周围安静地吃草，偶尔抬头望着主人，咩咩地叫几声，另一处同伴回应几声，然后又埋下头满足地啃鲜嫩的青草，根本不能为主人分担一点点忧郁。

花菇子坐上一阵儿，叹口气，仍然去捡地软。

八

春天是牲畜发情的季节。递递眼养的那匹大种马这阵子就没闲过，它干的绝对是体力活儿。看上去，递递眼比他的种马更辛苦，那对眯缝眼更细小，还有了明显的黑眼圈。种马配种又不要他递递眼上，递递眼纯粹是瞎操心，他担心种马配多了质量不高，人家的母马怀不上驹。能不能怀上驹，只能怪马，关他啥事！

小戴这阵子起得早些，站在河边装作洗脸，眼睛却斜对面的坡坎，那里是递递眼的家。在他家屋前两个竖起的横杆前，每天早晨，种马都要给别人家母马配种。

往往，看着种马举起两只前蹄，搭到母马身后时，小戴就不敢看了。他怕别人看到他在远处窥视配种，会难为情。其实，没人会注意到他。就像没人注意到，在高高的山上树林子里，老戴顶着晨雾去捡地软，却常常空手而归。

小戴好些天没喝到父亲做的地软疙瘩汤了。他不知道父亲最近怎么了，每天早早起床就上山，却捡不回一把地软。看来，地软是越来越不好捡了。小戴现在知道为什么父亲做的饭那么香了，不仅仅是父亲的手艺，更重要的是汤里掺了地软。父亲是在莫乎沟人都开始到山里找地软时才告诉他这个秘诀的。可现在小戴喝不上地软疙瘩汤，想起那味道，他馋得流口水。

这天早晨醒来后，看时间尚早，小戴独自一人上山，他想去捡些地软。做疙瘩汤喝。他想父亲大概是真的老了，眼神不好看不清地软，他年轻，眼睛尖，会找些地软回来。

小戴不怎么上山，冷不丁上来一次，发觉地气热了，山上的雾很大。被露水燃起的雾在林子里弥漫开，人一走动，带动云雾在周围飘荡。雪白色的雾气中，粉的、桃红，还有白色的花儿在枝头若隐若现，更有动听的鸟鸣声，好像在身边，又好像离得远了，飘忽得很，感觉进入天上仙境一般。

太阳从东边的山头探出来，被雾隔离开，只能像个稀黄的玉米面馕饼一样，有气无力地蹲在山顶，像被粘住似的，半天起不来身。可是，太阳透过浓雾，把热量洒向天上人间，能使在地上行走的人感受到晚春的温暖。

小戴在浓雾中的草地上翻找了好久，才找到一两片地软。他不甘心，一直往林子深处走。

冷不丁，小戴看到前面雾气里有摇动的影子，他以为是前阵父亲他们要逮的狼，惊得差点叫出声来。透过浓雾再看，却是两个人影。小戴躲到一棵树后仔细看了许久，看到了类似于递递眼家屋前的情景，不过，他没看清那两个人是谁，就悄悄地逃走了。他怕人家看到他，对于这种隐秘的事，他感到难为情。

小戴在这个春天的梢头，再没喝上一顿地软疙瘩汤。

夏天到了。

山里的夏天不是太热，但有点闷。如果早晨去吉里格郎河舀上一碗凉水，冲上老戴家刚摇出来的蜂蜜，如果赶上的是槐花蜜，一口气喝下去，这一天全身都喷涌着一股清香味，清爽，一点儿都不会觉得闷热。

这个季节，荆梢花开得满山遍野全是紫色，冷不丁看上去，沟沟坡坡紫得惊人。荆梢花虽然没别的花那么香，但它有股药材的味道，有人害凉咽喉疼痛，捋把荆梢花回家烧水煮了，喝上三五次就能见好。

莫乎沟最香的花，当属槐花。虽说槐花期已过去半个多月，但现在摇出来的却是槐花蜜，香气全在蜜里，不用尝，闻着香味就能沁入肺腑里，更别说喝上一口了。

这是养蜂人最兴奋的时节，可这阵子老戴的情绪却不大稳定，他在缓坡上守着一个半人高的洋铁桶，无精打采地摇蜜。小戴头戴纱帽，默默地打开蜂箱盖，轻轻拎起一块蜂板，忽然间迅速一抖，把蜜蜂抖落在蜂箱里，抽出蜂板，到早就准备好的空箱前，用柔软的毛刷轻轻地刷下残留在蜂板上的几只蜜蜂，送到父亲手里。老戴用刀尖小心地剥去蜜蜂用蜂蜡封住的蜡盖，将蜂板插进洋铁桶中的摇蜜机里，有一搭没一搭地摇着手柄。几次，小戴拿来了好几块蜂板等在旁边，父亲还是一点都不急，他好像打不起精神，有时摇着蜜会望着一个地方发呆，脸上的表情就像抹了一层薄薄的蜜，有点甜的意思。有时，看上去心神不定，不断把蜜摇洒出来。老戴的这种心不在焉使小戴心里不悦，以前，小戴摇蜜时要是洒丁点儿蜜，老戴忍不住会心疼地说，看，洒出好几滴，蜜蜂采蜜多不容易，一只蜜蜂每天来回飞上十趟，也采不上一滴蜜，你洒的，顶上百十只蜜蜂一天的劳动了，说过多少遍，劲要均匀，桶放正喽。现在，老戴对自己洒出来的蜂蜜看不到眼里，倒是小戴，偷偷地把桶调整放平稳过几次。

老戴却没把儿子的举动看在眼里。这阵子老戴空前地大方，天热后，他专门备下一只大碗，谁来都可以冲上一碗槐花蜜，免费给大家解暑。

大人来喝过一次两次，就不好意思再来，孩娃们不同，见天就在河边和蜂箱周围打闹，动不动拿碗从河里舀来清凉的水冲蜂蜜喝。这里面少不了莫米尔，上次被蜂蜇后，有一阵儿他不敢靠近蜂箱，见蜂就躲，一次和孩娃们玩时，被老戴看到。老戴没有因为那次被莫须有踢翻蜂箱心里一直不痛快，给莫米尔脸色看，相反，他叫住莫米尔，给他冲了一杯浓浓的槐花蜜。莫米尔尝到了甜头，很快忘记了被蜜蜂蜇过的疼痛，他喝得最多，老戴也不计较，对莫米尔还很照顾，给他的水里加的蜂蜜比其他孩娃多。可是每次见到他，老戴都要问他今年多大，不知都问过多少遍了，每次记不住似的，一看见他就问年龄，不问像失了职。莫米尔不在乎老戴问多少遍，反正他问他的，能喝上蜜水就行。

趁莫米尔喝蜜水时，老戴爱和他拉呱几句，又问他的坐骑驯得咋样，开秋后就能到山下去上学了，等等。莫米尔最烦人问他上学的事，这个春天、夏天没去上学，他不受任何约束，更不用背书写字，自由自在，他想一直过这种日子，可他爹莫须有不让，说这个学期赶不上趟，开秋后继续下山去，还从三年级读起，非要小儿子读书读出息不可。

读书不一定就能出息，哪有这么简单啊。老戴望一眼摇蜜的小戴，叹息起来。

莫米尔喝完一大碗甘甜的蜂蜜水，抹抹嘴说，那你当我爹吧，我就不用上学受罪了。

老戴吭哧笑了，这话要叫你爹听到，不打烂你崽娃的嘴才怪呢，爹哪能随便给人当的！

莫米尔垂头丧气，不吭声了。

老戴摸摸莫米尔的头，问他，你嫂子——花菇子，她最近做些啥呢？

没做啥！

没做啥做啥呢？

莫米尔看着老戴，说，没做啥就是没做啥！

老戴笑了，噢，她不用去山上放羊呀——你家羊吃啥呢？

莫米尔说，羊吃草啊。这几天我爹放羊哩。

那花菇子咋不去放羊？

她不舒服，天太热，吃不下去饭，她老说没胃口。我爹还说她害懒病，找借口想歇歇。

老戴拿过一个塑料瓶，灌满一瓶槐花蜜递给莫米尔，说，拿回去叫你嫂子冲水喝。喝了，就有胃口了。

过了几天，河边又出现了花菇子的身影，还是那团黑色，安安静静静的。她又来河里提水了。

这天早晨，老戴给小戴交代，今天要把剩下的那几箱蜜摇完，他得去山上转转，看沙枣花开了没有，顺便捡些地软回来，好久没喝地软疙瘩汤了。

一听地软疙瘩汤，小戴来了精神，他想象那一锅地软疙瘩汤的香味，胃里已蠕动开了。他爬起来才摇完一个蜂箱，父亲就急急地回来了，他手里竟然提着一条锄把粗的活菜花蛇，却没见他手里有地软。

老戴兴冲冲地叫儿子看蛇。小戴害怕不敢往跟前凑，老戴说别怕，我抓着蛇七寸哩，它已经不能动了。小戴还是不敢靠近，他以为父亲会把蛇送给递递眼喂种马，可父亲却将菜花蛇剖开，掏出肠肚，在河里洗净炖上了。

小戴这才明白，好长时间没吃肉，父亲要把蛇当肉吃。可他心里发怵，根本不敢动吃蛇的念头。

菜花蛇炖熟后，老戴根本没叫儿子吃，说蛇毒有危险，他反正老了，吃死算屎。老戴一人将蛇吃光了。过后，也没见他中毒。老戴很高兴，地软也不捡了，过几天就去山上抓蛇回来炖了吃，只是他一直不叫小戴吃。蛇的毒性很复杂，万一哪天中了毒，谁也搞不准啊。

小戴胆小不敢吃，他连一点蛇汤都没喝过。

偶尔，小戴想起父亲只顾抓蛇，不再捡地软给他做疙瘩汤，心里便有种酸酸的说不出来的感觉。不过，这种感觉不会停留时间太长，因为小戴正一门心思采集蜂王浆。初夏是采蜂王浆的最佳时节，要知道，一公斤蜂王浆能抵百十公斤蜂蜜的价钱，可是老戴不知是咋想的，小戴催过父亲几次，见父亲没有一点采集的意思，他已经从父亲那里学会了采集方法，不想错过这个季节，他翻出往年采集的蜂巢板，给每个蜂箱里安装。采蜂王浆是个危险的活儿，因为蜂王浆是蜜蜂采来专门喂养蜂王和幼蜂王的，所以人工采集等于从蜂王嘴里抢食，必须倍加小心。小戴将特制的蜂巢板用蜂蜡封好，轻轻插入蜂箱，用移虫针移入一些工蜂幼虫，只等蜜蜂往里面吐蜂王浆了。蜜蜂只知辛勤劳作，它们分不清哪些幼虫会成为新蜂王，只要是大蜂巢，以为是在培养幼蜂王，只管往里喂蜂王浆。过上五六天，小戴等蜜蜂们出去采花蜜时，便打开蜂箱取出特制的蜂巢板，割开蜡盖，用小镊子夹出肥白的伪蜂王，再用毛笔小心翼翼地刷它的身体，伪蜂王会慢慢地吐出蜂王浆。当然，每只伪蜂王只能吐出一丁点。就是说，采集一公斤蜂王浆，不知要放入几千只伪蜂王，耗多少时间和精力呢。小戴有这个耐心和时间，反正，除正常清理蜂箱和摇蜜外，其余时间，小戴都用来采集蜂王浆了。

这天中午，老戴又吃完一条蛇后，去后坡的荆梢丛撒泡尿，拍着圆鼓鼓的肚皮打着饱嗝从蜂箱前经过，突然心血来潮掀开身边的一个蜂箱，想看看这箱蜂是不是该分窝了。分窝就是一窝蜂繁殖得太多，一个蜂箱装不下，得分成两箱养，这很正常。

可是，这天不知怎么回事，蜂群见到老戴像受到什么惊吓，突然间炸窝了，蜂王领着守在蜂箱里的所有蜜蜂，轰的一声，像太阳爆炸成金黄色的碎片，密密麻麻地冲出蜂箱，在老戴头顶盘旋，不是去寻花采蜜的忙碌样。它们乱糟糟地嗡嗡叫着，似一条金黄色的布带，在空中飘来飘去。最后，它们在河边的一棵柳树杈上落下，挤成一疙瘩，并且越聚越大。

老戴这才反应过来，蜂王受了刺激，它要造反了。

在老戴的养蜂生生涯中，曾碰到过类似情况，有时产生了新的蜂王，与老蜂王争权位，会分成两派，也就是分窝，这很正常。可眼下的情形很见少呀，老戴再三观察那个蜂箱，里面是空的，连一只幼蜂都没有，根本不可能有新蜂王。看来不是分窝，而是炸窝，它们不再回这个蜂箱了。

不能白白损失一箱蜂。老戴急了，唤儿子拿来一个箩筐，里面洒上糖水，他抱着箩筐爬到树上去收蜂。

如果老戴当时明白一个道理，就不会那么惨了。蜜蜂灵性得很，它们最怕蛇和狐狸之类有腥臊味的动物。老戴吃了蛇肉，满嘴喷着蛇腥气，已经刺激了蜜蜂。起初蜂王以为蜂箱里进了蛇之类的异物，为保护自己的子民，自然是不再回那个蜂箱了。但老戴不知道是自己吃了蛇肉大脑处于兴奋状态，一时转不过弯来还是咋回事，嘴里竟然喘着蛇腥味爬到树上去收蜂。结果，他刚上去，那一大疙瘩蜂没被箩筐里的糖水所打动，又炸了，有些飞奔而去，有些继续留在树杈上，还有一些突然扑向老戴，他的脸、手、胳膊，凡是没被衣服遮掩的地方狠劲蜇了一番。一时间，柳树下落了一层为此付出生命的蜜蜂，同时落下的还有惨叫的老戴。他的叫声像极了挨刀的牲畜。

小戴吓坏了，扑上去抱住老戴，想把他扶起来。老戴像条抛在岸上的大鱼，挣脱开儿子，凄声叫着在地上打滚。

闻讯赶来的几个人，全都束手无策，眼看着老戴像发起的面团，突然间就胖了。他的脸像个挂满霜的大面瓜，慢慢地连眼睛都找不见了。

小戴大哭起来，求人们给他挤些牛奶或者羊奶，救救他父亲。

有人抬头看着天上火红的太阳说，这个时候牛羊都在远处的山上放着哩，一时半会儿回不来。远水解不了近渴。

老戴忍住惨叫，对小戴吼叫道，快——弄尿——尿泥，再慢——就等着收尸——

蜜蜂的毒液要是散发到鼻孔，肿胀起来堵住进出气的地方，还不把人给憋死了！

小戴略微犹豫了一下，在地上用手刨出一堆虚土，浇上自己的尿，用手抓着尿泥，先是往父亲的手上涂。

老戴破口大骂，先涂嘴和鼻孔。

小戴哆嗦着，把热乎乎的尿泥涂到父亲嘴、鼻子、眼睛上。

几个人帮小戴把依然惨叫的老戴抬回窝棚。大家安慰瑟瑟发抖的小戴，只要人还在号叫，就没事。

小戴在父亲的叫声里，度过了一个非常难挨的下午。

天快黑时，老戴渐渐不叫了，叫了一下午，他也累了，该睡会儿。小戴怕出意外，不敢掉以轻心，正不知咋办时，花菇子突然来了。她听说老戴被蜂蜇了，送来大半桶刚挤下的羊奶。上次，莫米尔被蜂蜇了，是她给涂的羊奶，好得还算利索，所以，这次她放羊回来听说后，立即挤羊奶送来。

老戴睡着了。花菇子简直不敢相信自己的眼睛，这个面目全非、被尿泥涂得脏兮兮的人，就是老戴。她胆子小，没等老戴醒来，把羊奶交给小戴，急急地走了。

小戴抱着半桶还冒着热气的羊奶，望着花菇子匆匆离去的背影，回想刚才花菇子看他的目光躲躲闪闪空洞无神，他第一次感觉花菇子的目光是小孩子的，只有小孩才有这样的目光，仿佛什么都包含其中，却又像被掏空了一切，也许是成为小孩之前的目光，空荡荡的什么也没有。小戴的心像被谁用手拨动了一下，慌乱地跳动起来，他痴痴地一直望着花菇子黑色的身影，消失在对面缓坡的尽头，半天没回过神来。

小戴抱着花菇子送来的羊奶，围着肿胀的父亲转来转去，不敢往父亲身上涂奶，焦躁得不知该怎么办才好。

天刚黑下不久，老戴突然醒来，又喊又叫，疼得他又抓又挠。小戴怕父亲抓烂脸，又不能控制父亲的手，就找根绳子，把他的手绑在床头。老戴清楚儿子这样做的道理，可人在疼痛中，心里急躁，没有理智，他一边挣脱绳索，一边破口大骂儿子不孝。

小戴忍了好久，对父亲说，天快黑时花菇子送来半桶羊奶，说上次莫米尔涂上很灵，要不给你涂点奶试试。

老戴嘎的一声停住叫骂，让儿子赶紧给他涂羊奶。涂完后，老戴再没叫唤。可他也睡不着，他的身体像冬天枝头的树叶，一直在轻轻地抖动。

三天后，老戴的眼睛从肉里钻了出来，接着，他的鼻子、嘴相继回到原位。

这期间，花菇子又来过两次，每次都送来一些热乎乎的羊奶给老戴消肿。

戴家父子深受感动。

随着脸上消肿，老戴也慢慢平静下来，他不再骂小戴，看着不会做饭的儿子已经学会给他做疙瘩汤，虽然没他做的地道，可他吃得很香。老戴吃着，想起好久没给儿子做地软疙瘩汤了，心里忽然泛起一丝酸楚和愧疚。

老戴能下床走动后，从蜜桶里舀了满满一塑料桶槐花蜜，亲自送到花菇子家，说了不少感谢的话。

可是，花菇子没对老戴说一个字，她黑色的身影在屋里进进出出，忙着自己手头的事情。倒是莫须有说了不少不着边际的话，老戴听着心烦，赶紧走了。

九

夏末，山上的野杏黄了，大人孩娃边放羊边爬到树上摘野杏吃。林子里还有别的野果子，像山桃、稠李子、刺梨之类也能吃了。这时的山里像个大果园，随便爬上一棵树，就能采摘下一堆好吃的。在这些野果子里，只有野苹果还没成熟，才鸡蛋一般大小，青青涩涩的。前两年就因为山里有好多野果子，外商看中这些果子的绿色天然，要开发，路也修了，结果，这些野果子最终还是没能被弄出去加工成果汁，因为这些野果子皮薄核大汁少，经济价值不高，另外就是量少，不能适应大规模商业生产，所以，修完路那年，山里的野果子被大规模采摘过一回后，就再也无人问津了。这倒便宜了莫乎沟人，路修好了，野果子还是留给他们自己吃。

这时候，因天气干燥，基本没有下雨，没了露水，草丛间很少能找到地软。货郎上山来收过两次干地软，说山下要货的人多，催大家多捡点。可地上不生，哪怕你放着一大堆钱，也只能干瞪眼，谁拿大地都没法子。

没地软捡，老戴老大不高兴，整天吊着个脸，见谁都不说话。庄子里的人很奇怪，都说老戴上次叫蜜蜂蜇坏了脑子，原来多随和的一个人，见谁都乐呵呵的，怎么变成像谁欠他一屁股账赖着不还似的。小戴也纳闷，父亲好像对什么都失去了兴趣，不照管蜜蜂，也不见他捡地软回来，唯一叫他还能有兴致的，就是抓蛇。隔三岔五，就到山上抓条蛇回来炖了吃。老戴还说，上次那么多蜜蜂没把他蜇死，不光是他命大，其实是沾了吃蛇的光，以毒攻毒，如果不是他体内存有蛇毒，蜂毒早要了他的老命。

老戴的命最终坏在蛇上。他抓蛇时被一条乌梢蛇咬了，还没抬到山下，就咽了气。

小戴失去了支撑，他疯了似的，哭得死去活来，惹得莫乎沟的人陪他流了不少泪水。可是，谁也没法还给小戴一个父亲。他们帮小戴把死去的父亲埋在莫乎沟山头坟场里。正应了老戴那句话，他留在莫乎沟不走了。

埋藏老戴后不久，老天突然降了一场秋雨，连绵下了几天，山上林子里有了浓浓的湿气，草丛中又生出了地软。莫乎沟的人尝到了地软能够换钱的甜头，停下手头其他活儿，顶风冒雨钻进山林里去捡地软。

小戴坐在窝棚门内，望着外面天空中的雨丝发呆。

父亲死后，一向沉默寡言的小戴更加沉默，他一人待在吉里格郎河西岸，与任何人不相往来，如果不是几十个蜂箱和那个窝棚矗在缓坡，人们都快忘记河对岸还有一个人存在。

秋雨使一切能发霉的东西全发霉了。小戴不想连他自己都发霉，他也跟着莫乎沟的人上山去捡地软。这个时节，山上虽然开满了大片的野菊花和荞麦花，但因为气候变凉，蜂王为保存自己，繁殖量大大减少了，专门司事采蜜的工蜂只有三四个月寿命，大多已寿终正寝，采蜜量急剧下降，小戴没必要整天守着蜂箱。当然，小戴捡地软不是交给货郎换钱的，他只想煮地软疙瘩汤喝，夏天之后，父亲到死再没给他煮过地软疙瘩汤，待在这小小的山谷里，他除了看蜂，就只能想父亲，而父亲留在他心里的，还有地软疙瘩汤的味道。

转遍山上的树林子，小戴连地软的毛都没捡到，他空手往回返时，顺手摘了个野苹果啃。野苹果个头已经不算小了，吃到嘴里却是苦涩味，小戴越嚼越觉得不对味，怎么野苹果里有山梨的酸涩味，难道，野苹果串味了？他抬头望着野苹果树，树是一色的绿，浅绿浓绿，看不出有什么异样。他想着下山后找人问一下，难道野苹果一直就是这种苹果不苹果、梨不梨的味道?

还没容小戴找人问野苹果的事,莫乎沟出了件大事:花菇子怀孕了。

花菇子咋会怀孕?她男人是个废物,原来大家不知道,只知他脑子有问题,从外表看和正常人一样,他又从不做伤害他人的事,大家只知道他有点傻而已,不知道别的。花菇子嫁过来后,慢慢地有闲话传出,大家才知道花菇子的男人摔坏的不仅是脑子,更要命的是摔坏了男人的命根子。要不,都一年多了,怎么不见花菇子的肚子大起来。

这下,花菇子怀孕的消息传开,大家都很惊愕。有人私下猜测,难道是莫须有强行下的种?

不可能啊,要是他爬灰,早就爬了,花菇子嫁过来这么久,他不下手,等大家都知道他大儿子是个废物,他才爬灰,不是打自己老脸嘛。

不可能!莫须有没这么傻。可是,花菇子的肚子大了,这是谁干的呢?

没有不透风的墙。莫须有听到别人对他的议论,气急败坏,逼花菇子说出是谁下的种,他告诉花菇子,只要她说出是谁的种,他能原谅那个做下坏事的男人,毕竟是自己儿子不行,苦了花菇子,但得还他这个公公一个清白。不然,他可冤屈死了,以后没脸做人哪。

山里人把名声看得比命还重。

可是,花菇子的嘴就跟她身上的黑衣服一样死沉,任莫须有怎么问，她就是不说，从她嘴里撬不出一个字来。莫须有气急败坏，想出个恶毒的招来，这天一大早，他将花菇子绑了，推到吉里格郎河水流湍急处，用绳子系在岸边的柳树上。

秋天了，天气凉，吉里格郎河的水依旧来自高山雪水，冰凉刺骨。

莫须有要那个给花菇子下种的男人自己站出来承认，不然，他就让怀有身孕的花菇子在刺骨的河水里浸泡着。

莫米尔跑到河边，哭叫着要救花菇子，被他爹一把推开。莫米尔不知从哪儿来的勇气，对他爹又踢又打，号叫着要他爹放花菇子上来。

莫须有一巴掌将叛逆的小儿子打翻在地。

莫米尔哭着爬起来又往家里跑，去找他哥哥，叫他承认花菇子肚里的孩子是他的。他哥冲莫米尔眯眯笑着，任他说什么都点头。莫米尔哭得一塌糊涂，他知道，没用的哥哥是没法帮这个忙了。

递递眼见莫米尔奔来跑去，哭得嗓子都哑了，还说风凉话，看这小屁孩良心叫狼吃了，不帮他爹，倒帮起丢人现眼的小嫂子呢。

莫米尔朝递递眼冲过去，拳打脚踢。递递眼不好跟小孩娃闹，只得躲开。

好多人看着可怜的花菇子在河水里瑟瑟发抖。一些妇女劝花菇子说出那个男人，还她公公一个清白，可花菇子目光茫然地望着天空，上下牙冻得打架，她咬着牙就是不开口。

妇女们又劝说莫须有,别叫花菇子遭这个罪,老天爷看着呢。她还是个孩子!

莫须有颤声道,我不这样,谁还给我清白!

大家都说,我们都信你,还不成吗?

莫须有摇头,泪水在他的老脸上纵横。

快到中午时,花菇子已经冻得撑不住了,她跌倒,又爬起来,要不是拴在树上的那根绳子,她早叫河水冲走了。

那帮妇女挤在河边不走,看着河里可怜的人儿,哭哭啼啼地求那个男人快点站出来承认,不然,要出人命了。莫米尔的嗓子都哭哑了,几次要冲进河里去救花菇子,都被莫须有给抱住了。

小戴在自己的窝棚里走来走去,心里替花菇子焦急,他是山下来的外人,别说劝莫须有,连到河边去看的资格都没有。说不定他去了河边,还会挨莫乎沟人的骂,认为他是在看莫乎沟人的笑话呢。

可花菇子很无辜,为啥要她遭受这个罪?秋天的河水冰一样凉。小戴不由自主地打起冷战。他不停地掀开门帘看河那边的情景,缩回头又狠砸自己的脑袋。从早晨花菇子被推进河里,一直到中午,小戴没吃一口东西,也没喝一口水,他满眼都是花菇子在河水里瑟瑟发抖的样子,他也跟着全身发抖,心里乱糟糟的。

河那边莫米尔的哭闹声,一阵紧似一阵地传来,把小戴的耳朵塞得满满当当，使他痛苦不堪。他蹲在窝棚地上，抱着脑袋，一会儿砸，一会儿往床架上碰。

猛然间，小戴站起身来，他不砸自个儿脑袋，也不碰床了。他从靠墙根的蜜桶里舀了满满一大碗槐花蜜，掀开窝棚门帘，急迫地向河边跑去。

他的心里突然间打定主意，他要把这碗槐花蜜当着众人的面，喂花菇子喝下去。

喀什的魅惑

一

　　有关大舅的故事，我已讲述过好几次了，他的形象，我塑造过的，一个是为爱情制造了一场战争的"国军"少校副官；一个是为收养的女儿讨公道变成杀人犯的农场副场长……当然这些角色都带了我个人的愿望，我把大舅作为一个人物的原型，再加上我个人主观的想象来写，目的是想把大舅的形象树立得高大一些。实际上，大舅的形象并没有那么有板有型，现实里，我的大舅是很琐碎很平庸的一个人，实在不值得一提……

　　一个时期以来，我一直认为大舅是个非常伟大的男人，在这个世上，像大舅这样伟大的男人，我看还找不出第二个来。

我说大舅伟大，主要是指他的气魄和胸怀。这样说，可能会引起别人的误会，以为我大舅是个什么样的大人物，其实不然，我的大舅是个极为普通的平凡人，是实际意义上的农民。我之所以用"伟大"来形容大舅，是因为大舅娶了一个长得像男人一样的舅妈。在我后来真正认识了舅妈这个女人后，我认为压根儿就不应该把她划分到女人之列，她不但缺少女人的味道，嗓门还又粗又哑，身材就甭提了，几乎和男人没什么区别，五大三粗。更重要的，是她的性格也和她的身材与嗓门一样粗壮，给这样的女人当丈夫，不伟大能行吗？

舅妈长得像个男人，可她却有一个女性十足的名字，叫杨淑媛。我一直弄不明白，大舅这么多年是怎么和舅妈生活过来的，居然还生下了三个孩子，他们两人同床共枕，还不像两个长得稍有些差异的男人睡在一起一样？我曾经怀疑过大舅有点同性恋倾向，所以才能和这个男人一样的女人过着正常的生活。但事实证明，大舅一点这方面的倾向都没有。

还是从头说起吧。那年，大舅来到新疆支边，算得上是一个热血青年。他和千千万万个青年人一样，响应祖国的号召，戴着大红花唱着歌。从自家门前经过时，大舅不像别人那样向家人告个别，因为是去新疆，有的还哭哭啼啼。大舅那时候表现得很男人，连自己的家门都没看一眼，硬是昂着头挺着胸走了过去。外婆当时眼睁睁地看着她的儿子，雄赳赳地从她面前走过去。

大舅他们这帮青年坐了半个多月的汽车，来到离喀什还有二百多公里的地方，成为第一批支援新疆生产建设的年轻人。

大舅从家门前经过不回头的做派，得到当时支边青年团的一致传颂。就因为这，大舅作为支边青年的先进典型，当上了塔尔拉生产建设连的连长。那是全连最显眼的位置。可是后来的一件事情，叫大家才明白大舅这个人做人做得很虚假，根本就不值得赞颂。

大舅干的这件事，在四十多年后的今天，我都不好意思说出口——他把杨淑媛给睡了。说这件事之前，我得说说我的舅妈杨淑媛。舅妈这个人其实没有什么可说的，她除了长了一个女人的生育机能外，其他都和男人没有什么区别。我这样说是有根据的，有次在他们的儿子，也就是我的表弟失踪之后，舅妈曾给我打过一次电话，当时我不在，同事接了后告诉我是一个老男人给我打的电话，我按留的电话号码打过去，舅妈却说是她打的，那时大舅因为儿子失踪的事已经卧床不起，连说话的力气都没了，根本没能力给我打电话。话再说到以前，千万不要因为我舅妈长得像个男人，就不具备当我舅妈的可能。因为在当时的支边青年中，每一个女人都有当我舅妈的可能，我大舅是支边青年中的红人，又长得一表人才，哪个怀春的少女不想占据我舅妈这个位置呢。但在这群少女中，唯独杨淑媛最不可能成为我舅妈，在所有竞争我舅妈这个位置的人选中，大家就没有把杨淑媛这个女人当作竞争对手。因为她无论从哪方面来看都实在太像男人，换任何一个男人，也许都不会去娶这么一个男人不是男人、女人又不像是女人的人同床共枕的。像男人一样的舅妈虽然在少女怀春的心里也梦想过能成为大舅的女人，可她没敢奢望过能和大舅这样红得发紫的人成为夫妻。她和大舅之间的距离她自己心里是清楚的。

"距离"这个词有时候也有出差错的时候。拿大舅来说，他也从没想过，自己会和杨淑媛这样的女人睡在一张床上，还生了两男一女，生活了四十多年。

做了这么多铺垫，我不是故意要绕这么大弯子，因为不交代清楚舅妈这个人，我怕我一说出大舅的行为，别人会误认为大舅不是个好人。其实大舅是个很好的人，不然他也不会做出那么大的牺牲——娶杨淑媛做老婆。大舅是个好人主要体现在他的负责任上，他在那天晚上把杨淑媛睡了之后，第二天就宣布要对杨淑媛负责一辈子。

要说那天晚上大舅睡了舅妈这件事，至今还有人说是被人做了手脚，最大的怀疑对象当然是现在的舅妈杨淑媛了。这么多年过去了，人们从来没有听到过一声杨淑媛的解释，就连大舅也没有为自己辩解过，这多少有点叫人失望。这么大的事，尤其是发生在那个时代的男女之事，怎么能没有一点动静呢？

大舅的沉默倒引起其他人的同情，要说是大舅睡了杨淑媛，还不如说是杨淑媛睡了大舅，可这个世上就这么不公平，男女之间发生那种事，都是男人的错，女人永远是受害者。不管杨淑媛和大舅怎么不般配，但大舅还是在那件事发生之后，认定是自己占了杨淑媛的便宜，愿承担一切责任。承担的后果就是娶杨淑媛为妻。这样的结果在杨淑媛心里自然是梦寐以求的了。

当然，最主要的是怪当时的居住环境。大舅他们这帮支边青年被分配到南疆后，很快就分散投入到垦荒的大军之中，成为建设兵团中的一支有文化的骨干力量。大舅所在的连队在离塔尔拉不远的奎依巴格镇，白天到塔尔拉去垦荒，晚上回到奎依巴格住宿。问题就出在住宿上。当时的生产建设兵团是按部队编制分开垦荒的，有些地方根本就没办法解决吃住问题，大多数连队都是在本地想办法住宿。奎依巴格是一个比较像样的小镇，在镇中心有一个礼堂，相当于现在的小剧院，大舅所在的这个连队选择这个礼堂作为全连的宿营地，在大礼堂里用帐篷隔开一间间小房子，打地铺住宿。这样过了一阵，慢慢地问题就多了，因为连队里的许多人是解放新疆的老兵，他们年纪老大不小，该成家立业了，有的在老家已经娶过妻生过子，变成军垦战士不打仗了，便拖家带口到新疆来过日子。这样一来，大礼堂里就像个狭小的村庄，充满了人间烟火。

当然大舅他们这些知识青年也没有脱俗，到新疆的第二年，在没有任何精神支撑的情况下，都很现实地找女人结婚。大舅也和一个钟情于他的姑娘结婚了。说到这里，我一直还没有提我的第一任舅妈，现在得说说她了。她叫安丽萍，是从上海来的，当时是全团支边青年中最漂亮的女人，她和大舅这个全团能挂上号的红典型结合，虽然人们心里不舒服，但不得不承认，这对男女才是天生的一对。问题就出在大舅结婚这件事上，如果他不结婚，不懂得和女人做那事，也就不会弄成后来的结果。

那天晚上大舅喝了一些酒，说白了都是酒惹的祸。一般出这种男女之事，男人都要用酒来做掩护。酒有时是个道具。酒能乱性嘛，喝多了酒的人干出什么事来都能让大家觉得不过分，甚至是可以谅解的。但大舅没有，他坚决不用酒作借口。大舅不善于饮酒，偶尔喝几口也只是为了各种应酬。那天晚上他喝得多些，是团里来了人，由营里的副教导员于三友陪着来三连检查垦荒进度。大舅是连长，想不喝都不行，上级领导来了，他这个下属单位的领导不表示一下是说不过去的。他一边痛苦地陪着喝酒，一边又不停地喝了大量的水。他想着让水冲淡酒在肠胃里的浓度，肚子可能会舒服些。那天晚上，大舅喝酒后回来睡到半夜，被尿憋醒迷迷糊糊地爬起来，胡乱抓了一件衣服，走出自家帐篷，跌跌撞撞地到礼堂外面撒了一泡尿，又摸着黑回来，一头钻进帐篷倒头就睡。可能是起来撒了一泡尿让他醒了一些酒，感觉又很舒畅的缘故，他大脑竟有些兴奋。大舅睡不着，翻来覆去再难入睡。这在平时少有，平时他干一天的农活儿，累个半死，天黑就睡，一觉到大天亮，一点儿都不含糊。这天晚上可不一样，大舅半夜起来后再也睡不着，越是睡不着，念头就越多。他身体正处在精力旺盛的时期，大舅轻车熟路地上了身边女人的身。他没有感觉到有什么异常。大舅进错了帐篷，错把杨淑媛当成妻子做了一回爱。当时的居住情况不允许人们在做夫妻之事时有太大的动静，所以大舅做得很沉默，像例行公事一般，做完也累了，倒头便睡。

后来人们都议论说，这里面定有阴谋，因为杨淑媛当时还是个姑娘，一个男人闯进她的帐篷，并且把她睡了，她一声不吭，这是何道理？还不是看这个男人是她梦想中的男人，才故意不吭气，宁愿委身于他！还有，就是大舅的前妻安丽萍，她和大舅离婚不久，就被副教导员于三友娶走了。从于三友那猴急的样子，也可以看出是他在大舅的风流事上做了手脚，因为那天晚上是他陪着团部来的工作组，和大舅一起喝的酒。但大舅偏不这样认为，他觉得这种事怎么也怪不到别人头上，是他喝多了起来撒尿钻错了帐篷，也是他主动脱了杨淑媛的裤子，这种事是他的错，怎么能怪人家呢？

那个后半夜，大舅糊里糊涂地就把自己的婚姻方向改变了。

大舅当时的选择是明智的，和安丽萍离婚，再和杨淑媛结婚，这件轰动全团的风流事件也算有了个圆满的结果。如果大舅不这样做，他这个支边青年的典型恐怕会变成强奸犯，要是背上这么个罪名，一辈子就完了。但大舅选择和杨淑媛结婚，了结了这件看起来很难解决的大事。当然，因为这事，大舅的连长当不成了，就是不算强奸妇女，也闹了离婚。离婚的人一般被认为作风不正。作风不正的人怎么能再当连长，这样的人是很难服众的。

大舅命运的突然变故，却给我的父亲造就了一次大的转机。年仅二十四岁的父亲从"青年突击队"的队长，破格提升为连长，补了大舅的缺，成为当时最年轻的连长。后来，每每提起当年的情景，父亲都感慨不已。当年，父亲给各个小队长安排完生产任务，骑着高头大马到各个生产点去检查进展情况，一路上，吸引了田间地头多少女农工的目光啊，她们大多都把父亲当成心目中的白马王子。父亲那个骄傲，按母亲的话说，他就没有把别人放在眼里。

二

大舅一下子成为一个普通农工，心高气傲的他倒没因为和安丽萍离婚，失去一个漂亮的妻子多么难过，他心里最承受不了的，是撸去他的连长职务。他下巴上一夜之间就胡子拉碴，没有了以前的洒脱风度。或许大舅的初衷就是为保住连长职务，才和刚结婚不久的漂亮妻子离婚，娶了像男人一样没一点女人味的杨淑媛。他娶了这个女人还是没保住连长职务，这个后果是他万万没料到的，这对他的打击太大。大舅像变了个人，从此浑浑噩噩，却真实起来。自从学校出来，支边到新疆，一直像生活在一个虚假的戏剧里似的，做着一个离他本人很远的另外一个人，根本没实实在在生活过，包括他和安丽萍的结合到离婚，都像演戏似的，没有一点真实感。只有这一切结束了，他才从梦中醒了过来，回到真实的生活之中。

大舅一旦开始真实的生活，才发现生活真实起来竟是那样地艰难。

出了大舅和杨淑媛的事后，团场开始重视职工的居住问题，原来准备等开垦荒地，种出庄稼有了收成，再修建住房的想法不得不改成先挖地窝子住。新上任的团长是从部队下来的，雷厉风行，很想在较短的时间里解决大家的居住问题。他根据本地的特征，号召各连挖地窝子。地窝子就是地下的窝。解释得详细一点，就是挖一个像房子一样的坑，再挖出一处斜坡可以从地面走进去，然后在坑上用木头搭成架子，铺上树枝柴草，上面盖上沙土。条件好的，还可以在顶上开个天窗，透些光线，但一定要用玻璃盖上天窗，不然风沙刮起来，会叫沙子埋没。南疆几乎不下雨，地窝子不仅不怕漏雨水，还可以防止风沙侵袭，反正在地下，风沙再怎么疯狂，拿大地也没办法。

因为影响到开垦工作，挖地窝子的工程一开始，一营的副教导员于三友就三番五次来三连督促开荒种地情况，连里没办法，抽出一大部分人开荒，挖地窝子的工程进度很慢。大家依然住在奎依巴格镇的大礼堂里，还是用帐篷分开了住。

于三友是本地人，因为会说维吾尔语，开荒大军刚到南疆，为方便和当地维吾尔族百姓交往，于三友就被招到团部机关当翻译。真正的垦荒工作展开后，与当地百姓几乎没有实际联系，农工又全是从内地来的汉族人，根本不需要翻译。于三友失了业。后来，不知他是怎么得到领导赏识的，竟然被任命为团部管理员，不久，又提升为一营副教导员，负责宣传教育工作。大舅出事后，于三友作为上级领导，时不时到大礼堂里来组织三连全体职工学习，读读报纸，讲讲政策。以前，他可不是这样的，很少来三连，要读的报纸内容他都叫人捎到连队，由连长读着学习。于三友突然来得勤快，开始大家还没有往别处想，直到地窝子快挖成时，于三友突然和安丽萍要结婚，人们才搞明白，于三友是奔着安丽萍这个上海女人来的，怪不得他一个劲地督促开荒，延迟挖地窝子时间，隔三岔五组织大家学习读报纸呢，原来他早盯上了刚离婚的安丽萍。三连的好多光棍知道了于三友的真实目的，气得真想把他狠揍一顿，但还是克制住了，就是把他打一顿，也挽救不了已经流失的肥水。安丽萍是多肥的水呀。如果不是她离过婚，这么多有知识的支边青年围着她，她怎么会看上又老又丑的于三友！

安丽萍从来没有表现出她对大舅的怨恨来。她在塔尔拉也算是一个奇人，在大舅的风流事件发生后，她没哭也没闹，相反，非常平静地和大舅分了手，离婚时间不长又非常平静地和于三友结了婚。后来，从于三友灰头灰脑的脸上证明，大舅和安丽萍生活在一起，未必就是幸福的。安丽萍有她的生活标准，听说她是学医的，在支边之前上学时，有洁癖，谁要是在她的床上坐一下，她会马上当着别人的面抽掉床单去洗。于三友娶上这么一个老婆，受不受罪，只有他自己心里清楚。

还是说我的大舅吧。他除了每天下地干活儿，正常出勤，更叫人不可思议的是他变得不像一个男人，越来越像一个女人。大舅走下连长岗位，和杨淑媛结婚的第一天起，就像有种魔力让他将杨淑媛被埋没的女人性格全盘接管了过来，一天到晚操心的是一日三餐，甚至柴米油盐，琐碎得活脱脱一个家庭妇女。大舅怎么突然变成了这么一个人，至今都是个谜。我长大后曾试图揭开这个谜，问了许多人，有的说大舅是那年突变的婚姻，哑巴吃黄连，窝着一肚子气，没想到还是没挽救住自己，丢了连长的职务，这亏吃大了，受了刺激才变的；还有人说，大舅为保住连长位置，含泪和安丽萍离了婚，咬着牙和杨淑媛结婚，还是丢了连长职务，他没地方出气，想拿杨淑媛出气，刚结婚那天晚上就动手打杨淑媛，倒被这个又粗又壮的女人打得钻在床底下，一晚上没敢出来，第二天还是杨淑媛硬从床下拽出来的。大舅丢尽了面子，威风扫地，想着他根本不是杨淑媛的对手，从此一蹶不振，变成了塔尔拉最叫人看不起的男人。

这个时候，窝囊的大舅突然收到小舅的来信。信上说，老家发生了一场百年不遇的水灾，黄河决口把村庄全淹没了，我外公为救家里的一头老母猪，被洪水卷走，连尸体都没找到，外婆悲痛欲绝，没心思再造房置屋，她要离开那个伤心之地，带着全家来新疆投奔大儿子。小舅在信中说，大舅如今当了连长，肯定受了不少教育，不会像以前那样板着脸，会接纳落难的母亲和弟妹吧……

这封信看上去是征询的口气，可大舅的头已经大了。他以前只给家里写信告诉他当连长风光的事，后来发生的丑事，他压根儿没给家里说，想到目前的处境，大舅怕外婆来了难堪，赶紧回信，劝外婆不要来，说新疆太荒凉，路途又遥远，把能说的困难都夸大好几倍，想阻止外婆他们来新疆。可信发出去刚两天，外婆带着我母亲和小舅一身尘土地站在大舅面前。外婆叫小舅给大舅发出信的同时，就上路了。信只比人早到两天，大舅根本就没有选择的余地。

当时，大舅望着眼前三个尘土满面的亲人，傻眼了，他连一声娘都没叫出口，气得外婆破口大骂道，咋了，当了连长，连你娘都不认了！

大舅躲开外婆刀子似的目光，吭哧道，不，不是。娘——你们还是回去吧……

外婆往前冲着，巴掌还没打到大舅脸上，她自己先晕了过去。

等外婆醒来，已经躺在大舅家的地窝子里。外婆爬起来，看了看周围的情形，不相信地看看这个，又看看那个，像做了一场梦似的，待看清大儿子的家境，外婆流泪了，她揽过我母亲，两人哭成一团。外婆没想到儿子住得竟这么差，要是知道了，她肯定不会来。可外婆从不走回头路，她原谅了大舅。但一看到大舅妈，外婆怎么也接受不了。面对男人似的大舅妈，外婆傻眼了，她竟连大舅妈叫她的一声娘，都忘记了答应。外婆接受不了自己优秀的儿子拥有这么一个儿媳妇的事实。

外婆和大舅妈的矛盾，像前世注定了似的，从她们见面的那一刻，就拉开了序幕。

外婆得知大舅的婚变，还有丢掉连长职务的原因后，便把一切罪责全怪在大舅妈身上，认为大舅是被她害的，从此，外婆在心里恨上了大舅妈。每每看到大舅妈的身影，便怒目而视，把牙咬得咯嘣咯嘣响，像吃黄豆似的。大舅妈装作没看见，却吓得大舅缩着头连个大气都不敢出。

大舅找我父亲，把外婆他们安置到一个暂时空着的地窝子里。我父亲叫人收拾干净地窝子，又叫大舅从连部借来被褥，外婆他们算安下了家。那时，从内地自流到新疆的人，团场大门敞开着，一律接纳。

外婆和我母亲、小舅成了三连的农工。

三

刚开始，我母亲和小舅对团场的农业生产感到很新鲜，上百人一起去田里劳动，上工下工都排着队唱着歌，光是那气势，就和一般的农村不同，壮观得叫人看着都激动。干活儿也很有意思，你争我赶，还时不时地有人站在地头，打快板喊号子加油，干起活儿来一点都不觉得累，比在老家生产队干活儿有趣得多。这种氛围把住地窝子的艰苦给冲淡了，慢慢地，母亲的心里就不后悔来新疆了。

当时的情况，我母亲根本没想到，她会和当连长的父亲之间发生什么事。父亲当时多精神啊，年纪轻轻就当了连长，要个头有个头，要脸面有脸面，连队有多少女人用爱慕的目光盯着他啊，刚从内地来的母亲连想一想的念头都不敢有。再说，当时父亲正在追团部幼儿园一个叫江文英的女人呢，那个江文英对年轻英俊的父亲也有意思。只要逮住去团部的机会，父亲总要骑着马去江文英那里坐坐，两人的关系越来越明朗化，那些暗恋着父亲的女人，都泄了气，哪有我母亲的份儿，提都不用提。

缘分这玩意儿很奇怪，有时说来就来。命中注定我父亲和母亲有缘，谁也没办法。

那年冬天，团部那边突然传来消息，幼儿园的江文英要上调到喀什去了。三连的人把这个消息传得沸沸扬扬，我父亲坚决不相信，前几天他去团部开会，还见到江文英，没听她说要去喀什这档子事啊。想着这事有些蹊跷，父亲赶紧骑马跑到团部，想找江文英问个明白。等他赶到团部，看到幼儿园那边停着一辆大卡车，一问，还真是江文英在收拾搬走的东西。父亲还没找到江文英的人，就有团部的熟人把他拉住，悄悄告诉他，江文英这次不光是调到喀什，她还嫁给师部的一位副师长。副师长的老婆得病死了，他这次来检查工作时看上了江文英，立马让团长他们去和江文英谈话。喀什是多少人梦想着去的地方啊。江文英连个壳都没卡，没等团长说完就同意了，副师长要带江文英一起回喀什，说他的孩子没人照顾，急着和江文英完婚呢。

父亲像被人用棒子狠击了一下，蒙了，半天才缓过劲来，非要找江文英问个明白。那个熟人赶紧拉住他说，你不想活了？人家和副师长你情我愿，已达成婚姻共识，这会儿已经是副师长老婆的身份，你怎么去问她？再说，你一个小连长，拿什么去和人家副师长比？明摆着不是鸡蛋碰石头嘛！

父亲肯定不敢和副师长去争女人，他在熟人的劝说下，含泪牵着马走了。父亲越走心里越难受，越想心里越觉着窝囊，一时没法发泄心里的痛苦，便到团部代销店买了一瓶白酒，咕咚咕咚像喝水一样，仰头灌下肚子，跳上马背，扬鞭飞奔而去。

寒风阵阵，内心被悲痛和绝望折磨着的父亲在马背上颠来倒去，酒劲上来，身子就软了，他晕头转向，分辨不清是往哪个方向跑，不停抽打马，好像那一片蔓延开来的愤怒能从鞭子下宣泄出去。马能识途，驮着醉醺醺的父亲跑回塔尔拉。

塔尔拉的冬天寂寞又干冷，尤其是下雪后，那冰冷便自此凝结一般，除了白色，地里绝对看不到一丝其他颜色，雪野没有一点温软的意味。这样的季节里，塔尔拉的人没活儿干，日子单调而无趣，大家只有在地窝子里睡觉，或者几个人凑在一起打牌、吹牛。那天，小舅纠结几个人去别人家打牌，外婆心情不好，我母亲又挺没眼色地和她顶了几句嘴，外婆更觉得郁闷，便躺下睡觉。我母亲赌气，一个人出来在外面的雪野上溜达，走了一阵，母亲觉得没意思，到处都是雪，连方向都让雪给掩埋了，虽然壮阔，却壮阔得没有一点内容，人都住在地下，地上连个能看到的物体都没有，无聊透顶。母亲又不想回自己家地窝子，在一片白茫茫的雪地上，她唯一能做的趣事，只有在雪地上堆雪人。

母亲把一个雪人堆得有些高度，把冻得通红的双手放在嘴边不停呵气时，我父亲的马把他驮回来了。一看到雪野上我的母亲和雪人，奔跑的马受了惊，把醉得一塌糊涂的父亲从马上摔到雪地，惊得母亲大叫起来，跑过去扶起父亲。不省人事的父亲像一摊烂泥，沉重得让母亲根本无法把他拉起来，她喊叫了几声，四周静悄悄的，地窝子里的人根本听不到。母亲急了，扔下父亲，跑回自家地窝子，推醒外婆，和外婆一起把父亲拖进地窝子。

父亲的身子快冻僵了，母亲也顾不上羞，和外婆从外面弄来雪，忙碌了大半天，一下一下地把父亲冻僵的身子搓成红瓤西瓜似的，使父亲恢复了知觉。父亲睡了一夜，才从醉酒中醒来，想了好久，才弄明白是怎么回事，爬起来道声谢，头也不回地走了。这就是我父亲的做派，什么时候，他都把自己整得像块铁似的，撑得很硬。

那个时候，还没有一点儿迹象表明我父亲和我母亲有走到一起的可能，我父亲当时甚至连看都没多看我母亲一眼，好像我母亲救他是件应该的事情。其实，他的整个心思已经回到醉酒前，压根儿对别的女人没一点感觉。外婆后来告诉我们，我母亲对父亲漠然的态度还颇有微词，说这个人怎么这样，连个好脸色都没有。

外婆当时还怪我母亲，她说，他正在伤心处，就别怪他了。

我父亲从团部喝醉回来，外婆已经猜到他失败了。但外婆当时绝没想到，这个年轻英俊的连长，今后能和自己的女儿结成一对。外婆心里也明白，想嫁给连长的女人很多，还轮不上刚到塔尔拉才半年的女儿。

果然，连长被团部幼儿园江文英抛弃的事传开，有几个自我感觉良好的甘肃四川女人认为机会来了，像苍蝇似的凑上去。我父亲还处在极度悲伤之中，胡子拉碴的，谁也不理，只是一个人喝闷酒，连队的事也一副不管不顾的样子。父亲的颓废样子，把副连长高兴得上蹿下跳，心想自己机会来了，扯着大嗓门到处喊叫人铲雪，说是上级要来检查工作。副连长想着上级来看到连长颓废样子，会认为把一个连队交给这样的人不适合，肯定会撤了他的职，这样就能把自己扶正。

谁知，上级领导是来检查安全的，怕积雪压踏地窝子，看到三连的雪铲得干净，没有什么安全隐患，便满意地走了，一点都没责怪我父亲的意思。副连长空欢喜一场，生了好长时间的闷气。

过了一个多月，我的父亲突然间把悲伤化为力量，振作起来，剃掉胡子，吹哨子把大家从地窝子唤出来，告诉大家快过年了，得搞些娱乐活动。

有人说，就这么个地方，除了雪多，要啥没啥，人在地窝子里住着都嫌憋屈呢，怎么娱乐？结了婚的好说，可以互相娱乐，这没结婚的拿啥娱乐？

我父亲早有准备，他没责备说怪话的人，只是笑了笑，说，大家都想想，会有办法的，活人还能叫雪憋死？咱这不是雪多吗，就不能在雪上做做文章？

雪能做啥文章，除了能化成水喝外，还有啥功能，咋样娱乐？

我父亲说，大家就不能动动脑子？整天吃了睡、睡了吃，快成啥了。大家说说看，咱们现在最缺啥玩意儿？最缺的还不是住人的房子！咱没条件盖啊，要我说呀，远话咱没法说，何不趁现在有闲工夫，就用雪搭房子耍。材料是现成的，要多少有多少，你想搭成啥样都行，咱何不先练习练习手艺，多开动脑筋，先把这雪房子搭建得漂亮些，等哪天咱能盖房子时，手艺有了，创意也有了，多好！要不这样吧，咱就开展个搭房子竞赛，看谁家搭得好、搭得精妙，到时让大家来评，评出一二三等奖来，咋样？

小时候没有没玩过雪的，如今都是成年人，冬季的塔尔拉是一望无际的雪原，看惯了雪的塔尔拉人对雪的感觉早已麻木，又何曾还记起年少时在雪中的情趣？比赛用雪搭房子，这样的创意多么新鲜有趣。父亲的提议自然而然地激起了大家的兴趣，几乎没一个人反对，大家当即回去拿来铁锹、盆子等物什，自由结对子，各显神通地在雪地上搭起雪房子。辽阔沉寂的雪原一下子热闹了起来。

外婆都出来和我母亲、小舅一起在自家的地窝子跟前搭起雪房子。搭雪房子先要把雪铲在一起，砸结实了才能码起来，这得人手多才行。我母亲想叫大舅一家过来一起搭，外婆坚决反对，她不想看见粗壮的大舅妈在她眼前晃来晃去。母亲打消了这个念头，扭头看了一眼远处的大舅两口子，见他们无精打采的样子，母亲叹口气，默默地堆着积雪。

父亲就是这个时候走过来的。

母亲正在聚精会神地铲雪，没注意父亲走到她身边。外婆和小舅全看到了父亲，小舅还想和连长打个招呼呢。父亲做了个制止的手势。外婆从我父亲的表情上看出了什么，给小舅使个眼色，欣喜地带着小舅往大舅那面去了。在这个关键时刻，外婆大义凛然，与大儿媳妇不计前嫌，把这面的空间留给了我的父亲母亲。

父亲站在母亲身后，一直看着母亲铲完一堆雪，才冷不丁地说，你铲得这么仔细，什么时候才能搭起房子啊？

母亲回头一看是连长，忙挺直身子答道，噢，是连长来了。说这话时，母亲发现外婆和小舅都不在身边，她东张西望地找他们。

父亲笑着说，照你的速度，这个房子恐怕得明年才能搭好吧？

母亲把这话当成了连长的催促，她不好意思地说，我们尽量快点！说着，又向四周找外婆他们。当她发现外婆、小舅居然和大舅一家在一起时，她不可思议地摇了摇头。

父亲盯着母亲说，我加入你们的队伍里来，你要不要？

母亲的脸腾地一下红了，你——连长——

父亲说，啥连长不连长的，今后你可以叫我的名字……

过年的前几天，大家把各自的雪房子搭成了，有中规中矩的平房，有高耸而造型独特的高楼大厦，还有一两座塔一样冒着尖顶的宫殿。一座座晶莹剔透的雪房子，把平脊荒芜的塔尔拉装点活了，寂静的雪野变得生动起来，几幢雪房子上被刻意披挂上红色纸张和彩色布条，更让塔尔拉难得地呈现出一派喜气洋洋的景象。

这个时候，父亲和母亲结婚了。

结婚那天，贺喜的客人走后，母亲坐在铺上，看着地窝子土墙上那个粗糙的红"囍"字，红着脸打量父亲好久，才问道，有那么多比我漂亮的女人想嫁给你，你不去娶她们，咋偏偏要我呢？

父亲厚着脸皮说道，那次，你用雪给我擦身子时，把我的啥都看见了，谁还会要我啊！

母亲一把将父亲推倒在铺上，嗔道，你真不要脸……

<h2 style="text-align:center">四</h2>

第二年春播过后，我父亲请示上级，暂时放下开荒，全力以赴建造住房。这是个浩大的工程，需要大批的材料，团部有明确指示，就地取材，连队自己想办法解决。大家把目光盯在叶尔羌河畔的那片天然的胡杨林，理由很简单，胡杨林离塔尔拉最近，砍伐运输都方便，也符合团部就地取材的指示。

父亲准备分工就地取材时，一向不再参与连队争论的大舅，突然站出来坚决反对砍伐那片胡杨林。大舅说，原先盖地窝子时已经砍了不少胡杨树，这几年咱们取暖做饭烧的全是胡杨，再不敢大批量砍伐了，否则，咱们把房子盖起来，胡杨林就灭绝了。就算塔尔拉到处都建成房子，可是没了树，这一片地方也就没了生机，没有生机的地方还不成了一片没用的废墟？咱得去远处想法子……

大舅的话遭到了大家的反对，人们呼啦一下围住他，七嘴八舌地声讨开了：梁焕成，你是不是丢了连长职务，这两年心里憋得难受，这会儿成心搞破坏是不是？

去远处想法子，亏你想得出来，到哪里去找木料？生产这么忙，你倒有清闲去找！

四周全是戈壁滩，连个毛都不长，就你梁焕成是能人，你去找呀！

有人的地方还能没有生机？没人的地方才叫没有生机呢。别以为自己多读几年书，拿这些烂道理来糊弄我们。

……

大舅被一片七嘴八舌怼得满脸通红，不敢再说话，他不是连长，早已在众人面前失去曾经的威信，他要是再发表自己的看法，非得叫那帮人痛打一顿不可，几个小伙子已经摩拳擦掌了。

我父亲也认为大舅在这个时候说这种话不合时宜，作为他的大舅哥，在这时跳出来反对他，真是打他这个连长的脸，他很生气。碍于和大舅的亲戚关系，没有当众责怪大舅，算是给大舅留了一点面子。但父亲当即决定，就砍那片胡杨林。

这就是我的父亲，雷厉风行，说一不二。

留下一部分男人和妇女和泥打土坯，父亲从团部调来几辆卡车，带着一群年轻力壮的小伙子浩浩荡荡奔向胡杨林。

夏收前，木材和土坯全备齐了，堆得山似的。父亲一边指挥组织夏收，一边与连队的干部规划住房建设的事。夏收后，全连队人马投入到建房的工作中。

建房的场面很壮观，父亲每每说起来，两眼放光。他说，那比冬天用雪搭房子，男女老少齐上阵的场面更加热烈。因为是夏天，天气热，作为主劳力的男人们，脱得只剩下裤头，暴晒在七月的毒日头下，那是毫无遮拦地晒啊，男人们的身上都被晒出一层油来，可是每个人的脸上仍是笑呵呵的。妇女儿童们脸上也都洋溢着喜庆，奔前忙后地给男人们打下手。连外婆都放下锅灶上的活儿，颠颠地去帮着搬土坯。

后来，外婆经常回忆起当年盖房的情景，总是感慨道，那才叫集体的力量，大家心往一处想、劲往一处使，没有一点私心……

只是，你大舅梁焕成这个窝囊废……不说了，不说了，丢梁家的人哪！

房子在那年秋天竣工，一排排整齐的平房在塔尔拉落成了，人们终于搬出坟墓似的地窝子，住进宽敞明亮的房子。

可是，大舅拒绝住新房，坚持住在地窝子里，他好像和谁较劲儿似的，表现得非常顽固。我父亲在大舅拖他后腿的事上，非常冷静，他认为得想个办法，找机会好好治一下这个古怪的大舅哥，看看他到底哪根神经有问题。为这事，外婆和我母亲还去劝过大舅，但大舅一言不发，任她们说破嘴皮，他丝毫不动心。外婆和母亲把大舅骂了一通，干脆不理他，听之任之了。大舅妈和大舅闹得最凶，还是舅妈厉害，她在劝不动大舅的情况下，一个人坚决地搬到分给她家的新房，留下大舅一人固守在地窝子里。

还没等父亲想到办法，一场突如其来的秋雨帮父亲解决了大舅的问题。几乎不下雨的塔尔拉那年秋天突然下了一场空前绝后的雨。人们丝毫不理会已经逐渐转凉的天气，疯狂地在雨水中奔来跑去，大喊大叫，那份癫狂，在以后的岁月里，塔尔拉再也没有出现过。

巨大的雨水淹没了人们刚刚搬出的地窝子，有些地窝子被雨水泡塌了。好险啊，人们站在雨地里，看着被泥水浸泡的地窝子，不少人流下了眼泪，赞叹我父亲的明智和伟大。

大舅再也不能坚守自己的固执，他不得不爬出地窝子，狼狈地披着一身泥水乖乖去新房子住了。

五

居住条件一改善，大舅妈呼啦啦一连串生下来两男一女。外婆惦记着自己的孙子，主动上门，伺候大舅妈的月子。大舅妈本想拒绝外婆伺候，可她和孩子需要人照顾，大舅要下地干活儿，不可能守在身边做饭、给孩子换洗尿布。大舅妈虽然接受了我外婆的上门服务，可还是解不开心里的别扭，老吊着个脸。外婆只当没看见大舅妈的脸色，她的眼里只有自己的孙子，伺候完三个月子，外婆竟然和大舅妈没说过一句完整的话，这在婆媳关系中也堪称奇迹。

再说大舅，他夹在母亲和老婆之间，像老鼠钻在风箱里，两头受气。生一次孩子，一个月子下来，大舅像坐了一次监牢，谁也不敢招惹，不是装哑巴就是装瞎子，每天盼望着日子快快过去。有了三个孩子后，大舅变得更加叫人不可思议，他竟然学会了织毛衣，全家人的毛衣都是他织的。当然，一个家庭总得有个人操心这些冷暖晴雨的事，大舅妈具有生育的机能，却不具备一个女人的其他手艺，何况，大舅自和她一结婚就自然地承接了家里的油盐酱醋，对于织毛衣，也算是大舅承接的一部分。就像当年选择支边一样，大舅毫不犹豫地选择了替代杨淑媛作为女人的其他功能。这不算什么，大舅还变成了一个心理承受能力极差的柔弱男人，动不动就动了真感情，泪水涟涟，根本不像个男人。这与他当年支边离家时不回头看自己生母一眼的决然情形简直判若两人。

后来，我母亲曾痛心疾首地对我说，你大舅从小就是个怪人，长大了更不得了，他当年支边装成很革命的样子，目的是为了当典型在支边青年中混个一官半职，后来钻错帐篷娶了个像男人的妻子，这个妻子再怎么像男人，但毕竟还是个女人，你大舅怎么一下就能变成不像个男人呢。就算他们夫妻中必须得有一人像女人，杨淑媛完全可以变一变嘛，由像男人的女人变成像女人的女人，不是比男人变得像个女人更方便更直接也更简易吗？

母亲的想法实在不过分。这也是外婆当年的想法。

但大舅却心甘情愿地承担了这个角色，他除了遗憾自己没有生孩子的机能外，其他能做的事他都做了，并且多少年毫无怨言。于是，我的大舅妈数年来不但没有变得多一些女人的味道，反而更加像男人。

我是在母亲对大舅的抱怨声中长大的，所以，我对大舅没有好感。直到长大懂事后才发现，大舅其实真正是一个忍辱负重的伟大男人。大舅妈如果不是有一头粗硬的较长一些的头发，初一看，没人会相信面前的这个人是女人，就算相信也会认为是没有女性特征或者特征不明显的女人，她粗着嗓门喊叫时，两腿叉开一副彪悍雄性十足的样子，看上去挺吓人的。再说，她还抽烟，烟头扔得满地都是，也从不见她扫地，动不动对大舅大发脾气，指挥来指挥去的，在当时的状况下，大舅又是离过一次婚的，要把家撑下去，只有变了，不然，两个同样强悍的"男人"在一个床上睡觉、生子，哪一个都不做让步，怎么能把日子过下去？

我只能用这种理由，替大舅开脱。

后来的事实更能证明大舅脆弱的一面，他的大儿子建生当兵走的时候，舅妈没事似的，倒是大舅哭得像个泪人，并且还哭出了声。在大儿子临离开的前一天晚上，他等儿子睡熟了，一人在儿子床前流泪坐了一夜，天亮时叫舅妈发现，扯着嗓子骂他，儿子是去当兵又不是去蹲监狱，有这个必要吗？没出息！

大舅的小儿子高中没毕业，回到家里又不下地干活儿，在自己的房门上贴了个"闲人免进"的字条，每天关着门据说是捣鼓着在写诗歌，决心大到似乎非要捣鼓出一个诗人来不可。其实他是个懒人，在村子里转悠来转悠去，大家都骂他不务正业，是二流子，他却不以为耻，说别人什么都不懂，他这是在体验生活，体验生活是诗人的必经之路，那模样好像他已经是个诗人。当然后来诗人没诞生，诗人得有点天分，他觉得自己没有这个天分，又画起了画，赖着我大舅买了一个画夹，背着画夹在塔尔拉摇来晃去，头发留得老长，看架势俨然是一个搞艺术的。最终艺术也没搞出什么名堂，又扔掉画夹，整天像个婆娘似的串门，今天去东家，明天去西家，东家长西家短，惹出不少是是非非，最后叫我大舅妈狠打了一顿。大舅妈这个人不仅人粗，性子也粗，下得了狠劲，打得小儿子差点成了残废。我的这个表弟看上去好像什么也不在乎，却很有骨气，待身体恢复得能下地走路，便坚决地走出了塔尔拉，听说去喀什城里发展了，从此一去不复返，直到现在还没一点儿音信。

小儿子出走，打击最大也最伤心的还是大舅，他像疯了似的，四处去找，当然没给我少添麻烦。那时候，我不负众望，考取喀什师范学院，终于走到了大地方。大舅为寻找儿子，不间断地往喀什跑，当时，喀什还没通火车，公路又不好，从塔尔拉到喀什有二百多公里，大舅坐公共汽车，中间还要在巴楚县换乘一次车，路上要颠簸八九个小时，到喀什天都黑透了，等他摸索到我那里，我都睡觉了，爬起来去给他找招待所，再弄些吃的。往往是我忙活半天，从饭馆给大舅把饭端回来，他端着碗一口也吃不下去，只是眼泪汪汪地看着我，想从我那里得到点他小儿子的消息。

我哪里能有他儿子的消息呢，只能劝他，不要太急，要是有一丁半点儿消息，我一定在第一时间通知他。大舅听到这种没有一点希望的话，抱着碗呜呜地哭起来。弄得我心里也很难受，几天都打不起精神。为安慰大舅，我请假带着他没有目的地在喀什的大街小巷里打听，结果可想而知。在喀什住上两天，大舅待不住了，家里有十几亩地，他还承包了那片胡杨林。这么多年，树木已经被砍光，现在的胡杨是新发上来的，还不到胳膊粗，有人偷砍当柴烧，已经糟蹋得不成样子，大舅承包下来，想叫它重新长成胡杨林。不然，胡杨林没了，没有遮挡风沙的树木，塔尔拉会被沙子埋没的。

一说到这个话题，大舅唉声叹气，他说再这样糟蹋下去，塔尔拉迟早会变成一片荒漠……

我父亲已经意识到生态问题的严重性，大会小会上给大家讲护林的重要性，人们这个耳朵听进去，从那个耳朵放出去，根本没当回事。自从地分到各户后，大家各顾各的，没有谁再听连长的话，连长已经成了摆设。塔尔拉的沙尘暴一年大于一年，父亲心里为当年盖房乱砍胡杨树后悔得要死，如果当时能听从大舅的劝阻，不那么急功近利，塔尔拉的自然环境又怎么会一年恶于一年？但事已至此，他也无回天之力。在我考取喀什师范学院那年，我父亲在众人的攻击下，主动辞去了连长职务，回家一心一意种地当普通农民。辞职前，父亲力排众议，坚持无偿把胡杨林承包给大舅，他认定在塔尔拉，大舅是唯一能救活胡杨林的人。大舅对此深表感激。其实，大舅承包胡杨林也没有一点收益，只能不时地从胡杨林中捡拾些枯干的树枝当柴烧，没人给他一分钱的防护费，每年春天时，他自己还要掏钱买树苗栽种。大舅太珍爱那片绿色，他不希望未来的塔尔拉变成一片荒漠。

大舅在寻找小儿子的这几年，他不能天天守在胡杨林里，那片胡杨林还是被人砍得不成样子……

提起胡杨林，大舅像找不到出走的小儿子一样伤心欲绝。

三年了，大舅没找到小儿子的踪影。女儿还在上学，大儿子当兵不在身边，给他分担不了任何伤感，他只有暗自伤心落泪，整夜整夜失眠。大舅妈表现出很大气，她很漠然地对待这些伤感事。舅妈的冷漠叫大舅更受不了，都说儿是娘身上的肉，为什么儿子无影无踪，这个娘却一点都不在乎？他和舅妈吵闹过多少次，每次都吵不过她，自己一人生了好几年的闷气，终于落下了胸闷的顽疾。

在小儿子失踪三年后的秋天，大舅突然从外出打工的人口中得知小儿子的消息，然而这个消息非但没有使日思夜想儿子的大舅兴奋起来，相反，他一听到这个消息，当时就跌倒在地，昏迷过去。

这个消息说，我的这个表弟已经在外面遇上车祸，到处贴的是寻找其家人的启事。我的舅妈就是那个时候给我打的电话，她的声音还被我的同事误认为她是个男人呢。她打电话叫我去帮他们认领表弟的尸体。我去交警队办了手续，到医院的太平间去认尸体。尸体是个像大舅差不多大的五十多岁老头，表弟那年最多二十多岁。通过验证，这个尸体确实不是表弟，这就证明表弟还活在人世，可是不知道他在哪里。但是，这样的证明已经没有多大意义，大舅妈是无所谓的态度，会在意这个的只有大舅，他从病床爬起来，又抱着一线希望寻找起小儿子。

六

现在，得说说我大舅的女儿红柳了。

我表妹红柳从一出生，就与她的两个哥哥明显不同。女儿像父亲，她继承了我大舅的所有优点，眉清目秀，是个美人坯子，不像她的两个哥哥，长得都像他娘，粗粗拉拉的，一点都不招人爱。

　　女孩漂亮就是资本。大舅妈一反常态，对女儿特别偏爱，把红柳当成掌上明珠，不叫女儿在塔尔拉与任何人有染，这种教育导致红柳从小心高气傲，像个公主，谁都瞧不上眼，对我这个表哥更不用说，她根本就没把我放在眼里。不过说句实话，我当时也实在是太不起眼，如果不是我父亲当着三连的连长，我的学习还说得过去，别人可能连我的名字都叫不上来。

　　我的表妹红柳就不一样了，全塔尔拉，不，整个团场，没有人不知道她的，甚至有人都怀疑她不是我大舅妈生的，对她的身世颇为关注。但她的眉宇间透着大舅当年的英气，鹤立鸡群，走到哪里，红柳都是一个亮点，成为大家关注和议论的主题。就连我，都因有这个表妹暗自得意。上中学时，我们要到奎依巴格去上，那里是团部所在地，离塔尔拉有十几公里的路程。刚开始，去学校和回家的路上，我都想和表妹一起结伴而行，我对她的喜欢纯粹就是那种哥哥疼爱妹妹，可是红柳每次都用各种理由和我拉开距离。有时会对我视而不见，仰着头高傲地走过去，对我的招呼根本无动于衷，我才发现，红柳原来是不愿意和我一起走。我心里很不是滋味。我带着被红柳嫌弃的失落感把自己的看法对母亲说了，母亲慈爱地摸着我的头说，那是个小狐狸精，别理她。儿子，你好好学习，给妈争口气，将来考取个大学，把红柳比下去！

见我的眼神有点异样，母亲笑了，把我揽进怀里说，你大舅一家人稀奇古怪，没一个正常的。妈没别的意思，你不要在心里把妈想得很坏。

我说，我没有，妈。

没有就好。儿子，你不知道，就你大舅妈那个样，生了个小狐狸，还一心想要和别人攀比呢。你不知道，你大舅的前妻，就是那个安丽萍，她的女儿嫁了个民办老师，谁知那个民办教师挺有能耐，不甘心做民办教师，听说考取了啥文凭，不但转上正，去年还突然调去喀什，呼啦一下把老婆孩子全带到喀什，连安丽萍也跟上沾光，隔三岔五地到喀什浪上一圈，回来的几天里一直笑模笑样，逢人就说喀什有多么多么好。你舅妈听了心理不平衡，她把宝全押在自己女儿身上，就红柳那个狐狸精样……

母亲说着说着一下子住了口，看我一眼，没有再说下去。我问母亲，喀什真的就那么好吗？我们老师也经常讲，要我们好好学习，将来一定要考到喀什去上学、工作。

母亲说，傻儿子，喀什是个城市啊，城市里的生活不知道比这里要强多少倍，当然好了，谁不想去呢，待在塔尔拉这个破地方，迟早得叫风沙埋在下面不可。

望着母亲向往城市的样子，我很有志气地说，我一定要考到喀什去，妈，到时我把你和爸带到喀什去住。

真是个好儿子！妈笑出一脸的灿烂，都看不见她的眼睛了。

七

如母亲说的，舅妈把全部希望都放在红柳身上，可红柳一点都不争气，她光顾臭美，学习成绩随着年龄的增长一路下滑，到高二时，她的排名已经落到整个年级的倒数第一、第二名。红柳看上去并不着急，和那帮学习不好的浑小子们一起逃课，去团部的电影院看外国爱情片。一次，红柳和一个叫汪福林的男生偷偷钻进学校后面的树林，模仿电影里的男女主人公搂抱亲吻，被一个学生看到，在校园里传得沸沸扬扬。老师把红柳和汪福林分别叫去谈话，两人矢口否认。汪福林不是个善茬，当即跟老师闹起来，说老师诬陷诽谤他，破坏了他的名声，非要老师公开向他赔礼道歉，弄得老师很难堪，干脆不管了。汪福林却不罢休，一定要找出背后给他造谣的那个人，整天在路上不是拦住这个，就是盘查那个，还跟好多同学动了手脚，连我都受过汪福林的盘问。受过他欺负的同学联名要向学校告状，红柳本来有点心虚，怕把事弄大，就出面制止，汪福林哪听得进去，气得红柳要和他分手，汪福林才罢休。可坏影响已经造了出去，大家越发相信红柳和汪福林之间有见不得人的事。传言很快到了塔尔拉，有天大舅妈突然把我拦在路上，问红柳在学校的事，我照实说了传言。大舅妈气得浑身发抖，当天晚上回家拷问女儿，刚开始红柳坚决否认，大舅妈怒吼一声，把红柳抓过来往炕上一扔，蒲扇似的大巴掌打得红柳的屁股又红又肿，母女俩整出来的动静连我母亲都听到了，她跑过去劝说她们。

大舅妈还懂得维护女儿的自尊，对我母亲说，红柳学习成绩又下滑了，打她是让她长记性。

我母亲撇撇嘴说，闺女大了，可不能再任着性子这么打了，不然，她会记仇的。

大舅妈看出了我母亲对她的轻蔑，扯着她男人似的嗓门叫道，她敢！我给她十个胆子，谅她也不敢有这个心思，不是我小看你们梁家，梁家还没有生出敢和我作对的人呢！

我母亲气得狠狠剜了大舅妈一眼，拧身走了，发誓再不踏进大舅家门一步。后来，母亲把大舅妈蔑视梁家的话告诉了外婆，外婆和小舅都气得浑身发抖，可是又不能把大舅妈咋样，总不能再奔过去和她大吵一顿吧，忍无可忍，只能通过骂大舅是个窝囊废出口气。

大舅依然如故。在红柳传言这件事上，他倒是提出要去找学校理论，说这事肯定是学校生出来的事端。大舅被大舅妈一顿连珠炮似的轰炸，给轰趴下了。大舅妈的理由是对的，这事不能再扩大，得想法制止，不然，谣言流传起来，受害最大的是自己闺女。

大舅妈打过红柳后，要她保证，今后不再跟那个汪福林来往。红柳含泪满口答应，去学校后果然不再理睬汪福林。

汪福林不罢休，先是来硬的，威逼红柳和他好下去。红柳轻蔑地看他一眼，理都不理，转过身只顾走自己的路，连句话都懒得和他说。汪福林一看这招不行，自己又不敢真把红柳怎么着，就来软的。有一天，他堵住红柳说，如果她要和他断绝关系，他就死给她看。当即掏出一把刀子顶在自己脖子上，那一脸的决绝还真把红柳吓住了，她不敢说硬话，但又不甘心任由汪福林这样拿捏自己，也不说和好的话。汪福林于是怀里揣着刀子，天天缠着红柳，要她表态。红柳被缠得没法子，为躲避汪福林，她不敢去上学，又不敢待在家里，背着书包好几天都是蹲在玉米地里度过的。红柳旷课，老师来家访，大舅妈才发现女儿异常，晚上回家一逼问，红柳哭着把什么都给她妈说了。这次，大舅妈没打红柳，而是问清楚汪福林的模样。第二天一大早，大舅妈跑到学校门口，像个铁塔似的守候在那里，等着汪福林出现。

快上课时，汪福林踢踏着步子懒洋洋地背着书包来了。大舅妈一眼把汪福林盯住，她先声夺人，冲着汪福林吼道，站住！

汪福林吓了一跳，站住了。

你是叫汪福林？

汪福林见得多了，他歪着脑袋，斜了一眼大舅妈说，咋了？

那你就是汪福林了！大舅妈冷笑两声，说道，不咋。我是梁红柳她妈！

汪福林打量一下未来的丈母娘，黑铁塔似的，并且一脸的来者不善。汪福林脸上的颜色变了，心里慌乱，拔腿就跑。大舅妈的长腿几步赶上去，一把抓住汪福林的肩膀，把他提起来，怒吼道，想从我手中逃跑，你趁早打消这个念头。小子，我现在就正式告诉你，梁红柳从此和你一笔勾销，你以后少缠她，否则我让你好看！

汪福林虽说被大舅妈提溜着，可嘴却不软，缩着脖子装出一副英雄豪杰的样子嘟囔了一句，这是我和红柳之间的事，与你无关……

大舅妈一听，瞪大眼道，啥？我女儿跟你有什么事？还不是你死缠烂打！你不是老威胁红柳，她要不跟你好你就自杀吗？今儿个老娘就是专门来看你自杀的。小子，红柳还真没那份心和你这样的人交往，你要有种，今天就当着我的面，自杀给我看看！你要真有那份勇气，我还就不是红柳的妈了！

大舅妈一把夺下汪福林肩上的书包，从里面翻出刀子，连同汪福林一起往地上一扔，给，刀子我都给你掏了出来，你今儿个要不自杀，我跟你没完！

不明真相的学生和教师围了一大堆。汪福林伏在地上，浑身怕冷似的发抖。有看不下去的教师过来问是咋回事，汪福林咬着发紫的嘴唇，气都不敢吭。倒是我的大舅妈替他答道，这小子活得不耐烦，说要自杀，我给他把刀子掏出来了。又对地上的汪福林吼道，快动手啊，你不是很厉害吗，叫老娘今天开开眼，老娘这辈子还没见过比我更厉害的人呢！

有一个教师明白了是怎么回事，走过来劝说大舅妈。汪福林趁老师与这个可怕的"未来丈母娘"交涉的机会，抓过地上的书包钻出人缝仓皇而逃。那把被他用来吓唬红柳的刀子也没敢捡起来。

从此，红柳再没受到过任何人的骚扰。她的学习成绩慢慢地也有了一点起色，只是她的心思一直不在学习上，所以，她的学习成绩没能升上去太多。在红柳的心里，书读得好，也并不一定就能离开塔尔拉，她一门心思要走出塔尔拉，到喀什去，做个喀什人，一个真正的城市人。

大舅妈平时就是这么引导红柳的。红柳心里清楚，自己有一个漂亮脸蛋，有时候人靠脸蛋也一样可以改变命运，有这个先天条件，她何必要让自己埋没在一大堆题海里，用什么破正弦、余弦定理，鼓捣那一大堆令人头疼的数字和字母，其实她需要的，只是一根比正弦余弦要简单得多的弦，那就是一根改变她命运的弦。

那年春天，红柳和来校实习的老师马建新好上了。马建新是从喀什师范学院来的，是喀什市人。马建新一进教室，一眼看到坐在第三排第二个座位上的梁红柳，眼睛一亮，第一堂课讲的啥内容，连他自己都没记住。他只记住了花名册上的那个婀娜多姿的名字：梁红柳。

梁红柳额前的刘海儿下，圆圆的一双大眼睛，与马建新发亮的目光一对上，就火花四溅。是红柳主动接近马老师的，上第二堂课时，她举手请教马老师，"Is this the book you are interested in?"的"in"这个词，为什么在这个句子中要放在末尾？

教英语的马老师很羞涩，被他目光经常扫到的女学生举手站起来时，他心里已经慌了神，望着红柳粉红的脸庞上大胆而直率的目光，他不得不停顿了一会儿，让加速的心跳平稳一些，然后才用英语回答道，这个问题下课后我再给你细讲。

下课后，红柳跟着马老师去了办公室，至于"in"为什么会出现在句子末尾，红柳没有记住，只记住了马老师用灼灼的目光盯住她时说的那句话"你长得真像我妹妹"。这句话是用汉语讲的，红柳听着愣了好半天，好像马老师说了一句高深莫测的英语似的。待搞明白后，她非常感动，同时，她也张开了想象的翅膀。

接下来，不是红柳经常去请教马老师，就是马老师经常辅导梁红柳同学。甚至，年轻的马老师在班上还表扬了英语一贯非常差的梁红柳同学，说她的英语学得真不错，连"in"出现在句子的末尾这样的细节都能发现，可见其学习态度十分认真。

红柳对马老师的好感一日胜过一日，她几乎对所有的课都失去了兴趣，一副无精打采的样子，唯有英语课来临时，她才一脸兴奋，眼神早早地就涌动着柔情，只要马老师一进教室，她的目光像是刷了一层胶，紧紧地粘在马老师那张白皙的脸上。马老师又岂能看不出红柳的意思，但是在课堂，数十双眼睛盯着他，他只能在大家埋头写作业时才用目光回应红柳的柔情。一到下课，红柳手里拿着英语书，一路跟马老师到一个僻静处，两个人的话都很轻，在同学们看来，好像真的是老师辅导学生一样。

和马老师的关系发展得如此顺利，红柳的心里甭提有多开心，她小小的心里简直就被马老师撑满了，她掩饰不住自己的喜悦，回家把自己和马老师的交往告诉她妈。我的大舅妈高兴坏了，搂住自己的女儿说，你真是妈的乖女儿，妈的出头之日终于到了。

在大舅妈的催促下，一个星期天，红柳把马老师领回家，接受她妈的检阅。大舅妈对羞涩、文弱还爱脸红的马建新老师非常满意，第一次像个女人似的，把马老师前前后后招待得非常周到，好像红柳已经和马老师有了某种关系，接下来，就是跟着他去喀什了。过后，马老师对红柳说，你妈真是个好母亲，怪不得生下你这么个好女儿呢。红柳对前半句话只当没听见，后半句却叫她在心里反复回味，彻夜难眠。

大舅妈也睡不着觉，平生第一次钻进女儿的被窝，悄悄对女儿说，乖女儿，你可要抓紧啊，妈可等着你的好日子过呢……

红柳没说话，心里却满是甜蜜。

但是，红柳操之过急，她那一脸不加掩饰，与马建新老师频繁地接触自然而然引起了别人的注意，很快，她与马建新老师谈恋爱的事又一次在学校传得沸沸扬扬。学校绝不允许一个实习老师和学生之间有师生之外的感情发生，于是经过研究，学校以实习结束为由请马老师提前离开学校回了喀什，可怜的红柳也被学校记过处分。

眼看着自己的如意算盘就要打成，却被学校搅乱了，气急败坏的大舅妈哪里咽得下这口气，跑到学校去闹。这次闹和上次找那个汪福林闹的意义不同。结果，大舅妈这一去闹，起了推波助澜的作用，红柳的名声更坏，她没法继续在学校待下去，背上书包哭着跑回家，从此再也不肯去上学。

八

红柳在家待了半年，大舅妈整天逼着女儿给喀什的马老师写信联系，说是这个线不能断，这是多好的机会啊，绝对不能错过，凭红柳的长相，赖也要把马建新赖上。

为了改变红柳的命运，大舅妈可算是费尽心机，对女儿的引导教育，大舅未必能插得上手，他一直就不是大舅妈的对手，只能听之任之。

大舅的大儿子建生早已从部队复员回来，很快娶妻生子，分出去盖房子另过日子，基本上不过问父亲家里的事。实际上，大舅没有一个能依靠的人。

也不知道红柳到底和马建新联系上没有，反正，在那年秋季，红柳在大舅妈的鼓励和催促下打点行李，去喀什找马建新了。红柳这一走，像她二哥一样，再也没有回过塔尔拉。只是，红柳不时地会给家里来个信，简单地说一下自己的情况。她没能如愿地嫁给马建新老师，也没有说原因，她只说她在喀什给别人当保姆，能够生存。她觉得喀什和塔尔拉比起来，一个是天上，一个是地下，所以，她决定不再回塔尔拉，就待在喀什。

红柳没嫁成人，还不回来，一个闺女家在人生地不熟的城市，大家都不放心。外婆平时最心疼红柳，想孙女想得睡不着觉，又担心红柳在外面学坏，传话给大舅，责令大舅去喀什把红柳叫回来。大舅妈却拦住大舅坚决不让去。大舅左右为难，不知该听谁的好，其实他更想女儿，只是慑于大舅妈的淫威，他不敢说。大舅的怯弱使外婆绝望透顶，一气之下，拄着拐棍直奔大舅家要和大舅妈理论。

大舅妈才不吃外婆这一套呢，没等外婆说几句话两人就吵了起来。婆媳之间多年的恩怨终于找到了爆发的突破口，两人骂得天昏地暗。可怜的大舅夹在两个强悍的女人中间，劝谁就挨谁的骂，还被外婆打了一拐棍。大舅知道自己在这两个女人面前绝对是弱者，他干脆去胡杨林，远离这场战事，任两个女人弥漫在硝烟之中。

大舅这一走，后悔可说大了。两个女人在家里越骂越凶，外婆气得抢起拐棍失手打在大舅妈肩上。大舅妈哪能吃亏，凭她的实力，冲上去把外婆推倒在地。我外婆年纪大了，大舅妈粗手粗脚，手下没有轻重，外婆经不住这一摔，加上大舅妈那逼人的气势，气急交加的外婆当场晕了过去。大舅妈一看闯了祸，这才住手，喊这个那个，没有人应，她跑出屋子，喊来几个邻居，掐人中、灌热水，总算把外婆折腾醒，抬送回家。

我小舅见外婆半死不活地被抬回来，问明情况，抓过一根扁担，一口气奔到大舅家里。大舅妈再厉害，也不能吃眼前亏，拔腿就跑，被小舅追上去一扁担打翻在地。要不是闻讯过来的邻居把小舅抱住，那天大舅妈可就惨了。

大舅妈的一条腿被小舅的扁担打中，从此，她那条腿就没站起来走过路。

大舅从胡杨林回来，该发生的都已经发生，他看着躺在地上的老婆，终于明白他不仅没躲过一场战争，反而躲来一场灾难。他把还在破口大骂的大舅妈抱到炕上，赶紧去小舅家看自己的老娘。我小舅关上门不让大舅进，他央求半天也没让门露出一条缝隙。大舅浑身无力地伏在小舅家门上，像头老牛似的哇哇大哭起来。

事情闹到这种地步，我外婆心力交瘁、悔恨不已，神经受了刺激，一会儿清醒，一会儿糊涂。清醒时，外婆不是骂大儿子，就是骂小儿子；糊涂时，见谁骂谁，连我父亲母亲都不能幸免。

我母亲在父亲的劝说下，最终没有去找大舅闹事，默默地给外婆准备后事。母亲在外婆的骂声中，哭着对小舅说，快点准备吧，咱娘可能——过不了这个年……

别说过年，我外婆连当年的秋粮都没吃上，就含恨走了。

九

我母亲还是和大舅大闹了一场，是在外婆的葬礼上。

大舅对自己母亲去世，心如刀绞，他哭着扑进小舅家的门，被他的亲妹妹——我的母亲，推了出来。大舅又往里扑，他的蛮劲上来，我母亲拦不住，喊小舅过来帮忙。小舅看着大舅憔悴苍老的样子很可怜，想着自己打坏了大舅妈的腿，也算是替外婆解了恨，不管怎么说，大舅只是懦弱，并非无情，有些于心不忍，便没过来帮我母亲。我母亲见小舅站在那里发呆，便唤小舅的儿子广生，这个愣头青不管三七二十一，奔过来一把将大舅推搡出门，广生还像个将军似的把着门。大舅无奈地趴在门外的地上，哭得死去活来。

第二天，大舅穿着一身孝服，带着祭品又来了。这次，他学聪明了，趁着人们忙乱不注意，钻进小舅家。但是，大舅还是被我母亲发现，我母亲只喊了一声，广生，你死到哪儿去了？

广生从厨房冲出来，抱起大舅和大舅怀里的祭品，往门外推。大舅挣扎着，见谁喊谁，要人家帮他。没有人帮他，连个劝说的人都没有。

这时，大舅的大儿子建生走过来。大舅见到大儿子，像见到救星，眼泪纷飞，声嘶力竭地喊着儿子的名字。

建生当兵回来后对人很冷漠，对他父亲也不例外。他看了自己父亲一眼，冷冷地吼了一句，别在这儿闹了，还嫌不够呀！

大舅听到儿子的话，紧绷的身子一下子软了，他不喊，也不挣扎了。抱他的广生抱不住，把他放在地上。大舅在地上瘫了一阵，他的眼泪不流了，一脸凄凉地慢慢爬起来，对着自己的大儿子跪下了。

建生吓得像一股风似的跑走了。

大舅没有参加上自己母亲的葬礼。他的头上像落了一场厚雪，一夜之间头发全白了。

收完秋，大舅去了一趟喀什，他再没有理会躺在炕上大舅妈的吼叫，像当年找他的小儿子一样，他要找女儿红柳。当然，大舅先找到的是我。我带着大舅，费了很大劲儿，才在一个租住的地下室里，找到我的表妹红柳。

红柳还是爱穿着打扮，她看上去比以前更漂亮。红柳对大舅和我的到来表现得相当冷漠，她撩起眼皮看了一眼大舅，脸上没有一点起伏，甚至连个"爸"都没叫，只说了一个字：坐！好像大舅千辛万苦找到她，只是为到她这里来坐一坐。她对我的冷漠早就可以想到，可对大舅——给了她漂亮脸蛋的亲生父亲，不应该啊！

大舅不计较女儿对他的态度，一个劲儿地劝女儿回去，说家里人多么多么想她，她母亲又多么盼望她回家。不管大舅怎么说，自始至终，红柳只说了一个字：不！

大舅忍不住，他含泪给女儿讲述了家里发生的一切。

表情冷漠的红柳，眼泪还是从她美丽的大眼睛里流了出来，她抽泣着跪到地上，朝着东北方向给奶奶磕了三个响头。爬起来说道，这样我更不能回去了，你们走吧！

大舅劝说不动女儿，在喀什住了一夜，第二天早上要走时，红柳来车站送他，交给他一个布包，说，这是给我妈买的一套保暖内衣，你捎回去吧。千万不要告诉我妈我在这面的情况，就说我过得很好，等我安顿好了，就把她接到喀什来住。

布包里的东西没有大舅的份儿。大舅接过布包，用手抚摸着，嘴唇抖动，还想给女儿说点啥，红柳已经转身走了。大舅两眼直直地望着红柳远去的背影，头上的白发被秋风吹起来，像一片片舞动的破羊毛毡。大舅在秋风中伫立了许久，他的四周是喧哗的乘车人，可他却像没听到身边的声音似的，身子一直僵立着，直到我把他拉上车。

秋风中，红柳始终没有回头，没看她父亲一眼。

大舅走了。这是大舅最后一次来喀什。从此，大舅再没能力来喀什，大舅妈后来瘫痪了。这个刚强的女人一年四季躺在炕上，得要人照顾。大舅哪里也去不成，连那片胡杨林也很少去了。胡杨林失去管理，人们把那些新发上来的树苗砍得精光，已经有人开始挖胡杨根当柴烧了，塔尔拉的风沙一年比一年来得早，一年比一年刮得时间长……

大舅再也没见过红柳，而红柳也不再往家里打电话或者写信。得不到红柳的消息，大舅只能等我每次从喀什回来，问些红柳的情况。就这，我的母亲都不让我告诉大舅。

其实，我在喀什和红柳根本不来往，从小她就瞧不上我，现在还一样，她冷冰冰的样子，叫我也生发不出那种兄妹之间的情感，见了她也没话说。有时，为我那个可怜的大舅，我还是会硬着头皮去看一回红柳。她还租住在地下室里，不知道她现在干什么。我问了，她从来不说。

十

每年春节，我都会从喀什赶回塔尔拉，与父母一起过年。那年也不例外，我回到家里的第二天，父亲偷偷地对我说，你回来了，去看看你大舅吧，他这两年过得挺难的。说完，父亲朝着正忙活着的母亲瞅了一眼，嘱咐我不要叫母亲知道。

我避开母亲从带回来的物品中挑选几样东西，悄悄地出门，准备去大舅家。刚出家门，见母亲站在那里正等着我呢，她盯着我问，你这是去哪儿呀？如果是去你大舅家，就趁早给我回去！

我支支吾吾了半天，也没回答上来。

不准去！母亲变了脸，严厉地对我说，你要敢瞒着我去他家，就别再回这个家过年！

我只好拎着手中的东西，尴尬地退回屋里。父亲坐在沙发上看电视，这时把头缩下去，专心致志地盯着电视上的广告，似乎突然间他对那些不着边际的广告有很大的兴趣似的。正在播放的广告是有关瘦身减肥的，与瘦若猴子的父亲没一点关系，电视上的美女当然是很耐看的，个个是魔鬼身材，可我注意到，父亲的目光并没有真正聚在电视上。

我只是随意地看了父亲一眼，根本没出卖他的意思，可母亲却像找准了罪魁祸首似的，冲过去"啪"地关掉电视，紧盯着父亲质问道，说，是不是你的主意？

父亲像个怕事的乡下老头，躲避开居高临下的母亲，站起身来，转头看了看我，目光里全是对我的埋怨，嘴里嘟囔了一句，你们说的啥我都不知道，扯上我干吗？父亲瞅了一眼电视机，塌着腰离开了客厅。

我望着父亲离去的背影，心目中那个骑着高头大马、说一不二的连长形象，突然间坍塌了。我替父亲感到悲哀。

母亲对大舅的态度，使我不敢再有去看大舅的念头，我可不愿在大过年的时候惹母亲不高兴。整个春节期间，我除了陪着母亲去给外婆上过一次坟外，谁的家里都没去成。母亲像个恪尽职守的监狱看守，时刻注意着我的行踪，稍不见我的影子，便动静很大地到处去找。我在家里蹲了七天，终于熬完假期，要返回喀什时，母亲这才放松了警惕，和父亲把我送到团部的汽车站，一直看着我上车，母亲才舒口气，板着的脸孔放了下来，慈祥地叮嘱我一到火车站上了火车，就马上给她打电话说上一声，地上这么厚的积雪，她惦记着呢。父亲对母亲早不耐烦，他用探询的口气对母亲说，你要是放心不下，那我就送到火车站？

母亲用怀疑的目光打量了一下父亲，没有表示反对。父亲跳上车，跟我坐在一起。

路上积雪有尺把厚，石子公路上结的全是冰，母亲的担心不无道理，公共汽车像个醉汉跌跌撞撞地走了一个多小时才到火车站。车刚停稳，父亲就急着跳下车，把我甩在后面，东张西望地找什么，直到看见大舅跑过来，父亲才如释重负地对我说，看，你大舅也来送你了。

大舅的眉毛胡子上结满了白霜，他跑到我跟前，紧紧地抓住我的手说，终于来了，我还以为你今天又不走了。

父亲过来替大舅抹了一下胡子上的白霜，却把大舅的眼泪给抹下来了。父亲看着眼泪汪汪的大舅说，看你，咋不到候车室去等着，冻成啥了，走走，咱们到候车室再说。

大舅扭头看了看身后汽车那边，没有看到我的母亲，他眼圈红红地说，我怕错过你们，从早上六点就站在这里等呢。

父亲迅速看了我一眼，拉着大舅说，我叫你早点来，没叫你站在外面呀，天寒地冻的，都这把年纪了，冻坏了咋整。

大舅吸一下鼻子，对我苦笑一下说，我不怕冷，咱就在这说吧，我的爬犁还在车站后面搁着呢，马给惊了，麻烦可就大了。

我叫声大舅，他也不回答，两只混沌的眼睛里涌出一波一波的泪水。大舅不好意思地擦了擦眼睛，他期待地望着我问了一句，你在喀什能见到红柳，她咋样？她咋不回来呢？回到家里啥都好办，她一个人在喀什靠谁呢？

我扭头看了一眼父亲。父亲把脸别开。我干咳一声，嗫嚅道，大舅，红柳……我是能见到，她现在生活得挺好的，你别担心，她会……回来的。只是她现在还不想回来……

大舅没听到他所期待的消息，突然往地下一蹲，抱着头哇哇地大哭起来。我一时手足无措，看着一旁的父亲，期望着他能劝劝大舅。

这次，父亲没有躲避我的目光，他看了一眼痛哭的大舅，叹口气说，可怜天下父母心……你也看到了，你大舅为了红柳，伤透了心，我才叫他来火车站等你，可你妈咋就……唉，我给你明说吧，你回来这几天，你大舅每天晚上都在咱家周围转悠，他想等你出来问问红柳的情况……

我的喉头堵得紧，说不出一句话来，伸手去拉大舅。大舅像个孩子似的，使起性子，身子往下坠着，我没能拉起他。父亲去抓大舅身上的旧军大衣，刺啦一声，没把大舅拉起来，却把他的大衣撕了个大口子。父亲眼里的泪涌出来，装着生气地对大舅说，快起来，看你像个啥样子，有话快说，火车马上要开了。

大舅这才停止哭泣，慢慢地站起身来，用大衣袖子抹了眼睛，从怀里掏出一个布包递给我，眼巴巴地看着我说，这是我给红柳织的毛衣，你带给红柳吧，有空去看看她，告诉她，我和你舅妈……都好着呢，叫她别操心，就是……就是想她，叫她有空就回家来看看……说着说着，大舅的眼泪又爬满了一脸。

父亲半抱着大舅，责怪道，我给你说过，不要当着孩子的面哭，你咋没把我的话当话，要知道你这样，就不叫你来了！

大舅赶紧抿紧嘴，这次他不敢哭出声，把心里的酸楚压在喉咙里，咕咕得像吞咽口水似的，听得我的心里一颤一颤地疼痛。这个冬天的寒风涌进我的胸膛，那冰冷在我心灵深处最柔弱的地方割划出无数的伤痕，那痛，缓缓地袭上来，一刻不停。

十一

说到这里，大舅的故事该结束了。可是，我还得再占用大家一点时间，再说几句后来的一些事。

这年春末，风沙刮得最厉害时，我大舅妈死了。依我的看法，这个像男人似的女人一死，我大舅终于解脱了。

我父亲打电话到喀什，让我去找一下红柳，叫她赶紧回家。我去红柳的住处，她早已离开，房东说红柳嫁人了，至于嫁的是啥样男人、搬到哪里去住，没有人知道。不过，房东告诉我红柳留下的传呼号，我打通了，是红柳回的电话，没等我把她妈去世的事说出来，红柳听到是我的声音，赶紧说了一句她很好，便挂断电话。我再打，她一直没回。

我打电话回家，把情况跟父亲一说，父亲半天不说话。过了一阵，父亲却给我讲起筹办大舅妈葬礼的事，他说，我大舅已经疯疯癫癫，趁人们不注意，就趴在棺材跟前，伸手去棺材里抽打大舅妈的脸，边打边骂，骂的话里有这么一句"你终于倒下了，你把我害了一辈子"。骂完，大舅又大哭，一哭就没个完，每次，只有他的大儿子建生才能治住他，不然，这葬礼可咋办呢……

我在电话这头沉默着，父亲不往下说了，突然换个语气对我说，你劝劝你妈，叫她能去参加一下你大舅妈的葬礼……你不知道，你大舅可怜见地……

父亲在电话那头哽咽着，他说，你没见，那天你大舅妈刚走，我过去一看，你大舅身上穿的那件衣服，根本不叫衣服，背上烂得几乎没有了布，黑乎乎的肉都露了出来，还有脚上的鞋，断得只剩下半截……他咋这样呢，不会到这种地步吧，以前咋没看见呢，以前也没有人注意他，他手巧，自己能做，咋会这样呢……

我抽泣着对父亲说，我妈——她在吗？

我给你叫。

过了一会儿，母亲的声音传了过来。我对母亲说，妈，我求你一件事……

你别说了，我——不去！儿子，我咋去呀，啊？你外婆……

妈！我哭着叫道，妈，大舅还不够苦吗？难道你真的要记他一辈子的仇？儿子求你了，妈！

母亲在电话那头泣不成声，半天才缓过气来，她对我说，我——去——

大舅妈葬礼那天，我母亲走进了大舅家的门。

那时，大舅疯疯癫癫地趴在棺材上正哭呢，突然，他收住声不哭了。他听到人们给我母亲打招呼的声音，慢慢地扭过头，抹了把泪，静静地望着我母亲。

我母亲看到满头白发的大舅，身上穿着一件黑色褂子，母亲看着熟悉，突然想起这件褂子是我父亲多年以前穿过的。我母亲再也控制不住自己，她颤巍巍地喊了大舅一声哥，声音很小，周围的人还是听到了。可是，大舅没有答应。有人急了，小声提示大舅，给他打手势，大舅还是没有应声。突然，大舅笑了，他笑着大步走过来，伸出双手抓住我母亲的手说，是你啊，真是你啊！你来了，我……我这心里就踏实了，不然……你来来来，你看你看。

大舅拉着我母亲走到棺材跟前，用手指着躺在里面的大舅妈，说，你看呀，我给她把这身新衣服穿上了。这是红柳给她买的，她一直舍不得穿，说塔尔拉风沙太大，穿着浪费，想等到以后，红柳把她接到喀什城里去再穿。她这辈子都没去过喀什，不知喀什城是啥样子，当年我们一起被拉到这里，她哪儿都没去过，不像我，还去过喀什好几次……她那天快走时，叫我把这身衣服拿给她，她还舍不得穿，说以后到喀什……她是抱着衣服走的，走时还喊红柳呢……她没良心的，我伺候了她大半辈子，她最后却没和我说一句贴心的话……只叫红柳，红柳她……

我母亲往棺材里看了一眼，又粗又壮的大舅妈穿着一身银白色的保暖内衣，像给她自己穿的孝服似的。

大舅还在一边啰唆，你看你看，我给她穿上这身衣服，她会念着我，还是会念着红柳？衣服是红柳买的，是我给她穿的，她一直舍不得，说等以后到喀什再……

我母亲再也控制不住，失声痛哭起来。

周围的人全哭了。

苦水塔尔拉

一

排长石泽新到塔尔拉的时候，是阳春三月了。

从通汽车的公路到塔尔拉还有二十四公里，这段路程没有通车辆，是志愿兵阿不都赶着牛车把石泽新接到塔尔拉的。

坐了八个多小时的汽车，又转乘牛车，石泽新总有种不太真实的感觉。灿烂的晴空中没有一丝云，也没有风。太阳懒懒地照在人身上，能感觉到春天的温暖了，戈壁滩上却没有一丁点儿春的气息，一切都是褐黑色的宁静。这种宁静压抑而空洞，偶尔弄出一点响声，也显得极不真实。牛车走在平坦的石子路上，像一只不慌不忙的蜗牛，在一望无际的茫茫荒原上蠕动着。

起先石泽新对牛车的速度有些性急，但望着牛车走过的石子路上，竟然连一点浮动的灰尘都没有，只有牛蹄子踢踏碎石子的细碎声音和牛车要散架似的杂响单调地冲击着他的身心，慢慢地，他就有了随遇而安的无奈感，心里慢慢地平静了。

阿不都坐在牛车前面，手里举着一根红柳，一声不吭，只是专心赶着牛车。其实在这样空旷的戈壁滩赶车，根本不必这么用心，何况又是老黄牛拉的车，完全可以任它自己走。

石泽新想打破沉寂，就掏出烟来请阿不都抽。阿不都笑了笑，从身上摸出一个铁盒子和几张报纸条，扬了扬说，我抽这个。他让了让石泽新。石泽新深知这莫合烟劲大，谢绝了。阿不都自顾自卷上一支莫合烟，有滋有味地抽起来。

石泽新抽了支烟，靠在行李上，就有点困了。他的脑子接受了牛车慢悠悠的现实之后，没有了繁杂的思绪，一任牛车像摇摇晃晃的一叶小舟，在海洋一般的荒原上慢慢地游。后来，他就睡着了。

石泽新是被阿不都叫醒的。牛车终于把他们拉到了塔尔拉。石泽新睁开眼一看，几排土坯房竖在眼前，墙皮剥落了不少，露出了干裂的土坯，门和窗上都挂着厚厚的褥子。显然，这里还没有一丝春天的气息。

石泽新忙跳下牛车，还没顾上扶一下头上的帽子，就听到阿不都对他说了声"这是指导员"。他赶紧转过身，对一个瘦高的上尉行了个军礼，说，指导员，我是石泽新，前来报到。

指导员还过礼，抓住石泽新的手，说，石排长，欢迎你！

石泽新正想客套几句，指导员又说，看，中队长接你来了。石泽新忙往指导员身后看，只见一个粗壮结实的上尉已走到了面前。他迎上去，行了个军礼。中队长却没有还礼，招了一下手，就握住了石泽新的手，平淡地说了句来了。

石泽新笑了笑，心中纳闷，这中队长第一次见面咋不还礼？他头上还戴着帽子呢。新条令规定不戴帽子在营区可以行举手礼，指导员没戴帽子，都给他还礼了，中队长戴着帽子却不还，是不是他不欢迎自己来？

正想着，几个战士已过来从牛车上搬下了他的行李。阿不都一边招呼着兵们，一边问把石排长的行李搬到哪里。

石泽新忙说，搬到班里吧，排长应在班里住。

中队长却说，搬到中队部去，住队部。不用这么正规。

指导员也说，就是，我也是这个意见。

几人进到中队部，石泽新忙掏出烟来，先递给中队长一支。中队长接了，掐掉了过滤嘴，将短了一截的烟含住，点上火。

石泽新怔了怔，见中队长若无其事的样子，就接着给指导员递烟。指导员推着不接，他硬要给。中队长开口说，别给他了，浪费。指导员笑了笑说，我真不抽的。石泽新就自顾自点了一支"红塔山"，轻吸了一口说，这塔尔拉真够远的，走了一整天。

中队长粗着嗓门儿说，那是喀什！就没了下文，却掀开厚厚的门帘，喊叫着通信员，给石泽新打洗脸水。

指导员为了圆场，就说，这不，塔尔拉门和窗上还挂着褥子。这里没有春天，就是有，也是风沙期，就当冬天过了。

石泽新还是第一次听说把春天当冬天过的，政治处主任给他介绍塔尔拉情况时，可没讲这些内容。从第一眼看到塔尔拉，石泽新就意识到，他想象中的塔尔拉，和现实有很大的距离。但无论现实多么叫人不可思议，石泽新还是能够接受的，只是他心里仍对塔尔拉的春天抱有一丝幻想。春天就是春天，怎么能当作冬天过呢？

当志愿兵阿不都给石泽新送来一包沙枣时，他一脸茫然地说，我不喜欢吃这东西！

阿不都憨憨地笑了笑，收下吧，有用的。等你拉肚子了，吃沙枣比吃药还管用。

石泽新疑惑地问，还有这道理？

阿不都说，到时候你就知道了。

真正感到肚子不适，开始拉肚子，是石泽新到塔尔拉的第二天中午，他吃了两顿用塔尔拉的水做的饭后，先是肚子像饿了时一样"咕咕"地乱叫，接着里面就翻腾开了，整个肚子像一锅烧开的水。水沸腾着喷出一串串的气泡，顶得锅盖啪啪作响，要溢出来似的紧急。

石泽新跑到厕所，拉出一股水来，肚子舒服了些。刚回到队部，肚子里又闹腾开了，忙又往厕所里跑。蹲了几次，他的腿都麻了，赶紧找自己带来治拉肚子的药片吃。指导员见了，笑了笑说，石排长开始放"水枪"了，这一关谁也躲不掉。你还是收起你的药片吧，不顶用。塔尔拉特色的拉肚子，得用塔尔拉的方法来治。还是吃沙枣吧，我这里有。

石泽新捂着肚子说，非沙枣不行？

不行！指导员坚定地说。

石泽新摇了摇头，说，这就怪了。

指导员说，见多就不怪了。这也是塔尔拉人总结出来的一条真理：沙枣治拉肚子。

石泽新摇着头，说，可我不爱吃这东西，跟嚼沙子似的。

指导员说，这没办法。说着就要给石泽新拿沙枣。

石泽新忙拦住指导员说，我这里有，是阿不都送来的。

石泽新无奈地吃起了沙枣。

沙枣就像它的名字一般，有沙的那种意象，但不是沙子，在牙齿的咀嚼下，像一堆细沙子，干涩无味，又是放了一个冬天的沙枣，干瘪得只剩下了一层淡黄色的皮，包着一堆细沙似的枣肉，没有水分。石泽新似吃沙子一般，感觉着粗糙的沙子摩擦着他的牙齿、喉咙，吞咽也有些困难。

吃了沙枣，石泽新减少了跑厕所蹲坑的次数。那种腿酸麻、头晕目眩的蹲法，算是给了他一个下马威。按中队长的说法，石泽新还不是塔尔拉的人，就算真正是了，也没法服塔尔拉的水土。一到夏季的苦水期，老塔尔拉人也照样拉肚子，这是没办法解决的事。目前，解决拉肚子的土办法，只有吃沙枣，并且只有吃塔尔拉自己土地上生长出来的沙枣才起作用，就这么怪。更怪的是塔尔拉这地方水土硬，生命力极强的沙枣树也不好活。所以，在塔尔拉种植沙枣树，也成了大事。

了解了这些情况后，石泽新才明白中队营区为什么栽了那么多沙枣树。这树是宝贝呢。

中队召开支部会。石泽新想，可能要给他分一些具体工作了。他刚到就叫拉肚子给搅乱了，也没参加几天正式工作，还不知道自己这个排长该负责哪个排的工作呢。

然而，在支部会上，指导员明确了石排长加入中队支部，却没有给他具体分工的意思。指导员又说了些发展党员、培养苗子的事后，就问大家有啥说的没有，准备散会了。

石泽新就说，我想请示一下，给我具体分工哪个排的工作？

指导员望了望中队长。中队长说，咱塔尔拉没干部愿意来，来了也待不久，排长一直缺编，我看石排长就不具体负责哪个排了，抓全中队的工作吧。指导员你说呢？

指导员说，就这么办，咱是执勤单位，勤务重，大家一起操心，工作也顺当。

于是石泽新就像中队长、指导员一样，见啥抓啥。他像其他刚毕业的学员一样，心怀雄心壮志，对走上带兵之路充满了信心和热情。每天早上出早操带队，吃饭集合唱歌，站在百十号人面前，他把腰板挺得直直的，胸间总有股豪气在回荡。在他的口令下，兵们喊出的号子和唱出的歌声，烘烤得他热血沸腾。他时常有指挥着千军万马的愉悦。这是他自当兵第一天起就渴望的场面，这场面使初来乍到的他与塔尔拉的那种距离感，在不知不觉中消失了。

二

　　风沙是突然间降临塔尔拉的。

　　那天，石泽新带着战士们正在操场上走队列，干净如洗的晴空，春阳在一片"一二三四"的喊声中，将暖流抖落下来，洒满石泽新一身，他使出浑身解数，将百十号人的步伐指挥得像一个人似的。每下一个口令，他的心里就多了一分舒坦。他觉得仰头望着红彤彤的太阳，用耳朵捕捉着"嚓嚓"的步伐声，凭感觉准确地发出口令的指挥方式，简直是一种享受，是别的事物无法替代的全身心都为之振奋的享受。

　　这时风沙就来了。

　　先是一阵"轰隆隆"似闷雷一般的吼声响起，接着，就看到不远处一大片浑黄不清的帷幕挂满了半个天际。这帷幕像人用手扯着，以惊人的速度，霎时间就遮住了暖暖的春阳，直直地冲了过来。能听到嘈杂的吼叫声，似千军万马的咆哮迎面扑了过来，其气势威猛无比、锐不可当。

　　石泽新一下子还没反应过来，那道帷幕已经"唰"地压了下来，将他和兵们盖了个严严实实。

　　队列里一致的步伐就"轰"的一声乱了，有人喊了一声：沙暴来了！

　　却没有一人跑出队列。

　　这就是兵。在沙暴压过来时，只是乱了阵脚，没有听到口令，决不乱跑。

苦水塔尔拉 | 109

石泽新心生感动。

狂风挟着沙石，"噼噼啪啪"地打在人脸上、身上，干疼。

石泽新是第一次遇到这种情况，愣怔了一下，随即吼了声：解散！

兵们这才"哄"地散了。几步之内，只能看到一片黄色的人影在晃动，根本辨不清谁是谁了。

塔尔拉的风沙期实实在在地降临了。

从荒原深处刮来的风沙，将塔尔拉罩了个严严实实，白天晚上天地间全是浑黄一片，呼呼的风声，搅得人心生烦躁。最让人难以忍耐的，是每天要吃不少的沙尘，即使不张嘴，嘴里也像吃沙枣似的，牙碜。房子的门和窗用褥子捂着，屋子里照样落一层沙尘，有一股呛人的土腥味儿。睡一晚上起来，鼻子、嗓子眼里全是沙土，干涩疼痛。人睡着了，一呼吸，还不知吃了多少沙尘呢。

石泽新因是第一次遇到这么狂劣的风沙期，眼睛里看到的全是浑黄的风沙，耳朵里灌满了风的吼叫声，心里就特别烦，坐立不安，出出进进，没有一个能叫人清静的去处，他就一个劲儿地抽烟，用烟来消磨难熬的时光。烟抽得多了，一屋子的烟味和着沙尘的腥味，使指导员不断地咳嗽着，弄得石泽新也不好意思了，但又熬不住，摸摸索索又点上烟抽。

指导员这几天有点心神不定，只要待在屋子里，就不停地来回走动着，有时坐下来，想写什么东西的样子，可只写几个字，就撕掉了。撕了又写，写了又撕，看得石泽新在屋子里实在待不下去，就到各班去转一圈，然后叫上带班员，一块去哨楼上查哨。

风沙期开始时，中队长对石泽新说，从现在起一直到风沙停止，查哨都得两个人，尤其是上到高高的监墙上，一定要俩人牵着一根背包带，以防万一。

石泽新不知轻重地随口说了句，有这么严重吗？

中队长看了石泽新一眼说，你还不了解塔尔拉的风沙。

石泽新在风沙里上监墙哨楼去查哨，风沙呼啸着向他扑来，冲得他站都站不稳，别说移步了，每动一步，腿都在打战，要走过没有遮拦的长长监墙到达哨楼里，实在太艰难了。他还是抓住了带班员递过来的背包带，俩人牵着，才算查了一轮哨。

石泽新问带班员，换哨时，哨兵也得这样才能上到哨楼吗？

带班员说，那当然了，在风沙期，就得像个盲人似的，相互牵扯着上哨。

后来，中队长说，也有人不愿这样牵着背包带上哨楼，结果，他是从监墙上爬进哨楼的。

石泽新说，这个人何必呢？

中队长说，他只是想创新，不想用别人总结出来的经验，但他失败了。

蠢。石泽新说，经验都是经过多少年的积累总结出来的。

中队长说，这个人是我！

石泽新脸唰地红了。

中队长并没计较石泽新的话，接着说，我们都生活在经验里，从吃喝拉撒睡，都有了经验的框框，人活得越来越懒惰了，根本不去思考新的方式，慢慢地，人的思维就麻木了。

石泽新观察风沙的动向，渐渐就掌握了风沙的规律。塔尔拉的风沙的确像兵们说的那样，刮三天东南风，稍作停歇，再刮三天西北风，将刮到东南面的沙尘，又送回西北面来，然后刮一整天旋风，把风沙送上天，将刚有点淡薄的天空染黄后，又开始周而复始地重复。石泽新掌握这些规律后，就带着兵们根据风向每天早上顺风出操，如遇上旋风，就叫兵们在房子里整理内务，倒也没误了日常工作。

中队长见了石泽新的这套做法，心里欢喜，对指导员说，这小子像我当年一样，一点就通，是个带兵的料子。

指导员说，小石是个好苗子。

可中队长又长叹了口气，有些无奈地说，只是别像我变着变着就变懒了。塔尔拉，磨人的锐气啊。

风沙像一片大得没有边沿的砂布，很有耐心地打磨着塔尔拉。在呼呼的打磨声中，风沙期持续了一个半月。这是最煎熬人的一个半月，对初来乍到的石泽新来说，他比别人更多了一分烦躁。

指导员见石泽新闷闷不乐的样子，就说，石排长，你还闷个啥呀，又没成家，少份烦心事，是不是谈了对象，人家嫌你分到了塔尔拉，闹分手呢？

石泽新说，我还没谈过对象呢。

这样也省心。指导员说。

石泽新不解地望着指导员，心想指导员肯定遇到烦心事了。想着他心神不定的样子，石泽新几次想问的话到了嘴边又咽了回去。他走到屋外，昏黄的天空使人更压抑了，不时有风卷着沙尘扑过来，迷人眼睛。他又退回屋里，无奈地点上一支烟，说，塔尔拉的春天就这样当冬天过了？

指导员说，还能咋过？

这时，中队长走了进来。

石泽新给中队长递烟过去。中队长摆摆手，说了声"抽这没劲"，就掏出报纸条，往上倒些莫合烟来，两手将纸条一折，左手捏了，右手抓住一头一拧，一支烟就卷好了，放到唇边湿了唾沫，用手捏粘住了，将拧过的这头伸到嘴边，两齿一咬，"咯嘣"一声，咬掉了硬纸头，吐了，用嘴含住烟，打火点着，猛吸一口。烟头的报纸竟起了火苗，只着了一下就熄了，再不起火。中队长一口一口地喷吐着白白的烟雾，辛辣的莫合烟味顿时盖住了石泽新的香烟味。

石泽新看了中队长卷莫合烟的全过程，手就痒了，也想卷一根。他向中队长要了报纸条，倒上烟末，两手运动起来，却怎么也卷不起来。

中队长在一边也不指点，只说了句，石排长，你还不是塔尔拉的人。

三

风沙一停，像是演完了一场冗长的历史剧，扯去了那片肮脏的破帷幕，寂静了下来，天就慢慢地蓝了，遥远得没有了边际，叫人烦躁的心里一下子又空荡荡的了。

天气闷热了，像突然被加温的锅炉，空气中就有了一团一团的气浪。久违的红太阳从东边的戈壁滩上一升起，能叫人产生出新鲜感来，倍感亲切，可也觉出了灼人的热量。在太阳的光辉里，可以看到一丝丝的热气，正弯弯曲曲地升腾着。

塔尔拉的夏天突然降临了。

营区里的沙枣树，似乎只在一夜之间全绿了。嫩黄色的叶芽一钻出来，就舒展开了，过了一天，就一片绿色了。

这晚来的绿色，给没有春天的塔尔拉注入了无限生机。

风沙一停，当务之急，是播种。中队有几亩菜地，在苦水来到塔尔拉之前，必须把菜种上，把地浇一遍透水，不然，用苦水浇的地，菜种子不发芽，就耽搁了一年的菜。

中队开过队务会后，全力以赴，开始种菜了。

志愿兵阿不都是种菜的行家。他是勤杂班的班长，种菜是他的专长，在塔尔拉种什么菜、赶什么气候，阿不都已经摸索出了不少门道，总结出了经验。

阿不都是种菜工作的总指挥，连中队长指导员都听他的，在菜地里，不时问阿不都各种菜的种法。

阿不都不善于表达，他的汉语口语相当标准，所有汉语能表达的东西，他都会，可他不怎么认识汉字，平时不爱说话，但有实干精神，负责着中队实实在在的后勤工作。

石泽新对阿不都的印象不错，不光是他三月份来塔尔拉时阿不都赶着牛车去接他，后来的日子里，通过接触，他还发现阿不都为人十分实诚，这下又见了阿不都种菜方面的特长，就对阿不都心生了敬佩。

后来的事情发生得的确很突然，石泽新怎么也没有想到，他伤害了阿不都。

其实一切都是无意的。

菜快种完的时候，石泽新那天突然发现，阿不都除养了一条黑狗外，还养了两只雪白的鸭子。石泽新到塔尔拉后正赶上风沙期，一直没有到勤杂班饲养家禽的地方去看看，这回种菜时，才发现那两只鸭子。

来自水乡的石泽新对鸭子有着特殊的感情，他的家里就养着一大群鸭子。在荒凉的塔尔拉见到鸭子，石泽新的眼睛立即发亮，感到特别亲切。这个地方养着鸭子，能算个奇迹了。

石泽新将两只鸭子赶出了圈，一直赶到了菜地旁边的涝坝边上。这是一个蓄浇地水的大涝坝，他想把鸭子赶到水里去，看鸭子戏水的情景，温一回水乡的旧梦。

两只鸭子在涝坝边上，任石泽新怎么使劲撵，就是不下水，也不叫唤。最后，还是石泽新招呼几个正在地头休息的兵，一起硬把两只鸭子赶下了水。

我就不信，哪有鸭子不下水的。

两只鸭子像两个滚圆的雪团，被迫跳进了有些浑浊的水中，在水里沉下去，又浮了上来，挣扎扑腾闹了一阵，像雪化了一样，融进了水中。

顷刻间，两只鸭子又漂了起来，浮在水面上，死了。

鸭子被水淹死了。

石泽新和兵们简直不敢相信眼前的事实，他们一直以为鸭子是在欢快地戏水呢。

在他们愣怔的当儿，闻讯赶来的阿不都已冲了过去，衣服也没有来得及脱下，"扑通"一声跳进了涝坝。

冰凉的涝坝水溅了石泽新他们一脸一身，但谁也没有去擦脸上的水滴，只是目光呆呆地望着在水里扑腾着捞鸭子的阿不都。

鸭子白得晃眼，刺得石泽新的两眼生疼。他想上去接过阿不都手上的死鸭子，见了阿不都脸上的表情就收回了手，不知所措地站着发愣。

这时，指导员走了过来，弄明白是怎么回事后，望着水淋淋的阿不都，说，死了就算了，给伙房加道菜吧。

阿不都手里提着两只死鸭子，没吭气。

中队长过来说，日怪了，淹死了鸭子，传出去都成了奇闻。埋了吧，谁吃得下？

石泽新像听到赦令似的，赶紧去菜地里拿来了一把坎土镘，在离涝坝不远的一块空地上，挖了个坑，轻声问阿不都，埋这里行吗？

阿不都没吭气，走过去将两只鸭子轻轻放进坑里，用手抓着沙土，慢慢地埋了。

石泽新等阿不都埋好鸭子后，轻声对阿不都说，对不起，我没想到会这样。

阿不都看了看石泽新，仍没有吭气，两眼却湿了。他要过坎土镘，从旁边又刨了些沙土，在埋鸭子的地方，堆了个坟丘。

大家都望着坟丘，没人说话。

后来，还是中队长告诉石泽新，这两只鸭子是阿不都去年春季探家时，他的对象送给他的。阿不都的对象听他把塔尔拉说成一块美丽富饶的绿洲，有水有草，还有鲜花，像他的家乡那样美好，就买了两只毛茸茸的小鸭子送给他。

得知这两只鸭子的来历后，石泽新用拳头直擂自己的脑门。他内疚死了，痛恨自己的所为，然而这一切又是无法挽回的。塔尔拉没有鸭子，就是有，能代替阿不都那两只鸭子吗？石泽新无法原谅自己的过失，可又没办法弥补。他陷入了一种不能自拔的痛苦之中。那几天，他老是恍惚迷离，特别怕见到阿不都。阿不都越是不言语，他就越难受。

最终，石泽新去找了一次阿不都，他想给阿不都赔不是，他不愿一直沉溺于自责之中。

阿不都表现得非常宽厚，默默地抽着莫合烟，很轻地说，算了，排长。塔尔拉本不该有鸭子的。

石泽新一听，眼泪就涌了出来。他的心更沉重、更压抑了。

中队长见石泽新整天发呆的样子，就对他说，别沉得太久了，实在憋得受不了，就面对戈壁滩，吼几声去。

石泽新真到营房后面的戈壁滩上，放开喉咙，吼了几声。他的底气显然不太足，吼声还算嘹亮，却嘶哑而虚空，只在戈壁滩上抖动了一下，就消失了，连一点回音都没有。

这时，中队长跟了过来，说了句"要这样吼"，伸长脖子"嗷——嗬——嗬——"地吼了几声。中队长的吼声像从地洞里钻出来似的，沉闷而浊重，简直是一种嚎叫了，在空旷的戈壁滩上，回荡了好久好久。

石泽新学着中队长的样子，也伸长脖子试着又吼叫了几声。他把身上的劲全使上了，脖子上暴出青筋，额头上都憋出了一层细汗，还觉心里憋闷得很，但能感到一丝身心疲惫后的畅快，索性往戈壁滩上一坐，喘了会儿粗气，一直望着中队长卷了两支莫合烟抽完了，他才爬起来，说，队长，我……却说不出下文。

中队长望着石泽新，半晌，才笑了笑，没说一句话，就走了。

四

起初，谁也没想到，那个操着一口东北腔，在监狱大门口徘徊了几天的年轻女人，晚上就住在中队的马厩里。

那是中队早已经废弃了的马厩。

马匹从部队消失后，马厩也就失去了它的意义。年深日久中队的马厩渐渐破烂下去，门和窗早被扒掉了，四处洞开着，几乎没人记着它的存在了。

东北女人没经任何人同意，就住了进去。

是一个新兵最先发现东北女人住在马厩里的。这之前，战士们站在高高的监狱墙哨楼上执勤时，都拒绝过东北女人想进监狱看她丈夫一眼的请求。

发现这个东北女人住在中队废弃的马厩里，是极其偶然的。

一天早上出完操后，一个新兵去上厕所。他刚走到厕所跟前，一只野兔突然从一蓬干枯的骆驼刺后面跳了出来，吓了新兵一跳。野兔还望了新兵一眼，转身向不远处的马厩跑去。

新兵受了突然的惊吓之后，又兴奋了，他想抓住它，就一直追进了那个破旧的马厩，来到马厩跟前，新兵惊叫了一声。新兵的那一声惊叫，比起床哨声要大得多，也怪异得多。

石泽新带完早操刚进队部，就听到了那声尖厉的惊叫。他不知出什么事了，抓上帽子循声冲到了马厩里。他看到呆站在马厩里的新兵，一脸的惊奇。

石泽新后来总忘不掉那天早上马厩里的情景：那个东北女人从马槽的灰尘里慢慢地坐了起来，根本不顾别人的目光，不慌不忙地从马槽滑到地上，很平静地站在那里。

东北女人端庄秀丽、落落大方，有着一对明亮的大眼睛和高挑的身材。

兵们都闻声跑来了。中队长和指导员也先后跑来了。

当看清眼前的景象后，石泽新发现，中队长和指导员的脸上都阴着。

东北女人是犯人的亲属，她住在中队的马厩里，尽管是个废弃不用的马厩，但总是不妥的。

东北女人站在众人的目光里，两手缓缓抬起，轻轻地像托住一个珍贵的物品一般，托住了自己的肚子。

大家这才发现，她是个怀有身孕的女人。

石泽新的目光慌了。他发现中队长和指导员，还有在场的兵们目光都慌了。大家的目光都被东北女人隆起的肚子和她的镇静给击碎了。

东北女人一直静静地望着大家默默地走出马厩，没说一句话。

东北女人的存在，给中队出了个难题。

为此，中队专门召开了一次队务会，研究怎么处置东北女人。

在队务会上，大家都不提赶走东北女人的话，谁也说不出口，可又想不出解决这个问题的办法来。

中队长抽着莫合烟说，大家都谈谈看，别呆坐着。

指导员说，得想法叫她走，不然咱不好交代，她可是犯人的亲属。

中队长扫了大家一眼说，问题就在这里，她要不是犯人的亲属，住也就住了，反正那马厩咱又不用了。

指导员说，可她是女人，住在营房旁边，对部队管理有影响。

石泽新见中队长一直看着他，就说了句，先了解一下东北女人到底想干啥，咱就好想办法了。

几个班长说，东北女人想探监，她丈夫在里面。

指导员问，她丈夫犯的什么罪？

都说不知道。

中队长扔掉烟头说，管他犯啥罪，咱们给这个女人通融一下，让她见到丈夫，早走人就成。

指导员说，这样妥不妥？

中队长说，只有这样，才能解决这个问题。

指导员就不说话了。

中队长对石泽新说，石排长，咱俩这就去管教科联系一下这事。

石泽新跟着中队长来到监狱管教科，说明情况后，管教科同意东北女人探监，可管教去监号里提东北女人的丈夫时，她丈夫死活不愿见她，他说这个女人不是他妻子。

中队长进去劝了一阵，犯人死活不出来，气得中队长真想上去踹他几脚，又怕犯错误，打骂体罚犯人是要背处分的。中队长只好咬着牙忍住了。

回到中队，大家又想不出办法了。中队长抽了两支莫合烟后，说，只有当面找东北女人谈明情况，劝她离开了。说完，中队长就望着指导员。

很明显，做这类工作，指导员当仁不让，只好由指导员出面了。

指导员眨巴了几下眼睛，说，那好吧，我和石排长一起去和她谈吧。

石泽新又跟上指导员来到马厩里，见东北女人正坐在马槽里发呆。

指导员望着东北女人，试了几次，不知怎样开口谈才好，就看着石泽新。石泽新也觉得这事不好说。

最终，还是指导员开口说，我们已向管教科说了你想探监的事。

东北女人颤动了一下，眼睛亮了。

指导员说，管教科同意你去探望你的丈夫，可他不愿见你。

东北女人的目光"唰"地暗了，随即，两串泪珠从她的眼睛里冲了出来。不一会儿，她的抽泣声响彻了寂静的马厩。

指导员望着石泽新，不知所措的样子。

东北女人哭了好长时间，终于停止了抽泣，才哽咽着说，我只想见他一面，乞求他的原谅，告诉他，我等着他！

指导员抓住时机说，可他不想见你。

东北女人又抽泣了一阵，才说，我等他！说得坚定无比。

指导员咽了口唾沫，说，可这也不是个办法呀。

东北女人这会儿不哭了，抹了两把泪说，我只有这样。是我害了他，他都是为了我，才去杀人的。是我对不住他，他不愿见我，是我罪有应得。

指导员说，要等，可以回家去等。

东北女人看了指导员一眼，低下头，不说话了。

指导员又说，你听明白了吗？要等回家去等！

女人仍不说话。

指导员态度强硬地说，你得想法离开这里。你要知道，我们这是部队。

东北女人从马槽里站起来，双手搂着大肚子，低声说了句：我只能在这里等。

指导员望了望她的大肚子，心又软下来，只能叫上石泽新走了。

后来，指导员又叫勤杂班长阿不都去催东北女人离开。

马厩是你勤杂班的，还是你去劝她尽快走吧。指导员这样对阿不都说。

阿不都去劝了几次，都没有劝走。指导员再没到马厩里去过，只说，这还成了头疼事了。

中队长说，这个女人不一般。

阿不都探询似的说，这塔尔拉还有没有能住人的地方？

指导员扫了一眼阿不都。阿不都忙说，我没别的意思。

中队长卷了一支莫合烟，抽了一大口，慢慢吐出白烟后，才说，摊上这事，头疼。

把咱的人看紧吧。过了会儿，中队长又说了这么一句。

指导员也没法明确表态，就说，这不是个办法。可又说不出个办法来。

这段时间，石泽新发现，兵们的情绪有了些变化。首先是训练场上喊"一二三四"的口号声比平时大了，再就是平时嬉闹时大声骂人的脏话少了。随即上厕所的人多了，虽然苦水期还没到，石泽新也没见过苦水期上厕所的阵容，但他可以想象得到，苦水期上厕所的人数不会比现在多多少。兵们现在上厕所时，都看似无意却是有意地向不远处的马厩那边瞟几眼，其实什么也看不到，只是一个破败不堪的马厩罢了。从兵们慌乱的眼神里，石泽新一下子能看到他们的内心，因为他和兵们一样。

五

苦水期开始了。

塔尔拉地处塔克拉玛干大沙漠西缘，是一片辽阔的戈壁滩，常年的降雨量只有几十毫米。因此塔尔拉的水全是从两百多公里以外的叶尔羌河引来的昆仑山上积雪融化的水。

所谓苦水，就是夏天气温升高后，昆仑山雪水流经辽阔的荒滩后，一路冲刷下了许多盐碱，等流到塔尔拉时，已浑浊得像泥汤一样了，即便澄清后再饮用，这水也跟中药似的苦，塔尔拉的官兵们称这水为苦水。苦水来到后，塔尔拉就进入了苦水期。

苦水到塔尔拉的第二天，一场轰轰烈烈的拉肚子大战就拉开了帷幕。

兵们喊口号的声音一下子减弱了，他们的劲都使在了上厕所上：有的兵只拉了一天，就躺倒了，上厕所得有人扶着去。这些大多是新兵。新兵是第一次遇上苦水期，抵抗能力弱，老兵们相对要好一点，毕竟经历过苦水期，肠胃适应好些。

石泽新像新兵一样，频繁时每十分钟就得上一次厕所，到了晚上，根本就不用脱衣服睡觉了，得不断地起床。

苦水期一开始，阿不都就带着勤杂班的兵们，将一个个自制的木"坐便椅"搬到了厕所，安放在每个蹲坑上。

石泽新见了，说，没那么夸张吧，这种只在一些老医院里见过，给病人用的"坐便椅"，要给这些身体强壮的年轻男人们用，这叫人咋想呢？

阿不都说，这才开始，过两天，这些就派上大用场了。

果然，拉了两天肚子后，士兵再蹲下时，就蹲不稳当了。坐在椅子上，省了不少的劲，也不怕掉进坑里了。

中队长说，在厕所弄这种椅子，是阿不都想的主意，这些椅子是他一手做的。

石泽新说，阿不都真了不起。

中队长说，过去，还真有人掉进坑里过，自从有了阿不都做的这些椅子，再没发生过掉坑的事了。随后，中队长又告诉石泽新，最近的训练要少安排课时，主要保证执勤工作，每班哨多派五个人做临时替换哨，轮流解决上厕所的问题。

石泽新问中队长，每年到这时候都这样上哨吗？

中队长说，有一年不是这样，那是上级搞大比武，抽一部分人去喀什参加比武了，人手不够，哨兵就在哨楼备了洗脚盆救急，但这不能当作经验推广。

石泽新茫然地点着头，心里想着，塔尔拉考验人的机会还真不少。单就拉肚子这一项考题，就需要相当的勇气和忍耐力才能经受得住。塔尔拉的每一处，包括季节更替的这些日子，都是一份非常别致的考卷，作为一个考生，他能将这些考卷填上令人满意的内容吗？

他坚信自己能！

他对自己很有信心。还在军校读书时，他就梦想着能当一个真正的指挥官，哪怕只指挥一个班、一个排。军校毕业后，他被分到了喀什，组织上安排他做了小机关的作战参谋。在机关待了大半年后，他坚决要求到塔尔拉工作，当一个最基层的排长。他在机关里感觉不到雄性群体的那种阳刚气势，那些老机关都已经变味，不像个兵了，每天都在谈论着菜价和各种饭菜的最佳搭配方法。他已经闻到了那些机关干部身上的油烟味了，担心自己有一天也会有油烟味，就赶紧逃离了那个场所。他坚信来对了，自己虽只是一个排长，却指挥着一个连队的兵，这已经有了指挥官的气度了。他在指挥官的位置上，常常满怀豪情，激动不已。

石泽新这次拉肚子比刚来时要厉害得多，可这回拉肚子拉得厉害的人很多，他倒不觉得多么虚弱，相反，每次去厕所，看到厕所里那么热闹，他总有一种悲壮的感觉。他也弄不明白自己怎么会产生这么离奇的感觉。

拉肚子厉害了，沙枣就派上了用场。在这种苦水期，沙枣不能完全止住拉肚子，但吃了可以让人每天少上几次厕所。

塔尔拉的沙枣有治拉肚子的奇效，沙枣就成了宝贝。中队的沙枣每年都由中队统一收获，然后再平均分给大家，不许多吃多占。

谁也没想到，最终叫拉肚子放倒起不来的，竟是老兵阿不都。

那天，阿不都竟然一头从"坐便椅"上栽下，被几个兵架了出来。

中队长一下子慌了，已经好几年没出这种事了，如今老兵却倒下了。中队长忙叫兵们套了牛车，将阿不都送到场部卫生队。

卫生队化验后，确诊阿不都患了"阿米巴痢疾"，病情比较严重。医生问为啥不提前吃些沙枣，现在弄成这样，不好治疗。

不行就送喀什吧。中队长对医生说。

医生当然同意，但路这么远，又没有汽车，光送到路口就得大半天。医生怕耽搁了，说先给挂上点滴，要中队长尽快拿主意。

中队长和医生商量，请医生护送阿不都去喀什，一路上不要停了挂点滴。

但这时，躺在病床上的阿不都却不愿意去喀什。

中队长问阿不都，为啥不愿去喀什治病？

阿不都只说，我就不去！我不想去，就是你下了命令，我也不去！

平时，一提起谁要去喀什，都当作大事似的。这回，阿不都却拒绝去喀什，气得中队长骂开了。

阿不都就是不去喀什。

卫生队医生只好自己去喀什买药回来给阿不都治病。

石泽新去卫生队看阿不都时，阿不都已经虚弱不堪了，但他却说，我是想试一下，看不吃沙枣能不能挺过苦水期。

石泽新才猛然想起，阿不都前不久送给他的沙枣是不是就是他自己的那份？心里内疚得不行。

阿不都说，沙枣他还有，他只是想试一下。他病好后，回中队还这么说，被中队长训了一顿。

石泽新忙为阿不都开脱，阿不都说，我真还有沙枣呢，就拿来给大家看。气得中队长骂了声：真他妈胡闹。

多年的经验证明，苦水期离了沙枣是不行的。

六

拉肚子的高峰过去后，石泽新的身体渐渐恢复了一些，于是每天晚饭后，他都到营房后边的戈壁滩上去转悠。已近黄昏，太阳的余晖将西边的半边天空烧得着火了似的，整个戈壁滩上蒙上了一层青里透红的色彩。戈壁滩没有了白天太阳下的狰狞感，倒像平静而辽阔的海洋。石泽新仿佛有种站在海边看日出的感觉。他的家乡就在海边，日出时，一抹朝霞就是这样将海面映成青红色的。

这种时候，石泽新往往心静如水，也思考一些柔和的问题。蓝天在上，和平在下，一个关于人生的永恒话题——爱情，就会在他心里驻足。

一想到"爱情"这个词，他的脑子里马上会浮现出一个姑娘的影子，确切点说，是一个叫阿芒的姑娘的影子。阿芒是他的同学，他早就在心里爱上了她，可他一直没有对阿芒说过。有过许多次机会，他都错过了，没敢说。

天色渐渐暗下来，西天边忽然消逝的青红色将石泽新惊醒。他看看左右，才发现自己面对的是晚霞和晚霞下面凝滞不动的戈壁滩。他的心抖了一下，同时也给自己鼓劲，得给阿芒写封信，大胆点。其实这样自己鼓励自己的方式已经有过好多次了，每次铺开稿纸，他又不知该写什么才好。

石泽新踏着淡淡的夜色，往营区返回时，无意间往马厩的方向望了一眼，竟看到一个人影进了马厩。

石泽新吃惊不小，谁这么大胆敢私自进马厩呢？他躲在一边，想等影子出来，看是谁。

不一会儿，那人就从马厩里闪出来了。天色有些暗了，石泽新辨不清是谁，就不远不近地跟着他进了营区。他终于看到那人在手里抓着一只空盆子。他一下什么都明白了。

指导员忽然发现东北女人频繁地出现在营区周围，并听到士兵们对她议论纷纷，就很担心有一天会出现一些意想不到的事，如同她突然住进马厩一样，叫人意想不到。

指导员对中队长说，得想个办法，别弄出个什么乱子来，到时谁也担当不起。

中队长说，想啥法子呢？只有赶她走，可这事……

指导员不吭气了，半晌才说，这个……不好说，咱得想法从咱们这面解决这事。

中队长说，上次不是已经给大家定了纪律了？

指导员想了想，说，这不是长久之计。她要是一直这么住着，难免不出个啥事。咱的士兵再守纪律，那个女人可不是个一般的女人，咱得想个长远点的办法。

你想咋办？中队长问。

咱不是一直想打个围墙吗？指导员说。

那是为了保护营区的沙枣树不叫羊啃坏了。

是呀，现在这种情况，打围墙不是一举两得吗？也把那个女人隔在了墙外。

中队长又卷起了莫合烟，卷好后，点上火，才说，这样妥不妥？这么荒凉的地方……

打个围墙，总要好些。

中队长抽着烟，不吭声。抽完一支后，又卷了一支，才说，围墙肯定要打。沙枣树贵重呀，每年都叫羊啃死几棵。为了这树，也得把围墙打起来。

指导员说，就算为沙枣树吧，打围墙是对的。有了围墙，营区才算个营区嘛。

打围墙是个大工程，光打土坯就得一个多月时间。

看来，要干也得过上十天半个月的，中队长说。苦水期把大家折腾够了，得等苦水期过去后兵们缓过劲来才行。

指导员说，咱抓紧点吧。

苦水期终于过去了，像经过了一场灾难似的，大家脸上都是疲惫。兵们似做了一场长长的梦，恍恍惚惚地过了这么久才又回到现实中，竟有些陌生感。

石泽新去涝坝边看了那水，水清了不少，涝坝边上也是湿湿的泥土了，不像苦水期时，边上根本看不到泥土，全是硬硬的碱壳子，白得晃眼。

石泽新不明白，现在天依然热着，昆仑山上的积雪还在化着，水咋就不苦了？他去问正在打水的阿不都，阿不都说，水把渠道里的盐碱冲干净了，水就不苦了，但到了明年，泛了盐碱，水还照样苦。

石泽新说今年的苦水期总算过去了。

沙枣花开了。米粒大的沙枣花灿烂地开遍了塔尔拉。这种能给塔尔拉结出渡难关果实的小花，散发出的香气把整个塔尔拉都熏醉了。

石泽新从没闻到过这么浓烈的花香味。在没有风就没有尘土的荒原上，沙枣花的香味纯净而深切。浓郁的醇香里，他仔细地看着一串串排列得整齐有序、白中透着淡淡米黄的小花朵，不知它们何以能发出这么浓烈的香味，并且有一种气势，是一种能威迫人就范的气势。石泽新在心里叹道：这是一种能从骨子里冒出香味的花呢。

整个营区沉浸在沙枣花的馨香里的时候，打土坯的工程开始了。

阿不都叮叮当当地赶做了一些打土坯用的木板模子，又从监狱借了一些，可因为人多，还是不能达到人手一个。中队长就将兵们按班排分成两组，一个组和泥，一个组打土坯，一天一轮换。这样，除了上哨干杂事的，全部人员都投入到打土坯的工作上了。

在大操场边上的一块闲地里，引来水泡湿了地，然后将地里的湿土挑出来堆在操场角上，再洒上水和成泥巴。和这么多的泥巴，不好操作，在阿不都的技术指导下，和泥巴的兵们就脱掉鞋子，挽起裤子，用脚去踩。将泥巴踩匀了，像醒面似的醒上一夜，第二天就可以打土坯了。

打土坯的场面非常壮观。

兵们先是脱掉了上衣，接着扒掉了背心，上身的肌肉暴露在阳光下，随后又褪下了长裤，身上只剩下一件军用大裤头。在没有女人的荒原上，一片青春的雄性肌体裸露着，在阳光下闪着光。

才干了半天，兵们就嫌头发上溅了泥巴不好洗，又出汗多，干脆在午休时，抓起理发推子，你给我推，我给你理，都剃成了光头。

下午，剃了光头的兵们在操场上打土坯时，太阳就照着了一片青白的头，耀人眼目。

受这场面的感染，中队长也脱得只剩下一条大裤头，光着脚丫，加入打土坯的行列里。

打土坯的工作一开始，石泽新就按捺不住自己激动的心情。他几下就扒掉了身上的衣服，光着脚踩在面团一样的泥巴里，心里有种说不出的舒坦。

只有指导员一个人，依然穿着衣服。后来汗湿了衣服，他才脱了上衣，穿着长裤，在操场上的兵阵里，很惹眼。

中队长就笑呵呵地对指导员说，你太瘦，不脱长裤，是怕大家看到你空荡荡的大裤头吧。

兵们哄笑起来。

有个老兵说，指导员，还是脱掉吧，屁股瘦了，凉快。不信，你试试。

指导员说，你以为这是和尚庙呀，别剃了一片光头，就都像和尚练功一样了。

中队长将一块土坯摔在地上，抹了把汗，说，这怕啥呀，荒滩上，跟澡堂子一样，一大群男人就像在男澡堂似的。

指导员说，你可别忘了，马厩那边还有个女人呢。

大家都愣了一下，往马厩方向望了望，热闹的场面就冷了一下。

中队长在逐渐降了温的气氛里，大声说道，咱又没脱光，管他个啥女人不女人的。

七

打土坯的场面又热烈了起来。受这样气氛的感染，兵们每天打土坯下来，竟不觉得累，每天吃过饭休息时，各班都还叫着阵，要比赛一阵子篮球呢。

石泽新心想，群体的力量就是大，也很能给人鼓劲。这就是兵。兵就应该有这样的气势，不然，哪还叫什么兵？

中队里的几个干部，每天都混在打土坯的行列里，和兵们一起糊一身的泥巴，大声吼着、笑着，非常热闹。

坏消息也是这个时候降临到塔尔拉的。

确切点说，是指导员得到了一个不好的消息。

这天，通信员将指导员的一封信送到了打土坯的操场上。

指导员没顾上搓一下两手的泥巴，抓过信，看了一下，见是乌鲁木齐他爱人单位的地址，愣了一下，就撕开了信。

看着信，指导员脸上的颜色变了，成了信纸一样的苍白色。很快，兵们就听到一向稳重、严肃的指导员突然间发出一阵干涩而空洞的大笑。这笑声像秋风中枯萎的胡杨树叶，"哗哗"地响在兵们心上，叫人听着有种恐慌感。

操场在那一瞬间，像没有人的荒原，静得吓人，只有灼人的热浪，在没有遮拦的操场上，一阵紧似一阵地涌来涌去，舔得所有裸露着的肌体像火烘烤过似的烫手。

中队长用沾满泥巴的双手提了一下宽松的大裤头，走到指导员跟前，探询般地用目光扫过指导员惨白的面孔，最后落在指导员手上的几页信纸上。

石泽新看到，指导员瘦脸上的那点肌肉一抽一抽的，像被风掀动的枯叶，很有节奏地动着。

中队长轻声问指导员，出啥事了？

没啥！

指导员冷着脸，答了一声，随即又对兵们喊道：都愣着干尿！打土坯！

喊完，指导员"唰"地扯开自己的裤带，褪下长裤，往地上一甩，迈着两条干瘦的长腿，"噔噔"地冲到泥巴堆前，几下撕碎手中的信纸，弯腰揉进了一团泥巴里。然后，他将那团泥巴抓起，"啪"地摔在脚前的木模里，光脚上去在模子上跳了几下，将泥巴踩实，端起模子跑到操场边上，"啪"的一声将模子倒扣在操场上。

兵们都呆站着，默默地一直盯着指导员打土坯，然后望着指导员脱出的那块结实的土坯愣神。

这时，中队长大吼一声：干活儿！

兵们神经似的抖动了一下，都冲向了泥巴堆。操场上又响起了一片摔打、脱土坯的声音，却没有了先前的吼声和笑声了。

后来，石泽新才得知，指导员那天收到的是他老婆寄来的离婚协议书。

只过了一夜，指导员就显得苍老了许多，脸更黑更瘦了，眼窝深得吓人，下巴和脖子上胡子拉碴的。他第二天照常出现在打土坯的操场上，兵们都吃了一惊。

中队长就劝指导员给政治处发个电报，请几天假回乌鲁木齐去看一下，看能不能挽回。

指导员冷笑着说，挽回个啥呀？她提出来倒好了，我一直还不忍心哩。

中队长还想劝，嘴动了动，却没再说啥。

操场上没有了往日的气氛，兵们情绪低落，中队长就对指导员说，你休息几天吧。

指导员回头瞪了中队长一眼，只管去打土坯。

中队长没办法，休息时，就对指导员说，你这样子憋着咋行？兵们都盯着你呢，你没见操场上的气氛不对劲了吗？这样下去不是个事儿。

指导员不语。

中队长掏出报纸条，卷起了莫合烟。

指导员伸过手来，问中队长要了报纸条，竟熟练地卷了支莫合烟，抽了起来。只抽了一口，太猛，又咽进了肺里，呛得他跳了起来，大咳不已，脸憋得通红。

中队长看指导员的样子，心里不忍，要指导员手中的莫合烟。指导员不给，接着又抽了起来。

中队长愣了好长时间，才说，你这样算干啥呀，自己受罪。

指导员只抽着烟。他已经不往肺里吞烟了。

要不，中队长说，你去营房后面吼几声，那样也许会好受点。

指导员将烟抽得只剩指甲盖大点的烟头，往地上一拧，起身走了。

来到营房后面，站在一望无际的戈壁滩上，面对空旷的荒原，指导员凝神静气，放眼望去，视野很开阔，虽是满眼的荒芜，却使胸间平静了不少。

指导员伸长脖子，将头仰起，用上全身的劲，放开嗓子，"嗷——嗬——嗬——"地叫了一气。他的叫声沉闷而又雄浑，向戈壁深处荡去，带着他胸中的压抑，在四处扩散，直到跌落在黑色的戈壁滩上，消失得没有了声息。

指导员出了一头一身的大汗，像大病初愈似的，浑身通畅。

晚上，指导员提出，将中队部的饭菜打到房子里，又对中队长说，快去拿出你的库存吧，咱喝几杯，润润嗓子。

中队长没说二话，回他屋里拎来两瓶"昆仑特曲"，说，这几天打土坯确实累了，喝杯解解乏。

几个人围在一起，将门窗关紧，怕兵们听到声音，影响不好，就闷在屋里，热烘烘地喝起了酒。

中队长几次扯开话题，想劝指导员几句，都被指导员岔开了。

来，咱喝酒。指导员端着酒杯，不断地提议。平时，他是不抽烟不喝酒的，这会儿，他一边卷着莫合烟，一边喝着酒。

石泽新看着指导员卷莫合烟的样子，就问指导员以前是不是也抽过烟。

指导员说，没有。

你卷烟怎么这么熟练？

还不是被熏陶的。指导员望了望中队长和阿不都，说，这莫合烟，冲劲大。

指导员喝得多了，醉倒在床上，不断说着梦话。

石泽新没喝多少，怎么也睡不着，在指导员的梦话里翻来覆去折腾了半夜，实在睡不着就穿衣出门去查哨了。

戈壁上的夜静得有点可怕，夜黑得很彻底，在没有灯光设施的哨区，偶尔能听到哨兵的一声咳嗽，此外再无声息。

石泽新不用打手电筒，已经能准确地上到监墙哨楼上。在一号哨楼对过口令后，他发现中队长背着枪站在一号哨，就奇怪地问，怎么是你？

中队长不住在中队部，他和文书住在弹药库的套间里，所以石泽新不知道中队长夜里来上哨了。

中队长轻声说，睡不着，就站班哨吧。

石泽新说，我也睡不着，让我来替这班哨吧。

中队长说，你下去吧，指导员喝得有点多了，别叫他掉到床下了。

石泽新还想说话，中队长却开口说，石排长，你别再影响我站哨。

石泽新无奈，就去其他几个哨位查哨。他本想在别的哨位代哨兵站哨的，又放心不下喝醉了的指导员，就下了哨楼。

那夜，石泽新发现，中队长站了一夜的哨。第二天出早操时，才见他下了哨楼。

土坯打好后，全在操场上摊开晒着，排列整齐地摊了一操场。这就是兵们干的活儿，每个土坯与土坯之间的距离相等，一个拳头约十厘米的间隙，横竖都是一条线，似一个密集而庞大的兵阵。

石泽新站在操场边上，披一身灼烫的阳光，望着眼前的阵容，心潮澎湃。他心里一直想着，这要是一个兵阵那该多好，让我对这么庞大而整齐的群体喊几声口令，该多么过瘾啊！

他绕着操场边走了几圈，像检阅部队似的，在心里下了几声口令。他似乎看到眼前有了动静，像兵们执行了他的口令，正在变换队形。

指导员提出，土坯打好了，开始挖围墙地基。

中队长说，那就挖吧。

挖地基时，兵们分散开，以班为单位划了区域，围在营区周围。

土坯打了一个月零四天。这种重体力活儿，也不见兵们累乏，可一到挖地基这种不太重的活儿，却见兵们懒洋洋的，干活儿无精打采。指导员不时到各个班的工地，一个劲地催着兵们。

中队长却说，这帮家伙们可能真累了。

指导员说，咱还是抓紧点。说着，看了一眼马厩那边。

中队长说，这帮家伙们真怪，伙在一起，能搬动山，一分散开，就没劲了。

部队最怕分散，严肃紧张，活泼也得严肃，才叫兵，才有气氛。指导员说。

石泽新想，指导员这话很有道理。

八

这段时间，阿不都常来找石泽新，让石泽新给他念他对象写来的信，或者帮他写回信。

阿不都的对象叫阿依古丽，家在和田地区的墨玉县，从小上的是汉语学校，不会写维吾尔文字，一直用汉字给阿不都写信。阿不都会写维吾尔文字，却认识不了几个汉字。因此，阿不都收到对象的信，就要找人给他念信、写回信。时间一长，就有兵们给他念信时，常加些信里没有的话。逗他玩，开他的玩笑。

排长，你是干部，不会开我的玩笑吧。阿不都说。

石泽新笑了笑，说，那要看是怎样的玩笑了。

阿不都说，不管什么玩笑都不要开了，排长，我最信任你才来找你。

石泽新说，放心吧，拿信来。

阿不都拿出一封信。石泽新看了信，给阿不都原文念了一遍后，说，阿不都，你对象要到喀什上卫生学校了，她说找机会来塔尔拉看你。

阿不都急道，她千万不要来塔尔拉。

怎么了？

我原来告诉过她，塔尔拉像和田市一样美丽，到处是树木、花草，还有喷泉呢。阿不都说，她要是来了一看，还不说我骗了她？

石泽新说，你以前不该给人家那样说。

阿不都沮丧地说，我怕把塔尔拉情况说了，她不愿和我好了。

怎么会呢，只要她真心喜欢你，别的都不重要。有机会，你应该给人家讲清楚，不然等她来了，看了真实的塔尔拉可能要生气。石泽新说。

阿不都说，排长，你就给我代写封信，解释一下吧。

石泽新说，可以，不过，你今后要想法直接给她写信。这样才见真心，别人写的，会变味的。

我不会写汉字，光会说。

学着写呀，我可以教你。

石泽新就给阿不都写了他对象的名字，叫他去练。

你先要会写她的名字。石泽新说。

阿不都就在闲暇时间里开始练汉字。他觉得汉字不好写，笔画多，不好搭配，歪歪扭扭就不像了。他写字费劲，写得又大，费了不少纸，也没把"阿依古丽"四个字写会、写好。

石泽新对阿不都说，干脆你到篮球场上去练字吧，篮球场是水泥铺的，可以用粉笔写，也不浪费纸了。

阿不都有些难为情。

石泽新说，为了爱情，难为情啥呀，大家不会开你玩笑的。

于是阿不都每天的休息时间里都蹲在篮球场上，练习写"阿依古丽"。兵们开他的玩笑，他不管不顾。兵们就抢过粉笔，都在篮球场上写"阿依古丽"，各种笔体写出的这四个字，几天时间，就写满了篮球场。兵们没事时围在篮球场上，评头论足地评着各种字体，唯有阿不都的字写得歪歪扭扭，却写得最多，占了有大半个操场。

指导员看了，说，阿不都的对象真幸福。说着这话，他的情绪就不太好。

中队长说，为了阿不都的爱情，咱们可以不打篮球。

有个兵说，这要是叫阿依古丽看到了，非得感动得扑进阿班长的怀抱里。

阿不都的脸就红了。

因为要打的围墙太长，要挖的地基也长，兵们挖地基劲头又不太大，还不时掺些军事训练和政治教育课，地基一直没有挖好。

这天，却出了一件犯人脱逃的事。

犯人出外工时，有个犯人钻进了玉米地。玉米已经长得能藏住人了，等收工清点人数，少了一个犯人。

这几年，有了新的规定，看守部队不带出外工了，管教人手少，跑个犯人也是难免。

管教科通知中队犯人脱逃的消息后，中队迅速开了个会，组成几个追捕小组，分配追捕任务。

根据管教介绍，逃犯叫梅杰，就是中队马厩里住的那个东北女人的原配丈夫，犯故意杀人未遂罪。

追捕小组成员传看了逃犯梅杰的照片，照片上的人很文弱，根本不像个杀人犯。

中队干部根据管教科提供的信息，分析逃犯最大的可能性，是沿着唯一通往外界的那条路跑了。只有从这条路上出去，到公路上才能生还。别的方向，没有生存的可能性。

中队长带一组人员沿路追捕，石泽新带一个组往东南方向，还有一个组由一个班长带队往西北方向，后两组没有目标，但不能排除逃犯存在的可能。

留下指导员值班，料理中队事务。

各小组正要分头出发时，勤杂班班长阿不都要求参加追捕行动。

我可以当翻译。阿不都请求道。

中队长和指导员商量了一下，同意了阿不都的请求。几个组去的方向，唯有石泽新这个组可能会见到村庄什么的。阿不都就分到了石泽新这个组，如遇到村庄，可以向老乡打听一下情况。

各组分头行动了。

九

石泽新是第一次步行进入戈壁滩。

戈壁滩真叫大，全是一般大小的褐黑色石子，均匀地铺在地上，辽远地向远方无穷无尽地铺去，根本望不到边沿。

走在这空旷、寂静的世界里，才知道什么叫可怕！在没有目标，没有一点标志的戈壁滩上走着，仿佛一直在原地踏步似的，叫人看不出到底走了多少路程。唯一能说清的，就是每往前走一步，就会离塔尔拉远一点。

石泽新、阿不都和两名战士在戈壁滩上走了一整天，起先还找些话说，到后来就没有说话的兴趣了。一天里没见到一棵树，甚至一根草，谁还有心思说话呀。

夜幕降临了。

阿不都提出，天黑透了就不要乱走了，不然会走迷路的。

四个人席地而坐，脱下身上的迷彩服乘凉，吃着压缩干粮，喝着水。

夏天的戈壁滩，只要太阳一消逝，地表的温度马上就会下降，不一会儿，就感觉到凉下来了。开始几个人铺着迷彩服，躺在戈壁滩上，后来有点凉了，石泽新叫大家穿上衣服，别受凉了，也别躺了，地气一凉，会伤了腰。

四个人坐在一起，找些话题，说着说着就犯迷糊了。就这样坐了一夜。

第二天太阳一出来，又像昨天一样热了。

石泽新说，今天找到天黑，如没有踪迹，咱就返回塔尔拉。

按出发前订的计划，第三天必须返回去，再重新定方案。

这天下午，他们终于走出满目黑石子的戈壁滩，走近了塔克拉玛干大沙漠，看到了起伏不定的大沙包。沙子细得像小黄米似的，在太阳下闪着金黄色的光。沙漠比戈壁滩要耐看得多。

他们打算在沙漠边沿走走，看能否发现点情况，如没动静，就要返回了。

他们在金黄色的沙子上奔跑着、跳动着，消解一天半来戈壁滩带给他们的疲乏。当他们准备返回的时候，忽然发现了一堆人的粪便。

"排长，快来看，这里有人的粪便。"战士小林喊道。

几个人跑过去一看，粪便还没干透，显然有人来过这里。周围有一些杂乱的浅坑，辨不清是不是脚印。

阿不都说，这些坑就是脚印，沙子上留不下明显的脚印。

难道是逃犯?

几个人的神经一下子就绷紧了。

石泽新兴奋了，终于有点线索了。他说，不管是不是逃犯，咱一定要找到拉粪便的人。

几个人顺着沙漠上明显的浅坑，一路找过去。

天快黑的时候，石泽新他们终于在沙漠里追上了逃犯梅杰。

逃犯已经趴在沙子上，走不动了。

他们兴奋极了，两天来的劳累消逝得不见影了。总算没白受苦，抓到了逃犯。

石泽新叫战士小林给逃犯喝了点水。逃犯喝了水后，有了劲，还想逃。

阿不都说，你心真硬，你老婆这么远来看你，你都不愿见她，你还是人吗？

逃犯梅杰怒吼道：她不是我老婆！

带上走！石泽新对兵们说。

逃犯用力挣脱，折腾了好长时间，才把他两手扭到后面铐上。推他走，他就往地上坐，死活不愿走。石泽新恨不得踢他几脚。

西天的火烧云将半个天空和偌大的荒漠烧得着了火一样，一片辉煌。

几个人连推带拉地带着逃犯，没走出多少路，天就黑了。黑下来的沙漠跟戈壁滩不一样，沙子有亮光，天空上有星星，只是不见月亮躲到哪里去了。

石泽新和阿不都辨了半天方向，望着天上的北斗星，确定方向不会错，就商定连夜往回赶。

逃犯不配合，根本不叫走，简直是一步步地挪。

这样，人最容易疲倦，他们已两天时间没休息了，都很困乏。

十

狼群是半夜时分出现的。

先是听到一阵杂乱的奔跑声从远处传来，几个人被这种声音击得一激灵，相互探询着分辨这声音的出处和可能出现的情况。他们还没弄清是怎么回事时，奔跑声已经冲到了他们身边。十几个黑乎乎的影子在他们面前停住了。

好像是黄羊。阿不都叫了一声。

石泽新在微弱的星光下，也看到了黑影子头上的角。

他们松了一口气。枪都抓出汗了。

就在他们松气的当儿，突然响起一声怪异的、他们从没听过的嗥叫声。

是狼！阿不都惊叫了一声。

黄羊把狼带来了。

他们又将枪抓在手中。

这时，石泽新看到，在黄羊群的后面，有几双发着绿光的黑影逼了过来。

黄羊向他们靠了过来，像是找到了倚靠似的。

黄羊靠近了他们，那些绿幽幽的光，也靠了过来。

石泽新下意识地举起了枪，大喊了一声"打"，他的枪已经响了。

枪声清脆而尖厉，划破了寂静的夜空。

其他三人的枪也一同响了。

绿幽幽的光灭了几对，黄羊和活着的狼被枪声惊得四散奔逃。

石泽新长出了一口气，像经历了一次真正的战斗，终于胜利了似的。

阿不都却说，赶快离开这里！

一切都来不及了。

尽管逃犯受了刚才的惊吓，已经好好走路了，但他们没走出多远，一大群狼便一声声嗥叫着，向他们奔了过来。

这次，狼群的奔跑不再杂乱无序，它们像训练有素的兵们，步伐齐整。

我们开错枪了！阿不都叫了一声。

为什么？

荒原上的狼都是成群的，我们打死了它们几个，它们就会来一群。阿不都说，这回麻烦了。

几个人都惊出了一头汗。

奔跑声"咚咚"响着，像擂鼓似的很有节奏地向他们逼来。不断有狼的嗥叫声撕裂着夜空。

一圈绿幽幽的光霎时间将他们围在了中间。

不要慌，千万别开枪！阿不都叫道。

石泽新也说，大家靠在一起，不要分散。

阿不都掏出火柴，划了一根。微弱的火光只亮了一阵，却叫狼群停止了向前逼近的步伐。

要是有东西烧就好了。阿不都说着，蹲下在地上抓着。除了沙子，什么也抓不到。

阿不都又划了一根火柴。

要节约火柴。石泽新提醒道。

我知道。阿不都答应着，迅速脱下自己身上的衣服，又划着火柴，试图点着衣服，竟点不着。衣服让汗水洇湿了。

如果我点着衣服，阿不都说，咱们就冲出去，那时开枪打狼，吓跑它们，咱们用劲跑吧。

几个人都答着，明白。

可衣服就是点不着。

得冲出去，阿不都说，天一亮就不好办了，狼会越聚越多，它们就不怕火了。

石泽新把自己的衣服也脱下了，试着点火，也烧不着。大家的衣服都汗湿了。

阿不都说，没有火，咱们等于已失败了一半。

总不能这样等呀。

石泽新做了安排，他在前面，阿不都管逃犯，两名战士一左一右护着阿不都和逃犯，大家一起冲出去。

吸了几口气，做好准备，突围开始了。

石泽新的枪一响，人也冲了出去。

几个人紧跟着，往前冲去。

这次狼群没有被惊散，可能是太自信，它们实力雄厚。

他们打开一个缺口，狼群马上就会合拢。四周全是绿幽幽的光在闪动。

左右两名战士的枪一响，石泽新马上叫道：别乱开枪，节约子弹。

战士的枪不响了，狼群从三面夹攻过来。一团团黑乎乎的影子在绿光的牵引下，逼了过来。

偏偏在这时候出了乱子。逃犯梅杰摔倒了。他的手被铐在背后，一下子爬不起来。阿不都急忙去往起提逃犯。

狼群见有机可乘，"呼"地向阿不都和摔倒在地的逃犯扑来。

阿不都双手正抓着逃犯，还没来得及腾出手来，一团黑影已经扑到了他的身上。猛然扑来的冲击力，差点将阿不都掀翻在地，他被冲得往后撤了一步。狼黏在他的身上，一股腥热的臭气扑了他一脸。他已看到一个黑洞似的大嘴向他脖子上伸来。

阿不都在后退的同时，已抽回手来，迅速抓住狼的下颚，用力向上推去。

狼扑了个空，却用前爪上尖利的指甲，在阿不都的肚子上狠劲地划了一下。阿不都觉得衣服被撕了一个大口子，肚子上火辣辣地烫，像一根烧红的铁条烙了一般。他忍住，使出浑身的劲，将身上的狼猛推离身体。

狼在脱离阿不都身体的时候，身子一拧，下半身跳了起来，两条后腿向阿不都的脸上扫来。

阿不都一惊，头向后仰去。

狼后腿一条落空，另一条却实实在在地从阿不都的胸口划了下去。尖利的指甲像一把剪刀，"哗"地一下剪开了阿不都的迷彩服，同时也划破了他的胸口。特别是刚被狼前爪划破的肚子上，几乎被撕去了两块肉。

阿不都感觉不到肚子上烫了，只是"呼"地一下又温温地热了，有什么东西轻轻松松地流了出来。

那只袭击阿不都的狼在地上打了个滚，又反身向地上的逃犯扑去。

这时，后面又扑过一只狼来，一口咬住了阿不都的左腿，将他狠劲往后拖去。

阿不都的身体向前倾着，用手去抓背上的枪。抓上枪，也不敢开枪，怕伤了逃犯，就瞄准了，一枪托砸向那只扑向逃犯的狼。狼被砸伤跑了。阿不都这才回身开枪打咬住自己的狼。

一扣枪机，打了个点射，狼"扑"地栽倒了，却没有松开嘴。

石泽新停止开路，回来帮阿不都。

突围失败。

阿不都的一条腿上被撕去了一大块肉，血流不止。待石泽新硬扒开狼嘴，阿不都才倒吸了一口凉气，感到钻心的疼痛。

再组织突围，已不可能。

阿不都腿伤不轻，已不能走路，何况还有一个逃犯。

他们在绿幽幽的光的包围中，只有守的份儿了。

不久天就亮了。

天亮后，他们一看，吓了一大跳。

这是多么大的一群狼呀！足有五六十只，狼已不再包围他们了，挤在一起望着他们，嘴里都吊着血红的舌头，和他们对峰上了。

石泽新将阿不都扶坐在沙子上，一看他的伤口，已血肉模糊。石泽新叫两个战士端枪对着狼群，防着狼的突袭，自己脱掉上衣，将背心脱下，给阿不都包在伤口上。

血已染红了一大片沙子。

狼也不进攻，只在远处蹲着，有个像驴一样大的狼，瘸了腿，站在最前面。它可能是扑向逃犯的那只，被阿不都砸伤了。它一边幽幽地盯着这面，一边将幼小些的狼用爪子往自己身边拢着。

石泽新看着，心想这只狼是个老谋深算的家伙，它想争头功，又怕挨枪子，抓幼狼掩护自己呢。

太阳亮得晃眼，天又热得叫人受不了。狼的腥臭味不断被热浪冲来，叫人闻着直想呕吐。

石泽新心里又慌又乱，不知咋样才能摆脱这种境况。阿不都伤得不轻，两个战士的背心也脱下来包在他腿上了，可血还是往外渗着。

石泽新最担心的是阿不都的伤。照这样止不住血，又没有尽头地和狼群对峙着，他们能坚持多久？

这种场面是多么难熬呀。等到了中午，阿不都的脸色已变得苍白。他疼得连嘴唇都咬破了。

还有些吃的东西，水不多了，几个人的加在一起还不够一壶。石泽新宣布，谁也不能乱吃乱喝，剩下的食物和水都留给阿不都。

阿不都却拒绝吃喝。

我哪吃得下。阿不都说，排长，还是你们自己吃吧，有点劲，再和狼较量。

石泽新摇着头，不说一句话。此时，他们面临的是多么严峻的场面呀！他从来没有想过，在他的一生中会遇上这么艰难的困境。

剩下的子弹也不够装满一个弹夹。石泽新将子弹收集在一起，自己掌握着，不允许再浪费一颗子弹了。前面是乱打，浪费了子弹，是多么大的失误呀！

挨到下午，太阳西斜时，阿不都已经很虚弱了。他们曾搀扶着阿不都走了几步，可狼群不远不近地一直跟着，鸣一枪，狼群理也不理，它们已经跟他们耗上了，反正它们有得是时间。

这时，阿不都对石泽新说，排长，我求你个事，你得答应我。

石泽新说，啥事？

你得先答应我。

我答应你！我会尽我所能的。

石泽新和两名战士，还有犯人都望着阿不都。

阿不都轻声说道：排长，放下我，你们快突围吧，天快黑了！

石泽新一听，眼泪"唰"地涌了出来。没水喝倒有眼泪。

你混蛋！石泽新哽咽着，骂了阿不都一声。

天黑了，就……

住嘴！石泽新说，你再说这混账话，以后，我就不帮你读信、写信了。

石泽新这样说时，心里想着，到底有没有以后呢？现在的境况，谁也说不准。

正是夕阳往下落的时候。石泽新望着血一样的夕阳，和夕阳下海浪一样的沙漠，突然间像回到了以前，竟想起了阿芒。

这时候想到阿芒，石泽新便有了万般遗憾。

要是能活着，石泽新想，一定要给阿芒写封信去，大胆点，怕啥呢？

天渐渐地又一次黑下来了。

这是一个危机四伏、充满恐怖的夜晚。

石泽新他们用手中的那点子弹，一枪一枪地惊退了狼群一次又一次的攻击。他们像熬了一年时间一般，终于又熬过了一个很不平常的夜晚。

第二天太阳升起时，他们已经失去了生存的信心。

十一

指导员带人找到石泽新他们时，是这天的午后时分。

指导员他们怒吼着，一阵乱枪，将狼群打散了。

那时候，奄奄一息的阿不都正对石泽新说，排长，住在马厩里的东北女人不容易，一个女人家，又怀有身孕，为了爱情，孤身一人从东北来到西北，真不容易啊……是我犯了纪律给她送的饭食和治拉肚子的沙枣，你给指导员、中队长汇报一下，处分我吧。

石泽新含着泪说，我早就知道了，其实，大家都知道……

阿不都笑了。

阿不都没能活着回到塔尔拉。他因流血过多，在返回的路上就闭上了眼睛。

焦虑不安的中队长没想到竟是这种结果，他扑上来想抱住阿不都的躯体，却怎么着也迈不动腿了。他两手向前伸着，机械地在空中抓着。他的嘴大张着，一直想喊叫一句什么，却喊不出一个字来。

两股泪水无声地从中队长的眼睛里往外淌着。

兵们拥了过来。

有个持枪的兵冲了过来，"咔嗒"一声将子弹上了膛，将枪口指到了逃犯梅杰的脑门上。

指导员反应得快，一步跃了上去，抓住兵的枪头，推向了天空。

"嗒——嗒——嗒——"，一串子弹像受惊的小鸟，飞向了天空。

枪声刺得每个人的神经都绷紧了。

指导员将兵的枪夺了，上去一脚就踢翻了逃犯。

逃犯像一个破麻袋，栽倒在地上。

指导员顿了顿，上去又踢了逃犯一脚。顿了顿，又补了一脚。

逃犯没吭一声。

石泽新冲过去，也想踢逃犯，被指导员拦住了。

你想执法犯法呀？！指导员冷着脸说。

这时，那个东北女人闻讯从马厩里冲了过来，第一次跑到了营区。她毫无顾忌地跳过营区挖好的围墙地基。她的肚子已经很大了，身子很笨重，可她跑动时却很灵敏。

东北女人跑到逃犯梅杰跟前，冲着他"扑通"一声就跪下了。

她大叫了一声逃犯的名字，便大声地哭了。

逃犯梅杰只抬眼望了一眼东北女人，就别过脸去。直到管教科的人将他带回监狱的大门，他也没有再正眼看女人一眼，对女人的哭诉置之不理。

十二

中队营区里骇人地寂静，平日的喧闹、喊叫声，消逝得无影无踪。

一切记忆都成了幻觉，仿佛不真实的梦境一般，似有似无。石泽新感觉不到疲惫，他的头只是一个劲地抽动着疼痛。在悲伤和沉寂的压迫下，他的神志有点恍惚，无形中有一种灼烫的东西冲击着他的心灵。他回想不起那个真实可怕的场景里的细节了，像做了一场梦。

只有这亘古不变的荒原，无穷无尽、永无声息地不断在石泽新的眼前闪现。

晚上的饭没有人动一下，炊事班干脆就没叫值班员吹开饭的哨了。

阿不都的尸体停放在中队的文化活动室里。阿不都死了，这是一个既成的事实，兵们却难以接受这个事实。兵们心里都清楚，事实是无法改变的，所以谁也不愿多说一句关于这个事实的话题。刚开始接触这个事实的慌乱和恐惧让悲伤淹没了，兵们表现出来的悲痛是没有声息的沉默。

这比有声息更叫人难以接受。

一时间，整个营区像没人似的，就这样慢慢地被黑夜吞没了。

东北女人的惨叫声是半夜时分发出的。叫声从马厩里冲了出来，响亮地传到了营区寂静的夜空。

营区似乎抖动了一下，才有了声音。像吹了紧急集合哨子似的，许多兵都冲到了马厩跟前。几十束手电光朝马厩那里照着，却没有一个人走过去。

东北女人的惨叫声一阵紧似一阵。

中队长和指导员打着手电筒，进到马厩里去看了，才知道那个东北女人要生孩子了，她在马槽里杀猪似的号叫着。

出来后，中队长在黑暗里用探询的目光望着指导员。

指导员也在黑暗里望着中队长。

东北女人的惨叫声刺得人耳膜疼。

中队长喊叫了几个老兵的名字，没有征求指导员的意见，就叫几个老兵找来担架，进了马厩里，把东北女人抬到担架上。指导员在旁边跑前跑后地一直打着手电筒。

老兵们将东北女人抬到场部卫生队去后不久，就回来向中队长、指导员报告，卫生队医生讲，东北女人早产，流血过多，需要输血。

塔尔拉没有血库。

中队长指导员一听到"流血过多"四个字时，脸"唰"地白了。

石泽新的心跳得没有了规律。

他们都想到这四个字与阿不都的死有关。

中队长毫不迟疑地出门集合兵们。指导员却卷着莫合烟，由于手颤抖得厉害，烟末撒了一地。

队伍集合好了，中队长在黑暗中望着兵们，简单地说明了一下情况。

兵们不语，都望着黑夜中的中队长。

中队长就说，不愿输血的、体质弱的，就别去了。愿去的，就去卫生队验血型！

队伍走了，没有一个人走出队列。

这时，指导员走出屋子，追上队伍，在后面说，我是 O 型血！

后来，东北女人早产的婴儿夭折了。她输上血后，总算保住了性命。

十三

兵营里又出现了那种可怕的寂静，一种压抑的沉闷笼罩着塔尔拉。

两天后，烈士阿不都的父母亲，还有阿不都的对象——阿依古丽，在政治处主任的陪同下，来到了塔尔拉。

兵们都站在院子里，静静地望着阿不都的家人。

整个营区里一片肃穆。

夏天的太阳挂在天空上烘烤着塔尔拉，兵们能听到太阳的热流将脚下的土地烤出"吱吱"的声响。

阿依古丽头戴漂亮的小花帽，身穿雪白的丝裙，看上去懂事又文静。

一进入营区，只走了几步，阿依古丽就像触了电似的猛地停步了。她差点踩到篮球场上那些灿然开放的花朵一样的粉笔字。

阿依古丽站在篮球场上，被眼前的景象惊呆了。望着整个篮球场上写得满满的"阿依古丽"几个汉字，说不出一句话来。

阿依古丽慢慢地蹲了下去，伸出细长的手指，抚摸着篮球场上那些写得歪歪扭扭的她的名字。

阿依古丽摸着那些字，手不住地抖动，像被火烫了似的。但她没有收回手，颤抖着一直摸着，摸着……

一串清泪从阿依古丽美丽的大眼睛里冲了出来，大颗大颗地滴在了篮球场上她的名字上，泪水洇湿了那些歪歪扭扭的字。

一直盯着阿依古丽的石泽新，这时候再也控制不住自己奔涌的热泪，泪水夺眶而出。

石泽新再也忍不住了，拔腿跑到了营房后面的戈壁滩上，泪眼模糊地望着茫茫戈壁。

戈壁滩像沉睡不醒的怪物，躺在他面前。

石泽新将脖子拉长，高昂起头颅，张大喉咙，使上浑身的劲，吼了起来：

"嗷——嗬——嗬——"

客　厅

一

李佳琦再次搬家，是在有雾霾的春天。

几天前房东给她发信息，说房子不租了，要装修后给亲戚的孩子结婚借住。估计是房东想涨房租不好开口，找的借口。李佳琦很懊恼，去年租房合同到期，她提出再续签一年，房东说反正房子是自己的，又没通过中介，她信得过李佳琦，租房条件延续原来的，啥都不变，懒得走那一道虚妄的过程，不用再签。李佳琦也没坚持。房子在通州小马庄，离地铁站稍微远了点。房子看上去有些年头，不到二十平方米的公寓房，厨房挤在阳台上，就两平方米左右。不过卫生间还算宽绰，但搁进一台老式的转筒洗衣机和一些鸡零狗碎后，"宽"就变得轻飘了，洗澡基本上得坐在马桶上完成。屋内还过得去，摆张双人床、一张桌子，外加一个立式衣柜，地方本来就逼仄，问题是进门的地方还有个通道，类似于玄关，却狭长了些，放上鞋架后就只能侧身通过了，这个无用的玄关让屋里可使用的面积变得拥挤起来。李佳琦当时看房时，尤其是看到那张占去大半空间的双人床有点犹豫，但架不住房东的热忱，主动又降了点房租，又允诺配备空调，最后使出一招，说李佳琦的面相好，是大富大贵之人，非要给她介绍男朋友……到底没能绷住，李佳琦便把这套房租了下来。其实也不是一点儿都没动心，房子太小不见得好，但是独户啊，最关键有阳光，虽说是夕照，可那也是阳光。如果在市区，地下室只租一张床位还好几百呢，一个屋里上下六个床位，夜晚人回来全了，却谁也不搭理谁，陌生人一样。这个地方虽说偏了点，离地铁站有段距离，可公交方便。最重要的是房租相对便宜，一套公寓房，一千五百块钱，要在公司周围的三环边上，要你五千块钱都不知道占了多大便宜呢。李佳琦没犹豫，当即交了押金。

在通州她已住了一年多，每天都起早赶公交乘地铁，再倒次一号线，在拥挤的地铁中李佳琦已练就站着都能睡着的本领，而且对报站声音特别敏感，从没坐过站。想想大学刚毕业租住地下室的日子，她已经习惯这样独居而且还有阳光的住所。可眼下，她得另找住处了。

这次的雾霾来得急，去得也快，仅待了一天就还京城晴朗的天空了。站在春天哗哗啦啦晃着声响的阳光里，李佳琦的心情却没法与美丽的春天合拍。在网上搜租房信息，没找到中意的房子，却被那帮中介软磨硬泡得烦躁不安，终于摆脱他们从中介里逃脱出来，却也没了去别的网站咨询的心情，便出来在街上漫无目的地走着。嗅着成片成片丁香浓郁的香味，她神情有些恍惚。她很喜欢丁香花的香气，让春风一搅，一团一团地涌动着。"芭蕉不展丁香结，同向春风各自愁"，若那一簇簇长得并不浓艳却十分清丽的紫色小花也只是凝结成愁的话，那她孤身一人独自在这浩荡的阳光下，岂不是更应该愁上加愁？还有两天她就得搬家了，可是，她的"家"在哪里？四周都是春风抚爱过的植物，绿得理直气壮，葳蕤得不知所措，只有她，萎靡不振像经了严霜。也确实，她现在不就正经历着严霜吗？李佳琦无意识地接过旁边递过来的一张手写传单，漫不经心地瞅了一眼，赶紧又瞅了一眼，是租房信息，她一下来了精神。

发单子的是位头发花白的老太，圆圆的脸，笑眯眯的眼神，很是慈祥的样子，一望让人心里便有了温暖。老太太眼力真好，一看李佳琦的神情，就知道遇了要租房的主儿。没等佳琦开口，便问：姑娘，是不是找住处呢？这是我自家房子，没有中介费，地段好，房价也公道，您现在若不急，就跟我去看看？不远，就在附近，往西走二十几米。

李佳琦突然间有种瞌睡找着枕头的感觉。这几天，她被房子折磨得头都大了。她点头应允了。老太太大概也没想到没费口舌就将这姑娘说动了，很开心，脸上细密的褶子瞬间铺天盖地，欢欢喜喜地领着李佳琦去看房。

被老太太领进的这套三居室，显然属于合租性质，而且仅限女性，李佳琦一下子就喜欢上了。房内重新粉刷过，简洁利落，最重要的有个公共活动的客厅，虽小了点，却有个落地窗，阳光此时正闲散地从窗外透射进来，在客厅斜斜地落了一个规整的菱形，画儿一般，让并不宽畅的客厅瞬时有了动感。所以，即使那套式样老旧的木质沙发和茶几占据了大半空间，客厅却没有阴暗逼仄之意。每个房间也很清爽，都是单人床，看上去还是新的。因为屋内家具少，踏在地板上的声音在屋里有浅浅的回音，这也是李佳琦喜欢的。还有这种干净素朴在她眼里透着那么一股淡淡的悠闲，一种安然的寂静。这种闲与静像某种力量，抚慰着她，让她的失落和烦躁一下子变得那么轻。她心动了。这是一种很奇怪的感觉，面对一套不属于自己的房子，她居然有心动的感觉。有她需要的温暖，有明媚的阳光，还有，一张笑意盈盈的脸。

李佳琦相中的是朝阳带小阳台的这间卧室，面积其实与另外两间卧室相差不大，只是因了阳台，视觉上有了纵深感。更重要的是朝阳，一如洒落在客厅的阳光，同样温和地晃动在小小的阳台上，阳光下薄薄腾起的一片细尘，在此时的佳琦眼里简直美不胜收。她喜欢这种被过滤的阳光温软地照在身上，好像她的年少，在温润的南方，踩着田埂，拉着母亲的手，仰着头呼吸阳光，美美地对母亲说，她吸了好多好多的阳光，她的身体里都是阳光的味道。她还要母亲闻她身体里的阳光是不是和外面的阳光一个味道，母亲就那么一味地笑着，笑得也是那么温热，那么明媚。

李佳琦微闭着眼，在想母亲的样子，是不是真的和阳光一样充满着温暖。可是，她想不起来了，母亲在记忆中只是一个影像，打她记事起，就根本没见过母亲的样子。

老太太跟进屋里，李佳琦没能从那种温暖的感触中醒悟，她在阳光里闪烁的泪光把老太太吓了一跳：姑娘，您这是咋了？

老太太有些紧张的神态让李佳琦不好意思起来，赶紧把眼泪擦了，她得回到现实里，脸上漾起笑，进入到租房者的角色。

老太太神色明显有了变化：这间？是最贵的……

有阳台，有阳光，自然会贵。李佳琦有这个心理准备，她用询问的眼神望着房东。

姑娘，换了别人呢，我就两千块绝不少一分。看您呢，清清爽爽，想必也是个爱惜东西的人，这样吧，我就给您一千八，您看怎样？

李佳琦在心里与以前住的房子比较了一下，结果是很合算的。出于本能，她还是要跟老太太杀一下价的。

李佳琦隐起脸上的欣喜，装出嫌贵的样子说，房子有些小呢。

老太太笑了：单间啊，您一个女孩家的，要那么大干吗？太大那价钱不就上去了？

李佳琦这下有些难为情，老太太话不多，也不凌厉，像她的慈眉善目一样，让她心里很适坦。她犹豫着还要不要再狠狠心砍一砍，再怎样，老太太也是北京人，既然有这样一套房出租，显见是不缺钱的，而她则孤身一人在北京，除了一颗能耐得住寂寞的心、一副吃得了苦的身体，其他什么都没有。她咬咬牙，还是提出月租再降两百块，两百块钱对有房子出租的老太太算不了什么，但于她，是多了一份薄薄的慰藉。

一千八或许是老太太的底线，她没犹豫，坚定地摇摇头说，姑娘，我没跟您说虚的，这周围您可以去打听，如果有比我还低的，我不要您的房租。我若不是看您眉清目秀却一副心事重重的样子，也不会这么轻易降的，我这还真不愁租呢。谁在外没有个难处呢，我孙子这么多年在广州闯荡，也一直租着房子，有一回他住的地方叫人给偷了，连吃饭的钱都没剩几个，欠了一个月房租，就让人给轰了出来……我还能不知道你们在外面闯荡的人辛苦？若真是嫌贵，您就住北边的那间屋吧，给您我就再算低点。老太太的一番话，倒说得李佳琦有些羞愧，她心里已经放不下这个有阳台的屋子了，她只要这间，她要阳光的味道。这个时候，钱的概念从她的头脑里飘移出去，不打紧了。

和老太太约好搬进的时间，李佳琦当即交付了定金。老太太把屋里的钥匙和防盗门的钥匙各卸了一把交给李佳琦，说等她搬进来就签正式的租房合同，到那时要提前交三个月的租金，以后都是如此，这样她就不用每个月过来收房租了。又说要是不想租了，提前一个月告诉她，她不会像有些人扣住押金不放，这样的事她做不出来，提前说了，她也好再招租，可别让房空着。见定下租房了，老年人的絮叨似飘散的柳絮，没到漫天飘荡的时候，并不招人烦。李佳琦有过数次租房经历，没有一次有人跟她絮叨得如此精细而贴心，每次都是公事公办，几点注意事项，不能按时交房租会怎样，都是合同上的条款，呆板而生冷。看李佳琦一一应允，老太太迟疑了一下，又专门叮嘱了她一句，一定要帮她爱护好房子，可不能将来交她房时弄得破败不堪。李佳琦忍不住乐了，敢情老太太租房跟嫁闺女一样，嫁了，又担心遇人不淑！

二

李佳琦搬进来的时候，北边那间屋已经有人住了，看厨房的状况，已经做过饭。速度居然比她还要快，看来老太太的房子真的很抢手，也说明像她一样为房子而奔波的人在这个城市确实太多了。

当天晚上，让李佳琦享受美好感觉的阳台，就给她带来了麻烦，那个先她住进来的女人，很突兀地闯进她的私人领地，要在阳台上晾衣服。

李佳琦整理好自己的物品，把自己安顿在这间不大却简洁的小屋里。小小的阳台上，她买了几盆绿植，都是不用太多操持就可以活得很蓬勃的植物，白天有阳光透过明亮的玻璃温柔地照耀着它们，晚上它们陪伴着她。绿意，洁净，一切都显得安闲、温情。当她在柔和的灯光下倚靠着小床上享受这种温馨感觉时，门却一下子被推开了，北屋的吕雯丽拎着湿漉漉的衣服走了进来。

李佳琦吓了一跳，跳到地上，呆愣地望着吕雯丽。搬进来的时候吕雯丽并不在屋里，等她回来洗漱时，李佳琦已关门闭屋，一副互不惊扰的姿态。

看到李佳琦惊慌失措的样子，吕雯丽没有丝毫歉意地笑了笑，一边径直往阳台走一边说道：我是北边屋的，来晾个衣服。说话干脆，动作更干脆，直接向阳台走，自然得像一个家庭的成员，连征求李佳琦意见的意思都没有。

反应过来的李佳琦有些不快，这个女人怎么这样大咧？这个阳台是她李佳琦的，又不是她的，凭什么比她这个主人还要随意？

脸上的不快明显挂了出来，而且对方连门都不敲，使李佳琦心里更加不爽，她冷冷地说，对不起，房东没跟我说阳台是公用的。

噢！吕雯丽并没停下手里的动作。我知道啊，我是借用一下阳台。我那屋背阴，也没有晾晒的地方。你屋里有这个阳台，能晾晒衣服，白天可以晒上太阳。

说话间，衣服已经端正地挂到几个衣架子上——李佳琦这才注意到阳台上还有可以升降的晾衣架。那天看房时只顾着那一地暖洋洋的阳光了，没注意头顶。吕雯丽把晾衣架摇上去，她最早住进来的，把这几个空着的屋子都摸清楚了。衣架是升上去了，但衣服上的水却没有滤干，正滴滴答答地往下滴。不知道是不是习惯了这样的滴水，吕雯丽随着李佳琦的眼神看了眼阳台地面已积了一摊水，却嘻嘻笑道：哟，妹妹真是好雅致啊，居然养了这么多花。

这倒把李佳琦提醒了，赶紧把几盆绿植往阳台两端挪了挪，免得淋上水。又去卫生间拿来拖布，把阳台的水擦净，再拿来自己的脸盆，放在滴水多的衣服下面，做这一切的时候，她没搭理吕雯丽。吕雯丽没事人一样看着，一脸云淡风轻。

把拖布送回卫生间，吕雯丽还在李佳琦屋里坐着。见李佳琦回来，她两只手一拍，夸张地说，妹妹一看就是贤惠的女孩，瞅你这眉眼，一准儿是个有福之人。老家是哪儿的？多大了？来北京几年？干吗的？

初来乍到，又遇这么个大大咧咧毫无眼色的主，李佳琦没法甩脸子，她不是那种自来熟，平时很少与人交往，她待人不冷，可也绝对不热，她习惯用距离来掩饰和保护自己。在这个人群拥挤的城市，距离似乎是很多人的一种本能。但她没法一下子拒绝吕雯丽的热情，尽管她心里已经开始排斥。李佳琦忍了忍，还是认真地一一作答了。

吕雯丽又是两手一拍：哎呀，赣妹子，难怪这么秀气。还广告公司的文案，妹妹果然是才女哦。我就说妹妹气质安娴静雅，一定是有素养有内涵之人。

李佳琦忍不住笑起来，安娴静雅，这么爱咋呼的人居然会用这么个词来形容她。

刚搬进来的时候，我心里还猜测，多有福气的人才住这屋啊，瞧瞧，还带着阳台。我来看房的时候，一下子也相中了这屋子，多敞亮！可房东说已经租出去了。妹妹是做文字的，赚的钱不少吧？也怪不得呢，一个人住这么贵的房。吕雯丽的语气夸张是夸张，但夸张里还是让佳琦听出一片意兴阑珊来，好像刚才的话只不过是为了锦上添些花，至于那锦是不是真的锦，那花是不是真的花，却是无关紧要。

来而不往非礼也。李佳琦本无心与这个女人作过多交流，但人家问你了，也奉承了，就算是有口无心，自己不回问一下总显得不友好，毕竟同处一室，以后低头不见抬头见，她还不知道怎么称呼人家，就含糊地问吕雯丽的情况。

吕雯丽却一点也不敷衍：我姓吕，叫吕雯丽。妹妹以后就叫我吕姐吧，比你大好多岁呢。我没你幸运，啥也不会，做了庞大"北漂"一族的一员，至今仍漂不到实处，日子过得捉襟见肘，只好住北边见不到阳光的便宜房喽。

吕雯丽的话说得像她脸上的表情一样轻松，但李佳琦却听得心里一酸。她曾经以为自己是底层中的底层，她连辛苦和疲累都无处诉说。在北京几年，她依旧漂得一点都不踏实，像春天漫天飞扬的柳絮，随风东飘西荡，想停都停不下来，可悲得连她自己都不知道什么时候会在哪里落下来。但她从吕雯丽身上却体会到了某种希望，仅仅是一间带了阳台的屋子，而且租金并不见得就比北边的屋贵出多少，却被人仰望了，被"幸运"了，不管这种仰望是多少角度，也不管这份"幸运"有多表面。

李佳琦再无心计较吕雯丽把衣服晾到阳台的举动，同是北漂沦落人，都是柳絮一样漂荡的生活，都是无法捉摸的未知人生，何必太计较呢？

三

苏菲儿早就想搬离学校了。去年，李苍华就鼓动她和他一起到外面租房住。李苍华说他几个师弟都带着女朋友在外面过起小日子，还问他什么时候带着嫂子跟他们做邻居。那时候苏菲儿有些动心，也只是动心而已，她不是缺少勇气，更不是经济问题，而是——她实在不知道该如何与李苍华一起生活。苏菲儿的爸爸是中学老师，观念传统，他是不允许女儿体验未婚同居的。女孩子就要自尊自重，如果自己都轻贱自己，谁还把你当回事？爸爸这样的话说过很多回了，苏菲儿每次都耐着性子听，听完还要表态：爸爸放心吧，您女儿错不了！我就差把自己供起来了，怎么可能不自尊自重呢！您女儿是什么角色，哪能轻易被人骗走，对吧？爸爸笑了，那种特别舒心、毫无城府的笑。

苏菲儿一直很奇怪，爸爸好歹是个中学老师，他教的那些学生很多都比他有心机，怎么爸爸就总像个不食人间烟火的仙人？他笑起来就是那么单纯得让人羞愧，而且还活得滋味十足，她都有些同情妈妈了，守着这么个清淡的人儿，她的内心得有多强大，就像北方人吃杭帮菜，老是那么薄薄的口味，不寡淡死啊？

妈妈点着苏菲儿的额头，笑骂她：哪有这样编派自己父母的？人有自己的偏好，这世上什么样的人过什么样的生活，天定的。你嫌寡淡，那你就吃口味重的去，却不能嫌别人吃得淡。

想想也是，这世上所有人不可能都一个口味，那样的话岂不更寡淡！可是爸爸拿他的口味来要求我，是不是有些霸道？我跟他又不是一个菜系。想归想，苏菲儿还是没越雷池。她知道，爸爸抱定了某种观念，这种观念更多的其实只是自我安慰，对她的行为还是仅供参考而已，具体倒不干预。就拿她上大学来说，爸爸想让她报政法大学，毕业后最好当一名律师，像电影《律政先锋》里的凯瑟琳一样，惩治犯罪，除暴安良。苏菲儿听了直接有种快吐血的感觉，这哪里是一个父亲对女儿的要求，更不是一个老师对学生的建议，简直就是……一个"脑残粉"。爸爸坚决不承认他是一部电影的"脑残粉"，他说这只是一种期望。最后，苏菲儿报考了北京第二外国语学院，他却什么话都没说，只是冲着女儿翘了翘大拇指，笑意盈盈地说，还是女儿有主意！到考研究生的时候，她报的又是另外一所高校的文艺学专业，之间跨度这么大，爸爸也只是点着手指头说，你呀你呀，你就是玩吧。却照样没有反对。这就是她的爸爸，不见得适合她的口味却像溪流一样让人舒服的一个暖男。

李苍华的鼓动没能最终打动苏菲儿，她就像在爸爸面前的表态一样，守住了自己。只是李苍华，那个誓言会护她一生的男生，却不能像她一样守着自己的誓言，他如同一只蜜蜂，在四溢的花香中，跌进一个师妹的温柔乡。师妹的温柔像黏稠的蜂蜜，李苍华再怎样挣扎，终是翅膀沾满了甜腻，再也挣不脱，亦爬不出来了。面对李苍华的羞愧，师妹的傲慢，苏菲儿敛了眉，让心头泛起的酸水变成黑暗中狂舞的泪水，她的心里像汹涌的河流一样，当所有的河水漫过，她的情绪就如沉积下来的泥沙，李苍华被封死在那片旷芜的泥沙之中，若无人刻意淘挖，那泥沙便会一直保持着寂静和平坦。至少表面是这样。

　　学校的研究生宿舍楼是座老式的四层板楼，在周围的高楼群里，这座四周爬满青藤的唯一老楼除了有孤立于世的沧桑感之外，还有一种中气十足的气韵，仿佛多少年风风雨雨的浸淫，就是为了这份气韵的积淀。苏菲儿和一位来自杭州的师姐同住一室。师姐是那种标准的苏杭美女，一口吴侬软语奶糖一般，对苏菲儿来说，是份甜津津的腻歪。于是，这两个人的宿舍就没那么清静了。好在苏菲儿没课时，那时除了和李苍华约会，每周末还可以回家，躲了师姐招惹的那份热闹。但太爷爷去世后，家里忽然就变得不那么安宁，以前从不往来的那些叔伯堂哥们苍蝇似的，时不时飞来嗡嗡嗡地扑腾，叮一下，把家里搅得乱糟糟的，然后再离开，仿佛这样的闹腾对他们而言是天上人间的一种享受。

　　这一切，来自太爷爷去世前立的那份遗嘱。

　　忽然有一天，苏家的老屋院来了个两个人，自称是公证处的，拿出一张纸，说是老人几年前留下一份遗嘱。这有点港台电视剧的味道，一个近百岁的老头居然还到公证处写下了遗嘱。大家非常好奇，有人当时就笑场了，又不是家财万贯，还用写遗嘱这么隆重？真要留下家私，这么多年为啥不拿出来？大家都有些莫名其妙，可也乐呵呵地围拢过来，抱着看热闹的心理。公证员把遗嘱当众一念，静默片刻之后，明白过来的人情绪爆发了，破口大骂老头死得不自在，死都死了，没留一分钱倒也罢了，偏偏还立个什么遗嘱，要把上庄的这个大院一分为三，除了住在大院里的两个儿子外，还有一份，是留给大孙子，也就是苏菲儿的父亲。公证处的人才不管这家人怎样的闹腾呢，让两家人与他们去村委会，遗嘱的事就算正式生效了。大家这才意识到，那个曾经空气一样稀薄的老头不是可有可无的，并且，这一院祖孙十数口人，最具权威的其实是老头，所有人之前都下意识地忘了，或者压根儿就没想，这个院子真正的主人是苏菲儿的父亲！尽管苏菲儿一家早就搬进城里去住了。

因为这个遗嘱，苏菲儿家里从此不再安宁。

苏菲儿的爸爸不肯写放弃遗嘱的声明，是因为他曾承诺过爷爷。爷爷说，不要放弃他留给他的，他也是苏家子孙！

或者，是爸爸一贯的清淡映照了他们生活的不堪，他们想看到的是她们这个家的不堪？不知从什么时候开始，爸爸再不是那个一贯淡定的爸爸了？他开始暴躁起来，身上的每个细胞都鼓胀起来，他会冲着妈妈吼，会轻易往地上摔东西。苏菲儿现在都不敢靠近爸爸，爸爸像只刺猬，浑身的刺都竖着。有家不能回，恋人也成了他人的，而宿舍，是师姐的繁华场所，苏菲尔也奇怪自己竟然成了一株不知道如何摇曳的狗尾巴草。她只好租房子住。

苏菲儿拖着箱包踩着黄昏的尾巴进屋时，李佳琦刚进门不久，两人相互看了一眼，或许是读出了李佳琦眼里的疑惑，苏菲儿笑笑，先招呼一声：您好！我刚搬进来。她指指偏东的那个房间。

李佳琦一见这个眉眼里都是笑的女孩，心下便涌起一种温情，好像面前站了自己的姐妹一般，在这个黄昏已经有些黯淡的客厅里。她同样报以微笑，指指南屋。我是这屋的。我叫李佳琦。

佳琦？好可爱的名字。我叫苏菲儿。苏菲儿伸出手，只是一个屋檐下，点头之交而已，这一伸手，倒有了初次见面的仪式感。

李佳琦也不好意思地伸出手。这见面的方式有些隆重了，像两国外交似的。李佳琦这一声嘀咕，听得苏菲儿忍不住大笑起来，她本来就是个爱笑的女孩。

四

客厅东边是苏菲儿的房间，没有阳台，却有个飘窗。飘窗不大，也就几十厘米宽，但因朝外围上了铁栏杆，飘窗就显得宽大了。东面的房间早晨能晒一会儿太阳，光线还算不错。吕雯丽住着朝北的那间，其实是三间屋子面积最大的，不过说大，也就比另外两个房间多一两个平方米，当然这是不算李佳琦屋里的阳台和苏菲儿屋里的飘窗。吕雯丽的北屋，没飘窗更没阳台，常年晒不到阳光，若不把衣服晾到李佳琦的阳台上，只能阴干。李佳琦受过这份罪，能体谅她的难处，又是个面薄的人，对吕雯丽拎着衣服来晾也不好说拒绝。

吕雯丽是湖南人，与李佳琦算半个老乡，同为南方人，有着差不多的生活习性。吕雯丽每天有换内衣的习惯，一个常换内衣的女人显见得比较爱干净。李佳琦对此没有异议，反正晾衣竿一摇上去，内衣是挂在两端的，中间总有什么都不挂的空当，挡不住阳光，也不妨碍她。但慢慢地李佳琦有些不舒服了：吕雯丽除了晾自己的，偶尔还晾一条男人的内裤。一个女孩屋里晾条陌生男人的内裤，谁心里能舒坦呢？房子是三人合住，而且全是女性，签合同的时候房东老太太专门跟她说过，她只租女性，她可不想一套房里有女还有男，太混乱了，她没法担待。

更奇怪的是，明明屋里晾着男人的内裤，却自始至终，李佳琦没见过有男人出入。这就有些诡异，难不成这屋里还有"田螺小伙"不成？李佳琦试了几次，也没好意思张口问，这关乎个人隐私，她没有打探别人隐私的习惯。可不问明白，那种不舒服像块横在面前的石头，地方就那么大，想绕都绕不过去。现在就剩下这一小块地方是自己的，李佳琦体谅吕雯丽的难处，怎么这一体谅就让她如此尴尬呢？男人可以悄无声息地来去，却留个内裤堂而皇之地挂在她眼前摇来晃去，这算什么！而且她看吕雯丽的架势，已经把这个阳台当成公用的了，每次都是推门就进，若是门被李佳琦从里面反锁，敲开门还会叽咕一句：我还没晾衣服呢，这么早就关上门？好像不是她借了李佳琦的地方，而是李佳琦占领了她的阳台。这倒使李佳琦有些无所适从。忍了几天，李佳琦终于决定与吕雯丽说说此事。晚上等她来收衣、晾衣服时，李佳琦拐弯抹角说到了男人的内裤。她说得一脸赤红。

吕雯丽却一点都不感到意外：你是想问我与这条内裤主人是什么关系吧？

一脸的端正倒弄得李佳琦尴尬了，想是人家认为自己揣了多少心思一样。李佳琦摇着手说，我不是这个意思，吕姐，我就是问问，毕竟咱们这屋都是女人，况且……况且，我这里……总是不太方便。她其实想说，让在阳台晾衣服已经是她的让步了，却还晾着男人的内裤，叫她一个姑娘家，怎么面对？可到底面皮薄，同处一室不让大家都难堪，话还是说得不那么直接。

是不是这个意思都没关系。这个是我老公，现任的。我们俩年龄不相当，他比我小几岁，这又怎样？社会上那么多男人喜欢找年龄小的，女人就不能找比自己小的？

吕姐……李佳琦弱弱地打断了吕雯丽的话，她已经听得面红耳赤，再任着说下去，不知道吕雯丽还会说出什么更离谱的话来。

吕雯丽正说在兴头上，被李佳琦打断，意识到什么，盯着她问道：瞧你这青涩的模样，你该不会还没男朋友吧？啧啧，你现在可正处在女人一生中最美好的时光，赶紧处一个男朋友，好好享受一下，不然就太浪费你的青春了。你到网上看看，九零后都当妈了，你怎么就沉得住气？记住姐的话，别这么清汤寡水地消耗你的年华了，是花枝，你就得招展，是花朵，你就要盛放。

李佳琦没敢回应，担心她会说出更露骨的话来。本来是想要提醒她地盘是自己的，做人总要收敛些才是，总不能因为自己不说，就装没事儿一样。这下可好，吕雯丽几句闲云野鹤的话，弄得她倒连口都开不了，更不好意思不让人家在阳台上晾男人内裤了。没有谁进谁退的争端，她却莫名其妙地一败涂地。该收复的阳台没有收复，吕雯丽老公的短裤倒越发理直气壮地晾在阳台上。而那个短裤的主人，依然谜一样，无论早出还是晚归，李佳琦都没有瞅见过他的身影。

苏菲儿第一次见到吕雯丽，是搬进来的第三天下午，她在学校上完公共课就直接回到住处，稍加整理了一下房间之后感觉有些饿，便到公用厨房煮了一碗鸡蛋挂面，还兴致很高地煮了青菜，滴了香油，有点苏杭阳春面的意思。她有些惊讶，原来跟师姐同处一室一年多，自己不知不觉沾染上了她的小情调呢，瞧这面，青山绿水，味道端不端正且不说，仅是模样，就是一副俏江南。她得意地笑笑，欣赏完自己的手艺，正要端到自己屋里去吃，经过客厅时，吕雯丽推门进来了，一个人，手里拎着装菜的塑料袋。苏菲儿端着碗，有点烫，没打算停步，点点头就要往自己屋里去。

吕雯丽却主动招呼：哟，这吃的是午饭还是晚饭呀？

苏菲儿看看吕雯丽，心说就算是晚饭早了点也不能算是午饭呀，笑了笑：无论午饭晚饭，饿了就吃呗。转过身，看着吕雯丽又说，要不，您一起吃点？

吕雯丽放下塑料袋，正掏钥匙开门，听到苏菲儿的邀请，回头看看苏菲儿，说，不啦，一会儿我也该做饭，你自己吃吧。我手艺可是不差，等会儿过来尝尝我做的菜。你就在客厅吃吧，别端进自己屋了，弄得满屋子都是厨房的味道。

苏菲儿有些犹豫，碗烫得她的手指头在碗边轮流替换，站在门口想到底是要进屋还是就在客厅。

吕雯丽指指空荡的茶几，客厅大家都有份儿，公用，有什么不好意思的？

方不方便，愿不愿意，也由不得苏菲儿了，再扭捏下去，她的手得烫起泡了。苏菲儿赶紧几步，把碗放在茶几上，吹了吹被烫的指头，也不跟吕雯丽再客套，呼哧呼哧开吃。

吃得正欢，李佳琦回来了，一看苏菲儿在客厅吃饭，乐了：刚好，我也买了晚饭。她扬扬手里的袋子，是肯德基的外卖全家桶。平时她舍不得吃，一个桶得花掉她两三天的伙食费。要不是今天有好消息，她才不舍得这么奢侈。李佳琦把全家桶放在苏菲儿跟前，说，来，趁热！

苏菲儿嚼一口面，摇着头支吾道：唔……不要了，我可不爱吃这些玩意儿，热量高，脂肪含量高，还不如我的挂面有营养。

李佳琦心情好，没觉出苏菲儿不是客气，她热情地掂起一块鸡腿，放进她的面碗里。

苏菲儿躲之不及，她为难地看着鸡腿，夹起来咬了一小口，慢慢嚼着。

吕雯丽从屋里出来，把这一幕看在眼里，咋呼着走过来：佳琦妹妹今天回来得可早，怎么，遇上好事，请客呢？

李佳琦怔了一下，没想到吕雯丽也在家里，便顺着吕雯丽的话说，吕姐也在呀，我买的全家桶，来吃点儿？语气却全然没了对苏菲儿的那般热忱。

吕雯丽也不客气，从桶里各掂出一个鸡腿和鸡翅，边往嘴里塞边说，还是佳琦妹妹的生活质量高，住得高端，吃得也丰盛，不像我，买个菜都得瞅着下午人少，菜的水色不那么好的时候才去买，图个便宜。过日子嘛，总得精打细算不是？

吕姐说得是，日子可不就是细水长流。难得买一回这种垃圾快餐，就成了吕姐口中的丰盛，也值得了。李佳琦从小也是苦日子过来的，现在依然省吃俭用，但总不似吕雯丽时时刻刻把日子的不易挂在嘴上。

苏菲儿到底还是把鸡腿啃完了，她擦拭着手上的油渍说道：瞧你俩，一点都不懂得享受生活。生活不是一门心思想要怎么省着过，而要想怎么过才舒服，又没到山穷水尽的地步，大家都还这么年轻，何苦把自己扮到好像有了上顿就没下顿似的。累得慌！她起身摁开电视，却又没有耐心停留在哪个频道上，换来换去，电视屏幕不停止地闪动。

李佳琦又要给苏菲儿夹鸡翅，苏菲儿毫不犹豫地把碗端开，说，我真的吃不下了，瞧我这样子，再不控制，真嫁不出去了。说完，自己不好意思地笑了。

吕雯丽手没闲，嘴也没闲，边吃边说，你怕什么胖？我都不怕！女人到我这个年龄，其实最容易胖，可我无所谓，胖点没啥不好，女人胖有福呢。

苏菲儿说，吕姐您自是不怕，有资本啊，我这体质，就属喝口水都能胖的，不能比啊！

李佳琦什么也没说，她体格娇小，没法凑这个话题。

苏菲儿端起碗，扬扬手中的筷子说，你俩慢吃。

李佳琦端起桌上的饭盒，说声我回屋去吃，却被吕雯丽喊住：妹妹别急，看你这鸡块挺多，我帮帮你，再拿一个吧，免得你浪费，也省了我晚上做饭。

没等李佳琦答应，油乎乎的手已经伸到外卖桶里，掂走了一块鸡腿，摇摇手，一转身进了她的屋。李佳琦自嘲地笑笑，也进屋去了。

吕雯丽老公田明义从门外进来，立刻钻进他们的北屋。这个男人还算有自知之明，除了不得不上卫生间之外，公用地方他不停留。之前来看房的时候，吕雯丽是和田明义一块儿来的，房东老太太说了，不租男客，说这话时还刻意地看了眼田明义。吕雯丽反应快，赶紧说是自己的亲戚，陪着来看房的，她孤身一人在北京。解说了半天，房东老太太才疑惑地答应下来，房租不高，条件也还好，唯一就是与别人合住一起，对他们夫妻俩有诸多不便。可不便又能怎样？赚钱不多，若想住得好，吃喝怎么办？老家还有老人，亲戚友人婚丧嫁娶也需要额外开支，用钱的地方很多。他们只能瞒着房东老太太以吕雯丽个人的名义租下，等入住后，谁会在意她的老公呢？田明义却不这么想，他是个性格平和的男人，在老家本来过得好好的，吕雯丽嫌生活太无聊，辞了职不说，还拉着他一起来北京闯荡。奔四的年纪了，半推半就来到北京，不是想象中那么顺心如意，勉强找了份跟自己实在没什么交集的工作，薪水不比在老家小城的高，消费却猛增，日子过得有些恓惶。刚到北京时，因为有以前的积蓄，两人的生活还不至于那么不堪，可再丰厚的积蓄也架不住出得多进得少，何况小城数年的积蓄放在京城根本算不了什么，他们只能退了刚来时租住的两居室，住过几个月的地下室，最后才租下这么一个单间。在房东老太太强调只租女客的屋子里，他一个大男人跟两个女孩合住一个屋檐下，心里甭说多别扭，他只能早出晚归，不与两个女孩碰面，不碰面，像空气一样，这样他行动虽没那么方便，但至少心里舒坦一些。

夫妻俩吃饭很安静，田明义不说话，吕雯丽也不吭声，屋里只有饭菜的味道和他们轻微的咀嚼声。吕雯丽把一个炸鸡腿和鸡翅放进田明义的碗里，依旧不说话，好像一开口，便泄漏了什么秘密似的。田明义稍愣了下神，才夹起鸡腿狠狠咬了一口。

五

一连几天，李佳琦心情都阳光般灿烂，因为她的一份兼职涨了薪金。工作其实也很简单，在一家教育培训机构做助教。这家教育机构的招生范围仅限于中学生，原来她只需在周六日晚上大班授课时跟班，根据任课老师当日的教学内容，辅导随班学员，帮助查漏补缺就行。这对李佳琦而言，根本不是事儿，大学她学的计算机专业，虽然毕业好几年，但危机意识一直很强的她并没有放弃提升自己文化素养的机会，她需要学习，只有在不断的学习中她才能寻找到存在感。在公司她做广告文案，那些文案只要路子对了，其实写起来也是大同小异。她一直在寻找更适合自己专业的工作，有一次她面试了一家公司的电脑工程师，是做软件编程开发，底薪高，提成也高，只是人家最后没看中她，嫌她身体太单薄，说做软件编程要经常熬夜，需有个钢铸铁打的身子，怕她承受不了。她急赤白脸地跟人家要求、争取，甚至哀求、保证，最后人家也只是说"我们再商量，有消息再联系"，一句轻飘飘的话将她打发了，自然她等了许久也不会有消息。北京最缺的不是人，更不缺人才，各式各样，各种高端的文凭，李佳琦那一纸名不见经传的大学计算机专业毕业证，只能唬一唬外地的小企业，在北京，只能证明你上过大学，有这么一个学历而已。

助教的工作不重，她跟的班是高二的学生，应付这些还没有意识到高考压力的孩子，李佳琦绰绰有余，甚至有时候，她还会按照自己的思路给一些孩子建议，效果挺不错，家长把孩子的感觉反映给机构，佳琦的信任度一下飙升，后来她助教的就不再是两个班，而是四个班。这种兼职本来就是按时间算酬劳的，跟的班多，自然薪水就多。其实也就多几百块钱的事，但李佳琦却已心花怒放，这几年一直在奔来忙去，她身心俱疲。在自己步履匆忙的行走中，她何曾认真地思考过，何曾停下脚步，想一想来时的路，想一想她埋在记忆里的那个小山村。她只是埋着头，走啊走啊，一门心思只是想，这个月做了几个案子，能有几多提成，她也算一个月开销了多少，还有哪一项可以省下……这几百块钱的兼职费用，像一缕晨曦，猛然闪动着她的希望，更璀璨着她的喜悦。原来，她是可以有其他的力量来给自己的生活增光添色的。

苏菲儿觉出了李佳琦的阳光心情，连做饭时都连哼带唱，连瞎子都看得出来。她问佳琦到底有什么值得高兴的事儿？

快乐是需要分享的。李佳琦在公司找不到分享的人，在外兼职还在公司招摇，那不是给自己找不痛快！苏菲儿不一样，她们是室友，之间没有利益因素。而苏菲儿又是个善良随和的人，李佳琦初次见面就有这种感觉，与人交往，她从来都不是主动的那一方，就算面对主动，她也时常会退避三舍，保持着一定的距离，这也是她除了大学里往来的几个同学外，再没有朋友的原因之一。但对苏菲儿，她有一种自然的亲近，像是荒野里孤独行走的两个人，在偌大的空旷里相遇，周遭的寂然让她们相伴同行，即便不说话，只是看一眼，就觉得亲切，是一种在特殊环境下不需要依靠，便可以互相慰藉的那种感觉。李佳琦或许是寂寞得太久，此刻，她抑不住脸上的笑容，告诉苏菲儿，她的兼职助教多带了两个班，多不少钱呢。

苏菲儿笑起来，李佳琦那份单纯的快乐就像厨房里瞬时漫起的油烟，呼啦啦迅速将她包裹起来，这种非常质朴又非常原始的味道被她一口纳入肺腔，既生猛真实，简单明了，却又丝丝缕缕、五味杂陈。苏菲儿本想又下点挂面凑合一顿，然后上网查找资料，过两天她就要跟导师去外地做民风民俗方面的调查，导师只说去江南，具体在江南哪个地方，却没说。苏菲儿土生土长北京人，南方在她脑子里还只是个概念。李佳琦的快乐瞬间漫进她的心里，她忽然觉得自己想要做的事很无聊，江南那么繁杂，靠她上网翻查一下，连个头绪都没有，就算有如云的资料，她能及时整理出来？这念头一闪，她不管了，先紧着自己的吃喝玩乐。她把火关上，扯住正准备点火的李佳琦：佳琦，不忙乎了，走，我们去下饭店，饭后再去看场电影。我都好久没进电影院了。

李佳琦说，干吗突然要出去？我米饭都蒸好了，菜一会儿就炒好。她为难地看着苏菲儿。

算是陪我吧，都连着吃了三天的挂面了。苏菲儿不管李佳琦的表情。

理由？

吃个饭还要什么理由？您真不嫌累。过两天我要跟导师去南方了，还不知道能不能吃得惯南方的东西；您的兼职加薪了。两个理由，够不够？苏菲儿有些不快，这丫头咋就这么放不开呢，不就出去吃个饭吗，像碰到打劫似的，她嘻嘻笑着，一把搂住李佳琦道：我本来不想说，还有个更充足的理由，过几天就是我的生日，我不能在南方过生日吧，您就当我提前两天过生日得了。

这最后一个理由似乎更有说服力，李佳琦从了，放下手中的菜，擦擦手，回房间拿上包，跟着苏菲儿出了门。

她们去吃的麻辣香锅，这是苏菲儿的提议。李佳琦没犹豫，只说菲儿想吃什么她都陪着。香锅的菜不是自助取，按份点，她们没有份的概念，点了荤素各几样，李佳琦还给苏菲儿要了一碗面。苏菲儿本来想再要瓶啤酒，叫李佳琦拦住了，就着麻辣香锅喝啤酒，不得劲。苏菲儿想想也是，才作罢。等了快半个小时，香锅上来，两人一看傻眼了，端上来一个乌黑的大碗跟脸盆似的，她俩点的菜实在太多了。两人你瞅我，我瞅你，突然间大笑起来。

苏菲儿说，我们要是都吃下去，你说会是什么结果？

李佳琦说，最直接的结果是你的体重明天一早会飙升五斤。

苏菲儿大叫起来：为什么是我的体重飙升五斤？我够胖了。该你飙才对，您再长五斤应该看不出来变化。

李佳琦拿起筷子，慢悠悠地说，"no zuo no die"（不作死就不会死），看出我吃不胖还这么豪点？

苏菲儿瞪大眼睛，一副特别崇拜的样子：佳琦，"人艰不拆"，"不明觉厉"啊！

两个人你来我往，娱得欢快，晚上吃香锅的人少，没人注意她们，不用装淑女端着。李佳琦很少这样随性，她一直很内敛，许是因了苏菲儿的随性，她那潜藏在内心深处的天性才偶尔蹿出来撒撒野。

吃不完浪费，李佳琦叫服务员先打了包，她要去埋单，苏菲儿不许，说好是陪我来的，您去结账那我算怎么回事？李佳琦说，你是妹妹，我是姐，今天不是给你提前过生日嘛。蛋糕就不送了，请吃顿香锅总是可以的吧。

李佳琦的诚恳让苏菲儿有些难过，眼里蓦地涌起细碎的泪光，怕被李佳琦看见，赶紧又嬉笑道：佳琦你可上我的当了，哪儿来的生日？我就是为了你那所谓的理由瞎说的。我的生日早过了，真要你给我过生日，还真不能一个香锅应付得了，怎么着也得点支歌吧，这样才够浪漫够情调。

李佳琦沉默地看着她，这个脸上洋溢着灿烂笑容的北京女孩，就算她用这种嘻哈的方式，仍像照进她阳台上的那片阳光，透过窗户流淌，安静地将她温暖着。她经受着这样的暖意，越来越自然。

吃过饭，两人没去看电影，主要是李佳琦，她觉得看电影纯粹是浪费时间，真要想看，网上在线，想看什么看什么。苏菲儿没办法，笑李佳琦太不懂得享受，在电影院看电影，那音效，那感觉，绝对不是网上体验得到的。但这次李佳琦坚决不依她，因为手里还拎着打包的香锅，也只好作罢。

打包回来的香锅，李佳琦给了吕雯丽，起初还担心她不接受，解释是她们吃之前打的包。吕雯丽脸上看不出什么，顺手接过去：晚上我们吃稀饭，正好没炒菜。直接往屋里拎。

苏菲儿赶紧说，吕姐，别拎屋里去，香锅的麻辣味道冲，捂在屋里还真不好出去。反正客厅闲着也是闲着，以后您就在客厅吃饭吧。这个时候李佳琦没说话，她没跟苏菲儿说，吕雯丽屋里还有个男人呢，不知道她丈夫突然出现在客厅，苏菲儿会有怎样的反应。

吕雯丽顿了一下，说，也是，空着个客厅，咱们这不是浪费？我去把饭端出来，以后吃饭，就在客厅了。她把打包回来的餐盒放到茶几上，进屋好一会儿，才和田明义各端着一碗稀饭出来。

见吕雯丽后面跟着个男人，苏菲儿吃惊不小，正要喊叫，被李佳琦的眼神止住了。这是田明义第一次正式进入客厅，也是第一次跟苏菲儿与李佳琦正式打照面，他有些尴尬地冲着两个女孩点点头，算是打过招呼，然后像做错事似的孩子低头坐到沙发一角，慢吞吞地喝着稀饭，摆在面前的两个餐盒叫他更是无地自容，别说伸筷子吃了。

吕雯丽却淡定自如，她一边呼噜噜喝着稀饭，一边对苏菲儿和李佳琦说道：这是我老公，田明义。你们叫他姐夫、大哥都行，叫名字也没什么。

苏菲儿的脸色没那么平静，她惊诧怎么住了这么久，居然屋里还有个男人，跟变戏法似的，从无到有，就一瞬间的事，可租房子的时候，房东老太太专门叮嘱，房子只租女客，她当时心里还挺不舒服，以为老太太看她不像正经女人，会带不三不四的男人进来。没想还真有个大男人呢，她也不是观念保守到死的那种人，好歹也赶了个八零后的尾巴，对很多事物的理解还是能跟上趟，但问题是，打一开始她就没有与陌生男人共处一个居室的思想准备，突然冒出来个大男人，她心里怪怪的。瞅瞅李佳琦，她的脸上是一贯的那种淡然。苏菲儿这才明白，李佳琦早就知道这屋里有个男人的，只是没想告诉她而已。顿时，苏菲尔对李佳琦的置身事外有些不快，甚至有些气愤，她后悔自己刚才说的那番话，客厅是公用的——没错，但客厅大家都有份儿，这话是吕雯丽跟她说过的，是不是那时候，吕雯丽就已有这样的想法，只是借她来开这个头？

苏菲儿有些不能忍受，她厌恶这种简单关系里面的错综复杂。在学校宿舍时，她和师姐同处一室，却变成了师姐一人的天下，纷至沓来的那些男人，有谁把她看成是宿舍一半的主人？她的床铺被随便坐，甚至被随便躺，她的杯子都成公用的。师姐怜惜自己的每一件物品，却把她的东西毫不怜惜地任她招引来的那些男人乱用。她稍一表现出情绪，师姐就要用娇柔的语气冲着那些人说，哎呀，看看你们都让我师妹生气了。而一旦只剩下她俩，师姐的语气又冷又硬，嫌她不懂礼貌，没有眼色，"北京的女孩真不像女孩"这句话是师姐最喜欢挂在嘴边的。苏菲儿只能难过自己一不小心就代表了北京的女孩。又不能跟师姐较劲，师姐是导师看中的人，有人说师姐有可能会被导师留下来当助理，真要那样，以后就是她苏菲儿的直接领导，苏菲儿想要毕业，还得看师姐的脸色。她不想招惹师姐，就搬出来租住，在她的地盘总没人跟她争抢清静了吧！谁料想，三个女人租住的一套房里，凭空多出来一个男的，以后穿睡衣都不敢出房门……

气氛有些尴尬。苏菲儿的不快还在继续发酵，田明义仍低头默默地喝稀饭，吕雯丽气定神闲，旁若无人。李佳琦默立了一会儿，打圆场：吕姐你们吃着，我们进屋去了！这话却是看着苏菲儿说的。苏菲儿转开脸，不看李佳琦，也不招呼谁，一拧身径自回屋，把门砰的一声关得山响。李佳琦料不到苏菲儿有这么大反应，不好多说，也进了自己的屋。

吕雯丽对此似乎视若无睹，客厅本来就是公用，要不是田明义鬼鬼祟祟，把自己当个隐形人藏着，依了她，早就把客厅占上，住了这么些天，才出来吃了一顿饭，就要看你的脸色，凭什么？我们也是掏着房租的。掏了钱，这客厅公用就她的份儿。吕雯丽才不会让她们影响自己的情绪，这些年在北京，她什么脸色没看过，什么风浪没经过？要一一放到心里去，十个吕雯丽都垮了，她还能在意这点儿小事！

看田明义神情越发萎靡的样子，吕雯丽反倒来气了，这个男人自到北京后，像棵长年累月不见阳光的植物，越来越萎靡，越来越不像男人样。她就纳闷，原来在小城里，田明义多蓬勃多招人呀，单是他的笑就像长在脸上，扒都扒不下来。他不是对北京的水土不服，而是踏不上北京的节拍，她知道，可她没办法回头，曾经属于他们的那个小城她回不去了，走得那般倔强，再灰头土脸地回去，任人背后指点笑话？那不是她吕雯丽的做派。没有人会一辈子适应不了一个地方，总有一天他们夫妻会合上北京的节奏。吕雯丽夹了一筷子菜放到田明义的碗里，高声大气地催促道：快吃，吃完我们下去走走，往南有个小公园，咱去跟着大妈们跳广场舞。

六

无论生活得怎样，所有人的日子都是一天一天往前走，留不住也逃不了。在时间面前，没有人能投机取巧。

苏菲儿跟着导师去了江南，离京前两天，她还是玩命地上网查了江南几个地区的相关民俗资料，有没有用先不说，反正有备无患，老师真要问起来，多少也能应付一下。所谓江南，一说起来，人们脑海里浮现的无非就是江浙，苏菲儿却把目光放到湘皖赣，这三个地方相互毗邻，长江穿省而过，很多生活习俗也都相似。还有更重要的一点，是她的两个同屋，李佳琦来自江西，吕雯丽来自湖南。

对李佳琦，苏菲儿从心底泛起的是一种怜爱之情，这种感觉没法解释。只是同屋不同室，还称得上是陌生的女孩，没那么娇艳，也非楚楚动人，最多算是眉清目秀，脸上的表情很少有她这个年龄的灿然，更多的是淡漠、拒人千里，却又不是鹤立鸡群，相反在鸡群里面，她可能只是一只弱而病态的鸡，浑身看不出一点光芒来。她对钱很敏感很精细，但表现出来的又不是为了钱可以奋不顾身的那种，她对自己的未来很茫然，却又很认真地规划着现在的生活。苏菲儿还没有对李佳琦有十足的了解，偶尔也串个门，到各自的房间里打量一下，漫天乱扯几句。这个与自己相比显得娇弱的女孩，触发的就是她内心自然而然生发的怜惜，尽管李佳琦总说自己是姐，苏菲儿却更愿意充当保护者的角色。不光是她身体强壮，主要还是她本地人的身份，给了她多多少少的优越感吧。

临离开前，苏菲儿回了一趟家。没有苏家那些人来嘈杂的时候，家里有了一贯的那种宁静，只是这份静中，感受到的是一种冰冷，一种沉寂，像无边的寒冬黑夜，压抑得人连心尖都冷冰冰的，她忍不住颤抖。那些生生闯进他们一家生活的人，就像一把利剑，将她的家一劈两半，之前那个平和、温暖的家变成了过去，她只能以追忆的方式来重温。她的回家，没能让冷却的家变得有点温度，爸爸平静地说了句"回来了"，妈妈也一如既往地上前来给她卸下背上并无多少实质内容的背包，平静得像一汪存久了的水，泛着无力的光。这个家庭里最能制造喧闹的女人，就像鸟儿失去了天空，又被藏起了翅膀，她没法飞翔。她的喧闹使这个家多么富有生机，多么富有色彩啊。她的动与静一招一式都那么合爸爸的拍，她是这个家和睦温暖的缔造者。可现在，她眼中的神采呢？苏菲儿微闭了眼，只觉苍茫的冷意，四面八方地向她弥漫而来，在一阵颤抖之后，泪意纷至。因为苏家的纠纷，爸爸妈妈竟无一人关切到独生女儿的情绪，女儿竟像是这个家的一名租客，来往都无须纳入眼底。她不想在家里多待，说句回来取点东西，过会儿就走了。也没告诉爸妈，她要去趟南方。

七

　　吕雯丽这阵子很忙，每天早出晚归，尤其早上，李佳琦压根儿照不上她的面。倒是田明义，从他们正式在客厅吃饭之后，便不再隐形人似的躲在屋里不出来，李佳琦有时偶尔提前回来，推开门还看到过田明义摊开手脚躺在客厅沙发上看电视。或许没料到李佳琦会这么早回来，田明义慌得连忙坐起来，把自己上下打量一番，生怕在李佳琦面前有太多的不雅流露。仅凭这点，让李佳琦对田明义徒生了些许好感，这个男人还是很懂得分寸的，不像有些已婚男人，什么顾忌都不要了。见李佳琦回来，田明义自觉地关了电视，去北面的小屋里待着。有时候也大着胆子去厨房做饭，不过他做饭的次数比较少，总是吕雯丽回得特别晚时他才下厨。李佳琦见识过田明义的厨艺，也难怪他不得已时才去做饭，一盘菜几乎是酱油炜出来的，红的绿的都不见，只剩了透着油光的黑乎乎一片酱油色。吕雯丽大概对田明义的秀厨能力习以为常，就着两个黑不溜秋的菜吃米饭，居然也吃得香，还招呼李佳琦来尝一尝。

　　因为晚归，吕雯丽再晾晒衣服就不好直接推李佳琦的门了——其实是推不动，李佳琦从里面将门反扣上，穿件被洗薄的旧 T 恤当睡衣，里面内衣都没穿，就算吕雯丽是女人，也架不住把自己的这份寒酸展露出来。吕雯丽只好敲门，也不管有多晚，有时佳琦都入了梦。待李佳琦穿起外衣开门，吕雯丽还要嘀咕两句：妹妹真是好福气，这么早就睡下了。你下次不用插门，咱这儿没外人，安全着呢。等我晾了衣服再帮你关上门。李佳琦没吭声，心说她果真没把自己当外人，不当自己是外人也罢了，就不想想这屋里还有她男人呢。通常是，吕雯丽晾完衣服一走了之，而李佳琦，则在衣服滴水的滴答声中过很久才能入眠。这时候，连窗外的路灯都疲惫了，若是在老家的小村里，早已是真正的万籁俱寂。

李佳琦没打听过吕雯丽晚归的原因，每个人都在为生活忙碌，他们这些"北漂"一族，奔来忙去，除了为生活，还能有什么可奔忙的。为了生活得更好，就必须更努力地奔忙。

李佳琦周六日兼职四个班的教学助理之后，忽然对自己耿耿于怀的计算机专业丧失了兴趣，她一直保持着对英语的学习热情，就是害怕自己有一天会失去高薪的机会，而软件编程偏又是她放不下的一个工作向往，她从网上购买了关于软件编程的全英文原版书，朗读那些陌生的专业词汇，一度竟让她有缥缈的虚幻感，以为自己的前程在这些艰涩难懂的词汇里真的能锦绣起来。

肥皂泡总是要破的，好在破得也没那么突然，李佳琦总归是现实主义者，她不再那么艰辛地去啃英文编程书，而是把重心转移到重新拾起高中的课程上，以便能更好地应对机构辅导班里的那帮孩子，这对她就简单多了。公司上班是朝九晚五，有时候项目多了，做方案的时候还要加班，不过上班也没那么死磕时间，打声招呼，把案子拿回家做也没人说什么。中等规模的公司，规矩说多不多，说少不少，但只要能按时完成任务，就是小小地犯犯规，也没人太在意。李佳琦不啃英文书籍，时间忽然间多了起来，下班又没男朋友卿卿我我，跟同事又没能在一块热乎的。回到租住的屋子，面对的却是一团清冷。出去逛逛街，外面的诱惑太大，自己再理智清醒，但到底是女孩啊，色彩斑斓的世界，她一点都不心动是不可能的。而她的规划里没有逛街的成本费用，只看不动，她需要多大的勇气才能接纳那一路异样的目光。瘪着荷包，与其被诱惑煎熬，被异样目光浸泡，不如拒绝。拒绝是这世上最好的盔甲。

回到家里——李佳琦已经开始称之为"家"了，当时租在通州的时候，她也是很温馨地称之为"家"。"家"是个很有亲和力非常温馨的词，它能让一颗孤寂冷漠的心变得温暖和美好。

屋里很安静，这个时候连田明义都不在。偌大的房子静得像无人之境，似乎连灰尘的飞扬都带着一种遥远的却不绝于耳的声音，李佳琦多么享受这份安静啊，连心都变动轻盈了。她四下张望着，能望到的也只是客厅和卫生间，还有隔着玻璃门的厨房。这一张望，那安静的感觉忽地一下没了，像金属沉入水底，毫不犹豫，也迫不及待。客厅很乱，沙发上蜷成团的衣服，茶几上各种形迹可疑的塑料袋。地板上，只剩一小片阳光的照射让她的视觉无法伸延，一层薄尘几乎将地板覆盖，在电视机和茶几之间的一小段范围内零乱的脚印踏出杂乱的地板原色，沙发旁边，则是散乱的瓜子壳。李佳琦有些胸闷，这么脏乱的地方居然被她称作为"家"？

李佳琦有些生吕雯丽夫妇的气了，公共地方没错，每个人都有使用权，但使用后保持清洁的义务呢？这又不是外面的小旅馆，住且只住着，却没有要保持清洁的习惯，反正住完后一走了之，总会有人来清扫。这可是她们几个人固定的住处！她本想一头扎进自己的房间，眼不见为净。可是躺了一会儿又出来了，她不能无视这样的脏乱，要是房东老太太看到这幕，不晓得有几多心疼呢。

静坐了一会儿，李佳琦觉着闲着也是闲着，多尽一份心也没什么大不了的，她决定动手打扫客厅的卫生。关上门一个人过自闭式生活，她会离生活越来越远，也只能使她的社交障碍越来越严重。

客厅、厨房、卫生间，真是不做不知道，一做吓一跳，脏得连她自己都不好意思，觉得对不住房东老太太当时跟她说的关于爱护房子的那些话。

相对而言，最容易整理的地方是客厅，物件少，把东西归整一下，再擦擦桌子拖拖地，基本恢复了整洁的面目。最难的是厨房，不知道是否因为吕雯丽这段时间太忙，很多时候是田明义一个人在厨房手忙脚乱，他忙完也不像吕雯丽那样，把灶具和抽油烟机擦一下，那些滴溅出来的油冷却凝固后与无处不在、浩浩荡荡的灰尘黏附在一起，就不容易擦。好在这些也难不倒李佳琦，最多就是擦得没那么明亮而已，总算看上去没那么多斑斑点点的油渍了。打扫到卫生间，李佳琦心里开阔起来，好像自己要完成的一件工序复杂的作品，终于快要结束了。事情却并不如李佳琦所愿，她擦完挂在墙面上的柜子和柜门外面镶嵌的镜面，把地上零乱的发丝清理干净，用洁厕灵刷完马桶，想着一冲完水，就大功告成。没想到，马桶里的水漂着洁厕灵的泡沫打着漩儿，就是不下去。

马桶堵了！

李佳琦的头轰的一声大了。

这个时候，吕雯丽和田明义却双双回来了。一进门，吕雯丽就往卫生间跑，看到李佳琦站在里面发愣也没问，急吼吼地把她往外推。李佳琦在门外赶紧说：吕姐，马桶堵了不能用。

吕雯丽没听明白，利索完了后一冲水，才发现情况不妙。她呼地拉开卫生间的门，冲着李佳琦嚷嚷：李佳琦你怎么回事？马桶堵了也不吭一声。你倒是用后捅开啊，这卫生间可不是你一人的。

李佳琦的脸一下子涨得通红，闷气堵在胸口，张口刚要发怒，吕雯丽却把手一挥：算了，什么也别说了，你小姑娘家的，也想不这么周全。这样的活儿肯定也没干过，你赶紧打电话给物业，让他们来人疏通。有事要想办法解决，一个人干愣着能有什么用！

说完，吕雯丽一脸怒气地回自己房间去了，对客厅的整洁视而不见。

李佳琦愣怔了一会儿，强忍下怒气，给物业打了电话。

物业倒是挺尽心，很快来了个四十岁左右穿蓝色工装的男修理工。修理工一进卫生间，又迅速出来，冲着李佳琦就吼：您什么意思啊？看您小姑娘，这么不注意，马桶堵了就别用了，晦气不晦气！

李佳琦被吼蒙了，她到底做错了什么？不就是想有个洁净点的环境嘛，怎么倒像她犯了多大罪似的，个个都瞅她不顺眼。她忍着涌出来的泪水，进卫生间一看，也赶紧退出来，低着眉眼轻声说：对不起啊，师傅……

对不起管用啊？能不能有点素质……修理工的声音一点也没弱下来，显见有多气愤了。

吕雯丽半敞着房门，却充耳不闻，始终没出来。

李佳琦完全无反击之力，心里只有恨自己多事，闲着就闲着，装什么勤快，这下可好，劳动赢来的不是光荣，是丢人。

修理工愤怒归愤怒，还是很尽责，在门外等了十几分钟，待马桶里殷红的秽物慢慢渗下去后才拿着他的工具进行疏通。更让李佳琦难堪的是，修理工竟然从马桶里掏出一堆避孕套。他瞅了眼李佳琦，脸上的颜色几乎都紫了，语调却反而没了刚才那般愤怒：拜托不要将这种东西扔进马桶好不好，它是橡胶，水化不了，这点常识应该有吧！他把脏东西扔进李佳琦刚换的垃圾袋中，又说道，自己不注意，一有点鸡毛蒜皮都往物业打电话，我们又不是你们的仆人，什么都帮你们弄。一个月两千来块工资，还不够被你们气得吃药的钱……

李佳琦到底是个大姑娘，平时因不太与人打交道，哪经过这阵势，被修理工的这几句话打得无地自容，好像是她做下见不得人的事被人逮着。她想解释一下，可怎么解释？说这避孕套不是她的？修理工也不屑听解释，马桶一通，收拾工具走人了。

像带了自动遥控功能似的，修理工刚一离开，吕雯丽风一样飘出了她的房间，冲着正关防盗门的李佳琦说：佳琦啊，也就是你脾气好，让这种人冲你嚷嚷，他凭什么呀，不就是个打杂的吗！咱们是租房住，对他咱就是业主，他有义务为咱们服务，有什么资格说三道四。就冲他这态度，你就有权投诉他！

这下，李佳琦彻底无语，她被人家说三道四的时候，你躲在屋里不敢出来，自己做事不利落也就罢了，倒还做出一副正义使者的样子跳出来点她的火。李佳琦望着吕雯丽，她对这个女人说不上好感，也没那么不喜欢，只是当成一个陌路相逢的人，此刻相逢，下一刻或者就是各自天涯了。

李佳琦强忍住眼泪，长呼一口气，对吕雯丽说：吕姐，以后公用的地方还是用点心，没太多时间也能理解，但谁也没有为谁服务的义务。还有，她指指卫生间，下水管道也不是什么都能冲得下去，应该有点公德心才好。

吕雯丽张了张嘴，一向伶牙俐齿的她忽然间说不出话来。

到了晚上，吕雯丽拎着湿漉漉的衣服来敲李佳琦的门时，却怎么也敲不开，她知道李佳琦就在房间里，想是睡得沉了，用拳头把门砸得咚咚响。终于，门忽地开了，李佳琦穿着旧 T 恤的睡衣，面无表情地堵在门口：吕姐，这是我的房间，以后请您也尊重我，不要这么随意出入好吗！

吕雯丽惊讶道：哎哟，我说妹子，还在为卫生间的事生气啊？不值当，物业不是已把问题解决了吗，你怎么就放不下呢？我也没说你啥，人嘛，谁还不犯点儿小错，你吕姐是过来人，难不成还能笑话你？你看就你这房间有阳台，我只能把衣服晾你这儿。你看我们夫妻住的那房间，巴掌大的地儿，比不得你的房间宽敞。再说了，咱们能住在一起是有缘分，北京多少人哪，偏是咱们住在一起，那不得彼此照顾一下不是？！

对不起！我享受不起被照顾，也没有照顾别人的能力。我就是想睡个安稳觉。李佳琦说完，砰的一声把门关上。

吕雯丽吃了闭门羹，拎着湿答答的衣服回到卫生间直接砸进盆子里，骂开了：不就有个阳台吗，有什么了不起！老娘还不信了，没有阳台就晾不成衣服！

田明义从北屋出来，皱紧眉头，抱怨吕雯丽：瞧瞧你，喜欢咋呼吧？用人家阳台，每次非要弄到那么晚，就不能体谅一下别人？

吕雯丽白了田明义一眼：哼，你还打抱不平，有这本事不如多挣点钱，我不要什么独二居独一居，就这种合租的房间你给我租一个有阳台的，我也就满足了。田明义，你要没这本事，就少装好汉！

每个人都有自己的软肋，田明义的软肋就是作为男人没有挣上够他和老婆花的钱，他的吃喝拉撒还都离不开吕雯丽的一手操持。所以，他把嘴闭上了。

八

苏菲儿在南方待了差不多一个月，回到北京她先回了趟家。走了这么久也没主动往家里打过电话，就是有一次她和师姐跟着导师与当地一所院校的人在酒桌上，妈妈给她打过一次电话，酒桌上气氛热闹，妈妈的声音她听不太真切，等出了包厢问妈妈有什么事时，妈妈却说没什么事，只是不小心拨通了她的电话。苏菲儿听出妈妈的声音有些嘶哑，问是不是和爸爸吵架了？妈妈轻叹了口气，说不吵了，有什么好吵的，吵架的力气都没了。苏菲儿不知道怎么安慰妈妈，沉默了。妈妈觉出女儿的为难，说没什么事，自己在外面照顾好自己，就挂了。苏菲儿握着手机，站在包厢外面的过道上，有来往的服务员用探询的目光打量着她，却被她一脸的冷寂吓得不敢吱声。

总归是女孩子，苏菲儿每走一个地方，都会买些当地的特产或者手工艺品之类，行李箱不知不觉就鼓了。回家其实也是卸货的过程。

家里没人，爸爸妈妈都上班去了。回来前，苏菲儿没有给爸妈打电话，打电话也只是一种通知而已，等待她的，并不会比现在多出什么来。这就是自己现在的家！不到一年的时间，一个和睦温馨的家便改了模样，好像春天直接冲杀进初冬，百花的绚丽变成一地的凋枯。家里的寂静放大了苏菲儿心里的酸涩，也使她对曾经席卷她的温暖充满了强烈的怀念。

但是，仅仅是怀念，她阻止不了苏家那些人的随时登门造访，也无法阻挠他们滔滔不绝的声讨和肆无忌惮的谩骂与斥责，她也解决不了这个家族的是是非非，更无法说服爸爸放弃太爷爷立下的遗嘱，她只能无助地面对爸爸越来越寒冷的脸和妈妈越来越沉默的哀伤。太爷爷的一份遗嘱，把他们家的世界整个给倾覆湮没了。世界如此太平，而他们家，却弥漫着战火的硝烟。有时候，苏菲儿想，爸爸究竟为什么要守着太爷爷的那份遗嘱，不就是那个院落吗，看上去破败的平房，倒是院落外那三株核桃树，长得葳蕤茂盛，有些精气神。还能有什么呢？一个青花瓷瓶，太爷爷偷偷给了爸爸，却让爸爸亲手砸碎了。苏菲儿记得很清楚，爸爸是从那时起，才渐失了他性子里的那种软糯，而一点一点冰冷了起来，对那些"杀"进来的苏家人，包括对妈妈，也对她。

　　苏菲儿打开行李箱，把里面的东西一一取出：安徽的宣笔和漆器笔筒，湖南安化的黑茶和酱香鸭，还有一些细碎的小东西，也就是旅游景点常见的小工艺品，都不是多么值钱的物件。爸爸学校每年都会分批组织老师去外地参观考察，或疗养、采风，爸爸每次出去都会给苏菲儿和妈妈买些东西，习惯养成了，连苏菲儿每出一次远门也会寻寻觅觅，给爸爸妈妈购置些什么，最可笑的一次是她小学六年级那年去北戴河参加夏令营，四周没有购物的地方，她居然在返回的路途中，在火车上买了一只北京烤鸭，被同学们引为笑谈。习惯有时候是可怕的惯性，苏菲儿却在这种惯性中乐此不疲，现在她多么希望爸爸像她一样，在这种惯性中体验着家的温度，享受关注家人的快乐。

　　归置好给爸妈的东西，她托着一捧小零碎到自己的房间。房间里并非无人居住的萧条，她像嗅到太爷爷的气息一样，明显地感受到妈妈的存在。妈妈现在就住在她的房间，他们分居了。也许不是真正意义上的分居，只是爸妈冷战的暂时格局，没准哪一天清晨，当一缕晨曦透过薄薄云层，落进早起的爸爸眼中，所有的美好在那一瞬闪亮，岁月的光芒闪着锦绣的华光，于是，一切都过去了，没有了太爷爷的青花瓷瓶，也没有了太爷爷的遗嘱，有的，就只是他们一家的欢愉，爸爸妈妈波平浪静青山绿水的生活。

苏菲儿抽抽鼻子，她不明白自己怎么变得这般脆弱，她不是逃离这个家了吗？平时的周六日她不再欢天喜地往家里赶，怎么想起来，居然就忍不住眼泪呢？她很想回到从前。

出去买了菜回来，苏菲儿开始准备做午饭。妈妈单位离家近，骑自行车也就十来分钟。单位原来有食堂，后来因为地方紧张，食堂撤了，换成预订外面的快餐。好多人不愿意吃盒饭，都自己带饭，中午在微波炉上一热，比盒饭卫生又安全。妈妈不喜欢微波炉热出来的饭菜，嫌有股味道。那时候爸爸很挺妈妈，也说微波炉热出来的饭菜不好吃，不如回家现做，可以简单点，健康就好，吃完饭还可以休息一会儿。爸爸那么轻淡的一句话就变成了妈妈的制度，这么多年一直严格执行着。有时候，爸爸下午没课又不用跟班自习时，他也会跑回来跟妈妈一起吃午饭。

做学生习惯了吃食堂，苏菲儿对偶尔的做饭还是很感兴趣的。只是做饭也是一门技能，兴趣却是应急的，苏菲儿主厨的机会少，在宿舍有师姐的身手挡着，对她的三板斧压根儿不拿正眼瞧；租房单住，她也只是偶尔操练一下，下个挂面，里面扔几棵青菜，或炒盘鸡蛋西红柿就碗米饭，纯粹应付一下自己的胃，让它没有饥饿感而已。就是这样，她也感到了满足，没人打扰的生活，对刚刚逃离喧闹的人来说，怎么着都有几分美好的意味。后来想起李苍华，她还真有几分庆幸，幸好当初没跟他出去租房同居，两个学生一块儿过日子，油盐酱醋，就她这一手，还不得把日子过成汤汤勺勺，该洒的洒，该碰的碰？到最后，她不是她了，李苍华却仍是李苍华，结局还不是一样？做女人的，被牺牲的机会比男人大得多。

看看时间，妈妈该回家了，苏菲儿最先做的是可乐豆腐，从网上查的菜谱。妈妈喜欢豆腐，也变着花样把豆腐做出不同的风味来。她希望妈妈能为她可劲地乐一乐，快一年了，妈妈的笑容像蒲公英，本来圆圆满满地盛开在温暖明媚的阳光里，可是一阵风来，吹落了几缕花絮，再一阵风来又吹落几缕，直到所有的花絮都随了风去，只剩下一秆空茎，痴痴傻傻地摇曳。她又炒了个青椒芦笋，最后是她最拿手的鸡蛋西红柿。在她手上都是没有章法的菜，但拼放在一起，却红的红，绿的绿，白的白，倒有一股诱人的色彩。

妈妈快回家了，苏菲儿心里居然激动起来，她想象着妈妈的意外，那一定是惊喜！闺女回来，没等着坐吃现成，还整出几个如此生动的菜，心里再有不顺，那也不得可着劲儿乐！

时间过去好久，妈妈的影儿都没有。苏菲儿看着渐渐冷却的菜，一腔热情也逐渐凝固。她给妈妈发了条短信，说她回家了，妈妈要回家吃饭吗？一会儿，妈妈的电话打了过来，说她已经在单位吃过了盒饭，要她去外面吃点。

苏菲儿问：你不是不爱吃盒饭吗？

妈妈沉默了一会儿，才说：我都吃了两个多月，其实吃盒饭也没啥不好，方便快捷，也不用来回在路上折腾……

苏菲儿没说她已经做好了饭，还怀着一颗期盼的心等待妈妈回家。她都研究生二年级了，已经过了跟妈妈矫情的年龄。她默默地放下电话，呆愣地看着桌上的菜，刚才还花红叶绿、热气腾腾的三个菜，这会儿却是一副暮气沉沉的冷，她自己都没了胃口。

再打电话给爸爸。爸爸说下午有课，不回来了。

苏菲儿突然间觉得自己更显多余，一个月没回家，爸妈却这么不在乎她，有各种理由不见她。她还有什么理由在家里多待。她一点胃口都没有，将三个没动过筷子的菜倒进垃圾袋，收拾下东西，离开了家。刚上大学时，必须得住校，那会儿对苏菲儿是多么大的考验啊，一周只能回家一次，她觉得自己被抛弃了，对住校的规定恨得咬牙切齿。妈妈跟她一块儿骂学校不人道，刚养大的闺女还热乎着呢，居然要住到学校，一住校她该多想闺女啊！妈妈的帮衬倒叫苏菲儿不好意思骂学校了，她一周至少还能回趟家，那么多外地同学却只有到了假期才能回，她还有什么不满意？她只是表现得恋家，而妈妈恋闺女罢了。现在倒好，不用非要住学校宿舍了，一周回趟家反倒变成了负担，她宁愿租住在外，把一周一周模糊过去，把家也那么模糊过去。

出了楼门，拖着箱子扔剩下的菜时，苏菲儿却看到了妈妈。

妈妈锁好自行车，站在离她几米远的地方，静静地看着她，脸上的笑，仍充满了她熟悉的疲惫。

九

自从被李佳琦拒绝在阳台上晾衣服后，吕雯丽的目光盯上了客厅，毕竟还有扇小窗户，照样有阳光。她不是死乞白赖的人，她也懂很多事要绕着弯行。虽然生活教会她很多时候要厚着脸皮，只有脸皮厚才能将很多不堪的东西承受、接纳，甚至抛开。就像她和田明义，她曾是个有丈夫的女人，却扑进一个还没结婚的男人怀中，小城多少人拿她来润唇，溅着唾沫谩骂、讥讽她。田明义在压力下几次提出要分手，但她不，她挺直脊背任那些人戳指，能损失她什么？她离婚了，除了一条身子，还有什么可失去的？大不了就是让那些人说她不要脸、下贱之类，她要是真挺不下去，与田明义分手，那才真的一直生活在别人的口水和异样的眼神之中呢。她就那么傲然地走过来了，没有人敢当着她的面说三道四，她也从没觉得自己有错，追求爱情有什么错！谁说有了丈夫就不能再有真爱？她像块石头，越说她这块石头越硬，砸在笑话她的那些人身上，她没疼的感觉，他们却疼了，为她的恬不知耻，她的没皮没臊。他们可不想为她这样的人疼，那只能缄口。

客厅的那点阳光在吕雯丽的眼里纯粹有些浪费，就是一块在地上不动声色爬行的光斑，但若落在衣服上，性质就不一样了。不过她不想花钱买晾衣架，花几百块钱买这种东西有些奢侈。田明义主张买一个，有个活动的晾衣架就方便多了，白天大家出门了撑开，下班回来可以收起来，不用吕雯丽涎着脸去敲李佳琦的门。

吕雯丽白了田明义一眼：能省的为什么不省？稍微动动脑筋，晾衣架就有了。

田明义不解，动什么样的脑筋晾衣架就有了？难不成去顺别人家的？他们不是那种人；除非有人扔了，又刚好让他们比捡破烂的早一步看见。

吕雯丽简直为田明义的榆木脑袋着急，他们又不是下三烂，怎么他净是些下三烂的想法？她叹息一声：算了，你别管了，我自有办法。

她的办法田明义很快就明白了。

天气正逐渐转热，路旁人行道上的树也越长越茂密。他们住的小区外面种植的多是榆树和银杏，榆树绝对是那种给点阳光就灿烂的树种，比收敛的银杏不知道招摇多少，枝繁叶茂得不像样。这会儿就有给榆树剪枝的工人，剪下的榆树是相对比较低矮的枝条，有孩子胳膊那般粗。吕雯丽给那些工人说几句好话，找几根直溜点的，让师傅把枝条上的杈清理干净，抱回家来。上楼前，碰见物业的人给初长的月季搭架，她跟人又要了一根竹子。备好材料，她又嫌田明义手脚慢，一旁看着急，直接自己上手捆扎。没费多大事，一个简易的晾衣架就诞生了。毕竟工艺简单，制作材料又弱不禁风，挂不成厚实点的衣服，好在时间正在往夏天赶，换洗的衣服也都轻薄。

把自制旰衣架放在客厅，吕雯丽并没打算跟李佳琦商量，客厅大家都有份儿，那她只占用属于她的那份儿也不为过，干吗要给李佳琦商量？这姑娘看着好像性子绵软，其实硬着呢，一个人在北京单打独斗，没几分硬她能撑得下来，还生活得这般安逸？

田明义到底比吕雯丽多几份心，他借着吕雯丽在厨房忙乎的时候，敲李佳琦习惯性紧闭的门。

李佳琦打开门，见是田明义，脸上的神态缓了缓，微微露了笑意：哦哦，有事吗？

田明义搓搓手，有些腼腆的样子：也没什么。是这样，我老婆一直在你的阳台上晾衣服，她这人不会说话，性子又大咧，连声谢都没有。对不起啊，麻烦了你这么长时间。

李佳琦反倒不好意思了：看您说的，都是小事，不用放在心上。阳台不是我不借，实在是时间不太赶趄，我睡眠浅，每天听着滴水声真的半宿睡不着……

田明义赶紧说：我理解我理解。大家都有自己的习惯，是我们打扰了你太多。你放心，我不是来借阳台的。我来跟你商量，你看我老婆有闲心，做了一个简易旰衣架，想……借用客厅的空闲位置，主要是这里能晒上太阳。你知道我们那房间……

李佳琦愕然了，这个所谓的旰衣架在客厅里堂而皇之摆放了两天，她以为这么粗陋的东西不过是暂缓之物，而且吕雯丽这两天在厨房与客厅碰过好几次面，是该搭腔时搭腔，该乐呵时乐呵，一点也看不出被李佳琦拒绝使用阳台的尴尬与记恨，这倒叫李佳琦心里惴惴，想自己是不是太小心眼，把一个小阳台看得重了？两天里，吕雯丽连盱衣架半个字都没提，更别说商量使用公共客厅的问题了。李佳琦不傻，看出田明义的小心，而且这份小心还是瞒了吕雯丽的。

李佳琦心下自然不快，若要计较，等于是他们夫妻俩用着一间房子的租金，却用的是两个人的名来占用公共场地。水、电、煤气，当初房东老太太也明确说过是公摊，他们夫妻自然也按一人计算，这种小便宜就有些说不清道不明。但这话不由得她李佳琦来说，她只是其中的一个租客，只要不侵犯她个人的领域，她就本能地躲闪，或者说是下意识地接受，虽然这种接受有些勉强。至于客厅的现状，还是等苏菲儿回来再说吧，事大事小总归还是大家一起表态才好。

李佳琦的沉默让田明义意识到自己的唐突，他这样做或者是为吕雯丽求个心安，却把李佳琦推入到尴尬境地。她同意吧，这就顺带着做了苏菲儿的主，制造了她和苏菲儿的矛盾；不同意吧，又有逼他们夫妻进入晾衣绝境的嫌疑。田明义是个心地善良的人，意识到这点，赶紧补充道：我先跟你知会一声，等苏菲儿回来，我也跟她商量。你们要是不同意，我再想其他办法。

李佳琦蜗牛一般慢慢缩回自己的触角，就等苏菲儿回来再说，大家共处一室，什么事都是可以商量的。只是，那个盱衣架真的太粗糙，像幼童的手工，整体都透着那么一种敷衍，还有漫不经心。李佳琦关上门，想到旰衣架丑陋的样子，居然忍不住乐了。

自始至终吕雯丽都淡然自若，一点儿占用公共场地的歉意和不安都没有，倒像是原本这多余的地方就该她占用。不但客厅她占用得理直气壮，就是厨房，她用得最多，鼓捣得动静最大，却越来越连收拾卫生的意思都没了，任溅出来的油腻密密地铺满了灶台。李佳琦有些赌气，自上次马桶的事后，吕雯丽不收拾，她也不收拾，反正她简单，有时候一个凉拌菜就能打发一顿。她以为眼不见为净，实在脏得不堪入目，吕雯丽总得收拾一下，可没料到，她把吕雯丽高看了，吕雯丽非常有定力，她竟然熟视无睹。李佳琦实在看不下去了，拿抹布和清洁精把灶台擦亮，把地拖干净。吕雯丽见厨房干净了，眉开眼笑，直说佳琦是个勤快人，以后谁若娶了她，真是福气呢。李佳琦知道这是客套话，吕雯丽把什么都掂得门儿清，说白了，就是不想做这些公共场地的活儿呗。

其实，苏菲儿也不是挑事的人，可她的性子却比李佳琦急。自从田明义在客厅吃过第一次饭后，客厅正式成为吕雯丽夫妇的餐厅。苏菲儿和李佳琦不计较这个，她们俩有时各吃各的，有时端到李佳琦的阳台一起吃，有意避开客厅。问题是吕雯丽吃过饭，喜欢嗑瓜子，按理这不算什么毛病，女人嘛。可吕雯丽吃瓜子吐皮倒是用手接着，不过是个敷衍的动作，好多瓜子皮从她张开的手掌里跌落到地上；她还抽烟，没有瘾，可一天总要抽几支的，烟灰毫无顾忌地随处掸，烟头随手扔，完全是在室外的感觉。吕雯丽收拾完碗筷，却很少收拾客厅，反正不是他们夫妻俩的住处，房门一关，客厅就是另外的世界。苏菲儿和李佳琦却不能完全将客厅当成另外一个世界，虽然她俩使用得少，但一出自己的房间门，客厅的脏乱差像一块被涂坏的画，醒目地铺陈在她们的眼前。李佳琦做不到无视，就像清洁厨房一样，有时顺手把客厅也打扫一下。田明义比吕雯丽要敏感，有时候吃过饭他就坐等吕雯丽最后的动作结束，然后他来清扫，扫过几回后，吕雯丽不知道是心疼还是防备，吃过饭就逼田明义进自个儿屋。

有一次，李佳琦正默默地拖着客厅地板，苏菲儿冲出来把她手中的拖把扔到地上，然后扯了李佳琦奔到吕雯丽的房门前，咚咚敲了几下说：吕姐，您出来一下！

吕雯丽打开门，田明义也跟着一块出来了。

苏菲儿生气地说：客厅您用着，厨房您也用得多，我们都不说什么。做人最起码的公德心总应该有吧，您可以用，但不能卫生总不管吧！

吕雯丽的脸色一变，却笑了起来：哎哟，菲儿妹妹这气可生得莫名其妙。什么叫客厅我们用着，难不成我们就不能用？我们的住房条件是没你俩的好，可怎么就成了受责难的了？什么都不管？不就是拖个地吗，佳琦你要不乐意，没人让你做呀，我们家明义不是也经常收拾吗，看来，收拾公用的地方得大家伙儿都在才行，好多眼睛看着才算是事实啊。

李佳琦被吕雯丽的话惹急了，正要开口，被苏菲儿拦住了：吕姐，您这话可就不对了，咱们就这几双眼睛，不用凑齐了看也一目了然。我们谁也没权利责难谁，不过我们也不想太纵容一些不端行为。佳琦是可以不做，那您就自个儿多注意些。在外面咱都懂爱护环境，难道咱们自己住的小小的环境，就不懂得爱护？

吕雯丽哼道：你倒说得挺义正词严，可也没见你收拾过，既然大家都有份儿，那就谁也别躲着，都不是公主，是吧？

苏菲儿竟然笑了：没人是公主，也没人是仆人，自己维持好自己就不错。这事儿不难吧？

吕雯丽这下没话说，脸却阴得快垮下来。田明义赶紧打圆场：没问题没问题，我们下次一定注意点，会维护好公共卫生的。大家同处一室，多担待点儿。雯丽事儿多时间少，我手脚粗，如有哪里做得不到位，你们指出来，我改！

田明义这么一说，等于替吕雯丽担当了下来。苏菲儿和李佳琦若要再不就此罢手，显得有点得寸进尺。两人互看了一眼，咬牙，收兵。

吕雯丽白了田明义一眼：你难道总是这样任人宰割？

这话，倒像是在说苏菲儿和李佳琦，平白地跑来欺负他们，而田明义偏又要低了颈项叫她们随意点点戳戳。

田明义皱紧了眉。在这套居室里，他这个男人处境最尴尬，他既是苏菲儿和李佳琦眼里莫名多出来的一个人，又是吕雯丽想要隆重依靠却又没法依靠的人，他像是平衡木上无端生出来却拿不走的一块石头，有着足足的分量，可以偏移在这一端来制衡另一端，可偏偏又不能。他不能跟着指责吕雯丽，更不能叫吕雯丽受旁人的指责。好在苏菲儿和李佳琦并无意跟吕雯丽一较高下，见田明义已经俯身拾起苏菲儿扔到地上的拖把，就装作没有听见吕雯丽后面的话，反身各自回屋。

这天从冷落的家里出来，苏菲儿情绪很低落，回到租住处，进门第一眼看到客厅的巨大变化。准确点说，是客厅赫然多了一个"古朴"的晾衣架。晾衣架的两端用不知哪里寻来的两根一米多高、两个指头粗细的树枝条交叉绑在一起，呈上面小下面大的"X"，中间则架着一根细长的竹子。为了使竹子受力均匀，"X"外两端的竹头各挂着两个挂钩衣架，中间是直接搭在上面的几件衣服。可能是因为四根枝条稳不住吧，两个X的交叉点又各自绑了一根更细些的枝条，三点组成一面，这样晾衣架就稳当了。

不去看晾在上面的衣物，仅看晾衣架的这种潦草不羁的劲儿，就知道是吕雯丽的手笔。这实在是个大咧又不乏智慧的女人。为晒上足够的阳光，晾衣架并没有挨着窗户，而是离窗几十厘米，逼近原先沙发的位置。沙发和茶几往门口方向挪移了一段距离，这一移，使原本不大但也没有显出逼仄的客厅有了拥挤感，加上光线被晾晒的衣服挡住不少，客厅显得阴暗压抑。

先是凭空而出一个大男人，再是如此堂而皇之侵占客厅公共场地，这样得寸进尺的女人，搁谁身上也受不了。情绪不佳的苏菲儿心中怒火腾地升起，本来租住到外面，与陌生人相处，彼此谁都不侵犯谁，谁也不关注谁，她逃离家，躲开宿舍，寻的不就是井水河水不犯的安宁吗，怎么偏偏遇上了这样的邻居，像个毛毛虫似的不管不顾，任意侵吞公共空间。

苏菲儿从家里到租住处，不是心冷就是心乱，她的生活似一团乱麻，无法理清。情绪失控的苏菲儿冲上前，朝那个"旰衣架"狠狠踹了一脚。"旰衣架"明显空有一副粗粝的质地，一点也耐不得外力，轻飘飘地倒地之后，又被气急的苏菲儿再踏上一脚，几声脆响，吕雯丽的"智慧"一败涂地。

闻声从房间冲出来的李佳琦，看到客厅的这堆残骸，惊愕得张大了嘴。

十

吕雯丽没把树枝旰衣架的残骸当回事，她坐在客厅沙发上嗑瓜子，看着田明义蹲在那儿清理那些残树枝。她把瓜子皮吐到手心，攒上一小把又抛到地上，示威似的。田明义几次停下手中的活计，想制止妻子，又不想触这个霉头，摇摇脑袋，继续收拾残树枝。

确实不好看。吕雯丽皱起眉头说，难怪她们看不上，不行，我得重新找材料。

田明义站起身，正要张嘴。吕雯丽挥手制止住：千万别给我讲道理。这事不用你操心，我自己解决。

苏菲儿大概也没想到，吕雯丽对毁坏掉的"旰衣架"竟然没有追究，仍然沉浸于"创造"之中。过了两天，客厅里重新竖起一个气势轩昂的木棍"旰衣架"，海拔很高，几乎于客厅窗户等高。相比之前那个简陋的"旰衣架"，这个更为霸蛮，四根交叉的木棍支架手腕般粗细，上面枝杈众多，可以随意调架竹竿，彪悍之中还有颇解人意的温婉。棍棒交叉的捆绑之物，不再是薄脆的玻璃绳了，这次是铁丝，坚固结实。冷金属阴郁的光芒像是吕雯丽的宣告，是对客厅领地不言而喻的宣告。

而在苏菲儿的眼里，这已经是赤裸裸的挑衅了。李佳琦拉住要往客厅冲过去的苏菲儿。苏菲儿甩开她的手，指着晾上衣服几乎遮挡了客厅一大半光线的"旰衣架"，说：这是大家共同的地方，凭啥她一人侵占？我们已经够包容她了，您看看地面、茶几上的瓜子壳，就是跟在她屁股后面收拾，她连句抱歉的话都没说过，谁欠她的？

苏菲儿几乎是在吼。家无宁静，他们家因为太爷爷的遗嘱而被自家亲人搅扰，她没法与之对抗；在校被师姐排斥；租房合住，又被同屋人倾轧，难道她身上有被欺压的因子？苏菲儿的挫败感在愤怒中渐盛，她没注意吕雯丽紧闭的房门打开又迅速闭合。李佳琦转头之间正好看到田明义被扯回去的身影。

李佳琦轻叹口气，把苏菲儿推回她自己屋子，关好门，折回身到卫生间拿来拖布和扫把，准备收拾茶几和地上的瓜子壳。

北边的房门轻轻地打开，田明义走出来，抢过李佳琦手里的拖布，轻声说：不好意思，是我们不对。雯丽这些天在找工作，受了些刺激情绪不太好，跟你们同室相处她才比较放松，很多细节她没太在意。放心，我会时刻提醒她的，今后一定注意公共区域的卫生。至于它……他指着窗口跟前的"晾衣架"，苦笑了一下，我们屋里空间实在有限，没能力改变，只能请你们多担待……

李佳琦没说话，在心里哼了一声，吕雯丽置身事外的坦然如同竖立在眼前的高大墙体，遮蔽了她对事物更为公正客观的判断。反而，田明义在这套租住房里，原本是不存在的存在，现在却凸显出来，替代吕雯丽融合进这一屋三户的关系。这看上去很可笑。若三个纯粹的女房客倒可以相安无事，猛不丁多个男性，自然就不那么自然了，不计较的她因了这不自然，也要计较了，而且裂隙越来越大，最后，反倒是最不该存在的男性来弥补这裂隙……李佳琦摇摇头，脑子里糨糊一般，怎么也理不顺这因果关系。回到自己屋关上门后，她想，她需要理顺这些关系。

十一

吕雯丽没想到，从租下房子后就没怎么露面的房东老太太，会坐在客厅沙发上等她。进门时她眼角余光看到沙发上的人影，还以为是李佳琦或苏菲儿要跟她抢占客厅——她俩一般不会在客厅待呀，进门都是各进各屋，守在自己的方寸之地。吕雯丽心中暗自一笑，她知道不管是李佳琦还是苏菲儿，都不太可能占住客厅，她们喜好清静，而她吕雯丽，最擅长的技能之一就是打破清静，让自己强大的气息侵袭进这客厅里的每一缕空气。她假装没注意沙发上有人，埋头匆忙地往自己屋里走，却被喊住。她定睛一看是房东老太太，脸耷拉着，眼中带着冷意，嘴角下垂——当初的和气是没有了，那冰冷像要原地炸裂，透着阵阵寒气。

哎哟，您老怎么来了？吕雯丽赶紧上前，眉眼里的笑意荡漾如春风。这春风却依旧没能荡开老太太眼神里的寒气，她指着靠窗的"旰衣架"说，这，是你屋的吧？旰衣架上正晾晒着几件衣服和内裤，其中一条内裤是男式的。吕雯丽压下心头慌乱，仍挂着笑，避重就轻道：这个架子——我马上清理。赶紧把衣服收下搂进怀里，解释着，我也是跟她俩商量过，她们不在时就让衣服在这里晒晒太阳……我也知道这架子在客厅碍眼，等过几天我想好办法就丢出去。

老太太面无表情，声音却很轻地说：这堆棍棒不急。我这次来是通知您，三天之内从这屋子搬出去！

啊！吕雯丽这才紧张了，这怎么说的，好端端的，要我搬出去，咱们可签过合同的。我是占用了客厅，可也没把客厅用成破败不堪，何况平时我也是收拾着卫生的，拖地抹桌子的。

房东老太太站起来，看着收净衣服依然横刀立马的粗壮"旰衣架"，摇了摇头说：我指的不是这个。您刚才说的我都能理解，在外的人都不易，能宽宥的事项我不会太计较。可是，您应该记得，当初租房时，我清楚地表达过，只租女性，不准住男人，合同里也写着这条。可您……您打一开始就在欺骗我，对吧？我是年纪大了，可我眼不瞎心不黑，当时您要不能接受这个条件，我也不勉强租给您。别的话我也不多说，就直接解决问题吧。这个月还有八天，我退还您八天的租金，连同押金全退给您，回去就打回您银行卡里，咱互不相欠。您赶紧收拾一下搬家，这事儿没商量的余地！

话说到这份儿上，房东老太太也算是有理有据，吕雯丽没法驳斥。房子是人家的，有租与不租的权利，虽说时间仓促，可到底人家还是给了三天的缓冲期，没让立即搬走。吕雯丽心下凉透，却撒不得泼。按下心头焦虑，吕雯丽还是赔着小心争取：给您老添堵了，在这给您道个歉，是我错了。这男人是我老公，您放心是婚内的，刚从老家来，就待几天。一开始是真没想着要瞒您，这事也是赶上了，我老公是来北京看看我，立马就走。我的情况您也看得出，真要混得好也不会计较几个钱住这阴面的房子，也是被生活逼的，精打细算，委曲求全。我也不瞒您，前些天我炒了老板的鱿鱼，现在还正在找工作，手头紧，所以也没让我老公去住招待所。没承想这事都传您那儿了，看这事儿闹得，气到了您，烦您亲自跑一趟。您别气着，我这就让他走。

放心，我气不着。男女混住，我没法给另两个租房的姑娘交代，她们当初也是冲着我不租男人才租这房子的。咱先不说男女混住安不安全——据我所知，您老公可不是才来北京几天，我都打听过，您蒙我一老太太干吗？房东老太太突然激动了，得了吧您哪，我懒得和您多说，既然是我毁了约，退您租金，您就自个儿担待吧。老太太瞧了瞧失却衣服遮挡，显得粗蛮又用心的"晾衣架"，还补了一句：这是您的第二个晾衣架吧，倒是比先前那个结实。说实在的，您还真是个对生活用心的人，就是……少了份诚意。

吕雯丽抱着衣服歪在沙发上，喘起粗气，房东老太太离开了好久，她也没从内心的疾风暴雨中缓过劲来。她不知道问题出在哪儿，既然房东老太太一开始就清楚田明义住在这里，一直没追究，说明她是默许的。可到底是什么原因致使她翻开田明义这一页，以男女不能混住非要驱赶她呢？时间在吕雯丽越来越颓废的情绪中一点点淌走，天色渐暗，客厅里一片沉寂。另外两扇自始至终都没一点动静的房门与她沉下来的心情一道，沉入更为厚重的暗黑里。直到看不清客厅的物件，吕雯丽才想起那两扇门里的李佳琦和苏菲儿——甚至田明义，他们商量好似的，竟奇特地绝迹在这个黄昏，并逐渐隐匿于这无边的黑暗之中。

苏菲儿的母亲突犯阑尾炎住进医院做手术，她去陪护，再次回到出租屋已是第三天了，她发现自己总在错过所要经历事件的开头，却莫名其妙地在事件之中了。李佳琦告诉她，吕雯丽和田明义搬走了，没有迹象，没有动静，当然也没有告别。最近，李佳琦受辅导班一个家长托付，帮着照看孩子，只是在外面过了一个晚上，第二天孩子家长回来她便回来了。那间终日没有阳光照射的北房，门一直虚掩着，她有些预感地过去推开门，屋里只有一张裸着床垫的床，地板被拖得很干净，刻意要抹去之前生活痕迹似的。当然，客厅也收拾过，干净得有些腼腆，那个野蛮的"晾衣架"却顽固地靠窗站立着，没有衣物挂在上面，像是守护客厅安宁的彪形大汉，有种异乎寻常的霸气。李佳琦独守了一个晚上，她发现当客厅不再有任何声响透过门缝时，曾期待的静寂竟有了沉实的重量，压迫着她，使她呼吸都不顺畅。

苏菲儿盯着李佳琦。李佳琦也望着她。俩人再一起望向窗边的"晾衣架"，她们觉得，要不是这个彪悍的"晾衣架"，这客厅显得空空荡荡，没一点家的样子。

寻找大舅

　　过后，人们对那场战争的记忆，只剩下了一些只言片语的述说。

　　至于那场大战的真实背景，至今没有人能述说清楚。就是目睹过那次巴音布鲁克之战的牧人，也都丢弃了所有苦涩的记忆，在岁月如水的流动中，或已作古，或在生命的边缘徘徊，没有可能在历史中沉浮，再目睹一次惊心动魄的战事了。

　　至于大舅，那个巴音布鲁克之战中举足轻重的人物，也只有坐在如今的开都河边，望着平缓流动的河水，卷支莫合烟，轻轻地抽上一口，悠然自得，安之若素。仿佛世间的一切都与他无关，就连我这个亲外甥，都已成为遥远的记忆，不在他的亲情范围之类了。那种冷漠，连一个陌生的普通牧人都无法做到，可见大舅已经到了怎样的地步。

天山在苍茫的荒野上堆起一座气势非凡的高地，使东方大地从此有了高度，有了一片明净的天空和圣洁的厚土，从此，晶莹的雪不再消融，冰封千里，承受着阳光的重量，也吸引世人的目光，作为仰望，能够掂量出天空的誓言，这些誓言焦灼了千年万年，很难改变。

巴音布鲁克草原像一条绿毯，在天山腹地摊开，把过去和现在覆盖得严严实实，即使骑着一匹日行千里的骏马，也找不到埋伏在草丛里的血迹。感觉那一片绿色，可以找到大海迁徙的痕迹，可以找到冰川消融后慢慢汇聚成开都河的源头，却找不到关于那场战争的丁点痕迹。

一

大舅今生注定的要做一回军人的，在一个战乱的年代。那个年代里的青年，都怀有满腔热血，大舅也不例外，但大舅的性格，更适合做一个中学教师，或者是一个纸上谈兵的诗人。外祖父也一直是这样培养大舅的，先让他上完县国立中学，然后考上师范，想着日后王家若是出一个先生，那就是大舅，也算是给祖上争光了。

母亲时常说，外祖父是一个思想僵化、顽固拙劣的生意人，他经营杂货店日鬼捣蛋，总没有起色，常在食盐里掺上白沙，在辣面里掺上染红的锯末，根本不讲一点信誉。可外祖父却对自己的"希望工程"投入了不少精力，一心扑在大舅身上，想在王家的族谱上翻开新的一页。

大舅属于有知识的学生，看待问题不同于外祖父，他接触的社会面广，认识社会更直接。在他进入师范的第二年，差点就跟着"国军"的一支部队跑了，硬叫外祖父用烧火棍给追了回来。如果当时大舅不惦记着家里，回家报个信，就那么走了，外祖父也没办法将大舅追回来，可他偏偏要给家里打个招呼，想走得明明白白的，却被不明不白地给追回来，并且当着那么多同学的面，挨了外祖父的烧火棍，丢尽了面子。

大舅再没心思上学了，他在外祖父的严厉控制下，在师范学校吊儿郎当，整天胡思乱想，后来竟陷入了情网，与一个叫叶雯雯的女同学爱得死去活来。

被爱情滋润了心田的大舅，慢慢地放弃了从军报效祖国的念头，完全投入到了构筑爱巢的行动上。叶雯雯的美貌与淑女气质，使大舅非常着迷，爱情的力量使大舅忘记了一切。

母亲说，大舅是个爱走极端的人，叫外祖父用烧火棍打退了雄心壮志，变成了一个不思上进的小男人，整天与叶雯雯卿卿我我，过着浪漫天真的生活。大舅辜负了全家的期望，特别是外祖父对他寄予的厚望。

一家人正为大舅的事痛心疾首的时候，外祖父却破天荒地想通了，他托人捎话给大舅，让大舅把那个叫叶雯雯的女孩带回家来看看。

当外祖父托的人把这个消息告诉大舅时，大舅不相信这话是外祖父说的。什么带回家看看，还不是想当着人家女孩的面，再敲我几棍子。大舅对来人说这样说。

来人是外祖父收买的专看大舅的"线人"，为了防止大舅再跟着部队跑，外祖父不惜重金，甚至连师范学校大门口看门的老头也被买通了。

线人对大舅做了许多有力的证明，大舅才诚惶诚恐地带着叶雯雯回了趟家。不过，大舅事先给叶雯雯说过，不论有什么事发生，也动摇不了他爱她。叶雯雯说，能发生什么事呢？不就去见公婆嘛，这有什么大不了的，你爹妈又不是日本人，还能把我杀了？

大舅说，你爹妈才是日本人哩。大舅还知道维护自己的父母，当时的人把最坏的人都比喻成日本人。

大舅和叶雯雯回到家，看到的却是另一番景象：全家人面带微笑，恭候着叶小姐的大驾。外祖父斯斯文文，一见叶雯雯的面，便很有绅士派头地做了个请的动作，惹得大舅和叶雯雯差点笑出声来。

问了叶雯雯家庭情况，外祖父就把大舅拉到一边，告诉大舅他同意这门亲事，但男大当婚，一定要慎重。接着，外祖父问大舅是谁保的媒，他要和媒人交涉一下，有必要将双方父母的意见交换交换。

大舅说，没有媒人，都什么年代了，还要那些烦琐做啥？

外祖父说，没有媒人咋行，谁给咱传话呢？

大舅说，就自己传，有话当面说。

外祖父脸阴了，说的啥话？我看这姑娘太大方了，想请媒人传话，让她家今后管严点，得懂些规矩，第一次上门就这样大声说话，今后还了得？

大舅说，这是什么规矩？人家是有学问的人，你不能拿老尺子来量新洋布，洋布都用米来量，一米就是三尺。

外祖父眼睛瞪着大舅，气了个"哼哼"，心想女孩有学问倒也好，今后会出息，但还是不放心地说，以后得给她多说点规矩，大家闺秀的风范还是要的，再有知识也是个女人。

大舅说，知道知道，你就别再啰唆了。

外祖父想着，又说了句，这次就依了你，但今后你可得好好读书。

大舅满不在乎地说，只要你不干涉我的亲事，我也会让您满意的。

大舅这么说了，心思还是放不到读书上去，整天为了爱情奔忙，根本不把学业当一回事。

后来的事发生得太突然，大舅根本没来得及想对策，就被现实扼杀了他的初恋。

蜂拥而至的"国军"一夜之间将县城的角角落落扫荡了一遍，大舅的情人叶雯雯被"国军"里一个叫孟向坤的团长抢走，霸占为姨太太。

为了夺回美丽漂亮的未婚妻，大舅像疯了一样到处乱窜，结果不但没有找到自己的心上人，还差点被乱军打死。

母亲说，大舅那次差点丢了命，他被人送回家时，已经奄奄一息了。

等大舅醒过来时，县城恢复了原来的冷清，但已面目全非。大街小巷像被洪水洗劫过一般，脏乱不堪。大舅身体还没恢复，就四处打听"国军"的去向，最后得到消息，孟向坤的"国军"已经西行，具体到了什么地方，谁也说不清楚。

大舅不吃不睡，整天疯子似的乱转。一家人伤透了心，痛恨"国军"的劣行，断送了大舅的前程。

之后的一天夜里，大舅出走了。外祖父尽管看管得很严，但还是有打盹的时候，叫大舅给钻了空子。

从此，大舅没有了一点信息。外祖父直等到死，也没有再见上他一面。母亲说，外祖父的余生很悲惨，家境败落，一家人都没法糊口了，迁到了乡下，才算保全了性命。

外祖父是大舅出走的第二年冬天死的，冻死在乡村的野地里，身上没穿一件衣服，死得很惨。

这些，大舅一点都不知道。

二

开都河是一条随心所欲的河，沿着草地的低洼处，弯弯曲曲地从草原上流过，这是一条永远不会枯竭的河，它是天山的精血，孕育着巴音布鲁克的生命，珍藏着青草茎叶间的第一粒阳光。正在饮水的骏马，似汲取了一串串的阳光，不时荡起的波纹，像一圈一圈金色的光环，映红了牧人的脸膛，那种悠然自得的胡须上，沾着马奶酒的汁液，散发着一股醇香。阳光在这里停留的时间很长，把一个美好的季节也拉得很长很长……

历史没有在这里停顿，都让开都河的水托着，慢慢地流过了铁门关，进入到博斯腾湖，被一朵朵浪花拍打着，沿孔雀河，进入到遥远的罗布泊。

罗布泊到底有多大？它背负了多少历史的尘埃，吞吃了多少柔软的生命？

"国军"的一个团，应该有千把号人吧，还有马匹、羊群，甚至牧民的血肉，当年都是通过这条开都河，像河水一样，流入博斯腾湖，进入孔雀河，再进入罗布泊的。

我骑着一匹雪白的军马，第一次走进巴音布鲁克草原。

时间剥蚀了枯骨，奔突相撞的猎风梳理着白驹的鬃毛，似燃烧的火焰，在我眼前飘忽，我被烘烤得异常激昂，因为寻找一段已经被遗忘的历史，寻找一位我并不熟悉的至亲大舅，因为背负的是一片残缺的记忆，是一段沉重的传奇，在越接近开都河上游的时候，我的内心就充满了恐惧，我的视野就越来越迷茫……

母亲说，一定要找到你的大舅，一定要告诉他，全家人（其实不全了）都在盼望着他回归故里！

是啊，连香港澳门都经过了百年沧桑，回归了祖国，我的大舅，你怎么就不能回归故里，与家人团聚，了却家人对你四十多年的期盼呢？大舅，是什么，是什么叫你这么固执地留在这方土地上，坚守了四十多年，不愿和家人团聚，你就这么冷酷吗？

你，你们不懂！冥冥之中，大舅这样对我说。

我们不懂，我们确实不懂。一个经历了刻骨铭心初恋的青年，一个背负了历史重负的老人，四十多年来，就在这里，固执地活着，坚守着一个不愿放弃的梦想。

我在草原上奔驰的坐骑应该说是一匹训练有素的军马，虽然它已经被现代化部队淘汰了，可它的臀部烙印依然证明着它的身份，它是一匹特殊的军马。在越来越接近开都河源头的时候，白马的步伐越来越碎了，我两腿用力，使劲夹紧马肚子，它还是越跑越慢了。

最后，在我一提缰绳，准备越过这条平缓浅显的开都河时，白马却停下不动了，任我怎样抽打、吆喝，它只是打着响鼻，高昂着头，在原地打转，就是不肯前进一步。

它是嗅到了什么，还是惧怕河水？不应该是这样的，这匹马平时训练时，它常在河里奔跑，从没胆怯过的。

难道，这马有灵性，它闻到了开都河畔曾经流淌过的血腥？还是惧怕这水里曾经流过同类的血肉？

但这里的一切都已经过去四十多年了，连人类都已经基本上忘记了这里发生过的一切，一匹没有经历过那场战争的马，怎会闻到历史的尘烟？

这叫我没法理解。

我束手无策，折腾出了一身臭汗，想把马牵过河去，却牵不动。一个人想拉动一匹不愿移步的马，就像推动火车一样难。

我只好歇口气，牵着白马，走到河岸边不远处的一座蒙古包跟前，寻求帮助。

我牵着马缰绳，掀开蒙古包厚重的毡帘，里面的光线很暗，一股腥膻味迎面扑来，我没有看到一个人影，正准备往出退时，地上的毛毡上坐起了一个黑影。定睛一看，是一位苍老的牧人，我就说我的白马不愿过河，请求他的帮助。我说了一大堆话，才猛然醒悟，自己说的汉话他未必听懂，就退了出来。

苍老的牧人却跟了出来。他太老了，喝多了酒刚睡醒的样子，酒把他的脸膛烧得通红，脸上的沟壑像弯曲的红柳根，干裂、暴突。他出着很粗的气，气里散发着很重的酒味，他胡须乱成一团，却白得闪光。在纯净的秋阳下，他似一幅油画里的肖像，目光散淡却有神，望着我的时候，慈祥而安静。

我礼节性地点了点头。

他也点了点头。

我牵着马想走，他却开口说话了，他问，你的马不愿过河？

我停住，惊讶他竟说一口流利的汉话，在天山深处的巴音布鲁克草原。

是不是？他追问道。

是！我说。

你过河去干什么？他问。

我说我想找一个人。

找谁？

王成！一个叫王成的汉族老人。我说。

他吃惊地打量了我一番，才说，这里没有叫王成的人，整个巴音布鲁克草原上只有一个汉人，他叫巴特（英雄）。

那我就找这个巴特。我说。

你找他干什么？他问。

他是我大舅。我说，这里曾发生过一场战争。战争，你知道吗？

他说，我不知道啥叫战争，你去找你的大舅就是了。老人有点不高兴地说了一句。

我疑惑，他这么大年纪了，肯定知道四十年前的那场血战，可他却说不知道，是丧失记忆还是被酒精烧糊涂了？发生在巴音布鲁克那么大的一次血战，他能不知道吗？

进去喝碗茶吧，他又开口说，来到巴音布鲁克的人都是我们的客人。

我说，不了，我还要去找我的大舅。

说的啥话？他说，找谁也得喝碗茶再走！

我只好将马拴在蒙古包前的拴马桩上，跟他走进毡房。说实话，我确实有点渴了。

接过老人递过的茶碗，我猛喝了一口，一股酸甜中略带辛辣的液体滑进喉咙，肚子里蹿起一团火焰似的，烧得我全身热烘烘的。我停下，说，这是酒呀。

老人呵呵一笑，说，是马奶子酒，比茶有味。

我生来喝不成酒，对酒天生畏惧，但碍着少数民族风俗，只好硬着头皮将碗里的马奶子酒喝干。马奶子酒后劲大，我的头已经晕了，就拒绝了老人再盛酒给我。

老人哈哈大笑了一通，才说，像你舅，他喝一碗也就醉了。

看来这个老人对我大舅很熟悉，但他为什么对四十多年前的那场战争装作不知道呢？这里面有许多与大舅有关的事呢。我便问老人，我大舅他现在还好吗？

老人长叹了一口气，才说，说不上啥好不好的，他很古怪，但他是巴音布鲁克草原上唯一的巴特。他现在已是一个老人了，整天除了放羊，还是放羊。

大舅成了一个只知放羊的牧人了，岁月沧桑，简直叫人无法理喻。我站起来，我要赶快去找大舅。

老人将我一把按住，说，现在你找不到他，就在这住下吧，这里像他的家一样。

可我是专程来找大舅的，我说着，还要走。

老人拦住我说，年轻人，你不能走了，你的白马都不愿走了，这是上天的旨意，就在这住下吧。

马奶子酒劲泛了上来，我已经头重脚轻了。天色确实不太早了，看来我只好住下了。

三

大舅一路西行，打听那个"国军"团长孟向坤部队的行踪，从甘肃进入青海格尔木，整整用了三个月时间，在这三个月里，大舅吃尽了苦头，蓬头垢面，衣衫褴褛，俨然一个叫花子形象，但他并不回头。他没有任何信仰，没有过多的乞求，只有一个目的，就是要找到自己的恋人。

在那个战乱年代，打听一支部队比打听一个人要简单得多，大舅寻着情敌孟向坤的踪迹，走进了荒无人烟的大漠。那时候，大舅已经把所有的仇恨化作力量，一种对爱情誓言的追寻，他就不信，他没有能力找到自己所爱的人。他的意志在苦难中变得刚强，他的灵魂在追寻恋人的过程中得到了重新组合。他有生以来，第一次懂得恋情的突然终止是一件多么可怕的事情，他把所有的叹息和所有希冀的破灭都看成是上天的安排，但他不服从，他要抗拒。他就不信，他的真情感动不了上苍。他已经迈出了坚强的一步，他有勇气再走下去。

大舅躺在高原荒野中的一个破羊圈里，半夜，睁久了眼睛的他，躺在烂草中，睡意渐浓，神智因残垣断壁间闪过的各种幻想而迷糊。他瞌睡似叶雯雯脖子上的纱巾撩抚着他的感觉，就像温柔的云雾轻摩平静的死水。他忘记了熊熊燃烧的自己，而同人类各种世事教诲的那种隐秘的精神相遇了。在他的眼前，视野一圈一圈扩大，未知的一切世界渐渐展开。他的身体远离载有他的恋人的团队，他的心却一直在那支发臭的队伍里行走着，陪伴在恋人周围，他的思维排列有序，他一点不慌张，他知道他是在实施着一个伟大的壮举。

大舅有生以来，第一次体验到了这种奇特的感情。其实，那感情在他离家出走的那一刻已经产生，只是他没有感觉到罢了。在苦涩的日子里，他越来越觉得那种神秘的感情，早就隐藏在他的灵魂里，从乌有中迸发，或从一切之中迸发、成长、逐渐壮大，成为他寻求甘甜的艰涩的体验。

大舅神志恍惚地躺在格尔木的一间废弃的破羊圈里，被高原反应折磨得神志不清。他睁大眼睛，心怦怦地跳着，思想非常单一，只有一个往昔的幻影一直在他心中。他还要往西追寻，因为牵着他魂魄的团队还在西行。

大舅躺在羊圈里，昏昏沉沉，他已分辨不清白天和黑夜，他从来没有想过自己生命所面临的危机，他不恐惧，他不知道自己为什么没有恐惧。

后来，大舅被一群格尔木的淘金者救了。他们前往西边的阿尔金山淘金，把大舅当成一个流浪者。他们救他的目的，是为了多一个劳力。就这样，大舅在淘金者的队伍里，翻过了高原，进入了阿尔金山，开始了另一种生活。

荒凉的阿尔金山屹立在塔里木盆地的东边，挡住了东风，再温柔的春风也没法越过阿尔金山的脊梁。

淘金的工序是先挖走上面的沙砾，掏出底层的沙金，然后把沙金运到山下有水潭的地方淘洗。大舅不会淘金的技术，就被金霸派到山里，专门挖沙金。

一群一群的淘金者都有自己的团体，都由一个个金霸管理着，统一劳作。为此，帮派斗争非常激烈，有时为了争夺一个金矿，几个帮大打出手，经常闹出人命。大舅曾目睹过一次这样的惨象，金客们挥舞着手中的农具，相互厮打，有的金霸手里还有几条枪，就更凶残，见外帮金客就开枪，死伤人的事接连不断。

大舅所在的金帮是一个势力范围不大的金帮，因为金霸没有枪，经常被别的金帮赶跑，救过大舅的一个金客当场脑袋开花，惨死在沙金坑里。

大舅对死并不惧怕，他一直想着的是追寻自己的恋人，一直想寻机脱离金帮，去实现自己的梦想。

在金帮混战中，大舅做过逃跑的准备，但都失败了，有次只身脱离了金帮，最后还是被金霸抓了回去，除了被痛打一顿之外，大舅还被惩罚做了运沙金的苦力。那是个吃力活儿，背上驮着整麻袋沙金，从山坡上背到水潭边，得走五六里路，大舅经常被沙金压得趴在地上，像牲口一样喘气。

凶恶的金霸对逃跑的大舅说，你的小命是我的人捡的，就得给我卖命，你再跑，看我不打断你的腿！

大舅那时候简直要绝望透顶，他被打得爬不起来，在低矮的地窝子里蜷缩了一天，就被赶起来去背沙金了。

白天背沙金，累得半死，还吃不饱饭，晚上回到地窝子里。地窝子就是在地上挖个像房子一样大的四方坑，上面盖上树枝等物，就算是住人的房子了，每次走进去，像走进坟墓一般。大舅过着比他要饭还要艰难的淘金生活，他的身体受到了从未有过的摧残。他忍受着辱骂、痛打，但一切残酷的现实也没有打消他的信念。

四

我在道尔吉的毡房里度过了艰难的一夜。由于喝了马奶子酒，我一直处在迷醉状态，我只记得道尔吉在我还有一点清醒的时候，告诉我他的名字叫道尔吉。这是一个好记的名字，我只听他说了一遍就牢牢地记在心里了。我之所以对这个老牧人的名字记得这么清楚，是因为这个人与大舅有着特殊的关系，我的感觉是这样告诉我的。一来到这片巴音布鲁克草原，就觉得大舅那神秘的过去离我越来越近。我就要见到我从没谋过面的大舅了，我的心情就越发激动，但道尔吉的一碗马奶子酒却把我给阻隔在河的这面了。我在酒精的作怪下昏昏沉沉地过了一夜。除过记住道尔吉这个名字，我还记得我吃了些炒米和奶疙瘩，却没有听到一句关于大舅的话题，就是道尔吉老人讲了，我也没法清醒地听进去了，我醉得歪倒在地毡上，像死过去一样。

清晨，我一醒来，就神思恍惚，一时弄不清自己身在何处，望了望四周，是一个光线阴暗的蒙古包，里面的情形使我才弄清自己已经到了巴音布鲁克——大舅的身边。

我掀开毡帘，走出毡房，一轮血红的秋阳挂在东边的山巅上，像蹲在那里的一个圆盘，纹丝不动地照着我的脸。我的眼睛干涩而疼痛，被太阳光一照，刺痛起来。我走到开都河边，踩着湿漉漉的青草，蹲下身子，把手伸进河水里，水冰得刺骨，我赶紧掬了些水抹在脸上，揉揉眼睛，冰凉的刺激使我的眼睛松弛多了。我抬头向河对岸望去，一群白羊低着头正在认真地吃着草，身上披了一层太阳的金辉，有种吸引人的棉软和温热。我的心里忽地一热，连呼了几口清新的空气，感觉喉管里畅快多了。我的目光越过羊群，看到一片金色的牧场，视线无休止地延长，被纯净的绿色刺激的心情异常地舒畅。如果不是猛然有一匹红色的马驹跳入我的视线，我已经到了忘乎所以的地步了。

红马驹像一团红色的火焰，从绿毯似的青草上流过，发出一阵阵激烈的燃烧声，这声音使我猛然想起，我的马呢？我的那匹白军马呢？

我都做了些什么呀，只顾自己睡了，却忘记了自己是骑马来的，直到早上，也没想起来我的马来，我是多么地忘乎所以啊。尽管我知道，马的一生都是站着睡的，所以它被人类所敬仰，但它是一个生命，它也需要吃呀，并且在这样的秋天里，露水多重，我怎么就忘了它呢？

我心急了，记起昨天是将白马拴在毡房前的拴马桩上，现在此处空空如也，四周没有白马的影子。我心里急了。

我太粗心了。

正在急得团团转时，道尔吉牵着我的白马突然就出现在我的身后，我竟没有听见马蹄声。其实，马一到草地上，像踩在地毯上一样，又怎么会有声音呢。

起来了，道尔吉对我笑着说，刚起来吧。

我说，我正找我的马呢。

道尔吉呵呵笑着，说，马到草原上，像到了自己的家，跑不了的。

我要接过马缰绳，道尔吉却用手拦住了。

急啥？马刚吃了青草，让它歇歇。道尔吉说，你也该吃东西了。

我不饿，我说。

假的，道尔吉说，先喝些奶茶，我这就给咱放倒（杀）只羊来。

我急忙摆摆手，别杀羊了，我也吃不下去。

到巴音布鲁克来了，不吃只羊咋行？道尔吉笑着说，昨天早上就该杀的，可你被马奶子酒放翻了。今天免不了，等着吧。

我上去拉住老人的胳膊，不让他去。

道尔吉回过头来对我说，你不像巴特的外甥。巴特可不像你这个样子。

我的脸红了，说，我还要去寻找大舅，急着赶路，就……

道尔吉哈哈一笑，你今天找不到他的。

我一惊：你知道他不在这里。

在这里。道尔吉说，不在这里他还能去哪里？

我说，那就麻烦您老人家带我去找他吧。

道尔吉说，我也不知道他今天在哪里，咋带你去找？

我一脸茫然，静静地站在原地。

不信，你去找吧。道尔吉看着我的表情，同情地说，他是个怪人，你找不到他的，但如果是他找你，那就容易多了。

我不知所措地听着道尔吉的这番话，心想这个老人怎么回事，说话这么不着边际。我就不信，在巴音布鲁克草原就找不到大舅的影子。

道尔吉说，你喝了奶茶，就去找吧，我不拦你。

无奈，我跟着道尔吉走进毡房。他从一个木桶一样的物体里提起一个茶壶，给我倒了一碗热茶。

我接过茶碗，放到嘴边先嗅了嗅，怕又是马奶子酒。

道尔吉被我的举动逗得哈哈大笑，笑毕了才说，放心吧，这是奶茶。

我喝了一大口，烫嘴，却很爽口，一股热乎乎的奶茶进到肚里，舒坦劲就上来了。但我不明白，他是怎么保温的，茶还这么烫。就走过去，看了看那个木桶，里面除了黑乎乎的毡垫，什么也没有。

我喝了一碗奶茶，不想吃炒米、肉干、奶疙瘩之类的食物，道尔吉又给我倒了一碗茶。

喝完第二碗奶茶，我起身说，我该走了。

道尔吉也不再阻拦了，送我出来，说：我等着你回来，可不要天黑透了才回来呀，草原上可不好找到回来的路。

我没吭气，心想你怎么就肯定我会回来？我要是找到大舅，就不回来了。

我跨上白马，给道尔吉道了声谢，就策马向开都河走去。

像昨天一样，白马在河边站下，任我怎样抽打，也不下水。

白马在河边打了几个转圈，我毫无办法，就回头望着毡房跟前的道尔吉。

道尔吉笑眯眯地一直望着我，向我走来了。我这回看到，道尔吉走路时腿有点瘸。

下来。道尔吉走到我跟前，用命令的口气对我说。

我乖乖地从马背上溜了下来，将缰绳交到了道尔吉手上。

道尔吉踩着马镫，呼地跨了上去。

我看到白马的身子抖动了一下，四腿往后一弯曲，很平静地迈步涉进河水里。

水不深，只浸到白马的小腿，白马走得很沉稳。我奇怪白马一点也不认生，任凭道尔吉摆布，却不听我这个主人的，我有点气愤。

我在河这边喊着，让老人将马再骑过来，我自己骑过去。我就不信，我制服不了我的这匹白马。

结果，我还是没能骑着马过河。还是道尔吉骑马过去，我脱掉鞋子，涉水过的河。河水很凉，刺得我的小腿肚子冰冷，到了岸上，我穿鞋子时想，这马就应该属于草原，它和草原上的人血脉相通，和我这个异族总归是隔着一层的，尽管它是我们训出来的军马，可一到草原上，它就显出了本性。

巴音布鲁克是一片真正的草原。

五

大舅发现那个女人，完全是无意中的。

那天，大舅身体不适，拉肚子拉得快虚脱了，但还得硬撑着背那沉重的沙金。

装在麻袋里的沙金，背着像一座山一样沉重，大舅咬着牙，一步步艰难地挪动着，一路上不停地歇着，在专为背沙金的人挖出歇脚的土坑里，几乎都留下了他的足迹。他双腿颤抖着在土坑边站定，一步一步地向坑底挪去，只有到了坑底，他才可以放下背上的重负，喘一会儿气。通往坑底的台阶上尽是干燥的沙土，很滑。在一个土坑边，大舅往下走时，由于身体虚脱，腿脚颤得厉害，他想着只要下到坑底就好了，坚持着往下走，没想到脚下一滑，大舅一头栽了土坑里，沉重的沙金压在了他的身上，他两眼发黑，气都喘不出来了。略微歇了一阵，大舅将身上的重压慢慢移开，从坑底钻了出来。

他痛苦地闭上双眼，正想靠在土坑沿上歇息时，突然听到一阵马蹄声传来，扭头一看，只见一匹马正朝自己跑来。由于怕是金霸的监工，大舅没敢看马背上的人，就赶紧弯下腰，去抱那个麻袋。

马蹄声近了，大舅还没抱起装沙金的麻袋，他弓起腰等待着扎扎实实挨一顿鞭子时，却听到一个女人的声音：

你摔伤了吗？

大舅不敢相信自己的耳朵，以为这是幻觉，就没有抬头。

我在问你哩，女声又说道，是不是伤着了？

大舅这才疑惑地抬起头来，四周望了望，除过四条粗壮的马腿，以及马背上的女人，再没有别人。

你上来说话吧。女人又说。

自从出走以来，有半年时间了大舅没有听到一句关切的话，并且是一个女人在问他"摔伤了吗"，大舅很激动，两眼里涌满了泪水。他从坑里爬了上来，看了一眼马背上的女人，非常惊异，这个女人年轻美丽，穿着很华丽。大舅的心颤了一下，感觉女人的目光正望着自己，他低下了头，看着自己破得露出脚趾鞋子。

你咋这么不小心，女人说，是不是背不动了？

大舅鼓足勇气说，我病了！

女人说，你抬起头来。

女人仔细打量了一下大舅，说，也难怪，这么小，不到二十吧？

十九岁。大舅说。

女人说，你家里也放心让你来？

大舅说，是我自己来的。

长得挺俊的，女人叹了口气说，可惜做了金客。

大舅又低下了头。

你叫啥名字？

王成。

你不像是从青海来的？

不是！

女人在马背上犹豫了一下，说，这样吧，你病了就歇息去吧，明儿个也可歇一天。

听到这话，大舅抬起头，不解地望着女人。他不明白，女人说的这话是什么意思。

女人又说，叫你歇息，不信咋了？没人会找你的麻烦。

大舅疑惑地望了一会儿女人，就扭头走了。大舅在地窝子里躺了一天半，果然没人来催他去背沙金。往日的疲惫消失得无影无踪，他思量着，这个让他休息的女人是谁，有这么好的心肠。

后来，大舅才得知，那个好心的女人是金霸的女人，确切点说，是金霸养的情妇，名叫白金，很高贵的一个名字。大舅想着，白金这个名字也正适合这个女人，只有她才在这个只认金子不认人的地方，还关心着金客。

大舅是一个淘金的金客。

直到大舅摆脱了"金客"这个身份，他也没见到一粒金子，但他却当了半年时间的金客。

大舅再干活儿时，已换成了挖沙金，这比背沙金轻松得多。大舅知道，这些肯定是白金那个女人给他调换的，他从内心里对白金心存一份感激。

还有一次见到白金，是在收工回来后吃饭时。白金好像是专门来找大舅的，她把大舅叫到一边，对大舅说，今后让他学会淘金的技术，就可以干细活儿了，这样也可以轻松些。

大舅就想着，以后他就可以见到金子了，也不枉做一回金客。

可大舅却没有见到真正淘出的金子。

事态在这时候发生了大的变故。

那天，大舅在阿尔金山里挖着沙金，快中午时，白金骑着一匹黑马上山来了。

白金骑马下到山洼里，还没有和大舅说上一句话，山下突然传来了一片枪声，接着是一阵鬼哭狼嚎的乱叫。山洼里顿时乱成一团，金客们丢下工具，四处逃窜去了。

有人在山那边喊了一声"官兵来了"，所有的金客就不要命地往山里跑了。在当时淘金，如果被抓住，会杀头的，尤其是官兵，明里抓人暗地里是来抢金子的。

大舅也像其他金客一样，往山里逃跑，但只跑了几步就站住了，他想到了还骑在马上的白金。

大舅回身一看，白金的马已经惊了，在洼地里打着转，白金在马背上像一个布袋被颠得晃来晃去。大舅见此情景，就冲下洼地，跑到黑马跟前，抓住了缰绳，想着自己应该报答这个女人。

大舅牵着黑马，跑进了山沟里，躲过了这次劫难。但是，所有的淘金者这次被官兵冲散了，他们找不到了他们的金霸，只好在荒原上到处乱窜，寻找一线生机。

大舅和白金被饥饿逼出了阿尔金山，他们在荒漠上无目的地走着，大漠中一种叫甘草的植物，使他们活了下来。八天之后，他们终于走到了一片绿洲上。

那是一个叫和静的小镇。说是小镇，其实只是荒漠上一片绿洲的中心，只有几座土坯房屋而已。兵荒马乱的，也没几户人家。

大舅和白金找到一个破败的土屋，大概是主人逃荒出走，没有人住，也没有人愿到这里来住。他们占用了土屋，用白金的那匹马换了牧民的几件旧日常用品，算是有了个临时住所。

这里面还有大舅非常为难的事。在八天的逃荒日子里，大舅和白金也算得上相依为命了，又是大舅救了白金，白金已经表示了愿以身相许，和大舅生活一辈子的想法，但大舅却拒绝了白金。

大舅忘不了叶雯雯，他为了叶雯雯，才离家出走的，受了半年多的苦难，现在终于逃离了淘金的苦难，他的心底又燃起了寻找恋人踪迹的热望。他怎么能忘了叶雯雯呢，他所做的一切，不都是为了这个刻骨铭心的恋人吗？

大舅感觉强大的、伟大的爱包容着他的心，掌握着他的呼吸，那是一颗心的秘密让别人无法分享的。白金的要求，对固执的大舅来说，比较艰难。

白金是认定了跟大舅在一起生活的，她对年轻英俊的大舅早有了好感，况且他又救了她的命。

反正我是你的人！白金这样对大舅说。

当他们在和静居住下来，大舅给白金坦诚地讲述了自己不幸的恋情后，白金听后却说大舅真傻，她还能给你留着？做了官太太早把你给忘了。

大舅说，不会！

这个不会，包容了白金话里的两层意思，但大舅只认准了最后一层，他想得不多。

我长得不如她？白金在有了居住条件后追问。

不！大舅说的是真心话。白金长得也不差，但大舅只认准了一个叶雯雯。

其实女人都是一样的。白金说，我被金霸占有过，可她被当官的占有着。

不！大舅说。大舅闭上满是泪水的眼睛，他的灵魂在身体内部颤抖、悸动中，进出时断时续的叹息，那是由卑屈的诉说和炽热的思念组成的。

你也是一个好女人！大舅对白金说。他心里想着白金对他的关切和照顾，使他渡过了那个艰难的时刻，但我不能够和你在一起，你应该有一个好男人，可我不是，我的心只属于另外一个女人。

白金哭了，她哭得很伤心，她扑到大舅的怀里，像中了风似的抽搐着，惹得大舅也流了一通泪。

白金哭过后对大舅说，你是个傻男人，你会后悔的！

大舅说，为了叶雯雯，我后悔啥？

从此，两人过着形似夫妻，却不是夫妻的生活，为了生存共同操劳、奔波着，却各住着各的。

大舅有这样的毅力，他能够为自己心爱的人出走，受尽苦难，就能够一直为这份爱珍惜自己的感情。

一男一女同住在一个屋里，大舅能做到对白金相敬如宾，绝不染指，实在难得。大舅是一个青春男儿，但他一直很严格地控制着自己奔涌的欲望，每当防线快崩溃时，他总觉得在冥冥之中，有一双大眼睛盯着自己，直看透到他的灵魂之中。这个当年号称接受了新知识教育的青年，用惊人的毅力压制着自己的身体，用一种精神维护着他的恋情。

白金曾想用女人的躯体突破大舅的防线，却遭到了大舅的拒绝。

大舅喘着粗气说，我把你当姐姐对待，亲姐姐！

白金流着泪说，谁要当你的姐姐了，我不愿意！

两人经常吵嘴，但过后却能和好如初。

慢慢地，白金就对大舅有了看法，她想这个男人，算是当到家了。

六

我骑着白马，在巴音布鲁克草原上寻找大舅。看来，我把这次寻找估计得太容易了，在草原上，要找到一个人，是多么困难。难道大舅已经像牧人一样，没有了固定的住所，血液里流淌着另一个民族的天性？随时出现或者消失，像天空中自由翱翔的兀鹰，神秘莫测，叫人捉摸不透。

我走走停停，不时地问一些年轻人或者上了年纪的老人，语言的隔阂，成了最大的障碍，他们对我的问题，友善地摇着头颅，我对他们的解释，也只有摇头的份儿。唯一能够沟通的，不用语言，仅用几个动作，就能够弄明白的，就是他们邀我喝奶茶，吃手抓肉。在草原上生存是多么容易啊，不受语言或者身份的限制，你都可以在每一个角落里吃到食物，维持生命，这叫我很受感动。

但找不到大舅，使我愁绪满怀，面对如此宽阔的旷野，忧心忡忡。傍晚，我望着夕阳下的晚霞，置身于美丽的金辉之中，再也没有欣赏草原的心情了。

我只好沿着开都河，回到道尔吉老人的住处。

道尔吉正站在开都河边，笑眯眯地等着我。

回来了。道尔吉隔着河水，便搭上话了。

我无精打采地应了一声，下马涉水过河了，白马则乖乖地跟着我。我没有心情去想，白马这次怎么就没有和我闹别扭。

道尔吉帮我拴好马，也不问我寻找大舅的情况，呵呵笑着，拉着我来到他的羊栏跟前，他指着羊群中一只高大的白羊，说了句"就是它了"，便拉开圈门，直向那头白羊走去。

羊都往道尔吉跟前凑着，那种样子，似争着献身的勇士，高昂着头，"咩咩"地叫着，好像请求一般。

道尔吉拍了一下那只白羊的头颅，白羊很有灵性地跟着主人，走出了羊圈。

白羊显然是道尔吉精心洗刷过的，身上纤尘不染，似一团柔软的白云，在草地上流动着，到我的脚前停住，望了我一眼，"咩"地叫了一声，跟我打声招呼似的。

我的心忽地往下一沉，生出一种揪心的疼痛，唤了道尔吉一声，说，别杀它吧。

道尔吉呵呵笑着，羊是上天派来的给我们的，它一点都不疼痛。

说着，道尔吉从腰上拔出了一把闪亮的小刀，在嘴上吻了一下，放到白羊的眼前，白羊目光柔柔地望了一眼利刃，静静地等候着主人下手。

道尔吉蹲下，将羊头抱进怀里，像抱住心爱的娃娃，用手轻轻地拍打着，右手的刀子温柔地滑进了白羊的脖子，一切做得无声无息，连羊倒在地上的姿势，也是在无声中缓慢进行的。这时，羊似乎很知足地闭上了眼睛。

我看得两眼发呆。

道尔吉回头看了我一眼，似在告诉我，羊就是这样的。

然后，道尔吉等羊血流尽，把羊翻过来，让它四脚朝天，稳稳地躺好，他才拿起刀子，在羊的肚皮上轻轻地划了一刀，从脖子一下就划到了后裆，只听到一声像撕布似的声音，美妙悦耳。

这时，道尔吉将手中的刀放到唇间，用牙咬了，两手抓住羊肚子两边的皮，"嘶啦"一声，像脱衣服似的，就扒光了羊皮，一只青紫色的羊身就展露在眼前了。

道尔吉唤我过去，让我用手去摸羊体，我摸到一种比人皮肤更柔软、更温热的肉体，我的心一阵悸动。

我想，大舅该不会是被这样的情形迷住了，他才甘愿做个牧人，不回故里吧。

七

大舅的人生转机，是从那个叫白金的女人身上开始的。

大舅和那个女人在和静住了将近半年，他一门心思地只想着打听那个叫孟向坤的"国军"团长，却冷落了年轻漂亮的白金，使白金对大舅心生了深深的怨恨。

这年春天，和静这个小镇上来了一支"国军"的部队，领头的也是一个团长，名叫马树康。

团长马树康一进驻和静，第一眼就瞄上了和静最漂亮的女人——白金。先是马团长让兵们接走白金，去他的团部寻欢作乐。由于白金对大舅已经死了心，就格外地讨马团长的欢心。毕竟白金是女人，一个落魄的女人，寻找不到归宿的年轻女人。后来，马团长就亲自到大舅和白金居住的地方，很认真地视察了民情。

大舅第一次见到马团长，心里就充满了憎恨。虽然白金不是他的女人，但马团长的劣行和那个劫持叶雯雯的孟团长如出一辙，使大舅的仇恨又增加了一分。

马团长人高马大，一脸的斯文，他一见大舅，也吃了一惊，他没想到在和静这么个地方还有这样年轻英俊的后生，当然也有白金这样漂亮的女人。

听你女人说，你有学问？马团长问大舅。

大舅拒绝回答，他的目光里全是仇恨。

马团长看着大舅的这副样子，哈哈大笑起来。

笑毕，马团长说，年轻人，我知道你恨我，我霸占了你的女人，你恨我是对的。这年头，强者就是强者，弱者就是弱者啊。

面对这样的挑逗，大舅还是没有吭声。

马团长哈哈大笑着，回身揽着白金的肩头，当着大舅的面，走了。

留下大舅一个人呆呆地站在破败的屋前，独自痛恨这个混乱的世道。

白金也曾回来劝过大舅，她说她想给马团长说一声，让他到队伍里去当兵，也就不用操心吃食了。

大舅没有心动，当年想投笔从戎的豪情早已叫那个孟向坤给击碎了，这样的"国军"，怎么会报效国家呢，都是些无耻之徒，他岂能与这样的败类为伍？

你的固执会害了你的一生。白金这样给大舅下了断言。

白金下了断言后，就彻底地走了。白金有她的打算，自从大舅拒绝了她，她对大舅很看不起，这次想帮大舅，还记着舅救过她一命，见大舅无动于衷，就骂了大舅一句"不知好歹的东西"，愤愤地走了。白金一心想着做个团长太太，有吃有喝，这是别的女人找都找不到的好事。

大舅一个人茫然地待在他的破土屋里，这时候，他好像才意识到自己的孤立无援，才意识到周围是一片强大的黑暗。直到这时为止，或者更确切些，是直到落入这样的境地之前，大舅一直生活在紧张而艰难的追寻之中，他觉得自己仿佛在一种下意识里被某种东西拖着走。在这之前他所经历的一切苦难和病痛都未能吓倒他，他的整个存在似乎沿着一条若痴若癫的道路冲向深渊，任何东西也阻挡不住他。但在这时，他待在茫茫荒原的一个小镇上，没有一点关于恋人行踪的信息，却遇到了一个像孟向坤一样肮脏的"国军"队伍，他看到了一个强大的噩梦似的黑影向他扑来，要吞没他似的。他才想到就是自己找到了孟向坤的队伍，自己这么弱小，又怎能从他们的手里解救出自己的恋人呢？他对自己的弱小有了清晰的认识。

大舅这才觉得自己太幼稚了，只知一味地追寻，却没想到更多的实质性问题。再大的恐惧也没有使他打消继续走下去的念头，但他在和静的那个破屋子里，像只无头的苍蝇，碰来撞去地生活着，始终找不到往何处走的道路。

　　大舅的道路只有一条，就是沿着孟向坤的队伍踪迹，一路走下去。但孟向坤的队伍在哪里呢？

　　快入冬的时候，那个女人白金出事了。

　　白金一直缠着马团长，要团长娶了她，她要做名正言顺的官太太。马团长是有妻室的人，就一直没有答应白金，他用白金已经有男人这个借口搪塞白金。

　　白金就痛恨死了大舅。

　　他算我的什么男人？他根本不要我，连我的指头都没碰过。白金说。

　　马团长不信，白金就给他讲述了大舅的恋情和一些经历。

　　马团长沉吟不语，半晌方说，世上还有这样的男人？

　　他是不知好歹的东西，根本算不上男人。白金说。

　　他才是真正的男人！马团长感叹地说道。

　　白金听马团长这样说，心里就更不是个味，对大舅恨之入骨了。

　　白金走上极端，是她再次要马团长娶她时。她说如果是王成那个男人妨碍着她当团长太太，她就解决了他！她就向马团长要枪。

马团长问她要干什么。白金很直接地说，去杀了那个不知好歹的臭男人。

马团长大吃一惊，当即翻身从床上跳起来，骂了一句，你这个臭婊子，连那样的真男人都动了杀他的念头，日后你还不连我都杀了？

白金一脸媚笑地说，他该杀！我咋敢动别的念头哩。

马团长大骂了一声，该杀的是你这样的臭婊子。当即拔出枪来，给了白金一枪。

白金死了。

马团长带人来到大舅的住处，告诉大舅，白金被他杀了。

因为她想杀你，这个女人心肠很毒，哪天连我也会叫她杀了的。马团长怒冲冲地说。

大舅惊愕得说不出话来。

马团长对大舅说，如果你愿意，就到我手下去干个勤务兵，我不会亏待你这样子的男人！

说完，马团长带人走了。

大舅却陷入了一种梦幻状态。对突如其来的转机，大舅一时不知所措，他对白金的惨死很惋惜，也不恨她要置他于死地，心里不明白对白金咋就恨不起来。

下雪了。微弱的灯光消失了，黑暗笼罩了荒野。雪下得越来越大，树木在严寒下颤抖，傍依着大地摇晃。小镇像一张白纸，死神在上面写下了含糊费解的行行字迹，然后又将它抹去。

这是一个变幻无常的世界。

大舅在这恐怖的夜里，内心像外面的风雪一样动荡，破房里隐藏着他的复仇动机，他走出屋外，雪花遮住了他的视线。他每向前一步，风雪都阻挡着他，他的全身都在抖动，不仅仅是寒冷，还有他的命运和他的思想作着激烈的斗争。他摔倒在地，爬起来，又摔到……

　　第二天，大舅走进了马团长的团部。从此，大舅成了"国军"中的一员。

八

　　一连几天，我都没有找到大舅的影子。我日出而出，日落而归，每个夜晚，在道尔吉老人的毡房里度过漫漫长夜。

　　道尔吉现在孤身一人，老伴死得早，有两个儿子，老大在远离巴音布鲁克的和静县邮局工作，老二已成家，放牧着一群羊，过着自己的生活。道尔吉老了，图清静一个人守着一群羊过日子，除了喝酒放羊，他别无所求。

　　我在找不到大舅的愁苦之中，对道尔吉这种悠然自得的生活产生了兴趣。忧心忡忡的时候，总得有点事可做吧。

　　草原上的夜晚安静而漫长，在道尔吉老人的毡房里，能感觉到秋夜的寒意了。道尔吉就一个劲地劝我喝马奶子酒，为了驱寒，在昏暗的油灯下，我慢慢地喝着马奶子酒，也问不出关于我大舅的话题，我只有喝酒了。

　　马奶子酒色玉清，味甘香，性温补，它是马奶子的精华，有后劲。我第一天刚到巴音布鲁克，就叫道尔吉的一碗奶酒给烧糊涂了。酿制这种奶酒，是用的酸奶酒浆，奶浆贮存在皮桶里（牛皮缝制约），放进酒曲，放在阳光下使之自然增温，并经常用木棍搅动（我常帮道尔吉搅皮桶里的奶浆），使其发酵。然后把奶浆盛入大口锅里，锅上加一个形如蒸笼一样的大桶，里面吊一个双耳瓦罐，四周掩实，再用尖底小锅盛上冰水，放在木桶之上，用火猛烧，酒精聚在大锅底，不断向上升腾，与蒸馏水汇到一处，就是奶酒了，程序非常复杂。

道尔吉还告诉我，马奶子酒中还分为六个品种，蒸一遍的叫"阿尔乞如"，再入锅，加上一些酸奶蒸出的叫"阿尔占"，蒸三遍的叫"和尔吉"，四遍的叫"德善舒尔"，五遍的叫"沾普舒尔"，六遍的叫"薰舒尔"，一遍比一遍酒劲大。

道尔吉没法将这些古怪的酒名翻译给我，听得我糊里糊涂的，他却说，他要借引进的蒸酒工具，等皮桶里的马奶子发好了，要给我蒸一回"薰舒尔"，招待我。

我摇着头，说我请的假快到了，还没找到大舅，哪有心思品那么复杂的酒。

道尔吉听我这么一说，沉吟不语，脸膛红着，一个劲地喝酒。喝了一阵，道尔吉答应我，他愿带我去寻找我大舅。

九

大舅的运气不错。在他当兵不到半年的时候，一个机会降临到他头上了。

马团长的队伍和一支土匪接上火了，仗打得很激烈。按说马团长的部队是正规军，打个土匪团伙不在话下，可那帮土匪全是不要命的，居然想端了马团长的老窝，弄些枪械。马团长一听，大动肝火，亲自上阵，要将那帮土匪一网打尽。

大舅是马团长的勤务兵，紧随其后，就和土匪接上了火。枪战打得异常沉闷，总不见进展。马团长就带人马向前推进，与土匪拉近了距离。

枪战这下就热闹了。马团长也从马上下来，站在一挺机枪前指挥作战。可机枪总打不着藏在土包里的土匪，只打得土末纷飞。

土匪的冷枪不断地在他们周围炸响，死伤了一些兵士。

突然，大舅发现土匪的一挺机枪朝向马团长这面扫射过来，他出于本能，冲上去就将马团长扑倒在地。

马团长正要发火，发现扑在他身上的大舅肩上有黑红的血流了出来，周围死了几个士兵，其中还有机枪射手。

马团长抱住受伤的大舅，趴在地上，给部下下命令：调火炮营来，轰这些驴日的。他本来想就几个毛匪，不需动用火炮的。

不一会儿，火炮营上来了，一字摆开，轰向土匪。

大舅被火炮震得连疼痛都忘了，趴在那里痴痴地望着对面的山包被炮弹炸烂，夷为平地。

土匪死伤不少，活的都吓跑了。

硝烟散尽，马团长拍着大舅的肩说，王成，你是好样的，我算没看错人。

那时候大舅莫名其妙地呆了。他从没经历过战争，也没有受过别人这样的夸奖。

回到营地，马团长当即宣布，大舅做了他的随身副官，破格提升为少校。

大舅做梦也没有想到，自己也做了军官，过程还这么简单。

做了少校副官的大舅，一下子对自己充满了信心，时来运转，他已经不是一个弱小的流浪者了，他开始向强者的山头攀登。

大舅读过师范，凭他的才能，还有提升的可能。他这时候想着，只有往上升，才能和孟向坤那个杂种抗争，才有能力与他对抗，夺回自己的恋人。

因为救过马团长的命，大舅深得马团长的信任，他又有学问，马团长也器重他，常对他说，好好干，你会有前途的。

其实，当时的局势已经很糟了。大舅当了副官才得知"国军"气数已尽，解放军的王大胡子（王震）的大军已经在新疆扎下了根，逼近了各个"国军"队伍，盛世才部队已成惊弓之鸟了。

大舅对这些大事非常淡漠，他只关心着恋人的运。他有了身份，也可以四处打听孟向坤的去向了。

有次马团长得知大舅打听的事，就把大舅叫去，问他打听孟向坤干啥。

大舅编谎说，他有个表哥在孟向坤的队伍里，想打听一下。他不会说谎，脸都红了。

马团长一见，疑惑地问，是不是那个姓孟的抢了你的老婆，要找他报仇？

大舅说，不是。

马团长说，如果是，你要报仇，我也抢过你的老婆，也该找我报仇的。

大舅愣了，半天才说，为那女人，不值得！

知道就好。马团长满意了。

莫非，大舅壮着胆子问马团长，团座知道孟向坤团长？

他算什么鸟？马团长说，我咋知道，这几年国内混战，队伍四分五裂，不断从内地调来一些人马，都是些乌龟王八蛋，打仗当逃兵，一群散兵游勇。

大舅又问，他们都去了哪些地方？

马团长说，南北疆各地都有，沿天山一带分布多些。对了，你又不找他报仇，问这么多干啥？

大舅说，我是有个表哥在孟团座的队伍里混了个连长。

马团长就不问了，大舅却出了一头的汗。

大舅漫步在荒野。他经常独自一人在荒野漫无目的地走着，他的内心非常焦急，他现在又不能脱离马团长的队伍，独自去寻找孟向坤的队伍。他知道，如果脱离马团长的队伍，就等于脱离了力量，他就没有一点和孟向坤对抗的能力了，就是找到孟问坤的队伍，他也夺不回自己的恋人。

大舅有时骑马，有时步行，有时穿着军服，有时穿着便服——一套清爽的黑洋布长衫。他已经不是穷要饭的淘金客了，但他绝不像别的军官一样穿绸长袍，他厌恶那些人，他也不和那些人在一起胡混。

他就一个人，独自在荒野上行走。

过了半年了，大舅一直煎熬在军营和荒野中。

大舅碰上萨日娜，纯属偶然。

那天，大舅穿着便装，骑着马，又走向荒野。

他闷着头，任马驮着他漫步。大舅碰上萨日娜是在去荒野的路上。

萨日娜被几个士兵围住，他们正在调戏萨日娜。

大舅见了，怒火中烧，大声喝住几个士兵。士兵认得大舅，没敢和大舅作对，灰溜溜地走了。

大舅的副官地位第一次派上了用场，为此大舅在沉闷的日子里，终于有了一丝喜悦。他对萨日娜说，姑娘，兵荒马乱的，就别出门了，快回家去吧。

萨日娜望了望大舅，觉得大舅面善，就说，我们的家都叫别人给占了，已经没有家可回了。

你家在哪里？

萨日娜就说了一个名字，大舅没记住，那个名字太长，也不好记。

大舅一生的运气很好，当萨日娜说出霸占他们家园的是一伙当兵的，其中有个叫孟向坤的团长时，大舅差点从马上跌了下来。大舅一连问了几遍，怕搞错了。他有点不相信，这么容易就得到了孟向坤的消息。

萨日娜咬着牙说，她不会记错的，巴音布鲁克草原的人们恨不得把"孟向坤"这三个字嚼碎吃了，咋会说错呢。她和一大批年轻力壮的姑娘小伙逃出来，他们不是为了逃命，他们为了四处寻找能和他们团结的力量，夺回他们的家园，解救受苦受难的同胞。蒙古族人就没有自个儿顾自个儿的习惯。

大舅大喜过望，对萨日娜说，我可以帮你，因为那个孟向坤是我不共戴天的仇人。

大舅问明了往巴音布鲁克行走的路线，就叫姑娘赶紧去寻找他们的人，纠集在一起，回到草原上去，等着他带人来，一起去抓孟向坤那伙人。

萨日娜信了，因为在苦难中的同胞，被孟向坤折磨得受不了，无论是谁和孟向坤有仇，姑娘都信他会去报仇的。

大舅连萨日娜的名字都没有问，他太激动了，只记住了巴音布鲁克的路线，这回他记得很清楚。他心里念着"巴音布鲁克"这个名字，他的内心复活了，激动得眼泪蓄满了眼眶。终于找到这一天了，他倾听自己的心跳，他的心里已经急不可待了。一个个关于巴音布鲁克、关于恋人的画面，占据了他的大脑，除此之外，再没有别的内容了。

十

道尔吉带我去找大舅，没费一点劲就找到了。好像是道尔吉故意捉弄我似的。

在靠近天山的开都河源头的一个山坡上，一个老人坐在开都河边默默地抽着莫合烟，望着浅浅河水中的白云倒影发呆。

他就是我的大舅。一个苍老干瘦的老头子。我要寻找的大舅，与我想象中英俊干练的大舅相去甚远，使我失去了见到大舅的那份惊喜和激动。但我还是叫了声"大舅"，虽然我叫得无力，没有一点亲情感，可我发现，那个瘦老头全身还是抖动了一下。

大舅转过头来，一张僵硬的老脸，特别是那浑浊却有神的大眼睛，使我想起看过的外祖父的照片。

大舅仔细地打量着我，他的眼睛亮了一下，像找到他青春时期的影子一般。我端详着他，想象着即将发生的激动人心的场面，我正心里做着准备。

但一切都没有发生。大舅扫了一眼我身上的军装，在我的上尉军衔上停顿了一下，他的眼睛就闭上了，甚至不再多看我一眼。

大舅！我又叫了一声，这声音里充满了勇气，还有亲情。

大舅睁开双眼，望了我一下，只说了一句：我没有亲人，所以我不是你大舅！他这句话的语气里已经透着异族的口音，坚定，不拖沓。

巴特，道尔吉走上去说，他是你外甥，为了找你，在巴音布鲁克待了好几天了，几乎问遍了每棵青草。

大舅挥了一下手，坚定无比。

道尔吉看了看我，意思是你这回该知道了吧，找到他还不如不找到呢。

大舅，我还是叫了一声，可你终于告诉了家里，你在巴音布鲁克草原，全家人都盼着你回去呢。

我得完成我的使命，转达母亲的期盼，不然我怎么对得起母亲。

大舅不吭气，依然呆坐在那里，望着河水。

你走！大舅终于开口了，你走，我不想再见到你！

还有你，大舅指了一下道尔吉，以后不要带人来找我！

我转身就走。道尔吉追上来，说，你不该对他那样子讲话，他心里苦！

一个"苦"字概括了大舅的一生，乃至他的固执和无动于衷。我又站住了，回过身来，看到大舅那副根本不把我和道尔吉放在眼里的样子，我还是狠下心走了。

回到道尔吉的毡房，我猛灌下他那碗马奶子酒，却没有一点迷醉的样子，相反很清醒地思量着我见到大舅的情景。

道尔吉默默地坐在我对面，直到天黑，他没有说一句话。

巴音布鲁克这地方原来有不少天鹅，白得像天上的云似的，所以巴音布鲁克的人把它叫作天鸟，当作上天派来的圣物看待。天鹅也给巴音布鲁克草原带来了吉祥和幸福。那时候的巴音布鲁克草原，水草丰美，鲜花盛开，羊肥马壮，牧民们像生活在天堂一样。

可是，突然有一天，巴音布鲁克来了一支队伍，就是孟向坤的部队，他们像地下钻出的魔鬼，霸占了牧人的家园，他们践踏草原，杀羊宰马，奸淫妇女，还枪杀了那些美丽的天鹅。

草原遭遇了空前的劫难。于是，年轻力壮的姑娘、小伙们和那支队伍进行了誓死的对抗，先是冲击队伍，想赶走那些恶魔。结果可想而知。劫后余生的姑娘小伙便走出草原，四处寻找可以帮助他们的巴特。

几个月后，美丽的巴音布鲁克草原上的一朵花——萨日娜回到了草原，说是她找到了巴特，随后就到。巴音布鲁克的人们终于看到了希望。

但是，萨日娜说的那个巴特始终没有出现，巴音布鲁克的人们还在遭受着恶魔的蹂躏。草原上的灾难日益加剧了。

在萨日娜回到草原后快一个月的时候，一天夜里，萨日娜等不及了，只身去闯兵营，被恶魔活活打死，第二天萨日娜的人头挂在了兵营前面的木架上。

十一

大舅像个盲人突然复明，他睁大眼睛，捕捉着西北方向巴音布鲁克那面天空上的任何幻影，他似乎听到了恋人痛苦的呼唤，他恨不得当即带兵去攻打巴音布鲁克，救出自己心爱的人。

但大舅只是个少校副官，他没有机会带上部队去打孟向坤，他那时已经认识到一个人的力量毕竟有限。他想着他得借助这群"国军"完成他的大事。

他绞尽脑汁，想着说服马团长的办法。他给马团长说，在遥远的天山深处，有一片叫巴音布鲁克的草原，那里有一群土匪占据着，他们有数不清的金银财宝，还有马匹。

马团长说，有再多的好东西也是人家的。

大舅就说，消灭了那些毛匪，不就是咱们的了？

马团长摇着头说，仗不是乱打的，无根无据地乱打，会吃亏的。

大舅就没有了办法，他像一头困兽，坐卧不安，嘴唇由于上火，起了一圈白泡，连饭都吃不成了。

个把月时间，大舅瘦了一圈。马团长见大舅变成这副样了，问这个年轻的副官，有什么事让他变成了如此模样。

大舅回答不上来，那躲避马团长的眼神，叫马团长理解成大舅是想女人了。你去找个女人泄泄火吧。马团长对大舅说。

大舅摇了摇头，他假装说，他在团长手下，干个副官，担心别人不服。

马团长哈哈大笑道，难怪，王成就是王成，想立些功劳服众是不是？

大舅点了点头。

马团长拍着大舅的肩膀说，这样的机会多得是，只要你跟着我，听我的，绝对有你的好日子过。

过了几日，马团长对大舅说，机会来了，你带些人去弄些牛羊来，不管用啥法子，要上等的。

大舅灵机一动：那就多带些士兵，最好有火炮营。

马团长吓了一跳，说，又不是叫你去打仗，带火炮营干啥？

大舅全身就凉了。

马团长看了看大舅，说，实话告诉吧，叫你去弄牛羊，也是不小的功劳，我要用这些牛羊送给上面，据可靠消息，上面要提一个师长，有我的份儿。

大舅望着马团长。马团长又说，你办好这事，到时，我当了师长，把这个团交给你。

大舅愣了一下，随即说道，恭喜团座，只不过我不想当团长。

为啥？

我还想给您师座当副官。大舅说。

马团长一听，高兴极了，对大舅说，好个王成，我算没看错你。

大舅动用了心机，趁马团长高兴，准备了酒菜，把马团长哄得喝多了，他写了个命令，叫迷迷糊糊的马团长签了手令，就连夜去火炮营调兵。

火炮营见了团长手令，不敢不出动。手令上写着，由王副官指挥，去攻打土匪，弄些牛羊，备用。

在大舅得知孟向坤具体消息的一个月零三天后，他终于带着一个火炮营的兵力，向巴音布鲁克开进了。

大舅没有领过兵，不懂领兵的门道，在去巴音布鲁克的路上竟走了两天。

也该大舅走运，两天里也没有叫酒醒后的马团长追上来。

大舅到了巴音布鲁克大草原。

一过铁门关，大舅骑在马上，看到一望无际的大草原，心里有些震惊，茫茫荒野，竟有这样的世外桃源，他在心里感慨着，这驴日的孟向坤真会选地方。

很容易就找到孟向坤的兵营，聪明的大舅没有贸然行动，他叫火炮营在离孟向坤兵营不远的草地上安营扎寨。

然后，大舅吩咐传令兵和孟向坤部队取得联系。

传令兵回话，孟向坤团长请他过去说话。大舅没敢前往。快要见到恋人的激动，没有冲昏大舅的头脑，此时的大舅既冲动，又特别冷静。

火炮营长还劝大舅，对方不是土匪，都是自己人。

去他兵营，何妨？大舅瞪了营长一眼：马团座吩咐，是去弄些牛羊，这个地盘归孟某人，他怎能轻易给我们牛羊？

随后，大舅又叫传令兵去传话，第二天他和孟团长对话，不想上门打扰了。

大舅在巴音布鲁克草原的这个夜晚，过得非常艰难。他在帐篷里走来走去，一个劲地抽烟，他的神志有时清醒，有时恍惚。清醒时，他的血全往头顶上冲，他走出帐篷，望着孟向坤营地黑暗的帐篷，有几处忽明忽暗的灯光，他判断着哪一处是他失散两年多的恋人的住处……

大舅不敢往下想。他的神经脆弱到了极点，他感觉到恋人围绕自己灵魂的精神波动，知道萦绕他内心的神圣火炬已经燎着了他的心窝，他走近了疯狂，他想携带着他的人冲向对面，那里是他爱情的舞台，有他一心爱着的恋人。离这么近了，恋人就在他眼前了。

可他控制住了自己。因为他的恋人在恶魔手里，如果他冲过去，不但救不了她，自己还会失去救她的机会。

雯雯，你感觉到了吧，我已来到你身边了，追随着你的气味，经过两年多的苦苦追寻，终于快要见到你了，你还好吧？！大舅在心里默默自语着。

泪水已经蓄满了他的眼眶，模糊了他的视线，他用双手捂着脸，像是以此保护自己少受些折磨，可他的心在一阵紧似一阵地抽动着，疼着……

他恍惚时，似听到一阵歌声，这歌声游丝一般断断续续又缕缕不绝，仿佛从天际飘来，拍打着他的灵魂。他顺着歌声的方向走上了一个盛开着鲜花的原野，那里异常地寂静，像死人的墓地……

天就亮了。

天亮后，大舅安排好火炮营架好大炮，装好弹药，将炮头对准对方的营地，听候他的命令。

火炮营长想说什么，被大舅强硬地制止了。火炮营长就跟着大舅，怕他胡来。

大舅抚摸了一下狂跳的胸脯，迈开步，一步一步地走到距孟向坤部的一条河前。

这就是开都河，河水清亮地流淌着。

大舅在河边站定，等待着孟向坤的出现。

已进深秋，早晨的草原上有雾，灰白色的雾岚像一层轻纱一样，在大舅身旁飘来飘去。大舅感觉到自己的心快被这些雾飘碎了，他努力克制着自己，等待着那个梦想了几百个日日夜夜的时刻到来。

十二

我要走了，离开巴音布鲁克草原。我的假期已经到了，并且已经找到了要找的大舅。

我想再去见一下大舅，我知道没法和他沟通，但还想去看他一下，因为他是我的大舅。

我去了。大舅还是坐在开都河边，一个人抽着烟，他像上次坐在那里没动过似的，似一尊塑像蹲坐在河边。

我要走了，我告诉大舅，我母亲，就是你的亲妹妹让我来找你，他们知道你还活着，他们很想念你！

我鼻子发酸。我看到大舅捏着莫合烟的手在发抖，终于，他的手没有捏住烟，让它掉进了河水里。莫合烟发出"吱"的一声，轻微似人吸气的痛楚，然后就散开了。纸片与烟末分离，纸片随河水漂走了……

大舅为了掩饰自己，他用手召唤着他身后的羊群，羊只纷纷抖着身子，缓缓地向他走近，他却不看羊群了，他仰脸用双眸凝视着清澈的天空。他的感情已脱离可感知的事物，向他阐明存在的奥秘，向他展现在过去的世事和瞬间留下的，并在瞬间他又想忘记的一切，他的灵魂已被阻滞在躯壳以外似的。

大舅依然没有理我。我赌气走了。

我要离开巴音布鲁克草原了。

道尔吉将一只肥羊赶进开都河里，随即他又跳进去，仔细地给羊洗了个澡，他要洗净羊的身体，然后干干净净地杀了它，招待我，给我送行。

我阻拦不住道尔吉，我宁愿多喝些他的马奶子酒。可他还是杀了那只洗净的肥羊。

我喝着马奶子酒，但并没把想说的关于大舅发动的那场战争的真实背景也喝下去。巴音布鲁克的人已经认定了大舅是巴特，连他后来坚持不娶那些都愿嫁给他的巴音布鲁克姑娘，人们都认定大舅是为了那个冤死的美丽的萨日娜，因为他的延误，断送了一个漂亮女人的性命，而感到终身忏悔！

十三

孟向坤一出现，大舅快要跳起来了，他根本听不进去对方的话语，他大声骂道，姓孟的狗贼，睁大你的狗眼，看看我是谁吧！

对方愣了一下。

我就是你没打断腿，抢了我的女人的王成！大舅骂道。

孟向坤一听，随即哈哈大笑，笑毕，说道，我当是谁，原来是你呀，如今是一家人了。

谁和你是一家人！大舅继续骂道，我和你有不共戴天之仇。

孟向坤说，小子你听着，别太狂，虽然你现在成人了，可老子是团长，你能怎样？

老子今天要你交出我的女人，不然要你的狗命！

光要女人，不难。我还以为你要财物哩。女人算什么，老子高兴了，随手抓一个就是。孟向坤说着心想，都是"国军"，谁怕谁呀。

还我女人！大舅喊道。

你想要就要，还要看她愿不愿意跟你呢。

赶快叫她出来！

孟向坤吩咐卫兵去叫叶雯雯，却对大舅说，叫她来了自己说，她才不会跟你走的，你算啥东西？

大舅看到叶雯雯的时候，全身的血都凝固了，他的心像被刀划了一下，他感到自己像一个身心疲惫的浪人，终于找到了栖息地，却全身软弱无力了。他唤了一声"雯雯"，却发在心底，声音根本没有从嘴里发出，传给自己心爱的人。

叶雯雯却感知到了。她惊恐万状地尖叫了一声"王成"，疯了似的向大舅这面扑来。

叶雯雯还没跑出孟向坤的营地，几个兵就追上来了，但他们没有抓住已经疯狂的叶雯雯，她挣脱了向开都河跑来，向自己的恋人跑来。

这时，枪响了。

叶雯雯身子抖了一下，两手张开向前伸着，像一个受伤的小鸟张开翅膀，挣扎着，扑倒在清冽的开都河水里。

开都河水就红了，像落进了太阳，红得耀眼。

大舅一直看着眼前发生的一幕，他的头"轰"的一声，爆炸了似的。

他向河中的叶雯雯扑去。

对面的孟向坤发出命令：活捉了那个小子，我要亲手打断他的腿！

火炮营长冲上去，紧紧抱住大舅，把他往回拖。几个兵上来帮着，拖回了大舅。

大舅突然间就不挣扎了，他抽出自己的右手，很干净地在空中挥了一下，大声喊道：开炮！

那是"国军"，不敢打。火炮营长说了这么一句，但他的话已经晚了。

巴音布鲁克草原上响起了惊天动地的轰隆声，一串火鸟似的炮弹飞向开都河对岸的兵营。轰隆声震天响，把整个巴音布鲁克草原都震动。那场发生在巴音布鲁克草原上的战争就这样打响了，并且打得非常激烈，血把巴音布鲁克草原的花草都灌死了，开都河的水染成了红色。

从此，巴音布鲁克草原上再也不见鲜花，只有绿油油的草了……

大舅在开都河里没有找到叶雯雯的尸体，他像疯了一样，乱喊乱叫着，扑倒在河里，喝着被血染红的河水……

火炮营长气愤地带上炮兵走了，留下了大舅。后来，如果不是"国军"迅速灭亡，大舅在巴音布鲁克绝对是待不下去的，他就是跑到天涯海角，也难逃死罪。

尾　声

入冬的时候，第一场雪刚飘下，我就收到了一封电报。电报是在和静县邮电局工作的道尔吉的大儿子发来的，电文上说，我的大舅死了。

我静静地捏着电报，一个人呆坐了一天，我想着，是不是我请个假再去一趟巴音布鲁克草原，见我的大舅最后一面。

温亚军文集

第二卷

手心手背

温亚军 著

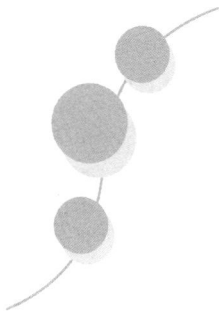

中国言实出版社

图书在版编目(CIP)数据

温亚军文集.第二卷,手心手背/温亚军著.--北京:
中国言实出版社,2022.1
ISBN 978-7-5171-3863-1

Ⅰ.①温… Ⅱ.①温… Ⅲ.①中篇小说—小说集—
中国—当代 Ⅳ.① I247

中国版本图书馆 CIP 数据核字(2021)第 189175 号

温亚军文集 第二卷 手心手背

责任编辑:张国旗
责任校对:代青霞

出版发行:中国言实出版社
　　　　地　　址:北京市朝阳区北苑路180号加利大厦5号楼105室
　　　　邮　　编:100101
　　　　编辑部:北京市海淀区花园路6号院B座6层
　　　　邮　　编:100088
　　　　电　　话:010-64924853(总编室)　010-64924716(发行部)
　　　　网　　址:www.zgyscbs.cn　电子邮箱:zgyscbs@263.net

经　　销:新华书店
印　　刷:徐州绪权印刷有限公司
版　　次:2022年8月第1版　2022年8月第1次印刷
规　　格:880毫米×1230毫米　1/32　8.125印张
字　　数:161千字

定　　价:258.00元(全五卷)
书　　号:ISBN 978-7-5171-3863-1

目
CONTENTS
录

问出来的事

一

手机铃响了一声就断了，不用看，准是三哥从老家打来的，这个世界好像只有三哥最聪明，每次打我手机，只响一声，留个号码，叫我给他回过去。这样他能找着我说事，又省下了电话费。妻子靠在沙发上看电视，不失时机地瞪我一眼，抓起遥控器狠狠地换了个频道，正在播妻子最讨厌的广告，她却装作认真地欣赏。我心里不舒服，没有及时给三哥回电话。过了一会儿，手机不耐烦地又响了一声。我看看来电显示，讪讪地瞅了一眼妻子，装模作样地皱紧眉头咕哝一句："不知道有啥急事情。"在妻子不屑的目光中，我这才慢条斯理地抓过座机，拨通三哥家的电话。

三哥"嘿嘿"一笑，在电话上说："你们北京的手机双向收费，想给你省几个电话费。"

妻子哼了一声，把电视音量调小一些，不停地换台。幸好三哥的话妻子听不清，不然她又有话说了，我家的电话号码三哥也不是不知道。

我没吭声，等着三哥说正事。这种情况下，我不能主动去问，否则妻子会不高兴，她总是说我们家的事都是我问出来的，好像我是刑侦队的，把一个没有疑点的人硬问成了疑犯。

三哥像机关干部似的，先扯了几句闲谈，才转入正题："小林给你说了吧，他不想在那个公司干啦……"

没容三哥说完，我打断他没好气地说："要我说，你儿子小林应该去联合国发展，在北京真是屈才了。"

我这话一半是说给妻子听的，申明我对三哥及他的儿子小林是有气的，也证明好多事不是我主动问出来的。妻子不一定买账，可我得有这个态度。态度决定一切嘛。

三哥听了我的话很不高兴，声调拉得很长："咦，老四，看你这话说的，小林可是你的亲侄子，总不能眼看着他在那个公司受别人的气呀，咱虽是打工的，可也有自尊啊，你说是不是？"

还自尊呢，就你儿子那副好吃懒做的德行，早上起不了床，上班经常迟到，免费午餐挑三拣四，还跟别人怪腔怪调，上班时间扔了正经工作不干，跟网友 QQ 视频。也就是在我朋友的公司能混口饭吃，要在别处，你十个小林都被人家赶走了。朋友拐弯抹角提醒我好几次了，语气里的隐忍，我听了都不好意思再跟人家说好话了。

我强咽了一口唾沫，咬咬牙说："那你说，小林到底想干什么？"

三哥理直气壮地说："给小林再找份工作，要挣钱多，老板人品要好，不然，咱受气还挣不上钱……"

我说："凭咱小林的才干，是该找个轻松不受气挣钱还多的工作喽。"

三哥乐呵呵地道："就是嘛，还是老四有眼光……"

"要不，"我慢慢说着，生怕自己控制不住冲着电话吼叫起来，"去抢银行，来钱又快又多，谁的气也不用受！"

"老四，你……"

我"啪"地挂断电话，从妻子手中抓过遥控器，把电视音量调至最大。屋里一下子嘈杂得像个繁忙的菜市场，拥挤的声音让人喘不过气来。妻子"呼"地起身，冲上去直接摁断电视机电源："你还嫌不够热闹，要楼下的女人来歌颂赞扬你啊。"

鬼知道我们住的是一幢什么破楼，隔音效果一点都不好，我家里稍有点动静，哪怕是走路的脚步稍微重点，住在楼下的女人不是敲暖气管，就是用拖把捣楼板，并且上门和我们理论过多次，说我们弄出的声音太大，一点也不注意影响，还说她每天都被我们制造出的声音困扰，都快神经衰弱了。我看那女人脸色虽然灰白，但体形肥硕，嗓门尖锐得像把电锯，神经倒是衰弱不了，但进精神病院的可能还是有的。

生气归生气，第二天上班后，我还是给小林打了电话，问他对自己的工作到底有什么具体的要求。小林竟然不知羞耻地说："当然得不受别人管制，自己说了算的工作啦。四爸，你知道我想干什么。"

"休想！"我气哼哼说道，"你要是有本事，就给你爹说出真实想法，回老家你爹身边学开车去，别在这儿缠我，我已经受够啦！"

一年前，我二哥的儿子小泉放着小区保安的工作不干，缠着我非要学驾驶，说在北京驾驶员找工作的机会多。我太清楚北京的情况了，只要能走动的，谁都有驾驶证，有私车的，都喜欢自己开车，既过瘾又安全，根本不需别人代劳。倒是有一些公司招驾驶员，可那都是货车，比不得开小车舒适，最主要的是这样的工作根本没有保证，哪天要司机哪天不要司机，谁也说不准。学驾驶根本不像以前能成为找工作的保障。我不同意小泉花三千多块钱去学驾驶，谁知小泉鬼迷心窍，背着我报了驾校，还没等拿到驾照，就出事了。有一天，在练车休息的空当，他趁教练上厕所的时候，从教练扔在驾驶室的衣服口袋里拿上车钥匙，独自把车开了出去，结果车翻到路基下，左腿严重受伤。小泉受伤与谁都没干系，连个赔偿都没有，还连累了那个教练被驾校辞退。后来驾校出于人道拿了一千块钱给小泉，这点钱能干什么？小泉的治疗费都是我搭进去的。小泉出院后，腿落下终身残疾，不能再干小区保安了，我到处托人给他重新找工作。想找工作的正常人遍地都是，哪能要一个瘸子？我都动了打发小泉回老家的念头，可就是说不出口，如果把小泉扔下不管，以后老家我就不敢回了。二哥前几年得病死了，小泉是二嫂的全部支撑，出了这么大的事，二嫂怪我没看管好她儿子，打电话哭着给我闹，要是离得近，她早跑到北京来骂我了。我没怪二嫂，谁碰上这种事都会失去理智的。我只有给小泉再找份工作，才能平息二嫂的怨气。我加大了找工作的力度，四处打电话找人请吃饭，把不能求的人都求到了，终于在一家公司给小泉找到库房管理员的差事，工资虽不是太高，但稳定，而且安全。可是，小泉一点都不买账，他不愿去管库房，说那是年纪大的人干的，他还年轻，整天待在库房面对一堆货物，还不得憋死？好说歹说，最后总算给足我面子去了，从此以后，他对我冷冰冰的，见面连个招呼都懒得打。

有小泉的这个前车之鉴，小林知道他爹不会同意他学开车的。但小林的这个心一直没死，见说不动我，便提出不在那个公司干了，他要换工作。

"随便你！"有了三哥的电话在先，我的心已不再为这话揪着了，口气装作很轻松地对小林说，"你爱干什么干什么去，反正我没本事再给你找份更好的工作。"

小林在北京混了几年，学会了几句京腔，嘴上的功夫练得够硬，实际行动却跟不上。他见我态度强硬，自己也找不到更好的去处，就还在我朋友的公司混着。时不时地，他给我打个电话，依旧说的是要换工作的老话，我呢，还给他那样哼哈应付过去。朋友在网上开了家规模挺大的购物公司，除了收货发货，网上接单的大部分是女孩，小林是朋友唯一留在网上接单子和找单子的男人。这样的活儿并不累人，也就跟网友在 QQ 里聊天一样，属于玩中也可以工作的轻松活儿。虽然小林每个月接到的单子并不多，看在我的面子上，他的工资还是按平均地给他发，也算说得过去，这样的工作并不是谁都能找到的。

二

被我怂了一顿后，三哥那里好久没了声音，这下，我想着可以清静一阵了，听不到那一声短促的手机铃声，我心里安静了许多。倒是妻子，有心病似的，动不动就瞅一瞅我的手机，疑惑地望我一眼，好像我藏了什么秘密似的。我知道她心里肯定在犯嘀咕，我老家怎么好几天都没动静呢。

天气慢慢地热了起来。报纸上说，因为全球气候变暖，北极的冰都在消融，以后的气候会越来越反常。今年北京的夏天就很反常，雨水多过往年，动不动就是一场大雨，大雨过后的天空，蔚蓝高远，只是这样的蔚蓝持续不了多长时间，很快，城市上空聚结的湿气像个锅盖，闷闷地将城市笼罩住，潮湿闷热。整个六月就在雨一阵晴一阵，凉一阵闷一阵的过程里延续着，快到月底时，天空终于变得透彻起来，终日雾蒙蒙的北京城像擦拭干净的叫花子的脸，清清爽爽起来。天气真正热了，有了蝉鸣，混在汽车嘶哑的发动机声里，像透支了无数气力，精疲力竭，不像早些年那种此起彼伏的蝉鸣声了。

说是热了，躲在空调房里，并没多少感觉。人的感官被高科技电器惯坏了，分明是大汗淋漓浑身湿透的夏季，却被空调风吹得浑身发冷，一层一层起鸡皮疙瘩。

　　除了在室外烈日炎阳的直射下，我确实也没觉着多热，暗自庆幸今年夏天可以舒舒服服过去呢。但这个世界是不会轻易让人消停的，我的庆幸才开了个头，姐姐就来电话，一上来就哭哭啼啼，说她要气死了。原来，她儿子罗竟的高考成绩出来了，到网上一查，只考了三百三十多分。

　　天哪，连这个羞于说出口的分数都能考出来，真是叫人惊叹不已。在我的印象里，外甥罗竟的学习还说得过去，三年前的中考，考了近五百分，顺利地跨进了我们县一中。那可是重点高中啊。谁知，三年过去，罗竟竟然如此不争气。

　　姐姐止住哭声说："这分数不能怪罗竟，怪他们班的白莎莎，那是个小狐狸精，她把罗竟迷住了。罗竟也是年龄小没经过事，三言两语就陷入泥淖里，弄成这个结局，我的命咋这么苦啊。"姐姐又哭开了。姐的命是够苦的，我出生不久，娘就丢下嗷嗷待哺的我，撒手人寰，当时父亲慌了手脚，压根儿不知这个家该怎么整。几个哥哥少不更事，关键时候还是姐姐——十六岁的她用瘦弱的肩扛起了这个家。洗衣、做饭、安排从父亲到我们每个人的生活。对我来说，姐姐像我的母亲一样，为我们兄弟几个，她过早地扮演起家庭主妇的角色。所以，我对姐姐一向很敬重。

　　"姐，这跟你命苦没关系。"我这样说，心里有点不太舒服，姐姐只怪别人拖住她儿子，却不怪自己的儿子，如果有这种心理作祟，那还有什么说的，只管怨天尤人好了。我知道罗竟是姐姐的全部希望，罗竟没有达到她的期望值，她受不了。可是，也不能这样看待问题啊。

姐姐又一次止住哭声，清清嗓子，干脆利落地说："不管怎么说，你就这么一个外甥，看你怎么给他安排吧。"

我就知道会是这样，姐姐前面都在铺垫，铺着铺着，折回头，把她的难题就推给我了，好像我是人事部部长，想怎么安排就怎么安排似的。考这么点分，就算北京户口也难找个合适的大学，我能怎么安排？姐姐说，你不是把小霁都安排进北京哪个哪个大学了？小霁是你的侄女，罗竟与你就没血缘关系啦？你可是他的亲舅舅。

我说你别扯了，姐，小霁上的可是自费大专，一年得两万多块钱学费呢。

"不就是钱吗？"姐姐有点打肿脸充胖子的意思，硬撑着说，"就是砸锅卖铁，也得供孩子读个大学。"

我说："姐，咱得考虑实际情况，别说自费生了，就是真正考取的本科生，甚至今后读完研究生，也难找到合适的工作，你根本不知道现在找工作有多难。"

"你说这话我不爱听。"姐姐赌气道，"你三哥家的小林没上一天大学，你都能给他在北京找到工作，听说每月拿好几千块钱哩，难道我家罗竟今后大学毕业了，找工作还不如一个没上过大学的？"

我被姐姐问住了。

我的侄女小霁上的那所学校，的确是我联系的，不过，人家公开招生，是只要交钱谁都能上的那种。据说专业比较实用，电脑数字设计，信息时代，毕业后工作可能会好找一些。

我不是不愿给外甥罗竟联系这种自费大专，而是担心学费从哪里来。姐姐家的情况非常一般，当年由于她得照顾我们一家老小，耽搁了找婆家，后来年龄偏大，要找个合适的、家境好的人家很难，姐夫年龄倒是与姐姐般配，只是家境不好，又是个老实人，不会一点手艺，姐姐更不用说了，他们除过一年种两茬庄稼，其余时间在离家近的地方打打短工，根本挣不到钱。别说一年要两万多学费，就是两三千，他们也得勒紧裤腰带。姐姐这时说得倒轻巧，到时候，肯定得依靠我来供她儿子上学，那我可惨了，每年的收入也就三四万元，就是我有心借钱供外甥上学，妻子那道关也难过啊。妻子一直把钱抠得很紧，她不是喜欢奢华的人，按说我们俩的工资合起来也不算低，但她还是省吃俭用，我们的孩子还没影儿呢，她就开始给将来的孩子存钱，说以后一定要送孩子出国留学，因为他们单位已有三个同事把孩子送到国外去上学了，她绝对不能落后。女人在攀比方面，是很可怕的。

姐姐是在我上班时打来的电话，妻子还不知道这回事，一年两万多块钱的学费，以妻子的精明怎么也能揣度出姐姐的意图，这在我，都觉得心疼，更不用说妻子了，如果我私自答应姐姐，那时我可就不光是看妻子脸色的问题，估计是家无宁日了。

可这是把我养大的姐姐啊，她是为我们吴家立下汗马功劳的。咬咬牙，我还是答应姐姐给外甥罗竟联系学校。北京别的事难办，唯独找自费大学容易，一个电话过去，人家立马给我送来一大堆资料，任你选择专业，并且，他们的态度极其和蔼。我多方打听，给罗竟选了个电视技术编辑专业，据说现在电视台或者影视公司都缺乏技术人才，好的专业可以给今后就业打下基础。至于上学的费用，走一步再说吧，我不想提这个叫人头疼的东西。

该跑的地方我都跑了，该谈的也都谈好了，只等开学时间一到，罗竟直接来京报到。

谁知，我的外甥，说准确点儿，应该是他的女朋友白莎莎帮了我的大忙，她拖住罗竟不让他来北京上学，非得陪她去广州上什么艺术院校，为参加一些电视台举办的"超女""星光大道"比赛打基础，准备要一夜成名。白莎莎又说罗竟的外形和嗓音条件也很不错，跟着她也可以参加类似的培训班，以后也去参加《好男儿加油》什么的节目，两个人都向音乐的舞台迈进，走在艺术的道路上，志同道合，多完美啊！罗竟经不住白莎莎的缠磨，动了心，果然放弃来北京的机会，跟着白莎莎去了广州。明知道这种做法不靠谱，可我还是舒了一口气，毕竟我的压力没有了。可是，姐姐叫儿子快给气疯了，在电话里她哭得声嘶力竭，说她养了儿子十九年，竟然抵不过一个小妖精轻飘飘的几句话，儿子她是白养了，老天真是不开眼，什么事都叫她给撞上了！我劝不住姐姐，她的情绪异常激烈，要我帮她写一份协议书，她要和罗竟断绝母子关系。

这种协议我不能写，只好打电话给罗竟，劝他回头是岸。罗竟的情绪倒挺稳定，他轻松地笑笑，说舅舅，你谈过恋爱吧？你知道"爱情至上"这个词吧？爱情和前程都摆到了我的面前，你说我能放弃吗？

三个问号把我问住了，爱情与前程，如今这世上除了生命，还有什么比这两样更让人追逐的？我还真不敢再叫罗竟放弃，真放弃了，以后他心里还不定怎么恨我呢。反正双方都不肯让步，我也无能为力。只要我尽了力，能不给自己添麻烦就不添麻烦吧。

爱怎么就怎么，随他们折腾去。刚好我接到通知，去南京参加一个专业培训，时间为半年。整个下半年，我在南京学习，为省电话费，换了个当地的手机号码，为了能清静一阵，我没把新号码告诉其他人，除过给妻子和父亲偶尔打个电话外，我与哥哥、姐姐以及侄子侄女们没有联系，就是他们从妻子那里讨到我的新号码，打电话给我说那些烦心事，我身在异地，爱莫能助。

三

我的家在马连道，离西客站近，经过南广场，没几步路，坐火车非常方便。但我妻子不喜欢这种方便，她平时很少出差，一年也就回个老家算是出趟远门，离火车站近的好处于她而言，就不是好处，而是折磨。首先是交通，出门倒是车很多，往哪个方向的车都有，但车多路不多，那么多车涌到一条道上，想象得到车能跑多快。尤其是上下班高峰期，道路跟患肠梗阻似的，一分钟能走两米就相当不错了。还有，我的家是侄子侄女们的据点，年尾或者年初，家里人来人往，热闹得跟小商品市场一般。他们住在城市的各个角落，平时他们之间联系并不多，只是在节假日，聚到我家时才能见面，聊他们各自的工作和烦恼。每年过完正月十五，我的侄子侄女们拖着装有老家挂面、小米、花生甚至酱醋的大皮箱，陆陆续续（好像从未一起走过）返京，第一站必到我的家庭旅店里打地铺，然后用带来的酱醋做老家的饭食（他们无一例外吃不习惯北京的饭菜）。吃完饭后，趁我妻子不在家时，他们打电话、上网，联系租房或者找工作。我的角色像他们的驻京办主任，负责给他们年前订购回老家的火车票，年后返回时接站，解决他们的吃住，还得托朋友给他们找更好的工作。我不能有半点怨言，因为我是他们在北京唯一的亲人，也是唯一一棵他们依靠的大树。有时，看到他们在一起说打工的艰苦、上学的困惑，各抒己见，异常热烈时，我的妻子突然进来，他们会戛然而止，缄口不语，等我妻子离开，才由一人试着挑起刚才的话头，但不再热烈，就像不完全燃烧后的炭灰，再点燃也不可能有先前亮堂的火光和炽烈时，我心里酸酸的挺不是滋味。其实，妻子还算个通情达理的女人，对我的这帮侄子侄女不断来骚扰，而且骚扰过后没一个人表现出歉意或者感激，甚至有时候还觉得我们的服务不到位而满腹怨言，表面上妻子从没说过头的话，内心不高兴时也只是避了人才冷着脸，一个人躲到屋里或者出去半天不回家，算是给了我足够的面子。只要是不涉及经济资助问题，我这个中间人还不是太难做的。

可小泉还是做了件叫我心里不太舒服的事。年前他回老家时，我刚从南京学习回来，看他身上的羽绒服薄得只剩下两层布，中间的羽毛都快脱光了。老家冬天异常寒冷，屋里屋外一样冷，又没任何防寒设施，不像北京屋里有暖气，穿件单衣都没问题。我便把妻子给我新买的羽绒服悄悄拿给小泉穿，整个春节，我都窝在家里不敢出门，怕妻子提起新羽绒服。谁知，过完年后，小泉没把我的羽绒服穿回来。要是天气转暖，他忘记带也能说得过去，可小泉说，他妈身子弱，受不得冻，他把我的羽绒服留给他妈穿了。

这算什么事？真要孝顺他妈，也得他这个做儿子的自己买啊。

小泉奇怪地看着我："怎么，四爸连一件羽绒服都舍不得啦？"

我压住心里的不悦，说："不是这回事。这件是你婶子给我新买的……"

"婶子买的又咋啦？"小泉不高兴地在我面前瘸了几步，"是给了我妈穿，又不是别人。"

我叹口气，只好说："那件羽绒服是男式的，你要早点说，还不如给你妈买件女式的，你妈穿着也合适些。"

小泉"嗤"了一声："我看四爸还是心疼才对，不要说这么多没用的理由。四爸你不会忘记吧，你当兵走那年，我爹妈可是给你买了件新毛衣的，那时候，我爹妈都没穿过毛衣哩。"

我无言以对，脸色很难看。我是心疼那件新羽绒服，我更担心妻子知道了会怎么说。她自己的羽绒服穿了好多年，也舍不得买件新的，倒惦记着给我买，我却把它送了人，明明是不情不愿，想要回自己的东西，却要得理不直气不壮，还被当作忘恩负义的小人，这算什么事嘛！

小雾赶紧打圆场，扯住我的胳膊说："四爸，我忘记给你说了，爷爷叫你回去一趟……"

"你咋不早说？"我急了，抛开羽绒服的事不说了。父亲已近八十岁高龄，担心他身体出问题，每次打电话回家，他总是说身体好着呢，让我别惦记，这次要我回去一趟，是不是之前身体不好一直瞒着我？

小雾轻描淡写地说："看我都忘记了，其实我也很矛盾，不知该怎么给你说，大伯不让你回家，说有那车票钱，还不如寄回去孝敬老人呢。"

大哥的话哽在我的喉头，使我极不舒服。钱的确是个好东西，相比之下，反而是亲情淡之又淡了。

我问小雾："你爷爷是不是身体不舒服？"

"看上去挺好的，没听他说哪儿疼啊，可能是想你了吧，你可是他最出息的儿子呀。"

小林凑上来插了一句："不会是叫你回去立遗嘱吧？"

小雾撇撇嘴："一听你这话，就知道狗屁不懂，你爷爷又不是啥大款，一大堆财产等着人分。他浑身上下没一点儿值钱的东西，立啥遗嘱？"

我瞪了小林一眼，也懒得理会小雾的自以为是，过去抄起电话。

在我们老家有个习俗，老人一般跟小儿子过日子，意思老人放心不下最小的。我最小，可不在家，这个规矩不能破，就把老爹嘱托给大哥一起生活，每月给他家二百块钱生活费，足以封住大哥的嘴。可就是这二百块钱，三哥和二嫂总有意见，嫌我给老爹的二百块钱落进了大哥口袋里，我曾对他们说，如果谁愿照管老爹的日常起居，我就把钱给谁。老爹越来越老，已干不动活儿了，他们谁也不想要，嫌是拖累。

拨通电话，那头却是大哥的声音，上来就领导似的拉长声调"喂"了一声，我没好气地说了句："我想跟爹说句话。"大哥家的电话是我出钱装的，电话费也由我出，为的是能和父亲通话。我不能在跟前侍候父亲，多给他打打电话，平时聊几句，对他也是个安慰啊！可大哥趁我走后，把电话机移到了他的住房，理由是父亲不会使用电话，又老眼昏花，怕他误拨到美国或者海外其他国家，那电话费可老贵了，讲不讲话先得掏十四块钱，如果不及时挂断，每分钟累计，损失就大啦。大哥跟我解释说，他是为我着想，省电话费呢，我挣钱多没错，可也不能随便糟践，有啥事，他接上再叫爹过来听，还不是一样嘛。我忍了，叫大哥去买个光能接不能打的单筒话机，串根线到父亲屋里，这样也省掉他叫来叫去的麻烦。大哥支支吾吾，不明确表态。我明白他的心思，担心电话机钱谁掏，我叫他放心，串电话的线钱都由我掏，只叫他动动手，如果他忙得没时间，我付给他工钱总可以了吧。大哥在电话里讪讪地说，老四你这话说到得，说哪儿去了，也是我爹呢，哪能叫你付工钱。

可每次打通电话，不是大哥，就是大嫂的声音，没一次是父亲先接的。看来，大哥一家根本就忘了我装电话的实质意义，他们把电话当成自己装的了。

终于听到父亲的声音，他有气无力地说道："我身体没事，但心里有些事，想跟你说说，你——能不能回来一趟？"

我说到底是什么事啊？能不能先在电话里说说，不紧急吧，我半年不在单位，刚过完年上班，假可不好请。

"那就等你能请上假时，回来了再说吧。"父亲说到这儿，停顿了一下，又说了一句，"就看我能不能等到你回来的那一天啦！"

我一时不知说啥好。父亲年龄大了，这样的话说出来总让人伤感，世事无常，谁知道我真的哪天回去了，再也见不着他老人家了呢。父亲见我半天没说话，以为我不想跟他说啥，就挂断了。握着话筒，我呆呆地望着电话机，作为儿子，不能常在跟前，已是不孝，如今父亲想要我回去一趟，我都不能痛快答应，这份内疚像只虫子，一点一点啃蚀着我的心，心里的痛也一点一点张开，我感觉自己变成了父亲，孤独、寂寞而又无助。屋里很安静，侄子侄女们此刻都坐在那里默默地看着我。我以为自己呆愣的神情吓着了他们，赶紧放下话筒，这才发现，不知什么时候妻子进来了，她就站在我身后。她一定听着我打电话，是来听我又给老家问出什么事儿了。

我望着妻子，眼神有点生硬。说句心里话，我不喜欢妻子这样，打电话的自由我还是应该有的。

妻子看懂了我的眼神，把手搭到我胳膊上，轻轻地说："既然老人叫你回去，肯定有重要的事，依我看，你还是想办法请假回去一趟得了。"

四

年后的火车票好买多了，去火车站买好票，我拐道去了动物园对面的服装城，趁妻子还没注意，我凭印象买了件羽绒服，与妻子给我买的那件差不到哪儿去。天气还冷，又是回老家，妻子肯定会提醒我穿那件羽绒服，我把工作做在前头，免得到时编造谎言。

生活中其实有很多谎言。

父亲说了谎话，他的身体看上去很不好。才一年没见面，父亲已经瘦得只剩下骨头，脸上的肉叫岁月消解得没多少了，深陷的眼窝，两颗失去神采的眼珠静静地望着我。但那份静里，更多是干涸的河床一般的干瘪、瘦弱和空洞。我都走到跟前了，他居然没认出我来，父亲像个被抛弃的孩子，用干枯而安静的眼神看着我，等着我的认领似的。我心里一颤，眼泪夺眶而出，才叫了声"爹"，泪水就淹没了我的心。父亲从声音里辨认出我，枯干的眼神瞬间有了亮光，他抖索着身子要爬起来，我赶紧去扶，他抓住我伸过去的手，眼泪从干枯的眼窝里涌了出来。我把父亲扶靠在被垛上，手掖进被子里，在被窝里他仍不肯放开我的手，手上的劲不大，可我知道，父亲已经很用力了，只是，他老了，他身体里的力量已消耗得差不多了。我心酸酸的，任他抓着我的手，泪眼模糊地端详我的脸，过了半晌，父亲才说："我不是在梦里吧，电话里你不是说不好请假，咋就回来了呢？"

"我……"我咽了口唾沫，答非所问地说，"过年时本来要回来的，可我刚学习回来，该轮到我值班了。"其实，过年时我最不愿回老家，一是怕老家的寒冷，那冷像锥子似的一点一点旋着刺进肌肤，再刺进骨头，穿多少衣服都不顶事，我还好些，妻子就不行了，冻得连走路都"咯吱"着牙；二是怕走亲戚，走来走去，最后总要带些麻烦事回来，真应了妻子那句"老家的事都是我问出来的"。所以，过年我不愿意回家，每到年底，总是找各种借口。

"干人家的事，就得服从人家的管，现在能回来也一样。"父亲倒安慰起我来，他抹了把泪，看看身后，见我只身一人，大哥没有跟过来，才压低声音又说，"我叫你回来，要对你说，我不想和老大一家过了，你把我和他分开吧，我一人过！"

我这才弄清楚，过年时下雪，父亲上茅房时摔了一跤，腿受了重伤，不能走动，大哥平时并不怎么管父亲，要不是看在我出的那两百块钱分儿上，他恐怕连一天三顿饭都懒得替父亲操心，大嫂更指望不上，过年期间要不是我姐来给父亲端屎倒尿，还不知弄成啥样子呢。打了几次电话回家，都是大哥大嫂接的，竟没说过一句父亲摔伤的事！在他们眼里，父亲摔倒也是正常不过的事情。更可气的是，出了这么大的事，我那几个侄子回来后，居然没一个人告诉我。看样子不是他们有意瞒我，而是他们根本就不知道他们的爷爷摔伤了，就算知道，对他们来说，那也是不值得一提的小事，比不上他们追逐的某个明星生个孩子搞个绯闻，更轰动震撼。

真是亲情薄如纸啊！

我流着泪要带父亲去医院看腿，可他坚决不去，只要求尽快叫他气顺过来。父亲早就提出要和大哥分开过了，原因是大嫂动不动就给父亲脸色看，吃饭的时候摔东摔西，还指桑骂槐，现在，父亲的腿脚不利索，更不用说了。我原来给大哥暗示过几次，叫他多尽尽孝心，别什么都推给大嫂，毕竟我们是亲生儿子。大哥总是不以为然，说大嫂对父亲贤惠着呢，一天三顿饭，顿顿不落。还反过来问我，是不是爹说你大嫂什么了？爹年纪大了，凡事就爱往心里去，你大嫂有时候心情不好，他就觉得是冲着他来的……

我还能说什么？理都是人家占着。但现在不管怎么说，不能叫父亲这么大年纪，还拖着一条伤腿，一个人孤独地过日子呀。

"不是给你说过了，"我有点急躁，"万一有个闪失……你身边没个人怎么行？"

父亲说："咋叫没人呢，我有五个儿女，先走了一个，还有四个嘛，孙子也一大堆呢。你别担心，我一个人能行！"

"是不是大嫂又说什么了？"我说，"我找大哥，不，我找大嫂说去。"

父亲一把抓住我，说："别去，老大媳妇没说啥，是我自己想一个人过，这次，确实没她啥事。"

"可是你一个人生活有很多不便。现在天气这么冷，你的腿还伤着，这叫我怎能放心？"

父亲躲避开我的目光，这才期期艾艾地说道："如果——你这次回来，能带走……带走你大嫂的侄女小红去北京，我就不和他们分开过喽……"

这是啥话？大哥的一儿一女都已成家有了孩子，女儿嫁在邻村，儿子是村小学的校长，生活条件都还不错，用不着给我添麻烦。这也是我一直容忍大哥与我在金钱上斤斤计较的原因之一。我以为大哥至少不会有三哥那样的麻烦事丢给我，没想到现在又冒出了这个茬。我心里清楚，肯定是大嫂在作怪，她觉得父亲养在自己家里，她又没像二嫂三哥那样把孩子扔给我管，觉得吃了大亏，所以才想出这招，要拿自己娘家侄女做交易，来填平她心理上的不平衡。

父亲说完这话，像完成了一项大工程，终于松开了我的手，轻声叹了口气，头倒向被垛，沉默地、茫然地望着朝北的唯一窗口。窗外面是一堵土院墙，土墙上几根枯草，在寒风中飘飘摇摇，欲掉不掉。土墙不是太高，父亲的目光能越过土墙看到更远的地方，是连绵的山峦，在灰扑扑的天色里，朦胧成与天接近的雾岚。这样的景在诗人或画家眼里，或许就成了诗，入了画，但在眼色昏沉的父亲心里，没有一点颜色的景致，是多么苍凉啊！

我背过父亲，跟大哥说起这件事的时候，大哥竟然一脸无辜："老四你想到哪儿去了？我会出这主意？连你大嫂都没想到把她侄女送到北京你那里去。实话告诉你吧，这是爹自己想出来的，他认为你二嫂三哥都给你托付了孩子，唯独我没有，我还照顾着他，他心里老不踏实。"

"看来爹是越活越明白了。"我这样说时，心里突然不再坚持原来的观点了。其实有时候，人都打不开心里的结，老让那个结拧着自己的思维，"那就依爹的意思，把他分开单另过吧！"

"老四，你这是干啥？"大哥跳了起来，惊愕地看着我，"传出去，像是我对咱爹不好，把他撵出去似的。"

我说："你放心，我不会在村子里乱说。这主要是咱爹的意思，他说了好几年，我现在是满足他老人家的要求，你就不要拦着了。"

这回，大哥没急着回答，挠起了头皮。过了阵儿，他才说道："既然你说是爹的意思，我也不能做不孝之人。我同意就是了。"

我没想到，大哥竟然这么好说话。可接下来的事证明，我想的还是太简单。说到具体分家，才发现事情比我想象的要麻烦。父亲一直住的是大哥家的房子，老屋早就拆除，我在老家没一间房屋，父亲住哪儿？我与大哥商量，父亲毕竟不是我一人的，就当是父亲从你这里借一间房住好了。至于父亲的生活，我可以雇个保姆来照顾。

大哥点上一支烟，这才不紧不慢地说："老四，你何必把话说得这么难听呢？啥借不借的，爹不一直在我这儿住着嘛，我啥时候说过不让他住啦？我不是还一直照顾着他来着？咱兄弟几个，就我一人照顾着老人，我有过怨言吗？爹要单独住，我顺着，房子，他住着，我也是他的儿子不是。"

我松了一口气，有大哥这句话就行。只要有地方住，父亲觉得顺气，一个人过着倒也清静。问题就这么解决了，我长舒了一口气。

这时，大哥却又说道："老四，你在外面混了这么多年，咋考虑问题这么简单呢？你也不想想，咱老爹又不缺儿子，孙子也一大堆，临到老了，怎么还雇个保姆来伺候他呢？你不在家住着，外人说啥你也听不到，可你叫我这张老脸往哪里搁？我照顾爹这么多年还没落个好，你让我在村子里还活不活人了？"

闻讯赶来的二嫂、三哥，还有姐姐，明白了我的意思后，竟然全站在大哥的那边，对我不满。

姐姐说："可不能让咱爹一个人过，真这么做，人家要用屁股笑话咱哩。如果你们觉得合适，我把爹接过去住好了。"

二嫂打断说："这像啥话？咱爹生养了四个儿子，才死了一个嘛，到闺女家去住，人家就不用屁股笑了？"

姐姐顿时泪眼婆娑，哭道："我说错啥了？谁说老爹就不能住闺女家了？"姐姐的儿子虽然没和她断绝关系，与女朋友在广州发展，偶尔能给她打个电话，连过年都没回来。所以，姐姐现在很脆弱，动不动就哭。

哭声惹人烦啊。

大嫂一直在门口站着，见姐姐和二嫂争着要接爹过去，大哥也不吭一声，她忍不住了，尖着嗓门叫道："我们做错啥事了？以前你们咋就不想着把爹接过去？现在，你们咋咋呼呼的，也不看爹是啥想法。"

二嫂撇撇嘴，不失时机地说道："爹的想法还不清楚吗，要过得好，他能一个人过，叫人家笑话咱？"

三哥冷笑两声："哼哼，搅吧，搅吧，你们就这么搅和吧，人家已经看咱笑话了。"

父亲有气无力地叫道："你们别争了，我谁家也不去，就一个人过。"

为父亲赡养费的事，二嫂和三哥一直都憋着气，与其说他们是为老爹考虑，倒不如说是惦记着那点钱。我扫了眼大哥，他毫无表情地看着一个地方，好像那个地方在演戏，他看得入了迷，忘了外界的其他事。姐姐还在抹眼泪，有无尽的辛酸似的，三哥似乎为证明他以后会对父亲好，已经坐到炕上父亲的身边。大嫂和二嫂紧紧地盯着我，那样子倒像是我说了对她们不利的话，她们随时准备扑上来封住我的嘴。

我知道大哥不吭声，是想叫我难堪，说来说去，他也舍不得扔下每月的二百块钱，他说是照顾父亲，除了一天顺带的三顿饭，父亲何曾受到过他的照顾？我在心里冷笑了一下，想都没想就说："为不使你们被人笑话，我决定把爹带到北京去养老……"

大哥猛地抬起头，惊讶地看着我。姐姐也不抹泪了，湿漉漉的眼睛看看这个，瞅瞅那个，嘴动了动，终究什么也没说。三哥叹息一声，很小心地问道："老四，你说得轻巧，你……媳妇，她能允许？"

父亲很敏感，拍着炕席叫道："我不去北京，那里不能土葬，我死后不要烧成灰！我谁家都不去，你们把我抬到阴沟里活埋掉好啦！"

五

妻子其实还是很通情达理的。我给她打电话说了父亲这边的情况，她二话没说，叫我把父亲带回北京好了，一来给他治疗腿，二来叫他暂时离开那个环境，心理上可能会少些压力，情绪慢慢会好起来。

有了妻子这句话，我没了后顾之忧，就把父亲带到北京。父亲不愿跟我走，这会儿已由不得他，我抱着他上火车，他阻止不住我，干瘦无力的手拍打在我身上，像是给我拍打灰尘，但他把我拍得眼窝发热，一路上泪水涟涟。

离开老家的时候，除了姐姐拿来父亲的几件换洗衣服，抹着泪送我和父亲到车站外，大哥和三哥连门都没出。看来，他们对我的做法还是有保留意见呢。

到了北京家里，妻子早已把另一间卧室收拾利索，给父亲准备好了住处，她一改往日对待我侄子们的冷淡态度，为父亲端饭倒水，甚至陪着父亲看电视。妻子的这种态度让我心生疑虑，她在我面前从没如此贤惠过，我都怀疑这不是那个动不动就跟我抬杠给我冷脸的妻子了。我断定她的热度只有三天，她对很多事都是这样，一开始投以极大的热情，但很快就会兴趣全无。妻子看出我的疑惑，她对我说，爹妈只有一个，我们不能对带我们来这个世界的人有半点不恭。对我的那些侄子，还有老家的兄弟，她也不是故意要跟谁过不去，只是看不惯，他们什么事都不自己去努力，全依赖我，不见得是好事情。我当然知道侄子们这样依赖不好，可怎么办呢，谁让我比他们生活有保障。

我提前休今年的假，在家陪父亲。行动不便的父亲在我这里得到了莫大的慰藉，情绪慢慢平静下来，也许是妻子积极的态度让父亲很安慰，他枯干的脸上开始有了笑容，慢慢地跟我妻子会说一些老家以前的事情。父亲不会说普通话，他满口的老家话我妻子根本听不懂，但妻子表现得很有耐心，不管父亲跟她说什么，她都认真在听，听懂了哪句她就高兴地跟我说她听懂了。父亲很高兴，终于有个媳妇能安静地坐在他跟前听他说话，而不是不耐烦地摔摔打打。看父亲情绪一天天好起来，我才跟他提治腿的事。父亲怕治腿要花很多钱，我妻子会不高兴，他拒绝去医院。我给妻子做工作，叫她出面劝说，妻子劝父亲，只有他身体好了，我们才能省好多心呢。父亲见儿媳妇这么说，才同意了。

积水潭是北京最好的骨科医院。这天凌晨两点钟，我就起床去积水潭医院排队挂专家号。在北京看病难的第一关口，就是挂号难，所以必须早早去排队挂号。我在街道边等了好久，半夜里很难打到出租车，好不容易过来一辆，还是载有客人的。初春时节，北京的风大，冻得我直打哆嗦，再等下去怕耗时间，到医院排不上队，我想着去西客站打车，那里的车肯定多些。从空无一人的南广场走过，被寒风推进西客站地下广场，看到出站口有几个人影，大概是些旅店的托儿，抑或一些接站的人，他们像排练过似的，都把头缩进衣领，盯着列车时刻显示牌发呆。我从他们跟前走过时，他们像看到怪物，歪着头表情木木地冲着我看，我快步离开，从地下几乎跑步出来。到北广场出租车站，躲过几个黑车司机的纠缠，打了一辆明码标价的出租车。

这时候的北京已显出倦态，无数的霓虹闪烁出一片寂静，像个富足的中年女人，尽管一脸的艳妆，一身的繁华，却无法掩饰其苍凉和清冷。出租车跑得飞快，司机沉默得很，也许他是跟我一样倦怠的，而倦怠吞蚀了我们所有说话的欲望和激情。

这个时间段，是北京交通最佳时间，一路畅通无阻，但是赶到积水潭医院，我还是晚到一步。挂号室前面几乎没几个人了，我心往下一沉，心想坏了，今天的专家号肯定轮不到我，果然，问旁边的几个疑似号贩子的人，他们爱理不理地摇头，懒得给我说一个字。我心里明白，比我来得更早的人已经买完号贩子的顺序号，只等早晨上班后再来领取正式的挂号单了。

这些号贩子全是医院附近的痞子，他们卖顺序号，与医院毫无关系，医院却制止不了，他们谁都不怕，连警察拿人家都没办法。

总不能白来一趟吧，明儿个来得再早，还得从这些号贩子手里买号，不如现在多出点钱买上算了。我凑近一个看上去面善些的号贩子，问他还有没有号。他肉乎乎的大脑门在我面前一晃，斜了我一眼，不耐烦地说道："第一次来啊！"

我点点头。

"五百！"他抬腕看了一眼表，"啥点了，还以为是在你们村医疗站看病啊。"

狮子大张口，他把我当成外地来京求医的了。我心里不悦，掏出证件递过去："朋友，差不多就行啦，大家都不容易。"

他不屑地扫了一眼我的证件，根本懒得细看，不高兴地说："你不懂规矩啊？这玩意儿不顶用，我的朋友是钱。五百，一分不少。"他明白有能耐的都找关系看病，能来这儿排队挂号的，也不能把他怎么着。

我直直地看着他。他这回正眼看我了，瞅了会儿，突然说："怎么着，仇恨上我啦？没办法，我也得养家糊口，不像你们，月初屁都没放一个，就拿足了本月的工资。我们——没法跟您吃公家饭的比啊。"

我讨厌与这种人扯淡，转身就走。他却在后面喊："嘿，哥们儿，就这点气量啊？留步吧您哪。三百块给您了，这大冷的天。"我本来是想走的，可一想，已经起这么早赶来了，我受点冻没什么，可父亲的伤腿越拖他越受罪，犯不着跟这种人怄气而耽搁父亲看病。我已打听过行价，三百块已经是比较正常的价格了，谁叫咱没本事呢。我掏出三百块钱，买了一张写着顺序号的牛皮纸，上面竟然还明目张胆地盖着红印章呢。凑到眼前看那个印戳，模糊一团根本看不清，我对那个用验钞笔正在验钱的大脑门说："哎，这个戳怎么看不清？"

他吸溜了一下鼻涕："要看那么清楚干吗？能挂上专家号就成。"

天亮上班后，挂上了专家号。我把父亲接过来，到专家那里一看，说是父亲的腿伤估计没啥大碍，拍张片子看看就知道了。片子出来后，专家说骨头没有大伤，只是人老了，经不起摔，休养几个月就可以了。我说要不要再做个CT？现在CT很热门，到很多医院看病，要紧不要紧都得让你去做CT，好像只有做了CT才能诊断身体的状况。专家笑了，说我父亲的伤真没大碍，其实就是当时摔倒，伤了肌肉，骨头伤得不重，没必要做CT，根本就不用大的治疗。除了两瓶外用药，专家连口服药都没给开。我挺感激专家，不给病人胡乱开药，省钱，人心里也舒畅。可是，父亲有点不大乐意，他的腿疼得不能行动，什么治疗都不给做，也不吃药，这算治的哪门子病？他伏在我背上嘟囔着，我累得喘不过气，没理会他。

回到家，父亲还在说他的腿，好像是我不相信他的腿有问题，他装病似的。我没法与他说清楚，干脆出去买了个轮椅，这样，就表明我是相信父亲的腿的确不能走，得坐轮椅才行。

父亲见我扛回个轮椅，很不高兴，嫌我买轮椅没征求他的意见，坚决不坐。我知道他心疼钱，就骗他说，这个轮椅是在一个朋友那儿借的，不花钱，父亲这才疑惑地坐了。天气还没转暖，不能到外面去，父亲只能坐着轮椅在屋子里转，有时，我把他推到阳台上，尽管他坐在轮椅上只能看到外面的高楼和蓝天，就这，他已经很满足了。

爷爷来北京看病，我的侄子侄女们全抽时间来我家看望。说是看望，他们一个个都空着手，没一个想到买点水果或者别的什么，他们连点最基本的常理都没有。他们似乎与爷爷的感情很淡漠，几句客套话，就扔下爷爷，在一起扯自己的那些破事，什么要遵守上班时间起不了床啦，老板管得严啦，工资太少不够花啦。他们说的是带家乡口音的普通话，父亲坐在沙发边上，听不大明白，却很认真地看看这个，又望望那个，人家说到高兴处，开心起来，他也跟着面带微笑，仿佛那些他听不明白的事与他自己有关似的。几个孩子兀自说着，没人理会爷爷，谁也没打算让爷爷分享一下他们的快乐。父亲并不在意孙子们对他的态度，他开心的是大家因为他而聚在一起，他时不时地从我妻子为他准备的水果盘里取个苹果递给这个，掰个香蕉喊那个，孩子们接过水果，没人顾及他眼神里的期盼，依旧只顾说笑他们的。

父亲的轮椅靠窗口放着，小雾发现后一惊一乍地推过来，坐上去非要小林推她，小林推完小雾，他也坐上去试，两人玩得异常开心。只有小泉，在一旁冷着眼神看，完全不像另外两个表现得很孩子气。父亲爱孙心切，见小泉只是看，大概以为小泉羞涩，便喊他也坐上去试试。父亲忘记小泉的腿受过伤，走路一瘸一拐，他心里只是把那当成一个游戏，不想这个快乐的游戏里缺了小泉。见小泉不理他，父亲还是坚持叫小泉坐上去。小泉烦了，突然间冲爷爷发起火来："我还没到走不动的地步，你是想看我的笑话还是咋的？"

我父亲脸上的笑凝固了。一抹阳光从窗口斜射进来，刚好照在父亲的半个脸上，他的脸色看上去黄得很不自然，深深的眼窝里蓄满了明晃晃的液体。

我从厨房的忙乱中冲出来，回到客厅只看到父亲突然的变故，不知道他怎么了，在侄子侄女们的热闹声音中，我没有问，老人其实也跟小孩子一样，情绪波动大着呢。

但从此以后，我父亲像我妻子一样，不爱搭理他的那几个孙子孙女了。

六

由于工作之便，小林在网络上认识了不少人，他的想法也越来越多，总觉得满世界都是钱，所有人都能捡着，唯独他弯腰弓背，辛辛苦苦却什么也没捞着似的。最近，他又提出不愿在我朋友公司干了，给别人干挣不到大钱，他想自己单干。

我说这个想法好啊，年轻人就要有闯劲，这种奋斗精神可喜可贺。虽然这么说，我心里却有底，我太了解小林了，他是语言的巨人，行动的矮子，他和小泉不一样，没有小泉敢说敢干的劲头。

小林见我赞成他的想法，便给我看他搜集的一大堆能挣到大钱的资料。我装作认真地翻了翻，都是些不靠谱的，比如生产线圈、钢丝，批量印发小广告，甚至还有打着合资名义的传销和办假证的。出于亲情，我对小林说："生产线圈、钢丝，似乎还可以，对怎么生产，销到哪儿去，这都有待进一步考察。但印发小广告、办假证，尤其是传销，可都是违法的。小林，咱可不能干法律不允许的事情啊！"

"四爸你放心，"小林拍着胸部说，"我心里有底，肯定不干出格的事。"

"这就好。"我说，"只是，我得给你泼点凉水，凡是能挣到钱，你能搜到的，不知有多少人都看到了。"

"这个我明白，我要创业，那只准成不能败，肯定会找保险一点的。"小林一副要干大事业的样子。

我笑笑，但愿他能真的独立自主，不给我添麻烦。

这阵，我的心思全在陪父亲上，休完假了，单位事情倒是不太多，但得去坐班。妻子也要上班。北京太大，我和妻子的单位离家都比较远，中午得在单位吃食堂，把父亲一人留在家里显然不行，他不会做饭，连煤气灶也不会用，就算会用我们也不敢让他做，年纪大了，爱忘事，万一哪天忘了关煤气灶，那就出大事了。于是，父亲的午饭就成了问题。我也想过找钟点工每天给父亲做午饭，可妻子反对，说现在的人复杂得很，让一个陌生人进到家里，就一个弱不禁风的老人，万一那人手脚不干净呢？反正是左也不成右也不行，我和妻子商量后，便在我的单位附近租了一间小平房，把父亲安置在那儿，平时由我陪着住，每天三顿饭从单位食堂打过来，周末再和父亲回家里住。反正天也渐渐暖和起来，住在小平房里也不显太冷。

父亲见给我添了大麻烦，又担心租房花钱，只住了一星期，就嚷嚷着要回老家，说他的腿好了，一点都不疼了。我说你的腿还没好利索，需要调养，回去没人照顾，还是在我身边待着吧。父亲坚持要回，我坚决不同意。他的情绪好不容易才放松下来，这一回老家，日子又回复到以前，还得叫我担心，不如留在我这里。父亲回不去，整天闷不作声，一个人待在屋子里发呆。

天气一天比一天暖和起来，路边的草坪像用油冲洗过，绿得黑亮，看着叫人心里舒坦。北京的天空也出奇地明朗，阳光干净、透亮，柔软而温暖。大自然似乎不忍破坏这份美好，风也变得轻软许多。到外面活动的人多了起来，靠阳面的墙根下，像父亲一样一脸褶皱的老人惬意地晒着太阳，他们恬淡安静，从容不迫。每天中午吃过饭后，我坚持推着父亲出去转悠。看到那些坐在暄软的阳光里的老人，父亲的脸上渐渐会露出一丝笑容。慢慢地，父亲情绪又稳定下来，不再提回老家的事了，只是他的话更加少，不到万不得已，不多说一个字。

这个星期天，小林来找我，说他终于找到挣大钱的机会了，他进行了全面摸底，这回得抓住机会。说到"机会"时，小林把手一握，有力地挥动了一下，好像那一握一挥之间，机会已攥在他的手里。

小林说的机会是丰台火车站那里有人转让一家小型印刷厂，设备厂房，连同业务一体化全部出售。小林说搞印刷只要有厂房设备，肯定能挣钱，成本低，效益高，要是脑子灵活点，钱是稳赚的。

我疑惑地问："既然赚钱，人家又经营得这么好，为什么会转让？"

小林得意地说："我就知道您会这么问，您太小看我的智商了，要做大事，就得有谋略，我能莽莽撞撞？我早就了解过啦，这个印刷厂老板的老婆、女儿全在加拿大定居，他们在国外买了别墅、花园，都是靠这个印刷厂挣的钱买下的，效益够可以吧？现在人家钱挣得差不多了，想去陪老婆女儿，在国外发展更大的事业。"

说的好像在理，可人家的钱怎么挣的，能轻易告诉你？再说了，一个小型印刷厂要挣出在国外发展更大事业的基金，听上去有些悬乎。况且我也不懂印刷行业，到底有多大市场，能有什么发展，一点底都没有。见我犹豫，小林又说："您的想法我全知道，印刷行业的情况我也摸得差不离啦，大型印刷企业一般都只接大批量，咱不说，就说小型的吧，因为小啊，方便，随时可以开机印。您也清楚，现在要印刷的东西实在太多了，好多公司、企业需要的外包装、宣传用品，包括各种小广告，嘿嘿，他们都得印，这种活大厂不接，划不来啊，开一次机就得赔死他们，您说那些公司不到这种小厂来印能到哪儿去？还有，您看市场上好多盗版书，都是小印刷厂干出来的。四爸，不是我吹牛，就这种业务，我还没开干呢，就可以拉来一大堆，不是我吹，就我现在认识的这些公司，哪家没有一些印刷业务？"

小林说得兴奋，脸上的几颗青春痘饱胀得像一滴滴红墨水，要从脸上飞落下来似的。

"哦！"我点了点头。看来这小子没白在北京混，不管他话里有多少漏洞，但至少知道他在做事之前作过市场调查。可是，我突然想起一件更重要的事情，"有一个最关键的问题，你的资金从哪里来？"

小林狡猾地一笑："这不找四爸您来了？"

"找我？"果然又跟我能挂上钩，我条件反射般向身后看了看，其实妻子不在家，我只是对那句"问出来的事"比较过敏。明摆着是个圈套，我还是一步一步把这个圈套给问到了跟前。

"那得多少钱？"哪怕头伸进了圈套，我还是忍不住问。

"三十万！"小林轻描淡写地说，"这是收购厂房和设备的钱，属前期投资。只要机器开动起来，就像印钱一般，咱们很快就会有收益的。"

"是你，而不是我们！"我把头从圈套里缩回来，说，"小林，你还是把问题简单化了，你给我说这事之前，就没想一下，你四爸能拿出来这么大一笔钱吗？"

小林又是一笑："看您说的，我能不考虑这个问题嘛。我没说要您拿钱啊，知道您也不可能有这么多钱。我是托您给办贷款，您在北京，有根有基，贷款方便。用不了一年，连本带息肯定还清，说不定，年底就能见利，到时少不了您的。"

"还是别提我了。"我打断小林，"你以为我是银行的行长他四爸啊，贷款有你说的那么容易！"

小林像霜打的树叶，耷拉下来了。

那几天，三哥不断打我手机，每次铃声都响一下就挂断，等着我回过去。这次，我跟三哥杠上了，偏不给他回电话，不想听他给儿子小林提贷款的事。我更生气的是，他可以为儿子一次又一次地找我，怎么从来不在电话里问一句父亲怎么样了。可是，三哥这次打电话很有耐心，也很讲究，基本上是上午两次，下午一次，他打电话的火候掌握得非常精确，拿准了号码可以显示而我又不可能那么快接通。可偏有一次叫我抓住了机会，第一声铃没响完，就叫我下意识地按了接听键。三哥显然没有思想准备，完全在意料之外，他吃惊不小，竟然不知该挂断电话，还是该和我通话。

就在三哥犹豫之间，我在电话这头已经喊叫开了："喂，三哥嘛，你说话呀，你打了几次电话我都没接上，咋了，有事啊？"

三哥的大脑还没转过弯来，显见给我打通长途电话的事多么震撼着他，他吭哧道："我，我也没啥事，就是——想问一下——"

我干脆利落地接过他的话说："嗬，是想问候一下咱爹啊，他老人家在呢，瞧把咱爹高兴的——你等等，我把电话递给他接听。"

"不不不，爹好着就成，我不和他说啦，还有急事，挂了啊！"

"咯噔"一声，躲避不及似的，电话急急忙忙挂断了。

事儿赶着趟儿，小林的幻想刚破灭，姐姐的儿子罗竟那边又有事了。他们在广州待了将近一年，一边打工，一边狂热地追求艺术，这期间，罗竟的女朋友白莎莎认识了一家星工厂的老板，很快打得火热，白莎莎回头再看罗竟，除了皮囊比老板好外，再没有一点可比性，曾经在她眼里，罗竟的那点艺术味道就像擦在皮肤上的酒精，早不知挥发到哪里去了，白莎莎二话没说，把罗竟甩了。

我在电话里听着罗竟哭哭啼啼的哭诉，心里特别烦，真是出息到家了，被女朋友甩了都找我，还哭成这样，连"丢人"两个字怎么写可能都忘记了。

但是，在这种时候又不能打击过头，我尽量装作心平气和地对罗竟说："你别哭了，不就是女朋友分开了嘛，没啥大不了的……"

谁知我这话还没说完呢，罗竟刚刚平息的哭声又波浪似的涌上来，他冲着电话喊道："四舅，我还以为所有人当中你最能理解我的感受，看来是我错了，你跟他们一样不懂爱情。"

我哭笑不得，看看，这又是一副要捍卫爱情的架势，罗竟以为自己懂爱情，可照样被他所谓的爱情要弄了一把。我说："好了好了，你别忙着哭，到底想给我说什么，好好说事情吧。"

"四舅，爱情丢了，我的心也空了，属于我的天空一片黑暗，啊，属于我的前途迷茫如烟……"

"好啦，够啦。"我打断他，"你再扯别的，我就挂电话了。"

罗竟这才哭泣道："我现在啥也没啦，真不想活了！"

这种腻歪的小男生腔调，听得我起了一身鸡皮疙瘩，我当然知道罗竟并不是真的不想活，为爱情殉情，不过是个神话，而这种神话离我们的现实生活实在遥不可及。我没好气地说："别说这种话啦，我不爱听。说点儿具体的。"

"这就是具体的呀，你是我舅，我最信任你，你都不爱听，我还能说给谁听去？"

罗竟居然撒起娇来，刚才还春雨淅淅，转眼就叽叽歪歪，这哪像是不想活的人？！我拿他一点办法都没有，无奈地说道："好吧，我是你最信任的舅舅，现在，你认真跟我说一说，到底有什么想法。"

"那我就不说别的了。"罗竟还有自知之明，"我没脸回家见我妈，想上北京找你去，四舅，你不会不要我吧？"

"我……"这可是我逼人家说的，打肿脸也得充胖子了，"我没说不要你啊，你来就是了。不过，你高中毕业，没有文凭，我到哪儿去给你找事做呀？北京可是一伸手抓，全是本科以上的人才，这个问题你考虑到没有？"

罗竟说："我就是考虑到这个问题，才想到你嘛。人家都到这个份儿上，你作为长辈，不帮说不过去吧。"

这说话的口气，倒像他是我的长辈，在劝说我似的。

我不知怎么跟妻子解释罗竟要来北京这件事，但又不能不说。妻子听我说完，什么话也没说，脸上的表情淡得如一杯凉水。我想她肯定麻木了，而且麻木得连抱怨的话都彻底想不起来了。

罗竟来的那天，我得上班，他是第一次来北京，怕他找不着，我想着叫侄子们去接一下站。叫谁去呢？小泉仓库那边肯定走不开，小林眼下的情况，不便给他联系，就是联系了，他有各种借口推托掉，还不如不给他打电话。考虑来考虑去，我想到了小雾，只有她在时间上可以调剂。怕她上课受影响，我给她手机发短信把情况说了。过一会儿，小雾竟然急急地打电话过来："四爸呀，我还没来得及告诉你，我正在一个电视台实习呢，这是个绝好的机会，课不上了，在实践中更能学到真东西。我刚来时间不长，请假不好，接人的事，你还是叫哥哥他们男生去吧，啊！"

我没说上一句话，小雾已经挂断了电话。不过，我一点都不生小雾的气，相反，心里倒很高兴，还是这小丫头省心，都知道自己奔前程了。我心里高兴，又给小丫头发了条短信，祝贺她迈出了非常宝贵的第一步，希望她事业有成。最后，我告诉她，安心忙你自己的，接人的事我自己去，不要你们这帮孩子分心。

我请假去车站把罗竟接到家里，罗竟的情绪很低沉，因为是第一次到北京，妻子虽没有对他表现出多么高的热情，可言语之间还是有开导他的意思，这叫我很欣然。我也知道，并不是妻子接受了一个又一个我的这些侄子外甥，而是她懂得了我的无奈。说白了，我其实也不想揽这些事，但毕竟血肉相连，总狠不下心不管不顾。

想着罗竟感情受挫，失意是肯定的，又是初来乍到，对北京一点都不熟悉，我还是叫他在我家多待几天，平息平息内心的波动，再说找工作的事。父亲见到外孙也很高兴，就让罗竟先陪陪爷爷，中午到外面买点吃食，我就不用带父亲去那个租住的小屋，老惦记着父亲一个人太寂寞了。

可是，没几天，父亲偷偷对我说，快点给罗竟找个工作让他干去吧，这孩子再待下去非疯了不可。我心里一惊，忙问怎么啦？

父亲说："你们在家，他还好点，能说几句话。你们一走，他就不对劲了，我跟他说话根本不理，电视也不好好看，开了关，关了又开，要么就趴在阳台往楼下看，不知想干啥，看上去心神不定……"

我家在八楼，从窗户往下看，还是很有些风景的。我笑着对父亲说："没事，小孩子在家待不住。"

父亲说："可他也不愿出去，我叫他推我出门转转，他不乐意。我就说要嫌推着我累赘，你自己下去转转，只要记得回来的路就成，他支支吾吾，不知说道些啥话，我也听不懂。"

"他是心里难过，情绪有些不稳定，慢慢会好起来的。而且，他在家里可以陪陪你……"

父亲打断了我："算了吧，我宁愿你上班时，一个人待在那边的小平房里看电视。我算是看出来了，这些孩子啊，也不怪他们，是我年纪大了，到了不被人搭理的时候喽。"他的脸上明显写满了失落和伤感。

我领教过孩子们对他们爷爷的淡薄之情，罗竟——想必和另外几个没多少差别。我赶紧安慰父亲："他只是不知道跟你说些什么——他在家好歹可以照顾一下你的生活……"

"他照顾我的生活？哼，还不知道谁照顾谁呢！这几天中午还得我给他找吃的——唉，算了，不说啦，你还是赶紧给他找个工作吧，眼不见，心不烦。"

父亲这么一说，我不敢怠慢，加紧给罗竟联系工作。我平时交往还算比较多，可一提到找工作，朋友们都无能为力。又是罗竟这种情况，没学历没经验的，根本找不到适合他的工作。小林的那种工作倒是比较轻松，可那是朋友给面子，小林已经很为难人家了，我要再去找他，说得出口吗？去工地当小工吧，我姐要是知道了，还不把我活活骂死。

最后，实在找不到别的，我只好把罗竟带到小泉原来干的那个小区物业公司，求人家收下罗竟当保安。这个工作不需要文凭，只要年轻身体好就行。罗竟还挺配合，没有挑三拣四，一眼就接受了这份工作。交押金时，他手插在口袋里，看着我说他没钱，他从广州来的时候就没钱了。我只好背着妻子先垫付上，谁让我是罗竟的亲舅舅呢。临离开前，我又给了他二百块钱生活费，罗竟连推让一下都没有，伸手接过钱，眼睛斜望着天空。

天空够博大的，博大到没有一点边线，却一点都不蓝，灰灰的，像块巨大幕布，让人心里有着无穷的压抑。

七

立夏后不久，天气骤然热了起来，北京的夏天不见得有明晃晃的太阳，但一点都不减热度，是那种闷闷的热，能挑起你内心的狂躁却又无法确切地表达这份狂躁的热。天空总是灰蒙蒙的，看不到太多的变化，这种永不到头的气势，有时能使人绝望。

其实天还没真正热起来，屋子里就热得开空调了，尤其是晚上，不开空调根本睡不着。父亲的腿已经好得差不多了，生活基本能够自理。但他受不了空调的冷气，只要一开空调，他就说腿疼，还说夏天怎么能有冬天的感觉呢。我知道，他是对冬天仍心有余悸。为了父亲，我坚持不开空调，只要在屋子里，我就赤着上身，肩上搭条毛巾，不断地抹汗，倒也对付得了。可妻子没法忍受，她本来就是冬天怕冷夏天怕热的身子，对这种沉闷的酷热适应不了。我建议在我们的小房间里再装个空调，妻子又不同意，因为家里总有人来，我们把大点的房子留作客房，现在父亲睡着，又不好把父亲换过来，怕他心里有想法。我们睡的是最小的屋，一个几平方米大的房子再装个空调，实在不划算，只好买台电扇回家。电扇的风毕竟不如空调的冷来得舒服，妻子每每热得大汗淋漓时就不停拿眼瞪我。我只好装着看不见。这还只是小事，熬一熬也就过去了，反正白天上班时办公室有空调享受着。最关键的问题是，这阵子父亲的胃口不好，每顿饭吃不了几口，我带他去医院检查，医生说是天气太闷热，年纪大的人身体抵抗力差导致的，回家多喝水，不要过多运动就没啥大碍。这下，父亲见我们如此受闷热的罪，于心不忍，自己又吃不下饭，再次提出要回老家。妻子听了不说话，以前父亲说要回去她还竭力挽留。这下，我也有点心动。这段时间，虽说妻子表面没表现出什么情绪，可父亲还是在妻子面前显得很小心，好像手里捧个什么东西，不小心就会打碎。妻子看了心酸，可她不知怎么跟父亲交流，他们谁也听不懂对方的话。可以说，父亲在我这儿其实是度日如年。再说了，北京的天气，还没到七月，就热得受不了，再过一阵，恐怕父亲更难熬。

但是，父亲回老家，住又是个问题，当然，他还可以住在大哥家原来的屋里，可父亲腿脚还是不太灵便，尤其上厕所是个问题。在这边每次都是我扶他进厕所，他自己坐在马桶上解决。老家就没这个条件了，简陋的茅坑，别说大哥，就是雇个保姆，人家也不可能伺候你上厕所啊。得给父亲解决了这个后顾之忧，才能把他送回去。

我给大哥打通电话，说了父亲的情况。大哥在电话里沉默不语。这样也好，大哥不表态，那只好由我做主了。我说，父亲想要回去，他在这边极不习惯，天气热他又受不了空调的冷气，胃口也不好，吃不下饭，回去可能会好一点。

大哥还是不吭声，他肯定在心里盘算着，这个时候父亲回去，对他是利还是弊。

我心里酸了一下，父亲在他们心里都成多余的人了。这时，我脑子里突然灵机一闪，又对大哥说："爹其实生活已经能自理了，只是上厕所不太方便，要不这样，我出钱把咱爹住的屋子改修一下，在屋子北面盖个卫生间，装上马桶，与屋子打通，这样就解决他上厕所的问题，也不用你们费太多的心啦。"

　　这回，大哥开口了："这倒是个办法。"

　　我心里的一块石头终于落了地，对大哥说："这事得劳烦你了，我在这边照顾着咱爹，没法回去，大哥你就找人开干吧，需要多少钱，你给我说个数，工程量不算大，尽快建起来，把爹早点送回去，我怕他在这里真扛不下去。"

　　"好吧。"大哥这次答应得挺痛快，总算没叫我失望。

　　过了两天，却不见动静，我忍不住打电话问大哥，他在电话那头火急火燎地说："你在北京当然不知道我这边的情况，这两天可把我累坏了，就没睡个好觉，整天奔波，找人设计，联系工匠，跑材料，你可不知道，咱这里要买个坐便器，得到省城的建材市场去才有。"

　　"是呀，是呀，这个情况我知道。"我说，"跑了两天，那啥时能开工？"

　　大哥说："瞧你急的，我正要找你说哩，马上就是麦收季节，工匠很难找，人家都要忙收割，不愿意揽活儿。咱这不是急吗，急就得多掏钱。平时工匠每天只要五十块钱，眼下就得一百块，就这，人家还不一定干哩，还得雇小工吧，我一个人，再加上你大嫂，肯定忙不过来。再说材料，要雇车拉，雇人装卸，不行我还得亲自跟着去，这来来回回，哪样不花钱……"

我听得不耐烦，打断他说："这我都知道，你就说吧，大概得多少钱？我马上给你打过去。"

大哥说："我找人算了一下，老四，这可是行家算的，不是我呀。"

我真不耐烦了："我知道，你说吧。"

大哥这才吭吭哧哧地说："只是粗略计算的，大概得——两万多元……"

"什么，两万块？"我惊叫起来，"只盖一个小小的卫生间，比盖三间大房还贵啊？"

大哥不高兴了："老四，你这话啥意思？好像是我要干什么似的，我给你说清楚了，是找人算的，有些细枝末节还没详细算进去呢，像我和你大嫂，还有烟酒茶水，加上吃饭的费用，我都没往里面算，这不想着那也是我的爹嘛，咱也尽一份力。老四，你的话我算听出意思来了，我再说啥你也不会相信了，这样吧，我告诉你计价人的电话，你打过去一问就啥都清楚了。"

我挂断了电话。问那个计价的人，有什么用？

父亲回家的事就这样搁下了。可父亲待在北京的确很难过，他已经很少吃东西了，整天待在屋子里哪儿也不去，有时候，一个人趴在窗边不知道愣神看着哪儿。我感觉父亲像掉落所有叶片的干树枝，那稀薄的青绿的血液正一点一点从他身上挥发着，我却阻止不了这样的挥发。妻子见父亲的样子也怕出事，问我到底怎么办，她说再这样下去，父亲恐怕会出事的，还是把他送回去吧，父亲可能更适合老家那种环境。妻子可能是怕我多心，又强调不是她赶父亲走，而是真担心父亲眼下的状态。本来跟大哥联系的事是瞒着妻子的，她对钱的事比较敏感，但事已至此，我只好将在老家给父亲建卫生间的事给她说了。妻子没有责怪我，只骂大哥太过分，都什么时候了，还在算计自己的兄弟，一个破卫生间，几千块钱的事，他狮子大张口竟然要两万，亏他说得出口。

"吴江，要我说，你干脆请假回老家一趟，自己找人把卫生间盖起来好了，不要叫你大哥插手，让他的好梦成空。"妻子气恨地说。

我犹豫道："我也这样想过，可是老爹怎么办？现在把他带回去，我得顾着工程，没法照顾他。再说，卫生间盖好也不能立马就用，粉刷好还得放一阵，透透气，才能用呢。"

妻子笑了："我还当什么事呢，这还不好办啊，老爹暂时不回去，不就得了。"

我说："可爹……急于回家啊！"

"跟爹说说，先叫他放下心来，等你弄好了，就把他送回去。爹其实是心病，说通了没心病也就轻松了。"

可是，我回家了，爹不就一个人在这里吗？

"爹他……不回去？在这儿怎么办……"

"哎呀，你放心去吧，我会照顾咱爹的。"

我跟父亲一说，他坚决不同意，而且眼泪汪汪的。他说要跟我一起回，看着我给他建房子。我说不是建房子，是卫生间，也就是厕所。父亲说一样的，他都一把骨头了，还有什么是不一样的？

我无语。

还没定下来到底怎么办，这天中午快下班时，三哥的电话就来了。这回，三哥没有玩只响一声铃的游戏，他很固执地等着我接听。我拿着手机想了好一会儿，也想不明白三哥这次怎么就豁得出去等我接电话。

电话一通，三哥大叫起来："老四，这下不得了啦，你侄女小雾可干下大事啦！"

好像小雾不是你的女儿，只是我的侄女似的。我没好气地问道："到底怎么啦？你尽说没用的，快说，小雾她怎么啦？"

"小雾——"三哥哭得呜呜地，"小雾这下可把咱吴家的脸丢尽了，她——她一个大闺女家还是个大学生，不要脸的，竟——怀上别人的孩子啦。"

"啊！"我这惊可不小。我什么都想到了，就没想到会是这个。

"啊，老四，你去找那个臭不要脸的，替我把她打死吧，打死吧。我不要这个臭不要脸的了，呜呜，我就没生养这个闺女……"

"行啦！"我吼叫道，"别乱号了，都这个时候了，还说这种话，要打你自己去打，我不去，打死人得偿命。"

三哥气恨恨地说："你不是她四爸呀？你不是在北京吗？你

要不管，谁管哪？小霁可是你给找的学校，难不成出了事，你就撒手不管啦？"

三哥这时候不哭了，像讨了多少年的债，忽然发现债主原来就在眼前等着他似的。我被三哥的话狠狠噎了一下，小霁的学校是我找的没错，难道我跟她说过要在学校整个大肚子出来？

我尽量控制住自己的情绪，对三哥说："哥，你先别急，待我弄清楚小霁到底是和谁——在一起，好吧？"

"不急？再不急，你和我就当外公了，而我们的外孙是个野种。"三哥又哭起来，"老天爷啊，我做下什么啦，为什么要这样惩罚我，小霁好不容易才上个大学，我都花进去三四万块学费了啊……"

三哥越哭声音越响，丝毫不顾及这是在打长途电话，而且是他打过来的。我听了一会儿他的哭声，愤愤地挂断了电话。中午一点胃口也没有，没吃一口饭，心里堵得像堰塞湖，我不知道接下来该怎么做。呆呆坐了近一个小时，才硬着头皮给小霁拨电话。我想问一下她，到底是什么情况。

小霁不接电话，她的手机始终开着，任我一遍又一遍地听她手机里曼妙的声音在唱"亲爱的你慢慢飞，小心前面带刺的玫瑰……"到下午上班时，我心里倒平静了下来，就是打通小霁的电话，她现在承认自己错了，又能怎么样？该发生的还不是一样都发生了。唉，这个傻丫头，咋就这么傻呢，如今这事普通得跟走在路上被石头绊了一跤一样，爬起来，把绊脚的石头踢开不就完了，她怎么就不知道上医院把石头踢开，把肚子里的累赘处理掉呢，这事别说三哥气急了，就是我，当时听到这个消息，都浑身发冷，恨得牙根痒痒。

吃晚饭时，我的手机响了，一看是小霁的电话，我迅速扫了父亲和妻子一眼，不敢多说一句话，端起碗来到厨房才接听。

小霁说她中午睡着了，没听到电话，睡起来就到这个时候了。我还没来得及问她，小霁已预感到我要说什么，她急急地说："四爸你别生气，我有我的生活方式，之所以一直没告诉你，就怕你生气。我知道依你们的想法和看法，肯定觉得我疯了，更不会同意我这么做。"

我使劲咽下还没来得及准备好的那些话，轻声对小霁说道："孩子，不管你有怎样的想法，眼下，你必须把胎儿做掉！"

"不行！"小霁尖叫起来，"孩子是我现在唯一的法宝，要是没有了，我可能会失去艾瑞。失去艾瑞，我活得还有什么意义？四爸，你不知道，艾瑞有多优秀，在这个世界上，没有再比艾瑞更优秀的男人了。"

"我不知道艾瑞是谁，也不知道你们俩是什么关系，将来会怎么样，你爸委托我，我就得为他负责，同时也为你的现在和将来负责。"我终于忍无可忍，生气地说道，声调也提高了许多。什么狗屁艾瑞，一个优秀得不得了的男人能瞧上你？你小霁是貌若天仙还是才高八斗？

妻子听到我的叫喊声端着碗跟进到厨房，疑惑地望着我。

我用端碗的左手向妻子挥了挥，叫她出去。我又给小霁说道："小霁，听我的话，好吧，咱先把孩子做掉，余下的事再说。就是你要和那个什么艾什么瑞的结婚，咱们也可以商量，是不是？但眼下得考虑现实一点。孩子，你现在还是学生，如果你不方便，四爸来想办法联系个医院，一定做得严丝合缝，绝不透漏一点风声……"

小霁在那头笑了起来："四爸你在干什么，我又没做下违法的事，你真可笑。告诉你吧，我们学校都知道我怀孕的事啦，除过你们——我们的亲人外，没有人大惊小怪。我做错什么啦？你们一个个指责我，说白了，还不是为你们自己，觉得我没嫁人肚子先搞大了，丢了你们的脸，嘿嘿，那是你们自己跟自己过不去。对不起了，我不能听你的话，为了我的将来，我必须把孩子生下来！"

电话里传出"嘟嘟"的忙音，像紧促的雨点，一声一声砸在我的心上，我没觉得有多痛，可难受啊。我恨恨地把手机塞进口袋，比三哥还要气愤。这都是什么事嘛，好像我拼死拼活要截断她的幸福似的。我摇摇头，对自己说，行啦，这都是我自己问出来的烦恼，谁也不怪。

妻子站在厨房门口，我最后跟小霁说的话她听得一清二楚，就算是傻子，也明白是什么事了。妻子端着碗静静地望着我。我把小霁的事简略地告诉妻子，但没说三哥电话里冲我喊的那几句，要不然，妻子肯定得把手里的碗扔掉。这回，妻子没说什么过激的话，只叹了口气，轻轻地说道："吴江，你等着看吧，麻烦事还在后头呢。"

这个晚上，我严重失眠。

<h2 style="text-align:center">八</h2>

三哥说要来北京，女儿出了这么大的事，他在家待不住，得找到小霁，亲自带她去把肚子解决了。我告诉三哥，先冷静下来再说，小霁有她自己的想法，而且根本说不通她，就算你来了，也不一定能奏效，弄不好把她逼急了，还弄出个三长两短来。

三哥拉着哭腔说："那怎么办，总不能把孽种生下来再想办法吧？"

我也不知道怎么办。

三哥又说道："小霁一直是个乖孩子，都是上那个什么狗屁大学，上成眼下这样的。"

我咬咬牙，心里告诫自己，三哥这是气急了，说话口不择言，并不是有心在责怪我。

见我还是没说话，三哥接着又说道："要不，你替哥去找找那个什么艾什么瑞的，看他到底是个什么玩意儿，实在不行，还有个下策，叫他们——立马成婚。"

这叫什么办法，小霁说了，孩子是她唯一的法宝，由此显见那个艾瑞对她是没有结婚之意的。但让他来劝小霁打掉孩子，也是没办法的办法。我立马给小霁打电话，她却不告诉我有关艾瑞的任何信息。我威胁小霁说，如果她不告诉我，我就到她学校去问，既然大家都知道她和艾瑞的事，总有人知道艾瑞在哪里。这一说，小雱惊叫起来，说四爸你别给我添乱了，我和艾瑞之间是我们自己的事，你又不是我亲爸，老掺和进来算什么事嘛。我也不要你们给艾瑞施加压力，我要他自己主动。

去他妈的，这都是些什么人，气死我了。再给三哥回话，我也顾不得他的感受，说你们家的事爱咋咋地，我净掺和这些破事不累死啊！三哥一听我的口气，就说他得来北京。我心想你爱来不来，条条马路通北京，北京又不是我家的。只是我家里太小，可住不下这么多人。

三哥说："我肯定得来，不然这事没法弄。我一会儿就给小林打电话，他是小雱的哥，得操份心，叫他先去做妹妹的工作。老四，我们家的破事确实不再麻烦你了，你事儿多，忙，我不敢多打扰。"

三哥说完就挂断了电话，口气里的不满钉子一样，每个尖都朝我扎来。

九

这天晚上，我已经躺到床上了，手机响了，一看显示的是本地座机号码，我还以为是小林打给我说他妹妹的事呢，犹豫了一下，还是接了。接通一听，是个男人的声音，不但陌生，还很蛮横："你是吴江吗？"

"是我，哪一位？"我很不高兴，任谁在这种时候接到这样蛮横的电话都会不高兴的。

"你认识一个叫罗竟的人吗？"

我心里一惊，赶紧回答："当然认识了，他是我外甥。"

"我是海淀区上地派出所的，查到罗竟没暂住证，他的态度还不好，一点都不配合我们的调查工作，你拿钱来给他补办暂住证，并且交罚款吧。"

奥运会前，各方面查得很紧，尤其是对外来人员的暂住证查得更紧，罗竟当着保安，也难逃脱。但这不是什么大事，补办一个证就没事了。我悬着的心这才放下来，没好气地说："对不起，我不会来的，让罗竟在你们那里蹲着吧。对了，感谢你们管罗竟的饭。"

没办法，我不能什么事都管，我只是一个人，没有三头六臂，就这已经顾不住摊子了。这晚，我想着还不如带父亲回老家找点清静呢。这阵，大哥不断来电话催问，给父亲的卫生间还盖不盖了，联系的匠人一直等着呢。我心里没好气，对大哥说："叫他们等着吧，我不光盖卫生间，还想把房子拆掉重新盖一下，工程量大得很呢。"

大哥说："那得等到啥时候？"

"你急什么？与你又没多大关系。"

大哥嘿嘿一笑："我想咱爹老了，想早点见到他老人家呢。"

我摔了电话。

我脑子里全是侄子侄女们给我添的乱，越想越对他们感到厌烦。小霁、小林惹的麻烦不用说了，罗竟才到北京几个月，也不给人省点心。思来想去，还是小泉相对好一点点，最近就他的事少，除过去年自作主张出事故外，平时基本上不给我添堵。

这个念头闪过没几天，小泉就出事了。小泉一般不出事，要出就出大事。接到警察的电话，我还以为小泉犯下什么事，被关到看守所里，本想给警察说，我不去领他，叫他自己受着吧。没想到警察竟然心平气和地告诉我，不是看守所，而是医院。

我失去了理智，叫道："又是医院，吴小泉这回不是又伤残了另一条腿吧？"

警察还是很平静地说："比这更麻烦，你得做好心理准备，吴小泉被人打残了，据医生说，他今后做不成男人啦！"

天哪，谁这么残忍，下得了这种手？这下，二嫂要断后了，我可怎么给可怜的二嫂交代啊？我以为自己经历了这么多事，能挺住，结果还是惊得差点昏过去。

我被单位同事送到医院，去男科看望小泉。男科是个特别的科室，在一片疑惑的目光中，我找到了小泉的病房。小泉已被医生做了创面处理，下腹部塞满了纱布，像个孕妇似的把被子顶起来，仰面躺在一间四人病房里发呆。见我来了，小泉迅速闭上眼睛装睡。出了这么大的事，他无颜面对。我还是轻轻地唤了小泉一声，分明看到他的眼皮在抖动，可他紧紧咬着嘴唇，始终没答应。他的双手死死抓住被角，生怕我掀开被子查看伤势似的。我心里难受极了，默默地盯着小泉，慢慢地，我发现他的眼角滑出了泪水，我再也控制不住自己的情绪，蹲下去抓他的手，哽咽着问他，到底是什么人干的？小泉粗暴地甩开我的手。他仍紧闭着双眼，可他抽泣了起来。

医生闻声赶来，把我劝出病房，带到他的办公室，交给我一个文件袋，说是警察留下来给病人家属的，是小泉出事后的一些笔录，可以作为起诉的材料。

我的腿迈不动了，颤抖着手打开那个沉甸甸的文件袋，流着泪，一目十行地看着。

打小泉的人受一个软件公司老板雇用，原因是小泉勾引了老板的二奶刘娜。我不知道，小泉哪有这能耐，可材料上明明写着，那个老板的二奶也做着一些生意，经常带人去小泉的库房提货，一来二去，刘娜与吴小泉竟然眉来眼去地好上了。据刘娜的供词上说，自从她认识吴小泉后，才知道什么是真正的男人，以前，她算是白活了。刘娜提出要与老板分手，想和吴小泉过一辈子。结果，吴小泉被人生生打成了废人。

我不敢给二嫂打电话，也不敢给父亲说小泉的事，只偷偷给妻子说了。妻子惊愕不已，手指点着我，大张着嘴半天却说不出话来。等缓过劲儿来，妻子才说："出这么大的事，哪敢拖啊，赶紧给你大哥或者三哥打个电话，问问他们怎么办，再想法叫他们转告小泉的妈。"

这个时候打电话回去，非得问出事来不可。我望着妻子，犹豫不决。妻子急了："你也不看看是什么事，赶紧问吧！"

我给大哥打通电话，还没开口，大哥说他们都已经知道了，警察给家里联系过。大哥还说："你等着吧，你二嫂这就去北京处理小泉的事。对了，老三说也要去，不知道他去干啥，他就会瞎凑热闹。"

　　看看，问出事来了吧。小泉出事后，我没接到老家的任何电话，大哥这么一说，我惶恐不安，神经极度紧张，最害怕听到门响，一旦有敲门声，我不敢去开，生怕一拉开门，看到的是我的二嫂，还有三哥。

手心手背

　　岳岚岚把话挑明了，吴一晗心里非常复杂，可他没有马上怪罪岳岚岚。他用沉默表达着他的愤慨。不管怎么说，岳岚岚是他的老婆，瘫痪在床不能动了，也是他的老婆。老婆能对丈夫说出这些话来，心里肯定非常复杂，就算她知道自己活不长，可要自己在活着的时候就把丈夫推给另外一个女人（尽管那个女人是自己的姐姐），也是需要足够勇气的。吴一晗只能原谅老婆，她现在够可怜的了，无论她有多么过激的行为和语言，他都尽力不往心里去。只是，岳母郑重其事地给吴一晗谈话，把他这个女婿当作肥水，让他今后流到自己大女儿的这块田里，叫吴一晗伤了自尊，他毫不客气地把愤慨和屈辱写在了脸上，没有扔下一句话，当即就拧身走了。这算什么事啊，岳岚岚还有一口气躺在床上占着位置呢，她们一家人居然动起了叫吴一晗续娶妻姐的心思，也真亏了她们能想出来这一招。

岳岚岚出的是车祸。她一意孤行要去驾校学车，临到快结业时，在驾校组织的上路实习时出的事。驾校车少，三个人一辆轮换操作，他们跟着一个教员上了路。那是在郊区，路上基本没有什么车，但教员还是一个劲地给他们提示着注意事项。一路上都挺顺的，三个人轮换着驾驶了好长时间，往回返时，是一个男学员驾的车，他的技术经常得到教员赞赏，所以他就把车速提得很快，甚至都超过了一辆农用小货车，并远远地把它甩在了后边。男学员对自己能够超车有点得意，摇头晃脑地把着方向盘，当时是不是嘴里还吹着口哨，岳岚岚已经想不起来了。事后，她只记得前方的拐弯处突然冲出了一辆高大的工程车，男学员对这个庞然大物的突然出现，一下子惊慌起来，脚下乱了分寸，本来是要踩刹车却把油门踩死了，他们的车飞速地向凶猛的工程车冲去，车内顿时响起一阵尖叫。关键时候还是教员有经验，他一把抓住了方向盘，往右猛打了一把，工程车擦着他们的车呼啸而过，他们的车却因为速度太快，冲出了公路，翻在了路基下。岳岚岚被惯性甩出车外，摔在了田地里，捡了条命。那个驾车的男学员可就惨了，被方向盘卡住，压在了车下面，连一句话都没有留下，就丢了性命。岳岚岚伤得不轻，腿和腰部受了重创。另外一个一条腿当时就和身体分离了。最惨的是那个教员，到现在也没有醒过来，医生说，就算是醒了，可能这辈子也站不起来了，成为植物人的可能性非常大。岳岚岚算是捡了条命，可她说死说活不配合医生的治疗，宁死也不愿截去坏死的腿，导致下半身大面积瘫痪，坏死的肌体还在不断地扩大，她又不接受保守治疗。现在的情况，说难听点，就是等死了。

　　这种情况下，吴一晗能说什么？岳母给他谈过话后，他冷静下来想了想，觉得自己没有必要伤这个心，就是岳岚岚哪天去了，至于他今后娶不娶妻姐岳晶晶，还得自己说了算，凭什么他要听她们一家人的摆布呢。老婆的自私、不管不顾、一意孤行的性格，吴一晗领教了这么多年，他现在已经宠辱不惊了，岳岚岚再不怎么样，毕竟他曾经还爱过她，他们之间还是有感情基础的，可叫他再娶一个岳晶晶这样的女人，他就不能忍受了。在吴一晗看来，岳晶晶比妹妹岳岚岚有过之而无不及，他对这个妻姐的印象一点都不好。过去，他和岳晶晶连话都没说过几句，主要是岳晶晶正眼瞧不上他这个没职没权，还没有钱的小职员。当然，他从内心里也没有瞧上她。岳晶晶原来是塑料厂的工人，厂子效益不好，工资都发不下来，她在家不相夫教子，却整天恋着牌局，一打起牌来连家都不顾，儿子的学习一塌糊涂。早已下海做小本生意的丈夫，几年前在外面找了个情人，有次叫她在床上给堵住了。岳晶晶得理不饶人，在她母亲的策划下，竟理直气壮地离了婚。不久，她就下岗了，也不去另找份工作，经常回娘家来混吃混住，为的是凑一桌牌局。岳晶晶看着妹妹的身体每况愈下，一天不如一天了，她看到了吴一晗对家庭对岳岚岚的尽心尽力，觉得他是一个顾家的男人，才用正眼瞧这个妹夫了。可她心里还没敢动吴一晗的心思，毕竟，妹妹还在床上躺着呢。

其实，最先动这个心思的，是岳岚岚。在岳岚岚出车祸后的这几个月里，她才意识到自己的丈夫是一个好男人，是一个值得托付终身的男人。他跑前跑后，尽心尽力地照顾着她。为了说服她接受治疗，他没少挨她的臭骂，可他的好男人品质这个时候就凸现出来，在她的辱骂下，他没有一点怨言，依然给她接屎端尿，擦拭身子。一直对丈夫抱着轻视态度的岳岚岚，被丈夫感动得哭了好几回。感动之余，岳岚岚才动起了心思，这样的男人在如今的社会里可没有几个。她想到了自己离了婚的姐姐，背地里她把这个想法告诉了自己的母亲。母亲还在犹豫时，她又给姐姐说了，要姐姐将来接替自己的位置。这样，姐姐有了好的归宿，吴一晗这样少见的好男人也留在了岳家。

显然，这是一个现在看起来残酷，今后却很完美的想法。岳岚岚的母亲和姐姐满含热泪，用女人的方式，抱着岳岚岚痛哭了一场之后，默认了这个想法。接下来，她们开始商量，怎样说服吴一晗，叫他现在心里就清楚，要有个谱，免得岳岚岚走了，将来吴一晗不买她们的账。她们经过一番商讨后，决定趁岳岚岚还活着，叫她先把吴一晗的工作做通。然后，再由母亲以长辈的身份，进一步地给吴一晗做细致的思想工作。

话挑明后，吴一晗用沉默和自己的行动表明了他的态度。但岳岚岚了解自己的丈夫，他是个相对懦弱，并且没有多少主见的男人，她知道他的哪个地方最柔软。

果然，吴一晗起初是这样想的，生命快走到尽头的妻子，想要对丈夫未来的生活做出一些安排也不尽然都出于私心，何况这段时间，岳岚岚对他的悉心照料也心存感激，她之所以这样做，也是为了想要他生活的更好一些，以为自己的家人通过这件事后，会改变从前对他的态度，而给予他更多的关爱。可是，吴一晗再想一想，却又觉得事情不是自己想象的这样，岳晶晶是什么样的人，岳岚岚不会不知道，她把她姐姐介绍给他，可不就是为了让姐姐找个忠实的依靠吗？可对他，这样的事情又有几分幸运可言？这样一想，便对岳岚岚有了很大的看法，认为她的自私并没有改变，但他又不愿在此时的妻子面前，表现出自己的这种情绪来。他就用沉默和躲避的方式，回应着妻子。

　　可是这一天，吴一晗端来水正要给岳岚岚擦洗身子，岳岚岚却把吴一晗的手拉住了。她把他的手紧紧地攥住，说，一晗，这阵子看把你整的，都成啥样子了，这些活儿你就叫晶晶干吧，她是我亲姐姐，多干点儿没啥，你一个大男人，整天弄得全身臭烘烘的，咋在外面见人呢。

　　吴一晗笑了一下，没有吭声。他知道老婆要往下说的话，故意不接她的茬，抽出手来拧好毛巾，开始给老婆擦拭身子。

　　岳岚岚伸出手抚摸着丈夫乱草似的头发，没好意思说想说的话。过了一会儿，她忍不住了，还是轻声对吴一晗说，一晗，我知道你心里不好受，可我……不说这些了，我知道你不爱听。那我就说点别的——这阵子我老想起以前的事来，我在想，我这个女人做得挺失败的，我们结婚这么多年了，我都没记住你穿多大的鞋，根本就没有把你放在心上，光考虑自己，我自私得有时候连自己都不敢相信，可你从来没有提醒过我，你只是默默地操持着这个家，我知道你一直在忍受着我。就说这次出车祸吧，如果我不那么任性，开始听医生的话接受截肢治疗，就……就不会弄成现在这样，可是，我就是截肢了，能保住这条命……也是个残废了，还得拖累你，直到把你拖垮……一晗，你是个好人，是个难得的好男人。要说前面我不愿截肢，是我不愿把自己弄得肢体不全，是我任性，可是后来我就不这么想了，我是——不愿意留着这个残废的躯体把你拖垮。我好后悔啊，在和你结婚的这几年里，没有好好关心过你，总是埋怨你这个，埋怨你那个，无论你做什么，做得好与不好，我都看不上眼，总想找个茬跟你闹，觉得你没有出息，对你很轻视……直到我躺在了病床上才明白过来，你是多么难得的一个好丈夫！是我没有好好珍惜你，现在到了这种地步，我真的是不想再往下拖累你……你相信我的话吗……

吴一晗已经是泪水涟涟了，透过泪帘，他看到妻子被病魔折磨得苍白的脸上挂满了泪珠，他伸出手轻轻地为妻子抹着脸上的眼泪，他相信妻子此时的真诚，再自私的人也会在某个不经意的时候流露着一份真情的。但他受不了她在这个时候用这样的方式劝说他。这已经不是第一次了，自从妻子知道自己剩下的日子已经不多了，她总在找机会向丈夫表达自己的真诚，当然，最主要的还是她在为丈夫和自己的姐姐设计着今后，好像吴一晗只有和她姐姐结合在一起了，她就还了他从前的亏欠，还了一份幸福似的。吴一晗受不了，但他不忍心伤害妻子，就岔开话题，或者借故走开。他其实是用这种方式委婉地表达了自己的态度，不管岳岚岚出于什么心理，至少她这样做多少也有一些要为他好的意思，他不能为此伤害她吧。

岳岚岚下半身瘫痪了，可她的大脑一点也没受影响，她一直就是个很聪明的女人，怎么能不明白丈夫的心思呢，但她从不戳穿，故意装糊涂，瞅准了机会，把握住吴一晗心软的脉搏，给他灌输这方面的内容，并且能动之以情，叫吴一晗赔上一串酸泪。

这还不算，岳岚岚为了姐姐后半辈子的幸福，和她母亲密谋着，为了给岳晶晶提供和吴一晗更多接触的机会，叫他们尽快擦出感情的火花，干脆叫岳晶晶搬到家里来住了，理由还非常充分：为了照顾每况愈下的岚岚。

于情于理，吴一晗当然不能拒绝，只好任岳晶晶住在家里，让她充当起准女主人的角色。在这之前，岳晶晶也是经常过来照料岳岚岚的，可以前来了总是要走的，突然之间这个熟悉的妻姐住下不走了，像这个家的主人一样来料理着这个家，像以前的岳岚岚一样指手画脚，吴一晗感到特别别扭。但他为了给行将就木的老婆留个面子，让她再过几天舒畅日子，便强忍着。他用他的冷漠让岳晶晶明白，他对此时她的行为是非常愤慨的。岳晶晶是个明白人，知道这个时候的重要性，千万不能有闪失，她一改原来的邋遢，开始梳妆打扮起来。本来，她长的端庄，半老徐娘了，却别有风韵，收拾利索了，还挺像那么回事的。并且她在说话做事上，尽量小心翼翼，做到入情入理，一副为他人（也就是为吴一晗）考虑的样子。吴一晗要上班时，她及时地报上当天的天气情况，为他递上薄厚不一的衣服、雨伞或者凉帽；吴一晗下班回来，掏出钥匙还没有插进锁孔里，她就恰到好处地拉开了门，并且手里提着吴一晗的拖鞋。这样的待遇，起初确实叫吴一晗感受到了一种久违了的温暖，可是当他一看到岳晶晶那张含笑的、故作温情脉脉的脸，听到充满了做作关切的话语时，他就发现自己真的是接受不了。他有意躲避着岳晶晶，不给她一点回应的机会，岳晶晶倒变得有涵养的样子，表面上一点都不计较吴一晗的态度，背地里却说了不少他的不是。吴一晗心里很清楚，岳岚岚都说过他好几次了，叫他不要给姐姐脸色看，她说她姐姐挺不容易的，她的心里是很苦的。在老婆跟前，吴一晗不好说什么，他不想惹老婆不高兴，她想说什么就让她说去，叫她安静地度过这段日子吧。但她一看到岳晶晶，就忍受不了，并且觉得很滑稽，好像看着一个熟悉的人猛然间奔到了戏台上唱起了戏，被浓重的油彩粉饰在脸上，怎么看怎么不对劲。岳晶晶以前可是连正眼也不看他一下他，现在却低三下四地侍候起他来，目的还不就是为了能够让他接受她，将来两个人一起生活吗！人就这么怪，一旦有了目的，就会换一副面孔做人。可对于岳晶晶来说，她今后能保持住现在的面孔，一直这样谦恭地对待他吴一晗吗？吴一晗对此深感怀疑。他太了解岳晶晶了，她还不像岳岚岚，岳岚岚只是任性，不管不顾，但她不像别的女人那样尖酸刻薄，还是有点胸怀的。岳晶晶就不一样了，女人所有的缺点，她身上都有。就拿最近为了岳岚岚的交通事故处理意见，吴一晗就看出了岳晶晶的刁蛮。吴一晗从农村考上大学，毕业后留校，一直在生物研究室工作，后来虽然调到院办当了秘书，但还是在学院里活动，根本就没有太多的机会接触社会，对外面的事情一点都不懂。这次，跑交通队都一个多月了，除过看别人的冷脸外，连一点眉目都没有，他急得不知该怎么办时，岳岚岚的弟媳妇苗苗却帮了他的大忙。苗苗是一个小学教师，她的学生中有家长在交通队，苗苗带着吴一晗去了那个学生家长所在的交通队，人家的态度立马变了，立即打了一通电话，托来托去地找人。吴一晗和苗苗花了一个星期的时间，按人家说的去找，果然，走到哪里都像换了个天似的，态度大变。天下交警是一家，虽然不在一个管区，但串来串去的，还是把岳岚岚的事故处理意见终于拿到手了。剩下的，就是和保险公司交涉了。保险公司态度倒不错，可是他们用各种理由拖延着不尽快处理。这时，吴一晗还要依赖苗苗想办法出主意的时候，岳晶晶却有了想法。她有了想法不给别的人说，只给妹妹岚岚说，她说吴一晗整天和苗苗一起出出进进，苗苗又是被弟弟休了的人，难免她心里不会生出想法，怕是她会借着这样的接触机会，对吴一晗动了心思。不管怎么说，苗苗到底是比她们姐妹要年轻，又有心眼，这个可不得不提防！岳岚岚一听，起初没太往心里去，后来看到吴一晗每次回家告诉她事故处理的情况进展时，嘴里老是挂着苗苗，说苗苗怎么跟人家说，苗苗说应该怎么办，等等，并且对苗苗是赞赏有加，于是就有了警惕。岳岚岚私下里把姐姐的怀疑告诉了母亲，母亲一听也非常警觉，说不能排除这种可能，告诫自己的两个女儿，一定要注意，决不能叫苗苗上了手。并且，她老人家还专门给大女儿岳晶晶授意，叫她一定要多长个心眼，把吴一晗盯紧。至于苗苗，她自有办法。

　　说起来，苗苗其实是个挺不幸的女人，丈夫岳东东前几年利用公家送出国培训的机会，去了荷兰，不久就结识了一个外国女人，听说年龄比他妈还要大一岁，但岳东东为了办移民，寄回了一张签了字的离婚协议，不顾一切地把自己的老婆女儿给丢下了。单位也没有办法惩罚这种人，只能收回了住房，不明不白的苗苗孤独无助地带着岳家的后代，回到了岳家。两年过去了，女儿都上了幼儿园，苗苗也不知道自己该咋办。岳家人把岳姓以外的人，都看作外人，苗苗自然不能例外。虽然现在没有了和岳东东的婚姻关系，可好歹也是岳东东负了苗苗，她兼顾着抚养岳家后代的大任，就留她在家里暂住着，但谁也想不出什么更好的办法，只好这么一直拖着。苗苗刚开始还很伤心，丈夫抛弃了她，房子也没了，住在名不正言不顺的婆婆家，心里很不自在，但慢慢地也无所谓了，像她这样的，父母不在这个城市，没有一点依靠，孩子又小，也不好言再嫁，每天除了上班就是回家。回到家里做家务、带孩子，更多的时候是看电视或者一个人发呆。然而，这一天婆婆突然给苗苗提出，要她从即日起，每天晚饭后去街心花园转转，别整天闷在家里。

苗苗听了婆婆的话，把嘴张得大大的，一点都不相信婆婆的话会是真的。婆婆以前最反感苗苗去街心花园了，因为那里每天晚上都有一帮年轻人聚在那里，说是跳街舞，其实是情侣幽会、男女胡闹的场所。婆婆曾经说过，再正经的人到那里去上几次，不变坏都不行。现在，婆婆却要苗苗去那里，还是每天都去，苗苗不明白婆婆的意思。婆婆把手搭到苗苗的肩膀上，一副很爱怜的样子，说，你终究还是个年轻人，不能整天都窝在家里，该出去走走了。

　　苗苗还是一副软弱无助的样子看着婆婆。婆婆叹了口气又说道，咱们都是女人，做女人难啊。苗，这样下去对你不公平，太残酷了，你趁现在还年轻，今后的日子还长，也得为自己打算打算了，该咋着就咋着，啊！

　　婆婆把话说到了这个份儿上，苗苗再不明白就是弱智了。但苗苗在婆婆面前没有马上表态，她太清楚婆婆这个人了，精明能干，在家里还是外面都能独当一面，但太自私，哪怕一丁点的利益她都不会放过，并且一点都不顾及他人的感受。当初，苗苗被岳东东抛弃后，连个帮着说话的人都没有，她一下子慌了手脚，孤立无助、以泪洗面的时候，婆婆不但一点都不安慰悲痛中的苗苗，还拿孩子来旁敲侧击，使她不能有半点非分之想。苗苗是个在童话故事里长大的女人，整天又和小学生打交道，耳濡目染，就像个长不大的孩子，在生活中不能自立，又是个没有多少主见的小女人。在强大的婆婆面前，她只能选择了先顾孩子这条路，别的她想都不敢想。现在，婆婆把话说到了这个地步，鼓励她去交往，也就是说还她一个自由了，让她重新考虑自己的生活，她却一下子不知道该怎么办了。

婆婆显然是经过深思熟虑的，也料定了苗苗会是这种样子，便用很亲切的口吻接着说，苗啊，你放心地去吧，走自己的路，过自己的日子，至于美美，我都考虑好了，她是我们岳家的骨肉，我们会承担起抚养她的责任，绝对不会拖累你。

苗苗扑闪着她的大眼睛，专注地看着婆婆的眼神。在这一刻，她被婆婆的话感动了。说句实话，苗苗曾不止一次地想过自己的今后，她还年轻，不到三十岁，这个年龄的女人，又结过婚，独守空房的滋味，苗苗已经领教够了，前夫岳东东不仁，她还讲什么义气？为岳家抚养后代，说白了，其实也只是一个借口，不然，她是连个安身之所都没有。但是她其实也很明白，住在岳家，根本不是长久之计，岳家上下一直把她当外人，她的父母又不在身边，她有什么话也没人能够诉说，基本上得不到一丝一毫的家庭温暖。说没有别的想法是假的，可是，有想法又能怎么样？她如果搬出去她无论是经济上，还是独立生存的能力，她都不具备。依苗苗的情况，只有走再婚这条路子。

去街心花园寻找自己的归宿，这不是苗苗的做法。但在婆婆的督促下，苗苗晚饭后还是去了几次街心花园。那里人很多，到处都是情侣，还有一帮把头发染黄或者染蓝的年轻人，在歇斯底里地唱歌、尖叫，乱糟糟得像个乡村集市。苗苗去了几次，就不愿去了，她怎么会把自己的后半生幸福，交给这么不负责任的地方呢？她开始把目光盯上了自己熟悉的同事和以前的一些同学。自从和岳东东离婚后，一直就没有留意过，哪里有适合她的男人。现在要考虑这方面的事了，才发现这种事其实是很难的。同事和同学中也有离婚的男人，但苗苗都了解他们的底细。她平时也不怎么与人交往，少与人言，也就没有人会帮着她在更大的范围寻一些合适的男人。

过了一段时间，见苗苗还没有一点动静，她的婆婆和大姑子都非常着急。特别是大姑子岳晶晶，当着苗苗的面，摔东摔西的，不但在苗苗面前没有一点好脸色，还指桑骂槐的，一副恨不得立即把苗苗赶走的架势。气得苗苗真想和她干一架，但考虑到自己目前的境况，苗苗忍了。她把自己一个人关在屋子里生闷气。婆婆是个绝顶聪明的人，她心里焦急，在苗苗面前却和颜悦色，背地里托人，加紧给苗苗找离过婚的男人。因为不是自己的亲闺女，只是为了找个能将儿媳妇嫁出去的人，婆婆倒也不用费心考虑对方是否与苗苗合适。很快，她托的人第一次给苗苗介绍了一个塑料厂的普通工人。工人年龄倒还不算大，三十七岁，人长得说不上好，也说不上太差，只是塑料厂几年前倒闭，他没有了公职，在街口摆了一个修理自行车的摊子。现在骑自行车的人越来越少，他根本就没什么生意，养活不了家，老婆跟别人跑了，他一个人还带着个八岁的儿子，不用去他家里看，也能想象到他家的情形。

苗苗没有看上这个工人。

过了没几天，婆婆托的人又给苗苗介绍了一个男人。这次的上了档次，是个处长，姓黄，听说手里有权，有车有别墅。

和苗苗见面时，就开着他的"蓝鸟"。只是这个处长没有他的车好看，腆着个孕妇一样的大肚子，脑子像个秃瓢似的，光溜溜地不见一根头发。四十五岁的人了，一说话一脸的褶子像不断开开合合的折扇似的，一看见风中杨柳似的苗苗，他的眼睛就像两只苍蝇似的，叮在了苗苗身上赶不跑了。初次见面，他对待苗苗像个熟人似的，一上来就搂搂抱抱，弄得苗苗很尴尬。苗苗对黄处长第一感觉就不好，但为了顾及面子，她还是接受了他的邀请，一起吃了一顿饭。吃饭时，两人说了些各自的情况。其实，主要是黄处长不停地问，苗苗只顾回答他的话了，她没有机会问人家的情况。饭后，苗苗提出要回家时，黄处长硬要用车送苗苗，苗苗拗不过，只好上了他的车。在车上，黄处长暗示了几次，要苗苗跟着去他的别墅，不要回岳家了。苗苗都以照顾孩子为由，给搪塞回去了。黄处长不死心，干脆把话挑明了，说都什么年代了，又不是第一次的大姑娘，男女之间就那么回事嘛！弄得苗苗很难堪，最后狠了狠心，咬咬牙终于没好气地问黄处长，你为什么离的婚。黄处长说，过不到一起就离呗，我这个人不图别的，就是非常讲生活质量。并且他还强调说，他和女人从不凑合，像他这种条件，又不是找不到好女人！苗苗从他的话里听出了弦外之音，就警惕地问了句，他到底离几次婚了。黄处长用很轻淡的口气说，不多，三次。苗苗一听，这个男人离婚就像习惯性流产，已经控制不住了。当时，她胃里的东西直往上涌，她一手捂着嘴，另一只手拍打着车门，叫他立即停车。车还没有停稳，苗苗就拉开车门跳了下去，站在路边把吃下去的东西全吐了出来。吐过后，苗苗顾不得擦拭脸上的泪水，看都不再看一眼那个在车里等着她的男人，就急匆匆地跑走了。

苗苗没有看上有钱有权的黄处长。这回，连她的婆婆都忍不住了，冲苗苗没好气地说，你以为自己是谁呀，是市长的女儿还是黄花大闺女？就是黄花大闺女，也不一定能找上黄处长这种条件的！人家能看上你还不是你的造化？你倒挑挑拣拣起人家来了。

苗苗缺根筋似的，冲着婆婆道，黄处长条件好，你咋不把自己家的闺女嫁给他？我不是你们岳家的人，就这样来说我？

婆婆"咦"地拉长了腔调，发火了：我说你这个人，一点都不知道好歹，我好心好意为了你，想让你找个好人家，享一享福，你不但不领情，怎么还把话说得这么难听？

苗苗受气受够了，什么也不顾，没好气地说，我是说得不好听，你难道就说得好听了？什么市长家的女儿黄花大闺女，你们岳家把我当成什么了？没有人要的白菜帮子，还是别人挑剩下的烂货？

婆婆没想到一向低眉顺眼、文文雅雅的苗苗也会把话说到这种地步，她的脸气得像个猪肝，泼劲上来了，冲着苗苗就要来横的。没想到苗苗不愿恋战，丢下硬生生地一句话：我的事不要你们来管，我又不是你们岳家的人，要管你管自己的闺女去吧！

苗苗转身跑进自己的屋子，关上门，扑到床上，才大哭了起来。

　　苗苗不想在岳家住了。岳家的人，个个脸上像冰冷的冬天，那寒气，几乎能把她冻死，她是想住也住不下去了。第二天，苗苗就收拾了一下自己的东西，狠狠心把美美丢在岳家，搬到了学校。在学校，苗苗的生活空间除过一间四个人公用的办公室外，就剩下她教的四年级二班的那个大教室了。但这两个地方都不能容苗苗暂时住下，无处可去的苗苗，只好恳求教美术的葛老师收留她几天。

　　葛老师和苗苗一向处得不错，她比苗苗实际，找了一个比她大十多岁的商人结了婚。有钱的男人对感情总是更多一份轻淡，葛老师实际上就是为了找个有钱的人来养着她。所以，商人在外面还有女人，一年回不了几次家，葛老师知道了，也不在乎，反正她和她丈夫之间从一开始就没有感情而言，两个人都不过是各取所需罢了。她和商人一直保持着这样的关系，住他的吃他的，也不操什么心。有流言说她也没有闲着，和一个画院的老同学一直有染，她听到流言蜚语从不生气，也不给周围的人解释，一副洒脱的样子。平时同事们不愿和她来往，嫌她名声不好。苗苗是一个不愿意和别人做过多交谈的人，所以全校也只有她不另眼看待葛老师，葛老师记着苗苗的好心，当然不会拒绝苗苗的恳求了，她把苗苗带回了自己家里。

　　葛老师的家很大，宽敞明亮的客厅，两间卧房，一间书房，一间画室，装修得很豪华，一色的进口木地板，卧室里还铺着纯羊毛的碎花地毯。客厅都吊了顶，能装饰的墙壁上全都挂着高贵的油画，一些是葛老师自己画的，还有一些是她的同学或者导师的画。苗苗是第一次来葛老师的家，她对这样豪华的居室感到惊讶。葛老师带着苗苗到各个屋子先参观了一下，主要介绍了各幅画出自谁的手。苗苗不懂画，也不知道这些画家是否有名，她不好贸然评价，只好一边看着一边不停地点头，心里却在感叹着，人家这才叫过日子呢，不管她丈夫是个什么样的人，却一点也不妨碍她把生活过得有情有调，有滋有味。

晚饭时，葛老师坚持要请苗苗到外面去吃，苗苗没这个心情，葛老师便打电话叫了两份"肯德基"外卖。吃过后，葛老师看着苗苗无精打采的样子，便烧上热水，叫苗苗好好泡了个澡。临睡时，苗苗要到另一间屋子里去睡，葛老师硬拉着苗苗睡到自己床上，两个人还钻在一个被窝里，就女人和婚姻的话题，一打开话匣子就收不住了。主要是葛老师说，苗苗听。苗苗听的时候，就忍不住把葛老师的婚姻和自己的婚姻做了对比，不管葛老师丈夫在外面怎样，可是他到底还是一直在照顾着她，从来不在经济上亏待她。不像她，被抛弃得莫名其妙，连个栖身之地都没有，强挤在婆婆家里，每天看别人的脸色，像个蜗牛似的，缩在那方寸之地里度着漫长而无聊的日子。想着自己这几年来的辛酸日子，苗苗心里不免难受，忍不住流出了眼泪。

苗苗在葛老师家只住了三天，就想着要搬出去了。原因是葛老师的那个同学来了，他晚上要住在葛老师家里。葛老师一点都不尴尬，把苗苗安排到另一间卧室里，她和那个同学在她的卧室里行欢，动静很大，一点都不顾忌另一个屋子里的苗苗。

苗苗生怕影响了人家，关紧房门，连大气都不敢出，一晚上宁愿憋死也没有上厕所。好不容易熬到天亮，脑子里只有一个想法：那就是尽快搬出去。

往哪里搬？苗苗却没有一点主意。

这天，苗苗和吴一晗为了岳岚岚的事，去找过保险公司后，在回来的路上，苗苗忍不住把自己的尴尬处境告诉了吴一晗。依着苗苗现在的状况，是再没有可靠的人能听她诉说苦衷了。这段时间，为岳岚岚办车祸处理和保险的事，通过和吴一晗的接触，她认为吴一晗是值得信赖的人。

果然，吴一晗很替苗苗打抱不平，对岳家的这种做法非常气愤。吴一晗当即表示，叫苗苗搬到他家新买的集资房里，先住下，然后再做打算，反正现在那套房空着也是空着。吴一晗的这套新房，还是去年底岳岚岚评上副教授后，赶上了学院的最后一批集资建房。现在房子已经建成，也装修好了，只是岳岚岚突然出了车祸，他们就没有搬过去住。吴一晗想着，正好把空房子借给苗苗住，解决一下她的燃眉之急。

苗苗非常感动，一回到学校，就把这个消息告诉了葛老师，说是不想给葛老师再添麻烦，她要搬到亲戚家里去住了。苗苗有了住处，她想着要回岳家把女儿美美也带走。在苗苗离开的这几天，没有见到妈妈的美美，已经往她的手机上打过不少电话，说是想妈妈，问她什么时候回家。苗苗每次接女儿的电话，都泪水涟涟的。苗苗赶回岳家去接美美，得过婆婆这一关。苗苗也不想隐瞒，如实地把要去的地方告诉了婆婆。婆婆一听，肺都要气炸了，但她忍着没有冲苗苗发火，却拦住苗苗和美美，给岚岚打了个电话过去，说了吴一晗借房子给苗苗住的事。

岳岚岚一听，当即差点背过气去。挂断母亲的电话，岳岚岚给吴一晗打了手机，叫他马上回家，没容得吴一晗问清是怎么回事，她就把电话挂掉了。岳晶晶不明白发生了什么事。一个劲地问妹妹到底发生了什么事，岳岚岚生气地说道，什么事？还不都是为了你！

岳晶晶一头雾水，就打了个电话回家里，向母亲问明了情况后，也气得不轻，心想自己在这里做牛做马、低眉顺眼地讨人家欢心，结果却是让苗苗轻而易举地把人心给夺了去。但她却又是这里面最尴尬的人，不好多说什么，只好连讽刺带挖苦地对妹妹说道，还真看不出来，你家老公一脸老实相，却能干出这种事来，老婆还在病床上躺着呢，他竟要把别的女人带进家门先预备上。还亏你常说他是个很不错的人，真是知人知面不知心。

这话说得岳岚岚更加火起，却喘着粗气，说出不一个字来。她做梦也想不到，自己的丈夫居然看中的是苗苗。

岳晶晶见妹妹不说话，又煽风点火地说，我说岚岚啊，不是我多嘴，你把吴一晗想得也太正人君子了，男人没有一个好东西。你出事后几个月了，躺在床上不能动弹，谁知道吴一晗在外面干下什么事呢。说不定，他早已经和苗苗那个小妖精鬼混在了一起……

别再说了！岳岚岚怒吼了一声，打断了姐姐的话。她的心里乱极了，前阵子晶晶告诉她得防着吴一晗和苗苗时，她还没有想到事情会有这么严重，只当是姐姐小心眼，怕到时得不到吴一晗，担多余的心呢，现在看来，还是姐姐看问题深刻。但她没有想到事情会弄成这样！现在怎么办呢？冲吴一晗发一顿火，骂他个狗血喷头？还是质问他到底和苗苗是什么时候搞到一起的？岳岚岚痛苦地闭上了眼睛，她在心里思忖着，觉得这样做一点都不妥当，这样只能和丈夫搞得更僵。她已经是命悬一丝的人了，谁知道哪个时辰她就离开了这个世界呢？要是把吴一晗真惹急了，他坚决不要姐姐，谁又能把他怎么样？那么姐姐就错过了这么绝好的机会，叫苗苗白捡了个便宜！这不是断了姐姐的后路？说到底，吴一晗还是一个很不错的男人，她千万不能因为自己的不理智而彻底让姐姐失去吴一晗。不管怎么说，吴一晗和苗苗的接触也就是这段时间比较频繁一点，她相信吴一晗并不是姐姐说的那种男人，苗苗住进他们家的新房，这其中或许有别的原因。自从出车祸后，岳岚岚改变了许多，起码她改变了一些不管不顾的性格，遇事还能冷静地考虑一下利与弊。但此时的她，虽然想到了利弊，可至于怎么和吴一晗交涉，她一时却想不出个很好的办法来。

岳岚岚正苦恼着，电话铃响了，她以为是吴一晗打来的，就用手势止住了要接电话的姐姐，待铃声响过好几遍后，她才拿起了电话，一听却是母亲打来的。母亲在电话上说，一定要想办法阻止住吴一晗的做法。岳岚岚说，能想出什么办法？母亲说，实在不行，你就搬到新房子里去，把那里占住，绝对不能叫他们的阴谋得逞！

岳岚岚有气无力地说了声，让我想想吧。母亲的这个想法岳岚岚也想过，房子是因为她评上了副教授才分上的，也就是说，房子在她的名下，她想怎么着就怎么着，可是她现在却不好搬过去。当初，因为她在医院受不了那种时时袭来的各种病人的气息，硬要出院搬回家里，吴一晗曾想着叫她直接住进新房子里，一百二十平方米的新房子刚装修好，她还连一天都没有享受过呢。可在当时，她从医生那里得知，自己身体坏死的组织扩散很快，剩下的日子不会太多了。伤心过后，竟然能做到心静如水，看到因为她而被折磨得没有人样的丈夫，她在心里泛起了爱意和怜惜之情。她可怜吴一晗。结婚这么多年了，自己没有给他生下一男半女，平时还对他不是凶巴巴的，就是不管不顾，从来没有考虑过他的感受。而丈夫却一直毫无怨言地操心持家，对她从来都没有二话。一旦生发了对丈夫的怜惜之情，岳岚岚就替丈夫的今后考虑起来。于是，岳岚岚决定，她不去住新房子，她是个随时都会离开这个世界的病人，她不能让那套寄予着她对丈夫太多怜惜的新房子，沾染上一点死亡的气息，她要把它干干净净地留给丈夫，这样，在他今后重组新的家庭时，就不会笼罩着她的阴影。可现在，事情突然变成了这样，为了丈夫，也为了自己姐妹间的亲情，她绝对不能叫丈夫为所欲为。

可是她该怎么做呢？岳岚岚痛苦地想着。这时，她已经听到了门外上楼梯的脚步声，随即，脚步声停到了自家门外，是掏钥匙开门的声音。

是吴一晗急匆匆地回来了。

岳晶晶一看到吴一晗，没一点好脸色，从岳岚岚的身边猛地弹了起来，一拧身擦着吴一晗的身旁走了。吴一晗看了一眼岳晶晶的背影，就把询问的目光投到了妻子的脸上。他内心很恐慌，妻子在电话上的态度使他一直处于紧张忙乱的状态之中，他最担心的是妻子的身体突然出现什么大的变故，却没有往别处想。他看到妻子躺在床上，还是老样子，他的心里就踏实了下来。可是一想又不对劲，妻子在电话上对他发那么大的脾气，他摸不透妻子给他打那么一个电话的目的。于是，吴一晗把身子凑过去，轻声地问道，岚岚，出什么事了吗？

岳岚岚瞪大眼睛，盯着吴一晗看了一阵，似要质问丈夫什么。但她没有，她看到丈夫惊慌的眼神时，突然间目光软了下来，用柔和的口气对吴一晗说，没有啊，我只是突然间——心里很烦躁，想看到你。

吴一晗将信将疑，还是把心放回到胸腔里。自从妻子出了车祸后，她的脾气变得非常古怪，虽然这一阵子没有冲他乱发火，但她的情绪还是很不稳定的，给他打这样的电话，也能属正常。吴一晗又看了妻子一眼，发现她现在很正常，他没有要怪她的意思，走过去在她的额头上摸了摸，就准备转身到外屋去换鞋子。

岳岚岚心里突然间却有了主意，她把吴一晗叫住了。她抓住丈夫的手，把他拉坐到床上，靠在自己身边，轻声地对丈夫说，一晗，对不起，我给你打电话时，你是不是在办公室正忙着呢？

吴一晗说，没事，我能忙什么，心思都不在那里。保险公司的事还没有一点眉目呢。

岳岚岚抓着丈夫的手，按到自己的脸上，说，你别太急，这种事保险公司肯定得论证清楚了才能解决的。一晗，是不是单位催你还借款了？

吴一晗摇了摇头说，没有，单位怎么会这样不明事理，我只是想尽早把这个事解决了，好忙别的事。

还有什么事呀。岳岚岚接过吴一晗的话，说，还不是我的事！我这样子，把你拖着，什么事也干不成，反正我也快……

吴一晗及时地捂住了妻子的嘴，把她要说的话挡了回去，说道，岚岚，我看你的气色比前几天要好，明天我再打电话到北京去问问，看有没有什么特效药……

这回，岳岚岚把吴一晗的话打断了，你省点劲吧，一晗，看你都瘦成什么样子了，我这身体已经不可能治好了，你得顾着点自己啊，我反正也是迟一天早一天的事，别再把你拖垮了，那就不值了。

每次说到这些话，吴一晗就没话可说了。他还能说什么呢？医生早就明确给了答案，岳岚岚已经不可能好转了，她身体的坏死组织越来越多，奇迹不可能出现了。但吴一晗还是要尽自己的责任，这样，他才安心，不然，他就对不住不幸的妻子了。

顿了顿，岳岚岚见丈夫不再说治病的事了，这才像突然想起什么似的，对丈夫说道，哎，对了，一晗，我还差点忘记了，刚才姐姐哭哭啼啼地对我说，她昨天回了一趟家，又被爸妈骂了。最近，她已经被爸妈骂过好几次了。

说到这里，岳岚岚故意停了下来，不往下说了。她要等吴一晗问她时再说。她太了解丈夫了。果然，吴一晗问道，爸妈为什么骂她？

岳岚岚叹了口气，道，唉，还不是她和苗苗之间的事给闹的。

她和苗苗之间有什么事？

说起来，她们之间也没有啥事，都是孩子给闹的。安安你是知道的，太淘气了，经常欺负美美，苗苗说了几句安安，姐姐就不愿意了，和苗苗讲了几句理，两人吵了几次，苗苗闹情绪还要搬出去住呢。她到哪里住去？爸妈为了留住苗苗，不能怪苗苗，就只好骂自己的闺女了。按说姐姐受几句爸妈的话也没有什么，可两个孩子过几天又闹，爸妈就怪姐姐。姐姐受不了，她只好搬出来住，你知道的，她离婚后又下岗了，就她分到的那间破房，早叫楼上的人家漏水给漏得不成样子了，现在哪还能住人。姐姐是想——借咱们的新房先住上一段时间……

一间封闭的屋子，一下子打开了窗户，打开了门，风呼啦一下冲了进来，吴一晗这才恍然大悟，他还没有来得及给妻子提苗苗借住房子的事呢，她倒先行了一步，把他的嘴堵死了。看来是苗苗把借房子的事情跟岳家人说了，岳家母女已经商量好了对策。她们出手可真够快的。吴一晗想起刚才进门时，岳晶晶对他的那个冷淡态度，他心里明白了，这个女人是吃他和苗苗的醋，恨上他们了。怪不得呢，妻子想出这招，前面打电话时，是准备要发怒质问他的，可他一回来，突然又变得这么冷静，她是想用平和的态度先发制人呢。岳岚岚竟然也会变得这么聪明，懂得用软办法来解决问题了，真是长进不小。吴一晗在心里冷笑了一声，忍住内心的冲动，用狐疑的目光看了妻子一眼，却没有戳穿她的话，没好气地说了句，房子是分给你的，你想叫谁住，就叫谁去住好了！

说完，吴一晗从妻子手中抽出自己的手，起身，走了。他走到外屋，没做停留，却丢下了一句话：我要去单位一趟，小苏给我打电话说，他的一个朋友认识保险公司的人。

吴一晗来到外面，一直走到办公区，才用手机给苗苗打了个电话，将房子的事原原本本地给她说了，并给苗苗道歉，说自己不是懦弱，只是妻子剩下的日子不多了，他不忍心戳穿她的谎言。

这样吧，吴一晗对苗苗保证道，我去找一下以前的几个哥们儿，叫他们帮忙想想办法，给你找个住处。只要是我托他们的事，他们一定会想办法的。

苗苗却说，算了吧，也是我自己不懂事，没想到那一层。再说了，借房子不是别的事，人家有房子不出租挣钱，还能随便借给你？你也别为难了，我干脆还是到葛老师那里去凑合着吧，如果她的那个同学来了，我再回家住吧，反正我也离不开美美呢。

吴一晗不知说什么好，就支吾道，你这样怎么行？这样也不是个长久之计呀……

苗苗打断了吴一晗，道，那咋办？要说长久之计，只有哪天我把自己重新嫁了，一切问题就迎刃而解。姐夫，不知道你想过没有，他们这阵子突然这样对我，就是想叫我快快嫁个人，趁早别打你的主意，好把你留给他们的大女儿。

说句实话，吴一晗还没有往苗苗这方面想过，听她这么一说，更不知道该怎么说了，一下子哑口无言。

过了会儿，苗苗却又说道，你不相信，是吧？但你看出来没有，他们这样做，就是为了避免我们两人接触，好叫你把心思放在岳晶晶的身上。信不信由你，我还要去和葛老师商量住的事，我要挂了。

挂断了电话，吴一晗还把手机握在手上发着呆。苗苗的话叫他证实了一个事实：阻止苗苗和他交往。他原来只是这样猜想过，岳家的人肯定会有这个心思，但他还没有完全确定，现在看来，他们为了叫他将来还做着岳家的女婿，还真花费了这么多心思，想出这么多招，提防着一个无辜的儿媳妇，他们家本来够对不起人家的了，现在却还把人家往绝路上逼，真够可恶的。吴一晗心里非常气愤，他找借口出来，本想到办公室坐到天黑回家的，这下，他不想去办公室了，他心里闷得慌，干脆给小苏打个电话，叫他约上以前的哥们儿，晚上一起喝酒。以前，吴一晗还没有结婚的时候，整天和小苏几个人一起，喝酒打通宵扑克，后来结婚了，遇到心里不顺心，或者和妻子吵架，他就会去找小苏他们，用这种方式消解烦闷。现在，他还是用这种方式。这晚，吴一晗没有回家吃饭，也没有回家睡觉。自从妻子出车祸后，吴一晗还是第一次这样做。不过，他这次还是往家里打了一个电话，说声不回来了，也不说理由，就挂了电话。并且，他还关了手机，他不想让他们联系到他。

这样，有了第一次，就会有第二次。吴一晗用这种方式抗拒着他的妻子和她的家人。每次去找小苏他们喝酒时，就以单位有着急的材料要写，或者别人又给介绍了一个能和保险公司搭上线的人，他得去托人找关系等等为借口。吴一晗从不和妻子把话挑明，他认为这样不好，妻子的现状叫他实在不忍心。

岳岚岚心里也明白吴一晗这样做的目的，她也不好说破，任他这样做去。这段时间以来，岳岚岚特别能容忍吴一晗，因为她总觉得对不住丈夫，就叫他放松放松吧，他的弦绷得太紧了，再不放松一下，说不定会出啥问题的。

可岳晶晶和母亲却不这么看，她们认为吴一晗这样做，明摆着就是有意躲避责任，自己的妻子已经走到死亡边缘了，正是需要人照顾，需要情感上寄托的时候，做丈夫的却躲来躲去，彻夜不归，这算什么事呀。岳晶晶对妹妹说，不能叫男人放任自流，得严加看管，不然，后悔可就来不及了。

岳岚岚不以为然地说，我知道吴一晗的，他只是去和小苏他们喝酒打牌，他还能干出啥事呀。

岳晶晶撇了一下嘴，道，你说呢，男人都不可靠，他一有机会，还能干什么？就是在外面胡搞女人！况且，岚岚你身体成这样，有段日子了，他一个成熟的男人，难道他真的能忍住不想……

吴一晗不是你的那个老公！岳岚岚气愤地打断姐姐的话说，一晗我是了解的，你不要把什么男人，都拿来跟你的那个不要脸的老公对比！

她心里还有另外一句话：正因为吴一晗不是你那个老公，所以我才会想尽办法要把他留给你。

母亲却告诫岳岚岚说，你还是盯紧点好，人都会变的。

吴一晗也属于会变的人。自从那天苗苗在电话上给他说了那番话后，有好几天晚上他都睡不着觉，他脑子里盘绕着的，不是苗苗，就是岳晶晶，他在不断地将苗苗和岳晶晶做着比较。其实，她们两人随便从那个方面来看，苗苗都会把岳晶晶比下去。苗苗年轻，又有文化。岳晶晶有什么，三十六七的女人了，即使还像个花朵，也残败了。她没什么文化不说，还下了岗，真要是将来和她在一起生活，他就必须养着她。从个人的私念上讲，他当然不愿意养一个年龄又大又不明事理的女人了。抛开这些不说，单就从女人的角度来说，她的那种懒惰又自私的性格，还有为人处事尖锐而刻薄的态度，根本都没法和苗苗比。当然，苗苗也有她的不足，软弱，依赖性强，做事不太认真。更要命的，是她对吃食的挑剔，不吃葱蒜，如果误吃到一点点葱丝，她会当场吐出来，也不顾及别人是否在场，她不吃辣的、咸的、酸的、甜的，但她却喜欢吃苦的，对苦瓜非常钟爱。还有，苗苗对肉食很挑剔，她不吃水里养的，鱼虾之类她都不吃，可她吃鲍鱼、海参，还说这些是大海里自然生长的，而不是水里养的。当然，这只能算是一个人的饮食习惯，虽然也是毛病，但还能容忍。经过这段时间的接触，吴一晗觉得苗苗为人还是不错的，尤其是善良，为人也很真诚，这点对他尤为显得重要。

通过认真地比较后，吴一晗自认为得出了结论。他主动地给苗苗打起了电话，不断地询问她的生活情况，还有她此刻的想法。

苗苗很感激吴一晗对她的关心，现在几乎没有人关心她，对吴一晗的问候，她都如实地做了回答。她还借住在葛老师那里，时不时地回一趟家里，陪陪小美美，被小美美缠住不放时，偶尔也会在家里住一宿。但是她基本上不在家里吃饭，原因很简单，因为她没有亲自下厨，公公婆婆把菜做的一点都不合她的胃口。再说了，苗苗也不愿在家里吃了，人家都吊着个脸和你坐在一起，你怎么吃得下去。苗苗说到自己的打算时，却长长地叹了口气，说她现在最大的愿望就是尽快找个合适的人嫁了，安安心心地过自己的日子，谁的脸色她也不想看了。

一说到这里，苗苗的口气明显就变得惆怅了，吴一晗听着不知道该说什么，好像说什么也不太合适。两个人这个时候往往会冷场。不过，还是苗苗机灵点，她会马上一笑，轻描淡写地说，葛老师真是热心，已经四处托了人，正给她介绍呢，她呢，也没有什么太高的条件，只要人好，身体好，经济上要求也不高，能过普通日子不愁吃喝就行了。这时，吴一晗就会说，你也不能这样草率，这是大事，关系着今后的幸福呢，可不能这样对待自己。苗苗说，她一个离过婚的女人，又带着一个孩子，还敢有什么企求呢？就这，还不好找呢，葛老师托的人已经介绍过好几个了，人家不是挑剔她的职业，就是嫌她有了孩子，以后怕拖累。吴一晗替苗苗愤愤不平，苗苗却说，姐夫啊，你这个人太善良了，根本不知道现在离了婚的男人有多牛气，他们挑剔得很呢，稍微条件好点的，一心都想找小姑娘，离过婚的女人大多都人老色衰。现在社会上到处都是离婚的人，但大多是有了目标才离的婚，剩下的，就像我这样，是被人蹬掉的，想找个过日子的男人，可难了。

吴一晗听着苗苗的难处，也不好安慰，又找不到帮助的办法，只好含含糊糊挂了电话。但吴一晗忍不住，时不时地想给苗苗打电话。苗苗也没有对他的电话表示过反感，相反，有时隔的时间长了，苗苗还在电话里问吴一晗，最近是不是很忙，怎么好长时间没有给她打电话了。然后，苗苗就把自己刚见过面的男人的情况，给吴一晗讲讲，有时，她拿不定主意时，还征求他的意见呢。苗苗的这份信任，叫吴一晗很感动，心里却又不是个滋味。

有一次，苗苗和一个男人处了半个多月，男人对苗苗还算满意，都快到了论婚嫁的地步了，没想到男人突然提出，先不论结婚，同居一段时间要做深层次了解。吴一晗听着，在电话里又愤愤不平起来，骂那个男人真不是东西，使着法子骗人呢，叫苗苗千万不要相信这种人。苗苗说，她当然不能答应了，都是过来人，她只是想找个可靠一点的婚姻，好好过日子，哪里敢像年轻人一样，玩什么试婚呀，她知道那个男人不可靠，她真要把自己贴上去，到时的处境还不是又叫人家再蹬掉一回吗？她才不再犯那个傻呢。吴一晗见苗苗赞同他的观点，心里舒畅了许多，很想见苗苗一面，他们有好一阵子没有见过面了。他便吞吞吐吐地提出，要请苗苗一起吃饭。苗苗却很爽快，满口答应了。

两人见了面。依吴一晗的情况，不可能请苗苗去那种豪华的地方，苗苗善解人意地把吴一晗带到了一家肯德基店，要了两份套餐，才花了四十多块钱，既经济又实惠。吴一晗心理压力不大，但他没有吃过肯德基，在要套餐时，一个劲地对服务员说，不要酸的、咸的、辣的，服务员知道他没吃过肯德基，就用看土包子的眼光看着他，给他一一做了解释，并且强调了这种快餐的国际性，吴一晗这才放下心来。他的这种土包子做法，非但没有使苗苗难堪，反而令苗苗内心里很感动。苗苗还没有碰上一个男人，能记住她对食物的挑剔，吴一晗却记住了。

在吃饭时，苗苗忍不住对吴一晗说了句，姐夫，我能不叫你姐夫，直接叫你的名字吗？

吴一晗说，这有什么不行，叫就是了，我早就觉得你叫我姐夫别扭呢。

两人一下子亲近了许多。苗苗还动情地叫了一声，并且说道，一晗，要是世上的男人都像你这样，女人就幸福到家了。

这么一句话，把吴一晗弄了个大红脸。

过后，吴一晗每每回顾起苗苗说的这句话时，心里却感觉很甜美。

吴一晗和苗苗的这种正常得不能再正常的交往，还是叫岳家的人知道了。他们本来就对这两个人提防着，吴一晗这段时间的不正常，岳晶晶早就怀疑上了，她趁吴一晗洗澡的时候，偷偷地查过吴一晗的手机，就查到了不少打给苗苗的电话，并且通话时间都很长。她这次长了个心眼，没有把这事告诉妹妹，只给母亲说了，叫母亲密切注意苗苗的动向。母亲的做法是，想法子控制住苗苗，叫她搬回家来住。苗苗却像是看透了婆婆的目的，坚决不同意回来。婆婆就用美美要找妈妈为由，不断地去骚扰苗苗。有一天，还真叫她发现了苗苗和吴一晗一起去吃饭了。这下，老太太被气得可不轻，她的脾气一上来，不管不顾地拉着美美冲进了肯德基店里，站在了苗苗和吴一晗的面前。最后的场面可想而知。大家不欢而散。

这还不算，岳岚岚听了母亲的一番述说，气得把吴一晗叫回来，这回顾不了太多，直骂得吴一晗狗血喷头，根本不听他的解释。吴一晗被骂得气不过，这段日子以来的委屈、屈辱和愤恨一起涌上来了，他终于也忍耐不住地与妻子吵了起来。这是岳岚岚没有想到的，明明是吴一晗理亏，他却理直气壮地和她吵。身体受损的她，气得心速加快，眼睛直愣愣地瞪着吴一晗，眼泪唰唰地流着，脸憋得铁青，气都喘不过来了。吴一晗一见，吓得慌了手脚，抱着妻子，哭着给她赔不是。但岳岚岚一时缓不过气来，最后，还是岳母比较清醒，赶紧给120打电话，不一会儿，急救人员赶来，给岳岚岚做了紧急抢救。医生连口气都没有歇，很严厉地说，病人的情况很糟糕，得立即送往医院，不然……

医生没有再往下说，大家心里也都明白。但缓过气来的岳岚岚还是以前的态度：坚决不去医院！

医生征求家属的意见，大家你看看我，我看看你，谁也拿不出一个意见来。医生不耐烦地丢下一句，送不送是你们的事，但我可把话说在前头了，病人的情绪很不稳定，再这样下去非常危险，你们看着办吧。

医生们走了，听着救护车远去的尖叫声，大家围在岳岚岚的床前，谁也不吭气。岳岚岚两眼直直地看着一个地方发着呆，她的这种表情叫谁看着，心里都很难受。尤其是吴一晗，他的心里非常愧疚，走过去把手搭在妻子的头上，轻轻地叫了一声，岚岚……

岳岚岚没有理会吴一晗，吴一晗把想说的话咽了回去，用手在妻子的头上抚摸着。这时，岳晶晶走了过来，一把拨开了吴一晗的手，她抱住妹妹的头，哭了起来。

岳岚岚并没有理会她的姐姐。岳晶晶哭得越发伤心了，也没有人劝她，任由着她哭。随着她的哭声，大家都忍不住流下了眼泪。过了一会儿，吴一晗抹了把泪，对妻子，也是对大家说道，哭是没有用的，现在到底怎么办？

岳母瞪了吴一晗一眼，恶狠狠地说道，闭上你的嘴，吴一晗，你做得太过分了，自己的老婆成了这样，你还和别的女人勾勾搭搭的……如果不是你，也不会弄成这个样子！

岳晶晶止住哭泣，愤愤地看了吴一晗一眼说，你现在高兴了？你是不是希望岚岚早点……早点……

你也给我闭上嘴！她妈几乎是怒吼着，打断了大女儿，道，你给我到一边待着去！

岳晶晶没敢还嘴，退到了一边抹着眼泪。老太太发完了威，凑到岚岚的头前，轻声地对女儿说，岚岚，医生的话……你都听到了，妈妈的意思是……

似乎把某个地方看腻了，岳岚岚终于收回目光，看了一眼她妈，冷冷地对她妈说道，你们能不能听我说一句？

她妈流着泪，点了点头。

岳岚岚一字一顿地说道，那你们——都给我出去！出去！

岳岚岚坚决不去医院，谁说都不行，大家只好随了她。吴一晗去了趟医院，找妻子的主治医生说明了情况，想叫医生到家里去看看。医生对吴一晗说，我去看可以，但这有用吗？吴一晗说不出话来，医生换了种口气对吴一晗说道，你老婆的情况你是知道的，就别折腾了，你回去吧，回去好好伺候她，叫她过几天安心日子吧。

这天，吴一晗正坐在办公室里发呆，突然接到岳晶晶的电话，叫他赶快回家。岳岚岚割腕自杀了。

吴一晗的心里轰的一声爆炸了，扔下电话就跑，一路惊慌地跑回家里，看到一帮子医生护士已经把岳岚岚抢救了过来，正在给她输液。吴一晗看着妻子睁着双眼，无神地看着窗户，他的眼泪夺眶而出。

吴一晗伸手摸着妻子被包扎过的手腕，看着妻子苍白的没有一点血色的脸，那张脸上再也寻找不出一点他熟悉的任性和强悍来，只有虚弱，纸一样薄的虚弱。他的心疼痛得厉害，忍不住又哭了起来，他拉着妻子的手向她保证：他今后再不和苗苗来往，不，再不联系了。不仅是苗苗，任何女人他都不会理视了！

岳岚岚的眼睛里慢慢地涌出了泪水，她看着满脸惊恐和悔恨的吴一晗，这才哭出声来，把另一只手放在丈夫的头上，慢慢地摩挲着……

吴一晗给单位打电话请假，专门留在家里陪着妻子，他要让妻子放心。只是，吴一晗从那天开始，几乎不再和妻子说一句话，就像个哑巴，给妻子喂饭或者换尿布，都用动作代替了语言。几天里，他连一个字都不愿意多说，就像是一下子患了失语症，干完活儿后，就把自己关到阳台上，一个人坐在那里抽烟，看着天空发呆。

日子一平静下来，岳晶晶又藏起老面孔，重新换上了一副讨好吴一晗的嘴脸。可吴一晗又变成了瞎子，对她就像一团稀薄的空气，撞是撞见了，却置之不理。岳晶晶做的饭泡的茶，吴一晗虽然照吃照喝，只是不对她说一个字。几天下来，家里的气氛异常沉闷，如果不是做饭炒菜弥漫着的烟火气息，还有人走动的声音，屋子里就像死城一样，静得可怕。

这天，保险公司突然来了电话，是岳晶晶接的。保险公司叫他们把交通事故的处理报告再复印一份送过去，说是原来的报告备案用了。吴一晗听完岳晶晶转述了保险公司的意思，从阳台上回到屋子里，找出处理报告翻了翻，随手扔进了抽屉里锁了起来。岳晶晶看着吴一晗的动作，跟上来问了一句，怎么了，你不想去啊？吴一晗摇了摇头，没有回答岳晶晶。岳晶晶愣站了一阵，试探性地又说了一句，要不，我去一趟保险公司吧？吴一晗没有说行，也没有说不行，只是没有给她一个明确的答复，根本就不理她。

晚上，岳晶晶到新房那面去睡觉了，岳岚岚把吴一晗叫了过来，问他怎么不去保险公司？吴一晗知道是岳晶晶把这事告诉了妻子，他心里一阵厌恶，摇了摇头，没有说话。岳岚岚说，你一直急着跑保险公司，没有结果，现在人家主动来电话了，你却不去，你是怎么了，啊？见丈夫还是不说话，岳岚岚等了一会儿，又说道，你是不是怕离开了，我又会干傻事？一晗，我再不那样了，给你们添麻烦呢。我的麻烦够你们受了，你放心去吧，保险公司那面可是正事，家里的欠债已经很沉重了，以后可都是你的负担，我……

说着，眼里又是一片泪花。

吴一晗静静地看着妻子，还是什么也不说，只是摇了摇头。

岳晶晶这次忍不住了，气恼地说，你到底怎么了？一晗，跟我连话都不想说了，有什么事可以说呀，你这样对待我算什么呀？我现在还是活的，我需要你的回答，你的声音！

吴一晗别过头，不看妻子，他却说了句，我不想去！

你不想去，干脆把报告交给姐姐，叫她替你去好了，啊？

算了吧。吴一晗拉过被子捂住头，在被子下面沉闷地说道，她去，更没有用！

岳岚岚望着丈夫用被子蒙住的头，再说不出话来，脑里一片空白。

盛夏的时候，岳岚岚的病情进一步恶化，肠胃机能衰退很快，她不能吃东西了，一吃就吐，肠胃接受不了食物，只好到医院取来液体，每天给她挂吊瓶维持生命。过了一阵，岳岚岚动不动就昏迷，好不容易清醒了，她的两只眼睛已经深深地凹陷下去，目光很空洞。吴一晗看着不忍，心里也有些害怕，坚持要送妻子去医院。岳家的人都同意了，只是大家商量好，一定要瞒着岚岚，反正，她现在经常昏迷，也弄不清家里和医院了。

他们把她送到了医院，主治医生把吴一晗叫到办公室里，郑重其事地对他说，准备后事吧，病人拖不了几天了。

吴一晗当即就哭了，回到病房，大家一看吴一晗的样子，什么都明白了，像谁下了口令似的，全都哭了起来。哭过之后，老头老太太商量着，几个人轮流倒班，在医院里照顾岚岚。吴一晗却要自己一个人留下，和妻子度过最后这几天。

安顿好后，不知是怎么搞的，吴一晗心里突然间不再那么慌了。医院里有医护人员，吴一晗其实也不是太累，只是病房里不能离人，要观察病人的情况，及时传叫医护人员。还有，岚岚清醒时，得有人陪着她，免得当她弄清这是医院，又会做出一些偏激的行为。吴一晗看着病床上的妻子，心想，她现在的这种样子，可能弄不清楚医院和家里了，进医院三天了，除了她在睡梦里说过胡话，再也没见她好好地说过一句话了。吴一晗守在妻子跟前，他想了很多，从自己记事起，想到上大学，和妻子认识、结婚、吵闹，一直到妻子出车祸后，发生的许许多多的事情。这么想着，吴一晗觉得心里酸涩，默默地流了不少眼泪。有时，他会在心里安慰自己，人世间这么不幸的事都叫他赶上了，或者这就是命，伤心也没有用，谁能逃得过命，谁又能改变命运呢！

一想到是命，吴一晗就像是找到了一根支撑似的，倒不那么难受了，心里慢慢平静了下来。他虽然想到很多，但他还是没有想到，苗苗这个时候竟会给他打电话过来。电话是打到医务室的，护士来叫吴一晗时，他有点糊涂，他的手机一直开着，谁会把电话打到医务室呢？

拿起电话，一听到是苗苗的声音，吴一晗脑子里钝钝的，老半天都没有反应过来。

苗苗在电话上说，她没打吴一晗的手机，是怕他不方便，给他惹不必要的麻烦。吴一晗没有问苗苗是什么麻烦。苗苗怪吴一晗不给她打电话，她才听说岚岚又进医院了。她想来医院看看岚岚。她是在征求他的意见。吴一晗对苗苗的有情有义非常感激，但他回绝了她，不让她来医院。岳家的人像防贼一样防着她，要是知道她来了，又是惹得岳家的人不高兴。算了吧，这确实是没必要的麻烦。

苗苗在电话里沉默了好长时间，最后才说了句，一晗，你要是认为不妥，我就不去好了。只是——你得记着给我打电话！

挂了电话，吴一晗愣了半天，如果不是突然想到岚岚一个人还在病房里，吴一晗还会愣下去。他最近越来越觉得自己不对劲了，脑子里跟长了锈似的，反应迟钝。

岳岚岚躺在医院，糊里糊涂过了两个多星期。这天，她突然清醒了过来，并且看着吴一晗微笑了。倒把吴一晗吓了一跳，要去叫医务人员，却被妻子喊住了。妻子清清楚楚地对吴一晗说，一晗，你别走，过来，我要和你说说话。

吴一晗走过来，伏在床边，把头凑到妻子跟前。妻子伸出手，摸着丈夫的下巴说，一晗，你的胡子又长长了，你怎么不刮呢？我不爱看到你胡子长的时候，你等会儿刮掉吧。你一点都不老，留胡子干什么！

吴一晗点了点头，抓住妻子的手说，我现在就去刮胡子……吴一晗差一点说漏了嘴，突然想起不能对妻子说这是医院，他想把话岔开，谁知岳岚岚却抓住了他的话，说，你没有带剃须刀吧？

吴一晗愣了愣，掩饰道，剃须刀？不是在……卫生间里吗？我这就去刮，啊……

岳岚岚笑了一下，对丈夫说，一晗，你别掩饰了，我知道这是在医院里！但我不怪你了，你的心思我知道。一晗，你是个好人，是这个世上最好的男人。可是，你知道我现在的心思吗？

吴一晗摇了摇头，突然又点了点头。

那你说说看，看我们夫妻俩是不是心心相通。

吴一晗想了想说，你的心思是，我们能一起生活下去……

不是！这不可能了，一晗，看来我们就不是做长命夫妻的命，你和我不心心相通呢！

岚岚！吴一晗叫了一声，泪水夺眶而出，他哽咽着说，岚岚，你别乱说，你会好的，你肯定会好的！

岳岚岚又笑了一下，说，一晗，你别难过，也别安慰我了。我的身体怎样，我能不知道？我把你拖垮了，你很快就会解脱了。我死了后，你要好好地活着，不然，我会很不安心的，一晗，你还要知道我的心思，我死了后，你要……

吴一晗用手捂住了妻子的嘴，不叫她往下说了。他抹了把泪，对妻子保证道，岚岚，你别说了，我知道你的心思，我一定按你的想法去做，我去和大姐……晶晶过……

不！岳岚岚打断了吴一晗，说，一晗，那都过去了，这段时间我虽然一直糊里糊涂的，可是在梦里却是相当清醒的，我看到了你的心，我明白了你的心思。是的，我不应该把我的意志强加给你，你是个好男人。我当然希望自己的姐姐能够和你这样的好男人在一起，那也是她的幸福啊，但是我却因此看到了你的痛苦，我曾经是那样地忽视你的感受，怎么能在临死之前还这样呢？我曾以为这样做是幸福了两个人，其实这是个错误。现在，我的想法已经改变了，我应该放开手，让你去找你自己喜欢的女人。以前，是我不对，是我太自私了，还以为自己是为你好呢，却给你制造了这么多的压力和不愉快。你娶了我，我的任性和自私，已经够你委屈的了，现在我要死了，如果还要坚持让你将来娶我姐，她和我的性格差不多，你不等于还在受……受我的……欺压吗……

岳岚岚哽咽着说不下去了。吴一晗也不让妻子再说下去了，这一刻，他真心地感受到他和妻子之间那坦诚相见的真诚，他抱住妻子的头，两人痛哭了起来。

这时，岳晶晶送饭来了。

岳岚岚看到了岳晶晶，止住了哭声，抽泣着推开丈夫的头说，一晗，快别难过了，姐姐送饭来了，你去吃饭吧。吃过了，你去借个剃须刀来，把胡子刮了，我爱看你没有胡子的样子，你叫我再看看你原来的样子吧，啊。

吴一晗抹了把泪说，我现在就去借剃须刀。说着，他站起身来，急匆匆地从岳晶晶身边走过，出去借剃须刀了。

吴一晗走了好几个地方，才借到了剃须刀。他打开剃须刀，边走边刮，快回到妻子病房时，突然听到从病房里传出岳晶晶尖厉的哭叫声，他的心里一惊，立马慌了，飞一般向病房冲去。

岳岚岚已经永远地闭上了眼睛，她没有看到自己丈夫刮掉胡子的样子。

处理完妻子的后事，好长一段时间，吴一晗脑子里都是空白的。他不知道该干什么。班是去上了，可不知道自己是干什么的，每天只是去坐在办公室里发呆。回到家里，饭也不想做，他也感觉不到饿，就一个人坐在阳台上抽烟。他现在的烟抽得越来越凶，每天早上一睁开眼，第一件事就是先点上一支烟，抽完了才下床。

妻子死了后，吴一晗拒绝岳晶晶再给他做饭。岳晶晶只好回了新房子那面，时不时地会到吴一晗这里来看看，给他收拾一下屋子。吴一晗什么话也不说，任凭岳晶晶在这个没有了女主人的家里忙里忙外，他对岳晶晶甭说是句感谢的话了，甚至连个眼神都没有。岳晶晶感觉没趣，待上一阵就走了。她本想回去和母亲商量一下她和吴一晗的事，可每次回去，母亲对她都是爱理不理的样子，她说什么，母亲都只是木然地听着，却不发表一点意见。母亲是叫小女儿的死给击蒙了，没有一年半载，或许还回不过神来。

日子过得没有色泽，也没有滋味，临近中秋的时候，岳晶晶有一天来叫吴一晗，说是新房子的下水道堵塞了，叫他过去帮忙捅一下。吴一晗没理由不去。他跟着精心打扮过的岳晶晶来到新房子，看到房子里收拾得很洁净，有一种陌生的气息，还有一股淡淡的香味飘荡着。虽然是他的房子，他却没有心思去打量和感受一下这屋子，直接进了卫生间，去捅下水道。

下水道堵塞的一点都不厉害，没费几下劲就捅开了。吴一晗放了些水，把下水道冲干净了，洗过手后一走出卫生间，眼前突然闪过一道白光，一个软软的身体就扑到了他的身上，把猝不及防的他差点推倒。吴一晗在恍惚中，被一种久违了的女人肉体胁迫到了卧室，他血管里的血突突地冒着，脑子及身体都叫血给灌溉得膨胀了……

吴一晗在身体的驱使下，不由自主地伸出他有力的手臂，把岳晶晶紧紧地搂在了怀里。就在这时，吴一晗猛一回头，突然看见岳岚岚站在他们的面前，正看着他笑呢。吴一晗脑门一惊，出了一身冷汗，他松开自己的手臂，把岳晶晶狠狠地推开了。

清凉的秋风从树林间吹来，已经有了些许寒意，却叫吴一晗清醒了许多。一个时期来，妻子死亡的打击，使吴一晗神情恍惚，一直回不到现实中来。他是该清醒清醒了，这样沉迷着，总不是个事。

这天，吴一晗又一次在学院后面的树林里散步时，他的手机响了。他翻开电话盖一看，显示的是苗苗的号码。最近，苗苗经常给吴一晗打电话来，没完没了地说她与那些男人见面的情况，吴一晗始终打不起精神来，听着没有一点反应。苗苗急了，要约吴一晗见面。吴一晗问是多大的事，苗苗说，当然是大事了，终身大事，别的事就不麻烦他帮着出主意了！吴一晗一听又是这事，与自己一点关系都没有，嘴里含糊着，都给推托了。这次，吴一晗接通电话，还没有说一个字，苗苗就忙不迭地叫起了"姐夫"。她突然变换的这声称呼，对吴一晗来说，已经有点陌生了，他听着恍若隔世。苗苗还在一个劲地在电话里叫着这个久违了的称呼，吴一晗张大着嘴，也没有下定要答应的决心。干脆，他把电话挂断了。他的心里特别地酸楚，是那种既对不起苗苗，又对不起自己的酸楚。不一会儿，吴一晗的手机又响了，他没有再接听。他摁住按键，关了手机。

然后，吴一晗向树林深处慢慢走去。

秋意正浓，有枯黄的秋叶落下来，一片，一片，又一片……

花弄影

与陈家豪离婚后，庄晓然的心里很空落，她发现，每当夜深人静时，扯着她心肺的居然不是与她恩爱六年的前夫陈家豪，而是她的私生女亮亮。陈家豪因为亮亮而闹离婚时，庄晓然心里还恨这个孩子呢，当然，更可恨的是亮亮的亲生父亲——那个不负责任的男人乔明章。早知会有今天的下场，当初就不该坚持把亮亮生下来。当婚姻的硝烟渐渐散尽，庄晓然才知道自己最舍不下的是亮亮，孩子很无辜，不该让她来承担罪责。这时候，庄晓然才对亮亮心怀不安，从孩子出生一直长到七岁，她除拿一点生活费外，几乎没尽过母亲的义务。

婚姻失败，庄晓然不再相信婚姻，也不想再有婚姻，她想通了，就好好地抚养亮亮，让自己的灵魂有所依托吧。

庄晓然要把亮亮接到省城来上学。父亲去世后，母亲身体一直不好，叫母亲再带着亮亮，显然不妥当。再说，庄晓然也想和女儿在一起。

庄晓然想得太简单，以为只要到上学年龄，在哪儿上学都没问题。可到学校一问，才傻眼了。亮亮没省城户口，入学时，得交三万块钱赞助费。庄晓然刚勉强还完父亲生前的医药费，现在又到哪里去弄这么多钱？庄晓然办法想尽，唯一可以实施的，就是硬着头皮再去找乔明章。乔明章毕竟是亮亮的亲生父亲，这么多年她虽然没和乔明章再见过面，可偶尔也从同学那里听到一些关于他的消息。乔明章实际上过得并不如意，他和父亲老战友的女儿感情基础本来就很薄弱，他们的婚姻本身又带着父辈之间某些功利成分，结婚之后，夫妻之间性格与观念的不同，造成对事物看法的决然相悖，两个人也就不可避免地经常发生摩擦。乔明章曾是何等傲气的男人，却被婚姻改造得几乎没了性格。如今的他会不会为自己的私生女买单呢？想起那年对乔明章的承诺，庄晓然只能咬着牙，厚着脸皮了。亮亮上学是大事，她顾不得太多。她没别的路可走。

乔明章不是无情无义的男人。七年过去了，庄晓然能主动求上门来，乔明章心肠再硬，此时也不好拒绝。孩子已经活生生在人世长到七岁，不管你怎样拒绝这个事实，亮亮就是你乔明章的种，你承不承认，孩子到了上学要接受教育的年龄。

乔明章把庄晓然让进办公室，关上门指指沙发说，户口很难办，托人找人的事很麻烦，说不定还会误事，孩子开学在即，这事……

庄晓然没往沙发上坐，依然站着，静静地望着乔明章，看他能要什么花招。她心里已经想好，一旦乔明章满口胡言，埋怨七年前就不该要孩子出生，现在有了麻烦，来纠缠他之类，那她转身就走，绝不和他发生争执。她曾想过，万一乔明章一口拒绝了她，那她就用当年的手段，反正怎么着也得叫他尽点做父亲的责任。但后来再想想，觉得没意思，那样乔明章会把她看扁，像个无赖。

乔明章像是看透庄晓然的心思，并不说多余的话，点上一支烟抽一大口，说，这事我不会不管的，不管怎样，我是孩子的父亲。这样吧，我凑这笔赞助费，算是给孩子这几年的——抚养费吧。

庄晓然长出了一口气。她没想到会这么顺利。

不过，我今天一下子给你拿不出来，三万块不是个小数目。乔明章又说，你留下信用卡号，过两天凑齐后给你打到卡上，不会误孩子上学的。

庄晓然看着乔明章。他的表情是真诚的，她相信乔明章不是在敷衍她。但后来真正拿到钱，还是费了一番周折。两天后，乔明章没把钱打到庄晓然的信用卡上，她到 ATM 柜员机上去查过几次，账户上依旧空空如也。第三天就是学校报到日，外地的学生不交钱，就不能按时入学。庄晓然急了，给乔明章打通电话，第一句就说，乔明章，没想到你是这样的人，如果你不想出钱，你可以明说，不用这样糊弄我！庄晓然的口气很冲，乔明章听了也不解释，声音听上去很疲惫，像刚跑完一场马拉松。他说，随你怎么想，反正在你眼里，我做什么都是有预谋的。好了，不用多说，三万块钱我已凑齐，这就去银行打过去。

收到钱，给亮亮办好入学手续，庄晓然心里却不舒服，像喉咙里卡了什么东西，她和乔明章最初的裂痕就是因为钱，现在又源于钱，当初她是为父母，如今是为孩子。如果抛开这一切，单单纯纯地为了自己，她的生活会不会是另一番模样呢？比如，就像和陈家豪生活的那几年时光，她的的确确是感受到幸福的。这一想，她忍不住心酸起来，和陈家豪离婚，她是被动的。可有什么办法呢，她只是一个柔弱的女人，一个普普通通的单身母亲。

学校对没有背景的学生，一向不讲一点情面。何况庄亮亮还没省城户口，只能算在万盛小学借读。刚开学几天，亮亮很开心，每天都有那么多同学一起玩，比过年还热闹，虽然她还叫不出同学的名字，可大家对她都很好。刚上学的孩子，还没有高低贵贱的概念。

可开学几天后，亮亮就不开心了。这天，她噘着嘴，眼泪汪汪地走出校门。原来，体育老师要从新生中选一批身体素质相对好点的，加入校田径队的预备队，参加统一训练，能坚持下来并且能表现出田径特长的学生，今后将正式进入校田径队。选拔中，亮亮因为个子较高被老师看中，还被带到操场跑了几圈，亮亮跑步的速度让老师挺满意。但到登记名字时，一查花名册才知道她的户口不在本地，老师就把亮亮开出了队伍。

亮亮可能在胎里受过庄晓然情绪的影响，她的智力反应稍微有点慢，但对别人的冷眼非常敏感，她当时就哭了，委屈一直憋到放学，见到接她的庄晓然，叫声"二姨"又放声大哭。孩子的哭声像锥子刺着庄晓然的心。为堵别人的口，亮亮生下来时，庄晓然的母亲对外人说孩子是捡来的，交给大女儿抚养，只能管庄晓然叫二姨。庄晓然觉得欠孩子的太多，才把她接到省城来上学，自己带在身边，就算不能叫她一声妈，她心里也是安慰的。没想到，一个没多少意义的户口，竟然又如此深深地伤害了亮亮。

庄晓然好不容易劝住亮亮不哭，问清原委后，肺都气炸了，拉着亮亮返回学校去找体育老师。

体育老师叫何立健，一个大男孩，二十二三岁的样子，有一双清亮的大眼睛，脸庞白皙，没有很多体育老师的黝黑健硕，倒像个白面书生，清秀俊朗。何老师刚从体育学院毕业，没有太多教学经验，见庄晓然气势汹汹找他质问，脸红得像喝多了酒，说话都不利索。他只说，外地户口的学生不能参加学校田径队和田径预备队是学校的规定，他没办法不执行。如果他不遵守学校的规定，那么，只能是他被学校开除。

这算什么破规定！庄晓然怒斥道，国家规定九年义务教育，你们学校收了我三万块赞助费，这还不够，上个破体育课，还弄出这么多名堂，想方设法在孩子当中制造差距，把孩子分个三六九等，还怎么去教书育人，培养接班人？收了钱还不让学，这不是明摆着欺负人嘛。

何立健何老师不知该怎么应对面前的这位家长，一个劲地说他只不过执行学校的规定，他也很难做。何老师的态度更叫庄晓然生气，拉着他要去见校长，非要问个清楚不可。何立健只好带着怒气冲冲的庄晓然到楼上找校长。校长不在，何立健小心地提醒庄晓然，要不找副校长或者教导主任？

庄晓然的犟脾气上来，非要找校长，其他人没用，她不费这个口舌。

正是放学时间，学生们追追打打，喧闹的声浪一阵高过一阵，吵得人头疼。亮亮已经不哭了，眼角还挂着未干的泪水看着那些追打的同学，脸上流露出笑容。庄晓然一分钟都不想在学校待，她给何老师留下话，明天再来找校长，拉着亮亮走了。

何立健跟在后面，把她们一直送到校门外。

庄晓然生了一夜的气。这一夜，她伤心的泪水把枕头都打湿了，一个女人家，既没本事把孩子的户口弄到省城来，又没法叫亮亮不受伤害，她为自己作为女人无能而感到悲伤。在这个城市，亮亮的父亲离她的距离，远得几乎无法触及，就更别提保护她了。再说，庄晓然也不想为亮亮上个体育课，还去找乔明章想办法。赞助费的事，她是走投无路，不得已才向乔明章低头的，气短一回，这次她不能为田径队训练这破事，再去求人家。她得找学校理论，绝不能叫学校收那么多赞助费，还拿户口说事，伤孩子的心。

第二天早晨，庄晓然将亮亮送去学校，离很远就看到何立健老师站在校门口，一副翘首瞻望的样子，像昨天傍晚送他们出来，一直没回去似的。看到她们走来，何老师羞涩地笑笑，红着脸主动上前打招呼，冲庄晓然道，这位家长，不好意思，昨天让您生气了，我给校长联系过，将您的孩子情况，以及她想参加田径队的迫切心情都给校长讲了，她让我代她向您道歉，并且同意您的孩子参加田径预备队训练。

　　庄晓然没想到问题会这么快解决，一时有点反应不过来，她望着何立健明亮的眸子，竟不知说什么好。庄晓然将自己肩上的书包给亮亮背好，对她说，听到了吧，何老师同意你参加田径队了。

　　亮亮终究是个孩子，不往心里藏事，一听自己又可以进田径队，高兴得很，看着庄晓然，又看看何老师，也不说话，乐呵呵地笑起来，见到从身边经过的同学，有脸熟的，也不管能不能叫上名字，就冲着对方喊，我能进田径队了。

　　庄晓然和何立健都笑了起来。何立健对亮亮说，庄亮亮同学，下午最后一节自习课，你到操场和田径队的同学们一起训练吧。

　　亮亮"噢"地尖叫一声，背着书包喜颠颠地跑了。

　　庄晓然收回目光，对何立健说，你们学校这样做就对了，不然，我可不会罢休的。

　　何立健竟然点着头说，是啊，是啊！

　　庄晓然不知道何立健为什么这样回答。过后，想起这个早晨，她曾问过何立健。他说，从外表看，你很柔弱，可从气势上看，你挺厉害的，我是被你折服了。庄晓然自然是不信他这话的。何立健又说，你想想，一般情况下，哪个家长对老师不是和颜悦色的，生怕不小心得罪老师，对孩子不好。可你呢，那么冲，真把我给镇住了，每次见到你来操场边等孩子，我的心里就紧张。

那你现在怎么不紧张了？庄晓然把何立健搂在怀里，下巴抵在他的头上，问道。

何立健回答道，现在我连人都是你的了，还有什么好紧张的？

什么意思？难道和我在一起，你有上当受骗的感觉？

何立健转身把庄晓然摁到床上，压住她说，要说上当受骗，还不一定呢，我这个没省城户口的招聘教师，骗了个省城科研单位的女干部，管他谁上当呢。

他们在一起很快乐。

二

庄晓然不是那种能让人眼睛一亮的女人，只是她安静的外表相当古典，一眼看去或者并不入眼，再看一眼不但入眼，还会入心。她的第一任男友乔明章就是被她恬淡安静的模样吸引住的。

乔明章长得高大挺拔，是当时大学足球队的右前锋，女生心目中的贝克汉姆。每个星期五下午踢完球，他斜披球衣，一副冷峻样，对球场边为他尖叫呐喊的漂亮女生视而不见的派头，勾走不少女孩子目光。只是，乔明章看到当时安静如一潭湖水的庄晓然时，冷酷的表情才冰山融化，展现出一副甘愿做牛做马的奴颜，不但主动与她打招呼，还跑过去帮她拿怀里的几本书。这常常会给庄晓然招来无数女生的妒忌，可其中夹杂的艳羡，使庄晓然非常受用。这个令多数女生着迷的男生喜欢她，简直像童话，偏偏这个童话就在她身上发生了。有时，庄晓然坐在看台上，专注地望着球场上乔明章帅气得没法描述的身影，暗自揣摩这个神话的真实性，思来想去，结论是，若是说乔明章独具慧眼，那也是她兰心蕙质，有着不一般的潜质，否则，一个如此傲然的男孩怎会拜倒在她的石榴裙下？想透这点，庄晓然不由得身子一挺，觉得自己还是有几分诱人之处的。这个在中小学时代因家庭状况不好备受歧视的女孩，在乔明章高大身影的衬托下，变得自信和自傲起来，那目光里慢慢地就有了藐视一切的味道。还有，最叫庄晓然引以为傲的，是乔明章的家庭，他父亲是省城某个部门不大不小的官员。要说乔明章的外表对庄晓然构不成诱惑那是假的，但事实上，乔明章的家庭才是她接受乔明章的重要原因。一个来自外地小城市的女生，毕业后想留在省城，找一个有家庭实力的男朋友，自然再好不过。其实，乔明章后来也看出来了，庄晓然并不像她的外表那样恬淡、安静，她的内心是充满欲望的，只是，从小生活的环境使她对外界自然产生了一种抗拒，实际上她外表的安静更多是冷淡。看清了这一点，乔明章和庄晓然已经处得一片火热，爱情在他心里植了根，他身不由己。

恋爱的第二年，庄晓然就和乔明章开始同居，两人关系一直也很稳定。庄晓然本就不是随便的女孩，如果不是对乔明章动真感情，仅凭对方的家庭，她还是不会轻易委身的。他们之间的矛盾，是后来才有的。那时，庄晓然和乔明章已大学毕业，在乔明章父亲的帮助下，庄晓然顺利地留在省城一家科研单位。就在两人准备谈婚论嫁时，却因经济问题，他们的感情出现了危机。庄晓然一直想攒钱给生活在小城的父母盖幢楼房，使他们脱离阴暗的平房，过个明亮的晚年。这需要一定的资金。庄晓然把乔明章的工资抠得很紧，早就引起了他的不满。两人相处两年，彼此的个性已十分了然，正处在审美疲劳期，争吵几次，乔明章突然间萌生分手的念头。庄晓然哪里愿意分手，且不说浪费在乔明章身上的两年宝贵时光，单说失去乔明章以后，她在省城立足都困难重重。为挽住乔明章的心，庄晓然制造了一次意外，顺利地怀孕，而且，她等到肚子大得没法掩饰时，才正式告诉乔明章。乔明章一听，非常愤怒，当即要庄晓然去医院打胎。好不容易挨几个月，就是为拿这事镇乔明章的，庄晓然哪肯打胎。到单位领导那里请了几个月事假，她跑回老家去生孩子，把父母姐妹惊得目瞪口呆。

　　这事，也只有庄晓然做了，父母才会宽容，要放在其他姐妹身上，没结婚挺个大肚子回来试试？谁叫庄晓然是庄家唯一的省重点大学生，而且毕业后还留在省城。庄晓然做的任何事，自有她的道理。可未婚先孕毕竟不是光彩事。那阵子，母亲黄雅琴严格规定不让庄晓然出门，全家人不与外人交往，谁要是走漏半点风声，黄雅琴定会拧掉谁的脑袋。

庄晓然在戒备森严的父母家，秘密地生下了女儿亮亮。

原以为能拿女儿要挟乔明章，庄晓然做梦都没想到，等她满月后把女儿丢给母亲回到省城，却发现自己是在玩火，而且玩出了不可扑灭的熊熊大火。乔明章结婚了。

庄晓然呆了，傻了，自己窝在老家那个叫芙蓉里的小地方不到两月时间，乔明章的世界就已改朝换代了。辛辛苦苦的策划，忍辱负重的承受，结果，她用来遏制爱情的理论，迅速间土崩瓦解。她早被人家扫地出门，徒留下以为可以为她打下前景的女儿亮亮。还没找到乔明章本人，庄晓然就哭得昏死过去。要是她能把这阵子干下的事情连根拔起，粉碎而且毁灭，那该多好。可是，世上还没有这种技术。庄晓然恨自己过于天真，怎么相信生下孩子，就能让乔明章回心转意呢？现在可好，江山都失去了，她要亮亮又有何用？

从小到大，庄晓然还没栽过这么大跟头，她不甘心，不能便宜乔明章，她为他连孩子都生下了，难道就不能为此付出点什么？哭罢，她稳住情绪，去找乔明章。

突然间看到庄晓然，乔明章很惊讶，几个月没庄晓然的任何消息，他还以为她回老家打胎休养去了。乔明章不知道庄晓然的家具体在哪儿，只知道她老家所在的小城，没留下电话号码，庄晓然又不跟他主动联系，他还以为她同意分手了。乔明章架不住父亲一个老战友的女儿追求，还有父母不断的催促，和那个女孩匆匆结婚了。没想到庄晓然会找上门来，乔明章慌了手脚。

庄晓然望着乔明章，嘴角挂着冷笑，谎话编得这么蹩脚也不怕人笑话，这世间哪有跟女友同居两年，还不知道她家具体在哪儿的？明显是把女朋友不当回事。但这话庄晓然没说出口，已到这份儿上，较这个劲有什么用？乔明章明摆着就是借她离开的机会甩脱她，现在说什么已于事无补，他不可能为了她庄晓然，跟刚结婚的妻子离婚吧。庄晓然不能干吃这个哑巴亏，她不想叫乔明章摆脱得一干二净，她毕竟给他生下一个女儿。

如果说，乔明章之前对庄晓然多少心存愧意，虽然他和庄晓然提出分手，但两人仍一直处于同居状态，严格来说，还没完全脱离恋人关系，他没去过庄晓然的家是事实，可要说找不到她家完全是托词。芙蓉里这个地方，他听庄晓然说过不下百次。说白了，他是不想去找庄晓然，他还希望她从此以后也不来找他，一了百了才好呢。乔明章匆匆结婚，除了上述理由，其实大部分原因就是要借机和庄晓然做个彻底的了断。这样做的时候，乔明章心里对庄晓然还是有些愧疚的，他希望能和她当面了断，而不是以这种不明不白的方式，但以他这些年对庄晓然的了解，想要和和气气地了断他们的关系，似乎不是一件容易的事情。

乔明章想过，一旦庄晓然来找他，他会给她一些补偿的，至于补偿的方式，那就看庄晓然的态度了。

庄晓然跟乔明章说到孩子。她声色俱厉，双眼无神，说我们的女儿已经出世，你看着办，要么你带她回去，要么我帮你送回家。

　　乔明章心里早有准备，庄晓然知道他结了婚，一定不会善罢甘休。只是他没想到她会用孩子来威胁，想一想几月前庄晓然的大肚子，谁想到她会固执地生下孩子呢。他明明是要她去打胎的呀，乔明章感觉到面前这个女人太有心机，他内心的怒火压不住，终于爆发了。

　　你拿孩子要挟我，我要你生了吗？我知道你生了吗？如果我们在一起，你生下孩子我都不知道，那这个孩子的来源是不是值得怀疑？我提出分手都快一年了，怎么这个时候反倒有了孩子？就算这个孩子是我的，那你生下这个孩子，是不是居心叵测？告诉你庄晓然，退回一万步，你还是你，我还是我，咱们也不可能在一起了。如果你非要拿孩子说事，那我只能说，一切是你自找的，孩子跟我没关系！

　　庄晓然愕然。乔明章的话说得太决绝，她之所以拿孩子要挟，是不想乔明章活得太如意，要他心里时刻存在一片阴影，叫他一生都对她心怀愧疚。凭什么苦都得她一个人吃，乔明章却如此逍遥？谁知道乔明章的心里没有一点对她的怜惜之情，居然冲她吼叫。她对乔明章的恨意又加重了一分，只觉心脏像被人从胸腔里掏走了，里面空荡荡的。她不想再哭，泪水却拦不住，洪水一般汹涌而出。

三

　　起初，是因为不放心，庄晓然只要得空，便会提前到学校接亮亮。田径预备队和田径队的训练是放在一起的，放学后还要再训练半小时。庄晓然担心反应慢的亮亮会受别人欺负，每次必到田径场边等，于是，看何立健带一帮孩子训练，成了她接亮亮时必看的节目。孩子们在场上跑圈时，庄晓然瞅着何老师得空的机会，会主动走上去，问一些亮亮的情况，何老师每次都很热情给她讲一大串亮亮的事。当然，表扬占的比例大，偶尔会捎带几句不疼不痒的提醒。这是老师们的通用语，是客套话，也是宽家长的心，叫家长对自己的孩子有足够的信心，也对老师的表现感到满意。庄晓然不想听这些话，她要何立健说些具体的，因为，她心里有个打算，以亮亮的智力反应，文化课肯定好不到哪儿去，能否让亮亮在体育方面有所特长，这样也好帮亮亮早做打算。一个反应迟钝的孩子，能有一门特长，就不令人那么担心了。

何立健说，刚开始训练，又是一帮六七岁的孩子，虽然也搞过一些基础训练测试，但还看不出哪个孩子有田径方面的特别天赋。当然，许多事情靠的是天赋，但后天的开发也很重要。

庄晓然的心凉了半截。

不过，何立健又说，我注意观察庄亮亮同学了，她跑起步来身体比较协调，不知你注意到没有，她身子短，腿又细又长，是块练田径的好材料，当初我挑选她，主要是身体素质方面的原因。

是吗？庄晓然一下子来了兴致，看着远处练习蛙跳的亮亮，兴奋地说，我以前还真没注意到这点，现在看来，老师你说得很对，说不定她还真有这方面的特长呢。

何立健笑了，看，你还不是庄亮亮的亲妈，要是的话，还不知道会怎样为孩子骄傲呢……

庄晓然收起脸上的笑容，打断何立健说，你怎么知道我不是庄亮亮的亲妈？

每次，我听到孩子叫你二姨，我也问过庄亮亮，她告诉我，你不是她妈，她的妈妈是你姐姐。

庄晓然心头掠过一丝阴云，脸上慌了一下，随即，便笑逐颜开道，是呀，我帮姐姐带孩子呢。

何立健没看出庄晓然的变化，说，你们姐妹长得很像，庄亮亮长得多像你呀，眼睛、脸盘还有神情，和你如出一辙。

庄晓然掩饰道，到底是老师，观察得这么细致，这还是第一次有人这么说呢。何老师，时间差不多了，孩子们可以接走了吧。

不久，第一批新生要加入少先队组织。庄亮亮因为户口不在本地，没在范围之内。

为了能使亮亮的功课不落在其他同学后面太远，庄晓然每天都给亮亮辅导，亮亮接受得慢，但只要跟她把课本上的东西多讲几遍，慢慢也能记住的。所以，亮亮的学习在班上还不算太差，她对自己的表现也很有信心，她热爱班集体，每天帮值日生打扫教室卫生，她喜欢画画，虽然出板报老师不要他们小孩子插手，可亮亮还是跑前跑后给老师打下手，找有颜色的粉笔，帮擦黑板上多余的字。老师常老摸着亮亮的头说她是个好孩子。亮亮觉得好孩子理所当然应加入少先队，她也是这么跟二姨说的。所以，一听到少先队名单上没她，亮亮的自尊心又一次受到挫伤，两三天都不说话，一问她，就眼泪汪汪，庄晓然的心里又酸又涩。

这次，庄晓然本来抱着要找班主任或者校长大闹一场的念头，通过亮亮进田径预备队的事，她相信这世界是"你强我弱，你弱我强"，要想赢得属于自己的东西，必须争取。可下午放学时，一进学校大门，看到小孩子围着老师说再见的情景，她的想法突然间改变了：亮亮只是个孩子，孩子只在乎与她息息相关的人和事，而老师是她的世界里最重要的人物之一，老师的笑容和夸奖就是对她最大的满足。如果自己一时冲动用极端的方式帮她解决了一时之难，难免会将老师彻底得罪，以后受罪的还是孩子。就算老师不给孩子小鞋穿，可让孩子坐冷板凳也够受的，何况亮亮又是一个特别在意老师对她态度的孩子。想通这一点，庄晓然冷静下来，收起冷冰冰的脸色，像往常一样到操场边等候亮亮训练结束。

这次，是何立健主动找庄晓然答的话。他问她，庄亮亮同学这两天怎么心不在焉，训练常常出错？

庄晓然看着何立健，叹口气道，孩子有心思啊，何老师不可能不知道，前两天宣布了一批少先队名单，没有庄亮亮，她的自尊心受到伤害了。

噢，原来是为这个，每个班有每个班的情况，也不是所有的孩子都能在第一批加入少先队的，班主任得根据每个学生的综合素质考虑，庄亮亮同学可不能有这个负担。

庄晓然拉下脸说，看来何老师真是不知道内情了，我们家亮亮告诉我，老师说是因为她的户口问题，才没叫她加入少先队的。

是吗？何立健很吃惊，我还真不知道这档子事。这也太不像话了，不过入个少先队，既然孩子有受教育的权利，又怎么能拿这些条条框框来框孩子呢？

何立健想了想，又说道，你先别急，这事我去问一下班主任，这算定的哪门子规矩，户口不能什么都制约，太不公平了。

第二天，何立健去找庄亮亮的班主任。班主任是个四十多岁的女人，笑眯眯的，很慈祥，看上去很好说话。她一直面带笑容，听何立健说事情的前因后果时，不断地点头，态度无可挑剔。但是，听完所说的事，班主任不软不硬地说这是学校的规定，她从不违规，包括过马路，绿灯行，红灯停。如果何老师有不同意见和看法，去找校长，只要校长说句话，该如何解决就如何解决。何立健只好去找校长。校长是个年纪大的女人，很严肃，一看就是个不好说话的主，看着怒气冲冲的体育教师直通通地来找她，心里不悦，全在脸上写着呢。这么多年，从没人质问过校规，何立健已经是第二次了。

校长对何立健说，何老师，这样的规定也不是咱们学校才有，学校有学校的难处，但我们也都在尽力克服困难改善不足。有些规定是不够人性化，现在上上下下都在讲和谐社会，学校也会从和谐出发，用发展的眼光看问题的。但你是老师，你应该跟家长说清楚，不能把你的情绪带给家长，否则，学校还怎么安定和发展？行了，你提出的问题学校会考虑的，你现在去上课吧！

校长不咸不淡的态度，叫何立健很不满，但他也无话可说，他两次违犯校规，校长没冲他大发雷霆，能这样答复他，已经是天大的面子了。他一个外聘教师，要再不知趣，就只能卷铺盖走人了。

校长大概也认为用户口限制孩子加入少先队，确实显得学校太小气，加入少先队又不是什么争名夺利的大事，若是因这些小事影响到学校的声誉，毁了形象，那才叫得不偿失呢。当即和几个副校长通气，又不是什么原则问题，大家一致通过，取消外地户口学生不能入队的规定。并且，很快通知到一年级各班，将符合条件的外地户口学生尽快补报入队。

还没等何立健平息不满情绪，把从校长的态度反馈给庄晓然，亮亮已经被补入第一批少先队，加入了少先队组织。

后来，庄晓然才知道何立健是个聘用教师，便问他，他一个非正式教师，哪来的勇气两次直面校长，责疑校规？难道不怕被解聘？那时，他们两人已经很熟了，相互之间除了老师与家长，还有一种接近于朋友的关系。何立健当时很认真地说，正因为他也没省城户口，在学校的很多事情上被排斥在外，所以他才不怕。其实以现在的社会体制，户口应不再是制约人的因素，但就是有人不愿意抛开成见，仍拿户口来说事。难道说，有省城户口，人的潜能就发挥出来了，会更有工作动力？还是骨子里需要一种偏差存在，以证明自身的优越？如果说是能力的差异造成偏见，那他还能接受，但要仅仅是框架制约，他就无法忍受了。所以，当他听到亮亮是因为户口问题不能入队时，他很冲动。

何立健还说，在中国，一个户口，一个文凭，压制了不少有才华的年轻人。他从体育学院毕业，只是本科文凭，这几年，不知哪里新出的规定，进省城所属单位，必须是研究生学历，才能办本地户口。

庄晓然说，我也是外地人，到省城上大学，我就把户口转过来了。

何立健说，那是前些年，早变样了，现在越变越不可思议，听说进北京，必须得有博士学位呢。

那你为什么不读研究生，有了学历就可以顺理成章地调进来，成为正式教师呢？

我做梦都想啊，可是，从初中开始，我就是体育特长生，文化课不好。

庄晓然关切地说，可以利用业余时间学学英语，你这么年轻，肯定没问题的。

何立健苦笑道，我也想啊，可学校给我每天安排四五节体育课，还要带田径队，说只要在市里小学生田径赛事中拿上前三名，才跟我续签下一届的聘用合同，不然，就会解聘我，我没一点保障，这么大压力，哪儿还有心思学英语？

那一刻，庄晓然对何立健产生了强烈的同情。

大多好感是从同情开始的。

　　从何立健几次帮助亮亮的事上，庄晓然对何立健不光是同情，慢慢地有了好感。这个小何老师教孩子们的动作，还有他的谈吐，挺吸引庄晓然的。每天，她早上送女儿去学校，心里希望能碰到何立健，可概率很低，几乎是零。庄晓然站在学校门口，看着亮亮走进校门，却看不到那个年轻熟悉的身影。到单位上班，她盼着快快到中午，中午快到下午，她好去学校操场边，看何老师教孩子们训练。

　　何立健也是，他对这个特别的家长产生了别样的感觉。通过更进一步的接触和交流，很快，他们就坠入了感情的旋涡。这一点都不奇怪，他们的境况那么相似，又有能说到一起的共同话题。这些，都是能够产生感情的条件。

　　可是，庄晓然没想到，他们会发展得那么快。

　　不知哪儿出了问题，庄晓然就是想和何立健交往。她受不了何立健明亮眸子的诱惑，那双眸子把她的心搅乱了。她很久都没这种感觉了。从冯远决然地离开之后，她的心里一直波澜不惊。曾经，她以为自己对冯远动了真感情，可后来再回味，才觉出那不过是潜意识里对过于平铺直叙的生活制造出的一点悬念，一点转折而已，当她心里重新趋于平静，偶尔想起冯远，她甚至怀疑自己是否有过那样的热情。如果有，为什么在她的心里没留下一点痕迹，像乔明章一样，一旦出现，连记忆都带着疼，更带着耻辱。

　　而年轻的体育老师何立健，庄晓然觉得他就是一个旋涡，自己不由自主地被他吸进去了，虽然，她提醒过自己，不能掉进那个旋涡，会有危险，可她刹不住，像一个初次接触车的新手，明明得踩刹车，却偏偏一脚蹬在油门上。她控制不住自己，她看到前方亮起的红灯和"此路不通"的警示，她知道这样强行越往前走，越不好回头，可是，等她感受到开快车的刺激，已经不想刹车了。就往前走吧。过了这个村，可就没这个店啦。多好的机会啊，如果把握不住，错过去，可能会后悔一辈子。三十三岁的女人了，还能有多少机会！这世上是没有后悔药的。庄晓然走了上去。她大义凛然，视死如归。何立健迎了上来。他赴汤蹈火，万死不辞。

立冬这天，下了些小雨，地上湿漉漉的，天气非常阴冷。街道上的树不经意间早已变得秃秃，孤零零地伫立在阴湿而沉闷的空气里。冬天就这样开始了。依照老规矩，立冬得吃饺子，不然冬天会冻掉耳朵。以吃饺子为由，庄晓然邀请何立健上她家一起包饺子。何立健求之不得，说他老家也有这个规矩，这几年他坚持去餐馆吃的饺子。庄晓然说，以后立冬，你不用再去餐馆吃了，咱自己包吧，吃的是一个气氛。

吃饺子时，庄晓然放了一张ＣＤ，在轻柔曼妙的乐曲声中，她拿出一瓶长城干红，与何立健一同分享。何立健能喝一些酒，干了大半瓶红酒，还有点意犹未尽，但庄晓然不给他喝了。打发亮亮去小卧室睡觉后，他俩坐在沙发上没话找话地又说了会儿，有点像醉话，但不全是。只是，彼此都不敢看对方的眼睛，好像知道接下来会发生什么，彼此盼着那一刻的快点到来，又为这样的期盼带着些尴尬。望着何立健变得蒙眬起来的眼神，庄晓然的脑子里还是闪过冯远的影子，她想，那时自己为何要拒绝冯远呢？自然更多是顾忌着陈家豪，可陈家豪又何曾顾忌过她？还没和她离婚，就和他大学时期的女同学出双入对。庄晓然的心咚咚地痛起来，好像有人拿根木棒在她的心里狂挥乱舞。

忍不住，庄晓然去趟卫生间，掀起衣服，抚摸自己发烫的肉体，她很无耻地心想，如果错过，真是浪费。

该来的总是要来。是谁先主动的，已说不清了。庄晓然好久没和男人在床上活动了，说她不想男人是假的，这么多年，尤其是冬天，她怕冷，喜欢钻在男人的怀抱里猫冬。天没转冷时，她还发愁，离了婚，今年冬天没有男人怎么过呢，这下，就不用犯愁了。何立健绝对是个好男人，激情饱满，虽然也接触过女人，可没真刀实枪地上过阵，手脚有点慌乱，开始还找不着方向。庄晓然喜欢这样的新手上路，感觉比熟门熟路的老手新奇，所以，她不愿当教练，随他折腾去，靠自己摸爬滚打出来，功夫才过得硬。果然，何立健没让庄晓然失望。天亮后，趁亮亮还没起床，俩人醒来，都有点不好意思，像事先商量好似的，都说昨晚喝多了酒，迷迷糊糊地不知道后来发生了什么。这种事，男女都会把责任推到酒上。但谁心里都明白，就一瓶长城干红，没那么大劲头。

有了第一次，接下来就水到渠成。庄晓然对何立健很满意，认为自己没有观望犹豫、停滞不前，走到这一步绝对英明。她觉得何立健这个男人才是自己最需要的，他懂女人的心，能把握住女人的脉搏。不像乔明章，还有一起生活过几年的陈家豪，他们虽然也口口声声说爱你，可是他们有个共同点：自私。他们只知道索取，却从来都不懂得关照她的感受。何立健就不一样了，他时时处处都考虑到庄晓然，也可能是搞体育的，身体好的缘故，每次都能把庄晓然带到性爱的巅峰，使她体会到女人应有的快乐。然而，就在这甜蜜的欢乐片刻，她又疑虑重重，简直带着几分难受。她怕这种欢乐不会永久。

他们在一起过了好久，庄晓然仍恍如梦中，一直怀疑这不是真的。她已经历过那么多感情的伤害，怎么会这么快又坠入其中？并且，还是和一个小她将近十岁的大男孩。事实上，算是庄晓然先主动出击的，前前后后，她想接触何立健的心情更强烈些。要不，男女年龄刚好倒置，年龄就是距离，他们又是教师和家长的关系，要谈情说爱还是有障碍的。女人主动，男人一般都是抵抗不住的。但庄晓然并不承认是自己主动，感情这东西，不是说谁主动就能融合到一起的，如果何立健对自己没好感，仅年龄这一项，就是他们之间无法逾越的鸿沟，可见，她与何立健的关系并不纯粹是彼此的需要，而是有感情基础的。这么一想，庄晓然心里坦然许多。

可是，何立健来庄晓然这儿过夜时，有意识要避开亮亮。比如等亮亮睡着了才来，天不亮早早地起来走人，不想叫亮亮看到自己的老师在二姨的床上睡觉。亮亮弄不懂二姨和小何老师的关系，只知道何老师对自己很好，老表扬她，没其他同学的时候，还会跟她像朋友一样聊天。亮亮见二姨接她时和小何老师有说有笑，和以前不一样了。她偷偷问过庄晓然，何老师就是二姨父吗？庄晓然含含糊糊，没说是，也没说不是，只叫她还称呼何老师。亮亮搞不懂大人的事，也管不了。

何立健天天晚上要来，庄晓然也有这个意思，她怕冷，更怕寂寞。有时，偶尔会碰上亮亮，这孩子似乎无动于衷，对大人从来不闻不问。这也难怪，她从小没跟庄晓然在一起，现在迫于上学，无奈之下住在一起，没有感情基础，坚决不和二姨睡一张床。这倒方便了庄晓然和何立健，不然，还不好办呢。

后来，与何立健在一起，庄晓然不去想他们的以后，她喜欢这个单纯的男人把自己抱在怀里，他给她带来快乐，使她单调冷清的生活变得有了色彩，觉得自己虽是一朵残花，但余香还在。香如故。但是，庄晓然不想做长期打算，比如婚姻。

婚姻太累。

四

乔明章抛弃庄晓然，这对她打击太大。她每晚都睡不好觉，害怕黑夜到来，晚上都是强迫自己躺在床上，却一夜无眠，偶尔能迷糊一阵，全被奇怪的噩梦纠缠住，为脱身想使自己醒来，果然就醒了。醒来，无尽的伤感会把她淹没，直到天明。每天早晨，她撕掉日历上的一天，就像撕自己伤口上的硬痂，一股股红的血会涌出来，向她展示疼痛。她受不了，想结束这样的日子。庄晓然准备去上班，她先去单位销假，却被告知，因她到单位时间还不到一年，请假的时间太长，两个多月，她的岗位被另外一个人顶了。科研单位，原本就不是养闲人的地方，哪由得你请上两个月的长假？庄晓然这下顾不得伤心，去找研究室主任。主任已不是两月前的主任，前主任退休了，现任主任姓向，是从别的研究室调来的，他对庄晓然不熟悉，见她急巴巴地要解释，把手一挥，说不用说了，这两月的工资都给你发的全额，按规定，今后半年内，给你发一半的工资，直到你找到新的接受单位。

庄晓然惊呆了，早知道单位有这种规定，她就不会请假，可是，单位有这样的规定，前主任还批她的假，明显要把她往外推嘛。现任的向主任认真地打量庄晓然，刚生过孩子的庄晓然身上既有学生的痕迹，又有少妇的气质，此刻是面带酸楚的样子，却别有一番风韵。向主任愣了一会儿神，叹口气说，形式主义害死人哪。怎么办呢？我刚来，不好为你打破规定。你还是自己想想办法吧，当初谁介绍你进来的，你去找谁，说不定会见效呢。

这无疑给庄晓然出了个难题，当初是乔明章的父亲通过关系把她弄到这个单位来的，现在她和乔明章已经没啥关系，人家怎么还会帮她的忙？但除了乔明章这条路，庄晓然已无路可走。

庄晓然又一次去找乔明章。她这次跟乔明章说，只要能帮她保住单位的岗位，从此以后她不再纠缠他，如果做不到，那她就只能通过诉诸法律，来讨回她们母女的权利了。乔明章说，你这算是跟我谈交易？庄晓然仰起头说，是又怎么样！

乔明章沉吟半晌才说，他愿意帮庄晓然这个忙，但不是和她交易，他们毕竟相爱一场，感情还是有的，他也不希望庄晓然的工作出现意外。不管怎么说，他还是有同情心的。

庄晓然的工作岗位保住了。不知道该不该为这事感动，庄晓然想起女儿亮亮，觉得还是挺悲哀的，无辜的亮亮这辈子永远都不会知道她的爸爸是谁了。当然，亮亮也不会知道她的妈妈是谁。

黄雅琴已经给全家人统一过口径：亮亮是她捡别人遗弃的女婴。

直到有一年冬天，庄晓然去北京培训时，结识了一个城市来的陈家豪。他很看重她，超过了她的想象。庄晓然布满阴云的心扉，终于裂开了一道缝隙，陈家豪的阳光从裂缝里挤进来，她用手遮挡这缕阳光时，她还提醒自己，危险来了，可是她一投进陈家豪男人味十足的怀抱里，危险变得模糊而且很快消失。庄晓然紧紧贴在陈家豪身上，他的热情和呵护，填补了她心灵上的空虚，使她感受到寒夜在消退，春天的温暖涌遍她全身。她接纳了陈家豪，走出乔明章留给她坚实的阴影。

庄晓然感到了生活的美好。很快，她和陈家豪走进了婚姻。这样，才有依靠，有坚固的牢靠感。庄晓然彻底放松了。

童年和少年时期，由于受家庭影响，庄晓然的内心充满了自卑，同时，也更加自尊和自立，与乔明章以惨败告终的爱情历程，耗尽了她的心血，如今有了新归宿，她才深深地体会到那份疲惫。她真的太累太累，想要好好休息。于是，之前那个把什么都看得十分重要，什么都舍不下的庄晓然不见了，替代她的，是一个慵懒的、有些拖沓甚至邋遢的女人。每天除了上班，干完自己分内事绝不再想别的，什么都不想，不想女儿亮亮，不想工作岗位有一天还会弄丢，也不想陈家豪哪一天会像乔明章一样抛弃她。庄晓然不让自己想，脑子偶尔闪过一些过去的事，她立马打断自己去做别的。有了实实在在的婚姻，有个尽心呵护自己的男人，她要自己满足。其实，她是个容易知足的女人。所以，她才这么快变得慵懒，只有回老家芙蓉里时，庄晓然才会打起精神，着装极具个性，说话办事干脆利落，换了个人似的，起初，看得陈家豪目瞪口呆。这哪儿是什么事都不操心的老婆，简直就是一个女强人嘛。后来他才慢慢明白，芙蓉里事实上是庄晓然展示自己的一个平台，她的过去在芙蓉里是灰暗、伤痛的，她走出来，脱离了那个狭小的地方，就要让芙蓉里的人看看，庄家出了一个在省城工作的女儿，并且还嫁给省城里的男人，谁还敢用旧眼光看待他们庄家！陈家豪并没觉得决然两种状态的老婆有什么不好，相反，他挺喜欢，这说明他就是庄晓然背后的那堵墙，可以无所顾忌地靠着，倚着，放松下来。男人，有几个不愿做老婆身后那堵墙的？也正因为陈家豪的宽容，越发使庄晓然远离概念下的生活。她的好强收了起来，心机收了起来，甚至，对生活的热望也收了起来。结婚几年，她像生活在真空里，在单位，从不与人多交往，也极少与别人交流，就像个气泡似的，有事就现一下身，没事就隐在角落里。现实的空气在她心里越来越淡，也越来越远。慢慢地，除了上班与下班，日与夜的概念，时间在庄晓然的意识里就像一片遥远的梦幻，模糊不堪，不知道今天是几月几号，什么日子，唯一能惦记住的，是港台连续剧的播出时间，准时穿着睡衣倚躺在沙发上观看，绝不落下一集。一个星期她可以不出去逛街购物，甚至双休日不用上班时，她都懒得洗脸梳头。

陈家豪是城市规划办的骨干，经常要去外地搞研究调查，有时一走就是个把月，把庄晓然一人丢在家里。这样的日子当然更像一张白纸，庄晓然想让纸面空着就空着，觉着空的难受，就懒洋洋地随便画道横线竖线。日子简单而纯粹。有时候，庄晓然还是会想到自己现在的状态，大街上人来车往，每个人都有坚定的方向，唯有她，停滞在路中间，不想往前，不愿退后，看着头顶上的那片天，那是一种看不到头的茫然。

说起来，陈家豪是个细心的男人，他懂得庄晓然的心理，明白老婆不是真的对生活无所求，而是以前芙蓉里的生活经历一直隐藏在她心里，才使她显得在新生活面前松弛不下来，虽然没有以前那么紧张，可以尽情地享受生活的无拘无束，可了无趣味。庄晓然是落寞的。一个人的过去若是太沉重，又怎会快乐得起来？陈家豪看着妻子一天天将自己裹得越来越紧，又心痛又无助，唯一能做的，就是劝庄晓然出去走走，多与同学朋友联系，不要看那些电视剧了，什么破导演，炮制出一个个精妙的肥皂泡，戳都不用戳，但很快就自灭了，给人空留一腔遗憾。还是外面伸手可及的现实世界精彩，庄晓然要是把自己融进去，就会使自己的生活变得有趣有味。庄晓然听不进陈家豪的劝说，她说人要生活在虚幻里才最安全，真实是最残酷的。有个肥皂泡填充内心，即使破了，也是破在心里，美丽是依然存在的。陈家豪不是说不过妻子，只是想自己经常出差，内心里首先有一份愧疚，也就听之任之。只要她自己觉得封闭着快乐就行。当然，他希望妻子能与外界有些交流，不然，一个人封闭久了，会憋出毛病的。

五

天降大雪时，陈家豪打电话来催房子，叫庄晓然腾出来，说他元旦要结婚。

根据他们离婚时的协议，房子归两个人共同拥有，但后来庄晓然急着用钱，陈家豪答应支付现金给她，房子则归陈家豪所有。付完房款，庄晓然理应立即搬出，但是，庄晓然在省城无亲无故，搬出这套房子，就再没去处。陈家豪不是绝情的男人，虽说对庄晓然已没情意，可念及曾真心爱过庄晓然，没把她赶出去。再说，陈家豪单位还有一套庄晓然不知道的单身宿舍，比不得庄晓然孤苦伶仃，他心软，答应把房子借给庄晓然暂住。不过，他也说了，如果他哪天要住，庄晓然就得搬出。庄晓然答应了，房子是人家的，跟自己无关，当然人家要她什么时候搬就得什么时候走了。后来，接亮亮来省城上学，为办入学的事忙得团团转，入了学又操心亮亮在学校的事情，几乎把房子的事丢在了脑后。现在，陈家豪突然提出要收回房子，庄晓然傻眼了。在她的意识里，这个房子一直是她的，从没想过从她与陈家豪的婚姻结束那天开始，房子就已经与她无关了。

这么大的雪，能把人冻成冰棍，搬出去到哪儿去住？明知道说多了没用，庄晓然还是忍不住抱怨起来。她希望得到陈家豪的同情。然而这次，陈家豪并不吃她这套，电话里的声音听起来平静而冷酷，他说，你跟我说这些没用，房子是我的，我有法院的判决书，如果你不想搬，自然会有人来执行帮你搬，我都不用插手。你要觉着能住下去，那就住着。

好像大雪落在心里，庄晓然听了浑身一凉，她想不到这个男人无情起来是如此斩钉截铁。她勃然大怒，骂陈家豪乘人之危，不像个男人，太不是东西。

陈家豪说，我本来就不是东西，是人，活生生的人。人应该知道"恬不知耻"这个词。

其实，陈家豪并不急着住这房子，只是他偶尔回来过一次，看到年轻精神的何立健，没想到庄晓然这么快就有了一个小伙子，心里很不舒服。婚前你庄晓然就跟别人私生过孩子，刚离婚不久就勾引男人，既然你有本事捞到年轻的男人，那就到自己的窝里闹腾去吧，我的房子凭什么让你们鬼混？

庄晓然是亏可以吃，但气绝不能受。尽管她不知道陈家豪急着拿回房子的理由，她只认定这个男人变得越来越小气。她嘴上很强硬，可不想真的叫执法人员来催她搬出去。丢不起这人。她想，干脆搬到何立健那儿去住得了，都到这份儿上，还计较什么呀！

把这想法给何立健一说，他面有难色，吭吭哧哧说不出所以然。

庄晓然心里不悦，同居这么久，你竟然是这么种态度？男人不可能全是光占便宜不买单吧？

何立健看出庄晓然的脸色，红着脸说，不是我不愿意，是我那里确实不方便，住的是学校宿舍，条件差不说，我还和一个校工住一起，他家在外地，除这间宿舍，没地方可去。

庄晓然很吃惊，怎么没听你说起过？

你没问过我呀。

没问就不能说了？

我以为你一直知道呢，学校住房紧张，我又是聘用的，能安排一间与人合住的宿舍，冬天有暖气，已经很照顾我了，不然，还得在外面租房住，蛮贵的呢。

庄晓然觉得自己太忽视何立健了，只知道他年轻身体好，能给自己带来快乐，可又何曾走近过他，真正了解过他？她心里突然泛起怜惜，抱住何立健，把头埋在他的肩窝上，深情地说，对不起，立健，这么久了，我竟然不知道你住哪儿，从来没问过你的生活，真够自私的，连我自己都不能原谅自己。

何立健紧紧抱住庄晓然，说，快别这么说，不是你的错，怪我没给你交代清楚。你对我这么好，使我看到很多希望，感谢你还来不及呢。

庄晓然竟然撒起娇来，是嘛，那你准备怎么谢我？

何立健没想到她会顺竿子往上爬，便用嘴衔住她的耳朵说，等着我晚上的表现吧。

庄晓然愁苦地说，都没住的地方了，还到哪儿去表现！

不要担心，咱们租房住。

何立健立马去街头揭来一大堆小广告，打电话找房子租。联系几家，条件好点的，离学校太远，近点的又是平房，没有暖气。何立健正要和一个房东讲价格，庄晓然摆摆手叫他挂断电话。她不喜欢没有暖气的房子。记得小时候在芙蓉里，他们一家住的房子狭小而肮脏，最重要的，是屋里没有暖气，每年冬天，狭小的屋里飘来荡去的除了父母捡拾来的垃圾味道，就是冷冷的寒气了。她的手每年冬天都会长冻疮，像红萝卜似的，又红又痒，甭提有多难过了。到睡觉的时候也是，她和姐姐妹妹三人睡一张床盖一床被子，半夜不是你把被子拉过来就是她扯过去，总会有人被冻醒。就是因为经历过一个个那样的冬天，庄晓然才不喜欢冬天，更害怕一个人的冬夜，没暖气的冬夜会更加漫长，更加寒冷，她受不了。何立健再联系时，就先问暖气。平房不给装暖气，有暖气的全是楼房，价格太高，一个小两居室五十多平米得七八百块钱一月。庄晓然每月的工资才一千块出头，要是租这种房，付完房租，就得喝西北风了。况且她还带个亮亮，中午必须在学校吃午餐，每个月要交近两百块的午餐费，价格贵，说是营养餐，学校明显在挣家长的钱，还说得冠冕堂皇。

关键时候，还是何立健拿定主意，他认为还是租平房划算，比楼房便宜一半钱呢，平房没暖气可以生炉子，没啥大不了的，有他在，生炉子的脏活累活，他全承包。

　　只能这样，在金钱面前，庄晓然高贵不起来。她也不是金枝玉叶，在城乡接合部的芙蓉里长大，什么苦没受过？房子没有暖气，但只要有何立健，她就不会被冻着。其实说白了，她之所以不想太屈就，还是咽不下这口气，她不想住得寒酸，叫陈家豪耻笑。

　　房东是个胖胖的老太太，看上去很面善，脸上始终挂着淡淡的笑意，看得人心里暖融融的。想着老太太应该是个好说话的主，可一谈起价格来才知道，胖老太太在和善的外表下，是极其的精明，她把自己的破平房快说成十七八岁的花骨朵姑娘了。遇到这类事，还是何立健有主意，把老太太的要价一点点杀下来，最后讨价还价的结果，以四百五十元价格承租，包括水电费。这是两间套在一起的平房，一间可以做卧室，另一间做厨房，厨房里还能给亮亮架个小床。他们不可能和亮亮同住一间，就是亮亮不介意，他们也不好意思。教她体育的小何老师，又不是她二姨父。

　　就这么定了，每月1号付房租，不能拖欠。

　　何立健带庄晓然来看房子时，女房东狐疑地把庄晓然打量了又打量，说原来还有女的呀？

　　你租房，我掏钱，你管我跟谁？何立健不高兴了。

　　当然管了，女房东说着，又瞄庄晓然一眼说，派出所经常来查，我不弄清楚，什么人都住，我给派出所怎么回答？万一要出个什么事，不是引火烧身？

庄晓然被惹火了，她被老太太的话和那种眼神激怒，拉了把何立健说，走吧，我们不租她的。

女房东慌了，拦住他们说，说好了的，怎么要变？问几句就生气呀？今后当邻居呢，要和和气气才对。好了，我也不多嘴，也不多收你们钱，按说多个人得多收十块钱水电费呢，算我打折了。可话说回来，你们还得给我看一下身份证，我好应付派出所那帮人。

何立健也不想这么走人，他骑自行车找了好几家，才找到这家比较合适的，费了半天口舌压下价来，不容易呢。

庄晓然看何立健不动，只拿眼看她，也觉着自己太急躁，便停下脚步对房东说，那我先给你说清楚，我们还有个孩子呢，七岁。别到时来了，你又拿水电费说事。

孩子，七岁？女房东这下更警惕，男的看上去也就二十出头，怎么会有个七岁的孩子？她不相信面前的男女了。说道，你们——到底是干什么的？

何立健有点慌，舔了下嘴唇。他怕老太太冲他们要结婚证什么的，他到哪儿拿去？

庄晓然听明白了，从包里翻出自己的身份证，举到女房东脸前，一字一句地说，这是我的身份证，你看清了，我们不是拐卖儿童的，也不是——其他的！

她没说出夫妻，怕女房东识破。何立健太年轻，搭眼一看，就是个小伙子。假不了。

女房东仔细看了庄晓然的身份证，讪笑道，哎呀，原来你们不是外地人，怪不得，看着像呢。好了，好了，你们什么时候搬家，我早早地给你们生上火，把房子烧暖和喽。

六

在省城，庄晓然有很多大学同学，只不过，她很少跟他们联系。与乔明章交往的惨痛悲剧，使她不想见那些同学，怕他们提起往事，叫她不堪回首。和陈家豪结婚后，庄晓然想过清淡、稳定的日子，要把过去永远抛弃。

可是，这一次，不知是哪根神经出了毛病，庄晓然竟然答应同学的邀请，参加了一次聚会。这绝对是个意外，真见鬼。

聚会是为一个叫冯远的同学。冯远大学毕业后分到上海工作，这次是第一次回母校。单凭冯远这个名字，庄晓然已忘记他长什么样。事实上，她忘记了很多同学的长相，甚至名字。不过还好，到聚会地点，她还是认出不少同学。当然，还有这次聚会主角——冯远。一见面，她就对上了号，想起大学时代那个少言寡语的男生，总是腼腆害羞的模样。她还记得那时的冯远喜欢班上的一个漂亮女生，却不敢表露，时常用温情的目光默默地注视着对方，班上几乎所有人都知道冯远暗恋那个女生，只有冯远自己还以为隐藏得很深，一个人款款而行呢。后来，有几个同学实在不忍冯远单相思，寻个机会替他面对面向那个女生表白，结果，冯远吓坏了，羞红脸当即夺门而逃。

如今的冯远，再也不是当年那个腼腆害羞、谨慎胆小的男生了，他妙语连珠，雅话俗话张口就来，引逗得在座的同学不时拍手大笑，把聚会的气氛推向一个又一个高潮，也使庄晓然对同学之间聚会有了新的认识。第一次，她对自己以往的生活寻找到一个对比，发现之前她像茧一样把自己包裹起来，很没道理。生活本该炫目的，而她，却甘愿在沉寂中，像受伤的狗熊，独自舔着伤口。她不明白，自己还要舔多久？

虽然心里有些蠕动，聚会上的庄晓然并没一下子扑进热闹之中。她还是不过多参与交谈，对一些同学的观点不管赞成与否，脸上始终一片淡然。她安静的样子就像是远离花群与草地的野花，带了凄迷又有些孤独悲怆的味道。有同学注意到了，把话题往庄晓然身上引，说过去这么多年，庄晓然竟然没一点变化，还是那么有韵味，有古典的美。这些夸赞入了庄晓然的心，还是激起了一丝微澜，她不是圣人。只是，多年不和大家来往，一时还无法做到话随心到，远没有冯远他们收放自如。庄晓然不会像那些庸俗不堪的女人，不管听到别人的是赞扬还是讽刺，会道声谢谢，她的脸上依然风平浪静，叫人看着，多么强烈的风浪，也很难激起沉静的她。

聚会结束回到家，沉入往日的沉寂气息里，庄晓然的心里忽然张皇起来，好像什么东西要失去再也寻不回来似的。她起身到书房找了几本书，却看不进去，感觉家里的静寂与她心里的张皇同时膨胀拥挤着，她被挤压在其中，有种透不过气来的慌乱。她关掉屋里所有的灯，把自己横陈在沉沉的黑暗中。就在这个时候，她的手机突然响了，是冯远打来的。聚会要散时，冯远和所有同学交换了电话号码。接通电话,庄晓然却说不出话,只等那边一声"喂"之后,冯远一人说好了。可是,冯远却没有话说。电话是他打进来的,他不说话,庄晓然能说什么?又等了一会儿,才听到冯远问了一句,庄晓然你还没休息吧?庄晓然忍不住笑,心想,总不会打电话就为问这个吧。就算休息了,也是接听你电话啊。

庄晓然微微笑着,下意识里,她觉得冯远一定可以感觉得到她的笑。果然,冯远不好意思了,说,你别笑我,我也是随口问的。

庄晓然就等着,等一句不是随口说的话。

谁娶了你真有福气。冯远像是轻叹了口气,突然冒出这么一句。在没有灯光,黑得又不是太黏稠的暗夜里,这样的口气,十足的暧昧。谁都听得出来他话后面藏着掖着的那些话。

这一刻,庄晓然终于知道自己为什么会心神不定了。聚会上,冯远在谈笑风生时,像是不经意飘过来又移开的眼神,她已经感觉到他放出来的电波。那眼神,不单纯是一个男人看一个女人那么简单。庄晓然知道冯远这句话同时也是试探,但她又不好拒绝。她在等冯远的下一句话,有点像钓鱼的人,小鱼上钩了,还想要更大的鱼。她是要上钩的鱼,还是冯远?

冯远在电话那边又说道,你原来很傲的,从不拿眼神看我们男生一眼,你不知道,我们都很嫉妒乔明章,真没想到,你们最后没能走到一起……

庄晓然的心猛然疼了一下,其实跟乔明章在一起的那段日子，对她而言才是真正灿烂的日子，那时她就像一束凌厉的阳光，刺伤不少女生的眼睛。但阳光也会黯淡下来，现在，她不就是颗只能用自己的光芒照射自己的孤寂星星吗？如果当初不是乔明章，而是一个极不起眼的男生站在自己面前，她一定会被好好呵护的，生活即使不光彩夺目也一定不会这样黯淡和落寞吧。唉，她轻叹了一口气，人看不到自己的未来，否则，我宁愿没有当初的风光……话一出口，她收不住了。她说自己是个匮乏的女人，生硬，不自然，没有色彩，对生活倦怠，对未来茫然。她说得很快，快得自己都听不清在说什么，她不确定究竟这些所说的是自己真实的想法呢，还是想找一个能让自己说下去的话题。直到冯远那边一声不吭，庄晓然才意识到自己过了，赶紧挽救。要知道，这种挽救方式，只能越抹越黑，因为你把自己剖开一瓣一瓣放在别人面前了，还想叫人家怎么理解？庄晓然自知失言，后悔得要死，几句勉强的告别后，仓促收线。

冯远回上海后，庄晓然心里一直不安，总想着把跟他说过的那些话弥补回来，打电话不妥，有此地无银之嫌，还得搭上长途费，不划算。可不说，又像石头似的压得她心里又沉又闷。她用手机发短信给冯远，并且措辞缜密，不让冯远看出她是有意为之，又要知道她的真实用意。冯远对庄晓然的短信内容并不感兴趣，但回短信的热情却极其高涨，有事没事会发一些好玩的，言情的，带荤的短信，有时候也自己写，是那种粗看很普通，细细品味却能叫人琢磨出另外一种味道。遇有这种短信，庄晓然回复也及时，两人你来我往，邮路极为通畅。一来二去，庄晓然对冯远的短信竟然有了依赖，一天不见他的短信，像丢了魂，心神不定。陈家豪出差回来的日子里，庄晓然居然也盼着冯远的信息。一个女人盼一个男人的短信，这种感觉很不好，庄晓然想把这种盼望连根拔掉，没有根须的东西，是存活不了的。可偏偏她拔不出来。她甚至换了一张电话卡，但鬼使神差，她忍不住把新号码又告诉了冯远。他们的短信交往依然如故。

后来，庄晓然把自己的想法发给冯远，他回得很快，也很不要脸。他说，晓然，你是不是被我的魅力征服，爱上我了。

原来还半遮半掩着，一下子捅破，也并不令人沮丧，甚至，还有种如沐春风的感觉。庄晓然也不要脸了，反正又不在当面，没有尴尬，比直接说要轻松得多，不算难为情。她回道，你呢，是不是被我迷住了？

这次，冯远过好长时间才回过来，说，希望是这种感觉！

这句话刺痛了庄晓然。希望是这种感觉？她对他日思夜盼，而他居然连自己的感觉都不能确定。数年前她轻而易举地征服了令众多女生疯狂的乔明章，难道她现在连个当年胆小害羞，只会单相思的冯远都征服不了？她心里被悲伤和屈辱堵得严严实实，她受不了这份戏弄。她把这当成了戏弄，独自流了一通泪，关掉手机，不再理冯远。

但冯远的短信却疯了似的追过来，第二天一开机，庄晓然的手机里被短信塞得满满当当，全是冯远对她的想念。他说原本还不敢确定自己是不是真的被她迷住了，可昨天一直等不到她回信，他心里的那个烦躁啊，弄得他什么都不想干了，脑子全是她的模样。他说他要豁出去了。

　　庄晓然自然又被感动，她干涸的心田着实需要滋润滋润。他们之间就这样开始了新的生活内容。

七

　　庄晓然和何立健像夫妻似的，在平房里住了下来。女房东没骗他们，派出所确实夜里来查过，不过他们看了庄晓然的身份证，仔细与她本人对照，问了几句话，庄晓然倒不慌张，答得随随便便。那帮派出所的人见她镇定，答得也没啥破绽，不像败法乱纪之徒，连何立健的身份证都没看，就走了。

　　这下，庄晓然才认真对待她与何立健的关系，她对何立健说，一旦今后碰到这种情况，要一口咬定是夫妻，就说何立健从外地还没正式调过来。不然，口风不紧，派出所非折腾你单位来领人，到那时，就不好收场了。

　　这种时候，何立健就不像租房时那般有主意了，他有些恐慌，好像自己真做了见不得人的事，心虚得很。庄晓然的一番交代，使他把她抱进怀里，轻轻地说，那我们——结婚吧，结了婚，就不用担心这些了。

　　结婚？庄晓然很理智，冷笑道，哼，这可是大事，得考虑好才能说。我可从没这么想过。

　　我不是冲动，是真的想和你永久在一起生活。何立健表白道，我早就考虑好了，只是，我没本地户口，没正式职业，怕你看不上，才没说出口。和你结识这么久，你对我这么好，除过我妈，从没哪个女人对我这么好过，我说的是真心话……

你对我了解吗？庄晓然很冷静。

了解！比我自己还了解。

是吗？你只了解我离过婚，在研究院工作，别的，你根本不知道，就说想娶我，未免太仓促了吧？

晓然，让我叫你晓然吧，原来一直叫不出口，现在该叫了。我只知道我爱你，你也爱我，这就够了。别的都不重要。何立健很激动，嗓门大了起来。

庄晓然推开何立健，轻轻走到两屋之间的门前，侧耳听听厨房那边的动静，回过身，轻声说道，立健，你别激动，等你冷静下来，咱们再谈这事。

我现在就很冷静。

你一点都不冷静。庄晓然拥住何立健，把他推到床上，依偎在他怀里，才说，别傻了，我比你大将近十岁，十岁哪，杀伤力太大，我们俩人，谁也没办法……

何立健用嘴堵住庄晓然，把她后面的话逼回肚子，手忙脚乱起来，喘着粗气说，我有办法，只要我们俩在一起感觉好，年龄算个屁……屁……屁！

你说……什么……屁……

何立健已经不管了，他把庄晓然压在身下。实际行动比话管用。他边忙边想，我是离不开你了，其实你是知道的，你也离不开我，可你却拿年龄说事。女人真叫人摸不透，想什么，不会像男人这么直接，非要拐弯抹角。那我就不让你拐这个弯。

何立健用劲很大，报仇似的，庄晓然根本没拐弯的机会，她什么都不管了。隔壁厨房还睡着一个亮亮呢，庄晓然也不顾了。她的身体由不得她，呻吟声很大，还含含糊糊地说，啊，我要死了！啊，我这次死定了！

庄晓然真的差点死掉。陪她死的，少不了何立健，还有亮亮。

他们煤气中毒了。那天晚上，庄晓然把门窗关得很死，平时，何立健会把窗户顶端的小窗子留道小缝，用来透气。可前天晚上庄晓然肆无忌惮叫床后，第二天，她发现女房东看她的眼神怪怪的，是女人憎恨女人的那种。另一个租住在隔壁的男人，几次见到她，眼睛直直地盯着她的下半身，目光长着倒钩似的，庄晓然感觉下面被他捅穿撕烂了。她知道人家听到她夜里的浪叫声了。这天晚上，何立健表示要做好事时，庄晓然爬起来，关紧了窗子。

当时，何立健还提醒过庄晓然，屋子烧炉子，别煤气中毒。庄晓然说，等事毕，再打开吧。

没想到，事毕，他们都困乏得没劲起来，就睡过去了。

平房里没下水道，没法修卫生间，包括女房东，大家都在各自的屋子里备有夜壶。女房东早上起来倒夜壶，经过庄晓然他们屋子时，没听到一点动静，往常这个点，这家人不是叮叮当当吃早餐、收拾东西，就是出出进进地忙着上班上学。这天不是休息日，不应该没动静呀。女房东警惕地看了看门窗，上前敲门，里面没有动静，咚咚擂门，也没回音，心想坏了，八成是煤气中毒了。女房东吓坏了，要是这家人出事，她可脱不了干系，她惊恐地喊叫起来，隔壁的男人跑来砸碎窗户玻璃，打开窗子插销跳进去，从床上把赤条条的一对男女和孩子拖出来。女房东打120把他们送到附近医院抢救，很幸运，他们三人的命捡了回来。

可是，脸面丢尽了。在医院里，庄晓然醒来后，弄清楚前因后果，抱着亮亮哭了。亮亮哭着说，她不想在省城上学了，省城一点都不好，她要回姥姥家。

从医院回来，一想到自己赤条条地被拖出屋，庄晓然都不敢看女房东和隔壁的那个男人。怎么办，完全是突发事件，谁也不想这样。何立健看上去倒没什么，张罗着还要给女房东和隔壁男人买东西答谢呢，庄晓然不高兴了，拉下脸说，你还打算在这儿住下去啊？

何立健说，不住下去住哪儿？今后多注意点就是了。

庄晓然忍不住，吼道，多注意点？还不够注意啊？你怎么不想想后果，多危险，再住下去就没下一次了。

何立健被庄晓然吼得心里不舒服，心想，是你关紧窗子出的事，却对我吼，真是不讲道理。他没好气地回应道，你能不能不吼？

我就要吼！庄晓然的蛮劲上来了，差点要了命，我发泄一下还不行啊。

何立健装作平静地说，行，你吼吧，我该去上班了，好几天没去，假也没请，不知人家还要不要我了。

说完，径自走了。

庄晓然傻傻地看着何立健的背影出了门，眼泪流得稀里哗啦，她想喊住何立健，却喊不出口，一喊，就亏了似的。在何立健面前，她愿意亏，可因为年龄的缘故，她又不能亏。是何立健自己回头，看到庄晓然泪流满面的样，跑回来，一把将庄晓然抱在怀里。

庄晓然自知理亏，这个时候任性是没道理的，说句难听话，是你惹的事，凭什么吼人家。既然何立健回了头，庄晓然不能再僵持，她哭泣道，你别生我的气，我是气疯了，亮亮在医院说要去她姥姥那儿，我心里难受。立健，原谅我，啊。

心强的庄晓然能把话说到这份上，何立健还能说什么。

为了庄晓然，何立健终于做出让步，多付给女房东半个月房租，搬出了平房。他们租到一套一居室的楼房，有暖气，还有厨房和卫生间，只是每月得八百块钱房租。庄晓然咬咬牙，认了。钱没命重要。

何立健提出要付一部分房租，这个态度使庄晓然心里高兴，想开个玩笑，把上次吵架的阴影冲淡，就说，你要出了房租，就成我们合租性质了，你本来有宿舍住，却拿钱在外面租住，说难听点，就是你在外面包了个"大奶"。

何立健一脸窘相，较真了，说，晓然，我对你是认真的，我再次郑重地告诉你，我要娶你！

庄晓然笑笑，没把何立健的认真当回事。越是他表白的时候，她心里越难受。因为，她和何立健注定是一段没有结果的情缘，谁也说不定，他们哪一天就得分开，并且，不知道会是怎样的结局。她时常想，如果真的有那一天，她该怎么办呢？

她不敢往下想。她已经离不开这个男人了，不仅仅是何立健年轻，还有他一颗真心善待她的心。可她是个离过婚的女人，又有一个七岁的女儿，看上去虽然还是花枝乱颤、艳丽迷人的模样，可她知道，女人是扛不住日子的，要不多久，她就会彻头彻尾地凋零，虽然有余香，可没法浓郁了。到那时，何立健正是最蓬勃、风头最劲的时候，他的眼里到处都是青春美丽的女人，又怎么会看得上她这朵残败的花呢？

只有这时，庄晓然才发现，在她内心里，其实是盼着能和何立健相厮相守一辈子的，只不过，她能清醒地看到他们之间，横着一条无形的壕沟，那是她跟何立健都无法逾越的壕沟。

尽管庄晓然经常给亮亮补课，亮亮也很努力，但她的反应迟钝还是体现了出来。亮亮的文化课成绩不好，庄晓然很烦恼，为此，她还摔过几个盘子，发过火，自己还气哭过一场呢。虽然她早就想到这个结果，但还是抱有幻想，努力帮亮亮补课，把孩子的学习抓得很紧，她的愿望只有一个，她没法改变孩子的户口，但不能因为学习而使她再受到歧视。在平时的测验中，亮亮成绩不错，叫庄晓然看到一线希望。可是期末考试，在综合性的题目面前，亮亮就束手无策，结果，考试成绩很不理想，语文考了三十九分，数学要好点，六十一分，刚及格。为此，庄晓然很头疼。

考试的前几天，何立健又听到消息，户口不在本地的学生，不参加"三好学生"评比。何立健又冲动起来，他要去找亮亮的班主任或者校长协商，不能人为地在学生当中竖起一道这样的门槛，造成一些学生产生自卑情绪。他这样做，主要是不想叫亮亮吃亏。庄晓然对亮亮的情况心知肚明，就算孩子超正常发挥，也与"三好学生"无缘的，何立健只教体育，亮亮的体育天分比较突出，所以他不太清楚亮亮具体的文化课情况，只下意识地出于一种保护心理。庄晓然不能跟何立健说亮亮的智力迟钝，她把何立健拦住，只说算了吧，三好学生也不是什么了不得的事，评不评得上无所谓。幸亏何立健听庄晓然的话没去找校长，不然，亮亮可就出大丑了。

庄晓然无法平息亮亮的考试成绩带来的失望和悲观，她甚至都动了想把亮亮送回老家读书的念头。可一想母亲的身体，自从父亲去世后，母亲的身体每况愈下，她怎么忍心让亮亮回去给母亲再增添负担呢？再说，给万盛小学三万元赞助费都交了，这时候转学，学校肯定不会把吞进去的钱吐出来的，这样一来，她这大半年来的努力不都白费了？

和亮亮在一起生活了四个多月，庄晓然发现，女儿反应迟钝一点，但自尊心极强，一旦对她说话不好听，只要她理解，哪怕是过后理解了，就会非常生气。刚搬到楼房那天，亮亮在一居室小屋转了几圈，问她的房间在哪儿。何立健正好在洗厕所，逗她说晚上她睡厕所里。亮亮生气地回应一句，你才睡厕所，气得大哭起来，好几天不理何立健。

房子太小，说是一室一厅，其实厅只是个过道，两头分别是厨房和卫生间，中间一边是通往卧室的门，另一边就是大门。厅里连个饭桌都放不下，更别想架张小床了。难怪亮亮刚来时找不到自己住的地方呢。何立健在卧室做起文章，用衣柜把屋子一分为二，一半架张大床，另一半给亮亮住，衣柜没挡住的地方，拉道布帘子。亮亮很喜欢这种摆设，睡觉前，动不动拉开布帘子，小脑袋探到柜子这边，看他们睡觉没有，搞得庄晓然和何立健规规矩矩，直到确定亮亮睡着后，才有所动作，还得小小心心，不敢出大动静。两人觉得很压抑，没有在小平房里那般畅快劲。

住得拥挤，人的心情没办法调剂。看着这个狭小，没法转身的家，庄晓然忽然疲惫得想躺下再也不起来，她深切地体会到支撑一个家的困顿与艰难。她忍不住想到陈家豪，才知道和陈家豪结婚的那几年，她过的不是凡间的日子，她没操过多少心。可真正的生活，面目原来是可狰的，是猥琐的，也是具体的，一丝一毫都容不得你忽视的。

庄晓然的心里很压抑。

这天，何立健从大街上买了两个烤红薯回来，那种热乎乎的香味立马充满他们的小家。庄晓然吸着鼻子看上去很高兴，她从小喜欢烤红薯的香味，更爱吃。没想到亮亮却不爱吃烤红薯，说吃了会放屁，她讨厌。何立健也不爱吃，他从小吃红薯长大，看到就胃酸。两个大红薯被庄晓然一人解决了。只是，卖到城里的这些红薯，喷洒过保鲜剂，有股淡淡的药味。

星期天，何立健没给庄晓然打招呼，骑自行车跑了三十多里路，从郊区农民家的地窖里买了一麻袋红薯，驮回来倒在庄晓然面前。当时，庄晓然看着一大堆红薯，泪流满面。

八

陈家豪出差去上海，参加一个研讨会，时间比较长。冯远专程从上海赶来看望庄晓然。挺有意思，两个男人就像互换。时间是庄晓然给冯远选择的，她让他到这里后不要告诉任何同学，就见她一人。他们像地下工作者，在宾馆接上头。一进屋，冯远伸开双臂，热烈地拥抱庄晓然，却被她推开了。

冯远很尴尬，故做轻松地说，怕什么，这里没外人，就咱俩。

庄晓然羞涩地把脸转向一边。冯远从后面拥住她，脸贴在她的脖子上说，要不，去你家里要踏实些……

庄晓然触电似的甩开冯远，回转身瞪大眼睛冲他叫道，你要干什么？去我家里？

你不是怕别人在这看到吗？

看到什么？

咱俩在宾馆……

冯远，你要干什么？你别往歪处想，我有丈夫，他很优秀，很爱我，我也爱他。

可你也说过爱我。冯远下不了台，凑上去又拥抱住庄晓然，说，我是听凭爱的召唤，为爱而来的。

庄晓然这才表现得柔和了一些，她抓住冯远的手说，我是说过爱你，我现在还要说爱你，真心地爱你。可是，爱是纯洁的，可以占据整个心灵，但不一定要那样……做出格的事，我得对得起陈家豪，他是无辜的。

冯远异常愤怒，他将庄晓然推倒在床，并没扑上去。他静静地看着庄晓然足足有两分钟，然后收拾自己的东西，背上包就走。

庄晓然从床上蹦起，扑过来抱住冯远，哭泣道，我是真心爱你的，冯远，难道，爱必须那样表达才叫爱吗？

冯远站住，回转身冷笑一下，说，难道，我就不是无辜的？

庄晓然没追上冯远，给他手机发短信，他不回，打他手机，也不接，后来，他还关机了。回到家里，庄晓然觉得委屈，扑到床上哭得昏天黑地。到了夜里，实在受不了痛苦的煎熬，她给陈家豪打电话，叫他马上回来。

陈家豪问庄晓然这么急，到底怎么回事。

庄晓然说，我快死了，你不赶紧回来，就为我收尸吧。说完挂断电话。

陈家豪没领教过妻子的这一面，心里着急，再拨回电话，庄晓然不接。陈家豪怕出意外，当即请假，买上返回的机票，他又给庄晓然打电话，还是不见接，只好发短信，告诉庄晓然他坐明早第一班客机，上午到家。

经过一夜煎熬，庄晓然平静下来，觉得自己有点过分，早晨起来仔细打扮一番去机场接丈夫。陈家豪见庄晓然一脸平和，也没怪她的意思。两人回到家，陈家豪问庄晓然到底是怎么回事，她却说，你说真话，你老婆人很差吗？

陈家豪笑眯眯地说，这是谁说的，真没眼光。他左右打量庄晓然一番，双手捧住她的脸说，在我的眼里，我老婆无人能敌。

庄晓然哭了，含泪又笑了，难道我只是在你眼里才美丽吗？

陈家豪掏出纸巾给妻子擦拭眼泪，纸巾很快被洇湿透。

当夜，庄晓然看着陈家豪急不可待的样子，她却没一点感觉，在丈夫整个运动的过程中，她一直在想，如果这个男人是冯远，她会不会很快乐？

她没试过，当然她不可能去做这样的尝试。她知道，她伤了冯远的自尊，可她没做错呀，他的要求太赤裸，她接受不了。她绝不希望人家提出这种要求。可是不知不觉地，她扪心自问，自己还是真心喜欢冯远的，他的出现，使她改变了以前自闭的生活方式，跟生活真实地接触上了。尽管冯远要花招，一直掩盖着他的真实面目，但得承认，与冯远交往的这段日子，对她是新鲜的。她有快乐的感觉。

她怀念新鲜的感觉。

陈家豪住了两天，见庄晓然没什么不对劲，就放心地赶回上海继续参加研讨会了。留庄晓然一人在家，什么事也不想做，不知怎么回事，她特别想念冯远，忍不住给他发短信，诚恳地请求他原谅。

这封短信发出，庄晓然没收到冯远的回复，实在等不下去，她打他的手机，里面告诉她，对方已关机，叫她稍后再拨。稍后到什么时候，庄晓然心里没底，有一天，她再拨冯远的手机，里面终于告诉她，对方已经停机。

这下，庄晓然的自尊受到伤害，她焦躁不安，干什么都提不起精神，便请假回了一趟父母家，在芙蓉里待了几天，她的心里才慢慢平静下来，又回复到从前的状态。没有期待，没有激情，像一朵被风吹过、雨打过的花朵，没有完全绽放，就又一片一片聚拢，花朵自然不再是最初花骨朵那般鲜亮清丽，却总还算艳丽，但谁又知道，花瓣里面已是一片凋零之色呢？等陈家豪从上海回来，温存她时，她的心才会一点一点地变得暖起来，柔起来。在经历冯远之前，庄晓然不知道自己原来还是个多情的女人，她的内心深处，是怎样渴望着被爱，冯远义无反顾地离开，启动了她那扇封闭的门，当她紧紧拥着陈家豪，终于觉得这个男人就是她的山，她的海。

陈家豪觉察到庄晓然的变化，还以为她回一次老家，心理上受了刺激，忍不住对她涌出怜惜之情。庄晓然跟他无数次讲过芙蓉里老家的故事，那故事是辛酸的、是挣扎的，在那样一个小小的环境里，他知道，被人鄙视的感觉。那感觉一直影响着庄晓然，要不然，她不可能在省城与回芙蓉里判若两人。他其实很能理解隐藏在她内心深处那深深的寂寞，正因为如此，他才总是想方设法让庄晓然快乐起来。

庄晓然很感谢这段时间陈家豪给予她的关爱，他平息了冯远逃离后对她的伤害，重新回归到对婚姻的依赖，踏踏实实地生活。

后来，如果不是陈家豪知道了庄晓然婚前有私生女，他们可能会平静而且幸福地在一起，一直白头到老。知道妻子有个孩子，陈家豪第一感觉简直要晕死过去，他眼里的庄晓然哪里会隐藏得这么深？他一直以为，她受芙蓉里的成长环境影响太深，虽早脱离了，可心里的阴影一直没有消除，才活得压抑、自闭。他怎么知道他了解的仅仅是她的皮毛，骨子里的庄晓然他一点都不了解。刚结婚那阵，他太想要一个孩子了，可是，庄晓然坚持不要，说孩子是负担，将来要是教育不好，后半辈子就得在牵心扯肺的痛苦中度过。话虽然说得理偏了些，可陈家豪没往别处想，女人嘛，生孩子怕影响身材，他能理解。她不愿生，他又不能强暴她的意志，再加上看多了邻居亲友为孩子闹得鸡飞狗跳，他要孩子的愿望也就随之淡了。可他绝对没想到，庄晓然婚前给别的男人生过孩子。正因为有过孩子，才不想和他有孩子，陈家豪算是弄清楚了。这个欺骗对他来说，伤害太大，他无法说服自己接受这个事实。

他们闹离婚将近一年，庄晓然是慢慢感觉到陈家豪的好来，她真心喜欢上这个男人，说什么也不离。最后，还是庄晓然父亲生病，为急着给父亲还医药费，四处筹备不到钱，庄晓然这才用舍弃婚姻的条件和陈家豪做了一次交易，从陈家豪手里拿到十几万块钱，两人从破落的围城里狼狈逃离。

九

开春后不久，天气逐渐暖和起来，楼房的暖气停了，屋子里也不显得冷。这时，庄晓然想搬到平房去住，可以省下几百块钱的房租。人一旦具体到日常生活，才知道钱的重要。除此，还有一个很重要的原因，庄晓然不想和亮亮住一间屋，那样太压抑。她的年龄一天天在增长，三十三岁的女人，还能有几天激情？

还没给何立健说搬家的想法，他倒带回来一个消息，说是省政府刚下文件，要给公务员涨工资，这次幅度比较大，涨基本工资的百分之四十。可是，他不是正式教师，不算公务员，不在涨工资范围内。

何立健情绪受到影响。再卖力工作，也只能眼睁睁看别人涨工资，好像一个饥饿的人坐在一群大吃大喝的人旁边，那种难受任谁都可以想象得到。庄晓然当年为留省城也是费了一番周折的，她当然能理解何立健的心情，这时候也不好说搬房子的事，就拿涨工资的话题说起来，扯到户口上，她说找人打听打听，除了研究生落省城户口外，看有没别的办法。何立健说，他早打听过了，也可以花钱买户口。

庄晓然来了兴趣，说那咱也买一个，何必受这种气，吃多少亏啊？

何立健说，买也不容易，得七八万块呢，到哪儿弄钱去！

一提到这么多钱，庄晓然就蔫了。

再说，何立健接着说，就是有钱，咱也找不到门路，户口又不是房子，可以明着买卖，那都是偷着交易的。

那还抱什么希望？但庄晓然把户口当回事了，她逢人就打听这方面的情况。还别说，她从同事那里打听到一个好消息：有文件规定，凡是女配偶是省城户口的，结婚满两年，男配偶可以随女配偶在省城落户。这可是天大的喜讯，庄晓然不正是省城户口，又是女的吗？

庄晓然甭提多高兴了，她一直觉得和何立健之间的沟是无法逾越的，每每想起不定哪天两人会分手，何立健会弃她而去时，便满腹伤心。这下可好，终于有一座桥，可以叫他们轻轻松松越过这道沟了。

立健，这回我可以不考虑年龄悬殊，咱们结婚吧，越快越好。两年后，就可以把你的户口办进省城，你在学校干得也不错，到时可以和学校再商量正式办理手续，以后也不用受户口的气了。

何立健当然很高兴，老婆有了，户口也有了，一举两得的好事，叫他全赶上了。他高兴得合不拢嘴，兴冲冲地筹备结婚的事。

可是，亮亮又梗在庄晓然的心头。陈家豪就是因为亮亮，才失去了对她的爱，庄晓然不想何立健也有这一天。趁着何立健心情好，庄晓然把亮亮的身世告诉了他。没想到何立健很平静，一点都不惊奇。庄晓然不但奇怪，而且忐忑不安，突然间又要多出一个女儿，这个男人怎么就没一点反应呢？

何立健说，其实，我早看出来了，以前只觉得亮亮长得像你，但在亮亮考试成绩不好时，你的过度反应使我从中看到一个母亲的影子，如果你纯粹是亮亮的二姨，又怎么会那么烦躁？又是摔东西，又是气得大哭。所以，我早有预感，亮亮就是你的亲生女儿……

那你——准备怎么办？

何立健笑了，孩子是无辜的，我接受你，就会接受你的一切。再说，亮亮也很可爱，我还真的喜欢带着自己的女儿在操场上练田径呢。

庄晓然从后边抱住何立健，把脸贴在他背上，轻轻说道，真的，你真的是这么想的？

何立健回转过身，把庄晓然抱进怀里，调皮地说，不用在床上费那么大劲，白得一个女儿，我高兴还来不及呢。

那一刻，庄晓然认为自己是世上最幸福的女人。

何立健的母亲从遥远的农村来到省城。她是为儿子的婚事来的，下车后直奔万盛小学，她不去操场找自己儿子，被保安领进校长室。

一进门，何立健他妈扑通给校长跪下，放声大哭道，校长，您可得给我做主啊，我就这么一个儿子啊，我三十岁上死了男人，坚持不改嫁把他拉扯成人，想着将来儿子娶妻生子，给我养老送终。没想到这个不孝子，找了个比我只小八九岁的老寡妇，还带着一个女孩，这——不是要我的命吗，我今年才四十出头啊……

校长上前拉何立健的母亲，她往下拽着不起来，非要校长给她做主。

校长能做什么主？她让保安去叫何立健来。

何立健的母亲哭泣道，校长，叫这个不孝子没用，他根本听不进去，在电话里和我顶嘴，说我老封建。这不是封建的事，校长——大妹子，咱俩年龄差不多啊，您说说，碰这种事，我不找您，找谁去啊？

校长说，你先起来，这样不好。

您不说服我儿子，我就不起来！

校长很不高兴，说，这位大姐，你这话说得可不好，我怎么说服你儿子？这是他个人的事，学校不方便干预。再说了，他连你的话都听不进去，我一个外人说了能管用？

您不是外人，是他的领导，说一句顶我一百句，我儿子犯糊涂了，还说和那个老女人结婚，可以把户口落进省城，我不要他落进省城。省城的户口要不要都不重要，我只要儿子听话娶个黄花闺女。校长，您肯定也是当妈的人了，您说说，这事要搁您身上，受得了吗？校长妹子啊，您可一定得管管这事呀，您不管，我还能找谁管啊？

校长忍不住，终于被何立健的妈哭诉得火起，她怒气冲冲地说，你起来吧，照你这样说，我还真管不了，你儿子在我这里工作没错，可他又没触犯学校纪律，我有什么权力管他？我总不能为他的私事，开除了他吧？

校长的话把何立健的母亲的希望彻底击破了，这个可怜的女人在校长身上看不到一点曙光，除了流泪，她不知道还能说什么。直到看见儿子进来，她才有了新的发泄口，眼泪都顾不上擦，扑到儿子身上，连撕带打，说如果儿子非要娶那个寡妇，她就死在他面前。

何立健不理母亲的要挟，坚决要和庄晓然结婚。

何立健的妈绝望了。这个在省城寻不到一点支撑的农村妇女，居然爬上海德商城的顶楼要自杀。她阻止不了儿子，二十多年的含辛茹苦就这样付之东流，她活着还有什么意义？她不想活了，既然儿大不由娘，又不能任由他去，她恨那个没见过面，勾引她儿子的寡妇，她要跳楼自尽，以死来坚持她的反对。

海德商城是省城的最高建筑，三十层，在人民广场边上。

省城还没发生过公众场合跳楼自杀事件，一时间，楼下的广场涌来大批警察和过路行人，人多得挤来挤去，消防人员要在楼下布网都找不到空间。

何立健闻讯而来，没到楼跟前，他的腿脚软得迈不动，瘫倒在地，跪着给楼上的母亲磕头。可惜楼太高，他妈根本看不见。他的喊叫声也太弱，被围观者的嘈杂声淹没了。没办法，他拨通庄晓然的手机，上气不接下气地哭诉这个窘境。

庄晓然握着电话，全身发抖，一句话都说不出来，她脑子里闪过的第一个念头就是，这种动静传得比神舟六号还快，说不定单位的同事已经听到了，她不知道该怎么收场。她抬起头，望着海德商城的方向。距离太远，她的目光被厚实温暖的阳光阻断，只看到春天的天空里，浮着一层比阳光更厚的东西。

那是沙尘，北方的大城市里，春天都有。

影子的范围

一

初秋的一个上午，姚燕燕确定她被人跟踪了。

那个灰色的身影，昨天就在她后面像个鬼魅似的忽隐忽现，由于是大白天，她根本没往心里去。今天，姚燕燕才觉得不对劲，在护城河边散步完毕，她故意绕道去了菜市场。姚燕燕一改往日与小贩的讨价还价，心不在焉地买了一把高价青菜，用眼角余光辨认跟踪她的那个灰衣人到底是谁。无奈，那个人停在不远处的豆腐摊前装作买豆腐，身子向一旁侧着，压根儿不叫姚燕燕看清他的脸。姚燕燕心里火起，抓起青菜冲向豆腐摊，想要跟那个人来个面对面，质问一下跟踪她到底要干什么？没想到那人很机敏，倏忽间转身溜得不见了影子。姚燕燕的眼神不大好，在那人闪身的瞬间，并未看清他的面目。姚燕燕这下完全可以确定，那个人是在跟踪她。

他为什么要跟踪她呢？她又不是大富人家，浑身上下一点穿金戴银的迹象都没有，且年近五十，跟貌美如花相去甚远不说，能不倒人胃口就算不错了。可是，姚燕燕的确被人跟踪了。难道是冤家寻仇？她一个孤身带着孩子的女人家，日子过得尴尴尬尬，迎面遇见熟人，都会低下头躲着走，哪有心思跟外人结仇。这跟踪有些不明不白，不清不楚。姚燕燕紧张起来，带着这个疑团跑回家，午饭也不想吃，一头扎进被窝，直接进入午睡。

从单位内退后，姚燕燕无所事事，刚开始她也像别的好强女人一样出去找工作，可像她这样年龄偏大又一无所长的，除了钟点工，还真没什么合适的事可做。姚燕燕一时还拉不下脸去做钟点工，找了几回，也就死了心，反正这会儿的生活还没困顿到叫她束手无策的地步，每天除过看电视剧打发时间外，午睡成了她雷打不动的生活规律。还没听说过午睡失眠的，对姚燕燕来说，这天中午她失眠了。她在床上翻来覆去一个多小时，脑仁都想疼了，也想不出所以然来，干脆爬起来不睡了。

很安静的中午，几声隐约的车鸣从紧闭的窗缝中挤进来，烟雾一般在不大的空间盘旋迂回，烦得姚燕燕竟有撞墙的冲动。她打开电视，除了新闻就是几个自以为幽默的男女主持人在那里嘻嘻哈哈地傻乐外，没什么能看得进去的电视剧。她把电视关了，蹦跳了几下，在寂静中制造出几声沉闷的声音，又去厨房倒了杯水，端着杯子在空荡荡的屋子里走来走去，软塑拖鞋无声地在地板上移动，她忽然觉得自己像个飘荡的鬼魂。这个念头一起，姚燕燕一下子有种恐惧感袭上心头：那个人万一……

冷飕飕的风袭上心头，姚燕燕的手脚瞬间变得冰凉，她不敢再往下想，抄起电话，拨通弟弟姚亮亮的手机。还没把被跟踪的话说完，姚亮亮极不耐烦地打断她说："姐，你闲得无聊是吧，无聊就出去转转啊，一个人憋在家里会得癔症的。你也不想想，人家凭什么要跟踪你，有财啊还是有色？别自我感觉良好了！"姚亮亮是个秘书，专门为领导服务的，姚亮亮为领导服务的意识很强，中午休息时间，领导爱打牌，他就一门心思陪领导打牌，没精力顾及别的，不等姚燕燕解释，就挂断了电话。

姚燕燕握着传出忙音的话筒，两眼发呆。弟弟跟她说话一向随便，她都习惯了，可这会儿他的话像把冰刀，尖锐地扎进她心里，再慢慢洇出寒冷，冻住她的心，还有她的思维。眼泪还是热热地汹涌而出，气势澎湃地淹没了她整张脸。姚燕燕被泪水浸泡得眼前模糊一片，手抖得连话筒也放不正。待心绪略为平稳，她又抄起话筒，想给妹妹姚丽丽打个电话，无奈眼神不济，总是拨错号码，她抹了把泪，叹口气，心说还是算了吧，丽丽有身孕，反应得厉害，情绪很不好，就别给她添堵了，再说，她连亮亮都指望不上，又能指望丽丽什么呢？姚燕燕呆坐了一阵，起身去洗了把脸，擦干水和泪迹，情绪慢慢平静下来，弟弟的话伤人却不无道理，是啊，什么理由，人家跟踪你？

没必要给自己增加心理负担了，可能真的没人跟踪，一切不过凑巧而已，电视剧里都有那么多的巧合，生活中巧合一回不为过。姚燕燕安慰自己。离婚后，姚燕燕一个人带着儿子，厂子效益一般，为跟上社会发展形势，把全厂年龄满四十的女工和五十的男工全办了内退。干了快二十年的工作，说没就没了，所有办内退的男工女工却没一个人发牢骚，比起其他一些企业，没直接让他们下岗已经是万幸，至少，他们每个月还能领到三四百块钱生活费维持生计。最令姚燕燕痛苦的，还不是没了工作，而是她这个冷冰冰的家，儿子刚上高一，什么时候开始他的青春叛逆期，姚燕燕没感觉，只知道儿子初中的学习成绩一直在往年级的后几十名跌，跌下去就很执着地再没有上来过，中考不知道抽的什么风，居然考得还不错，没让她担太多心就上了个中不溜儿的高中。儿子高中沿用的是初中的风格，成绩居下不上，而且还有一万个影响他学习成绩的理由，没一个是他自己的问题，似乎他的学习是温度计，外界的气候才是他成绩升降的唯一因子。成绩差倒也罢了，有那么多的孩子，不是每一个都优秀得无与伦比，这点姚燕燕能想得通，可儿子像平时吃的不是饭而是火药，每次与她说不上两句就暴跳如雷，扯开嗓子跟她吼，弄得她一想到儿子的模样心里就发怵。眼看都五十的人了，日子过得灰头土脸，一点心劲儿都没有，老听儿子说给点阳光就灿烂这句话，姚燕燕想儿子什么时候也给她点阳光，让她也灿烂一回吧。

初秋的午后，阳光暖暖地透过窗玻璃照进来，温软地洒在沙发、地上，以及歪靠在沙发边的姚燕燕身上。阳光里，细微的尘埃飘浮在她四周，她轻轻舞动双手驱赶那些浮尘，却又惊起更多尘末，纷纷扰扰有如她生活中的那些琐屑，驱之不尽。想到自己的生活，姚燕燕心中不免又烦闷起来，轻叹一声，垂下双手。软软的阳光里，习惯午觉的她渐渐地有了睡意，她告诫自己没盖东西不能睡过去，待会儿阳光照不到会着凉的。但她又懒得爬起来去床上，顺势把自己放倒在沙发上，心想着就眯一会儿，不见得会感冒。很快，她进入睡眠状态，暂时忘却了一切。

姚燕燕是被一阵急促的电话铃声吵醒的，她茫然地撑起身，阳光没容她灿烂起来就逃离了，屋里有些阴寒，她不自禁地抱紧身子，一时竟不知自己身在何方，又是何时，但电话铃声没容她多想，极不耐烦地响着。姚燕燕凑过身子抓起话筒，断了这烦人的噪声。

电话是弟弟打来的，他已结束陪领导打牌的重要工作，回到自己的办公室，想着中午对姐姐的生硬态度，有点过意不去，便打个电话仔细问一下。

姚燕燕有气无力地说："感谢姚公公的关心，你姐是没事找事，无中生有，给公公您添堵了。"

"公公"是对秘书们的昵称，姚亮亮自己说的，说的时候兴头十足，好像还挺得意这样的称呼。不然，姚燕燕也不会用这个不雅的称呼来称自己的弟弟。公公，那不就是太监嘛，就算是侍候皇上，也不过狐假虎威而已。姚燕燕也是不高兴时才这样称呼一下，平时哪舍得对自己的亲弟弟这样恶口呢。

姚亮亮对姐姐的口气并不在意，以秘书的口吻说道："姐姐批评得对，那个时间段弟弟身不由己，这会儿就说句人话吧。姐，你看清跟踪你的那个人了吗？多大年纪，认不认识？你弟弟没别的本事，纠结一帮哥们却没问题，你告诉我是什么人，我叫人解决了他！"

姚燕燕心说，我要知道他是谁，还至于紧张吗？但弟弟能打电话过来，说明他还是比较在意她这个姐姐的。这么一想，心里舒服多了，也不想就此话题再展开下去，便轻描淡写地说道："你姐姐我到了更年期，心里多疑，拿个影子来哄自己玩呢。你忙吧，我正午休呢，挂了啊。"

弟弟又说了些过几天来看她的话，还惦记着姐姐烧的糖醋鱼呢，装作不舍地挂断电话。

有天晚上吃过饭，洗刷完毕，姚燕燕到儿子屋里，见儿子不理她，便随手拿起一本作业翻看。儿子耳朵上塞着耳机，反应却一点也不迟钝，从妈妈手里一把夺过他的作业，吼了句，胡乱翻啥呀，看得懂吗？把本子往包里一塞，埋头做自己的事。姚燕燕气得全身发抖，强自忍住，柔声对儿子说："不是我要看，是你们老师要求家长经常督促孩子做作业，我不对你负责，总得对老师负责吧！"

儿子瞥了她一眼，很不屑地说："给你看有用吗？我就是从头到尾都做错了，你也看不懂，浪费这时间，你还不如去看电视，免得吵闹我。"

这还算说得客气，往日儿子咆哮起来跟头饥饿的狮子。姚燕燕在儿子身边站了一会儿，也不知道往下该说什么，她知道再说下去，又会是跟儿子吵闹一场，几乎每次都一样的模式，儿子的不屑或者说轻蔑，还有叛逆让她心伤一次又一次，却无奈又无策。在姚燕燕眼里，和儿子的战斗，即使不打她也注定失败。姚燕燕默默地退出儿子房间，轻轻关上儿子的房门，让他一人独处，写作业也罢，做别的事也罢，她已身心疲惫，即使有心和儿子交流一下，前提得是儿子愿不愿意，但她已无力了。

无事可干，姚燕燕只能像儿子说的那样坐到电视机前，穿着一身内衣歪在沙发上，把电视置于静音状态，有一搭没一搭地看本地新闻，等待新闻过后的连续剧《王贵与安娜》。这个电视剧她是中途看的，才看了一集，就再放不下了，跟吸鸦片似的，心里总惦记着。

新闻终于完了，插播一段广告之后，就是姚燕燕等待的内容，她拿着遥控器，随时准备按下静音键，恢复出声。她连《王贵与安娜》的片头曲都不愿放过，看了这么久，她都跟着能唱了，觉得这个曲子挺有生活味道的。

门就是这个时候敲响的。敲门声很轻，如果电视机处在正常音量，根本就听不到。姚燕燕没在意，以为是敲对门家，她本来交往就少，够得上串门这个级别的人几乎没有，儿子每天放学回到家后，这个时间段不会有人敲门，就是偶尔，姚亮亮抽风似的没打招呼来了，那门也是被拍得毫无章法，绝不可能如此文雅，像微风过时的风铃声，带点怯懦，还有一丝羞涩。姚燕燕不在意，继续倚靠在沙发上等待广告结束后的电视剧。

儿子在里屋却把门拉开一道缝，伸出脑袋冲母亲粗粗地吼道："你耳朵出问题啦，有人敲咱家门呢。"

姚燕燕一跃而起，瞪儿子一眼："说什么呢，有你这样对自己妈说话的啊？这会儿你耳朵可够好使的，还不回去写作业！"

儿子"哼"了一声，收回头狠狠地把门摔上。姚燕燕这才懒洋洋地向门口走着，边走边问是谁。门外也不答应，又轻轻地敲了两下，好像凭着这两声就能叫姚燕燕辨别出是谁。姚燕燕皱皱眉，又问了一声，门外还是不应，只是极有耐心地又敲了两声。她来气了，冲门外喊："你不答应，我就不开门。"

门外这才应道："是我！"声音很微弱，却不说是谁。姚燕燕嘴上问着"你是谁"，没多想，还是拉开了门。

廊灯坏了，隔着老式防盗门，看见门外站着个黑乎乎的人影。因为没弄清楚是谁，姚燕燕抓住了门把柄，却没急于打开防盗门。孤儿寡母，她的戒备心还是有的。门外的人默不作声，似乎并不急于让姚燕燕打开门。

姚燕燕不再作声，屋里的光明映衬着屋外的黑暗更加黑暗，除了一个黑黢黢的影子，她什么都看不清，只是听到对方粗重的呼吸，一长一短。

突然间，门外的黑影轻轻说道："燕燕，是你吗？"

"你——是谁？"片刻的寂静之后，姚燕燕一下子想到跟踪她的那个人，立马警惕起来。

"我……是爸爸，"黑影往前凑了凑，"燕燕，我是你爸爸呀。"

"爸爸？"这个已经陌生的称呼让姚燕燕心里咯噔一下，像扭断了思路似的。我还有爸爸吗？她有很多年没叫过爸爸，即使后来有了儿子，她教儿子喊"爸爸"时，竟艰难得像爬千山走万水，弄得丈夫当时都要怀疑儿子不是自己的亲骨肉。现在，一个男人面对着她竟称是自己的"爸爸"，这个称呼很近，十六年的距离却很远很远，远得这个称呼在姚燕燕心里沉寂得太久，她甚至已忘记自己有过爸爸。

十六年前，爸爸义无反顾地离开他们，跟随着另一个女人离开省城，去了一个小地方生活，从此再没有音讯，在姚燕燕姐弟三人心目中，父亲的意义仅仅成了生命创造的一种微弱力量。除此，父亲留给他们的，只有怨恨。在他们十几年的生活中，父亲不再存在，"爸爸"这个称呼已经变得很生硬，就像一件精细瓷器里隐秘的裂缝，看不到那就是完美，一旦看到，便在心里竖了堵墙，任你再怎么心胸广阔，天地无私，你都无法越过去，再不能平平坦坦看到完美。

姚燕燕依旧愣着神，不知道如何应对猛不丁出现的这个人，一直以来，没有目的的生活已消耗尽了她所有的机智和应变能力。隔着一道铁门，咫尺的距离，她的心慌了。

"燕燕，你打开门啊，爸爸只想看你一眼。"黑影又轻轻碰触着防盗门，用哀求的口吻说道。

姚燕燕的手还挂在门上，正在犹豫之间，儿子如同冲锋陷阵的战士，行动敏捷地从屋里冲出来，没等姚燕燕反应过来，已拨开她的手，迅疾地打开了防盗门，还不忘埋怨母亲："你反应真迟钝，人家已经说了是你爸爸，还不给开门，真是的。"

一个灰色的影子顿时出现在屋子投出的灯光下。他穿着灰色的外套，微微佝偻着背，一头灰色的头发乱七八糟，横七竖八满是皱纹的脸和他的头发一样，都是灰色的，一点也没有平常人串亲戚的光鲜和体面。

姚燕燕对父亲的印象，是一个身材高挑，相貌俊朗的中年男人，而面前形态枯槁，没有一点精气神的老人，对她来说更加陌生。也许隐约之中还是有些熟悉的东西，而她却在下意识地否认着这一切。如果面前的这位真是父亲，她情愿是那个她印象中高挑俊朗的男人。父亲离开时长什么样，她记得不太清了，但眼前的这个灰色老人，无疑就是跟踪过她的那个人。这点姚燕燕还能判断得清，她本能地拦住他，警觉地问道："你真是我的——父亲？"她没有说"爸爸"。她叫不出口。

老人立马抽泣起来："燕燕，我真是你的爸爸姚仁义啊，过去这么多年，我老得你都认不出啦？"

儿子不失时机地白了姚燕燕一眼："真是的，哪有这样对老人说话的。"随即热情地对姚仁义说，"那你就是我的外公喽，快进来吧。"伸手把外公拉进了门。

姚仁义把外孙揽进怀里，泣不成声："是我的乖孙儿欢欢吧，快让外公看看，都长成大人了。外公走的时候，你还很小……"

儿子很意外地没有挣脱姚仁义，他真的像个企求大人怀抱的小孩子，温顺地伏在外公的怀里，乖巧得像一只猫。他只是时不时地，拿眼瞅一下妈妈。姚燕燕很久没有这样抱过儿子了，儿子早就变成了一只刺猬，只要她一靠近，他浑身的刺便立马竖起来，随时准备扎她一身。

这种情况下，姚燕燕再不能置之不理，但她又不知该怎么做才好，是劝他别哭了，还是把儿子拉出来给他让座？儿子小鸟依人的模样让姚燕燕的心软了起来，也有些不知所措的羡慕和嫉妒，她很想那个怀抱是自己的，儿子那样安静地伏在他的怀里，像他小时候一样。姚燕燕有些难过，低下头，突然发现自己还穿着睡衣，顾不得太多，拧身匆匆跑进卧室，穿上外衣。同时，也平息了一下自己内心的慌乱。

穿戴整齐的姚燕燕再次出现在客厅时，已恢复到常态，儿子离开了姚仁义的怀抱，搀扶着外公到沙发上坐下。姚燕燕冷冷地命令儿子去写作业。儿子不情愿，嘴里嘟囔着，可没敢反抗，松开姚仁义的胳膊还是回自己的屋里去了。姚燕燕打量着面前的灰色"爸爸"，十六年的时光抽丝剥茧一般抽尽了他所有光华，剩下的就只有他的衰败，像深冬季节野草一样的衰败和不堪。她声音软下来问道："是不是你这两天跟踪了我？"

姚仁义站起来，抹把泪，不敢看女儿的眼睛，嗫嚅道："十六年了，我日夜都在想念着你们哩。这么多年没见，你的变化也挺大的，我不敢断定就是你，所以就跟着，想确认一下到底是不是——你。幸亏你家没挪地方，我才敢上门认你。呜呜——终于见到你了，我的大闺女啊，丽丽，还有亮亮他们都好吧？"

不问起他们倒还好点，一问起来，姚燕燕刚软下来的心骤然间硬了起来："你问他们干什么？你还记得他们与你有关系啊！"

姚仁义大放悲声："闺女，你这话比刀子还锋利，刺得爸爸心里头血淋淋的……我知道你们都恨我，可我……可我……"他哭得说不下去了，灰白色的头发随着他的哭声像枯草似的抖动。

姚燕燕的胸口涌起一股无边的酸楚，心里突然间涌满了对这个人的憎恨。她是俗人，做不到一笑泯尽所有恩仇。她想哭，却不想在这个人面前，但是泪水还是忍不住涌出眼眶。不管怎么说，眼前这个人毕竟是自己的父亲，就算她用尽全力删除，也不可能做到让一切不留痕迹。

抹了把泪，姚燕燕扯他坐下，想给他泡杯茶，暖壶里的水是早晨烧的，泡不开茶了，只好倒杯温开水塞进他手里。

姚仁义捧着水杯，嘴唇抖得喝不进嘴，好不容易喝进去一口，又呛着了，咳嗽起来，咳得一脸的皱纹挤到一起，那神情既可怜又悲怆。姚燕燕本能地伸出手，想替父亲拍背缓冲一下，她的手刚落到姚仁义的背上，一种强烈的陌生感使她猛然反应过来，手迅速从姚仁义的背上撤了下来。姚仁义的咳嗽几乎被姚燕燕的举动惊住了，止了一会儿，然后又剧烈起来。咳了好一阵，喝了几大口水才止住咳，姚仁义抹抹泪，又站起来对姚燕燕说："看到你，还有外孙，我就知足啦。不早啦，我得走了，别扰乱了你们的生活。"

姚燕燕没有说挽留的话，起身相送，看着他佝偻着背默默往门口走，心里却泛起一丝悲哀，忍不住问道："这么晚了，你上哪儿去？"她本来是想问他晚上怎么住，可话到嘴边又改了口。

姚仁义回过头，灰白的眼仁瞄了一下女儿，说："我得回旅馆，再晚点人家就不让进门了。噢，差点忘记说，我来看你的事，先不要给丽丽和亮亮他们说，免得……"后面的话没说完，他已扎进了门外的黑暗中。姚燕燕追出门外，对着他下楼时摇晃的黑影说："要不，我送你下去？楼道的灯坏了一直没人修。"

黑影顿住，没有回头，复又抽泣起来，颤声拒绝送他。姚燕燕没有坚持，只是往楼梯口又多走了几步，目送着黑影慢慢往下移动，变成一团更为深沉的黑团，拐过楼梯口，连那个黑团都瞅不见，只听到越来越远缓慢、沉重的脚步声和越来越弱的抽泣声。姚燕燕依旧站在楼梯口，目光融在黑暗中，比楼道里的黑暗更浓重的悲戚团团裹住她，使她无法从中挣扎出来，倚在楼梯扶手的身子全麻木了都没有感觉。过了好久，她才僵硬地转过身，看到门内站着的儿子，正用冷冷的目光望着她质问道："为什么要外公走？你难道看不出他是个老人吗？"

是啊，为什么不留下他呢？她甚至连留下他的念头都未曾动过，他可是她的亲生父亲啊。她总认为儿子不懂得什么叫体恤，可他却恻隐着一个七十多岁的老人。或者，她可以用十六年的距离来说服自己，但十六年，真的能抹杀一切吗？如果可以，为什么她还会有怨恨？姚燕燕在儿子的质问声中，不由自主地打了个冷战。

虽然是初秋的夜晚，但寒气重啊。

二

父亲的出现，使姚燕燕心里乱成一团，坐在电视机前再无心关注"王贵"与"安娜"的婚姻状况了。再怎样曲折的婚姻，最终也不过是离或不离，继续幸福或继续不幸福。她现在最上心的是自己的父亲，这几天，有个疑团一直占据着她的大脑：这个抛下他们母子十六年的父亲，突然间回来，到底要干什么？是良心发现，灵魂受到了谴责？还是在那面混得不如意，要回来寻求慰藉？

姚燕燕本来是个头脑简单的人，按前夫的话说，她永远是个赶不上点的慢车，别想着超车了。可这个疑团困扰着她，干什么都打不起精神，已经耽搁了儿子两次早餐。欢欢给她下了死命令，如果明天再因为早餐误了上学时间，他得考虑住校了。"反正，我也不想和一个连自己父亲都不愿认的人住在一起！"欢欢是这样给她说的。当时，噎得姚燕燕说不出一个字来。认不认父亲的事先不说，这其中有多少恩怨和多么漫长的距离，一时半会儿没法跟欢欢说明白，她只知道如果儿子住在学校，不会和儿子吵架伤心，可没有儿子的欢呼雀跃，这个家就真的变成一个空荡荡的壳，无所依托的她独自守着一个没有声息的壳，本就干涩的日子变得更加无滋无味，那还有什么意思呢？再说，欢欢贪玩，一旦脱离了她的看管，会变得越发无所顾忌，学习成绩只能是越来越糟糕，高二第一学期，紧一紧还能出成绩，真要放了手，那就要跌到谷底了，到时真想爬，怕也爬不起来。多关键的时期呀。

姚燕燕决定给弟弟妹妹打个电话，把父亲回来的消息告诉他们。保守这样的秘密只能让她的心理负担更重，她想不出父亲出现的原因，要姐弟三人一起分析一下，尽快解除她心中的疑团。最关键的，使她能对仇视她的欢欢有个说辞。因为，欢欢对外公的态度让她心里有了一丝温暖，这孩子表面上冷冰冰，心里却还是注重亲情的，她甚至想，如果接纳父亲可以改变欢欢与她的关系，是不是能皆大欢喜呢？

给弟弟打电话得选择时间，不然根本没法说话，晚上下班后的这段时间他不用陪领导打牌，但经常得跟着领导去应酬，一旦回到家里，就是没喝醉，也是没法说话的，弟媳不是省油的灯，尤其对她这个生活没有太多优越感的姐姐。姚燕燕选择了刚下班，弟弟还不可能上酒桌，也没回到家这个时间段。没想到电话一打通，姚燕燕还没把父亲的事说清楚，姚亮亮就在那头抱怨上了："姐啊，你是不是离婚久啦，憋出毛病了？前几天说有人跟踪你，现在又冒出来个父亲，这样下去你脑子不出问题，你弟弟我非得出毛病不可。不行不行，单身女人又多疑又好臆想，我得赶紧托人给你找个男人，你不能再单身了！"

姚燕燕尽力压住心里的怒火，尽量用平静的口吻说道："姚亮亮我是认真的，你别瞎扯好不好。果真是父亲回来了，三天前，也就是我打电话告诉你被跟踪的那天晚上，他上我家来了，那个跟踪我的人就是他，十六年啦，我变得他认不出来，怕认不准……"

"什么？三天前，那你为啥现在才告诉我？他在你家住下啦？十六年没露面，谁知道他到底是不是咱们的父亲？你可认清了，别把啥样的男人都往家里请啊。"

"姚亮亮！"姚燕燕这下忍不住了，厉声叫道，"你别太过分了，我现在是跟你说正经的呢，他——就是我们的父亲，只是到我家里看了一眼就走了，说怕打扰，就没去找你们。他还不知道咱妈已经去世，不敢上咱家的门，才找到我这儿。他也不让我告诉你们的。"

"那他现在住哪儿？"

"我怎么知道？"姚燕燕说出这句，觉得不妥，赶紧补充道，"当时问他来，他不说，我不知道他突然回来想干什么，本来想尊重他的意见不跟你们说的，但我一直闹不明白，他啥也不说啥也不问单单露个面是啥意思，所以才打电话想从你那里讨教讨教来着。"

"你问过我二姐吗？他不会去了你家再去她家吧？"

姚燕燕没好气地说："你二姐挺着个大肚子，我咋问她？咱家就你一个男人，遇事不先找你找谁！"

电话那头静了下来，姚亮亮大概意识到自己的重要性，沉默了一阵才说："那你先别给二姐打电话，免得她受惊今晚睡不好。我晚上有重要应酬，不太方便。这样吧，我改天去二姐家看看，如果他没去过她家，我再当面告诉她，然后咱们再合计这事怎么办，你看行吗？"

只能这样了，还有什么不行的。弟弟不愧是男人，也是"公公"给当的，遇事不惊慌，考虑得有板有眼。姚燕燕心里总算踏实了些，能睡个安稳觉了。

三

又下雨了，有道是一场秋雨一场凉。姚仁义拥着被子，蹲坐在租住的地下室床上，呆呆地望着半扇探出地面的小窗。窗外淅淅沥沥落在地上的雨滴溅在窗玻璃上，混了水泥地上的尘土，在玻璃上蓄积着，然后像浓稠的眼泪缓缓地向下移动，流出一道模糊的痕迹，像愈合不良的伤口，看得姚仁义心里异常难过。偶尔，外面有过路的行人，匆疾的脚步闪过窗前，踩踏起一片泥水将玻璃上眼泪似的雨水盖住，整扇窗户似风中的灯光一样暗淡。这个原本熟悉的城市，他已彻底陌生了，陌生到只有秋风和秋雨的陪伴。他心里无限伤感起来，眼眶不由自主地就湿了。

到了这个年龄，人特别脆弱，随便看到一件事物，都会跟生命联系在一起，心里难免恓惶。

刚回到这里那天，他差点找不到曾经的家。一个人相貌随着时间的流逝会无限改变，城市原来也一样，他离开这座城市十六年了，人生有几个十六年啊！他七绕八拐，终于找到了被高楼大厦的影子笼罩住的那栋旧六层楼。那栋楼就像年轻富贵、雍容奢华的女人中脸色苍老、穿着破旧衣裳的那一个，没有光芒，却是如此地扎眼。姚仁义站在另一座新楼的拐角，远远地望着自己曾经生活过的那栋旧楼，那是幢安详的楼，不像身旁的这幢，进出的人就像搬家的蚂蚁，感应门是一张怎么也合不拢的大嘴，敞着，喘着，不安着。那么多的房子被拆掉，那么多的气派房子被建起，为什么这幢老楼依旧伫立在这儿？是为了等他，让他再见证当年的岁月？姚仁义再也控制不住自己的情绪，眼泪喷薄而出。

这算什么？当年为逃离这里，准确点说，为逃离这个家，更准确点说，是为逃离前妻，他背负着多大的压力，费了多大的劲，才得以脱离开。十六年过去，再次面对这个曾经生活过几十年，也有过无数幸福时光的地方，姚仁义哭出了声。他把袖子塞进嘴里紧紧咬着，不叫哭声发出来。其实，他心里清楚，周围早已不会有人认识他了，那栋旧楼连出入的人都没一个，而在新楼进出的一张张年轻面孔，于他已是千山万水的距离，他怎么可能会被认出来呢？况且这么多年过去，能记住他的，除了自己的家人，不会有别人了，但他还是怕路边的人认出他来。他不想被认出，他最怕前妻知道他回来的消息。不管她当年怎样对待他，可最终，却是他抛弃下她和孩子们，他的恩断义绝如同一把匕首，在刺痛他自己的同时，更深地刺痛了前妻和孩子们。以前妻的个性，这样的痛就算过去十六年，即使伤口结成厚厚的痂，也不可能好起来。这么多年过去，再面对记忆中不敢面对的地方，他心里的负罪感越发深重，他不愿让前妻知道，是不想在他们都已经老去的时候，再撕扯那层厚痂，让痛变得更加剧烈。

在有生之年，姚仁义认为最对不起的，不是前妻，而是他的大闺女燕燕。当年她相中了工厂的一位普通工人，是他硬逼着她嫁给了车间的技术员，好听，面子上好看，还能很快分上新楼房。当时，燕燕是多么不愿意啊，可他完全体会不到女儿的痛苦，几乎是以死相逼，女儿拧不过他这个父亲，含泪嫁了。在抛家弃子之前，他一直认为这样做没错，完全是为闺女下半生幸福着想。婚姻毕竟是现实的，而他看到的现实就是技术员比普通工人的家境好，工资高，最主要的是体面。可是，女儿嫁给技术员后，总是被他看不起，当用人使。姚仁义自己也是亲身经历着作为一个普通工人被妻子冷落的痛苦，前妻与他一直打打闹闹，就是嫌他是个满身油味的臭工人，尽管他从来都把自己收拾得妥妥帖帖，不穿工作服的时候看上去像个机关干部。前妻说他身上的味道是骨子里的，他就奇怪，谁也不是天生就做工人的，哪儿来骨子里的东西？那些机关里坐办公室的人，他们骨子里又是什么味道？前妻从来不听他的说道，甚至到后来都不与他同床，他那时年轻力壮，那种来自生理上的痛苦只有他自己知道。当他终于有机会认识了后来的妻子，在众人的白眼，子女们的仇恨里，他也要脱离那种生不如死的日子，宁愿离开省城去小地方，也要过正常人的生活。

就是从那时起，他才慢慢领略到大女儿的苦楚，他以为自己是女儿的前车之鉴，却没想倒把她逼进了自己的旧辙，重复着他的不幸婚姻。人说婚姻是一双鞋，合不合脚只有自己知道，他是脱了旧鞋后才深知这个道理的，可一切都已经晚了，他再也顾不上燕燕，不是鞭长莫及，而是没有甩动鞭子的那份力量了。

一切都重新开始后，离开省城，虽然内心有负罪感，生活也比较艰辛，但和尊敬他的女人在一起，日子平静，姚仁义很如愿地幸福着。可是，幸福的日子过得很快，一瞬间就是十几年，他慢慢地变老了，身体开始出现问题，先是一些小毛病，吃点药打几针，就能对付过去。可事情远远没他想的那么简单，不久前，他感冒了，吃药打针一直好不了，在医生的建议下，他做了 CT，结果出来说肺部有阴影，怀疑是癌，但不能确定，建议他到省城大医院做个核磁共振复查一下。CT 毕竟没核磁清楚。他没把检查结果告诉老伴，也不想再查。查出来又能怎样？这样那样的折腾治疗，受尽人世间最非人的折磨，结果怎样？还不是一命呜呼！命中如果有这个劫数，躲是躲不过的，那么多大人物得癌症都治不好，他一个再普通不过的老工人，还能抵抗得了癌症？他没啥心不甘情不愿的，今世的磨难也是上辈子修来的，当初他舍家弃子，就当是报应吧。

姚仁义甚至都做好了那一天到来的心理准备，到了该把生死想开的年龄啦。听天由命吧。谁知，他的咳嗽总是不见好，老伴起了疑心，从他的口袋里翻出了 CT 检查单，看到上面的"肺癌"两个字，差点昏过去。一盘查，姚仁义瞒不过去，说医生只是怀疑，没有确诊，算不得数。癌症可不是闹着玩的，老伴催促他赶紧上省城医院去做核磁。没办法，他答应去查，但有个条件，只能他一人去，不要任何人陪。他留有私心，真去了省城，他能不忆旧吗？忆起旧来，他能不失态吗？再说，他也很想见一下自己的子女。老伴似乎明白他的这个心思，也不说破，让他只身来到省城。

十六年来，姚仁义再没回来过，省城的变化太大，消费更吓人，从小城带过来的钱经不住在省城用，他得省着点。他还想得给老伴留点，万一他真的不久于人世，老伴以后的生活总得有着落。

为能见到每个子女一面，姚仁义想在离家不远处找个地方住下。宾馆太贵，连一些小招待所住一晚上也要上百块钱，他住不起，就盯着电线杆子上贴的租房广告，找到了这家地下室。租房也有规矩，没有租住一天两天的，最少得一月，租金比租一年要贵，一间六七平方米半地下的屋子要三百多块，但比起招待所要便宜得多。最主要的是离以前的家近，方便他与子女们见面。

姚仁义住下后，去省中心医院做过核磁共振，得等两天，才能拿到结果。这两天，姚仁义心里慌得很。虽然他已把生死看开，做好了听天由命的准备，但是，内心里还是燃烧着一丝希望的火焰，万一不是那个癌呢？人家只是怀疑，没有确定，所以，在没拿到结果前，他还抱有一丝侥幸心理。

在等待的过程中，他最想做的事，就是尽快见到自己的子女。他白天没敢在这周围露面，万一被人认出来呢。他最怕前妻知道他回来，前妻心气儿高，当年嫁他时就很勉强，后来跟他吵架时老说是上了他长相的当。他后来老琢磨这句话，怎么长得一表人才也成了不待见的理由？这会儿真要叫前妻撞见认出来，看到他如此糟糠的模样，是不是越发觉得羞辱？被这样的男人抛弃，更觉得不堪呢？于是，他先去大闺女燕燕住的地方，他一直记着那个地名——稻香园四号楼，那幢楼是当年厂里最好的楼。可那个地方不好找，跟他的印象差得太远，街道公路修改过不少，曲里拐弯总算找到了，但他拿捏不准，燕燕是否还住在这里，那么多的新楼盖起来，说不定燕燕跟着技术员早已搬到了别处呢。他不想去打听，反正到了省城，交了一个月的房租，他有得是时间去寻找。他最担心的当然还是怕有人认出来他，走漏风声，让燕燕听到，她万一不愿见他，不就白瞎了？于是，他躲在楼前的一丛冬青树后，紧盯着出入楼门的每个人，只要燕燕还住在这儿，就一定能看到她。

蹲守了两天，才看到一个酷似燕燕的女人，那一刻姚仁义热血沸腾，几乎要冲上去扯住她，可那个体态臃肿的女人是他的燕燕吗？燕燕有这么老，这么不堪吗？他的脑海里，燕燕再怎么变，也只会是脸上不再那么光鲜而已。姚仁义犹豫了，不敢上前相认。他决定先观察确认一下再说。他远远地跟着燕燕去了护城河边，出入菜市场，甚至躲过保安，悄悄地跟进楼门，确定她进的屋子就是他记忆中的那个家。那天晚上，他才忐忑不安地敲响了大女儿家的门。

四

姚亮亮起了个大早，想在上班前去趟二姐那里，问问她最近孕期反应情况。姐夫经常不在家，虽然有保姆伺候着，但代替不了亲情。顺便，也要告诉她父亲回来的消息。

以前姚亮亮去二姐家，空着两只手就去了，二姐成了有钱人，不稀罕他带啥礼物。现在不一样了，她是孕妇，看孕妇总不能空着手，虽是亲姐弟，但该有礼数的时候还是不能少的。姚亮亮翻箱倒柜地找礼品，响动声把睡回笼觉的妻子林琳给惹火了："大清早弄出这么大动静，要拆掉这个破房重盖你也没这个能耐呀？烦人！"林琳扯过被子蒙住了头。

姚亮亮停下手头的动作，到床跟前站住："那你告诉我，上次我拿回来的那两盒营养品放在哪儿？"

"什么营养品？"林琳唰地掀开被子，挑衅地看着他说，"不就破蜜膏吗，还营养品呢？"

"是啊，就是那两盒，在哪儿呢？我把它带给二姐。"

"我吃了！"林琳没好气地说，"你就惦记着你二姐，难道我就不能吃啊？你千万别说我没怀孕就不需要营养。"

姚亮亮摇摇头，摔上门走了。不说怀孕还好，一说到怀孕，他的情绪就会受影响。结婚六年多，别人家的孩子都上幼儿园大班了，可他们还没把生孩子的事列入议事日程。主要是林琳，她有一大堆不生孩子的理由，说白了是怕养，嫌孩子是个拖累。母亲还活着时，一直盼着他们能早点要个孩子，趁着还有精力替他们带带，可林琳一直用工作忙推托，说趁年轻先好好工作，等几年工作基础打扎实了再说。这理由不能说不正当，他们夫妻两人工作时间都不长，这么快要孩子是要看单位领导脸色的。这一等，老娘突然得病去世了，林琳更有理由不生养孩子了，孩子生下来谁给带？就算她可以辞职在家看孩子，他挣的那点钱够不够花？再说，姚亮亮一个礼拜有两三天在外面应酬不能回家，把孩子撂给她一个人，她还不得被烦死啊！反正说死说活，除了每天上班、下班不是跟一群女伴东奔西走，就是窝在家里泡在网上可劲儿逛网店，买回来一堆直说便宜又用不着的东西，真正跟姚亮亮泡在一起的时间不多。有时候，姚亮亮想要跟媳妇说点什么，林琳又总是爱理不理的，兀自说吧，还惹人烦，动不动就给他来一句，你也就那点破事，翻过来倒过去地说有劲没劲啊？或老说以前的事有意思吗！把日子过成这样，没找自身的原因，成天价批判姚亮亮不知道关心她，不懂女人的心思。姚亮亮对于这样一个特立独行的妻子颇有看法，可又很无奈，他改变不了她，慢慢地也就麻木了，眼看快奔三十的人了，三十而立，他立得起来吗？在家里没了追求，他把心思放在单位，与领导套近乎，走一走曲线救国的道路，想着能在事业上有所发展，今后光鲜了，或者这个家也就会成为家了吧。

出门下楼，姚亮亮骑上摩托车四处乱转了一通，时间太早，店铺都关着门，别想买到东西。总不能空手去二姐家吧。都怪自己，早点看到营养品不在，昨晚去买点别的准备着就好了。现在怎么办？他把摩托车停在路边，单腿撑地，摸出一支烟点上，狠狠抽了几口，脑子里突然冒出一个念头：去五一酱园，那里的早市有卤猪蹄卖。这可是他和二姐以前的最爱，后来吃得少了，但二姐经常提起时还流口水呢。

姚亮亮在五一酱园买了四个猪蹄，提着来到豪庭家园。这里是富人区，都是单门独户的别墅楼，比那种普通小区要安静许多，小区大门口装着好几个摄像头，连门口的保安都一左一右站了两个，他们挺拔的身姿，立正的姿势，威武神气，一看就是退伍军人出身。进这种门得通报检查，保安问个没完没了，又是大清早，姚亮亮提一大包东西，足够引起保安的好奇心。幸亏是往里送东西，要是往外拿，说不定得把猪蹄一个个解剖开，看里面藏没藏容易失窃的金戒指。姚亮亮好不容易摆脱保安的纠缠，敲开二姐家的门，小保姆把头伸出来，连连摆手，叫他轻点，告诉他姚阿姨还没起床，别弄出声音，把她吵醒可不得了，她的火气可大了。

姚亮亮站在门外，进也不是，退也不是，心里很不畅快，姐姐住这种地方，到底是为了享受还是为了受罪？他有时总会想到这个问题。这会儿，他是来看孕妇的，保姆把形势搞得这么严峻，连话都不让说，他干脆把东西塞进保姆怀里，转身就走。大清早的，林琳没给他好脸色，到这里也叫人不痛快，早知道就不跑这一趟了，还不如打个电话呢。刚转身，没想到卧室里却传来二姐的声音："是不是亮亮来了？快进卧室来。"

保姆这才让开，怯怯地望着卧室的门。姚亮亮不管那么多，鞋都没换，径直进了卧室。卧室幽暗，未及拉开的窗帘把清晨关在了窗外，屋里一股热腾腾的浑浊气息。姚亮亮皱皱眉，绕过床，把天蓝色的窗帘拉开，屋里一下子亮堂起来，他顺手又将侧边的窗户推开一半。姚丽丽没注意到弟弟的表情，裹着被子平躺在床上，顾不得披头散发的模样，作势用手挡住突如其来的大片亮光，笑道："来这么早，我还没打算起床呢。"

　　到底是亲姐弟，姚亮亮也不避讳，一屁股坐到二姐的床上，说道："你是替两个人睡觉呢，多睡一会儿是应该的。咳，看着你就嫉妒，林琳啥时候才能像你一样想通了呢。唉，不说了不说了。看我给你带啥来了——五一酱园的猪蹄。"

　　"真的？快拿给我。"姚丽丽眼睛发光，咽了下口水，连忙爬起来靠坐在床头，唤保姆拿进来，也不洗手，伸手就掏出一块，放在鼻下闻了闻，深吸一口气，侧歪着身子吃了起来，一边吃一边指着姚亮亮嘟囔道，"知我者，吾弟亮亮也！"

　　姚亮亮看着姐姐吃得这么香，心里很舒服，笑道："别那么不顾忌，你可是大龄孕妇，得好生养着，哪有像你这样贪吃不顾的。我看等你生完孩子，会胖成猪八戒，到时可别怪我。"

　　姚丽丽嘴里塞得满满当当，顾不上还击弟弟，指着保姆手里的袋子，让他也吃。姚亮亮摇摇头："留给你吃吧，养孩子呢，我想吃随时都可以去吃的。对了，二姐，大姐打电话告诉我，父亲回来了。我来看看，他是不是找过你。"

　　"父亲？"姚丽丽停止了吞咽，含混不清地问道，"谁的父亲？大姐的公公，还是你家林琳的爸？"

"是我们的父亲。十六年前离开我们的亲生父亲。"

"是他？"姚丽丽咽下肉，把手里没吃完的丢下，擦擦手，坐起来喊道，"他还有脸回来？他回来干什么？"

姚亮亮叹息道："不知道！他没找我，只去找了大姐，连大姐也不知道他回来干什么。"

姚丽丽突然间瞪大眼睛："是不是那边嫌他老了，不要他啦，还是他的良心……大姐告诉你没有，他穿戴得怎样，像不像个有钱人？原来不是说他跟那个女人去外地开饭馆，肯定攒下不少钱喽。"

五

这天晚上，姚亮亮照例陪领导在外面喝过酒，唱完歌，十一点半才回到家。没想到，林琳居然没扑在电脑上跟网友山呼海啸般聊天或打游戏，而是洗完澡，披着湿漉漉的头发靠在床头捧着一本美容杂志，有一搭没一搭地翻着，专等他进门似的。

林琳将杂志扔到一旁，斜了他一眼："你有事瞒着我，是吧？"

姚亮亮一怔，随即镇定地说道："我陪领导去应酬，这是身不由己的事。不信，你可以打电话给胡秘书证实一下。"

"我才不管你在外边花天酒地呢。"林琳撇撇嘴，姚亮亮身上的酒味她闻着就烦，她才懒得管他在外面的那些破事呢。她往起坐了坐，双手凑到眼前翻过来翻过去地欣赏着。柔和的灯光下，那双手玉琢过一般精致柔滑。姚亮亮很喜欢林琳的手，手指修长，肤色细腻，一静一动充满了诱惑。早些年他们谈恋爱的时候，只要一坐下来，他一准要捧着那双温软细致的手摩挲半天。现在他已经想不起来，握着林琳那双手的感觉了。

沉默了好久，拿捏得差不多了，林琳才单刀直入："你父亲是不是回来了？怎么没听你说啊？"

不是追究那个，别的他什么都不怕。于是，他笑了一下："是呀，你的消息倒挺快的，我还没告诉你呢，你是从哪儿知道的，大姐给你打电话了？"

"嘁，她会给我打电话才怪呢。我今天下午出去办事，路过十九中，碰上放学的欢欢，他告诉我你父亲去过他家。"

"噢，是这样啊。不过，你是知道的，他早跟我们没关系了，现在回来也与我们没啥关系。"

"是没啥关系，但他毕竟是你的亲生父亲。你也不用脑子想想，他回来为什么不上咱家，只去你大姐家？你可别忘了，咱们这儿才是他的家，你才是姚家的继承人。"

姚亮亮这下总算明白了，这才是问题的核心，林琳像二姐一样，惦记的不是父亲这个人，而是父亲到底有没有钱。他在心里冷笑了一下，对妻子说："我没忘记我是姚家的继承人，现在住的这套房子没有人和我争和我抢。可我的父亲，他十六年前就与我们姐弟没什么关系了，他如果有积蓄，也与我没关系！"

"木头！"林琳呼地坐起来，要怒，想了想不妥，口气又软了下来，"我不是看中这点，不像你二姐那么庸俗，为了套住个有钱的男人，快四十岁了还怀孕，命都不要了，精明过头了吧。我是怕你个木头被他们耍弄了，人家还骂你傻 × 呢。"

姚亮亮摸出一支烟，故意在妻子面前点上火，表达着自己的不满。以前，林琳绝不让他在卧室抽烟，说是为了下一代，叫他"封山育林"。可是她一直不打算"育林"，他"封山"的意义又何在？慢慢地，姚亮亮心里不舒服时，就偏偏在卧室里抽烟，反正"山林"远着呢，尼古丁也熏不着。他狠狠吸了一口烟，吐出几个烟圈后，才缓缓说道："二姐有她的活法，请你不要挖苦她好吗，她都快四十岁的人了，不管她有怎样的想法，尚且知道生个孩子续后。可你呢？你还不到三十，却有一大堆破理由……"

林琳瞪了丈夫一眼："你怎么知道我不想生孩子？哪个女人不想要孩子呢。可是，生下来怎么养？就这两间破屋，我还怕孩子一来到人世，就对这种环境过敏呢。"

姚亮亮没话说了。在单位，他伶牙俐齿，凭一张嘴在领导跟前当着红人，可回到家里，碰上林琳这个主，他的大脑经常处在"死机"状态，激活它的办法，唯有关机重新启动。在黑屏的几分钟里，一旦提到房子，姚亮亮的气就短了，根本不想再重新启动。

他们现在住的这套老式两居室，面积不到四十平方米，还是以前分给父母，后来房改落在母亲名下，姚亮亮理所当然继承下来的。单凭他和林琳的收入，想住进姚丽丽那样的豪宅，这辈子就别想了。可姚亮亮一点都不羡慕二姐，虽然住在宽敞的大房子里，不见得心里就舒坦。他早就看出来了，二姐夫那个人根本就不可靠，有钱的人手头活泛，心眼更活泛，外边的花花草草很是晃眼，二姐夫已离过四次婚，都成习惯性流产了，每次的理由都说是人家贪图他的钱财。他要不拿钱来炫耀，又怎么会笼络住那些女人？说白了，二姐嫁给那样的男人，图的也是物质上的享受，以二姐的年龄，哪里还有一点优势，当初要不是二姐使点小腕子及时怀孕，那个男人怎么可能跟她结婚，也一样是玩玩而已。甭看二姐夫长相过于偷奸耍滑，还是个秃顶，可他就是招女人，说不定哪天又来一个更年轻的女人，占了二姐的位置呢。二姐夫是什么样的人，二姐心里还不跟明镜似的。所以，二姐才不顾一切要给二姐夫生下这个孩子，是要套住这个男人。不见得生个孩子就能套牢，蚀了米偷不着鸡的事常有。再说，像二姐夫那样常在河边走的人，还怕再湿双鞋吗？大不了，再把湿鞋扔了，换一双干的不就得啦。说句实话，二姐不走这条路，又能怎么办呢，她的婚姻虽然危机四伏，拿个网网住自己也总比坐以待毙强吧。二姐躺在那张宽大的席梦思上，心里其实一点都不踏实。

但现实，又能让哪个人踏踏实实呢？

六

离中秋节还有一段时间呢，姚燕燕对弟弟妹妹的突然上门，有点不知所措。平时，他们只是打打电话，不到逢年过节，很少相互串门的。以前母亲活着时，他们都是回母亲那里团聚，母亲过世后，姚燕燕是老大，弟弟妹妹们理所当然到她这里，一家人团聚团聚。但姚燕燕却很少到他们家里去，首先，她对丽丽的婚姻态度，还有金钱观一直不能苟同，更不想见到那个傲慢的秃顶妹夫，他的年龄比她还要大，却跟花心萝卜似的，离婚都成资本了，还不是仗着有几个钱。她是越来越弄不懂了，那么多年轻貌美的女孩，怎么会看上那些半糟老头，金钱真的魅力无边吗？弟弟那里更不用说，弟媳在她眼里是个小妖精，人家也从来没把她这个姐姐往眼里放，以前母亲活着时，隔三岔五，她回去看望一次母亲，林琳就会与弟弟闹一次矛盾，母亲曾偷偷告诉过她，小妖精吵闹时说，都是她这个姐姐在挑拨他们夫妻之间的关系。她姚燕燕挑拨什么了？当着母亲和弟弟的面，她找不到答案，也没法申冤。母亲过世后，她再没踏进过家门，最多也只是给弟弟打个电话，避免跟弟媳打照面。

给弟弟妹妹倒上水，姚燕燕挨着妹妹坐下，理了理她散乱的头发，说："你都快临产了，就别乱跑啦，万一有个闪失，可怎么办哪。"

姚丽丽"嘻嘻"一笑："没事的啦，你是过来人还能不知道，听人说，月份越大孩子越牢靠呢。医生都说了，越是要临产了，越要多活动，到生产时才少受罪呢。唉，姐呀，你这儿有啥吃的，我这肚子又饿啦。"

姚燕燕找了一圈，也只找到两个苹果几块饼干。姚丽丽却没接过去，翻着眼睛嘲笑道："姐，不至于吧，你把日子过得这么寒酸，省下钱以后给欢欢娶媳妇啊，关键是，欢欢会不会领你这份情呢？"

姚亮亮喝了口水，插嘴道："二姐，你别这么说大姐好不好，她节俭惯了，不见得是这种想法。"

姚燕燕白了妹妹一眼："省啥钱，我的情况你不是不知道，都快到要饭的地步了，要不省吃俭用，这日子可怎么往下过？哪比得了你，家里穷得只剩下钱了吧。"

姚丽丽一见姐姐有些生气，连忙改口道："我说着玩儿呢，姐姐还能不知道我这张嘴。好了，说正经事吧。姐，听说那个人回来了，他现在回来要干什么呢？"

不年不节的，丽丽挺着个大肚子跑这么远，姚燕燕一猜就是为这事来的。只是，打个电话就能问清的事，干吗非得跑一趟。看来，他们把父亲回来的事想复杂了。姚燕燕立马埋怨弟弟："你说你个大男人，一点事都压不住，瞎折腾你二姐干啥？那人来了跟你二姐说一声也就完了，还颠颠地撺掇她挺个大肚子乱跑个什么啊？"

姚亮亮正要解释，姚丽丽一摆手："姐你别怪亮亮，是我自己要来的。你说，他十几年没音讯，咋一下就冒出来了呢？"

姚燕燕说："我也纳闷，突然间跑出来，啥也没说，就说想来看看。"

"那他住哪儿？"妹妹和弟弟几乎是异口同声。

"我不知道！"

"你怎么会不知道呢？"姚丽丽站了起来，捧着肚子摇晃着身子，说，"他能来找你，肯定说了他住在哪儿。就是他不说，你也会礼节性问一下的。是不是呀，小亮？"

姚亮亮点点头。

姚燕燕有些懊恼："十六年啊，我以为心里对他只有恨，可一见到他，发现对他已经恨不起来了，可是十六年的隔阂还是存在的。所以，他啥也没说，我……啥也没问。"

姚丽丽与姚亮亮对视了一下。

"你们都知道的，当年我的婚姻是他做的主，我在心里一直恨着他哩，才懒得搭理他。"

"噢，姐，我倒没忘记，当年他扼杀你的爱情，逼着你嫁给了欢欢的爸爸，他自己后来跟那个女人走了，现在是不是良心有所发现，觉得亏欠着你，这次来是补偿你的？"姚丽丽笨重地侧着身子，从茶几上抓了个苹果，咬了一口，又说，"他当年跟那个女人去外地，听说开个饭馆，应该挣下不少钱吧？"

姚丽丽嚼着苹果说话的样子随意得像个天真的孩子，可姚燕燕还是听出了妹妹话里的意思。怪不得呢，丽丽自怀孕就没来过她家，嫌她的家小，万一磕着碰着可不是闹着玩的，现在可好，她不怕磕着碰着来她家，一手挖空心思攥紧秃顶男人的财产，另一手居然关心的不是那个离开十六年的父亲，而是他是不是挣到钱。挣没挣到钱跟他们姐弟有什么关系？十六年的距离难道可以用钱来缩短抹平，了无痕迹？

姚燕燕又看了眼弟弟，平时老在电话里跟她嘻嘻哈哈的弟弟这会儿一声不吭，看他的样子，跟丽丽的想法肯定也是一样的。姚燕燕在心里有些埋怨弟弟的不懂事，丽丽费尽心机跟秃顶男人结婚后，一门心思跟那个男人斗智斗勇，想着怎样拴住男人和他手里的钱财，心眼儿里只认钱不认人已成习惯，她要不往钱上想倒不正常了。可你姚亮亮给领导当秘书，好歹也算个人物，怎么也跟丽丽一样不分青红皂白地掺和进来？她后悔当时不该给亮亮打电话说这事，本来平平静静的清贫生活，叫这事给扰乱了。她在心里掂量着，下面的话该如何说。

"挣没挣上钱，得去问他自己。"姚燕燕想了想说。

"他就没跟你说这些？连个暗示都没有？"妹妹不依不饶。

这话问得过分了。姚燕燕明显不高兴，站起来下逐客令："时间不早了，闲心思你们留着慢慢去操吧。我得准备饭啦，要不，欢欢回来又得怪我。你俩——想必也不愿留下来跟我们吃一顿忆苦饭，还是——"

姚丽丽回头看了弟弟一眼："大姐是赶我们走喽，亮亮，咱们还是识趣点吧。"

七

片子出来了，结果很明确，姚仁义肺部的肿瘤是恶性的，且癌细胞已经扩散到骨髓里。就是说，他剩下的日子不多了。老天给他判了死刑，这下，连一丝希望也看不到了，姚仁义的心里反而不慌了，踏实得连他自己都觉得可疑。他拒绝医生的任何治疗劝说，毅然离开医院，他知道，他每往前走一步，都是向生命的尽头迈近了一步。至于住院治疗，从一开始他就没这打算，既然确诊为癌，再把有限的时间耗费在医院，又有什么意义？世上能有几人可以从癌症的魔掌里挣脱？最后还不是让亲人眼睁睁地看着他在生死线上垂死挣扎，然后带着无限的痛苦和疲惫，还有无数的债务离开人世间！姚仁义的心已经负了不少的债，背不动了。算了，还是把暂时能迈动的步子，放在有意义的事情上吧。这个时候，最有意义的，就是能最后见一见二女儿丽丽和儿子亮亮。燕燕他见到了，生活和他想象的差不多，不是很如意，那套老旧的房子显得狭小逼仄，屋里的陈设简单而暗旧，自结婚后就没换过。他还不知道大女儿已经离婚多年，只看燕燕的暗淡模样，就能看出好多年没有男人关怀过。还好，燕燕身边有个欢欢，那孩子多懂事啊，跟他这个从未谋过面的外公都亲得不行，以后一定会懂得体谅他妈妈的。

　　姚仁义在这个熟悉而又陌生的城市街道踽踽独行着，无数往事的细节在他脑海中不停地穿插，令他一会儿百感交集热泪盈眶，一会儿又悲壮冷静。从知道病情确诊结果，仅仅数个小时，他已把自己的一生从头到尾走过了几遍，叫他心里微感不踏实的，是还能否见到丽丽和亮亮，燕燕会保守他到省城的秘密吗？他心里没底。他只奢望能悄悄地看上他们一眼，然后再悄无声息地回到属于他的地方，等候他人生的最后时段。思路每每过到这里，他便不由自主地把头埋在被子里，号啕大哭一通，方才缓解心头的痛楚。

　　留给他在人世间的时间不多了，却还没有把握能否不带遗憾地走完，姚仁义的心情更加急迫起来。在这种情况下，他还算没有昏头，平静下情绪后，他给老伴打电话报了平安，编了一堆瞎话，说自己的病纯粹是误诊，只是平常的肺炎，不过是慢性的，治起来还需些时日，医生叫他先住几天院，缓解缓解再说。还好这次带的钱也够，就在省城医院住几天，这里的条件好，病治起来快，然后再拿些药回去吃就好了。老伴要来省城陪他，他不让，又不是长住，也就几天，来来回回的多不方便，他一个人能照料好自己，他保证一出院就回家。老伴在那头也没坚持，只嘱他一定要配合治疗，不要舍不得钱，他都一一应下，挂断电话控制不住又流了一通泪。

跟老伴交代完，姚仁义一门心思等待儿子亮亮的出现。

等待儿子，不像等大女儿那么容易，当年他离开的时候，儿子还小，才上六年级，脖子上还挂着红领巾呢，现在也有二十七八岁了吧，是大男人了，他会变成什么模样呢？

天还没亮，姚仁义就躲在那幢旧楼前面的大柳树后面等上了。这棵柳树是他在这里生活时就有的，那时才两米多高，不过碗口粗细，如今长得桶一般粗，树身还被镂空了。看来岁月蚀刻的不仅仅是人，万事万物都耗不过岁月啊。姚仁义假装是过路的老头走累了倚在树上歇息，眼睛却瞟着老楼的出口，须臾不离，只要里面出来个跟亮亮年岁相仿的男人，他必紧盯着，看是否能从那张脸上看出些亮亮小时的痕迹。一直等到天黑透，下班的人都回家了，他也没看到儿子的身影。是不是儿子变化太大，他辨认不出来？还是儿子这阵子出差，根本就不在？或者——他浑身颤抖了一下，儿子不属于这个简陋的地方，重新置了房子，搬出去另住了？他不敢打问，那些年岁大些的人可能认出他，而年轻些的，谁关心楼里住的是什么人呢。他不敢打问的更重要原因，还是怕前妻知道信儿。他都不敢想，这么多年之后，他怎么面对前妻。

　　所以，他只能漫无目的地等，就算儿子不再住这里，他也是会回来的——他不能不来看他的妈妈吧。在几天的漫长等待中，姚仁义又动了心思，他想再去大女儿那里，打探一下丽丽和亮亮的情况。但他自己又否定了这个念头，燕燕心里其实还是恨他的，他看得出来，那天他突兀地出现，已经扰了大女儿的生活，他怎么还能去扰另外两个孩子的清静？还是等吧，他都离开了十六年，难道还没耐心等这么几天？功夫不会负有心人的。他一定可以看到儿子亮亮的。

八

　　自弟弟妹妹来过之后，姚燕燕便一直在惴惴之中，乱的不仅是心，还有生活。连欢欢都看出妈妈的魂不守舍了，这阵子，他竟然没跟妈妈较劲，即使早餐变成一个黑乎乎的荷包蛋，他也只是剔出里面的蛋黄就着牛奶吃下去，然后一抹嘴背着书包走了，而不再叫嚣用住校来胁迫妈妈，他以难得的沉默来保持他的隐忍——他认为自己这叫成熟。

　　姚燕燕的心乱，却不迟钝，对欢欢的宽和态度很惊讶，她忽然间有些感动，这几年欢欢的强硬和她的退缩，就像是两个国家，一个羽翼渐丰，日渐强悍，另一个日薄西山，萎靡不振。她是日薄西山的那个，最终会被日渐强悍的那个吞噬，而不是依靠或被依靠，这是她能看得到，却不知怎样去改变的悲哀结果。但是，父亲的出现却映射出欢欢对亲情的妥协，没错，当父亲把欢欢揽进怀里，他的眼神中没有了一贯的桀骜和抗拒，他是那样地依恋和温顺，这是姚燕燕近几年来没有领略过的。她发现，儿子其实也是寂寞的，像她一样寂寞。

姚仁义依然在老楼的前面等待儿子，他已经守候了三天，没有哪一张脸孔是属于他记忆中的儿子亮亮的。出入老楼的人中，也有叫他能认出的脸孔，但这些脸孔里，并没有他怕见到的前妻。

姚燕燕是在这天正午的时候，找到姚仁义的。

这天正午，阳光温暖得插一根枯枝到土里都能够发芽，姚仁义身上被太阳晒得热热乎乎，脑袋开始晕胀，早餐他只吃了个馒头，还不到中午，肚子饿得咕噜噜直叫唤。在不远处有家快餐店，但他生怕一走开便漏掉儿子的身影，硬是扛着饥饿守在楼前。其实，他稍微一想就能明白，这么大的城市，如此拥挤的交通，如今的上班族还有几人会为一顿午餐回家劳命奔波！姚仁义离开省城太久，久到他的记忆仍停留在十几年前，那时他们为省一顿饭钱，宁愿大中午蹬着自行车回家凑合一顿，也舍不得在外面花钱吃饭的。

姚燕燕站在父亲身后看了好久，他的背影是如此枯槁瘦小，小到她都忍不住怀疑，这十六年父亲跟那个女人真的过得好吗？为什么他的神色如此疲惫憔悴？那么多跟父亲差不多年纪的老人，哪个不是肥头大耳，挺个大肚腩？可眼前这个被她叫作父亲的老人，怎么瘦成了这样？姚燕燕以为自己的心是硬的，可她还是感觉心里疼了一下。看来，眼前这个老人，十六年来他过得并不轻松。

打算来找父亲之前，姚燕燕心里是很矛盾的，她撇不开这些年来压抑在心底对这个男人的怨恨，但因为这个人一直以来的无声无息，这份怨恨就像埋得太深的种子，得不到阳光、水分和养分的先天条件，它不能在现实生活中发芽。而当这个人出其不意地出现在她在面前时，她以为那颗怨恨的种子会破土而出，并迅速成长，开花结果。可是，没有！最初的疑惑和无措过后，她发现那颗种子依然沉寂在很深很深的底层，不肯发芽，或者就发不了芽。说到底，他是自己的父亲啊！无论他曾经做过什么，无论他现在为什么而来，都抹杀不了他是他们父亲这个事实。他对他们是有愧意的，不然，又岂会偷偷摸摸地跟踪她，又怎么会守在这幢老楼前？还不是亲情所致！

也许是定神的时间太长，姚仁义一阵眩晕，他摇晃了几下，胸腔忽然没来由地又疼又痒，他剧烈地咳喘着，像高原反应一般，引得一个经过他身旁的人，像被人抽了一鞭子，瞅他一眼猛地跳开跑走了。

见此情景，姚燕燕的心紧了一下，要冲上前去，跑了两步，又退了回来。姚仁义的咳已停歇，眼神落在不远处从老楼洞里出来的一个男人身上，那男人要捡钱似的一直低着头，姚仁义的头也跟着往下偏，直到那个男人拐过楼角，只剩下一个背影。姚仁义才叹口气，失望地一步一步往后退，一屁股坐到路基上，时不时地还咳两声，眼睛却盯着前面的老楼。

姚燕燕明白父亲在等谁，他只记得亮亮小时候的模样，就算现在的亮亮站在他面前，他怎么认得出来？十六年啊，变化太大了。姚燕燕忍不住了，上前匆忙打断他："别等了，你这样根本等不到亮亮。"

姚仁义被突然出现的大女儿吓了一跳，他眯起眼看着女儿，以为眼睛被太阳晃花了，他晃晃脑袋，再抬起头。是大女儿站在他面前，褪掉悲悯的脸上一派清冷，好像刚刚卷过一阵秋风，带走了她面部所有的表情。

姚仁义不敢再看大女儿的眼睛，他慌忙低下头，不知该如何回答，手在衣服上搓着，过了好久，才期期艾艾地说道："我、我、我——你怎么来了？"边说边拿眼光往旁边瞅，生怕此时有熟人经过。

姚燕燕没理会父亲的话，她只知道他的等待是徒劳的。亮亮神出鬼没，以他这样的盲目等待，怎么可能见到亮亮？可是，她却不能跟父亲这样说，从那天丽丽和亮亮来她家之后，她也想知道父亲住在哪里，她甚至在上午买菜的时候留意过四周——尽管她知道父亲不可能再跟踪她，但他来省城，总不能倏忽出现，又迅疾消失吧？父亲能去找她，会不会也以同样的方式去找丽丽和亮亮呢？姚燕燕的大脑以从未有过的速度转动着，很快，她就想到父亲可能会去亮亮住的老楼跟前蹲守，他在那里生活了几十年，除了知道她的家，他能去的也只有老楼了。果然，她在老楼这儿找着了父亲。看到父亲的样子，姚燕燕心里五味杂陈，找到他，难道仅仅是问一声他住在哪儿？犹豫了好长时间，姚燕燕瞧着父亲，还是轻声说道："我是专门来找你的，想给你说，别在这儿等了，你还是——回去吧。"

姚仁义被女儿的话击中了，他伤心地摇摇头，老泪纵横："我不会惊动他们的，我就想看他们一眼。燕燕，你别赶我走，我这次来，只是为见你们姐弟一面……"

"那你就直接去找好了，站在这里等，能等到谁啊？丽丽根本就不住这里，亮亮——你以为亮亮还是十来岁的孩子呀？"

"我……"姚仁义抹把泪，欲言又止。

"你是怕见到我妈，不敢面对她吧！当年你抛弃她跟别的女人走，让她在所有人面前颜面尽失，叫她一人在黑夜里偷偷哭泣，但她咬着牙硬撑起了这个家，从不在我们面前埋怨你一句……"说到这里，姚燕燕哽咽着说不下去了。

姚仁义静在那里，不敢动，也不敢说话。

姚燕燕擦净眼泪，平静地望着父亲说："你不用担心，我妈已经去世了。去年冬天走的，快一周年啦。"

姚仁义"啊"地惊叫了一声，这是他没想到的，前妻居然会走在他的前面，他以为自己这一病，若是前妻知道，势必要说声"报应"的，可她连说这两个字的机会都没有了。她怎么走得那么早呢？

姚仁义全身颤抖起来，眼泪止不住又涌出来。人与人间，有什么恩怨能敌得住生死？前妻都走了，他还有什么不能释怀？唯一做不到的，就是在她的有生之年，他没能对她说一声

"对不起"。

可一声"对不起"，又能挽得住什么？

"丽丽结婚了，嫁的丈夫家庭条件很不错，她快生孩子了，可还跟以前一样，她做什么事都有自己的主见，还那么风风火火；亮亮呢，也很成熟了，工作得挺好，他媳妇是他大学同学，长得也漂亮，两个人生活得很好，就是结婚好几年还没要孩子。"或许姚燕燕见不得姚仁义哭，怕引来看热闹的人，她自己也没弄明白，就轻言细语地把弟妹的情况说出来了。父亲曲里拐弯找他们姐弟，不就是想知道他们的情况吗！

姚仁义果然不哭了，能听到大女儿跟自己说另外两个孩子的情况，他已经很满足了。

"你看，他们生活得都不错，你也可以放心了，至于见不见他们，我看还是不见的好。十几年没见，真要见了面，不一定会怎么样呢。你……还是回去吧。要不，你去省城别处再转转……"

本来是看到前方有一片灯火的，只要沿着这片灯火走下去，他一定会走到光明里，可忽然之间，灯火尽灭，姚仁义又重新跌回到黑暗里。他又眼泪巴巴地望着姚燕燕，抽泣道："是不是亮亮和丽丽知道我来啦？让你来告诉我，他们不想见我，也不原谅我？"

"我不知道，他们的想法我怎么会知道！"

"那你呢？"姚仁义迟疑了一下，还是说出了那句一直想说出的话，"你是不是在心里一直恨着我？"

姚燕燕张张嘴，没有回答。她本来想说，她不恨他，如果要恨他，又怎么会来找他？但她说不出口，这种时候说这种话显得太矫情。她不是矫情的人。

见大女儿不说话，姚仁义的心抽搐成一团，眼里又蓄了一层泪水，他有些不好意思地抹把泪，低下头说："我——叫你为难了。我不怪你们恨我，也不求你们的原谅，这次——我是一个人来的，我就看看你们，再回去。你不用管我，忙你的去吧，这幢老楼还在，这几天，我感觉像回到了以前，那时你们跟我多亲热，亮亮挂在我的脖子上，丽丽搂着我的胳膊。现在，我老了。老了，还有什么奢望呢？就是想看看你们。我见着你了，就算了一桩心事，至于丽丽和亮亮，不管他们怎么看我，我也得看他们一眼，也就——也就知足了……"

九

天气忽然之间变了，起了寒风，还绿绿的树叶耐不住寒冷，"唰唰"往下掉落。秋天总是叫人摸不透，有时候，才入秋就有了冬天的寒意。似乎秋天只是个说法，冬天才是主角似的。

姚燕燕拨打弟弟电话的时候，窗外的树叶正起劲儿地飘落，风一阵紧似一阵，像鬼哭似的。在难听的风声里，姚燕燕眼前总是那个穿得不很厚实的单薄身影，她担心这个时候他还在风里站着，他那么瘦弱，免不了让人产生会跟着树叶随了风翻卷而去的想法。

姚亮亮的电话始终没人接，姚燕燕恼怒了，一个破秘书，还真成了人物，忙得连电话都顾不得接。自那天和丽丽来过，两人之后都没给她联系，父亲在他们眼里早已不再具有特殊的意义，仅仅是一个代词而已。而这个代词，如果不出现，便在他们的心里彻底消亡了。

倒是林琳，破天荒地给姚燕燕来了个电话，绕了好大一个弯子，才装着不经意地问了一句："大姐，听说爸爸回来了？"

"爸爸。"林琳叫得自自然然，全然不似他们姐弟，"爸爸"就同脚底下不小心踩着的一块口香糖，就算是软的，能够踩得平实，也硌脚啊。

"嗯。"短暂的沉默之后，姚燕燕还是轻轻地应了一声。这个弟媳不是省油的灯，脑子转得太快，她十个姚燕燕也供不起这尊菩萨，做到不惹她好了。

但不惹不行，人家要招惹你。

林琳说："大姐，爸爸这么多年没回来，一回来不奔家里来，倒寻到你家去了，你看，他还是跟你亲哪。我听亮亮说过，当年你可是最听爸爸话的了，就连婚姻大事都是他做的主。瞧，现在他心里还是只有你啊！"

姚燕燕没弄明白，父亲在弟弟家外面蹲守了三四天，仅仅为见亮亮一面，怎么倒成了他心里只有她啦？她一时语塞，竟然不知说什么好。

见她不说话，林琳又说道："大姐，按说我这个做媳妇的应该去见见咱爸，可我连他住哪儿都不知道。你告诉我，他住哪家宾馆，我去看看他吧。"

这下，姚燕燕才算弄明白了弟媳的用意，人家是当父亲荣归故里，怕她独享了那份荣耀之后的主要内容呢。想到那个佝偻的背影，她心里一酸，一字一顿地说道："林琳啊，你和亮亮去你们那幢楼前的柳树旁边，那里蹲着一个老头，你去，喊他一声爸爸，就找到他了！"说完，姚燕燕竟然哭出了声。

"爸爸！"她在心里喊了一声，决然地挂断了弟媳的电话，连声再见都没有说。

待心头平息下来，姚燕燕忍不住又拨妹妹的电话。过了很久，丽丽才接听了，慵懒的声音一听就是被电话吵醒的，第一句话就埋怨道："姐啊，你真不让人消停，这个时候打什么电话呀，人家睡个午觉都叫你给吵醒了。"

姚燕燕被妹妹的话居然逗笑了："这才几点呀，就午睡？是不是再过一会儿，就得吃晚饭了。"

丽丽问她有什么事。

"嗯，"姚燕燕脑子突然一闪，不想说了，变了话题，"今天不是欢欢的生日吗，想叫你和亮亮晚上过来吃顿饭。欢欢也惦记着你哪。我刚打了亮亮的电话，老没人接，一会儿你给他发个短信吧。"

姚丽丽疑惑道："欢欢的生日还没到吧？"

姚燕燕叹道："农历是没到，可今年欢欢嚷嚷着要过阳历生日了。现在的孩子，不依不行啊。"

"这小子，等我去了好好教训教训他。姐，晚上我要说他，你可别心疼护着啊，他要再叫您惯下去，可就没人形了。"

"行了行了，我不护就是，反正他打小就跟你特亲，比我这个妈还亲，你怎么说他，他也不跟你较劲。"

姚丽丽得意了："那还用说，我还搞不定一个小屁孩？"

两人又黏糊了几句，姚丽丽要挂电话，说还要继续睡午觉呢。姚燕燕忽然脱口而出："丽丽，你去老楼咱家那儿走走吧。"

姚丽丽像听到笑话似的大笑起来，笑完了才说："姐，我看你真是叫欢欢搞晕了，我这样子去老楼干吗，展览哪？"

姚燕燕轻叹口气，没再多话，轻轻地挂了电话。

既然叫弟弟妹妹们过来，就得准备一下。姚燕燕把屋子认真地收拾了一下，使屋里不显得那么凌乱。上次父亲是晚上来的，突兀得很，大概也从屋里的不规整看出她生活不甚如意吧。人靠衣装马靠鞍，其实家也是一样的，姚燕燕很舒坦地望着整洁起来的家，心情一下子明亮了不少。把家整理利索，该出门购买东西了，刚出来要锁门，又忽然想起什么，推开门到欢欢屋里，拉开书桌最下面的抽屉，取出一本影集，她匆匆翻了翻，从影集里抽出一张照片，那是她家的全家福，母亲和他们姐弟仨，是亮亮结婚前照的。那时母亲的身体还好，脸上有笑模样，只是看上去很老，头发有一大半是白的。照片上丽丽和亮亮笑得十分开心，都在谈婚论嫁呢。

她从欢欢一个旧作业本上撕了张纸，把照片包起来揣进口袋。

下楼来，正好一股秋风裹挟着几片落叶冲过来，姚燕燕背身躲过这阵风。风中尘土味很浓。一片枯叶被风卷起挂在了她的头发上，沉沉地向下坠着，她用手一拨，叶子落在地上，一会儿，随了风又向前翻滚。

不知不觉间，姚燕燕来到了老家的旧楼前，姚燕燕却没看到父亲的身影，那里只剩落光叶子的空心柳树，还有树下依旧翠绿的冬青树。她拿目光四处寻找，想着父亲会不会在哪个避风的地方猫着。老楼的旁边，只有一两个路过的行人低了头逆风前行。倒是与老楼遥遥相对的新楼的旋转门，依旧很卖力地转着，时不时吞进去或吐出来几个人，那些人，没有人会朝老楼方向瞅上一眼，就像那个时尚的、气派的大楼，只会气定神闲地睥睨着灰暗、破败的老楼。

还是有人从新楼那边折过来，缓缓地向姚燕燕走来，鼓突的肚子像篮球似的，随着身形的移动蹦跳着过去。姚燕燕揉揉眼睛，那个身影太模糊，她看不清楚。

姚燕燕站在风中，任风胡乱吹着，把凉寒吹进身体，也吹进了她的心里。

谁能让牡丹开成玫瑰

一

高中毕业那年，我刚放松紧绷的弦，准备心情愉快地踏进大学校门时，母亲思索着，仿佛在用镊子挑拣合适的词语，然后掷地有声地抛到我面前：大学生活你可以喘口气放松紧绷的神经啦，今后什么事都由你自己做主，我不再干涉你。只是，有一点我得申明一下，交什么样的男朋友随你的便，但绝对不能和一个老家在农村的男人结婚！

并不是母亲对农村人有偏见，而是父亲的农村老家把她折腾怕了。其实，只要追溯到上一代，母亲也是农民的后代，我姥姥就出生在农村，后来考取大学才离开那个江南水乡的。我母亲小时候还在那个江南农村生活过五六年，那时因姥姥生下舅舅后，实在没法照顾两个孩子，就把母亲送回了江南老家。后来，要不是农村教育实在太差，母亲恐怕就被姥姥留在那里上学了。但那时的母亲已经习惯农村生活，而且有了深厚的感情，离开时，还舍不得呢，哭得撕心裂肺，差点把姥姥的心哭软，继续把她留在乡下呢。所以说，母亲并非对农村人心存芥蒂，她之所以这么告诫我，是源于父亲。说白了，就是我父亲西北老家的那帮人对母亲的伤害太多，如果不是伤得至深，以母亲的为人，还有她知书达理的教师身份，不至于把与农村的联姻看成毒蛇猛兽。

我也领教过父亲老家那些人给我家添的烦乱，那可不是一时半会儿能理清的，而且越理，乱得越厉害。我当然不愿步母亲的后尘。为此，我四年大学生活比上高中时还要紧张，大脑里的弦时刻都紧绷着，就差筑一道墙，把自己圈在里面了。因为能上我们这个名牌大学的男同学，包括男教师，甚至职工，基本都来自农村，好像城里人都学习不好考不上似的。所以，我得时刻保持高度警惕，提防与他们接触，免得自己不小心被风沙迷了眼，扑入乱树丛中，再日久生情，辜负了母亲。

还好，我没让母亲失望，直到大学快毕业，我还是个没人敢接近的老姑娘。眼看我那些女同学一个个名花有主，唯有我形单影只，孤零零的。这下，母亲又急眼了，催我赶紧找男朋友，再拖下去，就是别人挑剩下的，不是歪瓜也是裂枣。找男朋友又不是去集市买菜，什么时候想去都会有你心仪的菜候着。

所以对母亲的催促，我也当不得真，一笑而过。

这下，父亲像获得某种资格似的，朝母亲把眼白翻了又翻，算是表达了他的不满，但他没说一句不满的话。

印象中，父亲的话本来就少，到非说不可时，他也只说几个简短的字词，即使心里对母亲有不满情绪，他也只是绷紧脸一个人生闷气，不愿说出来。父亲早就看透了，说了也没用，母亲怎会把他的意见当回事，弄不好还要怀疑他搞什么阴谋诡计呢，倒不如不说，免得生一肚子闲气。

其实，母亲一点都不厉害，穿着打扮也很女性化，是个知识女性的做派，说话做事全在为人妻为人母的条条框框之内。父亲也很像个男人，高高大大的身材，方方正正的脸盘，除过脸蛋上隐隐还有两坨西北特色的"红云"外，配一双浓眉大眼，像个没有打磨过的岩石，棱角分明，有一股粗粝劲儿，年轻时肯定帅呆酷毙了。要不，母亲怎么会看上他呢？只是，眼下父亲的头发像赶时髦似的，又长又密，一片花白，加上父亲的身材没啥变化，从他的后面看，倒像那种为耍酷而专门把头发挑染成花白的愤青。

相对，母亲有江南人种的遗传基因，个头要小一些，比父亲矮半个头还要多那么一点点。可父亲在母亲面前却像个做错事的孩子，脸上永远是受了委屈的弱者表情，与他的高大身材一点都不相称。说白了，这都是他农村老家那帮人给闹的。父亲是英雄气短啊！况且，父亲也不是英雄。他只空有一个英雄的体形。起码，在母亲眼里，父亲永远不可能是英雄。

母亲与父亲对上眼那阵，父亲还在部队工作，挺括的一身军装很是衬托他的男人气概，父亲越发显得英气逼人。母亲打心眼儿里喜欢父亲的阳刚帅气，她根本听不进姥爷姥姥的劝告，什么外表总是缥缈的东西，一旦生活起来，那是可以拿来当饭吃，还是能做衣穿？又说西北人不注重细节，生活粗糙，像脸蛋上的两坨红似的，南北生活习性不同，在一起别扭。还有，西北男人的大男子主义太重，女人结婚了就成了他随手用的工具，想咋着便咋着，你一个大学毕业就进入中学教书的知识女性，什么样的男人找不着啊！再说了，这个当兵的老家在农村，西北农村那是个什么情况，电视里早就见识过，穷得叮当响，你们今后的生活一点保障都没有。云云。都说恋爱中的女人是最傻的，姥爷姥姥苦口婆心的话，母亲一概听不进去，她认准了父亲这个人，至于其他，都被她屏蔽掉了。一个心里占满了爱的女人，她怎么可能想到日后生活里的琐琐碎碎？

当然，迷惑于父亲外表的阳刚，只是一个方面，母亲还不至于肤浅到像姥爷说的那样只在意父亲的外表。更重要的，是母亲觉得父亲人品好，言语不多，看上去粗犷，却聪慧，有内涵。这样的男人错过了实在可惜。那时，正赶上母亲单位分旧房，母亲借这个机会，冒着与家人闹翻的危险，毅然与父亲领了结婚证，搬出家，在单位新分的旧房里安下了自己的小家。那时，母亲大学毕业刚工作才半年。

果然，父亲不负她望，是个内秀的人，还充分发挥西北农村人吃苦耐劳的优势，从领上结婚证第一天起，包揽了所有家务活儿，做饭洗衣，他绝不让母亲插手，一个人干得有声有色。最初，姥爷姥姥还担心母亲和父亲有南北饮食的差异，结果，他们最担心的却成了最不必担心的。父亲刚当兵时因眼神不济，打枪总打不到靶上，剃光头是经常的事，于是新兵连一结束就被分到炊事班做饭。好在父亲是个有心人，没有因此而闹情绪，为弥补打枪脱靶的不足，他立志把饭做好，即使做饭也要做出个名堂。他买来不少做饭炒菜的书籍，刻苦钻研，能把一个普通的菜做出不普通的味道来，且花样翻新，连队的伙食因此备受战友们的称赞。一年后，父亲在部队的厨艺大赛中一举夺冠，被机关抽调去专门给领导做饭。因勤快能干，父亲还立了功，提了干。后来，部队换防到了北京，有次给大学生军训时与母亲相识，直到结婚，一直都很平凡，没有可歌可泣的内容。结婚后不久，父亲在新驻地人生地不熟，很快被确定为转业对象，离开了部队，到城建局当了一名内勤。脱离部队后，父亲从此不再值班，也不用早出晚归，闲来无事，便又买了几本食谱研究起来，专心伺候母亲。以父亲的习惯，其实每顿饭一碟小菜（甚至连小菜都可以省了），两个馒头就可以打发掉，但母亲是南方人，南方人在饮食上比北方人矫情得多，每顿饭一盘炒菜是要的，一碗汤也是必需的。父亲尊重母亲的习惯，从不说三道四，就是下个挂面，炒个剩米饭，也要烧几样小菜，打个蛋花青菜汤，不急不躁显得特有耐心。而且，为照顾母亲的口味，父亲总是把菜烧得很清淡，其实他自己口味重，拿个小碟拨出一点菜，再撒点盐或加点醋。母亲虽说从小在江南长大，对吃有那么多讲究，但回到姥姥身边后，姥姥工作忙，对吃一点都不精通，平时的饭菜，再好的料也只会该炖的炖，该烧的烧。母亲享受不到那种精细的饭菜，慢慢地也不再挑剔，姥姥做啥她吃啥。这下好了，嫁个细致能干的男人，除了不会生孩子，没他不会干的，且对她的那份好，连瞎子都能看出来。母亲的幸福就像一朵盛开的花，鲜艳欲滴地绽放在脸上，走到哪里，那香甜的味道就散发到哪里。

持反对态度的姥爷姥姥眼见为实，这个西北男人不是他们想象的那么粗粝、强悍，他不但没大男子主义，还平和细腻，懂得心疼人，就默默地接纳了这个农村出身的女婿。于是，姥爷姥姥提出，不能这样悄没声息，就算你们领了证，有了法律允许，可旁人到底不甚清楚，怎么说都有点不明不白偷偷摸摸的意思，邻居们问起来，他们有点理不直气不壮，得办场像样的婚礼。

父亲母亲毫不含糊，满口答应，婚姻是一大高峰，婚礼是这座高峰上耀眼闪亮的明灯，有了这盏灯，就意味着你新的人生有了辉煌的开始。谁不期望自己的婚姻辉煌呢，尤其是像母亲与父亲那样历经阻挠才结合在一起的。可是，在办婚礼的具体问题上，双方家庭出现了重大分歧。结婚是人生大事，理应双方父母都到场。按姥爷的意思，我父亲母亲的单位都在北京，在北京办一场就行了。父亲遵照姥爷的意见，写信叫他父母来北京参加婚礼。我爷爷收到信倒没说什么，与他的一帮儿子商量，没想到，大儿子也就是我的大伯把信没看完，就气愤地扔到地上，骂我父亲不孝，结婚这么大的事，不征求自己父母的意见，不回自己家办婚礼，却听女方摆布，还要他们去女方家吃酒席，这算什么，入赘上门？还是齐家穷得办不起婚礼？

齐家可是个大户人家。

在这件事上，姥爷姥姥本不做让步的，不在这面办个婚礼，在亲戚邻居那儿说不过去，如果齐家觉得只在北京办一场不像样，那就先在北京办，完后再回西北老家办一次好了。父亲也倾向于这个方案，可爷爷坚决不同意，既然两面都办，那就得先在男方家办，他们可不想叫人说闲话，父亲可以不在老家做人，他们还要做呢，脸皮不能叫自己家人扯下来扔在地上叫人踩。双方为谁先办扯来扯去，把父亲和母亲夹在中间左右不是。那时，母亲已怀了两个多月身孕，眼看着都显怀了，再拖下去就不是办婚礼，而是给孩子办满月了。虽然他们领了证，法律允许，可面子上不好看。最后，还是姥爷有气度，想想为办个婚礼的先后争来争去实在没啥意思，农村的规矩多，他们想先办就叫他们办呗，难不成他们先办了我们就做不成岳父岳母啦？就给姥姥做工作，亲家说得也不无道理，人家是娶妻，你是嫁女，不先在男方家办婚礼也说不过去。女儿都给人家了，还在乎谁先谁后，赶紧打住吧，再不打住拖下去，真得给外孙筹备满月了。

姥姥不如姥爷想得通，她把这场争执看成一场战争，轻易让出战场，姥姥当然不情愿。但在姥爷的软磨之下，姥姥骂了句，便宜了他们。也就同意了。

要是姥姥坚持着不同意，母亲不随父亲回老家先办婚礼，就不会有后来的事了。

　　母亲说，她这辈子痛苦的起源，就是从婚礼开始的。这话听着很刺耳，可事实就是如此。

　　那是个阴寒的初冬，北京还没供暖气呢，可习惯了冬天有暖气的母亲，只得穿上厚实的棉衣、毛裤，挺着近三个月的身孕，臃肿地随父亲去西北那个小山村结婚了。

　　西北的冬天是粗粝苍茫的，光秃秃的田野，光秃秃的树，还有光秃秃的黄土高坡。幸好那年雪下得早，一场大雪把裸露的田野、高坡，还有贫穷，掩了个严严实实。母亲看到的是一片洁白干净而且安宁的世界，雪后的空气中透迤着一股清凉甜腻的味道，她深深地吸了口气，那与北京空气截然不同的纯净气息一下子进入她的肺腔，将她腔子里的浊气冲淡了。母亲的心情还是不错的，下火车坐汽车，下了汽车，还得爬坡上原，一路走，一路看，满山遍野的雪，像一个极其单纯的世界，毫无城府地包容了母亲。走了十几里山坡路，被雪覆盖的坡路翻起的泥泞在母亲的鞋底沾成厚厚的一坨，母亲拖着这样的重负，居然没一点儿抱怨，她找着了小时候在江南雨季里和很多小朋友踩着木屐的感觉，心里竟然涌起一份感动。尽管还未谋面，父亲的小山村已经很温暖地落进母亲的心。

　　父亲的老家在一个叫西街的地方。到了那儿才知道，西北的一些地名是很奇怪的，西街不但没有街，而且还是个掩映在秃山峁梁之中的小村庄，连条像样的大路都没有，相当偏僻。

父亲老家是黄墙黑瓦的土房屋，被大雪覆盖着，像一幅充满了诗情画意的油画。母亲还没来得及赞叹，就看到家门口一字排开长相酷似父亲的五个红脸蛋男人，他们全用陌生的目光望着她。这下，母亲慌了神。不慌神才怪呢，五个男人十只眼睛盯着一个瘦弱的女人，而那些目光里，并非全是温和与接纳，再有定力的女人也会受不了，何况母亲。

站在中间那个白发白须者肯定是爷爷了，他的四个儿子像四大金刚，一边站两个，爷爷像坐山雕似的被他们拥在中间，威风凛凛，气宇轩昂。母亲第一次见到这么庞大的阵势，非常惊奇，不知该说些什么，望望这个，又望望那个。最后，她把目光定在父亲的脸上。

父亲当然明白母亲的眼神，他上前介绍了自己的父亲，突然间结巴起来，在几个男人的眼神里，声音越来越小，说到后面几乎没音了。

爷爷对三儿子显然不满，一把拨开他，对我母亲说，老三家的，这四个全是我的儿子。我共有五个儿子！

母亲的脑子嗡的一声，像飞进一群蜜蜂，一下子全乱了。她侧头望着父亲。父亲似乎对地上的雪有了浓厚兴趣，眼神在雪地上飞来跑去，好像上面有只兔子，正扯动着他的目光呢。

父亲与母亲刚认识时，有次问到老家情况，父亲告诉母亲，他家就弟兄两个，他是老小。后来，父亲像无意却又像有意地对母亲说过，他兄弟三个，他依然是老小。母亲当时没往心里去，不管是两个，还是三个，又不要她养活，关她什么事！

可问题没那么简单。

按爷爷的介绍，母亲硬撑着对那四个伯伯或者叔叔们一一点头问过好。可是，他们没一个回应的，连头都不点一下，母亲当时很觉难堪。后来，母亲才知道，西北农村人不习惯见面就问"您好"，他们习惯问"吃了吗"或者"做啥去"，他们对母亲的北京问候语"您好"，觉得有点高高在上的意思。"您好"还尊称呢，听上去很假，还不如用不带心的"你"呢，好歹能拉近城市与农村的距离，让人心理平衡一点。

就是说，从见面的那一刻起，已注定母亲是没法融入齐家的。以现在的眼光看，先不说父亲两个、三个或者五个兄弟，仅是因为她来自北京，说一口让爷爷和我的四个伯伯叔叔们没有亲切感的普通话，装模作样地问一句"您好"，就够大家对她保持戒备心了。但母亲是齐家的媳妇，进了齐家的门，就得遵守齐家的规矩。

齐家规矩，女人不能上饭桌吃饭。母亲当然不知道这个规矩，父亲也不好告诉母亲他们家还有这样的规矩。母亲进门的第一顿饭就闹得很不愉快。本来，在厨房摆放饭桌，母亲就觉得别扭，况且锅里还在煮猪食，猪食的馊腐味已使母亲有点反胃，灶洞里烧着玉米秸秆，可能是雪泅湿了，燃得迟迟疑疑，白烟散步似的，排着队从灶洞里溜出来，慢慢地散开，不显宽敞的厨房弥漫着呛人的烟雾，一家人在这烟雾里，影影绰绰，很像神怪电影里的场景。母亲犹豫了半天，还是硬着头皮进了厨房。有身孕的女人肚子饿得快，走了半天路，母亲早饿了，再说她是新媳妇，从遥远的北京来，她不能第一次进门就嫌弃婆家吃饭的环境吧。母亲的想法其实就跟覆盖在原上的那片雪一样单纯。母亲见公公在饭桌前坐下，就没顾得上礼让，饥饿与疲惫蚀垮了她的礼仪之心，一屁股坐到了公公对面。坐下来，才觉得自己唐突了些，因为桌上只有她和爷爷坐下来，其他人都在边上站着。母亲不好意思又站起来，眼睛在几个碗碟上扫了一下，装着对那些叫不上名字的菜看很好奇，指着问身后的父亲。

父亲没有回答母亲，他轻轻扯了扯母亲的衣服，想给母亲提示一下，或者干脆把她扯到一边。

母亲对父亲的一言不发有些不快，原本期望父亲借机跟她说几句话，以化解她在一群陌生人面前唐突的尴尬，不想父亲的行为就像探照灯似的，使她的尴尬越发清晰。母亲转过头，一把拨开父亲的手，高声道，干吗呀？快看我猜得对不对，这个像年糕又不是年糕的，是不是糍粑？

西北哪里会有糍粑？明摆着是杂合面发糕，和北京的不太一样，母亲显然没认出来，可能是在北京生活久了，忘记糍粑是南方的小吃了。不知出于什么原因，父亲不说是也不说不是。母亲纳闷间回头一看，见大家都站在那儿静静地看着她，好像她是一出舞台上的戏，正演得精彩纷呈，大家看得入了迷。母亲闹不明白原因，一脸茫然，干脆又坐下了。

厨房里的沉默，像一面正缓慢倒塌的墙，母亲感觉到越来越逼近的沉闷和倾轧，她心里忽然有了那种被人遗弃在荒郊野地，没有出路的恐慌感。

这下，爷爷这个当家人倒没说什么，大伯却忍不住了，用浓浓的西北口音对母亲说道，老三家的，你坐错地方了，那不是你的位置！

这句话母亲听得不是太懂，她望着大伯，一脸困惑，她坐的不是主座呀，这不是她的座，哪个又该是她的座？她没动身，等着大伯继续往下说。

大伯见母亲依然坐在桌前不动，更不高兴，扭头对他的弟弟说道，老三，你把规矩给你家里的说说，叫她到一边吃去！

可能是跟自己的兄弟说话不用客气，再加上心里有气，大伯最后一句话说得有点狠，而且不屑，好像母亲是一样遭人厌恶的东西，要父亲赶紧拿开。

这句话母亲完全听懂了，原来的一点不安一扫而光，心头的火噌地蹿起来，心想她大老远从北京来，难道就是为受这样的气？鬼才愿意坐在厨房又是猪食味又是烟熏的地方吃饭受这个罪呢。她呼地站起来，却又坐下了。那一刻，她是想跟大伯理论几句的，想想自己新媳妇的身份，咬咬牙，忍了。

爷爷终于发话了，他说别讲究啦，老三家的从北京来，是京城人，又不是咱这疙瘩人，就坐在桌边吃吧。

大伯显然不满爷爷的话，碍于爷爷，他没再坚持，却端起一碗饭，抓起筷子往碗里拨了不少肉菜，像给母亲示威似的，转身去门外边，蹲在地上大吃起来。

明摆着是给母亲撒气。

其实，大伯、二伯都已结婚成家，搬出老屋另立门户了，这次是父亲母亲回来，都凑过来团聚的。就是说，父亲的大哥已经不是这个屋里的主人，母亲凭什么要受他的气？何况她还是第一次上门，对她不说客气，连起码的尊重都没有。母亲再也忍不住了，"噌"地站起来，冲父亲吼道，你们齐家这么多规矩，干脆连饭也不要给我吃好了。

　　说完，母亲转身就走，根本不理会父亲，还有爷爷、伯伯、叔叔们的表情。父亲碍于面子和规矩，眼睁睁地看着母亲冲出厨房，一个字都没说。那顿饭最后是怎么进行下去的，母亲不知道，她也不问父亲。她只说自己转过身眼泪就喷涌而出。

　　因为没确定哪间屋子是给她备的，母亲冲出厨房，却没处可去，只好把抽泣声捂在嘴里，冲到屋后的杨树林，抱着一棵光秃秃的树，又哭又吐起来，连胆汁都快吐出来了。

　　脚下的白雪地像得了皮肤病，黄一道白一道的。母亲望着那块被自己吐脏的雪地，像是看到了人生密码，她的心里慢慢地归于了平静，靠着树，她无助地凝望着远方。远方是苍茫的，雪白的，她想象不到那苍茫的背后、雪白的后面是怎样的一个世界，就像她不曾想到的这番遭遇。

　　正午的西街依然羞涩地披裹着雪的外衣，是那样地安静，安静得连风都无声无息。母亲在寒冷空气中，在等待的过程里，内心也慢慢地变成了一片雪地，空洞起来。

　　最后，还是一直在灶间忙活的婆婆寻了一件厚实外衣，端着一碗盖着菜的饭，悄悄来到母亲身后，把衣服裹到母亲身上，把饭碗硬塞进她手里，陪着母亲默默地流了一通泪，又说了很多安慰的话。尽管母亲没听懂几句，但她知道婆婆是在安慰自己。尽管手里的饭已经凉了，母亲冰凉的心里还是慢慢地有了一丝温热。

母亲在心里怪父亲，婆婆看出来了，她对母亲说，在西街，一个大男人是不能给自己媳妇端饭的，别人知道了，会笑话的，会看不起他的。

父亲夹在规矩与母亲之间，其实比母亲更难受。在森严的家规面前，母亲咽下了所有的不快，只能像姥爷姥姥一样宽和与包容，如果她不做出让步，父亲怎么办呢？

母亲是个刀子嘴豆腐心，要不，这么多年父亲老家的人给我们家添了多少麻烦，母亲都没硬下心拒绝过，只是背着那些人，说些父亲的不是。父亲又何曾不知道母亲心里的隐忍和委屈呢，所以，每当这时，父亲总是不说一句话，用沉默一次又一次地避开与母亲的正面冲突。

还是说母亲第一次回西街老家那次，到了半下午时，又有一个尖锐的问题摆到母亲面前。西北的冬天气候寒冷，农村都得烧炕，要不冷得没法入睡。烧炕是女人们的事。奶奶叫上母亲去院子外面抱柴草，母亲虽然不明就里，但还是跟着抱回一些玉米秆，奶奶指导了一番忙自己的去了，留下母亲一根一根地往炕洞里塞玉米秆，她从来没见过烧炕，以为和小时候在她姥姥家做饭时烧柴火一样，只要点着火不停往灶洞里塞柴就成了，当时还想要是有烧好的炭就省事多了。她带着好玩的心态把玉米秆码得整整齐齐，点火烧了起来。谁知，这炕不是那么好烧的，先是点不着火，费好大劲儿点着了，烟却从炕洞冲出来，呛得母亲眼泪鼻涕直流，咳得连气都喘不过来，她便回屋来唤父亲。父亲再不能看着不管了，跟着母亲过来，却被奶奶看到了，冲过来拦住父亲，把他遣回了屋。一个大男人怎么能给媳妇烧炕呢，何况还是在外工作的男人。奶奶四下看看，见没人在场，赶紧操起扇子，帮母亲烧炕。但是，奶奶的举动还是叫其他儿媳妇看到了，不一会儿，我的那些婶子们聚了一堆，冷嘲热讽地说了一大堆奶奶的不是。婆婆凭什么给三媳妇一人烧炕？就因为她是城里人，北京人？想不到做婆婆的也这么势利，再怎么说，老三家的也只是齐家的媳妇，要烧，婆婆就得把几个媳妇的炕一起烧了，同样都是媳妇，怎么就不能把一碗水端平？奶奶含泪把扇子交到母亲手中，抹着眼窝默默地走了。最后，还是父亲在婶子们的嘲笑声中，把炕烧热了。

在西街的第一顿饭，成了母亲心口上的一块巨石，堵得她无法呼吸。一连几天，母亲都不愿去厨房吃饭，即使大伯不过来吃了，母亲也不去厨房。每到吃饭时，不是奶奶就是父亲把饭端过来，母亲钻在屋子里吃上几口。不是母亲没胃口，而是那种饭食实在难以下咽，早晨千篇一律是玉米面糊糊，菜只有一个生拌萝卜丝，还放了不少辣椒，母亲吃不了辣；中午要稍微好一些，一般都是面条，本来是又酸又辣的汤，奶奶会单独给母亲调些不酸辣的；晚上依然是玉米面糊糊，没什么菜，但会有饼子或馒头，母亲会勉强吃上几口。不吃肚子饿，怀孕的人，晚上睡不着，连个说话的人都没有。父亲是指望不上的，他好像有许多忌讳，对母亲说话都用老家话，说普通话老家人会笑话他，更别说当着老家人的面照顾母亲了。那几天，母亲就像坐监狱，说不清的憋屈。但又有谁知道她的憋屈呢，她在伯伯叔叔和各位婶子们眼里，成了摆谱的人，这使她在父亲家除婆婆外再无人关心，成了真正的孤家寡人。

接下来的婚礼，把母亲折腾得更惨。老家人都不知道母亲怀有身孕，他们的观念里，办了婚礼才叫结婚，领了证没办婚礼人家也认为你还没结婚。没结婚就不能怀孕。所以，齐家的四大金刚或许内心里带有对大地方人的偏见情绪，可着劲儿折腾北京来的新媳妇。婚礼当天，他们依照老规矩，围着新娘子捏着母亲的鼻子给灌酒。爷爷像坐山雕似的，嘿嘿笑着坐在一旁看他的四大金刚热气腾腾地闹酒。这下，可急坏了父亲，他被四个兄弟推来搡去，根本近不了母亲的身，只能站在外围，喊叫着，她有了，她有了，可不敢灌酒啊。

爷爷当即拉下脸，不满地对三儿子说，有啥了？不就几口烧酒嘛！

父亲不好给自己的父亲说清楚，没有婚礼先有孩子，成何体统！父亲急得扑上去拉这个拽那个，他的力量在四大金刚跟前显得太微弱了，他只能眼看着母亲像只待宰的羔羊，无力地任由他的兄弟们折腾。闹酒的结果，母亲当晚肚子疼痛不已，父亲半夜用架子车拉着，在坑坑洼洼的山坡路上颠簸了半夜，送到乡卫生院。

母亲流产了，是个男婴。

母亲痛苦极了，父亲既内疚又痛恨，可那些叔伯们，没事似的，该怎样还怎样，没一个来向父亲或母亲表示歉意的。或者在他们看来，那是个原本就不该有的孩子。

流产后，母亲暂时回不了北京，只得在西街住下。那段时间，母亲恨死了西街，恨死了父亲一家人。她躺在炕上，不理会一旁歉疚的父亲，脸上再也找不到和父亲刚结婚那会儿盛开的幸福了，她虚弱、疲倦，脸色苍白。她常常一个人默默地流泪。屋外又开始飘雪了，一朵一朵的雪花轻盈地舞动着从窗前飘过，可再也引不起母亲内心的浪漫情愫了。雪终究是要化的。最终，化解母亲心头恨意的，是奶奶。奶奶这下可以名正言顺地给我母亲烧炕、送饭了，看着母亲靠着墙神色忧郁地望着窗外，奶奶坐在炕沿，黯然不语；有时候见母亲脸上有泪痕，她心疼得也跟着流泪；奶奶陪着母亲在寒冷的冬夜一夜又一夜地坐到天亮，她怕母亲想不开有什么闪失，奶奶不会说安慰的话，有时像个哑巴似的，几天几夜不说话，也不合眼，只是偶尔会对母亲笑一下。那笑里包含着容忍一切的爱意。小产也是坐月子，奶奶给母亲煮红糖稀粥，把炕烧得热热的，每晚给母亲擦拭身子，然后换下内衣洗净，在那个阴冷的冬天里，奶奶坐在厨房灶口将母亲湿淋淋的内衣慢慢烤干，叠得整整齐齐置于炕头，留作第二天换用。就是自己的亲妈，也不过如此，何况，这是个与自己没一点血缘关系的老人。

在西北那个伤感的冬天里，母亲的心被奶奶慢慢地焐热了，她心里对西街的恨意被善良的婆婆悄悄地抹去了。直到后来，母亲一直记着奶奶的好。说白了，就是奶奶，成为母亲一直对西街狠不下心来的软肋。

二

母亲经常说，她这一生最大的错误，就是与父亲成为一家人。这样说时，母亲并不痛心疾首，也不愤慨，更不是绝望。

这是命运的无奈。

西街的婚礼折腾成那种结果，回到北京后，母亲没有了再办婚礼的心情，任姥爷姥姥怎么劝，母亲只丢下一句话：你们要办自己办去，反正我到时绝不参加！

这是什么话？新娘子不参加，那叫啥婚礼。没办法，姥爷姥姥唉声叹气，买来糖果分送给左邻右舍，算是了却了一桩大事。可是，在左邻右舍们心里总留下个疑团，老方家的闺女到底嫁了个什么样的女婿，怎么连顿喜酒也不请呢？

我刚出生那会儿，母亲带我回姥姥家时，在胡同口经常会看到一些人在背后诡秘地指戳我们娘儿俩。母亲说，慢慢地他们就不指戳了，因为他们看到出入姥姥家的方家女婿始终是一个人，穿西装打领带，况且长得一表人才（父亲脸蛋上的两坨"红云"已褪得几乎看不清了），不像偷鸡摸狗的主，也不像包二奶的贪官。

母亲说这样的话时没有任何表情。我想象得出来，母亲不肯在北京再办婚礼，实际上对姥爷姥姥的打击有多大，他们要有多大勇气才能承受来自左邻右舍的怀疑和猜测，还有臆想和嘲讽？母亲本来可以让她的父母生活得更平静些，但她宁愿让姥爷姥姥和她一起生活在那些猜疑中，由此可见，西街带给母亲的后遗症有多么严重啊。

后来，我出生了。说到我的出生，简直对母亲是个灾难。看上去，父亲倒没重男轻女的思想，那阵子，父亲在母亲面前表现得特别喜欢女孩的样子。可是，他的老家西街那儿就不平静了。我出生前，奶奶就一直在祈祷，去庙里求神许愿，希望母亲生个男孩，不然，父亲这条线就断香火了。

我快出生时，奶奶突然间来到北京，说是要照顾母亲月子，背来一包旧衣服拆洗的尿布片，还带来从庙里道士那儿求来生儿子的神符。本来姥姥都已做好了准备，但奶奶说是齐家的媳妇给齐家添后人，不能麻烦亲家，还是她来照顾合适。弄得姥姥挺感动，给奶奶送来一大堆她以前的衣服，有些还是新的，这下，又轮到奶奶感动了。奶奶感动时不会说感谢的话，只是抚摸着那些衣服，两眼湿湿地望着姥姥，一句话也说不出来。

令母亲始料不及的还在后头呢。母亲在医院里生下我，一看是个女孩，奶奶当时就傻眼了，手里捏着道士的神符，大张着嘴，连哭都不会了。第二天，奶奶就偷偷地对我父亲说，赶紧发电报，叫你爹或者你大哥过来。

父亲纳闷，女人生孩子，叫他们来干什么？

奶奶把声音压低说，趁眼下还没人知道，叫他们把这个女娃抱回老家，我伺候完你媳妇月子就回去，今后女娃由我来养，你们接着再生一个。

父亲哭笑不得，说，这怎么能行呢？妈，你别出瞎主意了，我们都挺喜欢女孩的。

奶奶白了儿子一眼，喜欢有啥用？没个儿子，你俩老了咋办？谁管你啊？

父亲说，妈，你这样说就不对了，像你，养了五个儿子，谁让你享上清福了？

奶奶愣怔了一下，哭出声来，诉说道，儿啊，妈看着你们过上好日子，就是享清福了。咱农村人有说道，养儿防老，你啥也别说了，快叫你爹你大哥他们来吧。

父亲不肯。

奶奶扯着父亲的胳膊到一边说，你不叫他们来，要不，我把女娃送回去再回来伺候月子？要不把这事解决，我可咋回家去呀？他们会怪我的。

父亲态度很坚决，没给老家任何人联系。姥爷姥姥知道这情况后，立即赶过来，姥姥要接替奶奶伺候月子，叫父亲赶紧送奶奶回去，免得她做出什么事来。比如，她趁人不备，把我偷偷抱走，那可怎么办哪。

父亲虽然相信奶奶不会那样做，可还是遵从姥爷姥姥的指示，劝奶奶回去。奶奶在她住的那间小屋里，抱着姥姥送给她的那些旧衣服，头埋在里面，当时就哭了。她哭得很压抑。哭着哭着，她突然抬起头，对我父亲说，儿啊，你把妈看扁啦，你担心妈偷偷抱着女娃走是吧？妈再傻，也不会不经你们同意就做那么傻的事呀。你放下心吧，妈不再走出你家的门，直到你媳妇满月，我回家的那天！

父亲无言以对，奶奶虽然没有文化，可她善良、宽厚、通情达理。之后，奶奶果然不再提再生一个儿子的话题，全心全意地服侍我母亲，得了空，总要抱着我摇晃，我睡着了，她就坐在旁边，静静地看着我。奶奶做惯了家务活儿的手粗糙得很，所以她不敢抚摸我的脸，每次给我换尿布时，总是拿她的胳膊托着我的两条腿，尽量不用手抓，怕她的手刺伤我白嫩的肌肤。连姥姥看了，都为之前担心奶奶会把我偷偷抱走，要父亲把她送走而感到愧疚。

我满月后，大概是为了让姥姥心里更踏实些吧，奶奶专门让父亲把她送回老家。至于回去后，爷爷和大伯他们是怎么怪罪父亲和奶奶的，就不得而知了。

我一岁半时，爷爷得病去世了，西街的老家易了掌柜，就是父亲的大哥齐保堂成了齐家掌柜的。长兄为父，这没什么异议。可是，这个新掌柜齐保堂在掌管齐家的第一天，就非常严肃地申明，在爷爷的墓碑上，我父亲的后面只能是空白，不能刻上我的名字。因为我是女子，不能为齐家延续香火。就是说，父亲这一支，就此断了线。

为此，父亲很想不开，据说还大哭过呢。他觉着墓碑上的那片空白像根刺，扎在他心上，会使他疼痛一生。为拔出这根刺，父亲想尽了办法，最后还是庙里的道人出了个主意，把母亲几年前流产的那个男孩，给起个名字，刻上墓碑填补上那片空白。

这个想法遭到大伯的坚决反对，他的理由很简单，那个流掉的骨血确实是齐家的后人，可只有三个月大，没成人形，也就是说，还没脱落成人，说白了，连个魂灵都没有，怎么能充当齐家的后人？更别说续父亲这一支的香火了。绝对不能这么办，只能到此为止，要是传出去，齐家的颜面在西街就丢尽喽。

至今，爷爷的墓碑上，父亲的名字后面依然是块空白，那块白刺在父亲心上，再也拔不出来了。

更恶劣的还在后面呢。

我两岁那年的春天，有个周末，母亲把我从姥姥家接回来，抱着我上楼还没进门就觉得有点不对劲，一股浓浓的生人味道从门缝钻出来，呛得母亲连连打喷嚏。我也不失时机地打了一个。母亲一下子警觉起来，像是嗅到了危险来临前的某种信号，这使母亲有些不安，突然间决定不进家门，要带我重新回姥姥家。母亲抱着我刚转过身，门却被拉开了。父亲被我们娘儿俩的喷嚏声引了出来。他一手把着门，一手来摸我的脸蛋，被母亲转身躲开了。

父亲嘿嘿一笑，明显有讨好的成分。果然，父亲说，快进屋吧，大哥他们来啦！

大哥？哪个大哥？母亲自己没有哥，只有个弟弟，她一时没把"大哥"这个称呼和西街联系起来。从那年婚礼之后，母亲再也没有随父亲去过西街，从此再没有见过大伯。所以，"大哥"在她脑子里已经没了概念。

父亲脸上挂不住了，往身后瞅瞅，用眼神告诫母亲，人就在里面坐着呢，别这么大嗓门，叫人家难堪。

母亲这下才反应过来，"大哥"就是西街那个嫌她上桌吃饭的人。虽说母亲对西街没有好感，可面子上的，还是说得过去。她不好踅身走人，只好抱着我进屋。

大伯齐保堂端端正正地坐在我家客厅的沙发中央，看到我们进门，连动都没动一下，直直地看着我们，冷冷的神色不像他是客人，而是我们窜进了他的家。他的身后，还站着一个六七岁大的男孩，脸蛋上像烙的印记，似开放的两坨红牡丹，他的眼睛倒挺大，目光怯怯地望着我们。

出于礼貌，母亲还是强作笑脸，问了声好。可是，大伯对母亲的问候一点反应都没有，对我们连眼皮都没眨一下。

人家不习惯这种招呼。母亲突然想起第一次去西街时，这种问候带来的尴尬，便自嘲地笑笑，也不往心里去，当年受过这样的冷落，现在人家这么远来上你家门，总不能还以脸色吧。随即，母亲又问了句，来啦！

这回，大伯嘴角抽了抽，算是应答了。他还对我招手，叫我过去。母亲只好把我抱到大伯跟前，以为他要抱我呢，倾了身子把我递给过去。谁知，大伯连我的手都不碰一下，却从口袋里掏出一块钱纸币，两个指头捏着递过来。或许是两岁的我对这个陌生而且表情淡漠的大伯有点害怕吧，我看着他和他手里的钱没动。大伯便欠起身塞到我怀里，又坐直，才说了句，这是见面礼！

我把双手背到后面，一块钱从我怀里飘落到地上，母亲没替我说声谢谢，也没弯腰把那一块钱捡起来。父亲从后面过来拾起钱，捏在手上，解释道，在西街就这规矩。后来才知道，在我和母亲回来之前，父亲要给大伯一百块钱，叫他给我做见面礼的，可大伯不要，他说规矩不能破，一个小屁孩，又是个女子，哪能一见面就给一百块的，女子金贵成这样，以后那还得了。

父亲把一块钱重又塞进我的手里。我握着钱，瞅瞅母亲。母亲什么话也没说，抱着我要进卧室，却被大伯叫住了，老三家的，等一下。

母亲只好站住。

大伯像在自己家里，指了一下对面的沙发。

母亲没有动。

大伯严肃地说，你坐下吧，有话要对你说。

母亲把我放到沙发上，她才坐下了。抱了我半天，母亲也累了。

大伯把身后的男孩拉到跟前，说，这是四金刚（他的原话肯定不是这样说的）的二小子，小名叫豆豆，官名齐小龙。从今以后，他就是你们的儿子了。

啊，这怎么可能？母亲惊得跳起来问父亲，这是怎么回事？

父亲一脸的无辜，期期艾艾，瞪大眼睛，也说不清楚。倒是大伯替父亲说了，他说，城里计划生育抓得紧，你们生下小丫，就不能再生了，我们兄弟几个商量，把老四的二小子过继给你们续后。放心，老四还有个大小子在家顶着呢。

这下，父亲不能再沉默了，这事荒唐透顶。何况，当着母亲的面，父亲也得有个态度，不然，怎么交代。父亲在母亲目光的逼视下，看着他的大哥，说道，大哥，事先你也不说一声，这事容我们——商量一下……

不用商量！母亲打断父亲说，我不同意！我们有女儿，不需要儿子。这事没商量的余地！

大伯被母亲这句掷地有声的话惊得大张着嘴，无力还击，他的感觉太良好，自认为是替父亲想得如此周全，父亲和母亲应对他不胜感激才对。他大概没想到会是这么个结果，一时根本没想好还击的话。

父亲惊慌地看看他大哥，又看看母亲。母亲脸上霜冻了一般，两眼瞪着，毫不退让地盯着父亲。父亲突然间挺起腰杆，对大伯说道，大哥，这就是你的不对了，这么大的事，来之前不给我打声招呼倒也罢了，我接你们过来这么长时间，你怎么不给我先说一声，叫我心里有个准备呀？

大伯听父亲这么一说，底气一下子又足了，端起齐家掌柜的架子说，老三，一句话，你是听你家里的，还是听大哥的？

父亲竟然毫不犹豫地对大伯说，鞋子合不合脚，只有自己知道，这不是听谁不听谁的问题。大哥，我的生活要我们自己来过，希望你不要插手！

大伯"唰"地站起来，惊愕地指着父亲，口吃起来，你——你，老三——你——咱爹要是活着，你敢说这样的话？

父亲扭过头板起脸，不再理大伯。

大伯脸色气得铁青，大张着嘴像个要咬人的狗，但是，他只喘粗气，没敢下口，他指着父亲的手抖动着慢慢收了回去，显得软弱无力。

四金刚的二小子显然被吓坏了，脸蛋上的两坨红更红了，他还没到明辨世事的年龄，对大人之间的纠葛弄不清楚，瞪着一双无辜的大眼睛惊恐地看看这个，又望望那个，泪水在眼眶里打转，嘴瘪得像柿饼，一直憋着没敢哭出来。

母亲对父亲当时的态度非常感动，跟她站在一起对抗他的大哥，对父亲而言，是需要很大勇气的。见父亲在大伯的威逼下慢慢有点怯意了，母亲挺身站到父亲身边，对大伯说，可惜你不是咱爹。再说，我的公公也绝不会不顾我们的意愿，做这样的主！

大伯再有能耐，那也只能是在西街，在北京，他什么也干不了，更不能强迫他弟弟收养这个孩子。他当即起身，领着四金刚的二小子就要回西街。最后，还是母亲缓过神来，叫父亲送大伯他们去火车站，买好票将他们送上车，眼看着他们灰溜溜地回西街老家。

尽管父亲被西街的条条框框束缚着，但关键时刻，他还是能冲破束缚，向着母亲。就凭这点，母亲对父亲一直保持着外冷内热的态度，他们一起走过了二十多年，虽然磕磕绊绊，还算过得去吧。如今，他们在一起很有意思，每天吃过晚饭，父亲下楼遛弯儿，总要叫上母亲，两人不见得会边走边说话，只是个伴儿，或者连伴儿都不像，两人一前一后，如同两个陌路人。但不论怎样，他们谁也没有把谁丢下过，总是一块儿出去，一块儿回来。可是，每次父亲叫母亲时，她都说不去，父亲显得很有耐心，叫完后就站在那儿静静地等，母亲拿捏得差不多了，才会起身慢慢地穿衣戴帽。我上大学后经常不在家，不能陪父亲去遛弯儿，就对母亲说，既然你每次都会去，就不要拿捏父亲了。

母亲把眼瞪得溜圆，叫道，我怎么拿捏他啦？我是真的不愿去，我要干的事很多，哪有那个闲心哪？可看着他站在那儿可怜，才动了怜惜之心。要不是看在他帮我驱逐过西街的那个人，才懒得理他呢。

三

母亲对父亲的态度，说白了，完全取决于老家西街。只要西街不给父亲添麻烦，母亲对父亲的态度还算说得过去。可是，这种情况比较少。在我的印象里，西街老家像个储备库，存储着无数的事情，只要稍有空隙，便会钻出一件事来给父亲添乱。那些齐家的后人，还有西街的左邻右舍，亲戚朋友的儿子女儿，他们要上学，上完学考不上大学，得外出打工，那些大专、本科毕业的，要找工作，甚至还有要找男女朋友的，遇到各种事情，他们的首选目标就是我父亲。父亲就是他们的一台机器，不知道停转的办事机器。

父亲是西街唯一在北京工作的人，也算是西街的典范。起初，父亲对那些找上门的事都会尽力去想办法，可他的能力毕竟有限，难免会不尽如人意。就是说，不论我父亲如何卖力地替他们老家的那些人东奔西走，但是，西街大多数人，包括我的那些亲伯亲叔们，对我父亲却是抱有不同成见的。

二伯就对父亲极其不满意。他的大儿子前年高考，才考了410分，想叫我父亲托人弄到部队院校去，说是上部队院校出来后包分配，还不用交学费。二伯算得挺精，可他儿子考的分数实在太低，我父亲给他说什么都听不进去，只有一句话：你就说帮不帮这个忙吧？

父亲没办法，说帮不了没人信，说不帮又伤了感情。部队的院校根本没认识的人，父亲没法联系，别的不说，省招生办那一关就过不了，分数太低，人家连档案都不给投的。可是，父亲还是四处托人，终于在老家找到一个老战友，说可以找人试试，看能不能把招生办的"关节"打通。办这种事，没有空手套白狼的，肯定得送礼。父亲打电话给二伯，把意思说了，二伯沉默不语。送礼少了不顶事，多了又拿不出，况且，能不能成还是个未知数。但总不能不努力呀。父亲在电话里把话说到这份儿上，过了几天，二伯突然给父亲寄来两千块钱，父亲当时心里很不舒服，本想退回去，把战友的电话给二伯，叫他自己跟人家联系去，该使多少钱他心里也有个底。可想了想没那样做，毕竟是自己的亲哥，父亲便转手又打电话给那个战友，他自己加进去三千块钱，那还是他瞒着母亲攒下的。

后来，事情当然没办成，钱也没退回来。五千块钱对办这种事实在不值得一提。可是，二伯对此事耿耿于怀，动不动就说自己拿钱打水漂玩，人家玩水漂呢，还几个圈几个圈地数，他是连波纹都没看见。话语里有怪父亲的意思，也有要钱的意思。父亲不好说他还垫进去了三千块钱，这话就算说明白，只怕二伯也不会相信。父亲只能装没听懂二伯的话。

前面已经说过，我父亲当过兵。可是，父亲是怎么当上兵的，一直没有细说。怎么说呢，凭父亲当时的眼神，是根本当不上兵的。可是，父亲想走出山村的愿望非常强烈，先是拼命学习想考上大学以改变命运，致使把眼睛也弄近视了。后来，因为家里人口太多，大大小小十几口，吃饭都成问题，爷爷实在撑不住了，就一个一个地休儿子的学，叫他们回来帮他在生产队挣工分，换口粮。父亲学习很刻苦，成绩一直不错，爷爷坚持着不叫父亲回来，是对父亲抱有极大的希望。父亲懂得爷爷的心思，可由此他内心的不安也越来越多，承载的压力也越来越大，为补偿兄弟们失学而只有他仍在上学的心理亏欠，一有机会，他就放下功课去生产队挣工分，尽管他挣的工分很少，但只要能帮家里一把，就不放过机会。这样的做法却并没有减轻父亲心里的压力，相反，他的功课因此而受到了影响，结果，他高考落了榜，回家真正当了农民。那年年底，开始征兵时，父亲蠢蠢欲动，这是他最后的一条出路了。可是，父亲眼睛近视，肯定验不上兵。当时，二伯齐保钢也嚷着要去当兵，爷爷却不让他去。二伯莽撞，有蛮力，却不够机灵，这样的人干农活儿还行，要去了部队，肯定不会有出息，当三年大头兵还得回农村种地。二伯对爷爷的这个评价没有异议。于是，爷爷给二伯做通工作，叫他去验兵，如果能验上，再叫我父亲去顶替。二伯果然不负他望，一路过关，拿上了红皮的"入伍通知书"。那时的"入伍登记表"和"入伍通知书"上都没照片，也没有身份证、户口本之类，反正齐家的五个儿子除年龄大小不等外，长相都差不了多少。父亲顶着二伯的名字"齐保钢"穿上了新军装，戴上大红花去了部队，不知内情的人根本不知道，就是知道内情的西街人，也没人揭发。

这也是父亲后来难以拒绝西街人的重要原因。

父亲在新兵连打枪总打光头，也没人怀疑他是冒名顶替。当然，人已经到了部队，大家都认为父亲是没掌握射击技巧，实在训练不出来，干脆分配到炊事班做饭得了。谁能想到，父亲竟然从伙房走出一条道，改变了他一生的命运。按爷爷活着时的说法，老三命中注定是富贵命，人也聪明能干，要是换了老二，当三年大头兵，哪儿来的还回哪儿去。

父亲在部队做饭的那几年，二伯齐保钢还是认同爷爷这种说法的，做饭嘛，虽说穿着军装，只能算是个"伙夫"，堂堂一个男人，专门给人做饭，能有啥出息。后来二伯不再这样认为了，父亲成为军官，又换防到北京以后，他的心里开始犯堵，觉着亏得慌，谁说他到了部队就不会像老三一样出息呢？人没有命中注定的东西，老三的这一切本来应该是他的。二伯心理不平衡了，对爷爷有了怨恨，动不动就钻死胡同，竟然对爷爷发脾气，怪爷爷耽搁了他的前程。

给父亲添麻烦最多的，就是这个齐保钢，后来又改名叫齐保财的二伯了（齐保钢的名给父亲占了）。他有两男两女四个孩子，一个挨着一个地找父亲，一点都不觉得难为情。相反，二伯坚持认为我父亲占了他的名字也占了他的前途，帮他的子女天经地义。

我不知道父亲是怎么想的，反正，我从来没见父亲对二伯有过厌烦。

有一年快过年时，二伯的二闺女小红去县城赶集时突然失踪，那年她才十九岁，正是风华正茂的年龄。小红书读得不好，早早地回家定了亲，只等过几年出嫁了。二伯的大闺女已经出嫁，小两口儿一起去外地打工挣钱，小红看姐姐姐夫打工挣了一些钱，心里痒痒，不想在家闲待，一直吵闹着也要去打工。二伯担心闺女家出去跟上别人学坏，说死说活不让她去，小红在家闹别扭，谁知赶个集就出事了。起初，二伯没当回事，以为小红是故意躲在亲戚家给他看的，可是，第二天、第三天，直到找遍所有亲戚家，把所有能去的地方都找遍了，也没见小红的人影，这下，二伯才害怕了，给我父亲打来电话。父亲一听急眼了，他的另一面立马显露了出来。在西街人面前，父亲是敢吼敢叫的，当即跳起来叫道，出这么大事，都过三天了才告诉我，还不赶快报警！

二伯被父亲一吓，在电话里傻眼了，不知道怎么报警。

父亲说，你放下电话出门去找个穿开裆裤的娃娃，他们都知道报警得打 110。

父亲对二伯不放心，扣下电话又抄起来，拨了个老家的110，将小红失踪的事报了案。接下来，父亲陷入极度恐慌和烦躁之中，过上一会儿就给二伯打个电话询问有没有消息，最后，弄得二伯都烦了，女儿丢掉够闹心了，你还不停地问，谁有那个情绪啊！又急又气的二伯在电话里失去理智地对父亲吼叫道，你只知打电话问我，就不知道想办法去寻小红啊，你这个三叔是咋当的，啊？

因为是顶着二伯的名字去当的兵，父亲肯定认为自己欠着二伯的，对他的要求几乎百依百顺。可是，小红是在老家失踪的，父亲身在北京，去哪儿寻找？但父亲心里很不安，总觉得不能这样干等。那几天里，父亲一直给老家认识的人挨个打电话，求人家帮忙。

可以想象，那个春节我们家是怎么过的。起初，母亲还想为父亲分担一点，主动承担一些家务，煮个饭，擦个桌子拖个地，不断地安慰父亲，一个大活人又不是神经有问题，丢不了的，自己肯定会回来的。父亲像没听到母亲的话似的，一个回应的眼神都没有，他饭吃不下，水喝不进，除过打电话找人，别的一个字都不说，好像此时他不是在北京，而是在西街，他的全部心思都用在了与西街或比西街更大地方。母亲最痛恨的就是父亲的眼里只有西街，她很不高兴，冷下脸，拿我做起比较，说要是我失踪了，不见得父亲会这么上心呢，相反，西街的那些人，怕是会为我的失踪欢欣鼓舞呢。

母亲对西街所有的不满都在这尖刻的话里，父亲气得差点翻脸，两眼瞪得溜圆，嘴都张大了，可还是忍住了没说一个字。母亲自觉话说得过头，有些愧疚，一个活生生的人不见了，且不说这人是父亲的亲侄女，就是一个不相干的人，也得担一分心吧。所以见父亲那种吓人的样子，母亲打住了不再说风凉话，要在平时，她是绝对不能容忍父亲这种表情的。

可是，父亲那种忍而不发的神态，还是将母亲伤害了，她不再主动跟父亲说一句话。

那个年过得非常冷清、压抑。

这还不算，热闹在后面呢。

刚过完大年初三，二伯事先连声招呼都不打，就独自来北京了。小红又不是在北京失踪的，他这人真是愚笨，怪不得爷爷当年把他看透了呢。

晃着一头白发的二伯一进门就放声大哭，怎么都劝不住。父亲真生气了，对二伯吼叫道，哭，你就知道哭，看你能把小红哭出来！

二伯鼻涕眼泪抹了一脸，也不回话，依然哭着，只是没前面的声音大了。父亲的眼圈也红了，他去拧条热毛巾递过去，二伯不接，父亲便给二伯擦了脸，到厨房热了些剩饭端来。二伯看都不看饭碗，像是痴呆了似的，直直的眼神不知道落在什么地方，脸上的沟沟壑壑里，又填满了鼻涕泪水，他那一头白发乱草一样耸着，更凸显出他的悲苦来。因为抽泣，二伯的肩膀时不时抖动几下，看上去挺可怜的。父亲不知道怎样安慰二伯，他的内心被同样的伤心和忧戚侵袭着。最后，父亲抱着二伯的头，忍不住也哭了。

父亲求母亲带上我回姥姥家住，他陪了二伯两天，开导，劝说，都无济于事，二伯除了发呆就是哭，好像只要在父亲面前可着劲儿哭，就能把小红给哭回来。这样下去不是个法子，二伯的整个精神支柱都在父亲这里，父亲觉得怕是还没把二伯支撑起来，就叫他给哭垮了。幸亏年还没过完，车票不太紧张，父亲买了两张卧铺票把二伯送回了西街。顺便，也安慰一下二婶，还有奶奶。再者，父亲去当地公安部门询问有没有线索，找——打过电话的那些战友，始终没得到任何消息。在西街的那几天里，二伯如同父亲的尾巴，形影不离，二伯觉得只有这样，才能知道父亲到底有没有在认真想办法帮他寻找小红。父亲不是超人，不能即时帮他们齐家解决所有的事儿。眼看着假期就要到了，没办法，父亲只好交代大伯他们，一定要看好二伯，他匆匆赶回来上班了。

一个月过去了，半年过去了，一年过去了，小红始终没有下落，二伯不断从外出打工的人那里打听到小道消息，一会儿说小红在四川，一会儿在湖北，一会儿又跑到新疆，说在哪儿见到了小红，说得有鼻子有眼。每当这时，二伯总会在第一时间打电话给我父亲，让父亲帮他去找。幸亏父亲在北京，与全国各地都有些工作上的往来，也认识几个人，便托人去二伯提供的那些地方寻找，结果可想而知。二伯二婶，还有奶奶，他们在捕风捉影中，一次次被失望击中，慢慢地，他们变得麻木了，对亲人那种强烈的思念随着时间的消磨而淡化了，以后，再有小红的消息传来，二伯不再那么冲动，也不给父亲打电话了。

慢慢地，父亲对寻找小红的事也不抱任何希望了。

可是，在小红失踪三年后的一天，西街有一对弹棉花的夫妻，走乡串村到了河南上蔡县的一个村子，却意外地见到了小红。她脸蛋上的两坨红标志还在呢。弹棉花的夫妻却不敢肯定，小声嘀咕着，试探着问小红。没想到，小红矢口否认，她看上去很紧张，不多说一个字，慌里慌张地跑了。

弹棉花的夫妻这下认定跑走的就是小红，他们没声张，趁没人时，用手机给我二伯打通电话。二伯以为又是小道消息，没当回事。不久，父亲回西街看望奶奶，有天，二伯不经意间把弹棉花的夫妻在河南上蔡看到小红的事说了出来。二伯没啥想法，所以说得随意，神色间已不再有以前的悲苦和哀伤，却总有说不出的无奈。那是一个无助的农民对命运不得已的认可。当时，父亲没有说话，在小红的事情上，父亲和二伯一样的无望。中国太大，就是花上一辈子，也不一定能把每个犄角旮旯都找遍，一个人，如同一只蚂蚁，随便哪个角落一藏，怎么找得出来？回到北京后，有次，一个河南的老战友与父亲联系，扯来扯去突然扯到找人的事上，父亲脑海里忽然闪过二伯说过的话，就把小红的事说了，叫战友帮忙打听一下。其实，父亲是没抱任何希望的。可是，过了一个多月，那个战友通过托熟人，竟然打听到，小红确实在上蔡县的那个村庄，只是，她已不叫小红，改名叫莲儿了。

父亲立即给二伯打通电话，告诉他找到了小红，要他赶紧往河南走。二伯还犹豫着不敢相信时，父亲已放下电话，当即去买火车票，连夜晚赶往河南上蔡。与当地公安局取得联系后，父亲跟着警察偷偷摸到小红所在的那个村庄。那时，二伯才迟迟疑疑地刚上火车。

面对突然出现的父亲，小红惊呆了。随即，她转身要跑，被警察扯住了。看到当年花红柳绿、孩子一样任性的小红如今已完完全全变成了一个辨不清年龄，纯粹的农村妇女了，父亲心里百感交集，不知该怎样来怜惜这个侄女，他心疼地哭了。哭过，父亲质问小红，你可倒好，一走就是这么些年，你爹妈，还有你奶奶，他们都可怜死了，流了多少泪啊，为找你跑了多少地方，费了多大的劲啊！

小红哭得很压抑，她的口音里掺杂了豫西话，当着警察的面，她大致说了当年被卖到此地的经过，说她逃跑过好多次，都没跑成，后来有了两个孩子，一儿一女，她倒不想跑了，也不想跟家里联系，免得父母亲为难，给定过亲的男方不好交代。她就沉下心来跟人家过日子吧。女人的命运本来就由不得自己，咋着还不是一辈子呢。

再没有了任性，没有了撒娇，更没有了欢腾雀跃，近四年的时光，让一个光鲜的女孩消失殆尽，代之的，是个粗粝、疲乏、认命的农村妇女。

无语的，只能是我的父亲。

待二伯二婶和大伯他们赶来时，小红，还有小红的丈夫、两个孩子已被带到公安机关。一家人抱头痛哭过之后，小红拉过一男一女两个孩子跪下，给外爷外婆磕过头后，坦然地告诉她父母，她不愿回西街，就在这儿过下去了。

二伯二婶哭得昏天黑地，不知咋回答女儿。寻找了这么多年，都以为没了希望，谁知希望出其不意地出现，让他们曾经碎裂的心缝合起来了，然而小红的一番表现却又撕裂了他们的心，这叫他们一下子无所适从。

警察的态度很明确，小红是受害者，必须遣回原籍。至于她的丈夫，涉及买卖人口，得送检察机关进一步审查。还有，就算没有上述理由，小红和她丈夫之间的婚姻因为没有在册登记，在法律上那叫非法同居。

这下，小红不干了，哭得死去活来，突然间她转过身，指着我父亲撕心裂肺地哭叫道，三叔，都怪你，把我这个家拆散了！我恨你！

四

小红的那句话让我父亲很长时间都无法从落寞的情绪中走出来，他都判断不出自己的行为到底是对还是错了。最终，小红还是回河南上蔡的那个小村庄了，至于有没有和她那个男人领结婚证，父亲不再打听了。二伯一家从此以后对父亲也明显冷淡起来，我曾经想，如果不是奶奶还活着，父亲可能都不愿再回西街了吧。

父亲伤心到这种地步，母亲倒突然同情起父亲来。这本来就是个叫母亲又爱又恨的男人啊。父亲似乎很享受母亲对他的怜爱，也许一个总是替别人挡风遮雨的人，也渴望有一片自己的温暖之地吧。但这样的温暖父亲享受得并不多，因为西街，就算父亲不想再走近它，却总有西街的人，要来侵扰他。而父亲，总是不知道如何拒绝。这或许就是父亲和母亲之间无法调和的矛盾根源，他们在一起，就像水和油，分明是融合在一起，却又总是水是水，油是油。

第一次感觉父亲有点可怜，是去年。那时刚进入冬季，是个暖冬，天一点都不冷，街边的槐树叶子还绿得发亮，花圃里，仍有迟开的花，如中年妇人，撑起几点灿烂，几星艳媚。若遇哪天没有一点寒风，那满地的阳光，懒懒的，软软的，似有了春天的感觉，与往常的冬天简直大相径庭。

有个周末的晚上，一个叫腊香的西街女人突然找到我家，说是有急事找我父亲，她从早上下火车就开始打听、寻找，整整一天，才找到我们家。那天，父亲单位有应酬，刚好不在家，我从学校回家度周末，正与母亲看电视。一听腊香满口西街味道的话，还有脸蛋上的两坨红，母亲心里就不舒服，她的表情很冷淡。待问明是腊香，母亲的态度突然间升温，来了个一百八十度大转变，她把腊香让进屋，还亲手倒了一杯水，说是给腊香做点什么吃的。

母亲的态度使腊香很恐慌，手里的杯子差点掉到地上，她拦住母亲说她不饿，待一会儿就得走。看她一脸的焦虑，肯定是急事儿，母亲给父亲打通手机，叫腊香给他说。腊香接过话筒，刚叫声"哥"，就泣不成声。父亲问不出所以然，只好推掉应酬，匆匆赶回家，才弄明白腊香的儿子被查出是白血病，来北京找他联系医院治病的。为了省钱，腊香陪儿子坐硬座来的北京，一大早下车后，把儿子安顿在西客站候车室等着，她自己来寻我家。

又是个来看病的，我们家快成西街人的候诊室了。母亲最反感来看病的西街人了，我家又不是医院。我偷偷看了一眼母亲，她肯定心里很不高兴，态度迅速降温了，眼睛盯着电视，一直保持着端直的坐姿，好像坐在别人家里，姿势一松懈，便会让人瞧不端正似的。

父亲也迅速看了母亲一眼，那眼神躲躲闪闪，像个做错事的孩子。他还讨好地对母亲和我笑了一下，说了句，看这事关系到孩子的将来……我去找人试试，好吗？母亲没说什么，抓起遥控器迅速换了个台。我也没说话。我一直觉得父亲不会在乎我的态度，我是个女孩，这注定我跟西街的距离是遥远的。可是，那天父亲在母亲那里讨不到态度，像是在等待我的回答，他用期待的眼神望着我。

我没在意，眼睛无意间从电视屏幕移开，看到父亲的目光。我一愣，不知为何，心里竟然泛起一丝暖意。我问父亲，你是在问我吗？

父亲勉强笑了一下，说，是啊，你都上大学了。

那你赶紧去吧，阿姨都等急了。

父亲如释重负般说了声"谢谢",领着那个女人急匆匆地走了。就是父亲的眼神和勉强的笑,我第一次看到了他的可悲,还有可怜。

那天晚上父亲没有回来,半夜时分却打个电话,说他带着腊香母子俩正在协和医院门诊部,等着第二天凌晨排队挂专家的号呢。母亲对着电话"唔"了一声,沉默了一下,才又说了一句,看附近有饭店没有,买点吃的东西吧,一晚上,挺煎熬人的。

父亲没想到母亲说出这样的话来,似乎被感动了,半天,才回了两个字:谢谢!

协和医院的专家号不好挂,父亲说有好多号贩子霸占着,还没等他们排到跟前,早没专家号了。后来腊香的儿子是怎么住上的院,住在哪家医院,父亲没说。过了几天,才又听说,腊香的儿子很快经过专家确诊,就是白血病,并且专家们制定出了治疗方案。可是,治疗费高得吓人,况且,能不能治好,还是个未知数。

腊香搂着儿子哭得死去活来,要带儿子回去,既然前面已无路可走,她也就不走了,她要带儿子回去好好陪着他。父亲经不住这样的事,陪着流了一通泪,劝腊香还是留在北京治疗,孩子还小,有一线希望就不能放弃。腊香哪里是不愿给儿子治病,实在是治疗的费用对她是天文数字。父亲说他可以联络一些媒体,向社会求助,期望得到好心人的帮助。

父亲说到做到,把腊香的儿子安置在医院后,他四处奔走,到处托人，托来托去，还算有效，很快有一家私营公司愿意资助五万元的治疗费用。再加上各大报刊媒体登出腊香的求救信后，社会各界陆续捐助了三四万块钱，这样，治疗的费用就筹到了一少半。

我家的钱都掌握在母亲手里，父亲是没有支配权的，父亲也不愿与母亲费这个口舌，他费尽周折，通过战友的关系，在老家给腊香办了十万元的贷款。终于赶在过年前，给腊香的儿子做了配型手术，移植了骨髓。至于，病人能否完全恢复，就看他的造化了。为节省住院费用，春节前腊香带着儿子回去了。

腊香离开前，母亲塞给我两千块钱，让我拿给腊香，说是给孩子买些营养品。

送走腊香，父亲仿佛虚脱一般，奔波了两个多月，总算可以喘口气了。腊香母子在北京的这几个月里，母亲没向父亲询问腊香儿子的任何情况，也没冷嘲热讽，她表现得很平静。我觉得奇怪，这不像母亲的做派，她对西街人的厌烦必定会让父亲受到责难。春节时，有天趁父亲不在，我问到这个问题。母亲叹口气，才说出腊香与父亲的关系原来非同一般，他们以前有过婚约的。那是父亲当兵之前的事了，那时西北农村孩子在十几岁就定下亲，父亲也不例外，通过媒人与腊香定下婚约。后来，父亲在部队提了干，身份不同了，就想与腊香解除婚约。刚好爷爷也有这个意思，好不容易齐家走出一个有大出息的儿子，不能跟西街其他人一样也找个农村媳妇。为了维护父亲的名誉，由爷爷出面跟腊香家提出来，同时，为了给腊香一个说法，将她再许配给齐家老四。就是说，腊香将来还是齐家的媳妇，只是从哥换成了弟。表面上看，变化不是太大，不管老几，总归是齐家的儿子。

可是，腊香是个刚烈女子，她与齐家老三定的亲，要退婚就退，干净利索，绝不再配与老四，她又不是牲口棚里的牲口，拉出去跟哪头牲畜都可以配对。任谁劝都不行。腊香的这番说辞，羞得齐家人哑口无言，本来就理亏在先，这下更理亏了。

其实，最内疚的还是我父亲，他觉得这辈子最对不住的，就是腊香了。所以，腊香为儿子的病，能磨下面子上门求他，父亲全力以赴，母亲并不觉得有什么不妥，反倒认为这是人之常情。她没责怪父亲。腊香是无辜的。

人嘛，谁没个错呢！谁不想找个机会弥补呢！

五

春节过完后不久，奶奶上厕所时摔了一跤，虽说没啥大碍，但上了年纪的老人不经摔，父亲怕出意外，接到电话后心急火燎，要即刻动身回老家。因为是奶奶摔伤，母亲想一起去看望，她的想法还没表达清楚，就被父亲巧妙地婉拒了。什么姥姥开春后要过七十岁生日了，得提前准备；姥爷七十三岁，是个坎，眼下身体状况又不太好，跟前不能离人。说白了，父亲是不想和母亲一起回老家。这些年来，父亲几乎不带母亲一起回老家，他是不愿夹在母亲与家人之间，两头受气。

可是，父亲想叫我跟他一起去看奶奶，因为我还有半月时间才开学，父亲试探性地问我有没有空跟他一起回趟老家。我说过，我对西街是有距离的，那种距离不仅仅源自母亲对我平时的教诲，主要还是我对西街没有一点感情，似乎没有什么关系。所以，父亲问过我后，我习惯性地犹豫了一下，父亲没有强求，知趣地走了。望着父亲急匆匆去买火车票的背影，我心里抽动了一下。父亲是想我和他一起去的，那样，对奶奶是个安慰。我和西街的距离，其实并不包括奶奶，奶奶在我心中，在母亲的叙述里，一直是个春暖花开的季节。可是，父亲不直截了当要求我去见奶奶，他对女儿也是一种征求意见的方式，显得孤立无援，叫我心里很难受。于是，我内心里很矛盾，最后，还是坚定地给父亲打通手机，叫他给我也买上票，我同他一起去看望奶奶。

已过了立春，黄土高坡的春色不是太明显。由于严重缺水，这个冬天几乎没下雨雪，一眼望去，原上原下全是赤裸裸干裂的黄土，除过头顶的蓝天，很难看到另外一种颜色。崾崄上不太高大的白杨树、槐树，还有椿树，枝条像老人的手，青筋乱暴。如果仔细寻找，土塄边的枯草中，野草还是冒出了一些黄嫩的芽尖。偶尔，在一些向阳的沟壑边，一簇簇正在泛绿的迎春花枝条上，也会看到悄然开放的金黄色迎春花。就是说，春天已经离得不远了。

我对父亲老家的景象没有一点好奇心，小的时候父亲带我回来过几次，早见识过黄土原。后来随着我上学的层次不断递增，母亲限制我外出，一门心思学习，有好多年没跟父亲回过西街了。慢慢地，我在心里也忽略了父亲的出生地。这次与父亲一起来，面对苦焦焦的黄土原，我心里还是有一些触动的。但我没发任何感慨，只是在心里默默地理解了父亲为什么每次冒着与母亲翻脸的危险，想方设法帮老家的人了。

奶奶的腿摔肿了，但没伤到筋骨，并无大碍。我们到家时，正是午后时光，初春的阳光暖融融的。奶奶穿着厚棉袄坐在院子晒太阳。阳光温和地照在奶奶家的院子里，也照在奶奶瘦小的身上。奶奶在阳光里似乎睡着了，对我们的出现无动于衷。

我用手势制止住正要喊叫的父亲，想给奶奶一个惊喜，我轻轻走上前，突然抱住奶奶，大叫了一声"奶奶"。奶奶耳背，没被我吓着，而是缓缓地睁开眼，她满面皱纹，眼窝深陷，眼仁浑黄，端详了许久，一时竟认不出我来。父亲走过来，叫了声"娘"，才使奶奶反应过来，她高兴得腿似乎都不疼了，要站起来给我拿东拿西。我将奶奶按住。奶奶枯瘦的手紧紧地抓着我，过了会儿，她生怕握坏我的手，便松开一些，却又不舍，只轻轻地捏着。我能感觉到她的手在微微发抖。我没像以前那样抽回手，任奶奶轻轻地握着。

奶奶笑眯眯地望着我，问过我姥爷姥姥的身体状况后，问我母亲还好吧。我迅速看了父亲一眼，对奶奶说，妈妈挺好的，她一直念叨您呢，本来她也要来看望您，只是我姥爷的身体不大好，她和舅舅得轮流守着他。

父亲对我投来赞许的目光。我很少见到父亲这样的目光，还有他的微笑了，我总是看到父亲在西街人的事上，努力在母亲跟前保持的沉默。可能是平时我与母亲走得近，太忽略父亲了，只知道他给予你爱，从没站在他的立场上，替他考虑和感受过，更没想过他的心灵也是需要关注的。于是，我暗下决心，今后一定要对父亲用心点。

奶奶笑得露出了没有几颗牙的牙床，冲我高兴地说，你妈是个好女子，出身在京城大户人家，没一点架子，嫁给我家老三委屈她啦，是你爸爸有福啊！

父亲看着别处，对奶奶说，娘，外面起风了，我抱你进屋吧。

奶奶推开父亲的手，说道，再坐会儿吧，风有啥怕的。她指着前面靠墙根的一片菜地又说，老三，我不能动了，就在这儿看着，你帮我把园子里的杂物清理一下，眼看都二月二龙抬头了，那几株花草都发芽了吧。

我一听来劲儿了，把奶奶的手交给父亲，说声我来吧，抢先跑过去捡园子里的枯枝败叶。

奶奶在后面说道，真是个好女子，跟你妈一样。孩子，让你爸爸干吧，你的手嫩，别伤着了。

父亲过来叫我到奶奶那儿去，他一个人来干。我没有走开，依然弯腰捡拾枯叶。果然叫奶奶说中了，我的手给刺伤了。听到我的尖叫声，奶奶喊我过去。我确实被刺疼了，丢下枯叶回到奶奶身边。奶奶把我的手举到眼前瞅了又瞅，心疼地吹着气说，哎哟我的乖乖受了疼痛啦，真是日怪了，我就没种带刺的花嘛，只种着几株牡丹，是啥东西刺到我的乖孙女啦？

父亲直起腰说，园子边上有几株带刺的哩，像是玫瑰啥的？

奶奶瞪着眼瞅着园子那边，过了一会儿，才说，怪不得呢，去年我瞅着有几株牡丹花开得小哩，原来是刺玫花作的怪。可我没种过刺玫呀——是不是老四家的悄悄种上的？哼，也不告我一声，还以为牡丹开成了啥……刺玫呢。

本来，我对大伯的看法受母亲的影响，由来已久，不愿去见他。可是，父亲要去见大伯时，我却主动要求一起去，这使父亲非常高兴，他连走路的步子都变得轻快了许多。我一时不知说什么好，被我忽略的父亲，他的内心是多么寂寞，多么需要人抚慰啊！

父亲带着我去了大伯家。刚过完年不久，没啥事，地气没升起来，地里的活儿还不能干，外出打工的年轻人早都离家走了。大伯的几个儿子外出打工，留下一帮还没开学的小孩，他们闲得无聊，围在大伯家炕上打扑克牌。大伯没有参与，一个人坐在椅子上闷头抽烟。我以为大伯会耍些派头，表现出一点神气，一点长辈的傲慢。可他没有，他看起来有点孤独，甚至有点病态，像刚刚从一场大病中恢复过来，见我们来了，他只扫了一眼，淡淡地说了声，来啦，坐吧。便不再吱声。大伯没有了过去印象中的威严，他已是个十足的老头，头发灰白参半，两眼浑浊，看人时已不那么咄咄逼人了。当年的那个大伯已叫岁月侵蚀得只剩下一副老皮囊，他再也没有以前的自以为是了。

父亲与大伯说些不咸不淡的话，大伯一直不怎么认真看我一眼。我注意到，他的眼神竟然有点躲闪，是不是为他以前的做法自疚呢？我这样想着，站在一边任那帮打牌的小孩偷偷地打量。父亲可能觉得无趣，怕冷落了我，也可能是当着我的面有些尴尬，便起身告辞了。

在二伯家就更简单了，二伯二婶对我们父女，几乎像见到陌生的路人，连个招呼都懒得打，父亲说了几句客套话，拉上我赶紧走了。

回来后，父亲陪在奶奶跟前说话，奶奶除了说有关我的话题，几乎不说别的，我像是一束忽然闪进的阳光，一下子照亮了奶奶的内心，她显得异常兴奋，这使父亲在大伯二伯那里受到的压抑心理，慢慢地明朗了起来。

如今，奶奶跟四叔一家过日子。四叔的二小子当年没过继给我家，他们恨过我父亲，尤其是我母亲，听母亲曾说过，那些年，四叔四婶根本不理我父亲，每次父亲回老家，他们连话都说不上一句。父亲一直想着弥补一下，把四叔心里的这个结解开，他做梦都想帮四叔的二小子一把。这个儿子没过继成，今后总得想法帮他一把啊。可是四叔的二小子学习成绩不太好，高考的分数出来，只能上个大专，还是自费的。这下父亲傻眼了，如果帮他上大专，学费从哪儿来？况且毕业了到哪儿去找工作？本科生研究生都找不到工作，一个大专生连门都没有。父亲很为难，便给四叔做工作，让二小子别上大专，年底去当兵算了，看能不能碰碰运气。当时四叔四婶都不同意，现在去当兵，考不上军校根本就没出路，以二小子的学习成绩，显然不是这根葱。四叔认为父亲是在应付二小子，还是叫二小子自己选择吧。没想到，二小子愿意去当兵，不愿上大专。于是，父亲四处找关系，年底把二小子办到了部队。二小子平时寡言少语，却是个能干且有主见的，在部队工作得有声有色，两年兵当够没有复员回家，他通过自己的努力转成了士官，如今每月拿两千多块钱工资，生活有了保障，听说他最近连对象都找好了，还是个城里姑娘呢。我见过二小子寄给父亲的照片，他脸蛋上的两坨红还没褪尽，眼神却不再怯懦了，明显有了自信和坚定的成分，一身军装更加使他成熟、神气。

就凭这，四叔四婶才开始理会我父亲，父亲也放心把奶奶交给四叔四婶照顾。

在奶奶家的那几天，父亲显得无所事事，却又心思很重，一会儿出去站在院子里望着那片园子发呆，一会儿又进屋坐到炕边上发愣。

见父亲坐立不安，回老家的第三天傍晚，我把他拉到外间屋子，悄声对他说，您就去看一下腊香阿姨吧，他儿子不知怎么样了呢。

父亲的脸腾地红了，躲开我的目光说道，不去了吧，不去了吧，年前才见过的。

我说，看您，都到家门口了，也不去看一眼，怎么说得过去？她儿子还在病中呢，您不去看看，不好吧！

那……就去看看。父亲迅速看了我一眼，说，你能陪我一起去吗？

我说，你要觉得合适，我陪您去好啦。

父亲连连说道，合适，合适，我们父女俩一起去，显得重视些。

吃过晚饭，父亲给奶奶说了一声，他显然早有准备，拿了一些礼品，又从包里取出一盒增加免疫力的药物，与我一起来到西街北头的腊香家。

腊香娘家在东沟，当年不愿嫁给西街的齐家老四，后来还是嫁到了西街的陈家。因为欠着十万元的贷款，她丈夫陈西民刚过完大年初三就又出去打工了，留下她陪着儿子在家养病。对我们的到来，腊香显然很吃惊，她看看我父亲，又看看身后的我，手足无措，不知说什么好。

父亲把带来的药递给腊香，说，这是目前最好的增强免疫力的药了，我从网上查过，又咨询了有关专家，对孩子的病情有很大帮助。

这……这……腊香说不出话来，眼泪涌出了眼眶。

父亲扭过头，悄悄抹了一下眼窝说，去看看孩子吧。

我们一起去另一间屋，看到腊香的儿子拥坐在被子里，把自己包得严严实实地在看电视。对我们的到来，他显得有点不知所措，微张着嘴，一副要招呼又不知该怎么招呼的表情。腊香过去掀开被子，要儿子下地给我父亲磕头，被父亲拦住了。

父亲一直抓着腊香的胳膊没放。腊香说，孩子手术后恢复得还可以，比以前强多了，以前只知道犯困，浑身没劲，电视都不爱看，现在不看到半夜都不睡觉。

这就好，一切都会好的。父亲说。

腊香的泪水又涌了出来，她哽咽道，这都是你帮的忙，不然……

看你说的啥话，我对你……做这不算啥嘛。

腊香前后左右看了看，说，叫我咋谢你哩？我啥都没有嘛……

电视上正在放美国影星金·凯瑞的《变相怪杰》精彩片段，这是我最喜欢的演员之一，立即被吸引住了，与腊香的儿子看得哈哈大笑起来，根本没注意父亲与腊香说些什么。

后来，腊香拉着父亲去了另一间屋子。

《变相怪杰》的片段播完后，我才发现父亲与腊香不见了，便出来寻找。刚来到外间屋子，另一间屋子里传来腊香的哭泣声，还有父亲的安慰声。我走过去，正要掀门帘，却从门帘的边沿空隙处看到，父亲把腊香紧紧抱在怀里，两人都是满脸的泪水。

这时，腊香哭着小声说道，三哥，你别笑话我啊，除过身子，我再没别的报答你了，你要不嫌，就拿去吧，啊……

父亲抽泣道，腊香……别啊……腊香！

我轻轻地往后倒退，不想看到这一幕，没料想，我不小心撞倒了扫帚，只是轻微的一声响，里屋立马静了下来。过了几秒钟，先是父亲出来，眼睛红红的。紧跟着腊香走出来，她的眼圈也是红红的。

父亲避开我的目光，说了声，天晚了，我们该回去啦。

腊香扯住我的袖子，语无伦次地说道，看我，都糊涂了，给你们连杯水都没倒呢。你们父女俩别走，我煮碗荷包蛋，女子是第一次上门，说啥也得吃一口热的。

我与父亲坚持不吃，硬掰开腊香的手，走了。

黑乎乎的夜色里，腊香把我们送到大门外，送过一段光秃秃的田地，又送到村街口，才被父亲劝住不送了。

走出好远，我回头还看到一个黑乎乎的影子，站在村街口，一动不动。

寒冷的空气又干又脆，仿佛能捏碎似的。父亲干咳了两声，在寒气逼人的春夜里异常响亮。父亲试图用干咳来掩饰自己，但太刻意，显得很不自然。

果然，快到奶奶家门口时，父亲突然站住，拉住我小声说道，女儿，有些话想给你说一下，回北京后——你就不要给你妈说——今晚的事了。

我打了个哈欠，拍着嘴巴说，今晚的事？爸，今晚有什么事啊？

父亲在我的脸上摸了一把，说声走吧，时间久了，奶奶肯定等心急啦。

父亲多少年没摸我的脸了。我觉着他摸过的地方热乎乎的。

温亚军文集

第三卷

少年游

温亚军 著

中国言实出版社

图书在版编目(CIP)数据

温亚军文集.第三卷,少年游/温亚军著.-- 北京：
中国言实出版社,2022.1
ISBN 978-7-5171-3863-1

Ⅰ.①温… Ⅱ.①温… Ⅲ.①短篇小说—小说集—
中国—当代 Ⅳ.① I247

中国版本图书馆 CIP 数据核字（2021）第 189172 号

温亚军文集 第三卷 少年游

责任编辑：张国旗
责任校对：代青霞

出版发行：中国言实出版社
　　　　　地　址：北京市朝阳区北苑路180号加利大厦5号楼105室
　　　　　邮　编：100101
　　　　　编辑部：北京市海淀区花园路6号院B座6层
　　　　　邮　编：100088
　　　　　电　话：010-64924853（总编室）　010-64924716（发行部）
　　　　　网　址：www.zgyscbs.cn　电子邮箱：zgyscbs@263.net

经　销：新华书店
印　刷：徐州绪权印刷有限公司
版　次：2022年8月第1版　2022年8月第1次印刷
规　格：880毫米×1230毫米　1/32　8.375印张
字　数：166千字

定　价：258.00元（全五卷）
书　号：ISBN 978-7-5171-3863-1

目
CONTENTS
录

少年游

　　鸡刚叫头遍，莫米尔被奶奶从炕上拎起。他站在炕沿上困得睁不开眼睛，迷迷糊糊被奶奶硬套上衣服，塞给他一个竹笼，打发他出门去扯猪草。这是莫米尔暑假每天固定的早课，奶奶定下的规矩，男人不能睡懒觉，否则太阳晒到屁股就吸走了你的阳气，叫你一辈子做不成男人。莫米尔才九岁，还不算男人，他不懂什么是"做男人"，听奶奶第一次这么说，便反问得奶奶张口结舌。后来再问，望着一脸稚气的莫米尔，奶奶躲不过去，左右看了看，把嘴贴在莫米尔的耳朵上说，像你叔似的，现在连半个崽都生不出来，眼看着要断香火。他就是早些年睡懒觉睡的，现在后悔了，心里难受才整天喝猫尿打发日子。莫米尔越发不明白，还想问男人也能生崽之类的问题，奶奶已无耐心，强硬地把他推出门。这个疑问却深深地埋在莫米尔的心底。

天才蒙蒙亮，太阳没露头，只有一线曙光映红了东边的天空，几丝云彩像被火烘烤着，破棉絮似的挂在天边，一点也不敞亮。让莫米尔眼前一亮的倒是婶子，她还穿着睡衣，在水池边刷牙，白绸缎睡裤透出里面的血红色内裤，随着她刷牙的动作，屁股似两团燃烧的火球，烘得人头涨，晃得人眼晕。莫米尔挪不开眼睛，他提裤系鞋带，磨蹭着不出院门。婶子早就注意到侄子的目光，她将刷牙的幅度增大，全身的肉都跟着抖动，惊得莫米尔忘记自己是谁，要干什么。婶子突然转过头来，吐口牙膏白沫说："看够没有？要不把你眼珠子抠出来，贴我这里。"莫米尔赶紧捂住眼睛，生怕眼珠子被抠出来贴到婶子身上去，那样的话他以后什么都看不到了。有次，他看婶子刷牙的背影出了神，被奶奶瞅见，一巴掌拍过来，不重，却把莫米尔拍回到现实中。

莫米尔嘟着嘴，一脸的不高兴，好不容易盼来的暑假，想着补补一个学期积压的瞌睡，却让奶奶给搅黄了。村庄还沉浸在黎明的寂静之中，偶有几声鸡鸣，短促的，浮皮潦草，不像之前那般声嘶力竭，像完成最后使命似的，一听就是应付，敷衍了事。莫米尔对鸡鸣特别厌烦，奶奶每天清早把他从炕上拎起，都是鸡鸣闹的。奶奶还说鸡很诚实，不欺人。莫米尔才不信鸡的诚实呢，它们打鸣是睡醒肚子饿了，不把人叫起来，谁给它们喂食？可他还没睡够呢，为啥也得让这些鸡闹醒跟着起床，太不公平。鸡是邻居家的，他没法阻止别人家的鸡打鸣。

奶奶爱干净，不养鸡，嫌鸡关不住乱跑，拉一院鸡屎，她只养了头猪，已经很大了，整天钻在圈里，赶都赶不出来。奶奶把猪圈清理得十分干净，比得上有些人家的院子了，她还经常给猪洗澡，边洗边对莫米尔说，这猪是留给你姊过满月的，容不得半点污秽。奶奶这样说过，突然盯着莫米尔的眼睛不移开。奶奶年轻的时候眼睛肯定不小，可是人一老，眼皮子松了，耷拉下来，盖住了一半的视线，这使奶奶的眼神看着有些恐怖。莫米尔心里发毛，赶紧避开奶奶的眼神，他担心冷不防叫奶奶的眼神吸去魂，像电影里的僵尸一样。他的头刚低下，被奶奶一把扶起。奶奶压低嗓门，咬着牙说，孙子，睁开眼瞅好了，我是你亲奶奶，你爸妈把你留到我这儿。想有口饭吃，就得照奶奶说的做，别净拣花哨处瞅。那个女人不是莫家人，她给你奶奶心口扎了一把刀，也给你叔扎了一把，你叔的那把刀更大、更深。要你叔断莫家的香火啊！

莫米尔吸了口凉气，别的他都能听懂，唯独这后一句有些疑惑，他问奶奶，你不是说，我叔睡懒觉被太阳吸走了阳气，生不出崽吗？他本来还想接着问之前的问题，男人怎么能生崽？怕奶奶生气，把后半截话咽回肚里。

奶奶的手还是举了起来，半空中收住，落下时改成了抚摸。她摸着莫米尔的头说，你懂啥，说是那样说……也只能这样说。唉，男人哪里会生崽，还不是……你不明白的。你只管每天早点起来扯猪草，喂饱这头满月猪。

莫米尔皱了下眉，怕奶奶看到他的不情愿，抓了把清早扯来的草送到猪嘴边。听着满月猪的哼叽，莫米尔心里冷笑了一下，奶奶以为他真的什么都不知道，婶子的肚子平坦得像足球场，看来她的这个满月遥遥无期了，那他也就不能睡懒觉，得每天早起去割猪草了。不过，莫米尔的暑假是有期限的，到秋天一开学，他就不用扯猪草了，至于谁接替他，那不是他操心的事。他有时却毫无来由地操心婶子的肚子，怎么看着一点不见长呢，哪像母亲，有了二孩政策后，立马怀上了弟弟，在他眼皮底下，母亲的肚子气球似的一天天增大，母亲抚摩着肚子，要求父亲买这买那，光是女孩的花裙子就买了一大堆，小小的出租屋里每天都在上演花裙子展览会。父母想生个女儿都走火入魔了，看到电视里出现个女孩子，无论干什么，都会搁下手里的活计挤在一起边看边议论，一脸的憧憬。结果，母亲生下个男孩。真是想啥没啥，怕啥来啥。弟弟的出生，仿佛是场灾难，将这个家庭击溃了，沮丧使爸妈对于未来生活的期待都没了，默默地收起那些花裙子，给小儿子连满月酒都没摆，一儿一女的美好愿望泡沫一般破灭。从此，爸妈看到眼前的两个儿子，像看到两座大山正缓缓地朝他们压过来。想到要扛起这两座大山而拼命攒力气，再也顾不上好好享受生活，他们心里直犯堵，呼哧带喘只想发火。爸妈的情绪没法儿梳好理顺，最先被作为牺牲品的是莫米尔，他在城里上学，二年级第一学期一结束，爸妈迫不及待地将他送回老家托付给奶奶照看。年还没过完，爸妈象征性地说了些言不由衷的话，带着弟弟匆匆返回城里。毫不知情的莫米尔当时被奶奶带到邻居家串门，错开了与爸妈的告别。爸妈曾信誓旦旦要将他培养为城里人，永远脱离农村，而现在却成了一场笑话。两个儿子，将来在城里要买两套房，娶两个媳妇，即使有基业继承的城里人都感到吃力，何况他们是成千上万普通打工族家庭中的一员，想要实现膨胀了的梦想，简直是天方夜谭。爸妈带着他们无法抵达的现实和再不能伸手碰触的梦想，心烦意乱地返了城，暂时抛下莫米尔，也成了他们在两座大山的压迫中，能稍微通畅呼吸的手段之一。

莫米尔对乡村并不陌生，他是奶奶带到两岁才被父母接进城，过起了城市生活，学说普通话，上幼儿园，与小朋友手拉手做游戏，排着队坐滑梯、荡秋千。农村生活的印迹迅速在他身上磨灭，他说话的声调、神态以及举止，已然与城里的孩子一样，直至上学。可弟弟的出生，不仅击碎了父母对于未来的憧憬，也犹如一记重拳把他重新打回乡下。

过完正月十五，奶奶牵着莫米尔去村小学报名，才知道自己村的小学也要转学证明。不管是什么学校，每个孩子都有自己的学籍档案，没有学籍，学校怎么会收一个底细不明的学生？奶奶傻了眼，她以为莫米尔是她的孙子，这是谁都知道的，自己的孙子来村小上学理所当然，怎么还要开证明，她上哪里去开转学证明？莫米尔在城里待了七年，见多识广，他比奶奶有经验，问校长什么是转学证明。他说的是普通话，与校园里那些叽叽喳喳的小学生显得格格不入，校长斜了一眼，懒得搭理他。有本事去说普通话的地方上学！这句话校长没说出口，莫米尔却感觉到了，他拉了奶奶一把："奶奶，我们走，不在这儿耗时间。"

一脸愁苦的奶奶甩掉莫米尔的手，可还是跟着孙子出了学校大门。莫米尔连推带拽，把奶奶带到离学校不远处的武侯祠门口，奶奶再次甩开孙子的手："别耍鬼心眼，这里可上不了学……"

奶奶话音没落，收门票的是个年轻女人，她扫了一眼这一老一少，啥也没问，用手中的卡给奶奶刷开门。奶奶还在犹豫，莫米尔将她推进去，奶奶满脸通红，浑身不自在地对收门票的女人说："我今天不上香，也不找儿子……"

收门票的女人耷拉下脸，转过身，没搭理。

奶奶牵起莫米尔的手，在他的胳膊上拧了一把，往里面走了些，才狠狠地说："瞅瞅，咱没买门票，你叔把人情欠下了，瞅那婆娘，驴脸长得能挂竹笼。"

武侯祠现在叫文管所，进得买三十块钱门票，莫米尔的小叔莫文进是文管所聘用的会计。会计的娘和侄子哪用得着买票，可做娘的每次进这个门，心里都不踏实，但她从不主动掏钱买门票，就这么一进一出，三十块钱没了，不值当。她会换位去想，收门票的让他们免费进来，没挣到钱，心里肯定不高兴，态度当然不会好。反正，左右都是损失。所以，如果不是初一、十五这两个上香的日子，她绝不到武侯祠来。

这次算是来对了。莫文进今天没喝酒，看上去很清醒。没等侄子把小学校长的态度说完，莫文进挥手打断，掏出手机走到一边，不知给谁打通电话，只说了两句，便挂断手机过来说，去吧，上学的事说好了。

小学校长也有亲戚友人，谁不想来武侯祠免个门票？何况莫米尔本来就是村里的户口，不能因为他父母在外打工，跟着在城市生活了几年就抹却了他在村小上学的资格。这样的道理说得通，只是奶奶被转学证明吓住了，她以为那是比莫米尔上学更难的事情。

莫米尔顺利走进村小学二年级教室。一学期还没过半，他的普通话越来越拗口，在学校外面的网吧与爸妈视频时，妈妈意识到了他口音的变化，叮咛他一定要把普通话坚持下去，否则前功尽弃。莫米尔嘴上答应，可说普通话需要良好的语境，没这个语境怎么可能仅凭自己的坚持就能做到呢！到本学期结束，莫米尔已完全讲顺了家乡话。

变化最大的，还是奶奶的态度。奶奶越来越觉得莫米尔是个好帮手，不光能去给猪扯草，更重要的是给她的陪伴，爷爷去世十几年了，奶奶跟着小儿子两口一起过日子。小儿子在武侯祠文管所工作，看似离家不远，却很少见面，他说工作忙经常住文管所宿舍不回家，偶尔回来，不是喝醉了酒，就是深更半夜进门，天不亮出门，娘俩碰面的机会很少，说句话都难。就是有说话的时间，又说什么呢？生不出来孩子，说啥都没用。不生育的原因早已查清，是小儿子的原因，做母亲的心有偏袒，不肯承认儿子有问题，固执地认为是媳妇生不出来。婆媳之间长期冷战，这个家里她们婆媳才是一起过日子的人，矛盾都让她们给制造和扩大了，反而莫文进置身家庭之外，冷眼旁观这个家冷冷清清，缺少活生生的气息。奶奶每天处在孤寂落寞中，她试图把日子过得热闹些，也力不从心，况且她也跳不出对儿媳的埋怨。她活着的最大希望就是小儿子的这脉香火，除了催促儿子不停地服药，每逢初一、十五这两个日子，她提前三天吃斋净肠，然后雷打不动地去武侯祠上香、拜佛，祈求观音菩萨能让儿子有生育能力，解除儿子的痛苦。她能做的只有这些。

武侯祠原本只有武侯塑像一尊，后来改为文管所，扩大了祠堂的规模，增加了不少与武侯有关的人物塑身，可游客依然稀少。再后来，为吸引游客，增加收入，又圈了周边几亩地，修了观音殿、迷惑阵，每年二月办次庙会，香火慢慢旺了起来。尤其是观音菩萨殿，成了十里八乡的朝圣之地。

莫米尔不知道，奶奶把全部的希望寄托在观音殿，她要以她的虔诚和真诚打动菩萨，她坚信，有朝一日，菩萨会显灵，给她小儿子一个延续香火的崽子。

每逢初一、十五，武侯祠的香客多了，门口偶尔会增加一个收门票的工作人员，这个收票人不固定，大多是临时凑的，有不认识奶奶的，会摆出一副公事公办的样子，拦住奶奶要门票。每当这时，那个固定收门票的女人低着头，装着收验门票很忙，不抬头往奶奶这边看，更别说出面招呼一声，替奶奶解释几句，大庭广众之下奶奶很无措，满脸通红，觉得在众香客面前失了体面。奶奶不敢跟儿子说祠院门口的尴尬遭遇，儿子易怒，怕他去门口寻收门票的人吵闹。奶奶心里堵得慌，夜里说给孙子听。莫米尔不高兴了，他在城里见惯了别人的脸色，能想象到奶奶当时的难堪，扬言明天放学后要去武侯祠找那收门票的理论："我叔是会计，专门管钱呢，哪能叫一个收门票给会计他妈脸色！"奶奶将孙子揽进怀里，热泪一股一股地往外涌，哽咽道："心肝啊，有你这话就够了，咱不去找他，不给你叔添乱，他心里够苦的。咱不去找那些人论理，有菩萨在那看着哩。"奶奶没告诉孙子，她舍不得掏三十块钱买门票，却舍得给观音像前的功德箱里投钱，正常每次要投一百块，如果感觉自己的祈求会得到菩萨的接纳，她给红色的功德箱里要投进去两百块钱。

莫米尔当时被父母留在奶奶身边时，奶奶虽没说什么，但莫米尔能看出她的不情愿，他能感觉到奶奶的情绪，可他有什么办法，只能偷偷流泪，到村口茫然地望着父母离去的那条路，他自知没能力独自去找爸妈。城市离老家太远了，坐了汽车坐火车，下了火车又坐汽车，路上得走两天时间，他根本不知道怎么乘车、转车，他也没钱买车票。父母有没有给奶奶留下钱他不知道，但奶奶一定不会给他钱的。莫米尔垂头丧气，刚开始留在老家时，想去找父母的念头很强烈，只是这念头像风从树上刮下来的叶子，还没等落到地上又被风刮跑了。他不是不懂事的孩子，也从来没认为爸妈不要他，而是有了弟弟后，爸妈遇到了非常大的难题，是什么难题他不清楚，但他能懂得爸妈把他留在老家肯定是迫不得已，弟弟那么小，怎么能离开爸妈呢。莫米尔想到这些时，时常叹口气，鼻腔里泛起来的酸涩慢慢就退了下去。在城里跟着爸妈生活了七年，莫米尔幼小的心灵深处过早地烙下了人分三六九等的观念，是哪类人就该过哪种生活，像他爸妈，还有他和弟弟，虽然生活在城里，却与城里人有很大的区别。莫米尔听爸妈念叨过好多次，在城里打工的收入比在老家种地多很多，只要能吃苦就可以挣更多的钱，将来在城里能给他买房子。有了房子，才有进入城市的基础，以后在城里娶妻生子，再不受他人的异样目光。他们将真正融入城市，血管里淌着的不再有乡土气。

那时，莫米尔还没把爸妈对于未来的畅想完全地听到心里去。他对城市的体验没有爸妈那样强烈，他只知道，城市现在还不是他们的地盘。至于什么时候才会成为他们的地盘，莫米尔没法想象，一个跟他不贴心不贴肉的地方，他为什么要去想象呢。

所以，莫米尔对留在奶奶身边也没抗拒。当然，抗拒了也没用。他离城市越来越远，却离奶奶的心越来越近。奶奶不像妈妈那样，天天问他的课堂提问，督促他写作业，还逼他学奥数，唯恐他在学业上落后于人，总想让他高人一等。可他哪里超得过他人，就算使出吃奶的劲，他在班上能保持中上水平已很不错了。奶奶对莫米尔的学习根本不过问，她也不懂学的是啥，她每天按时做好三顿饭，保证孙子吃好、睡好、不生病，就算尽到了责任，至于莫米尔学习好坏，将来能否考个好学校有出息，那是他自己的命，她左右不了。奶奶不操心莫米尔的学习，或许正是这样的散淡心态暗合了莫米尔的心理需要，他不用把吃奶的劲全使出来，毕竟他在城里的见识用来对付乡村小学的学习绰绰有余，他便把更多的心思用在和奶奶的相处上。不到半年，奶奶对莫米尔的冷漠一点一点消融，祖孙的感情越来越深。奶奶冷清的日子发生了巨大变化，莫米尔不再是她身边的一个附属，他像个暖手壶，在严寒里驱散了她的冰寒之气。奶奶慢慢体验到了天伦之乐，那不是可有可无，而是揪心扯肺的一种疼痛。奶奶回归到奶奶的角色里，越来越离不开孙子。快放学时，她早早去村头的路口等着，远远地望见孙子与一群小孩走来，会不由自主地迎上去，拉住孙子的手，问饿不饿，冷不冷，今天开不开心，几个月前那种动不动粗暴地挥一挥手，拉长着脸、恨不得对方赶紧消失的感觉已经踪影全无，剩下的只有祖孙相依的温暖。

　　立冬后不久，气温陡降，接连下了三天毛毛雨，天阴沉着脸不见一丝晴光，傲慢的细雨将泥土路泡得酥软，通往学校的土路有三四公里，被学生们踩成了泥淖，今年刚上学的小孩太小没劲，踩进泥里拔不出鞋，加上又湿又冷，冻得哭了。留守的爷爷奶奶们只好背着他们到学校，放学后再背回来。泥泞对莫米尔根本不算什么，他甚至在泥泞里可以拔腿跑动，虽然摇摇晃晃像只企鹅。可奶奶不放心，没说要背他，也背不动，却要拉着他的手，把他亲自送到学校。莫米尔不干，他已升到三年级，让同学看到奶奶送他上学，他的脸往哪儿搁？与奶奶僵持不下，他急了眼，第一次跟奶奶发了火。看着奶奶满头的白发在冷风中飘摇，一副苍老憔悴的样子，莫米尔哭了，他扑进奶奶怀里，哭得很伤心。哭过之后，莫米尔与奶奶达成一致意见，奶奶可以不送他去学校，晌午不让他回家，要他去武侯祠叔叔那里吃饭。为此，奶奶还在村头的小卖部，拨通儿子的手机，专门做了交代。

莫米尔与叔叔平时接触非常少，偶尔见到叔叔，两人都不冷不淡。他不想去叔叔那里吃午饭，又怕奶奶担心，更不想奶奶在泥泞中来回奔走，他只好硬着头皮去武侯祠找叔叔。在武侯祠门口，他主动报了叔叔的名字，那个收门票的女人眼皮都没抬一下，刷卡放他进去了。

叔叔在宿舍早等得不耐烦，见莫米尔突然出现，瞪着眼说："你奶奶快把我的手机打爆了，你要再不来，她非追过来不可。"边说边扔过来一双拖鞋，叫莫米尔换掉沾满泥浆的套鞋，端过来倒扣的碗，打开说，"饭打来有一会儿了，摸上去还热着，你要是嫌凉，我去灶房热热？"

莫米尔赶紧接过来，挑了一筷头饭塞进嘴里，望着浇在米饭上的肉块，说："不用不用，还很热，吃着正好。"

叔叔不再说什么，把莫米尔摁到桌前坐下，自己点上一支烟。过了会儿，见莫米尔吃得很慢，走过来说："如果不爱吃，我让灶上师傅加个蛋给炒一下。"莫米尔端起碗，生怕叔叔抢走似的："不了不了，我爱吃。很好吃的。"

"要说实话，不然你奶奶可有唠叨的了。"叔叔丢掉抽了半截的烟，从床下掏出一个酒瓶，拧开盖子，猛灌了一大口，牙疼似的吸着凉气，在地上转了一圈，顿了顿，从莫米尔手中抽出筷子，夹了几根土豆丝，塞进嘴里嚼着，边嚼边对愣神的莫米尔说，"咋了，嫌我吃了？"

"没有没有，你再吃。"莫米尔把碗举到叔叔跟前，叔叔龇牙一笑，轻轻推开碗，示意他快吃。

那一刻，莫米尔觉得叔叔并不像表面那样暴躁和戾气，其实对他还是很亲切的。莫米尔心里紧绷的弦终于松弛下来。他很喜欢这样的松弛，在自己的亲人面前，不再是难以融合的陌生和抗拒感。这让莫米尔心里有了种柔软的感觉，他现在每天最盼望的，竟然是去武侯祠叔叔那里吃午饭。

过了几天，气温回升，久违的太阳出来了，冬天的太阳失去了威力，可还是将路上的泥泞慢慢晒干了。路能走了，莫米尔却不想晌午回家吃饭，他对奶奶说，为吃顿饭把时间都浪费在路上，不如去叔叔那里吃顿午饭，还有时间复习功课呢。奶奶顿感失落，短短的几天，莫米尔由被动到主动，她有种被孙子遗忘的酸楚，漫长的白天——她觉得冬季的白天比夏季还要漫长，晌午少了莫米尔回来吃饭，她不能用孙子来熨帖内心，不能把酝酿了一上午的情绪宣泄一下，还得强忍着和儿媳一起度过一天，心里有种纠结不清的东西，使她呼吸都不畅快。

这个月初一，奶奶去武侯祠上香，进门先到儿子那儿取功德钱。因为是给儿子祈求生子，功德钱一定要儿子拿。谁的钱谁得福。奶奶拿上钱要走了，突然说了句："米尔这崽子，晌午爱上了你这饭菜，你不会烦他吧？"

儿子看着母亲说："有啥烦的，这小子挺灵光，我一下子觉得有个人让我操心，挺有意思的。"

当妈的听了，喜上眉梢："儿呀，你心里真是这样想的？"

"哄你做啥？"儿子丢下以往板着的脸，竟然有了笑意，说道，"他来我这儿吃过晌午饭，还要去迷惑阵耍会儿，我怕他进去出不来，带他去钻了几次，这小子聪明，只用两三分钟自己就能钻出来了。"

奶奶没想到会是这种结果，她惦着孙子除了心里泛起的祖孙之情，最为忐忑的就是小儿子会厌烦莫米尔，那长年累月只阴不晴的脸会变成雨雪交加。现在她看到的却是儿子晴朗的脸，像春天一般，有了温暖的阳光。儿子哪怕是如此微小的变化，也叫她兴奋得眼泪在眼眶里打转，抬手抹了把眼睛，手伸向儿子："来，再给一百。"

儿子略微犹豫了一下，又掏出一百块钱。

奶奶满心欢喜地去拜菩萨，往功德箱里塞了两百块钱，然后在祠院走来走去消磨时间，她想等到晌午，见到莫米尔后再走。以眼下的心情，她很难等到晚上。

莫米尔不知道奶奶在等他，像往常一样冲进叔叔宿舍，嘴里喊着"冻死了冻死了"，甩掉鞋子跳上床往叔叔的被窝里钻。不到一月，他已经与叔叔不分彼此了。奶奶轻轻唤了一声，莫米尔这才发现衣架后面的奶奶，起身要下床，奶奶过来按住他，慈祥地看了眼孙子，把目光移到儿子那边。儿子一脸平静，撳灭烟头，拿上碗要去给莫米尔打饭，临出门了，却对母亲说："妈，我去打两份饭，你也在这儿一起吃！"

奶奶捂住了嘴，怕自己哭出声来。多少年了，小儿子没跟她说过这样的话，没问过她是冷还是暖，他像个冻透的土疙瘩，又冷又硬。没想到，莫米尔的出现却轻而易举地把这块冰疙瘩给融化了。奶奶心里叹息了一声，到底还是孩子最能柔软人心，莫米尔如同一束阳光，不仅把她照耀了，也把阴冷的小儿子照亮了。

喜悦过后，奶奶心里有了个打算：把莫米尔过继给小儿子。反正，大儿子二胎生的还是小子，多了个续香火的，过继一个给自己亲弟弟，肉炖在一个锅里，香味缭绕在自家，将来还少了份负担。这个想法在奶奶心里一旦生根发芽，就没法阻止它成长。奶奶等不到过年时大儿子回来了再商量，她到村头小卖店给大儿子打了通电话，说出自己的想法。为堵大儿子的嘴，她还说了自己身体越来越不好，活了今儿个没明儿个，老二眼下这副样子，她死了怎么闭得上眼……

大儿子耐心听母亲唠叨个没完，见缝插针地说了一句，这么大的事，总得让我给米尔他妈说一声吧？儿子是她生的，只要她愿意我没意见，她要不愿意，咱们也不能擅自做主是不？

这倒也是。奶奶扔下一句："明儿个，我再给你打电话。"

没等到明儿个，下午大儿子主动把电话打到小卖店，说他们两口子商量好了，他们听母亲的。母亲这辈子不容易，他们可不能背上不孝的骂名。当初，他们生下二胎，原是想要个女儿，有儿有女才是个"好"嘛，结果又是个儿子，感觉日子一下子萎靡了。奶奶还在想莫不是大儿子两口早就有这打算，只是不想主动开口说，把大小子留在老家，说不定就等这一天呢。

大儿媳接过电话，没说话倒先哭了，哭得伤心至极。奶奶安慰大儿媳："儿子都是娘身上的肉，可老大家的，咱又不是把孩子过给旁人，是他亲叔，还在一个家里呀。我说老大家的，你只是没见，这叔侄俩好着呢，老二总怕孩子的饭凉了，专门买了个电炉子；怕孩子冻着，离晌午还早呢，插上电热毯给孩子暖着被窝。啥时见过老二这样？他对我都不问冷热，连句话都懒得说，这要不是缘分，那啥是缘分……"

　　大儿子两口子同意，这事就好办。奶奶心里头热乎——不，简直是有团火，熊熊燃烧，烧得她浑身上下一片透亮。等不及，挂断大儿子电话当即又拨给小儿子，要把好消息告诉他。电话刚接通，来了个要打电话的老头，站在她身后等着。奶奶怕老头听到她的话乱传，便变了话头，问儿子吃呀喝的，没一句正经事。本来，她想叫儿子下班了回家再说，可她等不到夜里，多问了句，你现在呀别出门，我这就去说个事，要紧事。

　　莫文进听母亲说了哥嫂的态度，当即抱着头哭了，他哭得很压抑，也很畅快。奶奶站在边上，抚摩着儿子的头，任由他哭。哭够了，莫文进扯过纸巾擦干眼泪，对母亲说，这崽子招人疼哩，天生像我的儿。

　　奶奶含着热泪，点点头："与猫狗相处时间长了，还有感情呢，何况你们是亲叔侄。"

　　"前阵儿，我有意问过这小崽子，他说喜欢老家，有奶奶，有我这个叔，他爱在这儿上学，和这帮人做同学热闹，更爱到我这儿来吃饭。他不喜欢城市，住出租房，上打工学校，讨厌城里人看他的眼神。"莫文进喝了口水，呛到似的咳嗽起来，"果真能过继，我再不喝酒了，好好工作，将来为他打算。"

"你哥嫂都答应了，你刚说的，崽子那里应该不会出差错，你还有啥不放心的？"

莫文进避开母亲的目光："我肯定放心，包括给小崽子说清这事，我都能说。只是，荣荣那里不知她会咋想？"

奶奶吁了口气："你只管跟小崽子说，荣荣那里有我呢。"

话是这么说，奶奶心里却没了底。这几年，与小儿媳同在一个锅里搅稀稠，早已搅出一肚子的辛酸。刚结婚进门时，小儿媳对婆婆还算敬重，地里、家里的活儿做得有板有眼。一年后，她没生出来一男半女，亏心似的抢着干活儿，话不多说一句，让她吃药就吃药，叫她拜菩萨就拜菩萨，可肚子不争气，办法想尽也没使她的肚子鼓起来。后来小两口一起去医院检查，女方身体一切正常，是莫文进的问题，说是男人的种子不合格，再肥沃的地也出不了苗。这下可不得了，天翻过来了，被不能生育的事实压迫得快窒息的儿媳昂起了头，不再低眉顺眼、忍气吞声，像要把受过的委屈通通宣泄出来。有时候，她跋扈得没一点从前的影子，还动不动闹离婚，说这日子不是正常人过的。劝她几句，她扬言要把真相告诉所有人。

这是奶奶最气短处。她可以任由儿媳不去地里干活儿，在家里睡懒觉、不做饭，也可以不尊重她这个长辈，但她绝不能让他们离婚，不能毁了儿子。以前，叫儿媳吃药、拜菩萨，现在反过来换成了儿子。起初儿子不配合，她以死相逼，儿子才勉强接受，心也冷了，随她摆布，人却越来越像根冰柱。

过继的事，看来只能是她亲自跟儿媳提了。奶奶心里着急，却知道这事对儿媳妇急不得，得找机会，她不能把好事搞砸。

机会来了。天气阴冷，儿媳受凉感冒了。奶奶熬碗姜汤，放足红糖端过去。儿媳有点惊诧，丢开手机，从被窝坐起来双手接过姜汤。

奶奶笑眯眯地说："趁热喝，比药管用。"

儿媳妇吹了吹，喝了一口，辣得伸出舌头，口腔、喉咙、肚腹顿时热乎起来，说不出的舒坦。她一口一口接着喝下，直至头顶冒汗。

奶奶觉得是时候了，她递过毛巾，说："荣荣，有件事想跟你商量。是这样，你哥你嫂愿意将他们的大崽子，过继给你们当儿子……"

"那咋成？"儿媳妇把姜汤碗"咚"地放下，坐直身子说，"这不是告诉所有人，是我不能生育，才过继他们的崽子？"

"这——"奶奶竟然无言应对，顿了顿，她堆上笑容赔着小心说，"别人咋会想这么多，是你想多了。"见儿媳不为所动，奶奶抹起了眼泪，"妈知道你受了委屈，那咋办呢，谁叫咱摊上这事。也是我的命硬，把不好带给了你俩，我常跟菩萨说，一命换一命，让我去死，给你们换个崽子来……"

奶奶越说眼泪越长，简直要成河了。儿媳妇闭上眼睛，捂住了耳朵，拼命摇晃着脑袋，像要把奶奶的话和眼泪一起甩开似的。过了会儿，她索性倒在炕上，扯过被子，把自己蒙得严严实实。

奶奶心里垮了，尽管她知道这事不会那么顺当。但有些话一旦说出口，就像面对一座险峻的高山，不尝试翻越，还抱着期待，一旦失败，内心的挫败感则无法消弭。她不知怎么走出儿媳屋子，回到自己炕上的。她忘记了烧炕，躺在冰凉的被窝，不知道冷，不知道困，不知道饿。如果不是想着还有个孙子要照顾，她就会一直躺下去。

这天，快到晌午了，奶奶才想起今儿个是农历十五，昨儿个还记着呢，临了却没记住。她不能错过上香的日子，匆忙收拾东西，往武侯祠赶。

儿子一直在等消息，却不肯回家问，他知道过继的事不会像说的那么简单。奶奶心里不顺畅，没心思跟儿子细说，却告诉他，你媳妇退让了一步，说过继能行，只要你哥的那个小崽子，不要这个大的。她说大的懂事了，眼神跟公狼似的，养不亲。

"她是故意的！"儿子跳起来，喊叫道，"她是不想让我心里舒坦。"

奶奶张口要制止，莫米尔推开门走了进来，他放了学来吃晌午饭。奶奶不好再说啥，摸了摸孙子冻红的脸，把他往床上推："快，上床暖暖，脸冻得跟冰似的。"

莫米尔望望一脸怒气的叔，又看看躲避他眼神的奶奶，迟疑着上了床。外面的确太冷了，西北风刮了一夜，到现在还没停歇的意思。

奶奶围上头巾，伸手向儿子："拿来！今儿个迟了。"

儿子慢慢地掏出一百块钱，递过去。

奶奶不接，望着别处说："再给一张！"

儿子又掏出一百，奶奶接过攥在手里，拉开门走了。

莫米尔不知发生了什么事，奶奶没招呼一声走了，脸色也不对。再看叔叔，也是那种冷冰冰没有温度的样子。顿了顿忍不住，他还是问叔叔："奶奶还回来吗？"

"不知道！"

"那她吃过晌午饭了吗？"

"我不知道。"叔叔不耐烦，克制住情绪说，"你是不是很饿，我这就去打饭。"

莫米尔摆摆手："我不饿，可是叔叔、奶奶为啥要往那个箱子里投钱？"

叔叔犹豫了一下，才说："人有很多欲望……呃，就是很多想法，有些想法一时半会儿实现不了，就会求助于各路神仙，希望通过神仙的帮助来实现或者加快实现。"

"神仙还要钱吗？"

"神仙不要钱，捐钱只是表示诚心。人总得有寄托，对吧？"

"捐了钱，就有寄托了？"

叔叔苦笑了一下："有些事做了和没做，心里的感觉是不一样的。"

莫米尔想了想，点点头："我知道这种感觉。就像我对奶奶和你一样，我喜欢和你们在一起，看到你们，我就没那么想爸爸妈妈了。刚开始留在家里，我是很想他们的。这就是感觉对吧。"

叔叔愣了愣神，莫米尔领悟力简直超出了他的想象。他苦笑得更深了："对！米尔真聪明。"

莫米尔受到表扬，有点得意："叔叔，我一直想问，你给奶奶的钱，她投进那个箱子里，神仙又不要钱，最后叫谁拿去了？"

"你问这干啥？"

"那些钱加起来肯定很多了。"莫米尔若有所思地说。

叔叔放下手里准备去打饭的碗，走到床边："是很多了，那是谁也拿不走的，都交给文管所了。"他抚摩了一下莫米尔的头，他对这个侄子更加怜爱，"不过，你奶奶投进去的钱，每次我都取回来了。你别忘了我是会计，那些钱都是我从箱子里取出来的。不过，我只拿自己的那份。"

莫米尔望着叔叔，叔叔脸上漾着淡淡的笑意。莫米尔的脑袋忽然有些晕，他想奶奶有求于神仙，叔叔却把奶奶捐出去的钱又拿回来，是不是说，叔叔把奶奶的愿望又撤了回来？莫米尔张了张嘴，到底没说出口。

叔叔拍了拍他的头，端上碗去打饭了。

记忆中的妹妹

这次开批斗会，我终于给地主婆二奶奶的脸上吐了一口唾沫。这样，我就再也不会受同学们的嘲笑，说我没有阶级立场了。这对我，是个很大的突破。望着二奶奶干瘦的脸上糊满了唾沫，我一下子觉得自己长大了许多。就在我准备给地主婆再吐一口唾沫时，哥过来一把拉住我说，快点跟我回家，妹妹已经到家了。我回头看了一眼低着头的二奶奶，咽下了嘴里的唾沫，跟着哥往家里跑了。

妹妹果然已经到家了。看上去，我们的这个妹妹还不到两岁的样子，个子小小的，眼睛却很大，她用怯生生的目光望着我们。我兴奋地冲上去，大着嗓门问她叫什么名字。她被我吓着了，张开嘴大哭了起来。母亲闻声跑过来，顺手给了我一巴掌,她把妹妹抱了起来,一边哄着妹妹一边警告我们,今后谁也不准欺负温柔,不准把温柔当外人看待。

我的这个名叫温柔的妹妹,是个孤儿。在孤儿登记簿上,她的名字叫程敏丽。这是母亲告诉我们的。母亲还告诉我们,从此以后,谁也不准叫她以前的名字。以前,就叫它过去吧,那都是些伤疤。父亲母亲给妹妹起这么一个名字,是想着叫妹妹从此告别伤疤,开始新的生活。

后来,我才知道,我的这个妹妹是在唐山大地震中成为孤儿的。她和许多在地震中失去父母的孤儿一起,被民政部门运送到了我们家乡。

我的家乡是一个靠天吃饭的地方,妹妹这批孤儿来到我们这个地方时,正赶上旱年,粮食严重歉收。其实在我们这里,即使不是个旱年,收成也好不到哪里去,每年都是眼巴巴地盼着国家的救济粮,掺上野菜、树叶和树皮度日。谁家里,也不愿多添一个要吃饭的人口。公社接到妹妹这批孤儿后,没有人报名领养,公社就不断地开会,发动群众,号召大家伸出援助之手,抚养孤儿。但这一点也不起作用,在粮食与境界之间,大家都选择粮食,没有几个人主动来领养孤儿。最后,只好从干部身上下手,叫干部带个头。我的母亲是队里的妇女队长,她当仁不让,得领养一个孤儿。母亲就领回来了这个温柔。

家里一下子多了一个妹妹,生活就像被割开了一道缝,阳光漏了进来,多了一些色彩,我们高兴得上蹿下跳,稀罕得很,谁也没有把妹妹当孤儿看待的意思,相反,我们全家都围着她转。很快，妹妹温柔哭得少了，和我们在一起疯玩，高兴了，她还会笑起来，一笑，她腮上的两个酒窝可爱得很。我们有了这么一个可爱的妹妹，生活中多了不少情趣。可事实上，我们家的情况非常难过，最叫父母发愁的是吃了上顿就没有了下顿，大多时候的下顿都是靠父母去挖野菜。尤其是妹妹温柔来我家之后，她吃不到有营养的食物，几天下来，就明显瘦了，那双眼睛看上去更大了，怯怯地看人时，那清澄却无神的眼神总是叫人心疼。

第二天，我们吃的菜汤里会多些玉米粒，是那种又香又甜的玉米粒，很好吃。母亲给妹妹碗里捞的玉米粒最多，我们兄妹没有人会反对母亲这样做，都觉得妹妹应该吃些好的。尽管这样，妹妹温柔的脸色却一点都不见好，并且，她时不时就把吃下去的东西吐了出来。母亲心疼妹妹，经常给她做些纯粮食的饭吃了，不知是怎么搞的，妹妹也会毫不含糊地吐出来，而且，时隔不久，妹妹一到了晚上，就整夜整夜地哭个不停，父母只好轮换抱着妹妹摇晃着在地上走来走去地哄着，可妹妹还是哭得声嘶力竭。妹妹是生病了，母亲背着她天天去医疗站打针，一连打了几天，也不见好。医生只说是水土不服，没其他毛病，吃点有营养的食物补充补充就好了。看着妹妹吃下去的都吐了出来，晚上哭得死去活来的样子，母亲抱着妹妹，自己也哭得泪人儿似的。

最可怜的还是妹妹温柔，她的脸色越来越黄了。母亲再也不敢耽搁，带妹妹到公社卫生院去做检查，得出结果，是妹妹患上了肝炎，根本就不是什么水土不服。医生告诉母亲，这种肝炎不好治，而且，还会传染。母亲吓坏了，抱着妹妹不知何去何从。为了保住妹妹的命，也为了我们一家人不被传染，最后，母亲流着泪决定：把妹妹归还给公社。

公社里，没有哪个人愿意接受送回来的孤儿，何况这个孤儿还患上了传染病。母亲只好含泪把妹妹又抱了回来。我们家就一间住人的房子，为了防止妹妹的肝炎传染给我们兄妹，母亲把我们全赶到了柴房里，给我们搭了地铺，她陪着妹妹住在房子里，照顾妹妹。母亲的理由很简单，妹妹最小，又有病，不能委屈了她。更主要的，母亲是怕妹妹的肝炎传染给我们，而她自己，就顾不了这么多。但是，事情要是有这么简单就好了，事实是妹妹的病越来越严重，她一点东西都不能吃了，母亲给她喂的饭食全吐了出来，她除了偶尔哭几声外，大多时候都在昏睡。更何况，家里一点能吃的东西都没有了，母亲再坚强，她也没有能力解救妹妹，唯一能做的，就是每天抱着妹妹去大队医疗站或者公社医院求助医生。可那些医生像是商量好了似的，都说他们没法治，要治这种病，只有去县里的大医院。母亲哪有钱去县里的大医院？她到处去求亲戚借钱，却连去县城的路费都没有借到。在母亲抱着奄奄一息的妹妹，哭得六神无主的时候，地主婆二奶奶闻讯来到了我们家。她说要收养妹妹。

二奶奶的这个举动，母亲是茫然的，她犹豫再三，最后，还是盲目地哭着给二奶奶交代了又交代，才把妹妹送给了二奶奶。我们流着泪，看着地主婆二奶奶抱着妹妹，像抱着一个宝贝似的走了。

二奶奶是老地主二爷爷明媒正娶用花轿抬过来的，所以，她是十足的地主婆。倒是二爷爷这个真正的地主，却像是早早地预感到了后果似的，在儿子出生不久，他就害病殁了，没有挨上一次批斗。二奶奶虽是地主婆，但她是有口粮的，她一个人过日子，相对要充足些。妹妹温柔这批孤儿来了后，二奶奶很想养一个孩子，可就因为她的地主成分，不允许她领养孤儿，她就像一个老母鹅似的，时不时地来到领养了孤儿的人家门口，不敢进去，就引颈往里瞧着。为这，二奶奶没少挨别人的骂，可她依然如故。这回，她得知我母亲想退回妹妹时，终于鼓足勇气走进了我们家，并且达到了她的目的。

二奶奶收养了我的妹妹温柔后，她就算有了孙女。对她来说，一下子有了孙女，并且连名字都不用重取，这是多好的事啊。二奶奶把温柔当宝贝似的，她去娘家借钱，买来奶粉，还有白糖，在她的精心照料下，妹妹温柔的脸色有了些变化。我们忍不住偷偷去二奶奶家看妹妹时，妹妹已经能吃点奶粉了。二奶奶怕我们要回妹妹，不叫我们进她家的门，她关上门，在里面对我们说，她要去借钱，去县城给温柔看病。

可是，还没有等到二奶奶借上钱，这事就叫公社给知道了，派人来查，严厉地批评了母亲不负责任的行为，还当即撤了母亲妇女队长的职务。母亲听后跑到二奶奶家里，哭着求着不让他们带走妹妹，她想把妹妹再领回来，她说妹妹是她送出去的，理应由她抚养。公社的人说母亲已经不具备再领养孤儿的资格，坚决地把妹妹带走了。

为了妹妹的事，一向懦弱的父亲，平生第一次和母亲大吵了一架，他像疯了一样，跑到公社去要妹妹。没有人理会父亲，他就跪在公社的大院里。最后，父亲被架着赶了出来。

这天，父亲从外面回来，进门就把一只小板凳踢倒在墙角，动静大得都惊掉了我手中的筷子。我们都扭头看着怒气冲冲的父亲。自从妹妹温柔被带走后，父亲变得有了脾气，他动不动就给我们脸色看，倒弄得我们兄妹像做过贼似的，怕起了父亲。这会儿，父亲根本不看我们，他满是皱褶的脸上阴得能拧出水来，踢翻板凳后，就准备往饭桌前坐下。母亲已闻声从厨房里冲了出来，她先是看了看饭桌边的我们，看到我们手里的碗端得好好的，发现我们埋怨的目光都是冲着父亲的，她上下打量了一下父亲，顺着父亲的目光，她看到了歪倒在墙角的那只小板凳，气就上来了，冲着父亲骂道："你这个贼东西，想要威风，到外面要去！"

父亲突然就像霜打的茄子，耷拉下了脑袋，也不在饭桌前坐了，伸手抓起筷子，就去端桌子上的一碗菜汤。母亲一巴掌扫过去，打开了父亲端碗的手："话没说清楚，你还想吃饭？"母亲发起了威。父亲瞪了母亲一眼，结巴着说："你……还有……没有个完……"

"这话要我来问你呢？"母亲说，"你受谁的气了，一进门就发威，要来就冲着我，别朝着孩子！"

父亲看了母亲一眼，赌气地把筷子扔到饭桌上，脚步很重地走到墙角，把他踢翻的板凳扶好，坐了上去，掏出烟来点上，烟头上的红光一亮一暗，显得自尊而又软弱。母亲看得更加来气，却莫名其妙地扫了我们一眼，就静静地盯着父亲看了一阵。自从妹妹的事后，母亲变得有点怕父亲了，又当着我们的面，母亲不好对父亲发作，口气就软了下来："到底咋了？你倒是说呀！"

父亲没理母亲。他没有和母亲吵个天翻地覆的能耐，有时沉默起来却能把母亲气哭。

母亲又看了我们一眼，见我们都不理他们，只顾吃起饭来，她心虚地对父亲，也是对我们说道："这咋了，啊？谁惹谁了？叫人吃个饭都不得安宁。"见没有人响应，她走到父亲跟前，又扯起了嗓门，对父亲说道，"你个老不死的，哪个地方又缺根筋了，谁把你惹了？你倒是放个屁啊？"

父亲恶狠狠地瞪了母亲一眼，把烟头往地上一扔，用脚踩住，一点也不结巴了，说道："谁惹我了？你惹我了！都是你，要不是你，我咋会落到这个田地。"

母亲脸色有点变了，无辜地回过头看了我们一眼，声调又降了下来，轻声问父亲："是不是……那个……啥……你倒说呀？"

父亲叹了声气，道："还能是啥事？还不是你干下的好事！他二奶奶这回给咱把大麻烦惹下了，都是为了领养咱家的柔柔……"

"温柔！"这下，我们都停止了咀嚼，转过身望着父亲，想从父亲那里更多地知道妹妹温柔的情况。父亲显然注意到了我们的目光，他却丝毫不会理我们的期待，又掏出一支烟来，沉默地点上抽了起来。母亲惊叫了一声，像挨了刀子的那种。她自觉失态，随即又故作平静地问道："为了……柔柔？"母亲惊恐地回头看了我们一眼，声音颤抖地说："咋给咱把麻烦惹大了？"

父亲狠劲地抽了一口烟，没好气地说："这下，给咱把麻烦惹大了。他二奶奶为了把柔柔要回来，她……她说他二爷爷是地主，她是嫁给了地主才成为地主婆的，为了和他二爷爷断绝关系，竟提出要和他二爷爷——离婚。和地主离了婚就不是地主婆了，你说这事……不是瞎闹吗？他六爷爷和七爷爷把我叫去，叫我阻止他二奶奶，说这事一开始就是我们给撺掇的，要我们家想办法把这事给阻止住。"

母亲扭头又看了一下我们，我看到母亲的目光明显惊慌了，像风中微弱的灯光，摇摇摆摆的。但她还是故作镇定地对父亲说："这事……这事，闹的。他二奶奶也太……也太荒唐了不是，他二爷爷都入土这么多年了，她不也就这么过来了吗？怎么现在……却闹出跟死人离婚的说法来呢？跟个死人可怎么个离法？这多丢人啊……"

叫父亲担当阻止二奶奶离婚的重任，确实是给父亲出难题了。母亲为此愤愤不平，说这么大个家族，平时那么多爱出风头的人，一碰到棘手的事情就当缩头乌龟了，把这个难题推给了我们家。就算二奶奶要离婚跟我们当初把温柔送给她有点关系，但到底不是我们要她去离婚的啊。

母亲埋怨起父亲："你也真是的，大家明知道这是个麻烦事，光知道在那里动嘴皮子，动真格儿的时候都推给你，你还真就接过来了。你也不想想，就你那几下子，你怎么阻止他二奶奶？"

父亲在队里基本上不出头露面，遇到什么事，总是往人后面躲。但他摊上了二奶奶这种为难事，被母亲数得说不出一句完整的话来，脸憋得通红。母亲看着父亲可怜的样子，有点不忍心，就埋怨起二奶奶，她怪二奶奶多事，临到快死了，还这么不知趣，要闹个大动静，还不如快快殁了，好叫大家都清静清静。

就在父母发愁，用什么法子阻止二奶奶闹离婚的这阵子，我们这里突然发生了一次地震，震级不高，也就是刚刚能让人感觉到地面的振动，其实没有一点破坏力。但却够叫人们惊慌的了，因为我们这里从来没有发生过地震。这个时候发生地震，对从地震灾区来的孤儿们，却是不能麻痹大意的。于是，上面很快来了文件，把那些分散领养的孤儿又从各家集中起来，急急地运走了。至于要运到哪儿去，没有人说，去打听，也没有人知道。我的妹妹温柔，也被运走了。我想象着，在孤儿的登记簿上，我妹妹温柔的名字，可能又恢复成了原来的程敏丽，她和那些孤儿一起，去了别的地方。

突如其来的变故，使我们家一下子安静下来了，这种安静却很压抑，听不到父母吵架的声音，也看不到父亲气得涨红的脸色了，他们几乎不再说一句话，都默默地出门回家，吃饭睡觉，整个家里非常沉闷。

同时，也听不到二奶奶闹离婚的事了。

这天，我忍不住去了二奶奶家，想看看这个地主婆到底在干什么呢。二奶奶家的房子还是原来的土坯屋，烟熏火烤，像她的人一样皱皱巴巴的，黑得像个烧砖的窑。她一个人根本没有能力翻修房子，她也没有心思翻修。她现在活着的意义，就像落在她家房子里的尘埃，落一层，就厚了一层。我走进二奶奶的屋子里，就像踩在这些尘埃里，需要小心翼翼，才能一层一层地走近现实的二奶奶跟前。

二奶奶坐在同样黑乎乎的炕上，她对我的到来一点都不觉得惊奇，几天不见，她似乎不认识我是谁了，她看了看我，像对待一个陌生人似的。

我问了二奶奶她现在准备怎么办。她用干枯的眼睛望着我，好像听不明白我说的话，我从她的表情上可以看到，她已经对不久前发生的一切不甚清楚了。我猜想得出，二奶奶现在可能已经搞清楚了，就算她和二爷爷离了婚，温柔也不可能再回来了。她在这件事上，只是不顾一切地给自己编织了一个梦想罢了。现在，梦想破灭了，她又回到了她地主婆的位置上，尽管她已经对自己所做的一切记不清楚了。

我突然产生了一个想法，这个时候，假如二奶奶能殁了，如果妹妹温柔能再回来的话，她就可以直接回我们家了。

十多年后，我报名参军，到县医院去做体检。我去得太早，我们乡下的青年要等到下午才能轮上体检。那天下着秋雨，我没处可去，便打听到我的一个同学在医院里工作，就去找到了她。她是医院的资料员，把我带到她所在的资料室里，叫我在那里等着，她忙着去开会了。我一个人坐在医院的资料室里无所事事，就顺手抽了几本墙角的病历翻看着打发时间。快到中午时，我突然翻到了十几年前的一个病人的病历，这个病人名叫程敏丽，女，两周岁，患非传染性肝炎。病历一栏清楚地写着：延误诊治时机，病原体严重扩散。处理结果：死亡。日期：1976 年 10 月 8 日。

　　我的眼泪喷涌而出，过去了这么多年，我已经记不起妹妹温柔的模样了，妹妹夭折的事实使我心如刀绞，我痛哭出声，双手颤抖着把那张病历撕下来，小心翼翼地装在了贴身的口袋里。直到现在，我还保存着那张病历。我没有把妹妹温柔夭折的事告诉任何人，包括我的父母和兄妹。

燃烧的马

那时候，他正在春天的草场上放牧。一场春雨过后，娇嫩的小草从马蹄下面钻了出来。太阳像一个刚出生的婴儿，光溜溜地从天山背后钻了出来。他的两个儿子就是这样出生的，光溜溜的，每个儿子都是他最先接过抱在怀里。天山还被冰雪覆盖着，太阳怕冷似的两腿乱蹬着，晃悠悠地散发着紫红色的热气慢慢扩散着，变幻出一层一层的光晕，没完没了地向草地上铺来，铺得厚了，地上会变出一团团的白雾，散雾凝到一起，向太阳升去。慢慢地，太阳周围生出一片纱似的帐幔，把紫红紫红的太阳裹了起来。太阳就不冷了，稳稳地蹲在了山顶上，落下的热气，把草地蒸熟了，被雨水泡酥的沃土，像发面一样暄软，草支棱起身子，一副欲飞的姿势，发出一种微妙似小鸟扇动翅膀的响声，他静听着，像喝多了马奶子酒，忘记了一切。

大儿子骑着一辆摩托，狂风似的刮到他的面前。摩托的哄闹声把他从醉态中惊醒，他愤怒地扫了大儿子一眼，想发脾气说两句，又忍住了。他不想在春天这样的时光里动肝火，就把目光投到远处绿油油的山坡上。

山坡上，一群绵羊和几匹马正在认真地吃着草。

他摸出莫合烟和一张窄纸条来，卷起了烟。

大儿子喊了他一声，他没有答应。他也不想答应。大儿子长大了，越来越不听他的话了，整天吵吵嚷嚷地要进城去，不愿种地和放牧了。团场的人都是一半牧人一半庄稼人地生活着。不想种地和放牧的农场人，能是什么好人？！

大儿子说："我刚从团部回来。团部的人说，牲畜有了疫病。"

他继续卷着莫合烟，金黄色的烟末撒到纸条上，那种细细的沙沙声比儿子的话好听多了。

"这种瘟疫很厉害，流传得很快。"

他卷着莫合烟。

"团部的人说，瘟疫是从牛和马的身上发现的，很快就会传播到羊，还有人。"

他已将纸条对折了起来，用手指轻轻地划拉着烟末，划拉均匀了，他捏住纸的一头，让纸转动起来。

"所有的马、牛都要宰杀。"

他的手抖了一下，已卷紧的纸条松开了，烟末撒了一地，落到绿草叶上，草叶间像钻出了点点金黄色的花蕾。

"到时团部来人统一用枪打死马牛。"

他手上的纸条裂开了，所有的烟末全变成了草丛间的花蕾。

"还要把马牛的尸体用火烧了，怕这些人舍不得，煮上吃了。"

他把手上的破纸条捏碎，揉成一团。

"你心爱的宝贝枣红马这回……"

"滚！"他终于发怒了，脸上的肌肉颤个不停。

儿子一点也不怕他，晃着头望着他，一脸的幸灾乐祸。

"给我滚！"他脸色变得酱黑红，用手指着儿子。

儿子这回才有点怕了，一脚踩下去，发动了摩托，示威似的，把油门拧到最大，摩托发出撕扯人似的怒吼声，留下一股难闻的白烟，跑了。

他没有去看大儿子的背影，他心里很讨厌摩托，这种响声很大的东西，哪有马骑上舒服呢。大儿子和他别别扭扭就是从摩托开始的。当初，大儿子和一群年轻人混在一起，年轻人从城里把摩托引进到连里，儿子一下子就迷上了，并且一直想买辆摩托骑。他就是不答应，后来，儿子联系到一个人要用他的枣红马换一辆摩托，他怎会答应呢。大儿子气得直翻白眼，顶撞他说一辆摩托的价钱顶三四匹枣红马。他一点都不松口，说种地（团场地多并且都很远）放牧还是骑着马好，上坡走谷地，想上哪儿就上哪儿。儿子气恨恨地说，你就想着种你的地放你的牧吧，我才不稀罕哩，我要到城里去，到热闹的地方去闯世界。他不放口，大儿子毕竟不敢私逃到城里去，但他就是不放牧，整天胡逛。他气得连话都很少和儿子说了。

大儿子的消息一下子使他坠入寒冷的冬季，他看了看脚下的草地，草散发出春天的气息。他不信任似的抬头望着已挂到蓝天上的太阳，太阳已经从婴儿长成了一个胖乎乎的火球，热烈地望着他，他心底升起一股无名的愤恨，将手中揉成一小团的纸条向太阳扔去。太阳跳了一下，纸团掉到了草丛间。

他没有心思再理太阳，径直向对面坡上走去。山坡上有他的马和羊群。

他共有五匹马，他最喜欢的就是那匹枣红马了。它是他这几年来唯一增添的一匹儿马，在这之前，他养的每匹母马都曾生过马驹，生下的不是杂毛，就是存活不了，唯有这匹枣红马，是他牵上母马到很远的巩乃斯种马场去配的种。他再不想让自己的那些公马胡乱下种了，为此他把母马和别的马隔开养了一年才去的巩乃斯配的种，又是他精心照料着母马，直到他亲眼看着产下马驹。他想把这个枣红马驯成最上乘的坐骑，当作最珍贵的礼物送给他的大儿子，放牧时骑着。枣红马没有一丝杂毛，一团火似的，连里的人都喜爱这种吉利的红马，也希望红马燃起他们孤寂平淡的生活，把漫长的日子点着，烧得有些色彩，生活得有滋有味的。

他把所有的热望全寄托在儿子身上。他知道他会老的，他的儿子会重复着他的生活，他希望儿子的生活比他的更有些意味，所以他更看重先给儿子养好一匹象征吉祥的好马。

枣红马从毛茸茸的小马驹，变成一匹身架匀称、结结实实的小公马了。它长得像它的父亲一样高大、威武，前胸宽宽的，臀部很窄，头前部突出，两眼间距很大，嘴唇紧缩而富有弹性，四条腿像四条桩子，尤其那四个蹄子圆溜得像四个叮当作响的铃铛，连里的人见了，都夸他的枣红马是一匹神驹。

他心里别提有多高兴了，每次放牧的时候他看着它像颗红色的流星似的，在前面一马当先，不知疲惫地急驰而去，风卷着它的鬃毛像跳动的火焰，总能把他的目光烧得像喝多了酒似的，红而鲜亮。在枣红马长成大马的整个过程，他都没舍得骑它一回，他一心想着把它完整地留给大儿子，让大儿子成为驾驭它的真正主人。

后来，大儿子对枣红马的不屑一顾曾伤透了他的心，大儿子长大后迷上摩托，根本没有要骑马的欲望，差点使他动怒，要不是女人劝住他，他会平生第一次动手打了儿子。他就狠狠地喝了三天酒。在他们这个团场，好的父亲是从不动手打孩子的，就像一个爱马的牧人不动手用鞭子抽打自己的坐骑一样。他是个好父亲。

"瘟疫！"他在嘴里愤愤地念叨着，"说这话的人才会得瘟疫。"他闷闷地把羊群和马赶回了家。

一连几天，他心里都很沉闷，一个劲地只在马圈里转悠，把每匹马的嘴和蹄子看了又看，他没有发现一点疫病的症状，凭他多年养马的经验，如果马有什么症状，先是从舌头上可以看出来。有病的马，舌头会变白。可他的五匹马，舌头都是红的，尤其是他心爱的枣红马，那条舌头像血浸过似的，再绿的草到它嘴里，绿汁也会被它的舌头染红的。

"滚蛋吧，瘟疫。"他嘟囔着，"谁也别想从我的马身上找到疫病。"

但他吃不下饭，睡不着觉，只是喝酒。酒是马奶子酒，他的女人从哈萨克族牧民那里学来酿马奶子酒的方法自酿的，醇得没有一点杂质，香味在毡房外面都能闻到。他一碗接一碗地喝着，把女人攒下的酒快喝光了。女人急得四处去借马奶，日夜酿酒。当女人得知他苦闷的原委后，叹着气出出进进，一点都不敢马虎。女人是这样理解自己的男人，他心情不好时，她从不敢去问，只是给他酿最好的马奶子酒，叫他喝个够，喝个醉，她永远也不会劝男人想开点，她知道劝也没用，劝了只会增加男人的愁闷。

男人也不和女人说他的苦闷，其实他喝酒的举动，已经告诉女人，他这次遇上的难题是很难一时解开的。女人除做好饭外，给他不断倒上酒后，就抱着自己的小儿子，静静地坐在一边，默默地看着喝酒的丈夫。这就是他的女人。这个从甘肃逃荒到新疆的女人，一来就没有回去过，三十年了。这时候的女人更像个女人，她心里的愁苦一点都不比丈夫差，她心里更苦闷，一边照顾着男人、孩子，一边还要在男人喝醉的时候，把羊群和马赶到附近的草场上去放牧。

日子还得过的，羊、马要吃草的。

每当这时，女人在离自家房子不远的地方放牧着，有时会唱些类似花儿一般忧伤的歌，唱出她作为女人的辛酸来。

男人在房子里的炕上醉卧着，有时会被女人的歌声唤醒，他静静地听上一阵，又会抓过酒碗，喝得更醉。

大儿子不断带回来有关牛马瘟疫的最新消息，他故意在父亲半醉半醒的时候，把这些新消息说出来给父亲听。

"团部的人已经来了，带着一帮背枪的人，一个连一个连地过，不管是谁，只要有牛有马的，全抓住用枪打死。"

他斜靠在被垛上，眯着眼，大儿子的话啃啮着他的心，他已经没有多余的劲跟大儿子发火，酒已经把他的血液冲淡了，他的血管里流的大半是乳白色的马奶子酒，血再也聚集不到一起使他跳起来，骂儿子一顿了。

只有女人一人默默地垂着泪，到房子外面哀哀地叹着："这日子可怎么过？要杀马了，马没有了，他怎么活呀？"

男人放牧离不开马，所有的团场人都离不开马。马不但是牧人的腿，马也是牧人的伴，在空荡荡的偌大的草原上，没有马，人会寂寞得发疯。

日子还是一天一天地过着。

草场上绿油油的草丛间爆出一个个红的、蓝的、紫的花苞的时候，太阳突然间就变得更红了，血一样地洒下来，草场一下子就鲜艳起来。

夏天就猛地在草场降临了。

草立了起来，青色的草叶疯了似的向太阳升去，那些红的、蓝的、紫的花苞轰地炸开，把阳光托住，像托住一团金色的空气，柔柔地吐出阵阵芳香来。草场上的马羊欢快地打着响鼻，忘记了吃草，只顾贪婪地吸着花的香气了。

"团部的人已到二连了，他们打死牛马，浇上汽油烧了那些尸体，农场上的空气已经像城里那样好闻了，也热闹了。"

大儿子骑着借来的摩托，每天和一帮年轻人去各处乱转，专门找那些打死牛马的场面看热闹，再把那里的所见所闻带回来。

他依然喝着酒，在大儿子的消息中煎熬着，痛苦地过了一天又一天。

直到有一天，大儿子说团部的人已经到四连了，他所在的是七连，离他家已经不远了，他才坐起来，摇摇晃晃地走出毡房，去马圈里去看他的马。

马安静地站在栏圈里，五匹，它们不知道厄运即将降临，无忧无虑地扬扬头，甩甩尾巴。尤其是那匹枣红马，不时地还抖抖马鬃。

他睁开被酒精烧红的眼睛，使劲地看着圈里的马，他其实一直在望着他最心爱的枣红马。看着看着，他看到枣红马像一团抖动的火焰，正在呼呼地燃烧。

他的心一紧，酒醒了一半，大叫道："马咋烧着火了！"

跟过来的女人望了他一眼："马没有烧着。"

"烧着了，是谁，是谁放的火？快救马，救完马后，我和他拼命！"

说着，他要往上冲。

女人大着胆子拉住他："没人点火，是你喝醉了。"

"我没醉！"他挣脱开女人，冲进马圈，直扑到枣红马身上，用手去扑火焰。扑了半天，也没有扑灭，抓住火焰一看，是一团马鬃，他用手仔细抚摩着马鬃，抚着，抚着，突然大笑起来："不是火！我就说谁敢烧我的马！要烧我的马，就先烧了我吧！"

女人流下了眼泪。

他反身出来，跌跌撞撞地走到女人面前，问女人："下雨了？"

"没有！"女人奇怪地擦了泪水。

"没下雨，你擦什么？是你下雨了，不是天！"

女人说："你真是喝醉了，这么多天，喝个不停。"

"我没喝醉！"

"没喝醉咋说我下雨了，我又不是天。"

"我说你下雨就下雨！"他火了。

女人就不敢吭气了，泪水又涌出了她的眼眶。

他对女人说了声："别下雨了。"就俯身拉过女人身边的小儿子，对小儿子说："你想骑马吗？"

小儿子高兴地说："想骑，等我长到哥哥一样大了，我就骑马！"

"不要提你哥，你现在已经长大了，你是我的乖儿子，想骑马的儿子都是乖儿子！"

"哥哥不是乖儿子吗？"

"他不是！他不想骑马，不想种地，也不想放牧，还编谎话哄人。"

"哥哥编谎话了吗？"

他叹了口气，"不要提他，我现在就教你骑马吧！"

他说着就抱起小儿子，要放到马背上去。

女人拦住他："儿子才六岁，你别胡来。"

他挣开女人："我没胡来，让他骑吧，我把最好的枣红马送给小儿子。"

他把小儿子抱过去放到了光背的枣红马背上。小儿子坐到了马背上又有点怕，要下来，他用手按住，小儿子挣扎着直喊母亲，他火了，又不能对听话的小儿子发火，就左右看了看，突然跳起来，一点也不像喝醉了酒的样子很敏捷地跃上了马背，坐到儿子后面，把儿子揽在怀里。他两腿一夹，枣红马像火似的蹿出了马圈，向草场冲去。

枣红马是第一次驮人，很不安分，在草场上左冲右突，几次还想把背上的父子俩掀下来，可它碰上的是老骑手，目的达不到，就气呼呼地喘着粗气，往草场深处的峡谷跑去。

直到跑得累了，枣红马才在一处绝壁前停下，不停地打着响鼻。

他在马背上感到到处都是湿漉漉的，酒精把他浸泡得太久，他脑子还是迷迷糊糊的，他抬头望了望天，说了句："这天说变就变了，下这么大雨，都淋湿了。"

小儿子说："没下雨呀，天上还有太阳呢。"

"下雨了，你看你身上都湿了。"

"我身上的是汗。"

"那我身上呢，我不会也是汗吧？"

"你是——流泪了，你是大人。爸，你也哭吗？"

他吸了吸鼻子，没有回答小儿子的问题，抬头望天，却说：

"那么太阳呢？"他望望太阳，"太阳不会也出汗吧？"

"是太阳——下雨了。"

"太阳下雨？太阳也会下雨？老天望着它哩，太阳也流泪了吧，像我一样。"

"太阳——是哭了？"

"那么马呢？马会哭吗？"

"马是真出汗了。"

他不信，抱着儿子跳下马，看了一阵马，确定是汗后，他抚摩着马背，泪又流下来了："马怎么能烧着呢？看他咋点着火呢。"

小儿子不解地看着父亲，不明白父亲咋又哭了。他放开声大哭起来。哭够了，止住，叫上儿子到周围的树丛中捡了些干枯的草叶、树枝，堆成一垛。

"叫他们烧，他们还烧不死哩。"他哭着说。

"他们烧，还不如我自己烧。"他止住了哭声。

"要烧，就把我当作马烧了吧。"他的泪不流了，"瘟疫？是他得了瘟疫！说谎把嘴说破了，不想骑马脚才坏了。"

他站到树枝草叶上，掏出火柴点火。划了一根火柴，没点着，又划了一根，还是没点着。直到快划完一盒火柴，他才把脚下的柴草点燃。

"说谎，他还没学会呢。叫他说吧，把我烧了，他就说吧！"

小儿子看到火焰，才明白父亲要干什么，大叫了一声，哭喊着去拉父亲。

他推着小儿子："走开，我烧的是我，又不是马，你走开！"火燃烧了起来，焰旺得像枣红马一样热烈。

几天后，他从昏迷中醒来，看到自己被烧伤的手和腿，从炕上爬起来，抓过一碗女人倒好的马奶子酒，一口喝光，走出房子。

一直等在外面的大儿子见他出来了，扑通一声跪下了。

他没理大儿子，走了过去，又停下，叹了口气，没回头，却对大儿子说："你起来吧！"

大儿子没起，却哭出了声："爸，其实团部没来人，我……"

他不理他，跌跌撞撞地往马圈走去。

"爸，你惩罚我吧！"

"惩罚你？"他站住，设回过头来，"你看看天，天看着哩！"

"爸……"大儿子用膝盖移动着，向他移来。

"该惩罚的，老天已经惩罚过我了！"他看了看自己被火烧伤的手，"是我无能，让你得上了瘟疫。"

"爸，我——知错了！"

他的身子抖了一下，他看到天上的太阳也抖了一下。

"老天，你可看清了，我可没动他一指头，是他自己要挽救自己的。"

泪水从他酱黑色的脸上流了下来，热热的，像太阳下的雨。

他抹了一把泪水，向马圈走去。

大儿子跪在地上，头耷拉在胸前，呜呜地哭泣着。

女人走过来，拉了大儿子一把："还不快起来，跟你爸去马圈。你真得了瘟疫呀，站都站不起来了！"

作为祭奠的开始

米拉的丈夫死于一个夏日的午后。

那个闷热的午后使米拉过早地成了一个寡妇。失去丈夫的米拉因悲伤过度，于一个燥热难耐的夏夜，产下腹中仅仅生存了八个月的胎儿。胎儿贪恋生父的英魂，悄无声息地随父亲去了另一个世界。

在米拉丈夫遇害的那片泥石流前面，一个新鲜的空坟旁边，又添了一个更加新鲜的小坟包。

米拉的灵魂也埋在了后山那两个坟堆里面。她苍白的脸上印满了从盛夏深处突然袭来的寒气。

塔尔拉的人们从米拉的脸上，看到了一个寒气逼人的隆冬，已悄悄地进入了塔尔拉。

塔尔拉人为此恐惧不安。

米拉的丈夫死于一个异想天开的设想，他在肥沃的牧场之上，冬天时率先烧毁了一大片干枯的荒草，开垦出一片土地，他要种植庄稼，改变塔尔拉世袭的放牧生计，做一个固定在土地上的农人。

塔尔拉位于一块高原之上，四面是一座座屏障似的山脉，在这片避风的牧场上，里面的草长得茂密肥硕，土壤里的肥水永远滋养着这里生长的万物。

米拉的丈夫完全是一个牧人的打扮，穿着笨重的靴子，厚厚的绵羊皮褡裢四季不离身，能遮住夏日的骄阳和冬日的寒风。他赶着一群牦牛和几只绵羊，身后跟着一条绵羊般大的黑狗，他宽阔的肩膀和坚实的步子看上去魁梧雄壮，像一个力大无穷的斗士高高地屹立在他所放牧的牲畜上方。那些大的或小的牲畜，看上去温存弱小，坚实的腿已经适应了崎岖不平的山路，眼睛却怯生生地回头望着威武雄壮的主人，还有他身边的那条牧犬。

远处，山峰高耸着岩石的头颅，群山像退去的潮水一样蜷缩下沉。清晨的红日渐渐升起，在群峰中探出火样的脸庞，揭开群山的雾纱，将清晰的山影投到牧场，绿油油的牧草之上，黑色的牦牛和云一样的羊群，将塔尔拉的早晨，点缀得无比鲜亮。

但这一切，只能出现在塔尔拉的夏天。

冬天的高原，却是另外一种景象，雪将塔尔拉覆盖得严严实实，牛和羊被关进一个个山洞似的地窝子里，没滋没味地嚼着一根根干枯的草根。所有的牧人全窝在山石砌的石屋里，围着牛粪火炉，用散酒就着风干的牛肉，无奈地度着长达八个月的漫长冬日。

单调、枯竭的食物使塔尔拉人对冬天怀着深深的仇恨。

更可怕的是地窝子里的那些牛羊，不断发出微弱的惨叫声，这声音发自当年刚出生的羊羔，它从群羊组成的墙体缝隙中挤出生命终结的喊声，忍受不住严冬的折磨，纷纷毙命。

塔尔拉人整个冬天的食物因此得不到保障。毙命的羊羔因没有放血，肉被血污染而不能食，只剥下一张张弱小的羊皮，钉在每家的房墙上，在寒风中抖动。

米拉的丈夫在开春后，上山卖了一次羊皮回来，就声称要开垦牧场，种植青稞和玉米，来维持漫长冬日的生计。

塔尔拉人对新生事物充满好奇，又是改变塔尔拉生存现状的创造性举动，米拉的丈夫得到了大家的称赞。

尤其是老族长，激动得胡须都在发抖，他对米拉的丈夫说："年轻人，你把地开成了，种出青稞和玉米，我们就不用到山下用牛羊换了，我们有了自己的吃食，就再也不用怕寒冷的冬天了，到那时，你就是塔尔拉的英雄！"

"英雄！英雄！"

在众人的欢呼声中，只有一个叫麦克的青年冷静地反驳这个创举。

麦克认为：草场不能随便开垦，因为塔尔拉地处山谷，全是缓坡，如果挖了草地，毁了草根，土质松软，待到夏天冰山的积雪一化，水土流失，山体一旦滑坡，塔尔拉会被泥石流淹没的。

"危言耸听，一派胡言，塔尔拉不能再这样苦熬冬日了。"

人们纷纷谴责起麦克。

"麦克，你的行为常常叫我们难以理解，你自恃到山下读了两年书，回来就要办学教书，却收不到一个学生，我们都很同情你，想着应该支持你，因为你是为塔尔拉后代考虑。可是你却如此不开化，反对开地种粮食，到底是什么用心？"族长非常认真地说道。

"族长，不是我麦克愚顽不化，而是塔尔拉不宜耕种，只能放牧，这是自然规律。"

"你是要我们世代贫穷，饱尝冬日没有食物的煎熬？"

"要改变这个，只有从山下引进优良牛羊，换掉现在的劣种。"

"你还嫌我们死的牛羊不够吗？你的这种说法，只会叫我们冬天喝西北风。"

众人哈哈大笑，根本不把麦克的话当一回事，大家都盯着米拉的丈夫，看他怎样放火烧掉牧草，挖掉草根，开出一片片肥沃的田地。

米拉和丈夫让大家与他们一起干，能多开些地就能多种出青稞和玉米。

"我们不急，想等你种出青稞和玉米，我们才跟着干。"有人这样说。

米拉的丈夫就独自忙活在后山的那片土地里。

夏天的时候，米拉的丈夫种的青稞和玉米，绿油油地生长了一大片，比牧草新鲜，耐看。

可是气温最高的时候，这些根须没有牧草扎得深的庄稼地出现了滑坡，泥石流将蹲在地里做着美梦的米拉丈夫淹没了，最后连尸体都没找到。

米拉在这个夏天的遭遇，使她换了一个人似的，她从沉重的悲伤中走出，站在塔尔拉厚实的土地上，她有种恍如隔世感。她在天与地之间徘徊，却不知自己今后的世界从何开始，也不知自己的归宿将在何处。远处出现在天际的太阳，一年都在变幻中给人间播撒痛苦或者温暖，一切都有始有终，却没根没据。

她在天空下有限的空气中感到窒息。她的心脏在阳光下像肥皂泡那样慢慢地爆裂，黏糊糊的阳光粘住她的眼皮，缠住她的四肢。大地、天空和空气似乎要把她活活吞噬，几乎让她失去了再活下去的勇气。

圈里的牛羊发出饥饿的叫声，这些混杂在一起的叫声把她唤到栅栏前，她呼吸到牛羊们身上充满灰尘味的腥气，她看到牛羊睫毛下面的眼睛都一心一意地望着她，那种乞求的眼神使她的肠胃挛缩为饥饿过度的腹绞痛。她这才意识到她活在世上还有另一种责任，就是放牧这一群牛羊，更重要的是来完成丈夫没有完成的事情。

她的想法得到全塔尔拉人的支持，人们纷纷表示，都要参与改变塔尔拉今后生计的创举中来，解除塔尔拉冬天沉重的困境。

米拉感动地流下了泪水。

"不过，"族长对她说，"我们的行为有点盲目，触怒了大山，才遭此大劫，下一步，必须祭奠大山之后，才能保证不再出意外。"

米拉点着头，泪水四处乱溅地说道："我懂，大山是我的丈夫触犯的，就让我出一头牦牛，作为祭品，替我丈夫和我们的孩子恕罪吧。"

族长同意了米拉的请求。

米拉就从自己的牛群中挑选了一头最高、最大的小公牛，作为祭品单独饲养着。

听到要祭奠大山的消息，塔尔拉最有文化的麦克急忙来到米拉家里，劝米拉不要干这种傻事，更不要再动牧场的心思，那样会害了整个塔尔拉。

米拉凄然一笑："塔尔拉的冬天快要到了，如果你不想过那种难熬的日子，就不应该反对。"

麦克急道："塔尔拉的出路不在开垦牧场、耕种田地，这违背了自然规律，我们应该改换牛羊品种，才是正事。"

"你是说我丈夫干的不是正事？"

"简直是胡来！"

"当然。"米拉沉郁地说道，"麦克，你没有亲手埋葬自己的亲人，并且是一大一小两条命，说别人胡来就轻松多了。"

麦克摇着头，走到高大的公牛身旁，抓住它光滑的鬃毛，不停地抚弄着，心里一阵绞痛。

公牛似乎懂得对它的这种特殊照顾，它一点都不胆怯，优雅地踏过草丛，骄傲地扬起头，望着麦克。

麦克的心里酸酸地说："米拉，别再固执了，你还年轻，今后的日子还长，千万不要成为塔尔拉的罪人。"

米拉一听，嘴边的肌肉颤抖着，眼睛转向别处，"罪人"两个字使她刚有点缓和的心又一次跌入黑暗的深谷，她的眼皮紧闭着，身体似乎沿着错综复杂的道路朝下滚落，经过许多深坑，她被跌得全身疼痛。

过了半晌，她才缓缓地说道："你既然认为我是罪人，就不要来烦扰我，我的事不要你这种人管！"

麦克还要解释，米拉轻轻地却很严厉地说了句："你滚！"

麦克一走，米拉脸色苍白得像一个刚受了惊吓的孩童，半天缓不过神来。她看着静止不动的地面，忘记自己应该朝哪里走了。她只有前行，在她的前面，出现了一只蜷缩在一起的羊，她知道又是羊死了。她走了过去，用手摸了摸柔软的羊毛，然后将它翻过身来，它四肢僵直地斜躺着，苍白的舌头伸得老长，白色的眼睫毛纹丝不动地覆盖着苍白的眼睛。她看着看着，泪水涌了出来，滴在死羊身上，湿了一片羊毛。

难道冬天到了？

今年的冬天提前了？

米拉跌跌撞撞地去后山，看了看那两个埋着自己丈夫和孩子的坟堆，忍不住大哭了一场。

麦克又来了，他还是穿着那双自制的没有经过加工的皮靴，笨重地踩着枯黄的牧草，脚步声"咯吱咯吱"干燥地响着，来到了米拉家的门前。

米拉透过窗户看到麦克的身影，厌恶地别过脸去，她的拳头变得坚硬，捏得牢牢的，像一个满怀仇恨的复仇者，随时准备着出击。

她凭感觉麦克没有走进来的意思。他在畜圈旁边轻轻地踱步，像一个失败了却不甘心的骑手，心神不安，步子慌乱。

她扭头看了一眼外面的这个叫她憎恶的人，她的心脏在胃与肠之间发出粗沉的声音。一旦她的目光落到那头公牛黑黝黝的身躯上，她喘气就不再那么紧迫，想着赶紧请族长选定祭奠的日子，行完祭礼，引火烧了荒坡上干枯的牧草，趁第一场雪还没落下来，开垦荒地，为来年的耕种做好准备。

一想到这里，米拉的心情舒缓了许多，有种和丈夫越来越接近的感觉，还有他们的孩子，她就不再理会那个身影，只当他根本不存在，仍然干着自己该干的事。

后来，麦克又来了几次。米拉根本不去理会他，他只有唉声叹气，说些无奈的话语，就悄悄地走了。

米拉再也不想等待了，一再催促族长，择定献祭的日子，尽快行完祭礼。

气候转冷，已近深秋，远处近处的牧草已全部开始枯黄了，牧人们收割完草场里的草，留下一片干硬的草茬儿，直直地刺向蓝天，天似乎跌下来一截，矮了不少，开始变得灰暗。

这是冬天将要降临的前奏。

塔尔拉人畏惧的漫漫寒冬就要开始了。

群山变得荒芜凄凉，一丘接一丘伸向天边，像那漫长而寒冷的冬灭，米拉不敢看更不敢想，只能用忙碌来消磨盘绕在心头的悲伤。在冬天降临之前，她要修整好畜圈，做好牛羊过冬的准备。每到这个时候，米拉的心里就很慌，因为冬天一到，人跟牛羊的灾难就到了，尤其是看着那些当年出生的羊羔，大多忍受不了寒冷而毙命的情景，米拉一想起来心里就打战。

小羊羔太弱小了，气候才开始变冷，它们就爬到母羊温暖的羊毛下缩成一团。剩下的老羊大多已经年老，经历了数年艰苦的磨难，主人也不忍心杀它们，它们就像懂主人心思似的，一直坚强地活着，但还是抵不住岁月的摧残，行动变得迟缓，日渐衰亡了。

那些当年生过羊羔，又历经过自己羊羔死亡惨痛的老羊，今年再产下羊羔后，一感到气候变化，就很悲观，表情麻木，冷冰冰的眼睛里少了对小羊羔的忧虑和怜悯，却和年老体衰的老羊们一起跪下身子，一副听天由命的样子。

米拉看了实在不忍心，不断地到羊圈里拽它们站立起来，拽了这个，那个又跪躺下了，累得她满头大汗，连饭也顾不上做，就拿上一块干馕和一疙瘩奶酪，靠在羊圈的土墙上，匆匆忙忙地吃起来。她这样精心地照顾着羊羔，有天早上起来发现还是死了四只羊羔，她伤心地把活着的羊羔拽起来，一只一只地抱到了自己住的石屋里，她想今年冬天和羊羔在这个屋里过冬，反正丈夫死了，孩子也没有了，屋子里空荡而凄凉，有羊羔陪着，她心里还好受点。

她将剩下活着的羊羔抱进屋后发现，有一只黑眼圈的羊羔已经有些虚弱，站都站不住了。她便抱着黑眼圈羊羔，出入在石屋和羊圈之间，她担心放下这只生命垂危的羊羔，它会死去，就把它一直抱在怀里，让它的小脸靠在她的胸部上，隔着衣衫，她能感受到羊羔身上温热的体温。特别是羊羔毛茸茸的小脑袋，在她走动时，不断地撞击着她饱满坚挺的乳房，她的全身会痒痒得好受，心却一颤一颤的，有种怀抱着婴孩的幸福感。

她尽量做到不去想自己不足月生下的死婴，将黑眼圈的羊羔抱得舒坦些，像对待一个婴孩一般地对待它。

只要这小羊羔发出微弱的叫声，米拉便知道它饿了，抱着它去找母亲给它吃奶。这只黑眼圈羊羔的妈妈前几天得病死了，其他活着的母亲都不愿奶它，躲来躲去地叫米拉看了心里很难受。

羊羔显然是饿极了，本来就虚弱的身子开始发抖。米拉担心小羊羔饿昏过去，便抱着它到屋里，翻遍了各个角落也没有找到可以喂羊羔的食物，她就在牛粪火炉上煮了些面糊糊，里面加了不少奶酪，端给羊羔。羊羔闻了闻，没有吃一口。米拉想着可能是羊羔饿过了头，连吃东西的劲都没有了，她蹲下身子，用指头蘸些糊糊，让羊羔吮吸。羊羔只用舌尖舔了舔，把头缩回去，一副没睡醒的样子。

看来这只羊羔已经有生命危险了，米拉开始慌了，不停地用手指给羊羔嘴里塞稀糊糊，它根本不吞咽，把糊糊含在嘴里，有许多还流出来，滴了一地。

　　米拉将蘸有糊糊的手指放到自己嘴里，尝了尝，加了奶酪的糊糊有股酸腐味，她才恍然大悟，黑眼圈羊羔是夏天结束时出生的，它太小，除了带甜味的乳汁和鲜嫩的青草，别的还吃不惯。这种时候青草是找不到了，米拉提上奶桶去畜圈想从母羊母牛身上挤些奶汁，她几乎摸遍了所有的母羊母牛的奶袋，没有挤出一滴温热的乳汁。她失望地回到屋里，又熬了些糊糊，翻遍了所有的地方，也没有找到一点能带甜味的东西加进去，新熬制的糊糊羊羔依然不吃一口。

　　米拉心里焦急，一夜都没有睡觉，第二天中午的时候，她发现黑眼圈羊羔已经走到了生命的边缘，它的眼皮耷拉着，一副昏昏欲睡的样子。她见到的这种情景太多了，在每年冬天来临的时候，羊羔毙命的惨相使她都不敢到畜圈去了，都由她的丈夫处理死去的羔羊。可现在，丈夫死了，只有她面对这种悲凉的一幕了。

　　她不想叫这只可爱的黑眼圈羊羔死去，出生才两个多月，像一个可爱的婴孩。可用什么办法挽救它呢？一个不久前刚产过一个死婴的女人，她眼里饱含着酸楚的泪水，没有犹豫，解开上衣的扣子，颤巍巍地用手托出自己饱满膨胀的乳房，毫不犹豫地将粉红色的乳头塞进羊羔的嘴里。

　　这个大胆的想法是一瞬间在米拉的头脑里生成的，她用泪眼望着奄奄一息的羊羔，心里装满了自己生下的没在人世停留的婴儿，她的心抽动着，手不由自主地按在自己的乳房上。脑子里闪过一念头：或许，她能给这只可怜的羔羊提供一滴维持生命的乳汁。她生过婴儿，奶脉已经通了，她在自己的婴儿死后，两个圆滚滚的乳房，总有种鼓鼓胀胀的憋闷感。

黑眼圈羊羔把她的乳头含在口里，嘴动动，突然，它垂下的眼皮一下子张开了，两唇紧紧地夹住了她的乳头，用毛茸茸的小脑袋一下又一下地拱着她的乳房，像找到了久违的母亲，用劲地吸吮起来。

她的胸脯热热的，心被它一拱一拱的柔软感觉划过，痒酥酥的，全身随着羊羔的拱动而颤抖着，母性的暖流蓄满了她的心房，她用双手轻轻地揽住羊羔，像哺乳自己的孩子，幸福的泪水从她的眼眶里涌出来，滴在羊羔洁白的细毛上，洇湿了一大片。

她沉浸在美妙的幻想之中，这种幻想使她暂时忘记了夏天发生的伤痛，能有这一刻的幸福，她在这个夏天之后的日子里，已经盼望了很久、很久……

但事实总是违背人的意愿。她渴望从自己柔软的乳房里喷射出一股甜甜的乳汁，却没能如愿。她伤心极了。

羊羔也停止了拱动，松开了温热的双唇，它失望极了，用失神的目光仰望着能给它提供母性温情却无法给它注入生命乳汁的女人，嘴里发出轻轻的呼唤声。

她哭了。伤心地坐在地上，用双手抓住自己的双乳，使劲地揉捏着，想从中挤出一滴白色的汁液来。

那个干瘦的影子又来了，他站在敞开的屋门前，看到了屋内的一切，当这个可怜的女人绝望地哭泣时，麦克的心里不是滋味，也流下了酸楚的泪。但他没有走过去，他看到了她敞开怀露出的美丽的双乳，他在心里暗暗想着，只要自己走过去，她定会气得发疯，他更坚定了要阻止她做出愚昧举动的念头，抹着泪，悄悄地走了。

米拉没有发现麦克来过，不然她会恼羞成怒，当面大骂他一通。她的心思全在如何挽救羊羔的生命上。

黑眼圈羊羔还是死了。她抱着它哭了一天，最后，她将它抱到后山，埋在了丈夫和婴儿的坟堆边，望着又增加的一座新坟，她肝肠寸断，心里说着"这种日子不能再过下去了"，便又去找老族长了。

族长终于择定吉日，叫人在米拉的丈夫遇难的后山坡上，搭起一个神圣的祭台。祭山的礼仪就要开始了。

在祭奠的前一天，米拉给那头即将成为祭品的公牛拌上最好的草料，端到畜圈里，放在公牛面前。

"喂！"她叫着公牛，声音里有点发颤。

公牛面对着她，动也没动。

她用手推了推公牛的头部，它的颈子比收缩起来的肋部显得更粗壮，从正面看，由于巨大的头部比身体还大，使人看不见牛身体其余的部分，它好像是一个脱离了全身的牛头。尤其是它头上的一双尖角，像两把黑色生锈了的钝刀，毫无生气地栽在它的大头上，没有一点威武感，倒像一件摆设。当然，明天，它的这个巨头全成了祭台上的摆设，祭奠山神了。

她的心里有点酸，又叫了一声公牛："喂，你吃呀！"

公牛还是不动。

难道它已经知道自己将成为祭品，用沉默哀悼自己的无奈？她这样想道，脸色唰地白了，整个脸颊像一张白纸，在深秋的凉风中，嘶嘶啦啦地发抖。

这时，麦克来到了，她的身后。他显然没有穿他的那双靴子，走路悄无声息。但她还是感觉到他的到来。

她的心情糟到了极点，猛地回转身，用凶狠的目光瞪着麦克厉声道："你还来干什么？这里不欢迎你来！"

"米拉，"麦克轻轻地叫了一声，认真地说，"别再干傻事了。米拉，你不应该愚昧了，因为你已经失去了丈夫和孩子，你该醒了！"

"你走开！"米拉用手指着麦克，愤怒地说道，"你像个鬼魂，纠缠得人不得安生！"

麦克说："为了我还没有招收到的学生，我得纠缠着你，就是变成鬼魂，我也要劝阻你。"

米拉失神地往后退了一步，一只手撑在公牛的背上，才没有使自己跌倒，她站在那里，浑身没有一点气力。她怕自己撑不住，想赶快离开这里，到屋子里休息一会儿。她抽回撑在公牛背上的手，摇摇晃晃地转身向屋里走去。

麦克走到公牛跟前，弯下身在米拉刚用手撑过的牛背上，将嘴贴了上去，在那片被手压倒的牛毛上蹭了蹭，嘴里喃喃道："米拉，我爱你！代表我将来的学生！"

已走到屋前的米拉听到这么一句，身子抖了抖，嘴巴张了张，无可奈何地摇了摇头，赶紧冲进屋里，一头栽倒在床上，无声地哭了起来。

不知哭了多久，天就黑了，她也昏睡了过去，迷迷糊糊地做了一夜的噩梦，在梦里总能听到一种可怕的声音。

最后，她被拍门声惊醒。起来拉开门一看见天已亮了，一抹灰灰的阳光射过来，刺得她睁不开眼睛。

过了会儿，她才看清，外面站了好多人，她知道他们是来牵祭奠用的公牛，便从人堆里穿过，来到畜圈前。

只一眼，她就看到麦克躺在畜圈的地上，满身血迹地死去了。旁边，公牛正在悠闲地吃着地上的干草，头顶两个钝刀似的牛角上，染着殷红的血迹，似夏天牧草中开放的花朵，鲜艳无比。

把　式

　　桑那镇是个小镇，只有一条弯弯曲曲的小街道，又窄又短，抽一根烟的工夫就可以走一个来回。住在镇街上的人家，都开着一间门面房，大多卖些各种各样与农家有关的便宜小商品，平时冷冷清清的，只有每月的初一和十五逢集的时候，四乡八村的农民都到镇街上来赶集购买针头线脑，修补农具，才会热闹上一回。平时没有多少人来买东西，但各家的店依旧开着门，即使街面上空荡荡的，好像被风刮过一样干净，没有一个人影，还是有人守着那间小门面，趴在柜台上打瞌睡，或者到隔壁打打扑克，说说闲话。偶尔几个男人也会凑到一起，东家拿来一包花生米，西家从自己的酒缸里舀来一斤半斤散白酒，就在谁家的店门口摆上几把小凳子，几个人边喝边大声说笑，无拘无束。慢慢地，就会聚起一大堆男人，还有一些流着涎水的小孩，看起来也很热闹，要是再赶上谁扯起一件新鲜的话题，就能喝着酒议论上大半天。

在这些喝酒扎堆的男人里，从来没见过丙把式。丙把式是一年前从外地来的，来得几乎悄无声息，加上镇上的人排外，没有人主动与丙把式来往。丙把式做的又是大家不太懂也不感兴趣的玉器生意，在镇子西头租了老曲家的一间门面，开着一家玉器加工店。玉器加工店的生意就和丙把式卖的玉一样，很清淡。镇子上几乎没有人踏进他家的店门，丙把式夫妻二人却在桑那镇长住了下来。

镇子上的人把手艺人都叫作把式。打铁的叫铁把式，做木工的就叫木把式。

丙把式当然就是玉把式了。可小镇的人都不懂什么玉器，也根本看不上这个沉默寡言的外来户，就不把他像其他的手艺人那样叫作玉把式。只听租给他房子的老曲说他的名字叫什么丙，小镇的大人从自家上学的孩娃那儿知道"丙"是个不好的学习成绩，就随口把他叫成了"丙把式"。丙把式对这个称呼从来没有说过什么，他和别人打交道少，除了偶尔来收房租的老曲外，没几个人正眼看过他，他们夫妻二人就像不存在似的，根本没有人在意过丙把式。丙把式夫妻俩除守着没有一个客人的店面和冷冷清清的日子外，偶尔也会关上店门，到老马家的"羊肉泡"馆子里去吃碗羊肉泡馍。吃完后，只要是天气好，不管是晌午还是傍晚，两口子都不急着回店，就从镇街上穿过，两人毫无顾忌地手拉着手，有时女的还会依偎在男人的怀里，两人相拥着走过镇街两旁或明或暗的目光，去镇子外面的小河边转悠。

桑那镇是个落后闭塞的小地方，这里的男人女人、老人小孩都很守旧，夫妻在外面一起走路都不会挨得太近，就别说拉着手了，相互拥抱只在电视电影上看过。丙把式两口子却是毫无顾忌地在众人面前表现他们的亲热，叫桑那镇的人们大开眼界，只要是丙把式两口子从街上走过，人们便停下手中的活儿，像看一幕生动有趣的情景剧似的，目光定定地跟着他们夫妻俩的身影一路看着，直到看不见他们的影子，才恍惚回过神来。一回过神，有一种很酸的东西从心底泛起来，便有了一种不平衡，想着凭什么这两个外地人要比他们过得更有滋味，更有情调呢？就在背后边议论边骂。特别是那些成年男人和女人们，怎么难听就怎么骂，被骂的虽然损失不了什么，但多少还是能让骂人的心里得到一些补偿。但骂归骂，谁也管不了人家两口子的事，丙把式两口子下次照样手拉着手，相依偎着目中无人地从人们面前走过。其实，最不高兴的，是男人们，曾有男人扬言，要和丙把式谈谈。可看着人家丙把式一副冷淡的、根本不搭理人的样子，又怕是自讨没趣，也就强自忍了，可憋在胸口的气却是越聚越多，怎么也出不来。就有人给老曲说，叫他把丙把式两口子赶走。在这样一条寡淡且清冷的镇街上，老曲好不容易才把房子租出去，他哪里会赶走丙把式，但为了给丙把式这种伤风败俗的行为一些惩罚，就在众人的教唆下，每月增加了十块钱房租。丙把式对提高房租一点怨言都没有，竟然同意多出十块钱，气得别人一点办法都没有，倒是老曲平白每个月多了十块钱，都乐到心坎里去了。

到了这年冬天，大雪下过之后的一个黄昏里，一个高大粗壮两颊酡红的妇人，走路像匹种马似的，一扭一扭地手牵着一儿一女来到桑那镇。她见人就打听，说是要找自己的丈夫。大家还没有整明白她的丈夫是谁，正要细细盘问一番，好给自己沉闷无聊的生活增加一点新鲜感时，刚好丙把式两口子从老马家的"羊肉泡"馆子里吃完出来，两人仍是深情款款地手拉着手准备去河边踏雪。那个种马一样的妇人目光敏锐地越过众人，一眼就发现了丙把式，她的神情一下子生动起来，在别人都还没有闹明白时，一阵旋风似的冲上去，与丙把式两口子在雪地上厮打了起来。

打骂声把小镇的人都吸引过来了，大家从杂乱的打闹声里弄明白，丙把式就是这个妇人的丈夫，并且他们已经有了一儿一女两个孩子，丙把式有了相好，就抛下老婆儿女，和相好私奔到了桑那镇。就说呢，在这么偏僻的小镇开个玉器店，哪有生意做呢，原来丙把式是为了和相好躲藏在这里偷情。这下，看热闹的人们更不高兴了，看着往日里在他们眼里颇有些孤傲的丙把式被自己种马似的老婆掀翻在地，骑在身下挨打，不但没有一个人上去劝架，相反，好像一个日积月累已经被蓄满得快要溢出来的水泉，终于找到一个缺口，那水便一路奔涌，通畅而欢快。不但如此，为了更加解恨，小镇上的人还帮着种马女人声讨丙把式和与他私奔的那个女人。

在不逢集的时候，小镇很难得有这样的热闹看。大家都兴奋地围观着，看丙把式怎么收场。

丙把式他们一直闹到天黑透了，好多人手脚冻得冰凉，实在撑不住，才恋恋不舍地回家去了。丙把式的这个场面是咋收场的，有人在家里猜想，忍不住又穿上衣服出来看，外面已风平浪静，只是街道上的那片雪地被折腾得不成样子，凄凄凉凉的，残存着刚才疯狂打闹的场景。没有看到结果，人们还是兴致勃勃地猜想了半夜。只有高兴了没多长时间的老曲，却发了一夜的愁，他想着丙把式这下肯定要退房了，他的这间门面可再租给谁去。

第二天没有一点吵闹声，第三天、第四天……已经有了忧患意识的老曲一直没有等到丙把式来退房，却看到丙把式把紧闭了三天的店门打开。丙把式又像正常做生意的样子，只是再没有看到那个和丙把式私奔的女人了，他的老婆孩子却留了下来，在原来的床上又架了个高低床。丙把式的老婆长得手笨脚粗，家务料理得也不地道，但一家人还是平静地住了下来。

在房东老曲的眼里，生活依然照旧，只是改变了一些小小的细节，可是这些细节，对他来说，又算得了什么呢？老曲心里踏实下来，到月底去收房租时，他又给丙把式加了十块钱，原因是走了一个女人，又来了一个女人，还增加了两个孩子，水电肯定用得多，多收十块钱算是水电费。丙把式没说二话，多交了十块钱。

从此，人们很少再看到丙把式在镇街上出现，偶尔见他出来一次，也是一个人急匆匆地从镇街上穿过，随着他而过的，是一阵轻轻的尘烟，他也不到老马家去吃羊肉泡馍了，直接去镇子外面的小河边转悠。小河还是原来的小河，谁也不知道那河水到底是深了还是浅了，那水，总是不动声色地流着。倒是丙把式那个种马似的女人时不时地会牵着儿女，出来到别的店里买日用品，母子三人目光都怯怯的，很少说话，那一对儿女见了人就赶紧藏在母亲身后，像对小老鼠。人们对这个女人还算客气，却无法把她和那天看到的种马样子联系起来。人们多少有点失望，认为她应该和丙把式再闹闹，治治这个不要脸的男人。大家都同情她，会站在她这一面的。可她没有，大家只看到她一脸平静，一脸的怯懦，连句多余的话都不说，人们只好收起对她的同情，心里有点看不起她了，男人被别的女人夺走，都私奔了一回，她却能平静得几近麻木，真够窝囊的。

不管怎么说，丙把式一家四口在桑那镇过起了平静的生活，他们的生意还是那么清淡，根本见不到丙把式挣什么钱，可他从没有向别人借过钱，也没有拖欠过房租，谁也不知道他的钱是从什么地方来的。慢慢地，有人开始对丙把式的生意起了疑心，上门去想套些他生意上的真话，总是得不到满意的答案。后来，除老曲定时去收房租外，小镇上没有人再去注意丙把式一家人了。丙把式一家人就像是几株野外自生自长的树木，人们对于自己的生活尚且力不从心，对他们的存在就更淡漠，或者说遗忘了。

一晃，两年就过去了。

这两年间，桑那镇发生了不小的变化，从外地来桑那镇做生意的人渐渐多了起来，本地人趁机扩大自己的门面房，把一半或者整个门面出租给外地人开饭馆、开服装店。老马家的"羊肉泡"生意一直不好，干脆收了摊子，把房子租给外地人开了发廊，收来的租金倒比他开"羊肉泡"时赚的钱还多。

老马家"羊肉泡"改做的发廊，装修得很华丽，是桑那镇目前最好的门面，但没有人去那里理发。小镇的人们还是喜欢那种简单的对他们心理构不成压力的理发店，还不习惯剪一次头发也要在这豪华的地方，在他们看来，那是大材小用，是浪费资源。所以发廊的生意一点都不好，可发廊里招收的人手却不少，都是清一色的年轻丫头，一个个打扮得比城里人还花哨，整天倚靠在发廊门口，撮着那血红的嘴唇，扑闪着蓝得发光的眼皮，盯着街上走过的男人，不停地抛媚眼。桑那镇的大多数男人，就像被勾走魂魄似的，身不由己地每天总要到发廊门口去转悠几圈。女人们看着男人们没出息的样子，心里有气，对着发廊骂了不少脏话。

桑那镇在骂声中繁荣起来。

就是在这时候，一直沉寂冷清的玉器生意也有了起色，来桑那镇的外地人多了，似乎懂得欣赏的人也多了，不时地有一些红男绿女开始出入丙把式的玉器店。

这年夏天的一个中午，有个骑着高头大马的男人，给丙把式送来一块鸡蛋般大的羊脂玉，上面还隐隐约约有块淡红色的擦痕。羊脂玉是玉中的极品。丙把式一看到羊脂玉，眼睛都瞪圆了，他从骑马的人手里接过玉，握在手心，慢慢地抚摩着，他的细腻与温润，眼里的那份专注，就好像是在抚摩一个年轻女人嫩滑的肌肤，他的手心里马上生出了一层羊油般细腻的汗水，他看着玉石上面的那道擦痕，心尖一颤一颤的。骑马的男人看出了丙把式脸上的变化，就对丙把式说，你看这能磨件啥玩意儿？

丙把式盯着手里的羊脂玉，沉吟半天，还是没发一言。玉的主人急躁地一连催促了几次，丙把式才把手中的玉石递过来，慢慢吞吞地说了句，这活儿，可不好做，你另请高明吧……

骑马的男人急了，扯着嗓门对丙把式说，我已经找过好多玉把式，他们都这么说。实话对你说吧，这是我祖上传下来的，一直没有打磨成器，不打磨成器，这玉还不就是一块石头？以前没觉着啥，放着就放着呗，也碍不了啥。可现在我手头紧，想到它，你就看着给打磨打磨吧，算我——求你了——

丙把式听着收回手，还是刚才那副专注的神态抚摩着手中的物件。过了半晌，才对骑马的人说，既然这样，那我就试试看吧，不过——你可不能急，我得把它琢磨透，才能下手。

那得多长时间？

少则一月，多则半年！

什么？骑马的男人倒吸一口气，皱紧眉头，他想了好长时间，才牙疼似的吸了口气说，那……好吧，可我……怎么信你？

丙把式用很奇怪的眼神看了看骑马的男人，才漫不经心地用手指一下自己的柜台，说你随便挑一件玩意儿拿去，先寄存在你那里。

骑马的男人挑了一对玉手镯，就跨上马背走了。

从这以后，丙把式手里整天握着这块羊脂玉，一边端详着，一边抚摩着，他那陶醉的神情就仍像是抚摩心爱女人光滑细腻的皮肤，连晚上睡觉都把这块玉石握在手里，生怕一不小心那玉石就要飞走似的。有时睡到半夜，他还会突然爬起来，一个人钻进操作间里，也不见他动手操作，只是一个劲地端详，像得了痴呆症似的，弄得脾气也变坏了，要么一言不发，要么就乱发脾气。他的女人和两个孩子，经常被骂得慌手慌脚，种马似的女人像挨过打的马似的急促地喘着粗气，脸憋得通红，却连一句嘴都不敢还，只能唉声叹气。他们刚刚平静了两年的生活，就被这块突如其来的羊脂玉搅乱了。

过了一个多月，那个骑马的男人来了，但他看到的，还是原样的玉石，只是玉石似乎比原先更加光滑和圆润。骑马的男人象征性地说了句催促的话，显得有足够耐心的样子，骑着马又走了。

这样又过了一段时光，突然有一天，丙把式把手里握了近两个月的羊脂玉放下，一个人急匆匆出了家门，到镇街上转了一圈，天快黑时，他买了一只肥羊牵回来。丙把式租的这间房子本来就不太大，中间用木板隔开，里间的一半做了卧室还带着做饭，外间摆着放玉器的柜台，在墙角用木板隔了一个小操作间，空间就显得更加局促。丙把式的女人侧着她种马似的粗壮身子，在前屋后屋走了几个来回，正发愁这只羊往哪里养时，丙把式已把羊牵进操作间，把自己和羊关在里面。操作间本来就够小的，再加上一只羊，便越发地拥挤，也不知道丙把式是咋过的，反正整整一个晚上他都待在里面，没有出来。就是从这天开始，丙把式晚上就进操作间，天亮才把自己放出来，给那只羊弄些吃的，自己也胡乱吃点东西，然后倒头就睡。有时可能是做了啥梦，睡着睡着突然爬起来，跳下床冲到操作间去看上一会儿，再回来接着睡觉。丙把式的女人也不知道他到底在干什么，又不敢问，只好默默地操持着一家人的生活。有一次，她曾小心翼翼地想把那只羊从操作间牵出来，到外面去放牧，却遭到丙把式强硬粗暴的拒绝。直到半个月后，丙把式才把那只羊牵出操作间，自己牵着羊到镇子外面的树林去放。从这以后，丙把式每天都去放羊，不要别人插手，他的女人几次想要帮他，都被他骂得狗血淋头，她不敢还嘴，越来越害怕丙把式，以为丙把式是用这种方式来痛恨自己拆散了他和他的相好，他整天和羊在一起，就是故意冷落她呢。她为了不失去男人，两个孩子不失去父亲，只能一个人躲在屋子里偷偷地哭。

半年后，当那个骑马的男人第六次来找丙把式时，丙把式把那块雕琢成型的羊脂玉交给了他。

骑马的男人接过这件琢成的玉器，双手捧着已成尤物的羊脂玉，惊得眼睛瞪得溜圆。其实玉石本身并没有怎么打磨，倒是那道擦痕，丙把式把它雕磨成一轮弯弯的月牙儿，月牙儿是淡红色的，在月牙尖上，还挂着一丝淡淡的若有若无的云彩，这轮弯月在晶莹剔透的玉体上，似乎散发着真切的毫光。

骑马的男人被丙把式的手艺镇住了，好半天脸上的震惊才一点点地褪下去，他把这件尤物放在唇边亲了又亲，说了不少感叹的话，然后把自己身上所有的钱财，还有那对作为押证的玉手镯全部给了丙把式，骑上他的马走了。

丙把式完成了这件手工，得到一笔可观的手工费，按说他这下可以松口气，好好地过平静的日子了。可他看上去却一点都不高兴，相反，他心神不宁起来，目光散淡，像是在看着什么，却什么也不在他的眼里。这还不算，他在骑马的男人拿走那块羊脂玉后，突然收拾东西，要离开这个地方。他的女人这下却不干，因为两个孩子已在桑那镇小学上学，一家人刚稳定下来，不想就这么不明不白地离开。她难得地拾掇起两年前为捍卫她的婚姻所显露出来的强悍，非要问出丙把式突然要走的原因。丙把式躲躲闪闪，回答不上来，只是一个劲地坚持要走。女人终于愤怒，认为丙把式又有了别的用心，终于和他吵闹起来，她怕他逃离他们母子又去找他以前的相好，这个种马似的女人耍起了脾气，以她身强力壮的优势把丙把式牢牢地困在家里，一步都不让他离开。丙把式在体力上干不过他的女人，只要他稍微有点动静，他的女人就像抓小鸡似的，把他扔到墙角，他根本走不出屋子一步。丙把式就没有离开桑那镇。

灾难是在两天后发生的。

那个骑着马的男人，在这天清晨突然又来了。这次，他还带着另外两个骑马的男人，这两个男人身体看上去都很强壮，他们从马背上跳下，冲过来一脚就把丙把式家的店门给踹开了。

那时，丙把式还在他女人的粗胳膊下睡觉呢。

骑马的男人带着另两个壮男人冲进屋子，什么话也没说，就把丙把式从床上抓起来扔到地上，一顿狂猛的拳打脚踢，要不是他种马似的女人大叫一声，穿着花裤衩从床上跳下来，扑上去替他挨几下，估计他的小命就玩完了。

骑马的男人是来要他的那块真羊脂玉的。他说他拿到的这块上面有红色弯月的玉是假的，这只是一块普通的岫玉，上面的弯月是一块搪皮。

丙把式躺坐在地上，坚决否认调换了那块羊脂玉。骑马的男人就叫另外两个男人在屋子乱翻一阵，却没有找到他们要找的真品。骑马的男人当着丙把式的面，把手里的这块假羊脂玉摔碎在地。这块碎了的玉渣质地生涩白硬，根本没有一点羊脂玉高贵气派的油质感，果然是一块岫玉。丙把式还是坚决不承认他做过手脚。骑马的男人气疯了，叫另外两个男人看住丙把式的女人，自己上去把丙把式踢翻在地，硬要丙把式交出那块真羊脂玉。丙把式绝不承认这块碎了的玉是假的，愤怒的男人把丙把式的头踩到碎玉渣上，要他看个清楚。

碎玉渣轻而易举地刺破了丙把式的脸，锐利的疼痛感使他忍不住惨叫起来，血从他的脸上流下来，把碎玉渣都染红了。骑马的男人一点都不罢休，照着丙把式的身上乱踢。

丙把式的女人实在看不下去，奋力挣脱开那两个男人，冲过来解救自己的男人。女流之辈终究敌不过三个身强力壮的男人，她挨了不少打不说，丙把式的一条腿还在混乱中被踢断，他疼得昏死过去。

后来，要不是老曲怕在他家闹出人命不好交代，跑去派出所叫来警察制止住这场恶斗，丙把式那天可真就没有命了。

丙把式的命算是保住了，可他被打得不轻。在家卧了几个月后，丙把式走出家门，人们看到他戴着一顶破毡帽，把帽檐压得很低，遮挡着半边脸上的伤疤，还拖着一条残腿，一瘸一拐地从镇街上走过，去镇子外边的那条河边，一个人坐在河边，痴痴地望着平缓流动的河水发呆。

丙把式的故事讲到这里本来就结束了。但因为丙把式是这么一个奇怪的人，发生在他身上的事肯定不会太简单。可是，后来发生的事，还有丙把式以前的一些事情，桑那镇的人都没有亲眼看到，只是听房东老曲讲的，也不知是真是假。

老曲说是从丙把式的那个种马似的女人那里听到的。

老曲还说，丙把式的这个高大粗壮的女人，是丙把式师傅的女儿，也就是他的师姐，是师傅硬要他娶的，他一点都不情愿。大家可能还记得吧，那年丙把式的女人找到他时，对他的那顿暴打，够厉害吧。丙把式这样的人，怎么会甘心和这样的女人过一辈子呢？他和种马似的女人结婚前，其实喜欢的是他师傅的另外一个女儿，也就是和丙把式私奔来桑那镇的那个年轻漂亮的相好。那个女人是丙把式师傅的后妻生的，也就是丙把式的师妹，她和丙把式早就眉来眼去，可丙把式的师傅哪里能容忍这样的恋情，坚决不同意他们结合。多年之后，鼓足勇气的丙把式不得已选择了和师妹私奔这条路。后来的情形大家都知道，丙把式的女人也不知是从哪里听到了她男人和她妹妹落脚的地方，便拖着儿女，辗转来到桑那镇，找到自己的男人和妹妹，她只动手打自己的男人，却没有和自己的妹妹打闹。倒不是她有多大的心胸能宽容她妹妹，或者认为是夺了妹妹的所爱而有所愧疚，而是她觉得妹妹是父亲的掌上明珠，她怕动了妹妹会伤害到父亲。至于后来，残废了的丙把式突然提出要和他的女人离婚，女人竟什么也没说，也没有闹。到底这个种马似的女人为什么在这个时候没有表现出过激的行为，房东老曲说，可能是这个女人看着丙把式可怜，不忍心吧。

也许，这个种马似的女人亲眼看到了丙把式用刀子割开他喂养的那只肥羊尾巴，从流油的肉里取出一块沾着羊油的羊脂玉来，玉的正面有一轮弯弯的油汪汪的红月亮，这个女人才一下子明白过来：丙把式为能留下这块真正的羊脂玉，把一块普通的岫玉仿造成羊脂玉的形状，植进了羊的尾巴，等过上几个月，岫玉的外层浸透了一些羊的油脂后，油润的感觉让外行人难以分辨，他想以假乱真，骗过那个骑马的男人，又把真正的羊脂玉藏在羊尾巴里。为了保留下来这块难得一见的玉中极品，他差点连命都搭上。就凭这一点，这个女人明白她是无论如何也斗不过丙把式的。她是失败的，彻头彻尾的失败，守着这样一个男人，她的一生又有什么意义呢？她动了放弃的念头。还有，她阻止不了丙把式的另外一个原因，就是她太了解自己的父亲，同样是玉把式的父亲，面对这块天然生成一弯红月的羊脂玉，他又何尝不会认为这是无价之宝，是世间罕有的玉中极品呢。

所以，这个种马似的女人一句话也没有说，就放自己的男人走了。

至于丙把式把这块他拼着命留下来的羊脂玉献给他的师傅，从此是不是能和他的师妹在一起，就没有人知道了。反正，丙把式走后，就再也没有在桑那镇出现过。

桑那镇还是太小，虽然繁华的气息也远远地从外面飘了进来，可外面的世界变化得太快，而桑那镇的人们也缺乏了解外面的欲望。

擦肩而过

吃过午饭，老万像往常一样走出家门，到西外大街闲溜。这是老万每天的必修课。他原来在阀门厂工作，后来厂子改制，他们这些老工人，说得好听点，叫提前退休，说得不好听，就是下岗，每月靠领取三五百块生活保障金过日子。老万才四十多岁，正是年富力强的时候，总不能揣着三五百块钱理直气壮地待在家里无所事事吧，他想再找点事做。以前不了解情况，想着凭自己壮壮实实的身体还能找不到事干？可找了大半个月，才知道这世上什么都缺，就是不缺人。黑压压的，到处都是找事做的人，年轻的，高文凭的，有技术的，老万哪头都挨不着边，根本没他的空间。得，好歹他每月还有个三五百块糊口钱，就别分那些可怜人的羹了。老万想得通，在人才市场、中介公司、街道办事处转悠几圈，眼睛里塞满了为工作一脸焦虑的人，他心里豁然开朗，相比之下，他还是幸运的。找工作的心似退潮的海水，变得平静下来，像真正到退休年龄的人那样，老万安享起不用上班的闲舒生活。

这样的日子刚开始过起来很惬意，晚上看电视到睁不开眼才罢休，早上起不了床，倒省下一顿早饭。午饭后，电视不能再看，上早班扫大街的老婆有午睡习惯，必补上这一觉，并且她睡觉时不能有丁点动静，否则影响她养精蓄锐。老婆晚饭后还有个必修课，到街心公园混在一帮老头老太太中间跳交谊舞，说是动静结合，科学搭配，跳舞使人心情开朗，能延年益寿。老万过去是铸铁工，也就是翻砂工，这活儿笨，不需要技术，只要肯出力，不怕脏就行。老万一干就是二十年，从来没叫过苦叫过累，可是，这劲头用在跳舞上，却一点也派不上用场。可别小看跳舞，绝对是个技术活儿，刚退休那阵，老万为打发寂寞，曾跟老婆去街心公园练习跳舞，看似简单的几步动作，左转右转，可把老万难坏了，抱着老婆像抱着钢坯，有力气不知往哪儿使，把老婆的脚都踩肿了。老婆嘴里"一二三，蹦跶跶"了两天，自己男人跟个木头橛子似的，硬邦邦，根本踩不上节奏。老婆生气不再教他，径自找她的舞伴去了。老万站在边上，盯着老婆被一个秃顶中年男人揽住腰身，在人堆里疯狂地左冲右突，老婆鬼附体似的，居然瘸着腿，一高一低地绕着那个男人滴溜溜转。老万闹不明白，跳舞就是男人女人搂在一起转圈子，有啥意思，可看老婆的表情，一脸的享受，时不时地，还跟秃顶男人花朵般粲然一笑，男人似乎更加卖力地拖着她旋转。一个年纪不小的女人见老万在旁边瞧得专心，凑过来酸溜溜地对他说，看到没有，中间那个穿大红裙子的女人，一把年纪，装少女呢，一看就是个骚货，瞧她把自己往那个男人怀里硬塞呢。老万被老女人的话噎得翻白眼，恶狠狠瞪老女人一眼，转身走了。从此，他晚上不再去看跳舞，憋在家看电视。穿红裙子的女人就是老万的老婆，他没觉着老婆有多骚，原来的模子没长好，又是清洁工，打扮不来自己，现在好歹一把年纪了，再穿成怎样也没多少女人味，只是跳起舞来有点忘乎所以，全身心投进去，舞姿不是真正舞台上的优雅，是显得张狂了些，但与那个老女人说的"骚"，还真差点距离。老万倒希望自己的老婆骚呢，她现在除了跳舞，没一点激情，他连在家守着她的欲望都没有，下午只好去大街上溜达。

这是春天的午后，虽然还没有铺天盖地的红红绿绿，但那铺洒了一地柔柔的、暄暄的、暖暖的阳光，让人感觉很舒服。老万要出去的念头像一颗经了阳光雨露的种子，压抑不住地从心里往外蹿。吃午饭时，突然刮起了小风，春天没有沙尘的风像把明晃晃的刀子，把太阳的媚劲修理得越发露骨。但很快，风慢慢变得强悍起来，卷起的尘土冲进阳光的每一丝缝隙，纯净的阳光很快变得混沌起来，不一会儿，天地间昏黄一片，太阳自认不是风沙的对手，索性隐了光芒，悄悄地不知躲到哪儿去了。老万心里的种子一点也不受气候变化影响，洗刷好碗筷，要出门。老婆准时上床，忙里偷闲地扫眼窗外，对他说风越刮越大，发骚就在屋里发，别出去弄一身尘土回来，我可没时间洗衣服。老万看都没看老婆，心里骂句，在屋里围着你骚？也不看看你有没有让我骚的条件！

老万顶风冒尘，英勇地走向风尘中的大街。

天气不好，街上行人稀少，仅有的几个匆匆而过，甚至有人撒开脚丫子狂跑。唯有老万不急，他在风沙中悠闲地背着手，眯着眼在稀落的行人中搜索目标。通常，这个时间能在大街上闲逛的女人，大多没正经职业，不然，上班时间，谁会丢下工作在街上溜达。老万要是不提前退休，这段时光，他肯定在烟尘滚滚的车间里，甩开膀子完成每天的定额任务呢，哪容他到大街上闲逛，还要不要岗位、工资奖金了！

风刮得尘土满天飞，时不时地，会刮过几片塑料袋、纸张什么的，在天空飞舞。行人越来越稀少，这种天气即使有闲心也不会出来，吃饱了撑得慌，也得看是啥天气。出门的女人更少得可怜，偶尔过来一个两个，人家可能看过天气预报，早就预备着风衣对付这种天气，脸上蒙着纱巾，将自己包裹得严严实实。老万看到的，像一截移动的带些颜色的木头，根本看不到他想看的。但是老万不甘心，又往前走了一段，到了地铁口。平时，人最多的是地铁出入口，人流波浪似的，一波接着一波，看得老万目不暇接。此时，地铁口也被风刮得冷冷清清，等了半天，很少见到人影。老万顶风溜达，他已经不背手了，尘土不断迷他的眼，他得拿手挡在额前防风沙，心里的嫩芽在尘土天气里慢慢萎缩，算了吧，没必要在风尘里傻等，就为看几个女人。其实，老万是个正经男人，甭看他以前在工厂只是个翻砂子的，工友们坐在一起说荤话他跟着大伙笑，自己很少参与。可是退休后，他实在没事可干，大把大把的时间，拿什么去填？他又没啥爱好。偏又是正当盛年，老婆看他不上，一天到晚跟他没话可说，他实在无聊，看女人也是为消磨时间，慢慢地心里会有种对女人重新认识和欣赏的满足感。老万还总结出了经验：看女人的背影尤其屁股，其实是种享受，这是女人最具魅力的部位，像一道优美的风景，对这个年龄的老万有无穷的诱惑力。可再好看的风景，也不是非得每天都看，再说，看不看的，看多看少，又能怎样！所以，老万在风尘中准备打道回府。

老万把心里种子的芽苗掐掉，转身要走时，突然眼前一亮，一个没穿风衣，下穿黑色弹力裤的女人被地铁口吐了出来。从这个女人略显肥胖的身材看，凭经验，穿这种弹力裤的女人一般不会叫老万失望。他心动了一下，站住等她。走近了，老万看到那女人用手半遮着眼睛和嘴，老万看不清她长得啥模样，他一点都不泄气，他很少注意女人是否长得漂亮。他的眼睛跟随女人的身体，转到她的背后。她算不上多诱人，勉强说得过去，这个女人没叫老万太失望。她的屁股被黑弹力裤包裹得比较圆鼓，随着她走路的速度，一上一下有点动感。老万心里嘀咕，眼前的女人真不会装扮自己，如果她把弹力裤选小一个号，会起到天壤之别的效果。可是，她没有。所以，她是个略显逊色的女人。

这种天气，能看到这样的女人已经很不错了，老万不敢有过高的奢求。何况，这个女人奔着老万回家的方向走，多好的事情，他跟她一阵，可以顺路回家，两不耽误。

老万为这个意外的收获暗自得意，忽紧忽慢地跟在女人后头，两只胳膊交叉挡在额前，使眼睛既能避开沙尘，又能不动声色地咬紧女人。

如果老万能放下这个不太满意的目标，自顾自回家，就不会发生后来的事情了。可是，老万没有放弃，他距离这个女人五六步，一直跟在人家身后。

两人走了一阵，女人的手机突然响了，她从包里掏出手机接听。风太大，手机里传出的声音被风吹得乱跑，女人停住脚步，一手捂着手机，一手捂住耳朵，一下又一下地对手机喊"啊，啊，听不清……"

老万没反应过来，他的应急能力有点弱。见女人停下来，他居然也停在一棵发芽的小槐树旁，装作看别处的风景。这里没风景可看，风又刮得猛，老万太做作了，一看就是做假。老万只好仰头看小槐树上的芽苞。小槐树根部的土还是新的，大概是开春才移栽过来，还没缓过劲，芽苞比旁边大槐树的要小，在狂风中小槐树东摇西晃，却不见得会倒。老万不必为它担心。

女人嘴里埋怨电话听不清，眼睛向老万扫来。老万接住了那眼神，他心里本来就虚，这下慌神了，心里在想，女人是不是识破了他的诡计，这下可丢人了。老万赶紧转身逃开，跑了两步，一想不对，自己一直往前走的，突然改变方向，不更叫人家怀疑？老万转回身，本来想装作系鞋带，可是他脚上是那种没带子的皮鞋，别弄巧成拙，自己找难堪了。老万装腔作势地干咳两声，别过脸向前走去。

快要走近那女人时，她忽然不对手机说话，两眼紧紧盯着老万，把包紧紧搋在胸前。老万一下子反应过来，原来女人不是识破他的诡计，而是怕他抢劫哩。老万心里这下反而释然，他坦然走过女人身边，听到女人又对手机里说："啊，说啥呢……听不清……"老万没敢看女人是否一直在注意他，他匆匆走了过去。

刚走出几步，老万听到身后发出惊天动地的巨响，一股气流差点将他推倒。回过头一看，"噢"地怪叫一声，傻眼了。

一块巨大的钢架广告牌摔裂在老万刚站过的地方，那棵刚发芽苞的小槐树替老万丧了命。

小槐树被砸得稀巴烂。

女人被广告牌掀起的风推出好远才摔倒在地。她吓傻了，手机甩在地上，她顾不得防备跟前的老万了。

这一惊非同小可，老万的脑袋从那一刻就木了，不知是怎么回到家的。老婆显然刚睡醒，眼角挂着眼屎歪在沙发上发呆，两只无神的目光看着老万进屋，奇怪地说道："天还没黑呢，是不是太阳打西边出来了！"

要是往常，老万肯定会对老婆的嘲讽给予有力的还击，这次没有，他似乎没听到老婆的讽刺，还对她轻微地点了点头，到厨房弄杯凉水灌下去。老婆在客厅冲老万喊，暖壶里有热水你不喝，喝凉水坏了肚子我可懒得伺候你。喝过凉水，老万慢慢从惊恐中缓过神，四周望望，确定已经回到家中，才长出一口浊气，对老婆说："刚才我差点丧命，风把广告牌从高空刮落下来，砸烂一棵小树，我就在那棵小树底下站着。"

老婆扫了一眼窗外。窗外一片昏黄，黄沙粉刷过一般，他们家在十楼，倒是可以听到风刮过的声音，却看不到肆虐的风。老婆歪着脑袋看老万，大概在想象老万如何逃过高空坠落的广告牌似的。她没看到风有多大，能想象的空间实在很小，何况，那么大风，老万居然还在外面转悠，这事比广告牌掉下来差点砸着老万更叫她费思量。不过，老婆不是个很复杂的人，刚睡起来还没缓过劲，没精神费力想别的事。她没精打采地望望老万，连询问的意思都没有，抓起电视遥控器，准备打开电视。

老万眼巴巴望着老婆，以为她多少会有点好奇心，问问他的情况，他都想好怎么回答了，当然会省去他为看女人这段，只说自己觉得那棵槐树太小，被风吹得东歪西倒，想扶一把，然后，他就把那惊险的一幕渲染渲染。可是，老婆已经把电视打开，里面传出欢快的乐曲，肯定是哪个连续剧刚播完一集在放片尾曲呢，不然，乐曲的节奏不会这么快。老婆不再看他，连续换了几个频道，到一档娱乐节目，才感觉累极了似的放下遥控器。

"你难道不想听听事情经过？"老万看着老婆的脸色，试探地问了一句。自从退休回家后，老万对老婆说话越来越没底气，他那几百块钱的生活保障金，只够他一个人省吃省喝，想要贴补家里，简直是天方夜谭。没有钱，便没了地位，没法使老万在老婆面前底气十足。

老婆揉揉眼角，专心擦了下眼屎，又往外看了一眼，没好气地说："你不是好好地回来了吗！"啪地关掉电视，起身往厨房走，边走边说，"该把米饭蒸上，儿子回来要喊饿的。这鬼天……哦，对了，今晚你就凑合着吃米饭吧，我的腰病又犯了，一点都不想和面烙饼子。"

老万愣怔在那儿，他对老婆的态度无能为力。老万从小吃面食长大，除了米饭，他不挑食，老婆知道老万在吃上不讲究，就好口大饼，一般做米饭时，会给他单烙张大饼。可是今天，她连这点心思都没有，老万心里怪不舒服。望着老婆离去的背影，半天没回过神儿来。什么意思？她怎么连问都不问一句？平时要哪儿发生什么事，她的好奇心不是很强吗，一定要老万详详细细跟她说上不止一遍。可是眼下，她是不相信我说的话喽？认为我在逗她玩，还是给自己这个天气出去找个惊险的说头？难道我的样子很像说假话吗？可不能给她造成这个印象。老万越想越不是滋味，追到厨房，一本正经地说："你别不相信，我说的是真的。"

老婆回过头，奇怪地看着老万说："我说过不是真的吗？我相不相信又怎样？真是的，闲得慌就学做饭，我总有伺候到头的那一天，看你喝西北风去！"

老万不会做饭，他也不想学，一闻到油烟味就想吐。其实老万算得上好男人，不抽烟，不喝酒，不聚赌，不乱花一分钱。这样的男人如今上哪儿找去！

老万被老婆戗了一通，窝着火，不再与她说了。

儿子放学回来，进门果然喊饿，书包没放下，就扑到饭桌前用手抓菜吃。老婆紧叫慢喊要儿子去洗手，他已抓进嘴里不少菜，鼓着腮帮大嚼着放下书包，不管嘴里吃着东西，往厕所钻。儿子上六年级，个头已赶上了他妈，可是，除了每天必看动画片外，对其他事的热情越来越淡。

老万惊魂未定，满脑子都是广告牌砸在小槐树上的情形，在老婆那里得不到安慰，心里憋得慌，想给儿子诉说诉说。老万一改往日的懒惰，给儿子拿来碗筷，亲自盛上米饭递到他手里。儿子什么话都没说，端起碗狼吞虎咽开吃。儿子没有一点咀嚼间隙的吃相使老万开不了口。他一点食欲都没有，眼睁睁看着儿子吃完饭，他才扯开话题。

儿子似听非听，推开饭碗就去开电视，还没摁到少儿频道，就被他妈拽去写作业了。老万趁老婆收拾碗筷，凑到书桌前，继续对儿子说他的惊险经历。儿子对写作业很厌烦，对老万的经历更没兴趣，他甩掉笔，生气道："你别烦我好不好，不停地说，影响我写作业呢，今天老师布置的作业一晚上不睡觉都写不完！"

老万怔怔地望着儿子，一时回不过神儿。儿子就当他不存在，没事似的在作业本上划拉，嘴里竟然哼起了歌。那一刻，老万心里各种滋味都有了，回到客厅，拿起遥控器换到本市生活频道，他希望生活频道能报道今天午后的大风，最好能有广告牌从高空掉下来的消息，以证实自己确实遇到过危险。

果然，生活频道正在播报今天大风给本市造成的危害，而且还不是在泛泛地讲，非常细致。老万很兴奋，急忙喊老婆来看，电视上要报道他下午遇险的事。老婆倒是来看电视了，可屏幕上是乌蒙蒙的天空，有东摇西晃的树木，有被风刮倒凌乱一片的自行车，还有在风沙里缓慢挪动的汽车、被风扑倒的路牌。自始至终，没看到老万遇到广告牌惊险跌落的那一幕。直到节目播完，主持人也没提一句跟老万有关的话。老婆从电视上拔出目光，奇怪地望着老万。想给老婆证实自己遇险的想法泡汤，老万在老婆狐疑的目光里，张张嘴，想要再解释，可哪里能解释得清！老婆的目光越来越冷，老万被压抑得快喘不过气来，最终一句话没说，默默地去卧室睡了。

　　老万哪里睡得着。他闭上眼睛看到的全是广告牌跌落下来把小槐树砸倒的情景，老婆见老万翻来覆去睡不着，用嘲讽的口气对他说："你是不是闲傻啦，怕我说你在家什么心都不操，刮这么大风，别人都不出门，你偏赶着出去闲逛，出去也就出去了，回来还要编个惊险的谎话唬我！"

　　老婆怀疑老万了。怀疑他什么？老万心里慌了，为自己说不清楚而焦虑，他开始后悔这样的天气跑出去，可后悔也没用，此时，最想老婆孩子相信他。

　　接连几个夜晚的失眠，使老万产生了不少想法。无论如何，他得想法叫家人相信，他绝没有编造谎言，不然，老婆还以为他真是闲得脑子出了毛病。他在失去工作的同时，也失去了在这个家里的地位，但他不能最后失去尊严和信誉。他得用事实来证明自己！可怎么证实？当时又没人有先见之明，提前在那里安装摄像头拍下那个画面，别说摄像头，那时狂风大作，连个目击者都没有。刮那么大风，除了那个被他跟随的女人，再多一个人都找不到。

唯一的办法，就是找到那个女人，只有她，才能证实老万差点像那棵小槐树似的被砸得稀巴烂。还有，老万得感谢那个女人，要不是她突然间把他当打劫的，使他离开那棵小槐树，他早叫广告牌砸个稀巴烂了。

这一来，老万有了动力，每天去大街上找那个被他跟踪过的女人。茫茫人海，要找一个不知名姓，又没看清面目的女人，比大海里捞针还难。但老万坚信，不知道名字、没看清面目都不要紧，只要再次见到那个女人，无论看到她的脸还是屁股，他肯定能认出来。重要的是有恒心。刮大风的恶劣天气，那女人能从地铁出来，就算她不在附近住，那次只是到西外大街办事，也表明西外大街跟她有某种联系，不然，谁吃饱撑得往这儿跑？退一万步说，就算没关系，她不可能一辈子不再来这儿吧？绝对不可能！老万不信这个邪，他非要等到那个女人不可。

西外大街最热闹处，是地铁口，除了深夜，平时都有不断变换的人群，每天看到的几乎全是新面孔，很难碰到熟人。老万慢慢地在地铁口溜达，眼睛专拣穿着打扮新潮的女性瞄准，脸蛋长得漂亮不漂亮，老万不大在意，他这个年龄，眼睛直勾勾盯着女人的脸看，人家高兴不高兴，他自己都不好意思。他只管看人家背影，主要看人家的屁股。这个时候看，老万不再像以前那样偷偷摸摸，离好远才敢看，近了怕让人发现，骂他色鬼。眼下，老万的底气足了，他不再是单纯看女人，他是在寻找目击证人——那个与老万一起受惊吓的女人。这样的理由堂皇得让老万理直气壮，眼睛再盯女人，不再躲躲闪闪，而是大大方方，好像这世界上所有的人都已经知道他看屁股是为找人，都会因此对他抱以宽容。

这个时候的老万，还体会到另一种快乐，这种快乐是从他面前流走的女人屁股上获得的，无法跟别人分享，也不企图分享。老万的快乐很奇怪，一回到家就消失了，像气球似的，家是锥子，把鼓鼓的气球戳穿了。这不能怪老万，是老婆把她这个年龄最绚烂的一面放在舞场上，对他跟对待木头一样，老万看不到老婆的可爱之处。还有，老婆先天性欠缺，她的屁股像一块没法开垦的荒地，永远不可能有风景，老万甚觉遗憾，想着只有在别的女人那里补上这一课了。

老万改掉了晚上看电视、早晨睡懒觉的习惯，他有了重要的事情，不再是闲人，这使他有了心理上的支撑。还别说，老万看女人久了，还真看出了名堂，他认为女人身上最曼妙、最有韵味的，是屁股，这是女人身上最美的一道风景，而这样的风景在不同女人中又各有千秋。许多女人的屁股比她们的脸有看头。圆的、翘的、肉的，扭来摆去，能叫人浮想联翩，意犹未尽。在大街上看女人屁股，竟成了老万眼下最主要的生活内容。比吃饭都重要。有时，发现一个呼之欲出的，老万会忘情，竟然能跟着人家走出几站地；有时，不但会受到人家的白眼，还常常耽搁回家吃饭，为此，没少挨老婆的唠叨。但老万理直气壮，在心里嘀咕，都怪你这个老婆子不相信我，害得我才这么辛苦去找那个女人！

老万的举动引起了一些人的注意。地铁口街边的店铺主、小路口的交通协管员，更多的还是那些无所事事的老头老太太们，他们大多是附近居民，几乎每天都在街边溜达，甭看是随意溜达，眼睛却毒着呢。原本老万也没引起注意，一个中年男人，面相也不刁钻，就是有点发愣，最多也就是一个不如意的人。可时间久了，老万的目光再也不飘忽，而是跟没关紧的水龙头似的，眼里滴滴答答往外渗水呢。这下，老头老太太们不能不管了，一个大老爷们整天追着女人屁股后面，这个人肯定有犯罪嫌疑。

老头老太太们观察了几天，把治安隐患反映给居委会，要他们报告派出所，将这个流氓抓起来。居委会到底是一级组织，行事不莽撞，说得调查清楚，不能凭感觉断定人家是流氓。便叫人跟上观察了几次，果然发现老万的眼里流露出的色彩有些异样，认定是个隐患，他们很快弄清老万的身份，知道他是领最低生活保障金的下岗工人，没有什么不良行为。居委会这才松了口气，但也不能任他在街上老瞅女人屁股，与文明不搭调。又不想与他正面冲突，瞅个机会，找老万老婆谈，想请她配合劝阻老万，千万别犯下傻事，到时再要挽救就来不及了。

老万的老婆一听此事，肺都气炸了。丢死人了。她扔下扫把，回家把正准备出门的老万堵住，"噼里啪啦"一顿质问。老万望着一脸怒容的老婆，满脸茫然。老婆的质问使他想起自己的最终目的，他自始至终没回答一个字。不否定，也不承认，更不解释，对老婆的态度置若罔闻。他想，只要找到那个女人，一切都会真相大白，那时，老婆就什么都不质问了。眼下，他实在不想多费口舌。

老婆问不出所以然，见老万仍是一副魂不守舍的样子，气得没法，把老万骂了一通。没关系，骂又不疼，老万把老婆的骂声拨拉拨拉，用脚踢到一边，越过骂声依然走出家门。门外是喧闹的市井，将老婆愤怒的脸、尖锐的声音淹没，老万很快融进去，兴奋起来，两眼晶亮，一边缓缓往地铁口走，一边打量从身边流过去的妖娆风景。老万如痴如醉。老万自己都觉得奇怪，以前他害怕老婆知道他出来的目的，现在老婆终于知道了，他反而从中又感受到一种从未有过的兴奋，并且心里不再不安，可以放肆地观看，体验这种刺激和快乐。老头老太太经过老万身边时，很警惕地盯着他，老万不管不顾，他迎着那些目光，甚至，还冲着他们微笑、点头，像遭遇知己或故人似的。其实他很感谢这些老头老太太们，若不是他们，他还不能如此坦然呢。有时，老万恍然间会想起那场大风，想起被大风刮下来的广告牌和那棵小槐树，他有些迷惑，自己到底是来找人呢，还是专门看女人的屁股？

不管怎样，对无所事事的老万来说，他无聊的生活算是有了新的内容。

有意思的日子过起来快，转眼秋天到了。各色树木的叶子在秋风中稀里哗啦落下，很快剩下枝枝杈杈，在秋日淡薄的阳光下忧伤而茫然地伸向空中。像四季的风景一样，老万的风景也有了荣枯的气息，但不妨碍老万，他的目光在众多的背影里精准地捕捉到他需要的那份。但有味道的日子并不会叫你一直这样有味道，就像他干了二十几年的翻砂工，忽然间就失去一样。活该老万倒霉，那天还没走到地铁口，就遇上一个大屁股女人，女人的脸长什么样，老万没看清，他不经意回头时，发现了那个硕大的屁股，很悠闲地在他的视线中扭动。她的屁股被弹力牛仔裤兜着，很有弹性地上下颠动，像个皮球。老万的眼神一下被这个屁股黏住，不由自主地反身跟上，几乎不错眼珠地盯着扭来拧去的一团肉，心里充满了快乐。老万的痴迷样叫大屁股女人看在了眼里，却不动声色，第二天，纠集几个男人候在路边，将老万暴打了一顿。老万受重伤住进了医院。事后才听说那个大屁股女人可不是好惹的，她才三十六七岁，已经离了三四次婚，结了离，离了结，像习惯性流产，后来干脆不结，也不用离，便和许多男人睡觉，活得倒比以前风光，有吃有住，像歌星似的赶场子。招惹上这种女人，老万吃定亏了，两千多块钱的医疗费只能吃哑巴亏自个儿掏了。老婆这下可气恼了，指着老万的鼻子破口大骂，丢人现眼不说，挣不了钱还乱花钱。在儿子的白眼、老婆的骂声里，老万忽然清醒过来，他不是特意去看女人的，他是在寻找证人向老婆孩子证明自己春天的那次历险！可是，这怎么跟老婆说？寻找证人不是不可以，可跟看女人有什么关系？说到底，老婆的火发得没有错。

只是，老万心里不愿意承认。

出院后，老婆像个称职的狱警，把老万关了禁闭，不容许他走出家门半步，否则，将强行将他送往精神病院。老万本来就是胆小怕事的人，一个广告牌掉下来，都能惊吓成那样，被大屁股女人的男人们暴打一顿后，他不敢不遵从老婆的管教。看女人看出劫难来，已经够丢人了，如果被送进精神病院，他的后半辈子就没活头了。可是，老万的心愿没了，又不能向老婆证实他受过危险的侵扰，他心不甘哪！在老婆的监控下，老万失去了自由，可他的心是自由的。儿子上学走了，一旦老婆出门去扫马路或者到街心公园跳舞，将老万一人锁在家里，老万心里会涌出各种各样的想法，最多的还是能够出去，继续寻找那个女人，证明自己确实没说谎。只有那个女人出现，他的生活才能回归以前。以前哪怕无聊，可到底是自由和轻松的。

老万趴在十楼的窗口前，窗玻璃隐隐约约照出他的影子，他看见自己的面孔，充血的眼睛好像刚刚流过泪，红肿着呢。他想不起来是什么时候在什么情况下流的泪，看来，流泪已经不是他可以控制的了。他突然间厌恶自己的泪眼，想狠狠地往那双泪眼啐口水。老万没有这样做，他打开窗子，附身向外看，根本看不清楼下的情形，偶尔会看到天空有一只鸟儿伸展翅膀自由自在地滑过，别无他物。看得久了，老万慢慢觉得，自己的身心随那些鸟儿飞到了西外大街上，在人头攒动的地铁口，他的眼睛依然能在女人堆里，找到那个在他脑海里勾勒过无数次在风中打手机的那个女人的屁股。老万的心呼啦一下热了，眼泪不知不觉涌满眼眶，多少伤心和委屈在这一刻化为乌有。那个依然被弹力裤裹住的屁股像一道闪亮的光芒，吸引住他的目光，他的眼里再也没有其他的人、其他的声音了。他追到女人跟前。女人还是围着纱巾，秋日的风已开始凌厉了，时不时地，会裹挟起沙尘。女人惊异地望着面前眼眶里噙着泪水的男人。老万激动得手足无措，跟女人说起春天里的那场大风，大风里被掀落的广告牌和被砸烂的小槐树时，声音几乎哽咽，泪水不能控制地爬满了他整张脸。女人静静地听完老万的诉说，身边涌过一阵又一阵人流，女人没有被人流冲走。他们像在走一段长长的黑暗甬道，终于看到了出口的那片光亮，老万说了很多感激的话，要她证明那天危险的情形。老万说得很慢，他要用这种语速帮助女人回忆。在那样一个非常时间发生的非常事件，女人一定不会轻易忘记的。果然，女人听完老万的诉说，舒出一口气，脸上的纱巾跟着起伏不定，然后，女人说："先生，您认错人了，我一直在法国，上个礼拜才回到北京！"

回门礼

　　结婚第三天，母亲带着小婶子、姑、姨几个女长辈来看望艾娅。女儿出嫁时，一般都是男长辈送亲，女长辈只能等三天后看望。三天后，来看望不再是自家那个单纯的小闺女，已变成人家的媳妇了，心里千头万绪，总得有个表达的方式，像离别了许久，抱在一起哭哭啼啼是免不了的。哭罢，艾娅把嘴贴在母亲耳根小声说："妈，你带我走吧，我要回咱家！"

　　二十八年前，母亲刚出嫁也说过这话，但那是她跟自个母亲撒娇，其实心里不是这样想的。母亲瞪了女儿一眼，没把女儿的话当回事。她是过来人。

　　艾娅的头上依然别着粉红色的假花，穿着结婚那天的红袄。红袄颜色鲜亮，质地细腻，跟艾娅粉红白嫩的脸色十分相衬。

小婶子端详着侄女，啧啧道："看我家艾娅，镇街上今年结婚的新娘子当中，没人比得过你吧。"艾娅抿着嘴笑笑，迅速看了一眼男人雷吉尔。

雷吉尔的眼神一刻也没离开过艾娅，听到小婶子的话，他脸上的笑意越发浓厚。艾娅没接小婶子的话，双手端碗糖水递给小婶子，眼睛却扫了下笑意融融的母亲。

把艾娅嫁到镇街，是母亲的最大心愿，现在如愿以偿，母亲没有因此而松懈，她在打量女儿新房里的摆设，目光里有一丝挑剔，却面带微笑，眉眼间的皱纹喜悦得挤成一疙瘩。新房里的物品都是按母亲的意思摆放的，女儿结婚前，母亲不知验收过多少次，可她还是看出了一些微小的变化：蒙在被垛上的大红纱巾叠起来扔在枕头边，桌上的台灯移到了床头柜上。在婶子、姑姨们面前，母亲只是拿眼轻挑了女儿一下，没有责怪，装作无意地把台灯放回桌上，将大红纱巾展开蒙在被垛上，像掐掉衣服上的一根头发一样随意。

艾娅把这一切看在眼里，给母亲递糖水时，母亲瞪了她一眼，她对母亲的挑剔不以为意，刚叫了声妈，就被母亲打断了："你婶子你姑你姨都走累啦，还不快请她们上炕歇歇。炕烧热乎了吧。"说着，伸手在被窝里试试，顺手抚平被角上的一丝皱褶。

新女婿雷吉尔很有眼色，女人们上炕要说话了，他杵在那里实属多余，就说去饭店看看昨天就订的饭菜，抽身走了。

小婶子瞅瞅门口，这才问艾娅："做了三天新娘子，有啥感受？你男人欺负你没？他要是不讲道理，你可告诉婶子，看婶子不收拾他！"

艾娅的脸红到了耳根，低头绞着手指不说话。小婶子不依不饶："瞧瞧，瞧瞧，这就害羞啦，还是不敢说？艾娅可是咱家的宝贝呢，要是受了委屈，我和你妈你姑你姨就是来给自家闺女出气的，你现在不说，过了今儿，要受了男人的气，我们可就不好说啦。"

小婶子说完，折回头冲艾娅的姑、姨眨眨眼。姑啊姨几个脸上漾着笑意，却不说话。

这本是句客套话，是看望过门闺女的取笑话，也是长辈与晚辈间的亲昵和融洽，一般新娘都羞于这个话题，闭口不语，或含羞闪过。可艾娅的眼圈却红了，突然间抬起头，对小婶子说："婶子，你真的能为我出口气啊？"

"艾娅！"母亲及时地喊了一声，打断女儿说道，"我们走了半天的路，肚子早饿啦。"

艾娅说："雷吉尔不是去饭店看了嘛，那边准备好了他会来叫我们的。"

母亲哧溜下炕，趿上鞋，拉上女儿往外走："是哪个饭店，你带我去看看，顺便呢，有不对口味的菜再换换。要是好了，就早点吃，看这天阴的，说不定午后会下雪呢。"

小婶子等人随了母亲的话，凑到窗口往外看。天确实有些阴沉，风寒寒地从枝头上刮过，光秃秃的树枝随风摇动。姨和姑都附和道："就是，看这天，来的时候还恁大的太阳，咋说变就变了呢。"

到了屋外，母亲还没责怪艾娅不懂事，艾娅倒抢先道："妈，我要跟你回去！"

母亲眉眼间的皱纹立马竖起，紧张地看了看前后左右，压低嗓门说："有个意思就行啦，你还当真啊？"

艾娅的腔调变了，带着哭音道："我是当真的，你看看，雷家穷得叮当响，要啥没啥，过了年，雷吉尔又得去外地打工，那时剩下我一人，在这个要啥没啥的镇街住着有啥意思！"

没结婚前，艾娅一直听母亲唠叨，嫁到镇街，比乡下风光，镇街那可是街啊，人来车往，小日子可不老美了。艾娅也是这个心理，在乡下待久了，走过来走过去，一年四季就那么几种样子，庄稼绿了，黄了，收了，秃了，地里什么都没了，来年开春，从头又来一遍。那条通往村外的土路偶尔过个车子，腾起满天尘土，呛得人半天缓不过气来，没法和镇街的水泥马路比。嫁到镇街就不一样了，整天热热闹闹，有看不够的人，听不完的吵闹，生活特别方便，菜炒在锅里要是没了盐，立马出门去买，也耽搁不了炒菜。可是，镇街再好，也就十字交叉那么两条短街，再多的人来来回回也就那么些人，靠着这两条街，能活得自自在在、衣食无忧的，能有几人？很多人照样得出去打工养家。生活得靠钱支撑，没钱只能眼睁睁地看别人过好日子。

母亲揽住女儿的一条胳膊，轻轻拍打着道："你给我听着，不准瞎说，也不准胡来，你刚结婚，日子还长着呢。要知道，你在镇街上住着，就高别人一等。人活着图啥，吃呀喝的在哪儿不都一样？为啥还要往热闹地方钻？不就图个跟人不一样嘛。穷有啥大不了的，我和你爸又没死！今儿这顿饭是我叫你们在饭店订的，算我的，给你二百块钱，够了吧？"

艾娅嘟着嘴，还想说啥，母亲一挥手："行啦，啥都甭说，是哪个饭店？你快过去看看，我去把你婶子她们叫来，早点吃早完事。"

吃过午饭，小婶子想在镇街上逛逛，艾娅本想介绍一下年前这阵子服装市场的情况，见母亲板着脸，没敢开口。母亲用天阴会下雪为由，硬拉着小婶子她们早早地回去了。

快过年了，镇街上喜气洋洋，红对联、红被面、红床单搭挂得满街都是，商家为招揽顾客，扩音器开到最大，不是放流行歌曲，就是声嘶力竭地兜售商品，把自家的货物标为全镇街最便宜的，给人感觉要过年了，东西都不要钱似的。其实大家都知道，这时节正是商品最贵的，说便宜，不过是一种心理战术罢了，谁不希望自己买的东西又好又便宜呢。这个时候，镇街就像个容器，被采购年货的人填得满满当当，大家在喧腾的街道上挑选各自需要的东西，挤来挤去，看上去，每个人都很享受这种拥挤和喧嚣似的。这就是镇街的生活，真实，热闹，其乐融融。

婚后第一个新年回娘家叫回门，礼物必不可少。礼物一般是当地产的好酒两瓶，当地最好的烟两条，这是孝敬老丈人的；给丈母娘得买双鞋，外带一只大肥羊，足够她老人家操办全家人过年的吃食。镇街上的人会精打细算，雷吉尔早早地去每个批发部问过价钱，计算哪家最便宜，得花多少钱，他才把每个批发部或者市场的差价告诉艾娅，要她拿主意。回门是新媳妇的大事，拿什么礼撑什么门面，雷吉尔轻易不做这个主。

艾娅对雷吉尔算计的详细价格无动于衷。

雷吉尔急了，眼看再有几天就过年了，礼物还没备下，烟酒好办，大年初一也能买到。可肥羊就不好办了，交易市场过年停开，总不能上养羊的人家里去买吧，就算能买到，大过年的上哪儿找屠夫宰？

这晚，雷吉尔催促得急了，艾娅却一点都不急，心平气和地说："你只管把钱准备好，回门的礼物我还真没考虑好呢。"

"这有啥考虑的，"雷吉尔说，"我们又不傻，谁不知道第一次回门该带啥礼物啊。"

艾娅静静地望着丈夫，过了半晌，扑哧一声笑了："我看你就傻哩。不跟你说了，告诉我，你到底能借到多少钱？"

提到钱，雷吉尔叹口气，挠起了头，挠了两肩头皮屑，才缓缓地说："你放心，我已把置办礼物的钱备够啦，连带过年的，总不能你刚过门，叫你没法过年吧。"

艾娅平静地说："是吧，那我现在就告诉你，我要办的礼跟以往人家的都不一样！粗略算了一下，最少得五千块才能办下这份回门礼……"

"五千？"雷吉尔惊叫道，"我上哪儿去借五千块钱呀？办婚礼借了不少，现在找谁去？谁家不得过年啊！再说，不就回个门吗，有必要花那么多？跟别人家一样又咋啦，也不是啥了不得的事。咱家的情况你不是不知道，摆那个谱能当吃当喝？"

艾娅淡定地一笑，说道："我有我的打算，你按我说的去找钱就是了。"

五千块钱办回门礼，以后还要不要过日子？这女人不要命了。雷吉尔气得呼哧呼哧地，没好气地说："我没地方去找了，有本事你自己去！"

艾娅望着男人好久，慢悠悠地说道："你个大男人，我没嫌你没本事挣钱，你倒连借钱的本事都没了？"

雷吉尔苦着脸说："都借得差不多了，镇街就这么大，亲戚就那么多，谁家窝着大把的钱借给你呀！"

艾娅懒得听雷吉尔诉苦，抱起一床被子扔到沙发上，说："找不到钱，你就睡沙发吧，我的炕上不要你！"

雷吉尔在沙发上睡不着，扛不住冷，也扛不住身体里的欲望，几次涎着脸要回炕上，半个身子刚挨上热炕，就被艾娅推了下去。第二天，雷吉尔四处去借钱了。结婚时，把能借的亲戚友人都借过了，现在再去借，实在不好开口。也不知雷吉尔找的谁，他在沙发上又煎熬了一夜，第三天傍晚把五千块钱交到了艾娅手里。艾娅捏着一沓钱，眼里没一丝欣喜的亮光，回过身搂住丈夫的腰，头埋进他怀里哽咽道："真难为你了，别心疼钱，其实，这都是为了你，也为了咱们今后的日子。"

雷吉尔想说什么，可看到艾娅泪汪汪的模样，话到嘴边又咽了回去，抱起她扔到炕上。艾娅被摔疼了，拧了男人一把："死鬼，天还没黑透呢。"雷吉尔哪听得进去，掩上门跳上炕忙活起来。艾娅也很配合，边脱衣服边说："你就不能省着点，有了今天，明天不过啦？"

雷吉尔边喘边说："再有几天就过年了，过完年我去了外地，还不得干熬？你偏要浪费咱们在一起的这几天。"

艾娅知道，雷吉尔是在怨恨睡了两天沙发，少了两天夫妻间的乐趣呢。她心里热腾腾的，身子也柔软得像水，都要漾荡起来了。她偎进男人怀里，脸贴在他的胸口，轻声说："我不要你去外地打工，要你在家里守着我！"

雷吉尔已听不清艾娅的话了，或者听到了，也顾不上回答，他抓紧时间忙自己的，别的，在这个时候都不重要。

艾娅揣上五千块钱，不去镇街的任何商铺，而是去了趟县城，买回两瓶"茅台"酒、两条"中华"烟。镇街的批发部里没有这两样东西，有也卖不出去。然后，艾娅在镇街的服装市场转了几个来回，花了二百八十块钱，给父亲买了件"鸭鸭"羽绒服，这牌子、款式她在县城问过，得三百五十块钱，足足省下了七十块。嫁过来才几天，艾娅就像镇街上的人一样精明了。在西街的银匠铺打算给母亲买手镯时，艾娅迟迟拿不定主意，想回去听听男人的意见，想想这几天他有点阴阳怪气，找他等于触霉头，还是算了吧，反正主意是她出的，钱是她让借的，礼物也得她划算着买，就索性一人担当到底。艾娅比画来比画去，选中了一副比小婶子腕上戴的要宽要厚的银手镯，价钱也高出两百多块钱。往出掏钱时，艾娅的心跟虫子咬了一口似的，疼得抽搐了一下，但很快就妥帖起来，好像被挠了一下痒痒，不过是开头挠得重了些，快了些。母亲早就念叨小婶子有副银手镯，总怕人不知道，喜欢撸袖子不说，动不动还跟人抱怨戴镯子碍手碍脚的，真不知当时怎么就鬼迷心窍，买下这多余的物什。其实，小婶子是在炫耀呢。母亲从没说要买，说这话时脸上的表情也是对小婶子炫耀的不屑。可艾娅把母亲的念叨放在了心里，趁这次回门，得圆母亲的梦想。买下银手镯，路过一家时装店时，经不住诱惑，艾娅进去揣摸了半天，给还在上学的妹妹买了一双红色的高靿皮靴，一件低腰牛仔裤，韩版的，都是妹妹梦寐以求的东西。临了，她在心里掂量了好久，给自己男人买了一条"雪莲"烟，是当地最好的，回家交给男人说："这是给你的，男人嘛，身上有股烟味才像个男人。"

雷吉尔随手把烟扔到炕上，望着一大堆红红绿绿的礼物，没好气地说："可相亲时你说过，你不喜欢抽烟的男人，说身上臭烘烘的。"

艾娅推了男人一把："可我现在觉得，男人身上有烟味，才有味道。"

雷吉尔望着别处说："可我已经戒烟啦，不抽了！"

艾娅装作没看出男人的情绪，在他怪里怪气的眼神里，捏着剩下的两千块钱，叫男人和她一起去北街的摩托车市场。

雷吉尔心说女人到底是没当过家的，一点也不懂得持家之道，手里那几个钱可都是借来的，哪由得了性子这样胡花。当即拉长脸说："我不去，我可没闲钱买摩托车骑！"

"谁说要给你买摩托车啦？"艾娅笑道，"是给我爸买，叫你帮着推回来，我一个女人家推不动。"

雷吉尔脸色更不好看，耷拉着眼皮说："……我约好了待会儿去拿羊肉，你还是自己去吧。"

艾娅去摸男人的头，被他一拧身闪开了。艾娅依然笑着，不再勉强，一个人去了。

年前的摩托车市场比较冷清，人们都在忙着办年货，没时间闲逛，摩托车不是过年必备用品，什么时候买都行，比不得那些年货，都是眼跟前的东西。艾娅在一排排锃亮的摩托车前走来转去，见她只身一人，卖车的以为她要买女式的，卖力地介绍各种牌子的轻骑。艾娅对轻骑不看一眼，专盯着高大结实的摩托车，看到喜欢的，上前摸两把，然后又盯上别的。甭看卖车的小伙年轻，但脑子灵活，有眼色，不再多费唾沫给艾娅陈述那些摩托车的功能了。他问清艾娅的意图，把她带到后面的小院子。

看到一排小摩托卡，艾娅的眼睛亮了。父亲是个骟匠，祖传下来的独门手艺，发不了大财，却能养家糊口。只是父亲常年骑辆老掉牙的自行车跑村串乡，落下一双罗圈腿，走起路来裆里能夹住大西瓜。随着父亲年龄越来越大，骑自行车已有些吃力，要是骑上三轮摩托卡，稳当，后面车厢又能装他的那些家什，再好不过。一问价格，要两千八百块，艾娅的心凉了，但她没放弃争取的机会。围着一辆红色的摩托卡，这儿摸摸那儿拍拍，她不是嫌车厢太高，就是嫌轮胎太低，挑剔来挑剔去，却不还价。小伙子急眼了，问她到底能出多少。艾娅笑笑，摇摇头，走了。小伙在后面追着把价压到两千五，又压到两千三、两千二，说不能再低了。艾娅还是只管走，什么也不说。她心想着还不到时候，知道还有往下压价的余地，但这个余地得自己来说，如果顺着人家的话茬还价，那价肯定还高高在上。小伙子好几天没做成一桩生意了，不想放过这个买主，问艾娅到底能出到多少，说出来，看他能不能接受。

艾娅这才站住，坚定地说道："一千八！"

小伙把头摇得像钟摆，连说赔大了赔大了。艾娅笑了一下，继续走，走得也很坚定。小伙撑不住了，牙疼似的叫道："妹子，别折磨我啦，看在你为父亲尽孝的分儿上，你推走吧。"

大年初一，祭天祭地。初二，晚辈开始给长辈拜年。

初二一大早，雷吉尔骑着三轮摩托卡，艾娅坐在装满礼物的车厢里，小两口体体面面地回门来了。

村里村外，吸引了一大堆看新媳妇回门的人。小婶子站在人堆后面，远远地望着艾娅娘家门口，不停地撇嘴。

女儿第一次回门是大事，早饭也在娘家吃，父母准备妥饭菜，早早在门外眺望，远远地见一辆摩托卡骑过来，以为是过路的，伸长脖子仍往后面望。摩托卡在他们跟前停住，看到骑在上面的女婿，还有坐在花花绿绿礼物堆里的女儿，父亲脸上还算平静，母亲却大张着嘴，半天说不出话来。

艾娅跳下车，面带微笑，礼貌地一一叫过人堆里的叔伯、婶嫂。艾娅装作看不懂小婶子脸上的不屑，上去拉住她的手，要她一起进家门。父亲母亲也喊这个叫那个，礼让了一番，但没一人跟进来。一家人推着摩托卡进到院子，一件件往下搬礼物时，当着女婿的面，母亲已忍不住，把女儿拉进厨房，悄悄地问怎么回事，这是回门，不是搬家。刚结婚，手头紧，摆这么排场干什么？

艾娅微笑着，不正面回答，掏出一个纸袋塞进母亲手里："妈，放心吧，我是回门，不会长住不走的。"

母亲打开纸袋一看，叫了声"天啦"，见女儿没回应，又叫了声："天啦，你这是干啥，败家啊？"

艾娅说："妈，这是我和你女婿的一点孝心，你戴上试试，这副银手镯比我小婶子的要宽要厚很多呢。"

母亲疑惑地望着女儿，把手镯重收回纸袋，扭头望了望院子的红色摩托卡，还有正在搬礼物的女婿，心里豁然亮堂了，摇着头对女儿说："这么说，摩托卡是给你爸的了？"

艾娅点头道："我爸该丢掉那辆破自行车啦，都多大年纪了，看他的腿骑得成啥啦。"

母亲点起头来，却缓缓地说道："孩子，你给你爸出难题啦，你女婿姓雷不姓艾！祖宗有规矩，艾家的手艺传儿不传女啊。"

艾娅拉下脸，搂住母亲的肩头，说："小婶子的儿子姓艾，你就眼睁睁看着我爸把手艺传给他？"

小婶子以前老说艾娅父亲的闲话，说什么生不出儿子，是因为他当骗匠得了报应。现在，小婶子的儿子虽然念到了高中，学习成绩却很一般，考虑到儿子今后的出路，一直盘算着等儿子毕业后跟他大伯学艺，靠手艺混口饭吃，这两年才不乱说闲话了。

母亲听女儿这么一说，心里不畅快，脸上写得明明白白。艾娅也不好再说啥，拉着母亲来到正屋。

礼物花花绿绿堆了一炕，妹妹高兴地拿着属于她的靴子、牛仔裤边比画，边辨真伪。父亲看了一眼"茅台"酒和"中华"烟，怕烫似的躲开目光，点上一支"雪莲"烟，在桌子、炕上却找不到打火机，手微微发抖。母亲看到老头的样子，心里跟明镜似的，把装银手镯的纸袋扔到炕上，耷拉下脸，不说话，也不理女儿女婿。

艾娅不管父母的态度，对自个男人说："还不赶快给咱爸点烟。你也陪爸抽支烟顺口气，我和妹妹去端菜，等会儿你跟爸喝两杯吧。"

雷吉尔掏出打火机，双手给丈人点上火，愣了愣，自己也点上一支烟，慢慢地抽了起来。订婚前戒了烟，这几天恢复得有点突然，雷吉尔抽得很别扭，一口气吸进去半截，呛了，咳嗽起来。

艾娅把饭菜、碗筷摆放好，拿过一瓶"茅台"就拧瓶盖。父亲叫声"别开"，丢掉手里的烟头，跳起来拦，艾娅已经把酒瓶盖"嚓"的一声拧开了。

父亲像被那个开瓶声击中了，叹口气，道："好几百块钱一瓶，喝它糟蹋了。"

艾娅把母亲拉过来坐下，说："看我爸说的，女儿女婿孝敬他的，一辈子没喝过，不喝才糟蹋了呢。"边说边给父亲母亲倒酒。

母亲捂着酒杯说："我不会喝，从来没喝过，别给我倒。"

"这酒得喝，是女儿的回门酒。"艾娅拨开母亲的手，倒了满满一杯，"没喝过不等于不会喝，这是世上最好的酒，喝口尝尝，别活了一辈子连酒是啥滋味都不知道。"

父亲还算给面子，给母亲扬了扬下巴，自个儿端起酒杯一饮而尽。母亲这才端起来小小地抿了一口，辣得直吐气，边吐边说："哎呀，早知这么辣，打死也不喝了，酒都是辣的吗？"

父亲脸上的惋惜没了，一脸的平静，好像几百块钱的酒瞬间让他过渡到一种从未有过的状态。这几年，父亲的话越来越少，却喜欢上喝闷酒。他又喝下一杯，才轻轻地说道："对，酒都是辣的，不辣就不是酒了。"

见父亲开口了，艾娅给男人使了个眼色。雷吉尔起身去拿炕上的"中华"烟，这下，被父亲及时拦住了："少造点孽吧，'雪莲'就很好啦，平时也难得抽呢。"

艾娅笑笑，给男人摆摆手，过来给父亲双手递上一支"雪莲"，又给丈夫递了一支，等他们点上火，她给妹妹夹了片肉，却对自个儿男人说："雷吉尔，你也喝呀，陪爸多喝几杯，咱爸辛苦了大半辈子，走村串乡，也没养下陪他喝酒的儿子，这下，你这个女婿可派上用场了啊。"

早晨的屋子里寒气比较重，妹妹吃了几口菜，放下筷子跳到炕上暖和去了。不一会儿，母亲推说脚冻，夹了些饭菜，坐到炕上去吃。艾娅也感觉到冷，她站在桌旁却没离开，看着父亲的脸已微微泛红，叫父亲把菜搬到炕上去喝。父亲不肯："上了炕就想睡觉，人老了，好多事由不得自己，今天是你回门，这种日子，大清早睡着了多不好。"又对艾娅说你去炕上暖暖吧。

见父亲不愿上炕，艾娅也不勉强，从礼物堆里拿出"鸭鸭"羽绒服，给父亲披上。羽绒服又轻又暖和，没有老棉衣的厚重，又柔软舒适，只是披在身上，还没穿整齐，那份温暖就像吞进肚里的酒，瞬间散发开来，把父亲有些寒凉的身子烘烤得炙热起来。父亲愣怔了一下，又默默地喝掉一杯酒，也不吃菜。雷吉尔很尽心，老丈人杯子刚刚落下，就给他满上，满上了，父亲端起就喝。

母亲捧着碗在炕上吃喝起来："别叫你爸喝啦，醉了可辣心啊。"

父亲扯住羽绒服两边把自己裹住，歪过头，大着舌头对母亲说："不懂就别瞎说，酒在胃里，怎么会辣到心？喝你的稀饭吧，今儿个大丫头回门，高兴，你就别吆喝啦。"说完，仰头又喝下一杯。

雷吉尔没啥酒量，在艾娅的示意和监视下，硬着头皮陪老丈人一杯一杯地喝着。过了一会儿，他就撑不住了，头歪在桌子上要睡。艾娅把男人扶到炕上躺下。炕上热乎，不一会儿，雷吉尔打起了呼噜。

父亲一人又喝下几杯，手抖得连杯子都捏不住，但他不听劝，一个人默默地喝着。到后来，父亲把头缩进羽绒服里，歪在椅背上睡着了。

半下午时，雷吉尔被艾娅叫醒，喝了些茶，渐渐清醒过来。他们该回去了。母亲觉得女儿女婿这样走掉不好，非要喊醒老头说一声。

父亲被叫醒第一句就说："真是好酒，头一点儿都不晕，也不疼。"

母亲没好气地回敬道："真没出息，大丫头要回去了，还不起来送送。"

送到门外，见女儿女婿没骑摩托卡，父亲喊他们回来。艾娅说不骑了，就是送给你的。

父亲喊道："还是骑上吧，天快黑了。"

艾娅和雷吉尔站在远处，互相看看都不说话。母亲拉了老头一把，小声说道："孩子们的心思你不明白？"

父亲甩开母亲的手："我又不是瞎子，这不，叫他们骑摩托卡回去，过完初五再骑回来，我老了，骑不稳当，还指望女婿这半个儿，骑着它和我一起走村串乡哩。"

男人的刀子

他们已经是第几次这样闹腾了？九次，十次，还是更多？没有人记得清了。父子俩越闹越不像话了，这次，父亲嘴里喷着酒气，手里拿着刀子，追得儿子满世界逃避，逢人就喊，杀人啦，杀人啦，亲生父亲要杀自己的儿子了！

人们看着这对每次都像演戏一样的父子，没有一个人上前劝说，扯着脖子看着他们父子把戏演下去。谁都明白，这对父子的神经都不正常，真要叫他们动真格的，父亲恐怕还没有这个胆量和勇气。可他们这样的闹腾方式，对谁也没有好处，大家对此看得多了，也只能是对他们父子反反复复的折腾越发的反感。哪有这种玩法，真是何苦呢。

可是父亲控制不了自己，只要他每次喝多了酒，塔尔拉的角角落落都能见到他的踪影，不是和一帮青年人梗着脖子抬杠，就是与别人的媳妇打情骂俏。追杀儿子是重头戏，是很显见得他威风的，一般都会放在人多的时候才开演，为的是博得更多人的关注。说起来，他活到这个份儿上，全是这个该死的儿子给闹的，如果没有这个儿子，他的老婆就不会弃他而去，抛下他孤单单地守着一个空房冷炕苦度日月了。可是，没有这个和他相依为命的儿子，他就什么都没有了，除了越发孤单冷清的日子，他甚至连个说话的人都没有。想到这一层，在每次追杀过儿子之后，儿子几天都不理他，他的心里就很后悔，觉得很对不起儿子。可是后悔归后悔，等到他再喝多了闷酒之后，还是控制不了自己的行动，依旧会上演一场让别人看得都已经麻木了的戏。

说起来，这不能完全怪他，要怪，只能怪那个没有良心的老婆，她真能狠下心来，抛下丈夫儿子，不知去了哪里，一走就是五年。这五年里，他去了所有能去的地方寻找自己的老婆，老婆好像一滴水在这个世界上蒸发了似的，连一点踪迹都没有找到。老婆的绝情伤透了他的心，他无法让生活像原来一样平静下去，他变得自暴自弃，时不时地就拿儿子出出气，来泄一泄时常郁积在胸中的闷气。

儿子其实是他的心肝宝贝，他像天下所有的父亲一样，把儿子看得非常重要，当然这没有错，就是他太看重儿子了，容不得儿子受一点点的委屈。为了儿子，他一次又一次地和老婆吵闹，不管老婆的对与错，只要是老婆对儿子稍有一点颜色，他绝对会看老婆不顺眼。他有时候也会为儿子的不听话生气，可是他能容许自己对儿子的溺爱态度，好像儿子是他个人的专利似的，他怎么对待儿子都是出于爱。而老婆偏偏就是个倔强的主，你越不愿意她用什么态度对待儿子，她就偏要用那态度来对待儿子，就是要跟他拧着干，这一拧，也好像和儿子前世有了仇一般，动不动就大声地叱责儿子。这让他心里非常不舒服，像谁在他眼里揉进了许多沙子似的，弄得他左看右看就看老婆不顺眼，便和老婆吵。越吵，越觉得自己的这个老婆不像个老婆。老婆的嘴犟着呢，说到最后，居然所有的错都在于他，好像他是个罪魁祸首，是这个家庭不平静的因素。后来，他觉得一切言语都不起作用了，他的心里才有了动用刀子的念头。当然，他没敢用锋利的刀子刺自己的老婆，他是用刀子来吓唬人的，他其实就是个纸老虎，可老婆还是被他这个纸老虎的劲吓跑了。事后，有人告诉他，他的老婆原来去喀什卫生学校学习时，早就和一个男同学好上了，那个男同学不但英俊，而且身体棒得像个种马，懂得怎样用肢体语言把女人的积极性调动起来，早把他老婆的魂勾走了。她心里早就有想法了，只是碍于儿子不好和他闹离婚，偏偏他又把儿子看得比什么都重，老婆被忽视心里当然更不平衡，就借着儿子常常来和他闹，这下，总算是有了确切的借口离开他了。谁愿意生活在一个动不动就耍刀子的男人身边啊！其实他是中了他老婆的圈套了。

可他自己并不这样认为。说起来，当时场部只给塔尔拉分了一个去喀什卫生学校学习的名额，还是他想尽办法给自己的老婆争取来的学习机会，那时他是塔尔拉的农技站站长，算是个技术人才，大家对他很尊重的。老婆不告而别后，他像疯了似的，跑遍了喀什市的角角落落，甚至把卫生学校的老师学生，还有那个老门卫都问了不下十遍，也没有打听到老婆学习时与哪个男同学过从甚密。所以，他一直不承认老婆是心里有了别的男人，更不愿承认老婆是跟着野男人跑了，他时常内疚的，是他用刀子把老婆吓跑了。可他又想，女人真是难以捉摸，柔起来跟水似的，能把人化了，狠起心来，却也真够绝的，像他老婆，就能丢下他和儿子，一去就再也没有音讯，留下他和儿子凄凉地度着日子。他心里其实是很苦的。

可现在，他又用刀子来吓唬他的儿子了。

儿子显然是吓唬不住的，他没有像他母亲那样被吓跑，他的承受能力显然要比他的母亲大得多。尽管每次他都是被父亲追得满世界乱窜，但他并没有因为父亲手里的刀子而有所惧怕，他在躲避父亲的"追杀"时，也体会到了父亲心里的痛苦。那种痛苦是他没法替父亲承担的，他也知道父亲并不需要安慰，他需要的是一次次的发泄，痛痛快快的、淋漓尽致的发泄。儿子唯一能做的，只能是帮助父亲完成这种游戏似的发泄过程。所以，每次被父亲"追杀"一番之后，他还会回到家里。

儿子已经是个懂事的孩子了，对于母亲的出走，他都有自己的判断能力了，他很同情父亲。

父亲和儿子配合倒挺默契。父亲酒醒了后，往往对自己的行为会做出一番后悔的举动，买许多好吃的给儿子，甚至给儿子端来热水亲自给儿子洗脚，他要用自己的行动来向儿子道歉。这倒弄得越来越长大了的儿子很不好意思，他埋着头，把脚硬从父亲的手里抽出来，坚持要自己洗。儿子是一点怨言也没有，父亲愧疚的心就变得柔柔的，好像有什么东西化在了心里面，真是不枉自己的一番疼爱，儿子能与自己如此心有灵犀，这叫做父亲的经常热泪盈眶。每当这个时候，他总会抚摩着儿子的头，问儿子一声，为什么儿子在他追杀时，要那样喊呢？他真诚地对儿子说，我又不是真要杀你，只是心里憋屈得慌……

儿子毕竟还是个孩子，他望着父亲的脸回答说，他知道父亲不会真杀他，可在那种情况下，他是忍不住的，不喊，心里就好像缺少什么似的。儿子也很真诚地说，就像你要拿着刀子追杀我一样，也是控制不住自己的！

父亲想着，儿子的话不无道理，便点点头，把儿子揽到怀里，紧紧地抱着，很慈父的模样。儿子在父亲的怀里一动也不动，这是最温馨的时刻，他听到父亲稳健有力的心跳声像鼓点一样震动着他的耳膜，那埋藏得很深的委屈，也就一点一点地淡化消失了。这是父亲和儿子之间不需要任何语言的交流。直到儿子在父亲的怀里睡着了，父亲轻轻地把儿子抱到床上放好，看着儿子熟睡的脸庞，他的热泪再次盈眶，甚至抽泣起来。他怕自己的哭泣声惊醒儿子，便轻轻地下床关掉灯，来到窗户跟前，他蒙眬的双眼望着窗外的夜晚。夜晚是静谧的，从别人家窗口透出来昏黄的灯光，温暖地穿过自己家的窗玻璃，照在他硕大的、胡子拉碴的脸庞上，他似乎看到了别人家里的温馨，更感受到了与自己这个冷寂的家无关的那份温暖，他的心里更酸了，哭声再也压抑不住，他捂住嘴冲出房间，到客厅里放声大哭起来。

哭过之后，他的心里空荡荡的，好像原来塞满了各种纷杂的情绪都随着他的一通泪水，被冲得一干二净，这使他显得无所事事，便随手翻着儿子留在茶几上的作业本、铅笔盒，还有那个他百看不厌的蝴蝶标本册。标本册是他给儿子买的，那时候他的老婆还没有出走，儿子和他，还有他的老婆，一家三口人在春天沙枣花开得最盛香味最浓郁的时候，用他制作的网，捕捉了各种各样的蝴蝶回来。父子俩头趴在一起，摆弄着那一堆花枝招展的蝴蝶，商量着怎样把它们制作成标本。可面对这些优雅地扇着翅膀的活蝴蝶，父子俩却谁也不敢下手，或者说谁也不忍心下手。别看他是个大老爷们，要让他亲手残杀这样一个美丽的生命还是很难的，他甚至都害怕自己手上沾着的那些五彩缤纷的粉末，那可都是蝴蝶们一生的精华啊。最后，还是他的老婆有气魄，她骂了他们父子俩一声，夹起一个花蝴蝶，在父子俩颤抖的目光中用尖利的大头针从蝴蝶毛茸茸的头部、背上穿过，然后压到了木板下面。过上几天，一个个熠熠如生的蝴蝶标本就做成了，他和儿子兴高采烈地把这些标本编了号，按顺序固定在标本册里。

那是多么快乐的一种日子啊。那时候，他和老婆也吵闹，可是再怎么生气，他从来没有动过老婆一指头，更别说他拿出刀子来吓唬她了。他一直坚信着，一个男人碰上怎样刁蛮的老婆，都不应该动手打她，而应该用男人的方式制服她，这比什么都管用。女人也喜欢男人骑在她身上用男人的方式"欺负"她们。当然，那时候她和他吵架也没有多厉害，而且总是男人占着上风，女人还是懂得给男人一点自尊的。但是后来就不行了，老婆变得叫他越来越不可思议，他还是用男人的方式治理着她，她有时一点都不配合，动不动就拒绝他，态度非常恶劣，使他男人的尘根越来越力不从心。在老婆那里寻不到共鸣，他只好和儿子产生共鸣了，而老婆似乎也发现了儿子这块以前未曾开垦的"处女地"，也盯着儿子来"共鸣"了，她和儿子是"共鸣"的越来越多，而他与老婆之间的矛盾因此也越来越大了，他绝对无法忍受老婆和儿子"共鸣"的方式，他可以自己委屈，却不能让儿子受气。现在回过头来想一想，老婆真是心里有鬼呢，也可以说是用心良苦，她要不用这种方式来惹怒男人，她能狠下心不明不白地出走吗？看来别人的传言是有道理的，他真的是落进了老婆制造的"陷阱"里。不然，像他这样连个蝴蝶都不敢用大头针扎穿的男人，就是手里拿着刀子，又能把她怎么样呢？她当然知道他不能把她怎么样了，她也不会这么去想，她要的只是这样的结果，是这种能够说服自己抛夫弃子，绝情地一走了之的理由。

自从老婆走了后，他经常彻夜难眠，心里充满了深深的懊悔。刚开始，他想不通的时候，就把老婆的出走怪罪到儿子身上，他和老婆的每次吵闹都是为了儿子，儿子是他和老婆关系裂变的根源。有了这种念头，也才有了他酒醉后追杀儿子的情景。现在想来，儿子是绝对无辜的。后来，他想来想去，想到问题还是出在刀子上，可他同样用刀子吓唬过儿子，而且比吓唬老婆绝对惊险得多，但儿子一点都不记恨他，老婆怎么就记恨了呢？还是老婆有问题，她不能算一个好女人。

但他是一个好男人，他时常这样安慰自己。好男人应该有一个好女人。他需要一个好的女人。于是，在这年的秋天，他重新物色了一个女人。

这个女人是个死了丈夫的寡妇，还不到三十岁，颇有姿色，是个俏寡妇，打她主意的男人不少，可那些不怀好意的男人，他们施出多种方式诱惑她，她都不为所动，为了抚养她和前夫生下的两个孩子，她一直独守空房，耐着寂寞。这样的女人应该算是个好女人了。

他看上了这个女人。他不像那些心怀鬼胎的男人们，心都是歪的，他是真诚的。要得到这种女人其实也很简单，他动用了婚姻，和女人一起抚养两个幼儿。男人是强壮有力的男人，也是个心眼实在的男人，寡妇是不会拒绝这种好事的，两个孩子有了个能挡风遮雨的父亲，她自己又有了一个名正言顺的男人。冬天的时候，他们很快就结了婚，两家人合成了一个五口人的新家。寡妇果然是一个好女人，屋子打扫得干干净净，锅里随时都冒着热气，炕始终是热的，无论男人回家有多晚，女人都会躺在炕头上热热地等着他。有了女人的家才叫真正的家啊。男人再也不用望着别人家温暖的灯火，心里那么惝惶了。

女人不光能滋润男人，还能改变男人。

男人不再去喝酒了，他把以前用来喝酒的时间都用在了女人身上，整天守在这个年轻俏丽的女人身边，像一头被桩子拴住了的马，他什么事都听女人的，是那种心甘情愿的听，女人叫他往东，他绝不往西，一心一意地和女人过起了日子。他被有了女人滋润着的日子给陶醉了，慢慢地，他忘记了前妻抛弃他和儿子的事，忘了心中的怨恨，变得心平气和起来。他对女人的两个幼儿像亲爹似的，绝对做得像个父亲，一点儿也不比当年他对自己的儿子差。当然，女人把男人的儿子也当亲生儿子一样对待，她懂得怎样去讨好这个大儿子，做好饭先给他盛一碗，并且总是给大儿子碗里夹满满的一碗肉，衣服也是先给大儿子做新的，自己的孩子穿旧的。平心而论，她把这个后母当得非常到位。

　　可是，大儿子心里却总觉得隔着一层什么，他主要还是不习惯这种新生活，不习惯这样的温情脉脉。父亲有了女人后的突然变化，使他失去了许多乐趣，好像一种十分贴己的东西被人从身上强拉硬拽生生被剥掉了一样，那感觉是十分疼痛而且陌生的。像以前，父亲喝多了酒后，拿着刀子追着他到处跑，父子俩像做游戏似的，虽然恐怖点，但很有意思。尤其是父子俩在追杀过后的交流，那可是男人和男人之间的交流，多真诚啊。如今这一切都没有了，女人的出现隔断了两个男人心灵的默契。这还不算，父亲对儿子的态度也大变了样，动不动就对他不满，指责他。女人要是给大儿子特殊照顾了，父亲马上会站出来阻止，好像他这个儿子是不需要并且还不应该特殊照顾的，有时甚至还会当着一家人的面呵斥儿子。叫两个小弟弟看着，儿子非常难堪。父亲其实是不想让女人误认自己对儿子有偏爱，他实际上只是想把一碗水端平。但是，父亲没有顾及自己的亲生儿子，他以为就像他曾经举着刀子追赶儿子时一样，是会得到儿子的理解和谅解的，却不知道自己的行为，就像是拿着那把当年追赶儿子的刀子，慢慢地割断了他和儿子之间的纽带，使儿子和他越来越远了。儿子的嘴唇上已经长出细绒绒的胡子，到了懂得要脸面的年龄了，面对父亲的指责，他是硬撑着的，看上去，他就像一个非常听话的孩子。

儿子表面是软弱的，但他内心非常坚强，他默默地承受着父亲对他的指责，也慢慢适应着父亲的变化。父亲现在的位置很特殊，儿子懂事了，他得学会为父亲考虑，为这个家庭考虑。

可是，父亲却越来越不顾儿子的感受了。

话还得从这一年春天说起。这已经是两年后的一个春天了，就是说，他们这个新家庭已经组成两年多了。按理说，这个家已经磨合得差不多了，大家都习惯了这种新的生活方式，儿子和父亲的关系呢，也慢慢地形成了新的格局。

父亲越来越偏向于女人带过来的两个小儿子，对自己亲生的大儿子越来越冷淡了。儿子也逐渐习惯了父亲的这种冷淡。儿子轻易不会去触及这种冷淡，他把自己在这个家庭里的位置留得很小，无论父亲怎样对待他，他的表情总是淡淡的，他在两年的历练中，已经学会把自己的很多情绪都放在了心里，对于父亲曾经和他有过的心灵相通，他当作记忆储存了起来，只是偶尔才会从记忆里翻出来，酸酸涩涩地品咂着。

或者是关于父亲温馨的记忆越来越少的缘故，儿子这时候更多地会想起自己的母亲来，他总是一个人躲在屋子里，闭着眼睛回想母亲的音容笑貌，还有她的气息，那是很遥远的气息了，但却能让儿子的心里重新泛起一丝温情来。

这年春天，又是蝴蝶飞舞的季节。女人的两个小儿子偶尔看到了大哥哥的蝴蝶标本，他们为这个美丽的蝴蝶标本而兴奋不已，他们想把这个标本占为己有。大儿子当然不肯了，即使父亲出面调解，他也毫不动摇，这是他的母亲亲手给他制作的，是他唯一的念想，说什么都不愿送给他人。为此，父亲非常生气，他对前妻本来就没有一点好感，那个不守妇道的女人，没有一点良心的女人，让他觉着耻辱的女人，他恨不得从自己的生活里抹掉她所有的痕迹，这下见大儿子居然这样维护着前妻，终于勾起了他胸中的怒火。他先是忍着，质问儿子难道忘记了那个女人抛弃他们父子的凄楚了吗？忘了她给他们带来的伤害？不记得他们父子俩那被搅得一塌糊涂的日子了吗？儿子瞪着父亲，没有回答父亲的质问。父亲被儿子的沉默激怒了，终于失去了理智，他想从儿子手中强抢蝴蝶标本，儿子已经长大了，他很有劲，一下子就挣脱开，拧身跑了。父亲难忍下这口气，便找到刀子，重演了一次好久没有上演过的追杀儿子的闹剧。

儿子看着追上来的父亲，他仿佛看到了两年前的父亲，手持刀子追他的情景，他来了兴致，抱着蝴蝶标本越跑越兴奋，所以他一点都不害怕，反而跑得也不太用心。他太想和父亲再玩一下这个游戏了，也许正因为他的兴奋点在父亲的追杀上，反而忘了发出那几声喊叫。

父亲已经不是两年以前的父亲了，他一点都不懂儿子怀旧的心思，他一点怀旧感都没有了。现在的父亲心里真正装满了对儿子的不满，所以他一追上去就用刀子真砍儿子。起初，儿子还以为父亲和原来一样是闹着玩呢，慢慢地，才发觉父亲是动真格的了，父亲没有喝酒，他的头脑清楚着呢，劲儿也大。儿子这才有些怕了，钻来钻去地躲避着父亲的刀子。儿子累得满头大汗，气都喘不匀了，总算躲过了父亲冰冷而绝情的刀子，但他的蝴蝶标本被父亲抢去了。父亲是真气急了，抢过蝴蝶标本，也不拿回去给女人的两个小儿子，二话不说，用手中的刀子就把蝴蝶标本砍碎了。

儿子几次想从父亲手中抢救下蝴蝶标本，可父亲的刀子使他没有这个机会。他眼睁睁地看着父亲把他心爱的蝴蝶标本砍成了碎渣。

儿子的心随着蝴蝶标本的碎片，也破碎了。他哭了，在心里重重地记下了父亲残忍的这一笔账。他暗下决心，从此不再和父亲说一句话。

儿子不理父亲了。

快到秋末的时候，人们开始为过冬做准备了。塔尔拉的冬天特别漫长，需要储备大量的白菜、土豆、大葱，还有足够烧一个冬天的柴火。塔尔拉的柴火越来越不好打了，附近能烧的柴火都被人砍光了，打柴火得去很远的山里，一个来回就得三天时间。柴火不够，父亲去打了几车柴火回来后说，打柴火的人太多，连山里的柴火都越来越不好找了。柴火要节约着烧，父亲打算今年冬天只烧一个火炕，要把儿子单独睡的炕停了，叫儿子睡到他们的大炕上来。他把这个打算给儿子说了，儿子不说同意，也不说不同意，只是沉着脸不理父亲。父亲又问了几声，儿子仍像个聋子似的不理睬不说，还突然起身走了。父亲看着儿子沉默的背影很生气，骂了句，兔崽子，你不愿过来睡，就把你冻死算屎了，反正老子打不来柴火供你多烧一个炕！有本事，你就自己出去打柴火来，在老子面前耍什么威风……

女人忙劝男人别这么说话，儿子大了，有自己的想法，再说，五口人睡在一个炕上，怎么说他也不习惯……

这两年多来，男人有了知冷知热的女人，可生活负担却加重了很多，他的脾气也变得越来越不好了，尤其是对这个儿子，他简直无法捉摸，什么事都闷在心里不说出来，就会使小性子，让他越来越气恼。女人体己的话却像给火上泼了油，男人一脚踢翻了儿子刚坐过的凳子，吼叫道，小兔崽子翅膀硬了，不把老子当回事，哪天把老子惹急了，把你宰了！

那一刻，儿子在屋子外面听到了父亲的话，他自己的心里奇怪地响了一下，那响声很奇特，像是裂帛，嘶嘶啦啦的，又像是一段枯木被折断，响得清脆又彻底，他被这个声音刺痛了。他知道这是他与父亲血脉断裂的声音。这个声音使他一下子觉得自己长大了。他长大了，是个男人了。

自认为已经是男人的儿子，把自己积攒的零钱全部拿出来，去场部商店买了一把最好的"英吉沙"刀子。他把刀子揣进怀里往回走时，路过一个废弃的马厩，他看四下无人，想试一下自己的刀子，便走过去用刀子狠劲砍破门板上的锁链，几刀就砍断了，他看到毫发无损的刀刃，仰头大笑了两声。这时，一股凛冽的寒风从他面前匆匆走过，挟裹着他的大笑不见了踪影，他的脸明显感觉到了寒冷的流动。他用正在成熟的手掌，抹了一把脸上的寒冷。

他转过身时，看到了头顶的一只蜘蛛，在一棵沙枣树与屋檐之间，正在忙碌着织补一张透明的网。已经是初冬了，塔尔拉在初秋就没有蚊蝇了，何况是到了初冬，看来这只蜘蛛是在枉费心机，织补的只能是一个空空的梦想了。替那几只蜘蛛惋惜了一番后，儿子抬头看了看天，天有些阴沉，是冬天的天气了，塔尔拉的冬天很坚硬。他把刀子装进刀鞘又揣进怀里，他手摸着怀里硬邦邦的刀柄，感觉自己真是长大了，像一个成熟的男人了，他才心里踏实地往家里走去。

高原上的童话

盛夏的八月，是帕米尔高原最动人的季节。明净的阳光似一张金光四射的绸网罩在公格尔峰和慕士塔格峰上，这两座巍峨并立的雪峰，似纯色的白银铸就的一对恋人，相互偎依着释放出万道光芒，照射在冰山脚下的牧场上，温柔地抚摩着绿毡一般的青草，散发出鲜花般的芬芳，醉倒了一片片白云似的羊群，还有黑缎子似的牦牛。

八月阳光的滋润，冰雪融化出一串串乳汁似的细流，哺育着绿色的草地，养育高原上的生灵，造就了高原上宁静而明朗的尘世，成了一个远离喧闹的童话世界。

原始的风景似梦幻一般，随着盖孜河的河水，一路欢歌，流经帕米尔高原，把高原上的纯美，弹奏成一曲曲动人的旋律。

传到另一个世界。

这就是高原的八月，一个阳光充足，水草丰美的美丽季节。

在这个季节里，黑孩随着父亲，沿着欢快的盖孜河畔，平生第一次进了石头城。健壮的父亲用一只有力的手臂把黑孩揽在怀抱里，另一只手驾驭着枣红马。直到看不到金黄的太阳，见到一片血红的黄昏，黑孩和父亲才进到石头城里。

石头城不是遍地石头，有一条宽畅的街道。是那种马走在上面，能敲出"嘚嘚"脆响的路面。黑孩靠在父亲怀里，能感觉到身下枣红马蹄脚的慌乱来，走在这种路上，枣红马像黑孩一样，心脏跳得有些快，对路边的整齐平房和一下子增多的人畜，是陌生的，却充满了好奇。

黑孩的眼睛都不够用了，他抽动着像他父亲一样挺直的鹰嘴鼻子，呼吸着他尚不熟悉的县城里的气息，他觉得这里的一切都是新鲜、奇异的，和他所熟悉的牧场、原野，没有一点可比的地方，他的心里充满了恐惧，身子一个劲往父亲的怀里缩着，但又忍不住那些奇异的诱惑，用探询的、胆怯的目光打量着一个个店铺，一个个从他面前走过的人。

他们在一个大门前停住。父亲一手挽着马缰绳，一手搂住黑孩的腰，轻捷地跳到地上。黑孩站稳脚跟后，望了望眼前的大门，心想，这里就是父亲所说的学校吧？

学校的影子在黑孩的脑子里幻想了无数遍，却没有幻想成眼前的景象，面对这个完全陌生的大门和大门里那一排排高大、雪白、冰山一样坚硬的平房，黑孩惊呆了：多么美好的所在呀！难怪父亲说到要送他上学校的时候，一脸的庄重、一脸的神圣。

黑孩被父亲牵着手，走进学校的大门。院子里虽然没有原野上宽阔，但全是原野上一样的砾石，黑孩和父亲走在平整的砾石上，心里安静了不少。

这时，大门口的一间平房里走出一个老人，他和蔼地叫着、询问他们。黑孩被突然出现的叫声吓坏了，他的心"咚咚"地跳得很快，矮小的身躯一个劲地往父亲的腿上靠着，他不知道发生了什么事。

黑孩用惊恐的目光盯着那个老人。老人的目光一落到他脸上，黑孩就赶紧低下头，盯着自己的靴子，连喘气都很紧张。直到父亲拉了拉他，叹口气，说声"走吧"，黑孩才敢抬头，望一眼老人的背影，随父亲走出了校门。

黑孩走到街上，不断地回头望着身后的学校，一个劲地在心里念叨着：我见到学校了，我就要上学了！

父亲一声不吭地拉着黑孩牵着枣红马，默默地走着。黑孩满心的欣喜，想问一下父亲他上学的事，见父亲沉默不语，就没有问，随着父亲来到一个店铺里。黑孩是第一次进店铺，像进到陌生人的家里，全身的不自在，但又掩饰不住好奇心，目光慌乱地扫了店铺一眼，他只看到花花绿绿的一片，目光就被一个闪亮的物体吸引住了。

那是一群孩子围住的一个物体，有洗脸巾那么大，放在店铺的柜台上，闪亮的地方不停变幻着，一会儿变出一条狗，一会儿变出一只鸟，并且叽里呱啦地发出黑孩完全听不懂的话语来。

黑孩惊呆了，不由得大叫一声，让父亲快看。他的惊叫声吸引了那群孩子，他们偏过头，望了黑孩一眼，又去看那个物体了。

黑孩一脸的惊恐，不是怕那些孩子，而是那个物体，他抓紧父亲的手，手里攥出了汗。父亲来过几次石头城，见过世面，把从别人那里听来的名称告诉黑孩，让黑孩不要怕，那是电视，里面的人不会出来。黑孩望着那个叫电视的物体，怯怯地对父亲说："可那里面不是人，有狗、有鸟，还有牛哩！"

父亲被问住了，一脸的羞红，本来就红的脸膛，更加酱红。这时，有个巴郎走过来对他们说，这是动画片，是给小孩演的。

"可他们还有声音。"黑孩说道。

"那是动物们在说话。"巴郎对黑孩说。

黑孩没有见过狗会说话，还有鸟和牛，并且是一种他听不懂的话语，他不敢再问，眼睛盯着"电视"糊里糊涂。

石头城的店铺，门都很大，可以牵着马进去，黑孩家的枣红马在店铺里很不安分，一个劲地要往外走，拉得黑孩的父亲挺费劲，父亲就赶紧买些盐巴、茶叶之类的用品，当然还有他离不开的酒，牵着黑孩走出店铺。

黑孩恋恋不舍地跟着父亲走出店铺，天色已经有点暗了，但还没有黑透。高原上的夜晚来得缓慢，离天空近些，所有的空间被瓦蓝的天色衬得清亮，一轮圆月像透明的馕饼，已经蹲在冰山顶上，散发着一圈圈银白色的光环，被冰山折射出道道银辉，洒在高原的角角落落。

黑孩像来时一样，钻在父亲怀里骑在马背上，他们在月光下踏上了返回的路程。黑孩完全沉浸在电视里动物会说话的情景之中，他的脑子里全是狗、鸟、牛被变小的影子，还有他听不懂的声音。一路上，他一直在想那个巴郎说的动物在一起说话，他弄不明白，狗咋会说话呢？还有鸟、牛，它们在一起能说出人话来，可他家的狗、牛咋没有说过话？这是多么奇怪的事呀。黑孩几次想问一下父亲这个问题，可抬头看父亲，父亲脸色沉重，默默地望着前方，他没敢问。

父亲是个好父亲，很爱他的孩子，从来不对孩子发火，更谈不上打骂了。但碰上父亲脸色沉重的时候，黑孩对父亲还是有种畏惧感的，父亲就是父亲，他有他的心事。

枣红马驮着黑孩父子俩，一点也不显得沉重。马是好马，纯种的高原牧马，脾性温顺，像高原上的牧人一样，健壮而稳当。不急不躁，用细碎的步子踩着砾石上的月光，发出轻快的蹄音。高原上的牧人没有马鞭，从不抽打自己的坐骑，他们的马更懂得怎样在长途上养精蓄锐，关键时候，比如叼羊比赛、追赶羊群时勇猛冲击，根本不用牧人催促，只需两腿一夹肚子，就会像箭一样射出去。

走到平缓的谷底，父亲勒住马，抱着黑孩跳下马，将马缰绳往马背上一扔，从马背上的羊皮袋子里掏出两个干硬的青稞馍，没忘了掬上一瓶"昆仑特曲"，牵着黑孩来到平缓的盖孜河边，准备他们的夜餐。

枣红马打着响鼻，也跟到河边，拣丰厚的青草，埋头啃起了夜草。草在月光下变得坚挺，像蓝色的小刀，直直地插在地里，草尖上挂着晶莹的露珠，在月光下泛着清澈的蓝光，此时的夜草，是马的上等好料，马贪婪地嚼着扎实的青草，不断喷出畅快的响鼻。

父亲在河边蹲下，将手中的两个青稞馕随手往河的上游抛去，青稞馕在蓝莹莹的河水上空划出两道漂亮的弧线，随即无声地落到水面上，与水碰撞溅起几颗水滴，便与清亮的河水融合了，缓缓地随河水向下游漂来。

黑孩蹲在父亲身边，像父亲那样本该把双手伸进清凉的水里，洗一下手的，可黑孩满脑子全是动画片，竟忘了洗手。父亲望了黑孩一眼，没有吭气，自顾自洗着双手。这时，青稞馕刚好漂到他们面前，父亲一手一个，从河里捞出青稞馕，像捞起了河水里的两个月亮，青蓝青蓝的，直刺人的眼睛。青稞馕滴下一串水珠，也是蓝的，砸在蓝色的河面上，蓝色的河水抖动了几下，荡开几个波纹，不一会儿，又恢复了平静。河水里的蓝月亮碎了，成了无数个，又摇摇晃晃地汇成一个，静止在蓝水里，一动不动。

父亲递给黑孩一个被河水泡软的青稞馕，也没劝说黑孩要洗手。父亲从不强迫黑孩，这是父亲一贯的做法。黑孩默默地接过馕饼，轻轻咬了一口，青稞馕酥软喷香，又沾着凉水，在八月的夏夜里很爽口，黑孩显然饿了，像捧着个月亮，大口大口地吃起来。吃着吃着，低头看了一眼河里，能看到自己的影子和馕的影子，还有一个更大点的蓝亮蓝亮的圆月，他抬头望着冰山顶上蹲着的那个月亮，得意地吃着，仿佛是吃那个月亮似的。吃完，手伸到河里，掬河水喝了，打着饱嗝又望了一眼冰山顶端，那个月亮还在那里蹲着望他呢。他笑了，没有发出声音。

父亲喝着酒，就着青稞馕，沉默地望着水中的月亮出神，听着儿子打饱嗝，就问了句"饱了"，见儿子拍肚皮，将酒瓶递过去，说："喝两口，夜路长哩。"

黑孩从没喝过酒，见父亲给，也没推辞，接过酒瓶喝了一大口，呛得咳了几声。第一次尝到酒的辛辣，也感觉到肚子里清凉的河水和辛辣的酒搅和在一起，有了热热的舒畅，就笑出了声，也为在石头城新奇的见闻而高兴。

回到家时，天快亮了。家里的酥油灯还亮着，母亲抱着熟睡的孩子坐在屋里一直等着黑孩父子归来。父亲一路上把一瓶酒喝完了，到家时已经有点醉了，摇摇晃晃地进屋倒头便睡。

母亲想问一下到石头城去的事，只好问黑孩。黑孩对母亲问的上学一事回答不上来，只对母亲说，他在石头城见到"电视"了，讲了动画片里狗、鸟和牛会说话的事。母亲没有去过石头城，更不知道电视是何物，她也没心思知道这些，她想知道儿子上学的事又没法知道，就叫黑孩快去睡。黑孩没有一点睡意，找借口去喂枣红马，就去了畜牧圈，他心里一直想着动画片里动物说话的事，他已经等不及了，就想知道他家的狗和羊，还有牦牛会不会说话。

黑孩先叫醒了自家的黄狗，拍着狗的脑袋，一声一声地问它，叫狗说话。黄狗睡眼惺忪地望着黑孩说不出一句话来，问得急了，只"呜呜"地低声叫着，连"汪汪"声都懒得叫，气得黑孩骂它笨，连话都不会说。黑孩又去牦牛圈里，把牦牛一头头弄醒，牦牛们见是自家小主人，都懒得站起来，趴在地上不解地望着黑孩，黑孩问遍了所有牦牛，也没有听到牦牛们说出一个字来。他拍牦牛把手都拍疼了，一个劲地骂牦牛们笨，牦牛们还是一声不吭，倒是那些羊们，被黑孩拍牦牛脑袋的声音惊醒，在圈里慌慌地走动，挤在一起，此起彼伏地"咩咩"叫开了。羊的叫声引来了母亲，母亲到羊圈里看到黑孩胡闹，叫黑孩去睡觉，黑孩很不情愿，他觉得羊都叫了，可能还有希望，可母亲硬抱着他回屋了。

　　后来，黑孩才知道，要到石头城里上学，需要好多"普卢"（钱），这些都是石头城学校门口那个老人告诉父亲的，所以父亲那天一直很沉闷。黑孩当时没注意听那个老人说的话，他一直不知道上学也要普卢。

　　父亲提出让黑孩上学，是六月份的事。高原上的六月还在圈里窝冬，都没办法出去放羊。那天，父亲想锻炼一下已经八岁的黑孩，将刚套住的两只雪鸡交给黑孩，叫他拿到盖孜河边的公路边去卖。公路上不时有汽车过往，司机最爱买高原上的雪鸡了。黑孩曾跟着父亲在公路边卖过，他问父亲要卖多少钱？父亲说当然是越多越好了。黑孩提着雪鸡到公路边去卖，好不容易等到一辆车，他举着雪鸡大声喊叫，一点都不胆怯。

可等车停下，司机问黑孩价钱时，他却说不出话来了，他不懂钱的面值，只能一个劲地对司机说着"普卢、普卢"。司机比画着问他，黑孩犹豫了好久才伸出一只手。他认为一只手是个大数字。司机没还价，掏出一张五十元的钞票。黑孩望着司机手中的钱，没有接，摇了摇头。

司机给黑孩讲了半天，说这是五十元，是你要的价，你嫌少了？是一只手的钱呀。

黑孩还是摇头。

语言不通，急得司机想走，又舍不得雪鸡。最后还是车上的另一个人机灵，叫司机掏了五张十元的钞票。这回黑孩接了，在手里捏着，见比前面多了几张，想了想，从中抽出两张退给司机。

黑孩是个聪明的孩子，平时放羊时数羊识得几个数字，他认为他把雪鸡卖了个好价钱，由一张钱变成了三张，他也没有贪心多收别人的钱，他是个老实的孩子。

回到家，黑孩把卖鸡的钱交给父亲时，把交易的事比画学说了一遍。父亲意识到什么，愣了半天，才说："你该上学了。"父亲也没上过学，知道不上学识字的害处，想着叫儿子上个学吧。

黑孩高兴极了，他曾见到别的小孩去上学了，但他不知道上学具体干什么。他只知道，只有上学才可以去石头城，那是个别人描绘的他想象不出的大地方，他做梦都想去的。

黑孩盼着八月，那个阳光灿烂的季节，一个充满诱惑的季节，在黑孩的印象里，八月的高原，到处是青草，绿遍了山野，空气里全是清香的草味。他可以在那个时候去石头城，去全高原唯一有学校的地方，见到许许多多的人了。

可去了一趟石头城，上学的事却没有办妥，黑孩还以为那天去石头城的学校里，父亲已经和那个老人说好了。黑孩没想到，他没有报上学校。

"普卢，我会想法子的，现在学校放了假，上学还要一阵子呢。"父亲对黑孩说，"你等着吧，我一定让你上学。"

黑孩不语。

"我说的话会算数的，孩子。"父亲又说。

黑孩心里踏实了些，有父亲的这句话，黑孩又赶着牛羊去放牧了。但他的心里总是不太畅快，到了牧场，牛羊都散开，埋头吃草，黑孩躺在草坡上，望着冰山发呆，温暖的夏阳照在他身上，不一会儿，他全身燥热起来，身上穿着羊皮袍子，本来是不会热的，这种羊皮袍夏天太阳晒不进去，冬天寒风钻不进去，冬暖夏凉。高原上的人一年四季就穿着羊皮袍子，戴着羊皮帽子，别人是享受不到这种穿戴的。

黑孩全身热得直冒汗，他真想把羊皮袍子脱了，可他试了几次，没敢脱。胡大是有眼的，人不可光着身子面对胡大，那是对胡大的不恭，否则胡大会降罪给你，这个父亲早给他讲过，他不敢顶撞胡大。黑孩身上像火烧似的，他受不了了，就走到盖孜河边，掬起清凉的水泼到脸上降温，这一招还挺管用，冰凉的雪水浇在脸上，多清爽呀。黑孩就这样用手掬水时，突然看到自己两手掬起的一汪清水变成了黑色，并且这黑色在慢慢扩大，漫延到河水里。他盯着河水里的黑影，黑影在慢慢地移动，像浮在河水里随水漂流似的，可河水是向下流动，黑影却往上游移动。黑孩抬起头，看到瓦蓝的天空下，一只苍鹰铺展开羊皮袍似的两扇大翅膀，正在缓慢地滑动着。河水里的黑影正是那只苍鹰的影子。不紧不慢又异常平稳，两个翅膀根本不扇动，却掉不下来。

一看到鹰，黑孩心里一动：那不就是电视里动画片中会说话的鸟吗？在经历了对狗、牦牛说话得不到回答的沮丧之后，黑孩一直不甘心，他就不信电视里的狗、牛能说话，他家的狗、牛就不会说话。他一直怪自家的狗和牦牛太笨，像自己的小弟弟一样笨，会走几步路了还不会说话，整天让母亲抱在怀里。自己家的狗、牛笨，天上的鸟不会也笨吧？黑孩想着，就挥动着双臂，向天空中的鸟（鹰）大声叫着"啊——啊啊"。鹰在天上滑动着，似一朵乌云，根本不理会黑孩，黑孩大声喊叫："你听到了吗？我是跟你说话呀。"

鹰在盘旋。

"啊——啊——啊。"黑孩喊着。

鹰还在盘旋。

"啊——啊——啊。"黑孩的喊声在空旷的山谷里回响着，在鹰的周围回旋，却听不到它的回复。黑孩仰着头。脖子早就酸了，可他不愿放弃这次机会，一直喊叫着，直到后来他的嗓子都喊哑了，凝望着瓦蓝的天空上，那个乌云一般的苍鹰。他快哭了。

黑孩是在失望，直至快绝望的时候，听到苍鹰发出"啊——啊——"两声尖厉而长久的叫声的。那两声叫似锋利的铁器在坚硬的冰面上划过一般，直刺黑孩的耳膜，震得黑孩全身都麻木了。黑孩只觉得眼前一黑，看到一个巨大的黑影从天空快速跌落下来，在接近草地的一瞬，又旋风一般冲天而起，刺向了蓝天。

那是苍鹰捕获猎物的一瞬间，也同时留下了黑孩最渴望的啸叫声。

黑孩高兴极了，他终于听到苍鹰的话语了，这种话语和他呼叫苍鹰的喊声一样："啊——啊！"

太兴奋了，黑孩的深眼窝里涌出了两串热泪。泪水以挺直的鼻梁为界线，分成两股，流经他酱红色的脸颊，滴在脚下的草地上。他看到草很绿，绿得有些发黑。

童稚的黑孩开始了无休无止地和他家牛羊，还有黄狗的对话。不管在什么地方，他都对它们实施着教它们话语的工作。

他对狗说："啊，你开口呀，先从'啊'开始学。"

他对牦牛说："啊，你也说'啊'。"

他对羊也这么教。他从小就是母亲这么教会说话的，并且他的弟弟正在由母亲教着，已会了一些简短的话语。

父亲见黑孩这样，劝他别傻了，牛羊咋会说话呢。

黑孩认真地对父亲说："可那天连天上的鸟都说话了。"

"咋会呢？"父亲说。

"石头城的电视里的牛、狗，还有鸟都会说话，"黑孩对他的父亲说，"你那天也亲眼看到的。"

"那可能不是真的，"父亲说，"我从没见过牛羊会说话。"

"可鸟已经说了，咱家的牛羊也应该说话才对。"

父亲脸憋得通红，一个劲地抽莫合烟。被儿子问得急了，父亲就对儿子说，可能那鸟不是咱们这儿的，它说的话也像石头城里电视上那些牛羊说的，是另一种语言，我们听不懂的异族语言。

"那只鸟不是我们族的？"黑孩问。

"当然，"父亲说，"你肯定没听懂它说的是啥话吧。"

半晌，黑孩才点了点头，回味着那只苍鹰的话，还有石头城里电视上动物们的语言。

黑孩的父母一直为儿子上学的事发愁，主要是发愁学费。高原人自有高原人的规矩，他们的牛羊只当作食物，绝对不拿出去卖钱，牛羊只可以交换别的物品。但学校里没有用牛羊交换报名上学的规矩。牛羊是赐给高原人充饥的东西，他们绝不能违背胡大的旨意。除了牛羊，别的东西能换成钱的，只有雪鸡了，可八月的帕米尔，根本见不到雪鸡的影子。

正当黑孩父亲为学费发愁的时候，有人找上门来，要黑孩的父亲帮着捕捉天上的苍鹰，捕到一只鹰，可以给一百块钱。

父亲是捕捉雪鸡的好手，在附近很有名气，可鹰却没捕过，但他很在乎捕鹰的价钱。一只鹰一百块钱，等于好多只雪鸡呢！

来人告诉黑孩的父亲，只要他能引出鹰来，剩下的事情不用他管了。

引出苍鹰，这是黑孩父亲的绝招，他有一只祖传下来的鹰笛，能吹奏出尖厉而苍劲的鹰曲，能用不同的方式，同时吹出雄鹰雌鹰求偶的声音，吸引苍鹰从山顶的岩洞里飞出。

黑孩的父亲却一脸的疑问。

来人说，到时你就知道了。

父亲来到大峡谷里，选择了苍鹰爱出没的地方，拿出一个白得发亮的鹰笛。来人接过鹰笛，仔细端详着，这是一只苍鹰的腿骨，被挖出骨髓，雕琢出音孔，简直像一截滑腻发亮的羊脂玉，却保存着骨质的天然成分，是一件绝妙的艺术品。来人爱不释手，将鹰笛放到双唇间，用足了劲，竟然没吹出一丝声音，却把脸憋得通红。

黑孩的父亲要过鹰笛，用舌头舔了下嘴唇，用双唇衔住鹰笛，底气运足，双腮鼓突，鹰笛发出了尖厉的声音。这声音抑扬顿挫时断时续，响彻了整个峡谷，在峡谷上方的天空盘旋。

可能是鹰越来越少的缘故，黑孩的父亲吹了整整一个下午，也没引出一只鹰来。直到第二天中午，才见一只苍鹰缓缓地从岩石缝里飞出……

来人一见鹰出现了，高兴极了，从自己带来的铁笼子里抓出一只雪白的鸽子来，又从包里掏出一块沉重的铅块，他将铅块绑在鸽子的腿上，就嘱黑孩的父亲继续吹鹰笛，自己抱着鸽子向苍鹰冲去。

来人跑到盘旋的苍鹰下，使出力气往天上抛带有铅块的鸽子。鸽子被抛向天空，铅块坠着它扑棱着又落到地上。来人捡起鸽子，复又抛起。反复几次，终于引起天上那只鹰的注意。

来人不抛了，退回来，任鸽子在褐黑色的砾石堆上扑棱着。

终于，那只苍鹰一个俯冲，箭似的射向地上的鸽子，用尖利的双爪抓住鸽子，往天上返回时，却没有了先前的迅捷。铅块很重，苍鹰似乎飞得很吃力，但它没有丢弃猎物的习惯，就扇动着大翅膀，费劲地飞着。到远处，在一块大石头上落下来歇息。

来人追了上去，赶着鹰飞。鹰飞起，依然紧抓着猎物，它飞一段又落下歇息。来人又赶，鹰又飞起……直到天快黑的时候，那只苍鹰终于没有力气飞上高高的山岩，被来人轻而易举地捕捉住了。

黑孩是天黑后放羊回到家，才看到那只被关在笼子里的苍鹰。黑孩见到鹰，几天的沉闷被眼前的鹰冲得不见了踪影，他跑过去围着铁笼子把鹰看了又看。他还是第一次这么近地看鹰，鹰身上的羽毛干净极了，像刚出生的黑羊羔，闪着水晶般的光泽，特别是鹰的双眼，似两颗暴突的珠子，干硬的尖嘴更像一把带着刀鞘的利刃，掩饰着锋利，但锋芒毕露。黑孩去问父亲，这鹰是抓给谁的？是不是给他和它说话的？

父亲先是没有吭气，抽了一阵莫合烟，才说："是给你换上学报名费的。"

父亲的这句话说得一点不轻松。

黑孩没有在意父亲的表情，他说了句"让我先和它说说话吧，让你们相信，它会说话的"。又跑去看鹰了。

父亲在屋子里和来人吃着肉，喝着酒。来人显得很兴奋，述说着明天捕鹰的计划，讲解着他用来捕鹰的一整套工序，说是从书中学到的，还真管用。

黑孩的父亲一直沉默着，不吃肉，只是一个劲喝酒、抽烟，他望着酥油灯下满脸红光的来人，心事重重，他的眼前不断闪现出下午那只鹰抓着沉重的猎物，飞起又落下的情景，他仿佛看到了鹰的命运，心里一点都不畅快。他想到那些长年蹲在岩洞里的鹰们，这只被捕住的鹰，它的家人肯定还在岩洞里等候着，像他的女人一样，他没有回来，女人就一直等着，他总会回来的，可那些鹰却等不到这只鹰回去了。

他的心里堵得难受。在高原生存的生命，对寂静习惯了，却不习惯晚上不回家，只有到了家里，心里才踏实。

在高原人的心目中，鹰是神圣的，是令人敬佩的苍生，它不像羊、牦牛，甚至雪鸡，它们生来，就是给人备下的食物。可鹰不是，鹰和人一样，是高原的主宰者。

黑孩在羊圈旁的鹰笼子前待了半夜，他有足够的耐心问鹰，因为他曾听到过鹰对他说过"啊——啊"，他就不信，眼前的这只鹰就会不开口。他想着有了这只鹰，他就可以有钱报名上学了；可以到石头城里去，看到"电视"了，看那些牛、羊、狗，还有鸟儿们，听到它们说话了。

母亲来催过几次，叫黑孩去睡觉，他都没理，他还没有叫这只鹰开口说话呢，他咋睡得着？

黑孩对鹰说："啊，我对你说话呢，你咋不回答我？"鹰静静地蹲在笼子里，不狂不躁，在蓝色的月光下，一动也不动，却睁着黑珠子似的双眼。

黑孩伸手去摸鹰的身子，羽毛很光滑，可它就是不理黑孩。

黑孩抚摸着鹰说："啊，你就和我说说话吧，我知道你会说话，那天有个和你一模一样的，不是说了吗？"

鹰还是一动不动。

黑孩又说："我知道你聪明，不像我家的那些羊、牛、狗，它们笨，像我弟弟一样，才开始学话。"

鹰不动。

"是不是，"黑孩又说，"你嫌笼子里小，他们抓住你，你不高兴？"

鹰的头这时动了一下，两只圆眼望了黑孩一眼。黑孩在月光下看到鹰的两只眼睛像两个深深的黑洞，他的心抖了一下。

"我知道了，"黑孩说，"我知道你生气。你不生气才怪哩。他们把你关在这么小的笼子里，你肯定很难受。"

黑孩没有多想，就把笼子打开了，见鹰还是不动，他就伸进手把鹰抱出来，放在了地上。

"这下，你该和我说话了吧？"黑孩说。

鹰动了一下身体。

黑孩又摸了一下鹰，鹰动了一下。黑孩劝它："你说呀，我都把你放出来了，你咋还不说？"

这次鹰扇动了一下翅膀，差点把黑孩扇倒在地。

鹰"呼"地一下飞了起来。宁静的夜空里留下了一道黑色斜线，被月光照射着，在黑孩的眼前闪动。

同时，黑孩也听到了两声尖厉的"啊——啊"叫声，那是鹰发出来的。

黑孩兴奋地挥动着手臂大声喊叫着："我听到了，听到你对我说话了！"

黑孩没注意到，他的父亲一直站在身后，默默地看着这一切。在黑孩欢呼时，他父亲一动不动，两只被酒精烧红的眼睛，望着纯净的夜空下，那个越来越小的黑影出神，当他看到那个蹲在冰山顶上的圆月，像刚烤出的青稞馕饼似的，散发着层层热气时，黑孩的父亲轻轻地叹了口气。

看不到鹰的影子了，蓝色的月光下，只剩下了朦胧色的天空，像梦中的世界一样宁静。

黑孩收回目光，往身后一望，看到了月光下默立着的父亲，他还似在梦境里一般，对父亲说："这回你看到了吧，鸟会说话的，我没骗你吧。"

父亲无语。

"我这回听懂了，"黑孩又说道，"它说的是异族的语言，是'天——天'，因为它飞上天空后，才这么说的。"

黑孩这样说时，两眼已涌出泪水。他的泪是为会说话的鹰流的，也是为自己流的。

夏天的羊脂玉

一到大暑，玉龙喀什河的第一个汛期如期而至。说是洪水，其实没有一点洪水的恣意狂妄，倒像一群怀孕的母绵羊，温顺地铺满了宽阔的河床，缓慢地向塔克拉玛干沙漠深处流去。浑浊的河水，来自遥远的喀喇昆仑山上的冰川雪山，裹挟着大量的泥沙，也带来了人们盼望已久的玉石。

采石的人们早已做好了一切准备，亢奋地站在玉龙喀什河边，望着一河的浊流去用焦灼的目光抚摩着温顺的河水，想着泥石流下面的玉石，像喝多了烈酒似的浑身燥热。脸上全是温热的红斑。

这时候的天空，少有的晴朗。整个春天，还有初夏一直飘浮在和田上空的尘沙，也因了玉龙喀什河汛期的到来，被冲刷得异常干净。空气里也多了红杏早熟的香气，更多的还是采玉工脸上流露出的像天上太阳一样的灿烂光辉。

已有人在河边搭起了采玉时栖息的帐篷，架起了炉灶。只是天太热了，帐篷里像蒸笼一样，汗水像河水一样流个不停，炉灶是派上了用场，一个劲地烧着沸水，一壶一壶地冲着奶茶，灌了一肚子的奶茶。却没有人抱怨，甘愿忍受酷暑的煎熬。这是准备采玉呀，谁敢抱怨？玉是有灵性的，特别是最贵重的和田羊脂玉，这是玉中的极品，比人有灵气，稍有不慎，它会不来。采玉的人都知道，对玉要绝对的虔诚，不敢有一点亵渎之意。

汛期是要持续几天的，多则半月、一月，少则也得八九天才能告一段落，这完全取决于天气。如果天气越好，昆仑山上的冰雪就化得多，汛期就长了，气温降了，冰雪就化得少，山上就结冰了，不流不动了，玉龙喀什河里就成了石头滩，玉就在石头堆里采。一般采玉的人们不把采玉叫采玉，而叫找矿。找到矿了，就是采到玉了。采玉的人却不愿把玉挂在嘴上，怕玉听见了，藏在石头堆里找不到。

汛期持续着，人们心情正好着，虽然内心很焦急，但都不表露出来，只有耐心地等着洪水退去，才好下河床里展示找矿的本领。

真正的找矿，是折磨人的，没有好的耐心，是找不到好矿的。

塔尔拉地处玉龙喀什河中游一带，属于河床缓冲地带，是找矿的最佳位置。上游水太急，玉石随着石流，落不了脚，只有到了塔尔拉，河床宽了，地势平坦了，水流缓慢，玉石就沉到了水底，落到石堆里，单等人们来找了。

但在整个汛期，人们都汇聚到河边。日夜守候着，生怕迟了一步，找不到矿。要知道，第一个汛期过后，是矿最多的了，往后，就越来越找不到好矿了。汛期持续了十天左右，浊流有点下降的趋势。玉在喀什河畔真正热闹了。有的人家连自家羊群都赶来了，全家老小，一个不少，全搬到了河岸上。尽管塔尔拉居住的村庄离河边不远，可谁还愿意留在村里，心思全在河边了。人们一年的吃穿用全在矿上拴着呢。

莫雷尔也不例外，早在五天前，全家人就住到了河边。他家是全村最后一个来到河边的，这几年，莫雷尔一直是最后一个到河边，他也就孤身一人，说是全家，也就他和那几只羊，算是全部的家人，来去方便，可他总是落在别人的后边。

莫雷尔的性子缓，像玉龙喀什河里的洪水，不急不慢，可他在缓慢中，每年总能找到好矿，比不上别人的多，却也比别人的矿好，年年有收获，落空的时候比别人少。所以，大家都说莫雷尔运气好，问他找矿的诀窍，他也答不上来。时间长了，大家都说莫雷尔怪。莫雷尔就是怪人。

天气还很好，没有凉下来的意思。这样的话，洪水回落得就很慢，人们在河边走来走去的，心里焦急，有的就喝上了酒，有的摆开了摊子（赌博），有上了年纪的，围坐在一起，边喝着奶茶，边议论着关于矿的话题，都是暴露在七月的骄阳下。这时候的河边上，气氛就有点闷闷的，那种热闹劲也多少有点闷闷的，叫人提不起劲来。

莫雷尔一贯拒绝河边上的热闹场所，他将自家的羊放出去，任他们在戈壁滩上啃草，自己回到帐篷里，歪在一堆铺盖上，就迷迷糊糊地睡着了。

这一天，莫雷尔正歪躺在铺盖上迷糊着，忽然间被一阵乱叫声惊醒，他爬起来往河里一看，河水还是那么多，还是那么浑浊地流着，没有一点要退却的迹象，又不是该找矿了，乱叫啥呢？莫雷尔一向对别人的惊呼不感兴趣，他又歪倒了。

正迷糊间，莫雷尔被人推醒，恍恍惚惚地听推醒他的人说是有人被洪水冲走了。

这怎么可能呢？水流这么缓慢，连玉石都冲不走，咋能冲走人呢？

来人急急忙忙地说完就走了。

直到天黑，莫雷尔才弄清楚，确实是有人被河水冲走了。

被河水冲走的，是塔尔拉的能人阿里江。他被人从下游找到时，已成了一个喝饱了泥水的僵尸。有人看到阿里江的尸体后说，他也真是的，等不及了，哪有跳到河水里就找矿的，这不是找死？！也有人说，阿里江也是太能了，总想走在别人前面，这回算是走到前面了。

莫雷尔起初听到这一消息，惊得说不出话来，想了想，慢慢地就平静了下来。他想着阿里江是个找矿能手，绝不会傻到河里有水就跳进去找矿的地步吧。阿里江才不会那么傻呢！

莫雷尔卷了支莫合烟，慢慢地抽着，辛辣的莫合烟味在燥热的夜晚里更加刺鼻，莫雷尔已经闻惯了这种气味，他不在乎，只是一口一口地吐着白烟，脑子里想起阿里江以外的事来，好像阿里江的死与他无关，他的突然死去原因也与他无关。

　　的确应该是这样，当年，阿里江从外地来，不明不白地加入了塔尔拉采玉的队伍里，莫雷尔并不像其他村人那样，另眼相看多出的一个找矿人。这矿又不是谁家的，是上天赐给塔尔拉人生存的唯一出路，谁都可以依靠玉石生活下去，阿里江的加入又没抢去谁家的饭碗，人们却容不下他，但谁也没有正式出面干涉他找矿。阿里江在找矿方面确有非凡的本领，不光是找到了不少的羊脂玉，而且还异想天开地沿着玉龙喀什河一直往上游走去，他想着越往上游走，就可能找到最好的矿，听说他还走进了昆仑山，最终被冰冷的雪峰给顶了回来，确认了塔尔拉人祖先已经验证过的事实：塔尔拉是最好的找矿地带。阿里江的这一壮举被塔尔拉人嘲笑的同时，也被年轻的一代所推崇，他们心里想着我们咋就没有走到玉龙喀什河的上游——昆仑山中，去探一次险呢？一时阿里江在塔尔拉年轻人的心目中，就成了英雄。后来的事对莫雷尔的打击很大，就是他一直暗恋着的塔尔拉最美丽的姑娘——来丽，不明不白地成了阿里江的妻子。莫雷尔后来只听说那年阿里江找到了一个大矿，一块足有五斤重的羊脂玉，就用那块羊脂玉换取了来丽的爱慕。莫雷尔一直没弄清楚，在和田这个产玉的地方，一块五斤重的羊脂玉不算稀奇，在这个全疆唯一不用公斤衡量重量的玉乡，五斤只是五斤，而不是五公斤，一块羊脂玉是打不动整天跟玉打交道的采玉姑娘的，莫雷尔知道，阿里江能娶到来丽这样的姑娘，还有别的。是别的什么，他不知道，他知道阿里江一来到塔尔拉，就采到了羊脂玉一样的来丽。原来的来丽的确在他心目中像羊脂玉一样贵重。

一切都过去之后，莫雷尔的痛苦也就过去了，只是他有点变了，变得不爱和任何人接触，本来他就是一个孤独的人，就更加孤独了。

抽完三根莫合烟后，莫雷尔嘴里发苦，他喝完了一大壶温热的奶茶后，嘴里还是很苦，他对这种苦味熟悉已久，自从来丽嫁给阿里江后，他觉得什么东西都是苦的，包括这些日子，还有那种高贵稀罕的羊脂玉，羊脂玉那种滑柔、细腻，天然羊脂一样凝重，说是含在嘴里，满嘴羊脂香味对他也是苦的，是那种生涩的苦味。他品尝着这种苦味，一直在想着一个永远也想不通的问题，为什么人们要喜爱这种玉石，又不能吃不解渴，它只能是一个饰物？

莫雷尔胡思乱想了一阵，站起身来，走到外面，看了会儿晴朗的夜空。大漠的夜晚很明亮，玉龙喀什河边也因阿里江的死而变得异常寂静，偶有一两声羊的叫声传来，也只是单调的几声，过后又恢复了寂静，有点点烛光从每个窗棚、帐篷里透出来，在明亮的夜空里也显得太微弱，根本不值得一提。他到河边走了走，碰上几个静坐在河边的人，别人与他打招呼，只问他去过阿里江家了没有？莫雷尔答了声，没有！

别人就说他们都去看了，死得惨哩，塔尔拉还从来没有人这样死过，图个啥呢？汛期快过去了。

图个啥呢？莫雷尔在心里念叨了一下。

别人又不说话了，看着河水发呆，也不和一贯不善言辞的莫雷尔说话了。

图个啥呢？莫雷尔在心里又念叨了一遍这几个字，突然全身一紧，在七月燥热的夜晚里打了个冷战，他不明白自己是怎么了，会打冷战。他在河边站了一会儿，决定去村子里，到阿里江家看看，别人都去看了，自己也该去看看。他就来到村里，来到了阿里江的家里。

阿里江的家里灯火通明，却没几个人了，只有几个老女人还守在来丽的身边，怕来丽想不开。

来丽及他们的儿子阿里洪坐在地上，发着呆。惨白的灯光照在同样惨白的来丽脸上，莫雷尔见了满心的惨白。他走过去，也没有合适的话说，就用手一个劲地摸着阿里洪的脑袋。七岁的阿里洪莫名其妙地望着莫雷尔，望得久了，阿里洪就开口说，你不停地摸我干啥，我又不是羊脂玉，有啥摸头？

莫雷尔被孩童奇怪的话语击了一下，随即把手拿开，不知所措地望了望来丽。来丽这时也望了一眼他，一眼的呆痴。

那几个劝说来丽的婆娘，这会儿赶紧站起身来，像换了班似的，一边唠叨着，一边退出去走了。

留下莫雷尔一人，陪着来丽母子，他变得局促起来。自从来丽嫁给阿里江后，他就没有来过他们家，更没有和来丽说过话，这会儿又不知说啥才好，就站了会儿，又不好就此走掉，想了想，他就走上前去，看着躺在床板上的阿里江。

阿里江已被洗去了身上的泥沙，正安静地躺着，像熟睡了似的，只是他的身体比平时胖了许多，是河水泡胀的，脸也有点变形，还微张着嘴，嘴边还闪着白光，一晃一晃的，怪吓人的。莫雷尔当着来丽母子的面，没好意思后退。就弯下腰，装模作样地细看一下死者，他留心看了一下阿里江的脸，目光在嘴上又闪了一下，这回他才看清楚，阿里江的嘴里含着一块晶莹透明的玉，他肯定那是羊脂玉，所以阿里江嘴边被灯光照得一直在闪着光。一弄明白阿里江嘴里含的是羊脂玉，莫雷尔的肚子里忽地涌上一股酸水来，直冲到了喉咙里，他恶心得想吐，赶紧抬手捂住嘴，想往出退。这时，阿里洪站起来，跑了过来说，我爸嘴里放的是一颗羊脂玉，他们（指那些老人）说我爸就不会臭了！

莫雷尔嘴里支吾着，赶紧退了出来，在外面吐了个昏天黑地。吐过，他不想再进去，就回到了河边的帐篷里，一晚上没睡着觉，一闭上眼，全是阿里江嘴里的羊脂玉在眼前闪着刺目的白光，他怎么也睡不着。

阿里江死后的第三天中午，玉龙喀什河里的水开始回落了。这时河水已经有点变清了，但还是看不到河床里的石头，凭经验，再过两天，汛期就会过去了，今年的找矿工作也快开始了。

午后，阿里江的儿子阿里洪来河边找莫雷尔，说是他妈找莫雷尔有事。

阿里洪说话声音很响，吸引了河边人的目光。莫雷尔走出帐篷时，他发现大家都看着他，他没多想，就随着阿里洪去了他家。

阿里江的尸体还停放在床板上，屋子里已经有股臭味了，有不少苍蝇盘旋在尸体周围。来丽站在一旁，正用扇子驱赶着那些苍蝇。

见莫雷尔来了，来丽停下手中的扇子，望着莫雷尔，凄苦地笑了一下，说了句，我只好叫你来了。

莫雷尔一怔，忙说，赶紧找人收拾一下，安葬了吧，这天气放不住。

来丽说，叫不来人，他们都等着找矿。

莫雷尔说，我去叫，水还没退完呢，等啥呀？这面的事要紧呢。

算了。来丽说，他们不会来的。

莫雷尔就没话，静静地站着，他也没有上前，他怕看到阿里江的脸，更怕看到阿里江嘴里的那颗羊脂玉，他会恶心呕吐的。

来丽说，我只有求你帮我了，我一个人咋办呀。

莫雷尔没吭声，在心里说道，我早该来帮她一把的，我咋没想到，现在只剩下来丽孤儿寡母的，出这么大的事，自己咋就没往这儿想一想？

莫雷尔和来丽来到戈壁滩上的墓地里，选了一块地方，开始给阿里江挖墓坑。戈壁滩上的石子沙土很硬，挖一个墓坑不容易，又只有两个人，没人替换，挖了一天，也没挖到小腿深。来丽就坐在墓地里哭开了，一边哭一边说着自己命苦。

莫雷尔劝了一阵，见没有用，就一个劲地挖坑，心里头也是闷闷的。

来丽哭够了，又来挖坑，边挖边说，当初，阿里江可没有亏过谁，这会儿死了，却没有人帮着来挖墓坑，这人心都长到哪儿去了。

莫雷尔不吭气。

来丽又哭开了，边哭边说，当初阿里江给村里人带来了多少好处，他一来就发明了一种制造羊脂玉的办法，大家钱没少挣，却骂他人太能了，处处把他当外来人看。

说到制造羊脂玉，莫雷尔想到，当年阿里江到了塔尔拉后，不久就发明了用质地上好的普通岫玉制造假羊脂玉的事，他把岫玉植到大尾羊油脂最厚的羊尾巴肉里，然后把装有岫玉的羊尾巴伤口用针线缝上，让羊带着岫玉过上一年后，再割开羊尾巴取出来，岫玉里浸透了羊脂，能以假乱真地充当羊脂玉出售，挣了不少玉贩子的钱。那时候，塔尔拉的人谁不说阿里江能干呢，连莫雷尔自己都种植过，虽然他没种植成功。但别的人成功了，不都是为了羊脂玉多挣钱嘛。

说到底，玉到底是何物呢？一想到羊脂玉，莫雷尔就想到了死后的阿里江嘴里含的那块玉，不由得又呕吐了起来。

墓坑挖到第三天的时候，玉龙喀什河里的水已退尽了，找矿的人们一窝蜂地冲到河床里找矿去了。墓坑还没挖好，半天了才挖了一人多深，离埋人还差一截子。

莫雷尔到河边照看自己的羊群时，已见到有人找到矿了。人家兴奋地告诉他，他无动于衷。别人就对他说，再不去找，今年就别想了。

有人就说。人家莫雷尔不用找矿的。

为啥？

他找到了更好的矿。

莫雷尔一听，也没发火，这几天他也听到了人们说他与来丽的风言风语，他没有计较，他只想着，尽快帮来丽埋了阿里江才是，阿里江的尸体已经腐烂了。至于别的，他没多想，他也不想去想，他对来丽现在没有一点想法，过去的都已经过去了。

再回到墓地，来丽见莫雷尔不吭声，就说，要不，你去吧，别耽搁了找矿。莫雷尔说，挖吧，再挖一天，就好了。

来丽说，你走吧。

莫雷尔就发火了，你挖不挖？不挖你就走开！

墓坑挖好后，要埋阿里江时，阿里江的儿子阿里洪要取了他爸口中的羊脂玉。莫雷尔拉住了阿里洪的手，说不要取。

阿里洪说，这可是一颗真羊脂玉。

莫雷尔说，让它跟你爸去吧。

来丽听了，泪水涌了出来。

下葬时，是早晨，太阳刚升起来，把基地照得血一样红。莫雷尔望着墓地上一堆堆沙土沐浴在血一样的阳光里，他的心里红红的一片，像着了火似的发烫，烫得他口干舌燥，就随手抓过一瓶奠给阿里江的"昆仑大曲"酒，用牙咬开盖子，狠灌了一阵子，然后将酒瓶摔碎在戈壁石上。那些玻璃碎片在阳光下闪着血一样的光，刺得他两眼生疼，他的眼前又闪动着阿里江嘴里含着羊脂玉的光来，他不敢再看，闭紧双眼，慢慢地涌出一股泪来，在阳光下，像流出来的血水。

填完墓坑，莫雷尔突然问来丽，阿里江为啥掉进河水里？这是他一直想问的一个问题，也似乎是他早就知道了的一个结局。

来丽哽咽着说，他的眼里只有玉，只有羊脂玉，他强迫我嫁给他，却说我是一块假玉，他说他喜欢真正的羊脂玉，他经常无理取闹，那天喝多了酒，又动手打了我后，就说要去找真正的玉，后来……

莫雷尔用手势制止了来丽再往下说，来丽的悲痛刺得他的心好疼，他真不知该怎样来理解这件事，他在心里深深地憎恨起这玉来，都是这破玩意儿把人都害成了这样，在每个夏天，都为它奔命，却真正地没有奔出一个好命运来，可悲的人们……他转过身，望了一眼呆站在一边的阿里洪，他的眼睛被阿里洪手上的一束白光刺得生疼，他的心抽动了一下，随口问阿里洪，你手里拿的是什么东西？

阿里洪将手伸了过来，这是玉呀，一颗真正的羊脂玉，你咋连玉都不认识了？

莫雷尔望着阿里洪和他手里的羊脂玉，竟无话可说。

这时，来丽冲了过来，问儿子这颗玉是从哪里来的。阿里洪理直气壮地说，这是我爸嘴里含的那颗，不是我偷的。

来丽一听，泪涌了出来，一巴掌就打在了儿子的脸上，骂道，你个畜生，谁让你拿出来的？

挨了打的阿里洪也不哭不叫，只是紧紧地攥着那颗滑润的羊脂玉，牙关咬得紧紧的，用愤怒的目光瞪着他的母亲，本来圆胖的脸蛋也变了形。

莫雷尔的眼睛晃了晃，他看到的阿里洪分明是另一个精明的阿里江，一个把玉看得比命都贵重的采玉人。玉是什么？玉使一个孩童过早地成熟了，心变得像玉石一样冷硬，可以不顾父子的亲情，心里装满了无穷无尽的玉。

莫雷尔的心就乱了，乱得全身麻木，他目光也变得麻木，呆呆地望着来丽愤怒地硬从阿里洪手里抠出那颗玉来，烫手似的两手替换着，最终怕烫似的将玉扔向阿里江新鲜的坟堆。玉落在坟堆上的戈壁乱石上，碰撞出一种沉闷而坚硬的声音，这声音灌进莫雷尔的两耳里，分明是活着的阿里江常常找矿时发出的那种叹息声，那是找矿找得艰难却不甘心时发出的叹息声。

莫雷尔奇怪地在这种叹息声中望着那颗从坟堆顶滚到坟堆下面的羊脂玉。他看到，它混在戈壁石中，在耀眼的阳光下，也只是一颗石头。

骑　手

马真是个好东西。无论有多么远的路，哪怕是没有路的荒滩，马都可以替你走，把你驮到你想去的地方。

马使他成为真正的名骑手，成为那年赛马会上的佼佼者，使他出尽了风头，一个骑手的荣誉全落在他身上。马只得到几句称赞，但马毫无怨言，还给他在炎热的夏天，在没有一棵树的巴音布鲁克草原上，遮出一丝荫凉，让他躺在马肚子下，免受烈日的直射。马多好啊，马使他成为巴音布鲁克草原上的英雄，成为人们崇敬的骑手，他才娶上了草原上像花一样的女人。他应该感激马才对，可他对马越来越怨恨。

他对马的怨恨，来自他的女人，那个如花一般的女人。

女人是个好女人，巴音布鲁克草原上的一朵花，其实更像天山冰峰上一朵盛开的红雪莲，高贵艳丽，令许多人望尘莫及。他采到了这朵高贵的花，应该心旷神怡，悠然自得。但他没有，他在得到这个女人的新婚之夜，像一个刚跨上马背的少年，战战兢兢，不敢驱马前行，似在一个梦境里神游。心里没有踏实感，最终没有抖动缰绳，奔驰一番。女人一脸的庄重，美丽的双目像忧伤的野兔，望着他，没有惊慌，却摧毁了他正在发展着的激情。

"我不是马！"女人只这么一句，他就溜下了马背，仅此而已。

他驾驭不了这个女人，她太高贵，她的气质不像一匹狂暴的烈马，她更像一只羊，一只绵羊，一只不容侵犯的母绵羊，有一种内在的神性护佑的精灵在她的目光里包含着，那种忧伤是马没有的。马是高傲的，把距离都不放在眼里，不可一世的样子，随时准备接受征程的挑战，它一辈子都不躺下，连睡觉都站着，能诱发人的征服欲。

可羊不是这样，羊听凭人的摆布，叫到哪里，就到哪里，明白自己的使命，只是人的食物，随时等候人的宰割，但羊的气质，不容忽视，它的目光像一把刀子，能刺透人心，人怕羊的目光，尤其是那种任人宰杀时的顺从。

人都呵护着羊群，任羊群在前面走着，自己骑着马跟在羊群后面，羊把人和马带到了草场，不是人把羊群赶到牧场。就这么简单。

他在女人面前，像一个卑劣的牧人，完全丧失了骑手的风采，任女人用绵软的双手，抚摩着他的头发、脖子，似抚摩马的鬃毛一般，败在了女人手里。

他怨恨起马来。马把他推上了骑手的宝座，让他一往直前，春风得意，娶了美丽的女人，却不能征服女人，驾驭女人，他为此苦恼不堪。

他想找人去诉说自己的苦恼，但被他战胜的老骑手已经死了，能够战胜他的新骑手还没有出现，他徘徊在老骑手的家门前，望着老骑手留下的黑马，拴在屋后拴马桩上，犹豫着，不敢踏进老骑手的家。

老骑手是为他死的，死得很壮烈。在他成为名骑手的那次赛马会上，他骑着他的枣红马，似一团火焰紧紧地燃烧在老骑手的黑马身边，快把老骑手和他的黑马烧着了。那种较量，其实是马与马之间的争锋，它们的眼睛里冒着火星，相互轻视着对方，他从两马齐驱并进的狂奔中，看到了马这种动物的不可一世的傲气，它没有把骑手看成驾驭它的主人，却像它在驾驭着人，输赢都是由它决定的。确实是这样，马不愿跑，你能把它怎样？用鞭子抽，抽急了它会把你掀下马背，让你受疼痛之苦。

那次，他就是急红了眼，狠劲抽打自己的马，他的枣红马也急红了眼，不要命地往前蹿，失了前蹄，把他掀下了马背，他的右腿卡在了马镫里，被马拖在地上，它也没有放弃争第一的势头，继续狂奔。

是老骑手救了他。老骑手为了救他，侧身俯冲去抓地上的他时，从马背上掉了下来，被后面的马群乱蹄踩死了。他却在老骑手的帮助下，回到了马背，成了赛马第一名。

老骑手用生命铸造了他这个英雄，他为老骑手的惨死一直内疚着，曾跪在老骑手的尸体前，泣不成声。他在心里发誓，他一定要照顾老骑手的家，在生活上帮助他们。老骑手的女人还很年轻，她也是当年巴音布鲁克草原上的一朵花，她为老骑手生下一个儿子后，依然风韵犹存，并且更有看头，惹得那些有女人的男人常来打她的主意，但她一个都没有看得上，她带着三岁的儿子，放牧着一群牛羊，日子过得一点也不艰难，只是失去男人后，她没有了以前的欢乐，不愿和别人来往，形影孤单，草原上再没听到她优美的歌声。

他在老骑手死后不久，来过一次老骑手的家，他向这个女人倾诉了心中的悲痛和对老骑手的感激之情，他在透露出他愿承担老骑手的家庭负担，照顾他们母子的生活时，这个女人冷冷地笑着，对他说这不能够，她可以对付生活中的任意一件事，她不是一个弱女人。

他向她述说自己的心情，她听着听着就大笑起来，没有一点凄苦的成分，却对他的一副悲伤和不安深表嘲讽。

"你能帮我干什么？"她笑过后说道。

"我可以干老骑手生前所做的一切活计。这样，我心里才能安宁一点。"他说。

"你不能！"她说，"他作为我的男人，他能和我做夫妻，你就做不了！"

他被她的话击得站立不稳，他像一个赛场失败的骑手，羞愧地牵着自己的马悄悄地走了。

这回，他来到老骑手的家门口，他没有推开那扇虚掩的木门，他的目光全落在老骑手的黑马身上。

这是一匹好马，全身上下黑得透亮，像泼了一层油，在阳光下闪着光，吸引着他的目光，也吸引住了他的心。好马总能攥住骑手的心。他不由自主地走了过去，用手去摸黑马的背。马腾跳了起来，拒绝了他的爱抚。他的心也跳了一下，他发现眼前的马已经有点发胖了，后臀滚圆，四条腿也粗了，跳起的姿势不再威猛，但雄风犹在，烈性没减。

他喜欢暴烈的马，见到一匹烈马，他总有种征服欲望在燃烧。当年，他就是见那匹枣红马刚烈，他才买了它，把它驯成一匹优秀的赛马，与老骑手抗衡的。黑马的秉性，让他忘记了一切烦恼，他身上的血在奔涌，心在燃烧，他不能自控地解开了黑马的缰绳，跃身跳上了黑马的光背。

好骑手是不需要马鞍的。他是一名好骑手，只要在马背上，他的双腿就能把自己紧紧地固定在马背上。

但黑马狂跳着左突右奔，还是把他掀下了马背。他没有被掀翻在地，稳稳地站住了。黑马挣脱着，想脱开他手上的缰绳，他用手一带，顺势又跃上了马背。黑马大怒，往前猛跑了几步，一个急停步，两只前蹄插进了草地之中，两只后蹄一扬，后臀提起，直立起来。他抓紧了马鬃，揽住了黑马光滑的脖子，两腿用劲，把马肚子夹出两道凹坑，马在空中定了一下，随即落到地上，腾挪跳跃，发出一声声尖厉的嘶鸣。这是马无奈地妥协时发出的叫声，但黑马不同于一般的马，它的挣扎还在继续，突然间掉头又奔跑起来，在开都河边一下驻足，故技重演，还想掀掉身上的人。

他已经料到黑马的这一招，提前抱住了马脖子，没有被掀到地上。他伏在马背上，整个人贴在马的身体上，像一个吸附物，使黑马最终服输了，它打着响鼻，吐出一连串的白气，四只蹄子不断倒换着，踢踏得草叶乱溅，一个劲儿地嘶鸣着。

黑马和他都出了一身的汗水，他闻到马身上的汗味，心里舒坦极了，他贪婪地吸着鼻子，让马的汗气味滋润着他的肺腑，抬头望着西斜的烈日，激动得全身都在抖动。又一次征服，使他心胸间的郁闷顿时消散，他拍着黑马的脖子，一副悠然自得的样子。

"怎么样？咱们跑一圈吧。"他对黑马说道。

提起缰绳，他在马的屁股上拍了一把，想把黑马驾驭到开都河里，过河到对岸的大草场上跑一圈。

没想到黑马不理他的驾驭，在河边打着转，喷着响鼻，就是不下河。

他急得在马背上左驱右赶，吆喝着，回答他的，又是一声马的嘶鸣。

这时，身后的木门"吱呀"一声开了，老骑手的女人摇摇晃晃地走了出来。她大概病了，一脸的倦容，把手搭在额头，细细地瞅着河边的一切。

他尴尬地望了望女人，翻身跳下马背，轻声说了句："这马性子够烈，我驾驭不了它。"

女人看了看他，走上来接过马缰绳，没说一句话，就往马背上爬。可能是她太虚弱，一下没有爬上马背，差点摔倒。

他想帮她一把，可无从下手，想劝她一句，又不知说什么好，站在一边手足无措。

她终于爬上马背，一抖缰绳，黑马就下了河。河水不深，清亮清亮的，透着夕阳的光辉，马一走进去，光辉就被黑蹄踩碎了，开都河里金光乱闪，晃得他眼都花了。

女人把马骑过了河，跑了个小圈，又涉水回到了河这边，跳下马，牵着缰绳，对他说："这马认生哩，看把你折腾的。"

他擦了擦额头的汗，看她走路的样子有点晃，竟然说："你病了？"

"发了两天的烧，身子有点虚。"她说。

"你咋不通知我？"他说，"我去给你叫医生。"

"不要。"她说道，"现在已经不发烧了，没事的。"

他没有话说了，过了一会儿，他才说："自己身体要保重。"

她勉强地笑了笑，叫他到家里去坐坐。

"我刚酿的马奶子酒，没有人喝哩。"她说。

他帮她拴了马，随她进了屋子。她拿来两个茶碗，倒了两碗喷香的马奶子酒，里面加了酥油，黄灿灿的，诱人眼。

她端起酒碗，喝了一大口，对他说，刚娶了美人，不好好待在家里，来惹我家黑马。

他低下头，把一碗酒喝完，心里又沉闷起来，不吭声。

她又给他倒酒，笑着说："当新郎不好，却想着骑马。男人没一个好东西，放着花一样的女人不骑，就想着马。"

他又把酒喝完，心咚咚地跳着，马奶子酒在他的身体里燃烧着，他有一肚子的委屈，却没法倒出来。

"你酿的酒好喝。"他说道。

女人愣了愣，又给他倒上酒，说了句："好喝就多喝点。"说完，她喝完自己碗里的酒，突然就流下了眼泪。

他吃了一惊："怎么了？我说错了。"

"没有，"她说着，一仰脖喝了一碗酒，"那个死鬼（自己的男人），没有说过我酿的酒好喝，常说别的女人酿的酒味正。"

"唉。"他叹了口气。

她也叹了口气，对他说："男人可能都是这样吧。"

他说："不是，你酿的酒确实好喝。"

"那你女人呢？她酿的酒呢。"

"她，"他摇了摇头，"她什么也不会，酒还没酿出来呢。"

她看着他，觉察出了什么，偏着头，笑着。她的样子很迷人。

他是有点晕了，又喝了一碗酒，头也大了，酒劲往上涌。他想到自己的女人，她看自己的目光很空洞，却很认真，但目光里缺乏一种让他接近的东西，好像她和他隔着什么两人无法沟通的网膜。眼前的这个女人不同，目光纯净，背后没有隐藏的东西，她的目光叫人心动，使他全身蠢动，尤其是他的心，跳得没有了规律。他的脸也烧了起来。

她就那样看着他，笑着，又说道："你是个骑手，能调教出一匹好马，就能调教出一个好女人来，她不是一个暴烈的马驹，她太温顺了，是一匹听话的母马，像绵羊那样温顺，是不是？"

他听得心跳更厉害了，他不知道自己摇了摇头，还是点了点头。

"骑手都是这样，"她说，"他能面对烈马，却不能把温顺的羊驯成坐骑。"

"羊总是羊啊，"他终于开口说道，"羊变不成马的。"

"胡说，"她说道，"羊咋不能变成马？只是羊太矮小了，在马面前，它只有自卑，弱小，只能是人养的食物。要是羊像马那么大，它也会成为人的坐骑。"

"那么你呢？"他打着酒嗝，对她说，"你是羊，还是马？"

她哈哈笑了起来，笑过，说："你喝多了，我不是羊，也不是马。"

"你是什么？"

"我是人，是女人，是老骑手的女人！"

"你不是！你是一匹马，是老骑手大哥的一匹好马。"

"看你胡说的，是酒喝多了吧？"她说着，又给他倒酒。

"你是，你是马！"他坚持着说。

她不理他了，她说她要去寻自己的儿子，疯到哪里了，得找回来。她这样说着，却不走，给他倒酒，她劝他喝，自己也喝着，脸上红红的，像蒙了一层红布。

他望着她，眼睛直直地："你是马，是枣红马，你看你的脸像马的脸一样，是红的。"

她笑着，推了他一把，说："我脸红，是发烧给烧的。"

他的全身燃烧了，被她的目光和脸，还有她的那一把秀发。他被烧得着了火似的，说了一句："那我也发烧吧。"就呼地站起来，扑向了她，把她按倒在地毡上。

她不惊讶，也不吭气，只是一个劲地挣扎，挣脱不了他，但她还是要挣扎。她越挣扎，他越来劲，他像对付一匹暴烈的马，他要征服她。他的想法像狂风一样席卷而来，一次比一次狂热，一次比一次粗暴。

他感到她的心灵在彼岸呼应着他，感应着他，他更加来劲，蹬翻了酒碗，踢翻了酒壶，他什么也不顾。

"你就是马！"他喃喃说道。

她挣扎着，却抱紧了他，而且通过他的眼神、表情、抚摩，勾起了她对往事强烈的回忆，她回忆起自己男人活着时，也是这么狂热，这么猛烈，她的心里疼了一下，但随即被他的动作淹没了她的回忆，甚至她的心。她在挣扎，抬起脚，蹬上那扇木门，把血红的夕阳关在了门外，她在心里嗓子里发出的，却是一声莫名其妙的声音。

她的声音叫他听起来像马的嘶鸣，是那快被他征服的声音，他更来劲了。

他试图感受她，弄懂她。他抚摩着她的脸、背，像抚摩一匹光滑的马，像一只寻找隐秘食物的动物，对于感觉上没有经过专门训练的他来说，他看到的迹象有点模糊，但他一定要弄懂。

她引着他，在不断地前进，使他有种肝肠寸断的近乎绝处逢生的惊喜。她嘴里说着话，这些话他听不懂，他都认为是另外一种语言，像马发出来的，他也没必要听懂。

后来，他们坐在地毯上，相互看着自己，突然间又都不好意思起来，两人相帮着穿好衣服。

她说了句："我还发着烧呢。"

他说："我也发着烧呢。"

她说："好啊，你也会说话了，你说帮着照顾我母子哩，却把他该做的都做了，连我发烧你都能传染上了。"

"这是我应该做的。"他起身告辞时说道。

她不吭气了，也不看他，但把他送出屋时，身子也不摇晃了，似没害过病一样。

他看着她的模样，说道："你的病看来好多了。"

她没有回答他的话，却说："你说我的酒好喝，就常来喝，我一个人也喝不完。"

他狠劲地点头。

她又追上来说："你别恋着我这个人，你家里还有一匹马，不，是一只羊等着你呢。"

他和她的事还是叫他的女人知道了，他的女人和他闹了起来，他就把女人给收拾了，像收拾一匹暴烈的马。

他的女人也不是温顺的绵羊了，变成马了，他费了不少劲。

过后，他的女人目光变了，没有了忧伤，热热的，亮亮的，她还说了句："你就是这样当骑手的？"

他大笑起来。

他和她女人之间的隔膜不见了，女人也开始给他酿马奶子酒，她说，骑手不能没有马奶子酒。

他第一次喝自己女人酿的马奶子酒时，女人问他："我酿的马奶子酒好喝吗？"

他只点了点头，没有开口。

天堂的路是否平坦

　　我给你讲一下我的父亲张瓜娃吧。他讲这话时，我们已经喝了很多酒，他的舌头都不太灵活了，说出的话很僵硬，叫人听着好像是他在讲别人的父亲。

　　看他的这副样子，仿佛想把他积蓄了好久的沉思默想一下子倒空，不然，他决不会放过我这个听众的。自从我认识他后，我发现他是一个不太认真，但却很固执的人，难得见他这么认真地想给我讲有关他个人的事，不管他讲得有多生硬，但我还是很认真地听着。

　　我父亲张瓜娃这一生最大的不幸，就是生了我这个孽种。可我父亲张瓜娃一直不这样认为，因为我是唯一能延续我们张家香火的后代了。至于我的那四个哥哥姐姐，还有一个弟弟，都与我父亲张瓜娃无关。

我这样说，是我父亲张瓜娃到了四十岁时，才和我母亲贾寡妇结的婚。贾寡妇带着她和前夫生的四个孩子嫁给我父亲张瓜娃，村子里的人都说，贾寡妇是奔着我父亲张瓜娃的那份口粮来的。贾寡妇年轻时是有几分姿色的，一对大眼睛，双眼皮，脸皮白白净净，虽然生过四个孩子，守寡时间却长了。这样没有了男人的女人，老得慢，风韵犹存，本村和邻村的几个光棍没少打过她的主意，但她都没有动心，如果不是生活所迫，她也不会下嫁我父亲的。那时候，我父亲的口粮是村里给的，很固定，能养活人。但我父亲张瓜娃从不这样认为，他一生都在感激贾寡妇，觉得是贾寡妇让他有了一个家，给了他一个家的感觉和家的温暖，特别是还替他生下了我这个为他延续香火的儿子，我父亲张瓜娃很知足。他承担了抚养贾寡妇四个孩子的责任，那些孩子与我父亲张瓜娃没有一点血缘关系，他们也不管我父亲张瓜娃叫爸，他们叫我父亲张瓜娃是"哎"。他们这样叫倒还说得过去，说不过去的是我的这个弟弟，他虽然不是我父亲张瓜娃亲生的，但他毕竟是我父亲张瓜娃与我母亲贾寡妇结婚以后生的，还在我的后面出生，可他也不把我父亲张瓜娃叫爸，跟着我的四个哥哥姐姐叫我父亲张瓜娃"哎"。这在我懂事以后，非常气恼，为这个还和他正式打过几架，但我父亲总是拉住我，声音很小地说，算了算了，他不叫就不要勉强了。我父亲一副胆小怕事的样子，好像是他做下了亏心事似的。

我的这个弟弟是贾寡妇和乡上的民政干事林旺才生的，这个大家都知道，连贾寡妇自己都这么说，一副很荣耀的样子，生怕别人误认为这个孩子是她和我父亲张瓜娃的。我弟弟——我还是叫他弟弟，就别提和林旺才长得有多像了，连走路一摇一晃的姿势，那种目中无人的神态，都是活脱脱地和乡上的民政干事林旺才一模一样的。那时贾寡妇和我父亲张瓜娃还是名义上的夫妻，她和林旺才胡来，也是为了投靠林旺才，能有个好日子过。因为我父亲是个瞎子，后来地分到各户后，五保户村上不管了，由乡上的民政部门出面救济。林旺才就出面，给我家一些优待。一来二去的，我母亲贾寡妇看上了这个民政干事，林旺才也看着我母亲有些风韵，又是我母亲主动地投进他的怀抱，这等好事哪能放过呢？再说，林旺才也觉着我母亲好端端的一个美艳寡妇，却被生活所迫无奈地嫁给一个瞎子有点吃亏，他占了我母亲的便宜，还认为他干的是件助人为乐的好事。不过，林旺才还真不错，和我母亲有了一腿后，多给了我母亲不少钱粮，并且隔三岔五地还给我们这些孩娃一些糖果饼干什样的，我们很高兴，我母亲贾寡妇更感激他，后来她对林旺才还发展到有了感情，无奈林旺才的老婆比她还年轻，她做不了林旺才名义上的老婆，就只好偷偷地和林旺才做夫妻间的事。林旺才的老婆也是睁一只眼闭一只眼，她在家种地，是农村户口，也不敢管林旺才的个人事情，反正她占着乡上民政干事老婆的位子不让，照样吃香的喝辣的，也缺损不了什么，何乐而不为呢。

所以，贾寡妇说我弟弟是她和林旺才生的，一点也不可耻。

只是我父亲张瓜娃被母亲明目张胆地戴着个大大的绿帽子，却还不敢吭声，不但不敢吭声，还装着什么事没有的样子，可见我父亲张瓜娃是多么窝囊的了。

后来，我长成大人，明白世事了，才知道我父亲不窝囊都不成，说白了他不窝囊都不行。他能有什么办法呢？我父亲张瓜娃只是一个望不见世界颜色的瞎子，在明眼人的世界里，尚且有很多人阻止不了这种事情的发生，就像林旺才的老婆，而他，这样一个靠着政府照顾的瞎子，又有什么办法阻止自己名义上的老婆和林旺才胡来呢，何况，他老婆还从中获取了一定的利益。

我说了这么多，还得明确告诉你，我父亲是个瞎子，天生的，一辈子都没有见到过纷纷扰扰的颜色是怎样在他面前更换变化着，他不知道世界是个啥样子，有多大，更别说贾寡妇长的是什么模样了，所以我母亲的容颜对于我父亲来说，像他摸索着的世界一样是黑暗的，这也就难怪我母亲会为林旺才主动地投怀送抱，也就不难理解明明林旺才占了我母亲的便宜，却反认为是替他人解脱着苦难。我父亲一生下来，眼睛长得倒不小，就是眼神没有光，不像别的孩子的眼睛那样，眼神虽然软，却有精气神。我奶奶觉得不太对劲，天天给我爷爷念叨，我爷爷看着也有点怕了，忙找医生去看，到了确诊我父亲是瞎子时，我爷爷的心霎时凉得像冬天的雪，也没什么劲给我父亲取个像样的名字，就像对待一个与他毫无血缘关系的人一样，只是很随便也很冷淡地看了父亲一眼，就随了大家叫他瓜娃。瓜娃在我们那里就是傻瓜的意思。

不说这些了，还是说我和我父亲张瓜娃的事吧。

我一生下来，我父亲张瓜娃高兴得想放开胆子大笑几声，但他终于没有得意忘形，相反显得非常紧张，慌得手足无措的他一个劲扯着旁边的人问，他是好的吗？是好的吗？

别人都知道我父亲问的是我的眼睛是不是好的，他最担心的是我一生下来，别和他一样是个瞎子。

证实了我的眼睛确实不是他那样瞎着时，我父亲怎么也抑制不住他那个高兴劲，手舞足蹈起来，叫在场的人看了都不知道心里是什么滋味。后来有人给我讲起当时的情况：我父亲一听到我的眼睛没瞎，便放声大笑起来，一边笑着，一边转着圈子，可笑着笑着，他的笑声就变成了哭声，先是那种被压抑的抽泣，而后又成了要释放什么似的、宣泄地放声大哭，由于情绪激动过度，他脸上的肌肉跳得突突的，空洞的眼窝里涌出来许多的让人看了觉得苦涩与辛酸又觉得很滑稽的泪水，被脸上的肌肉震得到处乱飞。别人说张瓜娃你有了儿子，并且是个很健康的儿子，你应该高兴才是，这个时候你还哭什么呢？我父亲一边哭着抹着眼泪说，我是高兴的呀，只是我也不知道，我怎么高兴了就是这样子。

不知你见没见过瞎子的笑容，尤其是我父亲这样长着一对空洞的大瞎眼睛的笑容，也许是父亲没有亲眼见过这个世界上存在着的许多不同样式不同内容的笑容，所以他的笑是彻底的、坦诚的、纯净的，没有一点儿杂质，并且毫无保留地释放着他一嘴的白牙，亮亮的如同在太阳底下绚丽地盛开着的野花，绝不似那些有着一双能辨清黑白、分清美丑的眼睛的正常人，有时笑中含着虚伪，隐藏着另外一种让人害怕让人不知不觉便想着要警惕着、防备着的东西。我父亲张瓜娃的眼睛是残疾的，然而他的笑却是健康的，这健康而坦诚的笑容叫我至今想起来，都感到有一种灿烂的温暖。

我的出生给我父亲带来的幸福是巨大的，所以，即使是我后来耻为人言的所作所为都没有叫我父亲对我有一丝怨气，他对我总是充满了宽容。

大家都知道，瞎子在对待许多事物上靠的是感觉，比如，正常人认识花是因了花的模样、花的色泽，然后才是花的香气。而瞎子，对花的第一感觉是靠嗅觉来完成的，他首先是嗅到花的芳香，然后才知道这种散发着很自然的香气的东西，它的名字叫着"花"。再比如认识一个人，正常人一眼就能看出这个人和另外一个人的外表的不同来，而瞎子看不到，他们则是靠着"听"才认识这个人非那个人。还有对一种物体的认识是靠着"摸"，摸出来的形状反映到大脑里，这种形状便构成瞎子对这种物体的直观认识。瞎子走路就难了，靠感觉那是在小范围之内的，是常走才熟悉，要走到外面却不容易，但并不是不容易就难倒了眼睛不方便的这一群体，他们依然有自己的方法来与这个世界相容，所以在生活中我们可以看到许多瞎子独自一个人在他不甚熟悉的环境中行走时，都伸着一根棍子，这样一根普普通通的棍子，他们用来探索前面的路是否平坦；这样一根棍子，是他们顽强地和生活接触的一个点。我们那个村子是在山区，山多地少，为了挤出一些地来多种些粮食，路都修得比较窄，唯一宽敞点的就是村街上的那条道了，就这么一条体面的村街，村子里的人却把自家的粪土堆得到处都是，弄得村街上也坑坑洼洼的，一点都不平坦。我父亲每次手里拿着根红柳棍，高一脚低一脚地从村街上走过，跌跌撞撞的样子，经常会惹来小孩们的嘲弄，为此我父亲窝在家里，不敢出门。自从有了我这个儿子后，我父亲不管那么多了，经常出去走走，为的是听到别人说他有了儿子的赞美声。当我长到两岁的时候，会走路了，我就不愿待在家里，整天要出去耍，像所有做父亲的人一样，我父亲牵着我的手，我们父子相互依托着，走来走去，我父亲带着我耍。时间一长，就变成了幼小的我紧贴着我父亲结实温热的身体，牵着我父亲的手在村子里转悠了，这样一来，我很自然地过渡到了替代着我父亲手中的红柳棍的时代，随心所欲地发挥着我幼儿时期的好奇心，带着我父亲到处转悠了。我父亲为我的这种过渡显得异常高兴，他扔掉了和他厮守了四十多年的红柳棍，他有了儿子最直接的引导，比红柳棍要灵活方便多了，而且拉着儿子的小手，他心中那无法表述的父爱也有了寄托。所以，当我毫无目的地、以我一个儿童盲目的兴趣拉着我父亲东奔西窜时，他不但没有责备，反而还会不断地发出爽朗、愉悦的笑声，那段时光，是我父亲一生中最快乐的了，他忘记了四十多年生活中充满的艰辛，忘记了人生道路上那布满的坎坎坷坷，还有别人对他这个瞎子无情的嘲笑。

也就是那个时候，我那风韵犹存的母亲贾寡妇已经瞄上了乡上的民政干事林旺才。当然，那时候我家里的情形也是非常差，四个哥哥姐姐在上学，都正是长身体的时候，吃得又多，家里没有壮劳力，父亲又不能操持庄稼，地里收成不好，也难怪我母亲贾寡妇气恼，我家里粮食经常有上顿没了下顿。如果我母亲不靠着和林旺才黏糊，从中获取一些好处，那种日子真不知怎么才能熬过去。

说到这里，我得说说我母亲贾寡妇了，她是一个很现实的人，在最困难的时期，为了养活她的四个孩子，她没有嫁给那些健康、正常的人，而是义无反顾地嫁给了我父亲，并不是我这个残疾的父亲有多么优秀，或者我母亲对我父亲有多少崇拜和热爱，而是她看中了我父亲是个五保户，是那种不愁吃喝的人，她以为嫁给我父亲也可以让她的四个孩子吃饱喝好。但到后来她才发现，我父亲除了生产队的五保户口粮外，别的一无所有。等到土地包产到户，大家都各顾各的时候，我母亲就更沮丧了，因为我父亲无法下地干活儿，一个大男人，却不能当作一个劳力用，倒成了个累赘，家里地里还得靠她一个人的忙活，所以她对我父亲的态度也就大变，动不动就指桑骂槐地乱骂一通。我父亲一直觉得贾寡妇嫁给他一个瞎子，已经很委屈的了，如今还给他生了一个儿子，这是他以前想都没想过的，这就是有恩于他了，所以，我母亲贾寡妇骂他的时候，他从来不还嘴，一个人抱着头，默默地坐在一边，两只无神的眼睛空洞地望着一个地方发呆。我想那时候我父亲张瓜娃心里肯定是长满了悲伤的草，将他的心缠得喘不过气来，但与他单身生活的日子相比，他现在的生活中有了我这个儿子，这就是他生活中的亮点，为了这唯一的亮点，他无可奈何地承受着一切，只在心里盼望着我早点长大成人，扩大他生活的亮点，化解他生活中的重压和苦楚。

慢慢地我长到了六岁，在这样稚嫩的年龄里开始体味生活，开始有了强烈的自尊。村子里的小孩子们都不愿和我玩，他们歧视我是瞎子的儿子，还嘲笑我是我父亲的棍子，开始我还和他们对着骂，后来急了，就发展到了打架，终因寡不敌众，经常被他们打得鼻青脸肿，大哭不止。每当这时，我父亲不但不帮我数落那些坏孩子，还反过来教导我不要与人打架，要与人为善，好像是我愿意和别人打架似的。有次我和别的孩子打完架，人家孩子的大人找到我们家里来论理，我父亲除了一个劲地给人家赔不是，还不停地埋怨我不懂事，不听话。我对我父亲张瓜娃的懦弱、胆怯一下子产生了厌烦情绪，哭闹着对我父亲吼道："都是因为你这个瞎子，他们才嘲笑我，骂我打我的！"

我父亲心里是藏着很深的自卑的，其实替父亲想一想，他与正常人相比，失去的不仅仅是光明，他无法享受到许多常人根本不屑于享受和体会的东西，就好像一个乞丐，连别人不吃的东西他都吃不上，他怎么会不自卑呢？但我当时还只是一个儿童，除了我自己的感觉之外，是无法替我父亲设身处地地感受一番的。父亲听我这么一吼，脸色一下变得很难看，嘴唇哆嗦着，却说不出一个字来。我才不管那么多呢，谁让他是个瞎子呢，就因为他是个瞎子，就因为我牵着他的手到处走过，才使我受尽了村里孩子们的讥讽、嘲弄与谩骂，受尽一个本可以尽情跳跃的年龄里不应有的孤单和寂寞，还有深埋在心里和他一样的自卑。我思前想后，觉得一切都源于我有这样一个父亲，我恨死了我的这个瞎子父亲。从此，我发誓不再和父亲一起出去，不愿再做父亲探路的棍子了。

脱离了父亲，慢慢地就有小伙伴和我玩了，我整天玩得昏天黑地的，忘记了回家，忘记了吃饭。我父亲张瓜娃的手抓不着我的手了，就像没了魂似的，他已经习惯了出去的时候身边有我，有他的儿子的小手，他早就扔掉帮他探路的棍子。现在我不理他了，就像他扔掉棍子一样将他扔掉了。父亲计较的并不是这些，他扔不掉的是对我的惦念，对我的牵挂。在我应该回家而没有回家时，父亲坐立不安，他也不拿棍子，摸索着走出我家的院子，站在家门口，扶着门框，竖着耳朵在他黑暗的世界里捕捉着我的声音，不时朝有声音的地方，喊着我的名字，让我回家，吃饭。

我好不容易才和小伙伴们搞好了关系，听到父亲的喊声，竟厌烦透了，我作对着故意不搭理父亲的喊叫，而且每次偏要等到天黑透了才磨磨蹭蹭回家，一回到家就数落我父亲的不是，他在我的埋怨声中，没有一点儿气恼情绪地答应再不喊叫我了，可每天到那个时候，他又照样如此。气得我有时偏不回家，故意气他。

可我父亲依然如故。

为了摆脱我父亲的纠缠，我在小伙伴们的怂恿下，报复了一次我的父亲。

那天，我父亲又站在我家门口喊我时，我看着小伙伴们，我没有看到他们的目光中有歧视的意思，他们都用鼓励的眼神看着我，我的心怦怦直跳，第一次开口答应了我父亲的叫喊。我让父亲过来，到我们这边来，我才愿和他一起回去。我父亲听到我竟然开口答应了他显然很高兴，也不怀疑我会对他恶作剧，他两只手向前伸着，在空荡荡的空气中摇晃着，脚步小心翼翼地挪着、摸索着路向我这边来了。

我前面说过，我们那里的路都不平坦，就连村街上也是坑坑洼洼、高低不平。我父亲，一个瞎子，就是这样没有棍子探路独自一人踏着如此不平的路来找寻他的儿子，脚下高高低低，身子在摇摇晃晃，脸上却布满了那种憨憨的笑容，一口白牙在笑容绽开的时候，异常明显。我父亲从村街上缓缓向我们走来的样子，滑稽极了。

我们一帮小伙伴异常兴奋地看着我父亲张瓜娃走路的样子，一边乐不可支地大喊大叫着，一边还意义深远地不停地看着我。我明白他们看我的意思，他们是说这就是你爸！你爸这个瞎子走路就是这个滑稽的样子。

当时我的自卑感在一刹那像洪水一样将我整个儿淹没了，我在伙伴们又跳又叫的声音里很冷漠地看着我父亲摇摆不定的身影，对我父亲的怨恨和气恼在那一刻变得十分强烈，我没有在那曾让我感到温馨的笑容里生出对父亲的爱意和怜悯来，竟恶毒地生发出要消灭我这个样子的父亲的念头，好叫他别再丢人现眼，让小伙伴们另眼看我了。

这个想法就好似有了温暖的阳光、适宜的土壤和湿润的空气的种子，一旦破土冒了尖，就再也不能缩回去了。我的报复情绪毫无理由地滋长了。这时，我父亲还带着那憨憨的笑，一步一步向我走近，已经走到了一条别人挖好的排水沟跟前，他似乎也用脚探到了前面的危险，步子缓慢了下来，也变得谨慎了起来。小伙伴们都屏住了呼吸，看着我父亲，又看看我，我就是在这个时候，气呼呼地对我父亲喊叫着："哎，快走，停下干啥？前面的路是平的。快点，要不我就不理你了！"我父亲张瓜娃听到了我语气里对他的不满了，稍稍犹豫了一下，却还是选择了相信他的儿子，继续往前迈了一步。这一步，使我悔恨终生。

我父亲张瓜娃当时一脚踩进了排水沟里，排水沟很深，我亲眼看着我父亲脸上的笑在面前闪了一下，还没来得及收起来，便一下子重重地摔在了排水沟里，他倒地的声音不是很响，却很沉闷。

一直静声屏气等着看好戏的小伙伴们，在我父亲倒地后，终于发出了"哄"的一声大笑，这种笑声浪潮一般很喧闹地盖过了我父亲倒地时沉闷的声音。

我父亲在众人的大笑声中艰难地爬起来的同时，"噗噗"几声从嘴里吐出了一些脏东西。当时，我还以为我父亲吐出的可能是泥土什么的，过了会儿，我才发现他的鼻子、嘴角流出了几股混着泥土的血水。

我父亲张瓜娃摔倒时，脸碰在了排水沟的石头上，他一口雪白的牙齿一颗不剩地全被石头磕掉了。因为是他的亲生儿子——曾拉着他的手带着他四处转悠的儿子叫他往前走的，我父亲没有埋怨，吐掉了嘴里的碎牙后，还展着他的笑容说了句"没事，没事"，来掩饰他的尴尬。但我发现，这时父亲的笑是扭曲的，尤其是没有了一口白牙的映衬，显得是那样悲凉和哀伤。

那天回家后，我看到我父亲哭了，哭得异常伤心，他压抑着不发出哭声，一张空洞的没有了牙齿的嘴里发出沉闷的呼呼声，把静谧的夜晚渲染得更加寂静和恐怖。

那天晚上后，在我幼小心灵里，种下了永远的内疚，尽管我父亲伤心过后一再对我说他不怪我，但我永远不会原谅我自己，直到我死，我也不会原谅我的那次过失。

你不知道，因为我的恶毒，使我的父亲失去一口健康的牙齿后，他又额外遭受了更多的罪。

我已经说过，我的家境不够好，首要问题是缺粮吃，而这时我母亲贾寡妇又和林旺才生了个儿子，又多添了一张吃饭的嘴。因为我的这个弟弟名不正言不顺，而乡上的那个叫林旺才的畜生又只管生娃却不管娃，我家的负担更重了。我父亲张瓜娃一向自认为干不了体力活儿，不该吃好的，就每顿饭都让大伙先吃，到最后只剩饭剩汤了，他才去。我们都习惯了我父亲这样的退让，谁也不觉得父亲的退让有什么不好，或对此有什么歉意，说白了，谁让我父亲是个干不了体力和技术活儿的瞎子呢。然而，父亲被我陷害掉一口牙之后，依然没有谁想着为我父亲留下一口好吃的。我的父亲张瓜娃，即使是在有了这样的一个家庭之后，也是独自品尝着生活的苦与涩。

那一次，我们全家都吃过饭后，给我父亲只剩下了一点锅巴，我父亲把锅巴塞进嘴里嚼着，半天没有听到动静，我抬头一看，却见父亲的嘴角全是血沫，他扁着的嘴巴在开开合合间，是一口令人惊悸的鲜红的血色。我的父亲用他没有了牙齿的牙床嚼着干硬的锅巴，却让锅巴将牙床割得伤痕累累，弄得满嘴是血。

我的心痛得像在无数个针尖上滚过一般，颤着叫了声："爸……"

父亲听到我的叫声，停止了咀嚼，竟憨憨地笑了一下。这一笑，他的嘴张开了，"嚼"烂的锅巴毫无遮拦地和着血浆一起流了出来……

他讲不下去了，已经泣不成声。

我以为他喝多了酒，精神已经麻醉了，没想到他哭了一阵，突然站了起来，非常认真地对我说，我父亲死了有十七年了，他死得很惨，是跌进村后的涝坝里淹死的。村后涝坝边的那条路很不平坦。自从那次我与小伙伴们合谋导致我父亲摔倒在排水沟，磕掉他的牙后，我对父亲深深的负罪感使我心甘情愿地又开始牵着他的手，充当他的探路棍了。但父亲被涝坝水淹死的那天，我放学后，和几个同学到学校后面的树林里去掏鸟窝里的鸟蛋，春天了，鸟开始生蛋了，我想掏几颗鸟蛋解馋，那天回家晚了点。我父亲还和以前一样，每天都在院门口竖着耳朵，辨听一群放学回家的学生当中他儿子的声音。那天他听到许多小孩子都放学回来了，直到再没有学生的说话声了，也没等到我回来，他就着急了，也没有心情再等下去，就一个人摸着沿村后的路去找我，那段路最不好走了。春天暖和解冻后，人们往涝坝里放完水后，没有把通往涝坝的那条渠用土填上，往年都是放完水就填上的，那一年却没有及时填上。眼睛明亮的人走到渠边，都会跳过去，我早上上学时，也都是跳过去的。没有人认为那条渠没填上会有什么太大的不方便。我父亲看不见路，却因为有我的牵引，也能避过这个陷阱。然而那天父亲既没有我的牵引，他本来就是迫切地要寻找我的呀，也没有用探路棍。我自从上学后，就不能牵着父亲的手给他当探路棍了，我还想着叫我弟弟接我替我呢，他还没到上学的年龄，在家闲玩呢，谁知这个小杂种不但不接我的班，当着我父亲的面指着说："他又不是我的父亲，凭什么？"说着，小杂种还用手指了指乡政府那个方向，没等他说出自己的爹来，就被我一巴掌打回去了后半截话。小杂种挨了打，我母亲把我打了一顿不说，还骂我是小杂种呢。我父亲气得全身发抖，却没敢和我母亲理论，从此以后，我不在他身边的时候，赌气连探路棍也不用。

那天，我父亲只想着尽快找着他的儿子，却忘了在路途中张着狰狞的嘴冷阴谋取地等候着他的危险，从来没有看见过什么是光明的父亲很轻易地就在黑暗中掉进渠里。渠很陡，里面全是稀滑的泥，他就滑进涝坝里去了，涝坝里是刚放满的水，冰凉冰凉……

他泪水纷飞地结束了他的讲述，我还沉浸在他父亲张瓜娃的苦难之中，他却突然扑过来，抓住了我的手，紧紧地，抓得我的手好疼，我说，你快放开我的手，有什么话好好说。

他的神情很悲痛，显然和我一样都还沉浸在他父亲人生历程的苦难之中，他情绪很激动地对我说，有关我父亲的记忆虽然不是很多，但每一片记忆都带着血泪，每当我一个人静坐着的时候，我就会想起我的父亲，都能看到我父亲在坎坷的人世间摸索着行走的身影，是那样孤独，那样凄凉。他看不见光明，看不见阴沟和陷阱的心灵，只有我现在才能触摸到，但一切都已经晚了，没有办法可以弥补我的过去，没有！他曾用一双没有光明的眼睛光明地看待着他的世界，可是他的生活中他的情感世界里又何曾享受过光明？连我这个让他倾以全部感情的亲生儿子都给他使绊子，你说我父亲能不苦吗？

他泪眼迷蒙，表情迷茫地望着不知哪个地方，我静静地看着他，我知道他此刻只是需要我的倾听，倾听他多年来深埋在心中对他父亲的怀念和忏悔。许久他才又缓缓地说，我一直想着能写一篇有关我父亲的文章，当作祭文，然后带到他的坟前念给他听，父亲看不见，他一定会用心听到我内心的表白，这样我心里会有一点慰藉。但我写了十七年，没能写成一张完整的文字，每次一提起笔，就叫泪水把纸浸湿了。你写写我父亲吧，我十七年前就把文章的题目都想好了，就叫"天堂的路是否平坦"。我父亲张瓜娃一辈子在人世间没走过一点平坦的路，坎坷一生，他已经消失在人间这片充满了苦难的土地，到另一个世界去了这么多年了，别人都说，善良的人死后会上天堂。我父亲这一生没有看到过人间真正的丑恶，他把什么人都想得很好，没干过一件伤天害理的事，别人伤害了他，他连一句埋怨的话都没有说过，我想，他应该去的是天堂，这么多年了，我多次在梦里梦到他，但从来没有听他说过那边的事情，不知天堂的路是不是和人间的路一样难走？

彼岸是岸

几天前，在微信上看有人写徐岳老师的文章里，提到我们公社的宋建福当年曾向他推荐过几个文学青年，其中有我的表哥江晓河。徐岳老师曾是另一个公社中学的语文老师，酷爱文学，业余时间全用在创作上，成就越来越大，先是从中学到县文化馆，再到省城。宋建福向他推荐文学青年时，他已是省上文学杂志的主编。

宋建福当时是我们公社的书记，中等个头，身形微胖，大背头梳得一丝不苟，与他身份相称的是满脸严肃，见谁都一副公事公办的派头。他垂怜过文学青年，令人难以置信。我给徐岳老师发微信，不能直接质疑宋建福怎么会垂怜文学青年，只能问这个人现在状况如何。徐岳老师已年届八十岁，与我未曾谋面，可他还保持着当年为文学青年铺路架桥的热忱，用当下的话说，初心不改，他当即给我回复，他调到省上工作后，慢慢地与宋建福断了联系，但他马上托人打听宋建福的下落。我连忙制止，语气上已经失态。如果打听到宋建福本人，他根本不知道有我这么个人，那多尴尬。

说起与宋建福的接触，仅限于开大会时，他在台上讲话，我站在学生堆里只有听的份儿。那时候大会特别多，为凑人数，经常拉学生来充数。会场在公社隔壁唱戏的院子。主席台当然在戏楼上，下面参加会议的成年人自带凳子，学生统一站着听会。因为我们大队的初中撤销，从初中二年级我转到了公社中学，自然成了参会的成员。只是，会议的内容一直没搞清楚过，但对于台上讲话的人，心里发怵，都不敢正眼看一下。

转到公社中学后，我住在父亲那里。父亲当时在公社的一家企业当会计，有半间宿舍，十平方米的样子，给我加了张床，屋子显得更拥挤，我却感到幸福至极，比住学生宿舍的大通铺强百倍。更重要的，不住在学校，不用上晚自习，而且，父亲偶尔还带我去公社二楼的小会议室看电视。整个公社驻地只有这一台电视机，看的人却不多，因为大多数人晚上都回家了，只剩下公社院子的几户人家。能住在公社院子的这些人家，毫无疑问都是公社的"高层"了，他们看电视名正言顺。我与父亲像是外来的闯入者，在那团氛围中显得多余，尤其是父亲，每次我提到去看电视，他先是沉默一会儿，似乎沉默是他积攒勇气的一个过程，等鼓足了勇气，才带我去一次。所以，我们父子不是经常去公社看电视的。仅有的几次，都能见到宋建福书记，他像开会那样坐在前排正中位置，表情依然严肃，不像是在看电视——甭管电视内容有多轻松愉悦，台词幽默好玩，大家都跟着笑出声来，也没见他随着电视和大家一样笑过。都晚上了，他还没卸下公社书记的面孔。大概一种身份久了，与之配套的神情也被确定和固定了，不太容易发生变化吧。在他身旁，坐着不同的人，有时是他老婆，也有公社的其他干部，经常占据他身旁的是他的女儿宋嘉玲（好像是这个名字），她也上初中，不过她上驻地的国企子弟学校，教学质量与硬件设施，与我们公社中学有着天壤之别。

宋嘉玲长得一点都不像她父亲，身材苗条，面庞白净瘦俏，尤其是一双大眼睛，会说话似的，从她的眼神里我能看到："凭什么你也来我们公社看电视！"父亲肯定也看到了。可能父亲比我更敏感一些，或者是他所领略的来自成年人间的内容更为曲折和尖锐。后来，父亲不愿带我一起去公社看电视了。

上到初三最后一学期，我对考高中不抱一丝希望，便提出退学。起初父亲不同意，他对我的未来大概还怀揣着明亮的期待，继续上学，才能够达到那份明亮的途径。我比父亲想象的要执拗，我的坚持使父亲终于同意我辍学。不久，父亲给我找到一份临时工，是装卸工，是体力活儿，可比农活儿轻省多了，每天能挣一块四毛五分钱，对于十四岁的我来说，已经很知足了。只是，除了每天中午到父亲单位吃饭，晚上得走十几里山路回家睡觉，我在父亲单位宿舍的那个床位，归了表哥江晓河。

表哥像藏在父亲的门后面等着似的，我刚辍学，他就搬了进来。表哥在徐岳老师所在的那所中学读高中，已连续两年高考失利，学校不再让他复读，他只好来我们公社中学办的高考加灶班。这个班类似于现在的课外辅导班，当然没有现在课外班那么高昂的费用，老师也并不很卖力，不然依那时的生活条件，就算很多人有考大学的雄心壮志，肯一而再，再而三，有至死方休的劲头也是扛不住的。学校不提供吃住，备战高考又不能把整日的时间置于奔波的途中，表哥是我父亲的亲外甥，理直气壮地住进来，对此我没半句怨言，也不能有怨言。表哥两三岁便死了母亲，是我奶奶把他带到我家养到上小学的年龄，他才回自己家。不过，他经常逃学跑很远的路来我们家，好像是错了位，他的家不是他的家，我们家才是，他逃离的，是冷漠和束缚，奔向的，是亲情和温暖。打我懂事起就看到一个场景：奶奶拿根烧火棍踮着小脚，将表哥赶回去上学，奶奶半道返回后，坐在院子的石头上放声大哭，哭过还要发半天的呆，跟割舍了什么极其珍贵的东西似的。奶奶的举动吓得我们后来看到表哥都远远地躲开。

我与表哥谈不上有什么感情。但他对我辍学感到惋惜，只要说到这个话题，他的情绪便有些激动，与我父亲针锋相对，说话的声调一点都不像晚辈。那个拿着烧火棍的奶奶早已作古，逃学的表哥已成大人，他身形高大，足有一米八几，戴副近视镜，文质彬彬，除了在讨论是非对错的问题上对我父亲嗓门大之外，看上去就是个没出校门的羞涩学生。他对我极其友好，给我做好吃的，而且不怜惜钱，但他看上去不像是讨好我，也没有鸠占鹊巢的愧疚之意。慢慢地，趁父亲回家时，他邀我晚上不要回家，给我在电炉上做好吃的，其实就是些家常便饭，物质还匮乏的年代，能吃饱肚子为准，稍有些变化，都是可以列入"好吃的"种类。我的心思并不在吃上，而是被他的谈吐，具有远大抱负的言谈所吸引。他对我说，他一定能考上北大、清华，除非是被这两所大学录取，别的考取了他也不会去上，省内的名校他连志愿都不填的。他激励我，不要满足于眼前的装卸工，一定要出去闯荡一番。我已自断前程，无处去闯，就算内心里偶尔也会燃起一丝关乎前程的希望火苗，也是微弱不堪，我要在多么沉静的状态下才能有所感觉？！在表哥的教导下，我也像父亲一样越来越沉默。表哥看出了我的无趣，便带我出去走走。也没什么地方可去，夜色那么凝重，不是繁华之地，做不到每几步就有路灯照耀，把夜色比淡下去。国企生活区原来倒是有个露天电影场，一到放电影时间，黑压压一片人，银幕上锣鼓喧天，银幕下欢声笑语。后来礼堂盖起来了，电影进了礼堂，作为生活里有情调的一件事，变成了收费的。表哥语气豪壮，囊内羞涩，我虽然每月能挣三四十块钱，可都是父亲领取，我基本身无分文。看电影成了我们可望而不可即的事。返回到公社所在地，唯一的供销社大门比死人的嘴关得还严实，没一点光从黑暗中泄露出来。无处可去，又不愿回屋听表哥无休止的高谈阔论——他的言论让我陷入深深的茫然中，就好像要从河水中打捞东西，但你没有任何工具，甚至，你不知道茫茫水面上，那些漂浮物里哪个才是自己想要的。

突然想起，好久没去公社看电视了。

看电视不用花钱，却要看脸色。没有父亲的陪伴，我一个人是绝不敢进公社那个院子的，更别说进那间有电视的小会议室了。表哥显然比父亲要勇敢，他听了我的介绍，说了句"这么好的事为啥不早说"，领着我进了公社的二楼。

表哥比我想象的还要厉害，他一点都不怯场，推开门就进，而且，他径直向前排最好的位置走去。我一看急了，赶紧去拉表哥，瘦小的我被表哥轻易甩脱，眼看他要坐在宋建福书记身边的空位子上了，我的心已跳到嗓子眼。这时，一个红色的身影从后面冲来，闪过我也超过表哥，抢先一步稳坐了宋书记身旁的位置。表哥刹不住脚，差点坐到那人身上，惊得宋书记跳起来，一把拦住表哥，才护住他的女儿。

宋书记并没恼火，望着人高马大的表哥，轻声说道："这里有人坐，你到后边吧，那里有很多空位子。"

我冲过去趁机拉了表哥一把，我们回到后面坐下。那天晚上看的什么节目，一点都没记住，只记住了表哥一言不发，与其说，表哥死死地盯着电视屏幕，还不如说是盯着宋书记女儿宋嘉玲的后脑勺，发了两个多小时的呆。

直到电视节目结束散场，我才将半痴半呆的表哥拉离会议室。在回去的路上，黑得很彻底的夜色中，根本看不清表哥的神态，他却冷不防地问我，那个穿红衣服的女人是谁？我想都没想就回复他，当然是宋书记的女儿宋嘉玲了。

"她看我的眼神不对。"表哥在黑暗中说。

待走出公社院子，我才小声对表哥说："当然看咱眼神不对了，那是他们公社的电视。咱啥也不是。"我没说，连我父亲都有点发怵进到这里来看电视。

表哥说："老弟，你今年十四岁吧？你不懂。"

我的确不懂。我很敏感，十四岁正是敏感的年龄，对表哥的这句话，我认为是他对我的轻视，甚至蔑视。我都能凭双手挣钱，替父母分担生活了，表哥比我大四五岁，个头也比我高许多，却依旧要姑父供养着，一年又一年地复读，无视以他的能力无法触及的现实，做着清华、北大的美梦，就这么眼高手低、一年又一年地落榜，一点长进都没有。

自那晚去公社看了回电视，表哥像换了个人，不再是一副雄心勃勃的样子，做什么都心不在焉，别说补课学习，对我都无心搭理，我怎么在他眼前晃荡，他也只是茫然的目光闪过去，再听不到他亢奋、激励的阔论了。有次，姑父骑辆破自行车，一头汗水地来给表哥送钱，表哥接过钱看都不看，随便往床铺下一塞，对姑父爱理不理。我看着心里不舒服，拉姑父坐下，给他倒了杯水。姑父双手捧着那杯水，没喝一口，泪水却默默地涌了出来，没坐一会儿，他借故有事，急匆匆地走了。

那一刻，我对表哥有了看法。可以看出，表哥对我也失去了热情。那些天，正赶上装卸队换了领导，对我干活儿没有异议，却对我的年龄产生了严重质疑。我报的是十八岁，与实际年龄相差有点大，当时也没有身份证户口本之类来证实，新领导有新观念，怕承担雇用童工的责任，要辞退我。我的情绪极其低落，哪有心思理会表哥。父亲去找了装卸队新领导，也无济于事。还是一个开车的司机动了恻隐之心，在国企的一个车间给我找了份临时工，工钱每天还是一块四毛五，活路还比装卸工轻，是给钢管除锈，粉尘比较大，干久了容易呼吸道感染，好多人不愿意干。我没有选择的概念（也没有选择的权利），欣然前往，想着只要能有事做，能挣着钱，别的都不在乎。只是，这个车间远离生活区，十几里的路程，我没有自行车，中午再不能到父亲那里去吃饭，每天从家里带些饼子充当午饭。自然与表哥接触得少了，偶尔从父亲那里听到一两句表哥的情况，语气里能听出父亲对他这个外甥也是有看法的，一个快二十岁的大小伙，不自食其力，还让家里供养着，整天做不着边际的梦……我以为父亲说的表哥不着边际，是指非考取北大、清华不可。多年之后，我才明白父亲指的不是这个。

次年七月，表哥第三次参加了高考，结果早已预料到，别说北大、清华，连地区师范的分数线都没达到。失利之后，表哥依然在我父亲那里住着，他不愿回家。表哥本来对姑父的感情没那么深厚，要不然也不会从上小学就开始逃课往我家跑。前些年姑父再娶，还生了个女儿，表哥对那个家更心生怨恨，尤其不认继母，她做的饭坚决不吃，宁愿吃自己做的半生不熟的饭食，这也是他一心想要考取大学远走高飞的主要原因。但心高没用，表哥照样挤不过千军万马要过的那根独木桥。

表哥不再复读，姑父给送的生活费明显少了。我父亲把表哥推荐给我原来干过的那个装卸队，以表哥的身高、年龄，队长无法挑剔，只是表哥干了不到一个月，便自己辞了，说他不能把青春浪费在这种地方。我父亲很生气，说了他几句，他便卷起铺盖径自走了。除了我父亲那儿，表哥没地方可去，最后只得回那个他不喜欢的家。不知回到家里的表哥是怎么生活的，只听说他在家待不住，仗着读过高中，是参加过三次高考，算是有文化的人，他崇尚知识，要依赖科学技术发家致富。表哥买了几本种植葡萄的书，钻研一个冬天，开春后将自家地里的麦苗铲掉，挖坑栽种葡萄树。买果树苗没有资金，表哥到处借钱，自然少不了跟我父亲借。有次，父亲与母亲吵架时，我才听出父亲偷偷给表哥借了钱。这笔钱被母亲预测对了，果然打了水漂，表哥从书本里学的栽培技术，与现实一点都不相符，他的葡萄树苗死得多，仅活着的几株也叫虫吃光了叶子。像他的高考路没走通一样，表哥靠种植葡萄来致富的路照旧走不通。

　　自从奶奶过世后，表哥很少来我们家，逢年过节也不见他来，给我家拜年的，倒是表哥的继母，我们也叫她姑，只是不觉得亲，每次姑父不一定来，她却不落一点礼节，与我父母相处得也很好。这个姑一点都不像人们常说的那种狠毒、自私的后妈，她善良、热情，通情达理，从没听她说过表哥的不是。我父母问到表哥，她只简单说几句，葡萄没种成，又把自己关进屋子，说要写啥书，门上贴着字条，写着"闲人免进"。自家人，谁是闲人？我父亲恼了："过些天，信不信我去给他撕了。"母亲赶紧制止，好像父亲正在冲上去准备撕那张字条似的。姑脸上讪讪的，料不到这么件小事竟会引起父亲的恼怒，她肯定后悔说了这些。父亲当然没真的去撕表哥门上的"闲人免进"，再怎样，那也是表哥贴在自家门上。其实，内心里父亲还是比较偏袒这个从小就没娘的外甥，有时无论多么不情愿，都会尽力满足外甥的一切需要，他总在说服自己相信这个外甥。

这是放任。以为自小没娘的孩子比别的孩子可怜，而对这种可怜的填补，就是投进去更多的满足，无论这种满足是否切于实际，是否有的放矢，是否真的利于健康的成长。姑父也是这个心态，他怕自己作为父亲的形象会让人觉得严苛。这导致表哥随心所欲，看似率性成长，却华而不实，与乡村格格不入。

十七岁那年冬季，我报名参军。如果说，我的内心还有一点对未来有所期待的话，那么选择当兵便是我对未来的一点努力。我没有表哥的雄心壮志，也没有他的高瞻远瞩，只能把握着我能做出的选择。出了校门，从十四岁到十七岁，我已经学会了面对现实。

当兵临走前，我去表哥家，是为看望一下姑父，他已被生活压垮，头发白了，背驼了，身体一向不好，我担心当兵三年后回来，再见不到他。姑父家的大门开着，院子却空荡荡的，我一间间屋子找人。看到表哥门上的"闲人免进"，犹豫了一下，不确定这个时候的自己在表哥眼里是不是"闲人"。我不能白来一趟，还是敲了门。表哥看到我有些惊讶，笑容满面地把我让进屋。看到我打量他的屋子，表哥语气仍是那样高亢着说，失望了吧，没想到我能收拾得这么利索，告诉你吧，我从来都不会沉沦，有朝一日，会让你们看到我出息光彩的时候。

姑父不在家，姑也不在，他们去地里干活儿了。我不想听表哥夸夸其谈，说自己要当兵走了，去的是新疆。他一点都不吃惊，拉我坐下说，怪不得呢，不然你怎么会来。我不知说什么好，没有解释。表哥第三次高考失利之后，我们再没见过面，我与他之间的距离，似乎并没有多少变化，依旧是半生半熟的疏离，热不起来，也冷不下去。这可能与我的性格有关，我总是没办法熟络地向一个人打开自己，像刺猬卸下坚利后的柔软。这次，表哥没像我想象的那样，高谈阔论一番，之前那个动不动就给我人生指导的表哥好像不在了，我俩竟然无话可说。傻坐了一阵觉得无趣，我起身告别，表哥却挽留，说有话要对我说。我只好又坐下，心想他还是装不下去了，他终不肯放弃做我人生导师的机会。

表哥从桌子下面拉出个木头箱子，是那种装机器零件的木板箱，很粗糙，板与板之间的缝隙能塞进去一根手指头。他将箱子抱到炕沿，看了我一眼，目光很自信地说，你可能也听说了，这是我写的一本书。小说。草稿。誊抄的已寄到北京的出版社去了。

看来真有这事，表哥的"闲人免进"还是很理直气壮的，只是对他而言，应该是除他之外的所有人——包括像我这样的闯入者。不知出于什么心情，我伸手去掀箱盖，表哥拨开我的手说，打不开，我钉上了。这本书出版之前，谁也别想看。不过，我只告诉你一人，我写的这部小说里的爱情，远比《人生》里的高加林和刘巧珍的感情要浓烈，比他们更纯洁干净，你——等着瞧吧。

我不知道高加林和刘巧珍是谁，也没看过电影《人生》，自从没有了露天电影，我就再没看过电影，才不愿花钱去电影院看电影呢。至于《人生》这本书，也是到部队后才看到，当兵之前，我只看过一本书——《高玉宝》，还是缺损的，没有开头和结尾，高玉宝的经历没看完整，却让我难过了。

我两眼茫然地看着表哥，第一次等待着他高谈一番——爱情。这个年龄段，对爱情已经有了萌动之心，心里明明很感兴趣，很期待，却因为羞涩而不得不做些掩饰。表哥似乎看透了我的心思，他狡猾地看着我，冷笑道，别想从我嘴里得到想要的知识，以后看我的书吧。这样给你说吧，你记得那个宋嘉玲吗？

当然记得，公社书记的女儿，我们一起去看电视时碰到的。

表哥敲着白板木箱，一脸认真地说，这里面写的就是我和她的故事。

啊……我惊愕地望着表哥。我很意外，公社书记的女儿，表哥居然会和她有故事。那又是怎样的一段故事呢？我的眼神充满了期待，很想知道这个故事的内容。

表哥却说，我会告诉你姑父，你当兵走前，来看望过他。我没有多余时间来陪你，你可以走了。

我这一走，竟然是四年。在这四年里，我给父母写过很多信，从来没在一封信里问起表哥的情况。人在他乡，更多是关切着自身的处境，与自己有关的人，而忽略着更多的旁枝末节和无关紧要的人。父亲给我回信时，也没提到过表哥。就是说，在新疆时，表哥并不在那四年里我任何一个记忆节点上。我对他一无所知。

四年后的秋天，我回家探亲。姑父还健在，自然得去看望一下。与四年前的那个冬天如出一辙：姑父不在家，姑去走亲戚。表哥一人在家，他对我的出现依然一点都不惊讶，像昨天刚见过面似的。他在前，我跟在后面，进了他的房间。我没大注意他的房门上是否还贴着那张"闲人免进"，经历四年时间的漂洗，我想即使那张字条还在，也应该淡得几无痕迹了吧。我对四年后见到的表哥却有些讶异，他几乎没一点变化，岁月在他身上没产生丁点效果，头发黑长，牙齿雪白，四年的光阴在他身上如同一场短促的太阳雨，润湿过地皮之后在阳光下消逝得无影无踪。不像我，头发竟然白了不少，胡子凶狠地占据了整个下巴和腮帮，我像是经历过千山万水，显得成熟和沧桑。

表哥并不问我这四年在外的情况，他对我的前途似乎也不感兴趣。显然，他也不打算告诉有关他的情况，我俩四目相对，找不到话头，一时间尴尬起来。我想我好歹也是出过家门的人，虽说是穷僻的边塞，却也是世面，见过世面的人不找话说，不显得没有世面了吗，随便说几句话，又不用摆多大的场，总不能刚进门一句话没说就走人吧。这样想着，我的嘴唇刚动了动，话还没出口，表哥却抢了话头，他笑着说，是不是他们要你来，劝我同意去相亲？

我说，你太自以为……武断了，没人让我来劝，我也没想着要问你这个。我其实对你的书出版没有，还算感兴趣。

哦。表哥明显轻松了，他竟然羞涩地笑着，从炕头的一堆书里翻出几页稿纸来，递给我说，那本书稿没出版，让我给烧了。给，这是我新写的，成熟了不少，你可以看看。

见我有些犹豫，表哥从稿纸里抽出一页，指给我看，你就看这一页好了。这一页的语言表达，肯定超过路遥《平凡的世界》。当然，这不是我说的，你知道 ×× 吗？（他说了个名字，我当时没记住，不知是不是徐岳老师）是他看后这么说的。

见我两眼茫然，表哥一下子找到了以前的感觉，他摘下眼镜，揉揉发胀的眼睛，认真地说道，以前我对路遥的作品理解是不够的，现在依然不够。我说的是表面化的，你能听明白吗？路遥对这个世界太理想化了，他的小说里全是浮浅的、不贴实际的世界观，像孙少平这个人物，就有很大问题。你说说孙少平他一个农民的儿子，一样没上过大学，凭啥田晓霞爱得他死去活来？田晓霞是谁，她爸最先是县革委会副主任，到地委书记，后来还当了省委副书记，就是孙少平招工去了煤矿，也只是一个下井的煤矿工人，他比农民强不到哪里去，一个省委副书记的女儿，又是大学生，阳春白雪的，为啥非他不嫁？这都是路遥瞎编乱造的，一点都不贴合实际，他写这小说，骗其他人还行，骗不了我，我是有亲身经历的，别说省委、县委，就是公社……人家正眼都不会多看你一眼的。

表哥突然卡住，躲开我的眼光，声调低了不少。他接着说，反正，《平凡的世界》不是我们的世界，在现实中是站不住脚的。所谓爱情，真的是只有门当户对才会有的东西……真正了解农村实际现状的人，是不会被他蒙蔽的。对了，你看过《平凡的世界》吗?

我摇了摇头。我没告诉他，在我服役的南疆那个偏远小县城，是看不到这些书的。

表哥从我手里抽走那页他写的稿子，说，你没看过，就不要看了。我的这个也不用看，没有比较，看了也没啥用。

我以为表哥生我的气了，正好也没啥话可以跟他一起聊，我俩从一开始就没在一个频道，想借故离开。没想到表哥拉住我不让走，非要给我做午饭。时间尚早，我坚决要走，表哥死活不放，只好跟他进厨房。他切菜和面，我帮他烧火，他舍得下食材，竟然给我做了顿臊子面，还别说，他擀的面，还有调的臊子汤很不错，我一连吃了三碗，撑得都走不动路了。临走时，表哥把我送出门，说了句："能留在新疆，就不要回来。回来就完蛋了。"说这句话时，表哥脸上神情淡淡的，好像某个路口我们相遇时他给指了下路一样：喏，一直往前走，不要回头就到了。

那是我与表哥的最后一次见面。

回到新疆不久，父亲给我写的信中，竟然提到了表哥，说他失踪了。父亲让我在新疆打听一下，看能不能找到他。

要在新疆打听一个人，比大海捞针还难。我也相信，表哥绝不会来新疆。新疆不是他理想的归置地，这里也不会有孙少平那样的爱情。他的失踪会不会跟一个叫宋嘉玲的人有关？几次，我想提醒父亲，找到宋嘉玲，或者可能会找到表哥的踪迹，但我把这话压在了心底。表哥自己都说了，路遥营造出来的爱情是理想化的，那不是我们所处的现实世界里能拥有的东西。更何况，在没有确凿的证据时，空穴来风只能更多折腾我那可怜的姑父。据父亲说，表哥失踪后，姑父可怜极了，头发全白，背更驼了，逢人便哭，到处托人寻找儿子。一旦有丁点儿消息传来，不管真假，在姑父的哭啼声中，父亲兄弟几个责无旁贷，陪姑父去寻找，有几次都是跨省。父亲说，为了省钱，他们晚上就在火车站地下通道待着，春夏秋三季还好过点，有年冬天，那个冷啊……候车室到了晚上就不让进。

姑父在寻找儿子的这些年里，耗尽了精力，他像一块被风干的牛肉，只剩下枯干的脉络支撑着他最后的气息。临死的时候，姑父抓着我父亲的手不放，声息微弱地要我父亲答应他，一定要将儿子找回来。姑父的遗愿成了父亲的一块心病。每次我回家说到此处，父亲都会哭出声来，他没有断过寻找表哥下落的心思，但他终没有姑父那样无论冬寒夏暑，风雪雨晴，都毫不犹豫地奔着某个模糊不定的信息而去。毕竟，父亲有我们自己的家，有自己的血脉亲缘。

姑父去世五年后的秋天，有天父亲突然接到消息，邻省一个县的交警队让去认领表哥。父亲他们兄弟几个喜出望外，连夜乘火车往邻省赶，第二天下午找到交警队，人家却把他们带到一家医院的太平间，看到一具面目全非的遗体，从身形上看，应该是表哥。父亲老兄弟几个为这样的结果失声痛哭，按照要求含泪将表哥的遗体送去火化，抱回来一个骨灰盒。表哥没有成家，不可能有子嗣。没有举行任何丧葬仪式，父亲他们将表哥葬在姑父的坟跟前，让他们依旧相互守着，了却姑父的一桩心愿。

一晃，十七八年的时光悄无声息地过去了。去年春节我回老家，除夕夜大家都在发微信或者打电话相互拜年。父亲的手机也一直在响，只是他每次都要把手机凑到眼前，一定要看清来电号码才肯接听，有他不想接听的，任铃声响个不停，也不肯静个音，他耳朵不好，怕静了音，漏了其他人的电话。我觉得奇怪，怎么有那么多父亲不想接听的电话，便问他到底是谁，这大过年的还是接下吧。父亲瞅了我一眼，嚅了嚅唇，没吭声。母亲抢先说，还能是谁？你姑父家的晓河！

表哥？我噌地站了起来。

啥表哥，他把谁当亲人看待了？母亲气愤地说，他当年一拍屁股走了，你姑父没黑没明地哭，你是没见，那么刚强个人，硬是叫儿子的出走打趴下了，到处打听去找，把家里值钱的东西卖光全充了路费，那可怜劲儿，一到冬天农闲，便与你父亲、叔叔去扒拉煤的货车，蹲火车站地道……

他不是已经死了？我忍不住打断母亲的叙述，这些话我已听过无数遍，眼下最想知道的是表哥他明明被葬在了姑父的坟旁，父亲还曾说过，希望黄泉下表哥再不要与他的父亲整日以怨相对，不要让恨植成树，还长了根。他怎么现在又出现了？

父亲叹口气，说，他没死，十几年前领回埋在你姑父坟前的骨灰，根本不是他，那只是身材跟他很像的人，天知道怎么偏偏把一张脸给撞得没了痕迹，让我们当成晓河给安葬。今年夏天他突然间回来了，说是当年赌气出走，也受了不少罪，沿路乞讨，最后落脚在福建厦门的一个农场，还娶妻生子了。他回来说他儿子得了什么病，也不知道是真是假，他是回来寻求帮助的。悲伤似退去的潮水一般又涌了过来，父亲抹了把眼泪，又对我说道，你妈不让给你说，他与你没啥关系。他这个人，本来就不让人安心，你说十几年没有一个消息，他爸为了他受那么多罪，临死都不见他过问一下，可见这人心里是没啥情分的。现在我咋知道他变成啥人了。

那你也得接下他的电话呀，大过年的。我一下不知该怎么说。

接啥呀？七荤八素的，鬼知道他哪句话的真假，就算是真的，我也解决不了他的问题。再说，你姑父坟堆旁边的那堆黄土，已在那里十七八年了，我也就当那个是你姑父的儿子了……

过后，我偷偷从父亲手机里调出那个响了十七次的未接号码，是厦门的座机号，保存到我的手机里。过完年回来，我打通了那个座机号，接电话的是个女声，问我找谁。我报了表哥的姓名，对方说你打错了，挂断了电话。再打，对方不接了。

就这么搁下了。

昨天下班路上，有人打我手机，是个陌生号码，我以为又是推销房子或者卖保险的骚扰电话，便没有接。到家后，我收到一条短信，就是未接的陌生号码发来的。短信上说：请问你找我父亲有什么事？宋嘉玲。

猎人与鹰

鹰是猎人的枪。

猎人在高原上打了半辈子猎，他没有使用过一次猎枪，他是用鹰捕获猎物。鹰蹲在猎人的右肩上，像上了膛的枪一样，静候着猎物的出现。荒草里一旦有了动静，猎人只需把含在嘴里的鹰笛一吹，像扣动手枪扳机似的，鹰就射了出去。鹰的出击又快又猛，只听一声尖啸，风似的从猎人跟前刮过，那声啸叫还在旷野中响着，余音还没有完全扩散开，猎物已经在魔爪下了。就这么准，鹰的两只爪子像人的手一样，似从荒草里提起一个物体，抓起来就走，一点停顿都没有，根本不挨地皮，只是两个扇子一样的翅膀，擦着了一片荒草，荒草受惊了似的晃个不停，鹰不费一点力，很轻松地把野兔或者狐狸就提到了空中，然后回到了猎人跟前。

这时，猎人还没有从马背下到地上呢。猎人是从鹰一出击就骗腿下马的。每次，猎人都要下马接受猎物，他从不在马背上等候鹰捕猎归来。他对鹰很恭敬，像那些当兵的对待手中的枪一样，把枪抱在怀里。猎人也把鹰抱在怀里，然后单腿跪地，才从鹰的爪下取出猎物，猎人把这一系列动作做得很神圣，他曾见过高原上那些当兵的，他们打靶的时候，也是这么神圣。单腿跪地，把枪抱着还不够，还要用脸贴着，宝贝着枪。猎人宝贝着他的鹰，他觉得他的鹰比当兵的枪还要好使，他见那些当兵的用枪打了半天，也没把黑乎乎的靶打死，要是他的鹰，早就惊出一道风声，把那个靶子连根拔起撕碎了。

猎人亲眼见过当兵的用枪打死过野兔，一声脆响，看不到任何东西，野兔就应声倒地，但也有没栽倒的时候，野兔闻声跳起来就跑走了。猎人就很遗憾，要是他的鹰出击，再能跑的野兔，也跑不出鹰的爪子，鹰的爪子从来没有落空过，所以猎人更看重他的鹰。

每次，猎人从鹰爪下取下猎物，当场把猎物破膛，他随身戴着一把"英吉沙"小刀，刀很锋利，只一刀，就能把猎物的皮、肉、骨头割开，掏出猎物内脏，趁热喂给鹰吃，每当这时，猎人和鹰都很兴奋，猎人将猎物挂到马背上后，会吹奏一曲他自己创造的乐曲，鹰笛在猎人嘴里，发出清脆、柔和的声响，时高时低，像一段倾吐衷肠的诉说，能引起鹰的共鸣。鹰用干硬的尖嘴，吞吸着猎物的肠肚，在乐曲声中，扑扇着翅膀，腾挪跳跃，像一个舞者，舒展开优美的身姿，翩翩起舞。

一曲终止，鹰已吃饱，猎人一脸的兴奋，脸膛红红的，从嘴里吐出鹰笛，拿在手里把玩着。鹰笛是截鹰的腿骨，挖出骨髓，是天然的笛子，是猎人的祖先传下来的，已经好几辈了，磨得光滑，像一块和田的羊脂玉，透着玉的油脂，发出骨质的光泽。

猎人从怀里掏出一瓶烈性白酒，用牙咬开瓶盖，狠灌上几口，脸更红了。又从马背上的羊皮袋里摸出一个干硬的青稞馕，嚼了起来。青稞馕越干越硬，嚼起来越香，一口酒一口馕，就更有味。吃完一个馕，一瓶酒也喝下了，猎人扔掉空酒瓶，拍拍肚皮，跃上马背，鹰就呼地腾起，又蹲在猎人的肩上，猎人高喊一声，马放开四蹄，悠闲地走着，猎人在马背上摇晃着，放开喉咙，粗粗的歌声在高原上响开了。

帕米尔高原的春天来得迟，却很凶猛，一下子就把嫩绿鲜亮的世界推到你面前了，冰山上的积雪出现雪崩的时候，帕米尔高原的短暂春天一闪而过，盖孜河的雪水轰隆隆响着，将高原上最美好的季节——夏天，就唱出来了。河水欢快地跳跃着，溢出河谷，浸润着草地，草疯了似的，向太阳升去。离太阳近了，从茎叶间钻出一朵朵蓝的、紫的、粉的花儿，那成片的鸡蛋花，似太阳的碎片，撒在绿生生的酥油草尖上，耀得羊儿睁不开眼，羊群就闭着眼，用温热的嘴唇触摸着同样温热的花朵，凭知觉一口一口地慢慢吃喷香的花草。那些黑色的牦牛，不像羊群这么悠闲，一个劲儿贪吃，花草水分大了，会胀着肚子，又喝了盖孜河的雪水，都走不功路了。像喝醉了似的，摇摇晃晃地穿行在羊群中，牧人挥动着鞭子，追赶着牦牛，不让它们停下来，一直叫它们活动消化，不然会胀破肚皮的。

猎人亲眼看着一头牦牛躲到一个大石头后面，望着太阳躺了下去，不一会儿，牦牛的肚子像发面一样鼓了起来，直到极限，"嘣"的一声爆响，撑破了，黏稠的草渣喷一石头。

猎人顾不上捕猎，唤肩上的鹰蹲在马背上，他跳下马，去帮牧人将撑死的牦牛放了血，没让血浸入肉里。他和牧人一起，剥了牛皮，解了死牛，将牛肚子里的内脏喂了自己的鹰，帮着牧人把牛肉扛回牧人家，当场生火炖上牛肉，和牧人一家吃着肉，喝了一天的酒。

猎人的日子越来越难过了。猎物越来越少，有时一天出去，会空手而归。高原上用猎枪打猎的人越来越多，连猎人原来不捕捉的黄羊也几乎绝迹了，鹰能捕捉的野兔、狐狸之类就更不用说了。以前的一些猎人都改行放牧了，可这位猎人一直坚持着捕猎，他没有能力拥有羊群和牦牛，只好以捕猎为生，已经到了难维持生计的地步了。

猎人心里一直很沉闷，酒就喝得多了些，舌头都有些麻木，嚼不出肉的香味了。

牧人看出了猎人的心事，一边劝着猎人吃肉，一边劝猎人改行。

猎人猛喝了一碗酒，说，难啊！

牧人说，要不，先从我这儿匀几只羊去放，慢慢来吧。

猎人叹了口气，望着牧人家围了一圈的巴郎子，又喝了一碗酒。

牧人也喝下一碗酒说，慢慢过吧。

猎人摆了摆手，说，我怎能从你锅里再捞肉吃呢。

我这还过得去。牧人说。

算了吧。猎人说，你的大巴郎刚娶了妻子，老二又该娶了。

牧人望了一眼身边的几个巴郎，又端起了酒碗。

猎人一直把酒碗端在手里，一碗接一碗地饮着，像饮高原上寂寞清冷的日子。过了一天又一天，没有新鲜的花样，只是重复着一年又一年的春夏秋冬，衣食住行。生活虽然清苦点，并且越来越难过，但猎人从不自暴自弃，每天满怀希望，日出而出，为了生计而奔波，日落而归。就是沮丧地空手回来，一进自家的石屋，有老婆端上的热奶茶，巴郎的欢呼雀跃，猎人会忘记一天的疲惫、生活的重压，依然笑呵呵的，一家人围坐在炕上，就着昏暗的酥油灯，吃着干硬的青稞馍，喝上几碗烈性酒，吹上几曲没有规则的鹰曲，其乐融融。

猎人的女人是个不善言谈的好女人，从不在猎人面前抱怨清贫的日子，述说油盐酱菜的困顿，她像所有高原女人一样，为男人烧好温热的奶茶，给男人递上卷莫合烟的纸条，半夜起来给男人的马和鹰拌好草料。在没有捕获到猎物的日子里，她又四处去牧畜圈旁，讨要来牛羊的内脏，细心地喂养着猎鹰，使猎人省了不少心。但猎人一直心里愧疚，为自己的女人和巴郎，为越来越困难的狩猎生活，没能使女人和巴郎过上好日子，猎人觉得对不起他们，没能力改变现状，猎人的心里不是个滋味。常常喝得大醉，却没有对自己的女人和巴郎发过火。不管在什么情况下，猎人总能保持住仁慈善良的本性。

牧人的话勾起了猎人一直沉淀在心底的苦恼，他的酒喝得多了，头晕乎乎地，但他的脑子始终是清醒的。部落里的猎人大多都改行放牧了，并且慢慢地拥有了自己的畜群，日常生活有了保障，狩猎不再是每天的重要活计了，可猎人却一直坚持了下来，他一直认为狩猎是一种自食其力的表现，是他祖先遗留下来的营生，可他的日子却越来越艰难，自己的女人和巴郎都跟着他过清贫日子，他的心里比谁都难受，高原人的血性里没有叫苦喊累的本性，在猎人身上体现得更充分，可他的内心里越来越不是滋味，牧人的劝说，勾起了他内心的伤感，他的酒喝得很沉闷。

月亮此刻从冰山后面长起来了，高原上的月亮又圆又大，是那种像鸡蛋花一样黄灿灿的金色，照得冰山和草地一样辉煌。猎人酒喝得多了，骑着马，肩膀上挺立着一只雄鹰，淋浴在一览无余的银色月光中。猎人的沉闷心情又舒缓地开朗起来，一旦走到自然里，融进自然光环里，猎人的心意是豁达的，就会忘记生计的烦恼和生存的苦闷，把一切暂时搁置脑后，也不存在幻想，就在现实里心平气和地走着。

盖孜河的冰水晶莹透明，在月光下，像一条流金淌银的有生命的动物，在猎人的眼前平缓地流动着，勾起了猎人一时的兴致，他把鹰笛含在嘴里，吹奏着，鹰笛发出的乐曲像盖孜河里的清水，在空旷的高原上流淌着，给寂寞的高原夜晚增添了一份特别的韵律。

看到自家的石堆屋了，用石片砌就的石堆屋，能看到石片棱角分明的影子，更有那窄小的窗户里飘出的一丝火红的灯光，像在金黄色月光下灿然开放的红雪莲，猎人看了，心头呼地一热，那份温暖使猎人心头甜津津的，他把鹰笛吹得更响了。

随着鹰笛调子的升高，石屋的门"吱呀"一声开了，猎人的女人从一片红光里走了出来，披一身朦胧的金黄色月光，翘着望着这边的猎人，猎人的心就醉了。不管回来得多晚，猎人的女人总是守着酥油灯等他回来，这时候的猎人心里比喝了酒还要舒坦。

猎人望着自家的屋、女人，陡然停止了吹奏，心里一个念头一闪：该有自己的畜群，养活这个家了。

猎人坐在马背上，被这个念头击得摇摇晃晃，有点不稳。他的酒喝得也太多了。

猎人拥有畜群的愿望在一个夏天的午后本来就可以实现了，这是一个多么好的机会，可猎人却主动放弃了。

这天，猎人骑着马，右肩上蹲着他的猎鹰，正在山谷间的荒草丛中寻找猎物的时候，几个牧人带着一个人来找猎人了。

来人要用高价收买猎人的鹰。

反正，你现在已经捕不到多少手猎物了。来人说，鹰已经对你没有多少用处了。

猎人问来人：你买鹰干啥？

来人说：这你就不要多管了。

我得知道你花这么多钱买鹰干啥？猎人说。

如果你能帮我捕到更多的鹰，我会给你更多的钱。来人说，你可以用这些钱买些牛羊，今后生活就有保障了。

牧人们也劝猎人。

猎人却说：你买鹰干啥？

来人递给猎人一支"红雪莲"，这是新疆的好烟。猎人没接。来人又散给几个牧人香烟，牧人们接过，劝了几句猎人，各自忙着去放自己的牛羊了。

剩下猎人和来人，猎人定要问出来人买鹰干啥。来人很不高兴，看着猎人不抽他的"红雪莲"，却自顾自卷起莫合烟来。

你不告诉我买鹰干啥，我就不卖。猎人固执地抽着莫合烟说。

来人没有办法，就告诉猎人他买鹰要卖到对面异国去，异国的贵族善养一些鹰犬，作为权贵的象征。

猎人一听明白了，说：我这鹰就更不能卖了。

为啥？

我的鹰不是替他们干这些勾当的！

你这个人，真是的。来人说，我给你的鹰找到了更好的主人，你又能拥有一个牛羊群。

我的鹰不能去干这个。猎人说，它是猎鹰！

那你帮我再捕捉些鹰也行啊。

猎人说：那更不可能！鹰是高原上的圣物，是胡大赐给我们的伙伴，它们离不开我们，我们更离不开它们。

来人气得说不上话来，一个劲地抽烟。烟头扔了一地。

僵持了好长时间，来人又想着法子说，你不想羊群了？你家里需要羊群。

猎人的心抽动了一下，没吭气。

你可是捕鹰好手，听说你的鹰笛一吹，鹰就会自己飞来，在你面前飞舞，任你摆布。

猎人又卷上一支莫合烟，手有点抖，烟末撒了一地。

你好好想想。来人说，你不卖你的鹰，捕别的鹰，又可以买上羊群，也可以狩猎，今后就不会这么苦了。

猎人点上莫合烟，狠狠地抽着。

来人催促着。

猎人几口抽完烟，把烟头扔到地上，用脚狠狠地踩死，才说：我是该有个羊群了。

这就对了。来人高兴地说，只有我才能让你拥有羊群。

猎人咳了几下，清了清嗓子，说：但我不能卖鹰！

你疯了？

我没有疯！猎人说，鹰是属于高原的，它是胡大的，也是我们高原人的朋友，我不会干这种事，让它们当异国人的玩物！

你不要羊群了？

我可以不要！

来人喘着粗气，说猎人疯了。

猎人说：你才疯了呢。

说完，猎人跳上马背，鹰在他的右肩上扇动了几下翅膀，发出一声尖厉的啸叫，随猎人走了。

太阳放射着原始的光芒，照射在冰山上，冰山闪动着银色的光圈，直刺向亘古的高原，高原上银光四射，猎人和鹰，还有他的坐骑，被银光罩住，像一个个透亮的晶体，在高原上缓缓移动着。

晚霞降临，落日像一个刚烤出的青稞馍，又大又圆，冒着热气，向西边的冰峰上缓缓地靠拢。天空显出一种迷蒙的湿润，冰山像烧着了似的，红了一大片。

猎人在高原上走着，任马驮着他，没有一点目的。他想喝酒了，可一摸胸前的布裙子里，空空的，他已经没有猎物可以换酒喝了。

直到夜幕降临，月亮蹲在冰山顶上已很久了，猎人才回到家。跳下马背，进家门的时候，猎人步子有些不稳，可他今天没喝一滴酒，头却晕乎乎地。

喝了女人递过来的热奶茶，猎人望着女人一个劲地用木棍捣着门后面的羊皮奶囊。那是正在发酵的酸奶，需要隔上半天捣动一次。奶液都是牧人们送给他家的。猎人见女人一直捣动奶囊，没有停手的意思，就觉察到了什么，女人的心很细的。

猎人就说了句，你都知道了？

女人停下手中的活计，回过头说，那个人又到咱家来了，叫我劝你哩。

你咋说的？猎人问。

我没说啥。女人又转过头去捣奶囊。

你咋想的？猎人又问。

我听你的，你做的都是对的！女人说道。

猎人的眼泪涌了出来，热热地湿了两面的脸颊。

后来，高原上那些当兵的来找猎人，说是扶贫帮困，要猎人帮他们放部队上的羊群，每年的报酬是从当年生下的羊羔中挑选十只小羊归猎人所有。高原上的羊是山羊，产羔率低，这谁都知道。猎人不相信会有这等好事，但当兵的很认真，还和猎人签了五年的合同。就是说，五年后，猎人就拥有五十只羊了，是一个不算小的羊群。

猎人很感动，他今后生计有着落了。

在一个阳光灿烂的日子，猎人到部队办了羊群交接手续。那个一直给部队放牧的小兵和猎人交接完后，突然问猎人，那次有人花高价钱买你的鹰，那些钱可以买几十只羊，你为啥那么固执，不卖呢？

猎人呵呵笑着，说，我问你一句，你能卖你们手中的枪吗？

小兵一惊：枪咋敢卖呢？

这就对了。猎人说，我的鹰，还有高原上其他的鹰，也和你们的枪一样，不能卖的！

从此，猎人做了牧人，放牧着部队上的一个羊群，但他放牧的时候，还是带着他的鹰，有猎物的时候，也捕猎，又不影响放牧。只是，他偶然捕得的野兔之类的猎物，不再拿去换酒和其他物什，他把猎物白白送给部队，叫当兵的改善伙食。

猎人心想，人就得让良心安宁。

麦　香

　　旱原庄子的村人很固执，鬼子还没过来的时候任游击队怎么做工作，他们都说，打日本鬼子的事，与庄稼人关系不大。庄稼人只知种庄稼，交官粮纳官税。

　　游击队王队长说，可现在官粮没有交给政府，都叫日本人征去养了鬼子队伍，杀中国人。

　　旱原庄子村人沉默了一阵，都叹着气，无奈地说，农人只求个温饱。

　　游击队王队长站在旱原边上，望着南青山脚下一山谷的绿色田野，沉闷地叹口气，看着远处被绿得油亮的庄稼包裹着的土黄色炮楼，无奈地走了。

一

几场春雨过后。田里的麦苗一天一个样地往上蹿，眼看着就抽出了穗儿，一片的甜香味。二狗蹲在麦地里，有一把没一把地扯着地里的野草，眼看着一株株麦苗头上的叶鞘炸开，挤缩得变了形的穗头儿一下张开，舒展出嫩绿的麦芒。二狗心里美滋滋的，也没心思拔草，只管专心地挪着身子把四周几株麦子抽穗的过程看了，觉得有意思极了。地里草也不多，要拣着空地插脚去寻草，怕伤了庄稼。田野里人不多，只有像二狗一样细心的庄稼人，在这种时候了还进地里拔草。其实拔不拔草，意义都不大。二狗闲不住，他是庄稼好手，心里老记着，侍弄庄稼，用心，庄稼就回报丰厚的收获。

春困。二狗望天打了个哈欠，看太阳已移到头顶，白刷刷的刺得他一阵头晕。他站起身来，见田野里人又少了一半，就用手在背后擂了几下腰。晌午了，回吧。

二狗小心地拣脚空往地边退着，扭秧歌一般，扭了几下，觉得好笑，想起什么，一脚踩倒几株麦苗，忙抽出脚来，正要弯腰去扶，这时，几声怪叫声，直刺耳膜，惊得他一跳，又连踩倒了不少麦苗，心疼得他直骂自己。村里的狗却慌慌地叫成一片，一阵混乱。二狗知道是给几声怪叫惊的，就直骂那怪叫，却摸不清怪叫的来头，就伸颈往原上村子望。村子里一片嘈杂，看不出眉眼，他就俯下身子，想把踩倒的麦子扶起，再回村去看看。

晌午，该吃午饭了。

二狗上到原上，进到村里，日本人已经走了。二狗却看到村里有了异样，村街上有死猫死狗躺在一摊一摊的血里，也没有人管，看不到人影。忽有一物从墙角惊出，原来是一条瘸了腿的黑狗，三条腿蹦跳着慌张地跑了。二狗头皮一紧，心跳得没了章法，拔腿就往家跑。家门紧闭，二狗疯子一般把门拍了半天，娘才来开了门，见是二狗，一把拉了进去，赶紧又将门关上。娘将二狗从头到脚慌慌看了，才舒出一口气，扯上儿子进屋。

麦香听是二狗进屋，从屋里冲出，抓住二狗的手，喘着粗气问："你可回来了。"离开不到一晌，却像久别重逢一般。

二狗扶住媳妇，问："咋了？"

麦香说："你没事就好。"麦香的脸色才渐渐正常。

"日本人刚来村里，"麦香抽回手，抱住五个月的肚子说，"抓男人哩，吓死我了。"

"抓男人？"二狗不明白，一下想到那几声怪叫，就问："抓男人做啥？"

娘说："听说去山里修啥，不知道是不是抓壮丁哩。"

日本人也抓壮丁？二狗心又慌慌地跳着，看媳妇麦香隆起的肚子，心跳得更厉害，就到厨房去喝了一碗凉水，出来一抹额头，竟然一手冷汗。二狗想了想，生出一丝侥幸，就把街上的情景说了一番，屋里没了声息。二狗看了看娘，又看了看麦香，突然想起什么，急问："我爹哩？"

娘说听村街上有人喊日本人来抓男人，我和麦香把你爹推上后院墙头，跑了，就心惊着你。

二狗一听，就要去寻爹。娘扑过来抓住儿子，死死不放："可不敢去，外面风声紧哩。"

二狗不依，再紧也得寻爹回来，若有个闪失，咋办哩？

娘抱住二狗就是不放，又喊麦香过来帮忙，二狗劲大，娘拉不住。麦香很难为情，丈夫没事回来了，不用担心，要出去肯定不行，可公公没回来，她不能阻止丈夫去寻。

一家闹得正不可开交，爹却在门外喊叫着回来了。爹瘸着一条腿说是翻墙时，扭了脚，没有出事。见儿子无恙，爹才挽起裤脚来看，脚脖子已肿得碗口一样。爹咬着牙说脚疼得厉害。爹把从外面听来的话一说，二狗和娘、麦香才知道日本人抓男人是修一个装粮食的仓房。这回不像上回去修炮楼，上回修炮楼是乡里人派的。这回是硬抓，把村头大壮抓走了，大壮他娘去拦，给打断了胳膊。

"这可咋办呀？"娘话里带着哭腔。一家人都不再说话，屋子里闷得人心发慌。麦香去做晌午饭，都说不想吃。爹叫娘倒些酒来，点着火用手蘸了往脚上搓了半天，觉得疼消了不少，就喊全家人吃饭，说饭还得吃，日子还要过的。毕了，又说，日本人抓男人，是抓精壮男人，今后二狗可得多长个心眼，没事就不要乱跑了。

二狗说："爹也一样。"

爹却说："我老了，抓去也没用。你可不能抓去，有个什么长短，这个家就塌了。"

娘和麦香眼里就有了泪。

二

旱原庄子被抓走的大壮偷跑回了村子。他的脸上身上都是伤疤，他娘一见儿子回来了，拖着断胳膊扑到儿子怀里就哭。哭声惊动了四邻，都跑来看，见大壮不成人样，都含了一汪泪水想着今后的日子该咋过。被抓去男人的村人急着围住大壮询问自家男人的现状，大壮哭得说不出话来，抚摩着娘的断胳膊，只骂着鬼子，却没有解决的办法。

村人事后才从大壮嘴里知道日本鬼子多坏，是怎样欺负人的。那时候，村人显得比原来更加慌乱，骇人的听闻使村人在恐惧中想着各种各样排除恐惧的办法。大家思来想去，只有一个办法，逃避！

除了逃避，村人再想不出别的法子来。面对比虎狼还要残暴的日本鬼子，手无寸铁的村人只有躲的份儿。

二狗也像其他村人一样，起先一听到风声就翻墙往山上跑，终日惶惶不安。后来鬼子不光是抓人，什么都干，二狗钻山逃避便不安心了，他操心着上了年纪的爹娘、怀着骨肉的麦香，还有那头用来耕种的毛驴。家里的鸡猪早都叫日本鬼子抢去吃了，下一步就该是牛、驴了。

二狗苦想了一天，给爹提出了自己的想法。为了今后的日子，二狗和他爹开始做起长远躲避的办法。他们决定将屋后不太远的崖边早已废弃的窑洞清理出来，以供躲避日本鬼子。那窑洞又深又宽，有一股阴冷的寒气，多少年了，没有人走进过这窑洞。二狗和爹将塌方的地方修补好，又在窑洞的一侧打了一个小窑洞，能容下一家人畜。在小窑洞出口处，他们擦着大窑洞的洞壁深深地挖下去，挖成一丈二尺深的深坑，再在坑上架一块二尺宽的木板，就可以渡到小窑洞里。人到了小窑洞后，就抽下木板，安全可靠。这是二狗想出的过河拆桥的办法，这个办法为村人所推崇，很快就在村里推广开了。

旱原庄子有了新的避难场所，躲过了不少鬼子的扫荡。日子过得就有了规律，在躲避中过着一天又一天。

渐渐地，鬼子来得少了，村人便找空子活动在地里，开始干一些赶季节的农活儿。只是干活儿时多长个心眼，谁看到山谷远处有了人影，那些穿狗屎黄的鬼子一出现，就喊声"鬼子来了"，都往回跑，躲到各自的避难所里。

小麦扬花的时候，田野里弥漫着一股清淡的甜香味儿，如果不是日本鬼子捣乱，这是一个美好的季节。

二狗和媳妇麦香平整一块空闲地，准备栽种红薯。二狗闻着田野的气息，又闻了闻媳妇的身子，忽然激动起来，兴奋地说："我知道你为啥叫麦香了。"

"为啥？"

"你娘生你时，麦子快熟了，她闻到了麦子的香味。"

"我是冬天出生的。"麦香说。

……

"我娘生我时，生不下来。娘疼得在炕上折腾了整整一天，吓坏了我爹。娘身子弱得没一点劲，接生婆叫我爹给我娘做点吃的，吃了好用劲。可家里没有一点能吃的细粮，爹就去借，只借了一升麦回来，来不及磨，就在锅里炒了给娘吃。麦炒熟后，整个屋里都是麦的香味，我娘没吃，闻到麦香，就一用劲，生下了我。"麦香说。

二狗听得痴了，闻到了那种温热的麦香一般，口里就有了香甜，忘乎所以地抓麦香的手。麦香推了二狗一把，"拉扯个啥，没正经的。"

二狗醒了，柔柔地一笑，就又来扯摸麦香。麦香不躲，却说轻点，有人看哩。

二狗说："爱看不看的，我摸我媳妇，又没摸别人。"

麦香满脸的甜蜜，沉浸了一阵，把二狗的手拿开，说："别乱来了，他都不愿意了。"麦香指了指自己的肚子，又叫二狗来听，说肚子里的儿子动哩。

二狗贴上去听，却听不出动静，又不好说，就说："能是儿子？"

"是儿子！"麦香肯定地说。

"像你一样香。"二狗说。

"儿子像你，女儿才像我哩。"

"那我就要女儿，像你一样。"

"由不了你。"麦香说，"我生又不是你生，我说是儿子就是儿子。"

"是女儿，"二狗说，"到生时，我给你炒麦吃了用劲，也闻那种麦香。今年麦子长势好，不愁炒的。"

"生儿子呢？"

"一样炒！"二狗抽着鼻子说。他想那种成熟的麦粒炒熟后，那种香味比现在更好闻。

从地边走过的大壮，见二狗和媳妇满脸的滋润，就停下说："还做啥哩，二狗。做这有啥用？到时日本人来抢了，喂鬼子了，喂这些狗日的了。他们把粮库都快修好了，这些狗日的。"

二狗说："总不能都抢完吧。"

大壮冷冷地一笑："狗日的还能是人？"

二狗看了看麦香，麦香心里就乱了。这么好的麦子，可能要喂狗了。

田野里传来村人的叹息声。

"狗日的日本人，这么好的麦子。"

"这麦子长的，驴日的鬼子。"

三

村人骂过，躲过，庄稼还得做，庄稼人不种庄稼，不能叫地闲着？日子还得过。

栽过红薯，地里没多少活儿了，二狗见日本鬼子来得少了，就到山里砍柴，专拣枯死的树枝，背回来捆好，想等再平静些背到原下山谷外卖了，换些钱给麦香买月子用的什物。麦香劝二狗别出去了，免得给抓走。二狗说怎么会呢，长心眼哩，到麦收了就没闲工夫了。麦香说不就生个娃，准备啥，咋样也是个生。二狗却说，不一样的。

二狗给爹娘交代好，就上山砍柴，早出晚归，也没出事。自家院落里倒堆了山一样的柴火。爹在家整理好砍回的柴火，专等啥时全背了去卖。

初夏时节，阳光艳丽，照在地上，一片祥和。地里麦子长势喜人，丰收在望。若不是闹日本兵荒，农家日子安恬舒适，悠然自在。乡村鸡鸣狗跳，孩娃嬉闹，婚丧嫁娶，日子正常运转，多好。

一天，二狗起个大早，替爹给驴拌上草料，吃过早饭，拿上绳子镰刀，又要上山砍柴。麦香拦住二狗，说算了吧，已砍这么多，歇了吧。二狗牛犟，说歇着难受，起身要走。麦香就说，这几天她心里很慌。二狗一笑，说这阵鬼子来得少，日子平常了，人憋得慌，没事和娃转去，这好的天气。麦香劝不住，就说早点回来，天也热，柴砍多了，也卖不上好价。二狗看了看媳妇肚子，满心甜蜜地走了。

这是初夏很平常的一天。

这一天绝对是个好天气。

村人在这样的日子里干着各自该干的事。

麦香出门到村子转了，串了几家门，说了些关于生养的闲话，又走出村外，到原边看了看满山谷的麦浪，心里的憋闷散淡了许多，就又走到自家的红薯地里。红薯地有些干了，不见下雨，得浇水了。麦香心想明天不叫二狗上山了，到山谷上头库湾引水来浇浇地，看人家地里，有些浇了，红薯秧子绿得可人，定能结出碗大的薯来。转了一圈，时近晌午，麦香就上原回村，和娘做午饭。爹在院里杂七杂八地忙活。爹的腿还瘸着，但没以前厉害，肿早已消了，可能伤着了骨头，走路就自然瘸了。二狗劝爹去看，爹不肯，说闹兵荒还看个啥呀。

晌午饭熟，麦香盛好给爹端到院子，唤爹来吃。爹才住手，在衣服上擦了擦手，正要去接麦香手里的碗，就听外面有人惊声乍起：

"日本人来了！"

"鬼子来了！"

爹的手僵了僵，没去接碗，愣醒了喊："快进窑洞。"娘从屋里奔出，说这饭刚熟。爹瞪了一眼娘，吩咐娘拉上麦香进窑洞。娘就一把夺了麦香手中的碗，回倒进锅，盖好锅盖，扯上麦香就跑。

村子已经乱了，狗叫得杂乱。村人过了几天平静日子，遇事有些慌了，满村唤儿吆女，异常吵闹。

麦香和娘搀扶着颤颤地过了木板，进到小窑里。爹已牵来毛驴，驴不过木板，爹在前面硬拉。原来是爹在前面拉，二狗在后面赶打，二狗不在，爹一人就格外费劲，已急出一头汗来。

外面已有尖厉的声音带着哨音，在村中划过。那是枪声，村人已经知道了那种声音。

枪一响，驴随枪声惊得往前一步后退两步，险些将爹拉跌下木板。娘过去帮忙，麦香心跳得慌，担心着二狗，急得在小窑里乱转。爹娘好不容易将驴拉了进来，麦香帮爹去抽回木板，爹用绳子去捆了驴嘴。麦香弯不下腰，吃不上力，爹就非常费劲。平常有二狗在，倒没这么吃力过。

窑洞里黑乎乎一片，一家人待定，麦香小声说了句："不知二狗……"没了下文。

一家人不语，在难耐的黑暗中沉默着，彼此能听到对方的心跳。娘想开口安慰媳妇，被爹狠狠制止。外面鸡狗惨叫，常闹心。

四

长长的难熬的寂静过后，旱原庄子的村人心想又逃了一次兵荒。逃一次少一次，谁也不知道共有多少次，但却知道日子过一天就少一天。一切都已习以为常。

村人已经钻出避难所，去寻那顿被鬼子搅乱的晌午饭。

那时候，人们都异常清醒，恐惧过后的人们已经舒出了一口气。那个声音也是村人再熟悉不过的了。

那声音高昂，音质雄厚，抑扬顿挫，节奏感强，余音绕窑壁旋来荡去，震得人耳膜子疼。

那是一声驴叫。

是从二狗家的避难窑里，经过窑洞空间限制，从窑口强劲地释放出来的。

灾难就是由那声驴叫引起的。

鬼子闻声返回村子，是谁也没有想到的。找到二狗家的逃难窑洞一点都不难。驴声余韵悠远，回荡在村子上空久久不散。

是那个叫枪声的声音，才把驴叫的余音刺穿，纷纷跌落下来，披了村人一身。

麦香被鬼子手中的长枪刺照得头晕，从黑暗的窑洞出来时，尽管艳阳当空，红热的阳光在刺刀光的对比下，仍显得软弱无力。

麦香隆起的肚子，成弧形贴在她的身上，衬得矮小的爹娘干瘪而瘦弱。麦香像一粒饱满的麦穗，透着青里透黄的成熟。这种麦穗清香诱人。

那些再不可能钻进避难所里的村人，亲眼看到了麦香像一颗熟透的麦粒掉在富有弹性的土地上，蹦起，落下，重复了几次，一次比一次弱了。

村人看到一群老鹰在猎取一只雪白的小兔。

村人看到一群野狼在撕扯一头美丽的小鹿。

村人还看到，二狗的爹真正成了瘸子。是鬼子用那种尖厉的叫枪声的声音咬的，村人亲眼看到了那个声音的厉害。只一响，人就倒了，腿就瘸了。

旱原庄子的人还没有见过那场面。

有的光棍在心里还直骂：他娘的二狗，也叫活人哩。

村人看到麦香的那一刻，觉得麦香耐看极了，原来没看出来。

村人别的心情叫麦香的惨叫声搅碎了。那是一种撕裂皮肉，叫人能生出疼痛的叫声。

天空无云，太阳正正地挂在高空，看不出异样。苍天还是苍天。

血腥味终于冲淡了笼罩在村野周围成熟的麦香味……

麦香全身麻木，不知道什么是疼痛。她像睡了一觉一样醒来，仿佛做过一个梦，回想起来，恍恍惚惚。

麦香爬起来，推开给她擦身子的娘，掀掉破衣服，步子简单地走到屋外。

二狗他爹瘸着腿，不顾腿上淌血的小洞，拿着木棍，在院子里追打着毛驴。

麦香幽幽地叫了声"爹"，爹的样子很可怕。麦香又叫了声追赶出来的娘，声音很平静。

麦香没有抬头看天，她知道太阳很好，她也很热，这种热烧得她难受。

在跳进库湾水库的那一刻，麦香看了看山，山里有她砍柴的二狗。

一进入水，麦香才觉凉快了许多，有说不出的舒服……

五

二狗回来后，一切都已复归平静。他想麦香只是睡着了。他只淡淡地看了看麦香的脸，没敢掀开被单看麦香的全身，尤其是她的肚子，都是他所熟悉的。夕阳的红光里怎么可以看自己媳妇的身体？二狗这样想。

二狗一天都在山上，没吃饭也不觉得饿，他从家拿上绳子镰刀就走。娘摇摇晃晃来拉他，他说他要砍柴，别拦他。

二狗来到库湾大坝，见那一片蓝水被夕阳烧得火红，就在坝上停下，心想在这儿砍柴也好，坝上的树都枯着。在二狗眼里，这是上等的柴火。

二狗的镰刀很锋利，他只用了四下，就将一棵碗口粗的槐树砍倒在地。他看到竖在坝上地树茬白得闪光，就停下用手去摸，却烫得手疼。他一连又砍倒了几棵，树茬一样烫手。他想这可能是叫太阳晒的。

"这是最好的柴火！"二狗对追上来的娘和村人说。

"这是我砍的最干的柴火！"二狗用脚踢了踢地上的树枝说。村人看时，二狗眼里已流出了两行红血，他摸过树茬的手像火烤过一样焦黄。

日本鬼子对附近几个村子的残酷扫荡是在一个日本兵被暗算之后。这个日本兵单独去抢村人家禽返回时，被人割掉了生殖器。这事非同小可，鬼子的兽性进一步加剧，烧杀抢夺成了家常便饭，村人在恐惧中惶惶不安。这时候的村人才意识到鬼子要的不光是粮食，还有别的。

麦子已逐渐成熟，鬼子抓去的精壮劳力也放了回来，鬼子要全部村人准备投入到夏收工作中，把收回的麦粒孝敬"皇军"。鬼子空空的大粮仓将等待着麦子的成熟。

旱原庄子的村人都说二狗疯了，都很同情二狗。自二狗媳妇麦香死后，二狗很少在村里出现，就是二狗的爹娘也不知道儿了整天神出鬼没地干些啥。二狗是不和别人多说话的。

这天，游击队王队长在南青山脚下的库湾大坝上碰上二狗时，二狗已瘦了不少，王队长都不相信这就是粗壮的二狗了。

"这是二狗吗？"王队长走上去问。

二狗回头看了一眼王队长，他是认识王队长的。王队长曾劝过二狗加入游击队对付日本人，那时候二狗守着怀孕的麦香。

二狗没有理会王队长。

王队长说："那个鬼子是你割的！"

二狗掂了掂手中的镰刀，没吭气。

"我知道是你。"

"是又咋了？"二狗冷冷地说。

"都说你疯了，"王队长说，"怎么会呢？"

二狗不语。

"你这种做法，只会给村里带来更大的灾难。"

"不要你管。"

"你这样做解决不了问题。"

……

"不是你媳妇一个人被鬼子害死了。也不是一个旱原庄子受日本人欺负。"

二狗没听出能全部灭除鬼子的办法，就走。

"跟我干吧，人多了事好办。"王队长说。

二狗没理，走了。

六

二狗是无意间发现这个秘密的。

二狗自麦香跳进库湾水里死后，经常到库湾来转悠。他总觉麦香没死，麦香还在一个地方孕育着他们的孩子，像麦香一样的女儿。

二狗老是到库湾边的山坡上躺着，有时一躺就是一天，有时一躺就是一夜。饿了渴了到库边上掬些库湾的水喝。那水温热甘甜，他想那是麦香的体香，就喝得满脸是泪。躺在坡上的树林里，他就想着他和麦香离得不远，慢慢地就睡了。

这天夜里他被一阵响动惊醒。他摸摸脸上湿湿的，以为下雨了，透过树叶看到天上有星星。他抹干眼泪，轻手轻脚向响声处摸去。接近后他看到几个人影在大坝底下挖着什么。他吓得不敢出声，一直等了半夜，等几个黑影走了，才轻轻摸过去。见是挖了些土，又用树枝伪装了，他就没敢动。

第二天晚上二狗早早去了库湾大坝，埋伏好后又见几个人挖了半夜。二狗弄不清这些人到底要干什么。

几天后，等人走后二狗大着胆子拨天伪装的树枝一看，坝上竟有一个小窑洞。他就爬进去看了看，黑洞洞的能容一人的小窑里什么也没有。他不知道这是要干啥，又住不成人，太小了。再说在这逃避鬼子，离庄子远了，跑半路上还不给狗日的抓了？是不是有人要藏贵重物什呢？

二狗疑疑惑惑间突然意识到狗日的鬼子竟是驻扎在这库湾下面的谷地里的。

二狗就很激动，对着黑黑的夜空，干干地笑了几声。

麦子黄了，村人磨镰准备收麦，只等毒日再晒两天就开镰了。一种叫"算黄算割"的鸟在山谷飞来飞去叫着，提醒着农人收割。

这种鸟村人叫它"算黄虫",叫出的声音就是"算黄算割"的谐音。

二狗在爹的一再催促下也没有吭气。磨不磨镰,他手里一直提着一把锋利的镰刀。割不割麦,他心里有数。

这天夜里,二狗提上镰刀到库湾转了一圈,又到坡上自家地里割了几把麦。麦子长得确实喜人,朦胧的月光下黄黄的一片。二狗小心地把手里的麦穗揉了,尖利的麦芒刺得他手心痒痒地舒服。他太喜欢这种痒痒了,可他不想再体验了,就揉搓了一把麦粒,凑到鼻下闻了,却闻不出麦的香味。想尝,又舍不得,就小心地装到衣袋里。他想起他说过要给媳妇炒麦吃的,眼睛就模糊了。

夜闷热,二狗走了一身汗爬到对面坡上,来到唯一住在山谷里的贵根叔家。贵根叔是早年逃荒来的,庄子人排外,他就在山谷里住了,如今也是大小一家人了。

二狗的到来,贵根叔全家都奇怪,以为二狗心里难受,夜里乘月光割麦,来他家讨水喝的,就倒了水给他。二狗却不喝。

"搬了吧,叔。"二狗说。

"不搬了,住这儿清静。"贵根叔拉开了家常。

"还是搬了。"

"搬哪儿都一样,鬼子闹腾得都不安宁。"

"住这儿不好。"

"住哪儿都一样,就是搬也不是一天两天的事,几十年都过来了。"

"还是赶快搬走好。"

"再说吧。"

二狗就没话了，站起来又没有走的意思。贵根叔一家又不好说，贵根婶只好叹气要说二狗媳妇麦香的事。二狗却说要走了。一家人就送到门外。

二狗看了看贵根叔的脸，冲过去一把抓过贵根叔的大女儿，往肩上一扛就跑。二狗却不跑远，停下。

贵根叔全家反应过来，知道二狗是真疯了，就追上来喊叫着把他大女儿放下。

二狗就又跑。贵根叔慌了，抓上扁担唤全家快追。"二狗疯了。""二狗死了媳妇疯了。""二狗你个驴日的，快放下人。"

二狗回头见贵根叔全家都追来了，不顾贵根叔大女儿的踢咬和尖叫，扛上人就跑。二狗劲大，一口气跑到谷底，又跑上原，再跑到库湾跟前，已喘粗气，心怦怦跳得快要吐出来了。见贵根叔全家叫喊着没有追上，二狗就把已经瘫软了的贵根叔的大女儿往地上一放。舒了口长气后，二狗就往库湾大坝底下冲去。

二狗跑到大坝底急忙拨开伪装物，钻进小窑洞，稍微静了一下狂跳的心，就摸出早已备好的火纸、火镰、火石，碰撞了几下，溅了不少火星，才把火纸点燃。二狗举着火纸像圣物一般，小心地寻到一条麻蛇一样的东西点燃。二狗看着一点火星像蛇芯子一样向一堆大包小包爬去，才拔腿出来往坡上跑。

二狗一身臭汗地还没有跑上坡顶，身后就"轰"的一声巨响，脚下晃了几晃，耳朵蜂鸣般杂乱。二狗就回头去看。库湾大坝被炸开一条房子大的缺口，里面的库水忽地响着涌出。只在眨眼之间，大坝被日久积蓄的库水撕烂，库水咆哮着向山谷冲去。

水都快淹到二狗站的地方了，二狗几下退到坡顶，与追上来的贵根叔站在一起。二狗看着满山谷里翻滚着的水浪，白花花地在月光下闪着光亮。他心想着蓝色的库水怎么就变白了？他似乎看到了那些白白的水流就是麦香的躯体。是麦香，没错。他闻到了麦香的体香。麦香就是这么白的，这是麦香带着他们的女儿，在这水里。

七

天亮后，南青山脚下的这条山谷寂静而安详，山谷洗过一般，充满了泥腥味。

山谷远处很干净，除了泥泞，什么也没有。

救　人

　　去运河边只有一趟公共汽车，就是704路。704路的末班车是晚上八点，这就迫使我必须在八点以前离开那里。但八点之前这段时辰，太阳还没有落下去，运河边上没有一棵树，挂在西天上的太阳热量很足，这时候河边根本就没有人去，我要是一个人待在太阳底下的河边，肯定会被人认为是脑子有毛病。但我这段时间又必须去运河边上等候救人，八点以后才是救人的最佳时间。我朋友张进良几次救人都是这个时间。我的住处离运河边比较远，离别的车站也很远，乘别的公共汽车不但不能直接到达，而且还要走好多弯路。其实八点以后没有了704路车，我可以骑自行车回来。自从我产生救人的想法并且经常到运河边去等候以来，我已经丢失了四辆自行车，眼前的这第五辆自行车还没有丢掉，是因为我买了一条像泸定桥上的铁索链一样的锁子锁着，小偷要弄走这辆车子，得费点大劲不可。这辆车子至今没有丢失，可我也骑不成了，小偷没有把车子偷走，却在那个大链锁的锁孔里塞进了钢丝，致使我费多大的劲也没有打开锁子。这辆自行车就一直放在单位外面的简易车棚里，我曾动过想撬掉自行车锁的心思，但试了几次，都没有敢动手，因为靠近车棚那面是一个很大的部队驻地，经常有士兵在那里巡逻，听说他们抓住了不少小偷，我一旦被他们抓住，那样的场面是有理也说不清的。所以我还是不去冒这个险了。心想再去买部车子，自己的车子还没有丢掉，心里总觉不是个味儿。我就干脆步行了。这阵子，我又打消不了到河边去救人的念头，只好来回步行，这样也算锻炼了身体。

在晚上我从河边返回时，必须要经过的一个主要道路上几乎没有一个行人，我说的是我抄近路的这条道，是一条很陈旧的小胡同。每当我一走进这条胡同，就像走进了夜晚的村庄，没有了喧哗和燥热，只有一些白天不敢发出的呻吟，在这条胡同里穿来荡去，此起彼伏，叫我这样的夜归人听着这种声音，心里特别地不舒服。想着别人都夫妻和睦或者是情人在一起厮守着，这就更加重了我想救人的执着信念。

救人的决心是前不久才有了的，这得说到我的一位朋友张进良，因为他前不久在运河里救了一位大学生，并且是个女的，文化层次就不用说了，关键是她长得很漂亮，张进良带着她向我炫耀过一次，确实上档次。听说这个女大学生有一天傍晚在河边游玩时，不慎掉入河里，刚好我的朋友张进良在河边散步，他毫不犹豫跳进河里救出了这个女大学生的。女大学生对张进良的感激程度，叫我们看了心里特不舒服。她先是叫张进良哥，像亲哥一样，后来，不顾张进良已经是有妇之夫，坚决和她的这位救命哥哥同居了。说句实话，如果张进良不是救了这个女大学生的命，他要有这份艳遇是比较困难的。所以看到张进良的那份得意劲，我的心里直冒酸水，但像我这样的人如果此生想有艳遇，恐怕比张进良更难。从家庭出身到社会背景，我和张进良差不多，都是穷苦出身，就我在快倒闭的街道印刷厂当搬运工这一条，就别产生想法了。还有我的自身条件，除了身体发胖赶上了时代的新潮流，别的没一样能走到时代前列的，我的长相也比张进良差多了。这年头，就凭我这种人还别说想着弄个情人了，能找个好心的女人过日子都很难。但我又不想落入"废物"的行列，所以我选择了像张进良这样的意外救人，看来我只有通过救人来实现这个目的了。

　　我先到张进良所说的运河边转悠了几次，我发现运河里的水够脏的了，水面上漂浮着一层黄绿色的水草，还有人们投进去的其他脏物，夕阳下的运河水，倒像一锅乱七八糟的菜汤，发出一股浓浓的腥臭味。我往水里投过石子，从石子落水的声音中可以听出，运河的水还是有些深度的。为了弄清河水的确切深度，我曾装着不经意地打听过一位乘凉的老人，老人告诉我水深处在三米以上。我听到水的深度，心里就毛了。我不会游水，连狗刨几下都不会。况且我身高才一米六多一点，如果我跳进运河里去，得有两个我这么高的人，叠在一起，才能露出一点点头皮，能不能活着出来，还说不准。就是说，我要跳进河里去救人，首先得学会游泳。

游泳对我来说，是个大难题。我倒不是有恐水症，只是我从小的时候，就怕在众人面前裸露自己的身体，连去公共浴室洗澡的勇气都没有，更谈不上去游泳场所了。

为了救人，我顾不了这么多了，我得学会游泳，然后才能救人。不然，我跳进去，还不知道谁救谁呢。我去了游泳馆，鼓足勇气脱掉衣服，像小偷似的看了看周围，发现没有人注意我，我才战战兢兢地走向游泳池，进到水里，我也只能在少年儿童初学游泳的台阶处扑腾。这样扑腾不但学不会水，反而引来了不少人的目光，一看到这种目光，我就想退却了，可一想到学习游泳的重要性，我就选择了人少的时候去游泳馆，坚持学游泳。游泳馆人少的时候，只有大家都在上班时人们忙着才会少，这个时候我也得上班，没有办法，我只好在上班的时候请假去学习游泳。这样一来游泳时间就很少，每请一次假都得想个充足的理由，起初我先是用家里有事的借口来请假，请了几次后，我觉得不能再用这种借口了，就改成请病假。在我们那个街道办的小印刷厂里，领导最害怕职工生病了，因为没有多余的钱支付医疗费。领导一听我要请病假，赶紧重申了医疗费开支的有关规定，我为了让领导给我准假，向领导保证我绝不报销医疗费。只要不报销医疗费，领导就准了我的假。下次再去请病假，领导虽然对我的病有些将信将疑，但还是准了我的假。时间一长，因为我救人心切，想尽快学会游泳，我请假的次数就明显多了些，这就叫领导起了疑心，领导曾问过我到底得的是什么病，这样连续请病假，厂里的女工都没有过。女工请假最多的时候也就一个月来一次月经的时候请一次两次的，我比女工请假的次数还要多。我没法回答我得的是什么病，支支吾吾想蒙过去，这反而引起了领导的重视，他以为我患上了什么不治之症，很小心地和我谈了一次话。本来我频繁请假已经引起了大家的注意，这下更增加了我请假的神秘感，大家对我的态度也变了，说话也不像以前那样随便了。这倒给我减少了不必要的解释，我可以把心思都放在学习游泳上了。

要学会游泳是需要一定时间的，这是一个漫长而痛苦的过程，我一边学习游泳，一边保证两三天之内的黄昏时分就去一次运河边上，我怕错过救人的机会。救人的机会得靠运气，就像张进良，一碰一个准，在他救了这个女大学生之前，他还救过两次人，两次救的都是女的，第一次救的那个女的，是处在失恋低谷中的少女，自杀时被张进良救了，并且得到了张进良的劝说和帮助，后来就成了他现在的老婆，虽然俩人现在没有了多少感觉，但他老婆还是记着他的救命之恩，对他百依百顺。张进良第二次救的那个女的，年龄有点偏大，四十多岁，与张进良年龄悬殊有点大，他们之间没有发生任何故事。我想这可能不是年龄的问题，还有另外的原因，果然后来听说，这个四十多岁的女人也是想投河自尽的，被张进良救起来后，她不但不感谢张进良，还要找张进良的麻烦。第三次救的这个女大学生，是玩时不小心掉进河里的，张进良救了她，她感激不尽，时隔不久，她就提出要和他同居。当时张进良还不敢这样做，对女大学生说，他是有老婆孩子的人了，暂时还没有想离婚的打算。没想到女大学生却说，谁想和你结婚了，只不过是同居在一起，这和结婚是两回事。张进良还敢说什么？再说就显得太没文化了，再拒绝就显得太落伍了，再不上床就显得太对不起女大学生了。张进良的救人奇遇真叫人羡慕，我能不急着救人吗？我今年都三十好几的人了，说起来我心里就难受，我的老婆是一个其貌不扬的女人，脾气比她的人大多了，至今没有给我生下一男半女不说，跟时代发展却跟得很紧，动不动就把离婚挂在嘴上，如果不是我这个人没能耐，怕离婚了这辈子往后一直打光棍，再找不上女人，我也早就离了，何必受她的窝囊气呢。在张进良救了女大学生之前，我们这些受够老婆窝囊气的男人在当今社会得不到一点家庭的温暖，为了寻求一点温情，就用看书看电视剧来弥补心中的缺憾，但现在的书和电视剧里都是女人的天下，漂亮的女人都叫有钱的男人包了，不漂亮但有钱的女人都在包男人。尤其是那些女作家们写的书里，大多是女人在包养男人，包养费够诱人的，但这都是女作家们编的故事来骗人的，她们心理不平衡，有钱的男人都在包养女人，她们也就想象着让有钱的女人来包养男人，这是不真实的，不然我们咋没有碰到有钱的女人来包我们？我宁愿被有钱的女人包养着，不要一分钱的包养费都行，可哪有这等好事呢？在男女这事上，向来都是说男人占了女人的便宜，这很不公平。

我对女包男这件事就没有抱过希望。相反，张进良救了女大学生后，我想在这方面寻求突破口，所以我把救人这件事看得很重。我和张进良的想法不同，如果我要救了一个女大学生，她为了感激我提出要和我同居的话，我就理直气壮地和现在的老婆把婚离了，干脆和女大学生一起过日子算了。我救人的目的说白了，关系着我下半辈子的幸福呢。

我游泳的技艺有了点长进，基本上我敢下到台阶以下大人们去的深水处了，也学会了几下狗刨，能在水里应付一下了。但我在运河边上至今没有发现要救的目标。这才是个大问题呢。因为路远，我原来是两三天时间去一次河边，现在会点水性了，心里焦急，几乎每天傍晚都到河边去等候。这样的等候是很折磨人的，又不像等车总归还有个时间段，要救人就不同了，谁知道人家什么时候跳河或者掉进河里呢。另外还有一个关键的问题，就是我碰到跳河的人如果是个男的，我该怎么办？就是跳河或者掉进河里的是年龄大点的女人而不是女大学生怎么办？就是跳河的是女大学生而不是掉进河里的，人家真心要自杀我又该怎么办？我在等候的过程中，有一天突然就想到了这么一个关键性的问题。这个问题使我非常焦虑。以前我只是一心想着救人了，没有想到这么多问题，一旦想到了，才感到救人竟然这么复杂。那几天我被这个问题折腾得够呛，实在受不了了，就去请教张进良。张进良听了我的焦虑后，说，是呀，这的确是个折磨人的问题，我以前不曾想到过这些问题，叫你这么一分析，我都得好好反省反省了。我说你都救了三个了，并且一个是现任老婆，一个是情人，你还反省什么呀？张进良说，话不能这么说，你以为我容易吗，救个人多难呀，这下你是知道了，可我现在想起来，当时要是碰上你说的这几种情况，我可怎么办呢？

从张进良那里没有讨到对策，反而更增加了我的忧虑。我对救人的事得重新考虑，并且得慎重对待了。但不管怎样，我还得每天傍晚去运河边上，如果连河边都不去，别说救女大学生，连个普通的溺水者都别想有救的机会了。

这样，我每天得赶到单位上班当搬运工，傍晚得去运河边上等候救人，早上起床一直到晚上半夜才能回到家睡下，还是一副失落的样子很难入眠。那阵子，我累得像孙子似的，但我还不能给别人讲我又苦又累的原因。我这个人和别人不一样，别人忙了累了身体会变瘦，可我是越忙越累越发胖，越生气越会长肉，我这几年之所以胖成这样，都是我老婆给闹的，她动不动就提出离婚，我就生窝囊气，一生气好像气都钻进了我的肉里似的，呼呼地长膘，胖得我自己对自己都越来越没有了信心。所以我一听到张进良救了女大学生之后的事，才对救人这么执着的。我是很不想再这样胖下去了。但我绝对没有想到救人竟然这么难，张进良救了三个人，都没有觉着这么难，我一个人都没救上，却体会了这么多的艰难，这世界真不公平。

就在我痛苦煎熬的时候，单位领导开始找我的麻烦了。原因很简单，就是在我不断请病假，领导怕我得了不治之症想不开，就叫人暗地里跟踪我，想查明我的病因。跟踪的人发现我每次请上病假后，去的是游泳馆游泳而不是医院，觉得我的病肯定很严重，都到了不去医院治病想开了去玩的地步，就赶紧汇报给厂里领导。领导一听没有轻视，带上一干人到我请假找借口的几个定点医院去问我的病情，得到的却是我从来没有来过医院的答案，领导这才知道是我愚弄了他，非常生气，把我叫去严肃地责令我必须把愚弄他的事情说清楚，否则将开除我的公职。现在下岗成风的时候，领导恨不得手下多几个有问题的人叫他们开除了，才落得干净利索，免得办成下岗，还得付生活费呢。

我现在面临的问题很严峻，如果我不说出请假的真相，领导这回是下了狠心的，非得开除了我。即使我说出了事实真相，他们同样对我的所作所为会抱怀疑态度的。他们怎么会相信一个正常的人整天琢磨着到河边去救人呢，并且救人的动机是想救一个女大学生，目的又这么纯粹。

我怎么办呢？想来想去，唯一的办法就是我尽快能从河里救上一个人来，哪怕是男的也行，只要救上一个人，我达不到张进良那样的目的，起码也可以成为救人的英雄，暂时可以缓解一下我在单位的艰难局面。我为了救人，坚持了这么长时间，付出了这么多，总得有个圆满的结局吧。

为了这个圆满的结局，我争分夺秒地来往与单位、家里和运河边，我像一个困兽似的在每个地方都安静不下来，在单位里想回家，在家里想着去河边，在河边等待目标更痛苦，我得时刻想着怎么给单位解释这件事。为了抓紧时间，解决目前的处境，我想尽了办法，可实在没有一个万全之策。看来只有救人这一条道还能帮助我了。但我总不能等不到救人的目标把谁推进河里，然后去救吧。我在这个三点一线上奔波，弄得我筋疲力尽时，我才发现我傻到家了，奔波这样累，每天都在用双腿奔跑着，我却忘了利用交通工具。我这才想起我的第五辆自行车还没有丢失，虽然锁孔里被小偷塞进了钢丝，但我可以砸掉锁子，照样可以骑车子的。这时候，我为我在这么艰难的时候还有这么敏锐的思维而感到欣慰，当即就找了工具去砸我的自行车锁。

我砸自行车锁，被旁边部队驻地巡逻的士兵抓住时，才恍然大悟，我的自行车所放的位置是不能随便乱砸的。可一切都已经晚了。什么都说不清了。我被士兵推搡着，他说要把我送到当地派出所去。我的头就大了，我对士兵说，我虽然砸的是我自己的自行车锁，但我知道我砸错了，我保证今后再不砸自行车锁了，求你放了我吧，我现在有很紧急的事要办，我是要去救人呢。士兵冷笑了一下，很严肃地对我说，就别玩这些花样了，留着脑子，还是好好想想，找什么人来救你自己吧。

我整天光想着救人，从来没想过要救自己，我现在找谁来救我呢？

硬　雪

　　冷风推开门硬生生地冲进来，同时把他的老婆像刮起一片叶子似的刮进了屋。老婆的火气是随着横冲直撞的风一起进的屋子，她用手拍打着身边凛冽的风，就好像她平时拍打坑沿的动作。火气却是冲着他来的，他能听出老婆的火气跟把她刮进来的风一般猛烈，但他躲着老婆像火炉一样喷着火焰的目光，靠在炕墙上依然不紧不慢地抽烟，根本不理老婆的茬。老婆不是那种不依不饶的女人，一向干脆利落惯了，他想先让她说上几句，泄完心头的火，就不会再说什么了。不就是丢了一只羊吗，待会儿他去找回来就是，又不是什么大不了的事。

　　他时不时地会弄丢一只羊，不是他不用心，实在是他太爱喝酒，有时稍微喝多了一点，眼睛会花得数不清数，数着羊数有时会把自己也数进去，把羊赶回家来，老婆再数一遍，不是少一只就是少了两只，为此，老婆经常跟他吵，骂他只顾着往肚子里灌马尿，灌多了就光丢羊，他为什么就不把他自己丢掉？他嘿嘿笑着对老婆说，我可不能丢，我要是连自己都丢了，你不就成寡妇了吗？每当说到这个时候，老婆就不好再说什么，觉得他还是比羊重要，就停住不再骂他，他也会自觉地去寻找丢失的羊。一般情况下，羊是不容易丢掉的，羊像人一样，就是走得再远，也会回到自己家里来。家有特殊的气味，人和羊都恋着这气味呢。就像他每次喝多了酒，只要没有倒下，脑子被酒精烧得再糊涂，他也能够走回家来，到家了才算是走到了头，再也撑不住，醉得躺哪儿算哪儿，怎么样都舒服。丢掉的羊也是，每次他去找羊时，总会在半路碰上正慢慢吞吞往回走的羊，就是这只丢掉的羊不认得回家的路，可路认得它，好像有一种无形的力量，它不往这条回家的路上走都不行，路会固执地一直把它带回家来。

所以，他对丢失掉的这一只羊，一点也不像老婆那样着急，再说了，又是大白天，这只丢掉的羊又是它自己从羊圈里走失的，它能到哪里去？到处都被大雪覆盖着，白茫茫一片，外面除了雪外，没有一点能吃的东西，过一会儿它自己会回来的。就算它这次出去，因为这茫茫的大雪覆盖了大地而失去路的指引回不来，要去找它也好找，大冬天的，别的羊都在圈里窝冬呢，就它一只羊的蹄印留在雪地上，像是谁故意在路上做的标记似的，还不好找？

老婆却不这样认为，她说就是因为有雪，羊跑出去才不好找，羊是白的，雪也是白的，都白成了一团就不好认，你哪知道哪个白是羊呢？

都怪你，老婆气愤地对他说，我说那个黑眼圈这几天有点不正常，叫你用绳子拴住，你说没事没事，不拴住它，这下，它跳出圈栏跑了，你不把它找回来，现在丢掉的是一只羊，可它是母羊，等于丢掉的是两只、三只羊，不定是多少只呢。

丢掉的这只母羊叫黑眼圈，它全身都是雪白的，就眼睛周围长了一圈黑毛，所以他叫它黑眼圈。这几天他和老婆都发现黑眼圈有点异常，不好好吃干草，也不和羊群待在一起，整天将两条前腿搭在羊圈栏上，望着外面的雪地，一副心神不定的样子，不知它想做什么。他用羊鞭子都教训它好几次了，它依然如故。老婆早就提醒他用绳子拴住它，免得跳出羊圈丢失，可他没当一回事。这下，黑眼圈跑丢了，老婆不生他的气才怪呢。

好了好了，照你这个说法，这黑眼圈大冬天也会发情生羔子了，那好，我现在也不去找，等过上几天，再去找，肯定会找回来一群羊的。他一边说一边呼噜呼噜地笑着和老婆打趣，想消除老婆的火气。

你在冬天才会发情呢！老婆骂了他一句，气呼呼地过来掀掉他身上的被子，把他从炕上扯下来，给他扔过来羊皮大氅，叫他去找丢掉的黑眼圈。

他磨蹭着穿上大氅、靴子、帽子，没忘从炕头抓上酒瓶子揣进怀里，在酒瓶子四周还掖几下，才出了门，去马圈里牵马，一看马圈里是空的，知道儿子又骑着马出去玩了，骂了一句儿子。出了马圈，他打声呼哨，一只黑鹰呼地从堆柴草的屋子冲出来，准确地落在他的右肩上。他用手轻轻摸了摸这个一直陪伴着自己的老伙计光滑柔软的羽毛，带着它走进寒风中。

他想得一点也没错，跑丢的黑眼圈的确在雪地上留下了蹄印，但雪是老雪，叫风吹得硬了，羊蹄印不太明显，他辨认了一阵，才确定羊走失的方向。他用力裹了裹身上的羊皮大氅，在寒风的凛冽中狠狠跺一下脚，抬眼望了望苍茫的天空，然后觅着若隐若现的羊蹄印，走进了雪野。

雪是个奇妙的东西，能把大地变得更大，看上去比天都要大，天能看到那种令人心神都能平静下来的蓝色边沿，雪地却看不到，雪地只有单纯的白色。在纯净的蓝色的天下面，白雪地还在无尽地延伸着，一直延伸到天里面去了，快要把天撑破了似的，白得晃人的眼哩。

地上的雪不算太厚，也不薄，只是雪积得久了，踩上去不像雪了，没有了那份令人心颤的柔软，像被踩疼似的，还能发出咯吱咯吱有些尖锐的叫声。他喜欢雪，尤其喜欢这种在土地上存留许久，已变得有些坚硬的雪，像出征战士的一层盔甲似的，穿在大地的身上，再尖利的风也刺不透这层盔甲，锐利的寒气钻不进土壤里去，这样，土地里的草根受不了冻，窝在温暖的土地里歇息着，像人似的，把一个春天一个夏天，还有一个秋天的疲劳都在这个硬雪覆盖着的冬天里静静地卸下来，然后一点一点地消融在宽大而温暖的土地里。来年春天，卸尽疲惫攒足劲的草开始了它新一轮的年月，疯长起来。到那时候，人也攒足了精神，男人女人都像发情的公羊母羊，白天晚上都有使不完的劲，到处是癫狂欢悦的声音。

这都是冬天由柔软变得结实的硬雪给捂出来的。

他想着硬雪的好处，踩着硬雪一路走着，不时从怀里掏出酒瓶，拧开盖子抿上几口。雪野上静悄悄地，没有了风。风怕寂寞，都到有人的村庄里凑热闹去了。只要没有风作怪，寒冷的冬天就并不显得多么寒冷，又有这么多的雪铺在地上，像铺着新鲜的棉垫子似的，看着都叫人心里暖融融的。没有老婆在跟前看这也不顺眼那也不顺眼的唠叨，也没有羊群围在身边吵闹的叫声，他独自在寂静的雪野一边喝着酒，一边不紧不慢甚至还可以东张西望地走，心情竟好得不像是丢掉一只羊，倒像白捡了一只羊，那种欢畅让他不知不觉间已经走出十几里地，也没有觉出一丝疲累来。

他原来是个急性子的人，放羊时间长了，他的性子叫羊给慢慢地磨缓多了。他今天更是不急不躁，因为他对找到丢失的这只黑眼圈有足够的把握，所以他一点都不着急。一到冬天，他的性子就变得更和缓，家里有一大堆储备好的干草，够他的羊吃一个冬天的，他不用为那群活物发愁，也不用每天起早贪黑地去放羊，没有那么多的操心事，他急什么？不就是一只羊跑丢了吗，他找回来就是了。羊能跑到哪里去，跑来跑去还是在地上跑，又不会上到天上，就是它日能得能上到天上去，天上也没有它能吃的干草，最后它还得落到地上来，地上到处都是雪，羊跑出去也没有用，什么也干不了，哪儿也去不成，它还得跑回来。

他想得一点都没有错，当他爬上一个缓坡的顶端，看到缓坡的另一面时，他发现一只雪球在远处的硬雪地上滚动着，那不是跑丢的黑眼圈，还能是什么？在这个没边没沿的雪野里，能滚动的只有像雪一样白的羊了，雪地是平躺在大地上的，又滚动不了。雪地要滚动起来，那还得了，人和村庄还有羊，还不得掉到天上去？天上都是死了的人才去的地方，他才不想到天上去呢，他还没有活够呢，还想在地上好好地活着。地上多好，尤其是冬天的地上，硬雪把地上盖得严严实实，像地上平趴了无数只肥羊似的，叫人看着心里就踏实、舒坦。

雪球越滚越近，他已经听到黑眼圈发出的亲热叫声，并且黑眼圈激动地向他跑了过来。他却一点都不激动，没有迎上去，而是站在原地，从怀里慢慢地掏出酒瓶，仰脖喝了一口酒，咂巴几下嘴，然后才将酒瓶收了，抬手抚摩一下立在他肩膀上岿然不动的鹰，长长地呼了口气，一副十分惬意满足的样子。他一直等着黑眼圈跑到他的身边，用一副温顺得有些潮湿的目光看着他时，他才收起酒瓶，瞪了黑眼圈一眼，像对待一个做错事的孩子似的，骂上两句，算是教训过了。黑眼圈低着头朝他靠近过来，用身子蹭着他的腿，咩咩地极为亲热地叫着，他伸出手，摸了摸黑眼圈的头，算是不计前嫌了。他直起身对黑眼圈说了句，回吧，天不早了。然后转过身兀自走了，黑眼圈就在他的身后跟着走，像一个淘气过头被父亲罚过然后又认了错的孩子，不声不响地跟着。

找到了黑眼圈，他的心里还是很踏实的，背着手走了几步，回头看看安安静静跟着他的黑眼圈，自己很满足地笑着，又掏出酒瓶猛喝了一大口酒，摇了摇酒瓶，看还有大半瓶，便又喝了一大口。想着一回到家，老婆又会在他喝酒时唠叨，他喝的这一口就有些猛烈，像要把在家里想要喝的酒一口气全喝下去似的。喝得有点猛，呛了，并且呛得不轻，他剧烈地咳嗽起来，咳得胸腔里的东西迫不及待地要迸出来一般。他弯着腰，大口大口地喘气，看到地上的白雪时他才想着吃几口雪压一压这股岔气。他蹲下身子，抓地上的硬雪，上面的一层硬雪被他的手指抠开，露出下面松软的白得耀眼的雪末来，他抓了满满一把塞进嘴里，雪还没有来得及化成水，他就咽下去，一股冰凉沿着气管滑进他的肺里，身体里的每一根血管每一根神经都渗进了这份冰凉，竟神清气爽了不少，咳嗽也被冲淡，只在喉咙里胆怯地呜呜着，一点也没有刚才那么暴烈了。他又抓一把雪填进嘴里，这回尝到了雪的甜味，竟然比酒有味，他想多吃几口，好好体味一下平时没有体会到的感觉。他吃得有滋有味时，没忘了给肩上的鹰，还有身边的那黑眼圈也喂上几口。他和鹰、羊吃雪吃得忘情，没有注意到天上的变化。天没有刚才那份安静的蓝了，像一个受着委屈的孩子，变得沮丧起来，脸灰蒙蒙的，没有一点光泽。

这是大风到来的前兆。

风就是会凑热闹，刚才还在村子里到处乱窜，发现这边的雪野里有一个人一只鹰和一只羊时，就十分兴奋地急急忙忙也赶了来，而且来势很猛。他是在被风很热烈地拥抱住后，才意识到了危险，他直起身子，看到眼前的景象已经不是他来时的那般了，他一惊，吃进肚子里的雪立时有了感应，很快就将寒气逼进了他的心里。他掏出酒瓶喝了口酒，嘴里咝咝地吸着凉风，似乎害了牙疼。他不敢乱走动，感觉肩上的鹰怕狂风把它刮走，已经把尖利的爪子抓进他的羊皮大氅里，劲大得快要从他的身上扯走羊皮大氅。他不怕鹰被风卷走，鹰有一双尖利的爪子，经历的暴风暴雨多了，只要他在，鹰就会抓住他和他在一起，他担心的是黑眼圈。风虽然很猛，却不至于能把肥硕的羊刮走，但羊胆子小，他怕黑眼圈受了惊，会在狂风中再次走丢，他弯腰一只手抓紧大氅，一只手揽住黑眼圈的脖子，怕风把黑眼圈吹散。

　　他是来找羊的，羊要是被风吹跑，他不是白来了？老婆还不得又怪罪他喝了酒，而对他唠唠叨叨？

　　他活了这么多年，还没有在荒野里经历过暴风。但他心里一点都不惧怕暴风，这会儿担心的却是下雪，如果暴风再加上雪，那可就糟了，新鲜的雪一旦落在硬雪上，会掩盖住硬雪上的路，即使路认识他，想把他和羊引回家，但有一层新鲜而陌生的雪隔在他和路之间，彼此没有了感应，天又是灰蒙蒙的没有了方向，那可就麻烦大了。

　　他担心的事终究还是发生了，雪在天上憋不住，纷纷扬扬地落下来。雪随着暴风，就像疯了似的，在天地间肆意地狂舞起来，舞到天黑，又舞到天亮也不见疲惫的样子，依旧没有停下来。

他抱着他的羊，还有他的鹰，在暴风雪里坚持了一夜，见风雪忘记时间一样还没有要停下来的意思，他心里恐慌了，他已经在暴风雪里煎熬了一个夜晚啊！这一夜的漫长是他平时想象不到的。荒原上的暴风雪有时会刮几天几夜，这要是一直这么刮下去，他总不能在暴风雪里一直被动地等着啊，否则不冻死也得饿死，他无论如何得想办法走回家去。他抬头向四周辨认一下方向，确认了他认为是自己来时的大概方位，一手抱着黑眼圈的头，一手扯着羊皮大氅，不时摸一下肩膀上的鹰，顶着暴风雪艰难地走着。

不知道过了多长时间，他终于走出了暴风雪。走到风雪停止，却没有走回自己的家。他们还是在雪野里。

四野全是白茫茫的一片软雪，连天空都是白的，是那种苍苍茫茫的白。他像是走进一个云团里，分不清哪是天哪是地，或者说就没有天没有地，整个世界全是雪，白白的雪。

他迷路了！

这个念头一冒出来，困扰很长时间的饥饿就很清晰地冲了出来，在他的身体里横冲直撞，把他的心揪得紧紧的。他抓了一把雪塞进嘴里嚼着，然后，又掏出酒瓶喝了口酒。酒的灼热温暖了雪水，这种温热使他的肠胃里更加空洞，饥饿感更强烈了。

他能够敌住风雪的侵蚀，却抵挡不住饥饿的攻击。他出来寻找黑眼圈时，没有想到会走出这么远，还会碰上暴风雪，除带着一瓶酒，他没有带一点吃食。四周空荡荡的只有雪，还有——寂静。他开始吃雪，大口大口地吃，吃上几口雪，再喝上一口酒，他听到自己和这雪野一样空荡的肚子里回荡着雪水的声音，第一次，他感觉到雪和酒是多么不相容啊，但他眼下只能这样，光吃雪太冷，喝口酒可以驱驱寒，可喝下去的酒和在雪水里，肚子更饿更难受。他也叫他的黑眼圈吃雪，叫他的鹰吃雪。黑眼圈吃了几口，就不吃了，用一双哀怨的目光望着他。鹰只是啄了几下，弄湿了它的钩喙，却一口都不吃，它是吃肉长大的，不到渴的时候，是不愿意吃雪的，它已经饿得不时发出饥饿的叫声。他用手抚摩着鹰的背，它那光滑的羽毛外面是一层冰凉的雪末。他对鹰说道，你有翅膀，赶快飞走吧，飞回去就有东西吃了，在这个不辨东西的鬼地方，我是没有办法给你找吃的东西。

鹰瞪着它那双圆溜溜的眼睛很宁静地看着他，没有要飞走的意思。这是一只忠心耿耿的鹰，已经陪伴着他有七个年头。当初，他从放鹰的人手里买下它时，还是一只幼鹰，他把它从小养到大，它一直跟随着他，是他忠实的伴儿，他有时候觉得它比他的老婆都要好，老婆到晚上陪伴他，有时难免还生气发脾气，可这只鹰却伴着他在荒野里放羊，陪他度过寂寞难耐的日子，并且对他百依百顺。他把鹰当作他最可靠最信赖的伴儿。鹰对他也一样，从来不背叛他。

他亲昵地拍拍鹰的背，抱着黑眼圈的脖子，继续往前走着。只有走，才有生的希望，可黑眼圈已经像他一样饿得走不动了，他们走得很艰难。

那匹狼是他回头时突然间发现的。起初，他以为那是一堆灰乎乎的脏雪，他的眼睛由于饥饿，长时间在雪野里辨别方向，已经看得不太清楚。但他心里是清楚的，这么洁净的雪野，怎么会有一堆脏雪呢？他闭上眼睛，让眼睛好好休息片刻，再睁开眼看时，他发现那堆灰灰的脏雪在慢慢地蠕动着，是向着他这边走来的一个活物。他的大脑和眼睛同时运作，终于确定那是一匹狼。在确认的一瞬间，他的心猛地提起来，头皮一下子炸开了，饥饿也叫恐惧给冲散了。

在新鲜的雪的铺陈下，地上柔软起来，寒冷的气流也变得柔和多了，不是太冷，可现实中的困境使他从心底往出冒冰森森的凉气，他两眼紧紧盯着慢慢走过来的狼，他的呼吸急促起来，用一只手揽着紧紧靠在他腿上的黑眼圈，另一只手按捺住肩头上的鹰。鹰早已瞪圆两只警觉的眼睛，翅膀像雨伞似的一张一合想要撑开了。这是它要出击的前奏。他轻轻拍了拍鹰的翅膀，按住它不让它出击，此时的它饥饿又疲惫，去攻击那匹狼是很危险的。他不想叫鹰去做无谓的牺牲。

狼越来越走近他们，它用贪婪的目光紧紧盯着他们。他从它的目光里看出了那是一匹饿狼，它的脊背弓着，上面的毛很乱，还粘在一起，像一个几天没有梳头洗脸的窝囊女人，蓬头垢面，瘪瘪的肚子上有一块毛不知被什么撕扯掉了，露出脏乎乎的肚皮，向他们一步一步逼过来。他一边护着黑眼圈，用手抓住鹰的腿，一边往后退着，不时向狼大吼一声，做出毫不畏惧的样子。那匹狼一点都不怕他，停下来盯着他们，像在思考以什么样的方式向他们进攻，考虑完又向他们跟前一步一步地靠近着，近得都能看到狼嘴里吐出的猩红舌头和那腥膻的气息。

这时候，黑眼圈发出了恐惧的哀叫声，它把身子一个劲地往他的身上挤着，他能感觉到黑眼圈的身体颤抖得像风中的树叶，他揽着黑眼圈的那只手也跟着羊的身体在不停地抖动着。这种抖动使他的镇静如同堆砌起来的一摊泥沙，在浪水不经意的冲击下很快就坍塌了，他的心里更加恐慌。为了给自己壮胆，他松开揽羊的手臂，在黑眼圈软绵绵的身上狠狠地拍打了几下。黑眼圈不抖了，却从后裆部渐渐沥沥地排出一些尿来，洒在了雪地上，洁白的雪地顿时像麻子的脸一样印下了一个接一个的小黄坑。他闻到一股尿臊味，在清凉得近乎透明的空气里，尿臊味异常刺鼻，他感觉到自己的裆部也快发出这种难闻的臊味了。他强忍着抬眼看看肩上的鹰。鹰也看了看他。鹰是镇定的，他从鹰的目光里看到了一种力量，但却是微弱的，他担心如果这时候有一阵风吹来，鹰的镇定会不会被吹走。鹰像他一样，一天一夜没有吃东西，又在风雪里守着他和羊苦苦挣扎了一夜，已经是又饥又累了。他相信，要是有吃的，他和这只威猛的鹰，是绝对不会惧怕这匹狼的。

可是在这个一眼望不到边的雪原上，又到哪里能寻找到吃的呢？

他看了看在不远处站住的饿狼，他知道眼前的险境，只有靠他——唯一的人，来想办法解决了。一匹饿狼，一只疲惫饥饿的鹰，还有一头他寻找回来的同样饥饿的羊，它们同他一样，都在寻找生存下去的机会。他把目光收回来，看了看紧贴在他腿上又在发抖的黑眼圈，抽出手又拍了拍黑眼圈的脑袋。黑眼圈抬起头，两眼看着他，轻轻地叫唤着，无力的声音里充满了胆怯和恐慌，但它看着他的目光里却全是依赖和信任。他躲开黑眼圈的目光，在心里对黑眼圈说了句："对不起，我们只好叫你——先走一步了！"

他虽然打定了主意，心里却很难受。这种时候，他不能与黑眼圈患难与共，这很悲哀，可黑眼圈是一只羊啊，羊嘛，迟早都是这个下场。他心想着，黑眼圈前几天在羊圈里心神不定，不顾一切地跳出羊圈跑了出来，看来这都是命里注定了的，黑眼圈命该如此。他这样想着，心里略微安然了一些，为黑眼圈的命叹了口气，弯下腰，一把把黑眼圈的头揽到自己怀里，轻轻拍打着，像在哄睡一个还不懂事的孩子。黑眼圈毫无戒备，任他将自己揽在怀里，慢慢地它就不发抖了，安静地靠在他的怀里。他感受这柔软的一团在自己的怀里散发出一种安静的温暖，他在这温暖中抽出一只手伸进大氅里面的腰间，拔出那把从不离身的小刀。小刀是正宗的"英吉沙"刀，不长也不宽，看上去很笨，却很锋利，刀面在雪的反射下，折射出刺眼的光芒来。他闭上眼睛，用上了全身的力气，将刀子捅进黑眼圈的脖子里。他不想叫黑眼圈在痛苦里久留，只想着叫它一下子死去，但是，由于饥饿，他手上的劲太弱小，一刀子没有使黑眼圈毙命，它还是经受了疼痛的折磨。在那一瞬间，黑眼圈的身子像中风似的抖个不停，直到身上的血快流干，它才不抖动了，抬起头，用两只大大的眼睛哀婉地望着他，眼睛周围的黑眼圈像从眼睛里扩散开的悲哀似的，黑得刺眼。他不敢看它的目光，闭着眼睛抚摩着它。黑眼圈在他的抚摩下，始终没有发出一点叫声，直到它脖子里的血流光了，才发出一声叹息似的，嘴里长长地出了一口气，身子软倒在被它的血染红的雪地上。

他望了望蹲在不远处一直专心致志看着他的那匹狼，狼看明白了他的动作，很有些惊奇的样子，立在那里好一会儿才又开始跃跃欲试地要再次向他和鹰逼近。饿狼是没有耐心等他的。他也看透了狼的心思，但他明白这时候和他对峙的饿狼已经不太可怕。他有了眼前的这个黑眼圈，就已经看到了饿狼的失败，他嘴角抽动着，冷笑了一下，收回目光，开始收拾地上的羊。他没有像平时宰羊那样悠闲，先剥羊皮，然后再开膛，细致地掏出内脏。眼下，他没有那份心情，也没有那个时间。他慌张地用小刀划开身体还温热着的黑眼圈的肚子，然后把刀放到嘴边用牙咬着，两手伸进羊肚子里，扒出冒着热气的内脏，把羊肺羊肝掏出来。捧着这些东西时他犹豫了一下，转过头来瞅了瞅肩膀上的鹰，又瞧了瞧一步一步逼近来的狼。他将手中的羊肺羊肝使劲扔给了那匹饿狼。

狼似乎早就料到他会来这一手，还没等到羊的内脏落地，就跳起来扑上去用嘴接住，吃上了。

趁这机会，他把一挂羊肠子掏出来，迅速用刀子割成几截，放到身边的雪地上，示意他的鹰吃。鹰最爱吃肠子，可今天他的鹰却没有往常吃肠子时那么敏捷，它迟迟不动地上的羊肠，蹲在他的肩头，两只像刀子一样锋利的眼睛看看不远处正在吞吃的狼，又看看地上的羊肠子。他把鹰从肩膀上抱下来，放在羊肠子跟前的地上，对它说，我不想和那匹狼单刀直面地斗，我们可能斗不过它，我想着只要它吃饱了，就不会吃咱们，咱们还是保存实力找寻回家的路吧。鹰这才看了看他，开始吃地上的羊肠子。

他看看鹰，又看看狼，拿刀从羊身上给自己割了块肉，急不可待地生吞起来。他饿坏了，吃得太急，气都憋住了，所以，他是喘着粗气吃了好几块生肉的。生鲜羊肉有一股很浓烈的膻味，这味道熏得他都要吐出来了，但他强忍着，在这样恶劣的环境里，他只有用坚强的意志才能让自己生存下来。他抓了几把雪填到嘴里吃了，压了压吃生羊肉的恶心，又掏出酒瓶，酒已经不太多了，他喝了一小口，用舌头在嘴里搅动，先是让那酒在嘴里慢慢地回旋，刺激够了，然后才一点一点地让酒滑进肚子里，那舒畅的感觉也就那么一点一滴地浸润到他的全身。肚子不那么饿了，感觉身上也有了力气，他停止吃羊肉，看着不远处的狼已经品尝完内脏，正蹲在原地，依旧用虎视眈眈的目光看着他和鹰。他知道这会儿狼暂时不会向他发起进攻的，它吃了东西，没有刚才那么饿，它会动别的脑子。狼是很狡猾的。

他稍微歇息了一下，才剥下羊皮，用刀子割下羊的四条腿，还有黑眼圈的脑袋，用羊皮包了。背到肩上，他回头看了看那只盯着自己的狼，笑了笑。他把大半个羊的尸体留给了那匹狼。然后，打了个呼哨，吃饱的鹰飞到他的肩上，他认了一下方向，驮着鹰和四条羊腿，向他认准的方向走了。

他在雪野上又走了一个夜晚。有雪的夜晚像白天一样明亮，没有了风，雪野寂静得可怕，但他已经觉得这不是最可怕的了。最可怕的是困乏的睡意。在雪色里有几次他差点摔倒昏睡过去，每次他都克制住了，他知道只要一睡过去，就完了，他再也不会醒过来的。他不时停下来用雪搓搓脸，这样可以醒醒神。就这样，他坚持着在雪野里又苦熬了一夜。他没有找到村庄，却在这天中午（他想着应该是中午的时间）的时候，他看着昨天的那匹狼，又跟上他了。他从狼脸上的血迹上认出了它，他给它留下了大半只羊，但它在吃完后又毫不留情地跟了上来。

他气愤极了，它吃那么多，肯定吃饱了，但它还是贪得无厌地又跟了上来，看来，这匹狼是不想放过自己的，要和自己较劲了。他大吼一声，骂着狼，虽然他和他的鹰都很困乏，但他没有办法躲过这场灾难，这回，他决定和狼一搏，只有搏才能保全自己了。

他放出鹰，叫它向狼发出攻击。

鹰冲出去，向狼扑去。鹰吃了羊肉，体力恢复了一些，但狼也吃饱了，它们搏斗起来，鹰应该是占上风的，它能飞，啄一下狼，飞起来，狼拿它没有一点办法的。可鹰两天没有休息了，刚开始还能把狼痛击几下，后来体力不支，有几次差点还叫狼给咬住，其中一次，狼咬住了它的翅膀死死不放，他赶紧冲上去帮忙，用小刀狠命地刺狼，狼松了嘴，负着伤，狂奔而去。

狼暂时被他和鹰赶跑了。

他望着跑远了的狼，累得大口喘着气，后悔自己昨天给狼留那么多的羊肉，倒叫它吃饱了，养足了精神来跟踪攻击他们。他知道狼是报复性很强的动物，败在了他和鹰的手下，它是不会轻易放过他们的，就算这次它跑了，过不了多长时间它还会跟在他们的后面，算是黏上他们了，他得做好和它打持久战的准备。他从肩上取下羊皮里包着的羊腿，昨天晚上他和鹰吃了一条羊腿肉，还剩下三条羊腿。他给鹰割了一些肉喂它吃了，自己一口都没有吃。他明白在这场和狼打的持久战中，鹰是攻击狼的重要力量。他不知道这场仗要打到什么时候，他要把肉省下来给鹰留着。在与狼僵持的时间里，他要让鹰积蓄更多的力量，他与狼比起来，力量是很弱小的，他只有依靠鹰的强大力量来对付狼。

果然，没多一会儿，那只稍事休息的狼再一次地贴过来，与他不远不近地拉开一段距离，他走它也走，他停它也停，像膏药似的。他使劲冲着狼吆喝，从地上抓几把雪捏成雪团朝它扔过去，狼很敏捷地躲过雪团，却丝毫没有一点要改变自己决定的意思，还是那样保持距离地跟着他。它是在寻找最佳进攻的机会。他无法忍受狼的冷静，他也知道两天两夜的消耗对自己来说，是不再适合和狼打持久战的，这样下去失败的将不会是狼，而是自己。他于是放鹰去攻击狼，在他的助威下，鹰把狼赶跑了。但时间不长，他发现狼又十分阴险地在自己后面不远不近的地方跟着……

这样，他和他的鹰与狼整整地又僵持了一个晚上，他和鹰打败了那匹狼不下十次的主动进攻，狼那双在黑暗中发着灼灼绿光的眼睛，让他有一种快要发疯的狂躁，他的性子不再缓和，又开始急躁起来。他的体力也在与狼的对峙和肉搏中渐渐不支，到最后甚至连吆喝的力气都没了，全靠他的鹰飞上飞下地与狼搏斗着。而他，只有躲缩在一旁，在狼目标攻击性很强的时候，舞着已经被他割净了肉的羊腿骨来保护自己，躲避着不被狼咬到要害的份儿上了……

他的老婆和儿子及一帮牧人骑着马找到他时，他的脸上手上全是伤口，身上的羊皮大氅已经被狼撕成了碎皮条。鹰的一只翅膀被狼撕咬掉，它已经残废，这辈子再也不可能飞起来了。那匹狼也被鹰啄瞎了一只眼，他瞅准机会，在涌出来的鲜血把狼的另一只完好的眼睛糊住，狼看不清的时候，他冲上去用乱刀子将它捅死了。

至于他找到的那只母羊黑眼圈，现在只剩下一张被狼撕得支离破碎的羊皮，还有三根羊腿骨头了。那瓶给过他无数美好想象的酒，也只剩一个空酒瓶，杂乱地扔在雪地上。

在老婆抱住他时，他还没有忘记自己这次出来的目的，虚弱地抬起满是伤口、血已经结成痂的手指着地上零乱的一切，对老婆说，羊我可是找回来了，可现在只剩下这些……

老婆抱住他，哭得差点背过气去。

地上新下的雪又叫寒流冻成了硬雪，一只空了的酒瓶和那三根羊腿骨，还有那匹面目全非的死狼，冻得硬邦邦的，镶嵌在硬雪里，要抠出来，还不太容易。

温亚军文集

第四卷

麦　子

温亚军　著

中国言实出版社

图书在版编目(CIP)数据

温亚军文集.第四卷,麦子/温亚军著.--北京:
中国言实出版社,2022.1
ISBN 978-7-5171-3863-1

Ⅰ.①温… Ⅱ.①温… Ⅲ.①短篇小说—小说集—
中国—当代 Ⅳ.① I247

中国版本图书馆 CIP 数据核字(2021)第 189167 号

温亚军文集　第四卷　麦子

责任编辑:张国旗
责任校对:代青霞

出版发行:中国言实出版社
　　　地　　址:北京市朝阳区北苑路180号加利大厦5号楼105室
　　　邮　　编:100101
　　　编辑部:北京市海淀区花园路6号院B座6层
　　　邮　　编:100088
　　　电　　话:010-64924853(总编室)　010-64924716(发行部)
　　　网　　址:www.zgyscbs.cn　电子邮箱:zgyscbs@263.net

经　　销:新华书店
印　　刷:徐州绪权印刷有限公司
版　　次:2022年8月第1版　2022年8月第1次印刷
规　　格:880毫米×1230毫米　1/32　8.375印张
字　　数:166千字

定　　价:258.00元(全五卷)
书　　号:ISBN 978-7-5171-3863-1

目
CONTENTS
录

成人礼

    吃晚饭时，女人说，上河湾的伍师达这几天要来，儿子已经七岁了。男人正埋头用心地吃拉条子，他喜欢吃拉条子，面劲味道足。他嘴里嘴外都是没扯断的拉条子，呼噜呼噜的声音像打鼾似的。嘴里塞满了拉条子，没有说话的空隙，男人抬头看了女人一眼，明白女人的想法，他没有响应，又继续埋头吃起来。女人心里不悦，看着男人狼吞虎咽的吃相，暗怨道，好像八辈子没吃过拉条子，饿狼似的！女人心里埋怨，却没有责怪男人。男人是家里的主心骨，地里、圈里的活儿，出来进去都靠他一个人。自从有儿子后，男人就不叫女人去地里干活儿，她只负责在家带儿子、做饭，偶尔也帮男人给圈里的马羊添把草料，干一些离家近也不费力气的活儿。儿子缠人得很，女人上个茅房都跟着，像她的尾巴一样，甩都甩不掉，女人哪儿都不能去，整天窝在家里，烦透了。男人没有单独带过儿子，体会不到女人这份烦恼，他认为，女人在家带孩子天经地义。

一大盘拉条子吃完，男人伸出舌头把盘子里的汤汤水水舔干净，又端起女人早准备好的一大碗面汤，试了试温度正好，咕咚咕咚一口气灌进肚子，才满足地用手抹抹嘴，掏出一支烟点上抽了一口说，你说的是儿子的虚岁，他离成人还差一截呢。

女人说，到年底不就满七岁了？上河湾的伍师达难得来一回呢。

男人站起身说，到年底再说吧，不就行个割礼吗？离了上河湾的伍师达，儿子就不能成人了？

女人白了男人一眼，都说上河湾伍师达的手艺好，人家可是区长请来给他儿子行割礼的，好多人都想着沾区长这个光呢。

男人不高兴了，没好气地说，我就说呢，你这么心急，原来是想着给区长那条老骚狗捧场……

女人手中的湿抹布飞过来，砸在男人的脸上。

区长曾叫人从卫生院的值班室里光溜溜地捉过奸，祖宗八代的人都丢光了，可有些女人说起区长来，像是他给祖宗增光了似的。

男人的女人不是那种女人，他知道把话说重了，便抹了一把脸上的油腻，弯腰捡起地上的抹布放在桌子边，默默走出屋子，去马圈拌草。

碗筷摆在锅台上没有洗涮，女人钻进被窝把自己裹起来，一个人先睡了。儿子爬在炕沿上推母亲，叫她给自己洗脸，然后讲故事。女人被儿子推得摇来晃去，就是不吭声。

男人进来看到眼前的情景，知道老婆跟他怄气，他一点都不生气，把脏兮兮的儿子拉下炕，弄些热水胡乱洗把脸，叫儿子脱衣去睡觉。男人上上下下地把自己洗净了，回来见儿子还坐在炕上，没有脱下一件衣服。儿子是在等母亲给他脱呢。男人突然间来气了，冲儿子吼了一声，儿子吓坏了，嘴角抽动着，眼里泪光闪闪，但没有哭出声。儿子带泪的眼怯怯地望着父亲，就是不脱衣服。男人气愤地抓过儿子，粗暴地几下扒掉他的衣服，把他塞进老婆旁边的被窝里。儿子这下才开始哭，小身子在被子下面一耸一耸的，很压抑，像是受了多大委屈似的。

女人转过身看了一眼身边的儿子，又看了一下男人，转回身搂着儿子睡。女人在乎了，男人的气消了一大半，他关掉灯脱掉衣服，侧躺在女人身边，伸手去揽女人。女人裹着被子的身子拧了一下，把男人的手甩掉了。男人在黑暗中摇摇头，笑了一声，又去抱女人。女人这回没有把男人的手甩开，象征性地挣扎几下，被男人扯开被子抱在了怀里。男人的手顺着女人的衣服钻进去，女人的身子扭动着，转过身来，恶狠狠地对男人说，一边去，我心里正想着区长呢。

男人嘿嘿笑道，去他妈区长，我知道你连正眼都不会看那个老骚狗的，他算啥东西。我是图嘴上痛快呢。

男人这么一说，女人的气全消了，说，你痛快过了，现在该说正事了吧。你刚才都看到了，儿子依赖到了啥程度，这么大了，衣服全靠我给穿脱，越长越小了。

男人叹口气说，是不像话，我小的时候可不是这样。

那你同意这次给儿子行割礼了？

男人抽出手来，解着女人的衣服说，这次下次还不都一样，迟早都得割。只是——和区长那个老骚狗的儿子一起割，我心里不舒服……

这阵子秋收，地里活忙，男人干上一天的活儿，总要拿女人解解乏。女人不再固执，一边动手解自己的衣服，一边说，他割他的，咱割咱的，各不相干，你不是说，这次下次都一样，那就这次割吧，咱图的是上河湾伍师达的手艺。

男人不吭声，手上使劲把女人胸口的衣服褪下。女人一把拨开男人的手，扯过衣服掩住胸口，对男人轻声说，儿子还没睡着呢。

男人抬起身，凑到儿子跟前看了看，儿子玩一天累了，哭够早就睡着了。男人迫不及待地又扯女人的衣服。女人坐起来自己褪尽身上的衣服，嘴附在男人耳边，小声说，你等等，我去洗洗。男人身上呼地一热，哪还等得及，扯住女人，不让她下炕，可女人一挣脱，鱼似的哧溜跳下炕，闪着白光走了。

地里的庄稼收完后，剩下的活儿就是把收回来的玉米秸和干草码起来。这个活儿得两个人干，一人站在草堆上码，一人往上面扬。女人扎一条大头巾，帮男人码草，男人丢上去几个草捆，又跳上草垛去码好，才给女人说，你看我一个人能弄这活儿，你还是去给儿子的成人礼做准备吧。女人扯下头巾，看着男人上蹿下跳挺自如，想着儿子的事比码草重要，便给男人提来一壶奶茶，带儿子去镇街上买东西了。

先得给儿子买身新衣服。女人心细，在镇街上转了半天，打听到区长给他儿子买的衣服，咬咬牙给自己的儿子也买了同样的一身。她家的日子不如区长家好，但她不能让自己的儿子在成人礼上输给区长的儿子，穿同样的衣服，又是一个伍师达行的割礼，她儿子不比区长的儿子差，这样一来，她的心里才平衡。

只是，在给行割礼的伍师达买礼品时，女人动起别的心思，本来该买一双皮鞋的，她却买了一顶帽子。在镇街上转来转去，女人发现，好点的皮鞋都要一百多块钱，差点的又拿不出手。就在她犹豫不知道要不要买好点的皮鞋时，她看到了那顶羊羔皮帽子，颜色极纯，黑得利利落落，又庄重又富贵，一看进眼里心里就舒舒服服的。她一下子喜欢上了这顶帽子，一问价，才三十块钱。女人毫不犹豫选择了这顶羊羔皮帽子。买到自己满意的东西，又省下了钱，女人心里高兴，没想给自己买什么，却想着给自己男人买点啥东西。在街上又溜达几个来回，除了给男人买了一公斤莫合烟外，竟想不出还能买别的啥。男人的衣服不用买，还没到过年的时候呢，他是个怪脾气，现在买了，他认为是浪费，不会过日子的人才这么浪费呢，他一定会发火的。男人一年到头，地里家里的忙碌着，是家里的支柱，该给他买点啥东西才对。买啥呢？女人犯愁了。

思忖来思忖去，最后，给男人买了一条红裤带和红裤衩。

来年就是男人的本命年，女人想着先把这东西备下，免得到时忘记。

天将黑时，女人心满意足地带着儿子背着东西回到家。一进家门，见男人在吃冷馍，知道男人已饿得撑不住了。女人连连向男人道歉，把包袱塞进男人怀里，赶紧去洗手做饭。

男人吃着冷馍，在炕边打开包袱，边吃边翻看女人买的东西。男人先翻看儿子的衣服，回过头问了女人价钱，他认为值。儿子毕竟是过成人礼，一生就这一次，是得好点。看到给伍师达买的羊皮帽子，男人很满意，知道了价格，更是对女人大加赞赏，好像女人干了一件不得了的事，把女人夸得有些不好意思，脸红彤彤的，不住地拿眼瞄男人，心里满是欢喜。男人拿起帽子准备往自己头上戴时，发现帽子里的红裤带和红裤衩，或者是鲜红的颜色过于扎眼，男人的眼睛一瞬间被刺得睁不开。他把这些东西掏出来打开，眼前更是一片跳跃的红色，像一把正在熊熊燃烧的火苗，噌地一下，把他心里的怒火点着了。男人连问都没问，极冲动地把红裤衩和红裤带揉成一团，扔向女人，冷笑道，好啊，你个不要脸的，说是给儿子行割礼，却给伍师达连这种东西都买好了，原来你早就认识他，我就说呢，你怎么非要这个时候给儿子行割礼，敢情不是为儿子，是为你自己！

正在和面的女人还沉浸在男人对她的赞赏里呢，哪里想到男人会突然翻脸，她大吃一惊，不明白怎么把他给惹了，等看清扔过来掉在地上的东西，火气噌地蹿上来，推开面盆指着男人骂道，你是眼瞎了咋地，不看看这是派啥用场的？不会看还不会问？胡乱发啥脾气。过年就是你的本命年，这是给你本命年用的！

火焰被女人的话浇灭了，男人愣愣地看着女人，他这时的处境很尴尬，想笑笑不出来，道歉说不出口，脸上的表情讪讪的。好久，男人才想起要给自己辩护一下。这……我……我的本命年不是已经过完了吗？他说这话时犹犹豫豫，底气明显不足，可见，他心里还是明白自己本命年的。

你也不问个青红皂白，就骂我，你不是不承认儿子的虚岁吗，咋把自己的虚岁过得这么踏实……

我……我……男人心虚，说不出个所以然来。

谁知道你一天到晚脑子净瞎想啥呢，你自己瞎想也就罢了，还老把我想得不干不净，当我什么人哪？

女人伤心，丢下面盆，干脆不做饭了。她越想越气，渐渐地哭了起来。从一提起给儿子行割礼开始，男人就不给她气顺，她做错什么？她为谁呢？女人越哭越觉着这委屈受大了，一头扎到炕上使劲狠哭起来，一直哭到黑天半夜。

哭够了，女人躺在炕上摆出罢工的架势，无论男人说啥，她都不吭声。男人没法，只好给儿子弄点开水泡馍一吃了事。

这次，男人没有把女人哄转咧。第二天，男人躲着女人的目光，感觉很别扭。女人不顾这么多，哭过了，所有的不愉快都随泪水一起流掉了，什么都不往心里去，该干啥干啥，她还指使男人去打听上河湾伍师达到来的具体日期，给儿子割礼能排上第几名。区长出面请的伍师达，应该去问区长，男人没去找区长，在外面转了一圈，回来说，排不排名都一样，反正都得做，早一个晚一个不太重要。女人却不行，见男人不把这排名当回事，自己专门跑去找区长。回来的时候，女人一脸喜悦，说区长其实人不坏，满口答应给她排在第二名。有那么多的孩子等着行割礼，区长却能把她的儿子排在第二，女人觉得很有面子，心情自然很好，甚至还有些暗暗的得意。男人却不这样认为，他才不稀罕呢，见女人愉快的样子，心里不舒服，说出来的话像含着鱼刺似的，把女人刺得身心不舒服。两口子闹起别扭，一个不搭理一个了。

秋收结束，上河湾的伍师达来了。

区长的儿子行成人礼，算是件大喜事，想巴结区长的人都来贺喜，当然不能空着手来，他们送来的礼品有衣服、被面、毛毯。礼送得重的，有肥羊，还有送小牛犊的，送这些礼的人大多有求于区长，或者是讨好区长，平时想巴结找不着机会，这下给逮着了。区里的那些干部凑份子，买了一匹枣红色儿马，才两岁的口，这是送给区长儿子最贵重的礼物。区长很高兴，酒席摆满一院子，比普通人家结婚都要大。一时间，区长家人欢马叫，像集市一样热闹。这热闹的欢叫声，却掩饰不住区长儿子的哭叫声。他被伍师达手中行割礼的刀子吓得尿都出来了，但没有人去注意区长儿子的哭声。这哭声是长大成人的标志，吉祥着呢。

转天，给男人的儿子行成人礼，他家没有区长那么排场。

男人杀了两只羊，炖一大锅肉，摆了两桌酒席，贺喜的亲戚朋友来了一屋子，也够热闹的。

可是，区长儿子行割礼时那声嘶力竭的哭声，早把男人的儿子给吓坏了，要给他行割礼时，却找不着他的人。伍师达把行割礼的家什摆好，要他们把儿子抱过来时，男人和女人一直忙着招呼客人，偏偏忽略了真正的主角，这会儿急了，奔来跑去喊叫着儿子的名字，把能找的地方找了个遍，也没找着儿子。男人急得眼里冒火星，看自己的女人，眼里噼里啪啦地打火，吓得女人一边找儿子，一边躲自己男人。平时女人专门看管儿子，这会儿子找不见，肯定是她的错。女人比男人更着急，她一直都没有停歇过，儿子添的这份乱，慌得她腿都软了，眼里泪水涟涟，看着挺可怜的。

这个可怜的女人还算幸运，有人在她家的干草堆顶上发现了儿子，女人像看到自己的救星，扑腾着要爬上干草堆抱儿子。草堆又高又大，女人怎能爬上去。有人搬来木梯，女人慌乱地爬上去。儿子在干草堆上蜷缩成一团，眼里是汪汪的泪水，脸也被泪水弄得花了。看到母亲上来，儿子这才委屈地哭出声。女人抱着儿子下来时，奇怪地想，没有梯子，儿子是怎么上到干草堆上的呢。

男人闻讯跑过来，从女人怀里抢过浑身发抖的儿子，把他送到伍师达跟前。帮忙的人一拥而上，七手八脚帮伍师达摆开阵势。女人取来早煮好的鸡蛋，边跑边剥皮，跑到儿子跟前，把一个囫囵熟鸡蛋塞进儿子嘴里，叫他咬着止疼。

割礼开始了，男人才擦拭一下额头的汗，脸上露出笑容，冲着众人发烟，叫女人从锅里捞肉，开席。

在一片喝酒的混杂声中，男人没管儿子的哭叫声，他偶尔朝儿子那边扫一眼，吆喝着众人喝酒、吃肉。倒是女人，一边忙碌，一边竖着耳朵听儿子那面的动静，儿子的哭声穿过所有的声音，十分清晰地灌进女人的耳朵里，女人的心跟着儿子的哭声一颤一颤的，手下迟钝许多，男人不时地催促她，不一会儿，她的眼泪止不住涌了出来。大家都在忙着喝酒吃肉聊天，没人注意女人的情绪。只有男人，看到女人的眼泪，他别过头，破天荒地再没有责怪女人。

上河湾的伍师达手艺的确不错，一支烟的工夫，他就使一个儿童完成了成人仪式。男人把伍师达让到酒桌上敬酒时，女人抱着还在哭泣的儿子，脸上苦苦的，不知该怎么哄劝儿子，只是把儿子抱得很紧，紧得儿子快喘不过气来，暂时停止哭泣，在母亲的怀抱里挣扎。

吃完肉，喝好酒，伍师达该走了，女人把儿子交给男人，从屋里拿出给伍师达的谢礼。伍师达客气地推让了一下，往自己包里装礼物时，他的眼睛突然一亮，拿起那顶黑羊羔皮帽子戴在自己头上，兴奋地说，这帽子不错，上河湾还没人戴呢，看来今年冬天，我要戴着它出风头了。

苦着脸的女人笑了，就这么一句赞赏的话，女人知足了。她买这顶帽子，算是买对了。

晚上，到了该睡觉时，男人没和女人商量，在大屋里给儿子新搭了个床。女人收拾完厨房进来看到小床，她看了一眼蜷缩在大炕上的儿子，心里不是滋味。按她的想法，要儿子先在炕上和他们一起睡，等他伤口好后再分开。可看男人的表情，女人没敢开口。按理说，行完成人礼的孩子，算是成人了，就得和大人分开睡，如果女人这个时候说出自己的想法，肯定会遭到男人的反对，她还记着白天找不到儿子情景呢，怕男人骂她。女人默默地铺好小床，去炕上抱儿子。

儿子脸上还挂着泪珠，见母亲来抱他，又哭起来，他推开母亲的手，紧紧抓着被角，好像被子此刻就是他最可靠的支撑似的，他拒绝到小床去睡。女人的心顷刻之间又让儿子的眼泪泡软，她跪在炕上不动弹了。女人想着，就是叫男人骂一顿，还是想让儿子在大炕上睡几天。男人已经走来拨开女人，上炕硬把儿子抱下来，放到小床上。儿子哭得昏天黑地，挣扎着要下床。男人冷着脸对儿子吼道，再哭，就叫伍师达来，把你的小鸡鸡全割掉！

儿子已经领略过伍师达刀子的厉害，害怕伍师达真的会来割他的小鸡鸡，吓得再不敢动，也不敢哭出声，却把哭声压在喉咙里，两只泪眼可怜巴巴地看看母亲，又看看凶神似的父亲。

女人的心碎了，泪水冲出来，她扑过去抱住儿子，和衣和儿子躺在小床上。

儿子哭累了，慢慢地睡了。女人轻轻爬起来，伸展一下酸麻的腰腿，去洗漱完毕，回来又要往儿子的小床上躺时，男人严厉地把她叫住了，回到炕上来！是你要给儿子行割礼，你现在也不能给他开这个头。

女人回头看一眼炕上的男人，男人冷冷地盯着她，好像她是一贴膏药似的，一个不留神，她就会粘到儿子身上不好揭下来。女人看着睡熟的儿子，伸手抹去儿子脸上的泪痕，慢慢地回到炕上，在另一头和衣躺下来。

男人起身关掉灯，脱了衣服要挨着女人睡，女人负气挪开身子，离男人远了点，大睁着眼睛看着黑暗中的屋顶发呆。

儿子睡得一点都不踏实，麻醉药的劲早过了，偶尔会疼得哭上几声。女人只要听到儿子那面稍有动静，就爬起半个身子，在黑暗中往小床那边瞅。每当这时，男人警告的声音会及时响起，女人叹口气，又倒下睡觉。女人一点睡意都没有，她翻来覆去在炕上烙大饼，倒把男人给引了过来。他毫不犹豫地伸手解女人衣服，被女人毫不犹豫地推开，他又去解，显得很有耐心，可女人没给男人机会，她爬到炕的另一头，用被子把自己紧紧地裹了起来。

男人愣了好一阵，才憋声憋气地说，你别趁我睡了，去小床那边，否则我饶不了你！

不一会儿，响起男人的鼾声。女人等了一阵，才爬起身，正要下炕时，男人突然说道，你干啥？我的话都不听了！

女人的身子僵住了，停了一会儿，她咚的一声，把自己甩在炕上，继续翻过来折过去，折腾了半天，就是没一点睡意，大脑反而越来越清醒。女人的肚子也叽里咕噜叫唤起来，她突然想起，忙乎了一天只顾招待客人，自己竟忘记吃饭，怪不得睡不着呢。一意识到自己没吃饭，她的饥饿感更加强烈，想爬起来去吃点东西，可又担心惊动男人骂她，硬挺着没动。硬撑着睡吧，睡着就不饿了。女人心想。

夜是静谧的，显出小床那边儿子鼻息声的沉稳和安静，还有炕那头男人粗重鼾声的香甜。在两个男人的睡梦里，女人迷迷糊糊睡着了。

女人是被噩梦惊醒的，她爬起来一看，天已经麻麻亮，炕上除过她之外，空荡荡的。她转过头，看到男人半个身子悬在小床边上，盖着一半被子，侧身搂着儿子睡着。

女人的眼窝一热，泪涌出来。她是被男人和儿子的睡相惹出泪水的。

麦　子

夏收前，大舅突然去世了。后来听说，大舅去世前，一直给邻居家盖房子当帮工，做些搬砖和灰浆的粗活儿。大舅虽然年近七十岁的人了，身体却很硬朗，干活儿能顶个小伙子。不然，邻居家也不会请他帮工。大舅去世的那天早晨，工匠们拉开架势准备房子的收尾工作，等了好久也没见灰浆到位，主要是和灰浆的大舅不见影子。他不可能睡过头的！邻居很不满地上大舅家去叫他，却见院门紧闭，敲喊了半天不见动静。邻居犹豫着，还是喊人搬来梯子翻墙进院，强行撬开屋门，发现大舅安静地躺在炕上，全身冰凉，不知什么时候已经离开了这个世界。

邻居慌忙打通表哥的手机，情况还没说完，表哥就打断了，情绪激动地说，看看，他死得都不是时候，眼看要割麦了，他死也不选个时间，尽给人添乱！邻居不知道怎么接表哥的话茬，捏着电话愣愣地听表哥发牢骚，好像死的人不是表哥的爸爸，而是邻居的爸。表哥前几年不知怎么与乡镇干部搭上了线，能包些修路挖下水道的小工程，虽然挣钱不是太多，但比起别的人家，日子过得相当不错。所以，他说话的口气随着收入的增长逐渐上升，与村人邻居的关系也越来越疏远。

大舅是睡了一夜，悄无声息走的，可能是突发性急病，受了什么样的痛苦，没人能知道，至少，他死的时候没遭太多罪，也算是他在人世最后的造化了。可表哥不这样认为，在报丧的电话中，他还是抱怨的口气，最后总要问一声，你说他怎么尽给人添乱呢？表哥的意思我大舅不是因为死而死，死不是他生命的终结，而仅仅是他要给人添乱的一种方式。当时，我母亲什么话都没说，表情极其复杂地放下电话，默默地坐在电话旁边发呆，半天没说一个字。

要是放在以前，母亲肯定得说点啥的。可是眼下，人都不在了，还说啥呢？说啥也没用了。父亲对母亲默然的态度一点都不觉得奇怪，他也不安慰母亲，就让她一人安安静静地坐在那里发呆吧。

父亲悄声出了门，转悠到麦子地边，金灿灿的阳光铺满了麦地，即将成熟的麦子如阳光一样金灿，晃得人眼晕。父亲吸吸鼻子，寂静中，成熟的麦香味在四周摇晃。父亲想起以前挨饿的时候，得到大舅的援助，尽管援助的力量是那样微薄，可在那种艰辛的年月，援助也是需要勇气的。一阵热风吹来，麦香味在阳光中像爆米花似的，一缕一缕地饱胀、迸裂，忽然间浓烈起来，随着热浪裹住了父亲。父亲沉没在醉人的麦香味里，却被呛得连连咳嗽。风瞬时而来，又突然跑走，海潮似的麦浪在阳光里渐渐复归平静。父亲望着麦田，突然间泪流满面。或者是四周的安静给了父亲流泪的理由，他不由自主地哽咽起来，对着一大片待收的麦子。

待慢慢平静下来，父亲抹干脸上的泪水，一路咳着回到家，把早已磨好的镰刀挂到屋后檐墙上，才进到屋里，见母亲坐在那里的姿势没变，依然发着呆，眼神也不知落在什么地方。父亲又咳了几下，这次有点干，似假咳一般。父亲咽了口唾沫，说，我去看了，麦子看着是黄了，可下镰收割还得三五天。母亲像失了魂又慢慢还回魂似的，抬头斜了父亲一眼，跟没正眼看一样，又把目光投向别处。父亲试探着又说，要不，去他舅家先看看？见母亲没反对，也没有赞同，父亲转过身向门口边走边自言自语道，人都走了，还计较个啥呀！这回，母亲的身子往桌子边靠了靠，突然开口了，她先是轻轻叹了口气，才小声说道，我没和他计较，只是——他走得这么突然，总好像啥事没个了断呢？你说，能是啥事？

快要走出门的父亲站住，双眼一热，忽地一下又模糊起来，转回身，声调都变了，道，还能是啥事？他大舅连今年的新麦都没吃上嘛！

吃不上今年的新麦，这算个啥事？母亲这样说着，鼻子还是酸了，眼泪呼啦啦涌出来，再没能止住，她终于打开了心中的那道闸门，放声痛哭道，我就没想与他计较嘛，谁让他这些年不与我来往了？我又没说过什么，还是他不认得咱家的门？

母亲与大舅的矛盾来自外婆去世那年。外婆一直跟着三舅过，按分家前的协议，大舅与二舅承担外婆的生活费用，外婆去世了，三兄弟得平摊丧葬的一切费用。这个没什么争议。大舅也没说过二话，该拿多少钱，他一分不差。问题出在他拿来的麦子上，是当年受雨水浸泡过的芽麦。那年夏收时雨水多，好多人家的麦子都被雨水浸泡过。其实，芽麦晒干了看不出来有问题，磨成粉后跟正常的小麦粉也没啥区别，只是一吃就露馅了。外婆葬礼那天，亲戚孝子来了一大堆。外婆活到了九十多岁，算是喜丧，所以大家也都没表现出多么悲哀，一副其乐融融的样子。到吃饭时，锅里的面条突然煮成了糊糊，这怎么吃？请来的厨子有经验，抓过一把面粉尝了尝，又"呸呸"吐掉，一脸不屑地说，这是芽麦！他拍拍手上沾染的面粉，表情倒比刚才轻松了许多，表明锅里的糊糊跟他的厨艺没有丝毫关系。芽麦与正常小麦的不同，就是做成面条煮熟时会碎。大家望着一锅用筷子捞不起来的面糊糊全傻眼了，总不能拿一锅糊糊去应付这一大堆人吧。不约而同地，大家把目光聚在三舅和三妗子身上，丧事是他们主办的，这吃喝的事自然也由他们打理，拿芽麦粉来待客，这不成搅局了嘛！三舅和三妗子也弄不明白好端端的面粉怎么成了芽麦粉，他们一时说不清楚，尤其是三妗子，外婆的去世没使她流多少泪，这会儿却急出两泡满满的眼泪。

顿时，屋子院里没人说话，居然都能听到一片呼吸声。大家把目光从三舅夫妇那里又挪移到大舅身上，他是老大，应该出面就这事说点什么或做些什么。大舅很镇定，见大家都看着他，竟然说，这个嘛，面糊糊也不是不能吃，要放在过去，这可是好东西啊……

才说这么一句，就被人打断了，打断大舅的不是别人，是他的小儿媳。大舅的小儿媳尖着嗓子很失控地喊了一声："那不就是你拿来的芽麦面嘛。"就像冒烟的油锅里猛然溅进一滴水珠，凝滞的气氛一下被打破，大家望着小儿媳，脸上全是一副不可置信的表情。过后我们想，大舅的小儿媳可能一时没忍住才冒失地喊了那么一嗓子，喊过就后悔了，在大家的目光中她满脸通红地跑走了。可是，小儿媳的揭发却使大家把矛头对准了大舅，纷纷指责他。如果当时大舅强辩一下，抵死不承认，或者软下语气认个错，这事也就过去了，又不是什么大不了的事，充其量也就是让大家不愉快一顿饭而已。但大舅偏不，他居然毫不隐瞒地承认了，并且还有点理直气壮。他说芽麦怎么啦，芽麦也是麦！国家又没下文件规定芽麦不是麦。大舅很早的时候曾当过生产队的保管员，懂得国家文件规定过的才算数。可这不是跟谁算什么账，这是外婆的丧事，来的可都是自家亲戚，糊弄了大家也就罢了，怎么还能心安理得，理直气壮呢。搁谁也受不了。

母亲也没想到自己的大哥在这种时候居然做出这种事来，

成心要把本来的喜丧变成悲剧似的。母亲心里一阵寒凉，忍不住大声痛哭起来。哭声是能感染人的，当即，在场的女孝子们个个眼圈发红，有几人跟着母亲一起"嘤嘤"哭出了声。母亲排行第二，她的哭声就像号令，虽然她没对谁说一个字，但她的侄子们从她的悲恸声中已听出了意图，一拥而上，将大舅轰出了三舅家的院门。

大舅万万没想到会弄成这样，他被轰出门后估计还没反应过来，愣愣地站在门外看着他的几个侄子。但这只是片刻的愣怔，突然间，大舅清醒过来，像疯了一般往院里冲。他的侄子们反应比他快多了，没等他冲进门就把他死死拦住。大舅扒住三舅家的门框，号叫着，别拦我，拦我干啥，让我进去，我又没杀人放火。

大舅双手青筋暴露，身子几乎被他的侄子们抱离地面，但他一点都不妥协，死死抓住被摇晃得有些松动的门框。院里院外站了好多人，却没人出面替大舅说点什么。能替他说什么呢，他搅了自己母亲的葬礼。大舅那时也顾不得外人笑话，一边抓着门框，一边声嘶力竭呼这个唤那个，企图唤来人替他解围。大舅还断断续续地解释着他拿芽麦的原因，他不是成心要坏事，他只是掺了一点点芽麦，那么多的芽麦，怎么办呢，想着掺和着吃吧，谁知道会弄成一锅糊糊呢。他要知道会弄成这样，把那些芽麦扔到沟里也不往里掺呀。大舅就这么诉说着，涕泪横流。但没人听他的解释。这时，大舅看到自己的大儿子站在门外冷眼看着这一幕，情急之下，大舅挣脱侄子们，冲到自己大儿子跟前"扑通"一声跪了下去。当时，大舅只想在自己老娘的葬礼上不被轰走，却没想到跪在自己儿子面前也一样被人嘲笑，可是，能参加老娘葬礼成了大舅当时唯一的目的。众目睽睽之下，大舅的大儿子窘迫至极，他没想到自己的父亲会来这一招。大舅可怜巴巴仰望着的模样令他十分恼火，拿芽麦来办奶奶的丧事已经很让人不屑，他居然还当众跪在自己面前，这颜面往哪儿搁？大表哥不想参与到父亲的这件丢人事里，也不愿把自己置于那么多的目光之下，干脆一拔腿跑走了，把自己的父亲丢在那里孤零零地跪着，像祸国殃民的千古罪人似的。

大舅两眼含泪看着自己的大儿子跑开，他没再喊叫，或者他已经反应过来这一跪破灭了自己的最后一线希望。他一屁股跌坐在地，浑浊的目光落在三舅家的院门口，门被轰他出来的侄子们关上了。其实，门只是虚掩着，宽大的门缝让院里来回走动的人影变得扑朔迷离，大舅第一次觉出一扇门能把人与人的距离拉得那样遥远，遥远到他竟然无法跨越的地步。大舅在外面呆坐了很长时间，风刮起大片尘土将他罩住，他也没动一动，粘有尘土的泪痕十分鲜明地挂在大舅干枯、褶皱纵横的脸上，他眼神呆滞，枯白稀少的头发似冬天的乱草一般，大舅这种悲怆的形象让从门缝里看到的母亲心生悲哀。但母亲到底还是没有跨出院门，把她的大哥搀进三舅家里去。

没有人注意大舅是怎么离开的。或者没有人能顾得上去关注他。最后，大舅没能参加埋葬外婆。他没法去。但有人看到，外婆出殡那天，大舅躲在一个山坡上大哭了一场，哭得无比酣畅，无比悲凉。仅仅是因为一些芽麦，大舅众叛亲离，这个结局大舅自己没想到，任是谁也想不到的。

从此，大舅沉默寡言，不与庄里的任何人搭话，与小儿子也分家单过，关起院门自己过活。和小儿子分家后没过几年，大妗子病逝，大舅只身一人不知是怎么过日子的，没人知道，也没人问，就算亲戚间谈话一般也不谈及大舅，连后来的婚丧嫁娶，也把他忽略不计。大舅似乎就这样被他的兄弟姊妹们给遗忘了。

眼下，大舅突然走了，就不能不管不顾了。

这么多年，母亲其实早就想通了，不就是一点芽麦嘛，至于把一个血肉相连的人生生从心中剔除出去？但母亲又磨不下脸主动跟大舅示好，毕竟是大舅做得不对，就是要示好也该他主动才对。是大舅刻意要让大家把他忘了，他真的就被人遗忘了。

母亲抹干脸上的泪，给表哥打通电话，开始张罗大舅的丧事。又叫父亲联系收割机，说今年的麦子交给收割机了。这么多年，母亲一直坚持自己收割麦子，嫌收割机拾掇得不完全，浪费太厉害，再就是麦衣不干净，磨的面吃起来不香。其实，这些都是借口，母亲的记忆总是停留在过去闹饥荒的年月，那种缺粮挨饿的痛苦日子让她过怕了，自己种的麦子自己收割，是为了享受那个收获的过程，虽然劳累点，但实实在在地把麦子攥在手里的感觉是踏实的。在母亲看来，家里有储备的粮食，这日子过起来就安心了。

可大舅不是这样，即便不愁吃穿，不用再为粮食四处奔波了，他心里还是不敢踏实下来，万一再闹饥荒呢？谁敢保证今后不会再有饥荒？大舅每每跟人谈起粮食时总要这么问人家。大舅是被饥饿吓出了恐惧症，那种挨饿的年代使他心有余悸，每每提及没粮食吃的那种日子，他像中风病人似的越激动越说不出话，脸憋得乌青。后来日子好过了，别人攒钱，大舅攒粮，而且乐此不疲。谁要是敢动了大舅攒的麦子，他敢要了你的命。他甚至积攒着三四年以前的麦子，每年新麦打下后，大舅一粒不落地收进粮仓，依年度编序囤放，一点都不含糊，这是他当过生产队多年保管员的延续。按大舅的说法，国家没有规定过麦子的存放期是多久，他想放多久都成。可是，陈年的麦子因为储存时间太长不是受潮，就是变质，为了不造成浪费，自从粮食充足后，大舅一家从来就没吃过当年的新麦，他不让动。他家蒸的馒头没有麦子的清香味，煮的面条软塌塌的吃着一点都不筋道。这也是大表哥不愿与大舅一起过日子的直接原因。大表哥干净利落，一结婚就跟大舅分了家，过起自己的小日子。小表哥是没办法，总得有人做出牺牲，与老人一起过日子呀。小表哥又改变不了大舅的生活习性，为了少吃或者不吃变质的陈麦，宁愿扔下媳妇常年在外打工不回家或少回家。小表哥的离家根本触动不了大舅，他照样守着他的那些陈麦，沿袭自己的习惯把日子过下去。这就苦了小表嫂，她又不能跟小表哥一样出门去打工，得守着这个家，整天在锅灶上摆弄那些陈麦她又受不了，便隔三岔五地回娘家吃些新鲜的面食，但毕竟是出嫁的人了，老混在娘家也不是个事，小表嫂很为难。有时想到公公堆满粮仓的陈麦，她连放把火烧掉的心都有，跟公公一起过日子，她简直是度日如年。

小表嫂那年在外婆的葬礼上，把大舅揭露出来纯属一时冲动，她就是看不惯大舅，在家吃陈麦也就罢了，怎么你自己亲娘的葬礼上也拿芽麦糊弄人？她也没料到事情会发展到那种地步。后来，大舅和大妗子要分家单独过，小表嫂心里愧疚，也没跟大舅他们要求什么。还能要求什么呢，如果大舅有身份的话，他就是身败名裂了。

大妗子去世后，就剩大舅一人孤独地生活着，他守着存储了四五年的陈麦，日子过得平静而安详。大舅没什么念想，他的日子简单到只剩下粮食——只要仓里囤满粮食，他的心里就是满足的，咋样的日子都能过下去。只要没人动大舅家粮仓的念头，他对谁脸上都挂着笑容。大舅并不是一个刁钻刻薄的人，他只是把粮食看得过重，这可能是经历自然灾害那个特殊年代留下的后遗症吧。那年外婆去世，对大舅而言属于计划外动用存粮，他也没有要制造一场闹剧的想法，只是很自然地延续了他惯常的做派，才导致了那场憾事。确实，芽麦对大舅而言与普通小麦没啥区别，再说了，这芽麦还是新麦呢！只能说在那场特殊的事件上没有人能理解大舅罢了。埋葬外婆后过了阵子，父亲背着母亲偷偷去宽慰过大舅，说你在过去那个年月救过大家的性命，大家心里都记着呢。上次的事不过是大家一时之气，慢慢地就会忘记的。让大舅有时间多走动走动，别整天不出门，又不是犯下什么罪。父亲大概是几个月来第一个跟大舅搭话的亲戚吧，大舅拉着父亲的手失声痛哭。父亲继续安慰他说，他外婆在地下有知，不会怪罪你的。大舅泣不成声，这才断断续续地说，没人还记得过去那一茬苦日子啦，就算记得又怎样呢？只怪我掺了芽麦，搅了我娘的丧事，我娘在地下也要生气的，我这个做儿子的怎能在她的葬礼上做这样的事？我被驱除出门，没能参加娘的出殡，背了个不孝的恶名……大舅越说越伤心，眼泪怎么也止不住，最后几近号啕，整个人都瘫软在父亲身上。

父亲知道，再怎么安慰也弥补不了大舅未能参加外婆葬礼的遗憾，这是大舅心里的痛，一碰就痛不欲生。当时为了挽回那个局面，大舅给他大儿子都下了跪，他无计可施到直接给自己断了后路，可见他想扭转局面的急迫心情。父亲也在心里暗暗责备大表哥，自己的父亲跪在面前，他居然一走了之，这不是推波助澜，把自己的父亲逼上绝路嘛！但说到底，当时又有几个人是清清醒醒的呢，什么事不能等外婆的葬礼结束了再说呢？！

大舅爱麦如命是有根由的，一个人，一种习性的延续不可能无缘无故。父亲老对我们兄妹说，没有你大舅，我们这些与大舅有血缘关系的人，不知道能不能活到现在。这话当然有点夸张，但闹饥荒最严重那年，大舅是生产队仓库的保管员，他每天去粮库这翻翻那弄弄，名义上怕麦子发霉变质，其实是往鞋子里灌些麦粒，带回来救济家人的。那时候，大舅很渴望能有一双高勒球鞋，部队发的那种，队长就有一双，牛气得不得了。大舅不是为了牛气，他主要想着高勒球鞋能多装些麦子，也不易被发现。可大舅只有布鞋。布鞋的容量很小，每次往鞋子里灌的麦粒不敢太多。大舅穿着装有麦粒的老布鞋，得像正常人一样走路，麦粒硌脚不说，还得担心被人看出端倪，踮着脚走回家够难为他的。就这样，大舅踮着脚用鞋子运送麦子，走过了一个又一个饥荒的日子。回家倒出两只鞋子里的麦子，也就一小把麦粒，还沾有浓浓的脚臭味，可就是每天的这一小把没有麦子香味的麦粒，外婆关上门偷偷地用捣辣椒的石窝捣碎，拌上野菜或者树叶煮成菜糊糊，才使家人度过了饥荒。当然，我们家也沾了大舅的光，外婆背过妗子每次藏下几颗麦粒，积攒够两三把，外婆趁妗子上工时，偷偷在石窝里捣碎，然后，不是外婆迈着小脚走七八里地送到我家，就是母亲过去取回来，晚上给我们煮一小锅伴随着脚臭味的面菜糊糊，我们兄妹几个从来没嫌弃过带有脚臭味的面菜糊糊，还抢着喝呢。尽管外婆小心，后来大妗子还是知道了这事，她也不敢明目张胆地跟外婆吵，大舅偷偷摸摸弄回来麦粒，大张旗鼓跟外婆吵不是将大舅的行径告知天下吗！大妗子时不时地找碴跟外婆闹别扭，后来我母亲再去外婆家，大妗子的眼神盯得很紧，防贼似的，弄得我母亲心里惴惴的，手脚都不知怎么放。手心手背都是肉，大舅也不能眼睁睁看着我们兄妹饿死，为化解外婆与大妗子之间的矛盾，他专门去河里挑了块大石头，亲自给我家凿了一个石窝，名义上是给我家捣辣椒，其实是为了捣麦粒——那些麦粒，当然还是大舅偷弄回家，再由外婆偷送到我们家的。说句实话，大舅凿石窝的手艺不是太好，他给我家凿的石窝很粗糙，但足以捣碎那些沾有脚臭味的麦粒。

也正因为那个可怕的岁月大舅无私的援助，父亲母亲对大舅充满了感激。如果不是大舅在外婆的丧事上拿芽麦那茬，父母与大舅一直相处得很亲近。就是发生了那事，父亲对大舅还是充满了同情，他不止一次试图劝服母亲不要耿耿于怀，说他大舅这人，是被那个年月的饥饿给吓怕了，把麦子看得太重，那事真不是他有意的……

往往是，父亲替大舅辩解的话还没说完，就被母亲强硬打断。母亲说，现在谁家也不缺麦子，犯得着在老娘的丧事上拿芽麦吗？再看重麦子，也得看是啥事情。我看这事他就是有意的。

也不是母亲非要拿这事来说事，从外婆的丧事之后，大舅断绝了和所有亲戚的往来，决绝得让人不得不以为他这是生亲戚们的气，好像他受了多大的冤枉，说是亲戚不愿理他，其实是大舅自己割了袍断了义的。这让母亲心里怎么也解不开这个疙瘩。

大舅突然间一走，母亲再撑不下去了，如果当年心里还有一分恨意的话，这些年过去，该冰释的其实早已冰释，只不过她是不愿主动去消除她和大舅之间的那分距离，她一直在等待大舅来拉近。现在大舅走了，她还等什么呢？

母亲在电话里对大表哥说，别怪你爹了，他把麦子看得比命都重，要是能选择，他肯定是要新麦下来才走的……咳，就是新麦下来，他啥时候吃过新鲜的！他这辈子活得是啥人呀？母亲说着，心里一阵一阵泛酸，眼泪拦也拦不住，冲出眼眶，流得满脸都是。母亲想到自己和大舅隔阂了这么多年，仅仅为了那点芽麦，值得吗？她对着电话哭泣道，人都走了，还有什么可计较的？这回你们得听我的，把你爹的丧事办得体面点，让他在那边别再一路寒酸了……

　　表哥还能说什么，收起刚得知大舅去世时的那种情绪，有鼻子有眼地张罗起大舅的丧事。可是，给大舅选墓地时，出了岔子。地分到各户后，原来埋葬人的坟地周边的土地分给了李玉虎，再要埋人，得跟李玉虎商量，跟他家对换土地，还是出钱买地埋人，视协商的情况而定。眼下正是麦黄待收的时候，埋一个人不光是挖个墓坑那么简单，孝子贤孙，加上响器班子，得上百人在坟墓周围折腾，大半亩金黄的麦子还不得给糟践了。表哥给李玉虎商量，看能不能把墓地那块的麦子先收割了，人工费或者收割机的钱加在买墓地的钱里，由他一次付清。李玉虎不干，说那块地的麦子还不太黄，割早了麦粒不饱满，影响产量，非要表哥先赔了小麦的产量才能动工。坟地那里的麦子的确不是太黄，割早了是有些可惜，表哥答应了李玉虎的赔偿要求，但他说既然掏钱了，就要把那片麦子割走。谁知李玉虎又不干，说交了钱也不能把麦子收走，得让麦子继续长到成熟。依李玉虎的意思，就是即将成熟的麦子哪怕让一群人踩在脚下，也不能归谁！这怎么行！表哥是大舅的儿子，尽管他这几年混得跟土地有点远了，但他骨子里还是秉承了大舅对麦子的敬畏，他不能糟践那些麦子，尤其是为埋葬爱麦如命的大舅，这让他的灵魂如何能安宁？万万不能！表哥和李玉虎谈不拢，双方僵持起来，一时半会儿定不下来。麦收时节，气温越来越高，大舅的遗体不能存放太久。母亲这边急了，以为表哥不专心操办他父亲的丧事，耍什么花招，嚷嚷着要找表哥算账。还是父亲冷静，劝住母亲，亲自去打问。得知是这种情况，父亲在没有征求母亲意见的情况下，当机立断，叫表哥放弃与李玉虎纠缠下去，就在自家地里选一块地做坟地。表哥面有难色，说这事还得村上批准才行，不能随便在耕地里乱建坟墓的。父亲不悦，翻了表哥一眼，摆起长辈的架子说，那让你爹在这么热的天气下放着？别以为我眼瞎耳聋，你和乡镇那些人鬼混了这么久，还搞不定这点小事？

表哥出面，没费什么周折，很快得到了村上的同意。在给大舅选坟地时，母亲拒绝请风水先生，非要她自己来选。父亲对表哥说，听你姑的，她最知道你爹的脾气。除过麦子，大舅能有什么脾气？母亲在表哥家的地里，选了一块长势极好的麦子地，给表哥说，就是这里了，只要是在麦子里，你爹肯定喜欢！

表哥要叫收割机来割掉选中的这片麦子，母亲提议，还是自己动手割吧，给你爹割个安息的地方，别要那么大动静。父亲很赞同，回去拿来早已磨好的镰刀，轻车熟路，没费多少时间就割掉了一片麦子，给大舅在麦子地中间腾出了永久的长眠之地。

大舅下葬那天，酷夏的热风一大早就刮了起来，且一阵紧似一阵，将巨大的麦田吹出金黄色的波浪。一行身着白孝的人们似点点白帆，簇拥着大舅的黑色棺材，在金色的麦浪里缓缓行进，孝子们的哭声被风裹挟着在麦浪里翻滚，一会儿在送葬队伍的前面，一会儿在队伍的后面，始终围绕着大舅的灵柩，一直伴随到他的归宿地。

棺材下到墓穴里，要掩埋时，孝子们在表哥的引领下，哭声来了个大转折，比刚才提高了一倍，达到了顶峰。父亲是大舅丧事的主事人，始终站在送葬队伍的最前面，一切得听他的安排。几个拿着铁锹的小伙围在墓坑四周，眼望着父亲，等待他的指令。是时候了，父亲抹把泪，举起了右手。只要父亲的右手挥下，大舅就永远被泥土隔离在地下。父亲的手颤抖着，似乎经受不住夏风。他看了看周围，大家都看着他呢。父亲却突然间收回手，转身走出人群，到麦田里揪了一把金灿灿的麦穗，回来轻轻放到大舅的棺盖上。然后，父亲重新举起右手，大喊一声，他大舅，你爱麦子，就让这把麦子陪你去吧！父亲的右手果断地挥了下去。小伙子们挥舞起铁锹，往墓坑里扬泥土。

这时候，母亲似受到父亲的启发，她也去揪了把麦穗，凑到一堆燃烧的麻纸上烘烤掉了麦芒、麦衣，火很快烤到了麦粒，瞬时，麦子的香味混合着火纸、香烛的味道，在墓地弥漫开，悄悄地钻进每个人的鼻孔。先是母亲愣怔了一下，接着是表哥、父亲，还有大舅至亲的孝子，他们停住哭泣，表情诡异地相互看了一眼。母亲哽咽道，你们闻到了吧？这烤熟的麦粒中，有股脚臭味！

父亲老泪纵横，从母亲手中接过烤熟的麦穗，两只布满青筋的大手，揉搓出焦黄的麦粒，缓缓撒向墓坑。父亲把这种带有脚臭的味道也撒进了大舅的墓坑里。

苜　蓿

一大早，莲儿抱着两个女儿的新衣服出了门。

夜里下过一场毛雪，薄得连地面都盖不住，脚踩下去，雪片像灰尘一样轻盈地飞扬，地上留下一个个简单的脚印，在太阳下闪着模糊的银光。雪下得虽薄，却使早晨的阳光亮堂了不少，空气也新鲜而洁净。没有一丝风，快到腊月根了，也不觉着冷。莲儿不愿多绕那几道弯，放弃了走开阔的大路，下这点雪路面都打不湿不会太滑。她顺着羊肠小道，爬到原顶时居然出了一身细汗。没多长的坡道，有时一天要上下几个来回，出汗的时候很少，大冬天的竟然出一身细汗，莲儿明白，是她心里急了。

莲儿要回娘家，给爹筹备过年的物什。自从娘去世后，每年一过腊八，莲儿都要回娘家给爹蒸上够一个正月吃的馍，煮好一大锅肉，还要将屋子里外彻底清扫一遍，让爹过个清爽干净的新年。其实没有莲儿做这些，爹照样也能过个干净的新年，家里还有大嫂呢，她也会把一切收拾利索。可莲儿不这样想，有些事还是该亲闺女来做，像拆洗父亲的被褥，尤其是贴身内衣，人家做媳妇的给公公拆洗还是不大方便。养闺女，不就是这个时候用得上吗？

公公婆婆住在原上的大哥家。早些年，半坡的老宅公家不让住了，说是下雨容易发生滑坡很危险，让搬到原上，免费给规划宅基地。趁这机会，公公给两个儿子大河、小河分别要了新宅基地。大河先盖了三间平房搬了上去，他媳妇是在城里打工时自己对上眼的，是南方人。南方人离不开大米，经常为吃面食还是大米，与大河闹得有些不愉快，但大河厚道能迁就，反正在城里打工，经常不在一起吃住，还能凑合。两个人生活了一年多，生下一个儿子后，媳妇被一个爱吃大米的北方男人勾引走了，把儿子留给了大河。莲儿的公公婆婆只好搬到原上，给大儿子带孩子。小河暂时没搬家，想再攒些钱，在原上盖栋两层楼，风风光光地搬上去。说这话时，小河和莲儿才一个女儿，转眼间，小女儿都会遍地乱跑，知道过年要新衣服了。

莲儿将两个女儿的新衣服送到大哥家。大哥不在，帮别人家杀猪去了。公公也不在，看别人家杀猪去了。婆婆一个人在收拾屋里屋外的卫生，大哥的儿子及自己的两个女儿在婆婆的大呼小叫声中，跑出跑进帮奶奶搬小物件，越搬越乱，却乐此不疲。两个女儿见到莲儿，大女儿抢过衣服欢天喜地地就要穿，小女儿只瞅了一眼，根本顾不上喊声妈，与哥哥抢着又去搬东西了。莲儿心里很失落，眼泪差点滚落下来。婆婆顶着一头灰尘，过来看到莲儿手里的新衣服，脸上顿时也像蒙上了一层灰尘。莲儿咬咬嘴唇，强忍住心里的酸楚，轻轻地叫了声妈。

婆婆迅速打断了莲儿要往下说的话，反身进屋，瞬间又出来，已是一脸笑容。这笑容虚晃晃的，像挂上去的一样。她递给莲儿两百块钱，说，拿上给你爹买件新衣服，快过年了，老年人穿一次少一次。

莲儿的泪水奔涌而出，颤颤地又叫了声妈。

婆婆也抹了把泪，从莲儿手里接过孩子的新衣服，说，你去吧，多陪你爹，他一个人孤单，有我在，孩子尽可放心。

今年，莲儿回娘家，可不是为爹筹备过年的物什这么简单。她的男人小河，秋天的时候在城里的建筑工地出事故死了，大哥大河领着一帮亲戚去城里交涉，吵吵闹闹好几天，带回二十万元抚恤金，同时带回来的还有小河的骨灰。因为是在外面出的事，按祖规不能进家门，也不能埋进家族的坟场。小河的骨灰没有上原，只在半坡稍作停留，便被匆匆埋葬在阳坡的一片苜蓿地里。那是莲儿家的苜蓿地，已经安排人挖好了墓坑。那时候，苜蓿已收割完毕，打成了捆留作牛马冬天的饲料，苜蓿地里只剩下干硬的苜蓿茬和掉落的枯叶，寂寂地守在失去实质内容的苜蓿地里。因给小河挖墓坑、埋葬，那片地里的苜蓿茬和枯叶被人踩碎踩烂，掩进土里，像小河，高高的身形就那么莫名地变成了一撮灰，最后钻进了泥土里。小河从出事到安葬，莲儿自始至终头脑都是木的，她完全处在混沌之中，谁的话都听，让她披麻戴孝，她就戴，让她哭，她就哭，好像她情感的所有开关都被旁人控制着，一个按钮按下去，再一个按钮按下去，她就那么被按着钮走完了所有的程序。与小河结婚五年多，她感觉还没完全进入状态，他们的婚姻就随着小河的离世，结束了。

莲儿和小河，是通过媒人介绍的，双方也都见过几面，彼此没啥挑剔的，主要是家里人都同意。既然都挑不出什么，还犹豫什么？莲儿根本连说话的权利都没有，也不知道还能说什么。她对小河，那感觉说不上强烈，也不讨厌，就好像在一段路上相遇的两个人，前后都没有往来者，只能是他们结伴而行了。莲儿性子软，家里相中了，她也说不出反对的话来，就和小河结婚了。结婚都五年多了，莲儿还觉得小河很陌生。小河跟大河一样，也在城里打工，每年总要到腊月根，小河才从城里回来，刚过正月初五又像鸟儿一样走了。唯一待得比较长的时间，是刚结婚那年，小河才尝到女人的好，心里贪恋，舍不得离开莲儿，今天拖明天，找了好多个走不了的理由，最后还是没能拖太久，被父母逼着没过正月十五就回城了。说句实话，他们结婚五年，在一起的时间加起来还不足两个月，就是这不足两个月的时间，小河也只是更多地贪恋着莲儿的身体，彼此没怎么交流过。甚至，小河的模样在莲儿的心里有时候都会莫名地模糊起来，好像这个男人只是路经她家门前的一个过客，每年走到这儿，歇歇脚，再向别处。就这样，他们还是生下了两个女儿。

小河出事后，公公婆婆借故莲儿悲伤过度，一个人操持不过来，把两个孙女接到原上自己身边照顾。其实，莲儿心里明镜似的，这几年里，除了生孩子坐月子那会儿，婆婆过来帮一把，剩下的不都是她一个人带着孩子吗？那时候可没有人想着她一个人带俩孩子有什么不妥。公婆这是担心她有别的打算，毕竟她还年轻，和小河结婚才五年多，这五年多的时间又基本都在离别之中，他们的心怎么可能妥妥帖帖地在一起，所以先把孩子掌控在自己手中。还有，小河的那二十万元抚恤金怎么办，这是个敏感而且也是非常脆弱的话题，快半年了，一直都没谁敢轻易去碰。

果然，莲儿到娘家刚吃过午饭，还没刷碗呢，大嫂就闻讯过来了。她在镇街上摆着水果摊，年前生意忙，回家吃饭都脱不开身，儿子给她送饭时说莲儿来了，她顾不得生意，让儿子看摊，迫不及待地赶回来问那笔抚恤金。莲儿早就从大嫂的言语里猜到了她的心思，她一直想给儿子在城里买套房，将来结婚用，可家里连首付都凑不够，还指望着从莲儿这里借钱交首付呢。所以，莲儿不想说抚恤金，便把话题往水果生意上引。大嫂怎肯罢休，她专门赶回来就是想从莲儿这里听一个说法的，怎么能让莲儿去说别的事儿呢？莲儿能有什么说法，在公公婆婆那里，关于抚恤金她一个字都听不到，甚至，连小河的名字都没人跟她提了。莲儿说，现在的状况，让我怎么办啊？说着又要流泪。大嫂赶紧上前拥住，说，莲儿，千万别难受，这跟现在的状况是两回事，不管今后你跟谁过日子，这钱得有一半在你名下，你可只有两个闺女，将来还不得靠自己养老……

这下，老爹不愿意了，从炕下跳下来，冲大儿媳妇怒道，老大家的，我不爱听你这话，闺女就不能养老了？我闺女就比儿子强！这个时候，莲儿心里难受，你就别再添乱，忙你的去吧。

大嫂也不生气老爹话里的意思，给老爹把鞋子往跟前踢了踢说，爹，咱不能让莲儿吃这么大的亏。莲儿可是你闺女，不得你心疼她还能靠别人？瞧他们想得多好，让莲儿与他们家的大儿子一起过，省了再娶媳妇的钱，二十万元还全落下了，莲儿拿不走他们一分钱。啧啧，这算盘打得太精了！二十万哩，谁一辈子见过这么多钱？再说了，他们考虑过莲儿的感受吗？嫁给弟弟，再转嫁给哥哥，这……

够了！老爹怒吼道，你还嫌不够乱，添什么堵！

大嫂撇撇嘴，走了。

莲儿不怪大嫂，心里叹了口气，表面上仍装作很平静里里外外地忙活。莲儿知道老爹爱喝醪糟，母亲活着时就自己做酵头，从来不买酒曲发醪糟，因为老爹不喜欢那个味道。母亲去世后，大嫂懒得做酵头，嫌麻烦，买酒曲发醪糟，便宜又方便，发酵得也快，一天就成。老爹嫌买的酒曲发酵有股怪味，给大嫂提醒过几次不见效，只好忍着不喝。后来，莲儿知道了，隔上一阵子，便过来给做些曲头，给老爹发些醪糟，她也不时地给大嫂送来自己做的曲头，方便她用曲头发醪糟。大嫂嫌老曲头发酵太慢浪费时间，缺了那份耐心，把莲儿送来的曲头放在一旁，依然如故。莲儿是出嫁的人，不能说大嫂什么，也只好像老爹一样忍下声气。要过年了，得多发些醪糟，莲儿泡好米，蒸熟后用自己带来的老曲头，装在大盆里放到炕角用被子捂上发酵。这种老曲头发酵慢，又是冬天，得发两天才行。接下来，莲儿开始拆洗老爹的被褥衣物，清扫屋子。孤单惯了的老爹看着忙碌的莲儿反而很高兴，一直前前后后地跟着莲儿，帮不上忙还碍手脚，给洗衣盆里不断加洗衣粉。洗衣粉加多了，盆里的泡沫多得往外溢，老爹像个孩子似的捧着那些泡沫吹起来，把屋里弄得到处都是飞扬的泡沫不说，还害得莲儿把那些衣物多投了几遍清水，可她没有一点责怪老爹的意思，连个嫌弃的眼神也没有。她知道，老爹这是在用他的方式和自己亲近呢。

醪糟发好了，莲儿先给老爹烧了一碗，像母亲当年那样，里面卧上一个荷包蛋，刚盛到碗里，老爹迫不及待，烫得不敢沾嘴。透过满屋子蒸气，莲儿看到满头白发的老爹烫得一边吸溜着凉气，一边发出知足的吧嗒声。莲儿再也控制不住自己，泪水夺眶而出，她咬紧唇没让自己哭出声来。

煮好肉，到腊月二十八了，大哥也从城里打工回来了，说是年前的活儿干不完不让走，不是加班加点，差点连大年三十都赶不上了。大年三十赶不上不要紧，必须得赶上初一，因为他今年腊月刚嫁了闺女，大年初二闺女第一次过年回门，这比什么都重要。大哥见莲儿将过年的物件都准备妥了，老爹那里也收拾得很停当，非常高兴，就着刚煮的猪头肉，陪老爹喝上几杯，也让莲儿喝。莲儿不敢喝，只给老爹和大哥端菜倒酒。这样的情形以前少有，大哥只顾自己子女，对老爹很少有那种父子间的亲密，他对老爹的照顾也仅限于看到老爹会说上几句话而已。看着眼前父子俩喝得高兴，莲儿心里也舒畅了许多，看上去比他们还要高兴。可是，只过了一夜，大哥就有点不对劲了，嘴上没说，脸上能看出来。莲儿没往心里去，细细地将院子、牛舍的柴草整理了一遍。正月里不能动扫帚，年前必须清扫干净，母亲活着时每年都是这样做的。

　　二十九这天，莲儿在牛舍给牛铡干苜蓿时，大铡刀一个人操持不了，苜蓿又干又硬，老爹年龄大了没劲，压不下去铡刀。莲儿自己压，又不敢让老爹往铡刀口续草，怕伤到手，便去叫大哥帮忙。大哥靠在热炕上正看电视剧呢，斜了莲儿一眼，一句话不说，像是坐久了不舒服似的转过了身子。莲儿有些呆愣，这才意识到大哥的态度与昨天不一样了，没啥来由啊。望着一语不发一心扑在电视剧上的大哥，莲儿气得胸部一起一伏，她咬着嘴唇还是忍了，回到牛舍与老爹慢慢地铡了大半天，才铡够牛吃一个正月的草料。往常，这些活儿是大嫂帮着老爹干的，莲儿也能干。

　　可是，到了三十早晨，见莲儿还没有走的意思，大哥就忍不住了，打发大嫂来催。大嫂很难为情，不知怎么开口，又拗不过丈夫，便试探性地对莲儿说，莲儿啊，今年初二可不同往年，小红第一次过年回门，你这个姑姑可得初二在啊，别像往年，有时初二有时初三才来拜年……

莲儿明白了大嫂的意思，笑笑说，这么大的事，我怎会忘记。

回答得模棱两可。大嫂张了张嘴，太露骨的话说不出口。不一会儿，大哥趿着鞋一脸阴沉地过来了。还没等大哥开口，老爹咳嗽了一声，对莲儿更像是对大儿子说道，莲儿，待会儿给你妈上过坟后，再回去吧，来陪我这多天，你的两个闺女都该想你了。

年三十，有给亡人上坟的习俗。母亲走后，每年的三十，莲儿都会来给母亲上坟，然后在娘家坐坐就回。出嫁的闺女，得在婆家送走大年夜。

老爹这样一说，莲儿的泪水顿时涌了出来，老爹的话再明白不过，她不能说什么，转过身去收拾自己的东西。大哥见状识趣地走了。老爹端起酒瓶，猛灌了一大口，呛得咳嗽起来，眼泪呛了出来，却说，这酒，不对劲啊。

给母亲上过坟，莲儿先回到半坡自己的家，拿上早已准备好的香烛纸钱，到那片苜蓿地里，给小河上坟。冬天的苜蓿地光秃秃的，把小河的新坟衬托得更加孤苦伶仃。莲儿生怕在小河坟前待时间长了，夜里睡不着觉，烧完纸钱匆匆地回家了。家里冷冷清清，一切依旧。半坡已剩下没几户人家，整个半坡都冷冷清清的。天阴着，很冷。莲儿摸了摸冰冷的炕，习惯性地要抱柴烧炕，才想起今天是大年三十，不用烧炕。往年，他们一家都是到原上过三十，那里有老人。老人在哪儿，年三十就在哪儿过。

莲儿锁上自家的门，心想着不用急，天黑前到原上就行，去早了反而不自然。慢慢地爬到原顶，她还是出了一身细汗。还在半坡时，莲儿早早地就看到，坡顶的原边上有两个人影一直在晃动。上来一看，果然是公公，还有大河。

他们在寒风里站的时间肯定不短，公公的脸都冻青了。大河的表情显得极不自然。见到莲儿，公公的脸上展露出一丝笑意，僵硬得像是被寒风冻住了。莲儿赶紧上前，扯了扯老公公本来就裹得很紧的棉大衣，算是表达了歉意。

两个女儿已经纠缠着奶奶换上了新衣服，正玩得欢天喜地，对莲儿的到来不像她回娘家前那样轻慢，扑过来又喊又叫。莲儿心里一热，揽住两个女儿，几天未见，孩子是想她的，她们还不知道怎样收敛自己的情绪。但她们表现得异常兴奋，显然是婆婆之前给她们教过的，不然，也不会在莲儿抱住她们还没能等内心的那分感动消退，两个女儿就先后挣脱开她的怀抱，欢呼雀跃地追闹去了。

吃过年夜饭，孩子们闹着要放鞭炮，大河便带着自己的儿子和两个侄女去院子里放。小河在的时候，每次都是小河与莲儿一起领着孩子们去放炮，有时候莲儿还不想去，小河就说去吧去吧，图个热闹。小河这样说的时候像个小孩子，那表情单纯得令小莲不忍，于是也就去了。现在，小河不在了，大女儿要扯上莲儿一起去，因为大河在，莲儿不便去，她不知怎么拒绝女儿，就暗中用劲掰大女儿的手。大女儿抓得很紧，掰了几次都没掰开，她心里有些急，突然间回头，看到略显暗淡的灯光下公公婆婆眼巴巴地望着自己。那神态像是期待，又像恳求，叫莲儿受不了，她怔了一下，转过头，眼里含着慢慢润出来的泪水，牵着女儿去放鞭炮了。

过了十五，还不见大河有走的意思，听说是他儿子不让走。莲儿心里便敲起了鼓，这年过的，怎么说呢，小心翼翼。对，从公公到婆婆，再到大河，大家都小心翼翼，不知道怎么说话了。虽说，大年初一莲儿就带着两个女儿回到了半坡自己的家，可孩子不懂事，吵闹着要在爷爷奶奶那里玩，好不容易初二带着回趟娘家，给侄女小红捧完场，两个女儿就去原上不回来了，留下莲儿一个人倒也不寂寞，一会儿不是公公送碗饺子下来，就是婆婆拎来一罐汤，他们总有理由下到半坡。有时也没话说，只是默默地坐着，时不时地拿眼神睃一下莲儿。这样一来，莲儿更没主意了，不知怎么办才好。

好不容易快熬到了正月底，莲儿想，今年的二月二很重要，得去看新婚的侄女小红。她提前几天得去帮大嫂炸果子，捏花馍。莲儿比大嫂手巧，大嫂早就给莲儿打过招呼，要她早几天回娘家，帮她忙乎。莲儿一来，最高兴的当然是老爹了，他吃着莲儿蒸的老酵头馍，站在边上看着莲儿捏花馍，有时能看出两眼老泪。

给侄女筹备二月二礼物的这几天，看到大嫂辛苦忙碌却荡漾着一脸的幸福，莲儿也在心里想着，自己的两个女儿到时出嫁后，自己也是要这样忙乎的。想到未来，莲儿心里忽然间有些不知所措，她在想象女儿们的未来，她自己的未来究竟又在哪里呢？这一想，忍不住心里泛起酸涩。

忙完二月二，天渐渐热了起来，该拔麦子地里的草了。莲儿脱掉穿了一冬天的毛衣、毛裤，换上轻巧的秋衣秋裤，去自家麦地拔草。春天的太阳既暖又毒，能把人的骨头晒酥。不到一上午，莲儿就全身酥软得提不起劲，手脚根本不听使唤，拔不出草，倒拔了不少麦子。后来，莲儿干脆不拔了，在温软的阳光里信步走着，望着脚下被自己踩得到处乱窜的阳光碎片，莲儿心里阳光灿烂，竟然忘记了一个冬天捂在心里的那些不知所措，忘记了这个世界的其他。

不知不觉间，蹚着阳光的莲儿竟然来到一个土堆前，起初看着这个土堆，莲儿还没什么意识，但有些神使鬼差，她的眼神晃过土堆之后，忽然就从那种漫不经心的状态一下子回到了现实之中。那是小河的坟堆。她折回身，在阳光的波浪中看到那堆不再显得孤清和突兀的坟堆。可是，莲儿心里一点都不慌张了，还能像刚才那样平心静气地绕着小河的坟堆走了一圈。莲儿发现，小河的坟堆上竟然钻出不少细嫩的黄芽。是苜蓿。莲儿又在周围仔细看了，苜蓿地里居然不见一丝苜蓿芽的踪影。这个季节，还不到苜蓿发芽的时候。可小河的坟堆上已经有了，这是多么奇怪却有意思的事啊。

莲儿对这个发现满心欢喜，这是小河给他们两个女儿的礼物，她俩最稀罕苜蓿馅的饺子了，应该是遗传。可能是小河让坟堆上的苜蓿最早发芽的，他在用这种方式来慰藉他的两个女儿。莲儿蹲下身子，轻轻抚摸着那些翠嫩的芽苗，好像在抚摸小河已经离去的魂灵。然后，她沿着小河的坟堆，仔细地将那些苜蓿嫩芽一根一根掐下。不一会儿，竟然攒了一大把，没地方搁，便将外衣脱下当作包袱。到太阳快落时，莲儿竟然掐了不小的一包，够一家人吃的了。莲儿抱着这些苜蓿，没回自己的家，直接来到原上，与公公婆婆，还有大河父子俩，当然少不了自己的两个女儿，一起吃顿苜蓿馅饺子。

他们家都爱吃这个。

闲　心

　　进来的是个辅警，没有警衔，从肩章上分辨出来的。他看上去年龄不大，三十出头吧，却一副很有经验的样子，不直奔大声哭泣的那个女人，却环顾一下餐厅四周，倒背着手仰起头大声问道："这里谁管事？"

　　哭泣的女人占据着靠窗的餐桌，那边也靠近饭店门厅，女人突然失控的哭声，对这个饭店的影响不言而喻。此时正是傍晚的饭点，已有几位食客一进门便被女人嘹亮的哭声吓退。那个光头男人，一脸愁苦相，沉浸在女人哭声给他饭店生意带来的负面影响之中，他背对着门肯定没看见进来的辅警。旁边的女服务员扯了下光头男人的袖子，他转过身来，将脸上堆积的愁苦立马移到头顶，闪亮的秃顶顿时不再刺眼，倒是他迅速替换的笑容使脸上皱纹密布，与他的实际年龄不相称。

"警官好，您辛苦了。敝人是餐厅经理，免贵姓李……"

辅警始终望着天花板，没看李经理一眼，打断道："不要啰唆。是你报的警？"

"不是！是我手下……"李经理摸了下光头上愁苦的皱纹，自动放弃啰唆，"是我们。"他指着那个还在放声大哭的女人，痛苦不堪地摇摇头。

几个还坚持留下来吃饭的顾客放下筷子，起身前去围观。高老师欲站起来，见我无动于衷，便把已经欠起的身子放下来，往旁边侧了侧身瞅瞅，端起了酒杯。我象征性地抿了一小口，事不关己地说："高老师，您晚上失眠吗？"

高老师不满地扫了我一眼，过了会儿才说："别看我七十五岁了，睡眠却一直很好。不到万不得已，不知失眠是什么滋味。"

我差点问他什么才是"万不得已"，还是控制住了。这次回国，我除过看望父母，最重要的是见高老师，按他儿子高涛的话说，帮他拿个主意，解决目前最要紧的个人问题——续弦。所以，我与高老师见面还不到一个小时，不能刚开始就把气氛搞得紧张无比。我装作无奈地摇摇头，用筷子拨拉几乎完整的江团。这条江团是餐厅经理——那个光头强烈推荐的，什么无骨、没刺，今天下午才捕捞的，从青岛空运过来，鱼肉里还有股新鲜的海风味……

在高老师面前，我不能显示出粗野，更不能让他看出我小气，便挥手打断光头经理，让他上一条江团好了。结果，江团色泽鲜艳地端上来，高老师只吃了一小口，差点吐掉，说太腥咽不下去。我挑了一筷头塞进嘴里，眼睛余光扫到高老师望着我，便强忍着咽下，说了句，还行吧。心里恨死了光头经理。

窗口那边的哭声反而更大了，看来辅警也没法调小那个女人的音量。她大概是把自己当成餐厅的音箱了，哭声无休止地环绕着。光头经理愁得满头是汗，他的手在光头上狠狠蹭了几下，好像这几下能蹭出更多解决现实问题的办法。看来他是白蹭了，尴尬的表情已经确证了他的无绪。他想不出什么招来解决问题，只能继续给辅警赔着笑，以让报警的期望值延续下去。真够难为他的。我为刚才对他的恨，心里有点过意不去，随口责备起自己："无理取闹！"

高老师说："我不这么看。"他完全曲解了我的意思，指着哭闹成一团的门厅那边说，"这个女人不像胡搅蛮缠的人，你看她长相、穿着、打扮都很体面的，是不是她遇到非常悲伤的事儿了，不然不会在这种场合失态到如此地步。"

我端起酒杯，与高老师碰杯，没接他的话茬。我坐在柱子跟前，如果不探起身，根本看不到窗户那边的情景，我只能听到漫延过来的哭声，始终是一副事不关己的样子，没一点想了解详情的兴趣。

"会不会是这个女人的男友出了问题？"高老师偏着身子，盯着门厅那边又看了好久，回过头与我商讨的语气，"是不是她的男友答应来赴饭局，临时变卦，这个女人下不了台……你看她那桌，六七个人呢，全是年轻人，也没人劝她，都埋头各顾玩手机。唉！"

的确，那边除过光头经理，偶尔说几句影响他生意的话，没人多说一句，任凭女人自由自在地哭泣。那个辅警在光头经理的注目和期待下，开始还劝说了几句，大意有什么事这么伤心，说出来看能不能帮忙出个主意，这样哭下去总不见得能哭出结果来吧。辅警的话起不了任何效果，便一副无可奈何的样子，倒背着手望着天花板发呆。

我是来陪高老师的，总得与他说点什么，不能冷场不是。便接了高老师的话头："或许是这样吧，但没必要当着这么多人的面，哭得如此较劲，这是跟自己过不去啊。"

高老师说："话不能这么说，刀子插在谁身上，谁知道疼。"

坏了，我跳到自己挖的坑里了。

果然，高老师继续说道："你回国之前，高涛肯定给你都说了，我清楚你担负的重任，你不光是我的学生，也是我看着长大的，用不着绕弯子。我现在明确告诉你，我不会去养老院的！说什么怕我孤单？是高涛为他自己考虑吧，把我塞到那帮老头老太太中间，他就轻松了，再没有我这个负担，了无牵挂。这样说吧，你师母走了已七个年头，我不是一天一天地挨过来了，他们谁陪伴过我？眼下我身子骨硬朗，一个人自由自在，我过什么样的生活，怎么过，那是我自己的事儿，碍他们啥了？"

我挠着头，几根白发落在了桌子上，是否也落进了眼前的江团里，我拿不准。我尴尬地将桌上的白发拂到地上，呵呵两声："看我，就剩这几根白发了，动不动还弃我而去，再这样下去，很快会像他一样。"我指了指那边的光头经理。

高老师教了一辈子书，对如何掌控话语权绝对有一套，有本事不被我岔开话题，他瞪着眼说："不知道你们这代人咋想的，老觉得父母是拖累。我拖你们啥了？自己能买菜做饭、能去医院排队看病，我从来都没有因为自己而去要求过你们什么。为什么你们非要逼我去做不愿做的事呢？"

我哑口无言。

靠门厅窗户那边，那个女人的哭声持久而有力道，始终保持在高亢激越的水平线上，没往下降一个分贝。她对辅警的劝说置若罔闻，把他的存在也视若空气，倒弄得年轻的辅警不知所措，他已经放下刚才看天花板的姿态，站在了餐桌边，像个忠实的观众，瞪圆双眼，认真地看着哭泣的女人，似欣赏一场精彩的演出。光头经理对辅警的无能为力和角色的转换非常不满，但他又不敢对辅警表示出不恭，焦躁地走来走去，不断对仅剩的几桌顾客投以无奈的苦笑。当然，也有感激的成分。在这样的声源中还能坚持继续用餐，在他的眼里那一定都是真爱。当他走到我们桌边时，挠着锃亮的光头，轻声说道："没办法！连警察都没办法。我能怎么办呢？偏让我给摊上了，这大周末的，生意全给搅黄了。就这地段，全凭周末做生意呢，太倒霉了。本以为警察来了立马解决，可看这阵势……我连死的心都有了！"

我相信光头经理这样的话大概说了好多遍，跟祥林嫂一般，他只是期待得到坚守的食客们谅解。高老师却忍受不了，挥挥手，打断了光头的叨叨。我欠身往门厅那边看了看，说："老师，要不咱换个地方得了？"

"不换！"高老师坚定有力地说，"这鱼没怎么动筷子，不能浪费！"

想想也是，浪费对我来说比犯了罪还难受，何况高老师这个年龄的人，更容忍不了浪费。看着那条保持得还比较完整的鱼，我还是说："要不这样，我去给那个经理说说，让他给咱打个折，哪怕咱出门再去吃碗面条呢？"

高老师摆摆手："算了，别去烦他——那个光头经理了，这种情况也不是他造成的，凭什么让人家打折，没道理。忍忍吧，就当音乐听了。也不是什么时候都能听到这种效果的。"高老师也能幽默一把了。

还别说，那个女人的哭声立马显得不再刺耳，听着有了理查德·克莱德曼《命运交响曲》的意味，只是更激越了一些。

我扑哧一声笑了。

高老师曲解了我的笑，严肃地说："难道，你也认为我的做法非常可笑？"

我明显感觉到自己脸上的神经绷紧了，这误解对我来说不算什么，可怕的是高老师还没等兜出去，又折回身子回到了他的话题。我轻叹了口气，算了，也不想做任何解释，我与他不在一个频道，解释反而显得多余。

高老师说："我知道，你与高涛是一伙的。你也觉得我这个年龄，就应该去养老院，不见得是为颐养天年，而是为除去你们年轻人的后顾之忧。你们认为我不愿去养老院，另有想法。哼，实话告诉你吧，不管我有没有想法，还真有女人愿嫁我这个老头！"

"高老师，我……"

高老师喝了口酒，举着酒杯拦住我的话头："你先听我说。想必你也知道这个女人是谁，高涛肯定告诉了你。我刚告诉他，他就会说给你的，不然，他也不会让你来劝我了。你俩是什么货色，我还能不知道！"

光头经理不失时机地来到我们桌前，堆起一脸皱纹，诚恳地说："两位上帝，打扰打扰。今天真是不幸，千载难逢的倒霉事让二位碰上了。看到没有，警察都没招，我只能通过关系，借到了楼上茶苑的几个座位，麻烦两位起身上楼，服务员会将您的菜品原封不动地移到楼上。请吧！楼上请！"

我站起身，以积极响应光头经理的提议。高老师却纹丝不动，用眼神止住我的行动，对光头经理说："楼上不会让我俩单独坐了吧？"

光头经理挤出一丝比哭还难看的笑，道："您哪，真是明白人，楼上地方小，又是借的，只能拼……"

"桌"字还没出口，被高老师硬生生塞回光头的肚子里，他像交警拦截违章的摩托车，手势坚定而有力："停！"没一点商量的余地。

光头经理往后看了一眼，说："这……吵到了您……"

高老师不无幽默地说："她的哭声像极了交响乐，我愿意听。只是你不断地来打断我们的谈话，真的吵到了我。"

光头经理很识趣，再一个字没说，点头哈腰地退走了。

高老师看上去很解气，主动给自己满上酒杯，与我碰了一下，呵呵笑道："说什么好呢？我都不知道你与高涛是怎么想的，非要把我赶进养老院才算完事。"

绕了一圈，还是没绕开。我把酒一口干掉，硬着头皮说："高老师，您误会了，冤枉了高涛，当然也冤枉了我。我们没这个意思，只是担心您一个人生活孤单，万一有什么闪失，他心里不安。高涛确实给我说过……这个女人，其实他完全同意您找个老伴，两人一起过日子，少了孤单，彼此有个照应。"

哭泣的那个女人似乎一点都不知道累，快一个小时了，她的哭声从激越、昂扬，向悠扬、缠绵转移，这会儿似到了过门阶段，缺少一定的乐曲主题，所以，她的哭声显得越来越虚假。我担心她会哭得索然无味，突然间停顿下来。我们——主要是高老师已习惯了她的哭声作为一种非凡的背景音乐，骤然间停下会给这个空旷的餐厅带来听觉上的断裂感，这种突兀显现出来的寂静使人的情绪也进入暂时的断层。更重要的是失去这个背景音乐，可能会直接影响到我和高老师的谈话质量。显然，我的担心纯属多余，那个女人并没有停歇的意思，她只在过门这儿放缓了节奏，一旦再次进入主题曲，她依然哭得抑扬顿挫，气势不凡。

这下，高老师的情绪显然受到了影响，他低下头沉默不语。话题刚进入关键部分，也是我最想避开的主题，高老师像知道我的心思似的，这么配合。他夹了一筷头江团塞进嘴里，痛苦地咀嚼着。他并不知道其实我更痛苦。

我举手向服务台，想招呼服务员过来把江团端走热一下。服务台空空如也，餐厅的食客里，除了那个哭泣的女人一桌外，只剩下我们了，那帮服务员全去楼上服务，女人和不肯撤离的我们，都已经不再是他们服务的对象。我收回手，失望地说："这江团凉了，加热一下就不太腥啦。可这餐厅，没服务员了。"

高老师摆摆手："凉了也好，倒不觉得腥了。千万别招呼服务生，免得招来那个光头经理，听他啰唆个没完。"

说什么来什么，高老师话音刚落，一道强烈的光影突然闪了过来，我赶紧站起来，挥手强行制止快冲到我们跟前的光头经理。太惊险了，我出了一头汗，仅剩的几根白发被汗水洇湿，紧贴着头皮。不敢想象，此刻我的头顶一定比那个光头经理更不堪入目。我的内心已接近崩溃的边缘，接下来不知该怎样才好。

高老师不愧是我的老师，他看透了我，却不直说："你时差还没倒过来吧，怎么老是心神不定？"

我尴尬地笑笑，算是模糊了我内心的慌乱。

"我也不绕弯子，直接说吧，想要嫁给我的这个女人，就是当年你们班的李雪云，你和高涛比我更熟悉她。"说这句话时，高老师心里其实比我还要慌，嘴唇都在颤抖。终于说出口，他舒了口气，大概为了把这句话说出来，他内心挣扎了好久。他避开与我对视，偏过头，望向门厅窗户那边，似在欣赏那个女人哭泣的执着，竟然说："她真能哭，坚持这么长时间不歇口气，能进吉尼斯纪录吧！真是的，他们一起那么多人，怎么不知道劝，也不让她喝口水润润嗓子。"

直到高老师把"李雪云"三个字说出口，我心里顿时平静下来，先前的五味杂陈反而没那么强烈了。临离开多伦多时，高涛把李雪云与高老师的事告诉我，我脑子里一片空白，竟然一点都想不起李雪云的模样。想不起来不重要，关键是这事叫我无言以对。倒是高涛看得开，他安慰我，不要想那么多，师生恋也挺正常，只是咱们与李雪云是同学，才觉得不正常。你不知道我当时知道这个消息是怎么想的吧，荒唐！简直是荒唐透顶！先不说李雪云的年龄，她比我还小一岁；再说当年她与你——还有过恋情，不管时间长短，也不管你们结局如何，这事都叫我……咳，可一想到父亲七十五岁高龄，一人在国内生活得孤单，万一有个闪失，我……我在加拿大这些年，观念也不守旧，其实想通了也没什么，只要李雪云真心实意，能让父亲有个伴，我也没啥，愿意认了这个老同学当后妈。

可我怎么接受这个续师母？其实对我来说，三十多年过去，我经历了两次失败的婚姻，学校那种昙花一现的恋情，让岁月冲刷得早不见踪影，只要不刻意去挖掘，甚至我都想不起来和李雪云曾经还有过一段风花雪月。至于李雪云和高老师要走进一家门，更不存在我接受不接受，我又不和高老师他们一起生活，出于师恩逢年过节去看看他就行，没必要自寻烦恼。只是，高涛再三叮嘱，让我摸清高老师与李雪云到底是不是真心在一起，主要是李雪云，她有没有别的目的。高涛给我发誓，他说的目的不是指房产之类的财物，以他目前的状况，不会拿国内的这几处房产与父亲的晚年生活作对比。没那个必要。只要父亲能有个幸福的晚年，房产全部给那个女人——不，是给李雪云，都没问题。

我不怀疑高涛的这句话。不是高涛视钱财如粪土，我刚到多伦多与高涛聚会时，刚开始还像在国内一样，他请了我，下次我会请他，轮流买单，后来高涛提出 AA 制，我当时还在心里埋怨他太小气，我刚来没有固定收入，他收入稳定，太计较了，后来发现他是受国外生活的影响，尽管收入不错，他的理念已经基本西化，对财产继承之类并不像国内生活的很多人那样，死死盯着，生怕自己哪点吃亏。唯一让他操心的，就是母亲去世这六年，父亲独自一人生活得不容易。

"你怎么了？"高老师端起酒杯，与我碰了一下，"你看上去心不在焉，想什么呢？"还没容我回答，高老师接着说，"你的情况小涛已给我说过，回来就回来吧，国外有什么好？吃得不习惯，压力还大。我就想不通了，怎么都削尖脑袋往外跑，国内哪点不好了，生活条件这么好，要啥有啥，人的想法还比以前通达——这么给你说吧，我与李雪云的事要放在以前，可不得了，她比我儿子还小一岁，我肯定成了众人眼里的流氓。说流氓还算是轻的，我儿子的同学，这不成了乱伦？"

我一口喝掉杯中酒："也不能这么说，鲁迅不也娶了他的学生许广平，还有……"本来想说某某七八十岁娶了不到三十岁的娇妻，但一想这差距太大，不是普通人能接受的，一时又想不起来还有谁可以作现成的例子，我感觉那口酒卡在了喉咙眼里。

高老师说："小涛的意思我明白，你刚回国就来看我，知道你是带着任务，替他来劝我的……你先别说话，听我说完。你也知道这事的来龙去脉，小涛肯定也是前因后果都跟你说过，不然他也不会要你来劝我。尽管是李雪云主动提出要做我的老伴，可我不同意，坚决不同意！"

像是一出反转剧，我以为高老师是拒绝去养老院，他一开始就死死控制的话语权让我产生了错觉，使我对身负的重任有了某种羞怯，将出口的话也羞于出口，于是才有这兜兜转转的心思。高老师倒像个太极拳高手，看着他要出的是这拳，结果打过来的却是另一只拳，这太出乎我的意料，一时，我真不知该怎么办了。

"现在，你可以说了。"高老师做了个请的手势，望着我的双眼炯炯发亮。

"我——想知道您为什么这样做？"

"因为我不是鲁迅！"高老师说，"我只是个普通的中学退休教师，目前是七十五岁的单身老人。这样给你说吧，我并不守旧，也不怕别人乱说什么。我只是觉得李雪云不适合我。她原来是个好学生，学习好有上进心，后来为了爱情不顾一切去远方，这说明她的内心有足够多的激情和对美好生活的向往。她的婚姻失败了，可能一段错误的婚姻会让她失去很多东西，还会降低她对生活的期待和标准，所以她回过头来发现我孤单一人时，她觉得或者陪着我生活总不至于再经受挫折。她愿意走进我的生活，陪伴我，不是她对我有更多师生情缘之外的情感，她那是用另外一种方式可怜我，同情我。我不接受她的同情或者可怜，这就是我的态度。"

"高老师，我……"

"你不用再劝我。"高老师给我倒满酒，才给自己满上，"你如果愿帮我，那就听我的，小涛都告诉我了，你这次回国是那边的婚姻结束了。你如今也是单身，请你考虑一下你的老同学李雪云，她那么优秀，配得上你。只有这样，才能把我解脱出来。实话给你说吧，我的确想找个老伴，可得与我年龄相当，能伴随我余生的女人。因为李雪云的突然出现，我一直被困在这里，脱不开身。"

我被高老师的话惊住了，这一点一点往里推进的剧情，一点都不是我能猜想到的，一时间，我无法理清这头绪。我有些烦躁，一下子弄不清楚自己在高老师和高涛之间到底演绎着什么样的角色，我真的身负了重任或者叫责任的东西吗？

我苦笑一下："您的想法……"

高老师端起酒杯一饮而尽，重重地把酒杯蹾在桌上："我以你老师的名义，请求你不要怀疑我！小涛也不相信我的想法，可我就是这么想的，他要送我去养老院，就是怀疑我、试探我的。所以，你们不要为难我，趁着我头脑清晰，手脚还灵活的时候，让我自己来主张我的生活，我不需要被安排，被照顾，至少目前——这几年不需要！"

这时，一道强烈的白光突然从窗口闪过，那个女人被惊到，哭声骤然停顿了几秒，弄明白只是闪电而已，很快续接上了前面的节奏。

"闪电了，过会儿可能有雨。"我站起来，做了个邀请的手势。

趁着光头经理不在大厅，为了不听他的啰唆，我们逃似的从饭店出来。还不到九点，街上冷冷清清，但很闷热，有点下雨前的迹象。尽管路灯把黑夜照得一点都不纯粹，可有了夜晚的样子，树木、建筑物在灯光下没那么清晰、真实。当然，也看不清天空是阴是晴，判断不出是否真要下雨。

高老师意犹未尽，站在街头还想给我说阵话，又一道闪电降临，将他的话头彻底打断。

我坚持要送高老师回去，被他强硬地拒绝了，只好把他送到大路口，看他迈着坚实的步子，慢慢地被夜色温柔地吞没。

早年的雪

　　父亲的身体越来越不听使唤了。趁气候还暖，用了三天时间，父亲把鹰房里的墙壁粉刷一新。鹰是个洁净的圣物，容不得半点肮脏，不把它的居所清理干净，它宁愿以命相抵，也不将就。父亲曾经是远近闻名的鹰把式，他对鹰的习性掌握得比自己的年龄还要准确，所以他打扫得非常认真，直到鹰房像新建的房子，不见一丝尘埃，父亲才恋恋不舍地锁好鹰房的门，步履蹒跚地离开了。

　　这个鹰房从此就属于小儿子，与父亲没多大关系了，父亲心里很难受，从鹰房到正屋十几步的路程，他却走了很久。小儿子早等得不耐烦，站在屋子门口怕冷似的跺着脚。父亲抬头看了小儿子一眼，小儿子停止跺脚，却在门口走来走去还搓起了手。看着小儿子并不单薄的身子，晃来晃去像一张纸，而且一脸满不在乎的神情，父亲的心里一点踏实感都没有，开始怀疑自己，这个决定是不是做得太仓促。

祭拜过祖宗，父亲还是把鹰房的钥匙交给了小儿子。他别无选择，只能靠小儿子来继承祖传的这份手艺。说起来惭愧，祖宗的这套驯鹰术传到他的手上，再往下一辈传，就出现了危机。首先是大儿子，他从小就把大儿子当作继承人来培养的，带着他骑马、训练鹰，让他从小就熟悉驯鹰人的生活。大儿子有灵性，也喜爱鹰，把鹰的性格也揣摸透了，等大儿子成了婚，父亲放飞自己的那只老鹰，那年冬天，给大儿子捕获了一只真正属于他自己的鹰，把鹰房正式传给大儿子。大儿子用祖传的驯鹰术，给鹰的左腿卡上一条铁链，整天钻在鹰房里与鹰相处，人鹰磨合，训练鹰的耐心。冬天过去，大儿子把那只鹰已经训练得很听话了。开春后，大儿子右胳膊戴上羊皮护套，叫鹰蹲在他的胳膊上，早出晚归，骑马去野外训练捕获猎物。当时，父亲看着大儿子骑在高头大马上，右手高举着雄鹰，英姿勃发地向野外奔驰而去时，父亲为有这样的继承人，激动得流泪了。可父亲万万没想到，大儿子对鹰的感觉与他是不一样的，在父亲眼里，鹰是神圣之物，可在大儿子的眼里，鹰另有他用。父亲无法猜透大儿子的心思，他只看到大儿子带着鹰骑马奔向荒野的英姿，让他心里充满驯鹰人代代相传的自豪感。谁知，大儿子把家里的羊群交给妻子放牧，自己带着鹰去远山里捕捉藏羚羊。那可是高原上的珍稀动物，一张羚羊皮能顶十几头羊的价钱，比放牧的收入高得多。大儿子早就盯上了能赚钱的藏羚羊，也曾经劝父亲去捕捉，遭到父亲的强烈反对，大儿子有足够的耐心等待，他知道想要说服父亲这样的老顽固非常难，他唯一的机会只有等。终于等到一只听自己使唤的鹰，就避开父亲去干自己想干的事情。

父亲一直沉浸在对大儿子的热望之中，根本没有意识到大儿子的早出晚归有多么危险，等知道大儿子的行踪时，已经晚了，他连规劝儿子的机会都没有了。大儿子干了将近一年，冬天的第一场雪落下来后，在猎杀一群藏羚羊时，被早已盯梢的公安围住，大儿子企图逃跑，还没有跨上马背，被公安开枪打伤了腿。父亲闻讯和儿媳等人赶到山里时，公安早把一瘸一拐的大儿子带走了。父亲只看到雪地上的一串串血迹，像鲜艳的梅花，在雪地上灿烂开放，父亲的眼被蜇得生疼，他紧紧闭上眼睛，把那些滴落在雪地上的血迹阻挡在眼外，可是那份疼痛却无法阻挡。再睁开眼时，父亲看到了那只鹰，那只属于大儿子的鹰，蹲在一块巨石上，悠闲地啄着雪，无辜地看着他们。

父亲流泪了，他心里很清楚，大儿子肯定得蹲监狱。他精心培养的继承人背叛了他，他的良苦用心叫大儿子给毁了，同时毁掉的还有他的自豪和信心。父亲放飞了大儿子的那只雄鹰，自己又去捕获了一只，从头开始训练起来。

父亲越来越老，他的身体早就出现了问题，哮喘已经使他不能长时间骑在马背上，带着鹰去野外训练，放牧了。还是得有继承人才行。

父亲一共有三个儿子，大儿子蹲了监狱，他还有两个儿子可以继续培养，来做他的继承人。可是，在父亲眼里，一直把大儿子当作唯一的继承人，对于另外两个儿子，他从来没有考虑过。大儿子如此出色，他哪里还需要再培养第二个或第三个继承人呢？所以，父亲打心眼里把另外两个儿子当成儿子，却不是驯鹰的继承者。

　　二儿子非常有自知之明，身体长得就不像个驯鹰人，从小只喜欢学习，对鹰的彪悍强健只会远远地欣赏，心思不在这上头，后来考上中专，毕业后在乡中学里当了教师，整天抱着书本来往与家和学校之间，一副文弱书生的样子，根本不在父亲的眼里搁着。

　　只剩下小儿子了，父亲连选择的余地都没有。父亲对小儿子一直没有好感，他上小学时，不是跟同学打架把人伤了，就是与人嬉闹砸碎了教室玻璃，害得父亲经常去学校领人，丢尽了父亲的脸面。小儿子学习还不好，只顾贪玩，没有一点上进心。小儿子也不愿意在学校里受太多的约束，早早地退学回家，无所事事。别看他在学校没学到知识，却奇怪地练就一副好身手，动作机警敏捷，身强力壮。小儿子退学后没什么事干，东游西逛，经常和一帮年轻人纠结在一起，不是偷鸡摸狗，就是赌博喝酒谈恋爱，比在学校时更加游手好闲，父亲没有闲心去管，索性懒得去管。直到后来，小儿子把一个女孩的肚子整大了，父亲这才意识到问题严重性，可父亲说给小儿子的话，都是左耳朵进，右耳朵出，压根儿不起一点作用，父亲的身体状况又没法和小儿子干上一架，只好找来一帮亲戚把他捆住，狠狠地打了一顿，直打得他皮开肉绽。解决小儿子闯下大祸的办法，就是提前让给他结婚，把那个搞大肚子的女孩娶回了家。结局看上去挺圆满，媳妇孙子一下子全有了，可父亲心里的气怎么也理不顺，他的哮喘越发厉害。

父亲从来没打算要将驯鹰术传给小儿子，小儿子那副德行只会亵渎驯鹰这门行当。可老婆有一天告诉他，小儿子很想跟他学驯鹰，老婆说小儿子已经成家，该有一门手艺，不然这样混着总不是办法。他当时挖了老婆一眼，并没有把这话当一回事，他太清楚小儿子的脾性，只是一时脑子发热，根本不是驯鹰的人，他可不想叫小儿子败坏他这个鹰把式的声誉。大儿子已经叫他丢尽了驯鹰人的脸，他不能再有一个辱没祖宗的继承人。

小儿子结婚后，也不知他哪根神经受了刺激，突然就像换个人似的，他行为收敛了许多，在父亲面前温顺得好像他本来就是个听话的孩子。他对父亲的驯鹰术骤然间产生出极强的兴趣，便缠着母亲劝说父亲。

父亲的性格硬得像块石头，一旦他认定的事很难有人劝说得通。可父亲毕竟上了年岁，又经历过大儿子对他最沉重的打击，哮喘使他对自己失去了信心。但父亲心犹不甘，他是个很优秀的驯鹰人，他怎么忍心看到没有驯鹰继承人的结果呢？经过再三考虑，父亲很无奈地接受了现实，准备把驯鹰术传授给小儿子。

一只鹰只认准一位主人，除了驯养自己的主人，对别的人它全不放在眼里，这是鹰的性格，执着而又孤傲。为安全起见，父亲只能一切都从头做起。他放飞自己现有的鹰，把鹰房打扫干净交给小儿子之后，就带上帐篷、干粮，还有捕鹰的诱饵，和小儿子去捕捉一只鹰。

捕鹰得去远处的山谷里，父亲在马背上颠着，哮喘使他像随身携带的一个风箱，跑上一阵不得不停下来歇息一会儿，他胸闷气短，喘不过气来。小儿子一改往日的毛糙，为父亲送上水袋，递上干粮，还不停地给父亲轻轻拍打后背，很悉心地照顾着父亲。一路走走停停，小儿子没有一丝厌烦情绪，他难得表现出这样的耐心，这叫父亲心里舒坦了些，气顺了。父亲甚至想，是不是以前对小儿子偏见过重，没有真正了解他？从现在的情形看，小儿子比大儿子强，说不定会成为一个合格的驯鹰继承人呢。

已经是深秋了，一路走来，没有美丽的景致，但天空格外晴朗。父亲一直阴霾的心里，终于透进一丝秋日的暖阳，慢慢地这丝暖阳占据了他的整个心田，他的情绪好了起来，再看小儿子的目光里充满了一个慈父的温和。

到了山谷里，他们选择一处临近盖孜河边的地方搭好帐篷。安顿好住处，父亲叫小儿子拿出带来的鸽子，给它腿上拴好铅块，将鸽子抛向空中。

这是在引鹰，虽然四周静寂无声，空中根本看不见鹰的影子，可驯鹰人都认为鹰有很强的嗅觉，它们能闻到鸽子的气味，只是它们过于警觉，不定在哪个石缝里藏着，正盯着天上的鸽子呢。鸽子其实飞不了多远，腿上的铅块太重，会把它拖下地来。

小儿子对捕鹰热情很高，在父亲的指导下，他一次又一次将鸽子抛起来。

接下来的几天，是在山谷里这样度过的。山谷很静，寂静中总是让人产生一种似是而非的感觉，这样的感觉其实是最让人无法忍受的。驯鹰人是耐得住寂寞的，父亲看着空洞的没有一点色彩的天空心静如水，他已经习惯了岁月如水的流动，无论水急水缓，水深水浅，他的心态始终都是淡然的。

灰色的山谷里，除了鸽子不停地被抛向空中，又不停地从空中跌下来那平淡无趣的声音，和冲来撞去像喝醉酒似的风，在山谷里碰撞发出的声音之外，再听不到一点别的声音。

小儿子是个闲不住的人，在这种寂静得能把人心跳都放大成鼓点的山谷里，做着如此单调而机械的事情，要在以往，他绝对没有耐心坚持下来。可现在他不但做得很认真，而且连一句抱怨的话都没说，他的表情像父亲那样漠然，但比父亲多了一些年轻生动的色彩。父亲看着眼前的小儿子，对小儿子的好感又增厚了一些。为解除寂寞，父亲还主动和小儿子说起了话，这要放在以前，是绝对不可能的。

往天空抛了几天的鸽子，父亲认为时机已经成熟，他才带上粘网和一只早已准备好的家兔，来到山谷深处石头多的地方，插上树枝架好粘网，把兔子放在粘网里面，给鹰设下了陷阱。

然后，父子俩等候鹰的出现，他们俩埋伏在一块巨石后面，用红柳枝伪装好自己，眼睛牢牢盯着粘网那边。兔子的腿上拴了两根绳子，一根绑在粘网上，另一根牵在父亲手中，兔子一旦安静不动时，父亲就像个顽皮的孩子，不停地拉动绳子，扯着兔子蹦来跳去，他们用这种方法来吸引鹰的注意力。

小儿子显得异常激动，他两眼亮亮地望着粘网那面的兔子，生怕自己眨眼的工夫，会失去一场精彩的场面。

鹰不是那么容易上当的，它们敏感，并有一定的智慧，不会轻易向兔子冲来。所以，等候鹰上钩，像寂寞的日子，无边无际，看不到尽头。小儿子的好奇心支撑了他两天，他的耐心差不多也就这么长时间。两天后，他在灰色的天空还是没看到一只鹰影，甚至连一朵飘动的云都没有，他不耐烦了。他的忍耐快到极限了，再要这样没有一点希望地趴下去，他会像一只不断充气的皮球，总要在某个时段爆炸的。可看着一脸严肃的父亲，他不敢表现出厌烦情绪来，又不能跟父亲说心里的想法，只好不停地翻动麻木的身子，唯有这样，他才觉得积蓄在胸的烦躁情绪能释放一点。

父亲揣摸透了小儿子的心思，一点都不体谅儿子，他其实还是留了一手，心里早就盘算着，如果小儿子在整个捕鹰过程中，表现出没有耐心，就是捕到鹰，他也不会完全传授给小儿子整套驯鹰术的。一个没有耐心的人，是做不好鹰把式的。他没必要对这样的人传授祖传的驯鹰术。

让小儿子继承驯鹰术，是他无奈的选择，他想着哪怕培养一下小儿子的兴趣，使他成为一个还说得过去的驯鹰人，别丢他的人就行。在这之前，父亲看到儿子一副忍得住寂寞的样子，心里多少还是很宽慰的，可这样的宽慰并没有让他持续几天。

等待是很痛苦的，况且这是一个没有边沿的等待。小儿子的心里已经变得毛毛糙糙，他不时地起身去石头后面撒尿，这样做，对候鹰非常不利。父亲为稳住小儿子的情绪，也为实现自己的一点点希望，希望小儿子能够坚持下去，把自己的衣钵继承住，他把酒瓶子递给小儿子，他劝儿子喝些酒。候鹰是个磨性子的活儿，连这点都坚持不了，将来还驯什么鹰！在小儿子接酒瓶时，父亲不轻不重地训斥了他一句。

小儿子像是跟父亲较劲似的，猛灌了几大口酒，肚子里一下子变得热乎乎的。酒真是个好东西，进到小儿子肚里，竟把他的毛糙压了下去。小儿子又喝了几口，长呼一口气，耐下了性子，趴在地上等候鹰的出现。

第一只鹰是在第四天的午后时分出现的，它像一只黑色的剪影划破天空，一下子飞进父亲的眼中，就再没从那视线中逃脱出去。父亲捅捅昏沉沉的小儿子，小儿子一激灵抬起头，发现天空中矫健的鹰影，激动得差点喊出声。父亲准确地一把捂住了小儿子的嘴，另一只手拉拉拴兔子的绳子。兔子又动了起来。小儿子透过红柳枝间的空隙，仰望着天上的那只鹰，期望它尽早发现粘网里的兔子。可鹰像是知道了他们的阴谋，在天空盘旋着就是不落下来。

父亲喘着粗气，脸上却是一副坦然自若、成竹在胸的样子。

小儿子心里着急，可急又没办法，看着父亲极有威慑力的目光，他不敢多言，只好耐下心苦苦等候着。

直到天快黑时，那只鹰才昏了头似的，突然从天空俯冲下来，一头撞在粘网上。小儿子从巨石后面欢呼着跳起来冲过去。

这只鹰从现在开始，就属于小儿子了。父亲让小儿子亲手去摘粘网上的鹰，他只帮着给鹰戴上眼罩、嘴罩。父亲终究是父亲，他怕鹰伤了小儿子。

捕到鹰后，要开始驯鹰。驯鹰是一件艰苦而又细致的过程，并且需要一定的耐心。驯鹰要从喂鹰开始，小儿子明白这个道理。遵照父亲的教诲，小儿子取下鹰的嘴罩，把羊肉撕成细条，一条一条往鹰的嘴里填。小儿子很细心，没有让羊肉粘上一点尘土，这比父亲想象的要好。父亲对小儿子多少又有了些信心。慢慢地，父亲的心思完全落在小儿子身上，把大儿子的背叛渐渐抛在脑后，一心一意地教小儿子，怎样尽快地和鹰磨合，驯服它，成为它的主人。父亲这样做，对于小儿子最终能不能成为一个鹰把式，还是没有抱太大的信心。小儿子似乎已看透了父亲的心思，他很努力。而且，小儿子出乎父亲意料地表现出驯鹰方面的灵性，与父亲心目中那个不求上进、吊儿郎当的形象反差很大，这使父亲心里又宽慰了一些：小儿子一点也不比大儿子逊色。小儿子对鹰极其友好，驯鹰进展的速度比父亲预想的要快，父亲心里终于感到踏实多了，他的哮喘似乎也好了许多。有时候，父亲看着小儿子驯鹰的认真劲，在心里忍不住会拿小儿子和大儿子作比较，为什么早没有发现这个小子在驯鹰方面的天赋呢？不然，他一定会早早培养小儿子，让他来当继承人，那么也就不会出现大儿子让他颜面丢尽的事了。想起大儿子的所作所为，父亲忍不住长叹一口气，心里难受起来。

不管怎么说，老天还算不薄，父亲还有这个与鹰有缘的小儿子。父亲决定好好培养小儿子，尽自己所能，把他培养成一个真正的鹰把式。

没等父亲实现自己的愿望，他突然病倒了，这次的病却不是因为哮喘，而是肝脏出了问题，他从乡里的卫生院被送到很远的城里去住院。这一去治病，就在医院住了三个多月。这样，父亲没法再教小儿子驯鹰，人躺在医院里，他的心一点都不安稳，一直惦念着家里的小儿子和鹰，他不在时，小儿子会怎样驯导那只鹰呢，虽然在驯鹰方面小儿子有些灵性，可毕竟年轻，没有经验，也缺乏耐心，而鹰是凶悍且不易驯服的动物，千万不能因为他不在跟前，出些什么事啊。父亲越想越不踏实，他带口信叫小儿子来一趟城里的医院，他想问问情况。小儿子总说驯鹰离不开，一直没有来。每次，只要父亲的肝脏感到不太疼时，就嚷嚷着要出院回家。医生怕他的病发展下去会导致成肝癌，坚决不让出院。这样一扯皮，过去了三个多月。

过完年后，气温略有回升，积雪还没融化，高原还在一片白色覆盖之下。父亲实在无法忍受医院里连墙皮都散发着的来苏水味，用自杀威逼家人给他办了出院手续。父亲要回家了，终于要见到单独驯鹰的小儿子和那只鹰了。父亲很兴奋，也很急切。

等待父亲的，却是一个他绝对没想到的消息：小儿子根本就没有专事驯鹰，却纠结几个以前的同党，去山里捕鹰了，说是要高价卖给城里的餐馆。听说现在城里人喜欢吃野味，鹰的价格不低，这是无本生意，比驯鹰要来得轻松和有益得多。

小独生子他们已经捕来好几只鹰，说是等捕到一定数量，一起送到城里去卖。还未痊愈的父亲硬从老伴嘴里撬到这个消息，像有人拿把百斤重锤砸了他一下，把他砸蒙了。他胸闷气短，喘了好长时间粗气，才缓过劲来，他没有多说一句话，只是狠狠骂了句"畜生"，又风箱一样喘起气来。老伴在他的背上拍拍打打半天，也劝了他半天，他一个字也没听进去。他只觉得自己的心越来越重，重得他再也没有力量能够承受得住，父亲自己以为，大儿子的背叛对他的伤害已经让他淡忘了，他正庆幸小儿子改邪归正继承了他的衣钵，可是还没等他的这份庆幸落到实处，小儿子在他的心上又插了一把刀，把他这个鹰把式的心刺碎了。

几天之内，父亲没再说一个字，也没有追问小儿子和鹰的事，他神情麻木，不吃也不喝，只是看着一个地方发呆，眼珠一整天也没见动一下，把老伴吓得可不轻。

这天晚上，父亲感觉身体轻松一些，等老伴睡觉了，他下炕走出屋子，支撑着虚弱的身子踩着积雪，向鹰房走去。一路上，积雪被他踩得"咯吱咯吱"叫唤，在黑夜中像是谁在哭泣一般，疼得父亲的心尖一颤一颤的。但他忍耐着，一直走到鹰房门口，他掏出怀里揣着的钳子，费好大的劲，才将那把非常熟悉的锁子拧开。他打开鹰房的门，看到小儿子捕来的几只鹰，正蹲在鹰房的横杆上睡觉呢，他颤巍巍地走进去，抓起一根棍子，把鹰们轰醒，又把它们赶出鹰房。鹰们像一群混沌未开的孩子，在他的武力之下冲出房子，左右看看，没有危险，便尖叫着，轰的一声四散飞走了。在雪地的映照下，一只只鹰像黑色的精灵，向浑浊的天空急奔而去。

看不见鹰们模糊的影子了，父亲才慢慢收回目光，寒冷的空气如同匕首刺向父亲的身子，他感觉到了疼，浑身到处都疼。他脸上有热热的东西流淌着，他知道那是自己的眼泪。那是一个驯鹰人绝望的泪水！他感到自己的身体此时很虚弱，他快支撑不住了。他的胸口忽地像着火一般，他不由自主地张开嘴，那股火便从胸腔穿过喉咙，从嗓子眼里喷射到雪地上。父亲看到白雪地上的那摊碗口大的殷红，极其刺目，与早年间他的大儿子洒在雪地上的血一样夺目。唯一有点不同的，就是大儿子的血在雪地上是零零落落的，没有他的这么集中。

空 巢

　　早晨起来若天气晴好，二舅定要爬上三楼的露台。他家的三层楼是高店街最高的，气势足不说，重要的是登得高望得远，高店街的一切全在他的目光掌控之下。南北向的正街是老街，旧房子旧门脸，样子灰扑扑的，不过全是卖衣服、鞋子的小商铺，半晌午才能开门。一开门，就各种颜色纷呈了，像一张老脸画了个五颜六色的妆，妆厚些，看不出这街的陈旧来。早晨除过几条早起的野狗落寞地穿过之外，正街几乎看不到半个人影。最热闹的当数背街，也是南北朝向，几乎与正街平行，被菜市场与各种吃食店占领。这时候的背街可与萧条冷清的正街大相径庭，热闹得好像要沸腾起来，卖菜的和卖各种小吃的吆喝声、讨价还价声，熟悉的人相遇时的招呼声，各种声音浪潮一般，涌动之间，竟没一点儿缝隙，俨然就是声波的海洋，广袤得无边无际。在各色哄闹中，人头攒动处，老林家的早点摊冒起的热气再不肯间断了，黄家的烧饼烤出第一炉的香气飘到二舅家的三楼后就一直这么飘着……背街的人多到让二舅不知所措，正街还在沉睡中，它怎么就嚣张到不晓得收敛呢？最后，二舅的目光会被远处开发区的那几根大烟囱烫伤，迅速结束他的目光之旅，耷拉下眼皮，木然地离开露台，开始他无聊又漫长的一天。

有雾霾的早晨，二舅绝不上三楼做观光客的，观望什么呢？灰不溜丢的，败兴得很，说不定望多了还得眼病呢。这样的天气他要赶早出门，做别人的风景去。出门左拐，先去黄家买两个刚出炉的烧饼，用草纸捏着拧一块儿，边走边吃，烫得直吸气，却香味四溢，那份烫也是有资本的，凉了香味会失去一大半。待走到老林家早点摊前，一个烧饼刚好吃完，老林早盯上二舅了，把一碗辣红油汪的豆花及时地端到他眼前，带着一脸的笑容，看着心里舒坦。二舅脸上多云转晴，舌头迅速在口腔里旋转一番，接过豆花碗吸溜一口，又辣又烫，就着微凉的另一个烧饼，吃得满头大汗，从里到外爽个透。再恶劣的天气、再不爽的心情，也抛到了脑后。

给老林递上一支烟，两人点上抽着，这个时候老林一般不顾其他食客了，要陪二舅说会儿话。无非是发生在高店街的一些新鲜事儿。说是新鲜事儿，也算不得新鲜了。老林要说的，二舅全都知道，高店街巴掌大点儿地方，何况，二舅总是站得那么高看得那么远，视线覆盖的范围比老林大了去了。可他还是愿听老林再扯上一遍，消磨时间。

二舅家的三层楼刚盖起来不久，二舅妈突然得病去世了，这个家几乎塌陷，二舅一下子没了任何心思，除过收拾出几间必须住人的屋，三层楼另外十几间屋子，大多保持着原样。说是新房子，却透着那么一股破败样，平时被雾霾填充着，二舅一个人哪个屋里待着都感到压抑。雾霾倒是随意得很，落进屋里便不肯离开，使整幢房子都沉甸甸的，更加让人喘不过气来。天气晴好时就不一样了，那一面面裸露着水泥的墙壁像吸足了阳光，那气息也让二舅倍感温暖与舒适。这样晴好的天气二舅不舍得出门，宁愿整天待在家里，他喜欢喝口酒，从早饭起就炸个花生米，再炒个小菜，就着通透的阳光，边喝酒边看电视，楼上楼下跑几趟，一天就消耗没了。

说到消耗，老林这天给二舅说了个很重要的消息：下河洼的那片地保不住了。

二舅对老林这个消息的可靠性持怀疑态度，他把烟头从嘴里拔出，狠狠地拧死在烟灰缸里。这是二舅要起身离开的前兆，老林太熟悉了，赶紧按住他，嘴角扯到了耳根："这次绝对是真的，孩儿他舅昨晚才给我说的，煎熬了我一夜，终于等到你来。"

老林的孩儿他舅在市里工作，或许掌握了一些新消息，可二舅这两天没看到他来过高店街呀。再说了，征地这么大的事，老林哪能憋到天亮！二舅料想老林并不是真的有什么事要说，大概不知从哪儿捕风捉影来的。他没让老林按住，还是起身，丢下一句："那片是水洼地，可建不了炼钢炉。"老林又不能硬拉着二舅，张开双手急了："我没说人家要建炼钢炉啊，孩儿他舅说在下河洼要修个高铁站。"

这就更扯了，高店街修高铁站？除非铁道部部长是高店街人，即便是高店街人，也还得考量考量呢，哪有这么轻易？高店街只是条镇街，比县城小得多，怎么会修高铁站！二舅斜了一眼老林："夜里做梦了吧？这几天就没看见你孩儿他舅的人。"

老林说："你老糊涂了，非得见孩儿他舅干啥？有啥事一个电话都说清楚了。你要不信，给你儿子打个电话，不就证实了？"

二舅回到家呆坐了一阵，也没给儿子打电话问下河洼征地的事。老林这次说的事确实比较重大，他很想证实这事的真假，整条高店街就剩下河洼那片地了。二舅还在那里种着一亩多的麦子，如果征地的事是真，那他就失去了所有的土地。一个农民没有一寸可种植的土地，这将意味着什么？他今后得买那些洋面吃了，这是他最不想看到的。前些年市区向东扩展，把开发区延伸到四十里外的高店街，说白了就是卖地办私营企业，一窝蜂竖烟囱炼钢铁。高店街的绿树没见成排成行，竖起来的烟囱倒是壮观得很。高店街被"开发"了，跟城里算是接上了轨，日子是好过了，可是有了钱后，人的心情却没法通透起来。后来二舅发现，心情不通透的原因跟天气有关——雾霾天越来越多。

二舅的儿子虽没能力建个炼钢炉，却跟着他姐夫跑铁粉生意挣下不少钱，在市里买了住房，又给家里盖了栋三层楼，说是孝敬父母，逢年过节回来也有个宽敞的住处。以前的房子是平房，一家人住着是有些紧凑，可家家都这么紧凑地生活着，没谁觉着有啥不适的。倒是儿子住进市里的商品房，不习惯以前的住处了。二舅也没反对，盖楼房是欢喜事，盖了就盖了。可楼盖起来，老伴没享受到，儿子又不常回来，出出进进只有二舅孤影一人，这就使楼上楼下宽敞得有些寂冷，冰炕冷灶的，让二舅时常感觉不到时辰的变动。

去年深秋的时候，北街口补鞋的秋霞，男人出车祸撒手走了，扔下她与一双儿女相依为命。前阵，秋霞刚给男人过完一周年，扯下鞋子上蒙的孝布，老林就等不及了，试探着给二舅撮合。二舅听明白了老林的话，心里有些荡漾，只是这荡漾有些短促，涟漪都还没有扩散出去就消停了。二舅故意不接老林的话茬，每次把那碗豆花喝得山响，压过了老林的好心好意。三番五次，老林像是看不透二舅的态度，有点儿不屈不挠，越发把话往明处说了。有次竟然说二舅家楼盖得高，连眼光也跟着涨高了，难怪他跟人家秋霞聊天时说起，她也说二舅条件好头仰得高呢。二舅一听这话，顿了一下，揣着秋霞说这话到底是啥意思。

也不是二舅喜欢揣人心思，在老林提起这个话题前，有天下午，秋霞独自走进了二舅家，说是想参观一下高店镇最气派的楼房。二舅虽说是守着一幢楼，再满足也毕竟是孤单单一个人，有人来看他的楼房，当然非常乐意，何况还是秋霞这样的女人。二舅陪着秋霞从楼上到楼下，一个房间一个房间地看，二舅像端详一件宝贝似的，怎么都不觉得腻。秋霞也不腻，丝毫不吝啬她的赞叹，从"参观"第一个房间开始，啧啧啧的声音一直没停止过。这极大地满足了二舅的虚荣心，除了房子，他已经没什么值得炫耀的了。

楼上楼下参观完，二舅给秋霞泡了一杯茶，茶叶是儿子孝敬他的，精致的铁盒装着，说是最好的绿茶。二舅喝了一辈子茶，却搞不懂茶叶还有什么红绿之分，摘的时候还不都是绿的？儿子很无奈，说这可是从杭州带来的明前绿茶，贵着呢，不喝就浪费了。二舅不想浪费，可又实在喝不出味道来，没有味道的茶还叫茶？凭啥就贵？还不如一袋茉莉花茶，沸水倒进去，浓浓的香味就出来了，冲三四次喝起来还是香的。因为绿茶贵，二舅不舍得把茶叶送人，自己又喝不出味道，就留着来客人时喝，一来显得对客人的接待隆重，二来也可以显摆儿子的孝。只是二舅家来的客人不多，乡里乡邻的，有啥事迎面碰上，几句话就说完了，哪还有专程往人家里跑一趟的？绿茶跟红茶不一样，娇贵着呢，放时间长了，冲泡出来的颜色不再绿莹莹的好看，第一口喝下去连淡淡的清香味都没了。二舅没那么精细讲究，依旧把这盒很贵却放了很长时间的茶叶当宝贝。秋霞是为数不多到二舅家来的客人，二舅自然当贵客接待了。

秋霞看装茶叶的盒子精致，顺手拿起来端详了一下，说二舅的日子过得就是滋润，住着大楼房，还有这么好的茶喝，高店街这么高质量的生活也就这一家了。这话夸进了二舅的心里，像喝了蜂糖水，吱吱地往外冒着甜。二舅还是很低调地顺着秋霞的话头说，这也是托了儿子女儿的福呢，我一个糟老头子，哪懂什么生活质量，能吃饱饿不着就行了。秋霞笑笑，说，你太谦虚了，才六十出头，还是盛年，哪成糟老头了？

秋霞说话时轻轻地抿了一口茶，放下杯子，直到离开再没端起杯子。看来她也喝不惯这种高档茶。两个人东拉西扯又说了些散漫的话，秋霞终于把来意说明了，说是她有个娘家表侄，在开发区一个私企里打工，工厂有宿舍，十几个人挤在一间屋里的那种。表侄一个人好对付，挤在宿舍没问题，可表侄的媳妇不放心，非要跟了来照顾，这照顾也是有代价的，得找个住处。这不，找到她这个姑姑了，让她帮忙在高店街租间房。秋霞思虑了半天，也只有二舅家的空房子多，又在高店街上，各方面都方便。

听着这话，二舅心里莫名地慌了，他的眼神闪了几下，不敢落在秋霞的脸上，支支吾吾地说，房子太简陋，还没修整呢，租出去还不得叫人戳后背？再说，房子是儿子盖的，怕是儿子不会同意吧。

秋霞笑笑说，房子是儿子盖的没错，他还不是给你盖的？他们住在城里还稀罕咱这地方？是我找你租房子，简陋就简陋点儿住，租的人不嫌弃，谁吃饱了撑的，嚼这闲口干啥？

二舅还在犹豫。秋霞在二舅的屋里又巡视了一遍，说，你也知道，我家里就那么大点儿地方，是没法空出一间房子来的。

我要是有你这样的楼房，就不会空着，出租了既赚房租，还能借着人多热闹暖暖房。你看你一个人守着这么大幢房子也着实孤单一些。

秋霞声音柔柔的，她话里的体贴让二舅觉出一种久违的温暖，他心里一软，几乎就要答应了。二舅硬是扛住了内心的波动，拒绝了秋霞的求租，最后的理由竟然是怕搅扰了这份清静。听听，他说的是清静！

离开的时候，秋霞没显得多失望，大概在她意料之中吧。她依然笑意盈盈地跟二舅告别，走到院门口，折过身对二舅又说谢谢他的好茶。二舅回到屋内，看着那杯早没了热气的茶，茶叶沉在杯底，水绿不绿黄不黄的，一点儿都不好看。他忽然想起，这茶，秋霞只喝了一口。轻轻抿了一口。

二舅对老林说到秋霞的话题揣归揣，却还是不搭老林的这个话头，闷头喝完豆花，扔下毛票，抹抹嘴扭头走了。撂下老林站在原地看着二舅的背影，哎了几声不见二舅一丝迟疑，只好带着一脸的无奈继续张罗他的生意。

二舅自觉道行深，把心里的活动都藏得纹丝不露。不是二舅不想接这个话题，老伴走了两年多，他一人住在三层高的大楼里，好像阅尽风光似的，其实正如秋霞说的孤单着呢，心里比楼还要空荡。楼高有什么用，那只是用来看高店街风景的，日子不照样过得没滋没味？特别是夜深人静时，孤单凄苦只有他自己知道。他哪里是真的习惯这种清静，那不过是对自己被别人羡慕的某种掩饰。他不是没有一点儿想法，不过想法比较简单，只要有个伴，年龄相当，知冷知热的那种。秋霞不太合适，她才四十出头，虽说在街口守个补鞋摊，可她是个爱收拾的人，平时注重穿衣打扮，看上去比实际年龄还要小些，她的补鞋摊也是高店街的一景。自己就不一样了，虽说刚六十出头，满头灰发却像寒冬里的枯草，乱七八糟，没有一点儿章法，脸上的皱纹粗枝大叶地横躺着，都快没地方长新的了，乍一看，很多人都觉得他怎么也有七十挂零了。俩人年龄相差十多岁，又是街坊邻居，他怕人笑话。再说了，二舅有个私心，秋霞拖着一双未成年的儿女，如果过门，肯定得带着两个孩子，以眼下的条件，二舅供养俩孩子读书成人倒没问题，可将来他百年之后，这三层楼的归属难道不会有争议？二舅之所以拒绝秋霞，还有一个原因就是，他在秋霞的目光中看到某种渴望，好像秋霞不是替亲戚来租房，而是为自己看房子似的。二舅在秋霞不经意间流露出的渴望中有了警惕，他内心的坚定像堵墙一样瞬间竖立了起来。这栋楼可是儿子送给父母养老的，他没法给儿子，还有女儿开这个口。为盖这栋楼，女儿也往里面添了几万块私房钱，她不让说，怕丈夫知道，闹别扭。

　　说到底，二舅不是没有心思，是不想把心思叫老林看透，一把年纪了，若是让人看出些春花秋月的意思来，叫他的老脸往哪儿搁？二舅揣着心思，失眠了。失眠的时间里，秋霞的影子像是有意要补这个缺似的，在他的脑海里晃啊晃的，晃得二舅在暗黑的夜里越发精神。这种时候，天气也跟着凑热闹，连着三天雾霾，二舅望着外面凝滞的灰色，他知道那些熟悉的景致还在，只是像被罩在塑料薄膜里似的，让人有种看不透彻的焦虑。二舅没去老黄家买烧饼，也没去老林家吃豆花，像是某个东西的断裂，二舅听到这种断裂的声音，带着迟疑和嘶哑。

　　老林等不得了，第四天一大早，他一手捏着老黄家的两个烧饼，一手端碗自家的豆花来敲二舅家的门。二舅把门打开，看到笑眯眯的老林，还有冒着热气的红油豆花，他心里热了，眼眶湿了，不知说什么好。倒是老林看穿了似的，站在门口大大咧咧地说："几天不见个影，我怕你死在屋里臭了没人知道。"二舅这才喃喃地道："哪能，哪能呢！我还没活够哩。"边说边把老林让进屋。老林把碗往二舅手里一塞："没那么烫嘴了，想趁这口福吧，就到摊子上吃去，摆啥臭谱啊。"二舅的胃对老林家的红油豆花永远产生不了抗体，他捧起碗，急不可耐地呼噜呼噜喝光，觉得不过瘾，扯住老林坐下，从柜子里翻出半瓶茅台，就着昨天的剩菜要喝几口。这也是早上，没有现烧的开水，不然，二舅那盒绿茶也是要拿出来的。老林不干了："这哪能啊，我就来瞅你一眼。大清早人多，我还得回去招呼生意呢。要是晌午或晚上，这么好的酒你赶我都不走。"二舅扯住老林不放："你拉倒吧，也就抽支烟的工夫，你能赚多少！再说还有你老伴招呼着呢。坐下陪我喝杯酒吧。"

　　老林不是非得回去，他那小摊什么情况自己心里清楚着呢，不然，他也分不开身来看二舅。老林便坐下和二舅喝了起来。

几口酒下肚，全身热乎起来，二舅又炸了一盘花生米下酒。喝着喝着，话题自然被老林扯到了秋霞的身上。二舅这次不藏了，以年龄差距为由头，表明自己的担忧，当然，他没说自己的心事。以前只是老林有撮合的意思，但他摸不透二舅的想法，几番试探又叫二舅给躲闪了过去，还以为二舅真没啥想法呢。这次二舅说出他的忧虑，老林倒是豁然开朗，也不半遮半掩了："都这把年纪了，还能活几天啊，秋霞的想法跟你差不多，也就想找个老伴，相互依撑着睡几天热炕头，是你想得太多啦。"二舅说："年龄差距这么大是事实，咱不考虑，人家秋霞还能不考虑？她还年轻。"老林沉吟道："话可以这么说。但是只要你没顾虑，秋霞那里好说，是我老伴最先觉得你俩合适，试探过秋霞，她也没啥可说的……"

二舅急眼了："咋能这样呢？八字还没一撇，你老伴倒给人家说了，这让我咋见人呢？这传出去，我成啥了我……"老林打断二舅说："急啥呀，就是试探了一下秋霞的意思，又没给秋霞说找的人是你。"

二舅心里这才踏实点儿，还是嘀咕道，没个说道，你让人家秋霞说啥？说不定她一听到是我就有顾虑了呢。老林咱先别剃头匠的挑子——一头热了，还是喝酒吧。说话间，半瓶茅台很快见了底。二舅还没去找酒，老林喝得不尽兴，自己起身打开柜子找酒，翻来翻去再没比茅台好的。他打开一瓶"太白"，只喝了一杯便没了兴致，嚷嚷着应该先喝次点儿的酒，好酒一旦入了口，次酒实在难咽下去，算了吧，等这次媒做成，就你儿子的能耐，还愁没茅台喝！

送走老林，二舅借着酒劲给儿子拨通电话，本想跟儿子说一下老林的意思，征求一下儿子的意见，明着主动权好像交到儿子手里，实际上呢，是借着老林来表达一下自己心里的某种诉求。儿子一年难得见几回面，见了面除了掏钱买东西，也想不到他老爹一个人守着三层楼是怎么熬日子的。谁知，电话接通二舅却说不出口了。他一般不主动给儿子打电话，基本上都是儿子打给他。难得主动拨一回儿子的电话，儿子自然有些紧张，一再追问他怎么了，是不是身体不舒服。二舅支吾了几声，忽然想起还有下河洼那片地的事需要证实一下。儿子说，这事他也听说了，消息可能是真的，从发展的角度看，高铁站很少建在城市跟前，一般会选在稍微远点儿的地方，高店街又属开发区，被"开发"成高铁站也理所当然。儿子说这话的时候不自觉地稍带了点儿官腔，好像他是个有大视野大见地的人。二舅急眼了："这还稍微，都四十里远呢，也不想想我们就剩这么点儿庄稼地了。"儿子说："你的想法，跟国家的政策背道而驰，你就惦记着那点儿庄稼地！你的观念要转变，不能老是一根筋只盯着那点儿贱庄稼，一年到头，能折腾出几个钱来？要不是高店街紧挨着几家国有企业，谁征你的破庄稼地？谁会把高铁站修到你家门口？你别不乐意——哎，不乐意也没用，你还能跟国家对着干啊？等着吧，好日子在后头呢，只要高铁站往高店街一修，咱家那三层楼就派上用场了，到时……"二舅终于失去了耐心，把儿子兴奋的声音摁死在电话那头。

天气晴好，因为冬季寒风的功劳。只要有风，雾霾就能被驱散，不然，谁也没法对付幕布一样浓厚的雾霾。

要在高店街建高铁站的消息不胫而走，大家传得有鼻子有眼，有人说连开发办的人都默认了。一时间高店街沸腾了起来，走到哪儿，都是关于要修高铁站的议论，躲都躲不开。在这样密集的舆论下，下河洼还有耕地的人家便动起了心思：如果真的要征下河洼，那要补助的可不能光是地，还有地里的作物。有头脑活泛的人点拨说，地里种的是粮食，属于农作物，一般只补偿产量，粮食不值钱，一亩地最多补偿一两千元；要是果树就不一样了，属于经济作物，树龄长的每棵能赔两三百块钱，刚栽的也能补一两百呢。这样的账谁都会算，谁也不愿吃这种暗亏。为多挣点儿补偿款，大家又纷纷在自家仅有的那点儿地里挖起了树坑，赶在征地前植下果树。下河洼一下子变得热闹了，到处是老弱的留守人员在自家的麦子地里挖树坑的身影，有些家庭实在没劳力，担心失去赚钱的机会，便花钱雇人。一个树坑二十块钱，在松软的冬麦地里挖树坑，捡钱似的，有些在近处打工的人都闻讯回来挖树坑了。

二舅本来没啥心思，他没有被征地的喜悦，而是发愁以后没地种了要买粮食吃。但儿子说他操心的都不是事儿，说他不分轻重。再看别的人家，二舅这才觉得自己真的是轻重不分了。不过，他在下河洼只有一亩多地，在他心里，那根本不算什么。他想的是，秋霞在下河洼也有地，她知不知道这个消息？

可千万不要别人都忙得热火朝天，她连个音讯都没有，还守着那个补鞋摊，那可就失去了大好的机会。人可真是奇怪，老林没撮合二舅和秋霞时，二舅从不替人上这个心，一旦有了心思，什么事都忍不住要把秋霞放在心上，好像这样想一想，就真的替人家操了心，连情绪都莫名地好了很多。

为此，二舅专门到北街口去看秋霞，无论秋霞知不知道这个消息，他都要向秋霞传递一遍，以示他对她的关心。还有，弥补一下那次没能把房子租给她亲戚的遗憾。到北街口，却没看到秋霞的补鞋摊。二舅有些失落，懊悔没能亲口给秋霞说这个消息，不然，他们还可以多说几句话的。

二舅转回家准备拿工具去下河洼，却在途中遇见秋霞扛着工具匆匆往下河洼方向走。二舅赶紧上前招呼，说正要去跟你说这个事呢，知道了就好！秋霞笑笑，急匆匆地边走边说，整条高店街都传疯了，我想不知道都不行，你倒淡定得很。二舅讪讪地说，我这正要去呢。

到了地里真正干上了，二舅才明白就算只有一亩多地也不是那么简单，毕竟上年纪了，挖一个两个坑还行，十个二十个就撑不住了。再松软的麦子地，也只属于年轻人，对六十多岁的二舅来说，一天挖下来能看到天上的星光了，也只挖了二十个树坑。这还是咬着牙坚持下来的，不然，连二十个都挖不到。为了多得补偿款，就得多种果树，大家把树坑挖得很密集，比正常的要多一半以上，工作量也增加了一半。好在是庄稼人，身体底子厚实，二舅撑了下来。让二舅一直硬撑着把树坑挖完的，还有一个精神支柱，那就是秋霞。在众多的劳动者身影里，二舅看到了秋霞，她脱掉外衣，穿着水红色毛衣，很鲜亮很扎眼，隔老远看过去，她像一朵在风中摇曳的花儿。二舅暗暗脸红了一下，他和秋霞之间什么都没发生呢，连当时急吼吼的老林这些日子都没了踪影，他独自一人居然就酝酿出了那么多的情绪来，秋霞不知不觉就进驻了他的心，他就像这些挖好的树坑，等待着移栽秋霞这棵树苗。

在下河洼这些天，二舅始终关注着秋霞的动向，挖个坑，他就直起身去找寻秋霞的身影，有时正好看到秋霞也直着身子朝他这个方向望时，心想秋霞可能也关注着自己呢，便又是一阵甜蜜滋生。这样的关注下，他绝不能让自己表现得那么衰老无用，所以，他浑身是劲。

树坑还没挖完，儿子回来了，他不是来帮父亲挖树坑的，而是从这挖树坑的繁荣中看到了另一个商机：果树苗。大家都在埋头挖树坑，却没想到树苗的来源，况且，还不到植树的季节，苗圃也不会出售树苗的。儿子发现商机后回来一家一家去敲定需要的树苗量，没工夫帮父亲。二舅也不生气，他确实习惯了没人帮衬的生活。挖完树坑，二舅累得浑身散了架一般，在家睡了一天半，胳膊腿疼得不想动，可他却睡不着了，拎着一双挖树坑时裂口的胶鞋，来到北街口秋霞的鞋摊前。二舅想找借口与秋霞正式接触一下。

秋霞比其他人勤快，挖完树坑没休息，已经摆开了补鞋摊。

这天是个雾霾天，离老远，二舅看到没有生意的秋霞坐在太阳伞下发呆，他心里一阵难过，没了男人的女人看来日子比自己还难过。二舅手里掂着胶鞋犹豫着要不要过去，他只是把胶鞋上的泥土大概刷了刷，擦拭的痕迹鲜明地附着在上面，像他的神情一样难堪。二舅不知道除了补鞋，他与秋霞还能说些什么，他的嘴已经开始颤动了，心里在预演跟秋霞找些什么话题。以前他可没这么复杂，跟秋霞遇见了，打声招呼，若是孩子在跟前，再说几句关于孩子的话，心情不好时，点个头也就过去了，哪还用得着在心里千绕百转，这么胆怯？迟迟疑疑间，秋霞已经看到了二舅和他手里拎着的胶鞋，忙站起来笑脸迎接。二舅只好走上前，接过秋霞双手递过的小板凳。小板凳一直在秋霞的屁股下焐着，一点儿都不凉。二舅能感觉到她热乎乎的体温正通过小板凳传递到自己全身，甚至在自己体内燃烧，使他高烧般语无伦次。这么体贴的女人怎么能没男人呢！二舅嗫嚅着，差点儿把他的那份怜惜之情说出来。幸亏，这时有个骑摩托车的陌生男人来了，才让二舅解脱出来。男人停住车没熄火，一只脚撑在地上，后座上竟然跳下来秋霞的一双儿女，他们放学了。二舅看着那对活蹦乱跳的孩子，眼睛酸酸的。男人跟秋霞打了声招呼，秋霞温婉地笑着，在二舅眼里，那笑容像阳光一样挣脱出灰沉沉的雾霾，闪烁出灿亮的光芒。

如果说，之前秋霞是一团挥散不去的雾，在二舅的心里盘旋，那么这之后，秋霞则更像是清风，细密绵柔，温存丰实，让他觉得踏实和满足。

接下来，联系果树苗，分配，栽种，儿子在网上从南方引进了一批八九年树龄的果树苗，挣了钱又解决了大家的燃眉之急。二舅也跟着忙乎，却没与儿子谈秋霞的事，儿子的眼里满世界都蕴含着商机，看不到他父亲的日子枯成干草。待栽完果树，二舅也没啥事，一个人待在家里就觉出日子的漫长来，便时不时地到北街口秋霞的鞋摊上坐坐。秋霞没鞋可补时，也主动寻些话头跟二舅聊，有时说她自己，她生育晚，起初还以为不能生育，吃了好些日子的药，那时公公婆婆看她的眼神都带着怨恨，她都不知道接下来的日子怎么过了。等到终于有了女儿，公公婆婆先是高兴了一阵，不久又不乐意了，嫌是女孩儿家，好在一年后，儿子又出生了。满心以为这日子从此就顺了，想不到公公却病倒了，熬了大半年撒手归西，没多久婆婆又卧病不起，不到一年也随了公公去。男人在外面打工赚钱养家，她一个人带着俩孩子就这么咬着牙一步一步走过来，可是天不遂人愿，当孩子一天一天长大，日子越过越顺，男人又出了车祸……这些事其实二舅都知道，乡里乡亲的，谁家那点儿长短都会被大家说来道去，只是这些事秋霞亲口一说，二舅对她的怜惜越发多了。除了怜惜，还有敬佩，一个女人家，日子过得这么难，做的又是补鞋这样的营生，能赚几个钱呢？可她却仍是这么妥帖，几乎看不到被生活压迫的萎靡和消沉。除了聊孩子，秋霞也会问二舅住楼房的感觉，住那么大的房，是不是感觉跟皇帝一样？二舅被这样的话问得不好意思，他不能说自己孤单啊，挠着头想了想，很认真地说皇帝有人伺候，我得伺候着自己。这话倒把秋霞逗乐了。

等秋霞忙的时候，二舅不去打扰她，起了身，像秋霞一样把焐热的凳子递给顾客，他站立一旁看着，或者去附近溜达一圈。这样过了好些天，高店街好多人看出些端倪来了，但也没人说穿，只是再见到二舅时，会暧昧地一笑。

卖完果树，儿子又不露面了，二舅打电话，又说不出口，想起秋霞有次跟他说起茶叶，秋霞说，茶是好茶，只是时间长了，味道变了，还是别再喝了，做别的用吧。他想问一下儿子，绿茶那么贵，为啥没味道。终是没问，却再也没耐心等下去，干脆打电话把女儿叫了回来。理由是他想吃自家蒸的馒头，就是用酵头发的面，而不是酵母。

女儿赶紧回来，到处去找酵头，高店街还有谁家能留酵头？早不自己蒸馒头了，全在馒头店买。女儿几乎转遍了高店街，最终还是在一个老人家里找到了酵头。寻酵头时，女儿隐隐约约听到了父亲和秋霞的事——似乎也不关人家秋霞的事，只是父亲经常去北街口跟秋霞聊天。女儿回家给父亲蒸了一大锅馒头，透过白雾般的蒸气，她看到父亲捧着馒头吃得香甜的样子，心想，父亲一个人守着这么大的楼房，实在太可怜了，连个酵头发面的普通馒头都吃不上，是得有个伴了。女儿含泪走出厨房，给弟弟拨通电话，说了父亲的孤单，也说了高店街传说父亲与秋霞的事。弟弟一点儿都没反对，让姐姐把这个意思跟父亲挑明，一定要表明他们姐弟的积极态度——只要父亲愿意，找个什么样的老伴都行。

二舅哭了。他被孩子们的孝心感动了，揣了那么多日子的心思，结果只是自己给自己结下的网，孩子们的心通透着呢，根本就没往房子最终的归属方面去想。二舅激动得一夜未眠，好不容易盼到天亮，赶紧去找老林——这种事，有个中间人终是方便——表明对秋霞的心迹。当然，主要是儿女们的心迹。这次，他在老林面前的态度明朗得像云层之上的阳光。

　　老林听完，一把将二舅按坐下，塞过一碗辣红油汪汪的豆花："先喝口烫嘴的，我去老黄家给你拿两个烧饼。这时节，吃啥都得趁热。"从二舅开始说起秋霞的态度上，老林就揣透了二舅的那点儿心思，只是不好说破罢了。时间说明了一切，明眼人哪个看不出来？秋霞也是要强的人，她又怎肯让人误认自己是有企图的人？多难的日子都挺过来了，剩下的时间她还能过不下去？后来老林正经跟秋霞挑明这事，秋霞很婉转地表示以后不再提这档子事，她想安安静静地把孩子抚养成人。这几天老林苦于没法向二舅明说，这事缘他而起，看到二舅对秋霞的鞋摊光顾得频繁，他更不知怎么开口了。

　　这个时候的二舅哪有心思吃豆花，一把没扯住，让老林溜了。他觉得此刻老林的态度就像这浓重的雾霾，说不清道不明看不透，有点儿压他的心了。老林不该是这个态度，他一直是个爽快人，肚子里藏不住事儿，今儿个怎么了……二舅看着喧闹的背街，平视的背街与他在三楼俯瞰的原来并不是一个景致，他突然间看不明白了，到底哪个才更真切，更让他心里舒坦。这个问题纠缠着二舅，捧着豆花碗的手竟然抖了起来，直愣愣的眼神，灰扑扑的脸色，样子有点儿吓人。

老林的老伴从里间出来，看到二舅痴呆的样子，有点儿不忍心，上前拿下他手中的碗，说："我给你再换碗烫点儿的，这碗豆花时间太长——凉了！"

那是一只什么鸟

午睡醒来，老万睁开眼睛，他的世界已经改变了。他迷迷瞪瞪地盯着天花板，楼上漏过一次水，留下一片水洇的痕迹，酷似一只欲飞的鸟儿，连张开的羽毛都辨得清。他与妻子躺在床上曾经争论过，妻子说像鸽子、喜鹊，要么是朱雀，他认为像只乌鸦。谁也说服不了谁。

午后的空气潮湿闷热，沉在屋里如同一团团叹息，怎么也清爽不起来。屋子里没一丝声息，连那嚣张起来不管不顾的车笛声都匿了迹，整个世界沉寂得像死去一样。

去卫生间抹了把脸，返回厨房喝水时，那碗剩饭还杵在桌子上，两根红色的筷子交叉竖在碗里，高高的，示威似的。这是儿子小万的杰作。午餐时，老万看不惯儿子一边往嘴里扒饭，一边翻着眼白拿手机发短信，好像他日理万机，时间金贵，连吃饭都闲不下来。儿子的做派在老万眼里，像根刺，硬硬地扎着他。他咬咬牙，忍着没叫自己把难听的话说出来，但不说，刺却一点一点扎得更深，疼得他受不了。于是，他把自己的碗往桌上放得重了些。是带了情绪的那种。儿子对这种声音敏感得很，从手机上拔出目光，同时也从碗沿挪开嘴唇。老万的目光没来得及躲开，撞上了儿子的目光，随即，小万茫然的目光变成轻蔑，冷了脸，把碗往桌里面一推，没等碗微微的颤动停息，就将筷子狠狠地插进饭里，起身，长发一甩，走了。老万张大嘴，却没发出一个音叫住儿子。儿子不会给他丢下一丝声息，他们之间已经打了好长时间哑语，有时冷来寒去演戏似的，配合得还相当默契呢。在门板轰烈的响声中，老万愤然起身，瞅都没瞅儿子的饭碗——儿子其实只吃了几口饭。他把自己还剩下一口饭的碗丢进水池，回卧室倒头便睡。

妻子中午不回家吃饭，通常只有他们父子俩，两个人的世界，很孤独，也很寂静。

儿子对老万的仇视由来已久，并且三番五次提出要和他断绝父子关系。在与儿子的每一次交锋中，最终都是老万溃不成军。每次，儿子都是豁出去的架势，老万却不敢轻易接招，怕接了，局势便无可挽回。在儿子的狂烈中，相反，老万心里发虚，只能忍气吞声，悄然撤退。小万算是摸到了父亲的软肋，越发乖张，只要老万稍微给他点脸色或一句话听不进耳里，便大造声势。有一次，小万闹离家出走，留个条，说这个家没值得他留恋的，以后再不回来了。还真的一天两夜没回家，打电话不接，发短信也不回，急得老万起了一嘴的泡，认定儿子出了什么意外，急吼吼跑到派出所报案时，小万却狼狈地自己回来了。他嘴再硬，也没法解决吃饭问题。慢慢地，老万也看出了儿子的弱点，到底还是个不谙世事的孩子，他也就是愤怒，真要做得太出格，还是在心里会掂量掂量的。再说，与儿子较真，只能影响自己的情绪。以前和儿子冷眼相对后，总是老万生半天的闷气，尔后失眠，躺在床上整夜地翻烙饼。人家看上去却没事似的，该干什么干什么，一点也不影响情绪。慢慢地，老万心里就看得开了，他的神经逐渐麻木，竟然习惯了与儿子闹腾一番后能很快入睡，到后来，儿子的态度竟比催眠剂还管用。只要睡着了，世界就不在自己的掌控之中，风平浪静抑或天翻地覆，都不用管啦，有啥大不了的！

电话不失时机地响了，铃声急促而响亮，把热稠的午后都震醒了，寂静像块玻璃稀里哗啦被砸得粉碎。老万被突如其来的铃声吓了一跳，待清楚声源后，却不急不忙，懒洋洋地凑到电话机前，扫眼来电显示，是陌生号码，不接。他已经惧怕这种不知根底的电话，不是向他控诉儿子新犯下的劣迹，就是那些死缠硬磨的家教。无论接上哪种电话，都给他本来就堵的心里再添一层堵。不是他悲观，而是事实证明，这个世上就是有回天之术，儿子小万也不可能回到品学兼优的以前了！以前，儿子多好，聪明伶俐，听话，学习上进，见了他就黏糊过来，他也没做什么了不得的事，儿子竟把他当英雄崇拜，明星似的追捧，那感觉多好！可是，那样的儿子怎么说没就没了呢？换了如今这模样，他一句话说过去，儿子心情好的时候，白他一眼，自顾自走开，心情不好，跟他像见着仇人一般。他那个伟岸父亲的形象像风吹落叶，落了也就落了，偏偏还要腐烂着。

老万心里的堵一层一层翻涌起来，不由得叹息起来。

电话仍在不屈不挠地响着，打电话的人很有耐心，似知道老万在家。他生气了，一把扯掉电话线，屋子里骤然静了下来。他踱起步子，心里却慢慢慌乱起来，拣起床头的手机，开机。睡觉前他关了手机。无论如何，他得保持一条联系方式，要是单位有人找他，虽说他可有可无，一半天不去上班，不会进入领导的法眼。可万一呢？

手机还没进入临阵状态，电话就打进来了。这次，显示的是单位号码，他不能不接。听着话筒里急切的声音，果然是有关儿子的，他顿时哑然无声，连一句惊讶的语气都没有。倒是单位的人很惊讶，连声问小万到底是不是你儿子。

这话问的，他不能再沉默，但心里却没恢复平静，随口说了句，名义上就算是吧。

那你赶紧到三医院去看看吧。单位的人显然很不高兴，可能是把话筒扔向话机的那种，挂机声很响很短。他心里喊了一声，去看看又怎样，只能丢脸。从单位人的态度上，他知道儿子肯定没干下好事，不知又闯下了啥祸，人家找不到他，告到单位了。心里更说不出的烦躁，捏着手机愣怔了一会儿，才想打个电话问问清楚，儿子到底闯下了多大的祸，至少他心里得有个底。到电话机前插上线，老万回拨刚才的来电，可那头就像为赌他刚才不接电话似的，一直占着线。他无奈地丢下话筒出门。

跟以往一样，儿子跟他敌对的一个做法，就是在外面闯些小祸，比如砸人家的玻璃，从哪个孩子手里抢东西扔掉，或者无端地冲着某人谩骂，再就是跟一帮男孩欺负女孩，到哪个小店里故意找碴。儿子在前面点的这些小火，知道后面有父亲给他扑灭。说白了，儿子说不定就是喜欢看父亲气急败坏帮他扑火的样子。

但这次跟以往哪次都不相同。

小万烧伤度为浅二度，要命的是头部最为严重，半个脸面烧伤了。在医院急诊室远远看到儿子的一刹那，老万心里甚至还沾了点幸灾乐祸，就像一只被宰杀的鸡，鸡头分明被剁了，身子却还摇摇晃晃。不过，儿子烧黑的那半边脸很快使他反应过来，这次儿子的事可比他在外面小打小闹要严重得多。似一只无形的手猛地抓过来，老万的心一下被掏空，大脑顿时严重缺氧，他惨叫一声，不敢面对，快速退出屋外，还是没找到能够呼吸的氧气，整个人呆在原地，连方向都找不着了。老万几乎被护士不耐烦地架回急诊室，如溺水者一般，双手扑腾却抓不住救命的稻草。脑子一片空白之后，老万内心只剩下恐惧。他已经辨认不出白纱布裹着的就是他儿子，那头叫他气不过的长发已化为灰烬，而那双经常泛着冰一样冷寒的眼睛，此时被挤压得失去了所有的冷意，只剩哀怨、恐惧和疼痛。而这都不是老万熟悉的。那一瞬间，老万脑子里产生一丝怀疑，眼前躺着的是别人，与他的儿子毫无关系！可是，儿子的声音没被烧坏，凄厉的疼痛叫声显然是小万发出来的。儿子的惨叫声，像锋利的刀片，把老万的不甘和怨怒从身体里剔除出去，更把这个下午干脆利落地切成了之前和之后。

老万的情绪很难平静下来，他不断地往儿子跟前冲，像要替儿子挡住之前焚烧的烈火似的，嘴里也不知喊些什么，呜里哇啦听不清，汹涌的泪水和着鼻涕在脸上肆意。护士担心老万脸上黏稠的液体弄到小万的创面，导致细菌侵入，顾不得恶心，强硬地抓住他往外推。

这时，妻子赶到了。确切点说，是现任妻子，与小万没有血缘关系的一个女人。此刻，在失魂落魄的丈夫跟前，她紧张地看着这一切，可怎么着，看上去她都有一副令人费解的表情，不能说她就没有悲痛。她的悲痛看上去更多的是恐惧，当然不是幸灾乐祸的那种，但也并非切肤之痛，而是像装修的门面，她的悲痛是摆在脸上的，很显精致，很优雅，但只要随意抖抖，便可能掉一层粉尘。这种时候，面对一个跟自己没有任何血缘关系，却关系紧张的孩子，就算悲痛离她还远，她也必须让它挂在脸上。不然，叫她怎么办呢？出于同情，或者为表明一个态度，她伸手想抚摸一下黑炭似的小万，却被护士断喝住了。她的脸羞得通红，以她的身份，还能用什么方式表达她的情绪呢。

他们被医生推出了急诊室。马上要将小万推进无菌隔离室，进行创面处理。老万与妻子站在急诊室门外，门窗是毛玻璃的，里面什么也看不清。

此刻，老万什么想法都没了，浑身软成一摊泥，靠在急诊室外的椅子上。妻子虽不能帮他化解悲伤，但还是帮了他，关键时候，她是个支撑，跑回家取来存款交了押金，否则，老万真不知怎么办才好，从见到儿子的那一刻起，他的心绪就全乱了，神情恍惚，好像不在现实之中。就连医生告诉他儿子的治疗方案，他也看不清，听不懂。接过医生的治疗单，在妻子的指引下，他颤抖着签上自己的名字。

从医院出来，妻子扶着丈夫，像一棵要歪倒的树木旁边用于支撑的那根棍棒，她细弱的身躯整个依托着丈夫，她要让他感受到她的力量。可她哪里撑得起此时的丈夫？他眼神悲恸茫然，毫无神采，如同两盏熄灭的灯，透着两股凄楚的青烟。她用无奈的眼神看着他。虽然她感受不到丈夫那般锥心刺骨、撕肝裂肺的疼痛，但她亲眼看到了小万那张被烧得不忍目睹的脸，听到一声声凄惨的喊叫，小万跟她再没关系，那也是丈夫的孩子呀，那也是跟自己同一个屋檐下生活了两年。她心底还是软的，先前强撑的恐惧此时因了丈夫的痛不欲生，而变得真切和立体起来。相比老万，她的悲伤是无声的，也是无助的，她不知怎么安慰丈夫。她知道，这个时候跟丈夫提问他儿子烧伤的原因，是非常愚蠢的。况且，连丈夫自己都不清楚事情是怎么发生的。

也不知是怎么回到家的。也不知坐着还是躺下好，直到看见儿子的那碗剩饭，两根筷子像个大大的红叉，醒目地戳在那里，老万的心里被人灌进一盆冰似的打个激灵。此刻，他认为儿子是有预感的，不然，他怎么会把筷子插成个叉呢？一个叉两根刺般扎在老万的眼里，痛得他的心揪成一团。他直着眼走上去端儿子的饭碗，一直跟在身边的妻子抢先把碗端起，被他抢了过来，紧紧抱在怀里。老万侧转身，背对妻子，把两根红红的筷子从剩饭里拔出来，拆除了骇人的红叉。就这，他还觉得不够，犹豫了一下，突然毫无来由地捧起碗，用这双鲜红的筷子往嘴里扒拉剩饭。几口吃光儿子的剩饭，像是与儿子连成了一体，儿子身上的疼痛蔓延到了他的身上，老万捧着空碗放声大哭。

远去的失眠，重新回到了老万身上。

时间能让人学会淡定一切。第二天，不管怎么说，老万还是能够冷静地面对儿子了。隔着巨大的玻璃，无菌室里的儿子不再被纱布罩住，而是半裸着被固定在床上，被烤焦的皮肉做过处理，创面像剥了皮的兔子，呈现着淡淡的粉红色，如果那不是自己的儿子，而是某幅画里的背景色，他一定会觉得这种粉红是那样地温润、娇羞和可爱。但眼下，这粉红就像一条隐藏了阴谋的鱼，游动在老万的眼里，一吐一合着极度的狰狞与残忍。老万的心抖得像台摇床，趴在玻璃窗上抽泣起来。

儿子的主治医生姓董，是个面善的中年人，他双手按住老万抖动的肩膀说，幸而你儿子的眼眶里当时有泪水保护，没有被烟火熏着，否则他这一生只能在黑暗中度过了。

老万心里抽搐了一下，儿子的眼睛还有泪水？很久很久，老万都没看到儿子在他面前流泪了，儿子脸上最多的是一副瞧什么都无所谓的表情。

医生的话，对老万来说是莫大的安慰，他的情绪慢慢恢复到正常，却不知道应该替儿子感到幸运，还是得感谢医生的这句话，他机械地点点头。

董医生不无卖弄地讲了一通国际国内目前治疗烧伤的高端技术，主要还是讲他参与过的临床病例。老万的心思全在儿子的伤能恢复到什么程度，对医生夹杂过多专业术语的话听不明白，他只机械地点头。董医生大概说够了，这才告诉老万："接下来得准备植皮手术。一般情况下，都是患者自体皮肤移植，也就是从患者自己身体的别处取皮来进行移植。可是，你也看到了，你儿子目前的状况显而易见，面部创面太大，而他身体的很多部分也都受到灼伤，需要一段时间的恢复期，这样的皮肤就算能移植，那也是废皮肤，只能让患者再经受一次痛苦。你儿子的大腿、胳膊内侧的皮肤倒是完好，可惜他年龄还是小了些，没完全发育成形，皮片太薄，质地、色泽、耐磨性能都达不到植皮的要求，就算能移植存活，也与面部相去甚远。"

说到这里，董医生看着老万停住话头。事关儿子的治疗，老万把这些能不能懂的话全听进去了，见医生突然不说话，急了，儿子自己的皮肤移植不成，难道就这样像只剥了皮的兔子，永远躺在医院的无菌室里？

董医生见老万不再机械地点头，而是用迫切的眼神望着他，满意地笑了。

"最好的移植皮肤是头皮，头皮细嫩度和弹性都比表层皮好，尤其皮片。薄的中厚皮片近似表层皮片，完全能在新鲜创面上存活，而头皮薄片的供皮创面上因为仍然有真皮组织，附近的上皮细胞在取皮后可以增生，使供皮创面自行愈合，且愈合的时间相对也较短，因而在需要时可以大面积取皮。比如小万这样创面大的患者，就可以用这种方法。前面我已说过，你心里也清楚，你儿子的头皮受损太大，根本不可能切片移植。当然，也可以用商业头皮，但是没有血缘关系的异体头皮排斥反应大，价格也昂贵，而且，来源非常少。你——听懂我的意思了吗？"

老万努力吞咽董医生的话，这几天他脑子缺氧，把话嚼碎了也没弄明白医生的意思，茫然地摇了摇头。

董医生也摇头，他摇得很深奥，似乎无可奈何地拍拍老万的肩，却微笑着说："那你回去吧，好好想想，等你明白了我的意思再来吧。"

老万茫然地转身要走，又被董医生一把扯住胳膊，补充道："不过你得快点，不然，你儿子就错过了最佳治疗时机。"

从医院出来，老万失去了方向感。董医生意味深长的一眼，像黑暗中遥远的灯光，他隐约意识到了什么，却又惶然无法看清楚。

"不会是让你给小万移植头皮吧？"听了迷惑的老万把医生的那套论述半生不熟地讲出来，妻子沉默了一阵，突然语出惊人地说道。

黑暗中遥远的灯光倏忽变得强势起来，老万却猛然间闭上了眼睛。他害怕把一切都看清楚。事实上，在他闭上眼睛的那一瞬，他已经看清楚了。但他不敢承认。他害怕即将面对的事实。

妻子的话让老万无处可逃，赤裸裸地暴露在强光之下。他近乎无辜的心被妻子一刀刺中，他感受到彻骨的疼痛。

"荒唐！"老万对妻子的说法反应异常。他内心里充满恐惧，同时也充满了对儿子的怜悯和期盼，尽管这所有的感觉都锥心刺骨，可他的依赖是医院，是那一袭白衣——救死扶伤的医生。妻子的话把他从黑暗中拽到光明处，他躲不脱，他是父亲！

难道真的要他给儿子植皮？

儿子的叛逆并不仅仅因为青春期，而是对他这个父亲的不满，对于前妻的离开，儿子一直耿耿于怀，以至于把所有的怨恨都抛向他。儿子不听他的解释，也不让解释，只要不解释，他就有理由继续与父亲对抗。一个殚精竭虑与他对抗的人，他有时会恨得牙根痒痒，居然要给他植头皮？这难道不够荒唐吗？

但荒唐又能怎样，想到儿子躺在医院的无菌室里，粉红的肌肉如同一朵朵开败的花，他的心抽搐起来。无论如何，那可是他老万的儿子啊！

妻子用心良苦，她上网查找人体植皮手术的资料，发现有异体植皮一说，她惊叫起来："快来看，医生的意思都在网上写着呢。"

老万没有动，愣愣地望着别处发呆。他感觉一股从骨子里，甚至从生命尽头涌起的灼流烘烤着他，浑身炙热起来，身上的皮肤却奇怪地收缩着，他看到胳膊上的汗毛一根一根竖起，像寒冷地带的白桦林，茂密、挺拔。妻子见他不肯到电脑跟前，声音发颤，似乎有点激动地读着：

"异体植皮实际上只是一种'过渡'，因为不管是别人还是亲人的皮肤，迟早都会起排斥反应，最终移植在创面的，还是患者自己的皮肤，又以头皮最好。非亲人的皮肤移植后，一般在不到一个月的时间内，就会发生排斥反应，产生危险。而有血缘关系的亲人排斥反应的时间则会变长，这样只是为患者恢复自己的皮肤赢得时间……"

妻子毫无章法的声音，使老万的头皮陡然发紧，感觉那薄透而冰凉的手术刀片已经游走在他的头皮之上。他失控地怪叫一声，冲到电脑前，拔掉了电脑插线。妻子被他的过激行为惊得跳起来，回身见他泛白的脸色，她轻轻地抽泣起来。

老万倚着墙慢慢蹭溜到地上，有气无力地说道："我知道。我知道医生要我给小万移植皮，可他为什么不直接给我明说呢？"

妻子抹把泪，默默地过来把他扶坐下，搂住他的脖子，轻轻抚摸着他的头皮，她的手颤抖起来，泪水又一次潸然而下："网上不是说了吗，就是亲人的皮植给他，也只是为他赢得时间，并不能……"

老万用手势打断了妻子，他理解妻子的意思，但她不想听他说出来，在这件事上，自己不能太激烈，也不能太极端。可是，他无法理解董医生，要从自己头皮上割取皮片的意义，他的头皮迟早要被小万自己的皮肤换掉，在小万的身上，他的皮肤等于是废肤，移他的皮肤其实是多此一举！可是……小万的治疗需要这一步。他的心里像煮沸了一锅油，煎熬得他几近虚脱。这个时候，他像在浓黑的野外迷了路，他没法给自己一个确定的前进方向。

到底该怎么办？这是个敏感问题，妻子有意回避开这个话题，尽量与他避免单独接触，老万感觉得到。他去客厅，妻子就会起身去了厨房，他追到厨房，她又去了卧室。每到做饭时，她边做边吃几口，不与他一起坐在饭桌前，临到睡觉时，她总有干不完的活儿，不是在卫生间洗衣服，就是在卧室翻找东西。总之，她有不与他一起吃饭和一块睡觉的各种事由，她什么话也不说，只是一个人偷偷地垂泪。她的泪水丰盈得就像水库，把他淹得都快窒息了，他心里越发烦躁。董医生又打电话催促，说到最后的治疗期限，老万都不知道怎么给董医生回的话，匆匆挂断电话，他恍若隔世，看什么都是陌生的，却没有一点新鲜感。

天大的事，也阻止不了时间的流动。快到中秋节了，月亮逐渐明亮起来，给天地间蒙蒙上了一层梦幻般的青光。

躺在床上，老万像漂浮在汪洋大海中的一叶小舟之上，无助地望着黑暗中妻子脊背上的青色月光发呆。他能理解妻子处在两难境地，以小万以前对她的那种态度，妻子直接反对他给儿子植皮也不为过。可是，她没有。为了他，也为了这个家，妻子一直把悲伤埋在心底，从不给他添堵，在他面前控诉儿子的行径。老万还能清楚地记得，妻子刚过门那天，儿子打掉了她递给他的筷子，扭头走了，一点面子都不给。可是，她还是把小万当孩子对待，含泪忍了，后来，她为了缓和关系，明显在讨好小万，想温暖这颗变异冰冷的心，可小万根本不理她，不和她说一句话。说实话，妻子是个心地善良的女人，她的这个继母当得够可以了，是儿子不懂事，处心积虑，与她过不去。这两年，他们磕磕碰碰，异常别扭，妻子不容易啊。

想得远了，老万根本睡不着。这几天，他几乎没怎么睡觉，偶尔打个盹，会忽然间惊醒，全身紧张地发抖，那种感觉很不好受。索性，他爬起来走到外间。他脑子里空空的，不知要干什么，在客厅转来转去，不知不觉间，他竟然走进儿子的房间。

屋里很凌乱，地上七零八落堆满东西，桌子上吃剩的零食、书、报纸，还有他从小就玩的玩具，床上未叠的被子，横在床尾的枕头下面压着脏衣服、臭袜子。简直像个垃圾收集站。儿子小时候是个整洁的孩子，屋里总是收拾得整整齐齐，没事还把老万拽进他房里，要爸爸检验他的劳动成果。后来，突然间就不允许老万进他的屋了，更不许老万和妻子帮他收拾，说他的空间谁都甭想介入。这是什么样的空间啊，比狗窝还乱。但这会儿老万顾不上责备，屋里浸满了儿子的气息，他深呼吸，那熟悉的味道钻进肺里，就好像，儿子站在他的面前，像小时候一样，伏在他的肩上，脸贴着他的脸，笑着喊，我爱爸爸！

我爱爸爸！儿子的话仍在耳边，可屋里却没有那个熟悉的身影了。老万悲从中来，一头栽倒在儿子的床上，把头埋进被子里，压抑地大哭起来。

从什么时候开始，儿子变得不再叫他欢愉了呢？真的是因为他妈妈的离去？

可那不是他的错啊，哪一个有血性的男人，能忍受自己妻子赤裸裸的背叛？当他把前妻和那个男人堵在床上时，他只是挥拳击中了那个慌忙中四顾寻找遮挡物的男人，对前妻没动一点暴力。是前妻跳起来挡住那个男人，她居然裸露着躯体，展开双臂，她的眼神坚定而愤怒，丝毫不顾及是为别的男人，坦然得不像是她在偷男人，倒像是他贸然闯入，惊扰了他们男欢女爱，还要寻衅闹事似的。他为自己女人的毫无羞耻感到震惊，火冒三丈，一巴掌甩在她脸上，把她打得趔趄地上，接着又给了那个男人几拳。

当时，前妻跟着那个男人走了，第二天她又回来，冷着脸，把离婚协议理直气壮地摔到老万面前。儿子看清了母亲脸上的冷漠，当他的哭喊不能让他妈妈回头时，就把所有的怨恨都归到父亲身上。可是，老万对儿子从来没提起谁是谁非，更没有在儿子面前说过一句他妈妈不是的话，儿子怎么就仇恨上他呢？

记得有一次，儿子要去参加一个暴走夏令营，就是炎炎酷暑下几公里的远程越野，一个才十三岁的孩子，去参加那种活动，他于心不忍。儿子又哭又闹，他都硬着心肠坚持了下来，他心疼儿子。可儿子一点都不理解他，任他怎么解释都听不进去，最后，儿子抹着泪，咬着牙对他吼道："有你这样的父亲，我真感到悲哀！"他做梦都不敢相信，那是从一个小学六年级的孩子口里说出来的，为此，他没忍住第一次动手打了儿子，而他自己也气得放声大哭。有了第一次的对峙，后来接二连三出现了父子无法对话的局面。而且，最后失败的总是他老万，儿子的越来越强硬，使他对儿子心存的期望值越来越小。上初中后，儿子知识和视野的扩展让他更有了与父亲对抗的语言基础。随着儿子的叛逆越来越强烈，老万内心的绝望也越来越深，他像溺水的人，在儿子这条湖道中找不到可以救命的稻草。有时他也想，也许，儿子的叛逆是因为缺少母爱，等有了新妈妈，有了新的关爱，儿子是不是会转型，像从前一样，与他和睦相处，一家人和谐温馨？老万想的太天真了，在再婚的问题上，儿子闹得更凶，把家里的东西扔得满地都是，哭得稀里哗啦，说他把妈妈打跑就是为娶别的女人，其实他早就算计好了，什么为这个家，都是借口，其实都是为了他自己。儿子还说，若老万再娶，他是不会认的，妈妈只有一个，什么样的女人，都与他无关，与这个家无关。老万被儿子气得说不出话来，以往的争执都是他先行偃旗息鼓，但那次，他坚持了自己的选择，既然儿子的内心找不到一点亲情的东西，他又何必为儿子死守独身！

小万果然说到做到，老万再婚后，他从没跟后妈说过一句话，连正眼瞅一下都没有。再婚后两年，说句实话，老万和妻子还是从儿子的角度考虑，他们没再要孩子，为的是能给儿子一个心理上的平衡。可是，儿子体会不到父亲的良苦用心，依然故我，中考那年，竟然迷恋上网吧，学习一落千丈，最后上的是最差的中学。老万对儿子彻底失去了信心，从此，他不再过多地管教儿子，没用！说是这么说，可到底是自己的儿子，儿子的乖戾，老万无法忍受，有时难免会做些不满的举动或说些规劝的话，儿子的反应比以前更强烈，动不动给他甩脸子，使他心虚气短。

　　眼下，儿子倒是安静地躺在医院的病床上，可老万却无法静下来。儿子是他身体里最粗壮的那根血管，以前是供血不足，最多他起身时会感到晕眩，而现在，是血管要坏死了。他能让这根血管坏死在自己的身体里吗？

　　儿子的床上、被子里像是藏着千万根钢针，扎刺得老万无法安静地爬在那里，他强迫自己闭上眼睛，可是，儿子裸露着的粉红肌肉，像一柄扎着尖的冰刀，冷冷地狂袭过来，把他从迷糊状态中猛然激醒。

　　小万。小万。

　　老万在浅淡的黑暗中坐起来，擦了擦泪眼，就着窗外昏然的月光，开始默默地收拾整理儿子的屋子。把废弃的包装纸装进垃圾袋，书堆归整放好，脏衣服塞进洗衣机。其实，儿子的屋子都是表面的脏乱，略一归整，立马感觉到屋子的空荡和整洁。

不能动静太大，怕吵醒妻子。老万在屋子里走来走去，脑子里晃动着儿子趴在他肩膀上喊"我爱爸爸"的样子。还有以前，儿子甜甜地笑着，声音清亮，脸贴在他的脸上的情景……

突然间灯亮了，妻子站在门口，很疲累的样子。她一定也没睡着。

老万用手挡住刺眼的灯光，竟然歉意地对妻子笑了笑，什么都没说。妻子转过身，回了自己的屋子，如同她走过来时一样悄没声息。老万呆站了一会儿，关了灯。

走出儿子的屋子，也走出了儿子的气息，老万像回归成自己，他静悄悄走进卧室。妻子还是面向里躺着，给他一个弯曲的背影。路灯的昏黄光晕和着青白色的月光洒在床上和地下，像被淋湿似的，闪着模糊的光。老万凝望着那团模糊，心里也是一团模糊。他轻轻在床边坐下来。

这时，妻子突然转过身，不再回避他，从后面紧紧地抱住了他，贴在他后背的身子微微发抖。

老万没吭声，他转过身，将无辜的妻子揽进怀里，默默地搂紧。泪水模糊了他的眼睛，他仰起头，抑制泪水涌出来。清冷的月光里，他无意间去看天花板上那只水涸的鸟儿，那里一团模糊，鸟儿似乎飞走了，空空荡荡。是不是楼上又漏过一次水？他没机会再分辨那是一只什么鸟儿了。

妻子终于哭出了声，从小渐渐大了起来。她边哭边在丈夫的身上抚摸，刚开始只是在胸口、肚皮上摸，后来摸到了头，她的手在那里停留了许久，许久。然后离开，默默地奔向他的下身。

老万的身子一紧，怕冷似的颤抖起来。这段时间，他与妻子没有接触，这一刻，他悲伤的心像得到有力的支撑，身子紧紧地依偎在妻子怀里。

老万是脆弱的。

牧人与马

那时候，太阳很毒，把地上烤得都快冒烟了。幸亏地上有草，草厚得像毡一样，把地上盖得很严实，太阳就烤不到，就烤草。草是绿的，有水分，有太阳永远吸不走的水分，草就不怕，依然水灵灵地绿着。

照相的是个瘦得就剩下骨头的男人，偏戴着一副宽边大眼镜，眼镜对他应该是个负担，看上去很重，压在他都是骨头的脸上，叫人看了心里都沉甸甸的，直替他费劲。这么热的天，连羊都脱了不少毛，卸了累赘似的，想凉快呢，可照相的男人却留着一蓬黑乎乎的胡须，浓密得吓人。

其实牧人们都不觉得热，惯了，比这更热的天，把那么绿的草都热得趴下了，他们都挺过来了。这会儿，牧人们却有点热了，是为照相的瘦男人热的。看着照相的瘦男人一头一脸的汗珠子，似从骨头里烤出的油似的，吱吱地响着，这种情景牧人们都不陌生，牧人吃了那么多烤羊肉，烤羊肉时，羊肉在火上就是这么响的。可现在，照相的瘦男人不是烤羊肉，并且没有多少肉，全是骨头，还要撑着那么重的眼镜，把骨头都压得疼哩，何况是这么热的天，都想把草烤趴下的毒日头。

牧人们是替照相的瘦男人着想哩。

牧人就想着，今后绝不戴眼镜，那不是个好玩意，戴着人累哩。

尽管这样，还是没有人照相。

不是牧人们不愿照相，是牧人总觉得照相不值，那么一张硬纸片片没有什么用处，上面有自己的影子，再看也不是真人，有啥意思？

更主要还是牧人手里没有现成的钱，他们只有现成的羊，一群一群的，羊是他们的财富，可不是随便可以用的纸币。当然他们有钱也不愿去照相，这是多么没有意义的事情。

牧人就替照相的瘦男人难受，这么远跑来，又这么热，他多难啊。

就有一个牧人实在看不下去，不忍心照相的瘦男人受这份罪。这个牧人就站出来说，要照一张相。

一张相二十块钱哩。有人说。

这个牧人说，认了吧，你看他多么不容易，热得骨头都冒油了。

可他心太黑，照一张就二十块。

照相的瘦男人忙说，不贵不贵，我这是一次性成像，还带彩色的。

可在城里，照一张相才两块钱。

这个要照相的牧人去城里照过一次，确切点说，是去镇里照过一次相，还是为了办身份证，才照的。不然，他才不会干没意义的事哩。

这个要照相的牧人实在是可怜照相的瘦男人，才要照相的。牧人要照相了，就提出要和他的马一起照，问照相的瘦男人行不行。

照相的当然同意。

牧人离不开他的马，他就想着让他的马也照一次相吧。就牵过自己的马来，是一匹红得火似的好马。

照相的瘦男人给牧人和马摆姿势，用了好长时间，可能是马不习惯这样那样的姿势，总摆不好，牧人就对他的马很生气，竟抽了两鞭子马的屁股。他还从来没有打过这匹红马呢，这是一匹很听话的马。

可这匹马就是不听照相的瘦男人摆布。

牧人又抽了红马两鞭子。

照相的瘦男人无奈，就提出让牧人的女人给他牵着马，一块照。

牧人就问：还是二十块？

还是二十块！照相的瘦男人答道。

牧人叫过自己的女人，牵了红马。红马就默默地顺从了。牧人看出红马是很勉强的。牧人的心里就不很舒服。

摆好姿势，终于要照了，牧人却提出不要他的红马了，叫自己的巴郎把马牵走，他不愿和这个今天不听话的马照相。

照相的瘦男人就要按下快门了，牧人却提出叫他的巴郎一起照相，因为少了个红马。

照相的男人同意。牧人就唤过自己的巴郎。

这一唤，牧人的三个巴郎都叫嚷着要照相，牧人就为难了，就提出三个巴郎都一块照。他很爱自己的巴郎，他们都还没有照过相呢。

照相的男人没说话，折腾了半天，满脸的不高兴。

牧人就说，还是二十块？

还是二十块。

牧人就很高兴，一家人照了一张高高兴兴的相片。

两分钟后，相片就出来了，是彩色的，很好看，牧人们都争相传看着。

照过相的牧人手里捏着照片，脸上像喝了酒似的，红得闪光。

于是，照相的瘦男人就得到了二十块钱的照相费，他总算没有白来。

牧人像得了便宜似的，二十块钱照一个人的像，却照了全家人，这是多么好的事呀。如果像这样子，这张相片还是有点意义的。

但牧人心里总想欠着照相的瘦男人什么似的，过意不去，就邀照相的瘦男人到他的毡房里做客。

照相的瘦男人扶着大眼镜，擦着头上的汗就去了。

牧人很高兴，亲自去放倒了一只正在吃草的羊，宰了给照相的男人吃。反正他有得是羊。

照相的瘦男人很能吃肉，吃得胡子上都沾着肉渣子，可他还是那么瘦，他一个人几乎吃了半只羊，他吃的半只羊不知都到哪里去了，那么个骨头架子，根本看不到肚子，却硬塞进去了半只肥羊。

照相的瘦男人吃得越多，牧人越高兴，牧人总觉欠他的。并且给他喝了大半瓶酒。

吃饱喝足，牧人还把照相的瘦男人一直送到路上，两人有说不完的话，可都是酒话，越说越多。到最后，两人说得口渴了，四野没水，牧人骑着马，还返回去抱了西瓜来给照相的男人吃。

照相的瘦男人渴极了，吃了不少西瓜，把瓜皮扔了一地。牧人就把地上的瓜皮拾起来，翻过来，扣到路边上。

照相的瘦男人不解，问牧人扣西瓜皮干啥，牧人就说，这样太阳就晒不干瓜皮，要是碰上没水喝的人，就可以啃瓜皮解渴。

把照相的瘦男人惊得半天合不拢嘴。

这真是一个伟大的发明。照相的瘦男人感叹着走了。

牧人骑着马往回走时，坐骑总是跑不起来，只打着响鼻，任牧人怎样抽打，也只是默默地走着。

牧人很生气，回到自家毡房前，好好地将红马抽打了一顿。红马今天太不听话了，从照相的时候就不听话了。

牧人打累了，到毡房里躺下，好好地睡了一觉。醒来时，已是第二天了。

这又是一个太阳很毒的热天。

牧人要出去放牧，却死活找不到他的红马了，牧人很着急，太阳升得很高了，还没把羊群放出去，羊在圈里，饿得叫成一片。

牧人打发女人、巴郎子四处去找自己的红马。他自己也一路找着，竟不知不觉来到了路上，他看到路边上有一排已晒得很干的西瓜皮，他想起这些瓜皮是他昨天和照相的男人吃过的瓜皮，却干成了这样。他低头抓起一块干瓜皮，瓜皮在他手里捏碎了。

牧人很惊讶。

后来，牧人在他毡房里的那张有他女人和三个巴郎子的照片上发现，他的红马在照片上，站在他全家人的身后，正望着他呢。

可再也没有找回那匹红马。牧人奇怪红马怎么会在照片上？照相的事好像是很久远的事了。

马是牧人的腿，是牧人身上的物件，牧人一直待红马像自己家的人似的。

可那天牧人动手抽了红马两鞭子，是为了可怜那个照相的瘦男人，当着那么多人的面，伤了和马的感情，竟是为了照一张相，牧人不顾红马的自尊。红马是怕那个瘦男人手中闪光的照相机，它没有见过那玩意。

还有牧人那天送走照相的瘦男人后，回来又抽打了红马一顿，牧人竟有那么大的火气，不知道火从哪里来的，怎么看着都觉红马不顺眼。

于是，牧人就失去了他心爱的坐骑。

牧人后来很后悔，后悔不该那么轻易就打了自己的马，以致他失去了自己心爱的马。他试图重新挑选一个新坐骑，可没有一匹马能称他的心，他骑着总不舒服。再后来，他就彻底不骑马了，他成了一个不骑马的牧人。

牧人怀念他的红马时，就看看那张全家人和有红马的照片，他的心里就很难受。

因为他丢失的，是他身上的一部分。他值得庆幸的，是有一张红马的照片，可以陪伴着他，红马已走进他的心里。不然红马怎么会出现在照片上呢，是红马离不开他。

可他却成了一个没有马骑的牧人。

出　门

　　这里把出嫁叫出门。看到谁家的闺女长大，就问还没出门呀，闺女大了不能留，留来留去是冤仇。

　　秋霞早到了出门的年龄，婆家也寻下好几年了，可被她爹拖着，一直出不了门。秋霞的爹三年前放羊时，喝多酒失足从崖畔掉下去摔断了腿，以后再没站起来过，行走全靠手臂撑着两只小板凳，一点一点地往前挪，农活儿干不成，心里憋屈，整天和老婆怄气，动不动骂老婆嫌他没死干净，影响了她改嫁。秋霞的母亲起初会回骂几句，老头子腿脚残了，所有的活儿都压在她身上，还要她受气，谁受得了？后来吵得多，累了，渐渐就不骂，发誓今生不再与老头说一句话，到非说不可时，也不直接跟老头说，而是拐个弯，当着老头的面问秋霞。秋霞当着爹妈的传话筒。比如，晚饭时，因为经常停电，一家人围着煤油灯边吃饭边说今年的秋种计划，母亲做不了主，对秋霞说，问一下，今年留多少地种玉米，多少地种豆子？父亲就坐在桌子边，把母亲的话听个一清二楚，却不回答。秋霞把母亲的话对父亲重复一遍。父亲这才对女儿说，今年雨水少，看来天旱定了，少种点玉米，七亩吧，豆子耐旱，种十五亩。秋霞再重复给母亲，母亲点点头，迅速喝完稀饭，收拾碗时，突然又想起一件事没问，对秋霞说，再问一下，到镇上去买种子呀，还是到村头张大牙的店里买？秋霞还没来得及重复，父亲已勃然大怒，冲秋霞吼道，告诉你多少遍了，又想到镇上去发骚，张大牙店里的种子不是种子？还少花两块钱车票呢，就在张大牙店里买！母亲把碗筷摔得乒乒乱响，丢下一句，秋霞，你眼睛瞎啦，不知道张大牙的种子比镇上每斤贵五毛钱啊。没等到父亲再骂，母亲已端着碗走了。秋霞看看母亲的背影，又看看满脸怒容的父亲，一句多余的话都不敢说，悄悄跟母亲去厨房洗碗。

　　这个家，离了秋霞怎么能行！除过黏合父母关系，秋霞还是收种庄稼的一把好手，这都是给逼的，村里的强壮劳力全在外打工，农忙时想找人帮忙都难。摇耧耙地，收割碾打，这些本该男人干的活路，秋霞全学会了，尤其是碾完麦后扬场，完全是男人们干的一项技术活儿，用木锨铲起麦粒麦糠，迎着风头往空中扔，必须撒出去成扇面，风才能吹走麦糠，沉甸甸的麦粒落到地上。扬场看似简单，做起来非常难，手臂掌握用劲的大小，木锨扬起的角度，都有讲究。扬场也是力气活儿，秋霞为学扬场，一遍遍地练，把胳膊都练肿了，晚上疼得睡不着觉，钻在被窝里偷偷地流泪。一个夏天过去，秋霞终于学会扬场。扬完自家的麦子，她还得去帮喜庆家扬场。喜庆就是秋霞的未婚夫。本来，喜庆的爹是扬场的一把好手，但他看到秋霞能扬场，一直给娘家扬，觉着亏得慌。按规矩，秋霞和儿子订了婚，没有出门，也算自家的媳妇。

像秋霞这么大的闺女，大多都出门好几年了，小两口亲亲热热去城里打工挣钱，在外受苦受罪，逢年过节回来一次却风风光光，大包小包往娘家拎，红的绿的，花的洋的，都给爹妈买回来了。过年时，一帮老娘们凑一起，穿着闺女买的羽绒服、保暖内衣，比谁的成色靓，比谁的价格高。末了，还要骂顿儿子，骂他们娶了媳妇忘记娘，钱全花在了丈人、丈母娘身上。

看来，养闺女还是比养儿子强。实践证明，养儿子已经防不了老，不但防不了，到头来，还不知道谁养谁呢。像秋霞的堂哥秋林，就由他的父母养着。前些年，秋林去城里建筑工地打工，到头来要不上工钱，一伙人到建筑公司静坐示威，被老板带人围住用棍棒暴打一顿。秋林只顾护头，两条胳膊被打折，腿没受大伤，能跑，从人家裤裆下钻出，捡了条命回来。钱没捞着，还落了个残废。秋林的丈母娘没穿上秋林买的保暖服，看人家做丈母娘的光光鲜鲜，轮到自己，只能穿自个儿买的衣服。女婿靠不住，双手又废了，秋林的丈母娘心疼闺女，怕拖着秋林这个累赘，苦闺女一辈子，唆使闺女离了婚。秋林两只手臂失去劳动能力，成了摆设，只得靠他爹妈养着。

前些年，父亲腿没摔断时，秋霞盼着早点出门，与喜庆亲亲热热，一起到城里打工挣钱过自己的小日子。喜庆早几年就去城里打工了，每次过年回来，他给秋霞买回城里时兴的羊绒衫、松糕鞋，有一年还给秋霞带条弹力牛仔裤，牛仔裤也不是啥稀罕物，秋霞穿过好几条呢。可这条不一样，腰又低又细，是紧紧绷在腿上的那种，秋霞第一次穿，费很大劲才提上去，还提不到腰部，裤腰就挂在屁股上，腰部空荡荡的，感觉裤子随时都要向下掉，她时不时得用手搂两边的裤腰。从来没穿过这样的裤子，像受刑，勒得秋霞连路都不会走了，她要脱下来，喜庆不让，说就要这个味，城里女人全穿这个，胖的瘦的，都喜欢这种低腰的，说是韩国版，进口的。还进口呢，穿着像没穿裤子似的，露着大半个腰，把屁股蛋勒得像两只熟透的桃子，能羞死人。喜庆把嘴贴在秋霞耳朵上小声说，城里好多女人就靠勒出来的两个屁股蛋子骗男人的钱呢。只是，看着心里怪难受的，不知那些女人的屁股都给哪些狗日的男人准备的。秋霞推开喜庆，骂了句流氓。喜庆说，你太落后，"流氓"这个词早已不用，城里的字典上已经取消了，我一时都想不起城里人把这种事叫什么了，秋霞，你还是早点出门，跟我一起去城里感受新生活吧，你再不去，我可熬不住，要学坏了，城里诱惑太多啦，好多女人都养鸭子呢。秋霞从去城里打过工的姐妹那儿知道城里人说的鸭子是什么，但她不怕，城里女人眼界高着呢，才不会养民工的，人家养也得养那些细皮白肉，身体壮，能干技术活儿又养眼的男人。喜庆太黑，身体挺壮实，但太笨，至今没学过哪种技术，在工地上，只是个干体力活儿的小工，笑起来还喜欢龇牙，牙也不白，城里的那些女人谁会稀罕他呀。于是，秋霞赌气拧过身，丢下一句，那你给城里女人当鸭子去，别碰我。喜庆用嘴堵上秋霞的嘴忙了半天，才气喘吁吁地说，你以为我不敢呀，你再不出门，我真去当鸭子了，有人养着，有吃有住，还给钱花，比他妈的皇帝还滋润，龟孙子才不想当呢。喜庆这句话说得有些认真，秋霞听着不舒服，真生气了，推开喜庆说，就凭这句，我一辈子都不出门。

话是这么说，秋霞心里还是想着早点出门，到城里去管着喜庆，免得他真学坏。男人孤身在外，面对那么多的诱惑，不受影响也是不可能的。

可自己家里的情况，使秋霞脱不开身出门。喜庆怨恨秋霞，说她只知道顾她父母，顾她自己的家，却不怜惜他，他都是二十六七的大小伙了，再拖上几年，他的那股劲就过去了。

到底是什么劲会过去，秋霞搞不太明白，她只知道，家里现在的情形，她绝对不能出门。她要一走，这个家就彻底完蛋了。父亲残废，等于一个家塌了半边，母亲老了，全靠秋霞撑着这半边呢，她不能扔下这半边，出门去过自己的小日子。最关键的，家里头还有个受气的妈呢，如果没有秋霞从中调和，爹妈的日子肯定得分成两个家过不可。

秋霞不愿看到这种结果。她也不知道该怎么办才好。今年，喜庆回家过年时，给她啥也没买，她知道喜庆心里不舒服，没敢怪他，还讨好他似的，鼓足勇气，不顾爹妈刀子似的目光，专门为喜庆穿上那条牛仔裤，上身套件长点的毛衣，不然，半截子腰虽在衣服里面，可仍觉得空荡荡，怪难受的。过年那几天，两家天天都有人来，乱哄哄的，两人也说不上几句话。等到空闲一些，喜庆也不说话，样子很烦躁，盯着秋霞腿上的牛仔裤发呆。秋霞的腿长，紧绷绷的牛仔裤穿在她腿上，更衬得她的腿修长。秋霞以为喜庆在欣赏她穿牛仔裤的样子呢，故意在喜庆面前走来走去，可喜庆的眼里仍没显出多少喜色来。

正月十五那天晚上，喜庆第二天就要回城了，他说有话给秋霞说，家里人多不方便。秋霞跟着喜庆走到村外，把电视的喧闹和村庄的灯火扔到身后，越走越远，喜庆拉着秋霞的手走到麦田里。过了年，天气已转暖，虽有点春寒，但麦苗已经起身，在干净的月光下，油汪汪地泛着亮色。秋霞深深吸了一口，冷冷的空气里带着点淡淡的清香，是麦苗散发出来的。秋霞踮着脚尖跳着，月光很亮，她能看清脚下的麦地哪儿的麦苗要稀松些，才好落脚，这样不至于踩倒太多的麦苗。喜庆被她的蹦跳弄得心烦，叫她不要跳来跳去，抓她的手却不松开。秋霞要喜庆从麦地出来，她怕踩断麦苗，影响收成。喜庆很生气，说操啥闲心，又不是你家的地，影响你收麦子了？秋霞顶了句嘴，不管是谁家的，少收麦子都不应该。喜庆不高兴，满嘴怨气地给秋霞说，如果你还不出门，我扛不住了，我爹我妈整天骂我没本事，四年了，还把你弄不进家门。

　　一个闺女家，寻下婆家收了彩礼，过了出门的年龄还不出，在娘家干活儿，婆家会觉得吃亏。但是，这几年秋霞每到秋夏收种麦子和玉米的季节，她两家跑，帮喜庆家干活儿，喜庆和弟弟在外打工，地里的活儿全是秋霞帮公公婆婆收种的。秋霞从没偷过懒，就这，公婆还不满意，觉得秋霞早该是他家的人，就应该在他家忙活，可她的力气都给了娘家，就算她过来帮忙，可那种帮是蜻蜓点水式的，能干得了多少？家里活儿那么多，还不都叫他们自己做了。他们彩礼送过了，过年也少不了拿些礼物到秋霞家，可人却迟迟不出门，还不跟没定过亲一样，这个亏不是吃得太大了。

　　秋霞也清楚公婆的心思，她不言语是有点愧对的意思。喜庆的怨气使她心里很不舒服，但明天喜庆就要走了，她不愿叫喜庆生气。喜庆还问她怎么不辩解了？秋霞仍不说话，只是垂着眼望着脚下。月下的麦苗看不清绿色，是团团的黑，她能想象得到，脚下的这团团黑在白天是多么喜人。喜庆冷笑两声说，理亏了，没话说了吧。一阵寒气袭来，秋霞忍不住打了个寒战，她抱紧自己的胳膊，不理喜庆，自顾自往麦地外面走。这下，惹恼了喜庆，他稍稍愣了一下神，冲上来把秋霞扑倒在地，压在她身子上面直喘粗气，他还强解秋霞的衣服。秋霞不让，俩人在麦地里翻滚。起风了，绿色的麦浪一层挨着一层，在他们身边卷动。秋霞心疼身下的麦苗，同时，她也知道自己的劲小，拗不过身强体壮的喜庆，便放弃了抵抗，承受了钻心的疼痛。

迟早都是喜庆的，啥时给他都是个给。再说了，她一直觉得亏欠他的，二十六七的男人，还没搂女人睡过觉呢，给他算了。秋霞把眼一闭，不看天上洁净的月亮了。

喜庆劲头很大，疯了似的，把秋霞差点捣进土地里。秋霞不敢吭声，咬着牙承受，她心里明白，喜庆气没地方出，发这么大狠，是撒气呢。叫他撒去，撒完就完了。谁知喜庆撒起来没完，冻得秋霞的屁股蛋子像两块冰，喜庆用手使劲搓着，慢慢地，秋霞感觉不到冷了，心里紧张，还觉得热呢。

第二天，喜庆要回城里工地，秋霞去送，看到喜庆的目光变得很温柔，不像刚回家时那么冷。告别的话不多，喜庆只说年底回来后，再不去城里打工，只要秋霞出门，他可以帮着照顾她家。秋霞不赞成也不说好，用含情的目光望着喜庆，恋恋不舍。

这次喜庆走后，秋霞心里慌慌的，一直不踏实，有时候莫名地心跳加快。去年前年，这种感觉也有，但没今年这么强烈，这么持久。晚上，秋霞开始失眠，一个个夜晚，都是瞪大眼熬到鸡叫时，才迷迷糊糊有点困意，睡不多久，就得起来下地干活儿，整天打不起精神。一个月下来，人没瘦，倒胖了不少，都是晚上睡不着，半夜起来吃夜食惹的祸，而且半夜的时候，她的饭量还不小呢。秋霞担心这样下去会变成大胖子，她还没出门呢，要是胖得像猪，出门那天喜庆咋背得动呢，而且胖了穿上嫁衣肯定不好看。秋霞不敢想象自己变成胖子的样子，她开始忍着，晚上哪怕饿得头晕，肚子被掏空似的也不再吃东西，硬撑着，就是白天，也吃得不多，想迅速把体重减下来。谁知她的体重一点没减，反而在慢慢上升。秋霞怕了，以为是患了什么病，她听人说过，电视里报道的，有人患奇怪的病，一顿能吃十几个人的饭，却枯瘦如柴，莫不是她也患上了怪病？吃得这么少，还发胖，秋霞跑到镇卫生院去看。医生简单问了一些情况，说句，是不是有喜，也就是怀孕了，叫她去妇科做个检查。我的天啦，秋霞心里大叫一声，脸唰地一下白了，吓得掉头就跑。她还没出门，哪敢去妇科，一旦查出真是怀孕，她可咋办呀？可真是一句话点醒梦中人。秋霞年龄不小，对生理知识却懵懂无知，村里年纪相仿的姐妹都出门去城里打工，没人可以交流，家里家外，除了父母和喜庆的爹妈，平时跟村里的人也只说几句咸淡话，谁会把话题说到身上来呢。怪不得她这段时间心神不安，原来是有预感的，想想这个月，她的那个玩意儿一直没来，怎么就没往这方面想呢。

秋霞等不到喜庆的电话，没人能帮她出个主意，她试过几次想去问母亲，可话到嘴边又吞了回去，怕母亲受不了这个打击。

秋霞也曾想过，偷偷到远一点的医院去打胎，可心里又害怕，且不说她一个未出门的闺女，要鼓足勇气一个人面对打胎这种令人胆战的事，很难。她以前曾听人说过，打胎弄不好会把子宫刮坏，以后再不能怀孕，那可就麻烦大了。可是，她又不能把胎儿生下来，没出门就生子，她，还有爹妈的脸往哪儿搁呀？

秋霞不敢声张，心里乱成了一团麻，骂喜庆不得好死，自己快活后拍屁股去了城里，把累赘给她留下，她一个未出门的闺女家大了肚子该咋办呀？

秋霞想在喜庆那里讨个主意，或者叫他赶紧回来，她立马就出门，到了婆家，肚子大了也就大了，谁也不会拿另一种眼神看她。到了这种时候，不能光顾爹妈。再说，出了门，喜庆说了，会和她一起照顾他们的。可喜庆没手机和传呼机，平时都是他从城里把电话打到张大牙家的商店，叫她去接。张大牙自开商店做生意后，人变得六亲不认，眼里只有钱，叫接次电话得交一块钱。接电话还要钱，没道理嘛！张大牙却说，接电话虽不费他的电话费，可有座机费呢，占着话机，别人打不成电话，他不损失吗？秋霞觉得这不是理，她每次接电话也没见有人过去打电话，何况，就讲那么几句话，哪里妨碍了别人打电话？她不愿无故多掏一块钱，叫喜庆没啥事轻易不要打电话，所以，喜庆一月半月才会打个电话。秋霞家没闲钱装电话，就是装了，她爹天天守在跟前，也不能和喜庆说啥话。这会儿，秋霞真有事要给喜庆说，却等不来他的电话，急得她天天往张大牙的商店那边跑，也不买东西，守在一旁看着电话机。有时电话响了，铃声把秋霞吓一跳，涨红着脸伸手就捞话筒，却没一个是喜庆打来的。后来张大牙看着都烦了，离好远看到秋霞往这方向过来，就说没你电话，有了我肯定会叫你。言下之意，他也希望有电话来，还能挣一块钱呢。

等不到电话，秋霞快烦死了，老有要哭的冲动。她一个人躲在屋里，拉下裤子看肚子，肚子看上去平平的，可她却觉得这肚子都快成一座山了，她要驮着一座山，怎么能不怕呢！因为心事重，人就显得恍惚，老是做事做一半就扔下做另外一件，还不断做错，给爹妈当面传话也常常出错，把妈问中午吃啥饭，说成中午种啥饭，气得爹妈合起来，难得一致地骂死闺女叫鬼缠住了，有一搭没一搭的。秋霞不还嘴，保持沉默，也不给他们传话了，爹妈干瞪眼，还不能打破常规直接说事，两人连连叹气，说闺女已经留成冤仇了。

他们哪里知道，自己闺女这阵子无援无助的茫然。

秋霞这边心急火燎地盼喜庆的电话，城里那边的喜庆呢，也并不比秋霞好过多少。以前在外面干活儿虽然苦点累点，但和一帮工友在一起，荤话素话都往外掏，喜庆没有经验，嘴上功夫却因为听得多了，也不赖。苦日子也一天一天打发了。但这次从家里出来就不一样了，喜庆再也不是嘴上功夫，他和秋霞有过肌肤之亲，算是实战过，有经验了。难怪工友们说起女人来总是一脸的向往，女人果然神奇，像一部神奇的书，开头就充满了诱惑。只是他打开书的日子太晚，实践太少，书里好多内容还没品出味呢。浅浅的尝试已让喜庆深陷其中，要深层次阅读的念头比以前更加强烈。这时候，他已经无心和工友们说笑，那些用嘴说的话有什么用？与具体的女人比起来，太浅薄，太缥缈了。他想秋霞，主要是想秋霞的身体，那是多么柔软而奇妙啊！喜庆想秋霞想到骨髓里去了。但想也没白想，只能徒生焦渴，却得不到解决，他简直被这份念想折腾得快疯了。要不是怕爹妈，喜庆早就卷起铺盖回家，就是生拉硬拽，也要把秋霞拽出门，他受不了这份煎熬。喜庆奇怪这之前自己是怎么过来的，一个二十六七的男人没有和女人那档子事，居然生活得平平坦坦，而体会了女人，他反而坚持不住了呢？

到了二月，天气慢慢转暖，城市的灯火并不受节气的影响，一年四季都是一样的繁华热闹。但对喜庆们来说，天气的寒冷跟他们还是有着直接关系的，刮风下雨，他们出不了工，这一天就浪费了，出来打工，为的就是多挣点钱，浪费一天，就惋惜一天。城里比不得农村，诱惑多，消费高，出门就要用钱，挣一个月的钱，出趟门手稍稍松点就没了，他们舍不得。这种时候，工友们只能窝在一起谈天说地。喜庆没那个心情，一个人出去走。天气不好，步行的人不多，马路上的轿车却一点没减，流水似的。城市的生活就这么淡定。喜庆淡定不下来，他想到电话亭给秋霞打电话，可拿起电话号没拨完又赶紧放下，他们有过约定，没啥正经事不能打太勤，挣的这点血汗钱，别花在不该花的地方。喜庆想秋霞，不知道这算不算正经事，应该是正经事吧，想自己的未婚妻，应该的。城里人不都把情啊爱的整天挂在嘴边嘛。但秋霞不会这样认为的，每次打电话说不了几句话她就催他挂电话，长途电话费贵呢。没办法，喜庆只好重新回到工地，窝在自己的铺上，离工友远远的，兀自回味离家前夜与秋霞在麦地里的那一幕，越回味越模糊，喜庆很懊恼。平时收了工，喜庆匆匆吃过饭就去大街上、超市门口、天桥人多的地方，挤来挤去就为看女人。他把那些女人都想象成秋霞，心里嘀咕，秋霞要是有城里这些女人的打扮，肯定不比她们差。喜庆胆子再大，也不敢正眼看城里女人，高的矮的，胖的瘦的，俏的丑的，只能从背后偷偷瞄人家的屁股，碰上屁股圆的、翘的，被裤子包得桃子似的，他的目光粘上去就扯不下来，看得他喉头发紧，会跟人家走很远的路，经常被骂神经病。但他没办法控制自己，每次从外面回到工地，像刚参加完长跑比赛，累得一身汗水，气都喘不匀，心却快乐得突突乱跳。

一到晚上，工地周围有不少来打游击的女人，她们年龄大点，可价钱便宜，适合民工阶层消费。离家的男人，没有女人的世界很孤寂，之前的喜庆体会不到这种感觉，对找女人的工友难以理解，累死累活，有时还冒着生命危险，挣的这点钱，只为一时痛快太不值当。可眼下，有了人生新体验的喜庆不那么认为了，钱挣再多，还不都是要花出去，看看城里人，花钱穿衣，再好的衣服不也是身上一层可以剥下来的皮吗？坐公共汽车一块钱想到哪儿就到哪儿，城里人偏偏要买小轿车，贷款都买，开着车到处乱闯，把马路挤得快爆炸了。他们在城里，是最底层的打工者，没法跟城里人比洒脱，但他们也是男人，不能太亏自己。既然赚钱是用来花的，为舒服一回，花点钱有何不可！看的女人多了，喜庆也动了心思，却不敢正面问工友，毕竟这种事不光彩，谁都偷偷摸摸地干，至于干完光明正大地说又是另外一回事。喜庆拐弯抹角地跟工友打听价格，有反应快的笑话他，是不是听大伙说得多，动了心思？喜庆心里有鬼，赶紧掩饰，说不过是好奇而已，城里的女人都看不起咱，就算是那些女人也是城里人呢。有个工友很不屑，说还是咱们自己的媳妇有劲有味，她一心为你快活着想呢，城里女人，也就担个女人的名声罢了。大家哄笑起来。工友们的这些话冷却不了喜庆躁动的心，但他有贼心没贼胆，迈不出这一步。说到底，喜庆心里还是惦记着秋霞。可远水解不了近渴，一到夜里，喜庆就熬不住了。

张大牙终于来喊秋霞接电话了。秋霞像被囚禁终于听到赦令，拨开张大牙，以百米冲刺的速度跑到他家的小商店抓起话筒，张嘴就冲着话筒说，喜庆你个死鬼，怎么才打来电话，我都急死了。没想到，电话却不是喜庆打来的，而是和他一起出去打工的建国，他告诉秋霞，喜庆出事了。至于出的什么事，秋霞已经听不太明白，她的脑子被"出事"两个字击蒙了。她想到了堂哥秋林，秋林就是在城里出的事，她以为堂哥的悲剧又在喜庆身上重演了。喜庆是断了胳膊还是腿脚？

好不容易从晕乎中被建国喊醒过来，建国在电话里却断断续续地说，其实……秋霞你在听吗？我怎么听不到你的声音。秋霞你别害怕，其实，喜庆也没出啥大事，就是太想你，干下了傻事……

秋霞的心回到了腔子里，只要人没事，傻事就傻事吧，人这一辈子谁还能不干几件傻事呢。她想喜庆恁大的人了，他干的傻事大概也就是叫人骗走一些钱吧，也不知骗走了多少，要是太多，她还是很心疼哩。秋霞这样想着，心里还是轻松下来，因为她知道喜庆走的时候并没带多少钱，就是冒傻气做了傻事，估计也没太大的损失，没啥大不了的。秋霞心里踏实了，一踏实，就觉得建国有些大惊小怪了，她甚至还对着话筒轻声笑了两声，这轻笑一定传到建国的耳中。她问建国到底喜庆做了什么傻事。

建国吭吭哧哧地说，就是……耍流氓……被公安逮了……

一下子，秋霞浑身的血液冲到了头顶，大脑缺氧般空白了。她的手下意识地按在肚子上，她现在正愁得不知怎么办才好，喜庆不但不考虑她，还玩到外面去了。秋霞生气，握着话筒半天没说一句话。

秋霞！建国在电话那端喊声很大，震得秋霞的耳朵嗡嗡直叫。

别跟我说，丢死人了！秋霞要扔电话。

建国急了，又喊道，别别别挂，秋霞，喜庆现在被关起来，要交五千块钱才能赎出来，不然就得判刑。他不想叫别人知道，包括他爹妈，只叫我给你说，你……

秋霞打断建国，没好气地说，给我说干什么，我又没出门到他家，与他没关系！

秋霞，喜庆正眼巴巴地等你去赎他呢。

对不起，我没这个钱，也丢不起这个人！秋霞挂断电话，见张大牙竖着耳朵一直在旁边听，便没好气地掏出一块钱扔在柜台上，转身就走。

张大牙在后面喊道，不够，还差一块，你打这么长时间，一块钱连电费都不够……

秋霞回身又扔过去一块钱，气鼓鼓地说，你骗谁呀，挣昧良心钱，别拿电费说事，电话用的不是你家的电，多少次都是停电的时候来的电话，别把我当傻子。

秋霞这回不想当这个傻子，真生喜庆的气了。她想，你在我这里已经耍过流氓了，还到城里去耍，被公安抓了活该，谁叫你吃着碗里还看着锅里的。这个时节，出这种丑事，真丢死人了，这要传开，肯定得搭上自己，她还有脸见人吗！

回到家里，父亲也不看秋霞的脸色，一个劲地追问，喜庆打电话来说了些啥，是不是又催你出门呀？

秋霞在气头上，一改往日的顺从，怒冲冲说道，出门，出门，出鬼的门。从今儿起，我不跟喜庆了，我要和他解除婚约！

父亲一下没反应过来，也不知道女儿这话是冲着喜庆去的，还以为她对自己厌烦了呢，心里有些不平，顺着女儿的话头说，不跟就不跟，解除婚约好，不要拿这种话吓人。我是吓大的？！

秋霞吼叫道，谁拿大话吓你了！你们明天，不，今天就去给喜庆的爹妈说，我要退婚！

秋霞从来没冲父亲嚷过，她不敢。父亲猛一下被秋霞呛得不知说什么了。

母亲丢下手中的活计，冲过来道，秋霞你疯了，尽说胡话，这种事能胡说吗？

父亲反应过来，气得不轻，骂道，退婚吧，退了清净，免得整天吵吵着出门，烦死了。

母亲骂道，秋霞，你这个老不死的，就不会说句人话？尽干些煽风点火的瞎事。

秋霞知道母亲这句话骂的是父亲，但她还是忍不住，甩身回自己房间，关上门痛痛快快地哭了一场。

纸里包不住火，喜庆在城里嫖娼被抓的事，悄悄在村里传开了。

秋霞没答应赎喜庆，她也没这个钱，最主要的，还是她嫌丢人。一个未出门的闺女，未婚夫在外嫖娼，她却拿钱去赎，谁听了不笑话？喜庆没别的办法，只好托建国给他爹妈打电话，除此之外，没别的办法，他们在工地干活儿，到年底才能拿到工资，包工头不可能开恩提前付给他工资的，建国他们也凑不够这么多。

喜庆的爹妈气都快气疯了，哪有心思去赎儿子。就是有，也没这个能力，五千块钱啊，捏在手里得有砖头那么厚，可不是个小数目，怎么能叫儿子不明不白就弄没了。喜庆的爹妈气得直骂儿子，干这么丢人的事，别人愧得掩还掩不及呢，他还有脸问家里要钱，让他在监狱关着去，监狱还管吃管住呢。

拿不到罚款，喜庆赎不出来，被嫖的那个女人也不想掏罚款，突然改口，说喜庆强奸了她，要上诉。强奸就是罪名。公安立案，移交给司法机关。就是说，按照法律程序，喜庆如果败诉，就得判刑坐牢。

压力最大的，还是秋霞。她哪儿都不敢去，怕别人指她的脊梁骨。多丢人的事，虽然事是喜庆做下的，可她是喜庆的未婚妻，村里人瞅不见喜庆，却能瞅见她，不戳她戳谁？她逃不脱的。秋霞把喜庆恨死了，他出的要是别的什么事，比如贪污、偷盗，哪怕杀了人，也比耍流氓好听啊。而且，喜庆的官司要打不赢，强奸罪名一旦成立，就要坐几年牢狱，她可怎么办呀？

秋霞非常苦恼，身上的那个玩意儿还不见来，快两个月了，看来怀孕是肯定的了，这可怎么办？她窝在家里，三四天吃不下睡不着。秋霞也想过，嫁给喜庆丢不起这人，但是，她肚子里怀了他的孩子，虽说可以偷偷去打掉，可万一出个啥意外，把子宫刮坏了，她今后怎么办，生不了孩子，谁还会要她？就算不出意外，她打过孩子，不再是闺女了，去哪里找能接纳她的男人？她跟喜庆订婚都好几年了，一直没出门，谁又会像喜庆那样耗着日子等她？

眼下的事，是未婚先孕，她对父母怎么说？

没等秋霞开口跟父母说，父母已听到了喜庆的丑事，这次，他们的想法居然惊人的一致，他们相互难得地看了对方一眼，长吁一口气，为了闺女的后半生，竟然打破了多年来不直接对话的习惯，不经过秋霞传话，两人直接商议起来。

父亲说，看来秋霞前几天已经知道喜庆的丑事，她想解除婚约是对的，咱可是清白之家，不能叫孩子出门去背这个丑名。

母亲说，绝不！我就这么一个闺女，出门到那样的人家，就是秋霞愿意，我这张老脸往哪儿搁呀？何况那种男人，年轻时就犯事，保不定日后还要出多大的丑呢，最后还不是苦了咱闺女。她爹啊，趁闺女有这心，咱赶紧把婚退了吧，再拖下去就有大笑话看了。

父亲直点头，是呀，咱闺女又不赖，也不是非他喜庆不嫁，干吗守着那个流氓犯？是得赶紧退，别叫人家以为咱闺女嫁不出去。我是走不成……秋霞她妈，这事你可得抓紧点。

母亲说，我肯定想抓紧，但还得跟秋霞说一声，听听她的音儿吧。

那快问啊，还等啥呀。

母亲把秋霞叫过来，与父亲一起给女儿谈话。他们你一句我一句，一唱一和地说利害关系。父母两人这时说话的状态很自然，一点也看不出他们平时根本不直接对话的影子。习惯了当传话筒的秋霞听着却有点别扭，心里更加烦躁，差点失口说出肚子里的秘密。话到嘴边，又拐了个弯，她说，和喜庆解除婚约，是迟早的事，可是，她心里还有个结没解开，想问一下喜庆，他为什么要干那种丑事，害得她难做人。

母亲说，还问他干什么？退了婚，一了百了，和他没啥关系了，管他啥原因。咱是清白人家，凭闺女你的能干、长相、人缘，还怕找不到比喜庆家强的婆家？

父亲也说，就是就是，几年前要不是喜庆不断托媒人纠缠，咱能看上他家？你瞧喜庆他爹那熊样，咱闺女还没出门到他家，就觉得吃亏了，把咱闺女当媳妇使唤，大热天扬场，一个大老爷们耍懒，叫咱闺女扬场，和我较劲呢，我是个废人，他少啥了？我早就憋着这口气呢。

母亲说，秋霞，你要是没啥说的，我就叫媒人去回话了！这事早结早清净。免得叫人在背后嚼舌头根子。

秋霞没听到母亲说的话，她的脑子里还是转在肚子里有了孩子的念头上。她突然产生一个想法，说，我想去一趟城里。

去城里干什么，难道去找喜庆不成？

秋霞说，就是去找他，我想问个明白。

父亲说，不能去！

母亲说，傻闺女，你真是气糊涂了，这个时候，还问他什么呀？明摆着嘛，你在家也留不多长时间，很快就要出门到他家去的，可他还出去犯流氓，这样的男人哪还敢要噢！

秋霞却不听，坚定地说，你们不知道我们之间的事，城里我非得去不可。不然，这个婚约我就不解除，让你们跟着一起丢人。

秋霞坐汽车，再坐火车，好不容易来到省城。省城是高楼大厦钢筋水泥堆砌的天下，大马路又宽又长，可到处是车是人，车像水一样流淌着，人也是流淌的，但这样的流淌中，显得很拥挤，有一股叫人喘不过气来的压抑。秋霞没敢乱走，省城看不清方向，她怕在一群高楼大厦里走丢了，这可不是乡下，大嗓门一喊，一个村子都听得到。秋霞没出过远门，但并不害怕，她也曾向往过城里的生活，虽然一进到城里，这儿的喧闹使她明白自己与城里的区别。她站在路边仔细打量着方向，然后一路打听找到喜庆原来干活儿的工地，找到建国，叫建国带他去见喜庆。建国比喜庆大得多，看上去比喜庆老成，他说，人家看守所有规矩，每周只有星期六探望，不是随便想见就能见的。

这可怎么办？秋霞傻了。今天才星期三，还得等两天时间呢。

建国说，既然来了，就等等吧，花这么多车票钱呢。这样吧，先找个地方住下，你没来过省城，这两天也到处逛逛。

从喜庆出了事，秋霞对省城就没了好感，进了城，更是不理解这样一个喧腾的地方，怎么会有那么多人喜欢钻进来。她哪有逛的心情。

工地上是没地方住的，考虑到城里住宿太贵，建国在离工地不远的地方找了个月租八十元的学生床位，好说歹说每天按三十块钱算，才给秋霞找个住处。秋霞没想到是地下室，她扶着墙壁沿着昏暗的台阶往下走时，一股霉味刺得她鼻子痒，她站住揉着。建国说，没办法，宾馆咱住不起，凑合几天吧。就这，比我们的工棚不知强几百倍呢。

后来，秋霞去看过建国住的工棚，的确非常差，根本算不上房子，是用脚手架搭的窝棚，顶部盖着破烂的石棉瓦，缝隙大得能看到外面的天空。四面的墙壁也是用石棉瓦围起来的，瓦与瓦之间的缝隙更大，风从缝隙中堂而皇之地钻进来，张扬地在窝棚里到处乱窜，掀着秋霞的衣角。秋霞很吃惊，问建国，你们就住这儿呀？这要是下雨，还不漏得像筛子？建国说，下雨倒不可怕，下雨时用帆布盖上，天晴嫌闷再揭开，最怕的是夏天和冬天，夏天热蚊子咬，也还好过点，冬天那个冷啊，真不知是怎么熬过来的。现在好些，天气越来越暖和。春天是最好过的季节。

建国带秋霞来看喜庆的床铺。

那基本上不能算床铺，在离地一尺多高的砖垛上，搭着竹架板打的通铺，上面铺着民工们自己带来的被褥。秋霞看到了喜庆的铺盖。如果不是建国给她说，真看不出卷成一堆的东西是被褥，太可怕了，像一堆烧过的煤渣，黑灰相间，根本看不出是什么布料，更别说具体颜色了。秋霞都不敢相信，这堆东西就是喜庆用过的。

建国看到秋霞发呆，就说，整天在泥水里搅和，累个半死，也懒得洗，钻进被窝就睡着了，为省钱，脏就脏吧。

秋霞的鼻子酸了。被褥实在太脏，被泥水糊得都僵硬了，可以想象，躺在这样的被窝里会是什么样的心情。秋霞知道出门打工赚钱不容易，可人这一辈子，天生的命，打工苦，在家干农活儿不也一样又苦又累吗，却没想到喜庆他们会苦成这样。村里人人想往外跑，都以为外面的钱好挣，可有多少人知道，挣钱的背后竟是这样艰苦！想想喜庆给她买的那些衣服、礼物，都是喜庆在这样的环境下苦熬出来的。秋霞终于没能忍住，上前去抱砖垛上那堆黑灰灰的被褥。喜庆被关在看守所，用不着这些被褥，自己给洗洗也算对得起以前的喜庆了。被褥好几天没用过，走近仍能闻到散发出的一股酸臭味，秋霞皱皱眉，手上松了劲，枕头掉在地上散开，从中蹦出几个避孕套，软塌塌地落到秋霞的脚上。秋霞偏头看一眼，吓了一跳，连连甩脚，叫道，这是什么？

建国脸色白了，慌忙去捡。秋霞知道那是什么，小时候，乡里的医院给每村每户都免费发放。村里人并不把这些免费的计生用品当回事，随手扔掉，小孩们捡了玩耍。秋霞小时候就捡来当气球吹过。这个时候在喜庆的枕头下发现这种玩意，秋霞当然知道不是当气球吹的。她非常气愤，抱着被褥直盯盯地看着建国捡起避孕套，见无地方可扔，塞进了自己的口袋。秋霞觉得自己抱着被褥的样子很滑稽，扔回到砖垛上。

这个……你别，建国红着脸，期期艾艾地说，秋霞，这不是喜庆的……不……它是喜庆的。我是说，这玩意是街道给我们发的，说是……为了防止那个……病……唉，我们要这玩意干什么……

秋霞转身就走。

建国跟上来说，大妹子，你别生气，这确实是城里给人发的，不信你可以去问其他工友。

秋霞站住，脸像红布，埋下头望着脚尖，狠狠地一下又一下踢地上的一堆沙子，像要把鞋子上刚沾过的秽气蹭掉似的。

建国有点恼，冲秋霞又说道，信不信由你，我还恼呢，这玩意儿发给我们，不是……叫人想入非非，难免要耍流氓嘛……

秋霞咬着嘴唇，突然想起什么，打断建国问道，不是"流氓"这个词儿已经不用了吗？喜庆说城市的字典里已经取消了这个词。

建国难过地说，那是针对城市人的，这个词他们对农村人还用，咱们的字典里一直没取消。

秋霞不语。

建国似看到希望，紧跟上说，大妹子，也不怕你笑话，我们这些人出门在外就是一年的男人，大多单身，工地边上到处是下岗的老娘们，她们也为混口饭吃，工友们有时犯浑……唉，我都怀疑，人家是不是串通好，专门来罚我们这些民工钱的……大妹子，喜庆……

别说了。秋霞的眼泪控制不住，喷涌出来，她哽咽道，你不要替他说话了，我能想到你们的难处，可这不是喜庆犯错的理由。我……喜庆对不住我……你怎么说，我也不会原谅他的！

那你要怎样？建国急了。

太丢人了，我爹妈要我和他解除婚约。

你也想这么做？

秋霞没正面回答，含泪点了点头。

星期六，建国陪秋霞去看喜庆，坐了两个多小时车，一路上，建国很冷漠，一句话也不说。秋霞明白，昨天他说的那些话，没能引起她的同情，他心里窝着火呢。

果然，到了看守所，人家说没判刑的不让探望，秋霞还呆呆地站在那儿，等狱警开恩呢，建国冷冷地说，走吧，这个社会，"同情"这个词才被字典取消了呢。不见也好，见了说什么？解除婚约？饶了他吧，让喜庆这个傻瓜在里面还留有一份念想吧。

秋霞没说话，她回望着看守所的大门，大门关了，中间的一扇小门却开着，从中间小门望进去，是看守所空荡荡的院子。秋霞想，喜庆在里面，是埋怨她还是在想她呢？

怎么办呢？回来的火车上，秋霞一直呆呆地坐在窗前，看着外面一闪而过的田野发呆。来一趟省城，什么问题都没解决，她的脑子里空空的，像什么东西都没装，可分明又装进去了一些，她眼前老闪过喜庆肮脏的被褥，还有大街上那些穿着牛仔裤，屁股包得像桃子般的女人。她的心里很乱。火车咣当咣当的声音在提醒她，她离省城越来越远，她不能再犹豫了，离家乡越来越近，也就预示着，她离选择越来越近。

脑子是木的，秋霞的肚子却不麻木，她感觉肚子一直在动，或者是疼，在火车的颠簸中，突然感觉下身热乎乎的。秋霞脸色大变，她吓坏了，以为肚里的胎儿在作怪，赶紧跑进厕所，关上门拉下裤子一看，原来是那个玩意儿又回来了。秋霞没带卫生巾，也没带纸，她提着裤子，透过厕所脏兮兮的玻璃，看到火车正经过一片麦子地，外面绿油油的麦苗像河流似的，快速地从她的眼前淌过，她的眼睛有点承受不了。她闭上眼睛，泪水顺着脸颊慢慢地往下爬着。

陈　香

　　一大早，常丽梅被办公室主任当头浇了一盆凉水。

　　过完年第一天上班，天气还很寒冷，常丽梅急匆匆来给办公室主任打招呼，她得去趟龙泉原。主任望着包裹得只留一双眼睛的常丽梅，一本正经地说，为了让你过个年，我一直忍着没告诉你，环保部门年前来通知，私人开的磨坊、面粉加工厂严重扬尘，都得关闭。就是说，龙泉原的那个杨天成，下一步脱贫肯定受影响。突如其来的消息把常丽梅打蒙了，她连询问、争辩的气力都没了。

　　主任有些于心不忍，从座位站起来说，小常，你也不要气馁，靠换面粉那点利润，也很难完成帮扶任务，还可以想想别的法子。再说了，也不急这几天，大过年的，你急赶着让杨天成去换面粉，也得有人要呀。

谁说不是呢，常丽梅头疼的正是这个。刚进入冬季，天还不冷，杨天成就提出不愿换面粉了，起早贪黑，寒冬腊月骑个摩托卡走村串户，一百斤麦子换六十三斤面粉，看上去能落下三十七斤麦子，可到面粉加工厂去兑换，只有七斤麦子的差价，折合人民币才七块多钱。生意差的时候，连每天的饭钱都挣不上。可不换面粉，又能干什么？常丽梅把能想到的都想过，龙泉原属山区，土地不太平整，种麦子、玉米等农作物还行，要是种植苹果之类的经济作物，先不说技术，就算能成功，销路也是个问题，且很难立竿见影。杨天成也曾折腾过养殖业，几年前养过十几头猪，快出栏时染了病，几天之内，猪全部死亡，真正的血本无归。扶贫办给他办贷款又养了群羊，眼看着两年内能翻身，去年上面来通知，山里不让放羊了，只能圈养。几十头羊靠杨天成一家人每天去山里割草喂，就是不吃不睡割草、运草，也没法满足那几十张嘴，除非雇两个人，但哪还有利可图？无奈之下，只能把羊全卖掉还清了贷款。依杨天成眼下的家庭状况，额外能有点收入也只能是换面粉，不然，花四千多块钱买的摩托卡就闲置了。

常丽梅放弃了去龙泉原，这个时候她去了能干什么？告诉杨天成面粉厂要关闭，叫他尽早想别的活路？算了吧，杨天成活了大半生，折腾来折腾去，他要是有法子，又何至于成为龙泉原的贫困户！计划不如变化，原以为这换面粉好歹能帮衬杨天成一家目前的生活，现在，常丽梅不得不重新调整思路，为杨天成的下一步做出新的打算。晚上翻来覆去睡不着，她试着拨杨天成的手机，竟然通了，杨天成没想到半夜常丽梅会给他打电话，一个劲问她有什么事。常丽梅顿时气涌上头，口气很冲地说，还能有啥事？年过完了，问你有啥新打算？杨天成说，常老师，你能让人把年过完不？我这样子，问我有啥新打算，我……

常丽梅赶紧打断对方要诉苦的话头，脱口而出，这么晚是想告诉你，如果你们同意，我给你儿子杨晓在城里找个工作，这样能有个固定收入。杨天成顿时来了精神，这当然好了，啥工作？每月能开多少工资？你知道的，这小子去年当兵没验上，平时眼高手低，去工地打短工怕出力，啥都干不长，我这个愁啊！你说一个小伙子，整天待在家玩手机，急得我啊，早想把他打发出去，不说挣钱，能混口饭也行……只是没机会。常丽梅心说要不咋能受穷呢，这人穷真的有穷的道理。她说，只要你们同意，我来张罗，早点休息吧。赶忙挂断了电话。

到处都是找工作的人。联系了几个同学朋友，常丽梅真后悔自己图一时口快，无事生非。更叫她头疼的是，杨天成每天打电话来催问他儿子哪天上班，眼看十五过完了，该出门挣钱了。病急乱投医，无奈之下，常丽梅给老公冷着脸说，必须给杨晓找个工作，否则……老公是小学老师，很有涵养，没有追问老婆"否则"后面是什么，这几天他也为老婆焦虑，只是苦于没这方面的能耐。老婆把话说到这份儿上，小学老师硬着头皮给几个熟悉的学生家长发微信求救，没承想有个家长很快给找了个保安的职位，工资低点，每月一千五百块，但管吃住。杨天成父子竟然难得对这份工作都很满意，常丽梅去龙泉原亲自把杨晓带回城里，送到那个需要保安的小区安顿好。当然，她把"五一"前要求关闭面粉加工厂的通知也给杨天成说了。杨天成果然表现得很无所谓，反正他早就不想干这个了。

可下步怎么办呢。杨天成很坦荡，对常丽梅说，我家就这么个情况，你说咋办，我绝没二话。把儿子的难题一解决，杨天成爽快多了。

距"五一"还有两个多月，杨天成依然去换面粉，虽说收益甚微，总算有些收入，比什么都不干强吧。

先开的是粉白的杏花，紧跟着是粉红的桃花。杏花开败将落时，桃花将龙泉原的山头沟坎涂染得喧闹起来，这时梨花雪一般铺天盖地，与艳丽的桃花争起春来，山里的春天就这样炫目夺人。春天真是美好的季节，对常丽梅来说，也是个美好的开端。她一直苦恼两个月后的杨天成以何养家，她是他的帮扶人，心里自然巴望着能有杨天成可以走的路子，不图一夜致富，至少有个出路吧。

常丽梅在杨天成家破败的院落，看到桃花树下那个巨大的石磨。沉默的石磨像是披挂了粉色衣袍，忽然间让人心动。常丽梅抚着被阳光晒暖的石磨和石磨上的花瓣，心里似一股和煦的春风拂过，积攒在她心间的焦虑瞬间被风一扫而光，她心里敞亮了。

常丽梅要启用石磨。这个传统古法，不存在粉尘污染，她让办公室主任询问了环保局，石磨不在被禁之列。

杨天成毫无悬念地反对。他站在石磨上冷笑道，用这个磨面，恐怕我这辈子都别想脱贫了。

常丽梅既然打定主意，早就想过应对的法子，她望着杨天成心定气闲地说，你能告诉我，龙泉原有多少家愿意去城里超市买面粉的？

那是过去，说那种面里掺有漂白粉吃了会得病，不愿买面粉，现在不一样了，出去打工的人多，见识也多，虽然愿意吃自己种的粮食，一旦没办法磨面了，他们也会去超市买的。

那你给我一句实话，石磨磨的面好吃，还是加工厂的好吃？

杨天成笑了，那当然是石磨的好吃，你这年龄可能没吃过，那个才叫香，对，麦香。还有玉米之类，石磨磨出来的味道才是粮食的本来味道，不走样。

常丽梅说，那还有啥说的，咱们启用石磨！面粉加工厂关了，咱换不成面，那就自己加工。上次可说好的，我拿主意，你不能拖后腿。

杨天成腾地从石磨跳下，故意跳出响动来。常丽梅用手势制止住他张开的嘴，说道，自打上次我看到这个石磨第一眼，就一直在琢磨，这阵子我都替你想好了，你不用诉苦，我知道你心里想啥。首先，拉磨的驴不用买，养个活物不划算，你放心，也不让你推磨。咱有现成的，摩托卡完全可以胜任，网上有这个视频，现学现做，这个不难，我负责找人来改造。趁你这几天还去各村换面粉，先把石磨的消息放出去，你也尽快把石磨清理出来，用自家的麦子先开工，吸引大家来你这儿磨面。

尽管杨天成不太赞成，但迫于没别的事可做，只能听任常丽梅的。往前走着看吧，走到哪儿算哪儿。很快，常丽梅找办公室主任帮忙，派单位维修组的师傅到杨天成家，将摩托卡略做改装，试运行那天竟然吸引来不少村民，大多是留守在家的老人，他们对石磨有感情，当即有个老人从家里拿来玉米加工，声称几十年了没吃过石磨磨的玉米糊糊，那个香啊，年轻人不懂，只有石磨才能把粮食的精髓保留住。常丽梅看着听着很激动，更加有信心了。这段时间她从网上查了不少资料，现在人们生活水平提高了，追求生活质量，食物原料是首选，许多地方已经尝试恢复石磨加工粮食，且吸引不少人的关注，只是价格比较高，还没真正走进普通百姓的生活。她也在想，这确实不可思议，本来是最原始的手段，反倒成为提高生活质量的一种渴求。就像很多手工艺品，被更高级的机械手段替代，却又在没落时横空而出，价格往往数倍于机械流水线的作业。不难理解，这也体现着现代人对于物质生活的要求越来越着重于其人文与精神内涵了。不管怎么样，先运行起来。临离开龙泉原，常丽梅叮嘱杨天成，在石磨加工价格上要尽量压低，先打出去，不要急于收益。

事情比想象的要难，看上去势头不错的石磨加工，实际操作起来才暴露出意想不到问题。石磨要反复运转多次，才能将粮食碾碎成粉末，从早到晚不间断运转，每天的加工量不超过一百斤麦子。原来，面粉加工厂磨一斤粮食收费一毛钱，一百斤才十块钱加工费。石磨用来拉磨的摩托卡要烧汽油，还得人工将碾碎的粮食筛箩分离，杨天成两口子全搭上，一个人跟着磨盘得不停地搅拌、灌装粉碎的粮食，一个人负责筛箩，就算每天加工一百斤麦子，不能只收十块钱吧。不算人工费，光汽油钱就得四五十块，石磨加工费比面粉加工厂贵了五倍。一斤麦子售价才一块钱左右，加工费要五毛钱，谁还上你这儿来？不如去超市买面粉，省时，价钱更划算。

事先，常丽梅把价格问题考虑到了，只是没想到开局先难在了价格上，看来，石磨加工在农村很难有销路，可她想先坚持做下来。她劝杨天成别泄气，还是用自家的粮食加工，用小袋包装，由她在城里寻找销路。看到大袋小袋拉回家的面粉，老公明白常丽梅的心思，他头摇得像拨浪鼓：No！No！这次从我这里下手不合适，我绝不会给学生推销面粉的，而且这个价格……

常丽梅也不为难老公，她从同事、同学那里下手，先不收费，给他们送去试吃。单位办公室主任托着一斤面粉，委婉地提醒常丽梅，传销可都是从身边人开始的噢，当然，你是为了工作嘛。弄得常丽梅心里一整天都不舒服，中午没去食堂吃饭，怕大家看她的目光。谁知，第二天早上刚进单位大门，办公室主任在那等着呢，冲上来就说，快给我订上五斤，不，十斤那个面粉。昨儿个拿回家我老婆送到她妈家，让老人先尝尝，没想到两个老人昨晚发面，今早蒸了馒头，我老岳父吃着流泪了，打电话把我从被窝里吵醒，说这种面不好找，让给他们抓紧买几斤。我老岳父小时候在农村，吃过石磨磨的面，他找到感觉了。

接下来几天，常丽梅的微信逐渐热闹起来，全是找她订购面粉。有天晚上，老公有点羞怯地对她说，有学生家长不知道怎么打听的，居然向他买石磨面粉。这下，常丽梅应接不暇，不断地登记数量、地址，还得给杨天成通报数字。杨天成的面粉销路见天看涨，目前加工量还跟得上，麻烦的是送货，杨天成守着石磨脱不开身，只能是常丽梅来回取货、送货，这样下去叫单位人怎么看？她与杨天成商量，干脆把杨晓叫回来帮忙。杨天成这次没有反对，现有的销量让他看到未来的商机，他确实需要帮手，儿子年轻，除过送货，收购小麦的活儿也可以交给他。

杨晓回到家不久，提出拿石磨面粉到网上卖，那样销路更广，还可以快递送货，能节约时间和人力。杨天成不同意，以眼前的磨面速度，基本能维持现有的用户用量，若增加网购，出面量跟不上，还要增加寄快递的钱，不合算。

杨晓说不通父亲，把想法给常丽梅说了。常丽梅完全赞同，让杨晓赶紧申请网上店铺，联系快递业务，她已经琢磨得扩大规模，瞅机会给杨天成说了，没承想杨天成饧了她一鼻子灰，你以为我没想啊？早想着扩大了，也打听到闫村有个石磨，抽空去看了，那个石磨太老，上面的磨槽破损太厉害，如果买过来，得找石匠重新锻过，现在去哪儿找这种石匠？再说了，闫村那家要价太离谱，就两片石头，一万块，那是个啥，金磨银磨呀？

常丽梅听不得杨天成啰唆，赶紧打断，行了行了，先不说这些，做什么事没困难呢！我就问你一句，如果能买到石磨，你愿意扩大规模不？

当然愿意了。杨天成抹了把头上的面粉，笑了，脸上的皱纹也抖落出一地白粉。

那就好。常丽梅坚定地说，你加大粮食收购量，先囤积着，我找人联系石磨。还有，马上就到夏天，雨水多了，得给石磨搭个棚，免得下雨天误工。你别分心，棚子也由我来联系。

杨天成感动得两眼湿润了。

石磨没有想象的那么好找，有电磨几十年了，石磨成为历史，大多地方把石磨毁了。常丽梅托人到处打听，还是老公的学生家长给找了一个，她兴奋地将图片转发给杨天成，没想到杨天成回复说，上面有碌碡这个是石碾，不是石磨，它只能用来脱谷壳，磨不了面粉。常丽梅当然不知道石磨与石碾的区别，再托人找，一时竟找不到。看来，这个只能碰运气了。

单位见常丽梅的帮扶对象有了改观，便给她安排的工作多了起来，这阵子她忙单位的，除过必要的事之外，与杨天成主动联系的少了，可她从没想过放弃帮助杨天成扩大加工的规模。

立秋后的一个午后，办公室主任来找常丽梅，说了几句天气的话，主任才吭哧道，那个，你帮扶对象的石磨面粉，是不是出问题了？我岳父说，今年的新麦都收获有几个月了，怎么这阵吃他的面粉，还不如以前的陈麦香了？

　　常丽梅没意识到这个问题，她看着主任一阵，才说，我吃不出来这些区别，问下杨天成吧。随即打通杨天成的电话，感觉到杨天成在电话里愣了几秒，才回答她，你们城里人不知道，当年的新粮都不香，得放一年才香，这叫陈香。你应该知道，像酒一样，放久了才有香味。

嫁 女

这晚，男人手气好，总算和了两把牌，把输掉的收了回来，他推说这几天没休息好，要回家睡觉。男人认为没输钱不用看老婆的脸色，心里坦荡了许多。可没想到，都后半夜了，老婆却一直没睡，靠在她自个的床头等着他呢。

男人一看就知不正常，往常甭说女人等他，看到他就像见股风似的，把他当隐形人，今儿个不大对劲，女人一直盯着他。男人躲到女人的视线之外，在柜子后面脱掉鞋，想先下手为强，便撑出一分轻松跟女人说，今儿个运气来啦，赢了几个。

女人对男人的这种话不感兴趣。她对男人也不抱任何希望，如果不是顾及他们有个女儿，早就跟他离婚了。这些年来，男人倒腾过各种事情，做过生意，赔了；买了辆电动三轮车去拉客，一个礼拜不到，就撞到路边的石基，翻过两回车，有一回还把一个行人撞倒，赔了人家一千多块钱医药费；帮别人去推销酒，结果连砸掉带他自己喝，两千多块钱的货，他垫进去五百多；最后去建筑工地打工，干了三个月，一分工钱没要来，还让工头连吃喝带驱赶把他赶出工地，如果不是腿长跑得快，连打都挨了。男人做什么都挣不到钱，就算女人不说，他的心性也懒了，关键是他对生活失去了信心，一来二去，被一帮老弱病残勾引着去打麻将，小赌一点，很快就上了瘾。不久，家里的事他都懒得管了，除过打牌，什么事都提不起他的精神。女人不怪男人赚不到钱，他是尽了力的，工厂倒闭怪不得他，这个年龄段想重新找到工作比登天还难。男人破罐子破摔倒也罢了，但他迷上麻将却叫女人受不了。甭看麻将就那么一堆方块，摆起来却变成了妖媚的狐狸精，抽了男人的骨，吸了男人的精髓。女人恨死了打麻将，起初还劝男人，劝不动就跟他吵，不给他做饭，不给他开门，还和他分开床睡。最根本的，不给他一分钱，想断了男人财路，叫他没法玩。但男人有得是应对办法，先去亲戚朋友那里借钱，后来借不到了，就在那帮牌友中借，他们相互间都欠着债，看上去像神仙过的日子，谁都不愁，整天乐呵呵的。为了玩，男人什么招都使出来了，有次刚过完年，男人把女儿的五十块压岁钱哄到手去打牌，女人知道后赶紧追过去，女儿的压岁钱已变成别人的了，女人的这口气出不来，当着那帮牌友的面，吐了男人一脸唾沫。男人一点都不觉得难堪，擦去唾沫继续码牌。倒像是女人给自己找事，弄得她心里越发不顺畅。后来她索性不管了，也管不了，该用的招数都用尽了，她无能为力。慢慢地，女人对男人心灰意冷，很少主动与男人说话，男人跟她说什么，她也当没听见。

这天夜里，女人等这么晚，就是要告诉男人，有人给女儿提亲了。

男人从柜子背后出来，手里提着一只拖鞋一只皮鞋，望着女人问，家是哪儿的，小伙子怎么样？

女人告诉了男人给女儿提亲的事，再不理会男人的问话，身子滑下去，拉过被子蒙住脸，睡了。

男人习惯了女人的这种态度，愣站了好一阵。他太想知道给女儿提亲的具体情况，这是大事，不能不明不白，便扔下鞋，一只脚皮鞋一只脚拖鞋地冲到床跟前，想掀开女人的被子。可是，他的手慢慢地缩了回来。他不想自讨没趣。在床前站了一会儿，男人想了很多，什么心思都有了，就是没大声质问老婆的勇气。他的勇气前几年就叫女人给熄灭了。吃不上热饭菜，睡不上热乎被窝，更看不到好脸色，这个家除了还是他的窝外，他什么都没了。他只能在麻将中寻求生活的乐趣。曾经有那么几回，男人也不想打麻将了，想跟女人好好过日子，可女人不给他机会，男人就像一件过气的衣服，扔掉舍不得，但她不会再穿了。女人经常就当男人不存在。漠视就是一种遗弃。在与女人的较量中，男人是失败的。女人一旦对男人失去信心，用什么招都挽不回的。

屋里静得只有男人的呼吸声。女人肯定知道男人站在她的床跟前，她仍拿被子蒙着头，被子下面其实起伏如波浪，可看在男人眼里，却只有平静。他心想女人怎么会这么平静呢？男人受不了女人的平静，最后只好恳求道，你总得叫我知道女儿嫁给谁吧，我是孩子的父亲呢。

女人呼地扯开被子，满面怒容，可她竟然压住了火气，轻描淡写地说，小伙子的腿得过小儿麻痹，一条腿是个摆设，家在郊区……

够了！男人忍不住了，他打断女人，叫道，我不同意！

他们的女儿脑子有点问题，小时候看不出来，只觉得反应比别的孩子慢，开始还以为是孩子性子慢，也没在意，性子慢点就慢点，不急的孩子才显稳重呢。到了上学时，才知道是智力有障碍，去医院检查，这种先天性智力，医生一句"无药可治"就把他们打发了。当时，男人和女人都不甘心，又去了好几家大医院，民间的偏方也搞到不少，可没一样能把女儿的智力提高的。女儿念了四年一年级，除了给越来越小的同学当陪读，没别的起色，只好回家待着，十来岁的孩子什么事也干不了，整天守在电视机旁，不是被剧情吸引，而是喜欢电视里来来回回变幻的画面，她一边吃着零食，一边看电视，身体跟气球似的，膨胀得越来越不像正常人的体型。并且，女儿脸上有了蠢相，越长越没了人样。

不知不觉间，女儿长大了，虽比常人愚笨，却听话，男人不在家时，能帮女人做家务活儿，慢慢地学会了做饭，虽然做得不够好，但也能吃，更重要的，她懂得心疼父亲。男人被女人冷落，不给他留饭吃，女儿会偷偷地给父亲藏几个馒头，背着女人递给父亲时也不说话，只用目光安慰父亲。好多次，男人被女儿的这种目光感染得泪水涟涟。要说男人还有一点牵挂的话，就是他的这个傻女儿了。

可是，这样的女儿成了男人和女人共同的一块心病。如今，终于有人上门来提亲了，对方家在郊区，男人不会计较，可小伙子的腿脚不灵便，男人就不能不忌讳了。

女人对男人反常的态度有点惊讶，她撩起眼皮瞅了男人一眼，他气呼呼的样子让她的心里略微动了一下。但她还是冷笑道，根本就没想着叫你同意，只是告诉你一声。

你……男人瞪圆眼珠，望着女人。女人不屑的样子激起了他内心的愤怒。可是，他根本没有发泄愤怒的机会，女人说完这话，扯过被子转过身睡了。

男人的愤怒叫女人冰冷的态度给冻结了。他想发的火还没燃烧起来就叫女人轻轻吹出一口气，"扑哧"一声，灭了。这些年，女人的态度很明确，还把男人当家人，但没把他当男人！

男人的自知之明还是有的，他早习惯了女人的冷淡，但这次事关女儿终身大事，他一时无法适应被排除了作为父亲的角色。站了半天，他在女人轻微的鼾声中默默走出屋子。

他们住的还是胡同深处的老平房，有个小院子。屋外月光如练，皎洁得有点不真实，男人仰头望着澄清的夜空中银盘一样亮堂的月亮，这样的月亮其实很多个夜晚都有的，只是他从没在意过，他的心里只有堆在桌上那一堆水光溜滑的麻将，那才是他生活的全部。可是这会儿，在寂静的月光下，他第一次把那些牌放在了脑后，女儿已经长到谈婚论嫁的事实，搅得男人的心里乱极了，他顺着院墙坐下，靠在墙根，在水一样温柔流淌的月光下，坐到了天亮。

这一夜，男人下定了决心，不能叫老婆做这个主，他是女儿的父亲，有权力决定女儿的终身大事。无论如何，不能把女儿嫁给一个瘸子。他绝不让步。女儿有问题，再嫁个有问题的丈夫，以后的日子怎么过呀？

第二天，男人没早早地出去打牌。一夜的煎熬，熬出了他作为父亲的所有温情，一种捍卫女儿幸福的决心激荡着他，既然老婆不愿听他的意见，那他就坐在家里等那个提亲的人上门，他要当面替女儿回绝。这提的是哪门子亲，简直是侮辱人，女儿有点智障没错，可也只是比常人傻一点而已，生活全能自理，手脚都正常嘛。

可是，提亲的人没来，接下来几天都没上门。男人等得不耐烦，牌友叫过好多次，他不好意思回绝，问提亲的人是谁，女人只拿白眼瞧他，从不回答，他急得不知怎么办才好，还是女儿偷偷地告诉他，妈妈拒绝了上次来给她提亲的那个人，并且叫人家以后不要再操这个心。

男人心里一震，老婆没犯糊涂，看来她那招是针对他的！幸亏他没昏头，不然，老婆就把他恨死了。沉闷了几天的心情一下子好了起来，他在女儿胖乎乎的脸上摸了摸，笑道，你妈做得对，爸也是这个意思。

女儿的胖脸立马耷拉下来，委屈地说，那我怎么办，你们不叫我当新娘子啊？

谁说她脑子不好使，心里明镜似的，她也是少女啊，转过年都二十一岁了，身体发育正常，情窦早开了。男人心里一酸，泪水滚到脸上，他赶紧抹掉，对女儿说，你放心，爸妈一定给你找个好人家，嫁个正常的男人，叫你做上新娘！

女儿脸上一下阳光普照，她急急地问道，哪天？明天，还是后天？

——下雪的时候！

女儿仰头望着天，那——什么时候才会下雪呢？

气候变暖，好几年都没下雪了。男人心里踏实下来，顾不上女儿伸手左算右算下雪的日子，他急着去赶牌局了。什么时候下雪，他哪管得了？不过，再打牌闲聊时，想起女儿的委屈来，男人多了个心眼，叫牌友们帮着打听打听，有没合适的小伙，给自己女儿介绍一个。

牌友们哼哼哈哈，有的背过身撇嘴，有的做鬼脸，谁也没把男人的话当回事。这种事，可遇而不可求，何况一个智力有问题的姑娘，慢慢地，男人自己也把这事搁到了脑后。

可是，女人是上心的，她一直没停止打探，能走动的亲戚全去嘱托人家，好话、可怜话、央求的话说了一大堆，求得人家同情。人心都是肉长的，被托付过的亲戚友人心里装上了这个事，开始留意哪家有合适的人选。很快，不是这个亲戚，就是那个友人捎话来，这里有个光棍，那里有个离婚的男子，不是光棍身体残疾，就是离婚的男子拖累太大，反正，都属于不是这里有个坑，就是那里有个疤的人，没一个叫人心里舒服的。这样的信息多了，女人很生气，又不能对那些好心人甩脸子，只能把心里的怨气撒到自己男人身上。

男人知道女人心里不痛快，可不痛快又怎样？他也没法给女儿寻个好人家啊。其实说白了，好人家谁又看得上他的女儿？女人不屑跟男人正面交火，用的是剑走偏锋的招数，男人想挑事端都找不出碴，不得不忍受着女人指桑骂槐。那一阵，男人心里窝火，又不想被女儿的事纠缠，心里烦躁，牌桌上就显露出来了，手气不好，输了就推倒牌不想打了。

男人心里窝着火发不出来，有天晚饭后准备出门时，男人看到女儿站在院子，仰头望着天，面对清冽的月亮，伸出双手轻轻叫着，快下雪快下雪吧！

女儿的叫声像把利刃，刺到了男人的心上，他收住脚，没了一点打牌的心思，站在那儿发起呆。

月光似水一般，泼洒到地上，湿乎乎的，冒着蒸汽似的。男人的眼睛被蒸汽熏得通红。

院外拙劣的鸟叫声，一声紧似一声，急促得快要连成一条线了。这是牌友给男人发出的信号，早过了约定的时间，他们等不及，又不好进门来叫，就用暗号催促他。

男人没心思，牌友呼唤得焦急，他咬咬牙，还是去了。牌桌上，男人提不起精神，他脑子净是女儿望着月亮盼下雪的样子，几次都出错牌放了和。有次刚抓起牌，他突然推倒，气恨恨地说，不打啦不打啦，烦死人呢。

牌桌上最忌讳打到兴头突然有人撤出，三缺一多扫兴。牌友劝说来劝说去，男人还是闷头不语，直到有个牌友当场答应，替他解决这个难题。

没啥大不了的，只有娶不到妻的汉，没有嫁不出去的女。

过了几天，牌友竟然提了一门亲事。这次不但是个小伙，身体没任何残疾，而且长的也说得过去。只是，他的情况很差，家在郊区的郊区，正儿八经的农村，小伙从小没了父母，由他的两个姐姐抚养大，家里倒是有两间房，不过是土坯房，有些年头了，被烟熏得黑乎乎的，看上去比砖头还要结实。这个家也太穷了，用"家徒四壁"来形容一点都不过分，要什么没什么，连个能坐的板凳几乎都没有。放在土改时，准能评个好成分，光荣，可在眼下，太寒碜人了。

见过小伙子的面，相过家。男人心犹不甘，想想，这小伙子四肢健全，也没啥负担，可显见也没太大能力把日子过好，要不然，能到这个地步？可是，女人的想法却不一样，她的眼里只看见人，小伙子长得精神，不呆不傻，她心里很满意，这是给女儿找对象，又不是找家境，家境好的谁乐意娶自己的女儿？还在人家院子里，女人就两眼发光，与男人也不商量，当场拍板：就这个了。

这是女儿的命。男人勉强同意了这桩婚事，并且配合女人说了不少有希望的话。

这次，男人总算占了一回上风头，回到家，女人正眼看他了，开始与他商谈嫁女的事。这是女人这几年主动跟男人说话最多的一次，女儿的大事解决了，女人心里畅快了。男人的不甘慢慢淡了，他在心里还做起美梦，通过这事，女人可能会不计前嫌，与他重修旧好，忙过这阵，说不定能搬到一个床上睡呢。男人心里开始痒了。

婚期定在一个月后，两头都忙乎起来，得下彩礼，准备嫁妆，布置新房。

下彩礼时，小伙子一穷二白，啥都拿不出来。当了媒人的牌友给男人说，情况你都清楚，要不，彩礼就免了吧。

这几年，男人什么都可以不在乎，但钱财他得在乎。可话到嘴边，他又吞咽了回去，变成回家跟女人商量一下再说。女人听了男人的话，半晌没动静，过了好久，竟然泪流满面地做出决定：办嫁妆的钱财就算了，但礼数不能没有！他家再穷，这个礼数得凑，别看就几床被面，几条枕巾，可我是嫁女儿，不能叫旁人看了笑话。

男人一脸苦相，想想未来女婿的那个家境，就是他想给丈人家万儿八千办嫁妆的彩礼，他也得有啊。男人不再说什么。

女人又说，我拿钱给他办这份彩礼，但是，他家的新房啊，迎亲啊，酒席啊，得他的两个姐姐帮着操心，他是娶媳妇呢，总不能啥事都不管，都靠我吧！女人说着，哀怨地瞅了男人一眼。

女人原来是街道小厂的，早就没了工作，没来钱的路子，早些年男人还有一份固定收入的时候，在女人的操持下，家里还有几个积蓄，后来那些钱都叫男人打牌折腾光了。这几年，男人没往家拿过一分钱，女人有女儿拖累着，不能走远，给胡同口的一家饭馆洗盘子、择菜，也攒不下几个钱。

女人愁得头发白了不少，她希望这个时候男人能回过头，不再去打牌，帮她想想办法，把女儿体面地嫁出去。

男人的想法跟女人不一样，他觉得女人嘱托了那么多人，给女儿找的都是些歪瓜裂枣，最后，是他托人给女儿找到这个正常女婿的，余下的事就跟他没啥关系了，总不能什么事都叫他操心吧。男人自恃在女儿的婚事上立下大功，在家里吃上几顿热乎饭，不受白眼了，腰板也挺了起来，对女儿的婚事几乎不怎么过问，依然迷恋着牌局，回来晚了，也不像以前那样缩手缩脚，甚至进屋还要咳嗽两声，敢打开灯了。

没想到，女儿的脑子在结婚这件事上比正常人还要正常，办嫁妆时，她的想法很多，去过几次男方家，看着刷白的屋子缺东少西，女儿这儿看看，那儿摸摸，给母亲提出了自己的设想：这里得摆个电视机，要比家里的大，不能小，那儿放个能唱歌的 DVD……

女人对女儿的要求一一答应下来。难得女儿有这样的心思，这叫男方看来，她的女儿是正常人，是懂得生活的，这样，对结婚这种大事，就不会有敷衍的意思了。如果女儿是个正常人，女人绝对不会答应这些要求的，所谓量力而行，她没有能力去办的事叫她怎么答应？可是，偏偏女儿就是这样的一个女儿，女人不忍心，不愿看到女儿不开心，所以，别人嫁女儿办得起的嫁妆，她也办得起。为了这个办得起，女人走遍了娘家、亲戚家，好听的话、可怜的话说了一大堆，东拼西凑，隔几天凑够了买电视机的钱，再隔几天才买回来DVD。到最后，女人像榨尽的油渣，干得成粉末了。

婚期临近，男方预订了一辆大轿车，说两家离得远，还得走一段乡间土路，小轿车不方便，一辆也坐不下几个人，得租好几辆。

说白了，是没钱租小轿车。女人心里很不舒服，却没当面责怪女婿，但两行泪水涌了出来，顺着脸颊往下爬。

女婿是个老实巴交的农村小伙，脸憋得通红，对岳母结巴道，我大姐给我刷的房子，二姐做的床和柜子……她们的家境也好不到哪儿去……

女人含泪点点头，但她心里没法平静下来，她发愁怎么给女儿说。女儿早就盼着迎娶她的那个小车队伍呢，天天在念叨，到时她要亲手给每个小车挂满彩色气球和拉花，把每个车都打扮得漂漂亮亮。

再有几天就出嫁了，女儿异常兴奋，围着那几件嫁妆，摸摸这，摸摸那。没人时，她还哼唱几句曲子，记不住词，乱串一气，完全沉浸在自己的喜悦之中。

女人看到女儿一副欢天喜地样子，不忍心给她说租车的事，心里难受得一个人偷偷地哭。想想自己这段日子到处求人借钱给女儿筹备嫁妆，男人不但不出一点力气，早出晚归去打麻将，一副万事大吉的逍遥样，好像他把女儿的亲事搞定，就把整个世界都搞定了一样。女人越想越心酸，越想越来气，这晚等男人回来，咬咬牙，将女婿租车的事告诉他。

男人的眉头皱了起来，半天不吭气。女人就知道男人连个屁也放不出来，鄙视地说，女婿是你托人找的，你有功劳，可婚事都是我一人在忙乎，这次，还是你给女儿去说吧。

男人见女人说得这么坚定，他愁坏了，一夜没睡着，第二天也不急急地去打麻将了，两眼红红地看着女儿。一旦女儿的目光望过来，男人又赶紧躲避开。女儿的心思都在准备做新娘上，在屋里像只快乐的蝴蝶，从这边飞到那边，或趴在那些装嫁妆的盒箱上，一副无限神往的样子。望着女儿欢快的背影，男人开不了口。最后，他还是出门了。

晚上，男人回到家，没等女人发火，他递上一百二十块钱，把女人的愤怒堵了回去。男人说，给，用这钱租小车吧。

在女人疑惑的目光里，男人自顾自去厨房吃了几口剩饭，早早地回屋睡下了。

女人也没问钱是从哪儿来的，她找人算计了一下，跟男人说，这点钱只能租到一辆半小车，离迎亲车队还差一大截。女人望着男人愁苦的脸，心想，该你尝尝愁苦的滋味了。

男人不知从哪儿想的办法，接连几天，他陆续交给女人四五百块钱。

租车的事终于解决了，女人长舒了一口气，心里的负担终于卸下了。

女儿出嫁的前一天，女人检查每个细节时发现，前阵子暴雨，院子外面的胡同口下水道堵塞，有人挖了一道沟应急排水，雨停后没人管了，到现在也没填上。这可不行，迎亲的小车开不进来，停在胡同口显示不出是自家租的小车。女人本想给男人说一声的，见他一大早又去打麻将了，给他说了也靠不住，女人便借来一把铁锹去填埋渠沟。从渠沟挖出的土早就给水冲走了，找不到沙土填埋，女人东边一锹土西边一锹沙地忙活了半天，也没把渠沟填上。这时，女儿跑来叫女人回家接电话。还以为是啥急事呢，电话是男人的那些牌友打来的，说她男人突然晕过去了，让她赶紧过去。

女人气不打一处来，但还是和女儿去了他们打麻将的地方，只见桌子、地上到处是麻将牌，牌友将男人抬到桌子上，已经掐人中救醒了。

男人的脸色异常惨白，眼神飘移不定。女人不理那些牌友，没好气地问男人怎么啦，男人不回答，只是眼里像初春的草地，不停地往外渗水。女儿吓坏了，哭了起来，胖脸上挂满了泪水。女人瞪了女儿一眼，拉起男人，叫他回家。男人被女人和女儿扶下地，腿一软，坐在了地上。再往起拉，沉得像一袋沙土。

女人很生气，在众人面前不好发火，狠狠地掐男人的胳膊。男人疼得抖动着嘴唇，虚弱地说，你别掐了，好吗？

女人望着别处，没有说话。

男人说，我身子里没多少血了……

女儿傻傻地问道，爸，你的血去哪儿啦？

男人抚摸了一下女儿胖嘟嘟的脸，说，血给我女儿换高兴去了……

女人的心颤了一下，惊诧地望着男人。男人的脸在昏暗的日光下，白得像一张纸。

女人垂下头，低声对女儿说，走，扶你爸回家，我还要去填胡同口的那条渠沟呢。

下　水

女人在煮挂面，煤气灶火苗拧得很细，刚好能使锅里的水翻滚，又不至于溢锅。一罐煤气几十块钱呢，比不得在老家烧柴火，随手搂两把柴草不花钱。到城里后，可没柴草烧，女人用煤气灶时间长了，摸索出拧到多大火苗最节省气，又不会把挂面泡烂。她一手拿筷子搅动面条，一手端碗凉水，不时往沸腾的锅里点水，不叫乳白的泡沫溢出来。挂面硬，水浸透得一阵子，女人一边顾着锅里，一边侧头瞄电视。

就一间屋子，卧室厨房一起用。男人斜靠在被垛上，双手垫在头下，专心致志地盯着面前的电视。14英寸的电视机蹲在床头边的那张旧桌上，桌子是老式胶合板的那种，缺个角，两条腿还拦腰被斩断了，是男人找来两根粗细不一样的木棍，用铁丝绑扎好的，模样看上去有些丑陋，可很结实。就这，还是男人和女人有次经过一个垃圾站时发现的，当时桌上还斜放着一盆破败的花呢，紫色的叶子，细长细长的茎，叶子间开了几朵细碎的淡紫色花朵。夫妻俩已经走过去了，女人的目光被那盆花黏住，折回了身。他们租的房子里只配备一张旧床，房东说又不是做学问，没给配桌子。男人和女人索性把这张断腿的残桌搬了回来，男人修修补补，桌子的用途很快就体现出来了，不久，他们从一个收破烂的老头手里花五十块钱买回这个旧电视机，还是彩色的。男人捡来一段废电线，烧掉绿胶皮，用裸露的铝丝做了个天线，首都就是不一样，这样的天线竟然能收到好几个频道。只是屏幕上偶尔会莫名地闪出一道波浪线，把画面上人的脸或者身体分割成两半，不太雅观。不过，这种情况不太多，波浪线闪过后，画面会模糊一些，但慢慢会恢复正常。

电视里正在重播《北京新闻》。这是个重要节目，要是时间允许，夫妻俩每天必看。每天收拾完摊子回来，天已经很晚，赶不上六点半直播的《北京新闻》，只能看九点钟的重播，就这，夫妻俩已经很知足了。住在五环以外，离市区这么远，能够看到北京发生的大小事情，还有啥不知足的！

见女人看电视得偏头，男人赶紧起身把电视机往女人这面转了转，又趿上鞋跑到女人那边看看，女人搅动着面条，连说几声"不用转、不用转"，并不真的阻止，她知道男人认定了，是阻止不住的。男人觉得女人的头不用偏那么厉害了，才满意地又回到床上靠在被垛上。不过，这次他的姿势不像刚才那么自在，他得偏着头看。这天，《北京新闻》里正在播香山红叶节开幕的消息，镜头里闪过的一簇簇红叶，艳丽得使人心跳。女人被红叶强烈的色彩震慑住了，她不是第一次在电视上见到红叶，每次看到，她都会有一种呼吸不上来的感觉。女人心里很奇怪，一到秋天，老家的树叶也会变红变黄，可怎么看都是枯败凋零的模样，就像人到一定年龄，怎么掩饰也挡不住满脸的沧桑。屏幕上色彩鲜艳的红叶跳过去了，闪动在夫妻眼前的已变成前往香山的密密麻麻人群。女人的心已定在刚才的画面里，脸上仍是一副向往的神情，忘了锅里正煮着面呢。瞅着这个机会，一直被压抑的面汤泡沫往上一蹿，"扑哧"一声溢出了锅，女人吓了一大跳，猛回过神，手忙脚乱往锅里倒凉水，手碰到锅沿，烫得惊叫一声，凉水和碗掉进了锅里。

男人一跃而起，顾不得穿鞋，奔过来抓住女人烫着的手含进嘴里。女人吓坏了，她的手被碱水泡得像砂纸，被男人含在嘴里，不就像含了沙子吗，赶紧往回抽手，哪里抽得动，只好任男人轻轻地舔，她的手指痒痒的，却感觉不到灼疼了。她不敢看男人的眼睛，垂下眼帘用另一只手关掉火。女人用筷子捞跌进锅里的碗，怎么也捞不起来。男人不放女人烫着的手指，一直含在嘴里，他用两根手指迅速把锅里的碗拈出。望着溢满灶台的泡沫，女人愧疚地低头抓过抹布，去抹泡沫。男人一把扯过抹布，把灶台擦干净。女人轻声说句"面煮好了"，迅速瞅男人一眼，赶紧垂下头，像当年他们相亲那会儿，她偷看男人，被男人一眼接过去眼神，脸都羞红了。女人抽出手要捞面。男人扔下抹布抓筷子替女人捞，被女人推开了。面条煮得有点软乎，男人不喜欢没煮透的面条，喜欢软乎的，入口便化。女人则爱硬点的，嫌软的不筋道，吃下去没多久肚子就饿了。但她迁就男人，从来不在男人面前说软乎的面条不好吃，怕男人反过来顺着她。她宁愿跟男人吃软乎的，只要男人吃得开心，她心里就喜欢。男人是主心骨，一切由着男人，女人心甘情愿。

面条捞出来，用凉水过一遍，面条筋道。十月底，天气凉了，院外的银杏树叶开始泛黄。深秋吃不得凉面，女人把凉水冲过的面条又放进面汤锅里烫烫，再捞出分开在两个大碗里，浇上打好的卤汁。是鸡蛋西红柿卤，红的红，黄的黄，看上去很悦目。女人端起一碗，顺手拿个蒜头，递到男人手里，回来往自己的碗里加了些醋。屋里没凳子，女人端到床边挨着男人坐下，边吃边看电视。

男人吸溜一大口面条，不经意地说道："要不，咱俩哪天下午抽空去趟香山，也看看红叶？"

女人眼里闪了一下，挑着面条的筷子停住："算了吧，这个时节门票涨到了十块，不划算，等门票降下来再去吧。"

"降下来就没红叶看了。"

"红叶有啥看的，电视里都看过了，就那么回事。"女人边吃边说，"再说，又不是没见过红树叶，老家房前屋后到处都是。要看，等以后回家了想怎么看就怎么看，还不用买门票！"

男人再没说什么，心里却想，说的倒无所谓，刚才你看电视里的红叶都愣了神，还烫到手呢。这样想，却没说出口。他知道女人的心思，也不点破。听她说想怎么看就怎么看，出了北京，就不再是香山红叶了，没那大片大片好像要烧起来的红了。男人心里微微有些发酸，他看着女人一门心思盯着电视，不再多想，反正，这是他们该过的日子。

两人都不言语，小小的屋里被西红柿鸡蛋面的味道填满，还有电视里发出的声音。

《北京新闻》看完，到《天气预报》时间，这也是夫妻俩必看的，每当听到第二天要降温或者有雨时，女人的眼神飘忽起来，不停地往窗外看。当然什么也看不到，他们租住的小平房外面除狭窄的过道，就是一条长长的围墙，围墙的那边是什么，他们没看到，也没打听过。看不到黑暗的外面，女人仍会自言自语一番，不知儿子看没看到预报，准备明天添加的衣服没有？

天气预报里说，明天有冷空气入侵，北京气温会下降十摄氏度。十摄氏度呢，不加衣服可怎么得了。

男人只管吃面条，吃得山响。吃毕，搁下碗，掏出手机递过来："给，不放心就给儿子打个电话叮咛一下。"

女人嗔了男人一眼，没接手机，细细嚼完嘴里的面条，轻言慢语道："算了，没说几句话，一分钟就到了，三毛钱呢。有你这样大方打手机的？"

男人收起手机，过去端起锅喝了一大口面汤，"咕咚"咽下去说："那咋办呢，谁让你给儿子买手机哩，不然，咱们打到他们宿舍走廊的公用电话，一次找不到，再打再找，碰上了还能与儿子多说几句，也不怕他看到咱们打的是北京号码。"

"要是有不显示来电号码的手机就好了，跟普通电话机一样。"女人若有所思地说。

"做你的梦去吧。"男人打个饱嗝，关掉电视，身子往床上一歪，"我就不信，没有手机，同学们就看不起他了？我们那会儿上学，连个新鞋都穿不起，脚上的鞋总是大哥大姐传下来的，露着脚指头，也没见人笑话。哼，现在，什么年代！"

"你还知道什么年代？就你那会儿，连饭都吃不饱，谁有心看你的脚指头露不露出来。"

男人叹口气："唉，时代变了，人也变得奇怪，打个电话不说话都能知道你从哪儿打来的。"

女人没搭腔，默默地吃完饭，将碗端到灶台，回来坐在床边拿着男人的手机发呆。手机样式太老，灰不溜秋，都看不到原来是什么色了。能有手机用就很不错了，什么牌子对夫妻俩来说一点都不重要。女人实际上还不会用手机，她只会在男人给儿子拨通电话后接过来跟儿子说话。男人教过女人好多回怎么拨号，可女人每次拨完儿子的手机号就不记得按哪个键发送。男人的手机键盘磨损得太厉害，上面的数字和字母很模糊，得靠猜测才能辨清。女人盯着手机好一会儿，忽然放下起身就往外走。男人的目光一直盯着她呢，猛地坐起："你出去干啥？给你说过多少遍，不要去打公用电话！一打，儿子就知道咱们来了北京。以前他离得远，你惦着，现在一个城里待着，还不跟天天见面一样！"

女人回过头说："我不打电话，去找房东家孩子要本拼音书，我要重新学拼音，学会了好给儿子的手机发短信。"她听说短信比打电话便宜。

男人扑哧笑了："就你，别费那神了，打个电话都不知怎么拨出去，还发短信，你找得准键吗？再说，你连普通话都说不好，学会拼音也拼不出汉字来，尽是错字，发给儿子，不是难为他吗？还是省下点劲儿明儿个多洗几副下水，多挣点钱，直接打手机给儿子吧。"

女人在门口犹豫，心想男人说的也对，便折回床边坐下，抓住男人的手说："你说，咱来北京挣钱，儿子要是知道了，不会怪咱吧？"

男人甩开女人的手，拧过身子说："你咋就不开窍呢，给你说过多少遍了，别给儿子丢人好不好？"

女人眼里的神采像黑夜里暗淡的星光灭了。她不再吭声，抚摸着烫伤的手，脸上哀哀的。

等了一会儿，男人见没动静，转回身坐起，看到女人的样子，心疼了，抓住女人那只烫伤的手说："还疼吗？来，早点睡吧，明早得起早点，老万今儿个说了，明早要赶不上，就不给咱那副牛下水了。想想吧，洗副牛下水，顶三副羊下水呢，你舍得！"

女人恍然醒悟："噢，记着呢，我去洗完锅碗就睡。"

男人抓住要起身的女人，跳下床，怕女人抢了先似的，边趿鞋边说："还是我去洗吧，你的手烫伤了。"

男人从女人跟前冲过去，带起一股风，女人闻到微微的风里还是有一股下水腥膻味。这是他们夫妻俩彼此已经熟悉的气味。无论他们怎么洗，把衣服用洗衣粉揉搓多少遍，还是能闻到这味。就好像，这种味道已经渗进他们的皮肤，又从毛孔里一点一点散发了出来。

一股热流从女人的眼眶涌出，她趁机倒下用被角蒙住脸，不想叫男人看到她流泪。反正，回来做饭前已经粗略洗过手脚，腥臭的外衣也脱在门后了。被子虽是男人换了外衣躺靠过的，但女人从被窝里，还是闻到了属于他们的那种气味。那是任什么也洗不掉的味道。

女人知道，城里人不喜欢他们身上的这种味道，所以他们尽量不到人多的地方去。夫妻俩已经习惯这种味道，他们是为儿子上大学的费用，才来北京洗下水的，再说，没这种味道，他们怎么可能离儿子这么近呢！女人深吸一口气，似要把捂在被窝里的那点味道全部吸进肺里，不让男人多闻。男人比她辛苦，每天得早早去市场找屠宰的老万取下水，拉回来后，女人受不了新鲜下水的腥臭味，一般都是男人洗最脏的肚子和大肠，所以男人比她闻的臭味要多得多。女人索性掀开被子钻进去，钻进浓浓的味儿里。

他们的饭吃得简单，就几个碗筷，男人洗锅刷碗的速度很快，几声锅碗碰撞的声音后，他就收拾利索了。

男人用香皂细细洗过手，还在鼻子下嗅嗅，每个晚上临睡前他都用香皂搓洗自己的手，手很粗糙，这没法改变，但他不想带着下水的腥臭味儿睡觉。昏黄的灯光下，男人的手看上去已经洗干净了，可他还能闻到一股淡淡的下水味儿。

有味儿就有吧，没下水味儿，儿子的大学怎么读得下去！男人甩甩手，上床关掉灯脱衣服，见女人没动静，便伸手过来："不会吧，这么快就睡着了？"

女人知道男人的心思，故意不理他的手，装睡，还打了两声轻微的鼾声。她听到男人叹口气，失望地抽回手，轻轻地挨着她躺下。

过会儿，不再见动静，女人猛然侧过身，轻轻叫了声"死鬼"，便扒掉内衣，像只猫似的卧进男人怀里。

如果每天能争取到一副牛下水洗，收入就可观了。现在，儿子在大学的生活费由原来的每月四百块，涨到了五百五，没办法，粮油菜价涨了，大学食堂的饭菜跟着涨。不过以他们来北京后挣的钱，供儿子上大学的费用够了，要是放在老家靠种地或者跟村里的人到工地去当小工，肯定供不起儿子，不说每年六七千块的学费，单是每月的生活费就够他们发愁的。看来，还是北京好，机会多，他们算是来对了，累点儿脏点儿，但能保证每月挣到八九百块钱。上个月运气好，多洗了几副牛下水，挣到了一千二，除过一百块钱房租，俩人每月吃用花不到二百块，节约下四百来块钱。女人想要给儿子买部手机，现在连中小学生都有手机，何况大学生怎么能没手机？

儿子很懂事，刚上大学时给家里很少打电话，一来怕花电话费，二来家里没装电话，得打到村头的杂货铺喊父母，接次电话还得一块钱呢。他就坚持给父母写信，每次信写得很长，内容不太一致，一看就是断断续续写的，该说的话都说了，还能省邮资。儿子在信里也写到同学们都有手机，可他从没提自己要手机，他知道父母不容易，为他上这个大学已经倾其所有，他不想给父母增添负担。

女人坚持要给儿子买手机，她要经常听到儿子的声音。每次他们给儿子打电话到宿舍走廊，不一定能找到，还得花电话费，不如给儿子买部手机，随时都能找到他。起初，男人不同意给儿子买，手机通话费太高，他还没凑够儿子下学期的学费呢，有这个钱，不如攒起来。但女人铁定了心，他们这么辛苦，还不是为儿子？他们夫妻每月再省吃俭用些，几个月也能省下几百块钱。男人拗不过女人，咬咬牙答应了。于是，给儿子的储蓄卡多打过去三百块，叫他自己买手机。儿子坚持不要，在父母的催促下，到公主坟买了个便宜的二手货，办理的是免费接听的号码，他舍不得打，等父母再次给他把电话打到走廊时把号码说了，女人很高兴，想着这下可方便了，劝儿子不要拨打，手机通话费太贵，他们打给他，反正接听又不收费。但是，问题跟着又出现了，男人见识广，知道手机有来电显示，如果用公用电话给儿子打手机，就会暴露他们在北京。他们不想叫儿子知道他们在北京，干的是这种没法说出口的活儿，会给儿子增加心理负担，叫他更没法在同学面前抬起头。这可怎么办？女人眼巴巴地瞅着男人，不能给儿子打电话，听不到他的声音，在一个城里，离这么近，看不到人也就罢了，如果连声音都听不到，她可受不了。能有什么办法，男人咬咬牙，只好找收旧手机的买了部二手货，说不定是三手货呢，旧是旧点，还能用。就这，还是那个收旧手机的见他苦巴巴掏不出几个钱的样儿，又听说他儿子在北京上大学，才将二十块钱收来的旧货只加了十块钱给了他。这下，问题算解决了，每个星期能和儿子通次话，可是，他们都知道节制，手机通话费贵着呢。他们挣点钱不容易。

北京的天气一天比一天冷了，路边的树叶还没黄透飘落呢，小清河的水已经冰得有些刺骨了。

天还没大亮，女人将盆盆罐罐在河边摆好，刚从河里提了两桶水，男人已经骑着三轮车拉来第一批下水。离很远，男人就叫唤女人快点过来。女人跑过来往车里瞅一眼，高兴得叫起来："噢，今天有两副牛下水呀！"

男人刹住车，边往下卸货，边兴奋地说："老万刚给我说，有个牛肉面馆称赞咱们洗得干净、实在，检验咱没用化学药物，放心，点名要咱洗，还说他们今后的牛下水全给咱了。"

"噢！"女人兴奋得叫了一声，"这下太好了，咱也有固定客户了。还记着我怎么说来，入口的东西不敢胡来，不管别人怎样，咱得讲诚信，这不，好运来了不是！"

"是呀是呀，当初要是像他们一样，为省事放点化学药物漂洗，害人不说，这大宗生意就谈不上了。"

"你说每天都会有固定的下水，再加上咱们找些零散的来，一个月能多挣不少，这样洗下去，等儿子大学毕了业，再过上一两年，咱们是不是也成富翁了？"女人一脸兴奋地憧憬着。

男人笑眯了眼，心想，这女人，心小，容易满足。

"那咱就好好再洗几年，变成富翁……嗯，那时，咱每年都到香山去看红叶，然后逢年过节回老家。"男人乐呵呵地说。

女人开心得大笑起来，直起身子向香山方向张望，自然什么也看不到。北京的天空灰蒙蒙的，想要近距离看清某个地方根本不容易，更别说看见遥远的香山了。

两人边说边洗下水。这回，男人也不把洗过的脏水随地泼了，倒回空桶提到远处灌进污水道。他们从不往河里倒脏水，女人不让，说洗过下水的脏水往河里倒，河水就坏了，他们上哪儿洗下水去？男人叫女人稚气的话逗乐了，他们倒几桶脏水，怎么能坏一条河呢？不过他还是听进去了女人的话，首都的污染已经够严重了，能不多添一份，就不添。可有时男人求方便，把脏水往旁边的野草丛里泼，所以，女人一般不让男人倒脏水，她自己提到污水口去倒。这次，男人把女人的话当回事了，看来，人还是得有好心情啊。

中午过后，两副牛下水洗得干干净净，将洗净的下水装上三轮车，男人拉回老万店里去漂最后一遍自来水，交货后运气不错，又领到两副羊下水。

男人欢快地蹬着三轮车，去路边的店里买了几个素菜馅饼当午饭。女人不高兴了，埋怨道："里面就几片韭菜叶子，每个要五毛钱，你烧包了吧？"

男人嘿嘿笑道："整天吃大饼，我想换换口味……"

"你早就想换口味了吧？"女人狠狠瞪男人一眼，"说不定哪天连我也得换了！"

男人将冒着热气的馅饼塞到女人手里，依然笑道："趁热吃吧，你的脑子快赶上'联想'喽。"

这下，女人忍不住扑哧笑了："那可是电脑，比人脑先进，咱洗下水的命，一辈子都赶不上。"

吃完馅饼，女人躺在枯黄的草地上歇息，仰头闭着眼睛任正午的太阳温暖地在脸上流淌。阳光下，男人过来俯在女人身边，发现她眼角、下巴上净是细密的皱纹，平时没大在意，只有她笑的时候，才看到眼角堆起的褶子，原来那些皱纹平时都隐藏着呢。男人望着女人脸上松弛下来的皮肤，想起当年他们相亲时，那时候她可真年轻啊，虽说不上多漂亮，可这张脸却是白里透着红呢！男人心里酸酸的，过了会儿，他的心又变得像这秋日的阳光一样柔和温软起来，轻轻地俯下头，凑到女人脸上，突然亲了她一口。女人没防备吓得呼地坐起来，见男人还冲着她嘿嘿笑，便嗔他一眼："死鬼，真不要脸，河对岸不停过汽车哩。"

歇了一会儿，两人又开始干活儿。女人从脏水里抠出一片树叶，抬头看看四周，周围的树大多是杨树，树叶黄绿掺半，秋风一扬，无论黄的绿的叶子，纷纷扬扬，似一场叶片雨，女人很喜欢置身在缤纷的落叶里。可是，这会儿她正忙着，没这闲心。她扬手扔掉树叶，突然说道："天越来越冷了，也不知天安门广场国庆节摆放的鲜花长城冻死了没有？"

十一长假时，儿子在电话里说他去天安门广场看花展了，那里用各种鲜花树木摆了个长城，很壮观。

女人在电视里也看到了，那只是一晃而过的画面，她忍不住想那些鲜花树木怎么能搭摆成长城模样呢，她心里一直惦记着哩。眼瞅着天气越来越凉，树叶都成群地往下落，那些娇贵艳美的鲜花怎敌得住这深秋的寒意。女人还没正儿八经地见过鲜花长城呢，只是偶尔路过一些单位门口见到一些用花草摆出来的字，怎比得上电视里那个一晃而过的鲜花长城壮观、灿烂呢？

男人头都没抬，说："洗你的下水吧，那不用你操心。"

过了半晌，女人又说道："看现在天气，也许花还没凋谢呢。要不，咱们也去天安门广场看看，来北京这么久，还没去过呢。儿子在电话上说那里不要门票，咱去看看？"

"别做美梦了！"男人断然道，"要是叫儿子碰上，你怎么给他说呀，啊？"

女人小声道："儿子不一定天天去天安门广场啊……那里有鲜花长城……你说得对，儿子上次看鲜花长城时，开心得很，要是万一碰上……还是算了吧，电视上都看过了，去了还不是一个样！"

洗下水的哗啦声盖过了一切声音，连河对岸的汽车声也被盖过了。

冬至了，他们租住的平房里没暖气，房东允许他们使用电暖器，但得单独装一个电表。就是说，电表和电暖器都得自己花钱买。他们去附近的超市看电暖器，价格贵得吓人，俩人对看了一眼，明白对方的心思。他们在超市里还见到一种手炉，圆乎乎的，里面灌满开水，捂在怀里也能让身上变得暖和些。男人看着女人裂满口子的手，要给女人买个手炉，最小最便宜的那种，得二十四块钱。女人坚决不要，硬拽着男人离开了。

屋子冷得像冰窖，靠煤气灶做饭的那点热乎劲根本撑不到天亮，又不敢用煤气灶取暖，万一中毒怎么办？每晚睡觉时，他们把屋里能堆到床上的东西都压到被子上，连夏天穿的短袖都摊开了，还是经常半夜冻醒，两人紧紧抱在一起簌簌发抖，盼着天快点亮。

天还没亮透，男人就得去拉下水，三轮车先将女人和清洗下水的盆桶送到河边。小清河的水结冰了，破冰取来的水，寒得刺骨。人冻了一夜，全身本来就冰凉，可还得面对冰凉的水，虽然戴着胶皮手套，女人每次伸手进水，像伸进蛇窝一样恐惧。

男人看女人的样子，有点打退堂鼓，想回家算了，这样下去，甭说以后变富翁，怕是连这个冬天都熬不过去，便会冻出事的。

前几天，儿子在电话上吞吞吐吐地说，下个月得多给他二百块钱。二百块啊，可不是个小数目，自从给儿子买了手机，每个月还得多给他三十块钱电话费。这下又要这么多钱，他想问清用途。可是，儿子避开不说，只说有急用，就把电话挂了。

男人强忍住愤怒，挂断电话对女人说："看到了吧，这就是你儿子，他开始乱花钱了，还不说钱的用途。"

"儿子是个乖孩子，不会乱花钱的，我知道他！"女人断然道。过了会儿，她有些迟疑地又说，"也怪，儿子怎么突然要二百块钱呢，他有啥地方急需钱呢？唉，我说，儿子该不会谈恋爱了吧？"

"我这就问他，要这个时候谈恋爱，我绝不轻饶他！"男人的手有些抖，手机都拿不稳。

女人一把夺过手机，气呼呼地说："谈恋爱怎么啦？如果儿子谈的是城里女孩，北京姑娘，你要是破坏了，我跟你没完！"

男人没给儿子打电话，他何尝不想儿子找个城里媳妇呢。他不像老婆那么贪心，还北京姑娘呢，没那一口京腔，门儿都没有！

但是，从儿子的口气上，听不出他谈恋爱了呀，咳，这种事怎么能听得出来！男人心想，可他多要这钱干什么用呢？

在这个冬天最寒冷的时候，男人打消了回家的念头。一切都为儿子，回家去就没法每月给儿子寄钱了。

也该他们运气好，一次偶然的机会，男人发现一个绝好的住处：地下暖气管道。这天，他从一个偏僻处经过，看到一个井盖小洞往外冒热气，出于本能，他折来树枝撬开井盖，原来是暖气管通道。踩着井壁生锈的扶梯下去一看，里面空间不算太大，关键是很温暖，往包着一层白色石棉布的暖气管道上一坐，还有些烫呢，里面像夏天一样。男人呆愣了片刻，兴奋得大叫一声，猴一样冲出通道，又小心把井盖盖严实。

他们立马搬来住了，既省下房租，又能度过寒冷的冬天。

刚搬来这天晚上，女人显得很兴奋，她将褥子铺好，钻进被窝里看着男人在井口忙乎。

男人捡来几颗石子，小心翼翼垫在井盖下面，让盖子一边翘起，露出三分之一，这样，通道里既能通气，又能渗进路灯的微光。里面一点都不显黑，连手电的光都省了。井口虽然地处偏僻，但男人还是在上面放了一些枯树枝做了记号，不用担心人经过时踩翻井盖掉下来。男人把什么都想到了。他弄好这一切，将自己脱得精光钻进被窝，手却不闲着，要帮女人脱。女人冷怕了，打开男人的手说，她不脱衣服。男人将手伸进女人的衣服里，嘴贴在她耳边悄悄说了句话。

女人又一次打掉男人的手，骂了句"死鬼"，自己却脱起了衣服。

影　子

　　这个地方的习俗，人死了，在家里停尸三天，入殓四天，等灵魂和躯体分离了，才把逝者抬到墓地埋葬。然后，经过测算，过上三天，在某一个测出来的时辰，再把死者的灵魂送走，才算把这个人的一生送完。送灵魂和送躯体不同，躯体是物质的，所以有重量，需几个壮劳力抬着棺材，亲属在后面恸哭，表示对死者生前躯体的留恋或者感恩。送灵魂可不一样，灵魂看不见摸不着，阴阳先生根据死者的生辰八字和咽气的时辰，推算出的那个时间段，死者的灵魂才会恋恋不舍地离开家，去另一个生者谁都无法感触到的寂寞世界。因为灵魂去的是寂寞地方，而生者又总是不愿意死者的灵魂在孤寂中离去，总想让死者的灵魂带点儿阳间的什么陪伴，所以送灵魂时，死者的家人会准备点东西，给亲人带去，一般都是活物，要灵敏又机智的，一般都送家里养的或者买的鸡。

过去困难时期，村西头的老顾头去世，办完丧事后实实在在的一穷二白，家里既没有能飞能跑的活物，也拿不出钱来买鸡，他的儿子顾宝财想着，反正他已尽了孝，将他爹的尸骨安埋入土，活着的他连下一顿的吃食没着落了，给他爹的灵魂实在准备不出什么，到那时辰，他躲出去忍耐一下算了。没想到，躲他爹灵魂离家的那段时辰后，顾宝财回家一看，院子的那棵沙枣树被折腾得不成样子，半青不熟的沙枣落了一地，树枝像经历一场大风暴似的，七枝八杈，断的断、折的折，没过几天沙枣树也死了。顾宝财才闹明白，是他爹的灵魂见儿子没给他备下陪伴他的活物，把院子唯一有生命的沙枣树魂魄给带走了。顾宝财也没得到好报，打了半辈子光棍。

扯远了，回到前面的话题。因为灵魂是孤寂的，在亡者的灵魂离开的那个时辰，亲人将一只大公鸡绑在自家门口醒目处，告诉亡者灵魂，已给他备下陪他上路的伴，让亡者灵魂安安静静地带走。在这个时辰，亡者的邻居都要离开家躲得远远的，怕有些灵魂捎带上自己的魂魄，若是把自己的魂魄带去那么寂寞的地方，留下躯体生存在这个世间，对人而言，那会多痛苦啊！有时候，邻居之间吵架，骂最恶毒的话，就是你的魂魄叫亡人灵魂给带走了，以示你已经魂魄都没了，还能算是人吗？

亡人的灵魂也很奇怪，自己没了躯体，大公鸡的躯体它也不带走，只带走了鸡的魂魄，鸡的躯体还活活地留着，家人待亡者的灵魂走后，便把那只没了魂魄的鸡杀了，用鸡血淋得满院子都是，然后，把死鸡埋掉。这样的鸡是没人敢吃的，怕吃了沾上鸡的晦气，一生不得安宁。

刚入秋不久，村子东头的寡妇周翠兰的公公死了。公公入殓后，周翠兰看着躺在正屋里的黑漆棺材，心里才踏实下来。公公停尸的这三天里，周翠兰一直处于恍惚状态，总觉得公公只是睡着，他才不会轻易死呢，说不定他睡着睡着会爬起来在屋里转悠，继续监视她。黑漆棺材抬进正屋，周翠兰才回到事实之中，这个事实像给她的心里开启了一道门，透过这道门，一片灿烂的阳光毫无遮拦地照了进来，突然之间让她感觉到这个世界的美好。她想为这种美好大笑一场，可眼下的情形不允许她这么做，她只好把美好的心情压在心底，让它在心里偷偷地绽放，这个时候，她绝对没有理由伤心。驼背公公死了，周翠兰觉得自己今后的日子要直着过了，心情一旦好起来，看什么都觉得新鲜，有了意义，她看着一屋子出出进进的人为公公的丧事忙碌，觉得这些人的忙碌，都是给她打开心中那曾经的郁郁之门，放进来阳光的手。心情变好，她对什么都有了兴趣，觉得自己坐视一旁，什么也不做实在有愧于心中的快乐，她想插手那些忙碌的人干点什么，可屋里屋外的活儿只要她一拿起来，马上有人不由分说从她手中抢过去，而且还用悲天悯人的口吻对她说，你还是省点心去忙大事吧，这个家现在靠你撑着了。

丧葬的事确实是大事，可没人来给周翠兰商议，早有本族里喜欢出头露面的人，到处张罗着，一切都按丧事的程式有条不紊地进行，搭灵棚、挖坟坑、请先生、测阴阳，就连给亲戚去报丧，都没人来问她一下，真不知道他们用什么方法探知到她家亲戚住什么地方的。没有需要她操心的事情，死的是自己的公公，现在当家做了主人的周翠兰却无所事事，清闲得连她自己都觉得不好意思。自从丈夫四年前病死，公公为把周翠兰收拢住，没少动用族人的力量，没少摆一家之主的谱。在公公面前，周翠兰的神经像公公永远弓着的驼背，时刻紧绷着，心里稍稍有点松懈，哪怕是无意中多看其他男人一眼，公公会利用各种方式把她的心往紧里箍。比如给她讲古今贞女烈妇的经典故事，如果讲故事没效果，他会纠集一帮族人，轮番说教，给周翠兰施加压力，实在控制不住，老公公会采取各种自杀方式，威逼周翠兰就范。目的只有一个：阻止周翠兰改嫁，要她安心抚养关家唯一的后代，延缓关家的香火。

长得年轻且有几分姿色的周翠兰，在丈夫活着的时候，因为丈夫患的是痨病，等于已经守了四年的活寡，挨到丈夫病亡，她终于摆脱了暗无天日的日子，该有出头之日了，公公却像一把锁链紧紧地锁死了她。无奈，一个年轻美丽的女人，只好在清冷的日子，侍候着老公公，拉扯着九岁大的儿子，白天累死累活忙地里家里，晚上连个知冷知热的人都没有。儿子熟睡后，周翠兰独守着漫漫长夜，在那种难熬的寂寞里，一点一点磨平自己心中的欲望和激情，也一点一点消耗她的青春和美丽。这几年里，周翠兰在心里恨死了监护神一般的公公，可公公就像门前的那棵老槐树，虽然弓腰驼背，却健健康康，一点毛病也没有。并且，周翠兰稍微有点风吹草动，公公神卜子似的，洞察一切，不论用什么方式，都会把儿媳妇的荡漾春心消灭在萌芽状态。这还不算，哪个男人敢表现出一点对周翠兰的好感，那更不得了，公公根本不顾自己的老脸，也不考虑周翠兰的感受，到处去游说，去诉苦，最后非得把这个男人弄得断了念想不可。

最厉害的一次，是村西头的老光棍顾宝财，可能是打光棍打怕了，想媳妇想疯了，仗着自己是关家本族的人，见周翠兰年轻长相不错，动了先把生米做成熟饭的念头。有天大中午，顾宝财把周翠兰堵在玉米地里想做下好事。周翠兰也有心与顾宝财成全好事，她半推半就，象征性地与顾宝财撕扯了几下，然后无力地闭上眼睛任凭顾宝财扒她的衣服，干柴遇到烈火，两人快烧着了。谁知，还没进入实质阶段，周翠兰的公公在最关键的时候如同神仙天降，出现在玉米地，他人还没到，手中的拐棍像从他身体形成的弯弓上射出的箭，早先一步击中了顾宝财的头。突然袭击，给火烧火燎的顾宝财兜头浇了盆凉水，别说熊熊燃烧的欲火，连整个身子都软得似个布袋，提裤子的劲都没了，狼狈不堪地让裤子绊住脚腕一瘸一拐地跑了。从此，顾宝财害下浑身发冷的病，大夏天得穿棉袄，见了女人软绵绵的眼神扫一下，连细看的想法都没了。周翠兰的贼胆也吓得不见了踪影，羞辱感压得她只能把自己的渴望更深地埋藏起来，时间久了，别人看周翠兰的目光也静静的如一潭死水，没有了让男人看着能心动的异样，以为她断了改嫁的念头，清心寡欲。

公公一死，周翠兰彻底解脱，她该有出头之日了。公公躺在棺材里这几天，周翠兰像被人用绳子紧紧捆绑了数日终被解开一般，身心顿感轻松。她把腰板挺得笔直，浑身上下似充足了气，说话精神了，脚步也轻盈起来，看人的目光比以前更加动情。还没几天，她的目光又暗淡如初。她身边有个已经十三岁的儿子关灵敏，这几天，儿子影子似的跟在她身后，赶都赶不开。以前，儿子关灵敏是爷爷的掌上明珠，整天围绕在爷爷膝前，要吃这个那个，晚上睡觉都与爷爷是一个炕。爷爷去世前，关灵敏像从来没妈妈似的，根本不和妈妈多说一句话。当妈的从小教他、管过他，他的智力无法接受时，还对他大声呵斥过，最重要的是控制过他的饭量，不让他多吃，怕他逐渐变形的身体疯狂地发展下去。爷爷则是关灵敏的挡箭牌，任由孙子随心所欲，不干涉他，也不逼他学一些莫名其妙的东西，而且，对孙子说的任何话，爷爷总是笑眯眯地摸着他的头，表扬他，因此，关灵敏对爷爷的依赖更深，有什么需要全找爷爷。现在，关灵敏再找不到那个每时每刻呵护他的人了，他觉得家里发生了大事，具体到什么事，他的那点智力无法弄清。好在，还有让他熟悉也较为安全的人——他的妈妈，妈妈虽没有爷爷对他好，可关灵敏意识里清楚，这个时候，妈妈是他唯一的依靠，所以，周翠兰走到哪儿，关灵敏似长在周翠兰身上，形影不离。

守寡的四年里，周翠兰最头疼的还不是驼背公公，而是这个儿子。三岁以前，儿子看不出什么毛病，她还梦想着等儿子长大后去参军，日后说不定她还能做个军官的母亲，风光一世。儿子三岁之后，周翠兰慢慢发现，关灵敏反应有点迟钝，除过对吃的食物天生灵敏，其他的不像正常孩子，拉屎拉尿似乎没有感觉，随时会拉在裤子里。这还不算，关灵敏三岁的人了，连句完整的话都说不全，周翠兰心里着急，要带儿子去医院检查，看他有什么毛病。当时丈夫和公公都不以为意，说她是神经过敏，哪个孩子小时候不在裤裆里拉屎尿，你周翠兰敢说没有过？再说，小孩子说话有早有晚，没听说过有些说话晚的小孩，智力反比一般小孩的智力更超常的例子。周翠兰无力反驳。后来，丈夫没日没夜地咳嗽，上医院检查患的是痨病，有时咳得连气都喘不匀，看病吃药，一个家叫痨病给拖垮了，周翠兰家里地里忙活，儿子暂时放在一边，交由公公照料。直到有一天，丈夫终于停止了咳嗽，他一辈子的路也走完了。那几年，周翠兰没黑没明地陷在丈夫的痨病、家里几口人的吃穿里，累得没一点多余的精力，等把丈夫送到墓地，她回过神看自己的儿子，已胖得变了形。周翠兰刚刚从丈夫的痨病里解放出来的心，一下子被儿子的体形攥紧。她心里很愧疚，赶紧带儿子去医院检查。医生告诉她，儿子是脑子发育不全，智力低下，可肠胃却有惊人的收缩力，吃什么都吸收养分，要治好儿子，恐怕没相当的资金不行。周翠兰没有这个能力，丈夫的病把这个家差点拖进坟墓，她哪儿有钱给子看病，缓缓再说吧。

儿子到了上学的年龄，周翠兰把他送到村小学。关灵敏一连上了三年，硬是没升到二年级，末了，连自己的名字还不会写，在老师的劝说下，辍学回家，有爷爷呵护着，关灵敏整天说得最多的话，是吃。一个时期以来，关灵敏对周翠兰唯一的要求，只剩下三个字：妈，饿，吃。除过这三个不连贯的字，关灵敏没能力说出一句完整的话来，如今十三岁的人，快一百斤的体重，能顶个壮汉子。

关灵敏肥胖的身体，影子一样贴着周翠兰，因公公的去世刚刚好起来一点的心情，被身后这个喊叫着"妈——饿——吃"的胖影子给破坏了，像一个绮丽的梦，正要腾飞时，被人不小心击碎，周翠兰看到灿烂的阳光轻而易举地让一片阴影挡住，她的心在瞬间被烦躁和无奈取代。儿子叫嚷得烦，当着众人的面，周翠兰指着一旁闪着幽黑亮光的棺材，对儿子怒道，吃吃吃，你爷爷在那里面，跟你爷爷到棺材里去吃吧。

众人愣怔地望着这娘俩。

关灵敏冬瓜似的胖脸上，没有任何变化，听话地向爷爷的棺材走去。周翠兰望着像汽油桶一样的儿子，圆鼓鼓地挪到黑漆棺跟前，奇怪地打量着，爷爷在这个黑漆漆的木箱子里，可他没法见到爷爷，他脸上有着茫然无措的笑容，围着棺材转圈，一边转一边叫爷爷。周翠兰的眼泪喷涌而出，为自己的苦命痛心疾首，丈夫得痨病，丈夫死了，公公为不让她改嫁，把她看得死紧，这下公公死了，却有这个痴傻至此的儿子，她哪有今后！她越想越恼，越恼越伤心，忍不住号啕大哭起来。公公死后，这是周翠兰第一次放声大哭，当场感动了不少人，那些帮忙劝孝子的妇女，涌过来千篇一律地劝周翠兰想开点，人死不能复生，活着的人不要太悲伤，还有好多日子等着过呢。不劝还好，这一劝，周翠兰心里有苦难言，难受至极，哭得更凶。

驼背公公没死前，不让周翠兰改嫁，怕关灵敏没了母亲，或受继父的虐待，处处阻挠她再嫁人，让她留在关家抚养关灵敏，说是将来还要靠关家这个唯一的后代延续香火。周翠兰越哭越伤心，公公的这话谁信？关灵敏天生弱智，靠他怎么延续香火？

说到底，儿子才是周翠兰追求幸福的最大障碍，公公能把她控制一时，却控制不了她一辈子，真正拖她后腿的，是这个傻儿子。这个念头越来越强烈，周翠兰再看儿子时，目光里没了伤感和怜惜，变成了痛恨，这种痛恨使她突然间对自己产生了恐惧。以前，公公用各种方式防着她起外心，她也痛恨过公公，想着怎么对抗公公，哪怕在公公用自杀要挟，表面上她妥协，心里仍没断过抗争的念头，更没有过一丝恐惧。眼下，面对儿子，她心生了恐惧，这是她没料到的。还有更让她伤感的，公公入殓这几天，少了公公无处不在的监视目光，周翠兰大着胆子看院子院外来帮忙的男人，发现他们的目光有些怪异，能用眼睛脱光她衣服的男人，对她垂涎三尺，可一旦看到她身后的傻儿子，目光似电击了一下，迅速闪开。周翠兰注意到，顾宝财也是这副嘴脸，她明白了男人的心思，她内心的恐惧是从男人的目光里产生的。

周翠兰的心情没法好了，丧事的最后几道程序，她满心忧戚，满脸悲伤，像个真正办丧事的主人了。

公公出殡的第二天，周翠兰没心情收拾乱七八糟的家，任碗筷、桌椅摆得到处都是，在儿子喊"饿"的烦躁声里，她拣能吃的食物先塞饱儿子，自己一口也咽不下去，心里堵得慌，那份心理恐惧压抑得她快崩溃了，她担心这样下去，自己会被压趴下。到了晚上，在夜色的掩护下，她鼓起勇气，来到村西头顾宝财家，对这个老光棍直截了当地说，这下，你可以堂堂正正地娶我了。

顾宝财面对主动送上门的周翠兰，先是惊愕得合不拢嘴，接着两眼放出灼灼的光芒，他从炕头蹦起来，扑上来抓住周翠兰的双手，手忙脚乱。紧要关头，门外传来一声"妈——饿——吃"的喊叫。叫声似把锥子，把顾宝财和周翠兰的激情同时刺破，他们把头转向门口，怕冷似的全身发抖。顾宝财松开抓周翠兰的手，结结巴巴地说道，我哪敢——要你！

周翠兰咬紧嘴唇说，你是不想娶我了？

不是！顾宝财也咬紧嘴唇，看着已站在他家门口的关灵敏，细着嗓子说，可我怎么——娶你？

周翠兰的心似跌入谷底，脸唰地一下白了。以前，关灵敏还小，看不出来痴呆，现在看出来了，你顾宝财要当缩头乌龟。周翠兰瞪了顾宝财一眼，转身冲到儿子跟前，拽起他左右摇晃着，吼道，为什么我走到哪里，你都找得到，你是魂啊！是你爷爷让你跟着来看我的，是吧？那好，我跟你爷爷去坟墓里，与他接着闹吧，看你这个瘟神，还能跟我到地下要吃的去！

周翠兰像拖一把沉重的铁锤，把儿子拖回家，一边伤心地哭，一边乱砸横打。哭累了，砸完了，她像泄了气的气球，有气无力地瘫坐在地上，看着被她砸得一片狼藉的家，听着躲在屋子角落发抖的儿子，一边用惊恐的目光望着她，一边还胆怯地向她要吃的，她像被投入熊熊燃烧的烈火堆，身心是被焚烧的痛楚和绝望。那一刻，她不想活了，死的种种念头一波紧似一波地攥住她，可是，即使她在那些念头里打转，却选择不出一个可以让她去死的理由。

凭什么要我死？这么多年受了多少罪，难道就是为了今天选择去死吗？这些罪我白受了？丈夫死了，公公死了，他们的死就是为了要我去死吗？周翠兰想着想着，突然一个念头在脑子里似一道白光划过，在儿子向她要吃的黏稠声音里萌芽、生长。

把事先测好公公灵魂离开的时辰翻找出来，周翠兰略微收拾一下零乱的屋子，洗了把脸，梳顺头发，她才走出家门，挨家挨户去通知邻居，到时别忘记躲避公公的灵魂。邻居们其实早已知道这个时辰，主家正式来通知，算是对他们负责任，大家都很客气。周翠兰在一片感谢声中，开始筹备丧事的最后一道程序。

公鸡有人已帮着买来，圈在笼子里忘记了喂，周翠兰抓把玉米给鸡喂食，眼看着它吃光玉米粒，怕它没吃饱，又去抓了一把，公鸡没刚才吃得那般痛快，知它已吃饱了，便来到厨房。

这几天，都是邻居们帮着做饭，周翠兰根本插不上手，公公送进坟地后，邻居们各回各家，该周翠兰自己操持了，菜、肉都是现成的。不一会儿工夫，她做出可口的饭菜，唤儿子来一起吃。她觉得还是自己做的饭菜好吃，给丧事帮厨的邻居做的大锅菜，不好吃，加上周翠兰心里一直烦闷和忧戚，没正经吃过几口，再吃自己做的，她才感觉到饿，吃得很尽兴。当然，她也没为难儿子，尽他吃吧，反正他吃多吃少都不知道饱，过会儿还得要吃的，谁也改变不了他的这副蠢相。

到了这一天，周翠兰早早地把公鸡绑在自家屋门口，带着关灵敏离开家，到村庄外面的杨树林躲避。眼看左右邻居家的人走光了，周翠兰突然想起什么，带着儿子匆匆忙忙又回家里，端出早已准备好的卤肉、枣糕，全是儿子最爱吃的几样，把他安置在离公鸡不远处，让他坐下慢慢吃。儿子眼里只有食物，像钉在凳子上，眼看时辰快到了，周翠兰心里揪得紧，她赶紧拉扯儿子，哪里扯得动。她狠狠心，一个人跑回了杨树林。

熬过了那个难熬的时辰，周翠兰诚惶诚恐地回到家，那只绑在门口的公鸡还是原样，看不出失了魂落了魄，儿子却不见了，周翠兰的头"嗡"的一声大了，起了一身鸡皮疙瘩。

"灵敏！灵敏！"周翠兰试探性地呼叫，陡然间变成声嘶力竭。没有听到回答，周翠兰跌跌撞撞进到屋子，看到躺在炕上的关灵敏，没一点声息，她按着快跳出胸腔的心，不敢走近炕跟前，呆立了一阵，退出屋子，拿上刀子抖抖索索地杀了公鸡，把鸡血淋到院子，完成最后一道程序。地上星星点点的鸡血，眼睛似的看着周翠兰，她心里发怵，不敢在家里待，心神不定地跑到公公的坟前，第一次给公公跪下，磕了三个响头。直到天黑得透了，周翠兰没地方去，慢慢挪回家里。她没进屋，不敢面对炕上的儿子，在厨房枯坐了一夜，熬到天亮时，她虚脱得站不起来。这个家不能待了，再待下去她会疯的。她心惊胆战地出了门，一路摇摇晃晃，不知不觉间走到村西头顾宝财的家，她对顾宝财苦涩地一笑，轻声说道，这下你可以放心，我儿子舍不得他爷爷，跟他爷爷走了。等过完百天，我搬过来，今后和你过。

顾宝财一听，眼睛瞪得老大，眼神怪怪地看着周翠兰，见她一脸的疲乏，不知道究竟发生了什么，可周翠兰刚才说的话他听清楚了。这话让顾宝财提神，他的眼神瞬间回归正常，冲到门外瞅瞅，没见周翠兰的影子跟来，顾宝财心里踏实了，他顺手掩上门，反身时激动得身子趔趄了一下，差点碰倒周翠兰，他略微犹豫一下，顺势抱住周翠兰，却不知说什么好，便搂着她往炕边蹭。起初，周翠兰全身紧绷，紧张得发抖，随着顾宝财的手伸进她衣服里，她感受到一种陌生而熟悉的力量，通过这只手传递给她的心、身。慢慢地，她的心不抖了，身体也不抖了，压抑许久的激情却爆发了，她身上的每一寸肌肤都缓缓张开，有了渴望，她的身体在紧张和僵硬中变得柔软、温顺。

正当两人喘着粗气，要更进一步动作时，屋外传来脚步声，紧接着是轻轻的敲门声。他们停止动作，不约而同地屏住气息，等待那个敲门的人听不到屋里的回声，自动离开。可敲门的人像知道屋里有人，有足够的耐心，依然轻轻地敲门，似一段戏曲里的唱腔，观众在拉长的声调里等着回落的那一刻，但那声调丝线一样细细长长，不到一定时候是不会断的。顾宝财沉不住气，他忍受不了关键时候这种无限度的等待，气呼呼地吼道，外面谁呀，敲什么敲，不知道我的早晨是从晌午算起吗？

是——我！一声细细、怯怯的，却绵长的回答。

这声回答，周翠兰如五雷轰顶，她的神经如同拉至极限却突然崩断的绳索。她惊叫一声，从炕边滚落，昏死过去。

周翠兰感觉到一只温暖的手，柔柔地一直在她的额头上抚摸，那是她最疼痛的地方，跌下炕时，她的头磕到了地。她被那只手慢慢地揉醒，睁开眼一瞅，周翠兰差点又昏死过去，儿子关灵敏坐在身边，用他厚厚的胖手掌轻轻地揉摸着她的额头。她惊叫一声，打掉儿子的胖手，弹跳起来，缩到炕角里，抱住头，不敢看外面的一切。

这时，关灵敏轻声说道，妈，我是灵敏啊，你怕什么？

周翠兰说不出一句完整的话来。

妈，你醒了就好。关灵敏接着说，是我把你从宝财叔家背回来的。妈，我知道，你还要到宝财叔家里去的，那你就去吧，搬过去。你不用担心我，我留下来看家，我一个人会过得好好的！

女　孩

　　女孩有一个美丽的名字——古丽。古丽就是花儿。

　　女孩就像她的名字一样，粉红的圆脸，弯弯的细眉，深深的眼窝，两颗似蓝宝石一般的大眼睛，一道挺直的鼻梁下，红嘟嘟的小嘴，两角微微上翘，一副鲜嫩的微笑，像花蕊一样灿烂地开放着。还有她的衣着，头上的花帽，大红的长裙，墨绿色的裤子，还有脚上绣着雪莲的靴子，全身透露着花的鲜艳和芬芳。

　　女孩知道自己的美丽。每天把羊和牦牛赶到盖孜河边，她站在镜子似的河水边照着自己，用一双灵巧的小手在自己头上编起十几条细细的小辫子，把头巾披在肩上，转着圈子欣赏自己水里的影子。

水很静，清澈见底，可以看到天上的太阳像一个刚烤出的青稞馕，浮在水面上轻轻地晃动着，把自己鲜艳的影子晃得真人似的，楚楚动人。女孩浅浅地笑着，心里特别美气。她有着花儿一样的年龄，心里无忧无虑，放牧的大群羊和牦牛，是她家的一大半财产，她心里总有一种自豪感，像个大人儿似的。看着自家的羊群和牦牛一天天增多，一脸的满足，过早地懂得了与世无争的日子，就像这盖孜河的水一样，平平淡淡地流淌着，没有浪花也不会干枯。

羊儿在河边散开，似一朵朵飘浮的白云，慢慢移动着，专心地吃着青草，根本不用女孩操心，她放牧也不用鞭子，连一根红柳枝都不拿，如果哪只羊走远了，她只需轻轻地唤一声"回来"，羊就会站住，回头看下她。她永远地微笑着，从不发怒，羊被女孩的微笑迷着，缓缓地走了回来，回到羊群里，懂事似的低下头，继续吃草。

在女孩眼里，羊像懂事的孩子，和她一样，父亲在她五岁那年，就把羊群和牦牛交给了她，让她到河边放牧，她点了点头，懂事地赶着羊群和牛群，来到了河边。女孩心里清楚，父亲就她和妹妹两个女孩，没有男孩，她是大女孩，应该承担家里的放牧工作，父亲要去很远的科克牙耕种那片青稞地，母亲在家忙着烧奶茶、做饭，带着刚会走路的妹妹，放牧的事理所当然地落在她的身上。按说放牧的事，应该是男孩子的事，可她母亲至今没有生出一个男孩，她也没有埋怨过父亲母亲，她应该做着既轻松又闲散的放牧，这样也不显得无聊。更何况，她也可以在河边，欣赏到河水里自己美丽的影子。她已经到了爱美的年龄。

　　高原上牧人的孩子早熟，女孩也像其他小孩一样，每天把牛羊赶到盖孜河边，选一块草青的地方，把羊散开。然后把牦牛赶到河对面的山谷里，那里的草硬，没有河边的草嫩，但山谷里隐蔽，不怕被人割了牦牛尾巴。现在高原上有公路了，人和车多，经常有人趁牧人不备，停车去割牦牛的尾巴当拂尘用，高原上的牦牛又呆又傻，被割了尾巴也不反抗。所以，女孩把牦牛赶到山谷里，牦牛合群，不乱跑，不怕丢了。她只顾着羊群，羊只又小又轻，被抓了，或者碰上鹰袭击，她也好照应。每到太阳快落山的时候，女孩望了望西天，红又大的艳阳蹲在了冰山顶上，她就蹚过河去，到山谷里，把牦牛拉的一摊一摊牛粪用手捡了，装在两个大羊皮褡裢里，好带回去，一团一团地贴到墙上，晒干后当柴火烧。褡裢是搭在一个大牦牛背上的，女孩捡的牛粪一边一次地装进去。她人小劲小，不敢把褡裢放在地上，待装满了就放不到牛背上去。驮着褡裢的大牦牛很听话，她说走就走，说停就停。捡完草地上的牛粪，她喊一声"回家"，牦牛们听话地走在她前面。来到河边，她蹲下在河水里洗净手上的牛粪。牛粪在女孩眼里一点也不脏，都是牛吃的青草变的，散发着清香，只是比地上的草味要浓些。她把手上黏的牛粪洗到河水里，河水里也有了草的清香，她望着河水，自己的影子清清楚楚，泛着青草的香味。她很满足，把头巾从头上取下来，照着河水，又围到头上，帽子把头巾撑得方方正正，她才浅浅地一笑，站起来喊一声："回咧！"赶着羊群牛群回家了。

女孩的家离草场不太远，用石块堆砌的房子倚着山坡，不大，却很结实，风吹不动，太阳晒不透。女孩放牧归来，母亲牵着她的妹妹已迎了出来，她顾不上欢呼的妹妹，把驮着牛粪的大牦牛叫到房子跟前，从褡裢里一把一把地掏出牛粪，用手团成一团甩到墙上，牛粪排列得整齐又好看。

母亲这时会把羊、牛赶到房子旁边的圈里，来帮女孩甩牛粪，小妹也要帮忙，常抹得一身牛粪，惹得女孩哈哈大笑。每当这时，是女孩最高兴的时候。她一改在牧场的微笑，笑得全身颤动，这里也有回到家里喜悦的成分。

女孩的母亲肚子又大了，像一只怀了羔子的母羊，走路都是一颠一颠的，母亲怀着全家的喜悦，也怀着女孩的希望。她很想有一个弟弟，长大了可以同她一起去放羊，这也是全家最大的愿望。

屋子里的山墙根，堆起了一堵墙似的干牛粪，是母亲从墙上一个一个揭下来的，堆得齐整而结实，用来燃烧那漫长的冬季。房子里弥漫着干牛粪的香味，淡淡的，和着奶茶的甜香味，女孩满心欢喜，把小妹搂在怀里，坐到牛粪墙下的炕上，一口又一口地喝着温热的奶茶，心里暖乎乎的。

母亲一边忙乎着晚饭，一边问着女孩中午带的馕饼是否吃完，说如果饿了，就先吃点奶酪垫垫。晚饭要等父亲回来才能开，这已成了习惯。

这天晚上，父亲回来得较晚。夜幕已经降临，青蓝色的夜晚很清静，女孩和母亲已经到屋外望了几遍，一轮圆月像透明的馕饼，已经蹲在了慕士塔格冰峰的顶上，散发出一圈圈银白色的光环，被晶莹的冰山折射着，洒在高原的角角落落。一切都变得朦胧而美丽，空气轻轻流动着，发出吱吱的响声，远处有牛羊的叫声，像呼唤儿女那般温柔，充满了亲情。

女孩喜爱这样的夜晚，与小妹在房前追逐嬉戏，不断发出咯咯的笑声。

父亲在她们的笑声中回来了。

和父亲一起回来的，还有一个人。

女孩停止了笑声，打量着和父亲一起回来的人。直到进了屋里，女孩才看清，来人是个男人，留着一头长发，戴着宽大的眼镜，背着个大包，一脸的笑容。

女孩听父亲说，这个人是个画家。她不知道画家是什么，以为是什么东西，与他的人无关。果然听这个人一说，女孩才弄明白一点，这个人能把人画到纸上，就叫画家。他拿出一张画着父亲的纸，给女孩一家人看，大家都围到酥油灯前，看清纸上画的，似乎有点像父亲，只是脸上画了不少皱纹。女孩就问，这是我父亲吗？

父亲笑着。

这个画家才注意到了女孩，他的眼睛躲在眼镜片后面，看人时有点可怕，女孩被看得有些怕了，往父亲身后躲，却一直盯着画家。

画家被女孩的神情吸引了，他不由自主地伸手去拉女孩，女孩躲了，画家摇头，嘴里发出啧啧的声音。女孩更怕了，她看到画家的脖子上还有一根金属链条，是拴在眼镜腿上的，他头摇着，金属链条在灯光下一闪一闪的。

半晌，画家才对女孩说了一句："你真像一朵花，美极了！"

女孩心里不怕了。她的心里甜甜的，被人夸赞，使她的脸红了。牧区的人都说她得美，只有到了牧场她才一个人对着河水，悄悄地欣赏自己的美，现在被人说破了，她有点羞了。

画家还在看着女孩，一边对她的父亲说，你们的孩子真漂亮，那眼睛、鼻梁，尤其是那嘴太美丽了，像一朵开放的玫瑰。

女孩的父亲和母亲都满足地笑着。

女孩没有见过玫瑰，更不知道花朵是什么。在高原，就是最茂盛的草场，也见不到花是什么样子，这里兴有能开花的草，所以女孩不知道画家说的花是什么东西。把她当作花来比喻，她认为花一定是很美丽，因为她对自己的美是有信心的，整个牧区的人都说她美丽，她也在河水中看到自己美丽的影子。

女孩在心里幻想着花的样子，花是什么呢？也梳着无数小辫子，穿着红裙子？

父亲热情地招待着画家，他当即就要去杀羊，被画家拦住了。

一家人围着画家，其乐融融，反复看着画家给父亲的画像，感激的话说个不停。父亲在地头碰上画家，他给父亲画了大半天的像，父亲就静静地在地头坐了大半天，误了一天的耕种，也没有引起母亲的埋怨。画家能把父亲画到纸上，除了脸上多了些皱纹，画得有些像，真是神了，全家人高兴都来不及呢。

第二天，画家提出要给女孩画像，父亲也放下了耕种，一起把牛羊赶到了河边。女孩激动得满脸通红，不停地在河水里照自己，惹得画家嘴里不停地"啧啧"着。女孩的父亲则高兴地笑着，追赶着一只大肥羊，他要把肥羊赶到河里，把它洗净，回去后杀了招待画家。

女孩在河边站着，任凭画家摆布着，画到中午，画家才画出一张女孩的素描。女孩拿过画一看，她惊呆了。这就是自己呀，跟河水里的影子一模一样，只是没有颜色，但她已经被自己的画像迷住了。女孩一边看着画上自己的辫子、脸、服眼睛、鼻子、嘴，都不敢相信这就是真的。

画家一边给女孩指点着，一边感叹着：花、花、花，比花都要美丽。女孩不由自主地问道："花是什么样子的呀？"

"花？"画家愣了一下，转头四处看了一下，茫茫高原，除了冰山、石头，就是青青的草地了，找不到花的影子，他就微微叹了口气说，这地方，连朵花都没有。他打量着女孩，看到女孩脚上的靴子，就指着女孩的靴子说："这里，你的靴子上有绣的花。"

女孩就低头看了看自己的靴子，靴子上有白线绣的弯弯曲曲的雪莲。她用手抚摸着，心里就暗了。

"这就是花呀？"女孩满心的失望。

画家赶紧解释，这是绣的，是假的，真花很美的，红的、黄的、蓝的，太漂亮了。

"不过，你比花更美！"画家说。女孩脸又红了，她的心里热热的，很满足，自己比花都美丽，大概真花也比靴子上的假花美不到哪里去。

画家感叹着，这么美丽的女孩，连花都没见过。真是太残酷了，这个高原，能长出草，却不开一朵花。他摇着头。

女孩见画家一脸愁容，以为是自己没见过花，惹画家不高兴了，就轻声对画家说："我的名字叫古丽，是和花一样的名字。"

画家点了点头，神情有些失落，心里空荡荡的。

中午回到女孩的家，父亲忙着去杀那只他洗得雪白的肥羊，母亲烧水，准备煮肉。女孩第一次没有帮父母干活儿，一个人呆呆坐在屋里发呆，她在心里默念着：花、花、花……

画家心里也不是个滋味，后悔没带些自己画的花鸟之类的画来，让女孩见一下花的真面目。他望着女孩，坐在一堵牛粪墙前，像看着一朵鲜艳的花朵插在牛粪上，黯然神伤。他痛恨高原，抹杀了艺术，也刺痛了他的心。他明白，自己完全可以在画中添上几笔画的花儿，衬托出女孩的美丽。但他觉得这样有点残忍，对不住这么一个天真的女孩。

画家心情不好，面对喷香的羊肉，没有胃口，在女孩一家人的劝说下，吃了几块肉，像嚼木渣，倒喝了不少酒，喝得头晕了，他对女孩说，古丽，你太亏了，像你这么大的女孩，哪个没见过花呢？

女孩不吭气，神情有些木。

父亲喝着酒，说着生在这地方，就是这个命呀。

"不行！"画家激动地说，"我要带女孩下山，到喀什，让她去看一下花，她的确比花美丽，不能让她连花是什么样子也没见过。"

父亲母亲都笑着，一脸的无奈。

画家望了望父亲，又望了望母亲，摇了摇头。

"为什么？为什么要这样！"画家哭了，他把大眼镜摘下来，任眼泪喷涌而出。

女孩心里乱极了，她的心里也很酸，自己没见过花倒惹得眼前这个画家伤心，她心里更不是滋味。画家说她比花还要美丽，也勾起了她想见到花的强烈欲望，但她要放牛羊，不可能下山到喀什去看花。花到底有多么好，能叫这么大的男人如此伤心？

"花，喀什，还有别的地方，到处都是，可花算什么呀，为什么不在高原长一朵呢？"画家哭道，"太残酷了，这太不公平了。"

画家和父亲都喝醉了。

画家走时，他说他一定要带些花上来，让女孩看到花。

"你就是比花美，花算什么东西，山上到处都是。"画家这样说着，走了。再没有出现过。

后来，父亲安慰女孩，等女孩的母亲生了，生个男孩，女孩就不用放牧了，到时，让她到山下看一回花去。

"花是什么东西呀，肯定不如我家古丽美丽。"父亲这样说着。

女孩有了心思，每天再到牧场，呆呆地站到河边，盯着自己的影子看着，心里想象着花的模样，又脱下脚上的靴子，仔细端详上面白线绣的雪莲，心想着花也肯定很美，不然画家咋拿花来和她对照？花也有大眼睛、高鼻梁、红嘴唇，还有红裙子吧？那个画家不是说，花有红的、黄的，还有蓝的，一定很美丽。她盼望着能见到花，看看花的美丽。她期盼着母亲给她生一个弟弟，长大了能替她放牧，她就可以到山下去看花。

牧区放牧的女孩很少，只有像她家里这样的没有男孩才让女孩来放牧。女孩慢慢地不喜欢放牧了。她盼着母亲生一个男孩。

母亲是在一个月的一个午后开始肚子疼的。

女孩放牧回来，看到母亲疼得在炕上直打滚，汗水湿了母亲的衣服。女孩吓坏了，忙去叫回了父亲。父亲请来了接生的人。

一家人围着痛苦不堪的母亲，守了整整一夜，母亲也生不下小弟弟。

天亮后，母亲肚子不怎么疼了，女孩准备去放羊时，她的妹妹走过来，在母亲挺起的大肚子上用手轻轻拍了拍，用不太熟练的语言说道："妹妹、妹妹！"

女孩一把打开了妹妹的手，走出屋子，把牛羊赶到了牧场。一整天，她都心神不定。

熬到晚上回来，女孩看到的是，母亲为她又生了一个妹妹。

女孩伤心极了，她跑到屋后，大哭了一场。

再没有人提叫女孩到山下去看花儿的事了，女孩一直做着的梦破了。她依然每天放牧，但无精打采，也不去河边照自己的影子了。

过了两年，女孩的大妹长到她当年开始放牧的年龄，她去问父亲，大妹能不能顶她去放牧？

父亲没有吭气。母亲却说，女孩是老大，应该去放牧，就叫大妹在家吧。

一天早晨，女孩像往常一样起来，吃过早饭，带上中午的干粮走出了屋子，她没有朝羊圈走去。

女孩寻着下山的路，她要独自去山下的喀什，看花儿。她没给父母讲她去山下。

留下一圈羊和牦牛，饿得叫唤个不停。

回　家

　　他把卖羊的钱借给了镇街上开饭馆的黑白花。

　　那天，他喝的酒并不多，黑白花的三碗马奶子酒，还不至于把他灌醉。后来想，还是黑白花的眼神比马奶子酒厉害，马奶子酒最多叫他神志不清，可黑白花像个大奶牛似的站在饭馆门口，她盯着过往男人的那种眼神能勾魂摄魄，弄得他神魂颠倒，她丢过几个眼波就把他拽进了饭馆后面的炕上。天亮后，黑白花问他是否早就瞄上她，欺负她这个软弱无助的寡妇。他望着黑白花潮湿的眼神矢口否认，拍打着脑门怪自己喝多了马奶子酒，糊里糊涂地留在她的炕上过了一夜。不过，这一夜他并没把黑白花怎么着，抱是抱了，也摸了她那对奶牛似的大奶子。他很冲动，可到关键时候，黑白花抓住他的手，悄声告诉他，她心里早已有他，只是他不像个男人，一直不主动来找她。而眼下，她的身子不方便，如果他不信，可以脱去衣服给他看。他当然不知道，这是黑白花惯用的武器，但他信了她，罢了手，像得了大便宜，与黑白花度过了难熬的一夜。不管怎么说，抱着丰满滑溜的黑白花睡觉，感觉还是不一样的。

整个夜晚，黑白花像亏欠下他什么似的，让他的手和嘴一刻都没停止过，不知是真喝多了酒，还是双手游走在黑白花身上的感觉叫他太满足，晕晕乎乎地就答应黑白花，把刚从羊贩子那里要来的五百块卖羊款，借给了她。她急着要进一批烟酒，手头紧倒不过来，要不了几天货一出手，就还他钱。当时，黑白花很难为情地望着他，说要不是看在他们的情分上，她也不会开这个口。黑白花的话叫他心里热乎乎的，明知道这钱对他有多重要，可他还是抗拒不了躺在他怀里的这个女人。

第二天日上三竿，他一副劳碌不堪的样子回到家，圈里的羊叫声吼成一片，听着心就烦。女人等了他一夜没睡觉，用困倦的眼睛望着他。没等女人问他昨晚去了哪里，卖羊的钱要来没有，他噌地跳下马背，先发制人，冲女人吼道：羊怎么还没赶出去？离了我羊就不放了？万一哪天我死了，羊得饿死啊！

女人是个沉默寡言的木讷人，对丈夫唯命是从，除过丈夫和儿子，不知道她脑子里还装着什么，从来不火不怒，连笑声都很沉默，一看就是个容易知足的女人。她一夜没睡好觉的脸上有了惊恐，无所适从地看了男人一眼，不敢言语，捡起墙角的鞭子匆匆往羊圈走。他望着女人一扭一扭有些僵硬的背影，眼睛很别扭，他脑子里还装着黑白花丰满柔软的腰身，想着这些年自己就是搂着眼前僵硬的女人睡觉，心里很不舒服，想着要是自己的女人能是黑白花就好了。这样想着，他眼睛里长出刺来，扫在自己的女人身上，发出刺啦刺啦的响声，觉着自己的女人不大对劲儿，仔细一瞅，发现是女人换了身新衣服，怪不得看着不顺眼呢。他没好气地冲女人叫道，哎，你穿这身衣服，是去放羊呀，还是去找野男人！

女人停住步，慢慢回过身，拿蓄满泪水的双眼望着他，哽咽道，看来你真忘了，昨儿个我就说过，今天是儿子他外爷的好天（生日），我换身衣服去给他祝寿……

噢，把他家的，昨晚叫他们多灌了几碗马尿，把这么大的事给忘了，这可咋办？昨儿个去要卖羊的钱，人家说死说活拿不出钱，我要不上钱，心里不舒服才去喝的酒。没钱，咋去给老人家祝寿呀？他拍拍脑门，赶紧给自己找了个理由，顺势寻个台阶下。

算了吧。女人抹着眼泪，一抽一抽地说，等把羊撒出去，找人捎话过去，就说忙得走不开，不去了。

这咋行，老人家的好天越来越少了，你还得去，羊留给我放，你赶紧去。

我咋去呀？女人的泪水又涌了出来，滴到她浅红色的新衣服上，胸口洇湿了两个黑圈，像新长出的一对眼睛似的，看着自己的男人，也看着他们艰难贫穷的日子。

他自知理亏，愧疚地垂下头，躲开女人的目光，低声说，好长一截子路呢，趁早去吧，还像去年那样，叫老人家垫个份子，日后再还……

女人哽咽着小声道，别提了，去年这样，我哥我姐我妹后来都知道了，他们嘲笑我把日子过得……老人祝寿，还得老人出钱买寿礼……我这张脸没处撂，叫我咋活人呢？

他走过去，从女人手里抓过羊鞭说，反正咱家从店铺里已经赊不来礼物了，你就硬着头皮去吧，去了总是份心意，比不去好，等我收回卖羊的钱，一并还儿子他外爷。

女人忍不住放声哭了起来，声音很细小，她还怕眼泪弄湿新衣服留下痕迹，略略弯下腰，埋了头，泪珠滚落下地，打湿了地上的几棵青草，草变得绿汪汪，泛出油似的。女人压抑的哭声刀子一样剜着他的心，他愣怔了一会儿，丢下哭声，过去把羊圈门打开，放出一大堆饥饿的羊叫声，把女人的哭声淹没得不见了踪影。

每次去找羊贩子要钱，比生个儿子还难。他心里发狠，再不卖羊给他们，可到了秋季，他们来收羊时，还得卖给他们，不然，没法处理那些老弱的羊只。冬天到了，它们不是冻死，也得病死，这样的结局，还不如给羊贩子，至少还有个盼头，能得到一点微薄的收入补贴家用。

这次好不容易要来去年卖羊的欠款，却叫黑白花借走了。这事隐瞒不了多久，女人很快会知道他要到了钱，她到镇上去找羊贩子一问，那时他怎么向女人交代他想过各种各样哄骗女人的理由，就是不能说借给了黑白花。他是啥人，穷得叮当响的放羊汉，把三口之家养得摇摇欲坠，连现在放的几十只羊，都是欠老丈人的，卖羊的钱不拿来还账，却借给黑白花那样远近闻名的骚寡妇，说出去都没人相信。

接下来的几天里，他尽量躲开和女人正面接触的机会。但是，学校已经开学了，儿子没交学费，老师叫儿子带了几次话，再不交钱就别去学校。女人为了儿子能正常上学，偷偷去镇上找羊败了子要过钱，人家说钱早就给她男人了。女人不相信自己的男人拿到钱不给她说，儿子欠学费的事他是知道的，他把卖羊的钱干啥了？女人到镇街上一打听，才知道自己的男人最近常来黑白花的饭馆，他的钱使到黑白花身上了。全镇上的人，连瞎子都能看到黑白花明着是开饭馆，暗地里是专给男人设的享乐场所，骗取男人的钱。自己的男人怎么会上这个当呢？女人不知该怎么处理这事，她想了好久，又不敢直接给男人说，怕他伤面子下不了台。可男人这样下去，是很危险的，钱被骗去还是好的，要是哪天自己的男人被黑白花灌迷糊了，不再回家，跟黑白花去鬼混，那可怎么办？她带着个孩子，今后没法过呀。

越想，女人觉得问题越严重，镇子上被黑白花拆毁的家庭有三家了，他们可不能做第四家。女人这样想着，回到家里，她给儿子教了一番，叫他缠着爸爸要钱交学费，看男人有啥反应。

这天，男人放羊回来后，儿子提出要钱交学费，男人一听就火了，一把推开儿子，他用劲太大，把儿子推倒在地，吓得哭了，他也不管，一脚踢翻跟前的凳子，气呼呼地走了。

女人吓坏了，怕男人一去不回来，抱住儿子伤心地哭了。哭过，她告诫儿子不要再给爸爸提钱的事。但她忍受不了男人对儿子的态度，可又没办法，一个人默默地不知流了不少泪，她心里空荡荡的，一直担心男人去黑白花那里，不再回家。

男人大概自知理亏，半夜的时候回家了。女人心里这才踏实了，去厨房热了饭菜给男人端来，侍候男人吃了，生怕男人怪她。

男人看出了女人的心思，心里的火气消了不少。接连几天，他都用旧招，吊着脸，不给女人好脸色，故意找女人或者儿子的茬，几乎每天晚上都要喝酒，一副要不来账心烦意乱的样子。女人诚惶诚恐，心里反而担心男人想不开，喝多了伤身子，就给他的酒里多兑些熟牛奶，这样喝着就不容易喝醉。在男人喝酒时，女人默默地和面，给他做揪面片，汤里多放些女人自制的西红柿酱，又酸又烫。这是男人平时最爱吃的饭，尤其是喝了酒，既能醒酒，又能出汗，一天的疲乏劳累全随汗流走了。

但是，女人心里很郁闷，不知怎样解决眼前的这些烦心事。

有一天，男人在他喜爱的酸汤面片碗底里，看到了一根黄绿色的干草。干草在红色西红柿酱和白红色面片里，看上去很明显，但男人没当回事，拣出来扔了，照样吃饭。第二天的面片里，男人又发现了黄绿色的干草，这回不是一根，而是两根。这回，男人望着碗里的两根干草，吃不下去了，他夹起干草，仔细地看着，心想：自己的女人是个很细致的女人，不可能把草弄到饭里，这在以前从未有过。可这两根草怎么会在饭里？男人想了又想，突然间，他想到这草是女人故意放进去给他看的。草是牲畜吃的，他那样对待儿子和老婆，女人是用这种方式提醒他的。

男人怒火冲天，当即将碗摔碎在地，碗的碎裂声吓坏了女人，还有儿子。女人惊恐得像一头遇到老虎的小鹿，扑过去将同样惊恐的儿子抱在怀里，母子俩浑身发抖，埋着头不敢看男人。

看着颤抖的母子，男人抓过酒瓶，猛灌了几口，用酒压住了自己的火气。那天，他喝醉了。

酒不能天天喝，那样会中毒。这样的招数用了几天，看着女人和儿子的可怜相，他有点于心不忍，明明自己做错了事，却要女人来承受他的过错。没别的办法，他每天出去放羊，故意磨蹭到很晚才回来，一到家，趁女人去圈里给马添草，或者收拾锅灶时，他匆匆扒拉完饭上炕睡觉，装出一副疲惫不堪的样子迅速打响鼾声。

女人后悔死了，想着不该给男人碗里放干草刺激他，他要是一气之下真去找黑白花了，抛下他们母子可咋办呢？她虽然清楚黑白花那样的女人，不可能对自己的丈夫动真感情，但是，男人在女人面前，有时候会失去理智的。女人越想越后怕，心想着该怎么弥补。她在男人的鼾声中端来热水，轻轻为他擦脸洗脚，女人很小心细致，生怕弄醒他。他在女人擦洗后，心里愧疚得睡不着觉，失眠使他看上去憔悴了不少。女人以为他生病了，背着他祈祷胡大保佑自己的男人平安康复。

他不知道女人已经知道他要到了钱，他甚至还在想，一旦女人知道了钱的去处，他只好先发制人，编造谎言，说要到钱后，一高兴多喝了两碗酒，迷糊中叫坏人抢了钱。这个谎言显然不切合实际，整个牧区的治安非常好，从没出现过偷盗抢劫的事情，就是那几个羊贩子，也只是拖欠买羊款，滥压羊价，谁敢动强抢他人的歪心思，胡大睁眼看着呢。他掂量了好久，没敢用这个谎话欺骗女人。

揣着心思过日子很煎熬人，这样下去他会虚脱的，便抽空去镇上找黑白花要钱。还没开口呢，黑白花就热乎乎地贴上来，端两碗马奶酒给他灌下去，把晕乎乎的他拖进后面的小屋，她的嘴堵上他张开要说话的嘴，堵得他心慌意乱，头昏脑涨，气都喘不过来，想要说的话自然被黑白花厚实的嘴唇堵得严严实实。黑白花把他推倒炕上，伏在他胸口说，想死我了，这么久你咋不来找我？

黑白花的这句话撩拨得他全身血液喷涌，他激动得忘记了自己是来要钱的，翻身把黑白花压在身下，急不可待地去解她的衣服。黑白花很配合，主动抚摸他。可是，最关键时，黑白花抓住他的手，告诉他，她身上的那个玩意又来了。

这回，他不相信，怎么会这么巧？顺着黑白花的指引，他摸到了那个讨厌的东西。那个讨厌的东西像一块冰，丢进他心里熊熊燃烧的火中，听到"刺啦"一声响，他泄气了。

黑白花轻抚着他安慰道，别把这事看得太重，只要我们心里有对方，这个事算啥呀，感情才是最重要的。没有感情，这人活得还有啥意思，你说是不是？

他没回答，心头有一丝不快闪过。话说得再好，也是空的。他是男人，男人喜欢实打实，不喜欢说的比唱的好听。但在黑白花温暖柔软的怀抱里，他开不了要钱的口。人家女人实心实意地待你，你怎么能在这种时候提出要钱，像什么话！黑白花仿佛看出了他的心思，突然推开他，变脸道，你是不是有啥事瞒着我？是不是看上别的女人不喜欢我了？还是你的女人怀疑我？

他摇摇头。

黑白花瞅着他，突然像只刚下完蛋的老母鸡咯咯大笑起来。笑毕，她的嘴像拧得过紧的弹簧突然松了劲，大哭起来，边哭边怨道，我就知道你心里没我，枉我一直撕心裂肺地惦着你，念着你。我知道，你今天来是想着你那五百块钱吧！好啊，我这就给你拿去，钱算什么东西，你等着，拿上你的臭钱，滚出去，别再上这来！我这里不要这种无情无义的男人。

他跳起来扑过去拦住黑白花，将她抱在怀里，嘴贴在她的耳朵上，轻轻说道，我啥时说过要钱了？就是想来看看你，瞧你都瞎想些啥！

说这些话时，他直打哆嗦，整个冬天像是冲着他一个人来的，他都不会说人话了。马奶酒又烧得他头昏脑涨，他想吃碗酸汤揪面片解解酒，给黑白花说了。她从饭馆的大锅里舀来一碗泡得肿胀的面片，他吃了一口，差点吐出来。不烫，不酸，面片泡得软不拉叽，实在难以下咽。他叫黑白花给他重做一碗。黑白花很不情愿，说他太挑剔，那么多来吃饭的客人都能吃，就他毛病多，但她还是去做了端来，他尝了一口，汤是烫了，面片却不筋道，更重要的是没放西红柿酱，他嫌不酸要放西红柿酱。黑白花说她从不做西红柿酱，要酸是吧？她抓起醋壶给碗里倒了不少醋，酸得倒牙，他在黑白花的注视下，皱着眉头勉强喝下这碗汤面片。

临走时，他心里很不舒服，从饭馆的柜台上抓了一瓶酒，是烈性白酒，比马奶子酒的劲来要猛烈得多。跨上马背，他嘎嘣一声咬开瓶盖，仰头就往嘴里灌，喝水似的一口气灌下去，把空酒瓶摔碎在镇街的柏油路上前，他的意识实际上还是清醒的，明白自己是为啥而来，又为啥而去。空酒瓶碎裂在镇街上的柏油路上，他的意识也碎成了粉末。

他像一摊烂泥伏在马背上，被驮回了家。女人担了一天心，怕男人一去不再回来，见男人回来了，女人的泪水涌满了眼窝，她激动地冲上去把男人扶下马，连抱带拖地弄进屋子放到炕上。

男人连骂带吐地折腾了一夜，女人做好酸汤揪面片，想着让他醒来后能吃上一碗烫的，过一会儿就热一次，她这次没有给男人的饭碗里放干草，因为男人还是回来了。女人一夜没合眼，侍候在男人身边。

天亮时，他酒劲散去，醒过来，看到女人拖着疲惫的身子在清理他吐的秽物，闷在他心里的失落与无奈汇成一股无名火蹿起，他几乎是下意识地从炕上跳起来，冲女人吼道：别扫了，就这么脏着！

他脸上的酒色还没褪尽，又添了火气，一片红紫。女人被吓着了，手里的扫帚掉在地上，她手足无措，又不敢问，眼神呆呆地看着男人。他望着女人的傻样子，心里的火气更大，跳下炕把女人推倒在地上的秽物里。觉得还不解气，又一把抓住女人的头发，拖住她，举手要打，却听到女人喉咙里发出咕噜咕噜的吼声，像一群烈马从远处越来越近的奔跑声。这声音使他产生了恐惧感，同时，他还看到女人半张半闭的褐色眼仁里被泪水包裹得严严实实。

他举起的手慢慢地放下了。

再次去镇上找黑白花时，他要钱的目的很明确，不想再被黑白花用各种招式哄骗他。

黑白花这次也很直接，她没有端来马奶子酒，却把五百块钱往他跟前的桌子上一拍。同时拍在桌子上的，还有一个包装完好的避孕套。黑白花两眼一瞪，咬着牙对他一字一句地说道，算我瞎了眼，把你当男人看，心里还挂念着你，以为你对我真的有情有义呢，连你需要用的东西都准备下盼着你来，没承想，你是这么个东西，我也是有过男人的女人，真要和你有了一腿，还对不住他呢。你这个狼心狗肺的东西，能看进眼里的也就这几张纸，只知道我欠下你的这点，却不管欠下我的。拿上，滚！

他像个男人似的跑走了，没拿桌子上的那两样东西：钱和避孕套。

一出门，他就后悔了，但管不住自己的脚，脚像是吃进了黑白花的话，跟她铁了心，义无反顾地要离开。回家的路上，前前后后的事在脑子里过滤了一遍又一遍，懊丧的情绪把他整个人淹没了，这肯定又是黑白花的伎俩。他抽了自己几个嘴巴，想返回去把钱拿上，又怕黑白花耍新花招，要是她叫来别的野男人，把他打上一顿，那亏可就吃大了。已经吃了亏，不能再吃这种眼前亏，可要不来钱，他没法面对自己的女人。想到女人那双沉默、哀怨的眼神，他茫然了。

骑着马在收割完青草的荒野上走着，几次，识途的老马要往回家的方向走，都被他拉住，掉转马头。他不想回家，不想理亏地面对自己的女人，还要女人来承受他的无理取闹。他跳下马背，牵着马在原地停下。

深秋了，割光了草的地上弥漫着一股枯草的腐烂气息，刺激得马鼻子痒痒，它不停地打着响鼻，四蹄不安分地踢踏着。马呼出的热气使他心里的烦躁像这无边的旷野，荒凉又无助，他无处发泄心里的憋闷，恨不得狠狠打一顿马。马看透他的心思似的，不踢踏了，两只无辜的大眼睛静静地看着主人，像是要看透他心里的每一寸荒芜。他下不去手，悄悄松开已经握紧的拳头。他像闷在锅里蒸着烤着，身上的每寸肌肤都捂着熊熊的火，这些火出不来，他觉得自己快要被焚烧起来了。他扔掉马缰绳，冲着荒野狂吼了一阵，撒开腿在腐烂的草地上狂奔几圈，用缀有马刺的靴子踹着泥土，那股狠劲，好像要从泥土中端出真理。

夜幕降临了，他还在荒野里奔跑。他都想好了，把自己折磨得疲惫不堪再回家，到家倒头就睡，不然，女人要问起他怎么办？她肯定知道他去要钱了，这是个聪明的女人，看上去胆小怕事，可她心里有数。他几次三番地去镇上，不是要钱去干什么？

夜很深了，黑夜有了很重的寒意，周围全是寒冷和宁静，这宁静被一层更加宁静的黑暗包围着，就有了分量，沉甸甸的。寒意也是有分量的，他感到了寒冷的锥心和宁静的可怕，这才跨上马背慢慢地回家。

远远地，他看到自家的窗户上依然亮着灯光，他知道女人还在一如既往地等着他。他一夜不回家，女人就会亮着灯坐等他一夜。她要让灯光招回自己的男人，这里是他的家，什么时候都为他照着回家的路。

他轻手轻脚推开门，还是把打盹的女人惊醒了，或许她根本没有打盹，只是眯了会儿眼睛。她看到自己的男人再次回家了，她当即哭了，是那种兴奋的哭，看上去却很委屈。男人不知该怎么劝说自己的女人。干脆不劝说吧，自己理亏，心里没底，说什么呢。他越来越搞不懂这个女人。

女人突然破涕为笑，上来接过男人的马鞭挂到墙上，哽咽着说了句，面早就和好了醒着，菜都炒好了，我这就去给你揪面片。

似乎闻到了揪面片酸热的香味，男人咽了口唾液，趁女人去热饭的工夫，他甩掉鞋，跳上炕，慌忙扯掉身上的衣服，在摇曳不定的灯影里，蒙上被子装睡。

女人端来热气腾腾的揪面片，男人已经打起了鼾。她在炕前站了一阵，轻轻说道，起来趁热吃点吧，天冷，一会儿就凉了。夜长，不吃点东西不好熬。

他闻到了西红柿酱特殊的酸味，他忍着继续打鼾，为表现真实性，还装模作样地磨了磨牙。

女人把碗放到炕头，腾出手放到男人的额头，颤着声音道，钱没要回来没啥，咱不要了，谁都知道那个女人不好对付。只要你还能回家，就够了。

鼾声像被什么东西拽住了，戛然而止。

斜眼的吉利

　　吉利第一次去喀什，是十一岁那年夏天。在那个鲜花盛开的闷热季节，她一下子就喜欢上了这个热闹繁华的城市。也是从这个时候起，喀什就在吉利的心里埋下了种子。至于这颗种子会不会发芽，甚至成长，吉利没想那么多。她当时的年龄还想不了那么远。

　　吉利的眼睛有点斜视，上课时她分明是目不转睛望着老师认真听讲，黑板上的字一个也没从她眼里溜过，可落在老师眼里，却是她心不在焉，经常瞅着别处的样子。老师很生气，经常批评她不认真听讲，老喜欢看着别处发呆。逢到考试，她明明是在看自己的考卷，可自己的眼神由不得自己，偏像是盯着同桌的试卷，瞄着另一份试卷上的答案，谁与她同桌，都告她抄袭。为此，吉利偷偷哭过好多次，又不能给老师和同学说她的眼睛天生斜视，她的看跟平常人的看不是一个概念，她没有老师和同学眼里的那些恶劣行径。但这些话一旦说了，她知道，同学们肯定会笑话她的。班上曾有个同学就因为大拇指旁多了个小指头，一直受到同学的嘲笑，有些人一下课就喜欢围着多了个指头的同学，趁着人家不注意，使劲捏那个多余的软乎乎的"肉瘤"。他张开的手指比别人手掌面积要大，大家就给那个同学取了个"阴阳掌"的外号，后来，那个同学忍受不了这样的嘲笑，终于退了学。若是叫同学们知道了她眼睛不正常，她的遭遇也只能和那个六指的遭遇一样，谁愿跟一个身体有缺陷的人在一起？谁又愿意放过打趣她的机会？她的外号一准会比"阴阳掌"更难听。不说，就只能把这份苦恼压在心底，默默地承受着老师的批评和同学的责怪。

可这样的负担是日积月累的，女孩子的承受能力又比较脆弱的。吉利再无法忍受老师的责备和同学的蔑视，给父母提出了辍学，理由是她受不了斜视给她带来的冤屈，她的自尊心是很强的，她的忍耐程度是有限的。其实，吉利的眼睛小时候斜视得并不严重，父母对女儿眼睛上的这点小毛病并没往心里去，谁家孩子能囫囵得没有一点缺憾？吉利身体一直很健康，人又长得周正端庄，眼睛又大又亮，像荒野里的水泡子，天气再热再燥也碧波荡漾，瞅着疼死个人呢，那小小的一点斜视，不认真看还瞅不出来，女孩子家家的，脸面上过得去就行了，一点小毛病，没啥。到了上学的年龄，吉利已经明白自己的眼睛有问题，她本来就是个文静羞涩的女孩子，这一来更是不愿意跟太多同学往来，一个人默默的，安静得就像不存在似的，要不是上课和考试时总给人错觉，她还真引不起他人的注意。父母不在意吉利的眼睛，反正怎么看，自家孩子都是最好的，就这么过了多年。可一旦上升到辍学的层次，父母这下才意识到问题的严重性，当回事了，带吉利去镇卫生院治疗。桑那镇是个小地方，卫生院就更小了，几间土平房，医务人员全是本土赤脚医生出身，只能看个头疼脑热，最大的能耐是接生，还得是顺产才行，否则不给弄个大出血才怪呢，他们平时连堕胎这样的小手术都做不了，哪能矫正斜视？见都没见过。

他们直接找的是卫生院的院长。那个白发飘飘的老院长把吉利的一双大眼睛看了又看，又把吉利的父母看了又看，才说，没啥问题啊，一点点斜视，不影响视力，也不影响小姑娘的漂亮嘛，瞎折腾啥呀。

吉利噘着嘴摇头，大眼睛里涌出一泡水来，湿了眼眶，看上去惹人怜惜。

院长摸了摸吉利的圆脸，望着她的父母说，孩子心里疼着呢，那就去喀什的大医院看看吧，虽不是啥大毛病。

去喀什大医院肯定得花不少钱，吉利的母亲已经动摇了。吉利不行，不去矫正斜视，她就不去上学，她不愿意老师站在她面前，一脸恨铁不成钢的样子，也不愿同桌一到考试，就拿胳膊环着自己的试卷，时不时还拿警惕的眼神瞅她，防贼防盗似的。

不上就不上吧，上到头也没啥用，不能顶饭吃，又是个女孩子家，不上学还能帮着做些家务，减轻一下大人的负担呢。吉利的母亲想得通透，女孩子嘛，学多学少最后都得嫁人，嫁人不是看你上了多长时间的学，得看你长得漂不漂亮，还得看你会不会做家务，再就是，凭运气喽。吉利的父亲却不同意老婆的这个意见，以后的事谁说得清，孩子的路还长，不能一时短见误孩子一辈子，学得上，眼得治。

父亲和吉利起了个大早，坐了五个多小时的班车，来到喀什市北大桥边上的人民医院。

对于天生的斜视，人民医院也没有能够矫正的有效仪器，简单地查了查斜视的程度和视力，明知不管用，还是给配了副矫正眼镜。大医院，总不能一点作为都没有吧，得给病人有所交代。

回桑那镇只有第二天早上的班车，这时离天黑还早，父亲决定带吉利在喀什转转，从桑那镇到喀什，好几个小时的车程，不是每个桑那镇的人都有机会到喀什走一遭的。吉利也是第一次来喀什这个大城市，父亲带着她从北大桥一路打听，沿着解放北路、大十字，来到人民广场，沿途的各色车辆、高大的楼群，都对吉利构不成诱惑。倒是路边洁净的树木、鲜艳的花儿，还有那些表情生动的人流，楼群之中开始闪烁迷离的霓虹灯吸引了她的目光。同样是树，同样是花，同样是人，在桑那镇，花朵和树叶上始终积有一层厚厚的尘土，人也土不拉叽，一点都不鲜亮。

吉利戴着人民医院刚配的矫正眼镜，目光依然是斜的，她站在广场边上的一个冷饮摊前，汗水涔涔地望着花花绿绿的饮料发呆时，父亲忘记了女儿的斜视，以为戴上矫正眼镜视力就正常了，赶紧掏钱要买饮料。这次来大城市医院没花多少钱，就把女儿的斜视问题解决了（他认定解决了），完全出乎他的预料，心里当然很畅快，这么热的天，给女儿买瓶饮料不算什么。

吉利抓住父亲的手，把他拉到一边才说，我才不要吃无花果呢，能把人甜得腻死。父亲回头看了看饮料摊旁边那个卖无花果的摊子，一脸的迷茫。吉利指着自己的皮鞋，却看着别处又对父亲说，你看，走半天了，鞋子干干净净，没一点灰尘。

父亲看看吉利来喀什时才新买的皮鞋，再瞅瞅自己脚上，黑色皮鞋亮得能照出人影。他擦把额头的汗，叹息道，这是在城市，哪能像在桑那镇，到处是尘土、纸片，连空气都是变质的。

吉利走近旁边的花圃，蹲下身子去闻一朵红月季，眼睛却望着旁边的狗尾巴草，心想，自己还不如这个狗尾巴，好歹生长在喀什城里的花圃里。吉利说，爸爸，我为啥出生在桑那镇，而不是喀什？

父亲心里咯噔一下，他不是为女儿后面说的这句话，而是她的眼神。看来这个矫正眼镜没起到作用。

为掩饰女儿的问题，父亲提出要去人民医院调换矫正眼镜。吉利却说，不用换了，就这样吧，我的斜视能不能矫正过来，还得等等看，关键是我的心已经矫正过来了。

这哪是十一岁的孩子说的话，简直像个大人。从那一刻起，吉利认为自己长大了，也懂事了。回到桑那镇，吉利眼睛望着自己的出生地桑那镇，其实是望着喀什，虽然距离太遥远，斜眼的吉利望不到，但她心里能望到，这就够了。

回到桑那镇，吉利戴着矫正眼镜去上学，她其实是带着一丝幻想的，说不定视力会矫正过来呢。这一来，她戴上眼镜，明显是要向大家表明，她的眼睛真的有问题，可是她不在乎。同学们知道详情后，没放过这个机会，立马给吉利起了个外号，背地里叫她"斜眼"。刚开始，吉利听到这个外号后觉得刺耳，她很生气，慢慢地，她就不在乎了，爱叫不叫。吉利把这种鄙视当成了勉励。自从去了趟喀什，见识了外面的世界，她的心胸似乎一下子开阔了许多，已经能容下同学们的这种小儿科了。她也不再提辍学的事，一门心思扑在学习上，她要通过自己的努力，实现自己的梦想。有了目标，又放下了包袱，吉利通过艰苦奋斗，学习成绩一路飙升，到小学毕业时，她的学习成绩排在了全班第二。第一是个油头粉面的男生，他从一年级起，就一直占据着全班的首席位置。吉利把他当成了对手，她的目标是打败他，超越他，取代他的首席位置。

到初一下学期，吉利终于打败了那个对手，跃居第一。这时候的吉利没有一点骄傲的自得，而是暗下决心，一定要坚守住这个位置，她对自己有足够的信心。可是，谁也没想到，到初二的下学期，吉利竟然走神了。原因是突然来了一批喀什师范学院即将毕业的学生，他们是来桑那镇中学实习的。其中有个给初二代课的英语师范生，名叫马为民，长得英俊精干，讲课很有激情，英语说得很溜，因为长相顺眼，也有新鲜感，同学们对他动不动就冒出的英汉杂交的上课方式却不大反感。以前，大家最烦英语老师没个前提，讲这种英汉杂交的课了。

好像受到了鼓励，马为民一忽儿汉语，一忽儿英语，讲得神采飞扬，对下面一双双羡慕的眼神正暗自得意时，他眼角的余光捕捉到一个女同学居然望着别处，对他视而不见，这对马为民是个打击，心里极其不悦。当即，这位小马老师停住滔滔不绝的演讲，突然点这个女同学，要她重复他刚讲过的内容。

这个女同学就是吉利，她站起来，依然望着别处，正确无误地复述了小马老师刚讲过的内容，英汉混杂，顺溜得一点坎都没有。

小马老师很惊讶，也是刚实习代课不知道深浅，什么话都敢说，他想都没想就说，这位同学口语表达得不错，可是，你能解释一下，我在讲台看着你一直望着别处，不像是在认真听讲啊？

"轰"的一声，教室被怪笑声震得往下掉灰尘。有人趁机喊道，马老师，她是斜眼，要是上课看着你，才表明她没认真听讲哩。

当即，小马老师面红耳赤，连顺溜的汉语都说不出了，咴吭几声，示意吉利坐下，尴尬道，我不知道情况，不是故意的，实在对不起！

吉利却大大方方地说，没什么，马老师您不必自责。我的学习成绩已经证明，我的斜眼不是个缺陷。

有个调皮的男同学喊道，吉利现在是我们班的老大。

小马老师心里这才踏实下来，嘴里又顺溜了，亲切地问吉利，那你戴这眼镜，是为矫正视力？

吉利点点头。

那你觉得矫正得怎么样？

吉利想了想，坚定地摇了摇头。

小马老师故作聪明地说，据我所知，戴眼镜是矫正不好的，就像近视镜，只能越戴视力越弱。吉利同学，你有一双这么漂亮的大眼睛，都叫这副镜子给掩盖住了。你最好不要再戴，回头等我回喀什打听一下，看哪个医院能治斜视。再说，斜视也不是什么大不了的，你能成为全班第一，说明斜视影响不到你的学习，你何必戴这个累赘呢。

小马老师说到吉利的心坎里了，她当即摘掉了矫正眼镜。戴了两年多矫正眼镜，吉利没觉着斜视有所矫正，确实是个累赘，经常压得她鼻梁疼。这下，她不用受这罪了。是小马老师解脱了她。在吉利的心里，讲台上的小马老师不再是英语老师那么简单，他是从喀什来的，就代表着喀什那个城市。

吉利有了心思。那阵子，她每时每刻盼望着上课，每节课都上英语，都能看到，不，是斜视到小马老师。他的一颦一笑，他的英汉杂交的话语，对吉利来说，已将她的心牢牢地攥住，她的心里再容不下别的。

两个月的实习期满，小马老师要走了，他上的最后一课，是告别课。年轻的师范生动了真情，小马老师显然喉头发紧，一句完整的英汉杂交话都说不好。下课时，小马老师哽咽了，为了掩饰，没敢再说告别的话，匆匆出了教室，像逃跑似的。

吉利追了出去，在教室拐角处，追上了小马老师，她望着教室窗口探出的人头，其实是看着令她尊敬的小马老师，她两眼含泪，只叫了声"马老师"，就说不下去了。

小马老师心照不宣地含泪点点头，将右脚蹬在墙上，把教案本架在腿上，重重地写下他的地址，撕下递给吉利。并且，还拍了拍吉利的肩膀，用动作对她进行了鼓励，这才转身走了。

吉利捏着这张教案纸，只扫了一眼，像是望着小马老师离去的背影，其实是看着教案纸，她在心里已牢牢记住了上面的每一个字。但她还是把这张教案纸紧紧攥在手里，生怕不小心丢掉似的。她看到在教案纸上，还有颗洇开的泪迹，不知是自己流的，还是小马老师的。不管是谁的，对吉利来说，这张教案纸是很珍贵的，她要珍藏一生。最关键的，小马老师是吉利在喀什的唯一依靠，因为有小马老师，吉利心里踏实不少。

没有一点悬念，吉利的学习成绩下降很快，几乎成直线。中考的时候，吉利的成绩竟然没够分数线。上不了高中，没有了考取大学的机会，就没了去喀什的希望。吉利傻眼了，心里没了主张，便给小马老师写信，向他讨主意。不久，小马老师给吉利回信，对她的成绩相当惋惜，说了一些不要气馁的话，叫她再复读一年，争取明年考上高中。吉利的母亲不想让她复读，一年过去又会增大一岁，女孩子家，越大心思越多，复读一年未必是好事。吉利向母亲保证，叫她再复读一年，她保证能考上。看到女儿望着别处，一双大眼睛却在自己眼前哗啦啦地流泪，母亲不忍心，放了女儿一马。

吉利起早贪黑，比以前更用功，除过上课，完成作业，她还听从小马老师的教诲，从别的老师那里讨来不少过去的试卷，一道挨着一道地反复做题。不知怎么搞的，原来的这些题一看就会，怎么现在那么陌生呢？慢慢地，试题变成了小马老师的影子，在吉利的脑子里晃来晃去，占据着她的思维。于是，吉利放下手头的题，给小马老师写信，诉说自己的困惑、悲伤，还有无穷无尽的恍惚。几乎每个星期，她都要给小马老师写三封信，平均两天一封，成了她的精神寄托。不知怎么搞的，每当写信时，她的头脑非常清晰，写得有条有理，可是，一旦回到作业学习上，她的脑子里一片空白。这样下去怎么行？有一阵子，吉利有点害怕了，难道是自己对小马老师有那个意思了，可不像啊，她每次对信上写的，全是学习上的事，抑或有一些自己所思所想，都与学习有关啊。

小马老师的回信没那么勤，每个星期一封，对吉利说些鼓励的话，或者告诉一些自己的情况，都是吉利想知道的。比如，他毕业后没有去当教师，被分配到外事单位搞翻译，喀什的外事活动少到几乎没有，所以，他到了无所事事的地步，心里很郁闷。

吉利很想分担小马老师的郁闷，但又不知从何说起，她在脑子里想象小马老师整天坐在办公室里发呆的样子。想着想着，竟然记不起小马教师的模样，努力去想，有些模糊，但总能想起一些。她想对小马老师亲口说说这些感受，可没机会。要是自己早早地考到喀什去上学，就能天天见到他了，到时见了面说什么都行。

　　一年后的中考成绩出来，吉利离录取分数线居然只有一分之差。这下，吉利被打蒙了，她不哭，也不说话，也无心给小马老师写信了，写什么呢？自己的无能，连个高中都考不上，还梦想考到喀什去上大学？是自己满脑子的怪想法在作祟？吉利以前写信时能理得很清的头绪，这下理不清了，她傻了一般，躺在炕上，热得一头大汗，不吃也不喝，呆呆地望着屋顶，其实，她是望着墙角的那几把锄头发呆。

　　不能用正常人的视角去理解吉利。吉利的父亲对女儿的这一点再熟悉不过，他担心女儿出事，会出毛病，于是，父亲买了两瓶好酒、两条好烟去找高中的校长，看能不能通融一下，让吉利去上高中。学校很严格，差一分没达到录取分数线，得交一万块钱。见吉利的父亲一脸愕然，校长出于好心，给他们提供了一个信息，交一万块钱上高中，还不如拿这钱直接去喀什上技校呢，两年出来后是中专学历，毕业后说不定还能找到工作。

　　毕业后面的虽然是"说不定"，吉利的父亲却像看到了希望，回来给吉利说了。吉利没有像预想的那么积极，她对上技校的事早有耳闻，半天没吭声。老两口眼看着吉利慢慢地爬起来，下炕拧了把凉毛巾，擦去头上脸上的汗，才缓缓地说道，待我给小马老师写信问一下，看他的意见再定。

对吉利来说，小马老师就代表着喀什，这个时候处于这种境地，她要不要去喀什上技校，想听听小马老师的意见。

父亲看着女儿的脸色说，这事急，写信恐怕会误了报名时间。要不，咱们去邮电所给小马老师挂个电话，咋样？

吉利脸上顿时有了喜色，赞成去打电话。

父女俩兴冲冲地来到镇街西头的邮电所，才想起没有小马老师单位的电话号码，吉利一直与小马老师通信，却没问过电话。打电话是她从未想过的事情。

营业员热情地告诉他们，这个不难，只要拨打到查号台，就能查出电话号码。吉利的父亲要她赶紧把小马老师的单位告诉营业员，吉利望着窗外，其实是望着营业员的脸，吉利突然间改变了主意，说，不用了，我不打电话了。

从邮电所出来，在父亲的一再追问下，吉利望着父亲，其实是望着远处的汽车站，看着那里来来往往的人流，平静地对父亲说，你不用管，我心里已经有了主意。

天香引

明天去清风寺。吃过晚饭，珠珠急匆匆来到丽娟家，把丽娟叫到院子的黑影处，嘴贴在她耳朵上急躁地说："我想好了，明早还是五点半走好些。"

丽娟手里还端着饭碗，往后退了一步，站到了窗口照出的灯影里，像手里的碗受到灯光的冲击，差点从手中滑跌。她瞪大眼睛说："不是说好了六点钟走吗？"

珠珠不满地往回扯了一把丽娟，把她又扯回黑影里："说好了就不能改啦？我想提前点走！"

"为什么？"

"你就不能小点声？"珠珠斜了一眼屋子那边，报怨丽娟嗓门太大，又把嘴贴到她耳朵根，压低声音说，"我妈又不让我去啦，还是不放心，怕我们出门碰到坏人。"

从她们开始提出去清风寺，珠珠她妈就不同意，后来软磨硬缠，她妈勉强答应下来，临到去时，又变了卦。丽娟很担心，高声叫道："那你要偷着去——"

珠珠打断丽娟："叫什么叫？还不是为了你，不然，哪会冒这个险。我告诉我妈，明天去我姑家，我姑早就叫我去帮她设计一下室内装修，这是个机会。"

丽娟放下心来，往嘴里拨拉一口饭，边嚼边说："真够姐们。"

珠珠走到灯影里，刚才的急躁不见了踪影，风平浪静地挥挥手，转身要走。丽娟突然想起什么，嘴里含着饭，呜呜啦啦道："还没通知笑笑吧，是你去找她，还是待会儿我去告诉她？"

珠珠反身，坚定地说："别给她说了。实话对你说吧，我妈不叫我去，还有一个原因，就是不愿笑笑跟我们一起。她是个累赘，又胖又笨，就她那个体型，几十里山路，肯定走不到清风寺趴在了半路上，还会把我们的好运和福气拖住的。我不想和她一起去，怕她哪天再说我去了清风寺，挨我妈的骂。"

原来是这样，看来珠珠不光是为偷着走，还想摆脱笑笑。这倒也是，丽娟的妈也曾说过这话，只是没有阻止女儿和笑笑一起去清风寺。平时，笑笑对她们百依百顺，又不好落下她，现在，既然珠珠有这想法，丽娟有啥好说的？但她心里突然间很空落，剩下的饭吃得没滋没味。临睡觉前，丽娟将闹钟往前拨了半个钟点，望着嚓嚓走动的秒钟，笑笑的胖身影在她眼前晃了动，丽娟心里有个念头突然闪动了一下：但愿笑笑明天能早点起来，赶上我们。笑笑也不容易，这几年越来越胖，她爸妈对她也另眼相看了，怕她将来嫁不上好人家，丢了他们的脸，笑笑看上去挺可怜的。丽娟不愿落下笑笑，没了笑笑，她觉得心里空荡荡的，因为说好三人一起去的，突然间不要笑笑，这不太好。可是，她又不能给笑笑通风报信，她可不想惹珠珠不高兴。

一夜没睡好，做了不少梦，被闹铃震醒后，丽娟一时却记不得做的是什么梦了，她爬起来赶紧洗漱，吃了几口昨夜的剩饭，往包里揣上早就准备好的午餐，轻手轻脚拉开门，一头钻进黑乎乎的凌晨。

到村西头大路边槐树下，她们商定的见面地点，还离得远隐隐看见一个人影静静地依靠在槐树上，丽娟轻轻叫了声"珠珠姐"。

"是我呀，丽娟。"从槐树上挺起身子，是个胖胖的黑影。

"怎么是你？"丽娟心里咯噔一下，随即又注满了踏实感，"笑笑，你今儿个起得这么早啊？"

笑笑走过来，高兴地拉住丽娟的手说："有事当然要起得早呀，我怕你们等着急，就把闹铃定在四点半，出门时还不到五点呢，不是说好六点在这等吗，你也来这么早？"

丽娟不知怎么解释。这时，珠珠来了，她没理会笑笑的问候，对丽娟劈头盖脸一顿讽刺："哟嗬，丽娟，你来得挺早啊，真没想到。"

笑笑不失时机地说："还有我呢，我比丽娟来得更早！"

珠珠没好气地说："我看到了，眼睛又没瞎。"

黎明前的黑暗，夜色很浓重，要不，会看到珠珠阴沉沉的脸。丽娟觉得这时候没必要和珠珠计较，再说，当着笑笑的面，也不能解释，还是找机会给她说清吧。她保持沉默。

笑笑见她们不说话，催促道："珠珠姐，你来了，趁早走吧，要不，待会儿太阳出来，能把人晒死。"

珠珠没好气地说："晒死的也是你，我可不怕热。你说是不是呀，丽娟？"

丽娟还是没吭气。这个时候，她不能说话，说什么都会惹珠珠更不高兴。

珠珠虽然心里有怨气，可还是走了，她一个人走在最前面，像竞走比赛似的，把丽娟和笑笑落下一大截。

去清风寺有两条路，一条是可以走车的大路，在半山腰缠来绕去，比较远；另一条是沟壑底山梁尖的小路，难走却近得多。为少走点路，她们选择了小路。天大亮后，她们已走到清风山跟前，能看见山上的绿树发着青幽幽的光，听见早起的鸟儿在树枝间啾叫。这下要正式爬山了，前面走的沟沟坎坎只是热身，面对高大的清风山，笑笑不甘落后，喘着粗气一路紧跟着丽娟，生怕拖了后腿。

望着头冒热气的笑笑，丽娟心里暗暗叫苦，珠珠果然说对了，笑笑真是走不了远路，才走几里地，还不算是山路，就累得喘不过气，马上要爬山了，可怎么办？笑笑虽然没喊一声累，丽娟的心还是软了，冲前面的珠珠喊叫，该歇息一下了。

珠珠心里不愿意，可还是一屁股坐在路边的石头上，望着旁边的树林子发呆。丽娟和珠珠赶上去，各自找块石头坐下，笑笑已急不可待地举起大可乐瓶，往嘴里哗哗倒饮料。丽娟斜了珠珠一眼，抓住笑笑的手说："少喝点，待会爬山才需要水呢。"

没想到珠珠却说："让她喝吧，水少了能轻点，有利于爬山。"

笑笑喉咙响着，边喝饮料边说："就是，就是，先解决眼前吧。"

丽娟只好不再说什么。

过了会儿，珠珠突然说道："笑笑，有个事得先给你打个招呼。本来我妈今天不叫我来啦，是我偷跑来的，你也知道我妈的脾气，丑话说在前头，希望你不要多嘴。"

"这个——"笑笑有点为难，"要是你妈问到我，是不是要我说假话呀？"

"你真笨——"珠珠不满地瞪了笑笑一眼，"这和说假话有啥关系？只要你替我守住秘密，不挨我妈的骂，你连这也搞不清楚吗！"

丽娟插嘴道："这点道理笑笑还是懂的。咱们起身走吧，越歇越没劲，路还长着呢。"

珠珠大概觉得自己的话说得过头了，爬起来一个人前面走了。丽娟怕笑笑心里有想法，要帮笑笑背包，笑笑不给，丽娟硬拽过来，挂到自己肩上。

没走多久，太阳就升起来了，上山的这面坡路朝东，早早地被太阳烘烤上了，尽管有高大的树木遮挡着阳光，接触不到多少直射的紫外线，但七月的热量不减。不一会儿，背上的衣服被汗水洇湿了，贴在身上。

最惨的是笑笑，她穿条深黑色七分裤，上着一件白底绿点的半袖衬衣，基本全湿了，紧紧地贴在她肉乎乎的身上，像裹着一层透明的塑料布，把里面的内容暴露无遗。红色的乳罩兜不住肥大的乳房，快呼之欲出了，幸亏山里没人，不然，丽娟都要替笑笑难堪了。

这次，没人提议，走在前面的珠珠要方便，说声歇会吧，将自己的包扔到路边的草地上，扯起袖子擦去额头的汗，四周望了望，瞅准一个目标，钻进左边的树丛中。

笑笑刚才喝的水多，全变成汗流出了体外，她不想方便，也顾不得地上是否干净，选了个树荫下往后一倒，把自己摊开，闭上眼呼哧呼哧喘气。

丽娟本来没尿意，把肩上的两个包挂到树杈上，看着摊在地上的笑笑，想着方便一下也好，她不想打扰珠珠，便钻进右边的树林。在一丛矮树边，丽娟蹲下尿了，提裤子时，看到一根直溜的干树枝，像是谁砍树后丢下的。丽娟捡起来，想着能给笑笑搭把力，当拐棍用。

回到路上，丽娟用棍子捅捅快睡过去的笑笑，说："睁眼看看，我给你拿啥好东西来啦。"

笑笑睁眼一看，呼地坐起，抓过棍子，乐了："这下好了，我有倚靠啦，我咋没想到捡一根呢。"

珠珠方便完回来，说了句："这倒是个好办法，在哪捡的，我也捡根去。"

丽娟带着珠珠又折回右边树林，却再找不到枯树枝，手头又没有工具，也没法砍伐棍子，珠珠望着四周说："怎么再找不到一根干树枝呢？干脆折根树枝好啦。"边说边去抓一棵矮树。

突然，珠珠尖叫一声："啊——长虫！"看到一条菜花长虫昂起头吐着红芯子，在她一步远草地上正盯着她。那一刻，珠珠的心跳到了嗓子眼，全身都麻木了，根本挪不动步。

丽娟在一旁吓傻眼了，不知怎么办才好。

这时，笑笑听到叫声，举起手中的树棍，抽打着树枝、草丛跑了过来："在哪儿？在哪儿？"

长虫受到惊吓，哧的一声溜走了。

"哪有长虫，我咋没看见？"笑笑跑到两人跟前，长虫早没了踪影。丽娟扶住惊魂未定的珠珠，把她拉回路边，两人瘫坐在地上，还没从刚才的惊恐中缓过劲来。

笑笑没看到长虫，觉得没劲，回到路边从树杈取下自己的包，掏出饼子往珠珠和丽娟手里塞。她带的是烙油饼，放了葱花，香味弥漫开来。丽娟瞪着圆圆的双眼，摇摇头。

珠珠咽着口水，说："我自己有，各吃各的吧。"说着，抓过丢在草地上的包，掏出自己的饼子，只看了一眼，随手扔掉，叫道："妈呀！"

她的饼子上爬满了黑压压一层蚂蚁，刚才她没把包挂在树上，蚂蚁钻了进去。

笑笑递过自己的饼子："这下，该吃我的了吧。"见珠珠还在犹豫，又说，"放心吃吧，我烙的饼子多，够两人吃的。丽娟姐的包没招蚂蚁，她的饼子也能吃。"

再上路时，珠珠还惊魂未定，腿肚子发软，丽娟硬将她和笑笑的包一起背了，笑笑也没拄那根树棍，留给珠珠支撑身子。

三人走走停停，临近晌午时，才爬到山腰的大路与小路交汇处，离清风寺不太远了，剩下的路也平坦宽敞，不时出现一两个骑摩托车的香客，呼啸而过。

她们在路边的树荫下歇息了一会儿，珠珠已恢复正常，将棍子递给笑笑。笑笑早就撑不住了，已经不是在走，简直是挪，还摇摇晃晃，那身肉颤抖着，随时都有倒下去的危险，她没有推辞，接过棍子，把自己倚在上面，颤巍巍地跟在后面，一步一挪。

又有一辆摩托车开了过去，卷起的尘土还没散开，那辆摩托又掉头回来，在她们跟前停住，一个戴墨镜的男人用腿撑住摩托，扫了一眼她们三个，把目光定在肉乎乎的笑笑身上，一脸坏笑地说道："我说妹妹，是去清风寺呀，走不动了吧？"

珠珠和丽娟把头扭开没理他，笑笑没意识到男人的眼神，她望着人家的摩托车，两腿挪不动，连说话的劲都没有了，眼神里却充满了期待。男人盯着笑笑几乎透明的胸口，向她打了声呼哨："这个胖妹妹动心了是吧？照你眼下这个样子，恐怕到天黑也别想赶到清风寺啦，就是赶到，人家寺里也关门了，白跑一趟。只要你叫声哥哥，我就驮你走，瞧你这身肉多……哥哥可没坏心思，只想帮你，保证叫你五分钟赶到清风寺，误不了你许愿烧香……"

笑笑还在愣怔间，珠珠气恼不过，冲过来一把抓过笑笑手中的树棍，向男子打去。那个男子拧大油门，向前冲出五六米远，停住车，回过头淫笑着骂珠珠："也不撒泡尿照照，就你那麻秆身材，要啥没啥，送我都不愿上呢，白费劲。这个胖妹妹就不一样了，她肉……"

珠珠使出吃奶的劲，把棍子扔向那个臭不要脸的。又没打着，棍子落在男人的摩托车上，叮当声中，男人加把油门，摩托车在怒吼中留下一股烟跑了。

珠珠大骂着"臭不要脸"，跑过去捡起棍子追了几步，停住骂个不停。丽娟也跟着骂，那男人这辈子是听不到了。她们觉得徒劳无功，才渐渐息去怒气。珠珠把棍子还给笑笑，又从自己包里抽出一件长袖衬衫，递给笑笑："给，拿着，到清风寺后，那里人多，把这个披上，遮挡一下身子吧。"

笑笑看看自己衬衣里的内容，已经热红的脸更红了，她从珠珠的眼睛里读出了简单的内容，接过衬衫，望着走远的珠珠，一句话也没说。

到了清风寺，果然有不少香客。笑笑披起珠珠的衬衫，她太胖，衬衫太小，两只袖子被丽娟帮着挽起，刚好能遮住她的大胸部。

在人群中，她们看到了骑摩托车的那个男人，珠珠一副要上去计较的劲头，被丽娟死死扯住了。看到她们三个，臭男人别开脸，悄悄地溜不见了。

在寺庙大殿前，领上三根线香，进大殿进香。来之前，珠珠早就把听来的寺规讲了，进门不能踩门槛，先迈右腿，点香插入香炉用劲要匀，跪下磕头许愿须得闭眼等等。三姐妹早熟记于心，按年龄珠珠在前，丽娟第二，笑笑最后，依次烧香拜佛磕头许愿。她们都很虔诚，连傻头傻脑的笑笑也不敢四处乱看，双手合十，闭着眼嘴里念念有词。

最后，往功德箱里每人投进去十块钱。完毕，退出大殿，三姐妹找个树荫坐下歇息，有寺院道人过来，一脸慈祥，轻轻地问她们吃不吃斋饭，免费的，灶房旁边还有眼自来泉，那里备有喝水的碗，水凉而甜。

三人起身，跟着道人来到泉边，喝了个痛快。笑笑还惦记着斋饭，珠珠和丽娟不想吃，受不得道人的好言相劝，便陪笑笑一起去灶房吃了碗面片，味道很清淡，几乎难以下咽，笑笑端着碗皱起了眉头，刚要张口说什么，被珠珠狠狠的一个眼神制止了，丽娟趁道人离开，小声说道："笑笑，斋饭就这味道，千万不敢说不敬的话，出门了将就点，吃吧，可不敢剩啊！"三人勉强吃完各自的面片。

刷过碗又在树荫下歇了一会儿，觉得体力恢复了一些，她们在寺院里转了一圈，见太阳已经偏西，别的香客已经在告别，她们不敢耽搁时间，便给道人打声招呼，下山回家。

下山比上山容易得多，腿脚有些酸疼，但还是比上山时强，汗也不那么多。只是刚许过愿，各自有了心思，谁都不愿多说话。只是在大路上走着，不时有摩托车从她们身边呼啸而过，笑笑用珠珠的衬衫紧紧包住胸部，不时往身后观望，生怕再碰上那个骑摩托车的臭男人，珠珠和丽娟似乎已忘记了晌午前的事，她俩贴着路边低头默默地走着，谁也没理会笑笑的担心，她们好像把什么都看轻淡了。

下到小山路，笑笑总算放下心来，扯下珠珠的长袖衬衫，她热坏了，也累坏了，脚步杂乱，在后面懒懒地走着。到半山腰，就是上山时碰到长虫的那个地方，珠珠不由自主停住，往上山时的右边，下山时的左边看。丽娟也站住，问珠珠怎么了，珠珠说她想方便，却不动。笑笑走不动，一直拉在后边，这会儿赶上来站住，用棍子抽打着跟前树枝草叶，嘴里不停地说着："不会见到长虫啦，不会见到长虫啦！"

珠珠对笑笑说："就是有，也叫你吓走啦，要我说，天色不早了，你又走不动，拖得我们也走不快，你前面先走吧。"

笑笑倒也听话，拄着棍子先走了。

丽娟催珠珠快点方便，要赶路呢。珠珠望着远去的笑笑，给丽娟说："尿早叫长虫吓回去了。哎，丽娟，刚才在大殿你许的啥愿？"

丽娟明白了珠珠的意思，把笑笑打发走，她要说知己话，便说："这可不能说，说出来就不灵啦。"

"你不说我也知道，还不是那个啥——"珠珠哧哧笑道，"你难道就不想知道我许的愿？"

丽娟说："你不说，我怎么知道！不过，我猜得到，你还不是许的哪事——"

"不要瞎猜，先说说你的。"

"凭什么我先说？你先说。"

"你先说。"

"你先说。"

两人在打打闹闹中还是追上了慢腾腾的笑笑，两人不再说了。笑笑也不问她俩刚才在说什么，走几步，就抽打一下路旁的树木荒草。

西斜的太阳被大山挡住，下山的路见不到阳光，也没早晨那么热了。她们很快下到山底，回家的几里平路，却走得没下山时快了。珠珠走得犹犹豫豫，丽娟走得也不快，倒是笑笑却走得快了，她说肚子饿，得快点回家吃饭，可见珠珠和丽娟都满腹心思，便忍不住说："我本来不想说，珠珠姐说过，许的愿说出来就不灵啦，可我见你俩这样，要不，你们猜猜我许的是什么愿，猜不出说出来算啦。"

珠珠看丽娟，丽娟也正在看她，其实每个人心里都想知道别人的秘密，她们都没想笑笑许的会是什么愿。

珠珠先猜道："你许的是找一个对象，人长得高大英俊，家庭条件好——"

笑笑摇摇头："不对！"

丽娟猜道："那么，笑笑许的是家人平安，父母和睦——"

笑笑依然摇摇头："你俩猜的都不对。其实，我许的愿与咱们三个人都有关。"

珠珠和丽娟又对望一眼，不明白笑笑说的是什么。

笑笑继续说道："我许的愿可多啦，第一个愿是两位姐姐在回来的路上别再碰见长虫；第二个是珠珠姐回家后别挨她妈的骂；第三个是我在下山的路上别再碰上那个骑摩托车的臭流氓。还有第四个，我们三姐妹能在天黑前回到家……"

金　色

要是女人不来就好了。

女人是天良新婚不久的妻子，她是深秋的一个黄昏来的。女人的出现，把这个地方的平静搅乱了，她浑然不知，还期待丈夫见到她，不知说啥好，一脸敦厚略带羞涩的笑呢。

天良看见女人，一点都不高兴，埋怨道："你咋来了？"

女人抿嘴一笑："我咋不能来！"女人想天良了，新婚不久分开，大半年没见面，不想才怪呢。

天良沉着脸说："事先也不告知一声。"

女人心一沉，收起笑容，委屈了："人家想给你个惊喜嘛，你咋能这样不讲理？"

天良没回答，装起哑巴。倒是和天良合伙淘金的大宝、有才、琐琐眼神发亮，热情地接过天良家的手中提包，张罗着给她倒水、搬凳子。天良阴郁着脸给女人拧把湿毛巾递过来，她赌气不接。大宝给琐琐和有才使个眼色，三人知趣地走出屋子，把小空间留给年轻夫妻。

女人还是不接毛巾，天良动手给她擦脸，女人的心一下软了，没再拒绝。再拒绝就过分了。女人把这当作男人对她的歉意，她心里明白，前面的话不是天良的真心话，他不想她才怪呢，只是当着几个男人的面，他不那样，显得没有男人气。男人嘛，就得有个男人的样子，儿女情长会惹人笑话。女人了解自己的男人，在别人面前，他会硬邦邦装给别人看，没人了，才对自己女人千般柔情，心里疼着呢，这不，还给她擦脸呢。女人心里的委屈被毛巾擦没了，可她仍嘟着嘴，故意不理男人，她等着男人说她想听的话，等她久违了的温存。他们去年腊月才结的婚，热乎劲还没过去呢，但再好的日子也要吃五谷杂粮一天挨着一天过，每天都需要花销的。过完年，天良抛下妻子，跟着淘过金子的琐琐，到了阿尔金山，与大宝、有才他们合伙淘沙金。

来了后，天良一次没回去过，说不想女人是假的，他做梦都想自己的女人。

天良心事重重地给女人擦完脸，叹口气，说："你不该这时候来。"

女人心里一紧，盯着天良，她还是没看出男人一丝开心来，看来，他前面不是装的。女人泪水忽地涌出来，热热地洒了一脸。她颤声道："你……你啥意思嘛，人家想了，来看看，不行吗？你是不是嫌我了？"

"不是、不是……"

"不是是个啥？"

"咋给你说呢，"天良脸上堆起笑，一看就是装的，很假，"我是说，这时候正忙，怕照顾不上你，这里全是男人，你一个女人家……我怕冷落你。"

"谁要你照顾，我又不缺胳膊缺腿。"女人心里热乎乎的，刚才的不快全叫天良的话泡软了，但她嘴上却说，"你要嫌我，我这就走！"说着，女人站起来，真的做出要走的架势。

天良从背后环抱住女人的腰，把下巴架在她的肩上，嘴贴着女人的耳朵，轻轻地说道："我不是这个意思，你知道的，我咋会嫌你，想你还来不及呢。"

天良的动作，还有这句话，使女人的心里热乎乎的，身子却怕冷似的抖起来。她闭上眼睛，等候丈夫给她更进一步的温存。她知道的，每当她的身体抖动时，只有自己的男人才能帮她。男人就像医生，能治女人的这个毛病。果然，天良感觉到了，他把女人抱得更紧，恨不能把女人嵌进自己的身体里。

女人的心胀胀的，身体也胀胀的，她闭上眼睛，陶醉在男人拥住的感觉里，那比糖还要甜腻呢。

天良嘴里哈出的热气把女人脖子上的汗毛弄湿了，那里水汪汪的，使女人白皙的皮肤更显得娇嫩滋润，令天良心动。

突然，天良松开双臂，轻轻地叹了口气。

女人回过头，眼中汪汪的水色慢慢落下去，她静静地看着男人，不知道他为啥光叹气。男人不说，她也不问。问多了不好。

晚饭是天良家的做的。她不要男人们帮忙，一个人干，她要叫这些离家将近一年的男人吃一顿真正的饭。她一人做拉条子，和面、揉面、饧面、押面，一道连着一道的工序，复杂着呢。她不嫌复杂。男人们为养家糊口，来到荒山里淘金，辛苦且不说，这热一顿冷一顿的没有保障，还不是为家里的女人和孩子。她心疼自己的男人，也替别的女人怜惜这些男人，她既然来了，只不过给他们做一顿热热乎乎可口的饭食，让他们感受到女人的好处，心里牵挂着家，她愿意做。

女人心里揣着自家男人，想着叫她心颤的缠绵即将到来，浑身是劲，干活儿比平时利索。

男人们兴奋地欣赏了一阵天良家的和面，帮不上手，大宝叫天良帮着烧火，招呼有才和琐琐去收拾那间放粮食杂物的小屋。他们对女人住在哪儿非常用心，一边哧哧笑着，一边毫无顾忌地说着怪话。特别是大宝，嗓门比谁都大，他光咋呼不干活儿，指挥有才和琐琐干。他们把小屋里的杂物收拾利索，在角落里打了一个双人地铺。

女人在这面屋子全听到了男人们说的话，脸红红的，却爱听。这些话都是说她和自己男人的，有些说得很赤裸，女人听了心里热热胀胀的，有种晕过去的感觉。她埋下头装着什么也没听见，只管择盆里的菜，洗了，切了，炒了，似乎又掩不住那欢喜，不时瞄一眼烧火的天良，自己的男人真真实实就在眼前，不再是梦中的幻影，此刻，他正眼神迷离地瞄着自己呢。女人又慌又乱，心咚咚直跳，像是做姑娘时和天良相亲那会儿，羞怯怯的。女人晕了，突然感觉不对劲，揭开锅盖，锅里的水已经翻滚得快冲出来，白色的水汽掩住女人发红发烫的脸。

女人心想反正天已经黑了，快到晕的时候了，大半年来的想象马上就会成为现实，她还急啥呢，到时狠狠地晕吧。

拉条子做好了，男人们蹲在油灯下，每人捧着大海碗，吃面声像山洪暴发似的，一浪胜过一浪。女人听着高兴，不停给这个盛汤，给那个递蒜，她自己没吃上一根面呢。坐两天车，又爬了大半天的山路，这两天为赶路，基本上没吃过一顿像样的热饭，她早饿了，闻到拉条子的香味，再看几个男人吃得那个香，她都咽下不知多少次口水。天良催女人一块吃，男人们嘴里噙着面，也含含糊糊地要她吃，可她坚持没动筷子，她要等男人们吃饱后再吃。在家里，她也是这样，等公公婆婆、男人、小叔子吃完后才吃，她急啥呢，没啥要紧事，早吃晚吃都一样。

男人们吃饱了，他们一边喝着面汤，一边肆无忌惮地打饱嗝，大蒜的臭味顿时把屋子填满了。女人不喜欢闻大蒜味，她端起碗出了屋子，在夜色里挑起拉条子慢慢吃着。她吃饭向来细嚼慢咽，从不出声。女人吃饭出声，和晚上叫床一样羞耻丑陋。这是女人们的哲学。

男人们吃饱肚子，突然觉得没啥事可干，要是以往，他们不是歪在被垛上，枕着幽暗的灯光，说说今天淘洗沙金的情况，就是闲扯女人。今天不行，天良家的来了。有个女人在这儿，他们个个装得人似的，把平时的粗声大气、毫无顾忌全收了起来。

"我从来没吃过这么好的拉条子，粗细一致，劲道柔韧，吃完全身是劲。"有才说。

"天都黑了，淘不成金，你要劲做啥？不像天良，人家有用场。"大宝意味深长地说。

大宝这么说，女人心里清楚，脸比油灯还红，匆匆吃完拉条子，汤都没喝，收拾洗了碗筷。男人睡觉和做饭都在一个屋里，女人想收拾完赶紧离开蒜臭和男人汗臭味的大屋，回那间小杂屋，与自己的男人在一起。她大老远从家里奔来，不就是想和自己男人在一起么。

女人收拾锅灶不像做饭时那么从容，慌手慌脚收拾完要走时，琐琐说："天良，急啥，天还早呢，叫弟妹坐下说说话吧。"

有才不怀好意地说："是呀，上次大宝的女人来之后，又有四五个月没听女人的声音。天良，你就这么急呀？"

天良一脸难堪地望一眼自己的女人，不知说啥好。女人不吭声，咬着嘴唇任着他们说笑，她知道这些男人寂寞着呢，借这么个机会过过嘴瘾。

大宝给有才眨眨眼，说："有你说话的时候，天良给大家留着呢，看他脸红到耳朵根了，别为难老实人，春宵一刻值千金，就不要再浪费人家的时间，都是过来人，连这点礼貌都不讲！"

在男人们的坏笑声中，女人和天良往屋外走。出门时，天良被门槛绊了一下，差点摔倒，女人及时扶住丈夫。

身后爆发出哄堂大笑。

他们像被笑声追赶出屋子，天良像喝醉了酒，脚下不稳，摇晃着与女人来到小屋里。女人点亮油灯，反身去关门时，天良拉住她，小声说："先别关。"

女人看了男人一眼，一屁股坐到地铺上，觉得很累，身上的关节被锈住似的，靠到被垛上，真想躺下。

天良没坐，像刚进屋时站着。

女人仰着头看自己男人。油灯微微闪烁，天良的脸在昏暗的灯光下也在闪烁。过了一会儿，天良说："你起来，咱们到外面走走。"

女人犹豫了一下，还是站起来，跟着男人出了小屋。到屋外突然想起什么，对天良说："油灯没吹。"要反身进屋去吹。

天良说："不要吹，亮着吧。"

女人抓住天良一只手臂，天良像遭蜂蜇似的，疼得甩开女人，小声说："别，他们都在后面看着呢。"

女人往身后看了一眼，发现那三个男人全趴在屋门口，狼似的伸长舌头看着他们。女人惊叫一声，规规矩矩地跟着男人往前走。

月亮出来了，蹲在不远处的阿尔金山顶上，又圆又安静，能清楚地看见里面的桂树。

走出好远，女人回头看了一眼丢在身后的土屋，土屋在月色下像个灰色的影子。女人有些忐忑的心才安静下来，她抓住男人的胳膊，立住，兴奋地指着月亮，说："你快看，月亮里面的吴刚正砍桂树呢。"

天良仰了头看，果然，吴刚举着斧头卖力地一下一下向桂树砍去，都能听到从月亮里传出砍树的咚咚声。

女人出神地望着月亮。

天良问："今天是十五吗？"

"十六，昨天十五。"

"那还圆啥呢？白扯。"

女人笑道："十五的月亮十六圆，你咋连这都不知道？"

天良情绪却不高，眼神落在远处，没接女人的话。

女人拉着天良："你不高兴看，咱回去吧。"

"再走走。"

"我——有点冷。"女人往天良身上靠过来。

天良揽住女人，女人的身子温热柔软。

月光洒满阿尔金山满山遍野，山坡上枯黄的茅草在月光中显得更加亮丽，像沾了一层沙金，在阿尔金山的怀抱里闪着耀人的光芒。层叠的山峰沉静安详，有一种朦胧而又极具气势的美丽，全然没有白天给女人荒芜而零乱的印象。

女人显然被月光下的景象所感染，依偎在男人怀里，天真地说："要是沙金能像山坡上的茅草就好了，你们不用费大劲就能淘到金子。"

天良把女人紧紧搂在怀里，过了会儿，轻声说道："你真不应该来。"

女人从男人怀里挣脱出来："什么意思？我一来，你就说这句话，我——就是想你。天良，你要真嫌我，就说，我马上走，趁今黑走，有这么亮的月光，我也不怕，能下山。"

天良轻轻叹了口气，伸手去搂抱女人，被女人倔强地推开了。

天良愣怔了一下，转过身子，看着洁净的月亮，慢慢地说："再有一个月，天冷了水结冰后，这活儿就干不成了，到时分了沙金我就回家，回家……"

天良的声音越说越轻，女人听着不对劲，凑近一看，天良满脸是泪。女人慌了，用手摸自己男人的脸，越摸脸上的泪水越多，好像是她的手摸出来的泪水。女人一头扎进男人怀抱，蹭着男人的胸口，嗅着男人身上的味道，说："我知道你的心思，不想叫我跑这么远的路受累，你说是不是？"

沉默了一会儿，天良才说："是，可不全是。"

"那你是怕我来回花路费？"女人说，"我知道，你挣钱不容易，我不会胡花的，在家也不乱花钱。"

"钱确实很重要，没钱，啥都不行。要有钱，我怎会跑这么远？"

"我……我来时可没向你父母要钱，路费是我过门时带来的私房钱。"

"你不明白，这不是路费的事，"天良说，"我说的是……"

"是啥？你倒说清楚呀。"女人急了，男人这是怎么了，他不高兴她来，到底是为啥嘛？

"你还是……新媳妇呢！"

"废话，新媳妇才更想自己男人呢，你不想女人……"女人软在男人怀里，"这么远路，腿都走短了，回吧，他们打的那个地铺太硬……"

天良没听进女人的话，还在喃喃道："他们的媳妇是啥？一个个全是老女人，可你是新媳妇呢。"

"没关系，地铺就地铺，反正就几天，又不是睡一辈子。"女人在男人怀里扭来扭去，"只要和你在一起，睡哪儿都行。"

"大宝家里的算啥？生过三胎，还生不出个儿子，是老掉牙的老娘们了，她咋能跟你比，你是那样地光鲜。新媳妇呢，她们咋比？有才的媳妇干得像根木棒，嘴大，龇牙咧嘴挺吓人。"天良的手落在女人的头发上，还有脸上，"你看你，头发多好，乌黑乌黑的，皮肤光滑水嫩……"

女人越听越茫然，不认识似的仰头看着自己的男人。

月光下，天良脸上像刷了一层糨糊，看不清他真实的表情。

女人摸摸男人的额头，说："你累了，咱回去睡觉吧，我早想睡了。"

说完，女人突然觉得自己这话说得有点那个，迫不及待似的，脸唰地红了，她怕男人看见自己的红脸，背过身去才发现，月光下他看不清楚。

"你是我的媳妇，哪怕老了……"

"天良……"

"噢，睡觉？不急，我现在还不想睡，咱们再走走好吗？"

天良有点恍惚，"你看月光多好，我带你去看我们淘金的地方吧，离这不远。"

女人弄不明白男人的心思，他咋不急呢，大半年没在一起的新婚夫妻，还等啥呢！女人又不好拒绝，只好跟着男人来到一个水潭边，潭周围堆满沙子，沙堆上七零八落地扔着些破筛子、铁锹、水桶等用具。女人没见过淘金，看着这些用旧了快废弃的破工具，想象不出凭借这几样破东西，怎么能从沙子里淘出黄灿灿的金子来，好奇心起，她问男人是怎么淘金子的。

"我做给你看，很简单的。"天良来了劲，捡起地上的铁锹，铲了些水潭里的泥沙，倒在筛子里，把筛子连同泥沙浸入水中，慢慢摇晃起来。随着摇晃的，还有一片月光。

过了一会儿，天良拿出筛子，抓一把洗净的沙子，举到月光下看了又看，才给女人看。

"你看，沙子里闪亮的东西，就是沙金。"

女人凑上来看，她只看到一把颜色深浅不一的沙子，根本没看见闪光的沙金。

"在哪儿呢，我咋看不见？"

天良用手拨拉拨拉沙子，说："在这儿呢，看得不是太清，月亮太暗，要是白天太阳下，就看清金色了。"

女人又看了看，还是没看见，她失望地说："算了，明天再看吧。反正，我这几天又不急着走，有得是时间看你们淘金。"

天良本来已经扔掉了手中的筛子，抬步要走的，却突然站住不动了。

"说啥，你还要在这住几天呀？"

女人奇怪地说："老远来了，不可能住一夜就走吧？"

"不行！你明天就得走。"天良强硬地说。

"为啥？"女人又委屈了，大半年没见，她咋就摸不透自己的男人呢。

"我不走，我就待在这里！"女人半是撒娇半是赌气地说。

"住口！"天良突然间恼怒了。

女人看到男人浸在月光里的身子一下子挺直，男人呼哧呼哧的喘气声像风箱似的。她知道，男人是真生气了。虽然他们结婚时间不长，可女人从来没见过男人对自己突然间变过脸，以前对她爱都爱不够呢。这才分开多久，男人咋就成这样子呢？女人有些愣怔。

天良骂女人："不让你待你偏要待，看来你和他们是一条心，我原来咋没把你看清呢！你这个贱货，真不要脸，心里还想着别的男人……"

起初，女人没反应过来，男人的谩骂像重锤一样把她砸蒙了，她的大脑在瞬间被砸得模糊一片，几乎要窒息了。当眼泪唰一下涌出来时，她的神智恢复过来，本能地要回应男人的谩骂，准备和他大干一场。男人的话搁谁听着能受得了，太过分了！可女人突然间又觉得不对劲，男人为啥变脸呢，是不是他淘金淘得神经太紧张，对她的突然出现一下子还接受不了？细想从看到自己的第一眼起，男人就显得心事重重，到底是咋回事呢？

女人比男人显然理智得多，这样一想，她压下心中的怒气，换口气说："看你说的，我是你娶过门的，是你的女人，心里只有你一个，咋会干伤风败俗的事呢？天良，你是不是太累？别胡思乱想了，走，回吧，我给你解解乏吧！"

天良意识到自己的失态，反应过来，拍了拍自己的脑袋，期期艾艾地说："我这是咋啦？昏头了，刚才是不是做梦？唉，这段时间是太累人了。"

女人更加证实了自己的猜测，庆幸自己刚才没冲动，男人在外面这么辛苦，压力大，她是他的女人，该理解他才对。她架起男人的胳膊，要男人往回走。

天良还是不想回，他拉着女人去看挖泥沙的地方。没办法，女人只好跟着去了。如练的月光下，她看到一个又一个挖得毫无规则的深坑，如同一只只张开的大嘴，黑洞洞的。女人无法想象，那么闪亮的金子，竟是从这么破败的地方挖淘出来的。对金子，顿时失去了神秘感。

好不容易把天良扯回来，吹灭油灯，女人困得眼都睁不开了。但她还是在地铺上解开衣服，打开身体，让自己的男人来尽情耕耘。

几缕奶白的月光从窗缝隙穿进来，落在地铺上，像女人的身体一样柔滑。天良明显激动起来，几下除掉自己的衣服，把女人压到身下。

屋外月光如水，能流到的地方像水潭似的，有人轻轻从上面走过，发出潮湿的响声。

天良听到了外面轻微的响动，发烫的身子一激灵，顿时软在女人身体里。任女人怎么努力，自己的男人都没英勇起来。

女人太累，慢慢地迷糊睡着了。但是男人一直睁着眼望着黢黑的屋顶，他的心里沉得像灌了铅。

夜静寂无声，天良听到身边女人有时匀称有时短促的呼吸，他知道她一定睡得不踏实，有啥事她牵挂着呢。

女人被天良轻轻摇醒时，屋里依旧泛着洁净透亮的月光。女人以为自己男人想了，抱紧男人的身体。天良推开女人，催促快穿衣服。女人不知发生啥情况，还没细问，天良已经把衣服一件一件递到女人手里。

女人穿好衣服，天良才说，要和女人一块回家，现在就走。

女人拉住天良，问："为啥不等天亮跟他们说一声再走？"

天良说："不说了不说了，快走吧。"

女人不依，这时候她才真的相信自己的男人一定有心事，不然，他一天的反常，还有现在迫不及待地要走，都没法解释。她和男人结婚后在一起才一月多时间，为啥男人大半年没见她，却一点都不迫切？女人心里的疑惑越大，就越不肯走。天良急了，猛拽女人，屋里的动静大起来，他又不敢动了。心里急，天良抱着头蹲下，眼泪流得哗哗响。

"到底有啥事？天良，你说吧，说清楚了咱就走。"女人说。

天良仰起泪脸小声说，天亮透后，他们就走不掉了。琐琐还好说点，大宝和有才肯定不会放他们走的。就是走，也得留下自己的女人陪他们睡过觉才能走。上次，大宝家里的来了，第二夜，大家不是都睡了嘛，说好了的，谁的媳妇过来大家都要轮着睡一次，不能光想沾别人便宜，自己不吃亏。

女人这才明白，心缩成一团。

"你真的睡了？"女人问。

天良点点头。

"难怪你不想我。"女人的泪水涌出来，自己的男人睡了别的女人，这样的事实几个女人接受得了？可是怪了，女人心里居然怨不起男人来，她知道，在这种地方，这样的条件，一个女人的身体对一个长时间离家在外的男人意味着什么。

"不，我想你。天天想，夜夜想。"天良抱住女人说。

女人点了点头，她开始收拾自己的东西。其实也没啥可收拾，就一个包，几件掏出来的换洗衣服。

这时，月亮的光已经淡了下去，黎明以黛青色的颜色出现了。

天大亮时，天良和自己的女人已走出好远。

女人突然问男人："你真的愿意放弃该你的那份沙金？"

天良没说话，默默地拉紧了女人的手，脚步更快。

女人又说："怪可惜的，淘了近一年呢，受那么多累……"

天良对女人说，他觉得女人比金子更重要。女人就是他的金子，他已经错了一次，不能再错下去，让心中最珍贵的金子失去色彩。

温亚军文集

第五卷

划过秋天的声音

温亚军 著

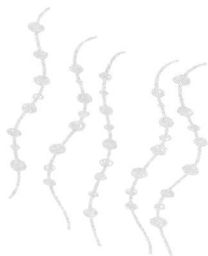

中国言实出版社

图书在版编目(CIP)数据

温亚军文集 . 第五卷 , 划过秋天的声音 / 温亚军著 .
-- 北京 : 中国言实出版社 , 2022.1
    ISBN 978-7-5171-3863-1

    Ⅰ . ①温… Ⅱ . ①温… Ⅲ . ①短篇小说—小说集—
中国—当代 Ⅳ . ① I247

    中国版本图书馆 CIP 数据核字（2021）第 189164 号

温亚军文集　　第五卷　　划过秋天的声音

责任编辑：张国旗
责任校对：代青霞

出版发行：中国言实出版社
　　　　　地　　址：北京市朝阳区北苑路180号加利大厦5号楼105室
　　　　　邮　　编：100101
　　　　　编辑部：北京市海淀区花园路6号院B座6层
　　　　　邮　　编：100088
　　　　　电　　话：010-64924853（总编室）　010-64924716（发行部）
　　　　　网　　址：www.zgyscbs.cn　电子邮箱：zgyscbs@263.net

经　　销：新华书店
印　　刷：徐州绪权印刷有限公司
版　　次：2022年8月第1版　　2022年8月第1次印刷
规　　格：880毫米×1230毫米　1/32　8.75印张
字　　数：175千字

定　　价：258.00元（全五卷）
书　　号：ISBN 978-7-5171-3863-1

目
CONTENTS
录

火　墙

　　院子外面的胡杨树叶子一开始泛黄，女人就去找羊贩子康玉良，让康玉良给喀什城里的自己男人捎话，叫他抽空回一趟家，把准备过冬的火墙打好。每年的这个时候，女人都托康玉良给自己的男人捎话的，这次，康玉良用怪怪的眼神看了女人好长时间，才说，年年让我给你男人捎话回来打火墙，他给你打过火墙吗？女人躲过康玉良筛子一样的目光，垂着眼睑说，谁要你管那么多了，你捎还是不捎？康玉良说，我当然捎了。

　　是到该打火墙的时候了。秋风虽然还暖暖的，在树梢上一副漫不经心的样子走过去走过来，也没有见从树上踢踏下一片叶子。别看秋天还装着一副温温和和的样子，可不定在哪天，秋天就狂了，风像刀子一样，将树梢齐整整地一削，树梢立时就挂不住一片叶子，所有的叶子都被无情地掼在了地上，等待着那已席卷而来的腐朽。这个时候，迫不及待的冬天就毫无顾忌地露着脸儿，在塔尔拉的每一个角落里到处乱撞了。塔尔拉的冬天像戈壁滩上的路一样不但长得没有尽头，还冷得出奇，尤其是夜晚，人们都不敢出门，害怕开门会撞碎那被冻成冰的空气。漫长的冬天里人们就靠着火墙来度过。村子里的人家大多烧的是柴草，偶尔有几家烧煤的，还是有烟煤，烟大，闭塞的房子里没有烟的出路，怕煤气中毒，不敢整夜地烧火炉，就打了火墙，把火炉的烟囱通到火墙里，利用三顿饭的工夫，把火墙烧热取暖，既安全实用，又省柴煤。火墙多是秋末打好，开春要拆了的，如果不拆，说是会影响一年的收成。村子里的人都讲究着呢。再说了，冬去春来，气候变暖和了，火墙留着也没有什么作用，竖在屋子里既占空间也影响美观。

女人的男人在喀什城里当教师，每年除两个假期能回家住一阵子外，平时很少回来。塔尔拉离喀什有三百多公里路，回来一次得坐整整一天的车。以前，碰到星期六星期天的，男人从早上坐车，天黑透才能到家，偶尔回来一次，只能住一个晚上，男人还像打仗似的，要把女人整整折腾上一夜，星期天早上一身疲惫地爬起来，去赶唯一的一趟班车回城里，怕误了星期一早上的课。男人两头跑，也够辛苦的，刚结婚那两年，男人不知道辛苦，逢到星期六就往回跑。后来，男人倦了，跑得就没那么勤，先是两个星期回来一次，三个星期回来一次，一直到现在的一个学期就回来两三次。就算是回来了，男人的职业容不得他在家多待一天。女人知道这点，就是捎话叫他回来，在家里也只能有一个晚上的时间，一个晚上的时间，男人哪里还顾得上帮女人打火墙？再说了，女人心里也不愿意叫男人夜晚打什么火墙，还有更重要的事情等着男人要做呢。以前，女人捎话给男人要他回来打火墙，是女人想男人了，用打火墙做个借口。村里人家的火墙都是男人们打的，女人也好找这个借口，要不，她还不知道用什么借口让羊贩子康玉良替她捎话，叫自己的男人回来呢。这几年就为捎这句话，羊贩子康玉良没少取笑她，说她想男人就想男人呗，女人哪有不想男人的，何必要遮遮掩掩地非要找个借口。见过世面的羊贩子康玉良曾坏坏地对她说，你想你男人，他未必就想你，城里女人多得是，要什么样的女人有什么样的女人，喀什离塔尔拉这么远，你哪能看住你男人？

从去年开始，女人从别人那里常常听到一些关于自己男人在喀什城里的风言风语，她也不信，捎了话去，说是叫男人回来打火墙。男人赶个星期六回来了，女人没有从男人的言谈举止上发现什么异常，没有质问他，也没有叫他打火墙，女人还和以前一样，才不会放过男人在家里的这个夜晚呢。女人到现在还记着去年的情景，男人回来后，还装模作样地到院子里去搬砖头，说要准备打火墙呢。女人跟在男人后面，急急地问男人要干什么，男人在女人脸上摸了一把说，我就知道你叫我回来不是为了打火墙的。女人脸唰地红了，用脚踢着面前的一块砖说，你是我男人，你不打火墙谁打？男人故意弯下腰，装作要搬砖头的样子说，我这就动手。女人急了，扑上去从后面抱住男人的腰，把脸贴在男人的背上，轻轻地喘道，别，你刚到家，明天早上就要走，还不赶快歇歇，我给你早就泡好枸杞子茶……男人直起身子转过来把女人揽在怀里，用手摸摸女人的脸。女人抓住男人的手，一边拉着男人往屋里走，一边说，你摸什么摸，手上全是粉笔味，都呛着我了。男人说，不会吧，这学期我不代课，调到校务处管食堂，你闻到的该是油烟味了。女人早就知道男人调到校务处管食堂了，上次男人回来就告诉了她，她没有忘记，但她还是喜欢男人手上有粉笔的味道。男人是教师，有粉笔味才正常。

回到屋里，女人一边给男人端茶上饭，一边说，我觉得你还是代课好，当教师不代课算什么？男人喝着枸杞子茶说，你知道什么呀，我为脱离粉笔灰，费了多大的劲，如今有能耐的谁还愿意扑在粉笔灰里受罪？女人想想也是，教书真的很苦很累，整天围着三尺讲台，口沫横飞地淹没在粉笔灰里，也真是受罪呢。

男人喝了几口茶，开始吃饭时，对女人说，我还没告诉你呢，我这次回来，请了两天假，专门来给你打火墙的，这也是现在，要是还像以前一样代着课，就没有这个造化了。女人一听，心里忽悠了一下，像落入了一个梦里一样，待醒过来，全身一下子就热了，两天？这次男人能在家待两天，这可是天大的好事哩。女人怎么也掩饰不住自己内心里的喜悦，竟然高兴地笑出了声，脸随即就红了。男人看着女人说，我不就多住一天嘛，看把你高兴的。女人哼一声，用眼角偷偷扫了男人一眼，扭捏着说，谁说我是为你多住一天高兴，你现在能请上假了，不给你捎话叫你回来打火墙，你都不知道回来，你是不是在喀什有了相好的女人？听说城里的人如今都兴找个情——人。男人呵呵笑着，有啊，有啊，我在城里有一个情人，你要不是捎话叫我回来打火墙，我还忘记你是我女人哩。女人知道男人是逗自己玩的，他的男人才不是那种三心二意、花花心肠的男人呢。女人心里偷乐着，却装出生气的样子对男人说，谁要你打火墙了？你去吧，去你的城里情人那里去呀？男人依旧笑呵呵地，放下碗，伸手揽过女人说，我就是你的火墙，我回来了，你就不冷了，也不要火墙了！

女人软在男人的怀里，任凭男人亲着、摸着。男人把瘫软的女人抱到了床上。女人在男人的温热里像化成水似的，一会儿流淌到床的这头，一会儿又流淌到床的那头，不知流淌了多长时间，女人才回到现实里，抚摸着兴奋到极点的男人，痴痴地说，我想要个孩子，有个孩子在我身边，冬天没有你这个火墙，我也就能度过去，可是，我们结婚都四年了，我还没有……是不是我有问题……

男人像案板上的鱼似的，突然间全身僵硬了一下，随即就软了。以前，女人也曾对男人说过这句话，他听着女人的这句话会更加兴奋，会更加努力，可无论他怎么努力却一直没有结果，他曾怀疑女人在这方面有问题，一直没敢对女人说这话，怕伤了她。这时，女人伏在男人身上，说到这个问题，一下子感觉到男人身体上的语言，这时，她很内疚地对男人说，要是我真有问题，不知道能不能治？

男人沉默了，不说能治，也不说不能治，一夜睡不着觉，只是一夜再无话，也没有了别的动作。第二天早上男人起床时，神情看起来比原来回家折腾上一夜还要疲惫。男人起床后，像是突然间想起什么似的，神色匆匆地对女人说，他想起自己的办公桌忘记锁了，抽屉里有不少现金，还有食堂的账呢，他得赶紧回去，不然出事了，他可担当不起。女人用幽幽的目光看着男人，一副很失落的样子，但她没有说什么，只是替男人整整衣服。男人走时，他还叮嘱女人，叫她去叫村子里瘸子铁柱来帮着打个火墙。其实，家里的火墙这几年全是瘸子铁柱帮着打的，可去年自男人匆匆走后，女人却没有去叫铁柱来帮忙打火墙，她已经隐约听到一些她和铁柱之间的闲话，她不想让人再说闲话。去年的火墙是女人自己笨手笨脚打的，砖垒得歪歪扭扭，砖缝合得不严，到处漏烟不说，火墙通道不顺畅，怎么也烧不热，害得她受了一个冬天的冷冻。最后，还是男人放寒假回来后，拆了重新打了一次，火墙才能烧热。可那时候，男人每天晚上都在女人的身边，女人依偎在男人宽大的怀抱里，感受着从男人那强壮的身体里散发出来的温暖，已是舒心的满足和幸福，火墙能不能烧热对她来说已经不那么重要了。女人在心里感叹着，冬天里，男人其实比火墙要好，尤其是自己心爱的男人。可自己心爱的男人不能和她度过冬天的每一个夜晚，在那些清冷寂寞的夜晚里，就是热度再好的火墙，她也觉得空荡荡的，心里窜着一种冰凉，那凉是深入骨髓的，让她备感神伤却又无可奈何。

现在还没到冬天，只是秋天的开始，女人就觉得冷了。那冷并不是外界气候的冷，而是来自郁积在她内心的那份冷，结婚五年了，她没有生育，男人常年不在家，这个家除了她就只有清冷，一点也没有其他家庭里的那种温馨那种热闹，就好像一棵没有根的树似的，总让人有种这棵树不会长大不会活下去的感觉。女人想起来心里便一阵恍惚，就觉得自己的男人像一艘没有牵绊的船，虽是停泊在她这个岸边，可不定哪天她一觉醒来，船就漂走了。女人一旦有了这种感觉的时候，心里就开始生出丝丝缕缕的痛，这丝丝缕缕的痛让她想要止痛，但不知从哪儿下手。在女人的心里，孩子是一个家的根，也是夫妻之间的绳索，能把一个家拴住，有了孩子，无论男人女人走到哪里，都会被这根绳子不时地拉回来，一家人在一起，即使吵吵闹闹，这个家都会有家的气息。可女人和男人结婚几年没有孩子，她一直认为是自己有问题，总觉得对不住男人，在男人面前只有自责的分儿，对自己的男人回家次数越来越少，也不敢有半点怨言。只是女人一直要求丈夫带她到喀什的大医院里去做个检查，看能不能治治她的不孕症，她说她实在想给男人生个孩子。可每次，男人对女人的要求都没有正面答复，只说现在的城里人就是能生育的人都不想要孩子，嫌是个拖累，他们结婚时间也不算太长，不着急要孩子，叫她再等等。这一等，不知要等到什么时候。直到去年，女人实在忍不住，一个人偷偷到镇上的卫生院去治自己的不孕症。可医生仔仔细细地替她做了检查后说，她生育功能正常，完全可以生孩子，不需要治。她非常惊讶，总认为是医生搞错了，她没有病，怎么没有生育呢？她把这个消息告诉自己的男人，男人听后沉默了好长时间才淡淡地说，镇上的医生都是给牛羊看病出身的，根本不懂得医术，何况男女生育问题也不是他们这样随便一检查就可以检查出来的，让女人不要听他们的，说等以后有机会，他带她到喀什的大医院用仪器检查了再说。女人本来就对镇上医生的检查有点怀疑，就信了男人的话，叫男人带她去喀什检查。男人又推托说，他上课时间很紧，没有时间陪女人去，等放假再说吧。女人无奈，只好等着。等放了寒假，又是过年，走亲戚访朋友的，寒假里没有去成，女人一直等到今年放暑假，想着男人这次该带她去喀什医院了，可男人放暑假回来后，只在家里待了一天，说是这个假期学校要组织他们教师到南方去学习取经，就住了一夜，急匆匆地走了。女人等到的是失望，本该男人放暑假回来了，是段最充实的日子，她一个人却过得空空荡荡，吃饭没滋味，睡觉不踏实。最后她实在被自己的等待折磨得疲惫不堪，就索性抛开等男人带她去喀什的念头，鼓口气，一个人搭车去了喀什。

到了喀什医院，在做了全面检查后，医生告诉女人，她的生育功能是完全正常的。女人听了这个结果，反而愣住了，她怯怯地问医生，这检查结果不会有错吧？医生听到这话生气地问她究竟是什么意思，她是怀疑医院先进仪器的准确性还是不相信医生的判断？女人从医生的反问中证实她的生育功能是正常的，她也没忍住，当时眼泪就涌了出来，像一个生育功能不健全的女人似的伤心地哭起来。医生这时反倒同情地对女人说，你生育功能正常，应该高兴才是。女人一边抹着眼泪一边说，我怎么高兴得起来？这么多年了，我没有生出孩子，一直怪自己无能，不能替自己的男人生下个一男半女哩。医生一听，对女人说，这种事不能光怪女人，有些男人生育功能也是有问题的。女人吃了一惊，忙擦把眼泪，不相信似的望着医生。医生点点头对她说，男人不育的机会并不比女人少，你叫你男人也到医院来检查一下，不就明白了吗？

女人心思重重地走出医院，她想着既然自己生育功能正常，她和男人却至今也没有孩子，是不是自己的男人有问题呢？女人被自己的这个想法吓了一跳，突然就记起以前只要在男人面前说到自己生育功能不正常的事，要男人带她到医院检查，男人总是吞吞吐吐的，一拖再拖。现在看来，其实男人早就知道他自己生育功能有问题了，可他为什么不对她说实话呢？女人一下子陷入深深的不解之中，知道自己生育功能正常，女人本应该轻松快乐的心，却变得沉甸甸的。

更叫女人难以理解的，是自己的男人还欺骗了她，男人去南方学习根本就不是学校组织的。女人从医院出来后，因为赶不上当天回塔尔拉的班车，她本想着检查完了要去商场里逛逛的，检查的结果叫她没有了逛商场的心情，她想在喀什除了自己的男人她一个人也不认识，虽然男人去了南方，可她也无处可去，不如就此机会去自己男人所在的学校看看，权当参观吧。女人在结婚前来过一次这个学校，那是男人带着她到喀什来买结婚的衣服，买完后，男人把她带到他所在的学校看了看，所以她还记得去学校的路，喀什又不大，几年了也没有多大的变化，女人很容易就找到了学校。但这一去，女人差点当场晕过去，她从学校看大门的老头那里得知，学校在假期里根本就没有组织教师到南方去学习。老头见女人一脸的将信将疑，为了证实他的消息是可靠的，便要她去问问那些放假闲在家里的其他老师。女人苦笑一下，想着还有去问的必要吗？她头重脚轻地走开了。

从学校往回走时，女人觉得一切都变得很陌生，她甚至都怀疑自己去的不是自己男人所在的那个学校，女人突然间变得神情恍惚起来。从喀什回到塔尔拉后，有一阵子，女人一直怀疑自己去过喀什城里，到医院做过生育功能检查的这件事实。直到暑假结束，男人从南方回到了塔尔拉的家里，给女人兴致勃勃地讲他在南方的一些见闻时，女人还处在混沌之中，对男人的讲述提不起一点兴趣。男人觉得奇怪，以前只要他讲自己学校里发生的一些事，无论大小，是否有趣，女人都会怀着极大的兴趣听的，这回不知怎么了，这么有趣的话题女人怎么一点精神都没有呢？便问她是不是生病了。女人目光散淡地看着男人，好一会儿才幽幽地冒出一句莫名其妙的话来：我要是真有病就好了！

男人不认识似的看女人半天，也没有看出什么异常来，在家里住了两天，便回学校去了。新的一学期又开始了。

开学后，男人只回来过一次，那还是收秋的时候，男人说是回来看看秋粮收的怎么样，才回来和女人过了一夜。这时候的女人心理已经恢复了正常，等男人踏踏实实过了一夜，第二天早上走时，女人才拉开要和男人论说一番的架势。女人本想着和男人好好谈一些事情，可她只说了一声自己去过喀什，男人就明显有点紧张，忙问她什么时候去的。女人冷静地看着男人回答道：暑假，就是你去南方学习时！男人忙躲开女人锥子一样的目光，嘴里说着最近学校忙着在搞什么达标呢，就急匆匆地走了。男人这么一走，一直到现在，就再没有回来过。

女人每天晚上躺在被窝里，回忆着男人这次回来后对他说话时，他那紧张的表情，直到回忆得越来越模糊了，她都记不起来男人那份紧张模样了，却还不见男人回来，她悄悄地流了不少眼泪。流泪流得女人实在觉得没有泪可流，她的心也就彻底地平静了，像深山里的一泓浅潭，波纹不起了。她望着空寂的屋子和院子里的一切，直到把胡杨树上的叶子望得发黄，再望下去秋天就要疯狂到来了，她便给羊贩子康玉良捎话，说是叫自己的男人回来打火墙。

这时节，到该打火墙的时候了，塔尔拉的家家户户在院子或者大门前面，都从远处拉来打火墙时和泥用的黏土。女人没有去拉土，往年都是她一个人早早地就把黏土拉回来，堆在院子里了，可今年，她什么都没有去干。女人要等着自己的男人回来。

男人接到女人捎的话，下个星期六果然回来了。这次男人回来得早，天还没黑透呢，他就进了家门。男人匆匆忙忙给女人打个招呼，放下手中的包，就到院子里去看那堆用来打火墙的砖头。女人心里慌慌地跟出来，站在男人身边说，你看那些破砖头做什么，又不是没见过？男人回过头，却把目光放在别处，对女人说，我想先把砖头搬到屋子里，做好打火墙的准备。女人说，谁要你搬？要搬，我早就搬了。男人声音小小地说，那你怎么不搬进去呢？女人说，等你回来呀。男人愣怔一下，便不搬砖头了，他直起身来，看了看天色，便说句，那我去找个架子车拉黏土吧。没等女人说话，男人已经急急地出了院门。女人看到，男人出门时就像是一阵风，一阵欲急速逃离她而去的风。

　　男人直干到月亮升上胡杨树梢，把黄了的树叶照得像镀了一层金，发出黄灿灿的光，男人才停下手，他很久不干这种体力活儿了，在这个时候却也没有觉出累来。男人望着堆在院子里的三大车黏土，像个坟堆似的，心想着这哪是要打火墙呵，简直是要……男人没敢往下想，他迟迟不愿意进屋子里去。女人却一直坐在屋子里等着男人，她已经做好饭菜，但她自始至终没有开口叫男人进屋吃饭，她想这是男人的家，她要等男人自己进来。男人在月色下的院子里站的时间很长，他一直在看那堆土。最后实在不好再站下去了，才磨磨蹭蹭地进了屋。洗手、吃饭，男人和女人没有说一句话。女人也没有问男人一句话。

　　吃过饭，收拾碗筷。男人坐着看女人干着这一切。女人坐下来时，男人的头低了下去。两人就这样僵坐了许久，女人见一直等不到男人的话，她便开口了，女人对男人说，你就没有话要说吗？

男人心里慌慌的，想着女人能做到这么冷静，肯定什么都知道了，他在心里掂量着，要不要这会儿把这几年他自己的一些事实真相说出来，他心里翻腾了一阵，却拿不定主意。男人曾胆战心惊地自己去医院做过检查，果然查出他的身体有问题，这种生育功能方面的问题出在一个男人身上是很悲哀的，他不想叫任何人知道他有问题，他瞒着女人偷偷地到处打听治不育症的法子，却一直没有找到医治的办法。其实他也想有个孩子呀，让女人独自一人在家里，他知道她的寂寞，但对男人而言，不能生育这样一个事实，又何尝不是和女人不能生孩子一样的残酷。他一直不告诉女人这事，就是想在自己的女人面前维护一点属于他这个男人的自尊。这下，女人这样一说，他真不知道该怎样对女人解释这事。这时，女人却又说道，你要是没有话说，我可有话说了。男人望了女人一眼，在昏黄的灯光下，他发现女人脸上很冷，像初冬的天气已经来临一样，完全没有以前的柔顺，他在心里狠狠地骂了自己一句，还抱着一丝挽救的心理对女人说，你去过喀什，肯定做过了检查，你这么好的身体，肯定没有问题的，你咋会有问题呢？是我，是我不想让你怀上孩子，怕你一个人带着个孩子在家里受累……

这时，女人却哭了，她哭着说，这时候了，你还要说假话骗我吗？

男人正眼看了看女人，他知道女人已经洞悉事情的真相，这种洞悉让他无处可以藏身。他这才说道，我是骗了你，但我不想，因为我是男人，男人有男人的苦衷，男人骗自己的女人，有时是无恶意的……

女人没有吭气。她看着男人，这个她心爱的男人第一次让她看着是那样陌生。

男人低下头说，是我，是我自己不能生育……

女人说，这个已经不用说了。

男人抬起头，愣了愣，又说，这次暑假去南方，其实并不是学校组织的……

女人的眼泪已经不知不觉地流下来，她转过头，尽力用平静的语调说，这个也不用说了，我早就知道，因为我去过了你们学校。

男人抬头看女人一眼，泪水涌出了他的眼眶，他哽咽道，我是和一个女人一起去的，我和她在一起已经三年了，她是我班里一个学生的家长，几年前，她丈夫出车祸死了，她带一个孩子，很可怜，我……

男人鼻孔里的气出得粗粗的，他强忍着憋半天，还是哭出了声。他哭得很压抑。这时，女人制止住了男人还要说下去的话，她不想逼他，走过来，突然扑到男人怀里，用力地抱住男人，自己哭了起来。女人的泪水滴在男人的胸口上，湿湿的，要把男人淹没了。女人才颤着声对男人说，这样吧，我们不吵不闹，你和她去过吧，一下子你在城里就什么都有了，女人、孩子、家……

男人把女人揽在怀里，像以前一样，揽得很紧，他听着女人的话，想说什么，但泪水又哗哗地冲了出来，把女人的头发淋得湿湿的。

女人接着说道，你不要说话，也不要为我考虑，我早就想好，你走了，我就去和那个每年给我们打火墙的铁柱过，他腿有点瘸，但他心眼好，这样的男人不应该没有女人，他应该有个女人了。我——也应该有个热乎乎的家了，我过够了没有火墙的日子……

说到这里，女人心酸得厉害，从男人怀里挣出身子，才放声大哭起来。哭了一阵，女人才止住说，你不要胡乱猜想，在这之前，我和铁柱是清清白白的，他以前每年帮着给我打火墙，火墙打得再好，我觉着都是烧不热的，今后——就好了……

男人叹口气，说，是我对不住你，我也不多说，现在说什么都没有用，这样吧，你如果不嫌弃，就叫铁柱过来，你们住在这屋子里吧，这屋比铁柱家里的好些……

夜深了，女人躺在被窝里，牙齿紧咬着被泪水浸湿的被角，她的心里一会儿紧张，一会儿放松，久久地不能入睡。只要她一合上眼，脑子里马上就会出现一个人的影子，这个影子就是铁柱，他一高一低地在她的脑子里晃动着，一会儿清晰，一会儿模糊，慢慢地，又会幻化成一堵宽厚而结实的火墙，让她能感受到热腾腾的暖流。

女人需要这样的暖流。

第二天一大早，男人起床后，原想着把昨儿夜里拉回来的黏土和成泥，给女人真真正正地打一个火墙再走，可他到外面一看，女人已经把铁柱叫来了。铁柱在院子里一瘸一拐地正准备着要用那堆男人拉回来的黏土和泥。男人看着院子里的情形，不知该怎么着才好。这时，女人从厨房走了出来，一脸认真对男人说，我已经做好早饭，你吃过再走吧，要办的手续我都弄好了，放在桌子上。

男人吭哧着说，我想帮着铁柱，把火墙打好，再——走。

女人说，打个火墙，铁柱哪用你帮忙，他一个人就行，你快来吃饭吧。

男人只好去吃早饭。吃了饭，男人走出了自己以前的家门。

女人还把男人送出来，站在院子门口，一直看不到男人的影子了，才回过头来，对正忙乎着的铁柱说，别用那堆黏土了，咱们自己再去拉些回来。

铁柱一脸茫然地看着女人。女人又轻声对铁柱说，今年的火墙是打给你和我的，我想叫你打一个完完全全属于我们自己的火墙！

划过秋天的声音

中士的心被那声尖厉的鸣叫刺激得一颤一颤，像高悬在树梢上的叶子在风中飘浮，没有了踏实感。

已过中秋，温暖的秋阳把厚厚的热情铺洒下来，中士走在这荒滩上，似踩在柔软的阳光里，能听到鞋子与阳光相撞发出轻微的"扑哧"声。被踩得乱溅的阳光，像一团团金黄的蜜蜂，轰地飞了起来，绕着中士的身子，飘来飘去地晃个不停。中士被一层层热热的暖流包裹着，他的心会在热流里慢慢升腾起来，像一股被太阳烘烤出的蒸汽，升上晴空，向远处流去。

他的心追随着那个声音的余韵，已飞到远处，正向遥远的喀什靠近。

喀什在中士的心目中，因为那个声音在南疆的大地上出现，并且那个声音是奔喀什去的，喀什就变得异常神圣。

以前，喀什对中士来说，并不重要。中士虽然没有去过喀什，但他能想象出，除了街道、高楼和拥挤的人群，喀什和别的城市没什么两样。中士当兵前一直生活在和田。和田比喀什更遥远，但中士一点都不觉得和田就比喀什差，可能是他生在和田长在和田，更偏爱和田的缘故，他对兵们一提到喀什的那种向往神情，常表现出不屑一顾。单就和田市中心矗立的那尊一个老农民扛坎土镘的雕塑，中士就觉得和田非同一般，在诸多城市中，哪个城市中会竖起一尊农民的雕像呢，还是和田朴实。

但那声鸣叫是奔着喀什去的，这一点叫中士起初一点也想不通。想不通也没有办法，中士对那个声音的向往由来已久，他像所有南疆人一样，对那声浑厚的鸣叫所牵引出的联想，已超出了久居大漠的人们的主观情感。因为能发出震撼大地叫声的火车，对南疆人来说，太神圣了。

那个声音的出现，拨动了中士的心弦。在中士的人生阅历中，火车是一个非常神秘的物体，以前在电视上看到火车，他就非常激动，他认为火车是最伟大的交通工具。乘坐的那些人就更了不起，他从来没敢想过自己有一天会见到真正的火车，更别说能在上面坐了。所以听人说火车要通到喀什，中士就很激动，特别是秋天刚开始的时候，他第一次在荒滩上听到火车的鸣叫时，他的心由于兴奋而颤抖。过后，中士将听到的火鸣叫声给兵们讲了不知多少遍，那些没有见过火车的南疆兵像他一样激动，几个人天天晚上围着连队的那台电视机，搜寻着有关火车的画面。但电视只能收到一个频道，有好长一段时间不见火车出现，他们渴望看到火车的情形，叫那些坐过火车的士兵不知嘲笑了多少回。

但中士一点也没有放弃对火车的期望，那种浑厚的鸣叫声更加重了火车的神秘感。中士一个人在荒滩上时，总想着坐在火车上是什么感觉呢？

中士的工作比较特殊，他放牧着连队的一群羊。这个工作看起来非常简单，每天早上吃完早饭，带上中午吃的干粮，赶着一群羊到荒滩上去放牧，太阳西斜时，羊吃饱了，中士也饿了，就赶着羊群回来，一天就这么过去了。只有冬天的时候，荒滩上没有羊能吃的草了，中士才待在连队里，依然是伺候着羊，将秋天储存的干草，一抱一抱地运到羊圈，喂养着他的羊儿。待到一大堆干草垛被他抱完的时候，春天也就到了，荒滩上已有了冒尖的嫩草，中士就又赶着羊群，去荒滩放牧了。

这样循环往复的工作，中士一干就是两年。两年来，和中士一同入伍的战友，有的当了班长，上了军校成了预备军官，有的复员回去已经结婚生子，过上了另外一种生活，但中士还在连队一如既往地放着这群羊，他的生活秩序像条令条例似的，一点都没有变。唯一有点变化的是他的军衔从上等兵升到下士，从下士升到中士，就再升不上去了。因为他没有班长职务，虽然是第四年的老兵了，中士这道门槛他一直没有跨过去。

变得最厉害的是中士放牧的羊群。两年来，羊群还是这么大一堆，看起来没有增加也没有减少的样子，别人不太注意，只有中士心里最清楚，一年中母羊生了多少羊羔。每逢节假日，连队就宰杀多少老羊改善伙食，中士掌握着生杀大权，都有记载。每年到年终总结时，司务长总会给连里提出，为中士授嘉奖，缘由只有一个：实在。

中士放牧了两年羊，不光与他实在的工作作风有关，更重要的是中士的一条腿有点问题，中士的腿是他当兵第二年的秋天受的伤。受伤的原因很简单，为迎接年终支队的军事考核，中队组织的几对倒功配套对打，中士那时候还是个上等兵，但他军事动作在同年兵中出类拔萃，如果不出意外的话，中士后来当个班长没一点问题，中队干部有意识把中士当作苗子培养，他的班长就选中了他，和他配对练习。中士和班长的配套对打动作相当精彩，是全中队最看好的一对，他们每天利用两个课时到离中队很远的荒滩上去训练，荒滩上有干枯的牧草，摔在地上也不怕伤着。他们将高难动作也练得相当熟练。

有一次，在温暖的秋阳下，中士和班长练得正起劲时，一声高亢的鸣叫声从远处骤然冲来，那是火车的鸣叫声，据说是通往喀什的铁路正式试车。中士和班长的对打正进行到要紧处，中士被那企盼已久的声音惊得分了神，本该班长跳起来飞腿踢向中士时，中士一个连环腿躲过侧扑在地，但那个声音使他忘记了正在进行的连贯动作，他一愣神，左腿慢下来，被班长一脚踢中，中士当即跌倒在地，抱着左腿蜷成了一团。

中士的左脚骨错位，稍有骨折，当时没有治疗条件，后来送到五十公里处的巴楚县医院，接上骨后，中士的左脚就开始瘸了。为此，中士哭了几天，他的班长也受了处分，被免去班长职务，下放到炊事班烧火，年底就复员了。

中士再不能参加训练了，中队给他申报伤残待遇，却一直批不下来，中士在中队闲了几个月，一瘸一拐地在伙房进进出出，要帮他的老班长烧火，老班长死活不肯，中士就要求去放羊。

这一放，就放了两年羊。中士服役期满，伤残待遇批不下来，中队干部就留中士继续服役，等待批复。中士就又留了一年，继续放羊。

中士对那个声音的敏感，就是从他受伤的那一刻开始的。只要那个声音一出现，中士的心就慌了，起初受伤后，他对那个声音曾经充满了恐惧和仇恨。慢慢地时间一长，中士就不再恐惧和仇恨了。相反，他对那个声音以及对火车的向往比以前更加强烈，甚至产生了想拜谒那个声音的渴望，其实他想通过那个声音的引导，一心想去亲眼看看能发出这种叫声的火车。

这成了中士两年来最大的愿望。他的伤残待遇一年又一年地没有批复下来，对他来说都变得不重要了。

中士在荒滩上放羊，一个人独处时间长了，慢慢地他变得沉默寡言，他的想法和愿望一直压在心底，他认为这是他一个人的秘密，不能对任何人讲，包括那个对他抱愧内疚的复员老班长。

中队的所有人都认为中士整天沉闷着早出晚归，脾性越来越古怪，是他伤残后心里难受所致，加上伤残待遇一直批不下来，中士心理上不平衡，所以也没有人在他面前提问过什么。

其实，中士心里的想法有时连他自己也说不清，除过放羊，他更怕到操场上去看兵们走队列，练倒功、配套对打，他的心里非常复杂，对自己昔日过硬的军事动作和梦想当个班长的前景破灭后，他也曾一度在心里恨过老班长，但细想想，不能全怪老班长，是自己分神，确切点说，是火车发出的那声鸣叫使他受了伤残，怪不得别人，但他总不甘心。有一段时间，他一个人偷偷地在夜里起来练单、双杠，使自己体质能够保持在良好的状态。但他再怎么练，伤残的左脚已不能够使他成为一个训练尖子，当班长的梦想一直就是个梦想了，为此，他偷偷一个人哭过几回，哭过，心里也就想通了。

中士在一次无意中发现，他是完全可以用另外一种方式实现自己当班长实施自己的指挥才能的。那是他刚接手放羊不久的一天，他突然发现自己放牧的一群羊可以任凭他指挥，说走就走，说停就停。这个发现令中士兴奋了很长时间。

于是，中士就开始训练他的羊群。他先将羊群按大小排成三路纵队。起初，羊不习惯，中士就按班长在操场上的口令一遍又一遍地训斥。碰上实在不听话的，他用红柳枝上去吓唬，不真打，条令上规定不能动手打人，羊不是兵，但中士严格按条令规定训练着这群羊，他用正确的口令，不厌其烦地训练羊群。三个月下来，中士的羊群已经能排着队列在荒滩上行进和停止了。中士嘹亮地下口令指挥着排列整齐的羊群，并且每天收操后返回时，他还要在羊群队列前做一番讲评。他给每只羊起了名字，这些名字大多是他以前的同学和朋友的。他把这些名字硬叫，每只羊接受了，这样讲评时才能指名道姓地表扬这个，批评那个。

羊群训练得像一群兵那么听话时，中士得意地用目光扫着眼前的羊阵，羊阵由六十四只羊组成，足够两个排的数字。就是说，中士已经指挥着两个排的兵力，权力够大了，这样的兵力，比一些中队都要多。中士心里非常自豪，他不光是一个班长，一个排长，他完全可以是一个中队长了。尤其是在中队和荒滩往返的路上，中士走在队列侧面带队，他看着羊队整齐的步伐，不时喊上几声"一二一"的口令，心里舒坦极了，唯一有点遗憾的是这些羊不能像兵们那样扯着喉咙吼上几声"一二三四"。但不时从羊队里发出羊的叫声，也叫中士心里够激动的，他也曾试过，想叫羊同时发出叫声，但都失败了。每次，只有他早上到羊圈去放羊时，羊们发出的叫声使他心里充满了温馨。

在能够放牧的日子里，中士的心里就很充实，他把羊群带到草最好的荒滩上，实施完他的一套训练后，让羊群解散，拣草厚的地方吃个饱。中士自己在荒滩上走来走去，也不找个地方坐下歇息，俨然一个监督的领导，不时说说这个又说说那个，遇到哪只羊吃饱了躺下，他走过去，用手摸摸羊的肚子，还要劝上几声再吃点，羊就起身再吃几口草。中士用欣赏的目光打量着一只只羊，日子在他的目光里变得不再漫长，一晃，两年就这样悄悄地不见了。

在荒滩上，每到接近中午的时候，那个声音出现之前，中士的心就跳得快了，有种等待的慌张。为了掩饰自己的慌乱，他总是在原地站定，凝神静气地倾听远处，期待着那个声音。

这时，羊只被主人的举动所吸引，也都停下啃草，头抬起来，静静地望着中士，直到火车的鸣笛声响过，羊才像听到命令似的，释然地埋下头吃起草来。羊的这种做法叫中士很感动，有几次，中士都把自己对火车的向往和南疆人对火车的陌生讲给羊听，他把火车的形状和功能一遍又一遍地讲解着，虽然羊们听不懂他讲些什么，但凭它们专注的神情，中士认为羊们已经理解了他的意思。

曾经有一阵子，中士从那些出差探家回来的兵们那里得知，喀什已经通上了客车，以前过往的都是货车，中士的心里就更慌了，那种想看到真火车的愿望更强烈。其实，中士放羊的荒滩离铁路并不算太远，二十几公里，在新疆这不算什么，中士出去放羊也很自由，他完全可以赶着羊去一趟铁路边，看一回火车。但中士没有这样做，他不愿违反纪律更不愿耽搁了羊吃草，他也不能把羊们扔在荒滩上自己一个人去看回火车。按说这荒滩上几乎没有人烟，被他训练出来的羊们，也不会乱跑的，但中士始终没有这么做，他更明白自己的职责。

进入中秋以后，即将复员的老兵们开始议论复员的问题了。

中士晚上回到中队后，偶遇上老兵们一堆一堆地议论，他也过去听上几句，老兵对中士说你不用听，你的问题没得到解决，又不复员。中士想想也是，自己的伤残待遇批复没下来，中队肯定不让他走，就说他想听听今年老兵复员怎么走。老兵们说咋走也是中队长说了算，不过咋走还不是个走，只要能回到家就行。

中士说这很重要。他就去问中队长。中队长对中士说，支队早有计划，内地的兵在巴楚集中，然后乘火车返回内地，本地的在巴楚集中后，分头回家。中士急问，和田的兵怎么走？中队长认真地说，中士你又不复员问这干什么？中士说，我只想知道和田的复员兵走不走喀什。中队长笑了，说怎么会走喀什呢。绕一个大弯子太远，到时从巴楚走莎车多近。中士急了，说这么着他们就坐不上火车了。中队长说坐那玩意儿干啥？火车有什么好坐的？

中士有点失落，心里空荡荡的几天都不得劲，心想着和田的老兵太可悲了，现在离火车近了，却没有机会坐一次火车，一回到和田，今后还有机会乘坐吗？

中士在荒滩上给羊们讲评时，说出了自己的苦闷，羊们无动于衷地列队站在他面前，他讲了半天，羊们也没有给他出一个主意出来，他和羊根本不可能交流。中士再听到火车鸣笛声时，心里一颤一颤地难受。

中士跟在羊群后面，那些凸起的沙包和一些孤独的红柳丛，就像秋天的背景一样贴在他的面前。在这个背景的后面，他听到秋风在红柳梢制造出的一种悠长的哨音，带着秋天的遗憾从他心尖上轻轻划过，他的心颤抖着在秋风中飘来荡去，仿佛飘到了遥远的和田，他看到走在和田大街上同样披挂着阳光的人身上，仿佛总缺少点什么。

中士的眼睛模糊了。他的目光被秋风燃起的烟尘阻隔在生活的这面，这面永远是南疆荒芜的秋天，一切变得异常淡黄，地上的荒草在由绿转黄的过程中水分已经减少，有些已经枯干的草叶在风中轻飘飘的，只要是在秋天的景象里，天一下子就显得高了不少。所以一到秋天，人们就变得异常惆怅。

中士踩着秋天阳光的碎片，他的脚下一高一低的全是秋天留下的坑洼，这些坑洼上升到中士的心里，将会在他心里留下永久性的纪念，这些纪念会叫他怀念一生，他不会有半点抱怨。中士已经遗忘了过去的伤痛，他在牧羊的两年时光里，通过他自己的努力，从对羊群的训练已感知到了一个士兵一生的荣耀。中士知足了。中士在心里谋划着在这个秋天应该有些新的想法，是什么想法他还没有头绪，如果在他的这个想法思谋成熟后，唯一让他感到遗憾的，是他没有能在此之前去一趟喀什。

金子的声音

　　山谷原来是个河道，白杨河改道走了北面的缓坡后，河道就变成夏牧场里一条普通山谷了。

　　几个城里人肩扛着一些奇形怪状的东西，到山里来了一趟，在他放牧羊群的这个山谷里上上下下地用那个像照相机一样的东西照来照去，忙碌了一天，最后用瓶子装了山上的泉水和沙土。临走前，买了他的一只羊宰了，炖上羊吃肉时，说他放的羊，走的是黄金路，喝的是矿泉水，吃的是中草药，这肉都快成保健品了。他们走了新疆许多地方，每到一个地方，当地人都说他们的羊肉是新疆最好吃的肉，其实这次吃的肉才真正是新疆最好的肉了，肉筋，还不膻。他听着这话很高兴。他们这样说着吃着，吃完了，却抹着嘴上的油对他说，你今后不要在这里放羊了，这个山谷里含有大量沙金。

他一脸茫然，不明白那些人在说什么。那些人也看出了他的无知，对他说，地壳运动就像人的生老病死一样，看不出来，就长大了、生病了、老死了。这个山谷的金床已经很浅，沙金丰满得都可以听到金子的声音了，过阵子国家就要来开采这个矿床，你还是换个地方放牧吧。

什么金子不金子的，他才不管那么多呢。他只知道这个山谷里有羊喜欢吃的草，他只管放他的羊。他们说有金子的声音，他侧耳听听，没有，山谷里静悄悄的，除了他的羊发出一些软绵绵吃草的声音外，就只有风走过的沙沙声了。他等他们走了后，又趴在地上，耳朵贴在地上听了半天，确信还是没有听到一点他想象中的金子声音。他才不信那些城里人呢，城里人吃了他的羊，没给他几个钱，是拿话哄他呢。过后，他就忘了。

这天他的羊死了一只，没病没灾莫名其妙地死了。这是他今年春天转场到阿尔金山第一次死了羊，他想不通。那一夜，他失眠了。羊是他的命根子，他心疼死掉的那只羊。他想不通的事不太多，一般还没有什么事可以叫他想不通。他是一个心像草原一样大的牧人，死一只羊对他来说不算什么，他在心里告诫自己不再想那件事了，可还是睡不着，任凭他怎么努力，瞌睡都离他远远的，好像是他干了一件什么不好的事，无意中就把它给得罪了，要惩罚他似的。翻来覆去，在地窝子的毡上折腾到后来，他的头开始疼了，干脆爬起来喝几口酒，或许酒能让他的思维疲累些，能踏踏实实睡着呢。他摸黑抓到酒瓶子，咕咚咕咚灌了几大口，像口渴的人喝水一样，很畅快。喝了酒后，他在地上走了几圈，很有气概地对自己说，不就死了一只羊吗，他还有一大片羊呢，有什么大不了的！他重新躺下，酒劲慢慢地上来了，他感叹着酒的好处，迷迷糊糊睡着了。

　　第二天他起得有点晚，因为没睡好，头有点晕，但他还是坚持去放羊，将羊群又赶到这个山谷里。这个山谷里石头多，虽然有不少的泉水，草并不怎么好，是些稀稀拉拉的针茅草，还藏在石头缝里，羊吃起来很困难，不一定能吃饱。但羊喜欢吃针茅草，因为羊喜欢，他也就喜欢，他和羊都喜欢这个山谷。稀稀拉拉、碧绿幼嫩的针茅草像针一样，又细又短，吃起来费劲。他放了一辈子羊，知道羊爱吃什么草，他也知道羊吃这样的草，看似不起眼，却长膘。这才叫羊吃的是中草药，喝的是矿泉水，在这里放的羊杀了后，肉有嚼头，才好吃。当初，农场划分草场时，他要了别人都不愿要的这个山谷，为此，儿子还和他闹过别扭，说他傻呢，放着茂盛的草场不要，偏要这个没人要的破石头山谷。他不和儿子争，儿子也拗不过他，他乐意的事，儿子拿他没有办法。每到春天转场时，儿子不愿到这个山谷来，他就一个人来，留下儿子在家储备冬天的草料。儿子不来，他也没法，儿子越往大里长，就越不听他的话，他能拿儿子怎么办，总不能像驯马一样给儿子几鞭子？马是越打越听话，可儿子越打就越离自己远了。原来他也教训过儿子，可教训过后，儿子会赌气出去一两天不回家，他心里发虚，急得四处去找，每次找到了儿子，他想和儿子说句话，儿子根本不理他，受煎熬的只有他自己，过后，儿子依然如故，根本不把他的教训当回事。后来，他明白了和儿子不是一个立场这个道理，他就不教训儿子了。要是和儿子在一起，儿子会絮絮叨叨个不停，两人还得怄气，倒不如他一个人，乐得个清闲。山谷怎么了，草是瘦了一些，但却是养羊的草，只要羊喜欢，在哪不都是个吃草呢。他才不愿和羊过不去，羊是他全部的生活内容。

死了一只羊，他心里难受，无缘无故地死了，他更难受，要是有个先兆什么的，死了也就死了，羊最后的结局本来也就是个死，他也不会有多难受，可什么也没有，无病无灾的，羊就死了。早上还好好的，到了中午那只羊就不走动不吃草了，不一会儿就不行了，他还没弄明白那只羊到底怎么回事，就死了。那是一只刚成年的母羊，今年开春刚配上种，眼看着到了秋天生了羊羔，一只要变成两只，却死了。那时，如果给刚死去的羊放了血，羊肉还是干净的，一样吃得很新鲜，但他没有。他吃不下这肉，羊无缘无故地死了，他怎能吃得下呢。他抱着死羊坐在山谷的石头上，默默地想弄清羊的死因。山谷里很寂静，春天的阳光温暖地裹在他身上，像给他披上了一层细毛羊皮，柔软得心里都痒痒，可他那时感觉不到，心里只有隐隐地疼，只有莫名的伤心。这好好地怎么就死了？他曾这样问自己，也问怀里已经僵硬的羊，却得不到答案，山谷里的寂静让他的忧伤也是那样地柔软和安静。最后，他在山坡上挖了个坑，把不明不白死去的羊埋了。

这天，他在山谷里爬上爬下，还是坚决地想弄清楚羊的死因。他对这个山谷太熟悉了，多少年了，每年春天他都转场到这里来放牧，除过羊得过一两次病，他来不及医治，死过几只外，还没有这样无缘无故死过羊。他想弄清羊死的病因，出了一身的汗，却依旧没有找到原因。他沮丧地坐在山坡上，抽自己卷的莫合烟发呆，太阳从他的头顶转到西边去了，阳光的那份温暖还在，他有点昏昏沉沉，差点就歪倒在山坡上睡过去，他的确有点困了。可他还是克制住了，死了一只羊，虽然不是什么大事，可不明白死因，却成了他心头的结，没有解开，他是不能这样睡着的。他挥了挥手，把阳光撕开扔了一地，那份温暖的瞌睡还围绕着他，却撕不碎，赶都赶不走。他站起来，还是昏沉沉的，本想摸出酒瓶抿上几口，提提神，可他没敢，他知道这个时候要是喝上几口，不但提不了神，还会助长瞌睡，只会帮他尽快睡过去的。

他强忍着挨到天黑，把羊赶回来，圈进圈羊的那个大地窝子里。山里的春天和别的地方不一样，太阳一落下去，地上的潮气泛上来，春夜很凉。今天似乎更凉，他把自己住的那个地窝子门上的毛毡取下来，给羊圈的门挂上。他宁愿自己冻着，也不能冻着羊，尤其是母羊，开春配上了种，可不敢冻，冻了会流产，会减少他的很多希望。他自己冷点没有什么，老骨头了，就是冻着了也不怕。为了御寒，他喝了一瓶子酒。酒使他全身像着了火似的燃烧起来，他在燃烧中心神不定地睡着了。

这天一大早，他感觉眼皮有点跳，到了该放牧的时候，他打开地窝子的门，羊们叫成一团，急不可耐擦着他的腿钻出地窝子时，他发现圈里还卧着几只羊。一看到那黑乎乎的几堆，他的心忽悠一下提了起来，他咳嗽了一声，想镇定一下自己，但那种不祥的感觉还是紧紧地攥着他的心，他猫着腰轻轻地走进羊圈，来到那几只卧着的羊跟前。不敢想象的事终于发生了，又死羊了，这次是三只。比他想象的更可怕。他没有去动羊，像被什么东西定住一般，呆呆地站在原地，心狠劲地抽动了几下，泪水还是没有控制住流下来了。

伤心了好一阵子，想起活着的羊还要吃呢，他把伤心的泪水抹了抹，在衣服上蹭了，蹭得一身都挂满了伤心。走出羊圈，去放已经饿得咩咩乱叫的羊。这一天，他没有吃一口东西，也没有喝一口水，又死了三只羊的打击对他来说太大了，别说他没有一点儿心理准备，就是有，他又怎能接受这样一个残酷的事实呢。这个残酷的事实叫他手足无措，除了悲痛，他就不知接下来该怎么办。

死羊的事接连几天不断发生着，他害怕了，照这样死下去，不出一个月，他的羊会死个精光。他不能眼看着羊一只只死去了，这天夜里，他把羊圈好后，骑着马连夜赶到山下的小镇，他在镇上找到认识的人给农场捎去话，叫儿子赶紧找兽医来山上看看。

过了两天，儿子很不情愿地和农场的兽医骑着马来了。兽医是个年轻人，听说是去年才从大学毕业分到农场的，一来就叫他抓了几只羊做检查，却没有在羊身上找到病根，问了一些羊的死因，他也回答不上来，就随着他到山坡上去看，羊吃的草长在石头缝里，稀稀拉拉地鲜嫩着。年轻的兽医拔了几根草，放在鼻子下闻闻，又放到嘴里嚼了嚼，没有找出草的毛病。这就怪了？大学生兽医自言自语了一声，看上去满眼的忧郁。他看着年轻兽医的表情，再看看儿子。儿子脸上看上去十分平淡，不但没有一点忧伤的意思，还一副幸灾乐祸的样子。他心头火起，这几天的痛苦煎熬使他真想冲儿子发一通火，可他还是忍住了。没忍住的，是他伤心和失望的泪水，不顾一切地流了下来，满满地溢出他那张沟壑纵横的眼。

兽医看了看流着泪的他，受了启发似的，走到一眼泉水边，细细地端详起泉水。他看到兽医似乎很悠闲的样子，心里失望极了，他对这个大学生兽医不抱一点希望了。

年轻兽医用手掬了些泉水，放进嘴里，眼神很悠远地品尝着，突然间收了悠闲的表情，忽地站了起来，兴奋地说，问题出在这泉水上，羊是喝了这水致死的。

他不明白羊的死跟这水有什么关系，眨着一双盈满泪水的眼睛，不解地望着因为有了重大发现而显出一脸兴奋的年轻兽医。

兽医说，我刚尝了这泉水，水看上去很清澈，却没有一般泉水的甘甜，而且还有股金属的味道，肯定是水里含有什么矿物质，而且这矿物质里含有对肉体不利的成分。

兽医说到什么矿物质的时候，他突然想起不久前，从城里来的那些人说的话，他根本没把城里那些人说的话当一回事，可现在叫兽医这么一说，他心里就没谱了。

不会吧，他说，我每天都喝这泉水，怎么没事？

你不能再喝了，再喝下去，你也会有危险的。大学生兽医说。

他心里有点害怕，已经死了十几只羊，接下来该死的是他了。他这么想着，就把不久前那帮城里人来这里的事说了。

兽医一听，更加确定了自己的分析，来了精神，从泉水里抓了几把泥沙，在水里搓了起来，最后搓洗得手里只剩下几粒沙子，拿起来仔细看了，说，果真有沙金呢，沙金来了，这阿尔金山，地下到处是沙金床，这下流到你这个山谷了，你就等着淘金发大财吧。

他还没反应过来，他的思维还系在他那些死去的和还没有死去的羊身上。他的儿子听到兽医的话，已经两眼发出了亮光，一把从兽医手里抢过那几粒沙子，对着阳光，兴奋地叫了起来：要真是沙金，我们就不用放羊了。

兽医也因为找到了羊死的真正原因，心里兴奋，说，连搞勘探的都说了，还能有假？

他没有儿子那么兴奋，还在想着剩下的这些羊，如果还这么死下去，可怎么办呢？哪天他也会和他的那些羊一样莫名其妙地死掉吗？

儿子看到他还在那里愣神，就看出他的想法了，没好气地说，别提你的那几只破羊了，死就死了吧，有了沙金，我们还放羊干啥，累死累活的，也挣不了几个钱。

但他认为他不能没有羊放，他要和儿子理论，儿子不理他，已经向兽医打听有关淘金的问题了。年轻的兽医因为上过大学，一副什么都懂的样子，从一个兽医变成了淘金子的专家，开始卖弄他的知识。

没人理他，这不要紧，关键是他的羊怎么办呢，春天才开始，还有一个夏天，一个秋天，这是羊繁殖和生长期，是一年最重要的时候，在这节骨眼上，什么沙金却出现了，来侵扰他的羊群，死了几只已够他心疼了，这是属于他的夏牧场，是他的这群羊一年食草、繁殖、成长的地方，有了这些可恶的沙金，他的羊到哪里去吃草？别人的夏牧场都放着一大群羊呢，谁也不可能让他的羊去吃他们的草。

他心里急得疼痛起来，眼泪又在气急且无奈中奔了出来，他站在春天的阳光下，想着他无处可去的羊群，默默地伤心垂泪。

兽医终于卖弄完了他的知识，发现老人伤心的泪水。年轻人奇怪地看着老人说，你哭什么？应该高兴才是，沙金来了，这是真正的财富。如果有人来开采，占了你的草场，给你的钱比你放羊多多了，你可以不费一点劲，就可以挣好多钱呢。这可是别人想都想不来的好事。

我不要钱！他气呼呼地说，我只要放我的羊，让这些沙金见鬼去吧。

儿子说，这由不得你，就让你的这些羊去见鬼吧，沙金多好。

他听着儿子大逆不道的话，愤怒了，举起手中的鞭子要抽儿子。他越来越发现，他的儿子不像牧人的后代，倒像一个金钱的后代。

兽医止住了他的行动，把鞭子从他手中抢了去，说，你不要生气，这不是什么难题，你还可以放你的羊，山谷里的草上没有矿物质，羊照样可以吃，只是这里的泉水不能再叫羊喝了，喝了还会死的，因为水里有含沙金的矿物质，有毒。

他一听山谷里的草，羊还可以吃，他不生气了，也不跟儿子计较了，他抹把泪，孩子似的破涕为笑了。他像下保证似的说，我可以多经点心，不让羊喝山谷里的泉水，每天早上和晚上把羊赶到远处的白杨河里去饮水，这样我的羊就不会死了吧？

白杨河还在山谷上面的一个缓坡上，离这有五六里地呢。

兽医叹口气，说，只要不喝这里的水，就不会有问题，只是白杨河离这儿不近呢。

没关系，没关系，远点怕啥，只要还可以在这放羊，羊不再死，多走点路，羊还长得结实呢。

儿子和兽医走了，留下他一个人继续放羊。这下，放羊不同以前了，早上把羊群放出圈，先要赶着走五六路，到白杨河饮一次水，然后再赶回他的山谷里，羊吃草时，他再不能像以前那样清闲了，得不停地跑来跑去追赶那些想喝泉水的羊，一刻也不能停，稍有不慎，就有嘴贪的羊会跑到泉边喝水。山谷里的泉眼不少，他的羊群也不小，他不想再失去一只羊了。到了晚上还得把羊赶到河边再去喝一次水，这样放羊很累，一天下来，腿都跑酸了，连饭都懒得做，但羊的损失却减少了，除过开始几天，羊又死了几只外，慢慢地就不再死羊了。他的心里踏实了些，虽然累点苦点，只要不死羊，能平静地放这群羊，他就满足了。

慢慢地，他发觉把时间都浪费在来回喝水的路上了，这样羊就要少吃草，他在每天来回的路上琢磨着，得想个法子解决这个问题，他想到了在白杨河里堵个小坝，把河水往这个山谷里引过来。这个其实不太难，这个山谷本来就是河道，他都观察好了，水流起来会很畅通的。他就趁羊喝水时，开始在河里筑土坝了，但后来一想，山谷里有了沙金，就是白杨河里的水流到山谷，会不会也喝不成呢？这么一犹豫，就打消了引水的念头。他才不敢拿羊的性命下赌注呢。他想着还是平平静静地来回跑吧。

这样平静的日子维持时间不长，天就热了，夏天到了。先是太阳不再像以前那么温暖了，像火一样从天上泼下来，烘烤得他酷热难耐。以前的夏天也这么热，但他头上顶个衣服什么的遮遮阳光，静静地坐着不动，也不见得有多热。但今年不一样，他要不停地来回跑着去赶喝泉水的羊，活动量可比那一群羊大得多，就特别热，每天早上一起来，燥热就包围了他，汗水几乎快淹没了他，但为了羊的性命安危，为了让它们能多吃点草，他起早贪黑，整天都像个水人似的。这都不算什么，最可恨的，还是他的儿子。儿子自从上次来后，回去就到处准备淘金的工具，并且在夏天刚到来时，带来几个像他一样的二流子，到山谷里来淘金子了。

他拦不住儿子，手里的鞭子可以管住一百多头羊，但管不住他儿子，还有那几个二流子，他们的力量显而易见比他强得多。他忍气吞声地只好随他们去折腾，只要他们不妨碍他放羊，他才不去生这个闲气呢。他早就看清楚了，儿子除了和他怄气外，就没打算继承他的放牧生活。他也没有指望儿子能成为一个好牧人。

儿子和那几个人开始在山谷里淘金了。他们先把泉眼挖大，从中捞出泥沙，洗呀搓呀，干得热火朝天。听了都叫他心烦，他便离他们远远的，只是偶尔拿眼瞅瞅，不去理会，他才懒得去问他们淘到金子没有呢。

他怎么也没有想到，儿子的这种做法只是个前奏，接踵而来的，是更多的淘金者涌到他的山谷里。他们是隐藏在阿尔金山的金客，听闻这里有金脉，纷至沓来，到这里淘金了。

这个山谷是农场分给他的夏牧场，他才不管什么金子不金子呢，他只管放羊。他每天得放羊，顾不上阻止这些金客，他的儿子却和那些金客接上了火，他们先是吵，吵闹不解决问题，后来干脆动了手，打斗起来。儿子还被打伤了一条胳膊。终因地盘是他的，儿子赶走了第一批金客。

看着儿子一脸的血汗，他还是心疼了，不管怎么说，儿子是他亲生的，他想去劝儿子别再淘什么金子了，免得再伤着哪里。他的话还没有说完，不耐烦的儿子把他推开了，儿子对他大喊大叫着，叫他今后不要管他的事。

放你的破羊去吧。儿子用这句话把他赶离了淘金子的泉边。他很生气儿子用这种粗鲁的态度对待他，他也像儿子对待他一样的态度对儿子吼了句，别想再打他的羊的主意。他窝了一肚子火，快快地去赶他的羊了。凭儿子对他的态度，他发誓不再管儿子的事了。当然他也管不了。

有了第一次械斗，就会有第二次。金客一批接一批地涌来了，他们在山谷里像土拨鼠似的到处挖沙土淘金子，并且挖了不少人住的地窝子，有了扎根于此的意思。他的儿子刚开始还和金客你死我活地争地盘，后来，金客多了，争夺的人多了，他打不过，还经常被打得头破血流，就不敢再争了。这么大的山谷，他也争不过来，最主要的还是赶紧淘自己的金子，就守着自己的地方，如果谁不来侵犯，就专心淘金子。因为金客越来越多，山谷毕竟有限，几乎每天都有打闹，整个山谷成了一个争斗场。儿子有时会赢，有时会输，慢慢地，争斗越来越激烈，经常有人被打伤，血有时会把泉水染得殷红，像是谁无意中扔下的一块红绸子，在山谷里红得耀眼。金客们的眼里只有金子，那稀疏碧绿的生物他们看不到，就是看到了，谁又会珍惜呢？只有金子才是最实在的，于是山谷里的针茅草随着淘金者的增多，被金客们挖得不成样子了。涉及草场，他不得不出面和他们论争了，但他的论争根本没人理，虽然草场是属于他的，他却像一个无理的人去和人家讲道理，没人听他的道理。金客们都忙得恨不得多生出几双手来，他们怎会为那几根只是给羊吃的草而停下找金子的手，去听他的道理呢？当然也有人很奇怪地看他，这满山谷都是金子，都是财富，他其实只要弯弯腰就可以捡拾，可他却无视这一切，只守着一群不值钱的羊和一片稀松的草。金客们无法理解他，也不需要理解他，但他们是绝对不会为了他而放弃寻找财富的。他就开始给金客们说好话，低声下气，像求人家一样。这样一来，他就调了个位置，似乎这片分给他的夏牧场原本就是金客们的，他强行闯进来要侵犯这片山谷的侵略者了。他经常被那些粗暴的金客粗鲁地推搡开，好像只要他一开口说话，就弄得金客们再也找不着金子似的。他在这山谷里倒成了多余的人。

这还不算什么，最受害的还是他的羊群。刚开始，那些金客还到他这里来买羊宰了吃，后来变成了偷。这下他忍不下去了，他们占了他放牧的山谷，破坏了他的草地，还来偷他的羊，他没法和那些金客理论，他可以不再卖给他们羊，他们出多少钱，他都坚持不卖。再后来竟变成了金客们来抢他的羊。有次都抢到他圈羊的地窝子里来了，幸亏他听到动静半夜爬起来了，不然，他们会把他的羊害死多少呢。他为了护卫自己的羊，没少挨金客的打骂。

他的羊像春天开始的时候那样，每天都在减少着。不同的只是那时候羊是喝了山谷泉水死的，现在却是被金客们抢去宰杀了。

为了护卫自己的羊，他干脆搬到圈羊的地窝子里来住，羊膻味熏得他快闭气了，但他强忍着还是在地窝子角落里给自己搭了个铺，想着只要他白天晚上都和羊在一起，就会保险些。

他想错了，他就是和羊住在一起，也保不住这些羊的安全。这天夜里，胆大的金客居然不顾他睡在羊圈，就来偷他的羊了。他被惊动了，要起来反击金客，就被金客们一拥而上，狠狠地打了一顿，他被打得连喊叫的力气都没有了。他们把他丢在地上，他只能眼睁睁地看着他们把羊一只只拖走。

这一顿打得可不轻，他趴在羊圈的地上整整一天都没有爬起来，羊们围在他的周围，饿得一个劲叫唤，他早上的时候还梦想着他的儿子会来看他，帮他收拾残局，可等了一天，也没见儿子的影子。他绝望了，趴在羊圈的羊粪上，想着羊被抢走了有二十多只，剩下的可怎么办？他甚至想到了退一步，把剩下的羊赶回家去，再想办法。可这么一群羊，赶回去给它们吃什么呢？他越想心里越愁，刚开始他还伤心地流泪，后来就不伤心了。伤心有什么用？伤心挽救不了眼前的这个局面。

被抢了羊的第二天，他硬忍着伤痛爬起来，拄着鞭杆把剩下的羊赶出羊圈，没办法，羊要吃呀，饿一天了，他不忍心羊饿着。赶出羊后，看到山谷里到处都是乱扔着的羊皮，他的那二十八只羊看来已经被这些强盗吃了。他一阵心酸，强忍了许久，才没有掉下泪来。更叫他心酸的，是他一瘸一拐地在山坡上找到他儿子，给儿子述说自己被金客抢走羊还挨打的事时，儿子表现出的无动于衷，让他心寒。他知道儿子的心思全在淘金上，根本不会理他的几只破羊。他站了一阵，知趣地走了。他还要放羊，那些羊都等着他呢。

他把羊赶到了白杨河边，羊喝完水后，他没有要把羊赶回山谷里的意思。河边除过石子外，根本没有什么草，羊喝足了水，慢慢习惯地往回走呢，他喊住了羊，他不想回那个可怕的山谷，也不想再看着自己的羊被那些魔鬼枪杀了。

羊在河边饿了一天，晚上他把羊赶了回来。这天夜里他知道那些恶魔不会再来抢他的羊了，他们前天夜里抢的还没有吃完呢，吃完了，他们还会再来的。这天晚上他甚至想着都可以不在羊圈里睡了。

他让羊在山谷里吃了最后一天草。他在山谷里放羊的时候，看着那些对他狞笑的魔鬼，突然觉得自己放这群羊，其实是在干一件无用的事情，这些羊是给这些魔鬼放的，他们需要了随时都可以来取，他一下子悟透了这个道理。他为自己能悟出这个甚至还有点兴奋。

羊算什么？羊迟早会叫他们吃光的。他们才不管这么多，他们只想着多淘些金子。连他的儿子在沙金面前都变成不认他这个老子了，谁还会在乎他这个放羊的老头呢？好像他就应该放着羊，给他们准备吃的。

他想得挺远的。

他想了一天，想的是一生中最远的一个想法。这天夜里，他把白杨河那个他筑的土坝缺口终于堵上了，他还想再叫一下儿子，他赶在水流到山谷之前，跑回山谷，摸黑找到儿子住的地窝子，儿子竟不在里面。他跑回自己圈羊的地窝子，发现儿子和一个二流子点着汽灯，在宰杀一只羊。对他的出现，儿子一点都不惊慌，还说了句，与其让他们吃你的羊，还不如我吃呢。儿子说完，继续宰羊。他想了想，对儿子说，你吃吧，反正都是个吃。儿子对他的话愣了一下，可能是不相信他会这么说。但也只是一愣，宰好了羊连个招呼都懒得打，扛着羊肉走了。

他对儿子走远的背影，又像是对自己说道，吃吧，吃了别后悔。

他赶上剩下的不足一百只的羊上到山坡时，白杨河里的水已经到了，水虽然不是太大，他想象着，也足够把这个叫他痛恨的山谷冲刷得一塌糊涂。那些恶魔，还有他的儿子，虽然不会被淹死，但他们淘沙金的地方，会冲得乱七八糟吧。

他这么想着，跟在羊群后面，上到山坡顶时，听到身后杂乱的叫骂声，还有水声，似乎还有一种声音，他听到了，但是什么样的声音，他不知道，他也没法知道。是不是那几个城里人说的金子的声音呢？他不知道。其实金子的声音，他从那些人一开始涌进山谷淘金时，从他们打得头破血流的争斗中，早应该听到了。

甘西的土甸子

别克商务车在又一个土坡前停住，一股黄尘像发怒的马蜂忽地扑了上来。待黄尘慢慢散落，黑色的车身变成了土黄色，在同样昏黄的日光下，傻乎乎地趴下了。

车门一开，几个人钻了出来，衣着派头与黄尘弥漫的土坡显得格格不入。

司机徐远明阴着脸，甩了下长头发，踢了一脚被沙土埋没了半截的车轮，骂道："这鬼地方，要车的命哩。"

其他人不语，看看脏得不成样子的轿车，把目光投向土坡，一直望到坡顶，全是土黄色的荒山，辨不清土路拐到了哪里，坡顶几棵被尘土覆盖的沙枣树，倔强地戳在那里，证明着它还有生命。除此之外，就剩下昏昏沉沉的阳光，似从坡顶滚下来的，沾了不少沙尘，扑在人身上，像落了一层尘土，抖都抖不掉。

几个人觉着，到这种地方没法鲜亮，心里似被这黄尘蒙上了一层颜色。

"能上去吗？"戴眼镜的中年人问。

"走着看吧。"隔了约一分钟，徐远明才冷冷地丢下一句。这趟车不该他出，他本来是高副局长的专车司机，最近清理专车，按新规定副职不再配专车，落实又比较难，正不尴不尬呢，来了这趟长途任务。开商务车的小刘他妈突然住进了医院，徐远明补了小刘这个缺，心不甘情不愿，他曾给高副局长打电话征询意见，高副局长在电话里哼哼哈哈没个准音。徐远明一肚子气没处发作，只能偷偷骂小刘他妈，这老太太真会捣蛋。小刘他妈住在郊区，每到周五挤公交车来城里超市买上几十斤鸡蛋，周六周日再卖给那些上门来找土鸡蛋的城里人，生意一直不错，只是被城里人盯梢，前几天被一帮人围住，抓了现行，老人有口难辩，也没法辩解，急得血压飙升，差点丢了性命。

"上车吧！"

几个人钻进车里。

徐远明最后上的车，他把头猛地一甩，将分头甩出一个造型来。上到车里，再看其他几个人，衣着派头又恢复了鲜亮的原样。徐远明气狠狠地发动车，油门踩得紧，车怒吼起来。车上的这些人把黄尘抖到了车子座位上，回头还得他收拾。徐远明发动车时下手重，表示他的不满。

车动了，喘着粗气，从沙土窝里蹿出，往土坡上爬去。

土路是便道，不是走车的路。车像疯疯癫癫的病人，在尘土里扭动，徐远明驾着车特别吃力，不一会儿，出了一身的汗。

身后有人给徐远明点了根烟递过来，徐远明看都没看，放在平时，他不但接过来，还要说声谢谢。点烟的人识趣地将烟掐灭，扔到车外，赶紧摇上车窗玻璃。

在一个拐弯处，徐远明看到一个穿黑黄色衣服的放羊老汉，紧急刹住车，说去问问路，推开车门跳了下去。

几个人也跟着下了车。

徐远明走到老汉跟前，问了声："忙着呢？"

老汉扭过身来，一脸的皱纹被迷惑的问话惊得变了形状。

徐远明又用刚才的搭话方式问了一句。

老汉这才将脸上的皱纹舒开，却没舒出个平坦来，但开了口："你问我呀？"

甘西这地方的人犟，徐远明整天在城里穿街走巷，没到过甘西，却听说过。他本来想多说一句，这荒坡野岭看不到人，不问你老汉，还能问谁！想了想，还是"嗯"了一声。

老汉说："不忙。放羊。最闲了。"

跟上来的几个人往坡上一瞅，有几只灰乎乎的羊，散在那里埋头啃吃坡地的草。他们似乎才发现，坡上虽然也黄扑扑的，但与黄土还是有些差别的，那些是草，却不见绿色，已经被时不时弥漫的黄尘埋没，昏头涨脑地呈现出一片土绿色来。

几只羊吃得很专心，似乎除了草，这个世界的万事万物都与它们不相干，身边一下子围上来这么多人，别说抬头好奇地观望，连漫不经心地瞟一眼，都觉得会耽搁它们吃草。

还是徐远明忍受不住，不管老汉有没有在意，他随手指了指坡那边，问："从这儿能上去吗？"

老汉比羊的好奇心重，瞅了眼徐远明，又一一打量着跟过来的几个人，越过几个人看了看趴在土路上的车子，才想起来似的问着："上哪儿？你是说到原上吗？"

徐明远甩了下头，"嗯"了一声。

老汉在徐远明甩头的刹那，抬手摸了摸自己花白相间的头发。他的头上可没有徐远明的头发黑亮和柔顺，像秋天的枯草一般，沾满了尘土和草叶。

"能！"老汉毫不迟疑地说，"飞机都能上去。"

这话好像很有趣，有人竟然笑出了声。

还是戴眼镜的中年人道了声谢。

几人反身又上车，徐远明又气狠狠地发动车，车像疯子似的，在土路上歪歪扭扭地往上爬去。

路越走越窄，甚至算不上是路，一条坡沟而已。一会儿上，一会儿下，有些地方其实就是缓坡，车走在上面，车身半边向坡下倾斜，摇摇欲坠。

车里人都出了一头一身的汗，紧紧地抓着扶手，连额头上的汗都顾不上抹一把，心提到了嗓子眼，眼睛不敢往坡下看，只盯着前方没有路的路。

大家只顾盯着前方的路看，车子还是滑了一下，右前轮陷进一个土坑里。

土坑给黄土埋没了，看不真切。车轮陷进去，油门踩到底，只听到发动机越发猛烈的怒吼声，车子却开不出去。

徐远明松开油门，刹住车，几个人下车站到地上，心才落回肚里，踏实了些，可陷进坑里的车出不来，叫人头疼。

徐远明冷着脸，谁也不看，在车周围转着圈子，不住地甩着头发，嘴里不干不净地骂着脏话，别人听不出他骂谁，连他自己也不知道该骂谁。肯定骂到了小刘的娘，如果不是她假冒土鸡蛋遭人围困血压上升住院，这趟长途小刘出定了。清理专车的关键时期，徐远明不愿离开机关，他得为自己的今后打算，哪怕开不成专车，他也要成为领导预备的机动车司机。只有为领导服务，在单位才能有地位。不过，这次出来前，从高副局长的态度上，徐远明看不到多少希望，这正是他忧心的。

骂过了，徐远明招呼几个人推车，他在车上继续轰大油门。车轮飞快地空转着，将坑里的黄土转得飞起来，扑了几个人一身。

空气中弥漫着尘土的腥味，呛得几个人窝了一肚子火，干脆停下不推车了。

徐远明跳下车，到车右前方蹲下，摸摸发烫的轮胎，气不打一处来，心疼车轮又恼恨坐车的人，却没法骂这些人，看到他们一脸的灰尘被汗湿后黏在脸上，他心里倒也平衡了一些。环顾四周，一片荒凉，连棵树都没有，徐远明看到不远处有一团干枯的骆驼刺和蒿草，他顾不得扎手，抱过来塞进车轮下，用力踩进沙土里。他没再招呼那些人推车，自己上车，发动起来，慢慢踩油门，然后一点一点加大油门的力度。不知是车轮下的枯草起了作用，还是被陷进坑里的事实惹恼，发动机一阵怒吼，车身几番摇晃，竟"轰"地一下，被徐远明凭着一己之力，突然间冲出了土坑。

尘土扬起来，像一重厚沉的幕帘，许久才一层一层地慢慢落下。车后的几个人没法躲开弥漫开来的尘土，被呛得一声紧一声地咳。

把车开离土坑稍远的地方，徐远明停住，下来往几个人躲避尘土的地方走来，不满地扫了他们一眼，说："看来，只能退回去了！"

"不知离土甸子还有多远？"戴眼镜的中年人说。

"鬼才知道呢。"徐远明望了望天空，烦躁不堪，"反正得退下去，天快黑了，又不知道前头的路况！"

戴眼镜的中年人回头向来的方向望着，坡下的路像捉迷藏一样，有一段没一段的，像一幅铅笔画，被顽皮的孩童拿着橡皮擦随手擦掉了一块似的。露出来的路段上，不见个人影，荒郊野外，更别说有村庄了。太阳已经西斜，眼看就落下山了，他只好同意徐远明的意见，先退下去。

徐远明上车，将车开往稍显开阔处。说是开阔处，也并没多开阔，比车身稍大点的地方。路窄坡陡，车要掉头并不容易，虽然有倒车镜，但前后左右盲点还是太多。那几个人也不闲着，站位似的贴在车的左右各自选好位置，投身于指挥司机倒车。往左多打一点方向，向右回轮，向前，再往左打方向，后面还可以再倒一点，前面不能再走，已经到沟沿了……交响曲一般，混合在又飞起的黄色尘土里。

徐远明比较冷静，稳住自己的手脚，没有被外面忙乱的指挥弄得失措。前进后退几次，也没掉过头来，他心里躁了，一脚踩住刹车，摘了挡，气冲冲把头伸出车窗，粗着嗓子吼道："有一个咋呼的就够了！"

那几个人止住声，徐远明的吼声严重地打击了他们。原来，太投入也会惹人烦的。片刻的静谧下，谁也没顾得上避开重又弥漫起来的尘土，失落地站在车周围，任凭尘土将他们包围。后来，还是戴眼镜的中年人有担当，跑前跑后，一个人指挥车掉头。商务车比较长，在狭窄的土路上来来回回地左转右拧，一点点地侧转着身子，终于，在数个回合之后掉转了车头。几个人重新上车，徐远明心里不爽，一言不发，但还是小心地驾驶着车往坡下走。

这回进到车里，没一个人的头发和衣服是干净的，大家像一棵棵从黄土里移栽过来的植物，浑身上下都是灰扑扑的，蔫头耷脑样，让人忍不住怀疑，这样的植物是否还会重现生机。

车子颤颤走了好久，才回到先前上坡的转弯处，见之前问路的放羊老汉还在原地蹲着，正偏着头微眯着眼瞅着车子从坡顶下来，他脸上的皱纹依旧重叠着，神情并未因看到车子的返回而起任何变化。

车从老汉面前滑过，徐远明猛地刹住，在等尘土飞扬过去完全盖住老汉，他才愤然道："得问下这老不死的，他咋指的路。"话毕，拉开门已跳了下去。

几个人没犹豫，跟着跳下车。

戴眼镜的中年人在后面冲着徐远明喊了声："别胡来！"

徐远明理也没理，冲到老汉跟前，气呼呼地问道："你这老家伙倒给说说看，咋给我指的路？"

老汉一脸的无辜，缓缓地站起来，说："我咋了？你说我咋了？我给你说的是飞机都能上去！飞机就是能上去么，你看看，飞机能不能飞上去？！"

"可我这是汽车！汽车能飞嘛？"

"你又没问我，汽车能不能上去。你开车的能不知道汽车不能飞？"

"你……"徐远明这下算是领教了甘西人的犟，还有怪，他气得跳脚，可老汉说的话没一点逻辑错误，他找不到责问的词语，气没地出，愤愤地骂道，"你眼瞎了？"

"瞎了才好哩。"老汉竟咧开嘴露出几颗仅存的黄牙，乐了。他一点没受徐远明气急败坏的影响。

徐远明被老汉逗得没法，心里有火发不出，一脚朝旁边的土坷垃踢去，松散的土坷垃向前飞散开来，有几块飞到老汉身上。老汉一点都不生气，也没躲，反拾起掉落在身边的一小块土坷垃，用手指碾着，碾成更微小的颗粒和尘土，撒开手，那些土复回到地上。

徐远明瞪了老汉一眼："你也老大不小，六七十岁了吧，咋这德行。"

老汉把粗裂的、满是灰尘的双手一摊，认真地说："六七十岁？没有我了！我老汉今年八十四，活着，浪费得很哩。"

站在旁边观望的几个人一愣。连徐远明也被老汉的话顶得瞪圆了眼。

戴眼镜的中年人说："话咋这么说哩，老人家，长寿好啊！"

老汉叹口气道："你咋知道呢，活着要吃哩，穿哩，都浪费了。"

几个人相互看看，被老汉的话噎住了。

老汉看看这个，又看看那个，自顾自说道："你们只知道来，今天来明天来，要吃肉哩，喝酒哩，土甸子都快活不成人了，老天爷又旱得不下一滴雨，地里连个茅草都难活哩。"

老汉脸上的皱纹挤到了一起，像一张揉皱的草纸。

戴眼镜的中年人把眼镜摘下，吹了吹镜片上的尘土，才说："老人家，我们不是来要吃要喝。我们是考古的。"

老汉望着别处，说："还不一样？我的羊又该遭杀了。上次杀的那只，说嫌小了，这次得补上，杀一只半呢。你给说说看，半只咋杀？"

"我们不吃羊，我们是来考察古城遗址的。"

"烤上吃，煮上吃，随你们。我就说，半只羊咋杀嘛？"老汉听不懂"考古"是啥东西。

徐远明被老汉逗乐了，心里不那么气了，耐心给他解释道："你别胡扯八扯，这些人就是来看西汉时期留下的古城。"

老汉这才有点明白了："你们不是县上乡上的？"

"不是嘛！"

"跑这么远，只看土甸子？"

"是西汉古城遗址！"

"啥西城东城，就是个土甸子嘛！"

"好吧，这里离土甸子远不远？"

"不远，抬腿就到。"老汉说着，又疑惑地打量着这几个人，问，"真不是县上乡上的？"

"不是！我们是省上来的考古队。"

"省上的我管不着，也不给他吃羊。"

几个人不知说什么好。

老汉心里似乎踏实了，脸上的皱纹舒展开一些，竟然有些兴奋地说："你们只要看土甸子，我带你们去。"

"你放着羊呢。"戴眼镜的中年人说。

"没事！羊自己吃草，又不要我帮它吃。"老汉说，"走吧，汽车上不去，我们土甸子没有汽车路，也不要汽车路。"

几个人没犹豫，跟上老汉往坡上走。徐远明本不想去，又担心这些人去了拖沓，耽搁时间，便跟着走。

八十四岁的老汉猫着腰，在前面走得飞快，几个人紧跟着却赶不上。老汉在前头，走阵子停下，催道："快走快走！那些乡上来的人像你们一样，走不动。你们又不是乡上的。"

天旱，羊肠小道全是虚土，像踩进面粉堆里，很不好走。好不容易爬到坡顶，几个人喘成了一团。

稍歇息了一会儿，老汉带着几个人又往前走了一阵，来到一个土包前。

"这就是你们要找的土甸子。"老汉指着眼前的土包，说。

戴眼镜的中年人扶了一下眼镜，望着土包上几株枯黄的骆驼刺，摇摇头说："这就是西汉古城遗址？"

老汉说："不就是土甸子嘛？"

徐远明很惊讶："古城呢？雄伟壮观的古城就是个土甸子，连一点影子也找不到了？"

老汉又指了指土包："这不，在这呢。"

戴眼镜的中年人黯然神伤，先前的耐心和急于想看到古城遗址的心情，被眼前昏黄色的土包子击得粉碎，身子随之疲惫地塌了下来。

几个人无精打采地看着眼前的土包。

老汉看着他们的神情，说："真的这么重要？"

几个人不语，心知给一个放羊的老汉讲不清楚，懒得解释。

最后，还是徐远明见大家神色沉郁，无人理睬老汉的问话，他搭话道："给你说了也不懂，历史这东西深奥得很呢。"

老汉白了徐远明一眼："我咋不懂，啥历史？不就是过完的日子吗，不就是些陈年旧物吗？"他把佝偻的腰更深地弯下去，从地上随便抓了一把土，"有啥深奥的，不就跟这黄土一样吗？"

说完，他把手中的土轻轻向上一扬，变成一片薄薄的黄尘土帘。

徐远明赶紧跳开，以免被这飞扬的灰土呛到。他不高兴了，喊道："喂，你这老汉要做啥……"

话音未落，老汉已撇开他，气冲冲地往前几步，爬到土包子顶上，背对着土包子下面的人说："你们都上来吧，看这是不是你们要找的啥历史啥古城。"

几个人疑惑地互相看了看，不明白老汉的意思。既然已到这里，虽看不出来有一点古城的迹象，但又不妨听任一回这个自称活得浪费的老汉！

大家的眼神里交流的意思一致，他们像老汉那样，绕开扎人的骆驼刺，上一步，往下滑半步地慢慢爬上土包。

老汉扫了大家一眼，见都上来了，他走到土包子中央，往地上半蹲半跪下去，用他爆满青筋的双手，"唰唰"几下，将地上的黄土拢在一起，堆成一个尖尖的土坎，猛地站起身子，抬起右脚，在土坎上"啪啪"踩了几脚。干燥的尘土从老汉脚下腾起，浴帘一样将他包裹起来。他浑身上下被尘土包围，每根头发都给尘土染了一遍，脸上每道皱纹缝隙不吝啬地提供给了尘土，像是尘土给他洗了澡一般。老汉一点不在乎尘雾钻进他的肺腔，自始至终，他没咳嗽一声。

他们寻找的是西汉古城遗址，而不是一片扬起的尘土。几个人下意识地往后退了退，躲避开浓厚的土尘。

老汉在尘土里喊道："这，就是你们要找的古城！"

尘土散开处，只有一道被踩实了的土坎，在老汉的脚下。

几人的目光在那个不起眼的土坎上停留了一下，顺着老汉的脚、腿、腰、胸，最后回到老汉脸上。

老汉一脸泰然，没一点故作高深，也没有之前与徐远明要嘴的戏谑。他那张土黄色的脸上，拥挤不堪的皱纹此刻舒展开，尽管没有能够舒展平整的可能，却让它像黄土地似的，尽显出岁月的无奈，还有沧桑。

徐远明望着这情景，终于按捺不住，又一次愤怒了："又捉弄人是吗，还没完没了啦，你个老不……"

徐远明的火气，这次被戴眼镜的中年人挥手制止住了。

中年人已被老汉超常的举止打动，他看到老汉的目光沉静而淡漠，根本不把徐远明的愤怒当一回事。老汉就那么沉静地与他们对视着，尘土已经落下，他们之间没了阻隔，发现老汉抿起的嘴角微微翘着隐进脸上那些褶皱里，慢慢生出了嘲讽的意味。

他嘲讽谁呢？是前来考古的他们，还是被万人敬仰的古城？一道被他踩在脚下的、随手搭起来的土堆？

太阳西坠，天际留下一片红光，却红得不太彻底，被昏黄色的土地折射出模糊不清的红黄来。

几个人的脸上、身上披满了这层光。

起风了，初秋的西北风缓缓刮过来，将地上的黄尘又扬起来。这次没有人可以躲过这场不疾不缓的风，还有风卷起来的沙尘。所有人都沉默不语。徐远明见惯了黄风，还有沙尘，他发不起火来。在大自然面前，他们没法计较——这矫情，给谁看呢？谁都逃避不了。

不一会儿，土甸子像蒙上了一层历史的尘烟，慢慢地变得模糊起来。

一切都不真切了。夜幕将至。

最熟悉的陌生人

这已经是第三次催了。

"我知道了。"方佳瑶摸了摸小倩的头，说，"你快去写作业吧。"

女儿把肩膀一斜，书包扔在沙发上，有气无力地说："你总是作业作业的，烦不烦啊，你就不能替我想想，我每天都要面对朱老师呢，你再不给人家回话，明儿我干脆不去上学算了，免得他老盯着我要给你带话呢。不过，妈妈，我想问一下，朱老师叫你给他回什么话呢，能说吗？"

方佳瑶转身走开的时候给女儿留下一句："大人的事，问什么问！写你的作业吧。"

小倩在后面嘟囔，方佳瑶装作没听见，她回到卧室，打开手机给朱老师发了条短信。不一会儿，朱老师把电话打过来了。方佳瑶捏着手机，看着上面的号码，犹豫着要不要接。这时，小倩听到铃声跑了过来："妈妈，你怎么还不接电话？吵死人了。"

方佳瑶慌了一下，说："是个陌生号码……"随即，摁下了红色键，挂断电话。小倩不满地看了妈妈一眼，又嘟囔了一句"早不挂了。"这才磨磨蹭蹭地去写作业。

为了女儿，方佳瑶狠下心，给朱老师又发了一条短信，叫他明天中午一点在校门口等着，她送钱过去。

上次开家长会，朱老师把方佳瑶叫到教室外面，对她提出了借钱的事。当时，朱老师告诉方佳瑶，他的妻子脑子里长了个瘤子，良性，想动手术切除，医院都联系好了，就是缺手术押金。按说他家里拿出万把块钱不算个啥，可他把钱存了死期，想着给年底交工的住房预备着呢，提前支取不划算。

方佳瑶脸上的表情明显地犹疑了一下。

"年底我就还给你，一天都不会拖欠，我那笔钱交房款绰绰有余。你放心吧，我是小倩的老师，说话绝对算数。"朱老师拍着胸部保证。

方佳瑶赶紧表白："看朱老师说到哪儿去了，我怎能对老师不放心呢，只是一下子要拿出两万，我还得筹措一下，你知道的，我刚装修完房子……"

朱老师明显有点不悦，他转过身说："你要暂时没有，那就算了。"

方佳瑶急了："朱老师，你别……你能开这个口，我再怎紧，也得想法子啊，我这几天就给你信。"

接下来几天，方佳瑶心里乱急了，这钱是得借，人家有病要动手术呢，朱老师能开这个口，肯定是到了没有法子的地步，不然，这做老师的咋会跟家长谈借钱呢，她记得以前过教师节时，她曾给小倩的一个班主任买过几斤水果，那老师死活都不肯收，好不容易收了，第二天竟让女儿把水果钱都带了回来。老师都是自尊心很强的，只有被逼无奈的时候才会放下自尊去求人的，这个道理方佳瑶明白。而且她也想着，女儿明年就要中考了，万一自己不借钱给朱老师，他一生气把小倩扔下不管，以小倩放任自流的脾性，中考不砸锅才怪呢。这紧要关头，千万不能让女儿放松下来，这一放松，以后可恁是多少钱也是买不回来的，那时她可是哭都无门了。方佳瑶心里清楚，这钱是必须要借的，之所以犹豫，是她确实有难言之隐，和丈夫离婚后，她把这么多年的积蓄全用在了装修房子上，现在手头上的这点钱，是前夫每月付给女儿的抚养费，她都按时打进女儿的卡里，留着将来女儿中考后交补课费呢，她一直不敢乱动这笔钱。装修房子时，本想换个冲浪式浴缸，这是女儿早就梦想的，可算了算费用，得多拿出七八千块，女儿主动提出拿自己卡上的钱垫付，方佳瑶咬着牙还是顶住了，浪可以不冲，那笔钱绝对不能动，教育可关系着女儿的一辈子呢。她这辈子已经是这样了，唯有女儿，是她全部的希望，女儿将来出息了，她的生活再苦也值得。

现在，朱老师一下子要借两万块钱，除了女儿卡上的钱，方佳瑶没有一点招了。她的工资每个月才一千二，没有个一年半，攒不上两万块钱，何况，她们母女每天还要吃饭呢。精打细算下来，她一年又能攒下几个钱？

可方佳瑶还是不想动用女儿卡上的钱，这笔钱是她的一个寄托，有了这笔存在银行不动的钱，她心里就不会发虚，就像她身后的一堵墙似的，不论外面有什么暴风骤雨，她都能挺过去。方佳瑶决定先从外围再想想办法。她回了一趟父母家，想从老人那里多少借上点。父母对方佳瑶的冷淡程度，叫她不想再踏进这个家门半步。当初，在方佳瑶与前夫离婚的事上，父母坚决持反对态度，叫她不要太冲动，四十岁的女人了，离了婚再嫁人，哪有那么多好男人等着你？不管怎么说，她的前夫好歹也算过得去，再有不是，又哪里能找得到十全十美的人？但方佳瑶坚决要离，她无法忍受丈夫在外面有女人，回到家里心不在焉地应付她，还常常没个好脸色，跟她说话一副阴阳怪气的腔调，自己做错了事总不认为自己是错的，倒像她方佳瑶有着万般的不是。母亲翻着眼埋怨女儿，咋不看看你自己，四十岁不到，邋遢得像五十岁老太太，穿个衣服没颜没色，对自己的男人一点热情都没有，他不在外面胡搞才怪呢。父母的意思，好离不如赖过着，孩子都十五岁了，逞什么强呀。鞋子合不合脚只有自己知道，痛的是自己的脚，别人体会不到，她不想等到鞋子把脚夹破，血淋淋地露出来所有人都能看到时，再脱掉鞋子。

"跟我们借钱？"父亲像看陌生人一般看着方佳瑶，把脸拉得老长，"你可从来没往家里拿过一分钱啊，就我和你妈的那几个退休费，你们兄妹几个在月头就盯上了，呼啦回来一大群人，吃完还要带上走，我和你妈平时想吃个红烧肉，都得精打细算才行……"

没容父亲说完，方佳瑶已经转过身走了，她的心里后悔极了。

两天没有给朱老师回信，他已经叫小倩给方佳遥带话了。她怕朱老师把借钱的事告诉女儿，便给朱老师打了个电话，叫他再等几天，她答应的事一定不会食言，只是不要对她女儿说这事，免得她对此有看法。朱老师答应了她，但还是叫小倩给她带话。

是第二次朱老师让小倩催促时，方佳瑶忍辱负重地给她的前夫打了电话。前夫听完她的意思，竟笑呵呵地说："你真会找人，如今借钱这种事，亲兄弟都躲着呢，亏你还想到了我，我跟你现在是什么关系？能不拖欠女儿的抚养费，我算是仁至义尽，我哪还有闲钱给你去玩……"

后面的话，前夫是对着挂断的电话说的，方佳瑶没有听到。她眼里盈满了泪水，摔掉了电话。

也真是无路可走了，如果不是女儿的老师借钱，方佳瑶才不会找这个气受呢，在打电话之前，她已经想到了结局，一切只为了女儿。那一天，她连饭都咽不下去，多么恶毒的话她都骂过了，还是没有解决问题。

方佳瑶想，换了个人，哪怕人家把刀子架在她的脖子上，她都会豁出去宁愿让人家捅了也不会去跟人借钱，现今这世界，什么都是假的，唯有钱才是真的。但谁让这人是自己女儿的老师呢，另当别论的也只能是与女儿有关的一切人与事了。方佳瑶叹了口气，心里就像有了一片沙漠地，举目四望，除了茫然，除了荒芜，连个方向都没有了。

除了女儿的钱，方佳瑶再也没有别的招可使。她不能再叫朱老师催了，再催下去，只怕把钱借出去，朱老师心里也不高兴。

从银行取出钱来，方佳瑶在学校门口给朱老师交钱时，脸上笑着，心里却是疼痛酸楚，手抖得厉害。朱老师接钱时感觉到了，还问她是不是骑自行车太快，才都抖呢。她的鼻子一阵酸涩，竟还点了点头，客气地对朱老师说，到时，她再到医院去看望病人。

朱老师没顾得上看方佳瑶的脸，他埋着头数完钱说："不了不了，我替老婆领情了，当老师的给家长不能添麻烦，我知道，就这，已经叫你为难了。这样吧，我给你打个欠条。"

方佳瑶表面上推让了一下，没有完全拒绝。钱的事，还是有个证据好。对老师再信任，该有的程序还是不少的好，这也免得以后真要出了什么问题不好说。

朱老师把打好的欠条交到方佳瑶手中，她在上面扫了一眼，心里踏实了点，心想这做老师的就是有原则，一码是一码，一点都不含糊。

朱老师把钱借走了，虽然揣着借条，可不知为什么，方佳瑶的心好像被掏空了一般，她望着小倩户头上为数不多的几个数字，很是茫然。现在她只盼快快到年底，到了年底，朱老师的存款到期，那时就会把这笔钱还给她，她心里才能踏实，这日子也便正常了。毕竟，对于她们母女俩而言，两万块钱的分量是多么地实沉啊！

这天，小倩放学回家，书包还没有放下，凑到厨房对方佳瑶说："妈，你是不是和我们朱老师——那个呀？"

方佳瑶不懂，也没有心思去猜小倩说的"那个"究竟是哪个，她的全部心思仍然在那笔让朱老师借走的钱上。为了小倩！她看了女儿一眼，继续炒菜。

小倩却不在乎妈妈的冷淡态度，她抓住这个话题不放，笑嘻嘻地扯着她妈说："妈，你真有眼光，我们朱老师可是一表人才，我们女生都喜欢他呢，只是他总板着个脸，像谁欠了他钱多少年没还似的。要是你和他好上，我举双手赞成，有了这个后爹，我学习肯定会很顺心，也省下辅导费了……"

方佳瑶白了女儿一眼，"小丫头片子，乱说什么，小心我给你一铲子。"

"哎，妈妈，看来是你没有和朱老师那个的意思呀，可他这几天动不动就在课堂上表扬我，我还奇怪呢，以前他可是很少这样可着劲表扬我的。今儿个放学时，他冷不丁还对我说了一句'你妈真不错'。"

"闭嘴！"方佳瑶手里晃着炒菜铲，对女儿说，"朱老师的妻子有病要动手术，人家家里有事还这样认真给你们授课，你居然还胡说。"

小倩伸了一下舌头，退出厨房的时候又探回头说："被表扬的感觉真好。我都想着每天都是朱老师的课就好了！"

方佳瑶心想，这个朱老师真是的，怎么能对孩子这样呢。可看到女儿一脸的兴奋，又一想，可能是解决了他的燃眉之急，为了表达心里的感激才这么做的吧。孩子终究是孩子，得了老师的表扬干什么都来劲，觉得有了动力，学习更是如此，这对一向有些懒散的小倩未尝不是一件好事，自己为来为去的，可不就是这一个目的！

一下想透了这个问题，方佳瑶的心里为解决了朱老师的难题，又让女儿受了表扬有了学习的动力而感到欣慰，几天来为用掉女儿卡上钱的压力，随即缓解了不少。同时，她对自己当初借钱给朱老师耿耿于怀的心态而感到羞愧。她想着，哪天，还是要上医院去看看朱老师的老婆，人家住院做手术呢。这样也可以更加深朱老师对女儿小倩的好印象，不然，明知道人家老婆住院，却无动于衷，情理上也说不过去，不定还会让人家朱老师觉得自己在摆债权人的谱。

但方佳瑶不知道朱老师的老婆住在哪家医院，和朱老师见面时，因为心里一直放不了钱的事，忘了问，或者说根本就没有心思问。但她不想让女儿去问朱老师，现在的孩子自尊心可强了，万一让她明白这其中的缘由，会觉得很没面子，好像老师的表扬是换来的一样。方佳瑶不想让女儿知道她的心思，便给朱老师的手机发了个短信，等了一天，朱老师都没有回。她打通朱老师的手机，也没有人接，连拨几次，都是无人接听。方佳瑶不甘心，晚上问小倩，朱老师今天给他们上课没有。

小倩说，朱老师好几天没来，也不知他有啥事，只听代课老师讲，朱老师请假了。

方佳瑶明白了，朱老师妻子可能已经动了手术，他忙得顾不上接电话，这个时候，可不正需要做丈夫的出力吗？这样想着，方佳瑶对朱老师的好感又上升了一层，能在病中给老婆体贴照顾的男人，才是真正的男人。她又连着给朱老师发了几条问候的短信。

过了两天，方佳瑶收到朱老师只有两个字的手机短信：谢谢。看来，朱老师妻子的脑瘤手术很成功，方佳瑶盯着这两个字看着，心想，虽然没有去成医院看病人，但自己也算是尽了礼节，今后，女儿在学校的心情会越来越好，有朱老师在，对女儿的学习自己就不用过多操心了。

快过中秋时，突然下了一场暴雨，紧跟着，天气凉了下来，早晨能看到树叶上的霜，在阳光下像银子似的闪着光。晚报上报道，有一股来自西伯利亚的寒流袭来，中秋节前后，还要降温，请市民朋友注意天气预报，注意增添衣服。尤其是出门驾车的朋友，一定要谨慎驾驶，早晚路上有霜，小心路滑。

放下晚报，方佳瑶翻箱倒柜，给女儿和自己找了两件薄点的毛衣，以防到时手忙脚乱。

女儿哼着蔡依林的"七十二变"回来了，她在母亲跟前晃了晃，便到客厅写作业去了。方佳瑶奇怪小倩今天这么乖巧，不用她催促，也不说累，就打开书包写作业，这可少有。这一阵子来，小倩每次都要和她说一说发生在学校班里的事情，当然，常常强调的是朱老师又表扬她了，然后才去做作业。方佳瑶手里拿着刚找出来的毛衣，走过去奇怪地看了看女儿。

小倩停下手中的笔，说："看什么看，没见过你女儿写作业啊！对了，妈，这下你女儿可要惨了，朱老师刚对我有了好感，开始表扬我，我也觉得对学习有着前所未有的兴趣，可他却出事了。"

方佳瑶的心一下子悬了起来："朱老师出事？啊，他出啥事了？"

"叫公安给抓走了。听说是赌博和抢劫，你也想不到吧，我们都想不到呢，平时朱老师那么严肃，可他……"

方佳瑶差点晕过去，她脑子里闪过的第一个念头，就是自己的两万块钱怎么办？她浑身一凉，哆嗦了一下，手里的毛衣掉在了地上。惊得小倩偏过头，看了看地上的毛衣，又看着方佳瑶说："妈，你怎么了？发什么愣啊？你跟我们朱老师又没发生什么事。"

方佳瑶摇了摇头，对女儿说："天凉了，妈有点冷。"她捡起地上的毛衣，双手抖着，将毛衣披在自己身上。

"妈，那是我的毛衣，你穿错了。你的毛衣还在地上哪！"小倩跳过去捡起妈妈的毛衣。

方佳瑶跌跌撞撞地从厨房给女儿端出饭菜来，说："小倩，你一个人先吃，妈突然想起要给一个阿姨带个话，我去去就来。"她慌乱地穿上外衣，出门骑自行车向学校冲去。

学校门口已经聚了好几个家长，正在和看门的老头交涉，老头坚决不给开门，说是早就放学了，校长教师都已经回家，他不能随便让人进去。

方佳瑶上前一听，这些家长全和她一样，都是为朱老师而来。他们都给朱老师借过钱。见方佳瑶来了，多一个人，便凑过来问她借出多少钱。方佳瑶已经紧张得连话都说不出来，拿出那张借条，给他们看。有个男家长接过去看了说："你才两万，比我少多了，我可是三万五呢，都背着儿子借的，那老师不让我告诉儿子，说是怕学生知道老师借钱的事就不好管理。我老婆下岗三年，我两年前也下岗，东挪西借才租了辆车开出租，这钱可是我们省吃俭用好不容易才积攒下的，要不回来可咋办呀？"这个家长一脸的愁苦看得方佳瑶心里也是一片风雨凋零，秋意阵阵。她茫然地望着其他的家长，家长们个个都愤愤不平，脸上写满了悲凉和无奈。方佳瑶怕冷似的抱紧胳膊，她的泪已在眼眶里打着转转，秋风萧萧，几片落叶漫不经心地掉下来，落在她的身上，她看着那失去了绿色，又被熬干汁液的枯黄叶脉，整个身心都恍惚起来。

有个女家长忍不住哭了，上气不接下气地说："朱宏祥这个王八蛋，这下可把我害惨了，钱要是拿不回来，我老公非打死我不可，当初，他就不肯借，为了儿子，是我偷偷借给他的……"

方佳瑶想着自己筹措这两万块钱的过程，自己这钱的出处，泪水也滚滚而下。她跟在几个家长的身后，与看门的老校工交涉。

老校工看着大家可怜，便小声把校长家的地址说了，他叮咛大家一定不要说是他说的，不然，他有可能被学校开掉，他找着这份工作不容易，还请大家也体谅体谅他的难处。

家长们找到了校长家里，校长态度挺诚恳，他作了检讨，向大家表示了歉意，但他确实也没法给大家解决这个问题。朱宏祥借家长的钱是个人行为，学校虽说有失察之责，可毕竟当初哪个家长也没有说出来这些事啊，何况，朱宏祥借的那些钱加在一起，共三十七万之多，校长给大家怎么解决？不过，他出了个主意，说朱宏祥已经构成了诈骗罪，叫大家联名上诉法院，听候法律判决，说不定，从朱宏祥家里还能搜出些钱，补还大家的欠款。

到这种时候，无计可施，也只能这样了。大家商量着，根据各人的工作性质，分了一下工，谁去找律师，谁去法院上诉。

方佳瑶在档案馆工作，什么力也出不上，第二天，只在联名诉状上签了自己的名字。她像其他人一样，焦躁地等待着法院方面的消息。

中秋节到了，方佳瑶没有回父母家去，连个电话都没有打，倒是她母亲打了个电话过来，质问她怎么不过去吃团圆饭。

方佳瑶敷衍了几句，泪水涌了出来，她怕哭出声来让母亲听到，便匆匆地把电话挂断了。

这一天，小倩放学回到家里，气愤地对方佳瑶说："听说朱老师被一帮家长联名告了，说他犯诈骗罪。朱老师已经够惨了，赌博被抓，这下，听说学校还要开除他，我们班的同学都很气愤。朱老师为人那么正直，妈，你说，朱老师怎么会是诈骗犯呢？他的样子一看就不是那种奸诈的人，肯定是那些家长给老师送过礼，现在听到他出事了，便落井下石。哼，大人就会干这些乱七八糟的事，电视里就这样演的。"

方佳瑶心里很想跟女儿说，外表正直的人并不一定就是真的正直。但她没有吭气，她不知该怎么给女儿解释这件事，那两万块钱像一坨铅块压在她的心里，时时扯得她的心绞痛，而她只能独自承担这一切，不能叫女儿知道一点点。

小倩看出母亲表情上的变化，她疑惑地盯着方佳瑶追问道："妈妈，你不说话，是不是你也是告朱老师的一名家长啊？你回答我。"

方佳瑶还是没有吭气，她别过消瘦苍黄的脸，闭上了眼睛，避过女儿，让一汪清泪含在眼眶里，强忍着没有落下。

蚊　帐

　　阿盲将洗净的绷带抱到院子，拽出个头，往那根已经绷不直的铁丝上缠挂。绷带像松懈了的白色弹簧，松松垮垮地绕出一个一个地圈向前伸延，直到铁丝的另一端。铁丝分别缠在两棵碗口粗的槐树上，有些年头了，铁丝勒进树身里，看不见铁丝，留下一道深深的缝隙。树像戴上了刑具，被一把不利索的手术刀拉开粗糙的口子，似两瓣肥嘟嘟的嘴唇大张着口，要是有人愿意倾听，便要诉说它的痛苦。好多次，阿盲都想将铁丝解开，给槐树松松绑，他甚至都寻了老虎钳来，下手要剪时却终没敢动手，他只不过是卫生院一个可有可无的帮手，卫生院里的一切，其实跟他没实际关系。卫生院真正的主人是麦医生，麦医生不开口，阿盲有什么权利？再说，剪断这根铁丝，到哪儿晾晒绷带？这个院子像谢顶的秃子，能拴铁丝的就这两棵槐树，它们逃不脱这个命运。

随它去吧。

这是个多雨的季节，刚刚过去的一场暴雨，将燥热的天空清洗得一尘不染，天蓝得像画片上的一样美丽，看上去遥远又空旷，缺乏了真实感。雨后的阳光清澈透亮，似金色的瀑布从天而降，喷溅到有些发黄的绷带上，晃得眼目酸胀。每次，阿盲晾晒完绷带，都会在槐树下发呆，槐树是静默的，在阳光下闪着墨绿的光泽。但趴在枝头号叫的知了，却是不甘寂寞，跟谁叫板似的拼上了老命，那撕心裂肺的叫声吵得人也绷不住要撕心裂肺了。阿盲把知了声抛在脑后，抚摸着被铁丝勒得变形的树身，觉得这道铁丝并没影响树的正常生长，它依然枝繁叶茂，荫凉满地，只是偶有轻风过往时，从枝叶缝隙掉落的细碎阳光，会摇晃一下，斑驳闪烁。他的心里便也能做到像树荫外的阳光一样坦然。

卫生院不是经常有绷带洗的，没断胳膊断腿的病人，用不着绷带。阿盲中学没毕业，身体单薄干不动农活儿，寡居的母亲费了很大劲，不知通过什么关系把他弄进卫生院，给麦医生当帮手。平时，阿盲清闲的时候比较多，有病人时，麦医生也很少叫他帮忙。在空荡荡的说一句话都会听到回声的卫生院里，阿盲更像游手好闲的浪荡子。可是，只要阿盲坐在回廊的长椅上翻看《医药手册》，麦医生准会瞅到，立马喊他去关紧滴水的龙头，或者叫他去赶走垃圾堆里翻找吃食的游狗。水龙头在回廊的另一头，里边的皮垫磨损久了，滴滴答答漏水，不用劲拧，就关不紧，只要是阿盲用过，都会使劲拧紧。往往是麦医生用过之后，每看过一个病人、取过一片药，或者摸过医疗器材，他都得洗一遍手，可是，他总是忘记水龙头漏水这一着，如果不是阿盲看医书，就算水漏得都要成线状，麦医生也不会提醒阿盲去关紧，更不管游狗从垃圾堆里叼出带血的棉纱。麦医生原是县医院外科的主治大夫，传说县长的老婆下楼时一脚踩空，把股骨摔裂了，找麦医生治疗。县长嫌他摸了自己老婆的屁股，找碴把他下放到小镇卫生院。麦医生的性格稀奇古怪，从没说过阿盲是他的帮手，也没传授医术的打算，平时像半个哑巴，话非常少，连叫阿盲的名字，也只叫一个"阿"字。不到万不得已，他从不多说一个字，对病人也是能省就省，听完病人的陈述就搭脉观舌，很少主动提问，除非是哪个病人实在表述不清自己的症状。对于住院的病人，就更不用说啦，麦医生全用眼神和动作与病人交流，碰到病人提问，不得不答时，也只回答简短的几个字词，言语啬得不像医生，倒像政府里的机要员，严谨得每时每刻都怕泄密。

阿盲算是看清楚了，麦医生根本无心传授他一点医术。所谓助理，不过是他的一种自我感觉罢了。可是，为了母亲，阿盲只能待在卫生院忍受。

夏末了，阳光还盛夏一样，没有章法，刚晾上去不久的绷带转眼间蒸腾过一片雾气，瞬间就干了，阿盲从回廊连椅上爬起，头顶着热辣辣的太阳，顺着铁丝从这头摸到那头，绷带在他手下像飞动的鸽子，扑棱棱飞起又落下。绷带洗得次数多了，晒干了就变得粗粝，不似在水里那般温软细腻，但阿盲还是喜欢干透的绷带，洁净，没有病菌，在阳光下晒过，散发出清新的阳光味道，一点也不像沾过血迹或浸过药的味儿。

除了洗绷带，望着槐树发呆，阿盲的这一天就没多少事做了。在知了的吵闹声中，他很无聊。一般情况，下午病人会多些，上午凉快，很多人便把这相对较凉快的时光留在田里干农活儿，下午闷热时，他们才顾得上病疼。可这个下午没一个病人来，卫生院冷清得像深山里的寺庙。麦医生躲在药房里，半下午都没出来，阿盲不知道他在那间狭小的药房里干什么，又不敢随便进去，他便寻了几块不大不小的石子，朝槐树的顶冠上扔，听到一两只知了歇息下来，不一会儿，发现没危险了，它们又拼命嘶叫起来。阿盲无聊得很，从阳光下又回到连椅躺下发呆。连椅已被沾满泥土的各种屁股磨得没了漆皮，分不清是蓝是绿，木条上的纹路被污秽描绘得清晰可辨。阿盲头枕在这样的木条上，感觉比躺在床上凉爽，回廊偶尔会刮些穿堂风。整个夏天的午后，阿盲大多躺在这个连椅上打盹，如果不是晚上蚊子多，他晚上都愿意睡在这儿。没办法，卫生院后边是条不大的河流，叫叶儿河，名字好听，却是条排污河，水肥草厚，是蚊子最好的藏身处，全是些长腿大个的花肚蚊子，一个赛一个地彪悍能干。

有天傍晚，给供销社食堂做饭的陈老伯来卫生院拿几片感冒药，取药拿药几分钟时间，被蚊子咬得急了，顺手拍死一只凑到灯下照看，惊叫这蚊子够大的，三只准能炒盘菜。

好久没吃肉的阿盲兴奋了，这容易，不用凭票供应，我这去抓几只蚊子回来，陈伯给咱炒盘肉菜解馋。

卫生院太小没自己的食堂，与供销社搭伙，做饭的陈老伯再有能耐，没肉票，也炒不出肉味道的菜来。阿盲经常催问肉票什么时候发下来，他快忘记肉是什么味儿了。

陈老伯看眼在昏黄灯光下一言不发只管分药的麦医生，拍了一把阿盲的头说，话是这么说，蚊子怎么能吃，太脏啦。

阿盲呆头呆脑地说，蚊子怎么脏了，它吸的是人血，吃它等于把自己的血收回……

这时，麦医生突然抬起头，指着外面院子晾绷带的铁丝说，啊——去——收！

阿盲没动，他本想说，他听过天气预报，今晚天晴，不会有雨，收不收都没关系。这时，陈老伯取过药，谢过麦医生，拉了阿盲一把。阿盲跟着陈老伯一起出来。

到院子里，陈老伯趴在阿盲耳边神秘地说，过两天我让你吃狗肉。没等阿盲反应过来，陈老伯已颠着步走了。

夏末秋初的夜晚，天空清澄高远，没有银盘似的月亮，却满天的星斗，闪耀着洁净明亮的光芒。阿盲望着天空，星星在冲他眨巴着眼，似在提醒他不要与麦医生犟，收晾绷带应该是他这个帮手料理的事情，何况绷带他本该下午就收起的，干透的绷带晚上不收，不光会浸了露水，还会有一些小虫子在上面落脚、产卵。以往晾晒绷带，阿盲都会及时收起，今儿个下午在连椅上睡得过了头，犯迷糊了。

他默默地一圈一圈往怀里扯绷带，从屋里射出的灯光里，他看到无数蚊虫在灯光中翻飞，发出嗡嗡吟吟一片吼叫声。阿盲真想把怀里的绷带做成一面网，像小时候网鱼一样把蚊虫网到里面，然后把它们送到陈老伯那儿，让他做顿蚊虫宴，偏要叫麦医生看看，卫生院的蚊子有多大。收完绷带，阿盲抱着绷带冲进灯光中的蚊群中，把这场蚊虫盛会冲散。可这没用，不一会儿，阿盲回头看时，门口的灯影里，它们又在群魔乱舞。

对阿盲来说，每晚睡觉就像吃不到肉一样痛苦。蚊虫太多，别说咬人吸血了，单那裹在一起的嗡嗡声，能把人搅得烦躁不安。每晚天快黑时，阿盲到叶儿河边拔来艾蒿，给自己住的屋子点堆火，用艾蒿熏蚊子。这招是当地人惯用的方法，自然灵验。麦医生坚决不用艾蒿熏蚊子，他不是本地人，闻不惯艾蒿的臭味，他只撑自己带来的那顶厚纱蚊帐。在桑那镇这种偏僻的小地方，蚊帐是个稀罕物，供销社的货架上从不摆这种奢侈品。当然，摆着也没人买，没那闲钱。蚊帐的确是个好东西，搭挂在四根细竹竿上，就能撑起一个小空间，蚊子被隔离在外，除了在蚊帐外面哼叫几声，嘴长莫及。以前，麦医生在他的蚊帐里能安稳地一觉睡到天大亮。不像艾蒿熏过的屋子，只能上半夜睡个安稳觉，下半夜艾蒿的味道慢慢淡了，散失后，灵敏的蚊子便伺机从门窗缝隙钻进来，终于找到报仇机会似的，会把人咬醒。所以，阿盲每天被蚊子逼得早起，将病房、回廊、院子打扫一遍，天还没大亮，他就在清凉的晨曦中去镇街上跑几圈，消耗身上多余的力气。要不，他实在想不出还有什么办法，能使他熬过清晨的这段时光。

在这个蚊子猖獗的夏天，阿盲却再没见到麦医生撑起蚊帐。刚开春那阵，有个农妇逆产，眼看婴儿的一条腿都伸出来了，找来的接生婆费尽力气也没把婴儿拽出来，反而致使产妇大出血，怎么也止不住，大人孩子的命眼看都难保住，接生婆这下才害怕了，催促产妇的家人赶紧往卫生院送。男女老少一大帮，呼啦啦跑了十几里山路，将产妇抬到卫生院。麦医生把产妇家人轰出病房，他们对这个男医生独自接生不大愿意，挤在门窗口，瞪大眼要看医生怎么操作。卫生院条件简陋，门窗连个帘子都没有，众目睽睽之下，没法给产妇接生。麦医生不想费口舌耗时间，情急之下喊阿盲拿来他的蚊帐给产妇撑在床上，隔开众人的目光，他一人钻进蚊帐，打开裹着产妇的被子，发现产妇早已咽气，婴儿伸出的那条腿，像产妇的尾巴，往下滴着血水。麦医生闭上眼睛给产妇重新盖上被子，钻出蚊帐，轻轻向那些瞪圆的眼睛，无奈地摇了摇头，自始至终没说一句话。在一片号哭声中，麦医生默默走出病房，去叶儿河边一人闷头坐到了天黑。

产妇的尸体被拉走后，阿盲从病床上取下麦医生的蚊帐去洗，被麦医生强硬地喝住。阿盲不管，依然抱起蚊帐去回廊尽头的水龙头下，刚拧开水，麦医生在身后断喝一声，放下！冲过来指着阿盲怀里的蚊帐，很粗暴地又叫道，叫你放下！

阿盲看惯了麦医生的冷漠，却是第一次见他如此粗鲁，心里很不高兴，又不是我的蚊帐，真是好心没好报！他犹豫一下，看着麦医生僵在脸上的烦躁和厌恶，他果断地将蚊帐狠狠扔在脚下，也不看麦医生，转身走了。后来，也不知麦医生洗没洗蚊帐，反正，夏天来临后，蚊子猖獗，却没见麦医生挂那顶蚊帐，也没见他到河边拔艾蒿熏蚊子，真不知他这个夏天是怎么熬的。他不说，阿盲绝不去问。

反正，蚊帐的用途自那次之后，被彻底改变了用途。

卫生院原来有条黄狗，是麦医生从镇街边捡回来的流浪狗，当时有三四个月大，背上有一道被铁锹之类的利器砍下的伤口，因为感染化脓，隔好几步远就能闻到狗身上的臭味。麦医生费很大劲才把这条小狗逮住抱回卫生院，给它的伤口清洗、消炎、上药，还打了几针。被治好的小狗不愿离开麦医生，从此就留在了卫生院。可这只慢慢长大的小黄狗很奇怪，能分辨来卫生院的人，哪些是病人，哪些不是病人。对真正来看病的人，它从不吠叫，还像个保镖似的，跟在病人后面到麦医生的诊疗室。但对陪同病人一起来的亲属，冲着他们一顿狂吠，跟前世有仇似的，疯狂得有时候连麦医生都喝不住。这样，病人都有意见，说卫生院是看病的地方，又不是银行怕人抢劫，养条狗算什么事。麦医生经不住人们的闲话，把黄狗送了人，可是黄狗不愿易主，三番五次从新主人那儿跑回卫生院，每次都叫麦医生给赶走。那条黄狗可能知道麦医生真的不愿留它，以后不再进卫生院，只是有时蹲在叶儿河对面，远远地看着卫生院，见麦医生出来，便呜咽几声。麦医生置之不理，它便耷拉下尾巴，失望而去。慢慢地，再没人见过黄狗在卫生院附近转悠了。

陈老伯盯上了这条黄狗，他在镇街上经常发现这条黄狗时常卧在路边，冲一个方向痴痴地望着，有人走近，瞬间跑得不见影儿。阿盲听陈老伯一说，心动了，莫非这条黄狗是在等麦医生？麦医生是在镇街上把它给捡回来的，它大概是等他再次把它捡回来吧。这么一想，阿盲心里有些犹豫，这么痴情的狗，能打了它吃吗？陈老伯拍把阿盲的脑袋说，看这孩子，心底倒善，可如今人都顾不上啦，哪还顾得了狗？咱不去打它，迟早会叫别人下手的。你看看，现在镇街上很少见到狗影子，还不是被别人打死吃啦。

阿盲一想也是，肉要凭票买，就算是攥着肉票，不一定买得上，没见供销社肉铺的那扇门，都被蜘蛛网罩严实了。可是，这条黄狗跟麦医生有瓜葛，阿盲不敢轻易下手，趁陈老伯再来卫生院时，与他一起去问麦医生。

麦医生不让打这条狗。

好久没闻到肉腥味儿了。有陈老伯撑腰，阿盲鼓足勇气辩了一句。

狗身上携带有病菌，尤其是野外游狗。麦医生淡淡地说，你要是吃了狗肉，以后就不要再踏进卫生院的门！

阿盲像煞了气的车胎，瞬间瘪了。陈老伯是个胆小的人，他二话不说，扯起阿盲到院子的槐树下，眯了眼往高处的天空看。天空白得晃眼，倒是槐树叶子，簇在一起浓绿着，没心没肺的样子，只是细了眼神再看，发现在白晃晃的阳光下，那片绿没了神气，蔫不拉叽，不如以前绿得那般彻底，很多叶片泛了黄，浅浅淡淡，是绿色遮都遮不住的。没变的倒是那块树荫，只要太阳在天上晃动，它们就在槐树周围变幻着位置。

没说任何话，陈老伯只是很长辈地拍拍阿盲的肩膀，叹口气，走了。

又是一个寂寞的午后。

夏末的暴雨一场接一场，雷电非常厉害，有次击中了一个壮年男子，烧得像截黑炭，被人们抬到卫生院时，他还有知觉，疼得大喊大叫。麦医生可能没见过这么惨的病人，往他的嘴里塞进去几粒止痛片，又打了镇定针，却不知怎么下手治疗。卫生院也没有治疗烧伤的药，阿盲抱来一大堆洗得干干净净的绷带，随时准备往那截黑炭上缠绕。麦医生看上去有些束手无策，在大家七嘴八舌的建议下，勉强同意他们采些马齿苋，捣烂给伤者涂上疗伤。

地头坡坎上到处都是马齿苋，大家分头去采。阿盲踊跃争先，正要往河边跑时，却被麦医生叫住了，阿，你——别去啦。

阿盲站住，回身望着麦医生，他没问为什么，也不需要问。麦医生不说，问也白问。阿盲来卫生院这么久，已经摸清他的德行，只要他开口，没有为什么，照做就行。

阿盲按照麦医生的吩咐，将冷落在病房角落的那顶蚊帐，用四根竹竿撑挂在烧伤的病人床上。这样做时，阿盲心里很温暖，有伤的病人怕蚊蝇飞虫之类落到伤处引起痒痛，痛还能忍，痒就无法忍受了。甭看麦医生外表冷漠，对待病人还是想得很细致的。

可是，谁也没想到，等大伙采来马齿苋，用石窝捣烂，还没将黑炭似的男人用马齿苋涂成绿色，病人就咽气了。麦医生从蚊帐里钻出来，脸阴得要下雨似的，看都不看蚊帐外眼巴巴瞅着他的那些人。阿盲一屁股坐到地卜，望着那顶四四方方的蚊帐心里发颤。看来，麦医生早就预料到这个结果，他的束手无策，就是知道用什么方法也救不下这条命了。

又是在蚊帐里送走了一个生命。在阿盲眼里，这顶蚊帐成为不祥之兆，他本想将它偷偷抱到叶儿河边点把火烧掉，又怕麦医生怪罪，便趁他不注意时，将它塞进堆杂物的屋子角落，不想叫它再见天日。

麦医生却没忘记他的那顶蚊帐，而且似乎也默认蚊帐的不祥之意，只要有人病危，他准能把它翻找出来，像举行临终仪式似的，给即将离世的人罩在床上。

只要见到麦医生往病床上罩蚊帐，阿盲心里很恐惧，他恨死了这顶蚊帐，它不再是抵挡蚊虫叮咬的工具，而是一个生命与人世隔离的一道屏障。阿盲不希望有人被罩进蚊帐里，但他又不敢私自把它烧毁，只好东藏西放，想法把它扔到麦医生找不到的地方。可是，麦医生像条嗅觉灵敏的猎犬，每次需要时，准能找寻得到。

蚊帐本来已经很旧了，在阿盲塞来藏去的过程中，变得越发肮脏不堪，但阿盲早没了洗净它的想法。麦医生似乎看不到蚊帐的脏，或者，脏就脏了，是极其无奈地送走一个生命，不是多么喜庆的事，用不着洗净。麦医生不说，阿盲绝不主动去洗，这个与死亡紧紧联系在一起的不祥之物，阿盲想躲得越远越好。

麦医生这顶蚊帐的用途，没多久就传开了。小镇之小，就像井底之蛙眼里的那块天，再大也不过巴掌一般。一顶蚊帐的说法，一阵风足以传遍全镇。

立秋后不久，上河湾阿西家的喝农药寻死，因为她一直生不出男娃，生下四个丫头，每生一个丫头，就得挨男人的一顿毒打。阿西家的这次生出的第五个又是丫头，她挨打后看不到一丝希望，便喝农药自尽。家人发现后看还有救，便背到卫生院抢救。麦医生当即给阿西家的灌肠洗胃，折腾了一夜，总算把她救下。可是，人救活了，她却不肯睁眼，怕是一睁眼再看到的还是她的末日吧。麦医生也不多说，把阿西家人赶到病房外边，说是要再观察观察。没多会儿，麦医生阴着脸，大声唤阿盲去拿蚊帐。

这次，阿盲出乎意料地没听麦医生的话，说声"我不拿"，拒绝去拿那个不祥之物。麦医生看了阿盲一眼，没责怪他，自己寻来蚊帐，往阿西家的病床上撑。阿盲冲上去紧紧抓住蚊帐说，你不能这么做，她还有救！

麦医生瞪圆眼睛示意阿盲放手。

这次，阿盲犟到底了，坚决不放手。

麦医生大吼一声，放手！从阿盲手中抽出蚊帐，像撒渔网似的，将蚊帐罩在阿西家的头顶。阿盲再也不管自己是不是帮手，麦医生要是不叫他在卫生院干，他就不干了，反正，这个地方再待下去也没实际意义，一点医术也学不会。他呼哧呼哧喘着粗气，冲上去要把蚊帐扯下来，一副拼命的架势。

麦医生像是看透了阿盲，也不拦他，把手搭在阿盲肩上，被他轻易甩开了。麦医生苦笑一下，却没恼怒，把阿盲扯落的蚊帐一角重新挂好，然后粗暴地推开阿盲。没容阿盲反应过来，麦医生已将外面的阿西家人喊进来，让他们自己看。

一见老婆头顶撑起的蚊帐，阿西当场腿就软了，哆嗦道，不是刚……还有口气吗……

麦医生这时的话比平时多了，他说，那是刚才。病人没有求生的愿望，一口气能撑多久？何况，她连眼睛都没睁开，现在，你自己去看吧！

阿西不敢看。他父母大着胆子，惊恐地上前想掀开蚊帐看个究竟，被麦医生严厉地拦住，他说还是先别急，保护好现场，等公安来取过证后你们才能动，谁要乱动破坏了现场，谁负责任！

麦医生明显是在胡诌，人都送到医院，哪里还有什么现场？可阿西的父母不懂这些，听麦医生说得这么严重，吓得不敢动蚊帐。麦医生又要阿盲去派出所喊人。阿西的父母扑通一声跪在麦医生面前，哭成一团，边哭边诉说，人命关天，千万不能说是阿西逼得媳妇自杀，他们就阿西一根独苗，要是阿西被抓走，他们可怎么活啊……

麦医生说，这可不是你们说了算，怪只怪你们平时把阿西家的不当人看。

阿西的母亲哭道，麦医生求求你，救救她吧，只要能把人救活，我们保证以后好好待她。

麦医生不说话，只望着一旁的阿西。阿西赶紧叩起头来，麦医生你行行好，只要能救活人，我不要儿子，不要啦，以后再不打她啦……

一旁的阿盲这才明白麦医生的心机，怨气顿时消散了。

中秋过后，日子慢慢变得短了，过得也快了。转眼就到了深秋，树叶飘落，剩下两棵光秃秃的树干，苍凉地立在卫生院里边。卫生院像是被人遗忘似的，好几天没来一个病人。这种季节气候很凉爽，蚊子的疯狂劲已过，很少见到它们的影子了。没有蚊虫的侵扰，阿盲不起那么早了，起了床，能干什么呢？

麦医生在这种清闲的日子里也没显出几分清闲来，他整天都待在药房里，阿盲不明白在那间充满浓浓药味的小屋子里，能有什么事可做，他懒得去想，实在闲得无聊，就把那些旧绷带翻出来搓洗，照他这种洗洗，再洗几次，就烂了。麦医生还是很少说话，也不管他，他有时候抱着医药书看，麦医生看见了，也不叫他去关水龙头或驱赶野狗了，阿盲知道，那是因为他把水龙头修好了，那些野狗也不见影子儿。日子越来越寡淡了。

一场秋雨过后，天气由凉爽变得寒冷。再过几天就是立冬，也该冷了。

　　一天凌晨，阿盲被一阵杂乱的跑步声吵醒。他竖起耳朵听外面的动静，脚步很急促，绝不是麦医生制造出的跑步声。一大早跑得这么慌乱，一定来了急诊。阿盲不敢赖被窝，爬起来穿好衣服，听到病房那边有了动静。看来麦医生已经到了病房，他得去病房帮忙。

　　推开门，看到麦医生和一个满脸胡子的人手忙脚乱地往病床上撑蚊帐。阿盲的头嗡的一声大了，又是谁不行了，刚送来就罩蚊帐？从半撑起的蚊帐空隙里，阿盲看到病床上根本没人，他惊愕地问，又有人……

　　麦医生手上没停，侧过头说，阿，没你的事，回去睡觉！

　　阿盲愣怔在那儿，疑惑地看了满脸胡子的人一眼，慢慢退出病房。回到自己屋里钻进被窝，还在想到底是怎么回事，病人还没来就撑起蚊帐？阿盲越来越揣摸不透麦医生了。正揣测着，又听到一阵急促的脚步声冲进卫生院。这次有一伙人，他们又喊又叫，很粗暴，不是踢门，就是拍窗，好像在找什么人。阿盲侧耳听到麦医生的声音，说叫他们随便搜，就这么大地方，除过两个活的，还有一个患传染病的尸体……

　　"咚"的一声，阿盲的门被踢开，进来一个扎腰带的小伙，连瞎子都能看出阿盲狭窄的床上只躺着他一人，小伙子还是把被子掀到地下，在屋子里搜索。屋子摆设很简单，靠床摆着一张旧桌子，上面摆着两三本翘角的医药书，连个椅子都没有，除过这被窝，实在找不出能藏人的地方。小伙把桌上的书拂到地下，好像那书里面能夹住他需要的东西似的。见阿盲茫然地看着他，厉声喝道，看到马宏文没有？

马宏文是谁？阿盲怎么知道？他胆怯地摇摇头。那个小伙子骂骂咧咧地出去了。

阿盲从地下扯回被子，他的心咚咚跳着，心想千万别出啥事。他感觉身上发冷，把自己裹紧，偎在床上不敢动弹。

过不多久，那帮人吵闹着走了，声音越来越小，最后没音了。因为刚才的吵嚷，卫生院这会儿显得更加空荡寂静。阿盲这才壮着胆子跳下床，没穿鞋，奔过去"咣"一声关上敞开的屋门，再回到被窝把自己裹紧。

几天后的一个黄昏，红彤彤的夕阳把卫生院染得异常鲜红，温暖得也不像初冬了。阿盲站在院子的槐树下面，看着头顶光秃秃的树枝上，几只麻雀跳来跳去地吵闹，稍有点动静，它们便一哄而散，飞得没了踪影。阿盲回头望着被染红的西天，莫名地被冬天少有的温暖所打动。麦医生从药房出来，冲阿盲挥挥手里的碗，示意他该去供销社吃晚饭了。阿盲反身回屋，把自己的碗拿上，跟在麦医生身后。

这时，一帮年轻人突然喊叫着冲过来，不由分说，将麦医生和阿盲两人的胳膊拧到背后。两个被打掉的碗落到地上碎了，阿盲从这伙人推搡的声音中又听到"马宏文"这三个字，在他们的拳脚正要落下时，麦医生高声喊叫道，别打他，马宏文是我一人藏的，与阿盲无关，他根本不知道！

第一次，麦医生把阿盲的名字叫全了。

抓着麦医生的年轻人啪地抽了他一个响亮的嘴巴，血立马从嘴角流出来，比夕阳的颜色还要艳丽。

麦医生歇斯底里地叫道，打我吧，来，是我一人干的，确实不关这孩子的事！

又是"叭"的一声脆响。

阿盲哆嗦了。扭他胳膊的人，举起拳头吓唬道，你真的不知道？马宏文是他一人藏的？

阿盲不知自己摇头，还是点头了，他的脑子完全蒙了。他被推倒在地，眼睁睁看着一伙人将麦医生连打带踢地押走了。阿盲惊恐得一夜没睡，睁眼闭眼全是落在麦医生身上的拳头和他嘴角流出来的血，恐惧占据着他的心头，使他彻夜难眠。

第二天早晨，麦医生被人用平板车送回来，倒在回廊前的地上。他的衣服被撕烂了，缩在地上冻得瑟瑟发抖，他的腿被踢折，嘴角裂了，一只眼睛肿得只剩条缝，另一只眼血红，看上去有气无力，已经爬不起来。煎熬了一夜的阿盲扶起麦医生，不知该说什么，想着还是把他扶回屋子。麦医生却不愿回屋，拖着伤残的身体叫阿盲扶他到病房。

病房一片狼藉，一张病床被掀翻，另一张砸断了一条腿，铺盖斜扔在地。那张撑挂着蚊帐的病床倒是完好无损，可蚊帐被撕成碎条，像撕碎了另一个世界。寒冷的西北风从关不严实的窗户钻进来，将肮脏的蚊帐布条吹起，经幡似的飘来荡去。

麦医生慢慢地挪到这张床前，示意阿盲将他扶进蚊帐里。

阿盲迟疑着没动手，麦医生急了，气喘得很粗，阿盲怕他一口气上不来，便扶他上床，小心翼翼地将他放平躺下。

这下，麦医生像有了依靠似的，长长地吐出一口气，然后闭上眼睛。阿盲不知道接下来该做什么，看着麦医生死人一样，他鼻子酸酸地走出病房，想着去供销社找陈老伯弄些吃的来，眼下的麦医生这么虚弱，得想办法弄点有营养的吃食，不然，他很难撑持得住。

突然，一道黄色的影子箭一般射来，擦着阿盲腿边，冲进病房。

阿盲反身回到病房，见是麦医生以前救过的那条黄狗，它逃过不少劫数，毛肮脏不堪，背上还带着一道道未愈合的伤口，散发出叶儿河水一样的恶臭味。它警惕地望了阿盲一眼，敏捷地跳上床钻进蚊帐，倚在麦医生脚边。

麦医生闭着的眼睛忽然睁开，费劲地抬头望着黄狗。阿盲看到，麦医生咧着受伤的嘴角，冲着黄狗竟然笑了。

他的笑看上去清澈透明，像夏天雨后的天空。

你看到了火车吗

　　如果仔细去看，兵营在所有当过兵的人一生的旅程中，确像一个码头。兵们从这里上岸，驻步，作长久的停留，然后，又从这里下船，各奔东西。

　　每到秋天的时候，中士面对一批批退伍的老兵，总有种站在码头上送别亲人的惆怅感。为此，中士几天内心里都是沉甸甸的。和他一起入伍的同年兵已被他送走了，剩下他一个真正算作老兵了。他在荒滩上放羊的时候，有时会有种孤单感。一回到营区，虽然中士很少和兵们在一起相处，却有了群体感，那种只属旅人的来而复往的心态就平静了下来。

　　这种平静往往能维持很长时间，甚至一年，一旦到了老兵又要退伍的时候，中士的心里又动荡不安起来。这一次，中士要送走的将是比他晚入伍的兵们，他们在中士眼里曾一度是以新兵的形象存在着，现在他们也要离开这个码头了，他这个老兵还要在这个码头坚守多久？

中士这几天早早地就把羊群赶回了中队，趁还没开饭的工夫，在中队营区里走来走去，这里看看，那里瞅瞅，最多的时间是去各个班转，和那些将退伍的老兵说上几句话。中士以前可不是这样的，以前，中士回来后，不是清理羊圈就是梳理那一大堆用来给羊过冬的干草。他总能把干草码得像军被一样整齐。今年的干草垛还零乱地堆在羊圈旁，中士从旁边走过，像没看见似的。为此，司务长都提醒过中士几回了，说要派些人帮中士把干草码起来。中士总是说不急，等草干透了再说。

秋天的暖风已经把干草里的水分榨得够净了，那些绿里透黄的干草在温热的阳光下散发出淡淡的香味。中士在草堆前走来走去，草的香味跟随着他荡来荡去，他呼吸着股股清香，却没有要动草的意思。

终于有一天，中士自发地唤来几个老兵，把干草堆码了起来，像往年一样整齐，用梳子梳过似的。帮中士码草的老兵们奇怪，中士从来都是自己一个人干这些活儿的，他一高一低地瘸着，忙乎出一头汗水也不要别人帮忙，今年中士有点反常，他是不是厌倦了放羊？从中士对羊群那份细致上，一点儿也看不出他有丝毫的厌倦，夜间的自卫哨发现，中士最近比以前更勤快地每晚要到羊圈去几次，一会儿给羊加些饮水，一会儿又添些夜草。

中士的举动也引起了中队干部的关注。中队长还没有来得及找中士谈最近的情况，中士倒先找中队长了。

我要退伍！

中士是这样对中队长说的。

为什么？中队长一惊，急道，你的伤残批复没有下来之前，中队确定你继续留队服役。

中士平淡地说，我不想要评残批复了，这样一年一年地留着，对中队是个负担。

什么负担不负担的，你别动退伍的心思，只要我当一天中队长，就得给你解决了问题才放你走。

中士从中队长无法改变的语气里读出了一种坚定的硬度来，他软了下来。

中队长趁机对中士说，你最近有点反常，如果是为退伍的事，就趁早打消念头吧。我也知道让你放了两年羊，很辛苦，等老兵走了，找个新兵换下你吧。

中士强硬地说，不叫我走，我还放羊吧，只是……

你说吧，中队长用鼓励的目光望着中士，说，有什么话就说，你一直工作得都很认真，我们很信任你的。

中士就说道，中队长，能不能组织退伍的南疆老兵去看一次火车？

中队长一愣，随即哈哈大笑道，这是什么话？组织去看火车，这话传出去会成大笑话的。

中队长，中士认真地说，南疆人大多没见过火车，现在火车通到喀什了，铁路离咱营区就二十多公里，去看看真火车也算没有白出来当一回兵。

中队长打量了一下中士，说，中士你是想家了吧，这火车一叫，谁心里都动了。这样吧，你四年了没回一次家，我批你的假，你回去探家吧。

中士说，我是说这些老兵中有些还没见过火车，我探不探家不重要，他们退伍时不走喀什，就没机会见到火车了。

退伍走的路线是支队定的，中队长说，这个我没法更改，但我可以接受你的请求，组织老兵去铁路边看一回火车。

真的?

我什么时候说过假话? 中队长说，不过，中士，你还是探次家吧。你这种情况，回去一次看看也好……

中队长说不下去了，他为自己没能力催上面尽快批下中士的伤残证明而自疚。

中士站着没吭气，来来回回地在地上走着。

中队长望着中士一高一低晃动的身影，那些从窗口钻进来的秋阳，像金黄的沙子撒向中士的身上，被中士一高一低的肩膀撞得四处乱溅，有一些飞进了中队长的眼里。他的眼睛涩涩的，涌起一股股酸水。他强忍着，半天才说，我命令你探家，明天派人接下你的工作，后天你就走!

中士就收拾东西准备探家了。

兵们听说中士要探家了，都跑来看中士。有些老兵开中士的玩笑说，这么突然急着回去探家，该不会去相亲吧?

中士脸红了，支支吾吾地说，没有的事，我只是回家看望父母。

有个知底的老兵说，相亲就相亲，这又不是丢人的事。我们都知道，中士你一直和一个叫什么玲的女同学通着信，恋了好几年了。

中士急了，胡说什么呀，去去去，别妨碍我收拾东西了。

老兵们还要取笑，中队长来找中士，才把一帮老兵轰走了。

中队长给中士送来一条红色的真丝巾，说，把这个带上，回去找机会送给你的那个女同学，如果她收下了，就有戏了。

中队长的这条丝巾是他托人从巴基斯坦口岸上买来的，非常精致，他很喜爱，曾几次拿出来炫耀过，说要送给他远在乌鲁木齐的爱人。

中士不接。

中队长说，叫你带上就带上，说不定能起点作用的，现在的女人都懒得理中国货了。

中士说，这是你给嫂子买的，我咋能要呢？

她已经有人给她买了更好的，不需要我的了。中队长神情黯然地说。

中士早就听说中队长和他爱人闹矛盾，两地分居，那个女人好像有了外遇，具体是什么结果，他不太清楚，但他拒绝接丝巾。

中队长火了，拿上！推什么推？哪像个当兵的样子。说到这里，中队长语气又软了下来，对中士说，你别有想法，腿脚有点毛病，千万不要自卑，好女人多得是，说不定那个什么玲就是个好女孩呢，凭你的人品，她会喜欢你的。

中士想说什么，又没有说。他心里明白，他的那个女同学刘玲和他一直通着信，却没有建立别的关系。他也曾想过和刘玲说些别的，但一直没有好意思写出那些话来，尤其是后来他的脚受伤残疾后，他更不敢想了。只是他有意地在信中提起过这事。他把自己的伤残编在别人身上，写信给刘玲，刘玲回信还说脚有一点儿伤残怕什么，一个人最重要的是品质，刘玲的观点让中士感动了好长时间。但这次自己瘸着腿回去，刘玲见了，会是怎样的反应呢？中士不敢想那种场面，尽管他和刘玲之间没有什么承诺，但他想刘玲会受不了这个现实，他毕竟没有告诉过刘玲，那个脚受伤残的人就是他自己，他有种欺骗了刘玲的感觉。

中士不再多想。他一直坚持不探家，就是怕自己瘸着回去见亲朋好友。他不知该怎样向他们解释。现在要回去了，心里却坦然了，迟早要面对他们，怕什么？自己又不是干下丢人的事了。

中士就接过了中队长的丝巾。

中士为了不叫别人送他，一大早起来就一个人提着包走了。他不想叫别人送，一个原因是他不想叫别人去场部借牛车什么的太麻烦。从营区到公路上有二十多公里地，不通车，一般他们都是借场部的牛车当运输工具，很不方便。另一个原因是中士心里有一个不想告人的秘密，他想去铁道边，乘火车去喀什，绕道回和田。中士一心想着乘坐一次火车，这在他的经历中，其实在南疆大多数人的经历中，是个空白，就像许多人一生没乘坐过飞机一样，到死也是个遗憾。

中士步行着，走在石子铺成的简易便道上，四周全是荒滩，有的地方稀稀拉拉地长着一些茅草。这些草中士再熟悉不过了，他赶着羊群在荒滩上的草丛中穿行了两年，对草的喜爱也绝不亚于羊群。

中士看到路边的草都不太好，可能是有人割过，有草的地方不多，倒是那些无所顾忌的红柳一丛一丛地长了不少。秋天正是红柳花盛开的季节，红柳花不大，米粒一般紫红色的花朵像一串串燃烧的火焰，拥挤在一起，共同怒放在这个即将凋零的季节里，给萧瑟的秋天增色不少。荒滩上的秋天因为红柳花的粲然开放，行进速度缓慢得多了，这样的季候比荒滩上的春天丰富多了。唯一叫人神伤的是那些已经开始干枯的茅草，预示着一个季节即将远行。空气十分温和，黄灿灿的暖阳洒下来，那些枯黄的茅草上像泼了一层金粉，闪闪发光，直耀人的眼目。

中士因为没有羊群跟着，不用操心它们吃草，心却有点空落。他已经过惯了每天赶着羊群放牧的生活，对这种轻松自由的行走起初有些不太适应，就像过惯了军营生活的兵们一到外面的世界，看到前面有人走路，无形中就倒换了自己的步子，和前面的人走成一样的步伐。中士的心里装着中队的羊群，就格外注意周围的草地，又加上他腿脚不太灵便，二十多公里的路程，他整整走了六个多小时，但他点儿都不觉得累，没有停下歇息过。

直到中士看到个高出荒滩许多的路基横在面前，他才停下步了，仔细看了看，发现那就是在自己心里想过无数遍的铁路了。中士兴奋地喊叫了一声，一瘸一拐地跑上了路基。他看到了两条坚硬的铁轨平铺在路基中央，向远处伸去。他前后看了看，铁轨长得看不到头，像电视上的一样。

这就是铁路！

中士激动得蹲下身子，用手摸着铁轨。铁轨的半边亮得晃眼，另一半却生着锈斑。中士知道亮的那边是火车轮子摩擦亮的，就专注地用手摸着发亮的那面，手指感觉特别光滑。中士就在铁轨上坐下，凝神望着远处，等待着火车的到来。

等待的时间过得似乎很慢，中士按捺住心里的激动，不时地抬腕看看表，离他每天在荒滩上听到火车鸣笛的时间还有一个多小时，他的心已经开始慌慌地跳了。为了掩饰自己的慌张，中士不断地到路基边上尿尿，自己镇静着，心想都当四年兵了，咋还像个小孩子似的，第一次见个火车也这么紧张，真是没出息。这么想着，心里有点悲哀起来，都世纪末了，火车已不是新鲜事物，他这个南疆人却为见个火车这么激动。如果过一会儿火车来了，自己坐上去，还不知激动成什么样子呢。

一个多小时太难熬了，但还是熬了过去。

当中士感觉到脚下的铁轨开始震颤时，他看到东面的铁轨尽头已有了一个烟头一样的黑点在晃动，金色的秋阳下，那个黑点异常明显并且在不断地生长着，逐渐长大。

那是火车！火车来了！

中士惊叫了一声，兴奋得在铁轨上跳了起来，两眼紧盯着那个越来越大的黑团，那种早已在电视上熟悉了的火车行走声正从远处传来，中士不能自已地上蹿下跳，不知怎样才能表达自己的感情。

在秋阳蒸腾下似水汽般飘忽的远处，黑团逐渐长大了，一下子，在中士眼前变成高大威猛的火车头，那种"哐当哐当"的响声像血液一样正渗进中士的血管里。他兴奋极了。

突然，一个念头跳了出来，中士冷静了下来。

火车要是不停怎么办？

这是个现实问题。中士一回到现实中，才感到问题严重了。他看到电视上的人都是从火车站上的火车，这里没有站怎么办？中士要坐火车去喀什，他要探家回去的。

火车的轮廓已经明显地出现在中士目光里了，中士急了，冒出了一头的汗水。中士头蒙了，以前没想过这个问题。

怎么办？

中士在火车越来越逼近的时候，突然冒出了个念头：向火车招手。

中士认为这个念头不错，就举起手，使劲向远处的火车招手，他想他的这种举动会引起火车司机的注意。他认为火车会像汽车一样在他面前停下来，他可以从容地走上火车，坐在上面，一直到喀什。

火车越来越近了，脚下的土地簌簌地颤动起来，铁轨也隆隆作响。中士已经看到了火车头后面一长串墨绿色的车厢，他拿着行李跳到路基边上，使劲地挥动着手。

那种哐当声怒吼着向中士冲来，一股黑色的劲风猛地扑到中士身上，差点被它推倒，他倒退了两步。

乌黑的火车头呼啸着从中士的面前一闪而过，车轮和钢轨发出刺耳的尖叫声，震得中士头都木了。

中士不相信眼前的一切竟然就这样发生了，火车从他的面前一节车厢一节车厢地奔了过去，他甚至看到了每节车厢里旅客的身影，有的还向他挥了挥手。中士望着一闪而过的车厢，他的右手还举着，那种叫作悲凉的东西爬满了他的心头，从没有过的巨大失落感使他差点岔过气去。他傻愣愣地站在那里，对火车的美好想象一下子全成了粉末，飘浮在秋天的空气里。

中士失望极了，望着远去的火车尾巴，真不知该怎么做才好。

这时候，一声尖厉的鸣叫声骤然响起。这声响彻晴空的叫声像一把锋利的刀子将秋天劈开，那种延长的汽笛在秋天的两半里冲来撞去，一下子就撞在了中士的身上、头脑里。

中士醒了，这是火车，这就是火车！

中士听到秋天的空气被火车的尖叫劈开后落在地上的响声，他的心一下子也给吸引住了。他理解了火车，火车有它的规律，不然咋叫火车，就像秋天咋叫秋天一样，肯定有它一定的道理。中士当了四年兵，更应该明白这个道理。

火车在中士的心目中又神圣了起来。

那声汽笛传到遥远的荒滩上，跌落下来，消失了。中士望着远去的火车又变成黑黑的一团，那种咣当声在逐渐减弱的时候，中士想起了什么，从怀里掏出中队长送给他的那条红丝巾，向远去的黑点使劲地挥舞着，致意着。他在心里默念着：我看到火车了，红丝巾也看到火车了！

　　泪水模糊了中士的视线，他看不到那个小黑点了。中士收回红丝巾，捧在手里，泪水滴到丝巾上，洇湿了两个黑红的斑点，像两个又大又圆的眼睛。中士看着丝巾上的湿点，像看到他的同学刘玲那双美丽的大眼睛，正深情地注视着中士。中士心里一热，说了句：刘玲，你看到火车了吗？

天　气

今年夏天，我出差路过老家，事先给哥打了个电话。哥说，顺道回一趟家吧，你又有一年半没回来了，父母都很想你。

父母越来越老了，人一老，似乎感情也越来越脆弱，对于亲情的依赖也就越来越深，如果过上三五天不打个电话回去，父母他们就在家里坐卧不安，还要充分地发挥他们丰富的联想，以为我出什么事了。到最后实在忍耐不住，逼着哥给我打电话，要问清我到底是怎么回事。大凡这个时候，我都是用工作忙搪塞，大概也只有用这样的理由才能让他们的心真正安静下来。其实我一点都不忙，只是我怕给家里打电话，更怕回家，原因是这几年只要我回一次家，父母准得吵好长一段时间的架。他们吵架也不是他们之间有不可调和的矛盾，其实都是别人的事情惹的祸。这些事情都与我的父亲有关。父亲原本不是个很虚荣的人，我从乌鲁木齐调到北京，在村里许多人看来，北京几乎是他们一个遥不可及的梦想，甭说在北京工作，就是来趟北京，那也是值得炫耀的一件大事儿，所以，有一个在北京工作的儿子，父亲受到了许多村人艳羡的目光。这使父亲十分受用。父亲是一个很热心的人，如今他的儿子又到了北京，他的热心就发挥到了极致，便经常地而且十分得意地揽些村子里左邻右舍儿女们要当兵、考学、提干、转士官的麻烦事来。母亲在学识上不如父亲，可母亲却比父亲更能体谅我的难处，她是用同情的心态来看待我的，或者是我常说的工作繁忙让她更多地对我有了心疼的成分。她骂给我揽这些事的父亲。父亲不服，他一点也不觉得这是在给我添麻烦，而认为只要能把他揽来的这些事办成，这是为我，也为他在村里人面前争光。父亲就和母亲吵，说母亲目光短浅，根本不懂这些人情世故，他们一吵起架来，全家人都毫不犹豫地站在母亲这边。父亲孤零零地一个人，势单力薄，显然很可怜。我虽然也能理解父亲，甚至也同情父亲，可我只是一个记者，并没有父亲想象中的那么有能耐，去帮他达成愿望，办成这些事。没办法，我只好尽量减少回家，也只有这样，才能减少父母为别人的事吵架的次数。

这次看来不回家是不行了，从家门口经过，不回去说不过去。大禹当年治水三过家门而不入成为美谈，如今，我还要玩这个的话肯定落人话柄，成为笑谈。所以开完会后，我顺道回家，主办会议的单位出于好心，派了辆车送我回去。车是桑塔纳，小轿车，对既没权也没势的我来说已经够不错了。车子刚到我家门口，村人围了过来，我推开车门走下来，有许多目光落在我身上，我看到他们脸上写着不同的内容，可一律都是带着笑意的。我忽然心里一热，自豪感竟像气球一样，慢慢地膨胀起来。这种感觉，还是很美妙的。我掏出了一包好烟，准备一下车就给众人散发，好风光一把。可在这时，有人突然说了句："哟，回家来咋还雇了个出租车啊！"我连忙说："没有啊，这是人家单位上的车。不是出租车。"那几个人上来，从我手里接过香烟，一边点火，一边不停地瞅着车说："这不，红色的，不是出租车还能是啥车？"一下子，倒把我给问住了。送我的车确实是红色的桑塔纳，跟北京城满街跑的红色出租车一个颜色，也和我们老家县城街道跑的红色夏利车颜色一样，他们见到的出租车都是红色的，所以他们认为红色的车都是出租车。既然这样，那又有什么理由说这辆红色的车就不是出租车呢？送我的驾驶员那天刚好没穿军装，从车上下来手勤脚快地拿着抹布不停地擦车，看上去还真像爱车的出租车司机，我跟眼前的这些人咋能解释得清呢？

干脆，我不解释，冲着那些人笑笑，叫上司机穿过那些目光走进了家。

我父亲却留在外面，非要给那些人讲个明白。这个时候，车是部队单位的车不是出租车对他来说，反倒比我回到家显得更重要一些。也不知他到底讲明白了没有，过了一会儿，父亲回来了，一脸的不高兴，往沙发上一坐，闷头抽起了烟。

我知道父亲也解释不清，那些人压根儿就不相信，不相信不说，反觉得父亲非把一辆出租车说成是部队的车，是在向他们炫耀。父亲为此生了一肚子闲气，母亲一见，却高兴地对父亲说："这下，你该没话说了吧，整天揽别人的事，还和我吵架呢，看你吵得值不值，现在知道了人家是咋对待你的吧。"母亲一副幸灾乐祸的样子。

我生怕父亲为这事又要和母亲吵起来，赶紧岔开话题，问今年麦子的收成咋样。

谁知这一问，父亲不高兴了，冲着我说："你这个时候回来干啥？麦子刚割完，你就不能晚回来几天？"

我刚要解释这是会议上安排的时间，不是我自己能决定的。母亲却说："你爹是不想叫你回来干活儿。这不，麦子割完了，还没有碾呢，你这个时候回来，赶上这活儿，怕你受不了……"这时母亲倒又和父亲站在一条战线上了。

"这有啥怕的？"我说，"你们放心吧，我还能干。以前我又不是没有干过。"

父亲看了我一眼，说："我没说你不能干，只是这活儿……磨人。你前几天打电话回来，我就给你哥说，叫你别忙着回来，这时回来在家也待不长。我和你妈只想等你放假时，你和媳妇孩子一起回来，一家人热热乎乎的……"

我心里一酸，说不出话来，眼眶里立马有些涩涩的感觉，我赶紧别过脸，看着别处。

父亲看出了我的心思，忙又说道："你既然已经回来，别人也都看到了，你不去干点活儿，别人都会说闲话的，你就到打麦场上转转吧，给送送水啥地，就成了。这点活儿，那要你插手呢，一家人几下就做完了。"

我赶紧说："这哪行呢？回来既然赶上了，就得干点活儿，不然，我这心里……不好受。"

父亲吸一口烟，等烟雾散尽了，才说："有啥不成？你看那些坐办公室的，谁还干这种活儿呢，就是干着也不像。"

我忙说："我咋是那种人呢？我还是去干些活儿吧，免得让别人说闲话。"

父亲白了我一眼道："你如今也算是个县团级了，咋不懂我和你妈的心思呢，你啥时候才能像个领导似的，也摆摆谱，叫别人看着你出息了呢。"

我一听，有点哭笑不得："我只是一个记者，也就是搞文字的，哪里是什么领导。"

"北京那可是首都，就算你不是领导，可也比一般人强吧，那地方能是一般人待的？再说了，你不是领导，人家能用小车大老远专门把你送回来？"父亲言之凿凿，他的表情看上去很自豪。

我听了，一时还找不出合适的来说，又怕说重了，让父亲难堪，只好什么也不说算了。

第二天，我像个领导似的起得很早，全家人都还没有起床，我轻轻地打开大门，到外面去跑步锻炼。天刚蒙蒙亮，村子还处在一片寂静之中，像个仍在熟睡中的婴儿，偶尔有几声从遥远的方向传过来几声狗叫或者鸡鸣，乡村味浓极了。我深吸着这种久违了的气息，跑了一阵儿，感受着乡村的宁静和安详，心中升腾起一种温馨的感觉。

天边的黛青色在一点一点地褪去，东边的天际泛出丝丝淡红，周围的天空则显出那种清亮的蓝色来。从闷热的气流里，能肯定今天是个好天气。我围绕着村子转悠着，想找一个能施展腿脚的地方，不时能碰上一两个早起的人，不是背着书包的小学生，就是刚过门不久看人都带着羞涩神态的小媳妇，我全不认识，我离开家太久了。他们大概知道我是谁，想和我打个招呼的样子，我微笑着迎上去了，他们又赶紧躲避开。我知道我的微笑有点像快离休的领导脸上的那种，是虚假的热情，他们看清楚了，认为不值得和我打招呼。

我只好讪讪地收起虚假的笑容，很无聊地走了。

来到村子东头，在一个打麦场上伸胳膊踢腿地锻炼了一会儿，正要拿着架势打一套太极拳时，从麦垛后面冲出一个老头，从他走路的姿势和速度上，可以看出他是冲着我来的，并且气势汹汹的。

我忙收起拳路，愣在那里。

老头冲到我跟前，我才认出他是建成叔，便叫了他一声。

建成叔的头发白得差不多了，头顶剩下的那点灰发，就像扣了个花帽子，两个鬓角白发乱七八糟，像寒冬里衰败的枯草一般，衬着他那张同样泛着淡黄的脸色。他一看清是我，愣怔了一下，头顶上的"帽子"感觉就要掉下来了。他抬起手，没有去扶正"帽子"的意思，而是擦了擦眼窝，好像要把清晨纠缠在里面的一些杂碎清理掉，以免影响他的视力，他擦拭完眼窝，又眯着眼很仔细辨认了我一会儿，紧绷的脸才松弛下来，他说，原来是你呀，我就说呢，这村里哪个年轻人能起这么早呀。

我笑笑，说，建成叔，看你的来势，是不是把我当成了偷麦子的贼呀。

他的脸红了一下，绕开我的眼神看着旁边说，看你说的，我——这是路过呢。你这是——锻炼呀？你接着锻炼，我还有事呢。

说完，他急急忙忙地走了。

我看着他一摇一晃的背影，他头顶上的那个"帽子"一跳一跳的越来越小了，我的心很空落，打太极拳的兴致一点都没有了。村子里传来各种各样的声音，很多屋顶有了袅袅的烟岚。清晨的寂静已经结束，我该回家了。

回到家里，父母已经起来了。母亲看着一头汗水的我说，你就不多睡会儿，起早了还到外面瞎跑啥呢，这天气，跑一头的汗。

父亲不满地白了母亲一眼，说，你知道个啥呀，这叫晨练，城里人都这样呢，尤其是当领导的，把锻炼身体看得比啥都重。

我没有接他们的话，却说，今天看来是个好天气，咱们趁早先把麦摊到场上，吃过早饭就可以先碾一场了。

父亲抬头看了看天，说，不急，等等再说吧。

还说我是领导呢，这点权都不放给我。我开玩笑地说。

母亲看了看我的脸色，说，这天说不准呢，回头，还是叫你哥先到建成家麦场上去看看，咱们再定今天碾不碾麦。

我刚才在村东头的麦场上，碰到建成叔了。我奇怪地说，咱家碾麦，看别人家麦场干啥？

父亲没搭这个话，他问我，你刚才到他家麦场上去了？他看到你，没有生你的气吧？

我摇了摇头道，我不知道是不是他家打麦场，我在那里练了练拳脚，他生啥气呢？

父亲说，看来你还真忘了，全村人碾麦，都要看你建成叔家呢。

母亲说，也难怪，你出去都二十年了，从来就没有赶上碾麦时回来过。你建成叔可是个活天气预报呢。

母亲这么一说，我才恍然想起以前的建成叔来。母亲说建成叔是个活天气预报，说来也是一件怪事，夏天收割完麦子总是要碾的，可是不管看上去多晴朗的天，只要建成叔家摊开麦子，过不了多久天就会变，而且非下雨不可，他家的麦子每年都淋雨，大多发霉变质了。他家碾麦子就表示天要下雨，这比广播里正儿八经的天气预报还要准确。以前，也不知道是谁先发现了这个邪门事儿，村子里的人每到碾麦时，都要去看看建成叔家摊麦子没有，如果他家摊开了，太阳再怎么红彤彤的，大家都宁愿守在家里也不摊麦。曾经也有人不信这个邪，看着天气挺好的，就和建成叔家一起摊开麦子，可碾着碾着，天就突然变了，不一会儿就来了雷雨，场上的麦子没少淋雨。经过这样的几回，就没有人不信这个邪了。后来，大家碾麦时，都以建成叔家摊不摊麦子为准，只要他摊了，全村就不会再有第二家摊。为此，建成叔又羞又恼，没少和人吵架。我原来在家的时候，为看建成叔摊没摊麦子，还挨过他的骂呢。没想到，二十年过去了，天气预报都精确到了一定的地步，大家还要看建成叔对天气的感应呢。

哥披着衣服从屋子出来，打着哈欠说，也有失灵的时候，去年不就有一次，建成叔家没摊麦，大家都纷纷摊了，可摊着摊着，天下雨了，反倒是建成叔在一旁窃笑。不过即使有失灵的时候，大家还是宁愿迷信他，而不信天气预报。

想想也是，这二十多年来，我在城里，天气预报对我来说，也只是添减衣服，偶尔碰大有雨就带把伞而已，多了基本上就没有细想过，夏天里正是艳阳高照、晴空万里的天，突然来场雷阵雨，这会叫多少人措手不及，乡村里又有多少麦子被无辜地泡在雨水里。反正，在城里吃的都是没有霉变的白面。

父亲瞪了哥一眼，说，你瞎咋呼啥呢，快去看看你建成叔家摊没摊麦子。

哥嘟嘟囔囔，十分不情愿地去了。

父亲对我说，唉，你建成叔也不知道是啥变的，日怪了，他咋就这么倒霉呢？

咋了？不就是他碾麦子天会变嘛，这么多年都过来了。

母亲叹口气说，你不知道，他一直不顺。几年前，他的那个儿子柱子——你可能都记不起他了，你离开家时，柱子还是个屁大点的孩子——后来长大成小伙子，却是个愣头青。那年夏天，为碾麦子的事，柱子嫌你海兴叔的儿子去他们家麦场上看了，两人发生口角，柱子在气头上，把你海兴叔的儿子失手给打死了。谁都知道，你海兴叔的儿子有先天性心脏病，可那是个独生子啊！

后来呢？我一惊，急问。

父亲说，就为了点闲事，惹下这么大的祸，柱子给抓走了，判了十二年刑。你海兴叔那一阵子每天还上你建成叔家去闹，要寻死寻活的。柱子他妈差点气死，躺下后一直病到现在。你建成叔愁啊，才几天工夫头发就白了一半，身体也不如以前了，还不知道他能不能等到柱子从监狱里出来……

母亲接过来说，这还不算，你建成叔有个丫头，叫瑛子，念了个初中，就懂啥法了，也不好好念书，非要嚷嚷着到县里去告状，说啥，他哥打死的人有病，又不是故意的，要给他哥减刑。县里没有人听她的，她又跑到省里，还是没有人听，但她还是告，说是要到北京去告呢。她这一告吧，这死了独生子好不容易才安下心的海兴又开始闹了，和建成天天干仗，闹得建成没法子，把瑛子狠狠打了一顿，关在家里，不准她再去告状。那丫头倒好，记恨起她老爹来，竟然翻窗户跑了。这一跑，就再没有回来，有几个年头了吧。

父亲附和着说，嗯，三年多了，那确实是个倔丫头。

这时，哥回来了，他插上话说，你们是说瑛子吧，她倔个啥呀，前阵子听林旺说，他在河南郑州见到了瑛子，她出去混了几年，早就没有给她哥翻案的心思，林旺说她在歌舞厅当三陪，挣大钱呢……

父亲跳起来，冲着哥道，你胡说啥呢，去年不是听去过西安的金祥说，瑛子在西安呢，说这丫头在想法子挣钱，告状需要钱啊。一个姑娘家，已够不容易了，你还尽往坏处说人家。

哥强辩道，我往坏处说她啥了，前一阵子听跑生意的有财从广州回来说，他在广州的……那种地方，都碰上瑛子了，她打扮得像个妖怪，在接客呢……

我听着心想，幸亏我们村里的能人少，只去过郑州、广州，不然，要是还有出国的，可能会在美国、俄罗斯碰到瑛子在外国干什么呢。

爹还在愤愤地说着，好像他这样说，就能够减少建成叔的苦难似的。

现在的人，有钱谁不会挣，哪个还愿意为一个没有结果的事费尽心机，到处奔波？瑛子也不是傻子，她还能想不通这个道理，何况做那种事的人，赚的钱可不少……

哥仍自顾自地往下说。父亲很生气，见哥还要喋喋不休地说下去，就冲着他吼道，就你话多，我叫你去看建成家摊麦子了没有，你去了没有？

去过了，他家还没摊呢，不知吃了早饭摊不摊。

你们就不知道，别人在西安碰上瑛子，也是在那种地方……哥似乎意犹未尽，还在往下说。

父亲打断哥，说，洗你的脸去吧，吃过饭再去看看，如果你建成叔不摊麦，咱就摊！

夏天的天气就是小孩子的脸，说变就变，看似晴朗的天，不高兴了眨眼之间就飘来一堆乌云，几分钟内会下一场暴雨，把摊在场上的麦子泡在雨水里，这对忙碌了一年的农人来说，是最伤心不过的事了。谁也不愿看着自家的麦子泡在雨水里，可天气预报里报的天气情况总是没有现实中的天气变化快。为了一年的收成不泡在雨水里，大家都盯着建成叔，虽然他的不幸让大家也很为他难过，可毕竟生活更重要些，农人生活的最大一部分就在粮食上，而建成叔在摊麦子的事情上，那无比灵验的验证使大家慢慢地对他形成了一种依靠，这的确叫建成叔有点哭笑不得，每年的夏天他就成为村里人备受关注的目标。

建成叔为此非常恼火，对全村的人几乎都发过火。可发火有什么用呢，他谁也阻止不了，大家依然还是看着他的行动，就是建成叔的儿子失手打死海兴叔独生子那一年，大家虽然也抱着同情心却依然还是这么做，不敢明着去建成叔家的麦场上看，就偷偷去看，没有人愿拿一年的收成当儿戏。村里人出于无奈，却伤害着建成叔的心。听父亲说，建成叔为了报复大家，经常搞一些突然袭击，比如有时到大中午了也不见他摊麦子，大家都放心地去摊自家的麦子了，午后，建成叔突然召集全家摊开麦子，弄得大家惊慌失措赶紧收拾自己的麦子，以防被暴雨袭击。建成叔偶尔碾一场好麦子，只是这样的机会非常少。建成叔像他家的麦子一样，一直活在霉运里。

我去看了一次建成叔。

是个晴朗的午后，太阳热辣辣的，像个火球，这样的天气，怎么看都不像会下雨。当时建成叔顶着个白头颅，正在他家的麦场上摊麦子，一看我来了，他像见了上面来检查工作的领导，慌得停下手里的活儿，我……你的……嘴里嘟囔了半天也不知该说什么。

我看了看他摊的麦子，随口问了句，建成叔，你摊麦子啊。

建成叔脸唰地一下红了，他低下头，不说话了，闪烁不定的目光也移到了别处，他那枯草一般的白头发，却让我又一次真实地看到了他的凄苦。

我无意识的问话刺中了他的要害，心里很难受，赶紧补充道，叔啊，我不是这个意思，也不是来看你家……我家的麦子早已碾完了，我……是来看看你。叔……你还好吧？

建成叔抬起头来，对我勉强笑了笑，说，大侄子，我早就想过去看你，只是我……一直忙呢……

叔。我叫了一声，却没有话说，那些话就像哽在了喉咙里，怎么也吐不出来，我随手从地上抓起一个麦捆，想帮他摊麦子。建成叔一看，惊慌失措地从我手里抢下麦捆，说，这可不成，可不敢叫你干这个，听说你调到京城去当大官了，咋能叫你干这个呢。

我只好又给他解释了一下我的情况。

建成叔当然不信，他对我晦涩地笑了一下，说，你骗叔干啥，叔又不找你办事，现在的人，都顾自己呢。其实，我那天看到你回来，都看见是省城部队里的车送你回来的，他们都说送你的是出租车，我去过省城，知道那可不是出租车，你给叔装啥呢……

他还在嘟嘟囔囔地说些什么，我的脸已经在发烫了，我无心再听他说这些，支吾着，赶紧离开了他家的麦场。

这几年，我最怕村里的人用这种口气跟我说话了，他们都认为我混出息了，有了各种各样的难事时，他们只管去找我父亲，让父亲给我施加压力。终了事办不成，就以为我在拿架子，不愿意帮他们的忙，在背后埋怨我，却从来不管我也有我的不顺和难处呢。

回到家里，我把去看建成叔的事给父母一说，他们听了都不说话。我的心里挺不是味，想着自己在外，虽不是如履薄冰，步步维艰，可也是谨小慎微。如今的社会是一个竞争非常激烈的社会，人和人之间的关系再也不可能透明得如同一块玻璃，谁也不知道今天对你一脸热情真诚的笑脸人，明天是不是就是把刀插进你软肋的人。一个人无论表面上多么风光，他的背后也有不为人知的艰难，何况我还真不是村里人说的那种风光的人物。

我埋着头一个劲儿地抽烟，父亲看我不高兴，就说，你也别往心里去，建成这样说，也是随意说的，没别的意思。

母亲也开导我说，你建成叔也不容易，儿子进了监狱，闺女又没有下落，他心里难受，说几句就说几句吧……

我对父母说，我没有怪建成叔的意思，只是我……

我没有再说下去，父母也都明白我要说啥话，父亲微微地别过了脸。不一会儿，父母便扯起了别的话题。

我却心不在焉。

父母看出了我的心不在焉，他们自己说着也没啥意思，就不说了。

这时，突然传来一声炸雷，我们都被这声炸雷惊动了，相互看了一眼，我看到父母的眼神都很平静，父亲还淡淡地说了句，建成今天摊了麦子呢。

真是日怪了，这老天咋就死活和建成叔过不去呢。

顷刻间，暴雨降临。雨下得很猛，我们一家人站在屋檐下看着猛烈的暴雨发呆。我能想象出，此时，建成叔在他家麦场上的狼狈样子。

母亲叹了口气，说道，建成真是可怜，上辈子不知干下啥事情了，让老天把他记得这样清楚。

我看了母亲一眼，母亲的脸上还挂着对建成叔怜悯的表情。沉默了一会儿，我对母亲说，我想帮建成叔一个忙！

母亲看了父亲一眼。父亲看着我，满眼的期待。母亲也看着我，似乎等我说话。

我说，我可以想法子给建成叔登寻人启事，帮他找找瑛子。

这回，父母没有为帮别人办事吵嘴，他们都表现出空前的兴致。父亲对我说，要是能帮这个忙，可算是办了一件大事呢。

母亲还欢喜地补充了一句，要能把瑛子找着，让她回家，可不就是帮了你建成叔的一大忙吗，说不定从此以后，他的运气也就转了，以后我们摊麦就得多关注天气预报了呢。

不知是父亲还是母亲，把我的话告诉了建成叔，他到我家里专门来了一次。那天我刚好不在，去看我的老姨了，回来后听父母说了，我本想去建成叔家里找他，想了想，还是没去。我怕我去给他说了，如果找不到瑛子，不就是把他给骗了，也就真成了他眼里的只顾自己不愿帮助别人的人了吗？

回到北京后，我利用我当记者的便利，给全国各地的朋友打电话，发电子邮件，在全国范围内展开了寻找瑛子的活动。

三个多月后，我的一个朋友在河南洛阳有了瑛子的消息。只是瑛子已经在那里一个叫阳水泉的村子里结婚，并且生了个儿子。瑛子是被人贩子贩卖到那里的。

进一步核实后，我赶紧给我哥打电话，把这个准确消息叫他赶快转告建成叔。

建成叔得到这个消息后，当天就带几个亲戚赶到车站，去了河南洛阳那个叫阳水泉的村子，找他的闺女瑛子。

后来，我听我哥给我打电话说，建成叔他们终于在阳水泉找到了瑛子。阳水泉是洛阳一个僻远的村落，虽然山水比我们村子要葱绿一些，可村子却尽是一些东倒西歪的房子，非常破烂。建成叔找到瑛子时，瑛子怀里抱着她的儿子。看到她爹，瑛子愣住了，尔后哭得跟泪人似的。可到最后，说死说活，瑛子拒绝跟她爹回家。建成叔和几个亲戚只好含泪回去了。一回到家，建成叔就病倒了。

我想，可能是瑛子怕她的婆家难为她的家人，才这样的，我本来还准备托朋友找当地政府部门，帮助瑛子回家呢，可我哥说，建成叔让他转告我，不要再为这事忙乎了，瑛子愿意在那里，就叫她在那儿吧，她有了孩子呢。

我的心里怅怅的，可到底这也是人家的事，也就放下了。

第二年夏天，快到割麦子的时候，哥突然给我打电话说，建成叔死了，他自从河南洛阳回去后，一直病着，这不，说死就死了。

我哥还在电话上说，建成叔这一死，今年打麦碾场时，可咋办呀？

我没好气地说，咋办，你不会看天气预报？！

寒　假

入冬后不久，羊贩子白加禾从喀什城里过来，给桑那镇的羊贩子马相云带来今年羊价大跌的消息。同时，白加禾还带来一个又白又高的丫头，说是他的表妹，名叫康小丫，今年夏天刚考上喀什的财贸学院，现在放了寒假，是跟着他来桑那镇度假的。

马相云这几年贩羊挣了几个钱，他老婆大洋马硬把儿子马小扬送到喀什城里自费上了技校。马小扬自从去喀什读书后，每年两个假期都回家来的，可他现在已不把回家说成是回家了，而说成是回来度假。这个寒假马小扬也回来了，什么活儿都不干，整天肩上斜挂着一把吉他（马相云总说成是琴）专门找暖和的地方去弹，逗引着一帮小屁孩子围着又蹦又跳，村子里的人早就骂着马相云养了这么一个宝贝儿子。马相云和村人一样也看不惯儿子这副德行，说过几次，但在老婆大洋马的眼里，儿子却是村里一帮青年中最出色的，虽然她也听不懂儿子弹奏的乐曲，甚至有时候心里也嫌儿子那把吉他吵得慌，却仍一心一意地护着儿子。马相云斗不过老婆的那张嘴，在老婆的维护下又打击不了儿子的积极性。因为在这个家里，是老婆大洋马说了算，马相云没有办法，只好任凭儿子目中无人地又弹又唱，也无奈地任凭村人稀奇古怪的目光，像秋天的树叶一样不停地从远远近近的地方飘荡过来，砸在儿子身上，他自己一人顶着硬硬的寒风到处去讨价还价地收购羊。

这次，羊贩子白加禾还带来个度假的表妹，马相云一听又是像儿子一样度假来的，心里觉得十分别扭，漫不经心地瞄了一眼康小丫，发现这丫头一点也不像个学生，脸盘倒长得很漂亮，一双大大的眼睛看人时，眨巴眨巴，很灵活，但那灵活中，马相云总觉得有一种让人说不出来的东西，很诱人心动——至少是很诱他的。康小丫还挺着一对快要从衣衫里蹦出来的大奶子，稍一动作，那一双大奶子便如同一对动物上蹿下跳地晃个不停，晃得马相云眼都花了。在马相云的眼里，白白胖胖的康小丫就像一个产奶量很高的黑白花大奶牛。马相云这样想时看了白加禾一眼，这时白加禾的目光和笑容都是贴在他老婆大洋马的身上，根本没有把他当一回事。马相云鼻子里哼了一声，心想着，看来白加禾今年的心思不在贩羊的事上，马相云瞪了一眼正兴奋得有些手舞足蹈的老婆大洋马，又用男人的目光狠狠地看了一眼像奶牛似的康小丫，重重咽了口唾沫，给白加禾连个招呼都不打，就走了。

马相云虽说也是羊贩子，可他只能用比肉联厂略高一点的价，从各处去收羊，真正把羊贩卖出去的，还是白加禾。马相云除了把收来的羊再卖给白加禾，从中赚点差价外，他没有别的能耐。他也知道白加禾把这些羊再贩出去，能挣不少钱，可他不像白加禾那样满世界乱跑过，脑子又灵活，懂行情，他根本就摸不着外面贩羊的门路。前年，马相云也尝试过不经过白加禾，自己把羊直接贩到喀什去，以为这样就可以多挣点，但他在喀什转了几天，就是找不到销路，为了不把上百只羊平价卖给肉联厂，最后还是转手给白加禾。

白加禾的能耐马相云是知道的，他在心里把白加禾恨得要死，可又不敢得罪他，每次白加禾到桑那镇来，要吃要喝，大洋马为了和白加禾拉好关系，还叫他住在自己家里，马相云心里不高兴，却连个屁都不敢放，表面上客客气气地招待他。这次白加禾带来这么个像奶牛似的丫头，不知要干什么，这个羊贩子白加禾越来越叫人弄不清楚了。马相云管不了白加禾的事，但白加禾给马相云带来的消息是致命的，羊价大跌，对一个羊贩子来说，再没有比这个更痛心的了。

一想到自己一只羊一只羊地压价，费尽口舌跑遍了桑那镇大大小小的荒草甸子收来的羊，却不是自己料定中的价钱，马相云十分沮丧甚至愤怒。收来的羊卖不上好价钱，也就是说他这次赚不了钱，这比什么都要伤他的心。马相云暂时忘却了白加禾带来的康小丫对他的诱惑，他裹着羊皮大氅，蹲在羊圈旁边，望着他收回来的几十只肥羊，发了一下午的愁，伤了半天的心。

天快黑的时候，老婆大洋马扭着丰满的屁股，来喊马相云回去吃晚饭。离羊圈老远，大洋马就撒开尖细的嗓门喊开马相云的名字，马相云蹲在羊圈门边的阴影里看着老婆一扭一扭动感十足的身子，一声也不答应，他在心里骂着大洋马：看把你骚的！

每次羊贩子白加禾一来，大洋马就不像是她自己了。爱说爱笑，说话的嗓门也大了，连走路的样子都变了，两腿一上一下地摆动幅度很大，把那个又圆又大的屁股扭得比平时更厉害，难怪别人都叫她大洋马呢，马相云都觉得该这样叫。他有时看着大洋马走路的样子，真想在她丰满的屁股上狠狠踹上两脚，他想就算是踹上两脚，也一定像是踢在棉花上，大洋马肯定没有感觉。尤其是白加禾来的时候，大洋马更像一只正处在发情期的母马见了一匹雄壮的种马似的，满身的骚劲就上来了，而且还从不避着马相云，把马相云恨得牙根都疼。可马相云又不敢得罪老婆，老婆就像这个家里的外交官，他全凭着老婆的这张嘴和白加禾讲价，让白加禾不像压别人一样压他的价格，不至于吃亏太大。

大洋马一边喊着马相云的名字，一边扭着走到羊圈跟前，见马相云蹲在那里闷声不响地抽烟，就用脚踢了踢马相云，没好气地说，你蹲在这里装鬼呢，还是耳朵叫羊毛塞了？我喊了你半天也不知道答应一声。

马相云乜斜了老婆一眼，呼地站起来，冲着大洋马说，扯个大嗓子干什么，你叫魂呢？我这还不是没死嘛！

大洋马生气地说，我还以为你死了呢，死了倒省事。

我知道你希望我死嘛，我死了，你就好过了。

看你这话说的，大洋马莫名其妙地看着夜影里的马相云若明若暗的脸说，我把你怎么得罪了？

马相云叹口气说，这不是羊价又跌了嘛。

噢，我就说呢，你咋这么冲？大洋马随即换了一种口气，对马相云说，白加禾每次都说羊价跌了，可他贩羊一直在挣钱呢，看他钱都挣疯了。他这次别想把咱坑了，我会跟他理论的。

马相云酸溜溜地对老婆说，快收起你那两下子吧，我宁愿把羊平价卖给肉联厂，也不愿听别人说我是靠老婆和白加禾拉关系，才卖个好价钱的。

放你娘的屁！大洋马骂道，马相云，别人那么说，你也跟上较劲，你个缩头乌龟，每次要不是我和白加禾交涉，就凭你个老蔫样，还想贩羊？别人把你贩卖了，你连个屁都不敢放。

大洋马这样一说，马相云就不吭气了。这几年贩羊挣了点钱，是自己没黑没白地，一只只羊压低价钱辛苦收来的，可说白了，真正把羊卖出手，挣上差价的，还是靠大洋马。不管怎么说，大洋马还是为自家多挣点钱，才去讨好白加禾的，她只是扭扭屁股，赔笑，又没有变成白加禾的老婆，陪他去睡觉，她还不是他马相云炕上怀里搂着的老婆嘛。马相云能想通这点。

马相云丢掉烟头，跟着老婆回到房里，发现儿子马小扬不在家，就问老婆儿子怎么还没回来。

大洋马说，白加禾带来的那个表妹康小丫一来，就瞄上了马小扬，两人一搭嘴就一个弹着，一个唱开了，都唱一个下午，把我烦死了。

咦，也有你烦的时候？你不是很喜欢听马小扬弹那什么破琴吗？这回有弹的又有了能唱的，热热闹闹，不正合你的意吗？

大洋马骂道，你这个老东西，我还不是想叫咱马小扬出息吗，如今城里的年轻人哪个不弹不唱。

马相云说，可马小扬不是城里人。

等小扬上完技校，在城里安排工作，不就是城里人了嘛。

老婆的愿望是好的，可今后能不能达到，谁也保证不了。马相云早就听说，如今别说技校毕业生，就连名牌大学毕业的学生都不安排工作，更别说自己的这个儿子自费生了。

先别高兴得太早，以后的事谁也说不准。马相云对老婆说着，叹了口气，见老婆没有反应，又说道，这个马小扬咋还不回来呢，我去找找他。说完，马相云拿起刚脱下的羊皮大氅穿上，就要出去。老婆说，你别去找了，马小扬和康小丫一起找白加禾去了，马上就会回来的。

马相云一听有些担忧，他不愿意儿子和白加禾带来的这个丫头在一起。他对老婆说，你可得看紧点马小扬，别叫他和白加禾的那个表妹瞎搅和。

你说的这是什么话，什么叫瞎搅和？大洋马白了马相云一眼，我看人家康小丫这个丫头挺好的，人长得挺漂亮，又在喀什城里读书，还是自己考取的，比咱马小扬读的学校好，今后要是读出来，和咱马小扬一块在城里……

你别做这个美梦了，马相云打断老婆的话说，你看那丫头长得像个大奶牛，怎么看都不像学生，你最好不要有这个心思，白加禾是个什么人，哪有便宜给你呢？

白加禾这几年贩羊挣了几个臭钱，不是个好东西，但康小丫只是他的表妹呀，难道他连他的表妹的事也管？

表妹？马相云哼了一声，心想那丫头和白加禾哪像兄妹，正要和老婆争论下去，这时，儿子马小扬领着白加禾，还有康小丫回来了。白加禾每次到桑那镇来贩羊，吃住都在马相云家，马相云心里气恨白加禾每次吃过他的住过他的，在和他讨论羊价时却依旧毫不含糊的劲，但下一次还是要招待他。每次，马相云都照样陪白加禾吃肉喝酒，两人说些贩羊的事。

大洋马把酒菜早就弄好，她却不坐到桌子跟前一起吃喝。桑那镇的女人都这样，男人在一起喝酒时，她们都不上桌子。马相云再没有本事，可他也是男人，大洋马在一般的礼节上还是给自己的男人留个面子的。大洋马一边端茶倒酒，偶尔也插一两句话，但一旦到谈羊价的关键时刻，她就挺身而出，一边劝白加禾喝酒，自己也端起杯子陪着喝上几口，一边笑着闹着把羊价抬上去。白加禾敌不住大洋马的攻击，虽说有时看上去把羊价咬得很死，不想松口，但为了嘴上占些大洋马的便宜，难免会松下气来。多数时候，价格就是这样被大洋马敲定的。过后，到算账的时候，白加禾总是为自己在关键时刻败给了这个女人而后悔不迭。

这几天，入冬以后的寒风刮起来，刮得屋外的每一寸土地都像是浆过一样，硬邦邦的，寒风的脚步就在这硬邦邦的土地上很空洞地回响着，响声被撞击到每一幢房子的窗户上，窗户也贴上了那种让人畏惧的声音。为抵抗寒冷，屋子里的炉子旺旺地烧着，炭火也像寒风似的呼呼叫着，冲出来一层一层的热浪，把屋子烤得暖烘烘的，不一会儿，屋子里的人都热得出了汗。马小扬埋怨屋子太热，叫他妈把炉子封死别烧了，大洋马还没有说话，马相云回过头来对儿子说，你嫌热就到外面凉快去。马小扬瞪了他爸一眼，吊着个脸几口吃完了饭，把碗往桌上一推，桌上立马一阵乒乒乓乓的响动。马小扬没在意马相云瞪他的目光，换上一副笑脸，叫上康小丫去了他自己的房间，用吉他和歌声愤怒地表示着抗议。大洋马过去把儿子房间的门关严，回到酒桌边，收拾了儿子和康小丫的碗筷，才坐下来，劝白加禾多喝点酒，一边听着男人们的谈话，一边等待着她出手的时机。

这次，白加禾对贩羊的事说得不太多，一个劲地把话题往别的地方扯，马相云听出了白加禾的意思，白加禾是从马相云这里了解桑那镇的情况，今后想在桑那镇给他的表妹找个婆家。

你不是说你的表妹还在上学吗？上完学，今后可就是城里人了，在城里找个婆家多好，干吗要放弃城里的好条件，跑到这贫穷的桑那镇找婆家呀。马相云瞪着被酒精烧红的双眼，疑惑地问白加禾。

白加禾望了望坐在边上的大洋马，说，什么城里人不城里人的，小丫现在还不是城里人。如今城里不如乡下，再说，丫头的学上到什么时候总有个头呀，眼看小丫也老大不小了，我姨父死得又早，我老姨一个女人家，就把这事托给了我，我又不能不管。

马相云在心里揣摩着白加禾的话，弄不明白白加禾这次到底在玩什么鬼把戏，他又不敢随意接白加禾的话，就端起杯子一口气喝完自己的酒，不顾老婆在一旁拼命地向他使眼色，对白加禾推托着说，我已经喝得有点头晕，这事儿我记着，赶明儿我给你打听打听吧。

因为多出一个康小丫，大洋马给儿子做工作，让他把房间让出来给康小丫住，叫马小扬和白加禾挤在一个屋子。马小扬不太乐意，可不乐意也没办法，他总不能和康小丫住一起吧，嘟嘟囔囔地同意了。大洋马安顿他们睡下后，回到自己房子里，问马相云，对白加禾说的他这个表妹的事究竟是怎么想的。

马相云喷着酒气，说，怎么想？他白加禾要给他表妹找婆家，是他的事，我不会插手帮他的，这个康小丫咱对她也不知根知底，说给人家不定会招来麻烦，像去年村西大庆娶的那个女人，就是别人从外地带来的，当时说着挺好，结婚没几天吧，那个女人卷上钱财跑了，谁也不知她是从哪儿来的，名字肯定也是假的，到哪儿找去？

我没有要你给别人说，大洋马说，我看康小丫挺好的，长得俊，和咱马小扬一个弹一个唱也挺合得来，又是白加禾的表妹……

你不要给咱马小扬打这个主意！马相云打断大洋马话，别的事我依着你，这个事我是坚决不同意！

大洋马说，只要马小扬喜欢，到时候由不了你，这个家里的事都是我说了算！

你……马相云知道老婆一来横的，他就没法了，吵又吵不过人家，嘴里呜呜着，借着酒劲翻过身去，干脆装睡。

第二天一大早，马小扬和康小丫吃过早饭，就迫不及待地又弹又唱上了。白加禾说还要到别的几个羊贩子那里去看看他们的羊数够了没有，就出门走了。

马相云对大洋马说，咱今年收的羊太少，还得再去收买几十只来，起码凑够一百只吧。

大洋马就说，那你赶快再去收吧。

马相云望了望准备着要到外面去唱歌的康小丫和马小扬，对大洋马说，今年白加禾来得比往年早，为赶时间，我得带上马小扬一起去收羊。

大洋马明白他的心思，望了望已经走到门外的儿子和康小丫说，马小扬哪能吃得了这份苦，再说了，他和小丫在一起，也有个伴儿。

什么伴儿？马相云一想到康小丫那副奶牛似的样子，就火了，你看马小扬像个疯子似的，整天光知道弹琴唱歌，这么冷的天让老子一个人去受罪，我哪儿也不去了。

大洋马一听，火气比马相云还大，骂了马相云一通，马相云不还嘴，却往炕上一躺，不准备出去收购羊了。大洋马一看这阵势，知道马相云真不想去收羊。马相云说附近的羊都收完了，要去得去远处，天气这么冷，路远了让他一个人怎么把羊弄回来？万一路上出个什么事怎么办？无论如何，这次叫他一个人去收羊，哪怕让他赚再多的钱，他也是不会去的。大洋马没有办法，马相云这回算是和她犟上了，她又不可能把马相云暴打一顿，气得她咬牙切齿地在屋子里走着圈子。为了不耽搁今年的收入，最后，她只得同意让儿子跟着去。但马小扬不愿去。大洋马气得差点打马小扬一顿，马小扬才很不情愿地跟上马相云去收羊了。

父子俩别别扭扭地去远处的牧人家里收购羊，他们在路上没有一句话能说在一起。马小扬一直惦记着住在他家的康小丫，满心想着和她唱歌的事，一点都不配合父亲，马相云非常生气，在收羊时就磨蹭时间。因为离桑那镇近点的羊都叫人收走了，他们去了很远的巴克楚收羊，羊多的人家都自己卖给了羊贩子，只有收那些零零散散的羊。父子俩跑了五六天时间，才收了四五十只羊，赶着羊回到家里。

大洋马发现羊贩子白加禾这几天忙得很，早上一大早就出去了，晚上回来得很晚，一回来就睡觉。而康小丫有时候连个人影都见不上，大洋马想着可能是马小扬不在家的缘故，康小丫没有伴儿，只好去村里找人玩了。

大洋马在家里担负着照顾圈里的那几十头羊的重任，天气冷，她怕冻死羊就亏大了，整天在羊圈那里忙碌，也顾不上陪康小丫。况且康小丫也没有要她陪的意思，每次她主动做出想和康小丫交谈的样子，康小丫微微地对着她一笑，就躲开了，她知道康小丫和她没有共同语言，就想着如果儿子要是在家就好了。一想到儿子，大洋马的心里就很不踏实，天冷得出奇，风刮得房子和地上都脱了一层土皮，却总不见下雪，往年这个时候，只要刮上几天风，雪花就迫不及待地跟着来了，满天满地地飞扬，就像一大群调皮的孩子，东奔西窜的，在大地上的每个角落里都躲藏着。今年却一点要下雪的迹象都没有，只是刮风，干干的，在脸上就像一把刀子在飞舞，连皮都要被生生割下来一般。想着儿子长这么大从来没有受过这种苦，大洋马心疼得直在心里咒骂马相云，盼着儿子和马相云能早早地甩掉这种鬼天气的折磨，快点回到家。

在盼望中马相云父子回到了家，在大洋马的又喜又疼的埋怨声中，马相云的心却到了白加禾那里，想着这一段时间还没有和白加禾真正谈羊价呢。等到半夜，也没见白加禾回他家里来，问大洋马白加禾什么时候才能回来，大洋马没好气地说，白加禾是我什么人，他睡在我的炕上呀，我怎么知道？

马相云忍气吞声地睡觉了。第二天早晨，白加禾还没有起床，外面就来了一辆警车，他们把车开到马相云家门口，几个便衣警察把白加禾和马相云堵住了。马相云也不知道发生了什么事，还在里懵懂之中，就被人从被窝里拎出来，戴上了手铐。

马相云吓得连话都说不出来，怕冷似的，只是一个劲地发抖。

天也确实很冷，外面的白毛风呜呜地怪叫着，凄厉得像一群哭泣的孤魂野鬼，把屋门撞得咚咚直响。大洋马被眼前的情景吓哭了，哭了老半天也没人理她，就止住哭声胆怯地上前去问其中一个便衣，到底是怎么回事。

便衣冷笑一下，说装什么糊涂，你们涉嫌窝藏妓女卖淫，白加禾早就打着贩羊的幌子干了这个勾当，我们盯他时间长了，他每次来都在你们家住，到这时候了，你们还不老实交代。

天哪，大洋马大叫一声，哭诉着，她一点都不知道白加禾干些什么，她只知道白加禾是来贩羊的，而且每次都是他来收他们家的羊，他们怎么能知道白加禾还干其他的事呢？

这时，两个便衣从别的地方带来康小丫。康小丫还像个奶牛似的挺着她的两个大奶子，但她的头却低下了，根本不敢看人。大洋马一见，才明白是怎么回事，想着自己还把她当一个在城里读大学的丫头，差点要她做自己的儿媳妇，自己真是瞎了眼没看出这是一个婊子呢。上当受骗又受到牵连的屈辱感让大洋马忍不住冲康小丫大叫了一声"婊子"，就哭着骂上了白加禾，还扑上去要撕康小丫的脸，被眼疾手快的便衣一把拦住。大洋马回身又抱住马相云，对便衣哭诉着，她的男人这几天一直不在家，去到外地收羊了，昨天才刚回到家里，他和她一样只当白加禾是个羊贩子，根本就不知道白加禾和康小丫的事，也绝没有参与他们的勾当。便衣起初不信，大洋马打发儿子去找来村主任，村主任证实了马相云不在家，但马相云家给康小丫这个卖淫女提供过住处，却要罚他们一万块钱的款，方能打开马相云手上的铐子。

大洋马哭哭啼啼地走到这个警察跟前，又走到那个警察面前，也顾不上扭自己丰满的大屁股了，一个劲地求警察，一副下贱的样子。一旁的村主任也帮着说了不少好话。

寒风刮得很紧，警察们冻得实在受不了，裹紧大衣跺着脚把一万块钱降到了八千，任凭大洋马再说什么好话，都不肯往下再降。僵持了一会儿，警察们一个个都躲进有暖气的警车里，让寒风在车外面和大洋马他们较劲。寒风像给警察助威似的，刮得更猛烈了。在寒风中，大洋马等人就觉得这时间也被冻得凝滞，失了神般再也不动了。大洋马挤着眼，欲哭又不敢哭出声，怕看到哭出来的声音被寒冷冻住。

透过车窗，看到警察们很轻松地坐在警车里谈笑，大洋马就知道和这些警察打交道不是和白加禾谈卖羊生意，看来这次她是实在压不下来价钱了。见挨不过去，大洋马红着眼睛答应下来，可家里一下子拿不出这么多钱，在村主任的协调下，急着要回去的警察们才同意从马相云收来的羊里，挑了八十只大点的羊顶罚款。

警察开着警车到镇上的肉联厂叫来了拉羊的汽车，马相云眼看着他冒着寒风辛辛苦苦收来的一只只羊，被村主任带着人往车上像扔雪团似的扔着，心抽得像风一样紧。他的耳朵里已听不到羊乱七八糟的叫声，眼睛里看到的羊圈里的一大堆拥挤着如同雪堆似的羊儿，已经稀稀疏疏得像春天里慢慢融化的残雪，很冷清，很寥落。他的心痛得都有些痉挛了，因为这痛，他的意识里一点一点挤进来羊们哀怨的叫声，他看到一大半被扔到汽车上的羊，咩咩地叫着，一只一只温顺的眼睛像是蓄满对他的哀求。这时，马相云的眼泪才在猛烈的风声中泄流一样冲下来，把他的脸弄得湿乎乎，又被寒冷冻结成冰，脸上似被几个钳子夹着，生疼生疼。

直到拉羊的车开走，一直只敢无声流泪的马相云才拼了命地扯开嗓子大哭起来。没哭几声，寒风就不耐烦地将他的哭声阻了回去。马相云被哭声噎住，差点背过气去，被慌手忙脚的老婆和儿子赶紧扶到屋子里，放到炕上躺下。

马相云一直到了晚上才缓过气来。他不吃不喝，从炕上爬起来做的第一件事，就是把老婆大洋马摁倒在炕，狠狠地打了一顿。白加禾住在他家里，是大洋马的主意，大洋马自知理亏，没敢反抗，被马相云打得疼了忍不住叫上几声。她越叫，马相云下手越重。打老婆对马相云来说，是从未有过的事，他下手很狠，把大洋马打得尖叫了半个晚上，那尖叫声竟把被寒风阻碍得严严实实的黑暗划得七零八落，传得很远，使整个桑那镇的人都听到了大洋马的哭叫声。

寻找太阳

　　最初，连队把太阳和月亮送上苏巴什哨卡时，随给养车一同上来的连长是这样对上士说的：只要你们用点心，到明年开春，这一个太阳和一个月亮就会变成两个太阳或者两个月亮。

　　那时，刚过了五月，雪已经开始融化，秃山被雪水浸透了，沙石都潮乎乎的，能闻到春天湿润的气息了。上士琢磨着连长的话，对今后的日子充满了信心。上士望了望头顶上温暖的太阳，当时问连长，咋就叫太阳和月亮呢？

　　连长说，这是指导员和我费了很大劲才想到的。咱这儿没什么可看的，能见上的活物，也就太阳和月亮。只是太阳和月亮在天上，看得见摸不着，就给你们送来这能摸得着的，多亲切。

上士走上前去，从中士下士上等兵还有列兵的缝隙里，摸了摸太阳和月亮，绵绵的、软软的，确实很亲切。

太阳和月亮这时还响亮地叫了几声。上士听到叫声，心里一颤一颤的，溢满了亲切的暖流。

太阳和月亮是一公一母两只小羊羔。

上士望了望四周光秃秃的石山，石山上除过还有一些积雪外，就剩下石头和沙土了。在海拔这么高的山上，就是到了盛夏季节，由于气温不够，也不宜植物生长。就是生命力极强的针茅草，也像它的名字一样，只能生长到缝衣针那么大点，要赶上天气凉了，就枯死了。这种针茅草也极少，想割些草是绝对不可能的。这样，储存不到草，太阳和月亮冬天的吃食就有问题。上士意识到了问题的严重性。

连长似乎看透了上士的心思，对上士说，动动脑子吧，就怕你们待在苏巴什不动脑子待傻了，我才和指导员想出这个办法，来激活你们。

上士被连长激得来劲了，当即给连长表态，一定把太阳和月亮养得肥肥胖胖，叫它们生出更多的太阳和月亮来。

上士和大家一起给太阳和月亮收拾好居住的圈舍，那是兵们用来堆放物品的储藏室。本来打算叫太阳和月亮住在堆杂物的那间废弃不用的马厩里，可马厩实在是太破了。虽说山上没有危害它们的狼之类的野兽，但太阳和月亮今后将成为他们最亲密的伙伴，说什么也得让它们住上和他们一样的屋子，这样他们才心安些。可哨卡能住的房子就剩下储藏室了，他们的物品，只好从储藏室搬出来，因不能放在宿舍里，怕影响内务卫生，就都搬到了四面透风的马厩里。山里没有外人来，也不怕丢失。

太阳和月亮在苏巴什哨卡住了下来。在负责喂养太阳和月亮的问题上，哨卡出现了不同意见。中士说他是老兵应该由他来当饲养员，列兵说他是新兵，应该多干些工作，下士则说他在家里时就喂养过羊，他当饲养员最合适，上等兵是炊事员，认为由他来兼饲养员最应当。

上士是哨卡的哨长，从内心讲他也想当饲养员，可他见大家都想分享饲养太阳和月亮的乐趣，想了想便决定，喂养太阳月亮的事不具体落实到谁头上，大家一起来喂，尽快使它们长大，能生出更多的太阳和月亮来。

大家都非常高兴。在哨卡，除了上哨外，最难打发的就是时间了，现在有了太阳和月亮，会增添许多乐趣，日子就不会那么寂寞了。于是，大家分头想办法，主要是解决太阳和月亮吃的问题。现在太阳和月亮还是小羊羔，吃不了多少，上等兵从菜窖里拿了些冬储的白菜帮子，暂时解决了它们的吃食，为了保证它们有吃的，上士要求上等兵今后做饭时尽量少炒点菜，把白菜省下来，给太阳和月亮吃。太阳和月亮的到来的确给哨卡增添了不少欢乐，大家每天除上哨外，就围着两只羊羔，给它们喂吃的，带着它们在营区周围撒欢，逗它们玩。哨卡里便有了欢声笑语，那种沉闷的孤独成了过去。

到了7月，天气一热，山上的针茅草冒出了绿尖，上士和兵们就把太阳和月亮带到山坡上。山坡是那种一眼看上去黄不拉叽的秃秃的山坡，很落寞很清冷的模样，根本就没有别处山脉那种夏天满山遍野都是丰盛得快要溢出来的绿色。但若是仔细地、很用心地去看，还是能见到石头缝里钻出来的一丝丝绿色，这些绿色就宛如踮着脚尖偷偷经过一个地方的小姑娘，稍有动静就会被吓跑似的。上士和兵们都极为小心，生怕自己一不小心，把这些羞涩的小精灵们吓着，或者吓跑了。虽说那绿草尖小得可怜，可它毕竟是草，是太阳和月亮唯一能寻得到的野生食物！太阳和月亮好像也明白这些草对于它们不同凡响的意义，它们温存地、小心翼翼地寻找着这些零零星星散落的绿色。也许是这些绿色植物散发出了特别的香味，太阳和月亮寻那些细细的、弱弱的针茅草时一找一个准。上士仔细观察过，太阳、月亮和草的感情是那样地温馨，它们找到草后，不急着吃，先用湿润的嘴唇轻轻地碰碰嫩绿的草尖，像是亲吻似的；再伸出自己的舌尖，舔舔那饱含汁液的草尖，似在品味其中醇醇的清香，然后才张开嘴，把草尖含在温热的嘴里，慢慢地用牙齿切断草叶，然后才是草茎。它们的嘴就像个割草机，只吃完地面上露出的那部分草叶，绝不拔出草根，要留下草根待来年春风吹又生。

上士把他的这个发现对兵们一讲，大家都跟着太阳月亮后面去看了，在石头缝隙里找到了太阳和月亮吃过的草茬，用手指摸了摸刚刚露出地面的草茬，果然像上士说的那样，都赞叹羊的善良和对草的那份真挚的感情。特别是在家就放过羊的下士，对上士的发现很佩服，说自己在家放了几年羊却没有发现羊原来吃草还这么细致。上士说，你以前放羊是在草多的草地上，根本不会顾及这些，可在咱们苏巴什，除了石头还是石头，草都成了稀罕物，别说平时草是太阳和月亮的依赖，单说太阳和月亮吃那么长时间的大白菜，这时草的清香味对它们可是珍品了。太阳月亮和我们人类一样，对于珍贵的东西也是极为珍惜和爱护的。草太少了，我们都觉得珍贵，何况这些羊。上士说这番话时，脸上是一副感叹的表情。大家都称赞上士的话说得精彩。上士不好意思了，就说，太阳和月亮是连队给咱们增加的乐趣，当然许多乐趣需要我们自己去寻找，去发现。

上士这样说时，其实心里已经在琢磨太阳和月亮到了冬天吃什么了，苏巴什的一年中有七八个月是冬天，那么漫长的日子，光靠白菜帮子也不能解决太阳和月亮整个冬天的吃食呀。他反复思考连长意味深长的话，可看看四周，全是光秃秃的群山，那些藏在石头缝里的针茅草，就像藏在大海里的针一样，离远了看，根本看不到一丝草的影子，就更不要提能割到草，给太阳和月亮储存冬天的食物了。日子一天一天地过着，上士和大家的心也一天一天地焦急起来。太阳和月亮将他们空白的日子填满了乐趣，却也给他们带来了难题。

秋天的时候，给养车又上山来送粮食，还送来了过冬的大白菜。上士一个劲地追问给养员，咋不送些羊吃的干草上来？给养员说连长不让送，他只叫我给你们捎上来一句话。

上士急问，什么话？

给养员说，就四个字：就地取材。

给养员卸下东西走了，把一个疑虑留在了苏巴什哨卡上。就地取材？在苏巴什，哪个地方能取到太阳和月亮冬天吃的食物呢？苏巴什除过石头，还是石头，再过一阵子，下了雪，就是石头和雪了，这些都不是羊能吃的东西。

上士和大家绞尽脑汁也没有想出就地取材的谜底来，冬天就来到了。第一场雪一落下来，苏巴什的冬天就真正开始了。苏巴什的冬天对于冬天的概念越来越淡漠的内地人来说，是极其地萧飒和冷峻，而对于上士和兵们来说，则是无法度过的寂寞和压抑。因为在这高原上，没有电，平时谈不上看电视，就是通上电，也收不到信号，没有任何可以用来调节兵们生活方式的东西。高原上的冬天是雪的世界，一个白色的季节，但现在不一样了，他们有了太阳和月亮。太阳和月亮的到来，使这个白色的季节鲜活起来，变得生动多了。太阳和月亮对他们来说，就像生活在灯红酒绿中的人们有了音乐一样，点缀着他们单调的、毫无色彩的日子。所以，太阳和月亮的到来理所当然地占据了他们除了工作以外所有的生活空间和时间。可现在非常严峻的问题是，太阳和月亮冬天的吃食怎么办呢？只能又是白菜帮子了。

可能是这次的白菜帮子没有经过霜杀，太阳和月亮不太爱吃，并且吃了没多长时间，它们还开始拉稀了。只拉了几天，太阳和月亮就明显地瘦了，他们用了好多办法也止不住它们拉稀。眼看月亮都有点支撑不住了，上士看大家也猜不透连长的谜底，就决定用无线电台与连队联系一次，问清连长就地取材到底是什么意思。

电报发出去，很快，就收到了连里的回电，可只有两个字的电文：去抢。

上士手里捏着这两个字的电报，沮丧地告诉大家，我们想想到哪里去能抢到太阳和月亮的食物。

列兵说，连长不会让我们到边境那边去抢食物吧？

下士瞪了列兵一眼，说，连长是叫咱们就地取材，可没叫咱越境，但叫我们去抢，这事……

列兵说，就是抢，能到哪里去抢呢，这荒山野岭的，连个老乡的影子都没有呀。

上士这时开口说，往别处不要想了，想眼前吧。再这样拖下去，月亮就支撑不住了……说到这里，上士就说不下去了。这阵子，他已被太阳和月亮拉稀的事和还没有着落的食物煎熬得嘴唇都上火了。晚上一躺在床上，他满脑子都是太阳和月亮松垮垮的身影，还有连长在电报上说的那两个"去抢"的字。他带着大家转遍了营区附近的几个山头，没有找到连长所说的就地取材的"材料"。他有点沉不住气了，几次动了再发个电报给连长的念头，让连长告诉他谜底算了，不然，不但太阳和月亮会出事，连他自己恐怕也撑不住了。可每次刚动了要发电报的念头，他就想到当初连长送太阳月亮上山来时的话，又忍住了，想着连长当战士时在苏巴什待过，他把太阳月亮送上来，连长这样做已经成竹在胸，如果自己不发动这几个兵动动脑子，不就成了连长说的那样当兵当傻了？

去抢，得有去抢的地方啊！做饭的上等兵说。这几天，上等兵对大家有些意见，大家都为了太阳和月亮的食物问题发着愁，吃不下饭，害得他每顿都要端回不少剩饭。再热的剩饭也没有人吃，倒掉又可惜，他曾试过用剩饭喂太阳和月亮，没想到它们竟也不吃剩饭。在家放过羊的下士凭着对羊类情况的熟悉，说，羊是不吃熟食的，要是有玉米大豆之类的东西，给太阳和月亮喂上点，不但能止住它们拉稀，还可以催它们长肥呢。

可连队送上来的给养全是袋装的面粉和大米，上等兵和了些面糊糊喂过太阳和月亮，它们不吃，喂大米也不吃。况且这些给养根本就不是连长说的"就地取材""去抢"的范围之内的食物。

范围一扩大到粮食上，就比先前光知道动干草之类的念头要广泛得多了。这一天，上等兵在做饭时，突然想到了可以去"抢"食物的地方，那就是苏巴什这个地方的秃山上特有的动物——旱獭居住的洞穴。在荒山野岭的苏巴什，最多的野生动物就是旱獭和老鼠了，并且特别多，但这种旱獭据说有猩红热，连里有明文规定各哨卡严禁捕捉旱獭，以免染上猩红热。可没有规定不可以去抢旱獭洞里的食物。旱獭的部分食物来源于老鼠，老鼠翻山越岭从很远的山下村庄里偷来准备过冬的粮食，自己吃不上，反倒便宜了旱獭，老鼠却不离开最高的山坡，原因是冬天山下的雪太厚捂着透气难，夏天雪化了又会淹了洞穴。高原就是这样，什么怪现象都可能产生。

上士一听上等兵说到旱獭洞里肯定有它们从老鼠那里抢来预备过冬的粮食，才猛然醒悟过来，说了声太阳和月亮这下有救了。他从地上跳了起来，抓了一把铁锹就往山上跑，几个兵赶紧拿上工具跟上士去掏旱獭洞。

旱獭洞很好找，凡是雪被弄脏的地方，就有它们的洞。大家没费多少劲就挖开了好几个旱獭洞，果然洞里藏了不少玉米、黄豆，还有青稞。旱獭好像是专为他们储存的粮食，有些洞里竟能挖出一面袋子粮食来。上士说难怪呢，连长早就算计好了，旱獭给咱们的太阳和月亮早就预备下过冬的食物了。

不过，上士又对大家说，每个洞里还是要留一些粮食，给旱獭一条活路，明年好再给咱的太阳和月亮储存粮食。

列兵则说，哨长，咱们抢了旱獭的粮食，它们会不会离开这里？如果那样，咱们明年冬天拿什么来喂更多的太阳和月亮呢？

上士说，放心吧，据连队的老兵说，旱獭住这么高的地方，是怕雪灾把它们压在下面，再说旱獭这东西恋家，当初老兵们听说它们有传染病，想把它们赶走，破坏过它们的窝，可它们就是不离开，又重新打了洞。这点，早在连长的算计之中了，不然，他也不会给咱没有草的地方送来太阳和月亮了。

太阳和月亮的食物解决了，大家终于安下了心。上士给连队发电报，汇报了这件事，得到的回复是四个字：你们不傻。上士很高兴，对今后抢粮的工作做了安排，过上几天，就去山坡上挖几个旱獭洞，取回些粮食，太阳和月亮的食物就像在旱獭那里寄存着一样，没有了可以随时去取。

有了太阳和月亮的冬天，苏巴什哨卡上终于不再寂寞了，漫长寒冷的季节也不再漫长寒冷了。

过了几个月，新的问题又出现了。太阳和月亮的食欲越来越小，随即它们就明显地瘦了下来。开始以为它们吃了旱獭的粮食，是不是传染上病了？几个人观察了几天，不像是有病的样子。再说，不食旱獭的肉就不会传染上病的。在家放过羊的下士推测说，太阳和月亮这阵吃粮食吃得时间太长了，胃可能受不了了。它们毕竟是食草动物，还是不能过多享受精饲料，就像人不能天天顿顿吃肉一样。

上士觉得下士的推测有道理，叫上等兵从库房里拿来脱水干菜，太阳和月亮一下有了食欲，可脱水干菜没有多少，尽管他们不吃，几顿就叫太阳和月亮吃完了。从菜窖里再拿来白菜帮子，它们一吃又开始拉肚子。折腾了几天，眼看着太阳和月亮又成了一副病恹恹的样子，大家心里开始又为它们焦急了。可到哪里去找草呢？这冰天雪地的，要找根草可比登天还难，就是干草，也一时找不到的。

上士下了决心，与其这样等着焦急，还不如下山去想想办法，看能不能到最近的老乡村庄里去买些干草回来，他给连里发电报请示。连长回电不同意他们去寻找干草，怕大雪封山，下山不太安全，但又没法往山上送干草。一连几天都收到苏巴什哨卡上告急电报，说两只羊再这样下去就挺不住了，最后连长只好同意他们去就近的山下寻找干草。

上士得到连长的同意后，决定他和中士两个人下山。他们都是老兵，遇事也沉着些。到了要出发时，难题又出来了，到哪里去找老乡？这满世界的雪，村庄都叫雪盖住了，不容易找，这样没头绪地去瞎找，不知要找到什么时候。正在犹豫着，上士突然想到夏天时，他注意到羊从石缝里找草的时候，那么细小的针茅草羊一找就找到了，就因为草有特殊的味道，只有羊才能闻到草的味道找到草。他把自己的想法这么一说，马上得到了在家放过羊的下士的认同。于是，上士决定，带上太阳一起下山去找草，因为羊能闻到草特殊的味道，找起来更有把握些。太阳是公羊，比月亮身体要硬朗，大家都同意上士的决定。就这样，上士和中士带着太阳走了。

果然，带着太阳下山的第一天天快黑时，太阳一个劲地带着他们往一个方向走，时间不长就找到了村庄，给老乡好说歹说买了些干草。上士和中士高兴极了，背上草带上太阳连夜就急着往回赶。他们想着山上的月亮还在受着煎熬，心里就更急了，反正雪地里也不太黑，走夜路不会有什么问题的。可上士怎么也没有预计到，他们在返回的路上，遇上了一场暴风雪。其实这样的暴风雪在高原一点都不奇怪，起初上士没有当一回事，只是叫中士一定要把草捆绑好，别叫风刮走了草，没有想太多，但为了太阳的安全，上士还是用根绳子把太阳绑住牵着走的。可后来，在疯狂得连眼睛都睁不开的暴风雪里，他们还是被冲散了。

天快亮时暴风雪才停住，上士和中士会到一起后才发现他们背上的草完整无缺，却没有找到太阳。太阳和他们在风雪中走失了。

哨卡上的兵们第二天不见上士他们回来，就下山来找。找到他们后，发现太阳不见了，就分头四处去寻找，找了一整天，也没有在白白的雪原上找到一个太阳的影子。

找到后来，列兵竟带头喊叫起了太阳的名字。上士知道羊就是听到了叫自己的名字，也不会回答，但他没有阻止，他自己也跟着喊叫起了太阳。他看到自己和兵们的叫声一喊出来，立刻砸落在雪地上，可雪地上除了他们的脚印，连个多余的坑也没有。倒是头顶天上的那颗白乎乎的太阳像回答他们似的，晃动了几下，却听不到任何响动。

他们沮丧地回到了哨卡上。几个人给月亮去喂干草时，上士给连队发了电报，告知太阳丢失的事，并向连长保证，一定要找到太阳。

连里很快回了电，说不要再出动去找了，免得出意外。上士却给连里复电，电文是：只要没有见到太阳的尸体，就一定能找到太阳。没有太阳，怎么面对月亮？没有太阳，孤独的月亮怎么度过漫长的冬季？还有这些兵，就不会再看到生动的白色季节了，日子会变得更加枯燥。没有太阳，苏巴什明年怎么会有另一个太阳或者月亮？

你陪谁玩

我来北京，纯粹是想换一种环境，看我在另外的环境里能不能生存或者有所发展。为了能在北京有个立足之地，我先选择了一个适合我的艺术学校。其实，我对艺术一窍不通，唯一能沾点边的，就是我还在写东西。这个学校刚好开设写东西的课程，学费也不算贵，一年几千块钱，比住招待所或者租房子便宜多了。

北京我以前来过几次，每次都是匆匆忙忙，对北京的情况不太熟悉，这次，我想要待的时间长了，有可能还要长期混下去，对北京应该有所了解了。先去了几个地方，因为听不懂公共汽车上售票员报的站名，经常不是坐车坐过了站，就是提心吊胆地提前下了车，这样败坏了几次胃口之后，我决心不再出去，待在学校里写点东西。一提到写东西，我就想起我写的那几篇玩意，语言无病呻吟，虚构经不起推敲，文字描述粗劣不堪，一写到人际关系就像个外行似的有气无力，然后还把它呈在别人面前，叫他们指指点点，害得我夜里睡不着觉，尽琢磨人际关系到底有多深奥了，到天亮时实在睡不着就起身打开灯，房子里柔和起来，根本找不到人与人之间争斗的影子，我才不知疲倦地如同荷花绽开，心里平静下来，神志清醒起来，不会像以前那样暴躁地走来走去，撕扯自己的头发恨不得连根儿拔掉。我悠悠然在桌前坐下，又开始写起东西。写东西就这样的烦人又丢弃不下，有时没有一点意义有时又有一点情趣，在我们这个学校里，比如你写得比别人出色时，就有不少女孩主动来找你，她们来和你套近乎，如果你长相还说得过去的话，她们会耗上几个小时的时间和你谈论关于艺术与生活有某种联系的另一个方面，在这个方面你可以坐在大庭广众之下观察这转瞬即逝的景象，冥思苦想一番，或者做些诸如婚外恋之类的梦想，跟跟时代潮流什么的。待到学习结束了，也就扼杀了一些最美好的冲动，梦想也随着岁月的流逝，那种短暂的被称为情感的东西就冷却了，梦想成了怨恨，生活恢复原来面目。但为了那份又痛又甜的回忆，每个人都在做着这方面的努力。当然我在这一方面有自知之明，不但东西写不好，长得也很吓人。所以我一直只有努力写作了，长相是没有办法努力的，只有怪自己的爸妈，别无他法。

我最先认识的是一个叫米的女人，我把她说成"女人"而不说成"女孩",是因为她与"女孩"这两个字无关了,她已经在不经意间,经历了三任丈夫。米也就变得一点都不像米了,倒像一个土豆。我说她像土豆,主要是她长得太胖了,与玲珑纯净的那种能够食用的米没法比(其实我也很胖,有个女同学说我像一头猪,并且像一头白猪,我当时对她说了句谢谢,还说如今猪在西方国家都是宠物,尤其是白猪)。

米是一个耐不住寂寞的人,整天到处乱窜,没有她不认识的人,所以我认识她纯属必然。我不认识都不行。她只要看到周围有一个陌生人,晚上准得失眠。

是米主动找的我。后来我才得知,她在这一方面能够做到不耻下问,她能将一个陌生人的一切(包括私生活),打听得一清二楚,并且还要强加上她自己的一些臆想,这是她的特长。

她第一次见我,就告诉我,别人第一次认识她,都会猜想她以前可能是电影演员,问我怎么不这样问她。我随口说,我不这样问,主要是不想和他们一样,我想说的是你现在就像个电影演员,何必说以前呢,以前的电影拍得多没劲,尽是些拖泥带水的铺垫,快到关键的地方了,镜头却快得像导演的老婆在受人非礼似的,一晃就过去了,哪像现在的电影电视剧,男女一见面,先找个地方上完床后才问姓名。

米对我的回答和分析很满意,她夸我有艺术感觉,今后会成为可造之才。她对我许诺,以后一旦有机会,要把我写的东西介绍给影视界的大腕,让我一夜成名。

我要在北京生存,需要一夜成名的机会。

但米不可能给我提供这样的机会，不是我小看她，像她这样自我感觉良好、自夸其说的女人，一般不会弄成什么事的。就凭她说的一口山西味的北京话里，那股叫人忍受不了的老陈醋味，不把影视界的大腕们逼得想跳楼，那才叫怪呢。

　　所以我对米的话不抱什么希望。

　　但米又特别热心，不久就来找我，说是有个姓文的导演看上了我的一篇小说，要和我谈一次。并且她说那个导演导过不少大片，在国际上都有影响。我一听这个导演的名字，对这个享有世界声誉的文导一点都不知道。米说我老土，平时不看电影，当然不知道文导的大名了。我承认我孤陋寡闻看电影电视很少，可能真不知道影视界有这么一个大腕。

　　每个人都摆脱不了名与利的诱惑。我有时在表面上装得很超脱，但一有名利机会，我心里也会痒痒的，心想着不妨去看看，说不定米这样的人就能办成大事呢。

　　我跟着米在海淀区绕了好半天，才在一个深藏在胡同里的公寓楼，找到了文导的住处。这时已经到了吃午饭的时候，我对米说，等会再敲门吧，免得人家难堪。米说没关系的，文导没有一点大导演的架子，很随和热情的。

　　我们敲开门，一个气宇非凡的中年男人打开了门。米介绍这就是文导。我打量了一下文导，怎么着也没法把他和导演之类的人联系在一起，因为在我有限的知识范围里，导演都是扎小辫留大胡子的艺术家派头，我还从小道消息得知，凡是不扎小辫留大胡子的，已经不被承认是艺术家了。这个文导就不像个艺术家。

文导果然不同于我心目中的艺术家，他不但没有一点艺术家的清高，而且比平常人更平常，他很认真地邀请米和我共进午餐。

我扫了一眼他家里的摆设，他家里的摆设却很艺术。我心想在这样艺术的家里吃饭，一般是不好意思吃饱饭的，虚荣心促使我说了句我们已经吃过了饭的话。

米看了我一眼。她的这一眼里有许多内容。我才不想多做解释呢，管她怎么去想。

倒是文导却很热情地说，到他家来，怎么能吃过饭来呢？为了证明他的热情好客，文导还埋怨米说，下次不能吃过饭了再来，到他家怎么能不吃一顿饭呢！

这次的谈话主题主要成了到客人家是吃过饭去，还是不吃饭去，文导对这个问题兴致很高，根本不提我小说的事，我也不好打断他的话题，只好在心里恨我自己，不该说这个谎话，导致错过了一次机会。通过这次见面，我对我的小说改编电影的事一下子上心了，我想我得认真对待这件事了，对米也得改变看法了。

还没有等到米来埋怨我，我就先承认了错误。并且表示过几天再去文导那里，下次去时我保证不再说谎。米见我态度诚恳，没有怪我。

下次又带我去文导家时，我和米的肚子饿得直叫，也坚持着没有吃饭。文导见是我们，还是那么热情，一开口便问我们吃过饭没有。我抢先回答，没有！

文导看了我一眼，热心地说，还没吃饭？！

我很老实地点了点头。

文导说，没吃饭，你们看，从这个胡同出去，往左拐弯，顺着马路边往前走，有家老饭店，饭菜不错，经济又实惠，你们先去吃饭吧。

每当我要用心做一点什么事的时候，总是无法在这一行为可能带来的结果与回避这一行为所可能带来的结果之间，找出二者的差异。我就感到周围的事物都已经失去了平衡，没有了支点，也不可能支撑得住了。

后来，米再来找我，只要一提到改编我的小说这件事，我就烦了。米倒很热心，不断地给我提供信息，说我的小说文导真看上了。我一点兴趣都没有。有次，米竟说到文导提出要买我的小说改编权，问给我一万块钱卖不卖。

我的心动了一下，在一万块钱这个数目的刺激下，我当即表态：卖。当然卖了。

我的心被一万块钱吊着，并且把这个喜讯告诉了我能告诉的所有人，甚至告诉给那个打扫卫生的校工，他对我一直很尊敬的（他在男女厕所里写打油诗的水平，比我们这些学员高出了一个层次），他听了果然很高兴，忙问我能在电影里演个什么角色，弄得我没法回答。那一阵子，我没有少请大家吃饭，如果不是有人在背后说我这人心眼太小，嫌我没有把全学校的人都请上去吃，我还会请下去的。假如不是那个校工话没说对，我会连他也请的，反正我的小说要卖那么多的钱了。

我的心情难得那么好，也不坐在宿舍里看书写东西了，那么费心干吗呀，就常出去走走，不愿坐车去远处，不是怕听不懂售票员的话，坐车还会坐过站或者提前下车，主要是没有目的去哪里。

我转悠的时候想去理个发，马上就有钱了，得像个有钱的样子。我的头发不太好，怎么理也理不出个好发型，但我为此从不苦恼，头发长得再好，发型做得再好，都是给别人看的，自己又看不着，生那份苦恼不值。

一想到理发，我想起前一阵子，有一个男同学洗完澡出去转悠，走到一个发廊前，发廊里的女孩叫住他，要他进去洗头。男同学莫名其妙地摸着自己还没有干的头发说他刚洗过澡，还洗什么头？

发廊里的女孩笑嘻嘻地说，我是叫你进去洗那个头。说着用手指了指男同学，又说了句：是下面的那个头。

男同学吓得跑了。

我们学校所在的这条街道，比较偏僻，还不足二百米长，最多的就属发廊了，至少有二十几个。我原来还弄不明白，在这么冷清的地方，开这么多发廊，谁天天去理发呀，现在才知道，这些发廊还干着"洗头"的勾当，怪不得呢，她们看起来那么有钱，打扮得花枝招展的。

我要理发，才不去那些发廊呢。我听说在公路边上，有摆理发摊子的，便宜，又不会出现其他事。

我注意起公路边上，确实有几个摆理发摊子的，我挑选了一个坐了下来。摊主是一个看上去很有几分韵致的妇女，大约有个三十来岁。她对我的光临显得很兴奋，那份手忙脚乱的热情叫我心想，不就多理一个头，能挣两块钱吗？至于吗？两块钱就高兴成这个样子，我一下子有一万块钱要到手了，也没有到这种地步啊！

围上白布，理发推子在我头上已经剪了几下，她才记起问我要理什么发型？

我现在要理什么发型，还能来得及吗？她那几推子，已经叫我没有选择的余地了。我也不注重这些，就说，你随便理吧。

她没想到我这么好说话，激动地说，你这个人真好！

她对别人的夸奖只值两块钱？！

我没吭气，任凭她慢慢地理着。她理发可真慢，我心想着像她这种速度，一天能理几个头？

这不是我要操的心。反正我心情也好，闲着也是闲着，坐在路边上，趁理发的时间倒也能看看风景。我说的风景是可以看到许多来来往往的美女从我面前走过（我很敬重的一个干妹妹有天去爬山看风景时，因为脚扭伤过，我刚好不愿爬山，就说陪她在山下看别人爬吧，她说那就坐在山下看美女吧，美女也是风景。但那天她很勇敢，和大家一起爬到山顶了，所以我也没有看成美女。她的话却提醒了我）。我坐在路边上看风景，何乐而不为呢!

我只顾着看风景,头发几乎要理光了,我提醒那个理发的女人,她才罢手,说了句:今天这头理得真过瘾。

看这话说的。

我给她钱时,她却说她理发不要钱的。

我以为碰上了做好事的,说了句,你是学雷锋呀!心里却疑惑每年三月份是学雷锋的日子,已经过去好长时间了,她咋还这么傻呢?

她笑着说,我才不学谁呢,我只是手痒痒,想理理发,我以前是开发廊的。

这点我能理解,像我们写点东西的人,嘴里说着不写了,却又放不下,手经常痒痒。我深表同情地问她,你怎么现在不开发廊了?

她对我说,你如果答应每天来理一次发,我就告诉你。

每天?这怎么行?我的头发本来就少,每天理一次发,要不了几天下来,她理得实在找不到头发了,还不把我的头皮揭下来,在里面找头发根?

不行!

她和我磨开了:那就三天理一次吧?

三天也不行!哪有这样理发的?我的头又不是猪头,毛越少越好呢。我最后和她达成协议,每周理一次好了。

我的头像个皮球似的,被她每周玩一次。一个个星期梦境般晃晃悠悠就过去了。我所得到的,只是听了一些她很平常的经历，这些经历听得我昏昏欲睡，她为了挽留住我，并且引起我的听趣，不断夸我这人年轻，她问我今年大概有四十出头了吧？我咬着牙告诉她，我今年四十八了，她连说真看不出来，看我的长相不像那么老。

有她这样夸我的吗？我今年才三十三岁？

后来我才得知，她原来开了很长时间发廊，后来嫁了个有钱的老公，老公什么都依她，包括钱可以随便花，就是不准她再去理发（可能是现在的发廊开办了"洗头"的业务，她老公怕她也去给别人洗头）。

看来她是闲得实在无聊，在找乐子玩呢！我还以为占了便宜，理着不要钱的发，看到了世间最美好的风景呢（看来我的那位干妹妹是逗着我玩的，坐在那里看女人不但看不到风景，而且人家都还以为我是个窥视狂呢，这一阵子我看的所有女人都用另外一种目光瞪我呢）。

我干了些什么，连我自己都说不明白。想着该干些正事了，便去找米，问一下那篇小说改编权的事，主要的是惦记着那一万块钱。

米看了我一眼，说，你现在还记起来这事？

我说，不是一直等着文导那面的话吗？

文导让你等了吗？

不是你说的吗？说文导看上了我的小说，要给我一万块钱的改编费。

我是说过，可你却给别人说，像文导这样的人，别说一万，就是给你十万，你也不卖给他改编权。

我急了：我说过这话吗？

你说没说，自己心里有数。

这不是玩人吗，我什么时候说过种害自己的话呢。这个理现在可以不去讲，关键是不能失去那一万块钱。一万块钱对我来说，可不是个小数目。

我自己直接去找了文导。

文导还是那么热情。一开口就问我想通了，这么久了才来找他，他以为我不会来呢。

我说，其实一开始我就想通了的，只是等着你这面的话才拖了这么长时间。

文导说，我这面好说，你只要交上一万块钱，我马上让你在戏里演个土匪乙。这次的戏，土匪乙还能说上话的，虽然只有一个字……

这是哪儿跟哪儿呀？我打断了文导的话，我问的是我的小说改编权的事。

文导不解地说道，我不明白你在说什么？别跟我玩这些游戏，我可没有时间陪你玩！

到底是谁陪谁玩呢？我就说了米曾给我说的改编权的事。

文导一听，来了劲了，一直追问我和米是什么关系，肯定知道她的下落，他说正好现在找不到米了，上次米在他导的戏里死缠硬磨要演个三等妓女的角色，演完了钱还没付就找不到人了，这下总算找到了一个可以代付钱的人了。

他抓住我不放，非要我付了米演妓女的露脸费一万块钱。

我使出吃奶的劲，才挣脱了他，狼狈不堪地逃跑了。

我气呼呼地回去找米。米却怎么也找不到，问了几个人，都说米已经退学了，听说和那个演嫖客的男人私奔了，算是"从良"。结不结婚，谁也说不准，反正米又不在乎。

米还曾经说过和我是朋友呢，朋友到底是什么呢？有时想寻求别人的支持，我就想到了"朋友"这两个字，最好的朋友是患难之交（至少我经历过），他们要么彻底击败你，要么超越他们自身。悲哀与幸运有时是很难分得清的，然而，每当你要在一个非常有利的方面要一显身手时，给你使绊子的除过你的同事外，就极可能是你的朋友了，因为他最了解你的弱点。

当然我和米还没有达到朋友的分儿，但她用甜言蜜语引诱我为一万块钱改编费所冒的傻气，足以挫败我的锐气。

那一阵子我过得没滋没味。我什么事都没有干成，课也不想上，就别提看书写东西了。我唉声叹气，整天待在宿舍里生闲气，看到破旧的桌椅，我的心像深受了旧社会的创伤，见了谁都想诉说一番，可没有人愿听我的痛苦，我气得只有想起二十年前还没成年时有人曾经欺负过我，这个仇一直没有报。现在想起来，我真想去那个欺负过我的人生活的城市找他寻仇。但想起几年前有人告诉我，那个人已经死于一场车祸，入土多年，恐怕现在连骨头都找不到了。于是我就更加沉闷，我的记忆里不断浮现出以前屈辱的事情，这些事情又没有办法得以解决，我一直在无所事事地陪别人玩着，到头来，我真不清楚都陪着谁玩呢，我的日子在无休止的时光里越过越没劲。我想在后来的这些日子里该干些什么呢？比如我也尝试着，叫别人陪我玩玩！

请你戴上变色镜

　　把信纸铺好提笔正要落下的时候，停电了。一下子充实的黑暗将我紧紧地包围起来，于是，我就愣坐着慢慢适应这突如其来的心境。等我将黑暗带给我的这种什么都觉得一下子失去信心的心境适应得差不多的时候，还不见有来电的意思。我就很失望地拍了拍脑门。一种响声在黑暗里寻着道往我耳朵里钻，听着这种声音，我并不觉得脑门被手掌拍着就能解脱这种黑暗的困境，反而更加重了要写信的决心。

　　我非写不可。

　　我记得我的宿舍里有半根蜡是压在我的枕头下面的，我就去宿舍寻那半截蜡烛。宿舍里没有一个人，我在黑暗中好不容易摸索到我的床前，伸手在枕头下摸蜡，在摸遍枕头下面，正准备把枕头也要撕开的时候，没有摸到蜡却摸到一颗糖，凭我的手感确定是一颗糖后，我将糖纸剥掉在黑暗中没费一点劲就准确地把糖送到了嘴里。

糖不甜，有些似咸不咸似苦不苦我也说不清该是什么味的糖，可确实是糖，是现在糖类中就有这种味的糖。

在我品着无意中翻出来的糖还没有下决心要撕开枕头找那半截蜡的时候，窗外有一丝光亮慢慢地燃了起来，我循着那光亮，在隔壁单身宿舍几个单身汉围着的牌桌上找到了我的那半截蜡，是同我住一个宿舍的那个单身汉一边洗牌一边告诉我的。

好了，远方的老爹，这下没法给您写信了，这不能怪我。爹，您的心情按现在的话说我很理解，好不容易才准备好了心情要给您写信汇报关于我个人的思想时停电了，连那半截蜡烛也被他们拿去了，我就没法给您写信了，你也就别着急，着急有什么用，就是有电有蜡烛有我给您写封信，也不可能解决您头疼的问题。

爹是为我的婚姻问题头疼的，这我知道，但我却不知道怎样解决我的婚姻问题，虽然我已超过了晚婚年龄。

当初，这件事在我转志愿兵的时候并没有现在这么复杂。转上志愿兵就脱离了农村，而爹给出的难题是要找一个城市户口的媳妇。爹说这话的时候很满足地抽着烟，不时还想吐出烟圈来可总吐不出来，吐出来的只是烟雾，很散。爹说这样是为了以后的子孙。他想得真远，连现在农村户口转城镇户口的艰难和诸多实例都给我讲清楚了。他说他对我就这点要求，连为他以后养老送终的要求都没有，爹说这也是改革。

爹的这个希望是在我还没有转志愿兵的时候就有了的，可那时只是个想法。我转志愿兵后他给我的第一封信就是坚定了他的希望并把原来的想法变成了坚决的要求。这个要求我作为爹的儿子觉得并不过分。

爹的想法是在我当了五年兵还不见复员的时候就产生了的。只是那时这种想法还不太强烈，强烈的是另外一件事。爹在电视上看到城里的孩子都喜欢吃巧克力之类，他也买了很多给我哥的儿子吃，爹的孙子只吃了一口就全吐了出来还用清水漱了三遍口，然后我的那位侄子就对奶奶说爷爷想用这种东西毒死他这个孙子。这时候，爹傻了，呆了。于是爹就有了强烈的愿望，他希望我能有一个爱吃巧克力的孩子，像电视上那样，是孙子问爷爷要着吃而不是现实中的这个吐掉还说爷爷要毒死他。

爹后来也尝了一口那棕色的巧克力，爹在他的孙子咬过的那块上面咬下一小块，爹嚼了几下也难咽下去也准备吐掉时，却看到他的孙子正用两只圆溜溜的眼睛盯着爷爷很难受的样子，看着爷爷是否也会像他一样吐掉这种东西，爹愣了愣，还是将那口巧克力咽了下去。爹咽下去后看到孙子的眉头皱了一下，爹就顺势在孙子的头上拍了一巴掌，说了句：没出息。

爹后来说那玩意确实像药一样不好吃，但城里的小孩却喜欢吃。

爹给我写了很多信和我商谈我的婚姻大事要我按他的要求

办的同时，也托本地当工人的我姑夫给我介绍了一国营纺织厂的女工。这个女工在我上次探家时见过一面，见面时爹硬叫我带上他一直留下的那一大包巧克力，我没带，我说带这个不好，人家是大人。爹想了想觉得也对，就让我带上我从新疆带回来的葡萄干，全带上，一点不留，爹说人要心诚。我建议留些葡萄干给自家人特别是给不吃巧克力的侄子吃，爹不让，爹从刚取出来没多久一直不让动的葡萄干里抓了一小把，用三根指头捏着放了我侄子两个拼在一起的小手掌中。

见面的结果，是这个纺织女工在吃足葡萄干后说了一句话，如果你能转个干部什么的，她也有等这么几年熬这么几年的盼头，志愿兵转业了还不是和她一样是个工人，有什么？我说就是有什么。她说你们新疆有什么，听说全是沙漠戈壁滩，什么也没有，她只信有葡萄干，我说新疆除你说的这些外别的什么都有，她不信她只信有葡萄干，我说别的地方有的新疆都有，比如狼什么的也有。她用不信任的目光看着我，随口问我有熊猫没有，我说有电视里常有像这里一样也是电视里有，她说你不是在最边远的大戈壁滩吗？那里还有电视吗？

我们谈这些话题的时候还是很融洽。

爹被这种结果折磨得几顿吃不下饭。侄子倒有兴趣问我什么时候再回来，我说明年再回来，侄子问我明年回来时再带不带葡萄干了，我说下次还要多带全给你吃，侄子很高兴。在侄子高兴得没来得及拍巴掌时，侄子就挨了一巴掌。爹给了侄子一巴掌后说：咱吃饭。

那天爹不但吃了两碗饭，还喝了酒。但爹没喝醉，爹就一个人坐到深夜。

但是爹做得一点都不过分，对爹来说这个奢望一点都不贬低爹一生的做人尊严，只不过是爹给他自己出的一个自然的难题而已，也是爹给他自己的生命中增加些压力使他活得更沉重一些。

对于自己的婚姻，经受这些都是自然的，自然得连我自己都说不清，我不知道我说了什么说不清为什么说不清，爹看我这种态度总是不太认真的样子伤透了心。我没法认真。我相信爹也说不清他的要求为什么这么难实现，爹更说不清他品尝巧克力后难以下咽而城里人偏爱吃，爹说不清，可爹说得清的是他的儿子已不属于农村的土地，这一点爹比谁都说得清。

爹说他的身体好多了，在我转志愿兵后，可现在却一直说好得还不太利索，我知道爹的身体不能好得再好了，爹十几年前就被恶人打断了几根肋骨，不然爹就不是现在的爹。爹早就把我家的家境历史改革了。

还在我当大头兵的时候，我就伤透过爹的心，但爹说不怪我，只怪他自己后来没了本事。可我一直觉得怪我，怪我没本事在部队上考个干部什么的。那时爹一下子苍老了许多，我就说，爹，我不知说什么好。爹却说他懂，他这一辈子什么都懂，祖祖辈辈都懂人活着的意义。

我还能说什么？

我没转志愿兵时，第一次坐到别人给我介绍的一个女孩面前时我还能说些话。我就说我是兵，就是常见的那种。她不信，她说她懂部队，她说我是个兵为什么会戴个眼镜。我说我是近视眼，没有人说过近视眼就不允许戴眼镜。她说我这个人真怪，怪得她不想和我再说下去，她只想找一个能让她成为城里人的男人。我说你也是农村出身，为什么要这样呢。她说这个不用你管。我说我不会去管的，你不就是干个合同工有什么？她说找我这样的人就更没有什么。我说我什么也没有你也同样。她说她会有的。我说那就看吧。

那次伤透了爹心的同时也唤起了爹一个不敢想却可以向往的念头，也就是这个念头使爹多了些痛苦，爹想实现这个念头可爹没有想到要实现这个念头很难。我在部队驻地认识个女孩，我不记得我是怎么认识她的，她说这不重要，重要的是她认为阶段我这个人不错。有一次她来找我，临走时自行车被放了气，我清楚地记得她的自行车很漂亮，像她的人一样，她走时是我扛上自行车送的她，她说没气她的车子就会压坏内胎，我觉得有理。第二天就有领导找我给了我一本《志愿兵服役条例》让我学习。

爹会怎么说，爹根本不管这么多，爹说过他不管志愿兵有什么规定，与他没一点关系，我说与我关系很大，爹就不再说什么。

后来，驻地的那个女孩把我约出去送我一副近视变色眼镜，她说她知道她配不上我。我说不是，她说不用多说，她心里清楚，她说这话时就流下了泪，她没有擦那泪任凭它自在地流，她把眼镜递给我说戴上这个夏天不烧眼睛。那个时候正是夏天。我就在她面前戴上了那副眼镜，任我的泪水躲在有颜色的眼镜片后面不让她看见，我没有再做一点解释，我只是透过眼镜片看到她又流出的泪和她的脸像黄昏刮过的风一样昏昏沉沉的。

再次探家时，我就戴着这副眼镜，爹看了我好长时间才说我对眼镜很重视其他的没重视过。我说这眼镜保护眼睛，但我没有说关于这眼镜的故事，爹也就不问，爹无聊却对眼镜有些颜色就能够保护眼睛不相信，爹说难道还能不近视了。爹一直支持我戴眼镜，说这样才和农村人不一样，但爹说戴有色的眼镜都是为了好看，并不是为了保护眼睛，我说不是。爹就要我的眼镜说看看怎么个保护法，我说是看不出来的。爹就说可以看出来，我就给爹看，爹就戴上试，我就问爹怎么样，爹说这，这是什么，一点都看不清，全是、全是……

我问爹全是什么？

爹说除了看不清东西外，全是巧克力一样的颜色。

秋　风

　　放下电话，我怎么也没法把心情和电话的内容联系起来。秋阳很暖地照进屋来，一片和平宁静洋溢的气氛。在这样的气氛里，我想我应该活泼起来，又没有什么痛心的事情让我疾首，何必要让自己活得那么沉闷呢？其实平凡点并不影响人吃饭睡觉，不冷不热地活着，像这秋天一样有何不好？人们都说秋阳正好。

　　正好是什么都不想干傻坐着的时候，吕玲打来电话。她约我出去，有话跟我说。

　　"差点都认不出来了吗？"见到吕玲，第一句话她是这样说的。

　　"你不是认出来了吗？"我说。

"当然，"吕玲说，"怎么了，这副样子？"

"没怎么！一直是这样呀。"我不知道我有什么特别之处，和常人相比。

"可惜了这身'皮'，披在你这副模样上。"吕玲是笑着说的。

吕玲的笑声有些怪异的音量。我看着吕玲身后清凉爽心的秋意和在这种秋意里行走的莫名其妙看着我们的人们，并不觉得我有什么错，只是有两个星期没刮胡子了，的确有些对不起这身军装。可我想这不是多么重要的问题。重要的是我活得很沉闷，没多少意思。

"说吧，什么事？"我点燃一支烟，摸着下巴的胡子。

"好久没见了。"吕玲看着我说。

我奇怪地看着吕玲。我们只是一般的朋友，好久没见并不影响什么。我们还稍微谈得来，就是好久没谈了，少些话题而已，没必要用这样动情的语气对我说话。

"奇怪吗？"吕玲说。吕玲说这话的时候眼睛里有一种光。那种光在秋阳里闪动着，有着不可抗拒的力量。那种力量一下子注满了我的全身，我就觉得我这段时间的沉闷完全属于多余。

"没什么。"我重重地吐出一口烟，心情也因为吕玲的出现好了起来。我的心情好起来就想着我两个星期不刮胡子简直是个失误，可我并不觉得不刮胡子与心情有多少联系。我认为的失误是让吕玲有了说话的把柄。

"玩什么深沉？！"吕玲是这样说的。

"什么事，说吧。"我认为我没玩深沉。

"没事。"吕玲叹了口气，倒有些要玩深沉的样子，说，"心情不好。"

也是心情不好，这秋天也真奇怪。

"想和你聊聊。"吕玲说。

我看到吕玲的眸子闪了闪。在这秋天里，吕玲的眸子深不可测，但我不会去问她因为什么才心情不好。我想只有我这样的傻子才会莫名地沉闷起来，这大概与职业有关。每天循规蹈矩地在一个圈子里活着，难免有时会产生一些想法的。更何况像我这样的年纪，又干不出有成就的事情来，能不活得沉闷，在如此清醒的秋季里？

"聊聊？"我说，"随便。"

我和吕玲交往开始多起来是从那个莫名的随便中开始的。可我觉得一切都很自然，自然得就像这季节一样在不知不觉中变换着面孔。以前和吕玲不经常交往大概都在忙各自的事情，现在交往频繁一点也许都是属于心情不好的缘故。当然在这样的情况下两人交往聊一些事是要动心思的，不然说的话就有些不着生活边际。但我不会去寻找热门话题。是的，这个边远城市的热门话题得去寻找，得去人堆里捕捉。我是没这个兴趣的，我是连《新闻联播》都懒得看的人。倒不是像吕玲说的那样，缺乏欣赏新生事物的意识，而是我觉得没多少意义，出了什么大事情和哪个国家内部打得不行了都不是我这个兵操心的事。我只干好我的工作就行了，我知道那些干什么？还要"欣赏意识"干吗？

吕玲说："真没救了。"

我说："还没到要死的地步。"

吕玲摇了摇头，把满头的黑发黑黑地在我眼前飘了几个来回。我就看到她的头发没有秋风吹来起自然、好看。吕玲说其实她也不善了解新闻但看《新闻联播》，因为现在电视除了《新闻联播》再没有能看的。电视剧都一样一个味，镜头对到一个地方摄影师就去抽烟了，让人看一个镜头就是抽一支烟的工夫，就要听演员挖空心思地背些叫人连饭都不想吃的做作台词。

"还有，"吕玲说，"特别是演部队警察之类的电视剧，全是玩深沉的。稍微有点现代味的，全他妈玩深沉。"

我又抽烟，吕玲又说："像你一样，玩什么深沉？"

"不过，前阵子看了的那个李冬宝，虽然也玩深沉，可还男性。"吕玲说。

"李冬宝？是女中豪杰？"我问。

"和你长得一样，你说呢？"吕玲和我说话有些说不清的痛苦。

我不看电视剧，也没地方看。供我们机关这些兵看的电视机全在别人家里放着。

我们在街上转着，碰到一个银行储蓄所刚被抢过，围了一大堆人在那看热闹。有我的同行在那堆人里维持秩序。警察在现场取样。我对此毫无兴趣，吕玲却硬往人堆里挤，想看新闻。

过后我说那有什么好看的？吕玲说现在人真胆大，这么大白天的就干。我说那储蓄所嫌别人不抢，做广告让人抢呢。谁见了钱胆子不大呢？她惊讶地看着我问做广告了？我说储蓄所门口不是写着快突破一亿元储蓄关了？

吕玲回到现实中，说那是人家的成绩。

我说树大招风。

那你为什么不去抢？证明你是胆小鬼。吕玲恶狠狠地说。

我说人层次不同，虽然我每月才那么点钱，我是军人。

吕玲说德行。

吕玲说："听说你的舞跳得不错？"

"是吗？"我说，"你是第一个赞赏我有这方面才能的人，我将终生难忘。"

"谢谢。"吕玲很高兴，"那么，我们去练练。"其实我一点都不会跳舞，就心里不是滋味地坐在舞厅一角，一个人听着全是爱得痛苦偏要爱的歌。灯光一闪一闪地耀眼。我看到扁的圆的灯光里浮动着的小姐们不很自然地来到我身边，一看我不是那块料就又匆匆离去，一会儿又来又走，我就有些生气。吕玲和别的男人连着跳了三曲。她大概记起是我买的门票和一大堆饮料，就停了一曲坐在我的旁边，但她的眼睛一直盯着舞厅中央痴迷得有些病态的男女。

我是在心里实在不是滋味的空寂里把手按在那个家伙肩上的，那时舞厅的乐曲响得最有音调。那家伙比我长得高些，可我没一丝胆怯。当他在一曲刚开始就径直来邀我身边的吕玲跳舞时我心里就很不是滋味了。我看着他有一副比我长得对得起人的面皮，就想着如果在他的脸上留个记号肯定会很伤观众目光的。我这样想的时候就有试试的欲望。

那家伙用目光挑了我一下。我看到那家伙看我的目光里尽是多余和嘲讽。为了那目光，我得给他脸上留个记号，不然我又会很沉闷的。

我挥过去的拳头是吕玲硬拉住的，不然那家伙脸上肯定会多些颜色。我在部队练过沙袋的拳头还没碰过这么好的面皮。

舞厅里的病态男女一下围上一堆像一群苍蝇找到了臭肉挤着疙瘩。我听到了粗俗不堪和老土之类骂我的声音，好像我比那个家伙硬拉着人家姑娘跳舞更不光彩。

我气极了，但我心平气和地说了一句："基本国策实行迟了，不然你们都被爹娘尿到了马桶里。"

我反正穿着便服。

我是被吕玲硬拉出舞厅的。

吕玲哭了，很莫名地哭了。我想是不是我解了她的围她很感激就哭了？可我从她的哭声里感觉不到感动的典型特征。但我想我也男性了一回，是在吕玲面前。过后吕玲却用一种我很不熟悉的口气说了一句："你真是。"

吕玲几天后来找我的时候，我正无聊地看书。吕玲是和她的一个女同学一起来我的办公室找我的。我先看了看吕玲的那个同学。她长得真叫人说不出口，可她却穿着一条米黄色很迷人的裙子。我也说不上她的裙子在秋季为什么迷人。大概刚好符合我当时的欣赏需要。我就多看了几眼裙子没看她的脸。

吕玲问我看啥书，这么厚。

我递过去。

吕玲看看书名说啥年代了还有人看这种书。

那是本十八世纪的世界名著。

我说是世界名著，不分年代都可以看的。

吕玲就随手翻了翻书，找了一页我看过的，说："第 258 页第二段写的什么？"

我说："怎么记得住？"

吕玲说："'怎么记得住'还看什么？"

吕玲很放肆地笑了笑。

我也笑了笑，只是不太自然。

那女同学却说："看书是学习，不可能都记下。"

我看了看那女同学的脸。这次看她的时候没有了先前太明晰的想法。

"还是少看点，"吕玲说，"你的视力不太好了。"

我很感动，吕玲关心我的视力，尤其是这样的秋季，这样的关心叫人觉得秋季美丽无比。又是长得很美的女性关心我，我感动得用暖暖的目光看着吕玲。

我也发觉吕玲的目光柔和光亮，柔和得像秋阳一样。她的眸子很光亮很有节奏地闪了几下，我的心也闪了几下。

吕玲她们没什么事是过来看看。送走她们，管我的郎副股长不失时机地对我说了句："要注意影响，你是兵。"我在心里骂了句"去你妈的"。我只感受到这个秋季有不同于一般时候的温柔暖意。

我约吕玲郊游，是在接近中秋的成熟季节里。其实那天不算是这个秋季最让人爽心的好天气。远处的风从很远的地方吹来，在边塞的秋季里盘旋着，在我们的脸上拂出柔柔醉人的感受来。

天空显得高远，淡淡的云轻描淡写着一幅关于秋的高深莫测的油画。田野在秋风缓缓的催促下，尽情地呈现着成熟诱人的面孔，我感受着田野特别亲切的气息。对我来说，这是一个特别诱惑人的季节。

当吕玲用闪光透亮的目光打量着秋季收获的田野看出美好向往的时候，我完全没有了去计较那天太阳不够辉煌不适合这个季节的必要。我的目光顺着秋的跑道看到熟悉的田野，感受到即将收获的喜悦。在这份喜悦里我想属于我的秋季是多么美妙。

一阵风很焦急地扑来，像手一样缓缓地把吕玲的头发托了起来，很均匀地撒开。她的头发像一张黑色的网很稠密地在秋风里摇摇又摆摆，她的头发在我的目光里每次都摇摆出不同的姿势。在成熟的田野里这张网完全罩住了我的心。这是一种奇异的思维，我可以透明地看到从我心里放射出的火花折射出漂亮的弧线，洒落激动人心的光斑。在秋季祥和的气氛里，我有了新发现，也有了青春最期望得到的精神寄托。

在拥挤的人流里，我走在前面，给吕玲开辟一条切实可行的道路；在浓黑的夜晚，我走在吕玲身边，为她驱除黑暗送她至牢靠可信的灯下。

我想我们是彼此心照不宣。我想我活得有了生命的意义。

秋天的气候变换起来有些反常，初秋的炎热和暮秋的寒气却是很自然的。在一个天气晴朗的秋日里，我邀同年兵陈才一起给吕玲家帮忙搬东西。

那天的秋风很柔和地吹着，圆圆的太阳冷清地挂在高空，轻柔的秋风能使人感到淡淡的凉意。虽然只是仲秋后期，但浓浓的秋的特征很明显地洒在这个城市里。街旁树上的叶子散发着秋的气息，诱惑着人对秋生出爱的意志，使人产生无限美好的遐想。

我和陈才好不容易找到吕玲家新搬的楼房时，吕玲家的活儿只剩下将东西摆放到适当位置上这最后一道工序了。吕玲并没有一点怨我来迟的意思，我就完全把自己置于主人位置上布置家具的摆放。

我的沮丧是在摆放书柜时骤然产生的。因为新楼房的建造结构有些特别，住惯了平房的吕玲父母舍不得丢掉那些杂七杂八的东西，房子显得拥挤。我的意思是将书柜摆放在吕玲小房子刚进门的西墙边再好不过，光线、距离都适合这个房间的总体布局。我的摆放书柜意见首先是吕玲的妈反对，接下来是她爸也反对。他们都说放那里不好，一进门书柜像加厚了那堵墙，房子显得狭窄。几个人各抒己见地设计着也属正常现象。后来，吕玲的妈征求我同年兵陈才的意见。陈才在我面前说了和我一致的意见，是用正常人的观点说的。吕玲的妈听陈才一说就同意了，并且说陈才说得很有道理很有眼光，她也是那样设计的。吕玲进门也说陈才的布置很有美感。虽然陈才的意见是我最先说的，可吕玲和她妈在我面前是这样说陈才的，并且吕玲的妈这样说时眼睛很亮。她的眼睛不时在我肩上扫一下就看着陈才的肩，眼睛里发出陈才肩上的少尉肩章一样的亮光。

我看了看自己的上士肩章，退出了那屋。

我看到楼下有很多落叶，尽管那些落叶还不到苍老得发黄的时候，可都在秋风中飘到了即将冰冻的地上。一阵秋风吹来，地上的树叶像水一样缓缓流动着，把流动的干硬的声响毫不留情地抛在了秋的氛围里。

吕玲打电话约我和陈才去郊游的时候，已是纯粹的暮秋了。吕玲在电话里说让我们换上便装，说和我们当兵的一起逛有绝对的安全感。

我没换便装，陈才说有事不去，我就穿着我的士兵军装去了。

我是在约定的地点一眼就认出那个家伙的。

"这是我的未婚夫仇然。"一见面吕玲是这样给我介绍的。

那个叫仇什么然的就是那次在舞厅硬拉吕玲跳舞差点和我干架的那个家伙。他照样撑着那副面皮偏着头看着我并且拉住我的手握住了说了句"你好"。

我静静地看着那个家伙比我长得好看些的面皮，心里后悔那晚没给那上面留个记号。

吕玲在一边说她那时和仇然差点完了，心里很空虚。"现在，当然，他已是我的未婚夫了。"

吕玲这样说的时候，很不自然地躲着我的目光。

我说："我是来告诉你们的，我不去玩了。我想我该回去睡一觉。昨晚做了噩梦，一夜几乎没睡。"

我说得挺流畅。我是在轻轻握了一下仇然白净的手后临时想起这么说的。

他们都很奇怪地看着我。

"你说睡觉？做了噩梦？"吕玲说。

"噩梦。没有睡好。"我说，"所以我就没换便装。"我用手提了提军装的领子。

"其实……"吕玲说。

其实这个秋季和别的秋季没什么区别。

我又把自己很沉闷地关在房里，像这个秋季刚开始那样。只是气候已冷，不像初秋那时有暖暖的秋阳照进屋来。但这些都无关紧要。现在闷在房里没有了初秋的悠闲，心里憋得厉害。

我无聊地去街上闲逛。我是被一声与我名字的音调一样的声音叫住站下的，不然，我会目不斜视地一直往前走的。

"不认识了？"吕玲走过来说。

"怎么会呢？"

"你的视力越发不行了。"吕玲看着我的眼睛说。

"视力？"我说。

"我就在离你不远处，早就看到你了。"

"我的视力是不行了。"我说。

"我的视力以前就不行了。"我又说。

家　园

　　英宁一踏上这块他曾熟悉却离开了五年的土地，心里踏实得多了。几天来的旅程疲劳被踏上故土的激动击得粉碎随山风而去，他睁大双目看到眼前曾经熟悉的和尚不熟悉的新事物时，他看到一切都得簇新而又亲切。他激动得像五年前接到入伍通知书一样步子有点颤。

　　爹正在院落角给那头红犍牛梳理尿泥粘脏的乱毛，英宁看到爹的一瞬间，两眼呼地一潮，一声"爹"叫得颤音十足没有一丝一毫的力量。他看到爹的身子被他的颤声击得一抖，触电般转过身来，爹深深的目光里装满了英宁。英宁就看到爹还是原来的爹，只是比原来老了不少。英宁就再叫一声爹。爹却不应，愣怔了一阵才冷冷地说你狗日的还认得你爹。

英宁就再控制不住，泪水涌了出来。

闻声出屋的妈跐着脚有点站立不稳，两手拘束却又无奈地抹着眼睛。英宁就上前一步，颤颤地叫声妈。

妈勉强答应了一声，却说今个有风吹得眼疼。妈上去就给英宁抹了下眼窝，英宁感到母亲粗糙的手掌热热的温和着一丝疼刺他的心，他的泪就再也止不住了。

妈接过英宁的提包埋怨他事先也不发个电报说一声就回来了。

爹接过说狗日的能回来就不错了。

妈把眼一瞪，对爹说你去抱柴烧火给宁娃煎蛋，原高路长，娃早饥了。

爹不再说，不情愿却又无奈地走了。

妈把英宁让进屋，招待亲戚一样硬推上炕，倒一杯茶并且放了白糖。英宁双手接过说，妈你别这样，我都不好意思了。

妈说五年了你第一次回来哩。

英宁想问妈身体还好吧又开不了口，他看到妈头上已掺杂了一半雪一般的白发，心里就一阵阵抽紧，眼窝又热热地往外涌水，他就一口一口往杯里吹气掩饰自己的激动。

妈问了些部队上的事，妈不识字却问得很有些词语，比如"首长""食堂"之类。英宁一一作答。

这时，爹已经把蛋煎好端来，英宁慌忙推托说不饿，其实他有一天时间已经没吃一口东西了，想着一下火车吃饭，可下车后心里慌慌地急就没顾上吃赶回家来。他推托着说了些不好意思的话，爹就顶了一句狗日的当兵学坏了，到自家里还说不好意思哩。

妈对爹说你一边待去，宁娃是出息了，部队上整天和首长在一起说话能不讲文明吗？怎么就说变坏哩？

爹说不坏去了五年都不回来，也三月半年的不写封信来，忘了本哩。

英宁说爹不是的，我总想着干出名堂再回来，要不没脸见人哩。

妈才怨了句总该写几句话吧，妈夜里常睡不着，你爹个死鬼常骂我白疼了你。

爹接过说我哪敢骂你妈？只是骂你小子。现在回来是咋地？复员了就拾掇这四亩八分地吧！

妈瞪了爹一眼说，话都不会说，眼下是麦才吐穗呢，村东的财娃是前年冬上复员的。

英宁就说，妈爹我事先没告诉你们是想让你们喜一下，我转志愿兵了。

妈眼睛一亮说那就是城里人了？！我知道宁娃会出息的，你爹个死鬼还常说你叫妈惯坏了不会有出息的。

爹不说话，往地上一蹲摸出烟锅装烟。英宁就才想起还没给爹敬烟，就跳下炕从提包里取出两条精装牡丹放炕边上说给爹的，然后掏出一包红梅打开递爹一支。爹摆手说带把的有毒哩。

妈说爹真不识抬举，爹就放下烟锅，接了红梅点上，深抽一口说这烟还是太软，没多大劲，可没停一直抽着。

妈就对英宁说英子快回来了，得做晚饭了。英子是英宁的妹妹。妈说英子在乡上酒厂上班，一月六十块呢，是乡上照顾军属叫去的，村里人都害眼红哩。

妈说完去做饭，爹起身把英宁吃过蛋的碗端走，去烧火了。

吃过晚饭，一家人坐在炕上，喜喜的空气溢满一屋。尤其妹妹英子问英宁很多事，英宁能回答的都答，英宁说他在部队上是保密员，像部队上有多少事都不能说，英子就摸着哥给她的裙子不再问。

爹妈一句有一句无地问些已问过几遍的话题，最后落到了英宁的婚事上。

不识字的妈说得很含蓄，问英宁是咋想的，要英宁个人拿意见。爹则平铺直叙，说庄户人家要实在，找个身强力壮的要干活儿生娃哩。妹妹英子说爹眼光真短，哥是城里人了就要找个城里嫂子，咱家才风光哩。

爹说祖宗八代都是种地的，出息一个就对得起祖宗了，还贪心？

妈说这叫啥贪心，是应该的，宁娃是城里人找个庄户人以后孩娃还不是庄户人？拖累哩。妈还是说了自己的想法。

英宁就没有话说，他心里也考虑过这件事很长时间了，可咋样解决他还没头绪呢。妈这样一说他也就在心里定了一定要找个城里媳妇，让妈少操些心。

爹说城里人当然好了，可咱到哪儿去找？爹变得很快，大概他也想到了以后的孙子孙女能像电视上那样会唱歌跳舞地热闹。但他心里并不踏实，他想老天够开眼了，让他儿子当了城里人还能再满足他这个庄户人一个城里媳妇吗？

妈说只要宁娃用心，咋能找不上？妈说完叹了口气，又说，咱连一个城里亲戚都没有，咋托人哩？

英宁就说妈别着急，这事要慢慢来。

妈说还敢慢慢来，像你这么大的小伙哪个没媳妇暖被窝呢？好多都有孩娃到处跑哩。

爹说你妈说得对，男越大越难，女大了却不愁嫁。

英子说要不给哥说一下酒厂的刘技术员，她是城里户口，还没找对象，可不知哥愿不愿意？英子想了很久才这样突然说的。

英宁就说这事不能光看我，要别人愿不愿意才行。

妈就问英子，刘技术员长啥样？

英子说长得没说的，就是平时抬着头傲哩。

爹说城里人能不傲吗？

妈说我宁娃就不傲！

妈私下给英子说了许多，让英子给刘技术员说，牵一下这线。妈并且还专门去酒厂从后面看了刘技术员，说长得够水灵，就是个头矮点，爹说矮点会过日子就成。

英子给刘技术员说了这事，刘技术员有些心动，就约英宁单独先谈谈。

英子很高兴地把这消息告诉全家，全家人很是激动。妈说老天真是睁眼哩，爹则乐得天天顿顿给英宁煎鸡蛋，弄得英宁连说不好意思。让爹还骂了几回狗日的跟老子还不好意思呢。

英宁和刘技术员是在酒厂单身宿舍见面的。妹妹英子把英宁带到刘技术员屋做了介绍就走了。

刘技术员叫刘冬香，是随她爸"农转非"的。英宁一见刘冬香觉得从长相上还不错。两人就都不好意思说话。英宁不停喝刘冬香给他倒的茶水。刘冬香就不断给他杯子里续水。

刘冬香就笑着扯开了话题，说英宁真能喝水。

英宁就脸红了说在新疆水是宝贵的，家乡这水甜好喝。

刘冬香说你们部队在城里还是大沙漠里？

英宁说我在机关当然在城里，大沙漠我当了五年兵都没见过呢。

刘冬香说她虽农转非了可进不了城，只好到乡镇小厂里混，工作不好找呢。

英宁说哪里都一样，他没意见。

刘冬香就说部队可以随军真好。

英宁说志愿兵规定不随军。干部到了副营才可以随军呢。

刘冬香一愣问，那你能不能当上副营？

英宁说我是志愿兵不是干部当不上副营。

刘冬香就不说话，也不再给英宁茶杯里续水了。

过了会儿，刘冬香才说，其实我在这也好，新疆远哩，听说要坐三天三夜火车。

英宁说我那里下火车还要坐三天汽车才能到。刘冬香不自在地说我爸其实不让我嫁当兵的，我爸也曾当过兵。

英宁急了问，你自己呢？

我只好听我爸的。刘冬香低着头说。

英宁回到家里把情况一说，全家人都不说话。

英宁心里很复杂，回家蒙头就睡。爹煎好蛋也不吃，也不说不好意思的话了。爹就把煎蛋叫英子吃了好去上班。

假期没到，英宁说要回部队，回去事情多呢，保密室离不开他。

爹妈见挽留不住，又怕误了部队正事，就让他走。

走时，爹妈还有妹妹英子把英宁送到火车站。妈说英宁别难受，就在新疆找个城里媳妇还在一起过哩。英宁说再说吧，志愿兵有规定不让在驻地找对象成家。爹说还能不让人娶媳妇生娃娃？活人能让尿憋死？咱庄户人家闺女还是实在的多，就你宁娃的出息回来挑呢。英子则说哥一定要找上一个城里嫂子，要真正的城里人，争这口气哩。

妈说英娃走一走再说吧，只要出息了，还愁找不上好媳妇？妈说完直抹眼窝。

爹说是哩！

英宁给爹说我下次回来给爹买红梅烟，红梅比牡丹好。买四条，我拿工资了，一月一百多块哩。爹说红梅就是你刚回来时我抽的那带把烟？

英宁点点头。

爹说那烟太软，没劲！

远　景

　　南艳来找我的时候，我正沉浸在窗外烟雾弥漫的境界中胡思乱想，连她悄悄走到我身后了也没察觉。她的突然出现惊散了我满脑子的胡思乱想，一片空白之后就装上了她鲜活的脸。

　　"你是不是在等待什么？"南艳偏着头看着我说，"心神不定的样子。"

　　我掐灭烟头，用奇怪的目光看了看她说："你不要自我感觉良好了，我是在等待未来。"

　　"你的未来还是梦！"南艳有点失望地说。

　　"如果这个世上的人都变成白痴了，不再认识大家都认识的钱这个朋友，我的未来就成现实了。"我说。

　　"你成天苦着脸，就想这些破问题？真不现实，一点真实感都没有。"南艳在我对面的桌前坐下后说。

"最真实的是钱。"

我这样一说，南艳鲜活的脸就阴了。

这是秋天。

我就再无话可说了。每次和南艳的见面就在这样无聊的对话中因为一些实质的话题被打住，就没有了一点趣味儿。我好像把要说的话都说完了，对于南艳应该说的许多话题却没兴趣。我不知道怎样才能把这种太沉闷的空气撕开一道口子，说些令她兴奋和敏感的事调剂一下我们各自的情绪，可我没这方面的才能。我们每次只是有一句没一句地对应着一些重复了的话题，直到彼此尴尬。这样两人都觉得没趣，这时候时间就变得苍白而干枯。但我们两人还是喜欢在一起这样相处着。我曾经问过南艳这样累不累？南艳却说人活着就这样累着才有意义，不然每天只是吃了睡，睡了吃，干那点工作挣那点钱重复来重复去的没有什么新意。

南艳在群艺馆工作，现在好像不需要群众艺术之类的东西，存在不存在都无所谓。南艳每天上班除了喝茶、看报纸外就是上个厕所等下班时间，的确没多少意义。

空气闷闷地流动着，流动不出新的话题来，我点上一支"红豆"烟默默地抽着。

南艳见我这样，就坐不住了，脸上晴了一些，她看着我一口一口地吸烟，就说："你这副样子，总愁旧社会推不翻似的，就不能换副新社会面孔？人家看了都能忆苦思甜了。"

我说："你嫌难看就别看好了，我这副脸本来就像解放鞋底子一样，早皱成水波纹了，你别看多了吃不下去饭。"

南艳被我逗笑了，说你就没点儿正经，还军人呢，简直丢军人的脸。

我不笑，却说："你算说对了，我最不愿参加一些社会活动了，怕影响部队的高大形象。"

"说真的，"南艳停住笑，一本正经地说，"我来是叫你明天去我家吃饭的，你别过多地计较我妈，她说的话虽然不中听，可也是为我好，就我一个女儿，她总想着我能过上舒心日子。"

我掐掉烟头，说："南艳你别想那么复杂，是我这人多心了，你妈的话很有道理，现在像我这样每月拿两百多块钱工资的就只能进个'小儿科'，犯个头疼脑热的病。"

南艳说："别那么说好不好？明天是星期天，我哥也难得留在家，他还是能和年轻人谈得来的。"

我说反正就那么回事，去就去怕什么，有饭不吃才傻哩。

南艳就把舒心的兴奋之光很快地写在了脸上，走过来用手轻轻地捏了捏我的鼻子说，我还担心你不会去呢，没想到你答应得这么轻松，还常说别人世故呢。

南艳的哥哥我还是第一次见，很精干，尤其是那头，寸板刷的力度很冲，使我不由自主地充当了一个软角色。我们握了手坐下后，我便像对真大舅哥一般恭敬地递过一支"茶花"烟，划着火柴点燃。

南艳的哥只抽了一口那烟，就掐到烟灰缸里说："你这，'马马虎虎'是假的！"

如今社会上把"茶花"叫作"马马虎虎"，"红塔山"才叫"还能抽"。我看着掐在烟灰缸里的烟，火气便随着那股还在缓缓升腾的烟雾膨胀了："没钱的人抽个高级烟也是假的，就这包烟已经是我两天的工资了，我是忍痛买的，更何况我抽着怎么就尝不出是假的呢？我也不是一年两年的烟民了，虽然平时抽的烟低劣些，但高级烟我也抽过的。"

我看着南艳的哥掏出一包翻盖的"红塔山"自顾自地点了一根，就被一股火烧得"呼"地站了起来。幸亏南艳及时赶到，见我脸色变了，就随机应变地问我是不是热了，就脱掉上衣吧。

我看了看南艳，她的目光里没有杂质，清清地照着我，我的脸就热了，说想上厕所方便一下。

从卫生间出来到客厅坐下，我和南艳的哥谁也不再说一句话，都默默地似乎很专注地看着电视，但我真没看出电视上是什么节目。南艳也不再去厨房，坐在沙发上不时说上一句话想打破沉闷的空气，可都是徒劳，她哥只是指着电视评价那些人物的派头说看不惯那些穷酸人的话。

我实在坐不下去了，就叫上南艳到她房间里去翻影集。但影集也有看完的时候，看了两遍后又回到客厅坐下。饭还没好，我的肚子早饿了，就不停地喝水。电视上正放一个回顾过去展望未来的什么纪录片，一个男中音用底气很足的音质很感情很慷慨地激昂着"我们有长城，我们有黄河"之类的话语。

南艳的哥上去关了电视说："长江黄河能当饭吃？还没喊

够？我都紧了四次裤腰带了。你们让我留家里吃饭就这样虐待我？长城黄河的。"

南艳的哥在外贸局工作，还没有结婚成家，但平时不在家待，听说他做了不少生意，到底有多少钱连他家人都不知道底细。

饭终于好了。饭菜很丰盛，但我没吃饱。在饭桌上我又吃出了南艳她妈一大堆金子又涨价了要赶快买金项链、金手链、金耳环、金戒指甚至金手铐之类的金味。

我觉得自己又犯了个错误，实在吃腻了机关灶的饭食可以去饭馆换换口味，虽然没有足够的钱吃多么丰盛的饭菜，但饱肚子的钱我还是有的。钱的样子总是很热烈地在我的脑子里跳跃，鲜艳的色彩像一束无形的光钻入我的身体里罩在我心的周围，把我的心包围得像黑色的夜一样，我就很沉闷地在这种夜里睁着空洞的双眼看着周围的一切。每个日子都在时间里拥挤着往前冲，我有时觉得重复来重复去地吃饭睡觉都是多余的，一晃就是一天过去了，我却无所事事。

股长见我上班无精打采的，就给了我一大堆材料，叫我写一篇"双拥"工作的情况汇报。我就写了，写成"双拥"工作没有钱就开展不好，股长看完后说这材料倒像个商人写的演讲报告。

南艳专门来给我解释了一回，我看着她动着的嘴一直沉默不语，她就只好停住偏过头看着窗外。

窗外正是凉爽宜人的秋季，暖暖的秋阳里不时有一些部队的家属孩子慢悠悠地走过，似乎很幸福的样子。南艳就看得有些迷茫，目光散乱地收回来在我脸上晃来晃去。

我被南艳的目光晃得心乱，扔掉烟头说你晃什么晃？去找个有钱的大款就不用这样苦恼了，何必和我这个破志愿兵黏糊。

南艳的目光就直了，一下子有了一种光，闪闪地却不往下掉。

我的心就抽动了一下，却装作若无其事地笑笑说，南艳同志真是个好同志，不把这样的好同志吸收到党内来，算是领导瞎了眼。

南艳却没有被我逗笑，轻声说，我知道你心里头压力大，可你也不能这样对我。

我知道我的话有些过了，我真心实意地对南艳说，实在对不起，我不是故意的，我们出去逛街，反正坐着也没事干。给隔壁的股长打了声招呼，我便和南艳来到了街上。

街两旁的白杨树直直地很有力量地站着，这是这座边塞古城特有的景象，暖暖的秋阳从树叶缝隙间漏下来，我们脸上就有了暖的冷的不平衡的感觉。有一片还没发黄的树叶缓缓落下，飘来飘去最后在南艳的肩上停住，颤颤地就是不肯落下，我伸手捡起那片叶子，捏在手中看了看，准备扔掉，南艳却一把抢了过去，她说树叶还没到落的时候就落了，这片树叶是未老先衰。

我不想说话，很漠然地看着她。南艳见我没反应，就偏过头来看我，她的目光看透了我的心，看到了我空虚的表情，她就说："这树叶像你一样，有病！"

说完，南艳觉得有趣自顾自大笑，她笑得有些夸张，身子都因为笑而激动得发抖，好不容易才控制住后就把手中的树叶扬手扔向了秋天，异乎寻常地平静和悲哀的我和她一起盯着那片落在地上的树叶发呆。

这时候，一声港味十足的"嗨"音响亮地停在我和南艳眼前，我偏过头一看，一个扶着一辆血红色"三枪"自行车的女孩先送了个微笑过来。我在微笑里心里一热，随即一惊，因为透过微笑我看到了那个女孩的脸，她的脸很特别，如果给她脸上随便撒一把绿豆不会掉下来一粒，还会生出有些位置没有填满的遗憾。

但她却能很有港味地"嗨"着给人送上迷人的笑，她的笑细胞虽然让我的心里热了一下，但她的出现还真把我骇得倒退了一步。

她走上前来像出示逮捕证一般制止了南艳刚要开始的介绍。

"你老公，不会错的！"女孩说。

女孩说的是不符合这个边远城市的另外一种语言，虽然也是中国语言，但我听起来有些别扭。

南艳迅速地看了我一眼，我的表情其实不太呆板。

女孩自我介绍："麦娜，南艳初中时的同学，练个摊子，主要摆夜市，啤酒咖啡，以后给你免费提供。"

我微微地笑了笑，礼貌性地应付时，看到了麦娜脖子上的一条闪着金光的粗链子，我想那就是南艳的妈经常念叨的金项链呀。我对这种光很敏感，这种光一直压在我心上使我产生了不少苦恼。

于是，我问了一句："你的金项链多少钱？"

其实这样的问话在日常生活中再正常不过，我问话的语调也没有什么古怪的，但是我的提问却引起了麦娜有些夸张的惊讶，她的嘴张得像洋人要发出一声"噢"一样的口型，一只手举起要来些别的动作，因为她的另一只手必须扶着自行车，所以她想来些洋动作的举动受到了限制。她大概意识到了这么用古怪的眼神盯着我，像欣赏一头西方人宠爱的白猪做了坏事一样，目光里满是好奇。

我一下子感到我又犯了一次傻，在南艳面前，我这样的问话会勾起她非常丰富的联想，她的联想比现在的四通打字机联想汉字的内容要敏感得多。我和南艳在一起时话题往往陈旧又少，与她平时爱联想并且要坚持那种联想有很大关系。

果然，南艳的脸色一下变得让人很伤感，她的双眼失去了应有的亮度，我从那目光里可以看到她备受压抑的心跳的程度，我就低下了没有任何东西可以支撑的头颅，我的心被愧疚拥挤着很机械地跳动。

但我没法阻止住麦娜的嘴和她要发声的音带。她反问我："你是问我的金项链？"

我努力去看着别处，想象这句问话与我没有一点关系。可麦娜并不会觉得尴尬，她反问过我后见我没有理她，就接着说："很便宜呀，才两千八百块。"

麦娜把这句话颠倒了来说，不知是有意还是无意。

但她的金项链正值我一年半的工资。

南艳不说一句话，撇下我和麦娜走了。麦娜还不解地偏过头看了看我。我不愿就这样和南艳又闹别扭，没有顾得上给麦娜打招呼就去追南艳。

和南艳并排走到一起，我没话找话地说些三岁小孩也会说的蠢话，可她就是不理我，只是低着头一直往前走。那时候我看到她眼睛水晶般发亮。

这样走了一阵，我在心里告诫自己一定要沉住气稳住情绪，不能动火，虽然这样的事不值得南艳敏感地联想到她妈对我无形中施加的压力，她没必要生气，但她却生气了，就只能是我的错了。我曾认识到我的错误在无形中攻击了残酷的人性，但这次不是这样的，可南艳却能联想到那么深，她能联想成我是故意在她面前问这样话题的另一层含义。是我错了！我得承认。我跟在她的后面，突然想到这场误会只有用幽默解决了，不然我会失去耐心会忍无可忍，当然后果是不用设想的了。

我就在南艳的身后大声说："你别闷头走了，你已经走到了男厕所门口了。"

敏感的南艳果然急刹住脚步，抬头一望，看到的是秋季暖暖的阳光下面宽阔的马路，"男厕所"根本不会在这种时候突然出现。南艳就回头狠狠地瞪了我一眼，走了。她把我的幽默当作了捉弄。

那段日子，我和南艳几乎断绝了来往，我打电话过去，那头总是说不在，我问干啥去了，那头有时说不知道，有时一听找南艳就直接压了电话，态度相当生硬。我也打算去找她，但我清楚，见面后的尴尬是可想而知的，说不定会更难收场。我了解南艳，但我更了解自己，我的忍耐是有限度的，我的性格越来越古怪，心里空虚得荒野一般。我也曾经想过忘掉她，可总做不到，她已经很完整地刻在了我的心上。我在那段苦闷的日子里经常会想起她平时看我的那种目光，她的目光不同于和我穿同样颜色服装的那些人的目光，她的目光里没有等级光线，她没有部队上许多家属那样俗不可耐的说话口气，她没有把我这个志愿兵看得很可悲，没有像某些人那样把我这个阶层的人划到人类动物一样生存的等级外。并且南艳的长相绝对够格，绝对能够引起我周围一些干部的嫉妒，我要的就是这种效果。在这种志愿兵在驻地找对象背离规定但没有人执行的时候，我就要找南艳这样在各方面都胜过他人的对象，以达到心理上的平衡，我可以是个穷鬼我没办法，但我在精神和灵魂上绝对不能够贫穷，否则我就活得更没有意义。

我不能就这样等待下去，等待会成为痛苦，这个世界上没有等待到的好事，没有人会像组织一样为每个公民考虑，更何况现在的组织根本不再插手这些事了。我必须采取行动，我不想失去南艳！

我去找南艳的时候，她正无聊地一个人闷坐在办公室看着窗外发愣。我的出现使南艳随即产生的惊喜很不一般地在脸上固定了一阵子，她因我的突然来到而手足无措，我还没见过她这样慌乱过，她在慌乱中撞翻了座椅。那种笨重的座椅倒地的声响提醒我，南艳定会扑到我怀里开始我们交往以来该决定的深层次内容了。

但是顷刻间南艳就恢复了正常，她的理智有时能够超越她的情感。我知道我们虽然以恋人的关系出现在许多场所尤其是她家，我已经受过南艳父母的检查验收，但是南艳还是在激动的顶峰能够看到我们之间那条还没有正式逾越的沟。她从激动中跌入平静的峡谷，有种不如意的悔恨但又竭力克制住自己不做一次无道理的愤怒，她所有的心思很明显地写在她姣好的面容上，她的想法在我眼里根本无法掩饰。

南艳很平静地对我笑笑，说："你不打电话了？"

我笑笑。我想我当时的笑容肯定很苦，但又必须笑一下，我知道有好多事当面不好说可在电话里可以说，见了面反而说不出来，就像我很想见南艳道个歉虽然从内心里我没有认为我有多么错，可这时候我就是说不出道歉之类的话。

我就坐下掏出烟点上。我看着缓缓升腾的烟雾一时开不了口，原先想说一些话的胆量消逝得只有用抽烟来维护了。抽完一支烟后，我心里又坦然了许多。

南艳坐在靠窗前的地方，偶尔接触到我的目光便努力回避开，可我可以看出她很想看看我的表情，她不时把目光慌慌地在我脸上定一定，又投向窗外，看那些已经泛黄的白杨树叶子。不时有几片树叶脱离树枝缓缓地飘落，很浓的秋像诗一样在窗外写来写去。

我也不时看看窗外，我坐得离窗远些，看到的风景又散又小。

我们就这样谁也不开口地坐了一阵。我实在想不出用怎样的话引出话题，努力了几次，每次想好一个开头就要开口的时候，就把它和上次的不愉快联系起来，我就觉得这样开头肯定是自讨没趣。

最终还是南艳开口说话，她说得很突然也很离奇。她说昨晚电视上的盼奥运义演还不错。

我不由自主地说了句："是吗？"

"香港和台湾的巨星都来了，真不易凑一台子，节目也确实是一流的。"南艳说。

"是很不错。"我又点上一支烟后说，"但是，有一个很恶心的节目就是有一个国产的歌手用英语唱歌，连我没上过几天学的人都听出她发音不标准。人家港台的歌星都用国语唱歌最后用国语说谢谢，却出了这么一个说'拜拜'的假洋货，没一点民族气节，还中国人呢。"

"那又怎样？"南艳说，"人家出国留过学，不用英语就显不出她去过外国。"

"不合时宜。这是为申办奥运办的晚会，并且是在中国的土地上，放那洋屁，八亿农民能听懂的有几个？"

"重要的是要有奉献精神，有这种精神也是好的。"

"你闻到没有？"我说，"某些人总想装成洋人的样子，但放的屁总有股大葱味，不是那种吃了生牛排的纯正狐臭味。"

南艳终于忍不住被我的话逗笑了。

我那时候突然想到了南艳的那位同学麦娜做作的洋架子，觉得也很可笑。南艳就说麦娜原来叫麦建红，后来改成麦娜的，初中时尽抄她的作业，考试时抄不上了就没考上高中不上学了。"其实麦娜人还是不错的，不是你想的那么糟。"南艳说。

我们就在这样的谈话气氛里言归于好。

我想我该注意一下以后的言行了，不然会出现很累人的事情。

南艳的母亲曾问，我志愿兵为什么部队不给分房子？志愿兵不同样是人。

南艳的母亲还曾问过我，志愿兵为什么拿的工资比干部低？发的福利费也低？是志愿兵干的工作少？

我没办法回答，我只能说这是部队，只有这样才叫社会。

南艳的母亲说管什么社会不社会，反正金子又涨价了，彩电又涨价了，什么都涨价了。

南艳的母亲对我说南艳没一点良心，养活大了就不听话了。南艳的母亲当着我的面还流了一通泪。

……

我把自己关在房子里，一根接一根地抽烟，我的嗓子被烟熏得裂了口子，吐出的痰都是血丝丝。

可是我绝对不给南艳提她母亲的话，我觉得我和南艳之间越来越不能说她家的一点话了，一说我就话里满是情绪，她就生气给我一个下不了台。慢慢地就很少去找她了。也不打电话给她，这段时间我自己都感觉到老了不少，有沉甸甸的东西总是压在我的心上，压得我喘气都费劲，最后到卫生队去检查，医生说我是气管炎。

给我检查的医生是刚从地方卫生学校毕业招来的我不认识的一个小伙子，很帅气，留郭富城的两边平均倒的头，穿一身灰白色的球衣。我最先注意到了他胸前球衣上印的那几个字"千万别爱我"，我琢磨不出他为什么穿有这几个字的衣服，不知是什么意思。我想不通这个小伙子这么幸运被招到部队当医生，过几天命令一下来换上军装就是少尉军官了，却在踏入部队的开端给自己胸脯上题了这么一个警告，我真不明白。我就问小伙子这衣服上的字是什么意思？

小伙子看了看我，猛地转过身，我就看到了他背上的五个字：因为我没钱。

这倒是实话，大实话。

在我很苦闷的时候，南艳的同学麦娜直接来找我。

这个麻子姑娘心肠还真不错，虽然她改成了洋名字爱用一些洋动作。她还主动提出借给我一万块钱，她说她不忍心看我这样下去，是真心帮我。

开始我一听还真感动，我说我会付利息的，就这还真没第二个人这样帮我的。我在麦娜面前无法控制地流下了一串压抑了很久的清泪，我被她的诚心所感动，我实在无法使自己不流泪。我看到麦娜放在我桌上的那一沓钱，心抽动得厉害，我摇着头任泪水四处飞溅，任我的苦闷随着泪水溅出许多湿湿的斑点……

要不是麦娜的那句话，我就不会产生别的想法，一个被苦闷压抑得太久的人好不容易有一个突破口是很能被迷惑住的。

麦娜说了句："这钱不用你还，因为我和南艳的关系，这是给南艳的嫁妆。"

我奔涌的感情一下子被麦娜的这句话闸一样地卡住了，我愣了愣后，随即擦干了脸上一钱不值的咸水。我要麦娜马上拿上钱走开。我不要这种变相的帮助。

我再也没有去找南艳。

我试图从心里抹去南艳的影子，可越想抹去却越清晰。我就在气管炎的哮喘中狠劲地抽烟。

我是被急促的电话铃声吵得实在心烦了才抓起话筒的。我吼了一声："找谁？"

"找你！"电话里说。

我听到的是一个熟悉亲切的声音，但我故意问："你是谁？"

"你知道我是谁。"南艳说，"麦娜是好心，可我没想到她去找了你。"

我说："那得谢谢你，是你让她抄作业抄出的这份深厚友谊。"

"你别这么说好不好？"

"我就这么说又怎么了？"

"我……"

"你不要再说了，答案很明确。"我说，"你以后不要再来找我了！”

　　我的泪水喷涌而出，溅在了电话上。

　　"为什么？"一个颤抖的声音问。

　　"你知道吗？"我说，"今年秋天流行一种运动衫，就是灰白色的那种。"

病中逃亡

他们是在天快黑的时候相遇的。起初他还以为是那些人追上来了，一种比饥饿更可怕的恐惧感涌上心头，如果被他们抓住，他们非把他撕成碎片不可，因为他背叛了他们，把他们现有的沙金全部裹上逃了。他看到那个黑影越来越近，恐惧使他的全身都在颤抖，心已经脱离了他的肉体，呼吸变得急促，他觉得身边的空气也暗含着危险，恐惧像张网似的将他罩住，他不由自主地伸出双手推挡着，似乎真的有一块黑网在收紧。

那个黑影走近了，才发现这是一只狼。他长出了一口气，心回到身体里，"是狼，原来是狼！"他在心里暗暗叫着，就不怕了。只要不是人，他就不怕，狼当然也很可怕，但它毕竟是狼，没有人那么可怕。他把恐惧暂时搁在身后，心里盘算着怎么来对付这只狼。

　　他从一个困境里逃了出来，他没有办法，他不逃走，就只有死。他已经患上了严重的矽肺病——淘金者最容易患上的病，这种病呼吸起来整个胸部都像要撕裂似的疼痛。在此之前，已经有四个淘金者被这种病折磨得死去活来，躺在地窝子（淘金者住的地方）等死了。那些没有患上矽肺病的淘金者，就在他们鼻子跟前不停地晃动箩筛里的沙金，使沙金里的矿物粉尘刺激他们的鼻子，病情加重，越发咳嗽得厉害，呼吸更困难了。他们把自己的胸口抓得稀烂，最后血淋淋地先后毙了命。就这么残酷，在活着的这些淘金者心里，多死一个人，就少分出一份沙金，自己可以多得一点沙金，在天气趋向深秋，正向冬季逼近的时候，他们的这种心理就越来越严重了。因为天气一冷，阿尔金山被冰雪封住后，淘金工作就没法进行了。他们只好分了淘得的沙金，各奔东西了。

　　他发现自己也患上矽肺病后，硬憋着不咳嗽，都快闭过气了，他不想叫他们知道自己也患上病了，把他早早折腾死。他看着那些没有患病的淘金者残酷的目光，心想着为什么他要死呢？他死了，留下自己用血汗换来的那份沙金，叫他们吞没了去过好日子，他不甘心！他不能就这样等，尤其是看着这么多的沙金，含恨死去。他想到了逃跑。这个念头与其说给了他勇气，不如说给了他坚韧自持的想法给了他改变这种现状的决心，使他发现并利用了他们的粗心大意。他动了想全部裹走沙金的念头，他想只有带上这些沙金逃出去，找个地方治好自己的肺病，才能有生存的可能。他们还是发现他患上了矽肺病，又用沙金折磨他，对他没存一点戒心，想着反正他也不会活多久，让他多看一眼沙金他也不会带到阴间去，他们没想到他会逃走，他一个重病的人，能逃到哪里去？再说阿尔金山这个地方又大又荒凉，逃不出去的。

可他还是逃了，只要有一线生的希望，他就要争取。他不能抱着金子等死。他在一天夜里趁他们睡熟的时候，背上那半袋子沙金，逃了出来。他先恐慌地逃了一夜，天快亮的时候，他找了个废弃的地窝子，用细沙子把自己埋起来，只留着半个脸和两个鼻孔在沙子外面用干枯的茅草盖住，可以透气。废弃的地窝子里洞穴般晦暗，往日住人的地方积了一层薄薄的尘埃，隐约地散发出令人窒息的霉腐气味；他一整天都没敢睡着，他怕自己睡着后，呼噜声引来追寻他的那些人，他一个劲儿地硬撑着，直到天快黑的时候，他才认为危险不是太大了，就睡了一阵儿。

他睡了不到两个小时，刚到天黑透，他便醒了。他裹在一堆细沙子里，像睡在柔软的棉被里，很舒服。他感到休息得很好，像是连续睡了八个小时似的。这是一场意料之外的睡眠，因为他根本没期望能够入睡。他穿上没有系鞋带的鞋子，腋下夹着那半袋沙金，脚试探着在看不见的沙地走了几步。他走在黑黑的夜色里，空气冷冽洁净，他深深地吸着气。

他透过地窝子顶端没装窗板的天窗，看见黑透了的天空，深秋的天穹上苍白的星星，感到很亲近，他终于逃出来了，不管结果如何，他的病能否拖延到他逃出阿尔金山，找到一条生路，他终于脱离了那种抱着金子等死的痛苦。

可现在，他又遇上了一头狼。

天黑透了，深秋的夜晚很寒冷，他全身冷得发抖，那只狼一直跟着他，跟了他有好几个小时了。他往前走一步，它也往前走一步，他停下不走了，它也停下了，像一团黑色的鬼魂一样，始终和他保持着六七步远的距离，飘荡在他的周围。他的心里再一次充满了恐惧，他原想着狼没有什么可怕的，他毕竟是个大活人呢。可现在看来，他的想法有很大的问题，就从这只狼前前后后几个小时跟着他的劲头上，看来它是轻易不会放过他的。

他和狼之间拉锯式的抗争，使他很恼火，可他又拿它没有办法，他曾试图赶跑它，他以人的凶狠劲去追赶它，它却一点都不怕他，只是象征性地往后跑了几步。他不能追了，因为他的呼吸越来越紧迫，胸口一阵一阵地疼痛，矽肺病不容许他有那么大的劲去追它。狼也就停下，他往前走，它就跟上。弄得他没一点脾气。他有些疲倦了，逃出来后的恐慌和疲于奔命的辛劳，使他很困乏，又和狼较了这么长时间的劲儿，他确实累了，此时他站着都能睡着，但他强忍住，不敢睡着，一旦有点闪失，他就会丧命于狼口。这多么可悲，他好不容易才从死亡线上逃出来，如果死在一只狼的爪下，那可太亏了。他绝不能屈服于一只狼。

可这一夜不好熬啊。

他闭上眼，谨慎地养着疲惫的精神，他咬着嘴唇，强忍着，尽量不让沉重的疲倦把自己压垮，但疲倦的感觉却像潮水一样，一浪比一浪高，凶猛地冲击着他，有时他快被这潮水淹没了，进入昏迷状态，他不甘心就这样白白死掉，就奋力与自己抗争，生存的意志最终战胜一切，使他一次又一次地从潮水中探出头颅。

在恍恍惚惚之中，他沉重的目光里反复闪烁着狼一双绿幽幽的眼睛，昏黑的夜色里，只有狼的眼睛像地狱磷火一样提醒着他，危险就在他的身边，死亡时时刻刻都在威逼着他，随时都有进入到另一个世界的可能。

有一阵子，他实在撑不住了，有几次他的意志轰然倒塌，他的心已滑向黑洞洞的深渊。他绝望了。也许这里面包含了自暴自弃，饥饿和寒冷，再加上生命的危险，那种生的渺茫又迫切地压迫着他，他难以掩盖自己被恐惧折磨的真实绝望。他似乎在这个夜晚感知到了这是他在人世间最后一个夜晚了，他泪流满面。

泪水像一汪残酷的污水，淹没了他心中若明若暗的已经非常脆弱的火焰。他终于昏睡了过去。

不知过了多久，他又有了知觉，他听到一种紧迫的喘息声，这是他非常熟悉的也是所有在阿尔金山矿区淘金者熟悉的喘息声——矽肺病患者特有的呼吸。这种呼吸不同于其他的呼吸，声音里透出撕皮扯肉的吱啦声。这是一个重大的发现，它——这只一直咬着他不放的狼也患有矽肺病。这一发现使他一下子从死亡线上看到了生存的曙光，他被这种病所发出的声音冲击得一下子来了精神，他静静地听了一会儿这个现在听起来倍感亲切的声音，喘息声就在他的耳边，同时他感到一条粗糙的干舌头像砂纸似的碰到他的脸面上，正准备将他不太平整的脸打磨一番。

生命的意志支配着他，生的希望唤起了他抗争的劲头，他突然想跳起来，抓住狼的脖子把它扭成麻花，然后扯断。但他没有跳起来，也没有抓住狼的脖子，他没有这个力气了。这样的行动必须得有足够的力气，可他的肺部像要从他身上撕裂开似的，致使他没有能够去按自己的意志行事。他喘着粗气躺下。突然间，他想到了对付狼的办法，这个办法使他心里有些舍不得，但为了生存，他咬了咬牙，还是解开了身上的沙金袋子，伸进手去，用三根手指捏了一小撮沙金，想了想，手指松了松劲，让沙金流出一些，才捏出一小撮沙金，狠劲向狼的脸上撒去。

这一招果然起作用，沙金的粉尘呛了狼的鼻子，狼被刺激得大声咳嗽起来，喘着粗气，从他身边逃开了。

他胜了。他为自己小小的胜利而高兴，也为自己失去一小撮沙金而惋惜。只有淘金的人知道，那一小撮沙金需要在水里淘洗多少筐沙子用上几天时间才能得到。所以，狼被他用沙金赶跑了，他又心疼沙金了。

这只病狼的耐心确实叫他佩服，不过他已经有了比它更胜一筹的耐心，也有了对付它的办法。好长时间，他一直躺着，与寒冷与疲倦与病魔做斗争，更是与这只病狼暗暗地比较着耐心。

他就这样和那只狼熬到了天亮。

天一亮，他就从地上爬起来，全身冻得直发抖，不但呼吸更加憋闷，又开始咳嗽了，并且是一咳嗽起来就没完没了的那种，像那些死在淘金点上的同伴，全身上的劲都用在咳嗽上了，他这才感觉到自己已经没有多少力气，一夜晚生与死的抗争，疲倦和病魔已占了上风，又加上一夜的寒气已把他向矽肺病的深处更推进了一步。

他扭头看了看蹲在不远处的那只狼，它正望着他，虽然它还在咳嗽，但它比他精神多了，一副比他镇定的神态。他从它的目光里似乎看到了它在嘲笑他的这副样子。他很狼狈吗？他在心里念叨着。"我还不至于在一个狼面前，比它更狼狈吧？"

他这样自问着，仔细打量自己，自己还是逃出来时的原样，至于脸的表情，他看不到，但他能感觉到自己的脸色一定很难看，病成这样，又没有休息，在寒冷中折腾了一夜，能好看吗？

好看不好看都不要紧，要紧的是得赶快离这个地方，因为这只狼盯上了他，他已经顾不了白天不能露面的危险，预感到离他们淘金的那个地方已经很远，相信他们也不会追到这里来了。但要活命，就非得逃出阿尔金山，到有人住的地方才能找到医治矽肺病的人，他才有救。

他的身体已经不容他像前两天那样奔走了，饥饿像一只粗大的手紧紧攥住他的身体，还有病魔，他走得非常艰难，气喘得越发急了。那只病狼跟着他，一副要和他不拼到底誓不罢休的执着劲头，叫他又平添了不少恐慌，所以他就更加费劲。那只狼几次都在跃跃欲试，想尽快把他扑倒在地，他用沙金一次又一次地击败了狼的进攻，想尽快摆脱掉这只狼。

可他一时很难摆脱掉它。他只有和它拉锯似的干上了，这样的斗争使他很费力气。一到夜晚，他简直要撑不住了，他惧怕夜晚。但他又逃避不了夜晚。

这天夜里，他实在撑不住了，终于一头倒在荒滩上，迷糊过去，并且噩梦不断。

这时，不论是在梦里梦外，他一直沉在其中，听那断断续续的呼哧声，忍受着那砂纸样的干舌头舔着自己的脸。

清醒过来后，他才感觉到自己的右手已经不能动了，他抽动一下却抽不动，像被什么东西卡住，随即右手整个胳膊都麻木了。他挣扎着扭头看了看，发现是狼咬住了他的手，但它咬得并不狠。它也没有了能咬碎他胳膊的力量了。可它用上了它的全部力气，咬住它已经等得实在等不下去的猎物。他也等不下去了，他还想着用这只病狼身上的肉来填充饥饿的肚子呢。他使出所有的力气，连吃奶的劲都用上了，用左手摁住病狼的下巴，两根手指去捏它的喉管。病狼的嘴终于松开了他的右手，他把麻木的手抽回后，过了好长时间，待右手恢复知觉后，他两只手卡住病狼的喉管。病狼的力气也快耗尽了。他费了好大的劲终于把病狼压在身下，他却再没有力气也没法把病狼掐死。他就用牙去咬住狼的喉管，也只咬了一嘴的狼毛，没有把干瘦的病狼咬破一点皮。他已经累得气都喘不匀，那种疼痛压迫的呼吸几乎要了他的命，他心想着再不敢这样用劲了，否则，他真会成为这只病狼的食物。

病狼也一样，没法把他变成一堆食物，它也饿得快撑不住了。

不知过了多久，他缓过劲来，饥饿迫使他想上前咬上几口病狼，填充他饿得已经没有多少知觉的肚子。可他发现狼也恢复了一些体力，它看他的目光里，和他有一样的渴望。他便在它的目光里打消了这个念头。最后，他还是掏出一小把沙金撒向狼，才把狼从他的身边赶走。

为了活命，他艰难地从地上爬起来，打算继续往前走，只有往前走，才有一线活着的希望。

那只病狼又跟在他的后面，摇摇晃晃地走着。

看来他想甩掉它，是不可能了。在这茫茫荒原上，没有一点存在的生物，不盯着他，就只有死路一条。

走了不知多长时间，他晕晕乎乎地看到前面有一些突起的物体，这个发现给他注入了一线生机，他一下子来了精神，他想着只要接近那个物体，不管能找到点什么，他的生命就有保障了。如果有个人什么的，他可以求助人，就完全可以甩掉这个病狼，有可能还会把它打死，解自己的心头之恨。他这样想着，跌跌撞撞地向那个物体冲去。

走到跟前，他才发现这是一个小木屋。

小木屋正对着刚刚升起不久的太阳，里面除过一屋子的空气，还有从门洞里漏进阳光里的灰尘，什么都没有。他在木屋的周围找了一圈，连一点牲畜的粪便都没有找到，在这里，唯一能找到的是别处没有的杂草。深秋了，已经枯黄的野草沾着沉甸甸的露珠，他的鞋很快湿了，鞋皮冷冷地粘在脚上，湿漉漉的草叶像柔软的冰条刺着他裸露出的脚腕。他的呼吸急促起来，拔些野草填到嘴里，费劲地嚼了嚼，枯黄的野草连一点汁水都没有嚼出来，他大失所望，沮丧地坐在草地上。

　　坐了半天，他还是起身准备走，他知道这样坐下去不会有什么结果，只有把自己往死亡的线上推进些。

　　他离开小木屋时太阳已经挂在中天。他回头看了看身后的小木屋，毅然决然地走了。那只病狼像他养的一条猎犬，很听话地又跟上了他。

　　这一次他背对着那幢房屋向反方向走去，这个方向看上去有些牧草，他想着只要沿着有草的方向走就能找到人。他的鞋子和裤腿很快被灰色的露水打湿了。他停住脚，小心翼翼地把裤管卷上膝头再走。草地越来越稀了，露水不那么重了。他放下裤管，又走了一会儿，来到一处小山谷。他看到这个山谷没有什么奇特之处，他抬头看了看天，看见深秋炎黄的天空静谧地展现在他眼前，像一条长廊，一张挂毯，渐渐成为一幅明暗对照的素净画面。他站在那儿，仿佛炎黄天日像一只四脚伸展、困倦欲睡的猫在懒洋洋地端详研究着他。他受不了天日这样看着无辜的他。他便沿着沟壑往下走去。

走到谷底，他在乱石中终于看到了几根破碎的骨头，他惊喜地蹲下身，把骨头捡起来，来不及多想，就把骨头含在嘴里，拼命咬紧骨头，牙齿咬不动，他也没有能咬碎骨头的力气了，他用劲地嘬吸着。吸了半天，也没有吸出一点能充饥的东西来，可嘴里有了这些和食物有联系的东西，他心里还是踏实了不少。于是，他回头看了看那只饥饿的病狼，它正用贪婪的目光看着他咀嚼的嘴巴。他有点怕，怕它扑过来，与他抢这些骨头，他停下嘬吸，正在咀嚼的下颚也不再转动，把含在嘴里的骨头吐到手上，他盯着手中已被口水浸湿的骨头，眼光一片茫然。他四处瞧着，突然间目光被几棵野草紧紧抓住。这种野草叫荨麻草，叶茎上有毒刺，稍有不慎碰上它，就会全身红肿，痒痛不止，虽然死不了，可也够受的。他曾亲眼见过一个淘金者碰上了荨麻草，不一会儿就全身浮肿，痛痒得他欲死欲活，受尽了折磨。他看着这几棵已经有点枯黄的荨麻草，脑子里闪出了一个想法，他想把那只狼引来，让它碰到荨麻草上，用毒草治它。有了这个念头，他就小心地从荨麻草旁边绕过去，然后大声咳嗽起来，装作犯病的样子，一边咳嗽一边怪叫，似乎病情已经到了最后的时刻。这样折腾了一阵儿，他一头栽倒在地，慢慢地装成连喘气声都变得很微弱了。他伏在地上，屏声倾听不远处病狼的动静。不一会儿，他听到狼已经向他这面走来，看来它快上当了，只要它走过来，碰上那几棵荨麻草，它就完蛋了。他心里一阵窃喜。狼的脚步声越来越近，它似乎快走到他的身边，仿佛钻进了他的体内。他因为激动，脸上没有了血色，全身能够流动的血液都抽光流尽了一般，他静静地伏在地上，谛听着，感受着难以安抚的身体里巨大躁动，即将成功的喜悦一下子攫住了他的身心。

最终，他还是失败了。那只病狼比他狡猾得多，它走近他时发现了有剧毒的荨麻草。这种毒草在阿尔金山，连牲畜们都是绕道避开走的，狼也不例外。它在毒草跟前站住，识破了他的诡计，并且绕过毒草，怒冲冲地向伏在地上的他扑了过来。

他听到了风声中的危险，急忙撑起身子，慌乱中从袋子里掏出一把沙金，向病狼撒去。狼避开了，倒落得他自己被沙金呛得咳嗽不止。他后悔及了，不但没有引狼上钩，反而呛得自己喘不过气来，还折了一把沙金。这一把沙金还不少呢，他心更疼。咳嗽使他上气不接下气，他心里恐慌了，怕这会儿那只狼冲上来，他可很难顶住了。

这次，不再是他身体上的恐慌，而是来自自然界的一次突然冲击。

天空突然间就被乌云覆盖住了，一阵狂风骤然刮起，沙尘和着草屑将整个山谷搅得乌烟瘴气。他被风沙刮倒在地，还没有来得及擦一下风沙迷住的眼睛，就听到几声尖厉的响雷从山谷滚过，随即而来的是几道闪电划开黑乎乎的天空。雷鸣闪电过后，天空下起了黄豆大小的冰雹。

冰雹砸在他的头上、身上，像敲打在一面干硬的皮鼓上，发出咚咚咚沉闷的响声，他根本感觉不到疼痛，只有恐惧。他心想着他可能进入了人们传说的阿尔金山那个恐怖的阴阳谷，如果真是阴阳谷，恐怕这次是劫数难逃了。一种危险向他当头袭来，就好像有一片阴霾罩向他，他的心快从嗓子眼里蹦出来了，他的血液也变得冰冷，额头上冒出了细密的热汗，他绝望到了极点。慢慢地，他就被这种声音震得昏了过去。

他醒来的时候，天已经晴了，并且有了黄黄的阳光，他冰凉的身上还感受到一丝温暖。他的思维还没有完全回到现实中来，还没有弄清他怎么就睡在了这么一个地方，唯一给他留下记忆的就是一身黏黏的湿水。他动了一下，想爬起身来，可他没能够爬起来，有个重物压着他的一条胳膊和一条腿，他用另一只手推了一下这个重物，竟没有推得开，他凝神看了看这个重物，发现自己一直搂抱着狼。他大吃一惊，缓过神来，才明白自己的处境，他正陷入生与死的深渊之中，还与一只一直想把自己当成食物的病狼搂抱在一起，这简直太可怕了。他回想着大概是在雷电交加的风雨中，他和病狼不知不觉地就搂在一起了，颇有点相依为命的意思。叫他更不可思议的是，他和狼还在风雨中互相依赖着取暖，他刚醒来时，还以为他得到了太阳的恩泽呢。

太阳怎么会给他温暖呢？

他这么怀疑起来。使他感觉到一丝温暖的倒是这只一直想把他当作食物他也想把它当作食物的病狼。这时他身上有了一股蠢蠢欲动的力量，有一种惊跳的冲动，想与这种生存的危机抗争了，但是恐慌还是没能使他有力气完成他的抗争。他的全身痉挛似的扭来扭去，像害了严重的疟疾一样颤动着，他的胸部憋得快胀破了，他发出一声沉闷的哀叹。他没能推开它，却感觉到它身上的热量是那么充分，他像抱着一个火炉，刚被雷雨浇灌过的他太需要热量，需要这份温暖了，他干脆就抱着病狼，先把身子暖热再说。

他越来越觉得自己怀里的病狼有些发烫，到了后来，他紧贴着病狼的这部分身体都受不了这份热，他才挣扎着要把病狼推开，可费了好大的劲儿也没有推开，只是抽出了自己被压着的胳膊。他撑起身子，看着病狼歪在一边的脑袋，他发现狼的呼吸已经很微弱了，它的鼻孔绷得紧紧的，涨得发白，为了出气，它全身都在一齐扭曲用劲，它的眼睛半闭半张着，偶尔硬撑着看他一会儿，目光里全是恐惧，可它还是作了一番垂死的最后嚎叫。叫声很微弱，他一点都不惧怕，还伸手在狼的额头摸了摸，它的额头烫得搭不住手。它正在发高烧呢。

他心里掠过一阵惊喜：这回他有救了！来自狼的威胁基本上没有了，这只狼已经奄奄一息，并且他还可以放心大胆地吃到狼肉，填充他生命需要的食物了。他望着出气已经非常困难的病狼，说了句，我们两个熬到现在，还是我熬过了你，看来只有你充当我的食物了。

说完，他俯下身子，张嘴去咬狼的脖子。他确信自己是用上了全身的劲，可他竟没有咬破狼脖子上的肉皮，反而累得他喘不过气来，便换个地方，咬狼的肚子，也没有咬破，再咬狼的背、腰，都没有成功。

难道自己病成这样，就是把食物放在嘴边，已经到没有能力吃下去的地步了？

他又试了几次，都没有成功，他沮丧地伏在狼的身上，喘了一会儿气，他感觉自己喘气越来越困难。

他彻底绝望了。

时间一长，他已经不感到奇怪，时间、白昼和夜晚，对他来说都已经失去了意义，似乎在眼皮开合眨动之间，既可以是白昼也可以是夜晚，毫无规律可言。他也搞不清楚什么时候从白昼就到了晚上，从夜晚又到了白昼，什么时候发现自己睡过一觉而不记得自己曾经睡过，或者发现自己睡着了也在行走。有时候他发现，一夜紧接着另一夜而没有白昼的间隔，中间没有看到阳光的影子，有时则是一个白天接着一个白天，他在不断奔逃的过程中，中间没有夜晚，没有早晨和黄昏。有时候他在恍惚间根本不知道自己的眼睛是睁着还是闭上的，还能不能看到下一个白天或者夜晚。他为自己处于这样的境地而伤心地流下不少泪水。

有天晚上（他确定是晚上），他觉得自己非常奇怪，躺下准备睡觉时，却感觉不到丝毫睡意，似乎没有睡的必要，像他的肚子一样，没有了饥饿的感觉，他没有了吃东西的欲望，他弄不明白是怎么回事。他却越来越想知道自己逃出来有多少天了，他努力推算着日子，迫切想弄清楚今天是哪一天，他越算越糊涂，越算越不清楚，他进入一种半昏迷半清醒的状态之中。

他抬头望了望这条山谷，山谷往前伸去，无声无息地伸去，在他看到的地方，山谷里的每个地方都一模一样，没有一处能使他看到希望的地方。一切运动都止息了，天空变得澄澈，发出浅蓝色清冷的亮光，来自初冬的寒冷使他的心脏里充满了寒意。四周静得吓人，连听到自己微弱的呼吸声都会使他生出惊恐不安来，他像一个活着的尘埃在阴阳谷里飘浮着。他意识到自己的生命已经和一只进入冬季的苍蝇差不了多少，他心里像这条山谷一样一片空虚，他回想着自己这么多年来一直充当的淘金者的角色，到头来却患上了可怕的矽肺病，他逃离了那种面对金子等死的困境，可现在又处于更可怕的另一种处境。看来他命中注定要难逃此劫，命丧阿尔金山这个含有金子的黄金路上了。他腰里还绑着半袋子沙金，这些对每个人来说都是很贵重的东西。可这是害人的东西，害得人人都把它看得比命重要，到头来，它对即将垂死的生命，又有什么用？

他的泪水艰难地涌出眼眶，他边流泪边从腰上解下装着沙金的袋子，打开袋口，他伸手进去，像摸到一堆冰凉的蛇，他的心像沙金一样潮湿、冰凉。这些珍贵的沙金对于身处绝境的他来说，一点儿也派不上用场了。他突然对沙金生出了彻心彻肺的愤恨。都是这个东西害了他。他一把一把地把这害人的东西抓出来，像抛撒一把把阳光的碎片似的，抛撒到眼前的山谷里。他周围的山谷里顿时变了模样，天上的太阳光照射下来，阴阳谷里一片辉煌。在他眼前，果真出现了一条黄金铺成的路来，黄灿灿地诱惑着他去走呢。可他已走不动了，沙金的粉尘虽然被雨水浸湿，可还能刺激到他的肺部，他大口大口地喘着粗气，他生命的呼吸已经被矽肺病推到了极端，他眼望着黄金路，只想大哭一场。可他连放声大哭的劲都没有了，他只是干号了几下，像垂死的狼嚎叫一样，再没有了力气，他歪倒在病狼的身上。

走在我身后

现在一切才刚刚开始

我还有时间走到大地的尽头与白昼诀别

像一个孤独的异乡人

加入这如此盛大的加冕仪式

我已忘却自己

我还将继续把谁遗忘？

——引自谷禾的诗《走在我身后》

你的固执会害了你一生。

他不信这句话，觉得说这句话的人，最多是个没有出息的作家，只能写些《走在我身后》之类的文字垃圾，污染少女一般干净的白纸。

他从骨子里轻视这种人，这种人只能使天空更加浑浊，生活没有情趣，所有他爱的人变得没有了秩序，对他这个人是否还能生存下去产生了怀疑。

他还是坚持走了下去，在没有路的荒野上，他的心里装满了路的惨白影子，孝布似的在眼前飘来荡去，诱惑着他走过去，只有走过去，他的心里才能安宁。因为在不久前，他的躯体已被一个人当作尸体焚毁，虽然燃烧的只是照片上的他，可他已感到那种烧灼灵魂的疼痛，他走到哪里，都以为自己是一堆散发着腐味的骨灰。但他的心没有死，总在死灰里扑腾，幻想着找到一方荒凉的净地，然后把自己种在那里，像草一样重生，沐浴春风和阳光。

他挑选了一匹马。一匹白马。本来他不喜欢白色，包括白色的动物。但他还是选择了白马，他信奉"白马非马"的悲怆说法。在他心中，马是神圣的，用来给人坐骑，简直是对马的侮辱，但马浑然不觉，尤其是那些能够展示自己脚力的神骏，被人骑在身下，简直像一个被人轮奸的荡妇，大汗淋漓地舒展在男人胯下，还以为得到了生命的恩泽，非常愉悦地嘶鸣几声，心满意足的样子，叫他看了恶心。

白马则不然，被那些心灵扭曲的人视为没有喜色的不祥之物，弃之荒野，甚至不列入马的行列。其实白马是多么幸运啊，免遭人的作践，像一个高傲的女人，自由地展示自己的风韵。那种魅力，只有马才有。马身上诱人的魅力，常使他热泪充盈，他想圣洁的女人要是一匹马就好了。最好是匹白马。

他选择一匹白马同行，就像与一个魅力纷呈的女人同行，他几近枯竭的心里，充满了甜蜜。所以，他一路走来，脚步轻盈，根本没有跨上马背驾驭它的欲望。他只想与马相伴，去找寻他理想的一片净地。

那里自然是水草丰美，再理想不过的一方圣地。

于是，他与马走进了天山。

天山像人的手指，高低不一，在这里似歇口气似的，就扔下了一个偌大的缺口，沿缺口走进去，是一片开阔地，一眼望不到边的草原。

心里就这般解放了吗?

他的灵魂从烟雾中钻出，就这般永恒地飞翔了? 未承想心里能容下这般浩瀚的绿地，他的眼睛像天上的星星一样，从天山之巅滑落，在草叶间流动，体味着马儿的唇热，带着膻气的鼻息是马儿释放出的激情，煽动得草儿挺立在荒原之上疯了似的生长，为的是在马齿间脆响。

那是他心动的一刻，能够装点他一生的记忆。他一直向往着，自己能是一棵这样的草，哪怕是一棵永远也长不大的矮草，只要能触到马的双唇感受到马的气息，成为马的食物，他就知足了。

他真的很容易知足，在他生活的那个地方，按照常规，他与一切能够交往和不能够交往的人在一起朝夕相处，他够认真的了，正因为他的认真，才导致人对他的轻慢。他在人的周围越来越不重要，有时甚至被忽略，忽略到如一缕轻烟，被那个人用一根火柴头点燃，了却他一生才感到心动的一切，那一切已成灰尘，像他的躯体一样，一天天衰败，四散飞去。

但他的灵魂里永远留下了那个人，就是焚烧他的那个人，因为那个人使他有了重生的机会。不然他还一直沉迷于浑浊的人流之中，灵魂永远得不到安宁。

他是很固执，但他自信没有因为固执而害了一生。因为固执，他才有了出走的机会，毫不犹豫地在芸芸众生的马群之中，选择了这么一匹白马，用他还存活于世的灵魂，准备和这匹白马相伴一生，走向大地的尽头。

这匹马多么好啊！走在他身后，让他觉得他这一生就是奔这匹马来的。

于是，他感谢那个焚烧他的人。那个人叫他思念一生。

他喜欢这匹马，不！仅仅喜欢还不能表达他全部的爱意。那些带着"爱"字的词是多么虚弱啊。

他太想与马为伍了。

马是多么伟大呀，尤其是白马，一生都在展示自身的魅力，连睡觉都是站着，那种洒脱、飘逸，人永远也学不会。所以他才把这匹马当作优秀的女人，只有优秀的女人，才能与马相提并论。至于那些跨在马背上的男女，是多么卑微，多么叫马不可思议，他们以为驾驭了马，其实是马驾驭了人类，因为马把你驮到什么地方，是由马决定的，你用缰绳指定的路线，马是用自己的蹄子一下一下敲击出来的，而不是你能够触摸到的路。

骑马的人太悲哀了。想想你的样子，有多么可怜吧！

他才不愿做可怜的人，他就这样与马交流，他的灵魂达到了真实的极地，他的躯体才属于他自己，尽管不时还有种骨灰燃尽的想法，但那种依附，是那个人给他的。不然，他怎能有来到巴音布鲁克，把自己种进草地的机会。

但他的腿拔不动了。刚才还能行走的脚已经在马的注视下，淹进浓密的草丛，因为马的眼神，他的脚底钻进了泥土里，刺刺啦啦地长出一蓬蓬粗硬的根须，扎进了土地的深层，他像棵草似的立在了草丛之中，稳稳地开始生长了。

这是他要达到的目的，可一旦达到了，他才有了一种失落感。这么多的草，哪一棵都比自己挺拔，哪一棵都比自己芳香四溢，他是那么普通，他再有情，也得有马钟情于他呀！

他沮丧地望着马，其实马也一直注视着他，并且张开温热的双唇，正期待着他的滋润，它的两排白齿，正干渴地分离着，像剥蚀了的白骨，多么地诱人。

它喘出来的气息，灼热而烫人。他能感受到那种烘烤身心的疼痛，自从那个人焚烧了他之后，他对这种疼痛的理解，只限于扑进一汪清澈的水中，使自己的灵魂与水接触，把烟雾拒之水外，让燃烧的心灵在水里熄灭，保留一个还能完整存活的跳动。

快点，水，来救我吧！此刻只有水才能够把他救活。水在哪里？所有的水在那个人的手里，那个人却无动于衷，任黑色的火焰吞噬着一个可悲的生命。那个人，真能狠下心！你再对别人有成见，也不能不施舍一点一滴的水，就让他毕毕剥剥地在你面前烧毁，他有什么罪？

他在你心里，留不下一点痕迹，你这样做，他能重生为一个真正的人吗？

他应该找到水，送到那个人手里，那个人完全可以救他一回。

他环顾四周，发现不远处有一条闪着蓝光的水流，原来水离得这么近，就在眼前，它看不到吗？那个人对水的感情超过了一切吗？水对那个人来说，比他还重要吗？

他不能再想，他已经全身灼疼，再没有水，他会干枯，化为灰烬，连那颗他想保全的心也要成为一缕轻烟了。

那边有水，这还不够吗？一条河，足以烧灭一团微不足道的火焰。

你没看到吗？那条河叫开都河，是一条永远流不尽的开都之河！

他拔出双脚，血和汗水使他疲惫不堪，但他一点也不想做短暂的休息，他拖着双腿，像带着锁链的逃犯，一步一步地向开都河走去。

开都河是一条随心所欲的河，沿着草地的低洼处，弯弯曲曲地从巴音布鲁克草原上流过，这是一条永远不会枯竭的生命之河，它是天山的精血，给大草原的青草茎叶间输送了第一粒阳光。

他回过头，想唤马过来，汲取这纯净的河水，可马站在原地，只用忧伤的眼神望着他。

他理解马的心境，它不是无情，它太疲惫，在纷杂的尘世里，它的痛楚也不比他被烧烤着好到哪里去。

那个人简短的经历，使他万分怜爱。他愿汲取河水，交到那个人的手里，那个人或许需要这种水，才能拿定主意，要不要救下他的灵魂。他用什么来盛水呢？他一眼就看到了一双靴子，好像是上天故意放在河边，专等他来用的。他没有多想，抓起靴子，弯腰把靴子浸到清亮的河水里。平静的水面惊出两个蓝洞，将靴子吸了进去，靴子发出畅快的欢叫声，呻吟着喝起河水。这种声音叫他兴奋，心里的疼痛不见了，只剩下一种想向这种声音逼近的劲头，以致靴子喝饱了水，他也忘了他要干什么。

这时，一个蓝色的影子像精灵一样飘然而至，轻轻地落在他的身旁，他一点也没有感觉到。直到一个声音似从蓝色的河水里钻出来，柔软地飘进他的耳朵里，

他才从梦中醒来一般，惊得差点丢掉手中的靴子。

是你拿了我的靴子？这是一个女人的声音，嗓音甜美得像马奶子酒。

他站起来，从河水里拔出一双湿淋淋的靴子，站在这个女人面前，这个女人美丽无比，眼睛圆得像马的眼睛，就因为这双眼睛，他才觉得她很美丽。

一袭白得泛着蓝色的长裙，把她的体态充分地展示了出来，他不敢再多看。他心慌慌地跳着，结结巴巴地说道：

我只想用这靴子盛些水送给我的白马。它需要水，它要用水做一件非常重要的事。

你的马要饮水可以牵过来到河里饮水，我的靴子不是用来盛水的。

对不起，它不是要饮水，它要用这水去浇灭一团火焰。

什么火焰？

就是正在焚烧我的火焰，我还在燃烧，只剩下最后一颗心了，再不把水送过去，我就连心也烧成灰了。

女人笑了一下，表情生动起来：

你这个人真有意思，你自己烧着了，可以自己用水浇灭啊，何必要把水送给你的马呢？

我自己救不了我自己，能救我的，只有我的马。

我倒乐意帮你。

你不能，你不是我的马！

女人失望地甩了甩手，四周看了一下。那么，你的马呢？它现在在什么地方？

他用提着靴子的手指了指，说，它在那面，它因为伤感已迈不动步了。

女人向那面使劲看了看，没有找到马的影子，不相信地又到那边去找了找，很快她就返回来了。她来去的速度非常快，不像在地上走倒像在草尖上飘，轻得像一缕微风。

这里没有一匹白马，连马的气味也没有，你这人怎么能这样哄人呢？

我没哄你，它就在那里，正等着我拿水过去呢。你别和我说了，我要过去了，不然它就不高兴救我了。

说完，他提着两只滴着水珠的靴子，来到了白马跟前。

白马的眼睛亮了起来，那种光亮使他忘记了所有的疼痛。他将两只装满清水的靴子递过去，说：白马，你如果认为有必要的话，就浇灭这团火吧，我想留下一颗心。

靴子被接住了，他的两只空手还举在空中，他激动得都不知收回来了。他心想那个人焚烧他，为的就是烧掉他多余的躯体，只留下他的心，让他从这颗心开始，重新长出一个躯体，能够使那个人看到的另一个他。

他等待着，等着那种灼烫的疼痛从心底消失，让另一种温暖包含住他这颗孤独无依的心。

他抬起头，万分悲伤地看到，在他的面前，根本没有一匹白马存在，至于那两只还在滴水的皮靴，正真实地提在女人手里，她用非常贴近的目光深情地注视着他，要看透他似的，叫他无法忍受。

他失望地低下了头颅，感到那种灼疼正在迅速地啃啮着他的心。他绝望了。他对一切已经不抱任何希望了。这里根本没有什么白马存在，它只是你意象中的唯一希望，你不要再抱有任何幻想。现在能救你的，只有我！

他惊愕地看了一下四周，空荡荡的荒野上根本看不到一点马的影子，甚至连一点能动的生命都没有，除了她之外，就剩下他了。

她是怎么取代了那匹白马的，整个过程他都没有听到一点动静。他应该知道，人和马一到真正的草原上，像踩在地毯上一样，怎么会有声音呢？

　　她的声音在他的耳旁不停地游荡着，现在你该明白了吧，那个焚烧你的人，不是你心中的白马，她能狠心地烧毁你，她就不是你心中神圣的马！

　　不！他大叫道。没有人能够代替那个人，她就是我心目中的那匹马，她幻化为白马，一直走在我的身后，等待着我给她送去能浇灭火焰的清水，拯救我的灵魂。

　　她摇了摇头，痛苦不堪地说：你太固执了，固执会害了你一生，你该清醒了！

　　住口！我讨厌别人说我固执，但我偏要固执，我没有错，她也没有错。错的只是我和她不该同时在这个世上出现。

　　你已经没救了！她竟平静地说。你要冷静下来，好好想一想了，或许你到这里来，碰上我，是你的造化，只有我，才能占据你心中的位置。

　　不！不是！你不是那匹马！

　　我是女人！

　　你是女人！可你不是那匹马！他吼叫起来。

　　不管你怎么想，是我救了你，并且你拿了我的靴子，草原上的人就不会放过你，你就等着吧，天一亮，他们就会为你我举行喜庆的典礼，把你的灵魂同我葬在一起，你得永远陪在我的身边，成为我今生今世永恒的一部分。

远处传来了鸡鸣，如远古的警钟，砸得他向后倒退了好几步，差点摔倒在地。

她上前扶住快摔倒在地的他，温柔地说道：你的身心已弱到这种地步，就不要再折磨自己了，认命吧。我会待你很好的，现在就送你一桶最好的马奶子酒，滋补一下你的身体。

说着，她从身后提出一个奶桶，一股醇醇的甜香味扑了过来，一下子就把他罩了个严实，他头有点晕了。你知道吗，这可是我的奶做的，我就是马。你拿了我放在河边的靴子，就等于拿走了我的双脚，我没有了脚，就不能走路了，我只有飞，像一片即将枯死的草叶，飘来飘去的，只有认定你，才能安宁下来，你喝了我的奶酿制的酒，就伴我一生吧，我是多么孤独啊！

她说完，洒下一串清泪，恋恋不舍地走了。

太阳的光血雾似的倾泻下来，落到草地上，却变成了纯净的蓝色，把偌大的草地染得一片青蓝，蓝得叫他有点晕眩。

透过这片无边无际的蓝雾，他看到从远处的蓝天上，变出一匹披着蓝光的白马，正款款地向他走来，那种从容不迫的姿势，叫他感动得泪水长流。

待白马走到他的跟前，他才看清，这哪里是一匹马呀，分明是那个人，正用迷人的青蓝色眼神，柔柔地望定了他。

还等什么呢？她来接他了，她的神情里没有一点矫揉造作，全是真诚的邀请。

他能说什么呢，一切的一切都是那个人想把她永久地存在心里，才把他烧成骨灰，与他永恒地相伴在一起。他感觉到了，他毫不犹豫地奔了过去。他已经忘记了，他的脚底生出了草根，他像一株青翠的草，带着草根，愿随她到别的清静之地，再次扎根。

雪

　　如果你是外地人，冬天来阿勒泰看风景，你不是神经有问题就是天生弱智。阿勒泰的冬天除过铺天盖地的雪以外，剩下的还是雪。

　　我却在这个冬天雪最多的时候来到了阿勒泰。其实我的神经没什么问题，我来阿勒泰纯粹是为了挽救一个无辜的生命。当然这个人与我有一定的关系，她曾是我过去暗恋过的人，虽然我们最终没走到一起，但我对她一直念念不忘。虽说我的第三次婚姻又快走到了尽头，她们（前几任妻子）一直都用漂亮的辞藻来掩饰最卑劣的情感，使我没有过上一天舒心的日子。其实我不应该计较这些了，她们都受制于一种不可理喻的欲念，才跟我各奔东西的。我目前的现任妻子已经和我开始争抢房子的归属权了，之所以还没有到提出离婚的地步，是因为我们现在居住的这套房子作价处理的资金还差两万多元，谁也不想单独背上两万元的债，只好拖着一起凑合着攒钱还账。以现在的情况来看，我已经看到了这次婚姻的结果，无疑，我已经采取一种放任自流的业余态度。所以，林佳打来电话，声称如果我想见她最后一面的话，就快点来阿勒泰一趟，要不——没有说完，电话就挂断了。我没敢大意，去单位请假。虽然单位领导平时不在乎我，视我可有可无，但一提到请假，他却不准我的假，说年底这么忙不能放你走。其实，我们单位一点都不忙，他们一天到晚都是坐在那里闲谈，如果不是这两年有下岗的紧迫感，他们平时连班都不好好上的。领导不准我假是故意为难我，我说不放我走我也得走，我又不是去看风景，说有人要自杀了。领导显然被我的话暂时唬住了，他没有问我谁要自杀，就准了我的假，但从他的眼神里我已看出他要说的话，他说要是我自杀了那才好呢，等单位到了下岗分流的时候免得叫他头疼。

我当天就赶到了阿勒泰。

我不急不行，林佳在电话上还说，如果当天晚上我不赶到她那里，第二天只能看到她的尸体了。

林佳和我曾是大学同学，我原来暗恋她，后来发现她对我一点意思都没有，就没和她发生故事，但她的脾气我摸得很清楚，她认准的事谁也改变不了，所以我不愿看到她的尸体，不顾一切地赶来了。

阿勒泰的冬天比我想象的还要可怕，一下车，我就被雪包围了，并且冻得快成一根冰棍，才一步一个雪坑地找到了林佳的家。林佳打开门一看是我，一句问候的话都没有，她还是以前那样扭捏着身子，冲着我笑呢。事情总是这样——可是那种远逝的感情上的隐痛依然还存在，就像你明明知道又一时记不起来的古诗词会隐隐约约闪现一样。这倒不是我对自己原来的平淡而短暂的爱恋回忆，会扰乱思想上的平静，而是我这个人旧情难忘，在一次次失败婚姻的教训中，总会认为以前的比现在的要好，这也是接到林佳电话一定要来的重要原因，但一看她的这副样子，我来气了，这哪像个要自杀的人？一点都不悲伤。哪怕装一下也行啊。一个人要对自己不真诚的话，不可能指望还有什么良心了。我用受了愚弄的眼神直视着林佳，她却不慌不忙地拍着我身上的雪说，你也看到了，在这样的雪天我一个人不自杀才怪呢。

　　我没吭声。

　　林佳给我让座后说，你猜猜我刚想做什么？

　　你想说就说，我不猜！

　　林佳笑着说，你还是那样没情调，但你生气的样子叫我更想做点什么。我刚想做的就是抱住你！

　　别来这个，说说自杀的理由吧。我已经不是从前的我了。

　　我老公走了，没有告诉他去哪里，第一场雪下来，他就悄悄地走了。林佳这会儿脸上有一丝哀伤掠过，随即又变得鲜活了。

他没告诉你去哪里，也用不着自杀呀？

我老公——

住口！我打断林佳，别老公老公地，就叫丈夫或者爱人行不行？

我特别憎恶"老公"这个流行的称呼，这个称呼会使我想到配种站的公猪公牛什么的。我的第二任妻子就是因为半途学会了叫我老公，我拒绝接受，让她改口，她不改，我才忍无可忍和她离婚的。

我就叫老公！林佳气呼呼地说，再有几天就进入二十一世纪了，谁还像你这么老土。

我无话可说。不过我心想幸亏当年和林佳没有故事，不然她一口一个老公地叫，像配种站的工作人员，非叫得我和她闹翻不可。

林佳继续说，我老公出走，扔下这一世界的雪，雪厚得能把房子压塌，到处都是雪，我一个人像在雪海里一般。我不自杀，等雪埋了我呀？

就凭林佳的这番话，我对她从前的好感已没多少了，我对她自杀的想法也持怀疑态度了。可我觉得既然这么老远来了，就应该显得礼貌些，便对她说，林佳，你都三十好几的人了，别玩过时的游戏，大家活着都不容易。

谁玩了？林佳生气地说，你们男人都是这样，什么时候重视过女人？光顾自己，我老公那个人不用说了，就说你吧，还一直说我是你的精神寄托，我都绝望要自杀了，叫你来，你还这样说我，谁受得了？

我是说过林佳是我的精神寄托，在我的婚姻一次又一次的破裂中，我的情感一直处于空白状态，精神极度空虚，我给林佳写信说只有你才是我的寄托。

我对林佳说，你丈夫出走，总得有个理由吧？

理由？林佳恶狠狠地说，他这个人从来没有什么理由，一意孤行，从来没有把我放在眼里。

他对你一直不好吗？我问。我很想知道当年看不上我的林佳，是怎么选择了他这个丈夫的。

他呀，把我弄到手后，就原形毕露，换了一副面孔，他懒不说，对我根本不关心，有时根本不管我的存在。

具体点说说。

比如说，我经常身体有病，不是头疼，就是牙疼，不是牙疼就是脖子疼，还有胃疼、胆疼、腰疼、腿疼、脚疼，甚至脚指甲都疼——你不知道我穿的鞋子夹脚，脚指甲就疼。

你丈夫不管吗？

我老公刚开始还管，陪我上医院、买药，后来慢慢地就连问都懒得问了。你说像他这样的男人，我怎么受得了？

你的这疼那疼是经常性的吗？

经常性的，每天都有一处疼，我多苦呀！

噢！你是够苦的。我的第一任妻子的任性和刁蛮就是每天装成可怜兮兮的病人，你顾她吧，她认为你是虚情假意；你不顾她吧，她会悲观厌世，并且动不动就对她父母诉苦，我们逢年过节去她娘家，简直就是去开我的批斗会，我忍无可忍才和她分手的。

你丈夫平时干家务怎样？

干什么家务呀，他懒得连饭都不想吃，平时做个饭，吊个脸，我一看就倒胃口。

一般是他做饭多，还是你做饭多？

他做的时候多，他嫌我做的饭不好吃，几乎不吃我做的饭。

他做饭的时候，你在干什么？

有时给他干打下手，有时我饿了就先吃了。

你给他一块盛饭了吗？

有时盛了，有时就忘了。他这个人怪得很，我忘了给他盛饭，他端来最后一个菜，还总要问我咋没有他的饭。

你是怎么做的？

我就说忘了给他盛饭，我起身要给他盛，他自己已去了。

噢！我的第二任妻子别说给我盛饭，就是她父母来了，她只顾她自己，有时看到她一个人大嚼大咽的样子，一股悲凉的冷气会从我心底升起。

你丈夫有时会对你突然间特别关心吗？

没有！他一直是那样冷冰冰的。

一个男人对自己的妻子突然关心起来，就有危险了。

什么危险？

有了外遇的男人，才会突然对妻子好起来，因为有道德责任感这些东西迫使他这样。

我老公这样的人，他会有外遇？谁看得上他呀，看上他的女人准是眼睛瞎了！

那么你呢？

我算是瞎眼了！

噢！我的第三任妻子也是这么说的，她有时把我简直快比喻成一堆粪便了，说像我这样的人，走到哪里就臭到哪里。她在公共场所说到我时，总是用一种讽刺的完全不以为然的口气。

你丈夫真是这么拙劣，他有到外面去的机会吗？

太多了，他经常出差，有时会很长时间。

他出去时间长了，会给你联系吗？

常打电话。

给你写信吗？

有时写，信不长，也就是那些没用的废话。

你给他回信吗？

不回！回什么信呀？打电话就行了，有时需要给他寄些资料什么的，我也只写个信封。

一个字的信也不写？

不写！

噢！这和我的第一任妻子简直像一个人似的。

你丈夫每次出差回来，都告诉你他回来的时间吗？

告诉。

你去车站接过他吗？

没有。每次，他都说不用去接他。

噢！我的第二任妻子也是这么做的，但她有时还是去车站接人的，当然接的是别人了。

你丈夫每次回到家，你都做好饭在家等着吗？

是在家等着，但没做好饭，我告诉过你，我做的饭他不喜欢吃。

你做了吗？

没有，我以为他吃过饭了，比如在火车上。

一次也没有做？

好像一次也没做，不过每次他回来后都像没吃过饭，然后他自己动手做了吃，我记得也不太清楚。

噢！是这样。我想问一下你们经常上街吗？

一提这个我就气不打一处来，我老公这个人没法说，他是一个没有一点情调，没有一点意思的人，所以我也不要和他一起上街。

他常托你给他代买东西回来吗？

有。

你给他代买了吗？

有时记起来就买了，忘了就算了。

你经常忘吗？

忘的时候可能多些，我这个人记不住这些小事。

噢！这和我的现任妻子简直像一个娘胎里出来的一般。

这些确实算是小事，但什么算是大事呢。我想问一下，你丈夫的生日你记得住吗？

这个……我真记不清楚，我很忙，我老公的生日是什么时候呢？大概……算了，你的问题像审犯人，我不想再回答了，我还要问你的问题呢。

我勉强笑了笑，说，我就问最后一个了，你回答完，再问我吧。

好吧，你问吧。

我打量了一下林佳，问道，你平时注重穿着打扮吗？

林佳大咧咧地笑着说，打扮什么呀，你不是刚说我是三十好几的人了，开败的花啦，还穿那么时髦，打扮那么鲜艳，给谁看呀？

给你丈夫看呀。

他那个人……林佳摇摇头说，他才不会多看我一眼呢，只会埋怨我这不行那不行，他会有心思看我，我还没工夫打扮自己呢。

噢！我的几任妻子都是这样的，有时打扮了也是出去给别人看的。

我不停地点头，随口又问了句，你们没有孩子，你丈夫不想要孩子吗？

是我不想要，我老公可想要个孩子了。

你为什么不想要？

生孩子疼呀！怀孩子累呀！养孩子苦呀！我一直想着什么时候谁能让男人怀孩子、生孩子就好了，让男人也受一下这份罪就公平了。

我点着头，问林佳，现在几点了？

十一点，离天亮还早着呢。

不早了，我坐了一天的车，困了。

一个大男人坐一天的车算什么？和我说说话，我一个人快憋死了，我还有许多话要给你说呢。

我没有吭声。

你问了这么多，现在该我问问你了，你上次打电话说，你的这次婚姻又要走到头了？

是这样。

为什么？

不为什么？

是你又有了外遇，还是你老婆有了外遇？

都不是！

肯定是你想离婚，是不是？

是！

你的心永远是花的，不过这也没有什么错，那像我老公，他想花也没有人会理他的。他那个人……

别说他了！我打断林桂，你想知道你丈夫出走的原因吗？

我当然想知道，不过他这个没良心的不告诉我就走了，我一个人在冰天雪地里，怎么活呀？

你在大雪覆盖的家里，多温暖，你丈夫还不知在什么地方受冻呢？

管他呢，这么大的雪，这么冷的天，他不顾我，我还顾他！我算是看透他了，这阵子我一直在考虑，这种婚姻只能叫人绝望。

所以你就想到了要自杀？

你来了，我打消了这个念头。

我避开林佳的目光，看来我又成了她的精神寄托了。这对现在的我来说是非常痛苦的。通过这样的交谈，我对她费了好大劲才拼凑起来的自杀理由已经很厌恶了，并且我坚信她不会自杀的，她的所作所为已经证明她除过把自己看得太重之外，在她心里根本就没有别人的位置，我这么远不顾寒冷来见她，她连一杯水都没给我倒，像她这样的女人我还是离得越远越好。我站起来走到窗前，窗外是白雪覆盖的城市，现在已经是深夜，这却是一个没法黑暗下来的白夜，叫人看了，这夜晚不像夜晚，是有点不正常，但真正的现实什么时候应该正常呢？我的心情反而平静下来，我想我一直是怎么生活的？我觉得我过去的生活就像在编造故事，一面向前，一面即兴创作。我的意思不是说我不是在说谎，我是说在创造生活。这可是我压根儿不想承认的事。

我说了句：这雪还在下着。

林佳走过来说，阿勒泰这鬼地方，雪能下一个冬天，简直能把人烦死。

这雪是够恼人的，叫人受不了。我说着，心里却想着，真正的现实婚姻就像被雪覆盖住似的，一旦太阳出来，雪融化了，一切面目全暴露了出来，人们一看到婚姻的实质，都有种上当受骗的感觉。这洁白纯净的雪，蒙蔽了多少人的眼呵！

你才来不到一天就受不了，那我还不活了？

我苦笑了一下，问林佳，快十二点了吧。

十二点了，又是一个烦人的雪天开始了。

我到沙发上拿起大衣、帽子说，我该走了！

你到哪里去？林佳叫道，这么大的雪，你是专程来看我的，就住我家好了，我这有地方住的。

不了！

你怕——林佳从内心里以为和我达成了默契，领会了她的含义，并以绅士淑女般的梦想，憧憬着我们的未来，我的回答叫她非常失望(并非痛苦)。

不是！

那你就住下！我这几天想和你说的话还多着呢。

不了。我心想你就饶了我吧，我得忘记过去，过去的会真正过去，我已经够累的了，在这不断失败的婚姻中，我真不知什么是属于我的，我一直在寻找，还是本来就没有实际生活的意义存在？

我去外面找地方住。我说，顺便看看雪景，阿勒泰冬天的夜晚像白天一样。

你——神经病！林佳气呼呼地说。

我固执地拉开门，一股寒气冲了进来。我站在门口，回头对林佳说，我决定明天一早就坐车回去，最后，我想告诉你丈夫出走的原因。

我不想知道！

其实你已经知道了，是你一条一条告诉我的。

林佳望着我。

我没再犹豫，走出门，把林佳的目光留在了温暖的房子里。我走入茫茫的雪野。我就是这样像个神经病患者似的，来看望认为是我的精神寄托人林佳。我的眼睛被扑面而来的雪粒冲击着，根本辨不清方向，我想马上找到一家旅馆落脚，然后赶紧找个吃饭的地方，一天没吃饭了，快饿晕过去了，坚持到现在，我连一口水都没有喝。

整条街道夜深人静，风雪交加，天地也似乎随着狂舞的风雪旋转起来，结了冰的白杨树在头上嗡嗡作响，电线杆上昏暗的路灯咯咯吱吱，它们像生活在婚姻中的人一样摇摇晃晃……

请你多说一句话

芹儿本来从小和他好，但芹儿嫁给了村主任那黑得像漆过一样的儿子。

林拥军那年便当兵了。

芹儿跨过村主任那在村里所有歪歪斜斜、又黄又土的门楼里唯一高大、堂皇的门楼的高门槛时，芹儿回过头在人群中搜寻到他从容地看了他最后一眼从容地走进村主任的家。林拥军便从芹儿从容的目光深处看见了芹儿的那一点自豪和骄傲。

林拥军于是就去当兵了，他想要让将来的芹儿和村民们的目光里饱含着的是他的自豪和骄傲。

现在的林拥军是下士了。现在的林拥军什么也不是了。

林拥军脱下了他那身油腻腻的军装，换上了一直压在床头柜下面的新军装，军装上没有了任何标志。他又恢复了四年前刚发军装时的模样，只是脸上比四年前多了些胡子，在他拿到复员证后，下士林拥军已不是下士了，他是一个平常的人。

那时指导员什么也不说，只是很认真地抽着烟。只是指导员不会抽烟，把烟吸进去没有过滤，就吐了出来，烟雾就显得有些灰白，不像会抽烟的人吐出来的烟有些泛青。

下士林拥军就看着那些灰白色的烟雾，局促不安地坐在床沿上，无法从指导员吐出的烟雾中看到明确的答案，他就静静地看着那烟雾扭曲地往屋顶上升。然后在屋顶汇成云一般慢慢地飘动，他的心也就随着那烟雾动着，静不下来。

"你再考虑一下。"指导员扔掉第三个烟头时说。

"我已经考虑好了！"下士林拥军看着三根烟的烟雾回答。林拥军透过那烟雾便看到一片歪歪斜斜的门楼里那唯一高大、堂皇的门楼。

"你要想好。"

"我不会后悔！"林拥军说，他又看到芹儿那从容的目光里的自豪和骄傲。

"那么，支部还得研究一下。"

"就你一个人，他们不在。"

"还有党员。"

"就我们俩。我还是预备党员。"下士林拥军说这话的时候看着指导员的眼睛，他想从指导员的眼睛里看出一丝像指导员抽烟那样的认真来。

指导员的眼睛也看着下士林拥军的眼睛。

下士林拥军就把目光收回。

"已经四年了，再干一年，说不定能转了志愿兵。"指导员说。

"不转了，还是复员回去吧，回去会有我的位置。"下士林拥军说。下士林拥军很想对指导员说他想当支书，他要实现他当年当兵时的愿望，让芹儿和村人的目光里饱含的是他的自豪和骄傲。

"志愿兵就脱离了农村。"指导员又点上烟，"而且你干得不错，连队需要你这样的人。"

"干得不行，第四年才预备上党员。连队比我强的能人有得是。"下士林拥军说。下士林拥军还想说他也要让村里人的目光里有他们自己的自豪和骄傲，这是他当年不曾有过的想法。

"一定要走？"

"一定要走。"

"那就走吧。"

"那就走了！"

林拥军在临离开这个生活了四年的地方时想去跟张丽告个别，虽然和张丽只是在买卖副食品的时候认识的，但他总觉得张丽这个人还不错，不光是他一直买她卖的副食品使她多得了奖金而对他每次都像春天一样。主要是张丽长得漂亮，再加上态度就让人觉得她这个人很不错。他也想问张丽要一张照片，不仅是留个纪念，主要是他想有一张城里漂亮女孩的照片带回去让芹儿看让村里人看。他要让芹儿让村里人看一下他认识像电影上城里人一样的姑娘，并且是漂亮的姑娘。他想他这样就是创举，在那个被山包围起来的村子里是独一无二的。尽管村主任给自己黑得像漆过一样的儿子娶个白得粉过一样的芹儿做媳妇，可村里有谁与城里姑娘像他林拥军这样打过交道并且还有很漂亮的彩色照片？而且不是村里那些小伙子从画报上剪下来的。不光是这些，他还入了党，入了党就有了他实现自己愿望的基础。他知道芹儿的公公经常给一茬一茬的书记乡长供烟酒也就一茬一茬地当着村主任，但党还是没有把这样的人放在代表党的位置上，他林拥军是部队培养出来的党员，虽然现在还是预备党员，但他很相信自己有能力有资格去胜任村支书，去实现他的愿望。

林拥军在当了三年兵没入上党让他复员时，他死活不复员，因为他没入上党他要求再干一年，他留队后要求去做饭干后勤，第四年他去做饭入了党他就要求复员，他是一定要回乡的。他的目标是当兵入党回村当支书实现他原来的和后来产生的愿望。

其实那天的天空并不明朗，边城的风尘永远使太阳无法明朗起来，只有如雾纱一样的灰尘罩着的从丝丝缝隙中挤出的一些光亮向大戈壁中的这个城市上洒，尽管这个城市这样天气的时候很多，可林拥军总是能感觉出一些清爽的气氛，并且在他穿着没有任何符号的军装走到街上时，猛地有了一种失落感，好像要失去一种已经习惯的东西一般。这个城市容纳了他使他生活了四年，使他在这个城市感受了人生不同寻常的生活，有了人生中他认为很重要的一步，那就是比他刚当兵时思想上有了一种升华，他很在乎也很满足的一种升华。

林拥军想着怎样和张丽告别。和张丽告别其实比告别这个生活了四年的城市简单得多，在他口袋里装着要永远离开这个城市的复员证，这是割开与这个城市关联的刀子，可以把一切都切割得毫无关系。毕竟在这里生活了四年，此时走到街上没有了往日的漫不经心，他的心情像这样的天空一样说不清。

他想买个有纪念意义的东西去和张丽告别，这样也好向张丽要照片，他把事情想得没有自己的心情那么复杂。

当林拥军在商场转了三个半圈的时候，他还是站在了卖影集的柜台前，他觉得这是最适合他和张丽之间分别的纪念物，他并不认为有多俗。他就选择了一个他认为可以的影集。

当林拥军把代表着告别纪念的影集交给张丽时，已接近了下班的时候。张丽对他的到来像往常一样的热情，只是当她从他手里接过影集的时候没有像往常那样问他今天买些酱油还是一麻袋盐巴之类的东西。

林拥军给张丽说了复员回家以及问她要一张照片并且要彩色照片的话后，张丽没有什么奇怪的表示，很痛快地答应了他的要求。

"应该的，纪念嘛。"张丽说。

"那么，什么时候给我？"林拥军说这话的时候想着还是芹儿要漂亮些，只是芹儿不会像张丽这样打扮。

"我家不在食品公司。"

"我明天来拿。"

"明天我开始休假，很长的结婚假。"

"我上你家去拿。"林拥军这么说的时候，想着在他的印象里张丽没有休过假，每次来她都无聊地在这站着。

"到我家。"张丽说，"欢迎。"

"你家在……"

"我家在那边。"张丽用手指柜台对面的地方。

林拥军顺着张丽指的方向看到的是一堵墙，他看着那墙辨别了一下那面是这个城市的东南面，不是正东也不是正南。

他迷惑地看着张丽正想问一下具体地方的时候，张丽已迅速地看了一下表说了声："下班了，我那位还等着我去看新房的布置呢。"随后又加了一句："欢迎你去玩。"

走到街上，林拥军朝城市的东南方向望了望，他的目光越不过那些高高竖着的楼房，在城市东南面有许许多多的家属区，张丽没有说她家的具体地址。

林拥军就看了看城市的上空，又是浑黄的一片，正在西斜的阳光把鸡蛋黄一样的颜色透过边塞风托起的沙尘空间往这个城市上洒，这个城市镇定自若，稳稳地接受了这些。他看到街边的风景树一起有节奏地就像有人操纵着向东南方向点头时，他知道晚上或者过一会儿就有一场风，他想这场风又会给这个城市的上空添些沙尘，天空又会多些浑黄的颜色。

在这种颜色里他就想起了芹儿，想起那年芹儿走进村主任家后的那疼，是疼在心里的那种，疼得有些陌生有些叫人说不清。他想到了回去当村支书的事，想到了那一片歪歪斜斜又土又黄的门楼里那唯一高大堂皇的门楼，他便想他回去该为村里多些又高又堂皇的门楼做些什么。可是他又想到落空的照片，他的愿望能不能像他的计划那样实现呢？

他抬头看了看天，他看到了天的颜色。

枪　炮

　　火炮中队战士都是很傲的，在其他执勤单位战士面前总是一副得天独厚高不可攀的样子。弄得大家对火炮中队很有意见，可具体又找不到提意见的原因，也只好让人家傲去，谁让人家摆弄的是炮，我们扛的还是枪，并且还是老"五六"式半自动，黑得跟烧火棍似的，就是想傲也底气不足呀。话虽这样说，心里却总是不服气，就都关注着他们的一举一动，就连军务股的姚股长，不论在什么场合见到有点傲气的士兵，总想在警容风纪方面找些茬子收拾一下，可每次都挑不出毛病来。有一次姚股长好不容易在街上抓到一个傲气十足的战士歪戴帽子，并且和一个女孩拉拉扯扯的，姚股长上去就问："你是火炮中队的？"见那个战士傻眼了，就想这下可叫我逮着了，不管三七二十一把战士拉到街上公用电话亭前，就给火炮中队拨了电话叫来领人。谁知电话拨通，人家一听那个战士的名字就说他从昨天就已经不是火炮中队的战士了，那个战士是副政委的侄子，调到汽车中队学驾驶了。至于那个女孩，说是副政委的侄女，就更没有文章可做了。把姚股长气得不说，还白掏了两块多钱的电话费。

火炮中队的战士傲，自有他傲的道理。每次全支队集会时，不论是喊号子还是拉歌，那声音震得人耳膜疼，而且从来没有被纠察纠住过，大会小会上每次受表扬的都是火炮中队。对这份傲气理解最深的莫过于火炮中队的中队长李文革了。

执行国家内卫任务的部队，突然增设火炮编制，对于每一个摸枪的官兵来说，心里都是痒痒的，谁不想摸炮才傻呢。自古以来，枪炮和军人就紧紧地连在一起，只有枪没有炮，从个人意义上来说，这个兵当得就不全面，心里总是有份遗憾。物以稀为贵，组建火炮中队，全支队只有一个这样的特殊中队，想当炮兵的不说百分之百，起码也在百分之九十九以上。准备组建火炮中队那阵子，每天能收到一面袋子请求书，弄得支队领导连阅文件的时间都没有，光看请求书和接待大胆来访者就忙不过来。

火炮中队的魅力当然是在炮上。

李文革就是恋炮最强烈的一个。他一听到要组建火炮中队的风声，就去找了专管军事装备的参谋长，要求当火炮中队的第一任中队长。当时参谋长看了他半天，才笑着说："你李文革就死心塌地准备给我当军务股长吧。"

李文革那时候已是满三年的正连职军务参谋了。前任军务股长转业后，凭他的工作能力和任职年限，军务股长的位子非他莫属，并且司令部已向党委报请了这一决定。但李文革对参谋长说："我非当火炮中队长不可！"

李文革就直接去找了政委，政委用手指着李文革说："你小子就会凑热闹，给你个副营股长不干，偏要去平调当中队长，尽给我这个老头子出难题。"

李文革见政委口气不太硬，也就放开胆子对政委说："像我这样不图职务自愿要求到基层工作的机关干部，你应该表扬才是。"政委说："快闭上你的嘴，你那点花花肠子我还能不清楚。"

李文革是将军的儿子，但他从没摆过将军儿子的架子，而且他对枪械的那份感情和热爱绝不亚于一些人对钞票的情感。他生在军营长在军营，除"一二三四"的队列外，全部心思都在枪械知识上，他怎么会放过弄炮的机会呢？

李文革当了火炮中队中队长，全支队唯一摸过炮的连职干部金呈勇就只好当火炮中队的指导员了。本来他是支队领导考虑的火炮中队中队长的第一人选。

第一次站在火炮中队全体战士面前讲话，中队长李文革就感到这八十四个从各个中队挑选出来的战士有一股不可抗拒的凝聚力，这种力当然是那诱人的火炮给的。李文革心想，火炮中队的战士不傲才怪呢，连他自己都觉得当上这个中队长比什么军务参谋、股长有豪迈气，他妈的姚新伟拣了个他不要的军务股长当还给他的战士挑刺，你就去挑吧。军务参谋出身的李文革当然知道怎样把自己的兵训得叫你挑不出刺。

当然，火炮中队的兵目前是很好带的，步枪换成了炮，心理上的舒适不说，光看那炮阵和火炮的训练程序，没有一个兵不感到自豪的。从指导性训练一开始，中队长李文革像新兵一样没落过一次训练课，满脑子装的都是炮，整天琢磨，十天半月也不回家，气得他妻子直骂他恋炮不恋家。

五门 67 式 82 毫米迫击炮和五门 65 式 82 毫米无坐力炮摆在那里不是看的，也不是兵们以炮为自己傲气的主心骨来充实"炮兵"这两个字的。

炮和枪一样，是要打的。只有打了，那才叫货真价实的炮。

火炮中队第一次打炮也就是体验实弹射击，是火炮中队组建八个月后的秋季。这是边塞最动人的季节，所有的瓜果都成熟了，成熟所产生的诱惑力使四面八方的观光团、检查团、采访组、摄制组蜂拥而来。部队系统的接待工作正忙得不可开交的时候，支队接到上级通知，有上级的上级一个专管装备的部长想到基层部队转转。新组建的火炮装置是个热点，装备部长说一定要看看的。部长一说要看看，大家才急了，这个看看得好好准备一下。提起准备才想起组建的火炮中队有好几个，可至今没真炮实弹地放过一次，上级领导的看看可不要看虚设的炮架子，肯定要检查实弹射击。考虑到这一点，意识到时间的紧迫性，上级就决定把实弹射击点选在了李文革所在的中队，原因是这个火炮中队离上级机关最远，沿线都是执勤单位，部长转下来也得四天时间，这样就可以有四天的准备时间。所以李文革的火炮中队就接到了打体验弹的通知，并且参谋长亲自来督阵。

事情来得太突然，八个月的训练使战士们早就盼望着能有一次打实弹的机会。有时训练实在烦人了，就发几句光训练不打实弹的牢骚。李文革总会训自己的兵，一发炮弹值个彩电的价钱，是随便打的？玩炮还能跟玩枪比？其实李文革本人也不知道一发炮弹值多少钱，兵器知识是从来不透露这方面信息的，但他想这炮弹不会便宜，这就想了个和彩电相同的价格。

真要打实弹了，战士们包括李文革、金呈勇心里却慌了，训练马上就搞不下去了，大家议论纷纷，连休息时间也不得安宁。战士们变得毛手毛脚，有的甚至有点神经质了，如果这些都归于激动就好办了，可不是激动，李文革也说不上来该是什么，也许是大事来临的那股躁动之气吧。李文革意识到不妙，就冲战士们吼道："你们激动个球，毛手毛脚的，如果让你们突然集体结婚，你们还不都激动成心脏病？"他也只好用"激动"来训这场话。

有个胆大的兵说："不激动才怪，这是平生第一次，心里总是毛毛的，不过好像不全是激动。"

李文革早就注意上了这个兵，这是一个瘦高的兵，下士，他叫丁炼。

李文革就问丁炼："你说不是激动那是什么？"

下士丁炼说："中队长你是结过婚的，结婚前一天的感觉大概就是我们现在的心情，你能说成光是激动吗？"

李文革看着下士竟一时无话可说，心想这小子说准了，但总不能和这些处男们把这个问题扯开了谈，想了想就说："你们没有结婚不要胡扯了。"心想是自己先说到结婚的事，脸上就热了热，"言归正传，一定要冷静，不能浮躁。"

然而，火炮中队的实弹射击还是失败了。每个炮长的最后解释都是按规定瞄准击发的，可十门炮打了十发炮弹，除过两发炮弹着点在靶环内之外，其余八发全在环的边沿或离边沿有点距离的地点爆炸。气得亲自督阵的参谋长看着沮丧的炮兵们说不出别的话来，只说要总结教训，查找原因，训练要加班加点，三天后如果再是这样……后面的话参谋长没说，可能连他自己也不知道怎样才好。

浮躁在打过第一发炮弹后又变成了丧气，尤其是那些炮长们，平时训练都是牛哄哄的，现在却像闯了大祸似的说话都底气不足。兵们情绪一落千丈，把众多的责任和怨愤都推在炮长们身上，炮长们心情本来就不好，这下就更生气了，火炮中队的争吵声也多了起来。有的炮长竟流了泪说自己各种枪打得八九不离十，枪手的英名却栽在了火炮上，就仅仅一发炮弹，有的竟找不到击发了一次炮弹的感觉，要求再打一发试试，大有雪耻的愤愤然。

这还不算，众人注目的火炮中队第一炮的失败很快在全支队传开，执勤单位的兵们就用嘲讽的口气和目光对待火炮中队的战士，弄得火炮中队的战士傲气散得不见踪影，连走路都没有了精神。

火炮中队的战士们于是就怀念起枪的好处来。枪可以真枪实弹地多练，可炮弹不同子弹，只打了可怜的一发就报销了一台彩电，能有多练几发的可能吗？

李文革说，别异想天开了，还是从自身找原因吧，心理因素也很重要，瞄准不光靠缺口准星的误差搭配，还要靠感觉，我们的失败就是心理素质差，瞄准练了八个月，不是心理上还没有接受真弹的感应，能是什么？

一个炮长说，这炮真麻烦，这感应那感觉的，真不如枪好摆弄，害得我们抬不起头，也给火炮中队丢了脸。

李文革说，我们是炮兵就不要想枪的好处，朝秦暮楚的人永远也不会选择到好的。你弄枪的时候想着来弄炮，弄上炮兵当了，现在砸锅了就想起枪的好处了，这怎么能打好炮？怎么能是个好炮手？好炮长？

那个炮长低下了头。

这时候有个兵说话胆子有些大，他竟说都是这些被淘汰的炮害了咱们，如果是野战部队正式炮兵用的先进炮械，电子操作，就不会落到今天这个下场。

李文革一听就火了：是谁？

一个声音胆怯了：是我！

你是谁？李文革明知故问。

下士丁炼。

按正规的来！李文革吼道。

报告中队长，下士丁炼，刚说的话。

就这报告水平？李文革盯着下士。

丁炼扯开嗓子又报告了一遍，报告词如炮声一般往耳朵里钻，真有点不敢相信这声音能从他瘦瘦的胸腔里发出来。

这才像个炮兵。李文革说。

你担任几号炮手？李文革又明知故问。

报告，下士丁炼担任二号炮手！

从现在开始，你担任一号炮手！

一号炮手就是瞄准击发的炮长。丁炼一听，声音就弱了：中队长，我担任不了。

原因？

报告，我打枪就不行，只在新兵连打过一次优秀，下连后就不行了，有时还打过光头。

我这里是炮！李文革说，不是枪，我们就是没有把炮和枪区别开来，一直用打枪的感觉来开炮，用杀伤大象的武器去对付一只蚊子，我们也把目标估计偏了，所以出现了误差。

说完这些话，李文革连自己也弄不懂，怎么一下子有了这种逻辑，并且越想越有道理，就临场发挥又讲了一通要寻找打炮的感觉之类的话后，叫战士们继续训练，尤其是心理素质。

指导员金呈勇过来对李文革说，他的这番话还真有道理，这大概是我们要找的失败原因吧。我们用的是炮不是枪。

李文革看着金呈勇半天才说："大后天的实弹我要当炮长。"

金呈勇看了看李文革的脸色说："你没搞错吧？你是中队长。"

李文革说："没有文件规定中队长就不能打炮，管枪的中队长还打枪呢，比谁都打得多。如果在战场上，炮长死了，连长不当炮长等待新的炮长到来，那我们就全完了。"

金呈勇说那就看看上级的意见。

李文革就给参谋长打了个电话，参谋长在电话上说，不管怎样，我要的是弹着点在靶环内。

李文革就念叨开65-2迫甲弹3.45公斤，65-1式迫甲弹3.925公斤，杀伤流弹4.625公斤，最大射数3.5公里，增数弹4.367公斤以及弹道、要定标尺的偏差和这些炮弹瞄准、击发的丝毫误差。他在念叨练习这些的同时，决定自己就当难度大些的65式无坐力火炮长。他心里坚信没有打过炮的人才会珍惜这么一次机会，才能发挥得完善，像没打过枪的人第一次的感觉就在没有感觉之中才能打出好成绩一样。紧张是难免的，但没有感觉的击发是在紧张的瞬间进行的，这是他从小受枪械的熏陶而对枪特别偏爱的那种天性使他感知的。可他在接触炮之前总认为枪和炮是不同的打法，现在看来这种轻便的火炮就是大写的枪，就是夸张了的枪，这种炮还不能叫炮，也只能叫火炮，真正的炮才是丁炼所说的那些炮。可他给战士们讲应该把这种炮与枪区别开来，这样才能抛弃枪的概念在意识里生成炮的内容。

事情的结果有些突然，那位装备部长四天后到火炮中队检查了火炮装置后，拒绝了下级提出的实弹射击观摩。他说他只是想看一下火炮的保养以及火炮兵武警部队的新特种兵的精神面貌，他说他不是研究炮的专家，看着打炮查查爆炸的弹着点也没多大用处，何必要白白浪费炮弹呢。

部长对火炮中队爱护火炮装备非常满意，可对李文革的炮兵精神风貌不太满意，当场就说他们没有一种外在美感，就是缺乏一股炮兵的傲然之气。

部长说完一转过身，陪同来的政委就照着撅屁股卸炮的李文革一脚，小声说："你的兵平时的傲劲到哪儿去了？"

李文革站直了吼道："你叫我再打一次炮，再看！"

守　望

整个夏天，老兵成带着新兵伟都在修补这座烽火台。烽火台年代太久，风吹日晒，已破败得不成样子了，修补起来非常费劲，但老兵成干得很卖力，不顾戈壁滩能烤熟人的太阳，硬是浸泡在汗水里，运来沙土，挑来涝坝水，和泥巴，把这座残破不堪的烽火台垒筑成有模样的烽火台来。

克拉克勤这地方怪，春季和秋季都会刮大风，一刮就是三个月，能将地上的沙土舔去一厚层。所以老兵成把修补烽火台的时间选择在了夏季。夏季不刮风，太阳毒，沙土和的泥巴干得快，又牢固，等到秋季风刮来了，泥巴已经锈得很结实，不怕风了。这点，老兵成还是懂的。

之所以要将这座烽火台修补起来，全是因为一个叫玲的女演员。女演员是大年初一随慰问演出队一起来到克拉克勤的。那时候，克拉克勤只有老兵成一个人，另一个老兵复员后，老兵成就留下，一个人守着这个地方。这地方除过这座看起来已经废弃的老军营外，没有别的建筑物，老兵成始终没弄明白为什么部队上要派人守在这里，也没必要弄明白，既然守着肯定有守着的道理。老兵成就守着。

老兵成在大年初一这一天，就成了唯一的观众，他当时激动得流了不少泪。女演员玲也专为老兵成一个人唱了九首歌，尤其是唱那首《想家的时候》，女演员玲是一边抽泣一边唱的。老兵成望着女演员玲，也一边抽泣着一边心想，女演员玲这种样子太感人了，自己真是幸福，独自一人享受了漂亮女演员玲动人的歌声，这是他一生中最珍贵的时刻。

演出结束后，大家围着破败的营院转了一圈，也议论了守这破营院没必要的话题。老兵成一言不发，他发现女演员玲没有议论，老兵成就很感动。自己在这守了两年，他不愿听别人对这里没有用的议论，他想着上面让守着，那肯定就有它的价值，他一直就默默地守着。若说这里没有必要守，那不就等于说自己没有用处，他这兵不是白当着？

但老兵成还是很感激他们，是他们在大年初一这一天，给他带来这么多的欢乐。尤其女演员玲，是流着泪为他唱歌的。

慰问演出队临走时，才发现离营院不远处，还有个土沙包的。平坦如砥的戈壁上，这个烽火台很孤单地趴在那里，被演出队的人认为是个土沙包也很正常。

偏偏老兵成那时候解释了一下，说那是烽火台不是土沙包，是过去用来点狼烟报信用的。

大家就来了兴趣，上到低矮破损的烽火台上，四下看了，比较失望。但老兵成发现女演员玲却异常惊奇，上上下下几次，看了又看后，对老兵成说，这真是个烽火台。

老兵成感激地点了点头。

女演员玲说，有个烽火台，你就不会太寂寞了，有时实在忍不住了，点燃它，别人就会看到你的，你也就不会总觉得一个人在这里了。

老兵成不断地点头。

别人就说，别浪漫了，就这个样子，跟土沙包似的，还想点着狼烟呢。

女演员玲听后不愿意了，说咋能这样说，在这地方，多不容易，它总是个烽火台呢。

那时候，老兵成听着女演员玲的话，心里一动，就说了句，我能修复这个烽火台！

女演员玲一脸的兴奋：真的？

老兵成使劲地点了点头。女演员玲高兴地说，那我们明年还来，到时，你点着烟，我们在远处就能看到你欢迎我们了。

老兵成说，好吧。

女演员玲说，那我们一言为定！

老兵成在后来的冬天和春天里，一直琢磨着修复烽火台的事，他把这事当成了大事。春天刮风的时候，连里给克拉克勤送给养时，送来了新兵伟。

老兵成就带着新兵伟，在春季的风停下来的时候，开始修补这座烽火台了。

新兵伟对老兵成讲的修补烽火台的故事持过怀疑态度，但老兵成讲得很肯定，说女演员玲给他唱歌时，都哭了。新兵伟就只好跟着老兵成干上了。起初他很无奈，因为他是新兵，后来心里就愿意了，待在这实在没事可干，有点事干比没事干好受点。况且修补烽火台是项不小的工程。

两个兵在这个夏天倾注了自己的心血，在夏天快结束秋风即将来临时，终于将这个烽火台修补好了，并且修补得异常高大结实，从外观上看，像个土堡似的，完全脱离了土沙包的概念。

秋天的狂风刚刚刮起的时候，该是老兵复员了。

老兵成服役期已满，在连里还没通知他的时候，他就用电台给连里发了一封电报，请求连里批准他留下，继续服役。

连里回电，批准老兵成超期服役。

老兵成很高兴。

不久，老兵复员走了，连里又发电报来，要调老兵成回连里工作。

老兵成给连里发报，他不愿回连。

连部在远离克拉克勤两百多公里的县城里，条件当然比克拉克勤强多了，起码可以看到很多人。

连里又发电报催了，老兵成复电坚决不回去。最后，连里就批准老兵成继续留守了。在秋风刮得昏天黑地的日子里，两个兵等待着冬天的来临。

在冬天寒冷的日子里，老兵成和新兵伟，去戈壁深处打来了一大堆干红柳，堆在烽火台顶上，准备到时点火冒烟用。

在等待中，日子是很难熬的，特别是冬天的日子。

老兵成和新兵伟每天吃过饭后，就上到烽火台上，望着一堆干红柳和四周空旷的戈壁滩发呆。望得久了，没了意思，日子还长，就随便找话说。

老兵成总是说，要是有狼粪就好了，烧着了才叫真正的狼烟。烽火台就是烧狼粪冒狼烟的。

俩人到戈壁滩上去找过多少次，连狼粪的影子都没找到过。

每次老兵成这样一说，新兵伟总会说，还狼粪呢，连人粪也找不到多少。

老兵成就不语。

戈壁滩冬天奇冷，也不下雪，没有什么能改变冬天的单一面孔，两个兵就望戈壁滩，有时看上一整天，两个人说不上一句话，连吃饭做饭，也简化到"做"和"吃"两个单字了。晚上坐在火炉边，俩人围着火炉，在油灯下，互相望望，也没话题，偶然一人说话了，也是算算日子，离过年还有多少天。新兵伟有时会冒出一句，她要是不来呢。

老兵成就会说：会来的。

也就没了话说。望着油灯上闪闪烁烁的火苗，俩人脸上都没多少表情。但在心里，两人都盼着过年哩，像小孩一样。

有时，老兵成望着新兵伟忍不住就笑了，说，小时候，也是盼着过年哩。

新兵伟说，小时候盼过年是盼着吃好的，穿新衣。

老兵成说，就是。

有时候，新兵伟让老兵成讲女演员玲的一些情况。起先老兵成把自己看到的讲了，也仿着学了女演员玲的话，说了。后来，老兵成主动讲，有时加了一些自己编的内容，也都是往贴近处说，新兵伟听得认真，老兵成也讲得有味。

日子就这么一天天地过了。

越临近过年，两个兵越心急，白天不顾寒冷几乎整天站在烽火台上，望着远处发呆。又说些狼粪的话，虽然没有用还是要说。

到了连里发来慰问电了。年也就到了。

大年初一这天，老兵成起得很早，天没亮就去了烽火台，向远处望。新兵伟去时，发现老兵成已经冻得打战了，他就回来拿上大衣，给老兵成送去。老兵成却不穿，说，穿上大衣，要点火，行动不便。

新兵伟也就不穿大衣，两人站在寒冷的冬天里，任冰凉的冷气浸透全身。他们等待着激动人心的那一刻，心里一点都不觉冷。

新兵伟突然说，应该先问一下连里，女演员玲他们出发了没有，要估算好时间和路程，好点火呢。

老兵成就叫新兵伟赶紧去发电报，自己仍在烽火台上守着。

新兵伟给连里发了电报。不久，连里回电，说没听说要来演出队。新兵伟心里一凉，赶紧去告诉了老兵成。

老兵成听后，不以为然地说，连里可能不知道，去年就是团里政委陪着来的。

又没有电话，电报又发不到团里，新兵伟着急地问，这咋办，问不到呀。

老兵成说，等吧。

两人一等就等到了天黑，没发现什么动静，人都冻得木了，直到天黑得深了，见没希望了，才失望地回到营房里，谁也不说一句话，就呆坐到火炉边，坐了一夜。

第二天，俩人还上烽火台，又是一天等了下来，没有动静。这下新兵伟沉不住气了，他烦躁不安，把烽火台上的干红柳枝踩碎了不少。

老兵成也不责怪新兵伟，只说了句，她会来的。

第三天，还是没等来。老兵成只说了一句，她会来的。

第四天，老兵成望着他们亲手修补起来的烽火台，只说了句，她会来的，不是今天。却等了一天。

第五天，新兵伟又给连里发了电报，让连里打电话问一下团里，女演员玲会不会来克拉克勤。

连里很快回电，问过团里，没这种说法，女演员玲是去年组织慰问演出队抽上的，团里都不知她是哪个单位的。

新兵伟将此情况告诉给老兵成。老兵成不信，只说，她会来的，烽火台都修补好了，她咋会不来呢。

新兵伟听着这话，知道老兵成认了死理。又不好劝他，就生气地去踢烽火台的边沿。烽火台修补得很结实，踢得脚疼，新兵伟也没有踢下一块土来。

第六天，老兵成竟不出屋去烽火台了，衣服都没穿整齐，坐在火炉边，用捅火钩子在地上划拉着。新兵伟过去一看，见火炉边的地上，写满了女演员玲的名字：刘玲。

新兵伟望着"刘玲"两个字，胸间无名火起，抢了老兵成的火钩子，在"刘玲"两个字上，写上了"骗子""骗子"，一时，火炉边上的地上又写满了"骗子"。

新兵伟写完"骗子"，老兵成又抢过去炉钩子，又写满了"刘玲"。

俩人你来我往，抢了几次火钩子，新兵伟气得直喘粗气，最后抢过火钩子，也不多写了，只在"刘玲"两个字上敲着，用劲很大，把地上敲了无数个小坑。

新兵伟实在是无意识的，就将尖利的火钩子敲在了老兵成的脚上。

老兵成只穿着拖鞋，火钩子在他的脚背上敲出了一个小洞，血呼地就涌了出来，染红了拖鞋，也染红了地上的"刘玲"两个字。

新兵伟惊呆了，半晌才说，你咋不躲开？

老兵成愣着看脚上的血往地上流，半晌才说，我咋知道你真会敲？

新兵伟撕了条床单，要给老兵成包脚。老兵成不让。

新兵伟又说，你咋不躲？

老兵成又说，我以为你不敢敲。

俩人的这两句话，在后来的几天里，重复了无数遍。新兵伟说得很内疚，老兵成说得很平淡。

一直到了正月十五这天，老兵成的腿有点瘸，脚上伤没好。他却一直没有埋怨过新兵伟，只在这天晚上，老兵成才突然说了句，咱们这年过得……

却没有下文，也没叹气。老兵成就瘸着腿，出了门。

新兵伟跟上出来，见老兵成一拐一拐地往烽火台方向走去。

新兵伟也跟上了烽火台。

四野黑得很透，戈壁滩静得吓人。俩人在烽火台上站了很久很久，谁也不想说话。

天地间一片寂静，仿佛一切都已凝固，戈壁滩、烽火台，还有那无边无际的黑夜，都成了一个整体，将两个沉默的兵很严实地包裹了起来，成为苍茫中现实的切片，久久地固定在历史的边沿。

空气流动得异常艰难，两个兵的心上流动的，还是现实的血液。

这时候，老兵成突然开口，对新兵伟说，点着这柴。

新兵伟没有发愣，摸出火柴，先是点着了早已准备好的废纸，两手举着废纸，让一线血红的火舌，燃成一片跳动的火苗，然后，他才像做一件大事似的，很神圣地将火苗伸到红柳枝上。

干透了的红柳枝"轰"的一声，着了。火势很旺，发出"呼呼"的风声。火焰像一片抖动的红布，从烽火台上跃起，似一只巨大的红手，撕开了黑色的夜幕，伸向寂静的天空。

起风了，风似从远古的历史深处刮来，专为这火来的，将一片红光围住，撕扯着，争夺着，制造出一种惊天动地的声音。这种声音雄浑而壮阔，带着历史的风尘，充满了千军万马出征的磅礴气势，以古典的节奏，渐渐向两个兵的心灵深处逼近。两个兵已是全身的热血沸腾，已感觉到有一个庞大群体正从旷野的深处，用征战者的步伐，向他们拥来，向他们所在的烽火台冲锋。

老兵成感到自己心上流淌过一阵阵万马奔腾的蹄音，感觉到四周的旷野里闪动着明亮的眼睛，处处都是挺拔的身躯，是和自己一样为了征战为了和平而存在的勇士……

火光渐渐熄灭的时候，新兵伟满脸是泪。

老兵成望着已经熄灭了火焰和还在闪动的灰烬，仿佛经历了一场战争演习，回味了许久，才回到现实中似的，说了句：这年，算是过完了。

新兵伟用手抹了一把脸上的泪，没吭气。

一个冬日的午后，坐在火炉跟前打盹的老兵成和新兵伟，被一阵高昂而急促的驴鸣声惊醒。新兵伟最先跃起冲出了房子。

这是一个温暖的冬日，冬阳将一片温热泻下来，给无雪的大漠铺了一层。厚实得像绵软的细沙，亲和地扑了新兵伟一身。

新兵伟揉了揉眼窝，不相信似的将眼睛瞪圆，他看到的是无法与现实联系起来的情景：一辆老乡赶着的毛驴车旁边，站着一个身材修长的没戴肩章领花的女兵。

女兵站在毛驴车旁边，全神贯注地仰视着那座修补过的烽火台。

烽火台矗立在温暖的冬阳里，闪动着清新的光芒，散发出泥土被阳光烘烤着的气息，或许还有一种硝烟散尽之后的淡淡的焦煳味。

新兵伟看到，眼前女兵美丽的大眼睛里，涌出了清亮的眼泪。

新兵伟见此情景，猛然醒悟似的，大叫道：她不是那个，那个什么女……

她是女演员玲！

老兵成在身后说。

新兵伟问，她怎么没戴肩章、领花，她退伍了吗？

老兵成说，若不是退伍了，她能一个人来这里吗？

新兵伟回头一看，老兵成已走了过来。新兵伟看到，老兵成一脸的庄重。

驮水的日子

上等兵是半年前接上这个工作的。这个工作其实很简单，就是每天赶上一头驴去山下的盖孜河边，往山上驮水。全连吃用的水都是这样一趟一趟由驴驮到山上的。

在此之前，是下士赶着一头牦牛驮水，可牦牛有一天死了，是老死的。连里本来是要再买一头牦牛驮水的，刚上任的司务长去了一趟石头城，牵回来的却是一头驴。连长问司务长怎么不买牦牛，司务长说驴便宜，一头牦牛的钱可以买两头驴呢。连长很赞赏地对司务长说了声你还真会过日子，就算认可了。但他们谁也没有想到，这驴是有点脾气的，第一天要去驮水时，就和原来负责驮水的下士犟上了。驴不愿意往它背上搁装水的挑子，第一次放上去，就被它摔下来。下士偏不信这个邪，唤几个兵过来帮忙硬给驴把挑子用绳子绑在身上，驴气得又跳又踢。下士抽了驴一鞭子，骂句："不信你还能犟过人。"就一边抽打着赶驴去驮水了，一直到晚上才驮着两个半桶水回来，并且还是司务长带人去帮着下士才把驴硬拉回来的。司务长这才知道自己图省钱却干了件蠢事，找连长去承认错误并打算再用驴去换牦牛。连长却说还是用驴算了，换来换去，要耽搁全连用水的。司务长说这驴不听话，不愿驮水。连长笑着说，它不愿驮就不叫它驮？这还不乱套了！司务长说，那咋办？连长说，调教呗！司务长一脸茫然地望着连长。连长说，我的意思不是叫下士去调教，他的脾气比驴还犟，是调教不出来的，换个人吧。连长就提出让上等兵去接驮水工作。

上等兵是第二年度兵，平时沉默寡言，和谁说个话都会脸红，让他去调教一头犟驴？司务长想着驮水可是个重要岗位，它关系着全连一日的生计问题，这么重要的工作交给平时话都难得说上半句的上等兵，他着实有点不放心。可连长说，让他试试吧。

上等兵接上驮水工作的第一天早上，还没有吹起床哨，他就提前起来把驴牵出圈，往驴背上搁装水的挑子。驴并没有因为换了一张生面孔就给对方面子，它还是极不情愿，一往它身上搁挑子就毫不留情地往下摔。上等兵一点也不性急，也不抽打驴，驴把挑子摔下来，他再搁上去，反正挑子两边装水的桶是皮囊的，又摔不坏。他一次又一次地放，用足够的耐心和驴较量着。最后把他和驴都折腾得出了一身汗，可上等兵硬叫驴没有再往下摔挑子的脾气了，才牵着驴下山。

连队所在的山上离盖孜河有八公里路程，八公里在新疆就算不了什么，说起来是几步路的事。可上等兵赶着驴，走了近两个小时，驴故意磨蹭着不好好走，上等兵也是一副不急不恼的样子，任它由着自己的性子走。到了河边，上等兵往挑子上的桶里装满水后，驴又闹腾开了，几次都把挑子摔了下来，弄得上等兵一身的水。上等兵也不生气，和来时一样，驴摔下来，他再搁上去，摔下来，再搁上去。他一脸的惬意样惹得驴更是气急，那动作就更大，折腾到最后，就累了。直到半下午时，上等兵才牵着驴驮了两半桶水回来。连里本来等着用水，司务长准备带人去帮上等兵的，但连长不让去。连长说叫上等兵一个人折腾吧，人去多了，反倒是我们急了，让驴看出我们拿它没有办法，不定以后它还多嚣张呢。

上等兵回来倒下水后，没有歇息，抓上两个馒头又要牵着驴去驮水。司务长怕天黑前回不来，说别去了。可上等兵说今天的水还不够用，一定要去。司务长就让上等兵去了。

天黑透了，上等兵牵着驴才回来，依然是两半桶水。倒下水后，上等兵给驴喂了草料，自己吃过饭后，牵上驴一声不吭又往山下走。司务长追上来问他还去呀？上等兵说今天的水没有驮够！司务长说，没够就没够吧，只要吃喝的够了，洗脸都凑合点就行了。上等兵说，反正水没有驮够，就不能歇。说这话时，上等兵瞪了犟头犟脑的驴一眼，驴此时正低头用力扯着上等兵手里的缰绳。司务长想着天黑透了不安全，坚决不放上等兵走，去请示连长。连长说，让他去吧，对付这头犟驴也许只能用这种方法，反正这秃山上也没有野兽，让他带上手电筒去吧。司务长还是不放心。连长对他说，你带上人在暗中跟着不就行了。

上等兵牵着驴，这天晚上又去驮了两次水，天快亮时，才让驴歇下。

第二天，刚吹起床哨，上等兵就把驴从圈里牵出来，喂过料后就去驮水。这天虽然也驮到了半夜，可桶里的水基本上是满的。一连几天都是如此，如果不驮够四趟水，上等兵就不让驴休息，但他从没有抽打过驴一鞭子。驴以前是有过挨抽的经历的，不知驴对上等兵抱有知遇之恩，还是真的被驯服了，反正驴是渐渐地没有了脾气。

连里的驮水工作又正常了。

连长这才对司务长说，怎么样，我没看错上等兵吧，对付这种犟驴，就得上等兵这样比驴更能一磨到底的人才能整治得了。

为此，连长在军人大会上表扬了上等兵。

上等兵就这样开始了驮水工作。刚开始他每天都牵着驴去驮水，慢慢地，驴的性格里也没了那份暴烈，在上等兵不愠不怒、不急不缓的调教中，心平气和地就像河边的水草。上等兵在日复一日的驮水工作中，感觉到驴已经真心实意地接纳了他，便对驴更加亲切和友好了。驴读懂了他眼中的那份亲近，朝空寂的山中吼叫几声，又在自己吼叫的回声里敲着鼓点一样的蹄音欢快地走着。上等兵感应着驴的那份欢快，明白驴对自己的认同，就更加知心地拍拍驴背，然后把缰绳往它的脖子上一盘，不再牵它，让它自己走，他跟在一边，一人一驴，走在上山或者下山的小道上。山道很窄，有些地方窄得只容一人通过，上等兵就走到了驴后面。时间一长，驴也熟悉了这种程序，上等兵基本上是跟在驴后面，下山上山都是这样。有时候，驴走得快了，见上等兵迟迟未跟上来，就立在路边候着，直到上等兵到它跟前，伸手摸摸它被山风吹得乱飞的鬃毛，说一声走吧，才又踢踏踢踏地往前走。到了河边，上等兵只需往驴背上的桶里装上水就行，水装满了，驴驮上水就走。到了夏天，盖孜河边长满了草，上等兵就让驴歇一歇，吃上一阵嫩嫩的青草。他躺在草地上，感受盖孜河湿润的和风，看着不远处驴咀嚼青草，被嚼碎的青草的芳香味洋溢着喜悦一瓣一瓣又掉入草丛。他闭上眼睛，静静地听着一些小昆虫振翅跳跃，从这棵青草跳到另一棵青草的声响，还有风钻入草丛拱出一阵的声音。他那么醉心地聆听着，竟隐隐约约地捕捉到一些悠长的牧笛声。他蓦然睁眼，那悠长的声音没有了，只有夏日的阳光宁静地铺洒着，还有已在他近处的驴咀嚼着青草，不时抬头凝视他，那眼神竟如女人一般，湿湿的，平静中含着些许的温柔和多情。每当这时，上等兵就从草地上坐起来，看着驴吃青草的样子，想着这么多日子以来他和驴日渐深厚的情谊。他和驴彼此越来越对脾气了，他说走驴就走，说停驴就停，配合得好极了，他就觉出驴的可爱来。

上等兵觉出驴可爱的时候，突然想着该给这头驴起个名字了。每天在河边、山道上，和驴在一起，他叫驴走或者停时，不知叫什么好，总是硬邦邦地说"停"或"走"，太伤他们之间的感情了。起个名字叫着多好。有了这样一个念头，上等兵兴奋起来。他一点都没有犹豫，就给驴起了个"黑家伙"的名字。上等兵起这个名字，是受了连长的影响。连长喜欢叫兵们这个家伙那个家伙的，因为驴全身都是黑的，他就给它起了"黑家伙"。虽然驴不是兵，但也是连队的一员，也是他的战友之一，当然还是他的下属。这个名字叫起来顺口也切合实际。

上等兵就这么叫了。

起初，他一叫，"黑家伙"还不知道这几个字已是它自己的名字，见上等兵一直是对着自己叫，就明白了。但它还是不大习惯这个名字，对上等兵不停的"黑家伙""黑家伙"的呼叫显得很迟钝，总是在上等兵叫过几遍之后才反应过来。但随着这呼叫次数的增多，它也无可奈何，就认可了自己叫"黑家伙"。

上等兵每天赶上"黑家伙"要到山下去驮四趟水，上午两趟，下午两趟，一次驮两桶水，共八桶水。其中四桶水给伙房，另外三桶给一、二、三班，还有一桶给连部。一般上午驮的第一趟水先给伙房做饭，第二趟给一班和二班各一桶，供大家洗漱；下午的第一趟还是给伙房，第二趟给三班和连部各一桶。这样形成了套路，慢慢地，"黑家伙"就熟悉了，每天的第几趟水驮回来给哪里，"黑家伙"会主动走到哪里，绝不会错，倒叫上等兵省了不少事。

有一天，上等兵晚上睡觉时肚子受了凉，拉稀，上午驮第二次水回来的路上，他憋不住了，没有来得及喊声"黑家伙"站下等他，就到山沟里去解决问题。待他解决完了，回到路上一看，"黑家伙"没有接到叫它停的命令，已经走出好远，转过几个山腰了。他赶紧去追，一直追到连队，"黑家伙"已经把两桶水分别驮到一班和二班的门口，兵们帮着把水桶卸下了，"黑家伙"正等着上等兵给它取下挑子吃午饭呢。

司务长正焦急地等在院子里，以为上等兵出了什么事，还想着带人去找呢。

上等兵冲到"黑家伙"跟前。"黑家伙"以为自己做错了事，扑闪着大眼睛看着上等兵，等着上等兵给它不高兴的表情。上等兵不但没有骂它，反而伸手细细抚着它的背，表扬它真行。"黑家伙"冲天叫了几声，它的兴奋感染得大家都和它一块高兴起来。

有了第一次，上等兵就给炊事班打招呼，决定让驴自己独自驮水回连。他在河边装上水后，对"黑家伙"说声你自己回去吧。"黑家伙"就自己上山了。上等兵第一次让"黑家伙"独自上路的时候，还有点不大放心，悄悄地跟在"黑家伙"的后面，走了好几里路。弯弯曲曲的山路上，"黑家伙"不受路两旁的任何干扰。其实也没有什么可以干扰"黑家伙"的东西。上等兵就立着，看"黑家伙"独自离去。上等兵远远地看着，发现"黑家伙"稳健的身影，竟是这山中唯一的动点。在上等兵的眼中，这唯一的动点，一下子使四周沉寂的山峰山谷多了些让人感动的东西。但究竟是什么样的感动，上等兵却又说不出来。上等兵就那样看着"黑家伙"一步一步走远，直到消失在他的视线里。视野里没有"黑家伙"的影子了，上等兵才一下子感到心里有点空落，四面八方涌来的寂寞把他从那种无名的感动中揪了出来，他抖抖身子，寂寞原来已在刹那间浸淫到他的全身。上等兵这才明白，原来"黑家伙"已在他的心中占了一大块位置。在平日的相处中，他倒没有太大的在意，而一旦"黑家伙"离开了他，哪怕像现在这样短短的离开，他的失落感便像春日的种子一样迅速钻出土来。上等兵望眼欲穿地盼着山道上"黑家伙"的身影出现。

过了一个多小时，果然"黑家伙"不负他望，又驮着空挑子下山来到河边。上等兵高兴极了，扑上去竟亲了"黑家伙"一口，当场表扬"黑家伙"的勇敢，并把自己在河边等"黑家伙"时割的青草奖赏给它。嫩嫩的青草一根一根卷进"黑家伙"的嘴中，"黑家伙"吃着，还不停地甩着尾巴，表示着它的高兴。

上等兵托人从石头城里买了一个铃铛回来，拴到"黑家伙"的脖子上。铃铛声清脆悦耳，陪伴着"黑家伙"行走在寂静的山道上。"黑家伙"喜欢这铃铛声，它常常在离上等兵越来越近的时候，步子也越来越快，美妙的铃铛声也就越加地响亮，远远地传到在盖孜河边等候着它的上等兵耳朵里。到了山上，负重的"黑家伙"脖子上的铃铛声也可以早早地让连队的人意识到"黑家伙"回来了。上等兵每天在河边只负责装水，装完水，他很亲热地拍拍"黑家伙"的脖子，说一声"黑家伙"，路上不要贪玩。"黑家伙"用它那湿湿的眼睛看一看上等兵，再低低叫唤几声，转身便又向连队走。上等兵再不用每趟都跟着"黑家伙"来回走了。

为了打发"黑家伙"不在身边的这段空闲时间，上等兵带上课本，送走"黑家伙"后，便坐在河边看看书，复习功课。上等兵的心里一直做着考军校的梦呢。复习累了，他会背着手，悠闲地在草地上散散步，呼吸盖孜河边纤尘不染的新鲜空气，感受远离尘世、天地合一的空旷感觉。在这里，人世间的痛苦与欢乐，幸福与失落，功利与欲望，都像是融进大自然中，被人看得那样淡薄。连"黑家伙"也一样，本来充满对抗的情绪，却慢慢地变得充满了灵性和善意。想到"黑家伙"，上等兵心里又忍不住漫过一阵留恋。他知道，只要他一考上军校，他就会和"黑家伙"分开，可他又不能为了"黑家伙"而放弃自己的理想。上等兵想着自己不管能不能考上军校，他迟早都得和"黑家伙"分开，这是注定的，心里好一阵难受，就扔开书本，拼命给"黑家伙"割青草。他想把"黑家伙"一个冬天甚至几个冬天要吃的草都割下、晒干、预备好，那样，"黑家伙"就不会忘记他，他也不会在分离的日子里倍感难受。

在铃铛的响声中，又过了一年。这年夏天，已晋升为下士的上等兵考取军校。接到通知书的那天，连长对上等兵说，你考上了军校，还得感谢"黑家伙"呢，是它给你提供了复习功课的时间，你才能考出好成绩的。

上等兵激动地点着头说，我是得感谢"黑家伙"。他这样说时，心里一阵难过，为这早早到来的他和"黑家伙"的分手，几天里都觉得心里沉甸甸的。临离开高原去军校前的那一段日子，他一直坚持和"黑家伙"驮水驮到了他离开连队的前一天。他还给"黑家伙"割了一大堆青草。

走的那天，上等兵叫"黑家伙"驮着自己的行李下山，"黑家伙"似乎预感到什么，一路上走得很慢，慢得使刚接上驮水工作的新兵有点着急，几次想动手赶它，都被上等兵制止了。半晌午时才到了盖孜河边，上等兵给"黑家伙"背上的挑子里最后一次装上水，对它交代一番后，看着它往山上走去，直到"黑家伙"走出很远。等他恋恋不舍地背着行李要走时，突然听到熟悉的铃声由远及近急促而来。他猛然转过身，向山路望去，"黑家伙"正以他平时不曾见过的速度向他飞奔而来，纷乱的铃铛声大片大片地摔落在地，"黑家伙"又把它们踩得粉碎。上等兵被铃声惊扰着，心不由自主地一颤，眼睛被一种液体模糊了。模糊中，他发现，奔跑着的"黑家伙"是这凝固的群山中唯一的动点。